ALINE ET VALCOUR

Collection dirigée par Michel Simonin

SADE

Aline et Valcour

ou
le Roman philosophique

Écrit à la Bastille
un an avant la Révolution de France[1]

ÉDITION ÉTABLIE, PRÉSENTÉE ET ANNOTÉE
PAR JEAN M. GOULEMOT

LE LIVRE DE POCHE
classique

Nous remercions Michel Delon, Hugues Pradier et les éditions Gallimard de nous avoir aimablement communiqué les illustrations de l'édition originale.

Jean M. GOULEMOT, professeur à l'Université de Tours, membre de l'Institut universitaire de France. A publié récemment *Littérature des Lumières* (Bordas) ; *Ces livres qu'on ne lit que d'une main, le livre pornographique et ses lecteurs au* XVIIIe *siècle* (Alinéa) ; en collaboration avec Daniel OSTER, *Gens de lettres, écrivains et bohèmes* (Minerve).

Introduction

Sade a pris la plume très tôt. Bien avant son emprisonnement il a commencé à écrire : le récit qu'il donne d'un voyage aux Pays-Bas en 1769, et qu'il intitule *Voyage en Hollande* sous forme de lettres, et le *Voyage en Italie* qu'il rédige en 1776, à son retour à Lacoste après sa fuite italienne, en font foi. Ce ne sont point les simples notes d'un touriste pressé qui préparerait un commode aide-mémoire. Sade imagine une correspondante à qui l'on écrit, le soir à l'étape, de longues et divertissantes lettres et manie habilement l'anecdote vécue, le tableau de mœurs et l'information érudite. S'il est licite d'y rechercher les matériaux utilisés par Sade plus tard pour rédiger les épisodes italiens de *Juliette ou les Prospérités du vice*, il faut aussi considérer ces centaines de pages manuscrites comme autant de gammes littéraires. À l'évidence il y a là une fascination déclarée pour la littérature : pour les récits de voyages, mais aussi pour le théâtre que Sade fait jouer dans le théâtre restauré du château familial dès 1765. Ajoutons enfin que Sade est un infatigable lecteur. Comme le prouvent les inventaires de sa bibliothèque, il est amateur de livres autant que des plaisirs que lui offrent généreusement prostituées, valets, servantes et maîtresses.

L'isolement carcéral va lui permettre d'affirmer une vocation ancienne venue de son passage chez les jésuites du collège Louis-le-Grand, de l'abbé Amblet son précepteur ou des séjours chez son oncle l'abbé de Sade, auteur des *Mémoires pour la vie de Pétrarque tirés de ses œuvres et des auteurs contemporains*, publiés en 1764. Sans entrer dans les détails d'une production extrêmement abondante — qu'on se reporte au catalogue de son œuvre établi par ses soins — c'est d'abord Sade dramaturge qui va s'exprimer après l'incarcération de

1778, qui marque le début d'un emprisonnement de douze ans. En 1781, Sade rédige donc une comédie, *L'Inconstant*, comme si l'écriture dramatique était aussi pour lui, en même temps qu'il donne les preuves de son talent littéraire, la possibilité de renouer avec un passé de liberté, de déguisements et de fêtes. L'homme enfermé rêve et choisit d'écrire un texte nourri de la voix publique des acteurs et de la magie de la mise en scène, qu'il pratique, quant à lui, comme en témoigne sa correspondance, au jour le jour, contre ses geôliers, ses juges et ses amours perdues.

En prison, Sade lit au point de souffrir de troubles oculaires. Il suppute les chances d'être rendu à la liberté ; il tente de remédier à sa chasteté imposée — autres mises en scène des corps autrefois étreints dont les catalogues par lui régulièrement tenus de ses pratiques masturbatoires rappellent la nécessaire urgence — et enfin écrit. Des lettres par centaines, autant que de livres lus. Sade, peu à peu, est saisi par la frénésie d'écrire, de raconter, de se raconter des histoires, de plaider aussi et, sans aucun doute, de se composer un portefeuille d'homme de lettres bien rempli, qui, la liberté venue, lui permettra une entrée fracassante, croit-il, dans la République des gens de plume.

La critique sadienne, malgré sa minutie scrupuleuse, fascinée par la fulgurance des écrits, a négligé l'extrême variété formelle des textes de Sade. Sade s'essaie à tous les genres à la mode : théâtre (comédies et drames), dialogue philosophique *(Dialogue entre un prêtre et un moribond, La Philosophie dans le boudoir)*, conte moral *(Les Infortunes de la vertu)*, roman d'aventures picaresques *(Juliette ou les Prospérités du vice)*, conte des mille et une nuits *(Les Cent Vingt Journées de Sodome)*, roman épistolaire *(Aline et Valcour)*, nouvelles tragiques *(Les Crimes de l'amour)*... Il lui est même arrivé, par visée philosophique ou désir de triompher littérairement, de mélanger les genres : *Les Cent Vingt Journées de Sodome* sont un mélange d'encyclopédisme totalisant et des formes du récit inspirées directement par *Les Mille et Une Nuits* ou *Les Mille et Un Jours*. On tiendra ici, pour peu, le thème choisi, la tête de l'auteur qui s'échauffe, et pervertit le modèle pour finir par produire une œuvre littéralement inclassable. À vouloir trop bien faire, à vouloir en faire trop, Sade traverse le miroir.

C'est à cette ambition littéraire que se rattache d'abord à nos yeux *Aline et Valcour ou le Roman philosophique écrit à la Bastille un an avant la Révolution*. Et il est assez facile de le démontrer. La rédaction de l'ouvrage, comme le prouvent les lettres du marquis, commence dès 1786. Dans ses lettres de novembre et décembre, Sade interroge sa femme sur l'Espagne et le Portugal, et il attend d'elle des informations qu'il utilisera dans les épisodes ibériques du roman. À la même date, dans une lettre à l'abbé d'Amblet, il sollicite des conseils littéraires ; dans une autre lettre au chevalier Puget nous apprenons que la substitution d'enfants (XXIV) est déjà inventée. Par ailleurs dans les manuscrits conservés à la Bibliothèque de l'Arsenal se trouve un canevas des premières amours de Valcour (avec le meurtre du frère de sa maîtresse qu'il a abandonnée, le choix qu'il fait d'être écrivain...), preuve supplémentaire que tout se met en place dès 1786.

Sade ne cesse de travailler à *Aline et Valcour* de 1786 à juin 1789, date à laquelle il reçoit de sa femme une série de remarques sur son manuscrit, qu'il lui a soumis. Le marquis répond aux critiques de sa lectrice qui lui envoie de nouvelles remarques. Bien que défendant son point de vue de créateur, Sade corrige. On est alors loin de la sûreté dont témoigne le « Catalogue raisonné des œuvres de Monsieur de S*** à l'époque du 1er octobre 1788 » rédigé par le prisonnier lui-même, et qui donne l'œuvre comme totalement achevée.

Sade est libéré le 2 avril 1790 à la suite de l'abolition des lettres de cachet. Il tente de réaliser le rêve qui l'a animé durant toute sa détention. Il se veut plus fortement que jamais homme de lettres comme Valcour lui-même. Il publie *Justine ou les Malheurs de la vertu* et annonce la publication prochaine d'*Aline et Valcour*. Dans une lettre du 12 juin 1791, il écrit à un de ses amis aixois :

> « On imprime actuellement un roman de moi, mais trop immoral pour être envoyé à un homme aussi sage et aussi décent que vous. J'avais besoin d'argent, mon imprimeur me le demandait bien poivré et je le lui ai fait capable d'empester le diable. On l'appelle *Justine ou les Malheurs de la vertu*. Brûlez-le et ne le lisez point, si par hasard il vous tombe sous la main. Je le renie, mais vous aurez bientôt le roman philosophique

> que je ne manquerai certainement pas de vous envoyer. »

Un tel document mérite qu'on s'y arrête. Sans doute faut-il y faire la part de l'humour et de la provocation complice, mais il nous révèle clairement l'attention que porte Sade aux désirs de son imprimeur Girouard, lui-même évidemment sensible à la demande du public. On veut un livre « bien poivré » et Sade de se plier à une telle exigence en allant plus loin encore qu'on ne le lui demande : ne l'a-t-il pas fait « capable d'empester le diable » ? Il y a là une dialectique que nous retrouverons à l'œuvre dans *Aline et Valcour* : en se pliant au goût du public, en se voulant homme de lettres, en acceptant la contrainte des modèles en vogue, en jouant le jeu littéraire ou pornographique, Sade finit par pécher par excès. On exigeait de lui une pornographie aimable, un espace à rêves, il offre du cauchemar propre à effrayer Satan lui-même. Tout semblait le vouer au destin des « pauvres diables » de la littérature obligés à écrire pour survivre ce qu'exigent public et éditeurs, et en voulant faire mieux que ceux qu'il appellera des « folliculaires », il devient Sade écrivain inclassable, radicalement nouveau. Et ce dépassement l'amuse, tel un écolier indiscipliné par une belle farce : d'où ses conseils amusés de jeter son livre, de ne pas le lire, de le brûler ; ce qui constitue la meilleure invitation à la lecture. Même quand il devient excessif, Sade n'en demeure pas moins attentif à son lecteur, prêt à toutes les coquetteries et jouant les fausses pudeurs d'un écrivain qui se respecte.

On l'oublie trop souvent quand on enferme Sade écrivain dans le travail obstiné et solitaire, parfaitement conscient et maîtrisé, d'une écriture de subversion. Qu'il ait existé, qui en douterait ? Qu'il ait coexisté avec une ferme volonté d'être reconnu comme un homme de lettres, dramaturge ou romancier, me paraît une autre évidence aussi forte. Qu'il ait tenu ses amis informés de la rédaction d'*Aline et Valcour*, l'article défini employé dans sa lettre (« le roman philosophique ») en donne la preuve.

Pourtant deux années plus tard, lorsque Sade est à nouveau incarcéré (8 décembre 1793), le roman n'est pas encore publié. Sade, nous le savons par le procès-verbal d'arrestation, est à ce moment-là en train d'en corriger certaines feuilles. « En outre nous nous sommes chargés de faire passer au citoyen Girouard, imprimeur rue du Bout-du-Monde, trois feuilles d'un manuscrit ayant pour titre *Aline et Valcour*, lesquelles feuilles le citoyen Sade avait redemandées à son imprimeur à dessein de les retoucher attendu que cet ouvrage étant écrit depuis trois ans n'était plus à l'ordre du jour... » On admirera la complaisance de cette police qui se charge d'une telle commission, même si « lesquelles feuilles seront soumises à l'administration de police pour avoir son adhésion ».

Il faut revenir sur la raison avancée par Sade, n'en doutons pas, pour légitimer les corrections et donc le retard apporté à la publication : mettre « à l'ordre du jour ». Le propos ici n'est pas d'ordre esthétique ou littéraire, mais bien politique et idéologique. On est en république et la chasse aux monarchiens et aux tièdes est très largement ouverte. Avoir prévu la Révolution ne suffit plus, il faut montrer son absence de compromission avec le régime déchu et son adhésion à la République. Et pourtant en corrigeant politiquement son texte, Sade se montre encore homme de lettres. Craintif, et avec bien des raisons de l'être, face à l'ère de suspicion qui s'instaure, il aurait pu faire son deuil de son œuvre ou attendre des jours meilleurs et mieux disposés envers la littérature pratiquée par des ci-devant. Contre cette sagesse, Sade choisit de remanier son texte. L'écrivain s'obstine comme si l'enjeu littéraire était pour lui bien plus important. L'essentiel n'est-il pas de publier et d'exister comme homme de lettres ? On a du mal à imaginer en cette période trouble, où on risque pour bien peu sa liberté et sa vie, cet homme arrêté, soupçonné de modérantisme (il sera condamné à mort le 27 juillet 1794, à la veille de la chute de Robespierre) et sachant par expérience à quelle fin risque de le conduire la prison, et qui confie à ceux qui l'arrêtent des feuilles d'imprimeries corrigées à remettre à son imprimeur, alors qu'elles peuvent être utilisées contre lui et lui coûter la vie.

Tout ceci relèverait d'une totale et parfaite ignorance des réalités du moment si l'on oubliait la vocation d'écrire et de publier chevillée au corps, sorte d'idée fixe qui finit par faire oublier tout le reste. Apparemment politiques, les corrections de Sade se révèlent, en fin de compte, à la fois littéraires et commerciales au sens où elles engagent le rapport au public et visent au succès auprès des lecteurs, et sans doute à lui seul.

Le 15 octobre 1794, après avoir frôlé la mort, le citoyen Sade est libéré. Une de ses premières démarches concerne les feuilles déjà imprimées de son roman, placées sous séquestre lors de l'arrestation de Girouard, depuis condamné à mort et exécuté le 8 janvier 1794. Dans la demande qu'il adresse aux autorités, Sade avance trois arguments. Le premier, « que cet ouvrage, livré à l'impression depuis cinq ans, quoique dans d'excellents principes, ne porte pourtant pas encore le caractère que doit lui assurer le genre de notre gouvernement actuel. Très peu de changements lui donneront cette physionomie mâle et sévère qui convient à une nation libre, et je désire faire des changements. » Le second tient aux accords passés avec Girouard. Le troisième et plus fort, enfin, tient à l'amour-propre de l'auteur : « Cet ouvrage volumineux est le fruit de plusieurs années de veilles : je n'en jouirai jamais si on ne me met pas, en le rendant, en état de le faire paraître. » Ces arguments semblent mal mesurer, si l'on s'en tient au premier, l'effet produit sur les autorités. Sade risque d'être accusé de complaisance envers le régime précédent en avouant que son manuscrit ne correspond pas aux exigences actuelles (« physionomie mâle et sévère »), à la rédaction post-thermidorienne, et qu'il a cédé aux charmes, dorénavant honnis, du jacobinisme actif. Faute que nombre de contemporains ont commise, mais que bien peu consentent à avouer. Sade prend donc le risque, malgré son internement, d'être accusé de complaisance envers les Robespierristes malgré la précaution prise quand il rappelle les « excellents principes » dont, dès sa première version, s'honorait son livre. En fait, tout semble indiquer, et le troisième argument développé par Sade le montre, que la politique ici n'est qu'une référence obligée : seule importe la « vocation littéraire », « l'amour-propre de l'auteur », comme le dit si naïvement la demande.

Tout doit ici nous convaincre que Sade, sans jamais faiblir ni renoncer à son projet, quels qu'aient pu être les risques, consciemment ou non, encourus, s'est voulu homme de lettres et écrivain. L'oublier, c'est se refuser les moyens de comprendre un procès d'écriture qui aboutit à la parution tardive mais désirée d'*Aline et Valcour* en 1795. Sade alors se démène au point de rédiger une lettre commerciale à un libraire d'Arles, destinée à être diffusée dans toute la Provence : « On vous donne avis, Citoyen, qu'il paraît un ouvrage ayant pour titre *Aline et Valcour ou le roman philosophique*, huit volumes in-18, beaux caractères, orné de seize gravures ; à Paris chez la veuve Girouard, maison Égalité ; prix du marchand : 100 livres, broché. » Le ton est celui du professionnel. Aucune allusion au « poivre », à l'aspect littéraire. Sade parle ici en homme de lettres au sens social du terme et non en écrivain. On verra enfin dans la note consacrée aux éditions d'*Aline et Valcour* comment cette publication commencée, interrompue, reprise et achevée enfin, a donné des exemplaires composites avec des pages de titre diverses, un nombre de gravures fluctuant et un texte qui s'est modifié au gré des événements, qu'on pourrait définir, dans le cas de Sade, comme le désir de plaire à un public en satisfaisant par ses corrections les autorités et ce qu'il imagine être le nouvel air du temps.

Les modèles

Le marquis de Sade a donc agi, tout au long de la rédaction d'*Aline et Valcour*, comme un professionnel de l'écriture. Il n'a cessé de s'informer sur les pays que traversent ses héros, sur l'évolution du mouvement littéraire et philosophique, à tel point que ses lectures, fort nombreuses, semblent avoir été systématiquement utilisées par lui pour nourrir et légitimer son imaginaire et sa création littéraire. On rappellera enfin la minutie apportée à établir des canevas, à rendre des chronologies vraisemblables, à dresser la liste de ses personnages, à faire, si l'on veut, le point de ce qui était déjà écrit [1]. Ainsi que le « Catalogue raisonné » qu'il établit de son œuvre en 1788, *Aline et Valcour* est résumé par ces lignes :

> « Roman par lettres sur le canevas desquelles courent les deux épisodes de Sainville et Léonore se ralliant au sujet ; dans celle de Sainville se trouve la description

1. Voir le canevas difficilement datable cité par Michel Delon, édition de la Pléiade, p. 1197. On peut y ajouter la liste des personnages que dresse le prisonnier : « Catalogue des noms employés. Roman philosophique », manuscrit de l'Arsenal 12456, folio 684, et le résumé que Sade a donné de son « Catalogue raisonné des œuvres de M. de S*** à l'époque du 1er octobre 1788 » (voir Delon, p. 1198).

réelle, et faite sur des mémoires certains, d'un pays au centre de l'Afrique, absolument inconnu jusqu'à présent, la découverte d'une île dans la mer du Sud, échappée à Cook, où règne une forme de gouvernement faite pour servir de modèle à tous ceux de l'Europe ; dans l'épisode de Léonore est un voyage très curieux autour du monde, de très singulières aventures au Monomotapas, au milieu de l'Afrique, au Portugal, en Espagne, à l'Inquisition, et une nouvelle espagnole... »

À cette date les récits de Sainville et Léonore semblent, à ses yeux, plus importants que les machinations du président de Blamont et de son ami Dolbourg pour contrarier les amours d'Aline et de Valcour. Propos bien évidemment d'un écrivain au travail, qui doit surmonter les difficultés que lui impose le double récit de Sainville et Léonore et qui, absorbé par cette tâche immédiate, semble pécher par myopie. Le dialogue critique avec Mme de Sade, déjà évoqué, montre à sa manière cette difficulté éprouvée à prendre du recul pour saisir le roman dans sa totalité. Sans préjuger sa réussite ou son échec, le travail de l'écrivain Sade ne l'écarte guère des modèles que lui impose sa représentation, imaginaire ou proche du réel, du professionnalisme des auteurs de romans : information, focalisation sur telle ou telle difficulté technique, appel au jugement et aux conseils critiques de lecteurs familiers, bilans réguliers... On peut regretter de ne pas posséder le manuscrit d'*Aline et Valcour* qui permettrait de mesurer avec une plus grande précision le patient travail de mise au point et d'adaptation à ce que Sade pense être le goût du public.

Que Sade ait sacrifié telle ou telle page[1] sur les conseils de sa femme ne l'a pas empêché d'écrire avec *Aline et Valcour* la plus longue de ses œuvres. Fait qui n'est pas sans importance et prouve que cette longueur, ce temps consacré à un minutieux travail d'écriture et de correction font de ce roman un véritable défi littéraire.

Sade au défi d'être romancier, c'est un écrivain se mesurant

1. On ne connaît pas à ce jour de manuscrit d'*Aline et Valcour*, si l'on excepte une page manuscrite que Gilbert Lély avait achetée lors d'une vente à Drouot en 1963 et qui correspond à un passage supprimé de la discussion entre Brigandos et le chevalier de l'ordre d'Alcantara.

nécessairement en 1786 à *La Nouvelle Héloïse*, ce qu'il avoue et revendique[1], et aux *Liaisons dangereuses*, qu'il a toujours feint de ne pas connaître, et dont il ne fait mention ni dans sa correspondance ni dans son *Idée sur les romans*[2]. Voilà, il faut en être convaincu, les deux œuvres qui constituent la mesure de toute écriture romanesque et le passage obligé, le rite probatoire auquel est tenu de se soumettre qui aspire à devenir écrivain.

Pour égaler (ou dépasser) ces génies tutélaires, reconnus ou inavoués, le marquis de Sade se doit donc d'écrire un roman épistolaire et polyphonique, selon le modèle qui s'est constitué à partir de *La Nouvelle Héloïse*. Des travaux récents[3] ont souligné l'extrême importance de la forme épistolaire dans la production romanesque des dernières décennies du XVIIIe siècle à la suite du succès du roman de Rousseau et de l'influence grandissante des romanciers anglais. Elle seule, semble-t-on croire, sert toutes les intrigues et s'adapte à tous les tons : du roman sentimental au roman terrifiant en passant, bien sûr, par le récit libertin. Tout se passe comme si la forme épistolaire se mettait elle-même à l'épreuve et tenait à démontrer son extraordinaire flexibilité : aucun sujet, aucune intrigue ne lui sont interdits, rien ne lui est étranger : elle peut s'adapter à tout, se décliner sur tous les modes et véhiculer tous les types de discours.

On reprendra ici quelques données chiffrées citées par Laurent Versini[4]. En Angleterre, de 1741 à 1800, sur 1936 romans publiés, 361 sont des romans par lettres dans la tradition de la *Clarissa* de Richardson. En France, l'évaluation est plus difficile. Il convient en effet de prendre d'abord en compte la mode anglaise : on traduit et retraduit, et souvent on imite, comme cette Mme Beccarri, qui, pour faire plus

1. Il existe une apologie par Sade de *La Nouvelle Héloïse*, définie comme un roman modèle, dans l'*Idée sur les romans* rédigée par l'écrivain en 1788 et publiée en 1800 comme préface aux *Crimes de l'amour*. Voir Sade, *Idée sur les romans*, édition et notes de Jean Glastier, Ducros, Bordeaux, 1970.

2. Tous les commentateurs de Sade ont signalé cette absence. Voir *Idée sur les romans*, éd. cit.

3. Parmi les plus récents, les travaux de Didier Masseau sur le roman à la veille de la Révolution, à paraître.

4. Laurent Versini, *Le Roman épistolaire*, Presses universitaires de France, 1979.

« british », comme on dira au XIXe siècle, signe Beccarry *Les Dangers de la calomnie ou Mémoires de Fanny Spingler* (1781), et qui profite, du coup, et de la mode anglaise et du succès de *La Nouvelle Héloïse*, dont, sans le moindre scrupule, elle se réclame ouvertement.

La liste est d'ailleurs interminable des imitateurs plus ou moins scrupuleux de Jean-Jacques : de Durozoy, *Lettres de Cécile à Julie ou les combats de la nature* (1764) ou de Mme de Saint-Aubin, *Mémoires en forme de lettres de deux jeunes personnes de qualité* (1765), jusqu'à Marat qui compose *Les Aventures du jeune comte Potovski* et bien évidemment Rétif de la Bretonne qui publie un *Nouvel Abeilard ou lettres de deux amants qui ne se sont jamais vus* (1778) et *Le Paysan perverti* (1775) que suit *La Paysanne pervertie ou les dangers de la ville* (1784)... on n'en finirait pas d'énumérer, jusqu'à ce point d'orgue que représentent *Les Liaisons dangereuses*, la litanie du roman épistolaire en France, de la mode anglaise et des héritiers de Saint-Preux et de Julie de Volmar, les trois sources se mêlant le plus souvent, les romans utilisant, dans une même volonté d'atteindre le succès, l'une ou l'autre des traditions.

Sans cesse utilisée, exploitée jusque dans ses ultimes ressources, la forme épistolaire n'obéit pas à un motif dominant. On finit par lui faire tout dire et par la soumettre aux traitements les plus inattendus, à tel point qu'elle devient peu à peu une simple référence que l'on trahit en même temps qu'on l'utilise.

Si l'épistolaire apparaît à tous comme capable de s'adapter à tous les tons : élégiaque, pathétique, lyrique, épique même ; à tous les sujets : romans d'aventures, d'amour, de voyages ; de permettre leur cohabitation naturelle, c'est bien évidemment en perdant sa spécificité même, en payant le prix de l'usure, en finissant par ne plus être pour avoir voulu être tout.

Aline et Valcour, roman épistolaire

Sade va donc tout naturellement se proposer, pour faire ses preuves, d'écrire lui aussi un roman épistolaire. Tout l'y incite : les modes littéraires et l'isolement du prisonnier qui communique par la lettre avec le monde extérieur et avec ses geôliers. Le dialogue, le roman par les historiettes auxquels il s'était déjà essayé, c'était pour lui un peu du passé de liberté retrouvé ; le roman épistolaire, ce sera un peu du présent qui entre en littérature.

On aura donc des personnages séparés par l'espace et servant des intérêts divergents. Un premier groupe est installé dans la terre de Vertfeuille : Mme de Blamont, Aline sa fille, Déterville un ami, sa femme Eugénie, le comte de Beaulé ; il correspond avec Valcour, promis d'Aline, détesté par le père de celle-ci, le président de Blamont, et obligé, de ce fait, de demeurer à Paris loin de celle qu'il aime. C'est à l'intérieur de ce premier groupe que s'instaurent les échanges épistolaires : de Déterville à Valcour (I, VII, XV, XVI, XVII, XVIII, XXI, XXIII, XXXIV...), d'Aline à Valcour (II, IV, VI, X, XIII, XXII...), de Valcour à Aline (III, V, XI, XIV, XX...), de Mme de Blamont à Valcour (XII, XXVII, XXX...), de Valcour à Mme de Blamont (XL, XLVI...). Un deuxième groupe est constitué par les pervers : le président de Blamont et Dolbourg dont les échanges sont peu nombreux (six lettres : IX, XXVI, XXXVII, XLIV, LII, LXIV) et à sens unique, puisque seul le président écrit à son complice, mais dont la présence hante la correspondance de ses adversaires et bientôt victimes. Un troisième groupe est constitué par des personnages secondaires dont la mission est d'informer : le chevalier de Meilcourt (XXIX), Sophie (XLIX), l'espion de Mme de Blamont dans le château de son mari (LVII), Julie enfin, la femme de chambre d'Aline (LXVIII).

À partir de ce simple relevé, on voit comment s'organise le roman : dans le temps d'abord, avec ses points d'orgue (lettres XXXV et XXXVIII qui racontent les aventures de Sainville et de Léonore) et ses accélérations (de la lettre LXVI à la lettre LXXI) ; dans l'espace aussi, de Vertfeuille à Paris, de Paris à Vertfeuille, du château de Blamont à Vertfeuille et à Paris, selon une distribution des partenaires, une fréquence des échanges qui construisent l'intrigue et servent la tension dramatique. Ainsi on remarquera que Mme de Blamont intervient tardivement dans la correspondance et que les lettres qu'elle échange avec Valcour se font plus nombreuses à mesure que le danger devient plus présent (XLV, XLVI, XLVII, L, LI, LIV, LVII, LVIII...) et qu'elles finissent par se substituer aux lettres entre les amoureux ou les amis.

Rien que de très habituel dans une telle organisation du

récit épistolaire. On considérera même que Sade est loin d'avoir épuisé toutes les ressources de la polyphonie que permet le genre : beaucoup de personnages sont écartés de l'échange épistolaire actif : Dolbourg, le comte de Beaulé, Eugénie, Sainville... et n'existent que par la place qu'ils occupent dans les lettres des correspondants actifs. Sade romancier fait une utilisation somme toute modeste des lettres en écho, de l'échange croisé, du décalage temporel entre une lettre et sa réponse, de la lettre fallacieuse, des lettres incluses (à l'exception de l'ensemble formé par les lettres XLVIII, XLIX, L). Toutes limitations qui, au demeurant, n'empêchent nullement que la machine épistolaire narrative soit ici d'une parfaite efficacité pour conduire le récit à son dénouement en faisant alterner rebondissements et péripéties multiples.

La mise en place, le déroulement de l'intrigue respectent les règles essentielles de la narration. En entrée, comme il se doit, les portraits des personnages par Déterville et l'exposé du problème : Aline aime Valcour, Valcour aime Aline, mais le père d'Aline s'oppose au mariage de sa fille qu'il destine à son ami Dolbourg qu'elle n'aime pas (I, II). Vient ensuite un retour nécessaire sur le passé (l'histoire de Valcour dans la lettre V) pour justifier le présent et l'explication de l'organisation de la correspondance (VI). Comme toujours dans le roman épistolaire à la Rousseau ou à la Richardson alternent ici faits rapportés, projets pour s'opposer aux menées des adversaires, commentaires, considérations générales sur le monde et exaltations sentimentales. Comme dans *La Nouvelle Héloïse*, dans *Aline et Valcour* se mêlent analyse et émotions. La réalité des êtres et de leur destin y apparaît peu à peu : l'histoire de Sophie, commencée à la lettre XVI, ne s'éclaire complètement qu'à la lettre XXI, où l'enquête de Déterville révèle la substitution des enfants, dont on ne connaîtra le fin mot qu'à la lettre XXIV, encore que la conclusion soit provisoire, puisque le destin de Sophie n'est pas encore scellé et que Léonore n'est pas encore entrée en scène. Qui ne reconnaîtrait à Sade l'art de conduire une intrigue par le jeu des lettres pour maintenir le lecteur en haleine ?

Dans ce qu'on peut considérer comme le deuxième ensemble épistolier, on assiste à une accélération et une accumulation des péripéties (XLII à LXXII) que traduit le rythme plus vif des échanges. On échafaude des plans d'un côté comme de l'autre : lettre de cachet contre Sophie, projet de compromettre le comte de Beaulé, « qui soupe avec des filles » (XLIV)... Les événements succèdent aux événements : Sophie est enlevée (XLV), Valcour refuse de se laisser acheter (XLVI), Sophie est livrée aux caprices des libertins (XLIX), Blamont enquête auprès du curé de Saint-Gervais (LI) et rêve de livrer sa propre femme à son complice Dolbourg (LII), Valcour est attaqué par des hommes de main, Mme de Blamont refuse de déshonorer son mari par une dénonciation publique... Accumulation de péripéties, retournements, accélération sont ici notoires et provoquent naturellement une exaltation à chaque fois plus grande des sentiments des protagonistes menacés : ainsi Aline éprouve une sorte de crise nerveuse (LV) et Valcour, dans la lettre LXV, semble près du délire.

S'il existe des effets de symétrie entre les deux ensembles épistoliers dont témoignerait par exemple l'histoire de Sophie qui, dans le premier ensemble, passe de l'enlèvement crapuleux à la reconnaissance filiale (elle serait fille des Blamont) pour, dans le second, perdre ce statut, être enlevée et souillée à nouveau pour disparaître mystérieusement, on ne peut prétendre que l'un n'est que le double inversé de l'autre. Au premier appartiennent les préparatifs, les portraits et les escarmouches, le second construit la crise et conduit au dénouement. On a là une progression dramatique parfaitement maîtrisée et non un simple retournement. Sade romancier a su construire un dispositif tragique rigoureux qui brise les victimes et les voue au malheur et à la mort.

Rousseau, Laclos et Sade

Qui pourrait encore douter de l'influence de *La Nouvelle Héloïse* et des *Liaisons dangereuses* sur *Aline et Valcour* ? Du roman de Rousseau, Sade a retenu plus qu'une forme, il lui emprunte toute une esthétique du sentiment sans laquelle on ne peut comprendre aucun des personnages vertueux. Le lyrisme d'Aline, l'exaltation amoureuse de Valcour sont le reflet fidèle des émotions des amants de *La Nouvelle Héloïse*. L'extrême dignité de Mme de Blamont, mère et épouse, démarque nombre d'attitudes de Julie devenue Mme de Volmar. Les références sont innombrables d'une œuvre à l'autre. Sans chercher à être exhaustif, on peut avancer une conception parallèle du bonheur rustique à Vertfeuille et à Clarens, un même refus de la ville, une même mise en scène de la mort de Julie et de Mme de Blamont... Les rapports entre les personnages sont évidents : Aline et Valcour sont à rapprocher de Saint-Preux et de Julie, Eugénie et Déterville sont des échos de Claire et de Milord Édouard, qui prête de ses traits au comte de Beaulé. Les lecteurs de *La Nouvelle Héloïse* ont dû reconnaître avec plaisir dans la lettre de Julie à Déterville les échos du plaidoyer rousseauiste en faveur du suicide. Sade d'ailleurs ne cache pas son jeu. En prêtant à Valcour une rencontre symbolique avec Jean-Jacques Rousseau, il met son roman sous la protection du génie tutélaire. Dans son édition d'*Aline et Valcour*, Michel Delon a systématiquement relevé les emprunts sadiens à *La Nouvelle Héloïse*[1] qui portent pour l'essentiel sur la jouissance sensible, l'énervement de l'âme, la volupté sombre, le destin malheureux de l'âme sensible... Il y a là tout un rousseauisme romanesque sans lequel les personnages vertueux *d'Aline et Valcour* n'auraient pas d'âme.

Il reste à s'interroger sur l'influence inavouée des *Liaisons dangereuses* sur *Aline et Valcour*. Sade a feint d'ignorer, dans son *Idée sur les romans*, cette œuvre si proche de sa propre démarche philosophique et morale. Omission dont on pourrait prétendre qu'elle a presque valeur d'aveu. *Les Liaisons dangereuses* sont en effet bien présentes dans la machination ourdie par Blamont et Dolbourg. On y retrouve la même volonté de jouir en écartant les obstacles humains ou sociaux, en se jouant de la loi, en ajoutant aux plaisirs du corps les joies subtiles de la lucidité et de l'intelligence, du pouvoir qui plie autrui à sa volonté et à son désir, de la transgression enfin de l'ordre du monde et des sentiments. Il y a là une parenté sans équivoque : Dolbourg, le président de Blamont, la marquise de Merteuil, le vicomte de Valmont appartiennent à la confrérie des libertins sans scrupules et qui mettent tout en œuvre pour parvenir à leurs fins[2].

---

1. Voir les notes de l'édition de la Pléiade d'*Aline et Valcour*, mais aussi Michel Delon, « Sade face à Rousseau », in *Europe*, octobre 1972.

2. Sur le libertinage, on pourra voir Philippe Laroch, *Petits-maîtres et roués. Évolution de la notion de libertinage dans le roman français du* XVIII*e siècle*, Québec, Presses de l'Université Laval, 1979.

Certains détails d'*Aline et Valcour* sont à rapprocher plus directement encore des *Liaisons*, comme la « petite maison » que partagent Dolbourg et Blamont, et qui évoque celle que possède la marquise de Merteuil dans les environs de Paris. Sur le plan éthique, le mépris éprouvé par Blamont pour les libertins sans principes et sans méthode est parent du libertinage aristocratique professé par la marquise. Le châtiment que reçoit le président est semblable à celui qui est infligé à la Merteuil : à l'un l'exil en Angleterre, à l'autre la fuite en Hollande, tous les deux ruinés et solitaires. Dans un roman comme dans l'autre, c'est un avertissement de l'éditeur, sorte de supplément narratif aux lettres elles-mêmes, qui en fait l'annonce.

Ce sont là des parentés indéniables, et pourtant un examen minutieux du roman de Sade montre qu'il ne constitue pas une imitation, plus ou moins fidèle, de *La Nouvelle Héloïse* et des *Liaisons dangereuses*. Tout d'abord parce que, dans *Aline et Valcour*, Sade utilise conjointement les deux modèles et tente de les faire cohabiter dans une même unité. La distribution des deux univers romanesques : l'un réservé aux personnages vertueux et l'autre aux pervers, conduisait nécessairement à leur transformation : trop de vertu du côté de Vertfeuille et trop de vice chez les libertins. Si Valcour par exemple porte en lui le souvenir d'une faute originelle (la séduction d'Adélaïde de Sainval, la mort de son frère qu'il a tué en duel), rien n'en demeure, sinon une espèce d'apathie vertueuse quand commence le roman. Aline, quant à elle, est absolument vertueuse et innocente jusqu'aux portes de la mort, où elle se révèle un personnage plus ambigu. Mme de Blamont peut, à la limite, évoquer Julie de Volmar (et plus spécialement dans l'épisode de la mort), mais rien ne rappelle à Vertfeuille les rapports de domination qui s'instaurent à Clarens entre Julie, Saint-Preux et M. de Volmar. La passion, peut-être éprouvée par le comte de Beaulé pour Mme de Blamont, n'y crée ni tension ni conflit. Sade a choisi des héros vertueux à qui il n'en coûte rien de l'être. De *La Nouvelle Héloïse*, Aline et Valcour ont hérité des façons de sentir : rien qui évoque chez eux la lente ascension des héros rousseauistes à la paix des âmes et des cœurs.

Les libertins de Sade n'ont, à bien y réfléchir, que peu de parenté éthique avec les roués des *Liaisons dangereuses*. Leur projet n'est ni de séduire ni même de pervertir, mais plus brutalement de jouir. La transgression n'est pas, pour eux, un moyen d'éprouver leur puissance, mais un piment ajouté à leurs plaisirs. En un sens, et la proposition est à bien des égards paradoxale, avec moins d'intelligence et de raffinement, les héros de Sade vont bien plus loin dans le vice et la transgression que ceux de Laclos. Car leur fascination pour l'inceste, leur soin à prostituer leurs victimes, l'utilisation, pour satisfaire leur désir de jouissance, de leur pouvoir politique ou social et de leurs richesses, le meurtre qu'ils pratiquent pour parvenir à leurs fins, en font des bourreaux plus encore que des corrupteurs. Sophie n'est pas pervertie, et Aline meurt plutôt que de se rendre. Toute l'action des libertins de Sade se fonde sur la force et la brutalité : attaque de Valcour, lettres de cachet, enlèvement. Leur jouissance réclame des victimes broyées et non des complices en libertinage ou même des victimes ingénument consentantes. Pas de mensonge sentimental chez eux : ni Blamont ni Dolbourg ne feignent des sentiments pour faire illusion ; l'art de tromper ne leur apporte aucun plaisir supplémentaire, et on imagine mal le président de Blamont en pédagogue pervers comme Valmont avec Cécile ou la marquise de Merteuil avec Danceny.

Non sans forcer la note, on pourrait rapprocher le couple Blamont-Dolbourg de celui que constituent la marquise de Merteuil et le vicomte de Valmont, pour y retrouver une même hiérarchie du libertinage. Mais Dolbourg, qui n'existe que par les lettres que lui adresse le président de Blamont, n'est pas de taille. Comme le lui reproche son complice, il n'est qu'un second rôle, maladroit et rempli de scrupules, si peu affirmé dans le mal qu'il finira par éprouver des remords.Des *Liaisons dangereuses*, Sade a sans doute retenu qu'il ne peut exister de libertinage solitaire : les exploits du libertin réclament un théâtre, un public, des témoins, une émulation. Par eux, et grâce aux victimes condamnées à la douleur et au silence, le libertin s'offre le spectacle de ses crimes. Plus qu'un complice, Dolbourg est le miroir indispensable dans lequel Blamont peut contempler à loisir sa supériorité et son infamie.

Ainsi, narrativement et moralement, *Aline et Valcour* s'éloigne des modèles de la narration épistolaire qui s'imposaient à Sade. Non qu'il s'agisse d'un échec. Parlons plutôt d'une différence qui, pour l'essentiel, tient à cette esthétique et à cette morale de l'excès que le marquis ne cessera de cultiver. Chez lui, la sensibilité s'exacerbe pour déboucher sur une utilisation bien peu rousseauiste du tableau pathétique. À cet égard on comparera, pour mesurer un indéniable écart, la mort de Julie de Volmar à celle d'Aline de Blamont et on analysera les extrémités auxquelles Aline se porte après la mort de sa mère. Elles sont à la mesure d'un vertige qui pousse irrémédiablement Sade moraliste, philosophe et écrivain, à aller toujours un peu plus loin.

Autres modèles romanesques

Vouloir réécrire *La Nouvelle Héloïse* et *Les Liaisons dangereuses*, c'était pour Sade en développer les virtualités : faire du pathétique à partir du sentiment, transformer les libertins en héros criminels et impassibles, donner enfin à leurs épisodes ébauchés les dimensions d'une œuvre spécifique. À bien y regarder, l'histoire de Sainville et Léonore ne serait que le développement du voyage que Saint-Preux évoque en quelques lignes dans la lette 3 de la IVe partie de *La Nouvelle Héloïse*. Car Sade n'a pas résisté à la tentation de faire du Prévost — et il faut ici penser surtout à *Cleveland ou le philosophe anglais* — à l'intérieur même de son roman par lettres. D'où les lettres XXXV et XXXVIII d'*Aline et Valcour* qui, à elles seules, représentent une bonne moitié du roman. Le périple qui conduit les héros en Italie, à Venise, en Barbarie, à Constantinople, en Afrique, au Portugal et enfin en Espagne, qui les oblige à affronter les peuplades les plus inhospitalières, à souffrir les climats les plus incléments, les tempêtes les plus violentes, à courir les plus grands dangers au risque de leur vie et de leur vertu, est directement inspiré de *Cleveland*. Nombre d'épisodes offrent d'exactes similitudes : ainsi les anthropophages que rencontre Sainville rappellent bien évidemment les Rouinrons prêts à dévorer le fils naturel de Cromwell.

Sade semble avoir voulu utiliser tous les possibles narratifs, sans aucune exception, que lui offrait le roman contemporain : récit de voyages, ce qui nous vaut des informations sur les productions exotiques et les mœurs les plus opposées à celles des Européens ; roman d'aventures avec enlèvements, déguisements, pirates, catalepsie, fausses rencontres, poursuites, esclavage forcé, fuites, vols... ; roman de type picaresque par lequel le héros fait l'expérience moins des diverses classes sociales que des leçons morales, philosophiques ou politiques les plus variées. Prenons le récit de voyages : sans répéter l'essentiel des notes consacrées à ces épisodes, il faut accorder à *Aline et Valcour* l'utilisation habile des informations empruntées à l'*Histoire des deux Indes* de l'abbé Thomas-Guillaume Raynal, à l'*Histoire naturelle* de Buffon et aux *Voyages* de Cook et de Bougainville, sans oublier la volonté de Sade de situer géographiquement et techniquement ses voyageurs, comme le prouvent l'itinéraire africain et l'emploi des termes de marine dans l'histoire de Sainville. Mais ici le récit de voyages est aussi un roman d'aventures. On y retrouvera les lieux qui lui sont familiers : le couvent d'où s'échappe Léonore, le navire naufragé, les sombres cachots de l'Inquisition, la caverne des brigands, le harem du sanguinaire Ben Mâacoro. Le tour du monde se confond ici avec l'utilisation des lieux traditionnels de l'univers romanesque. Au passage on reconnaîtra la maison de l'Inquisiteur inspiré, sans nul doute, par *Candide*, le sérail des *Lettres persanes*, la description de la cité utopique venue de l'*Histoire des Sévarambes* de Veiras d'Alais (1677) et de l'*Utopie* de More...

Les péripéties elles-mêmes renvoient à tout un florilège romanesque : le voyage avec les comédiens est inspiré du *Roman comique* de Scarron, la confrontation avec l'Inquisition des *Mémoires de Gaudences de Luques ou Histoire d'un peuple inconnu*. Les rencontres manquées sont fréquentes chez Prévost, la poursuite est le thème central de *Cleveland*, au point de le faire apparaître dans *Jacques le Fataliste* comme un auteur fondateur du genre et de ses stratégies narratives.

Il est évident que *Candide* qui est, à sa manière parodique, un roman de la poursuite (Candide est à la recherche de Cunégonde), est ici très largement utilisé sur le mode sérieux. Tamoé ressemble au fameux Eldorado, l'or dont bénéficie Sainville n'est pas si éloigné des diamants de Candide : dans les deux cas, les héros en seront dépouillés dès leur arrivée en Europe. Comme Candide et Pangloss, Sainville et Léonore sont victimes de l'Inquisition...

Les romans anglais ont fourni quant à eux l'enfermement dans les souterrains qu'ils affectionnent, l'utilisation du cercueil pour faciliter la fuite, le couvent où règne la luxure, comme le veut aussi la tradition du roman pornographique. Citons enfin comme source probable *Gil Blas de Santillane* de Lesage, qui a donné le décor espagnol et l'épisode des brigands qui enrôlent Léonore, et plus largement, je crois, le canevas du roman d'apprentissage picaresque, amplement transformé ici, comme on le verra, en roman de formation philosophique.

Le but n'est pas ici d'accuser Sade de plagiat, conclusion à laquelle risque de mener une étude des sources conduite sans tenir compte du phénomène d'appropriation. Sade ne copie pas, il utilise un matériau narratif, et *Aline et Valcour* représente, à bien des égards, la tentation sadienne de l'encyclopédisme narratif. Un peu comme si Sade tenait à démontrer sa maîtrise, son savoir-faire romanesque, et voulait se poser, preuves en mains, comme un authentique homme de lettres possédant la plénitude des techniques d'écriture.

Une fois encore donc, Sade se mettant au défi du roman et prenant la littérature romanesque à bras-le-corps, au point de vouloir faire cohabiter le roman épistolaire à la Laclos avec la leçon de *La Nouvelle Héloïse*, mais aussi avec eux le récit de voyages, le roman d'apprentissage, le roman d'aventures à la Prévost, le récit utopique... Que Sade n'a-t-il pas tenté de faire tenir dans le cadre du roman épistolaire initial des amours malheureuses d'Aline et Valcour ! N'a-t-il pas tenu à placer au beau milieu de l'histoire de Léonore une inattendue nouvelle espagnole ?

Qui trop embrasse mal étreint. Le proverbe ici prend un nouveau sens. La cohabitation des différentes pratiques romanesques finit par les déstabiliser. L'esthétique de l'œuvre est ici autant philosophique que narrative. Sade a tenu à affirmer d'entrée l'unité de son récit en soulignant que l'histoire de Sainville (et par conséquent celle de Léonore) ne devait pas constituer pour le lecteur des récits annexes sans lien véritable avec l'intrigue principale. « Le lecteur, écrit-il en note au début de la lettre XXXV, qui prendrait ceci pour un de ces épisodes placé sans motif, et qu'on peut lire ou passer à volonté, commettrait une faute bien lourde. » Si les aventures des amants séparés, l'histoire de Zamé, la nouvelle espagnole, l'histoire de Brigandos relèvent de la technique des récits enchâssés, elles appartiennent — ainsi le veut l'auteur —, de plein droit, au récit central : les amours d'Aline et Valcour, et n'ont de signification que par lui. On pourrait d'ailleurs montrer que, sans en adopter nécessairement la mise en scène ou les marques formelles, le récit que fait chacun des personnages de son passé ou de ses propres aventures relève d'une technique commune, qui est celle du récit-mémoire.

Mais, on l'aura compris, le défi sadien vient de plus loin. Avant même que de les rattacher à l'intrigue principale, Sade romancier se devait d'organiser récits rapportés et récits annexes selon une construction en abyme, qui donne son unité à l'histoire de Sainville et Léonore. Il lui fallait, avant même de l'intégrer aux amours contrariées d'Aline et Valcour, structurer ce récit à deux voix par le jeu complexe des épisodes communs, des rencontres manquées et des épisodes complémentaires. Ainsi l'histoire de Léonore éclaire les épisodes obscurs ou mystérieux des aventures de Sainville. Tel détail passablement incongru du premier récit prend son sens grâce aux confidences de Léonore. On a là un habile système de contrepoint et de complémentarité par les aventures communes : la poursuite en felouque, l'examen des prisonnières en royaume butua, l'évasion des cachots de l'Inquisition qui s'achève par les retrouvailles finales. Le jeu de piste auquel se livre Sainville pour retrouver Léonore, la poursuite qui l'entraîne sur les traces de son épouse enlevée à Venise évoquent, sur un autre plan, une représentation du mode de lecture croisée et questionneuse auquel est invité le lecteur.

L'histoire de Léonore forme couple avec celle de Sainville, au sens formel du terme et comme les héros eux-mêmes. Plus largement, ainsi que le remarque Michel Delon, « le roman de Sade multiplie les couples et les diptyques. Couples de personnages : Aline et Léonore, les deux sœurs opposées, mais aussi Aline et Eugénie d'une part, Léonore et Clémentine de l'autre ; Blamont le libertin par principes, et Dolbourg, le libertin par goût... Diptyques : les deux royaumes traversés par Sainville, les deux bandes rencontrées par Léonore...[1] » Avant d'en conclure comme lui : « aucune affirmation ne va sans son contraire, aucune vérité ne peut être définie de manière statique », ce qui est, au demeurant, rigoureusement exact, remarquons que l'existence des couples et des diptyques

1. Michel Delon, éd. cit. p. 1206.

sert l'unité du roman, qui, sans eux, serait largement problématique. Car si Léonore appartient par l'intrigue même à l'histoire d'Aline et Valcour — n'est-elle pas sœur d'Aline, n'a-t-elle pas été victime des machinations de son père Blamont comme Aline elle-même, ne continue-t-elle pas à être poursuivie par lui ? —, sans un assemblage formel il n'en serait pas de même de son histoire. Car c'est bien la similitude des formes qui rattache les aventures de Léonore au récit épistolaire.

À la systématique de la construction par couples, ajoutons la fréquence des annonces formelles : ainsi l'histoire de Valcour qui doit fuir à l'étranger après le meurtre de M. de Sainval, frère de la jeune femme qu'il avait séduite et abandonnée, celle de Sophie enlevée puis séquestrée par les libertins Blamont et Dolbourg, libre enfin, menacée à nouveau : voilà autant de préfigurations de l'histoire de Sainville et Léonore qui, à son tour, préfigure, par ses rebondissements et ses retournements de situation, le destin malheureux que connaîtra, malgré les efforts de Mme de Blamont et de ses amis, la malheureuse Sophie. Son enlèvement par Blamont n'est-il pas la reprise de celui de Léonore par l'Inquisiteur ? Il n'est pas possible de montrer en détail toute la complexité formelle de la construction romanesque globale d'*Aline et Valcour* pour y montrer la fréquence des échos, des reprises d'éléments narratifs, de péripéties et de situations, la constance d'une structure binaire. Admettons sa réalité, seule capable de rendre compte de l'unité de ce roman polyphonique.

Il faut y ajouter ce qu'on appellera les « effets de sens » conjoints du roman. Car il est vrai que certains de ses épisodes (rencontres, lieux traversés, aventures éprouvées, échanges philosophiques...), plus que par leur organisation formelle, se répondent par leur contenu philosophique et leur portée pédagogique. La réitération sadienne, la reprise des discours tenus de Blamont à Sarmiento, de Sarmiento à dom Gaspard, de dom Gaspard à Brigandos, de Brigandos au chef des brigands, du chef des brigands à l'Inquisiteur, pour ne citer que les principaux interlocuteurs des héros voyageurs, font que la réflexion philosophico-éthique se redouble et se fait à chaque fois plus insistante. Une même affirmation est reprise, inscrite dans un contexte différent, assumée par un personnage nouveau, modulée au gré des interlocuteurs et des intervenants.

On le constatera aisément en suivant les débats philosophiques auxquels participent Sainville et Léonore, la relation d'acceptation ou de refus du lecteur dépend largement des conditions d'inscriptions de la leçon philosophique dans le roman. L'excès des thèses de Sarmiento, la brutalité de ses comportements, l'opposition que lui manifeste Sainville, sa fin malheureuse plaident peu en faveur de sa philosophie. Quelle différence avec Brigandos, généreux avec Léonore et vertueux à sa manière, au point d'apparaître comme une figure de chevalier des temps modernes !

Tensions et ambiguïtés : le désir de philosopher

Là encore, l'excès l'emporte : les péripéties, les aventures, l'exotisme cèdent la place à la leçon de philosophie, au sens où l'on parle de leçon de musique avec exercices pratiques, théorie, arpèges et gammes. Pas un personnage du récit d'aventures qui ne devienne, dès qu'il le peut, un intarissable discoureur philosophique et qui n'ait vocation à catéchiser le malheureux rencontré sur sa route. Car il y a chez Sade, mêlé à sa rage d'écrire, une rage tout aussi grande de philosopher. La répétition tient plus ici à la reprise de la pédagogie philosophique qu'à une reprise répétitive du message philosophique lui-même. Les vérités que professent les personnages sadiens investis de la mission de philosopher ne sont pas toujours superposables et équivalentes : de Sarmiento à Zamé et à Brigandos, que de différences qui ne tiennent pas seulement au fait que le Portugais est prisonnier, que Zamé à la charge d'un peuple, d'une société tandis que le Bohémien n'impose sa loi qu'à sa maigre troupe, dans un monde qui lui est hostile et qu'il doit tromper pour survivre !

Que de différences encore du mal auquel sacrifie Sarmiento, par acceptation de la loi butua autant que par principes, aux vices que l'Inquisiteur satisfait à l'abri de l'institution religieuse qu'il sert avec fanatisme ! Il est peu probable que Ben Mâacoro partage avec Brigandos et Sarmiento la pratique du doute, le refus des idées reçues et des habitudes sociales. Les habitants du royaume butua suivent les lois qui organisent la vie dans leur société, lois fondées sur le mal et qui ont le mal et la jouissance des puissants comme fin ultime. L'Inquisiteur trouve dans l'institution le moyen de satisfaire ses penchants voluptueux. Dans un cas comme dans l'autre, il n'y a ni philosophie, ni choix volontaire et raisonné, ni principes, mais pulsion de la nature.

Dans *Aline et Valcour*, le roman d'aventures, le récit de voyages ne sont donc que prétextes à philosopher. La diversité des pays traversés, les aventures des héros servent, avant tout, à montrer la relativité des mœurs, la folie des hommes et l'aberration de leurs comportements et de leurs croyances. Les exemples en sont abondants, ce qui explique l'utilisation très particulière par Sade des récits de découverte pour en extraire ce qui est le plus à l'opposé des croyances et des pratiques du monde chrétien. Aussi se réfère-t-il plus souvent à l'ouvrage de Démeunier, *L'Esprit des usages et des coutumes de différents peuples*, ou à celui de Jean-Frédéric Bernard, *Les Cérémonies religieuses*, qu'aux récits plus traditionnels de voyages comme ceux de Cook ou de Bougainville. Sans pour autant limiter l'histoire de Sainville et Léonore à un simple florilège de l'étrange, car l'errance des héros, outre la critique de la religion chrétienne et des mœurs de l'Europe à laquelle ils se trouvent confrontés, prouve avant tout l'absence de normes intangibles, communes à tous les peuples, d'une nature humaine invariable.

On pourrait même avancer qu'à sa manière Sade n'est paradoxalement pas si éloigné du Montesquieu de l'*Esprit des Lois*. Pour l'un comme pour l'autre, même si pour le baron de la Brède le cœur et les sens ne sont pas indifférents à la matière traitée, tout a sa raison d'être : aussi bien l'oppression de femmes, le crime ou l'anthropophagie dans le royaume butua, que les règlements justes et harmonieux de Tamoé ou la sorcellerie et la pratique du vol chez les Bohémiens de Brigandos. Avec cette nuance pourtant que Sarmiento, Zamé tentent de convaincre leurs interlocuteurs du bien-fondé de leurs pratiques par un système philosophique, tandis que Ben Mâacoro suit, sans même en être conscient, sa nature.

Les apparences sont trompeuses : Sade n'est proche de Montesquieu que parce que l'*Esprit des Lois* lui permet de dénoncer les modes de pensée et les comportements de l'Occident chrétien. Car comment ne pas admettre que pour Sarmiento l'athée, qui s'accommode le mieux qu'il peut de la loi dominante au royaume butua et y trouve son intérêt, pour dom Gaspard, Zamé, Brigandos, l'ennemi à dénoncer, c'est bien le christianisme, conçu à la fois comme une religion, une morale, le fondement de l'institution politique et de la vie sociale ? Et pour que la démonstration soit plus convaincante et que le récit illustre la théorie, le lecteur verra défiler les moines assassins, les inquisiteurs pervers, les prêtres ridicules ou libidineux... Car il s'agit de montrer que non seulement la religion est un tissu de faussetés, de croyances non fondées, d'absurdités, de règles contraignantes pour la liberté de l'homme et sa nature, mais que les représentants de l'institution religieuse utilisent leur pouvoir pour assouvir leurs passions les plus viles. Il n'y a de vrais croyants que les victimes de ces pervers. Face à cet Occident chrétien, Ben Mâacoro a au moins le mérite de la transparence et d'un accord parfait entre le dire et le faire, pour reprendre une expression chère à Jean-Jacques Rousseau.

À bien y regarder donc, si l'on excepte quelques esprits naïfs et égarés, aliénés même, par leurs croyances et les prêtres qui les professent, et quelques sages qui ont pris comme dom Gaspard leurs distances, les hommes sont soumis à la seule loi de leurs désirs. L'expérience de Sainville, celle de Léonore, les malheurs d'Aline, de Valcour et de Sophie, de Mme de Blamont, la férocité de son président de mari et de ses sbires en témoignent tout au long du récit... Ben Mâacoro, nous répète Sade, est la règle et non l'exception. Et la sagesse de Zamé consiste à canaliser les désirs pour les faire servir au bien de la cité ou à en détourner l'intensité vers d'autres objets. Le manque d'appétits amoureux d'un jeune utopien envers sa femme, malgré les incessantes invitations aux plaisirs de l'amour, montre bien que la nature, ici investie d'un autre désir, quoi qu'on fasse, règne en maîtresse et que la loi, aussi bonne soit-elle, n'y peut mais.

À défaut de proclamer une exaltante modernité de Sade, grand chantre du désir, on peut n'en finir pas d'épiloguer sur son pessimisme. Comme dans les plus noires tragédies, dans *Aline et Valcour*, le bilan est lourd : amours brisées, biens perdus, innocence sacrifiée, violences partout déchaînées, vies interrompues... Les vertueux trop naïfs succombent ; seuls résistent et demeurent ceux qui refusent les chimères du sentiment, les illusions de la vertu lénifiante, sans pour autant tomber dans les égarements du vice, et peuvent ainsi faire front et lutter contre leurs ennemis avec leurs propres armes.

Et ce n'est pas la fin repentie de Dolbourg ou la ruine de Blamont exilé qui vont contredire le pessimisme général d'*Aline et Valcour*. Au fond, Dolbourg, en se livrant à ses remords, obéit à sa nature : n'a-t-il pas cédé à l'autoritarisme de Blamont tout en demeurant bien incapable de s'élever aux hauteurs de vues de son libertinage calculateur, froid et cynique ? Blamont lui-même n'est-il pas victime de l'implacable loi de nature qu'il ne cesse d'évoquer ? Mais nul n'empêche le lecteur d'interpréter son châtiment final comme un effet de la Justice immanente.

Pourquoi ne pas admettre, avec autant de raison, que le pessimisme sadien n'est qu'une apparence ? Car pour Sade, et tout son roman tend à le montrer, le monde est comme il est : divers, cruel, habité d'hommes violents et d'êtres faibles, soumis aux luttes qui les opposent. Pour faire de Sade un pessimiste, il faudrait lui reconnaître la croyance en la possibilité d'un monde qui pourrait être autre. La leçon de Tamoé ne nous y invite-t-elle pas, même si l'écriture utopique est en soi une incitation à la prudence puisqu'elle affirme d'entrée son caractère illusoire et irréel ? La leçon philosophique, morale et politique d'*Aline et Valcour* se situe bien au-delà d'un pessimisme réducteur. Elle représente un ensemble complexe et souvent contradictoire.

Doit-on, d'ailleurs, confondre, par commodité, les positions de Sade avec celles de ses personnages ? Lui-même s'est défendu de ce mouvement si naturel qui consiste à le confondre avec tel ou tel de ses noirs héros, dont les théories justifient le crime et la satisfaction à tout prix des instincts et des désirs. Sade, dans l'interprétation de sa pensée, encore une fois victime de sa biographie et de ses écarts de conduite !

Configuration morale des personnages

Pour essayer d'y voir clair, on peut tenter de dresser un tableau récapitulatif des théories en présence, en se limitant d'abord à la métaphysique des héros sadiens. Commençons par les vertueux : Aline, Valcour, Mme de Blamont, M. de Beaulé, Déterville et sa jeune femme, le curé de village, quelques domestiques fidèles à leurs maîtres... Ce sont des esprits religieux, respectueux de leur prochain, faisant naturellement le bien, éprouvant de violentes émotions et de profonds sentiments. Preuve de tout cela, la pathétique Sophie rejetant le mal, fait sans plaisir, que lui imposent Blamont et Dolbourg, alors qu'Augustine, une des domestiques de Mme de Blamont, a une disposition naturelle très marquée à sombrer dans la débauche. Les êtres vertueux sont naïfs, idylliques, serait-on tenté de dire, et pourtant Valcour a séduit et abandonné une innocente jeune fille avant de tuer son frère en duel ; le comte de Beaulé, amoureux vertueux de Mme de Blamont, à en croire ses ennemis, irait souper avec des filles, et ils se proposent de le faire surprendre par la police. Mme de Blamont elle-même, sous prétexte de soumission conjugale, alors que les odieuses machinations de son mari sont bien engagées, éprouve de bien étranges complaisances pour les troubles désirs de son époux. Quant à Sainville, n'a-t-il pas, faisant fi de l'autorité paternelle, enlevé Léonore au couvent et vécu avec elle comme un mari avec sa femme sans que cette union ait été sanctifiée par l'Église ? N'a-t-il pas aussi accepté pour survivre d'être l'intendant des plaisirs de Ben Mâacoro et le complice de quelques-unes des infamies de Sarmiento... ? Le lecteur se félicitera, soyons-en sûrs, que les bons ne le soient pas, Aline exceptée, sans effort ni contrainte. Quant aux tenants du mal ou aux partisans d'une position moins rigoriste et plus réaliste que celle des héros vertueux, que leur indécision, leur respect des convenances finissent par condamner au malheur, à la solitude et à la mort, ils représentent, ces héros du vice, une galerie d'une surprenante diversité.

Au lieu le plus extrême, Ben Mâacoro commet le mal naturellement, par instinct, et ignore totalement l'existence du bien et de la vertu. C'est un fils de la nature qui est ce que la nature lui demande d'être. Et il faut Sarmiento, sorte de guide pour vertueux en cette utopie du mal que représente le royaume butua, pour faire la théorie de ses comportements. Ben Mâacoro est naturellement anthropophage, et il vit son anthropophagie comme une norme universelle, face aux reproches d'éventuels détracteurs. Son comportement n'est qu'obéissance à une nature qui lui fait rechercher la satisfaction de sa seule jouissance, et la ruse qu'emploie avec lui Léonore, caricature, sans un très grand souci de vraisemblance, ce qui pourrait être son acculturation. Il est un homme de la nature, bien différent du portrait qu'en trace Rousseau dans le

Discours sur l'inégalité, et il n'y a chez lui ni défi, ni provocation. Sarmiento, quant à lui, a fait un choix entre nature et culture : par les droits de la nature, le refus des préjugés, la dénonciation des contraintes qu'imposent la religion et la société, il parvient à légitimer la pédérastie, le crime, la soumission des femmes, la violence institutionnelle. Son ambiguïté tient au double discours que le romancier lui fait tenir : d'une part l'adhésion totale et intéressée aux mœurs et coutumes du royaume butua, et d'autre part la dénonciation au nom d'autres valeurs des dysfonctionnements des sociétés occidentales, monarchiques et chrétiennes. Reconnaissons-lui, au demeurant, une logique qui le conduit à accepter avec une grande dignité, comme une fin inévitable, sa mort. Sarmiento, à la différence de son maître Ben Mâacoro, philosophe, théorise, juge et veut convaincre. « Ô Sainville ! s'écrie-t-il, confronté aux résistances de son interlocuteur, je ne te verrai donc jamais philosophe ! » (lettre XXXV).

Rien de tel avec Duval, qui, toutes proportions gardées, tente seulement, comme Ben Mâacoro, de satisfaire le désir que lui inspire Léonore. Une grande parenté au contraire avec dom Gaspard qui théorise l'indifférence d'un Dieu créateur à sa création et aux actions des hommes, et qui en déduit, au contraire de Sarmiento, la nécessité de pratiquer la vertu. « Je hais le vice, déclare-t-il, je suis enthousiaste de la vertu, et finirai tranquillement mes jours dans ses maximes, sans désirer les joies ridicules du paradis et sans craindre les flammes absurdes de l'enfer » (lettre XXXVIII). Ce par quoi Sade démontre qu'à partir d'une même postulation on peut également prêcher le vice et la vertu. Comme quoi si tout est dans la nature, tout est aussi dans les comportements humains. On voit comment Sade, à la manière de Pierre Bayle, brouille le jeu. On peut être athée et vertueux, mais l'athéisme peut aussi légitimer le vice selon la formule bien connue : « Dieu est mort et tout est permis. » Par volonté de symétrie, la suite des aventures de Léonore la confronte à des croyants (mais le sont-ils véritablement ?), dont la croyance affichée leur sert à satisfaire leurs vices, ce qui démontre que l'on peut être croyant et vertueux ou croyant et vicieux. La figure de l'Inquisiteur répond à celle de Sarmiento ; celle d'Aline, paradoxalement, au personnage de dom Gaspard. Avec cette nuance que l'Inquisiteur, séduit par Clémentine, finit par abandonner son triste office pour devenir honnête homme. On en tirera la conclusion que l'on veut.

Il reste le personnage de Brigandos. Sade a mêlé en lui des traits composites : d'une part le refus des contraintes politiques, sociales, morales et religieuses, de l'autre la marginalité et la croyance, indépendante de son comportement, au manichéisme. Voilà un personnage qui concilie le mépris des lois — les Bohémiens volent, se prostituent — et l'amour du prochain : on le voit prêter aide aux persécutés et aux victimes en prêchant une théorie qui oppose à l'hypocrisie des croyants les vertus d'une morale naturelle, comme le démontre l'ingratitude à l'égard de ses bienfaiteurs du chevalier de la Sainte-Hermandad qu'ils ont secouru et soigné. Et comme rien n'est simple, Brigandos, apôtre de la liberté, libertaire même avant la lettre, soumet sa troupe à une autorité que nul n'est admis à contester.

Ce panorama, auquel manquent Blamont et Dolbourg, prouve une fois encore la volonté sadienne de montrer l'extrême diversité des positions philosophiques et morales incarnées par les personnages d'*Aline et Valcour*. Diversité, qui est à l'image des pratiques sexuelles les plus contrastées auxquelles est confrontée Léonore : hétérosexualité, pédérastie, homosexualité... sans oublier la pulsion incestueuse de M. de Blamont et du héros de la « nouvelle espagnole ». Notons pourtant que dans ce domaine, à la différence de ses autres textes, Sade reste d'une grande discrétion, un peu comme s'il écrivait ici une espèce de prologue, parfaitement maîtrisé, à *Justine* et aux *Aventures de Juliette*, où son écriture et sa philosophie se donneront libre cours.

Dans cette population du mal, M. de Blamont est proche de Sarmiento. Méchant homme par tempérament et par réflexion. On sait la pulsion libidineuse qui l'habite, mais elle ne serait rien — comme le prouve le silencieux Dolbourg, toujours en retard d'une infamie sur lui — sans la volonté cérébrale qui l'anime. Blamont est un authentique libertin qui pense la relation à autrui en termes de jouissance et de domination comme le montre, avant même qu'il ait choisi d'en discourir, son usage des métaphores militaires dans la lettre IX. Par un effort constant de l'esprit, un refus de la faiblesse et du sentiment, il maintient vivant son libertinage. Blamont est libertin de tête autant que de corps : il mûrit longuement ses décisions, calcule avec soin ses jouissances, se construit patiemment un savoir pour parvenir à ses tristes fins. « Cette étude savante du cœur humain, écrit-il à Dolbourg,... nous montre... sur quelle touche il est bon d'appuyer » (lettre XXVI). Il y a là une théorie très proche de celle que professent, dans *Les Liaisons dangereuses*, la Merteuil et Valmont et que livre ici avec une fulgurante brutalité la lettre LII. L'indifférence de M. de Blamont à la mort de sa femme (fin de la lettre LXVII), son refus des convenances — ne va-t-il pas jusqu'à manger deux perdrix et boire deux bouteilles de vin tandis qu'on veille le cadavre de sa victime ? —, son absence d'hypocrisie, sa brutalité, sa cruauté envers Aline qu'il livre à Dolbourg (et viole peut-être) en font un libertin de haut vol que son triste complice n'arrive pas à égaler.

Face à ces héros du mal qui campent sur leurs certitudes quand ils décident de philosopher — mis à part encore une fois Dolbourg qui se renie, mais a-t-il jamais vraiment cru à la morale des forts ? — ceux qu'ils essaient de convaincre demeurent tout aussi fermes dans leurs convictions. Si l'on excepte une servante vite corrompue par les mauvais principes, l'attrait de l'argent et le goût du sexe, l'apostolat des libertins se solde par un échec. Sainville ne se rend pas, malgré sa situation critique, aux arguments de Sarmiento ; Valcour méprise les théories de Blamont que sa femme ne semble même pas entendre ; Aline enfin demeure fidèle à son amour et à sa morale au point d'en mourir. Chacun reste sur ses positions, même si, chez les héros vertueux, il existe une part d'ombre au milieu de la plus pure vertu.

Mais parfois nécessité fait loi. Si les libertins n'arrivent pas à convaincre leurs victimes du bien-fondé de leurs pratiques, il arrive que certaines faiblissent et soient disposées à sacrifier leur vertu pour sauver leur vie. Clémentine ne cesse de demander à Léonore de faire preuve de réalisme face aux inquisiteurs ou aux exigences des libertins. Mais il s'agit moins d'une adhésion que d'une résignation. Elle est moins convaincue qu'acculée à se rendre. Ce ne sont pas les arguments qui la font plier mais la contrainte qui pèse sur elle. Sur le fond, son refus, pour l'essentiel, est le même que celui de Léonore.

Résistant aux libertins bourreaux, les héroïnes se laissent

facilement convaincre par les athées vertueux. En ce domaine, aucune différence entre Clémentine et Léonore, même si Clémentine ignore quelques-uns des préjugés (en ce qui regarde surtout la sexualité) dont souffre l'épouse de Sainville. Ni l'une ni l'autre ne croient en Dieu et elles n'ont que sarcasmes pour ce que Voltaire appelait les « momeries », qu'elles soient catholiques ou mahométanes.

Léonore

On l'a compris, Léonore représente un personnage exceptionnel dans ce roman excessif et, plus largement, dans l'œuvre même de Sade, puisqu'il est aussi éloigné de la passivité résignée d'Aline que du vice malfaisant de Blamont. Léonore ne croit pas en Dieu sans accepter pour autant de se livrer au mal. Si l'on excepte l'amour qu'elle éprouve pour Sainville, à qui elle demeure fidèle malgré épreuves et tentations, l'estime qu'elle éprouve pour dom Gaspard et Brigandos, l'amitié qui la lie à Clémentine, Léonore n'est pas une femme de sentiments ; ce qui la rend distante et en fait une presque étrangère dans le monde des vertueux dominé par l'excès affectif. On la jugera donc dure et souffrant d'une sécheresse de cœur. Ainsi on lui reconnaîtra « plus de manière que de véritable sentiment » (lettre XXXVI). On lui fera approuver le rationalisme philosophique de dom Gaspard, on la dotera d'un esprit fort que de mauvais livres ont forgé ; ce qui écarte d'elle la troupe des héros vertueux « qui la suppose athée dans le fond de l'âme ». La dernière partie du roman accentue ces traits de caractère. On l'y montre insensible au sentiment filial, intéressée même puisqu'elle « frémit de joie » en rentrant en possession de sa fortune... Dans la lettre XLI, le jugement se fait plus dur encore : n'est-elle pas celle qui « érige l'insensibilité en système, l'athéisme en principe, l'indifférence en raisonnement... » ? et qui, de ce fait, « pourra peut-être ne se livrer à aucun écart, mais il n'en jaillira jamais une vertu ». La fin du roman est ambiguë : on y constate que l'horrible destinée de la mère, de la sœur et du père de Léonore ont plus « touché ce caractère dur et altier que tous les malheurs qu'elle avait éprouvés ». Mais cette générosité péniblement acquise conduit Léonore à servir — étrange manifestation de la piété filiale — une pension à M. de

Blamont ruiné, qui n'en méritait peut-être pas tant, jugera le lecteur de bonne foi.

On a donc là un personnage peu habituel dans le monde sadien : athée sans pour autant servir le vice, dotée d'une lucidité froide qui lui permet de vaincre les pièges du monde social et du sentiment, Léonore apparaît comme la grande triomphatrice du roman. Dans ce paysage désolé que hantent les ombres, elle seule trouve le bonheur auprès de celui qu'elle aime et la fortune au terme d'une suite de fausses et vraies retrouvailles. De là à penser qu'elle représente un modèle, le pas est vite franchi. Léonore serait-elle l'Ève future ? ou un modèle pour une aristocratie vaincue par son moralisme archaïque et incapable de lutter pour assurer sa survie ? N'oppose-t-elle pas à l'indécision, aux nostalgies vaines, à la faiblesse vertueuse, au sentimentalisme impuissant, une force et des ressources aptes au combat ? Pourquoi pas ?

À la différence d'autres romans sadiens, *Aline et Valcour* n'est pas d'une interprétation facile. Sans doute les libertins y tiennent-ils un discours moral et politique qui annonce *Justine, Juliette* et *La Philosophie dans le boudoir*. Mais tandis que Saint-Fond, le duc de Blangis se livrent à leurs passions meurtrières en toute impunité, Blamont se trouve ruiné, défiguré et condamné à l'exil. Sans laisser pour autant entendre que les libertins, par essence brutaux, despotiques et autoritaires, cherchent plus à effrayer qu'à séduire et n'ont que faire de la sympathie du lecteur, il faut reconnaître à M. de Blamont un caractère particulièrement odieux, et ce d'autant plus que ses victimes ont tout pour gagner l'admiration des témoins de leur duel inégal, car à la différence des victimes abstraites et réifiées de l'univers sadien, Mme de Blamont et ses amis attirent la sympathie et la pitié. On souhaite leur bonheur, et Sade veut que le lecteur partage leurs angoisses et leurs espoirs. La distribution des lettres lyriques et exaltées, l'utilisation systématique du pathétique, le rôle des tableaux émouvants, sortes de points d'orgue émotifs : tout cela représente un dispositif qui veut gagner à la cause de la vertu l'affectivité du lecteur. On se prend donc de sympathie pour ceux qui vont être vaincus ; on s'indigne de la félonie des méchants et on en vient à regretter que Valcour ne soit pas plus énergique et Aline moins soumise aux volontés de son père. Au terme du récit, la vertu, ainsi que l'entendent Mme de Blamont et ses amis, apparaît bien comme un carcan. Si bien que sans qu'on éprouve pour elle une sympathie particulière, qu'elle ne recherche pas, ni même qu'on fasse siennes ses théories religieuses, Léonore fait naître une admiration évidente pour sa ferme résolution face à l'adversité.

Léonore, qu'on le veuille ou non, se constitue comme un modèle. Et il faut donc admettre un double effet de lecture produit par *Aline et Valcour*. L'un agirait sur le cœur à la façon des romans sentimentaux, alors si à la mode : la vertu malheureuse serait là pour émouvoir le lecteur mais ne lui apprendrait pas comment affronter le monde ; l'autre s'adresserait à la raison pour permettre de connaître les moyens de triompher dans un monde dominé par les forces du mal. Les émotions constitueraient un registre ; l'acquisition des savoirs, d'une pragmatique de l'action nécessaire pour survivre en représenterait un autre. On aurait donc intimement mêlés l'utile et l'agréable, le vital et l'illusoire, sans oublier que l'effet sentimental n'est pas aussi vain qu'il y paraît puisque c'est par lui que se dévoilent les stratégies mises en œuvre par le mal pour perdre ses victimes innocentes.

De tels effets narratifs, cette mise en perspective philosophique et morale ne doivent pas faire oublier la dimension politique d'*Aline et Valcour*. Sans pour autant lui attacher l'importance capitale que, dans une étude déjà ancienne, je lui avais prêtée [1]. Remarquons d'abord qu'une morale ne vaut que si elle permet d'agir et de se protéger des atteintes du mal. C'est dire que la leçon morale d'*Aline et Valcour* n'est pas étrangère à sa signification politique, même s'il faut admettre que rien n'est moins aisé que son décryptage. Certes, nombre de ses éléments se livrent en toute clarté : haine qu'éprouve la vieille noblesse entichée des valeurs chevaleresques pour les anoblis récents, affairistes et peu scrupuleux ; dénonciation des privilèges de la caste des parlementaires qui abuse de ses pouvoirs de justice pour satisfaire ses appétits les plus vils... C'est là un des leitmotive d'*Aline et Valcour*. Blamont dévoile les infamies de son état, la perversion de ses fonctions, pratiques tour à tour dénoncées par ses adversaires,

1. Jean M. Goulemot, « Lecture politique d'*Aline et Valcour* », in *Le Marquis de Sade*, colloque d'Aix-en-Provence, Colin, 1968, pp. 115-136.

prouvées par la machination qu'il met en place et la fin malheureuse des héros vertueux. Le vice semble tout autant tenir à un statut qui le favorise qu'à une barbarie naturelle à l'homme, ou à l'abus de pouvoir inhérent aux gouverneurs, aux inquisiteurs et aux puissants de ce monde... Quant à la vertu, elle appartient, comme de droit, à la vieille noblesse, aux rêves utopiques de Zamé et, avec les réserves que l'on sait et toutes les différences imposées par les divers épisodes, à la vitalité de Sainville, à l'anarchisme autoritaire de Brigandos et à la froideur lucide de Léonore.

Dans ce peuple de vertueux, on peut facilement opposer perdants et gagnants dans le combat qui les oppose au mal. Exceptons peut-être Zamé totalement extérieur à l'intrigue principale, mais dont le retrait à Tamoé démontre qu'on ne peut être vertueux dans le vieux monde qui, par ses lois même, favorise le mal et détourne de l'exercice de la vertu. Constatons aussi que Brigandos, s'il finit par être victime de sa générosité — c'est-à-dire d'une certaine faiblesse de la vertu — sauvera tout de même sa vie comme le prouve l'épisode nocturne dans l'auberge avec Léonore. Limitons donc notre analyse au petit groupe de Vertfeuille auquel, par le récit rapporté et la complexité infinie d'une intrigue qui mêle enlèvements, substitutions, fausses et vraies morts, Sainville et Léonore se trouvent réunis.

Le groupe de Vertfeuille subit une cruelle défaite puisque ces parlementaires qu'il méprise triomphent de lui : une épouse trahie, une fille assassinée, des amours brisées, une fortune insolemment opulente, un pouvoir et une fonction longtemps acquis, par méconnaissance des obscurs projets, à leurs noirs desseins. La tentation est grande de voir dans cet affrontement une fable politique : la vieille noblesse inadaptée au monde, n'ayant retenu de la modernité qu'un sentimentalisme à la Rousseau, larmoyant et inefficace, serait menacée de mort sociale et politique ; la richesse et le pouvoir l'auraient abandonnée pour passer à une nouvelle classe. Mais peut-on qualifier cette dernière de bourgeoise ? Ces parlementaires, riches spéculateurs, mais dont rien ne nous est dit de leurs relations avec les activités de commerce, sont-ils des bourgeois opposés aux nobles de sang, comme le veut un schéma classique ? On en doutera. Cette nouvelle classe tire, par ailleurs, sa force, pour l'essentiel, de son refus d'une morale et d'une religion aliénantes et qui rendent incapables de lutter efficacement pour conquérir la richesse et le pouvoir politique. Car ce sont sa morale et ses croyances religieuses qui entraînent, au fond, la perte du groupe de Vertfeuille.

D'où, à l'évidence, l'importance politique du personnage de Léonore et, à un degré moindre, de celui de Sainville. Ils sont l'un et l'autre (malgré la complication des origines de Léonore) de sang noble. Et l'on retiendra chez Léonore l'absence de faiblesse, une totale lucidité, un refus des croyances illusoires, le manque de scrupules religieux et moraux quand il s'agit de parvenir à ses fins. Tout semble indiquer que Sade ici prêche à sa classe d'origine une reconversion morale, seule capable de lui permettre de résister aux dangers qui la menacent. Ce qui fait du message antireligieux d'*Aline et Valcour* un élément essentiel et souligne le lien très fort qui l'unit au *Dialogue entre un prêtre et un moribond*, qui lui est contemporain.

Il y aurait encore beaucoup à dire sur les exposés philosophiques et politiques qui scandent le roman : considérations sur la démographie, critique du luxe, apologie de l'agriculture, dénonciation du machiavélisme des diplomates et des hommes de guerre, mise au jour des abus de la justice civile ou religieuse, critique de la vie conventuelle... on aura reconnu là les lieux communs du discours politique et social des Lumières, et quelques-uns de ses propos obligés. Reconnaissons pourtant à Sade une position ambiguë face à la tyrannie. Il la considère comme la forme naturelle du pouvoir — il y a du Butua en tout souverain — et comme le pouvoir qui convient le mieux à l'exercice du libertinage. Pour défendre la tyrannie, philosophie et pratiques libertines se rejoignent. Ce qui s'ajuste assez mal avec le paternalisme démocratique de Zamé, le refus des contraintes de la société civile affirmé par Brigandos et les déclarations républicaines que Sade s'est cru tenu d'ajouter, actualité oblige, à son propre texte.

C'est dire une fois encore la complexité et la richesse de ce roman excessif qui ne sacrifie aucun de ses possibles, fût-ce au prix de contradictions et même d'incohérences. D'emblée, *Aline et Valcour* s'installe dans l'outrance, la polyphonie, la multiplicité des points de vue (narratifs mais aussi philosophiques, moraux ou politiques...), l'exercice de style, l'utilisation abusive et outrée de modèles, qui en toute logique devraient s'exclure. C'est donc une construction monstrueuse qui nous est offerte, échappant aux canons qui l'inspirent et qu'elle prétendait respecter. À cet égard, *Aline et Valcour* représente dans l'œuvre de Sade, et peut-être dans la littérature du siècle, un exemple rare, un témoignage précieux sur la frénésie d'écrire, de convaincre et de conter. Sade, c'est ici la littérature et la philosophie au défi. Il y a l'abondance du banquet, la goinfrerie jusqu'à la nausée, la volonté de ne rien perdre, l'art d'accommoder les restes, l'obsession répétitive, l'obstination à conserver envers et contre tout la parole conquise. *Aline et Valcour* n'est réductible ni au roman par lettres ni au récit de voyages ni au conte libertin ni au roman noir ni au roman d'apprentissage... Il est à la fois cela, et à chaque fois plus. Révélation peut-être de la littérature comme rage.

LES ÉDITIONS D'*ALINE ET VALCOUR*

L'édition originale non diffusée du roman date de 1793. La page de titre est ainsi rédigée : *Aline et Valcour, ou le roman philosophique. Écrit à la Bastille un an avant la Révolution de France.* Orné de quatorze gravures. Par le Citoyen S*** (à la suite il y a un fleuron avec la devise : « *Veritas impavida* ») À Paris, chez Girouard, Libraire, rue du Bout-du-Monde, n° 47, 1793.

Il semble qu'il y ait eu deux éditions en 1795 avec deux rédactions de la page de titre. Le premier type comprend « *Aline et Valcour...* Citoyen S*** » comme dans l'édition de 1793 et à la suite « À Paris, chez la Veuve Girouard, Libraire au Palais Égalité, Galerie de Bois, n° 196, 1795 ». Le second comporte le titre comme en 1793 et à la suite « Orné de seize gravures. À Paris, chez la veuve Girouard, Libraire, maison Égalité, Galerie de Bois, n° 196, 1795 ». Comme l'indique Michel Delon, dans l'édition qu'il a donnée à la « Bibliothèque de la Pléiade » en 1990, certains exemplaires datés 1795 semblent être composés de cahiers provenant de tirages différents.

Les éditions modernes d'*Aline et Valcour*, exception faite de celle de Michel Delon, utilisent le texte de l'édition de 1793. Elles ne tiennent pas compte des corrections apportées par Sade dans l'édition de 1795, ni des *errata* ajoutés aux troisième et quatrième volumes de l'édition de 1795 dans certains exemplaires. Michel Delon a donné une version du texte qui tient compte et des corrections de 1795 et des *errata*. L'édition présente s'est efforcée de tenir compte pour l'essentiel de ces multiples corrections. Autant que faire se pouvait, elle corrige les coquilles échappées à l'attention scrupuleuse de Sade et rétablit à la suite de la version donnée dans la « Bibliothèque de la Pléiade », certaines erreurs concernant modes et temps.

Les corrections apportées par Sade lui-même traduisent une double intention : transformer (et cela vaut surtout pour l'épisode de Tamoé) un texte largement monarchique en un texte franchement républicain et apporter les corrections de style jugées nécessaires, qui portent essentiellement sur les répétitions. Un double travail donc, qui tient aux circonstances politiques et sans aucun doute à la peur de Sade d'être accusé d'être un ci-devant, et qui engage l'homme de lettres soucieux de son écriture. En ce qui regarde les corrections, ou plus exactement les ajouts auxquels Sade a procédé sur son manuscrit — pour l'essentiel, la mise en valeur du caractère prémonitoire d'une œuvre prétendument achevée en 1788, sous forme de notes en bas de page, et l'ajout vraisemblable des paragraphes auxquels ces mêmes notes renvoient — on se reportera à l'Introduction. Le retard apporté à la publication tient plus à la volonté de Sade de s'assurer un succès auprès du public, en adaptant son roman au contexte idéologique de la Révolution, qu'aux troubles que connaît l'époque et qui bouleversent le monde de l'édition.

Les notes de bas de page appelées par un astérisque sont de l'auteur. Les renvois de page sont ceux de la présente édition.

Aline et Valcour

Nam veluti pueris absinthia tetra medentes,
Cum dare conantur priùs oras pocula circum
Contingunt mellis dulci flavoque liquore,
Ut puerum aetas improvida ludicifetur
Labrorum tenus ; interea perpotet amarum
Absinthiae laticem deceptaque non capiatur,
Sed potius tali tacta recreata valescat.

LUC. lib. IV[1]

Avis de l'éditeur

C'est avec raison que l'on peut regarder la collection de ces lettres comme un des plus piquants ouvrages qui aient paru depuis longtemps ; jamais, on peut le dire, des contrastes aussi singuliers ne furent tracés par le même pinceau, et si la vertu s'y fait adorer par la manière intéressante et vraie dont elle est présentée, assurément les couleurs effroyables dont on s'est servi pour peindre le vice ne manqueront pas de le faire détester ; il est difficile de le mettre en scène sous une plus effroyable physionomie.

De l'assemblage de tant de différents caractères, sans cesse aux prises les uns avec les autres, devaient résulter des aventures inouïes ; aussi pouvons-nous assurer qu'aucune anecdote réelle..., qu'aucun mémoire, qu'aucun roman, n'en contient de plus singulières, et nulle part, sans doute, on ne verra l'intérêt croître et se soutenir avec autant d'adresse et de chaleur. Ceux qui aiment les voyages trouveront à se satisfaire, et l'on peut les assurer que rien n'est exact comme les deux différents tours du monde, faits en sens contraire par Sainville et par Léonore.

Personne n'est encore parvenu au royaume de Butua, situé au centre de l'Afrique ; notre auteur seul a pénétré dans ces climats barbares ; ici ce n'est plus un roman, ce sont les notes d'un voyageur exact, instruit, et qui ne raconte que ce qu'il a vu. Si par des fictions[1] *plus agréables il veut à Tamoé consoler ses lecteurs des cruelles vérités qu'il a été obligé de peindre à Butua, doit-on lui en savoir mauvais gré ? Nous ne voyons qu'une chose de malheureuse à cela, c'est que tout ce qu'il y a de plus affreux soit dans la nature, et que ce ne soit que dans le pays des chimères que se trouve seulement le juste et le bon.*

Quoi qu'il en soit, le contraste de ces deux gouvernements plaira sans doute, et nous sommes bien parfaitement convaincus de l'intérêt qu'il doit produire. Nous attendons le même effet de la liaison de tous les personnages établis dans ces lettres, et du rapport plein d'art que les uns ont avec les autres, malgré leur étonnante disproportion.

Leurs principes devaient être opposés comme leur physionomie, et si l'on s'est permis d'en établir de bien forts, cela n'a jamais été que pour faire voir avec quel ascendant, et en même temps avec quelle facilité le langage de la vertu pulvérise toujours les sophismes du libertinage[2] *et de l'impiété. L'idée d'adoucir, et quelques discours et quelques nuances, s'est plus d'une fois présentée, nous en convenons ; mais l'aurions-nous pu sans affaiblir ? Ah ! quelque prononcé que soit le vice, il n'est jamais à craindre que pour ses sectateurs*[3]*, et s'il triomphe il n'en fait que plus d'horreur à la vertu : rien n'est dangereux comme d'en adoucir les teintes ; c'est le faire aimer que de le peindre à la manière de Crébillon*[4]*, et manquer par conséquent le but moral que tout honnête homme doit se proposer en écrivant.*

Ce que cet ouvrage a de singulier encore, c'est d'avoir été fait à la Bastille[5]*. La manière dont, écrasé par le despotisme ministériel*[6]*, notre auteur prévoyait la Révolution, est fort extraordinaire, et doit jeter sur son ouvrage une nuance d'intérêt bien vive. Avec tant de droit à exciter la curiosité du public ; avec un style pur, toujours fleuri, partout original ; avec la réunion dans le même ouvrage de trois genres : comique, sentimental et érotique*[7]*, nous sommes bien sûrs que cette édition va nous être enlevée sur-le-champ ; demandée de toutes parts, parce qu'on connaît la plume de l'auteur, à peine en pourrons-nous répandre à Paris, et nous sentons déjà le regret de ne l'avoir pas multipliée davantage. Nous exhortons ceux qui n'auront pu s'en procurer des exemplaires à prendre un peu de patience, la seconde édition*[8] *est déjà sous nos presses.*

Cependant nous aurons des critiques, des contradicteurs et des ennemis, nous n'en doutons pas :

C'est un danger d'aimer les hommes,
C'est un tort de les éclairer.

Tant pis pour ceux qui condamneront cet ouvrage, et qui ne sentiront pas dans quel esprit il a été fait : esclaves des préjugés et de l'habitude, ils feront voir que rien n'agit en eux que l'opinion, et que le flambeau de la philosophie ne luira jamais à leurs yeux.

Essentiel à lire

L'auteur croit devoir prévenir qu'ayant cédé son manuscrit lorsqu'il sortit de la Bastille, il a été, par ce moyen, hors d'état de le retoucher ; comment, d'après cet inconvénient, l'ouvrage, écrit depuis sept ans, pourrait-il être à l'ordre du jour[1] *?*

Il prie donc ses lecteurs de se reporter à l'époque où il a été composé, et ils y trouveront alors des choses bien extraordinaires[2] *; il les invite également à ne le juger qu'après l'avoir bien exactement lu d'un bout à l'autre : ce n'est ni sur la physionomie de tel ou tel personnage, ni sur tel ou tel système isolé, qu'on peut asseoir son opinion sur un livre de ce genre ; l'homme impartial et juste ne prononcera jamais que sur l'ensemble.*

LETTRE PREMIÈRE

Déterville à Valcour

Paris, 3 juin 1778.

Nous soupâmes hier, Eugénie et moi, chez ta divinité, mon cher Valcour... Que faisais-tu ?... Est-ce jalousie ?... Est-ce bouderie ?... Est-ce crainte ?... Ton absence fut pour nous une énigme, qu'Aline ne put ou ne voulut pas nous expliquer, et dont nous eûmes bien de la peine à comprendre le mot. J'allais demander de tes nouvelles, quand deux grands yeux bleus, respirant à la fois l'amour et la décence, vinrent se fixer sur les miens, et m'avertir de feindre... Je me tus ; peu après je m'approchai ; je voulus demander raison du mystère. Un soupir et un signe de tête furent les seules réponses que j'obtins. Eugénie ne fut pas plus heureuse ; nous ne pressâmes plus ; mais Mme de Blamont soupira, et je l'entendis : c'est une mère délicieuse que cette femme, mon ami ; je doute qu'il soit possible d'avoir plus d'esprit, une âme plus sensible [1], autant de grâces dans les manières, autant d'aménité dans les mœurs. Il est bien rare qu'avec autant de connaissances, on soit en même temps si aimable. J'ai presque toujours remarqué que les femmes instruites ont dans le monde une certaine rudesse, une sorte d'apprêt qui fait acheter cher le plaisir de leur société. Il semble qu'elles ne veuillent avoir de l'esprit que dans leur cabinet ou que n'en trouvant jamais assez dans ceux qui les entourent, elles ne daignent pas s'abaisser jusqu'à montrer celui qu'elles possèdent.

Mais combien est différente de ce portrait l'adorable mère de ton Aline ! En vérité, je ne m'étonnerais pas qu'une telle femme, quoique âgée de trente-six ans, fît encore de grandes passions.

Pour M. de Blamont, pour cet indigne époux d'une trop digne femme, il fut tranchant, systématique, et bourru comme s'il eût siégé sur les fleurs de lis [2], il se déchaîna contre la tolérance [3], fit l'apologie de la torture, nous parla avec une sorte de jouissance d'un malheureux que ses confrères et lui faisaient rouer le lendemain, nous assura que l'homme était méchant par nature, qu'il n'était rien qu'on ne dût faire pour l'enchaîner ; que la crainte était le plus puissant ressort des monarchies [4], et qu'un tribunal chargé de recevoir les délations était un chef-d'œuvre de politique [5]. Ensuite il nous entretint d'une terre qu'il venait d'acheter, de la sublimité de ses droits, et surtout du projet qu'il a d'y rassembler une ménagerie, dont je te réponds bien qu'il sera la plus méchante bête [6].

Il arriva, quelques minutes avant de servir, une autre espèce d'individu court et carré, l'échine ornée d'un juste-au-corps de drap olive, sur lequel régnait, du haut en bas, une broderie large de huit pouces, dont le dessin me parut être celui que Clovis avait sur son manteau royal [7]. Ce petit homme possédait un fort grand pied affublé sur de hauts talons, au moyen desquels s'appuyaient deux jambes énormes. En cherchant à rencontrer sa taille, on ne trouvait qu'un ventre. Désirait-on une idée de sa tête ? on n'apercevait qu'une perruque et une cravate, du milieu desquelles s'échappait, de temps à autre, un fausset discordant qui laissait à soupçonner si le gosier dont il émanait, était effectivement celui d'un humain, ou d'une vieille perruche. Ce ridicule mortel, absolument conforme à l'esquisse que j'en trace, se fit annoncer M. Dolbourg [8].

Un bouton de rose qu'Aline, au même instant, jetait à Eugénie, vint troubler malheureusement les lois de l'équilibre que s'était imposé le personnage, pour en déduire sa révérence d'entrée. Il heurta le bouton de rose, et définitivement nous arriva par la tête. Ce choc inattendu, cet ébranlement subit des masses, avait un peu dérangé ses attraits factices : la cravate vola d'un côté, la perruque de l'autre, et le malheureux ainsi répandu et dégarni excita dans ma folle Eugénie une attaque de rire à tel point spasmodique, qu'on fut obligé de l'emporter dans un cabinet voisin où je crus qu'elle s'évanouirait... Aline se contint, le président se fâcha ; M. de Blamont se mordait les lèvres pour ne pas éclater, et se confondait en marques d'intérêt... Deux laquais ramassèrent le petit homme qui, semblable à une tortue retournée, ne pouvait plus reprendre l'élasticité nécessaire à [9] se rétablir sur son plat. On le remboîta dans sa perruque ; la cravate fut artistement renouée ; Eugénie reparut, et l'annonce du souper vint heureusement tout remettre en ordre, en obligeant chacun à ne plus s'occuper que d'une même idée.

Les politesses marquées du président au petit homme, l'assurance ultérieure que je reçus qu'il avait cent mille écus de rente [10], ce que j'aurais parié sur sa figure ; la contrainte d'Aline, l'air souffrant de Mme de Blamont, les efforts qu'elle faisait pour dissiper sa chère fille, pour empêcher qu'on ne s'aperçût de la gêne dans laquelle elle était ; tout me convainquit que ce malheureux traitant était ton rival, et rival d'autant plus à craindre, qu'il me parut que le président en était engoué.

Ô mon ami, quel assemblage !... Unir à un mortel si prodigieusement ridicule une jeune fille de dix-neuf ans, faite comme les Grâces, fraîche comme Hébé [11], et plus belle que Flore ! À la stupidité même oser sacrifier l'esprit le plus tendre et le plus agréable ; adapter à un volume épais de matière l'âme la plus déliée et la plus sensible ; joindre à l'inactivité la plus lourde, un être pétri de talents, quel attentat, Valcour !... Oh ! non, non... ou la Providence est insensible, ou elle ne le permettra jamais... Eugénie devint sombre sitôt qu'elle soupçonna le forfait. Folle, étourdie, un peu méchante même, mais prête à donner son sang à l'amitié, elle passa rapidement de la joie à la plus extrême colère, dès que je lui eus fait part de mes soupçons... Elle regarda son amie, et des larmes coulèrent sur ses joues roses que venait d'épanouir la gaieté. Elle engagea sa mère à se retirer de bonne heure ; elle n'y pouvait tenir, et si ce forfait était réel, il n'y avait rien, disait-elle en frappant des pieds, qu'elle ne fît pour l'empêcher. Mais Aline s'obstinait au silence... Mme de Blamont ne faisait que soupirer quand je l'interrogeais ; et nous nous retirâmes.

Voilà, mon cher Valcour, l'état dans lequel j'ai laissé les choses ; tu dois à ma sincère amitié de m'instruire de tout ce que tu peux savoir de plus ; attends tout de la mienne, de celle d'Eugénie, et sois convaincu que le bonheur qui s'apprête pour nous ne peut réellement être parfait, tant que nous supposerons des obstacles à celui d'Aline et au tien.

LETTRE SECONDE

Aline à Valcour

6 juin.

De quelles expressions me servir ? Comment adoucirai-je le coup qu'il faut que je vous porte ? Mes sens se troublent, ma raison m'abandonne, je n'existe plus que par le sentiment de ma douleur... Pourquoi vous ai-je vu ? pourquoi ces traits charmants ont-ils pénétré dans mon âme ? pourquoi m'avez-vous entraînée dans l'abîme avec vous ? Hélas ! que nos instants de bonheur ont été courts ! Qui sait, grand Dieu ! qui sait quelles sont les bornes de ceux qui doivent les suivre ? Mon ami, il faut ne nous plus voir... Le voilà dit, ce mot cruel ; j'ai pu le tracer sans mourir !... Imitez mon courage. Mon père a parlé en maître, il veut être obéi. Un parti se présente, ce parti lui convient, cela suffit ; ce n'est pas mon aveu qu'il demande, c'est son intérêt qu'il consulte, et le sacrifice entier de tous mes sentiments doit être fait à ses caprices. N'accusez point ma mère, il n'y a rien qu'elle n'ait dit, rien qu'elle n'ait fait, rien qu'elle n'imagine encore... Vous savez comme elle aime sa fille, et vous n'ignorez pas non plus les sentiments de tendresse qu'elle éprouve pour vous... Nos larmes se sont mêlées... Le barbare les a vues, et n'en a point été attendri... Ô mon ami ! je crois que l'habitude de juger les autres rend nécessairement dur et cruel.

« C'est un parti convenable, madame, a-t-il dit en fureur à ma mère ; je ne souffrirai point que ma fille le manque ; Dolbourg est mon ami depuis vingt-cinq ans, et il a cent mille écus de rente ; toutes vos petites considérations peuvent-elles balancer un argument de cette force ? Épouse-t-on par amour aujourd'hui ?... C'est par intérêt ; ces seules lois doivent assortir les nœuds de l'hymen ; hé ! qu'importe de s'aimer, pourvu qu'on soit riche ! L'amour donne-t-il de la considération dans le monde ? Non, en vérité, madame, c'est la fortune, et l'on ne vit point sans considération. D'ailleurs, qu'a donc mon ami Dolbourg pour inspirer de l'éloignement à votre fille ? (Oh, Valcour, je voudrais que vous le vissiez !) Est-ce parce que ce n'est pas un de ces freluquets du jour qui, faisant croire à une jeune personne qu'ils en sont épris uniquement parce qu'ils la savent très riche, épousent la dot et laissent la fille [12] ? Ou peut-être ce sont les talents et l'esprit qui vous séduisent. Quoi ! parce qu'un homme aura fait quelques comédies, quelques épigrammes, qu'il aura lu Homère et Virgile, il possédera, de ce moment, tout ce qu'il faut pour faire le bonheur de votre fille ! »

Vous voyez, mon ami, sur qui tombait ce dernier sarcasme ; mais le cruel, craignant que nous ne l'eussions pas encore entendu :

« Je vous prie, répliqua-t-il en colère, madame, d'écrire sur-le-champ à M. de Valcour que ses visites m'honorent infiniment, sans doute, mais qu'il m'obligera pourtant de les supprimer ; je ne veux pas donner ma fille à un homme qui n'a rien.

— Sa naissance, reprit ma mère, vaut mieux que la mienne.

— Je le sais bien, madame ; voilà toujours l'orgueil des filles de condition ; avec elles la naissance fait tout. Voulez-vous que ma fille éprouve avec son Valcour ce qui m'est arrivé avec vous ? Épouser du parchemin [13] ?... À quoi me sert, je vous prie, celui que vous m'avez donné ?... J'aimerais mieux vingt-cinq mille francs par an que toutes ces généalogies qui, comme les vers phosphoriques, ne brillent que par l'obscurité, ne sont illustres que parce qu'on n'en voit pas l'origine, et dont on peut dire tout ce qu'on veut, parce que le bout manque. Valcour est d'une bonne maison, je le sais ; il a de plus un puissant mérite à vos yeux, il est passionné pour les belles-lettres ; mais moi, que cette considération touche fort peu... je veux de l'argent, et il n'a pas le sou. Voilà sa sentence, apprenez-la-lui, je vous le conseille.

À ces mots, il a disparu, et nous a laissées, ma mère et moi, dans les larmes. Cependant, mon ami, car il faut que je répande un peu de baume sur les blessures que je viens de faire, l'espoir n'est pas banni de mon cœur, et cette mère respectable, que j'idolâtre et qui vous aime, me charge positivement de vous dire qu'elle ne veut pas que vous vous désespériez... Elle est presque sûre d'obtenir du temps, et dans des circonstances comme celles où nous sommes, le temps fait beaucoup. Rendez-vous donc aux ordres de mon père ; ne venez plus, mais écrivez-nous. Une affaire de la plus grande importance enchaînera le président à Paris tout l'été, et je crois que ma mère obtiendra d'aller passer cette saison seule avec moi dans sa petite terre de Vertfeuille, près d'Orléans ; unique bien qu'elle ait apporté à mon père qui, comme vous voyez, le lui reproche assez cruellement*. Son but est d'obtenir du président de ne rien précipiter ; elle se chargera, dit-elle, de me disposer à tout, et de vaincre mes répugnances, pourvu qu'on ne presse rien, et qu'on nous laisse passer quelques mois toutes deux solitairement à Vertfeuille... Mon ami, si elle l'obtient, je vous avoue que je regarderai cela comme une demi-victoire ; le temps est tout dans d'aussi terribles crises, c'est tout avoir que d'en obtenir.

Adieu, ne vous alarmez pas, aimez-moi, pensez à moi, écrivez-moi... Que je remplisse tous vos moments comme vous occupez tout mon cœur... Ô mon ami ! il faudrait bien peu de chose pour nous séparer à jamais ; mais ce qui me console au moins dans mon malheur, c'est la certitude où je suis qu'aucune force divine ou humaine ne parviendrait à m'empêcher de vous aimer.

LETTRE TROISIÈME

Valcour à Aline

7 juin.

Oui, je l'ai lu, ce mot cruel... J'ai reçu le coup qui doit briser ma vie, et toutes les facultés qui la composent ne se sont point anéanties ! Ô mon Aline ! quel art avez-vous donc mis à me le porter ? Vous me donnez la mort et vous voulez que je vive !... vous détruisez l'espoir et vous le ranimez [14] !... non je ne mourrai point... Je ne sais quelle voix se fait

---

* Cette terre vaut seize mille livres de rente, elle avait été la seule dot de Mme de Blamont, mais il existait dans le contrat qu'elle se marierait séparée de biens ; cette clause, et ce médiocre revenu, relativement à la fortune immense de M. de Blamont, étaient les deux motifs de ses reproches.

entendre au fond de mon cœur... Je ne sais quel organe secret semble m'avertir de vivre et que tous les instants de la félicité ne sont pas encore éteints pour moi... Non, je ne sais quel il est, ce mouvement, mais je lui cède... Ne plus vous voir, Aline !... ne plus m'enivrer, dans ces yeux que j'adore, du sentiment [15] délicieux de mon amour !... est-ce bien vous qui me l'ordonnez ?... Ah ! qu'ai-je donc fait pour mériter un tel sort ?... moi, renoncer au charme de vous posséder un jour ! mais non... vous ne me le dites pas. Mon malheur accroît mon inquiétude ; il nourrit encore les chimères que vos paroles consolantes cherchent à rendre moins affreuses : il ne faut que du temps, dites-vous ; du temps, Aline !... oh ciel ! songez-vous quel il est, celui que l'on passe loin de ce qu'on aime ?... où l'on ne peut plus entendre sa voix, où l'on ne jouit plus de ses regards ? n'est-ce pas ordonner à un homme d'exister en se séparant de son âme ?... J'étais prévenu de ce coup fatal, Déterville m'y avait préparé... mais j'ignorais que les choses fussent si avancées, et surtout que votre père exigerait que je ne vous visse plus... Et qui donc a pu l'instruire de nos secrets ? Ah ! peut-on se cacher quand on aime ? S'il a dérobé nos regards, il aura surpris notre amour... Que ferai-je, hélas ! pendant cette terrible absence ?... que voulez-vous que je devienne ? au moins si j'avais pu vous voir encore une fois avant cette funeste séparation !... si j'avais pu vous dire combien je vous aime... Il me semble que je ne vous l'ai jamais dit... oh non, je ne vous l'ai jamais dit comme je l'éprouve... et comment aurais-je réussi ? quel mot aurait pu rendre ce feu divin qui me dévore ? Tantôt anéanti par la force même de ce sentiment qui m'absorbe... tantôt brûlé par vos regards... mon âme éprouvait, sans pouvoir peindre ; toutes les expressions me paraissaient trop faibles... Et maintenant je me désole d'avoir tant perdu d'occasions ou de les avoir si mal employées. Comme je vais les déplorer ces moments si courts et si doux ! Aline, Aline, croyez-vous donc que je puisse vivre sans les retrouver ? Et cependant vous pleurerez... votre âme sera noyée dans la douleur, et je n'en pourrai partager les angoisses !... Qu'il ne se fasse pas au moins, ce cruel hymen... Je regarde ce que vous dites comme un serment qu'il ne se consommera jamais... Le barbare, il vous sacrifie... et à quoi ?... à son ambition, à son intérêt... et il ose encore trouver des sophismes pour appuyer ses affreux systèmes !... « L'amour, dit-il, ne fait pas le bonheur dans les nœuds de l'hymen. » Et que sont-ils donc ces nœuds quand l'amour ne les forme pas ! Un pacte mercenaire et vil, un trafic honteux de fortunes et de noms, qui n'enchaînant que les personnes, laissent les cœurs à tout le désordre du désespoir et du dépit. Que deviennent alors ces biens qu'on a recherchés ? Les ménage-t-on pour des enfants qui ne sont plus que le fruit du hasard ou de l'intérêt ? On les dissipe, on les perd plus promptement encore qu'ils ne se sont acquis, et le besoin que chacun des deux a de secouer la chaîne qui le presse, ouvre l'abîme épouvantable qui les engloutit en un jour. Où se trouve donc alors et le profit et le bonheur de ces mariages de convenance, puisque ces mêmes fortunes, qui en ont formé les nœuds, s'anéantissent ou pour les relâcher ou pour les dissoudre ?

Mais se flatter de rappeler votre père à des opinions raisonnables, c'est entreprendre de faire remonter un fleuve à sa source. Indépendamment des préjugés de son état, préjugés cruellement odieux, sans doute, il a encore ceux (passez-moi le terme) d'une tête étroite et d'un cœur froid ; et l'erreur est trop chère à ces sortes de gens pour espérer de les en faire revenir.

Que Mme de Blamont est respectable dans tout ceci et combien je l'adore ! quelle conduite, quelle sagesse ! quel amour pour vous ! Adorez-la cette mère tendre, vous n'êtes formée que de son sang... Il est impossible, il est moralement impossible qu'une seule goutte de celui de cet homme cruel puisse couler dans vos veines... Tendre et divine amie de mon cœur, que j'aime à m'imaginer quelquefois que vous n'avez reçu l'existence dans le sein de cette mère adorable que par le souffle de la divinité ; la mythologie des Grecs, n'admettait-elle pas ces sortes d'existences ? ne les avons-nous pas reçues dans nos opinions religieuses ? Mais il eût fallu un miracle... Et pour qui, grand Dieu ! pour qui la nature en fera-t-elle, si ce n'est pas pour mon Aline ?... N'en est-elle pas un elle-même ?... Laissez-la-moi, cette opinion, ma divine amie, elle me console... Elle ajoute, ce me semble, encore au culte que je vous dois... Oui, Aline ?... oui, vous êtes fille d'un dieu, ou plutôt vous êtes un dieu vous-même, et c'est par vos regards que la nature entière reçoit l'existence : vous purifiez tout ce qui vous touche, vous vivifiez tout ce qui vous entoure ; la vertu n'est douce qu'auprès de vous, on ne la connaît qu'où vous êtes ; soutenue par l'empire de la beauté, c'est sous vos traits qu'elle captive, c'est par vous qu'elle séduit ; et je ne me sens jamais si honnête que lorsque je vous approche ou que je vous quitte. Qui ranimera maintenant dans mon cœur ces sentiments qui naissent près de vous... qui me fortifiaient dans le reste de ma vie ? Mon âme va se flétrir séparée de la vôtre, elle va devenir comme ces fleurs qui se dessèchent à mesure que s'éloignent d'elles les rayons de l'astre qui les fit éclore... Ô ma chère Aline ! il n'est plus un instant de félicité pour moi sur la terre... Mais je vous écrirai du moins... Vous me le permettez ?... Je le pourrai.. Hélas ! c'est une consolation sans doute, mais qu'elle est loin de celle que je désire... qu'elle est loin de celle qu'il me faut !... Et quand sera-t-il ce voyage ? quoi ! je ne vous verrai pas avant qu'il s'entreprenne, et pour la première fois de ma vie, depuis trois ans que je vous connais, je passerai une saison entière éloigné de vous ?... Ordre barbare !... père cruel ! Adoucissez-le, Aline, ce terrible et funeste arrêt... Que je puisse vous voir encore un seul jour... une seule heure, hélas ! je ne veux que cela pour vivre un an ; je recueillerai dans cette heure précieuse tout ce que mon âme aura besoin de sentiments pour la faire exister des siècles... Mère adorable, souffrez que je vous implore ; c'est à vos pieds que cette grâce est demandée... Rappelez cette indulgence si active et si tendre qui vous caractérise sans cesse ; cette bonté, cette humanité qui vous rend si sensible au sort amer de l'infortune. Hélas ! vous n'aurez jamais secouru de malheureux dont les maux fussent plus cuisants. Que la nature m'accable de tous ceux qu'elle voudra ; mais qu'elle me laisse les yeux d'Aline et son cœur... J'attends votre réponse ; je l'attends comme les criminels attendent le coup de la mort. Ah ! si je la crains, c'est que je la devine... Mais une heure, Aline... une seule heure... ou vous n'avez jamais aimé... Au moins éloignez cet homme... qu'il n'aille pas avec vous à la campagne... Je ne vous dis pas de refuser les nœuds qu'on vous offre avec lui... Non, Aline, je ne vous le dis point ; il est de certains cas où la recommandation même est un outrage, et je crois que c'est dans celui-ci. Oui, j'ose être sûr de vous, parce que vous m'avez dit que je ne vous étais pas indifférent, et que vous ne voudriez pas arracher le cœur de votre ami.

LETTRE QUATRIÈME

Aline à Valcour

9 juin.

Je vous sais gré de votre résignation, mon ami, quoiqu'elle ne soit pas très entière ; n'importe, n'abusez pas de ce que je vais vous dire, mais ma reconnaissance eût été moindre si vous eussiez obéi de meilleur cœur. Que vos peines s'adoucissent, ô mon cher Valcour, par la certitude que je les partage. Je ne sais ce que ma mère a dit à son mari, mais M. Dolbourg n'a point reparu depuis le soir où il soupa ici, et j'ai cru lire moins de sévérité dans les yeux de mon père ; n'allez pas croire qu'il résulte de là que ses premiers projets se soient anéantis, je vous aime trop sincèrement pour laisser germer dans votre cœur une espérance qu'il ne faudrait que trop tôt perdre. Mais les choses ne seront pas, au moins, aussi prochaines que je le craignais, et dans une circonstance comme celle où nous sommes, je vous le répète, c'est tout obtenir que d'avoir des délais.

Notre voyage à Vertfeuille est décidé : mon père trouve bon que nous allions, ma mère et moi, y passer la belle saison, ses affaires l'obligeant à rester tout l'été à Paris : il nous laissera seules et tranquilles ; mais je ne vous cache pas, mon ami, qu'une des clauses de cette permission est que vous n'y paraîtrez pas. Jugez, d'après cette sévérité, s'il serait possible de vous accorder l'heure que vous sollicitez avec tant d'instance !

À l'envie que ma mère avait de savoir du président pour quelle raison vous lui étiez devenu, dans l'instant, si suspect, il a répondu :

« Qu'il ne s'était jamais imaginé, quand on vous présenta chez lui, que *vous osassiez* porter vos vues sur sa fille ; qu'au seul titre de connaissance et d'ami de société, il n'avait pas mieux demandé que de vous accueillir ; mais que s'étant enfin aperçu de nos sentiments mutuels, cette fatale découverte l'avait déterminé à se choisir promptement un gendre qui enlevât à un *séducteur sans bien* l'espérance de détourner sa fille de ses devoirs, et qu'il n'avait rien trouvé de mieux que M. Dolbourg, homme très riche, et son ami depuis longtemps. »

Ma mère, très contente de l'amener peu à peu à une explication, sans combattre absolument son projet, lui a demandé les motifs de son éloignement pour vous. Le peu de fortune est devenu tout de suite son argument indestructible, et ne pouvant, disait-il, vous refuser des qualités (comme si son orgueil eût été désolé d'un aveu qu'il lui était impossible de ne pas faire), il s'est rejeté d'abord sur vos défauts, et celui qu'il vous reproche avec le plus d'amertume, est le manque d'ambition, la nonchalance étonnante dont vous êtes pour votre fortune, et le tort affreux que vous avez eu, selon lui, de quitter si jeune le service [16]. À cela, ma mère a voulu opposer vos talents, votre amour pour les lettres, qui absorbant tout autre goût, vous a, pour ainsi dire, isolé, afin d'étudier plus à l'aise. Ici, le président, ennemi capital de tout ce qui s'appelle *beaux-arts*, s'est enflammé de nouveau...

« Et que font ces misères-là au bonheur de la vie, madame ? a-t-il répliqué avec humeur ; avez-vous vu, depuis que vous existez, les arts, ou même les sciences faire la fortune d'un seul homme ?... Pour moi, je ne l'ai pas vu : ce n'est plus, comme autrefois, avec une hypothèse, un syllogisme, un sonnet ou un madrigal, qu'on se produit dans le monde, et qu'on parvient à tout ; les Horaces ne trouvent plus de Mécènes, et les Descartes ne rencontrent plus de Christines [17]. C'est de l'argent, madame, c'est de l'argent qu'il faut [18]. Telle est la seule clef des places et des honneurs, et votre cher Valcour n'en a point. Jeune, de l'esprit, *une sorte de mérite* — remarquez, mon ami, la petite joie avec laquelle il a bien voulu vous accorder *une sorte de mérite* [19] — ; avec cet avantage, a-t-il continué, que ne s'avançait-il ? Le temple de la Fortune est ouvert à tout le monde ; il ne s'agit que de ne pas se laisser repousser par la foule qui vous coudoie, et qui veut y arriver avant vous... À trente ans, avec de la figure, le nom qu'il porte, et les alliances qu'il peut réclamer, il serait aujourd'hui maréchal de camp, s'il l'eût voulu. »

Oh ! mon ami, je vous en demande pardon ; mais ces reproches ne sont-ils pas mérités ? N'imaginez pas que mon cœur vous les fasse. Que ne suis-je maîtresse de ma main ! Que ne puis-je vous prouver à l'instant combien ces préjugés sont vils à mes yeux ; mais, mon ami, cent fois vous me l'avez dit vous-même, la considération est nécessaire dans le monde, et si ce public est assez injuste pour ne vouloir l'accorder qu'aux honneurs, l'homme sage, qui conçoit l'impossibilité de vivre sans elle, doit donc tout faire pour acquérir ce qui la mérite.

Ne serait-il pas entré un peu de dégoût, un peu de misanthropie dans cette insouciance qui vous est reprochée ? Je veux que vous m'éclaircissiez tout cela, mais non pas en vous justifiant ; songez que vous parlez à la meilleure amie de votre cœur.

LETTRE CINQUIÈME

Valcour à Aline

12 juin.

Oui, mon Aline, j'ai tort, et vous me le faites sentir ; la confiance est la plus douce preuve de l'amour, et j'ai l'air de vous l'avoir refusée, en ne vous racontant pas les malheurs de ma vie ; mais ce silence de ma part, depuis le temps que je vous connais, a sa source dans deux principes que vous ne blâmerez pas : la crainte de vous ennuyer par des récits qui n'intéressent que moi, et la vanité qui souffre à les faire [20]. On voudrait s'élever sans cesse aux yeux de ce qu'on aime, et l'on se tait quand ce qu'on peut dire de soi n'a rien qui doive nous flatter. Si le sort m'eût lié avec toute autre, peut-être eussé-je eu moins d'orgueil ; mais vous sûtes m'en inspirer tant, dès que je crus vous avoir rendue sensible, que vous me fîtes, dès ce moment, rougir de moi-même et de mon audace à placer dans vos fers un esclave aussi peu fait pour vous [21]. Je me sentais si loin de ce qu'il fallait être pour vous mériter ! et j'aimai mieux vous laisser croire que j'en étais digne, que de vous montrer votre erreur.

Maintenant vous exigez des aveux que je voulais taire ; ne

vous en prenez qu'à vous, s'il s'y rencontre des motifs de me moins estimer, et que ma franchise ou mon obéissance me fasse retrouver dans votre cœur ce que la vérité m'y fera perdre. Toutes mes fautes précèdent l'instant où je vous ai vue pour la première fois. Hélas ! c'est mon unique excuse ; je n'ai plus connu que l'amour et la vertu depuis cette heureuse époque ; et comment eussé-je osé depuis souiller par des écarts le cœur où régnait votre image ?

Histoire de Valcour [22]

Je vous parlerai peu de ma naissance ; vous la connaissez : je ne vous entretiendrai que des erreurs où m'a conduit l'illusion d'une vaine origine dont nous nous enorgueillissons presque toujours avec d'autant moins de motifs, que ce bienfait n'est dû qu'au hasard.

Allié, par ma mère, à tout ce que le royaume avait de plus grand ; tenant, par mon père, à tout ce que la province de Languedoc pouvait avoir de plus distingué ; né à Paris dans le sein du luxe et de l'abondance, je crus, dès que je pus raisonner, que la nature et la fortune se réunissaient pour me combler de leurs dons ; je le crus, parce qu'on avait la sottise de me le dire et ce préjugé ridicule me rendit hautain, despote et colère ; il semblait que tout dût me céder, que l'univers entier dût flatter mes caprices, et qu'il n'appartenait qu'à moi seul et d'en former et de les satisfaire ; je ne vous rapporterai qu'un seul trait de mon enfance, pour vous convaincre des dangereux principes qu'on laissait germer en moi avec tant d'ineptie [23].

Né et élevé dans le palais du prince illustre auquel ma mère avait l'honneur d'appartenir et qui se trouvait à peu près de mon âge, on s'empressait de me réunir à lui, afin qu'en étant connu dès mon enfance, je pusse retrouver son appui dans tous les instants de ma vie ; mais ma vanité du moment, qui n'entendait encore rien à ce calcul, s'offensant un jour dans nos jeux enfantins de ce qu'il voulait me disputer quelque chose, et plus encore de ce qu'à de très grands titres, sans doute, il s'y croyait autorisé par son rang, je me vengeai de ses résistances par des coups très multipliés, sans qu'aucune considération m'arrêtât, et sans qu'autre chose que la force et la violence pussent parvenir à me séparer de mon adversaire.

Ce fut à peu près vers [24] ce temps que mon père fut employé dans les négociations ; ma mère l'y suivit, et je fus envoyé chez une grand-mère en Languedoc, dont la tendresse trop aveugle nourrit en moi tous les défauts que je viens d'avouer.

Je revins faire mes études à Paris, sous la conduite d'un homme ferme et de beaucoup d'esprit, bien propre sans doute à former ma jeunesse, mais que, pour mon malheur, je ne gardai pas assez longtemps. La guerre se déclara : empressé de me faire servir, on n'acheva point mon éducation, et je partis pour le régiment où j'étais employé [25], dans l'âge où, naturellement encore, on ne devrait entrer qu'à l'Académie [26].

Puisse-t-on réfléchir sur le vice dominant de nos principes modernes, puisse-t-on voir que l'objet essentiel n'est pas d'avoir de très jeunes militaires, mais d'en avoir de bons ; et qu'en suivant le préjugé actuel, il est parfaitement impossible que cette classe de citoyens si utile puisse jamais être parfaite, tant qu'il ne s'agira que d'y entrer jeune, sans savoir si l'on a ce qu'il faut pour y être admis, et sans comprendre qu'il est impossible de posséder les vertus nécessaires dès qu'on ne donnera pas aux jeunes aspirants la possibilité de les acquérir par une éducation longue et parfaite [27].

Les campagnes s'ouvrirent, et j'ose assurer que je les fis bien. Cette impétuosité naturelle de mon caractère, cette âme de feu que j'avais reçue de la nature, ne prêtait qu'un plus grand degré de force et d'activité à cette vertu féroce que l'on appelle courage, et qu'on regarde bien à tort, sans doute, comme la seule qui soit nécessaire à notre état.

Notre régiment, écrasé dans l'avant-dernière campagne de cette guerre, fut envoyé dans une garnison en Normandie ; c'est là que commence la première partie de mes malheurs.

Je venais d'atteindre ma vingt-deuxième année ; perpétuellement entraîné jusqu'alors par les travaux de Mars, je n'avais ni connu mon cœur, ni soupçonné qu'il pût être sensible. Adélaïde de Sainval, fille d'un ancien officier retiré dans la ville où nous séjournions, sut bientôt me convaincre que tous les feux de l'amour devaient embraser aisément une âme telle que la mienne ; et que s'ils n'y avaient pas éclaté jusqu'alors, c'est qu'aucun objet n'avait su fixer mes regards. Je ne vous peindrai point Adélaïde ; ce n'était qu'un seul genre de beauté qui devait éveiller l'amour en moi, c'était toujours sous les mêmes traits qu'il devait pénétrer mon âme, et ce qui m'enivra dans elle était l'ébauche des beautés et des vertus que j'idolâtre en vous. Je l'aimais, parce que je devais nécessairement adorer tout ce qui avait des rapports avec vous ; mais cette raison qui légitime ma défaite, va faire le crime de mon inconstance [28].

L'usage est assez dans les garnisons de se choisir chacun une maîtresse, et de ne la regarder malheureusement que comme une espèce de divinité qu'on déifie par désœuvrement, qu'on cultive par air, et qui se quitte dès que les drapeaux se déploient [29]. Je crus d'abord de bonne foi que ce ne pourrait jamais être ainsi que j'aimerais Adélaïde ; la manière dont je l'en assurai la persuada ; elle exigea des serments, je lui en fis ; elle voulait des écrits, j'en signai, et je ne croyais pas la tromper. À l'abri des reproches de son cœur, se croyant peut-être même innocente, parce qu'elle couvrait sa faiblesse de tout ce qui lui semblait fait pour la légitimer, Adélaïde céda, et j'osai la rendre coupable, ne voulant que la trouver sensible.

Six mois se passèrent dans cette illusion sans que nos plaisirs eussent altéré notre amour ; dans l'ivresse de nos transports, un moment même nous voulûmes fuir ; incertains de la liberté de former nos chaînes, nous voulûmes aller les serrer ensemble au bout de l'univers... La raison triompha ; je déterminai Adélaïde, et dès ce moment fatal il était clair que je l'aimais moins.

Adélaïde avait un frère capitaine d'infanterie que nous espérions mettre dans nos intérêts... On l'attendait, il ne vint point. Le régiment partit, nous nous fîmes nos adieux, des flots de larmes coulèrent ; Adélaïde me rappela mes serments, je les renouvelai dans ses bras... et nous nous séparâmes.

Mon père m'appela cet hiver à Paris, j'y volai : il s'agissait d'un mariage ; sa santé chancelait, il désirait me voir établi avant de fermer les yeux ; ce projet, les plaisirs, que vous dirai-je enfin ? cette force irrésistible de la main du sort qui nous porte toujours malgré nous où ses lois veulent que nous soyons, tout effaça peu à peu Adélaïde de mon cœur. Je parlai pourtant de cet arrangement à ma famille ; l'honneur m'y engageait, je le fis ; mais le refus de mon père légitima bientôt mon inconstance ; mon cœur ne me fournit aucune objection, et je cédai, sans combattre, en étouffant tous mes remords. Adélaïde ne fut pas longtemps à l'apprendre... Il est difficile d'exprimer son chagrin ; son amour, sa sensibilité, sa grandeur, son innocence, tous ces sentiments qui venaient de faire mes délices, arrivaient à moi en traits de flamme, sans qu'aucun parvînt à mon cœur.

Deux ans se passèrent ainsi, filés pour moi par les mains des plaisirs, et marqués pour Adélaïde par le repentir et le désespoir.

Elle m'écrivit un jour qu'elle me demandait pour unique faveur de lui assurer une place aux Carmélites ; de lui mander aussitôt que j'aurais réussi ; qu'elle s'échapperait de la maison de son père, et viendrait s'ensevelir toute vivante dans ce cercueil qu'elle me priait de lui préparer.

Parfaitement calme alors, j'osai répondre quelques plaisanteries à cet affreux projet de la douleur, et rompant enfin toutes mesures, j'exhortai Adélaïde à oublier dans le sein de l'hymen les délires de l'amour [30].

Adélaïde ne m'écrivit plus. Mais j'appris trois mois après qu'elle était mariée ; et dégagé par là de tous mes liens, je ne songeai plus qu'à l'imiter.

Un événement terrible pour moi vint déranger tous mes projets ; il semblait que le ciel voulût déjà venger Adélaïde des malheurs où je l'avais plongée. Mon père mourut, ma mère le suivit de près, et je me vis à vingt-cinq ans seul, abandonné dans le monde à tous les malheurs, à tous les accidents qui suivent ordinairement un jeune homme de mon caractère, que de faux amis perdent, que l'expérience n'éclaire pas encore, et qui, pour comble d'aveuglement, ose trop souvent prendre pour un bonheur l'événement qui le rend maître de lui, sans réfléchir, hélas ! que les mêmes freins qui le captivaient, servaient aussi à le soutenir, et qu'il n'est plus, dès qu'ils se brisent, que comme ces plantes légères, dégagées par la chute du peuplier antique qui protégeait leurs jeunes élans, et qui bientôt expirent elles-mêmes faute de soutiens. Non seulement je perdais des parents chers et précieux ; non seulement je n'avais plus d'appui sur la terre, mais tout s'éclipsait, tout s'anéantissait avec eux ; cette vaine gloire qui m'avait séduit ne devint plus qu'une ombre qui s'évanouit avec les rayons qui la modifiaient. Les adulateurs fuirent, les places se donnèrent, les protections se perdirent, la vérité déchira le voile qu'étendait la main de l'erreur sur le miroir de la vie, et je m'y vis enfin tel que j'étais.

Je ne sentis pas pourtant tout à coup mes pertes, il fallait l'affreuse catastrophe qui m'attendait pour m'en convaincre.

Aline, Aline, permettez que mes larmes coulent encore sur les cendres de ces parents chéris ; puissent mes regrets éternels les venger de cette voix funeste et involontaire qui osa crier au fond de mon âme : « Que regrettes-tu, tu es libre ? » Oh, juste ciel ! qui put l'inspirer, cette voix barbare, quel est donc le sentiment cruel et faux qui l'a fait naître ? Où trouve-t-on des amis dans le monde qui puissent nous tenir lieu d'un père et d'une mère ? quelles gens prendront à nous un intérêt plus réel et plus vif ? qui nous excusera ? qui nous conseillera ? qui tiendra le fil, dans ce dédale obscur où nous entraînent les passions ? Quelques flatteurs nous égareront ; de faux amis nous tromperont. Nous ne trouverons sous nos pas que des pièges, et nulle main secourable ne nous empêchera d'y tomber.

Il était essentiel d'aller mettre un peu d'ordre dans les biens de mon père, très loin de son séjour, très diminués par les dépenses où l'avaient entraîné les années qu'il avait passées dans les négociations ; mon intérêt m'obligeait, avant de songer à aucun établissement, à me rendre fort vite en Languedoc, pour prendre au moins quelque connaissance de ce qui pouvait me revenir. J'obtiens un congé, et j'y vole.

La magnificence de la ville de Lyon, qui se trouvait sur mon passage, m'engagea pour l'admirer à y séjourner quelques semaines : le hasard qui me fit rencontrer d'anciennes connaissances acheva d'assurer et d'égayer ce projet, et nous y partagions ensemble les plaisirs qu'offre cette fière rivale de Paris, lorsqu'un soir, en sortant du spectacle, un de mes amis, me nommant très haut par mon nom, me proposa d'aller souper chez l'intendant, et se perdit dans la foule avant que j'eusse le temps de lui répondre.

À ce nom de Valcour, un officier, vêtu de blanc, et qui paraissait sortir du même endroit que nous, m'aborde le chapeau sur les yeux, et me demande avec beaucoup de trouble s'il a bien entendu, et si c'est bien Valcour que l'on me nomme. Peu disposé à répondre honnêtement à une question faite avec tant de brusquerie et de hauteur, je lui demande fièrement, à mon tour, quel est le besoin qu'il a d'éclaircir un tel fait ?

« Quel besoin, monsieur ? le plus grand.

— Mais encore ?

— Celui de réparer l'outrage fait à une famille honnête par

un homme de ce nom ; celui de laver dans le sang de cet homme, ou dans le mien, la vertu d'une sœur chérie... Répondez, ou je vous regarde comme un malhonnête homme.

— Je vous connais, et je vous entends ; vous êtes le frère d'Adélaïde [31] ?

— Oui, je le suis, et depuis l'instant fatal qui nous l'a ravie...

— Qu'entends-je ? elle n'est plus ?

— Non, cruel, tes indignes procédés lui ont plongé le poignard dans le cœur, et depuis ce moment je te cherche pour arracher le tien, ou mourir sous tes coups : viens, suis-moi ; je me reproche tous les instants où ma vengeance est retardée. »

Nous gagnâmes promptement les derrières de la comédie [32], nous traversâmes le Rhône, et nous enfonçant dans les promenades qui sont sur l'autre rive en face de la ville, nous nous disposions à nous battre, lorsque ne pouvant tenir à l'intérêt puissant que m'inspirait encore cette malheureuse maîtresse :

« Sainval, dis-je avec la plus grande émotion, je vous satisfais ; si le sort est juste, peut-être le serez-vous bientôt davantage ; car je suis le coupable, et c'est à moi de périr : mais ne me refusez pas de m'apprendre, avant que nous ne nous séparions pour jamais, la fatale histoire de cette fille respectable... que j'ai trompée, je l'avoue, mais qui ne peut cesser de m'être chère.

— Ingrat, me répondit Sainval, elle est morte en t'adorant ; elle est morte en suppliant le ciel de ne jamais punir ton crime. Elle avait avoué à mon père la faute où tu sus l'entraîner : il venait de la contraindre à s'ensevelir dans les bras d'un époux... Obsédée par toute une famille, l'infortunée venait d'obéir... Elle n'a pu résister à la violence du sacrifice. Chaque jour, chaque instant l'entraînait à la mort, et elle en a reçu le coup dans mes bras. Depuis cette époque fatale, je n'ai cessé de te chercher partout. J'ai suivi tes pas dans cette ville, incertain de t'y rencontrer. Je t'y trouve, presse-toi de me convaincre que tu ne joins pas au moins la lâcheté à la plus barbare séduction. »

Nous nous battîmes ; le combat fut court : Sainval avait plus de courage que d'adresse, et plus de raison que de bonheur. Il cède sous les premiers coups que je lui porte, et j'ai la douleur de le renverser mort à mes pieds[33]. À peine m'en suis-je convaincu, que je m'élance en larmes sur le corps sanglant de ce malheureux jeune homme, dont les traits, dont la voix venaient de me rappeler si douloureusement sa malheureuse sœur. Dieu barbare ! est-ce ainsi qu'éclate ta justice ? n'étais-je pas le seul coupable ?... n'était-ce pas à moi de succomber ? Et me relevant en délire : « Vil assassin, me dis-je à moi-même, va combler ton affreuse victoire ; ce n'est pas assez que ton lâche abandon l'ait précipitée dans le cercueil ; il faut encore que tu arraches la vie à son malheureux frère. Triomphe affreux ! remords déchirants ! Va, cours, dans le transport qui t'agite, va joindre à toutes tes victimes le chef infortuné de cette honnête famille... Il respire... Cet unique enfant pouvait seul le consoler de la perte d'une fille qu'il idolâtrait, ta cruauté vient de le lui ravir ; achève, va lui percer le flanc. » Et je me précipitais encore sur ce cadavre sanglant, et je cherchais à le ranimer, à lui rendre le souffle de la vie aux dépens mêmes de celle que j'aurais voulu lui sacrifier.

Il n'était plus temps... je me lève égaré ; je porte mes pas au hasard ; on avait entendu le bruit du combat. On me vit fuir ; on me poursuit, on m'atteint, on m'arrête, et l'on me mène en diligence chez le commandant de la ville. Mon désordre, mes habits ensanglantés, le rapport certain d'un homme mort, une lettre trouvée sur M. de Sainval, par laquelle son père lui ordonnait de me chercher jusqu'aux extrémités du monde, tout disposa M. de ***, qui commandait pour lors à Lyon, à des précautions et à de la sévérité.

« Quelque grave que soit votre affaire, monsieur, me dit néanmoins avec honnêteté ce militaire, je vais agir avec vous comme je le ferais avec mon propre fils. Vous aurez pour votre séjour une maison royale, et j'irai demain vous y recommander moi-même : je vais tout assoupir avec le plus grand soin. Si d'ici à trois mois rien n'éclate, votre liberté vous sera rendue ; mais il faut dans le cas contraire que je vous aie absolument sous la main, afin que, si le tribunal ou la famille du mort venait à poursuivre, je puisse au moins prouver que j'ai fait mon devoir. Cependant, soyez tranquille ; je vais employer tant de soins pour tout anéantir, que vous serez, j'espère, bientôt maître de vos actions. »

Il sortit à ces mots pour donner des ordres ; et l'on me

J'etais le seul coupable helas! c'étoit à moi
de succomber!

conduisit au château de Pierre-en-Cise, dans lequel il avait désiré que fût ma destination particulière, pour être plus à même de disposer secrètement de moi, et d'une manière qui pût m'être agréable.

Je ne vous rendrai point ce qui se passa dans mon âme, en arrivant dans ce lieu fatal : quelques politesses que je reçusse de l'officier qui y commandait, toute l'horreur de ma position se présenta d'abord à mes yeux... Les premiers effets de mon désespoir firent frémir ceux qui m'entouraient : il n'y eut sorte de moyens que je ne cherchasse pour m'arracher la vie. Qu'il est heureux de rencontrer dans de semblables circonstances un homme d'esprit, et qui connaisse le cœur humain ! On ne peut exprimer ce que fit pour me calmer le respectable mortel entre les mains duquel mon heureux sort m'avait fait tomber... Tantôt il s'adressait à ma raison, tantôt il intéressait mon cœur, et tirant toujours du sien les arguments qu'il employait, il sut me rendre à moi-même et à la vie que je perdais infailliblement sans son secours.

Ô vous, vils mercenaires, qui, dans des places semblables, ne regardez ceux qu'on vous confie que comme des animaux dont le sang doit vous engraisser... qui les tourmenteriez, qui les feriez expirer si l'on vous dédommageait amplement de leur perte ! en jetant vos regards sur le vertueux ami dont je parle, apprenez que ce même poste où vous ne trouvez à exercer que des vices, peut vous offrir la jouissance de mille vertus ; mais il faut une âme et de l'esprit pour le sentir, au lieu que la nature en courroux, qui ne vous a créés que pour le malheur des autres, ne mit en vous que de l'avarice et de la stupidité [34].

Un mois se passa sans qu'on parlât de cette affaire ; mes gens étaient toujours dans l'hôtel où j'étais descendu, et s'y tenaient, par mes ordres, renfermés dans le plus grand mystère. Enfin, le commandant de la ville parut...

« Rien ne transpire, me dit-il ; j'ai fait inhumer M. de Sainval le plus secrètement que j'ai pu : c'est par un avis détourné que j'ai fait part de sa mort à son père, sans lui expliquer la cause qui l'a fait descendre au tombeau... J'ai serré les papiers trouvés sur lui ; ils ne paraîtront pas que je n'y sois contraint... [35] Voilà tous les services que j'ai pu vous rendre... je les continuerai... Sortez cette nuit sans éclat, et de cette prison et de la ville... Vos gens, votre chaise et un passeport vous attendent à la première poste qui est sur la route de Genève... Rendez-vous à cette poste à pied et sans bruit ; passez de là en Suisse ou en Savoie[36] et si vous m'en croyez, restez-y caché jusqu'à ce que vos amis vous aient mandé de Paris quelle tournure a prise votre affaire. Il ne me reste plus que ma bourse à vous offrir : usez-en comme de la vôtre...

— Oh ! monsieur, répondis-je en me jetant dans les bras de ce chef respectable, et refusant cette dernière offre, par où ai-je pu mériter tant de bontés ?... Quel motif vous engage ainsi à servir l'infortune ?...

— Mon cœur, me répondit M. de ***, il fut toujours l'asile des malheureux, et toujours l'ami de ceux qui vous ressemblent. »

Vous jugez de ma reconnaissance, Aline, je ne vous la peindrais que faiblement ; j'embrasse les deux fidèles amis que mon heureuse étoile vient de me faire rencontrer ; je gagne au plus vite le rendez-vous qui m'est indiqué ; j'y trouve mes gens ; je m'élance en larmes dans ma voiture ; je laisse à mon valet de chambre le soin de tout ; je lui nomme Genève, nous volons, et je m'anéantis dans mes pensées.

Vous imaginez, sans doute, aisément combien cette malheureuse affaire, quelque bonne tournure qu'elle prît, nuisait cependant à ma fortune ; il me devenait impossible d'aller prendre connaissance de mon bien, impossible de me rendre à l'expiration de mon congé, plus impossible encore de publier les motifs de ma fuite, de peur de faire éclater ce qui m'y contraignait. Les gens d'affaires allaient dévaster mon bien ; le ministre allait nommer à mon emploi : ces deux cruelles infortunes étaient pourtant les moins terribles à craindre ; car si je reparaissais, malgré tout cela, quel sort affreux pouvait m'attendre ?

Mon premier soin, en arrivant à Genève, fut d'écrire à Déterville, le seul ami réel que je possédasse. Sa réponse cadrait on ne saurait mieux avec les conseils de M. de ***. Rien ne transpirait, disait-il ; mais on était dans un instant de rigueur sur les duels, et dussé-je tout perdre, il valait mille fois mieux pour moi m'exposer à ce sort, que de risquer une prison peut-être perpétuelle, en reparaissant avant qu'il ne fût bien sûr qu'il n'y eût aucun danger.

Cet avis me paraissait trop sage pour ne pas être suivi, et

je priai Déterville de m'écrire régulièrement tous les mois à Genève, d'où je ne me proposai point de sortir, n'ayant pas assez de fonds pour voyager. Je renvoyai une partie de mes gens, après leur avoir fait promettre le secret, et j'attendis en paix ce qu'il plairait au ciel de décider pour moi. Ce fut pendant ce cruel désœuvrement que le goût de la littérature et des arts vint remplacer dans mon âme cette frivolité, cette fougue impétueuse qui m'entraînaient auparavant dans des plaisirs, et bien moins doux, et bien plus dangereux. Rousseau vivait, je fus le voir ; il avait connu ma famille ; il me reçut avec cette aménité, cette honnêteté franche, compagnes inséparables du génie et des talents supérieurs [37] ; il loua, il encouragea le projet qu'il me vit former de renoncer à tout pour me livrer totalement à l'étude des lettres et de la philosophie ; il y guida mes jeunes ans, et m'apprit à séparer la véritable vertu des systèmes odieux sous lesquels on l'étouffe..

« Mon ami, me disait-il un jour, dès que les rayons de la vertu éclairèrent les hommes, trop éblouis de leur éclat, ils opposèrent à ses flots lumineux les préjugés de la superstition : il ne lui resta plus de sanctuaire que le fond du cœur de l'honnête homme. Déteste le vice, sois juste, aime tes semblables, éclaire-les ; tu la sentiras doucement reposer dans ton âme, et te consoler chaque jour de l'orgueil du riche et de la stupidité du despote. »

Ce fut dans la conversation de ce philosophe profond [38], de cet ami véritable de la nature et des hommes, que je puisai cette passion dominante qui m'a depuis toujours entraîné vers la littérature et les arts, et qui me les fait aujourd'hui préférer à tous les autres plaisirs de la vie, excepté celui d'adorer Aline [39]. Eh ! qui pourrait renoncer à ce plaisir dès qu'il le connaît ? Celui qui peut fixer ses regards sur elle sans frissonner du trouble de l'amour, ne mérite plus la qualité d'homme ; il la déshonore et l'avilit dès qu'il n'est plus sensible à de tels charmes.

Les lettres de Déterville étaient cependant toujours à peu près les mêmes ; rien ne transpirait, mais mon absence étonnait tout le monde, et beaucoup de gens se permettaient d'en raisonner d'une manière aussi fausse que pleine de calomnie. Mon ami savait que le trouble s'était mis dans mes biens ; il était presque sûr que ma compagnie [40] allait être donnée, et malgré tout cela il m'exhortait vivement à ne pas sortir de mon asile. Enfin ce dernier malheur arriva : j'écrivis pour le prévenir ; je prétextai un voyage indispensable à l'étranger, une succession essentielle à recueillir. Toutes mes ressources furent vaines, et le ministre nomma à mon emploi.

Voilà, ma chère Aline, voilà les cruelles raisons qui motivent le reproche peu mérité que me fait votre père, reproche d'autant plus injuste qu'il ignore les raisons qui me contraignent à le recevoir. Entre-t-il dans ce malheur quelque chose qui puisse me faire perdre votre estime, ou qui puisse m'aliéner la sienne ? J'ose en douter.

Deux ans d'exil volontaire s'étant écoulés, je crus pouvoir me rapprocher de mes biens. Je partis pour le Languedoc ; mais que trouvai-je, hélas ! Des maisons démolies ; des droits usurpés ; des terres incultes ; des fermes sans régisseurs, et partout, du désordre, de la misère et du délabrement. Deux mille écus de rente furent tout ce qu'il me fut possible de recueillir des quatre fonds qui valaient jadis plus de cinquante mille livres annuelles. Il fallut bien se contenter, et hasarder de reparaître enfin. Je l'ai fait sans aucun risque ; et il devient chaque jour plus que probable que je ne serai jamais poursuivi pour ce duel. Mais cette catastrophe affreuse n'en sera pas moins toute ma vie gravée en traits de sang dans mon cœur. Mon emploi n'en est pas moins donné, mes biens n'en sont pas moins dévastés... tous mes amis n'en sont pas moins perdus... Malheureux que je suis ! est-ce donc après tant de revers que j'ose prétendre à la divinité que j'adore ?... Aline, oubliez-moi... abandonnez-moi... méprisez-moi... ne voyez plus dans votre amant qu'un téméraire indigne des vœux qu'il ose former. Mais si vous me tendez une main secourable, si vous accordez quelque retour au sentiment dont je brûle pour vous, ne jugez pas mon cœur sur les travers de ma jeunesse, et ne redoutez pas l'inconstance où vous avez allumé les feux de l'amour. Il est aussi impossible de cesser de vous aimer, qu'il l'est de se défendre de vous ; mon âme, uniquement modifiée par les impressions de vos traits, ne peut plus se soustraire à leur empire, et l'on m'arracherait plutôt mille fois la vie qu'on ne détruirait mon amour. J'attends mon arrêt et mon pardon... Aline, Aline, j'attends tout de votre pitié.

LETTRE SIXIÈME

Aline à Valcour

Ce 15 juin.

Ô mon ami ! combien vos aveux me touchent ! Que votre constance m'est chère !... Moi, vous abandonner... vous délaisser : cruel !... Ah ! plus vous avez été malheureux, plus mon âme se livre au plaisir de vous aimer ! C'est moi, mon ami, c'est moi que le ciel choisit pour adoucir vos maux ; c'est par ma main qu'ils seront tous calmés... Ah ! Valcour, combien vous me devenez cher depuis que je connais votre infortune ! Ce n'est pas que vous n'ayez quelques torts... mais vous les sentez trop vivement pour que je doive vous les reprocher. Vous avez été faible... vous avez été inconstant, peut-être même séducteur ; mais vous avez été courageux et noble, tous ces revers vous ont plongé dans un abîme dont ma tendresse et les soins de ma mère veulent absolument vous retirer... Non, je ne suis pas jalouse d'Adélaïde, je la plains de toute mon âme, elle intéresse bien vivement mon cœur. Mais je ne crains plus qu'elle règne dans le vôtre, et je suis assez glorieuse pour être sûre de l'occuper tout entier.

Votre lettre a fait pleurer ma mère... Elle vous embrasse... elle est bien aise de savoir ce qui vous regarde... Et sans vous compromettre en rien, elle aura du moins, dit-elle, des armes pour vous défendre ; soyez bien sûr qu'elle en usera.

Je ne vous écris qu'un mot. Nous partons, écrivez-nous dès les premiers jours du mois prochain.

Vous ferez vos lettres de manière à ce qu'elles puissent se lire haut. Sans vous interdire pourtant la liberté d'insérer de temps en temps un petit billet pour moi, et dans lequel vous ne m'entretiendrez que du sentiment qui nous flatte ; ma mère qui connaît vos vues, et qui les approuve, me remettra ces billets fidèlement. Si vous avez quelque chose de plus secret à me dire, vous l'adresserez à Julie : cette fille, qui me sert depuis son enfance, vous aime, dit-elle, comme si vous deviez devenir son maître un jour. Cela serait-il possible, mon ami ? Je ne sais, mais j'ai des pressentiments qui quelquefois me consolent, par leur illusion délicieuse, des chagrins de la réalité.

Nous emmenons Folichon*. Comment ne l'aimerais-je pas, quand c'est vous qui l'avez élevé ? Ce charmant animal vous chérit à tel point, que chaque fois qu'on vous annonce, il semble que l'espoir et la joie animent alors ses traits ; et quand son erreur est dissipée, il se rendort sur mes genoux avec un gros soupir qui me le fait baiser mille fois.

LETTRE SEPTIÈME

Déterville à Valcour

Paris, 17 juin.

Si quelque chose peut adoucir les tourments d'une âme honnête et sensible comme la tienne, mon cher Valcour, c'est la satisfaction de ceux qui te sont chers : j'ose à ce titre t'apprendre mon mariage avec Eugénie. Toutes les difficultés qui nous séparaient sont vaincues, et dans vingt-quatre heures je serai le plus heureux des époux : je n'ose pas dire des hommes, ta félicité manque à la mienne ; et je ne pourrai jamais me croire véritablement heureux, tant que le meilleur de mes amis sera dans l'infortune. Mais j'attends beaucoup pour toi des délais qu'obtient Mme de Blamont. Elle t'aime ; sa fille t'adore ; espère tout du cœur de ces deux charmantes femmes. Tu sais qu'Eugénie, sa mère et moi, nous sommes du voyage de Vertfeuille ; juge si nous nous en occuperons, et si nous ne chercherons pas tous les moyens possibles d'avancer ton bonheur. Sois bien certain, mon cher Valcour,

---

* Petit épagneul de la plus rare espèce, que Valcour avait donné à Aline. Il l'avait dressé à apporter à sa maîtresse un échaudé[41] qui contenait un billet : Aline le recevait, lui en remettait un autre, également rempli d'un billet que l'épagneul rapportait à son maître, avec la même fidélité. Ils s'écrivirent ainsi pendant deux ans, couvrant cette feinte innocente de l'adresse et de la sobriété du petit chien, qui portait et rapportait ainsi, sans endommager nullement un objet qui devait si bien aiguillonner sa gourmandise[42].

qu'il ne sera question que de cela. Mais je t'exhorte au courage et à la patience. Ôter de la tête d'un robin une idée dont il est coiffé [43] est une entreprise qui n'est point facile. Je voudrais, moi, qu'on étudiât un peu ce Dolbourg ; ou je n'ai jamais su juger un homme, ou ce grossier mortel doit renfermer un bel et bon vice, qui, mis dans tout son jour, refroidirait peut-être un peu l'enthousiasme du cher président. Je sais bien que voilà encore une de ces ruses de guerre qui ne s'arrangera pas avec ta maudite délicatesse ; mais, mon ami, on se sert de tout dans le cas où tu es ; pesons même, si tu veux, ce procédé dans la balance de ta justice : à supposer que Dolbourg ait quelque défaut capital qui dût faire le malheur de sa femme, ton devoir ne serait-il pas de le prévenir ?

Adieu ; les embarras de la veille d'une noce m'empêchent de t'entretenir plus longtemps. Ô mon ami ! quand pourrai-je aller partager avec toi tous les soins de la tienne ! Si tu me crois bon à quelque chose pour la circulation de ton commerce, dispose de moi ; Eugénie me charge de t'offrir de même ses services ; mais j'imagine que toutes vos précautions sont prises ; quand on s'aime aussi vivement que vous le faites l'un et l'autre, rien n'échappe dans la recherche de tout ce qui peut être nécessaire au soulagement de ses peines.

LETTRE HUITIÈME

Valcour à Déterville

Paris, 19 juin.

J'apprends ton mariage avec la même joie que s'il s'agissait du mien, et je te félicite d'autant plus sincèrement de cette union qu'il est difficile de trouver une femme dont le charmant caractère cadre mieux avec le tien. Ce sont de ces rapports heureux d'où naît sans doute toute la félicité de la vie. Hélas ! j'ai bien rencontré de même tous ceux qui peuvent faire le bonheur de la mienne... mais que de difficultés, mon ami ! Ah ! je ne me flatte jamais de les vaincre ; et puis... te le dirai-je ? t'avouerai-je encore une délicatesse que tu vas traiter d'enfantillage ? La brillante fortune d'Aline... le pitoyable état de celle de ton ami ; tout cela, mon cher, me fait craindre que l'on n'imagine que mes sentiments ne sont fondés que sur l'envie de conclure ce qu'on appelle dans le monde *une bonne affaire*. Si jamais on allait le penser, si cette affreuse idée venait dans de certains instants de calme s'offrir à l'esprit de mon Aline !... ô mon cher Déterville ! je la fuirais pour ne la jamais revoir... Ah ! comme je désirerais à présent ce que j'ai toujours méprisé !... que je voudrais posséder des honneurs, des trésors, et tout ce qui pourrait me rendre digne de celle que j'adore !

À supposer même que les difficultés s'aplanissent, et que je parvienne à ce que j'appelle l'unique bonheur de ma vie, le regret de ne lui avoir pas apporté un bien digne d'elle, n'altérera-t-il pas ma félicité ? L'illusion des plaisirs évanouie, ne redouterai-je pas qu'elle-même ne conçoive un jour des regrets ? Ô mon ami ! cache-lui mes craintes, elle ne me pardonnerait pas de les avoir conçues.

Non, je n'approuve point tes recherches secrètes sur Dolbourg ; il y a une sorte de trahison qui ne s'arrange pas avec la franchise de mon âme ; je ne veux devoir qu'à moi seul la préférence d'Aline ; il serait, ce me semble, humiliant pour moi de ne triompher que par les vices de mon rival. S'il en a qui puissent faire le malheur d'Aline, sa mère saura les découvrir assez tôt, pour prévenir leur union. Tout sera à sa place alors ; elle aura fait ce qu'elle doit, et je n'aurai pas fait ce que je ne dois pas.

Je n'userai point de tes offres pour ce voyage-ci, nos arrangements sont pris, ma reconnaissance n'en est pas moins la même... Ah ! que j'envie ta félicité, mon ami ; tu la verras tous les jours... à tout instant tes yeux pourront se fixer sur les siens ; tu respireras le même air qu'elle ; tu jouiras de ces mélanges de traits... mélanges charmants qui viennent se peindre à toutes les heures sur sa délicieuse figure... Car, remarque-la bien : un sentiment... un propos... une influence dans l'air... un repas... chacune de ces choses modifie différemment ses traits. Elle n'est jamais jolie à une certaine heure comme elle la[44] devient à l'autre ; je n'ai vu de mes jours une physionomie si piquante et si différemment expressive. Je conviens qu'il faut être amant pour étudier, pour saisir toutes ces nuances. Mais, mon ami, le cœur y gagne, il n'est pas une seule de ces variations qui ne légitime mille raisons de l'aimer davantage[45].

Adieu... je te trouble... je dérobe des instants à ta félicité... jouis... jouis, heureux ami... je ne veux point flétrir les roses de l'hymen par les larmes amères de l'amour malheureux ; je ne m'occupe plus que de ton bonheur... Ah ! crois qu'il est bien vivement partagé par l'ami le plus sincère que tu possèdes au monde[46].

LETTRE NEUVIÈME

Le président de Blamont à Dolbourg[47]

Paris, ce 1er juillet.

Il me paraît, mon cher Dolbourg, que jusqu'ici tes succès ne sont pas brillants, et comment diable hasarderai-je de te mener à la campagne, après avoir si mal réussi à la ville ? Toutes réflexions faites, on te déteste... Qu'importe ! Il est, comme tu sais, depuis longtemps dans nos principes[48] de s'embarrasser fort peu du cœur d'une femme, pourvu qu'on ait sa personne et son argent. Si tu ne t'y prends pas mieux que cela, cependant, je crains que nous ne soyons réduits à emporter la citadelle d'assaut. Je t'aiderai à la battre en brèche, et pendant que tu formeras tes attaques, je te ménagerai des auxiliaires. Il arrive souvent que quand on a l'intention de se rendre maître d'une ville, on est obligé de s'emparer des hauteurs... on s'établit dans tout ce qui commande, et de là on tombe sur la place sans redouter les résistances[49].

Ou bien on négocie... on tourne... on *tergiverse*.
D'espoir ou de bonheur tour à tour on la *berce*.
Et sitôt qu'on la tient, de sa crédulité
On la punit alors avec rigidité.

Ton imbécile franchise t'empêche de rien entendre de tout

cela ; ce n'est pas que tu ne sois *roué*[50] dans les formes, mais tu l'es avec trop de bonne foi. Tant qu'une porte ne s'ouvre point à deux battants, tu n'imagines pas qu'il puisse y avoir de moyens de forcer les barricades ; je te l'ai dit cent fois, mon ami, ce n'est que dans notre métier[51] qu'on apprend l'art de feindre et de tromper les hommes. Jette les yeux sur la multitude des détours que nous savons mettre en usage quand il s'agit, par exemple, de faire périr un innocent. Sur la quantité de faussetés, de mensonges, de subordinations, de pièges, de manœuvres insidieuses que nous employons habilement en pareilles circonstances, et tu verras que tout cela nous forme au métier des ruses, et à la science d'amener les événements au but que nous nous proposons. Je rirais bien de toi, s'il te fallait entreprendre seul cette grande aventure, et réussir seul. Tu irais là avec une candeur... une vérité... pas une malheureuse petite énigme, pas une seule tournure[52]*, pas un simulacre de feinte ! Et comme on te débouterait bientôt de tes ridicules prétentions !... Ce n'est plus que par la fourberie, mon cher Dolbourg, que l'on s'avance aujourd'hui dans le monde ; et puisque le plus heureux de tous est celui qui trompe le mieux, ce n'est donc que dans l'art de bien tromper que l'on doit tâcher de se rendre habile... Au fait, ce sont les femmes qui sont cause de cela ; à force de vouloir être fines, elles ont réussi à nous rendre faux. Les folles créatures ! que j'aime à les voir se débattre avec moi ! c'est l'agneau sous la dent du lion... Je leur rends dix points sur seize, et suis toujours sûr de gagner de quatre... Enfin la campagne s'ouvre...[53] les amazones s'arment... les sauvages vont les attaquer... Nous verrons qui la victoire couronnera ; mais que rien de tout ceci n'aille au moins troubler nos amusements ; il faut savoir conduire plus d'une intrigue de front, et le projet des plaisirs qu'on ne

---

* Il y a apparence que le goût des robins pour les énigmes, les emblèmes et l'argent, était le même du temps de Rabelais que de nos jours : voici comme il les peint dans son *Pantagruel* : « On arrêta à l'île de Condamnation (ce sont les parlements). Quelques-uns de nos gens ayant voulu descendre au guichet y furent arrêtés par ordre de Gripe-minaud, archiduc des chats-fourrés, qui leur proposa une énigme à deviner. Panurge en dit le mot, et jeta au milieu du parquet une bourse pleine d'or qui les fit tous jeter les uns sur les autres pour ramasser l'argent ; et la patte bien graissée, ils accordèrent enfin les passeports demandés pour continuer leur route. »

goûte pas encore ne doit se former qu'au sein de ceux dont on jouit... Je t'attends ce soir chez nos déesses. Il y avait en vérité des siècles que nous n'avions fait un si sage arrangement que celui-là.

LETTRE DIXIÈME

Aline à Valcour

Vertfeuille, 15 juillet.

Nous sommes établis, Valcour, et notre vie est décidée ; elle est libre et charmante ; il n'y manque que vous, mon ami, pour la rendre délicieuse ; cette privation déjà sentie par la société, l'est bien plus vivement par mon cœur.

Laissez-moi vous dire comment nous vivons, je sais que ces détails vous plaisent, vous m'y suivez, j'en suis plus présente à votre imagination, et réellement l'absence en devient par là moins cruelle.

Le château de Vertfeuille, dans lequel il faut d'abord que votre esprit se transporte, n'est pas magnifique, mais commode et d'une excessive propreté ; il est situé à cinq lieues d'Orléans, sur les bords de la Loire.

La forêt voisine qui l'ombrage nous procure des promenades charmantes ; les prairies vertes et fraîches qui l'environnent, toujours peuplées de troupeaux gras et bondissants [54], sont partout ornées de villages et de maisons de campagne ; les jardins agréablement coupés par des canaux limpides, par des bosquets odoriférants, qu'égaient une multitude étonnante de rossignols ; l'immense quantité de fleurs qui s'y succèdent neuf mois de l'année ; l'abondance du gibier et des fruits ; l'air pur et serein qu'on y respire... tout cela, mon ami, contribue, quoique l'objet soit de peu de conséquence, à en faire un séjour digne d'orner l'Élysée, et est mille fois préférable à toutes les belles terres de M. de Blamont, uniformes partout, et n'offrant jamais que l'ennui à côté de la régularité.

On se lève ici tous les jours à neuf heures, et tant qu'il fait beau, le rendez-vous du déjeuner est sous un bosquet de lilas, où tout se trouve prêt dès qu'on arrive. Là, l'on prend ce qu'on veut, et ma mère a soin d'y faire trouver à peu près tout ce qu'elle sait devoir plaire à chacun. Cette première occupation nous conduit à dix heures ; alors on se sépare pour aller passer les moments de la grande chaleur dans quelques cabinets frais, avec des livres : on ne se réunit plus qu'à trois heures. C'est l'instant de servir, on fait un excellent dîner, et d'autant plus ample, que c'est le seul repas où l'on se mette à table [55].

À cinq heures on en sort, c'est l'heure des grandes promenades, les cannes et les coiffes se prennent, et Dieu sait où l'on va se perdre ! À moins que le temps ne menace, il est d'institution d'aller à pied et toujours extrêmement loin, sans autre dessein que de marcher beaucoup ; nous appelons cela *des aventures*. Déterville est le seul homme qui nous accompagne, et en vérité à la manière dont nous nous égarons, je ne doute pas qu'incessamment les aventures que nous prétendons chercher ne nous arrivent.

Mme de Senneval, qu'on prendrait bien plutôt pour la sœur aînée d'Eugénie que pour sa mère, appelle cela *des imprudences*, et Mme de Blamont, ma chère et délicieuse maman, plus folle qu'aucune de nous, assure gravement que ce qui peut nous arriver de pis est de rencontrer quelques chevaliers de la Table Ronde, cherchant des lauriers dans les Gaules, Gauvain, le sénéchal Queux, ou le brave Lancelot du Lac [56] ; que ces honnêtes gens, protecteurs nés du sexe, n'ont jamais fait de mal aux femmes, et que par conséquent nous sommes en sûreté.

On revient dès que le jour baisse ; on se jette sur des canapés, rendus, comme vous l'imaginez bien, et l'on sert des fruits, des glaces, des sirops ou quelques vins d'Espagne et des biscuits ; le léger repas pris, chacun sur son fauteuil, on commence ce qui s'appelle la soirée. Déterville ou ma mère, nos deux meilleurs lecteurs s'emparent de quelques ouvrages nouveaux, et la lecture se fait jusqu'à minuit, heure où chacun se sépare pour aller prendre les forces nécessaires à recommencer le lendemain ; cette vie, ainsi coupée, a l'art de nous faire passer les jours avec tant de rapidité, qu'excepté moi, mon ami, qui trouve toujours trop longs les instants où je dois exister sans vous, chacun en vérité croit n'être ici que d'hier.

On part pour les aventures. Je vous quitte ; que diriez-vous, mon ami, si quelque géant... Ferragus, par exemple, le fléau du brave chevalier Valentin[57], si, dis-je, cet incivil personnage allait vous enlever votre Aline ?... Vous armeriez-vous de pied en cap pour combattre le déloyal ?... Oui !... Mais si Aline était déjà la femme du géant ?

Ô mon ami, je suis moins triste ce soir, je ne sais pourquoi ; mais ma mère est si aimable !... sa tendresse pour moi est si vive !... elle me console si bien !... elle laisse naître avec tant de bonté dans mon cœur l'espoir heureux d'être un jour à tout ce que j'aime, qu'elle adoucit un peu le chagrin d'en être séparée.

Elle me disait hier : « Si votre père vous déshéritait, il ne pourrait pas vous enlever au moins cette petite terre ; elle est bien sûrement à vous, sans que jamais rien puisse vous en priver ; voilà pourquoi je l'arrange, pourquoi je la soigne et je l'embellis, je veux qu'elle vous oblige à penser à moi quand je ne serai plus... » Et moi que cette idée trouble et désespère, moi qui ne peux l'admettre sans frémir... je me précipite dans ses bras, et je lui dis : « Maman, ne me parlez donc point ainsi, vous allez me faire mourir... » et nos larmes coulent dans le sein l'une de l'autre, et nous nous jurons de nous aimer et de ne mourir qu'ensemble[58]... Eh bien, ne voilà-t-il pas ma gaieté qui me quitte, j'avais bien affaire aussi d'aller vous détailler ces circonstances... Adieu, aimez-moi et écrivez-nous.

LETTRE ONZIÈME

Valcour à Aline

Paris, 20 juillet.

Je vous écris à la hâte ; dans l'affreuse inquiétude où je suis, prolonger mon billet serait en retarder l'envoi, et je brûle d'impatience de le savoir en vos mains. La peinture de la vie que vous menez est délicieuse, votre bonheur s'y peint, cette idée me console ; mais ces grandes courses m'effraient, elles seules sont l'objet de ma lettre ; je pense comme Mme de Senneval ; elles sont folles, et je vous supplie d'y mettre des bornes, ou si vous y tenez, si elles vous amusent, ayez au moins plus d'un homme avec vous [59]... faites-vous suivre ; quelque fonds que je fasse sur la vaillance de mon cher Déterville, vous m'avouerez qu'il lui deviendrait impossible de vous défendre seul contre une troupe armée... Aline, nous avons des ennemis puissants, je me fie peu à ce qu'ils disent, leur fausseté m'effraie plus que leurs promesses ne me rassurent ; point d'imprudence, je le demande à Mme de Blamont, que je supplie d'accepter ici l'hommage sincère de mon respectueux attachement.

LETTRE DOUZIÈME

Madame de Blamont à Valcour

Vertfeuille, 25 juillet.

Oui, c'est moi qui reçois cette lettre pressée, et c'est moi qui ris de toute mon âme de la ridicule frayeur qu'elle nous peint [60]. Rassurez-vous, nos courses n'ont aucun danger ; quelque viol, quelque enlèvement, c'est en vérité tout ce que j'y vois de pis, et dans ces fatales extrémités, n'avons-nous pas le brave Déterville qui, quoique seul, romprait plutôt douze lances, soyez-en bien sûr, que de laisser enlever sa femme, ou les deux amies de son ami ? À l'égard des gens qui promettent, j'ai plus de confiance que vous en leur parole ; ils m'ont juré du repos cet été, et j'y crois. La confiance bien ou mal placée calme le sang ; ne troublez pas le plaisir qu'elle me donne.

Il vient de nous arriver ici un homme de votre connaissance qui s'intéresse toujours bien vivement à vous. C'est le comte de Beaulé ; son grade dans la province, ses terres voisines de la mienne, son ancienne amitié pour moi ; toutes ces raisons l'ont engagé à venir me donner quelques jours ; je ne vois jamais ce brave et honnête militaire, sous lequel vous avez fait vos premières armes, sans une sorte d'émotion respectueuse ; je ne trouve que lui en France qui nous peigne encore les franches vertus de l'antique chevalerie[61] ; son costume, son air, la manière dont il s'exprime, tout annonce en lui le religieux sectateur de ces lois si prodigieusement oubliées de nos jours... de ces lois précieuses, remplacées par de l'impertinence et des vices... Mais quelle est cette petite tête qui s'approche de la mienne ?... Vîtes-vous jamais un procédé pareil ?... Parce qu'on m'a vue prendre mon écritoire, ne voilà-t-il pas tout de suite un visage par-dessus mon épaule... et puis de grands éclats de rire, parce que je surprends cette tête et que je gronde ?

« Mais, maman, c'est que c'est moi que cette correspondance regarde, vous l'avez dit.

— Eh bien, mademoiselle, j'ai changé d'avis, vous me laisserez bien peut-être jouir une fois de vos plaisirs.

— Oh ! maman... »

Et puis on ne rit plus ; c'est un singulier être pourtant qu'une petite fille dont le cœur est pris.

« Tenez, mademoiselle, changeons de rôle, votre père veut que j'écrive à M. Dolbourg, chargez-vous-en.

— À M. Dolbourg, maman ?

— À lui-même.

— Et qu'y a-t-il de commun entre cet homme et moi ?

— Comment ! n'est-ce pas lui qui doit devenir mon gendre ?

— Oh ! vous aimez trop votre Aline pour la sacrifier ainsi.

— Eh bien, oui ! mais votre père ?

— Vous le vaincrez.

— Je n'en réponds pas.

— Je mourrai donc ?

— Allons, venez que je vous embrasse encore une fois avant cette mort, à l'anglaise[62], et laissez-moi finir ma lettre. »

On est venu couvrir de larmes le papier sur lequel j'écrivais. Vous le voyez, il faut que je change de page, et la friponne rit et pleure à la fois, en me baisant... Enfin, elle s'assoit, et je puis écrire.

Nous avons ici le tableau de la félicité. Eugénie, que nous ne devrions plus nommer que Mme Déterville, aime passionnément son mari et elle en est adorée. C'est dans l'asile du repos et de l'innocence, c'est à la campagne, mon cher Valcour, où le bonheur de s'aimer se goûte mieux selon moi, et où l'on se plaît mieux à en contempler le spectacle... Mais à Paris, dans ce gouffre de perversité [63], où les mauvaises mœurs forment le bon air, où l'indécence est une grâce, la fausseté de la finesse et la calomnie de l'esprit, on ne connaît rien de ce que dicte la nature, toujours à côté, ou au-delà de ses mouvements ; on y trouve plus court de persifler que de sentir, parce qu'il ne faut pour l'un qu'un peu de jargon, et que pour l'autre il faudrait un cœur, dont les sensations énervées par la licence et corrompues par la débauche ne retrouvent plus leur énergie [64]. On y chansonnerait un époux qui au bout d'un mois serait encore amoureux de sa femme... Oh ! que je hais ce ton ! Oh ! que je vous haïrais, je crois, vous-même, si vous n'étiez plus amoureux de la vôtre au bout de vingt ans ! Adieu, tenez-nous parole, soyez sage, et tout ira bien.

LETTRE TREIZIÈME

Aline à Valcour

Vertfeuille, ce 6 août.

Le comte vient de nous quitter ; nous allons reprendre notre ancienne vie, il était devenu nécessaire de l'interrompre. M. de Beaulé se promène peu, et malgré ses instances pour ne pas nous déranger, nous avons dû lui tenir compagnie ; que ce début ne vous alarme point. Encore une fois, les courses n'ont rien de dangereux, croyez que nous ne les ferions pas s'il y avait la moindre chose à craindre.

Ma mère entretint l'autre jour son ancien ami de nos projets communs. Il les approuve, de cet air ouvert et franc, qui fait voir que le *oui* qu'on répond part du cœur, et n'est pas le mot de convenance ; mais il craint bien qu'on ne réussisse pas à vaincre le président ; il a souri en disant que Dolbourg et lui étaient *intimement liés*, et souri d'une façon qui me fait craindre que ce ne soit le vice qui étaye cette indigne association. Quelque frêles que dussent être ces sociétés, peut-être sont-elles plus difficiles à rompre que celles que la vertu soutient, et j'en redoute étonnamment les effets ; ils lient, prétend-on, leurs maîtresses entre elles, comme ils le sont eux-mêmes, et ce quadrille pervers est indissoluble, on me l'a dit à l'insu de ma mère ; gardez-moi le secret ; ce Dolbourg ?... une maîtresse !... Et quelle est donc la créature abandonnée... ? Il est vrai que quand on est riche... Mon ami, cet homme a une maîtresse ! et si cela est, pourquoi veut-il m'épouser ?... Mais entendez-vous de telles mœurs ? D'où vient prendre[65] une femme alors ? C'est donc un meuble qu'on achète ?... Ah ! j'entends, on a cela dans sa chambre, comme un magot sur sa cheminée... c'est une affaire de convention, et je serais la victime de cet usage ! et je romprais des nœuds qui me sont si chers, pour être la femme de cet homme-là ! Comment concevriez-vous votre malheureuse Aline dans cette fatale existence, s'il fallait que le ciel l'y soumît ?

Déterville voudrait faire quelques recherches sur les mœurs dépravées de ce financier, il m'a dit votre délicatesse, je ne puis m'empêcher de l'approuver, et la mienne à présent m'impose les mêmes lois ; car, si cette liaison vicieuse est constatée entre mon père et Dolbourg, Déterville ne dévoilerait les torts de l'un qu'en mettant ceux de l'autre au jour... Le dois-je ? ma mère est malheureuse, je serais bien fâchée qu'une aussi triste découverte vînt augmenter l'horreur de sa situation ; ce n'est pas que son cœur y fût compromis, après les procédés de M. de Blamont ; il serait difficile, sans doute, que sa femme pût l'aimer bien affectueusement, et d'ailleurs leur âge est si différent ! mais qu'on aime ou non son mari, on n'en partage pas moins tous ses torts, et les vices qui se trouvent en lui n'en affligent pas moins notre orgueil. Les chagrins que ce sentiment blessé peut faire naître sont peut-être aussi cuisants que ceux que nous donne l'amour... Je ne le crois pas cependant, et comme il n'est pas de sensation plus vive que celle de l'amour, il ne peut en exister dont les tourments puissent devenir aussi sensibles... Je ne sais... je ne suis plus si gaie, il me passe tout plein de nuages dans l'esprit ; mon père nous a fait espérer du repos cet été. Mais s'il changeait d'avis, s'il arrivait avec son cher Dolbourg ?... Eugénie le craint, j'en frissonne. Oh ! mon cher Valcour, je l'ai dit à ma mère ; mais si cet homme arrive, je fuis... qu'il ne compte pas sur ma présence, je ne résisterais pas à l'horreur de la sienne ; distrayez-moi, Valcour, ôtez-moi ces tristes idées, elles troublent mon repos, et je ne puis les vaincre ; mais est-ce vous qui me consolerez, vous qui devez frémir autant que moi ?...

LETTRE QUATORZIÈME

Valcour à Aline

Paris, 14 août.

Vous rassurer !... qui, moi ? Ah ! vous avez raison, je tremble autant que vous ; le caractère de l'homme dont il s'agit est bien fait pour nous alarmer tous les deux ; cette sécurité où sa promesse vous tient, enveloppe peut-être un piège dans lequel il veut vous surprendre. Il voudra voir si votre solitude est exacte, si je ne m'avise point de la troubler... et qui sait s'il n'amènera pas son Dolbourg ! Cependant il n'est pas vraisemblable qu'on exige tout de suite, de vous, un serment qui vous cause autant de répugnance ; n'est-on pas convenu de vous laisser du temps ?... Si l'on vous contraignait, n'en doutez pas, cette mère qui vous adore, et que nous chérissons si bien tous les deux, prendrait alors votre parti avec une chaleur capable de vous obtenir de nouveaux délais... Hélas ! je vous rassure et je frémis moi-même ; je veux calmer des troubles qui me dévorent, je veux consoler Aline et je suis plus affligé qu'elle.

Il est vrai que je me suis opposé aux recherches que me proposait Déterville, et d'après ce que vous m'apprenez, je m'y oppose encore plus fortement ; nous pouvons souffrir des torts de ceux auxquels la nature nous a asservis, mais nous devons les respecter ; si Mme de Blamont ne se trouvait pas liée, comme nous, dans cette recherche, j'oserais dire que ce soin la regarde ; mais si l'association soupçonnée est sûre, elle ne le peut plus. Non qu'elle ne le dût, si elle était incertaine ; mais si la chose est prouvée, le silence est son lot. Que faire ? que devenir ? qu'imaginer, grand Dieu ? Au moins votre cœur me reste, Aline, j'ose être sûr d'y régner. Que cette consolation m'est douce ! je n'existerais pas sans elle. Conservez-le moi, ce sentiment qui fait mon bonheur ; soyez toujours l'unique arbitre de mon sort ; opposons à cette multitude d'obstacle la fermeté que donne la constance, et nous triompherons un jour. Mais si vous faiblissez, si les persécutions vous déterminent... si le malheur vous abat, Aline, envoyez-moi la mort ; elle me sera bien moins cruelle.

LETTRE QUINZIÈME

Déterville à Valcour

Vertfeuille, ce 26 août.

Tu l'avais deviné, mon cher Valcour, il devait nécessairement nous arriver quelque aventure à ces promenades éloignées, si fort du goût de Mme de Blamont, et si désapprouvées par ta prudence ; mais ne t'inquiète pas, aucune diminution à la somme totale de nos hôtes [66], nulle atteinte à aucun d'eux. Ce n'est qu'une recrue que nous avons faite... une recrue fort singulière ; et pour que ton imagination, que je connais impatiente et fougueuse, n'aille pas au-devant de la vérité et ne la change aussitôt en d'affreux revers, écoute avant que de prévoir.

Depuis que les jours diminuent, on dîne plus tôt à Vertfeuille, afin de se trouver à peu près la même quantité d'heures de promenade. En conséquence, hier, nous étions, malgré l'extrême chaleur, partis à trois heures et demie, dans le dessein de traverser un petit angle de la forêt, derrière lequel se trouve un hameau charmant, où ton Aline a une bonne amie, nommée Colette, qui lui donne toujours d'excellent lait... On voulait donc aller goûter du lait de Colette ; mais il fallait se presser ; on ne voulait pas repasser le bois la nuit, et cette nuit qu'on craignait, devait étendre ses voiles lugubres à près de sept heures. Il y a deux lieues de Vertfeuille chez Colette ; ainsi pas un moment à perdre. Tout allait le mieux du monde jusqu'au hameau ; on arriva à cinq heures et demie chez la jolie laitière : on but son lait. Aline, qui lui portait plein ses poches de babioles qu'elle avait faites pour lui plaire, en fut reçue comme tu l'imagines ; mais toutes les montres marquaient six heures, il s'agissait de partir en diligence... On se quitta donc en grondant, tout en disant qu'on avait à peine le temps de respirer... que j'étais plus effrayé que les femmes, et mille autres mauvaises plaisanteries, qui ne me démontèrent point, parce que si j'étais alarmé, les chères dames devaient bien voir que ce n'était que pour elles ; c'est pourquoi je tins bon et nous partîmes.

À peine engagés dans la route du bois dont le débouché touche aux avenues de Vertfeuille, nous entendîmes des cris perçants qui nous parurent venir d'une des routes diagonales qui se perdent dans le milieu de la forêt. Tout le monde s'arrête... il était déjà nuit ; l'étonnement fait place à la peur, et voilà toutes nos héroïnes tellement effarouchées, que l'une, Eugénie, tombe évanouie dans mes bras, et que les trois autres, perdant absolument l'usage de leurs jambes, se laissent tomber au pied des arbres.

Si je désirais qu'on ne se trouvât pas de nuit au milieu d'une telle route, c'est que je prévoyais bien ce qui arriverait au plus léger accident, et l'embarras qui en résulterait pour moi ; rassurer, approfondir, défendre, telle était la besogne, et j'étais bien plus embarrassé des deux premiers soins que du troisième. Je les calmai donc de mon mieux, et sans perdre une minute, je m'élance où j'entends les cris. Il n'était pas aisé de trouver l'endroit d'où ils partaient ; la malheureuse qui les jetait était hors de la route, elle paraissait enfoncée dans le taillis, et quelque bruit que je fisse moi-même, quoique j'appelasse... trop occupée de sa douleur, l'infortunée ne me répondait point. Je distingue cependant plus juste, je quitte la route, m'enfonce dans le taillis, et trouve enfin sur un tas de fougère, au pied d'un grand chêne, une jeune fille venant de mettre au jour une malheureuse petite créature, dont la vue, jointe aux douleurs physiques que venait d'éprouver la mère, faisait pousser à cette mère désolée de lamentables cris, qu'accompagnaient des pleurs abondants. Mon abord, l'épée à la main, l'effraya, comme tu peux penser ; mais la cachant sous mon habit sitôt que je m'aperçus que je n'avais affaire qu'à une femme, je m'approchai d'elle, et lui parlant avec douceur, je parvins promptement à la tranquilliser.

« Pardon, lui dis-je, mademoiselle, je n'ai le temps ni de vous écouter ni de vous secourir, je dois rejoindre des dames qui m'attendent ici près, que je ne puis abandonner seules à l'entrée de la nuit, et que vos cris viennent d'effrayer ; votre position me paraît embarrassante ; suivez-moi ; emportez cette petite créature, donnez-moi le bras et partons.

— Qui que vous soyez, me dit l'inconnue, vos soins me sont précieux, mais je n'ose en profiter, je voudrais aller au village de Berseuil, daignez m'en montrer la route, je suis assurée d'y trouver des secours.

— Je ne connais point de village de Berseuil dans ces environs, je ne puis vous offrir pour le présent que ce que je viens de vous dire, acceptez-le, croyez-moi, ou je vais être obligé de vous quitter. »

Alors cette pauvre fille ramasse son enfant ; elle le baise.

« Malheureuse créature, s'écria-t-elle en l'entortillant d'un mouchoir et le plaçant dans son jupon, fruit de ma honte et de mon déshonneur, devais-je croire que tu serais privée d'abri dès en voyant le jour ! »

Puis elle prit mon bras, et marchant avec peine, nous regagnâmes au plus tôt l'endroit où j'avais laissé ces dames. Nous les revîmes bientôt... mais dans quel état ! Les deux filles tenaient leurs mères embrassées, et quoiqu'elles fussent elles-mêmes dans une agitation prodigieuse, elles s'efforçaient de les rassurer. Tu juges de l'effet de mon retour : n'apercevant qu'un individu de leur sexe, voyant mon air ouvert et tranquille, tout se calma et l'on accourut vers moi. Je fis en deux mots l'histoire de ma rencontre ; la jeune fille, extrêmement confuse, témoigna son respect comme elle put. On examina, on caressa l'enfant ; Mme de Blamont voulait donner au moins quelques instants de repos à la mère, tant par humanité que pour s'instruire un peu plus à fond de ce qui pouvait éclaircir une aussi singulière aventure. Mais faisant observer à ces dames que la nuit s'épaississait de plus en plus, et qu'il nous restait près de trois quarts de lieue, je décidai le départ le plus prompt. Aline voulut porter l'enfant, pour soulager la mère à laquelle je donnai le bras ; Eugénie aida des siens les deux dames, et nous sortîmes en diligence du bois.

« Point d'éclaircissements que [67] nous ne soyons au château, dis-je à Mme de Blamont qui voulait toujours questionner, ils nous retarderaient, ils fatigueraient cette jeune personne déjà très abattue ; ne nous occupons ce soir que d'arriver et de secourir. »

On approuve mon conseil, et nous touchons enfin le port. Il était temps ; à peine la pauvre demoiselle, dont j'aidais les pas, pouvait-elle se traîner. Ce qui fit dire à Mme de Blamont qu'assurément elle serait morte si elle eût persisté dans son projet de se rendre à ce village de Berseuil, dont j'ignorais la situation, et qui se trouvait à six grandes lieues de l'endroit où la rencontre s'était faite. Le premier soin de la maîtresse du logis fut d'établir cette infortunée dans une des meilleures chambres du château avec son enfant, et après lui avoir fait prendre d'abord un bouillon, puis deux heures après une rôtie au vin de Bourgogne, on la laissa reposer.

Comme on n'avait voulu d'elle, ce soir-là, aucun éclaircissement pour ne la point fatiguer, l'aventure, comme tu le crois, fut interprétée de toutes sortes de manières : chacun dit son mot, et par une fatalité assez commune dans ces sortes de cas, personne n'approcha d'une vérité plus importante que l'on ne le pensait.

Le lendemain matin, c'est-à-dire aujourd'hui, on doit, aussitôt qu'on supposera la belle aventurière éveillée, se transporter dans son appartement pour apprendre d'elle le récit de son histoire, si la sage-femme qu'on a envoyé chercher sur-le-champ la trouve assez bien pour lui permettre de nous la raconter. Ce récit fera donc le sujet de ma première lettre ; le courrier part, Mme de Blamont me presse, et je t'embrasse.

LETTRE SEIZIÈME

Déterville à Valcour

Vertfeuille, ce 28 août.

Le courrier ne partant point hier, je n'ai pu reprendre le fil de notre aventure qu'aujourd'hui... Ô mon ami, que d'idées tout ceci va faire naître en toi, et quels soupçons singuliers se forment ici dans toutes les têtes ! Serait-il possible que le hasard eût voulu placer dans nos mains le premier anneau d'une chaîne dont l'extrémité peut tenir au but d'éclaircissement que nous nous proposons avec tant d'ardeur ! Mais comme rien ne peut s'affirmer encore, contentons-nous, moi de raconter, toi de soupçonner, de conjecturer et d'approfondir même si tu veux.

La sage-femme introduite hier matin dans la chambre de la jeune personne nous apprit peu après que la nuit avait été agitée, qu'il y avait eu un peu de fièvre, mais que ces accidents n'ayant rien d'étranger à l'état, nous pouvions entrer si nous le désirions et apprendre tout ce qui la concernait : elle consentait à nous instruire. Il n'y eut d'admis que Mme de Senneval, Mme de Blamont et moi ; on ne crut pas décent d'y mener Aline. Heureux caractère qui modèle toujours ses désirs sur ses devoirs ! cette privation ne lui coûta rien, sa curiosité ne l'emporta pas sur sa pudeur... Eugénie lui tint compagnie. Nous entrâmes après quelques civilités de part et d'autre. Tels furent, mon cher Valcour, les termes dans lesquels s'exprima notre aventurière.

Histoire de Sophie

On me nomme Sophie[68], madame, dit-elle en s'adressant à Mme de Blamont, mais je serais bien en peine de vous rendre compte de ma naissance, je ne connais que mon père, et j'ignore les particularités qui ont pu me donner le jour. Je fus élevée dans le village de Berseuil, par la femme d'un vigneron qui se nomme Isabeau ; j'allais la joindre quand vous m'avez trouvée. Elle m'a servi de nourrice, et m'a prévenue, dès que je pus entendre raison, qu'elle n'était point ma mère, et que je n'étais chez elle qu'en pension. Jusqu'à l'âge de treize ans, je n'ai eu d'autre visite que celle d'un monsieur qui venait de Paris, le même, à ce que dit Isabeau, qui m'avait apportée chez elle, et qu'elle m'assura secrètement être mon père. Rien de plus simple et de plus monotone que l'histoire de mes premiers ans, jusqu'à l'époque fatale où l'on m'arracha de l'asile de l'innocence pour me précipiter, malgré moi, dans l'abîme de la débauche et du vice.

J'allais atteindre ma treizième année, lorsque l'homme dont je vous parle vint me trouver pour la dernière avec un de ses amis du même âge que lui, c'est-à-dire environ cinquante ans.

Ils firent retirer Isabeau et m'examinèrent tous deux avec la plus grande attention. L'ami de celui que je devais prendre pour mon père fit beaucoup d'éloges de moi... J'étais selon lui charmante, faite à peindre... Hélas ! c'était la première fois que je l'entendais dire, je n'imaginais pas que ces dons de la nature dussent devenir l'origine de ma perte... qu'ils dussent être la cause de tous mes malheurs ! L'examen des deux amis était entremêlé de légères caresses ; quelquefois même on s'en permettait où la décence n'était rien moins que respectée... ensuite tous deux se parlaient bas... je les vis même rire... Eh quoi ! la gaieté peut donc naître où se médite le crime ? l'âme peut donc s'épanouir au milieu des complots formés contre l'innocence ? Tristes effets de la corruption ! que j'étais loin d'en augurer les suites ! Elles devaient être bien amères pour moi. On fit revenir Isabeau...

« Nous allons vous enlever votre jeune élève, dit M. Delcour (c'est le nom de celui qu'on m'avait dit de regarder en père) ; elle plaît à M. de Mirville, dit-il en montrant son ami, il va la conduire à sa femme qui en prendra soin comme de sa fille... »

Isabeau se mit à pleurer, et me jetant dans ses bras, aussi chagrine qu'elle, nous mêlâmes nos regrets et nos pleurs...

« Ah ! monsieur, dit Isabeau en s'adressant à M. de Mirville, c'est l'innocence et la candeur mêmes, je ne lui connais nul défaut... Je vous la recommande, monsieur, je serais au désespoir s'il lui arrivait quelque malheur...

— Des malheurs ? interrompit Mirville, je ne vous la prends que pour faire sa fortune.

ISABEAU. — Que le ciel au moins la préserve de la faire aux dépens de son honneur.

MIRVILLE. — Que de sagesse dans la bonne nourrice !

ISABEAU *à M. Delcour*. — Mais vous m'aviez dit, ce me semble, monsieur, à votre dernière visite, que vous la laisseriez au moins jusqu'à ce qu'elle eût rempli ses premiers devoirs de religion.

DELCOUR. — De religion ?

ISABEAU. — Oui, monsieur.

DELCOUR. — Eh bien ! est-ce que cela n'est pas fait ?

ISABEAU. — Non, monsieur, elle n'est pas encore assez instruite ; M. le curé l'a remise à l'année prochaine.

DE MIRVILLE. — Oh parbleu ! nous n'attendrons pourtant

pas jusque-là, je l'ai promise pour demain à ma femme... et je veux... Eh mais ! ne s'acquitte-t-on pas de *ces misères-là partout* ?

DELCOUR. — Partout, et aussi bien chez nous qu'ici. Ne croyez-vous donc pas, Isabeau, qu'il puisse être dans la capitale d'aussi bons directeurs de jeunes filles que dans votre village de Berseuil ?... »

Puis se tournant vers moi.

« Sophie, voudriez-vous mettre des entraves à votre fortune ? Quand il s'agit de la conclure... le plus petit retard...

— Hélas ! monsieur, interrompis-je naïvement, dès que vous me parlez de fortune, j'aimerais mieux que vous fissiez celle d'Isabeau, et que vous me permissiez de ne la jamais quitter. »

Et je me rejetais dans les bras de cette tendre mère... et je l'inondais de mes pleurs...

« Va, mon enfant, va, dit celle-ci ; et me pressant sur son sein : Je te remercie de ta bonne volonté, mais tu ne m'appartiens pas... Obéis à ceux de qui tu dépens, et que ton innocence ne t'abandonne jamais. Si tu tombes dans la disgrâce, Sophie, souviens-toi de la bonne mère Isabeau, tu trouveras toujours un morceau de pain chez elle ; s'il te coûte quelque peine à gagner, au moins tu le mangeras pur... il ne sera pas arrosé des larmes du regret et du désespoir...

— Bonne femme, en voilà assez ce me semble, dit Delcour en m'arrachant des bras de ma nourrice, cette scène de pleurs, toute pathétique qu'elle puisse être, met un retard à nos désirs... partons... »

On m'enlève, on se précipite dans une berline qui fend l'air et nous rend à Paris le même soir.

Si j'avais eu un peu plus d'expérience, ce que je voyais, ce que j'entendais, ce que j'éprouvais, aurait dû me convaincre, avant d'arriver, que les devoirs que l'on me destinait étaient bien différents de ceux que je remplissais à Berseuil, qu'il entrait bien d'autres projets que ceux de servir une dame, dans la destination qui m'attendait, et qu'en un mot cette innocence que me recommandait si fort ma bonne nourrice était bien près d'être oubliée. M. de Mirville, à côté duquel j'étais dans la voiture, me mit bientôt au point de ne pouvoir douter de ses horribles intentions : l'obscurité favorisait ses entreprises, ma simplicité les encourageait, M. Delcour s'en divertissait et l'indécence était à son comble... Mes larmes coulèrent alors avec profusion...

« Peste soit de l'enfant, dit Mirville... cela allait le mieux du monde... et je croyais qu'avant que nous fussions arrivés... Mais je n'aime pas à entendre brailler...

— Eh ! bon, bon, répondit Delcour, jamais guerrier s'effraya-t-il du bruit de sa victoire ?... Quand nous fûmes l'autre jour chercher ta fille, auprès de Chartres, me vis-tu m'alarmer comme toi ? Il y eut pourtant comme ici une scène de larmes... et cependant, avant que d'être à Paris, j'eus l'honneur d'être ton gendre...

— Oh ! mais vous, gens de robe, dit M. de Mirville, les plaintes vous excitent ; vous ressemblez beaucoup aux chiens de chasse, vous ne faites jamais si bien la curée que quand vous avez forcé la bête. Jamais je ne vis d'âmes si dures que celles de ces suppôts de Bertole[69]. Aussi n'est-ce pas pour rien qu'on vous accuse d'avaler le gibier tout cru pour avoir le plaisir de le sentir palpiter sous vos dents...

— Il est vrai, dit Delcour, que les financiers sont soupçonnés d'un cœur bien plus sensible...

— Par ma foi, dit Mirville, nous ne faisons mourir personne ; si nous savons plumer la poule[70], au moins ne l'égorgeons-nous pas. Notre réputation est mieux établie que la vôtre, et il n'y a personne qui, au fond, ne nous appelle de bonnes gens... »

De pareilles platitudes, et d'autres propos que je ne compris point, parce que je ne les avais jamais entendus, mais qui me parurent encore plus affreux, et par les expressions qui les entrelaçaient et par l'indignité des actions dont Mirville les entrecoupait, de telles horreurs, dis-je, nous conduisirent à Paris, et nous arrivâmes.

La maison[71] où nous descendîmes n'était pas tout à fait dans Paris, j'en ignorais la position ; plus instruite maintenant, je puis vous dire qu'elle était située près de la barrière des Gobelins. Il était environ dix heures du soir quand on arrêta dans la cour ; nous descendîmes... La voiture fut renvoyée et nous entrâmes dans une salle où le souper paraissait prêt à être servi. Une vieille femme, et une jeune fille de mon âge, étaient les seules personnes qui nous attendissent ; et ce fut avec elles que nous nous mîmes à table ; il me fut facile de voir pendant le souper que cette jeune fille, nommée Rose, était à M. Delcour ce qu'il me parut que M. de Mirville désirait que je lui fusse. Quant à la vieille, elle était destinée à être notre gouvernante ; son emploi me fut expliqué tout de suite, et on m'apprit en même temps que cette maison était celle où je devais loger avec ma jeune compagne, et qui n'était autre que cette fille de M. de Mirville, et que M. Delcour et lui disaient avoir été dernièrement chercher près de Chartres. Ce qui prouve, madame, que ces deux messieurs s'étaient réciproquement donné leurs deux filles pour maîtresses, sans que l'une de ces deux malheureuses créatures connût mieux que l'autre la seconde partie des liens qui les attachaient à ces deux pères.

Vous me permettrez de taire, madame, les indécents détails, et de ce souper, et de l'affreuse nuit qui les suivit ; un autre salon, plus petit et plus artistement meublé, fut destiné à ces honteuses circonstances. Rose et M. Delcour y passèrent avec nous ; celle-ci déjà au fait, n'opposa nul refus ; son exemple me fut proposé pour adoucir la rigueur des miens ; et pour m'en faire sentir l'inutilité, on me fit craindre la force, si je m'avisais de les continuer... Que vous dirai-je, madame ? je frémis... je pleurai... rien n'arrêta ces monstres et mon innocence fut flétrie.

Vers trois heures du matin, les deux amis se séparèrent ; chacun passa dans son appartement pour y finir le reste de la nuit, et nous suivîmes [72] ceux qui nous étaient destinés.

Là, M. de Mirville acheva de me dévoiler mon sort.

« Vous ne devez plus douter, me dit-il durement, que je vous ai prise pour vous entretenir ; votre état vient d'être éclairci de manière à ne plus vous laisser de soupçon. Ne vous attendez pourtant pas à une fortune bien brillante ni à une vie très dissipée ; le rang que monsieur et moi tenons dans le monde nous oblige à des précautions qui rendent votre solitude un devoir. La vieille femme que vous avez vue près de Rose, et qui doit également prendre soin de vous, nous répond de votre conduite à l'une et à l'autre : une incartade... une évasion, serait sévèrement punie, je vous en préviens ; du reste, soyez avec moi honnête, persévérante et douce, et si la différence de nos âges s'oppose à un sentiment de votre part dont je suis médiocrement envieux, que, pour prix du bien que je vous ferai, je trouve du moins en vous toute l'obéissance sur laquelle je devrais compter, si vous étiez ma femme légitime. Vous serez nourrie, vêtue, etc., et vous aurez cent francs [73] par mois pour vos fantaisies ; cela est médiocre, je le sais ; mais à quoi vous servirait le surplus dans la retraite où je suis forcé de vous tenir ? D'ailleurs j'ai d'autres arrangements qui me ruinent. Vous n'êtes pas ma seule pensionnaire... c'est ce qui fait que je ne pourrai vous voir que trois fois par semaine, vous serez tranquille le reste du temps ; vous vous distrairez ici avec Rose et la vieille Dubois [74], l'une et l'autre dans leur genre ont des qualités qui vous aideront à mener une vie douce, et sans vous en douter, ma mie [75], vous finirez par vous trouver heureuse. »

Cette belle harangue débitée, M. de Mirville se coucha, et m'ordonna de prendre ma place auprès de lui.

Je tire le rideau sur le reste, madame, en voilà assez pour vous faire voir quel était l'affreux sort qui m'était destiné ; j'étais d'autant plus malheureuse qu'il me devenait impossible de m'y soustraire, puisque le seul être qui eût de l'autorité sur moi... mon père même, me contraignait à m'y résoudre et me donnait l'exemple du désordre.

Les deux amis partirent à midi, je fis plus ample connaissance avec ma gardienne et ma compagne ; les circonstances de la vie de Rose ne différaient en rien de celles de la mienne ; elle avait six mois plus que moi. Elle avait comme moi passé sa vie dans un village, élevée par sa nourrice, et n'était à Paris que depuis trois jours ; mais la distance énorme du caractère de cette fille au mien s'est toujours opposée à ce que je fisse aucune liaison avec elle ; étourdie, sans cœur, sans délicatesse, n'ayant aucune sorte de principes [76], la candeur et la modestie que j'avais reçues de la nature s'arrangeaient mal avec tant d'indécence et de vivacité ; j'étais obligée de vivre avec elle, les liens de l'infortune nous unirent, mais jamais ceux de l'amitié.

Pour la Dubois, elle avait les vices de son état et de son âge ; impérieuse, tracassière, méchante, aimant beaucoup plus ma compagne que moi ; il n'y avait rien là, comme vous voyez, qui dût m'attacher fort à elle, et le temps que j'ai été dans cette maison, je l'ai presque entièrement passé dans ma chambre, livrée à la lecture que j'aime beaucoup, et dont j'ai pu faire aisément mon occupation, moyennant l'ordre que M. de Mirville avait donné de ne jamais me laisser manquer de livres [77].

Rien de plus réglé que notre vie ; nous nous promenions à volonté dans un fort beau jardin, mais nous ne sortions jamais de son enceinte ; trois fois par semaine, les deux amis, qui ne paraissaient jamais qu'alors, se réunissaient, soupaient avec nous, se livraient à leurs plaisirs, l'un devant l'autre, deux ou trois heures de l'après-souper, et allaient de là finir le reste de la nuit chacun avec la sienne, dans son appartement, qui devenait le nôtre le reste du temps...

« Quelle indécence ! interrompit Mme de Blamont... Eh quoi ! les pères aux yeux de leurs filles !

— Ma chère amie, dit Mme de Senneval, n'approfondissons pas ce gouffre d'horreur, cette infortunée nous apprendrait peut-être des atrocités d'un bien autre genre.

— Que savez-vous s'il n'est pas essentiel que nous le sachions ? dit Mme de Blamont... Mademoiselle, continua en rougissant cette femme vraiment honnête et respectable, je ne sais comment vous exposer ma question... mais n'est-il jamais arrivé pis [78] ? »

Et comme elle vit que Sophie ne la comprenait point, elle me chargea de lui expliquer bas ce qu'elle voulait dire.

« Une sorte de jalousie, dominant l'un et l'autre ami, est peut-être le seul frein qui les ait contenus sur ce que vous voulez dire, madame, reprit Sophie ; au moins ne dois-je supposer que ce sentiment pour cause d'une retenue [79]... qui dans de telles âmes n'eut sûrement jamais la vertu pour principe. Il est mal de juger ainsi son prochain sans preuves, je le sais, mais d'autres *écarts*... tant d'autres *turpitudes* ont si bien su me convaincre de la dépravation de mœurs de ces deux amis, que je ne dois assurément attribuer leur sagesse dans ce que vous voulez dire, qu'à un sentiment plus impérieux que leur débauche ; or je n'ai point vu qui l'emportât sur leur jalousie.

— Elle est difficile à entendre avec cette communauté de plaisirs dont vous nous parlez, dit Mme de Senneval.

— Et surtout avec ces autres pensionnaires dont M. de Mirville convenait, ajouta Mme de Blamont.

— Je l'avoue, mesdames, reprit Sophie, peut-être est-ce ici un de ces cas où le choc violent de deux passions ne laisse triompher que la plus vive ; mais ce qu'il y a de bien sûr, c'est que le désir de conserver chacun leur bien, désir né de leur jalousie trop reconnue pour en douter, l'emporta toujours dans leur cœur, et les empêcha d'exécuter... des horreurs... dont ma compagne, je le sais, n'eût fait que rire, et qui m'eussent paru plus affreuses que la mort même.

— Poursuivez, dit Mme de Blamont, et ne trouvez pas mauvais que l'intérêt que vous m'avez inspiré m'ait fait frémir pour vous.

— Jusqu'à l'événement qui m'a valu votre protection, madame, continua Sophie, en s'adressant toujours à Mme de Blamont, il me reste fort peu de choses à vous apprendre. Depuis que j'étais dans cette maison, mes appointements m'étaient payés avec la plus grande exactitude, et n'ayant aucun motif de dépense, je les économisais dans la vue [80] de trouver peut-être un jour l'occasion de les faire tenir à ma bonne Isabeau, dont le souvenir m'occupait sans cesse. J'osai communiquer cette intention à M. de Mirville, ne doutant point qu'il ne me procurât lui-même la manière d'exécuter l'action que je méditais... Innocente [81] ! Où allais-je supposer la compassion ? Habita-t-elle jamais dans le sein du vice et du libertinage ?

« Il vous faut oublier tous ces sentiments villageois, me répondit brutalement M. de Mirville, cette femme a été beaucoup trop payée des petits soins qu'elle a eus de vous ; vous ne lui devez plus rien.

— Et ma reconnaissance, monsieur, ce sentiment si doux à nourrir dans soi, si délicieux à faire éclater ?

— Bon, bon, chimère que toutes ces reconnaissances-là. Je n'ai jamais vu qu'on en retirât quelque chose, et je n'aime à nourrir que les sentiments qui rapportent. Ne parlons plus de cela, ou, puisque vous avez trop d'argent, je cesserai de vous en donner davantage. »

Rejetée de l'un je voulus recourir à l'autre, et je parlai de mon projet à M. Delcour. Il le désapprouva plus durement encore : il me dit qu'à la place de M. de Mirville, il ne me donnerait pas un sou, puisque je ne songeais qu'à jeter mon argent par la fenêtre. Il me fallut renoncer à cette bonne œuvre, faute de moyens pour l'accomplir. [82]

Mais avant que d'en venir à ce qui donna lieu à la malheureuse catastrophe [83] de mon histoire, il faut que vous sachiez, madame, que les deux pères s'étaient plus d'une fois, devant nous, cédé leur autorité sur leurs filles, en se priant réciproquement de ne les point ménager quand elles se donneraient des torts, et cela pour nous mieux inspirer la retenue, la soumission et la crainte dont ils voulaient nous composer des chaînes ; or, je vous laisse à penser si tous deux abusaient de cette autorité respective ; M. de Mirville, extraordinairement brutal, me traitait surtout avec une dureté inouïe, au plus léger caprice de son imagination ; et quoiqu'il agît devant M. Delcour, celui-ci ne prenait pas plus ma défense que Mirville ne prenait celle de sa fille, quand Delcour la maltraitait de même, ce qui arrivait tout aussi souvent. Cependant, madame, il faut vous l'avouer : entièrement coupable, entièrement complice du malheureux commerce où j'étais entraînée, la nature trahit et mon devoir et mes sentiments, et pour me punir davantage, elle voulut faire éclore dans mon sein un gage de mon déshonneur [84]. Ce fut à peu près vers ce temps que ma compagne, impatientée de la vie qu'elle menait, m'avoua qu'elle méditait une évasion.

« Je ne veux pas l'entreprendre seule, me dit-elle un jour, j'ai trouvé des moyens d'intéresser le fils du jardinier... Il est mon amant... il m'offre de me rendre libre ; tu es la maîtresse de partager notre sort... peut-être vaudrait-il mieux pour toi d'attendre après tes couches... je n'en agirai pas moins pour ta délivrance, je te ménagerai un ami, il viendra te retirer d'ici, et nous nous réunirons si tu le veux. »

Ce dernier plan de liaison ne me convenait guère, et si je désirais ma liberté, c'était pour mener un genre de vie bien différent de celui qu'allait embrasser ma compagne. J'acceptai néanmoins ses offres, je convins avec elle qu'il valait mieux que je n'exécutasse cette fuite qu'après mes couches ; je la priai de ne pas m'oublier et de disposer tout pour ce moment. Cependant, quelque pressée qu'elle fût elle-même, les préparatifs de son projet exigeaient des retards et tout ne put être arrangé qu'environ deux mois avant la fin de mon terme. L'instant était venu, elle allait s'évader, lorsqu'un jour, la veille de celui qu'elle avait choisi pour son départ, et la veille également de celui où j'ai eu le bonheur de vous rencontrer, pendant qu'elle montait dans sa chambre pour aller chercher quelque argent destiné au jardinier qui devait lui faire trouver un appartement tout prêt [85], elle me pria de rester avec ce jeune homme qui, pressé de sortir, paraissait ne vouloir point s'arrêter, et de l'engager d'attendre un minute... Fatale époque de mon infortune ! ou plutôt de mon bonheur, puisque cette même circonstance fut celle qui m'enleva de ce gouffre ; mon sort voulut qu'il arriva pour lors[86] ce qui n'était jamais arrivé depuis trois ans : M. de Mirville entra seul et se trouva sur moi avant que j'eusse le temps de repousser le jeune homme pour le soustraire à ses regards. Il s'évada cependant fort vite, mais ce ne fut pas sans être vu. Rien ne peut rendre l'accès de colère dans lequel Mirville tomba sur-le-champ ; sa eanne fut la première arme dont il se servit, et sans égard pour ma situation, sans approfondir si j'étais coupable ou non, il m'accable d'outrages, me traîne au travers de la chambre par les cheveux, me menace de fouler à ses pieds le fruit que je porte dans mon sein, et qu'il ne voit plus que comme témoignage de sa honte[87]. J'allais enfin expirer sous les coups dont je suis encore toute meurtrie, si la Dubois n'était accourue et ne m'eût arrachée de ses mains. Alors sa rage devint plus froide…

« Je ne l'en punirai pas moins cruellement, dit-il… Qu'on ferme les portes… que personne n'entre, et que cette prostituée[88] monte à l'instant dans sa chambre… »

Rose qui avait tout entendu, fort contente d'échapper, par cette méprise, à ce qu'elle méritait seule, se gardait bien de dire un mot, et la foudre n'éclata que sur moi… Je fus bientôt suivie de mon tyran ; ses yeux étincelaient de mille sentiments divers, parmi lesquels je crus en démêler de plus terribles que ceux de la colère, et dont les impressions, en disloquant les muscles de son odieuse physionomie, me le firent paraître encore plus affreux… Oh ! madame, comment vous rendre les nouvelles infamies dont je devins victime ! elles outragent ensemble et la nature et la pudeur, je ne pourrai jamais vous les peindre… Il m'ordonne de quitter mes vêtements… je me jette à ses pieds, je lui jure vingt fois mon innocence, j'essaie de l'attendrir par ce funeste fruit de son indigne amour ; l'infortuné, agitant mon sein de ses palpitations, semblait déjà se courber sur les genoux de son père… on eût dit qu'il implorait ma grâce… Mon état ne toucha point Mirville, il y trouvait, prétendait-il, une conviction de plus à l'infidélité qu'il soupçonnait ; tout ce que j'alléguais n'était qu'imposture, il était sûr de son fait, il avait vu, rien ne pouvait lui en imposer… Je me mis donc dans l'état qu'il désirait : dès que j'y fus, des liens barbares lui répondirent de ma contenance.

Je fus traitée avec cette sorte d'ignominie scandaleuse que

L'infortuné... il semblait déjà se courber sur les genoux de son pere... on eut dit qu'il implorait sa grace.

le pédantisme[89] se permet sur l'enfance... Mais avec une cruauté... avec une rigueur... Enfin, je pâlis... je chancelai sous mes liens... mes yeux se fermèrent, j'ignore les suites de sa barbarie... Je ne retrouvai l'usage de mes sens que dans les bras de la Dubois... Mon bourreau arpentait la chambre à grands pas, il diligentait[90] les soins qu'on me donnait... non par pitié... le monstre... mais pour être plus vite débarrassé de moi...

« Allons, s'écria-t-il, est-elle prête ? »

Et me voyant encore aussi nue qu'il m'avait mise :

« Rhabillez-la, rhabillez-la donc, madame, et qu'elle disparaisse... »

Il me demande mes clefs, reprend tout ce que je tiens de lui, et me donnant deux écus :

« Tenez, me dit-il, voilà plus qu'il n'en faut pour vous conduire chez une de ces femmes publiques[91] dont la ville est remplie, et qui recevra, sans doute, avec empressement, une créature capable de la conduite que vous avez tenue chez moi...

— Oh ! monsieur, répondis-je en larmes, ne pouvant tenir à ce dernier avilissement[92], je n'ai jamais fait qu'une faute, et c'est vous seul qui me l'avez fait commettre. Jugez mon repentir par mes malheurs, et ne m'outragez pas dans l'infortune. »

À ces mots qui devaient l'attendrir, si l'âme des tyrans s'ouvrait à la pitié, si le crime qui la corrompt ne la fermait pas toujours aux cris de l'innocence, il me saisit par le bras, m'entraîne à l'extrémité de la maison, et me jette dans une rue détournée qui aboutissait à l'une des portes du jardin... Que votre âme sensible conçoive ma situation, madame, seule à l'entrée de la nuit, près d'une ville absolument inconnue de moi, dans l'état où je me trouvais, ayant à peine de quoi me conduire, déchirée, blessée de toutes parts, n'ayant pas même la ressource des larmes : hélas ! je n'en pouvais répandre.

Ne sachant où porter mes pas, je me jetai sur le seuil de cette porte qu'on venait de refermer sur moi... Je m'y précipitai sur les traces mêmes de mon sang, résolue d'y passer la nuit. « Le barbare, me disais-je, il ne m'enviera pas l'air que j'ai le malheur de respirer encore... Il ne m'ôtera pas l'abri des bêtes, et le ciel prendra pitié de mes maux, m'y fera peut-être mourir en paix. » Un moment je me crus perdue : j'entendis passer près de moi... était-ce lui qui me faisait chercher ? voulait-il achever son crime, voulait-il enlever un reste de vie que je détestais ? ou le remords enfin, dans son âme de boue, y rappelait-il un instant la pitié ? Quoi qu'il en fût, on me dépassa fort vite ; le jour vint, je me levai, et me déterminai sur-le-champ à aller regagner l'habitation de ma chère Isabeau, bien sûre qu'elle ne me refuserait pas l'asile dont elle m'avait toujours flattée... Je partis donc... et j'en étais à mon quatrième jour de marche, me traînant comme je pouvais, moulue de coups, palpitant de crainte, fatiguée du fardeau de mon sein, n'osant presque point prendre de nourriture, de peur que le peu d'argent que j'avais ne me conduisît point à Berseuil ; je m'en croyais près, lorsque je me suis perdue, et que les douleurs m'ont arrêtée. C'est là où j'ai eu le bonheur de rencontrer monsieur, dit Sophie en me désignant, et quelque affreuse que soit ma situation, poursuivit-elle en fixant Mme de Blamont, je la regarde comme une grâce du ciel, puisqu'elle m'assure l'appui d'une dame dont la pitié me secoure, et dont les bontés me feront retrouver celle que j'appelle ma mère. Je suis jeune, j'ose ajouter que je suis sage, si j'ai fait une faute, Dieu m'est témoin que c'est malgré moi... Je la réparerai... je la pleurerai toute ma vie... J'aiderai ma bonne Isabeau dans son ménage, et si je n'ai pas une aisance semblable à celle que m'avait procurée le crime, je trouverai du moins de la tranquillité et n'y connaîtrai pas le remords. »

Ici, les larmes coulèrent des yeux de toute l'assemblée ; Sophie, trop émue pour contenir les siennes, nous supplia de la laisser seule un moment. Nous nous retirâmes pour aller renouveler nos conjectures, et comme le courrier part, je suis obligé, mon cher Valcour, de te laisser aux tiennes, en t'assurant que mon premier soin sera de t'achever le détail de ce que nous aurons pu découvrir sur cette malheureuse aventure [93].

LETTRE DIX-SEPTIÈME

Déterville à Valcour

Vertfeuille, ce 30 août, au soir.

Sophie, qui n'avait encore osé faire voir à sa garde les sanglantes marques dont elle est couverte, s'y hasarda dès qu'elle nous en eut fait l'aveu, et dès le vingt-huit, comme elle avait passé une nuit cruelle, elle pria cette femme d'examiner ses contusions et de les lui soulager.

Celle-ci trouva tant de désordres et des meurtrissures si graves, qu'elle ne voulut rien prendre sur elle, et Mme de Blamont, consultée, envoya sur-le-champ chercher Dominic, son chirurgien d'Orléans, que l'on n'introduisit près de la malade qu'après lui avoir fait jurer le secret. L'artiste fit son examen, et son rapport fut que la délivrance faite à sept mois, quoique l'enfant eût vu le jour, était bien sûrement une couche forcée suite des accidents éprouvés par la malade ; indépendamment d'un coup très violent à travers les reins, il y en avait vingt et un autres, tant sur les bras, les épaules, ou le reste du corps de cette malheureuse, dont chacun occasionnait une contusion qui demandait des pansements subits [94]. — Les effets du second accès de la colère réfléchie de Mirville avaient eu une prodigieuse extension ; mais ce qui servait sa barbarie pour lors ayant sans doute une bien plus grande flexibilité, contusionnait infiniment moins, quoiqu'en flétrissant davantage, et les dangers de ce second traitement, bien qu'il eût été porté à l'extrême, n'étaient pas si dangereux que ceux de l'autre.

D'après cette exposition, Dominic ordonna une saignée du pied, le plus grand calme et quelques boissons. Il ne s'est retiré qu'au bout de vingt-quatre heures, après avoir vu le meilleur effet de ses premiers traitements ; il a laissé son ordonnance à la sage-femme et reviendra au commencement de la semaine. Il espère, dit-il, beaucoup et de l'âge et du bon tempérament de la jeune personne. Il a jugé à propos que l'on la sépare de son enfant, ce qui a été fait d'autant plus heureusement que cette pauvre petite créature est morte très peu après avoir quitté sa mère, et que cette perte, si elle l'avait sue, l'aurait peut-être envoyée au tombeau. On lui a caché cet événement ; quoiqu'un peu mieux aujourd'hui, elle n'est pourtant pas encore en état de l'apprendre ; telle est, mon ami, l'histoire du vingt-huit.

Hier, vingt-neuf, Mme de Blamont me pria d'aller au village de Berseuil, vérifier sur les lieux mêmes les dépositions de Sophie. Je m'y rendis à cheval, et muni d'une lettre de Mme de Blamont, je descendis chez le curé. C'est un homme d'environ cinquante ans, dont le maintien et l'honnêteté paraissent soutenir le caractère. Il me reçut fort bien, m'invita à dîner chez lui, et, en attendant l'heure du repas, me conduisit chez Isabeau, parfaitement telle que nous l'avait dépeinte Sophie. Tous deux se rappelaient au mieux cette jeune fille ; le curé se ressouvenait très bien de lui avoir enseigné sa religion [95].

Pour Isabeau, elle pleura d'abord de joie, quand je lui eus dit que son élève existait, l'aimait et demandait à la voir ; et bientôt après de chagrin, quand je lui appris son état. J'insistai peu sur les détails, Mme de Blamont m'avait fait sentir la nécessité de les déguiser, et j'étais pénétré comme elle du besoin de ce mystère ; tout se borna à constater que Sophie n'en imposait pas, et à convenir avec ces deux honnêtes gens qu'ils se rendraient l'un et l'autre, à la prochaine invitation que leur ferait la dame qui m'envoyait, laquelle ne retardait le plaisir de les voir qu'en raison de la santé de Sophie, pas encore en état d'embrasser des personnes si chères. Je dînai chez le curé que je trouvai là, comme dans nos opérations, un homme de très grand sens ; l'événement qui m'attirait chez lui fit tomber le discours sur la dépravation des mœurs, cause unique, prétendait-il, de toutes les atrocités qui se commettent journellement [96].

« Oh ! monsieur, me dit l'honnête ecclésiastique avec cet enthousiasme chaleureux de la vertu, je vois éclore à tout instant un fatras d'écrits inintelligibles, une foule de projets ineptes sur la mendicité [97], sur nos moyens de l'extirper en France, projets atroces, qui n'ont pour malheureux principe que le désespoir où est le riche d'être obligé de contempler l'infortune dans son semblable, que le désespoir d'être contraint à donner quelques secours, ne croyant son or fait, que pour payer ses honteuses jouissances [98]. Il voudrait se soustraire à ces tristes obligations, il voudrait éloigner de ses yeux le spectacle attendrissant de la misère, qui glace ses indignes plaisirs, qui lui fait voir l'homme de trop près, qui, le ramenant aux accablantes idées du malheur, anéantit, malgré lui-même, l'intervalle immense que son orgueil ose mettre entre l'homme et l'homme. Voilà, monsieur, voilà les seules causes de tous ces pitoyables écrits ; n'en doutez pas, ils ne sont dictés que par l'avarice, l'orgueil et l'inhumanité... On ne veut point voir de pauvres en France ; eh bien ! que l'on s'occupe, pour y réussir, du moyen de réformer les mœurs, et de préserver surtout la jeunesse de leur perfide corruption ; que l'on réforme le luxe, ce luxe pernicieux qui ruine et dérange le riche sans soulager le misérable, et qui plonge bientôt celui-ci dans l'abîme, par sa folle prétention à atteindre ce qu'il ne peut approcher qu'en entraînant sa perte. Que vos gens de lettres s'occupent de ces plans, monsieur, qu'ils en offrent au gouvernement des projets rectifiés, et de la réussite de ces premières opérations, naîtra bientôt cette réforme de mendiants tant désirée de votre capitale. Que ce luxe si dangereux n'attire plus à vos ateliers de colifichets, ou derrière vos magnifiques voitures, le fils de ce bon laboureur qui, abandonné de ses meilleurs enfants, va bientôt mendier avec ce qui lui reste, à la porte même de l'hôtel où son fils, orgueilleux d'une jaquette chamarrée [99], ose le regarder insolemment, sans daigner le reconnaître ou le soulager. Diminuez les impôts, honorez, encouragez l'agriculture* [100], préférez surtout l'honnête individu qui s'y livre à cet impertinent plumitif qui, masqué d'une jupe noire, a quitté la charrue de son père, pour venir s'engraisser, dans la ville, des divisions intestines du citoyen. Classe abjecte, venimeuse, aussi inutile que méprisable, que de bonnes lois devraient ou retenir dans ses foyers, ou enchaîner, dès qu'elle en sort, à des travaux publics, dans lesquels, plus utiles au moins, ou qu'au parquet ou qu'au barreau, elle servirait la patrie, au lieu de la détruire, au lieu de la miner sourdement par ses prévarications, ses rapines et ses escroqueries scandaleuses. Vous ne voulez pas

---

* « Le premier besoin est de vivre ; l'art qui nourrit les hommes est le premier des arts. » *Bélisaire*, ch. XII.

voir de mendiants en France : n'épuisez pas le malheureux cultivateur par des taxes au-dessus de ses forces, ne foulez pas vos fermiers, afin d'être plus en état de broder vos habits et de pomponner vos cheveux ; et les mendiants, malheureuse excressence de tous ces abus, ne fatigueront point vos regards ; mais ne les bannissez pas, ne les molestez pas par une pitié barbare et insultante ; ne les engouffrez pas comme des cadavres dans des sépulcres d'horreur et de fétidité ; songez qu'ils sont hommes comme vous, que le même soleil les éclaire et qu'ils ont droit au même pain... Vous ne voulez pas de mendiants ! n'engloutissez pas dans la capitale les ruisseaux d'or de vos provinces ; que la circulation soit libre, et la dose du bonheur équitablement répartie sur chaque citoyen ne vous montrera plus, l'un au pinacle et l'autre sous les haillons de la misère ; et pourquoi faut-il qu'il y ait une partie des hommes qui regorge d'or, tandis que l'autre n'a pas même l'usage de ses premiers besoins ; pourquoi faut-il qu'il n'y ait que deux ou trois belles villes en France, pendant que l'infortune dépeuple ou dévaste les autres ?... Vous ressemblez à ces enfants qui mettent à un seul château toutes les cartes qu'on leur a données [101]. Qu'arrive-t-il ? l'édifice s'écroule. Voilà votre image. Votre Babylone [102] moderne s'anéantira comme celle de Sémiramis, elle s'évanouira de dessus le globe de la terre, comme ont disparu ces villes florissantes de la Grèce, qui n'ont eu comme elle que le luxe pour cause de leur dépérissement ; et l'État énervé pour embellir cette nouvelle Sodome, s'engloutira comme elle, sous ses ruines dorées*. »

J'aurais pu répondre au curé, car tu sais que je ne pense pas comme lui, sur ce luxe que tu blâmes aussi quelquefois avec tant de force [103] ; mais l'heure me pressait, je prévoyais l'inquiétude de nos dames, je me séparai donc promptement de ce bon prêtre, lui promettant de discuter plus à l'aise une autre fois les matières qui venaient de nous occuper. Je lui fis promettre d'être exact à se rendre avec Isabeau, chez Mme de Blamont, quand une voiture viendrait les prendre.

Ce fut au retour de ce voyage que je trouvai l'enfant de

---

* C'est ici, comme dans bien d'autres passages, que nous supplions nos lecteurs de ne pas perdre de vue que cet ouvrage s'écrivait un an avant la Révolution.

Sophie mort, et la mère un peu mieux. On ne vit point d'inconvénients à ce que je lui donnasse des nouvelles de sa bonne nourrice ; elle m'en remercia avec les expressions de la plus tendre reconnaissance. En vérité, c'est un caractère charmant que celui de cette jeune personne : dès que le sort lui destinait le malheureux état de fille entretenue, quel dommage que cela [104] ne soit pas tombé entre les mains de quelque vieux garçon honnête et rangé, dont elle aurait fait la félicité par sa sagesse et par sa douceur [105] ! Mais il paraît que les intentions de Mme de Blamont sont si avantageuses pour cette pauvre fille, qu'elle n'aura vraisemblablement pas à se repentir de son changement d'état, puisqu'elle n'aurait pu suivre cet état qu'aux dépens de son honneur et de sa conscience, au lieu qu'elle pourra vivre dans celui qu'on lui destine, en conservant toute la pureté de son âme.

Je n'eus pas plus tôt donné à notre malade des nouvelles de sa bonne Isabeau, qu'elle brûla du désir de la voir ; mais quand je lui eus prouvé que sa santé exigeait qu'elle se privât encore quelques jours de ce plaisir, elle se rendit, et me chargea, les larmes aux yeux, de témoigner à Mme de Blamont jusqu'à quel point elle était sensible aux bontés qu'on avait pour elle.

« Hélas ! monsieur, disait-elle d'une voix tendre et flatteuse, les effets de la reconnaissance d'une infortunée comme moi sont d'un bien léger prix pour Mme de Blamont, mais mon cœur est si pur, que ses vœux seront entendus de l'Éternel, et si je puis sauver ma vie, j'en emploierai tous les instants à implorer le ciel pour son bonheur et pour celui de tout ce qui l'entoure. »

Elle arrosait mes mains de ses larmes, elle me demandait mille fois pardon de toutes les peines qu'on daignait se donner pour une pauvre fille qui ne les méritait pas. L'organe [106] flatteur de cette jeune fille, de très beaux yeux remplis de sentiment, un air d'innocence, de vérité répandu dans toute sa physionomie, et qui place, pour ainsi dire, son âme sur les traits de sa jolie figure... tout cela, mon ami, intéresse involontairement pour elle ; ses malheurs achèvent d'attendrir et il devient réellement impossible de ne pas désirer qu'elle soit heureuse. Aline, à qui l'on a expliqué, des aventures de Sophie, tout ce que permettait la décence, l'a prise dans une amitié très singulière ; il faut l'arracher du chevet de son lit ;

elle veut lui donner ses bouillons, elle y voudrait coucher, si on la laissait faire ; mais une chose plus extraordinaire, ô Valcour ! c'est qu'il est impossible de ne pas observer entre ces deux jeunes personnes un air de famille : il est frappant [107]. Eugénie et Mme de Senneval ont fait la même remarque ; je l'avais faite avant elles. Mme de Blamont en avait été émue au premier coup d'œil. En te peignant les traits qui les rapprochent, tu te figureras encore mieux cette Sophie. D'abord, elles ont absolument le même son de voix, absolument le même tour de visage, la même bouche, positivement le même air dans leur ensemble : Sophie a, comme ton Aline, ces superbes cheveux châtain clair, tirant un peu sur le blond, le même éclat dans la peau, et toutes deux, enfin, paraissent avoir le même fonds de caractère. Sophie adore Aline, elle la conjure à tout moment de ne point prendre tant de soins d'elle, et laisse voir en même temps tout le chagrin qu'elle aurait si celle-ci lui accordait sa demande.

Ces différentes choses reconnues, il est devenu très probable entre Mme de Senneval, Mme de Blamont et moi, que les noms de Mirville et de Delcour sont des noms supposés qui en cachent peut-être de bien plus intéressants pour Mme de Blamont ; n'osant néanmoins hasarder encore que des conjectures... récapitulons ce qui les fonde.

L'éducation de Sophie dans un village si près d'une terre où M. de Blamont vient tous les ans voir sa femme... cette singulière ressemblance... la liaison des deux amis si conforme à celle de MM. de Blamont et Dolbourg... leur âge... leurs portraits faits par Sophie et par sa nourrice, et où tous les traits de nos originaux se retrouvent... leur état, l'un de robe, l'autre de finance... Une légère objection se présente ici, je la sens : M. Delcour a été plusieurs fois chez Isabeau, on n'a jamais dit qu'il y fût venu de Vertfeuille ; serait-il possible, si M. Delcour était le même que M. de Blamont, qu'il ne fût pas connu dans un village si voisin d'une terre de sa femme ? Mais cette objection s'évanouit à l'examen : d'abord en voyant arriver M. Delcour à Berseuil, on peut fort bien ignorer de quel endroit il doit venir ; il est possible d'ailleurs qu'il n'y soit jamais venu que de Paris. Secondement, on ne connaît M. et Mme de Blamont, à Berseuil, que de réputation ; on n'a pas la moindre idée de leur figure : ce peut donc être le même homme ; il y a donc à parier que c'est le même homme, et si la combinaison est juste, tu vois quel est l'odieux caractère, quel est le scélérat qui ose s'offrir à ton Aline ! car si Delcour est Blamont, n'en doutons point, Mirville n'est autre que Dolbourg [108].

Dans cette circonstance épineuse, Mme de Blamont ne sait que décider... Faire rendre à Sophie une plainte contre M. de Mirville, est la faire porter contre M. Delcour. Or, si les noms nous abusent, tu vois qui elle compromet dans cette plainte ! Cette idée l'arrête.

Cependant quelle arme elle laisse échapper, si elle ne saisit pas tout ceci pour se débarrasser des poursuites d'un gendre, indigne d'elle assurément, s'il est coupable de l'infamie que nous recherchons. Trouvera-t-elle jamais une plus belle occasion ? N'aura-t-elle pas, dans la supposition que les noms cachent ceux que nous soupçonnons, à se repentir toute sa vie de n'avoir pas profité de cet événement pour arrêter les démarches d'un homme dont l'alliance la déshonorerait ? Si elle manque ce que lui offre le hasard, et que M. de Blamont triomphe, qu'intéressant son autorité et les lois, il parvienne à mettre Aline dans les bras de Dolbourg, Mme de Blamont ne mourra-t-elle pas de chagrin d'avoir eu tout ce qu'il fallait pour arrêter cet affreux sacrifice, et de ne l'avoir pas fait ? Ces considérations, sur lesquelles je crus devoir fortement appuyer, la déterminèrent enfin à faire rendre une plainte à Orléans, mais une plainte secrète, dont elle pût être absolument la maîtresse. Le juge s'est, en conséquence, rendu ce matin à l'invitation qui lui a été faite ; Sophie se trouvant un peu mieux, il a été introduit, et a reçu son exposition du fait simple et pur :

« D'un outrage commis sur elle ; grosse par un M. de Mirville, financier à Paris, lequel était auteur de sa grossesse, et était venu la chercher au village de Berseuil, avec un de ses amis, il y a environ trois ans, pour l'entretenir sur le pied de sa maîtresse, ce qu'il a fait jusqu'au moment où il l'a indignement traitée, quoique enceinte, et mise à la porte de sa maison, etc., etc., etc. »

Nous avons tous signé, elle comme partie, nous comme témoins de son état. Dominic signera à Orléans ; et la plainte restera chez le magistrat, jusqu'à ce qu'il plaise à Mme de Blamont de la réveiller.

Tout ceci se faisait à regret, et ne se serait jamais fait sans moi ; mais je l'ai cru de la plus extrême nécessité. L'excellent caractère de Sophie se refusait à une plainte. Mme de Blamont tremblait de compromettre le personnage qu'elle croit enveloppé sous le nom de Delcour ; on n'osait avouer au juge aucune de ces considérations ; j'ai cru trouver le biais en ne nommant point M. Delcour dans la plainte qui ne se trouve plus absolument portée que contre M. de Mirville.

Tu vois maintenant, mon ami, le motif qui a déterminé mes opérations, je n'ai eu que ton bonheur et ton intérêt en vue. Si je me trompe, redresse-moi ; mais quel que puisse être l'excès de ta délicatesse, je doute pourtant qu'elle t'eût fait agir différemment, et j'ose croire que tu m'approuveras. Voici maintenant une autre idée, suite nécessaire de nos premières démarches, et qui peut-être s'accordera encore moins avec la droiture de ton âme, mais dont l'exécution pourtant me paraît indispensable.

« Madame, ai-je dit à Mme de Blamont, sitôt après le départ du magistrat, il me paraît que l'objet essentiel est de connaître maintenant le héros de notre aventure.

— Où cette découverte nous mènera-t-elle ?

— Au même objet qui m'a fait vous conseiller la plainte ; il vous faut des armes, le hasard vous en offre.

— Mais si ces deux particuliers n'ont rien de commun avec ceux qui nous intéressent ?

— Vous saurez au moins à quoi vous en tenir, et tout reste alors dans les ténèbres.

— Et si ce sont eux ?

— Vous vous retrouvez dans le même état... Vous êtes toujours maîtresse de la plainte de Sophie. Oh ! madame, si Mirville est Dolbourg, irez-vous lui donner votre fille ?

— Cette idée me révolte, ne me l'offrez seulement pas.

— Et si vous ne vous éclaircissez point, et que le scélérat soit Dolbourg, que votre époux parvienne au but qu'il se propose, prévoyez-vous les remords qui vous déchireront ?

— Je n'y survivrais pas.

— Il faut donc les éviter.

— Déterville, je me fie à vous ; faites absolument tout ce que vous croirez convenable, mais usez, je vous en conjure, de la plus extrême modération. »

L'objet, selon moi, était de se transporter sur les lieux mêmes, de tâcher de séduire la duègne [109] Dubois, afin d'en tirer des éclaircissements. Je suis convaincu qu'elle en pourrait fournir beaucoup. Trois moyens s'offraient pour nous amener la fidèle gardienne ; celui d'aller la débaucher moi-même ; celui de te charger de ce soin, et enfin celui de détacher d'ici un nommé Saint-Paul, vieux domestique de Mme de Blamont, singulièrement attaché à sa maîtresse, et l'un des plus fins valets dont la livrée de France[110] puisse se faire honneur. Le premier de ces moyens me répugnait un peu ; j'étais bien sûr que tu ne te chargerais pas du second : nous avons donc adopté le troisième, et sans que tu t'en mêles, sans que Saint-Paul te voie même à Paris. Il est décidé qu'il part demain avec cinquante louis dans sa poche, et qu'il ne revient point sans la vieille, ou sans les plus grandes lumières de sa part. Comme il a ordre de ne communiquer qu'avec nous, ce ne sera que par nous que tu apprendras les détails ; sois en paix, du mystère, et montre-toi le moins possible pendant que nous allons agir.

Au moment du départ de ma lettre

Sophie va mieux ; Aline est fatiguée, elle a eu hier un peu de migraine, on a obtenu d'elle d'aller se coucher : Eugénie lui a promis de veiller Sophie comme elle-même. Mme de Blamont est agitée ; c'est Mme de Senneval et moi qui tenons la maison et qui vaquons à tout.

Aline ne veut pas que je cachette sans te prouver par deux lignes que son indisposition n'est rien.

Aline à Valcour

P.-S. Que d'événements !... Que de soupçons !... Que de conjectures !... Ah ! si le ciel a choisi cette manière pour nous éclairer, il ne laissera pas son ouvrage imparfait ! Puisse tout ceci tourner à notre bonheur, sans troubler celui de l'être à qui je dois le jour. Son repos m'est plus cher que ma satisfaction même, et je ne dois jamais cesser de le respecter. Adieu, soyez tranquille, écrivez-nous, et comptez sur la tendresse de votre Aline, elle sera toujours inexprimable.

LETTRE DIX-HUITIÈME

Déterville à Valcour

Vertfeuille, ce 3 septembre.

Aline est tout à fait bien aujourd'hui, elle jouit du calme de son amie ; du bonheur que lui fit éprouver, hier, la visite de son Isabeau. Dominic était revenu le premier du mois, et ayant trouvé sa malade dans le meilleur état, il ne crut nul inconvénient à lui laisser le plaisir d'embrasser sa nourrice. On a donc envoyé hier une voiture au curé de Berseuil, avec invitation à lui d'amener Isabeau, et comme on était parti de très bonne heure, notre compagnie villageoise est arrivée pour dîner.

À peine Sophie a-t-elle entendu le bruit du carrosse, qu'elle a voulu se lever pour voler dans les bras de sa nourrice ; nous l'avons contenue. Mme de Blamont, voulant jouir de cette scène attendrissante, sans témoin qui pût la refroidir, a laissé le curé un moment avec Mme de Senneval, et nous a amené Isabeau... Mais tous nos soins alors sont devenus impuissants près de Sophie, sitôt que la voix de *sa bonne mère* (c'est ainsi qu'elle la nomme) a pu frapper son oreille ; elle s'est précipitée dans la chambre, et est venue tomber aux pieds d'Isabeau.

Le mouvement a été si vif, que nous avons été obligés de la rapporter dans son lit, où elle est restée quelques minutes sans connaissance ; la bonne paysanne s'est jetée sur elle ; elle l'a rappelée à la vie par ses caresses ; elles se sont embrassées toutes deux, et les larmes qu'elles répandaient à grands flots se sont opposées d'abord aux expressions de leur mutuelle tendresse.

« Eh bien ! ma chère enfant, lui a dit Isabeau, dès que l'état où elles se trouvaient leur a permis de s'entendre, ne t'avais-je pas dit que tu serais malheureuse dès que tu cesserais d'être sage ?

SOPHIE. — Les cruels ! ils m'ont trompée ; pourquoi me livrâtes-vous à eux ?

ISABEAU. — Avais-je des droits sur toi ?... Mais il n'y a donc pas de ta faute ?

SOPHIE. — Je n'ai été que malheureuse et séduite, tout le crime est de leur côté.

ISABEAU. — Que ne revenais-tu dans ma maison, tu savais bien qu'elle était ouverte à l'innocence !

SOPHIE. — Ô ma bonne ! ma bonne ! aimez toujours votre Sophie, elle n'a jamais oublié vos conseils, ils ont toujours été gravés dans son cœur.

ISABEAU. — Cette pauvre enfant ! »

Puis se tournant vers moi, en larmes :

« Oh ! monsieur, ne vous étonnez pas si je l'aime ; je la regarde comme ma fille, je n'ai point d'autre enfant qu'elle. Les scélérats, ils ne me l'enlevaient donc que pour la perdre ?... Viens, Sophie ! viens, tu trouveras toujours le bonheur et la tranquillité chez Isabeau ; parce que la vertu, la religion n'en sortirent jamais. »

Et elles se sont rejetées dans les bras l'une de l'autre, et leurs larmes ont encore arrosé leurs seins [111].

Mme de Blamont craignant qu'un attendrissement trop prolongé ne nuisît à sa chère malade, a fait monter le curé ; il s'est approché du lit de Sophie, et l'a parfaitement reconnue.

Celle-ci lui a demandé sa bénédiction ; elle lui a fait les excuses les plus sincères de la mauvaise conduite qu'elle a eue depuis qu'on l'avait enlevée.

Une des choses qui lui avaient toujours laissé le plus de remords, a-t-elle dit, était d'avoir été arrachée d'auprès de son pasteur, sans avoir rempli les devoirs de sa religion.

« On a pu négliger ces devoirs ? a dit ici le curé, avec la plus grande surprise [112].

— Ah ! monsieur, a dit Mme de Senneval, des libertins, au sein du vice, pensent-ils encore à la religion ?

— Ce sera le premier soin qu'elle remplira, dès que sa santé va le lui permettre, a dit Mme de Blamont, souffrez en attendant, monsieur, que nous nous occupions des seconds. »

Puis s'asseyant en face du lit, et s'adressant à Isabeau et au curé, voici les intentions que cette femme adorable leur a expliquées :

« Plusieurs raisons relatives à moi m'empêchent, a-t-elle dit, de garder cette jeune fille dans ma maison aussi longtemps que je le voudrais ; sitôt que sa santé sera rétablie, je la renverrai chez vous, Isabeau, et pour qu'elle ne vous soit point à charge...

— Elle, à charge ! non, non, mon enfant ne peut me gêner ; tout ce que j'ai est à elle, et je vous déclare d'avance que je n'accepte rien de ce que je vous vois prête à m'offrir ; je lui dois des réparations pour ne l'avoir pas sauvée du crime : laissez-moi m'acquitter envers elle [113].

— Eh bien ! Isabeau, je vous l'accorde, mais vous ne me refuserez pas de pourvoir à son établissement. »

Puis s'adressant au curé, et lui remettant des papiers :

« Voilà ci-joint, monsieur, lui a-t-elle dit, pour quarante mille francs de billets payables d'aujourd'hui en un an ; mon intention est que cette somme serve de dot à Sophie ; je vous prie, monsieur, de lui chercher pendant cet intervalle un époux digne d'elle, qui réunisse, à votre approbation, aux vertus qui doivent lui mériter une telle femme, le bonheur de lui être agréable ; car je veux toujours l'aimer, je veux toujours lui tenir lieu de mère. S'il arrivait que le sujet choisi ne pût lui convenir, vous voudrez bien jeter les yeux sur un autre. La clause la plus essentielle aux nœuds que je projette pour cette chère enfant est qu'elle aime son mari, et qu'elle en soit aimée ; en voulant faire son bonheur je ne me pardonnerais pas de l'avoir livrée à un époux qui peut-être la mépriserait, pour une faute qui n'est pas la sienne ; il sera donc prévenu du malheur de la fille qu'on lui destine, vous lui ferez sentir à quel point elle en est innocente, et vous ne les réunirez qu'en cas où cette fatalité n'inspirera aucun éloignement à l'époux. Comme il en coûterait à Isabeau de se séparer d'un enfant qu'elle aime, vous mettrez pour clause au contrat que les deux époux demeureront chez elle.

— Et on y ajoutera, interrompit Isabeau pleine de joie, que tout ce que je possède sera pour eux ; madame, continua-t-elle, je ne suis pas tout à fait dépourvue ; j'ai un grand quartier de terre, où les deux jeunes gens pourront trouver de quoi vivre, et avec ce que vous avez la bonté de leur donner, ils seront assurément très à l'aise : qu'ils aient de la conduite et leurs enfants seront riches. »

Pendant ce temps, Sophie sanglotait, elle tenait une des mains de Mme de Blamont, l'arrosait des larmes de sa reconnaissance, et les expressions lui manquaient pour la peindre.

Le curé s'est chargé de tout ; il a prodigué ses louanges à Mme de Blamont, qui lui a dit qu'elle ne concevait pas comment des actions si naturelles, et qui donnaient autant de plaisir, pouvaient mériter des éloges... Aline s'est précipitée dans les bras de sa mère et l'a accablée de caresses...

Ce tableau de l'innocence malheureuse, de la reconnaissance la plus tendre, d'un côté, et de l'autre celui de la tendresse filiale, de la piété, de la vertu, jetaient dans l'âme des impressions si délicieuses, y faisaient des mouvements si délicats et si doux [114] !

Ô mon ami ! s'il est des joies célestes, elles ne sont composées que de pareilles sensations !

On se sépare ; tant de vibrations [115] diverses avaient affaibli l'âme de Sophie : la garde nous pria de la laisser seule, et l'on fut se mettre à table. La bonne Isabeau voulait aller manger à l'office ; Mme de Blamont et Mme de Senneval la firent asseoir entre elles deux ; elle y fut décente, honnête et polie, tant il est vrai que la vertu n'est jamais déplacée nulle part ; il n'est pas une seule table, mon ami, qu'une telle convive n'honore plus, que ne l'eût fait une de ces impudentes, connues sous le nom de *petites-maîtresses* [116], qui au lieu de ces propos simples et pleins de candeur, de ces discours naïfs, image de la nature, n'eût apporté que ce jargon du crime qui la déshonore et l'outrage.

Après le dîner, Isabeau a voulu embrasser encore une fois sa fille. Elle lui a dit qu'elle allait lui préparer son logement, mais que, comme elle était à présent plus grande, et d'ailleurs, ajoutait-elle en riant, une demoiselle à marier, elle voulait lui céder sa belle chambre.

« À moi ! ma bonne, à moi ! je n'en veux point d'autre que celle que j'ai toujours eue ; et je ne veux d'emploi chez vous que celui que j'y remplissais. Si vous me ravissez ce bonheur, si vous ne me croyez plus digne de vous servir, vous me ferez croire que ce sont mes fautes qui m'ont fait démériter près de vous, et je ne m'en consolerai pas. »

Il est certain que cette fille est charmante, elle a une sorte d'esprit naturel, qui prête un incroyable agrément à tout ce que sa belle âme lui inspire.

On a dressé un acte de ce qui s'était passé. Mme de Blamont voulait retenir ses hôtes ; mais le ménage de l'un, les soins religieux de l'autre, se sont opposés au dessein qu'eux-mêmes auraient eu de rester, et ils sont repartis dans la même voiture.

Eh bien ! Valcour, lequel, à ton avis, doit jouir du calme le plus pur, doit passer des nuits plus sereines, ou du scélérat qui a déshonoré, maltraité cette pauvre fille, ou de l'être honnête et sensible qui se délecte à réparer si généreusement tous ses maux ? Qu'ils viennent, qu'ils paraissent, ces apôtres de l'indécence et du vice, qui légitiment toutes les erreurs, qui les trouvent toutes dans la nature, parce qu'ils la croient aussi corrompue que leurs âmes ; qui se trouvent mieux de méconnaître les plus saints organes de cette loi sacrée, que d'être contraints à se mépriser eux-mêmes ; qui préfèrent ne trouver du crime à rien, que d'être obligés de frémir à l'aspect de ceux dont ils se souillent ; qui n'achètent, en un mot, leur ténébreuse tranquillité qu'en étouffant tous leurs remords... qu'ils viennent, dis-je qu'ils viennent, et qu'ils prononcent ! Maîtres de se choisir un caractère, qu'ils balancent, s'ils l'osent, entre celui de la respectable protectrice de Sophie, et celui de son persécuteur [117].

Les dépositions d'Isabeau ne nous ont d'ailleurs appris rien de bien particulier ; Sophie paraissait âgée de trois semaines quand M. Delcour arriva de Paris, l'ayant dans une barcelonnette sur le devant de sa voiture ; il descendit à l'auberge de Berseuil, et demanda une nourrice. On lui fit venir Isabeau ; il promit une pension qui augmenterait avec l'âge de l'enfant ; il convint qu'on lui apprendrait à lire, à écrire, à coudre ; qu'elle n'aurait point d'autre nom que celui de Sophie, et que quand il n'apporterait pas lui-même l'argent de la pension, il le ferait tenir sûrement.

Il a été exact, Isabeau a toujours été régulièrement payée, soit par lui, soit indirectement. Il n'a fait, en tout, que quatre visites à Sophie, pendant les treize ans qu'elle a été en pension chez Isabeau ; il arrivait toujours par la route de Paris, descendait à l'auberge, voyait l'enfant une heure ou deux, examinait ses petits talents et repartait.

« Mais, a dit Isabeau, ce fut de mon chef que je lui fis apprendre sa religion, et que je la mis à l'école chez M. le curé ; car il ne s'informait jamais de cet article, et quand je lui en parlais :

— Coudre, coudre et lire, madame, me répondait-il, voilà tout ce qu'il faut à une fille. »

Propos qui, à ce qu'ajouta plaisamment cette femme, lui fit croire que cet homme était *huguenot*[118].

Ensuite il la vint prendre avec son ami, et tu sais tout le reste. Nous attendons des nouvelles de nos négociations de Paris, et je ne t'écrirai plus que nous ne les ayons.

LETTRE XIX[119]

Valcour à Déterville

Paris, ce 8 septembre.

L'événement singulier dont tu viens de me faire part prenant, dans tes récits, la forme d'un journal, j'ai cru devoir le laisser finir, pour que ma lettre répondît à toutes les tiennes.

Oh ! mon ami, quelle a été ma surprise, et quelles ont été mes combinaisons ! Il me paraît certain que les noms de Delcour et de Mirville, en déguisent pour nous de plus intéressants, et c'est dans cette supposition que je désapprouve la plainte. Mme de Blamont a affaire à un mari aussi adroit que corrompu ; si jamais il découvre cette plainte, peut-être s'autorisera-t-il de la démarche, pour publier que sa femme veut le perdre, et qu'elle a controuvé toute l'histoire, afin de lui chercher des torts assez puissants pour le priver de l'autorité qu'il a sur sa fille ; et dès ce moment, au lieu de nous être donné des armes contre lui, nous lui en avons fourni contre nous. Cette plainte d'ailleurs ne servait en rien au dédommagement dû à Sophie ; la générosité de Mme de Blamont y pourvoyait d'une manière assez noble ; d'après cela, tout air de procédure n'est-il pas déplacé, et ne peut-il pas devenir dangereux ? Ignores-tu, mon ami, l'art avec lequel les scélérats dirigent sur les autres ce qu'on a le dessein de faire contre eux ? et surtout ces espèces de coquins enjuponnés qui, munis, *pour leur argent*, d'une autorité *légale ou non*, ne se croient jamais si bien en droit d'en user que quand il s'agit de servir leurs passions... Dieu veuille que je me trompe ! J'ai été bien touché de la conduite de Mme de Blamont : toutes les vertus habitent dans le cœur de cette respectable mère, et sa plus douce façon de jouir est de rendre heureux tout ce qui l'entoure.

Je suis inquiet de la santé d'Aline, je te la recommande, mon ami, permets-moi de remettre un moment tous les soins de l'amour dans les tendres mains de l'amitié.

Pour éviter les rencontres et pour mieux suivre tes conseils, depuis huit jours je ne sors plus ; j'observerai la même circonspection jusqu'au dénouement de tout ceci... Mais quelle privation pour moi de ne pouvoir aller rendre hommage aux sublimes procédés de Mme de Blamont, de ne pouvoir tomber à ses pieds avec Aline, de ne pouvoir l'accabler avec cette fille charmante de toutes les louanges qui lui sont si bien dues ! Peins-lui du moins les expressions de mon âme : je crains pour toutes deux les soins, les embarras de cet événement ; engage-les à se reposer, au moins pendant le calme que tout ceci va vous laisser, et n'allez plus si tard courir les aventures : peut-être n'en arriverait-il pas à Mme de Blamont d'aussi agréables que celle-ci ; je dis *agréables*, puisqu'elle a développé pour elle une de ces occasions de faire du bien, toujours si recherchées de son cœur.

Oh ! mon ami, où nous entraîne l'ivresse des passions ! ah ! si lorsqu'on commence à leur tout céder ; si, lorsqu'on fait le premier pas dans leur dangereuse carrière, on pouvait sentir avec quelle rapidité vont se franchir les seconds, et quel abîme est ouvert au dernier ! si l'on voyait l'imperceptible filiation de nos erreurs, comme toutes s'enchaînent, comme toutes naissent les unes des autres, comme la rupture du plus petit frein conduit bientôt au brisement du plus sacré [120] ! Quel est l'homme qui ne frémirait pas ? quel est celui qui oserait se permettre le plus léger écart, quand il peut naître de cette première faute une habitude de tout vaincre, dont les dangers sont aussi manifestes ? Je voudrais que tous les hommes eussent chez eux, au lieu de ces meubles de fantaisie qui ne produisent pas une seule idée, je voudrais, dis-je, qu'ils eussent une espèce d'arbre en relief, sur chaque branche duquel serait écrit le nom d'un vice, en observant de commencer par le plus mince travers, et arrivant ainsi par gradation jusqu'au crime né de l'oubli de ses premiers devoirs. Un tel tableau *moral* n'aurait-il pas son utilité ? et ne vaudrait-il pas bien un Téniers ou un Rubens ? Adieu, ne me fais pas attendre la fin de cette aventure ; trop de sentiments de mon âme y sont intéressés pour que je n'en désire pas le dénouement avec ardeur.

LETTRE XX

Valcour à Aline

Paris, ce 8 septembre.

Que j'aurais désiré encore un mot d'Aline, dans cette dernière lettre de mon ami ! s'il m'en coûte pour être séparé de vous dans tous les temps, combien cette absence ne devient-elle pas plus cruelle, quand elle me prive du spectacle de votre âme exerçant des vertus ! Les procédés de votre adorable mère m'ont fait verser des larmes...Ah ! combien sont douces celles que la pitié fait répandre. Je crains fort que cette petite malheureuse, au sort de laquelle il est impossible de ne pas s'intéresser, ne vous tienne par des liens plus étroits qu'on ne l'imagine ; votre tendresse en redoublera, je vous connais ; mais que ces soins ne prennent pas sur votre santé, je vous en conjure, Aline ; songez que vous vous devez à l'amant le plus passionné, et qui regarde comme une faveur les soins que vous accordez à votre conservation ; ne me refusez pas au moins celle-là, puisque celle de vous voir m'est enlevée... Vous voir, Aline !... Ah ! comme ce désir est impérieux en moi, quand une vertu de plus vient vous rendre encore plus digne d'être révérée... Elle vous aime, cette Sophie... eh ! qui pourrait tenir à l'empire universel que vous exercez sur les cœurs [121] ? Le besoin de vous adorer se fait sentir dès qu'on vous voit, et il faut cesser d'être, ou céder au culte qui vous est dû ; il n'y a donc que moi qui suis privé de vous le rendre... moi qui oserais m'en croire si digne, si l'encens s'appréciait à la délicatesse du cœur qui veut l'offrir ! Il me semble que je vois Aline... ses belles joues mouillées de larmes, aidant les pas de sa mère effrayée, et tenant près de son sein ce petit être, dont les cris déchirants pénètrent son âme et l'attendrissent... Je la suis près du lit de Sophie, jalouse des soins que l'on a d'elle, désirant les lui donner tous, parce qu'elle a souffert, cette Sophie... parce qu'elle est malheureuse, et que la bonne et tendre Aline ne se satisfait réellement que par la bienfaisance... Et je ne l'adorerais pas ! et je ne l'idolâtrerais pas, cette fille céleste, mille fois plus belle encore par ses vertus que par ses attraits... cette créature angélique qu'il semble que le ciel n'ait créée que pour être le charme de ses amis, le refuge de l'infortune, et les délices de son amant ?... Ah ! toutes les expressions sont trop faibles, aucune ne rend ce que j'éprouve... effet cruel des passions trop violentes... Nature avare des dons que tu nous fais, pourquoi faut-il qu'en nous inspirant un sentiment aussi vif, tu nous prives de la faculté de l'exprimer, et que tout ce que nous essayons pour le peindre soit toujours au-dessous de lui ?

Si le nom de ces deux aventuriers nous trompe... si effectivement... Je frémis de mes soupçons ! ils me révoltent, et je ne puis les bannir... Eh quoi ! ce serait là le monstre qui oserait prétendre à mon Aline ?... lui, grand Dieu !... Il faudrait que je n'eusse plus une goutte de sang dans les veines, pour qu'une telle infamie se consommât !... Homme vil et barbare, comment as-tu pu fixer mon ange sans que ton cœur redevînt honnête ? comment le libertinage souille-t-il un instant l'individu auquel il a été permis de respirer l'air que mon Aline épure ? Quoi tu l'as vue, et des horreurs empoisonnent ton âme ?... Tu oses aspirer à elle, et tes mains se plongent dans l'infamie. Il est donc des êtres insensibles sur qui l'amour et la vertu n'agissent point ?... Ah ! je croyais qu'auprès des dieux le crime devenait impossible [122].

L'état de mon cœur ne se conçoit pas... tour à tour livré à la crainte, aux soupçons, en proie à la plus amère douleur, inquiété par tout ce qui arrive, déchiré par votre absence... Il faut que je vous quitte... je le sens ; mes pensées, mes expressions, tout porterait l'empreinte de ma douleur, tout se ressentirait de mon trouble ; et je ne veux pas augmenter le vôtre.

LETTRE XXI

Déterville à Valcour

Vertfeuille, ce 10 septembre.

Sophie est tout à fait bien, elle s'est levée hier, et comme il faisait fort doux, elle a pris l'air un moment sur la terrasse ; elle a choisi cet endroit parce qu'elle savait que la maîtresse du logis s'y trouvait, et qu'elle voulait que son premier devoir fût l'acte de sa reconnaissance ; du plus loin qu'elle a vu ces dames, lisant sous un bosquet, elle s'est précipitée vers elles, et est venue tomber aux pieds de Mme de Blamont, en arrosant de ses larmes les genoux de sa bienfaitrice, cherchant des mots, n'en trouvant point, et devenant bien plus expressive par ce silence du sentiment que par toute les phrases de l'esprit. Mme de Blamont l'a relevée, l'a embrassée de tout son cœur, et l'a fait asseoir auprès d'elle ; elle est faible, elle est pâle, mais d'un bien puissant intérêt dans cet abattement [123].

« Elle est plus jolie que vous, a dit en riant Mme de Blamont à sa fille...

— Ah ! puisse-t-elle devenir plus heureuse ! » a répondu Aline en l'embrassant.

Elle a soupé ce soir avec nous, et son maintien, son air, sa décence nous ont enchantés tous. Mais comme j'ai des choses d'un bien autre intérêt à te dire, trouve bon que nous laissions un moment Sophie, pour reprendre l'histoire de ses persécuteurs.

Il était impossible de trouver un meilleur moment pour séduire la vieille Dubois, et pour démêler, par elle, tout le nœud de cette infâme intrigue... Chassée, congédiée elle-même, le dépit, le besoin l'ont jetée dans les lacs de Saint-Paul, et sous le prétexte de la présenter, comme sa parente, dans une excellente maison, il l'a très facilement conduite à Vertfeuille ; elle y est, mais sans avoir vu Sophie. Quant aux ruses de notre homme, je t'en fais grâce, il suffit qu'elles aient réussi ; ce que leur succès a découvert me paraît plus intéressant à t'apprendre.

À peine Mirville eût-il mis Sophie à la porte, que Delcour arriva : c'était le jour de leur souper ; le premier, encore tout en feu, apprit à son ami l'expédition qu'il venait de faire, et comme leur dialogue est assez curieux, je vais te le transcrire mot à mot d'après les dépositions de la vieille, qui n'en a pas perdu une syllabe.

LE PRÉSIDENT DELCOUR. — Ventrebleu ! mon ami, voilà une cause mal jugée, vous avez oublié les droits que j'ai sur cette p...., et vous ne deviez la punir que devant moi ; je vous aurais aidé de tout mon cœur ; je suis inflexible sur les attentats du crime, aucun nœud ne me retient en pareil cas, et les droits de la nature deviennent nuls, quand ceux des gens sont outragés. — Où est-elle ?

LE FINANCIER MIRVILLE. — Mais pas très loin, je crois... Si tu veux t'en donner le plaisir ?...

DELCOUR. — Assurément, que l'on coure après elle, et qu'on lui dise qu'il lui revient encore un supplément de correction de la main paternelle.

Ô mon ami ! exista-t-il jamais des atrocités réfléchies, combinées, de la force de celles-ci ? La cuisinière sort, cherche de bonne foi Sophie, et quoiqu'elle fût sur le seuil de la petite porte du jardin, heureusement elle ne la découvrit pas : telle fut la cause du bruit que cette malheureuse entendit au sein de sa douleur, et qui redoubla si bien son effroi ; n'ayant rien vu, on rentra, et l'on dit que sans doute la criminelle s'était évadée. Une réflexion subite vint aussitôt au président. Poursuivons notre manière de rendre leur énergique conversation.

DELCOUR. — Es-tu bien sûr, Mirville, que Sophie soit réellement coupable ?

MIRVILLE. — Je l'ai trouvée avec le délinquant, c'était, ce me semble, plus qu'il n'en fallait pour légitimer sa sottise.

DELCOUR. — *Les apparences* trompent si souvent, mon ami... La main d'un juge dégoutte sans cesse du sang que lui font verser *les apparences*. Heureusement que nous sommes au-dessus de ces misères-là, et qu'un être de moins dans le monde n'est pas pour nous une affaire bien grande ; d'ailleurs, ce que j'en dis n'est pas pour disculper Sophie, mais parce que je serais fort aise d'avoir, comme toi, une coupable à punir. Examinons les faits et faisons paraître les témoins ;

commençons par interroger la Dubois, je la crois complice. Y a-t-il là des pistolets ?

MIRVILLE. — Oui.

DELCOUR. — Prends-en un, et moi l'autre ; il s'agit d'*effrayer*, il est inouï ce qu'on obtient en *effrayant* : je t'apprends là les secrets de l'école.

MIRVILLE — Qui ne les sait pas ! Mais ces pistolets... mon ami... ils sont chargés.

DELCOUR. — C'est ce qu'il faut, et qu'importe une tête, dès qu'il s'agit de se procurer ce que nous appelons des *indices* ? Mille victimes, pour découvrir un coupable ; voilà l'esprit de la loi.

MIRVILLE. — De la loi, soit ; moi je ne connais pas trop la loi, encore moins la justice ; je me livre à mon cœur, et il me trompe rarement. Tu vas voir si les coups de bâton et d'étrivières, que j'ai donnés à ta fille, ne seront pas bien dûment et bien légitimement appliqués. Au reste, s'il en fallait revenir, comment faire à présent ? ces choses-là ne se reprennent point. Où la trouver, et comment réparer [124] ?

DELCOUR. — Oh ! mais je dis, dans ce cas-là, on ne répare point ; tu te modèleras sur nous ; personne *n'offense* comme les satellites de Thémis, et personne *ne répare* aussi peu. Tu as mal pris le sens de mon discours ; je vise moins à te faire faire une bonne action, qu'à me procurer le plaisir d'en faire une mauvaise. Ton exemple m'a tenté... et je ne connais rien de pis que l'exemple : interrogeons, voilà l'objet [125].

Et la Dubois, qui aurait voulu être bien loin, fut à l'instant mandée, introduite dans un cabinet mystérieux, où l'on n'allait jamais que pour les grandes aventures. Prodigieusement effrayée, comme tu crois, de deux bouts de pistolets appuyés sur chacune de ses tempes, et d'une injonction de dire la vérité ou de s'attendre à perdre la vie, elle a déclaré que Rose était la seule coupable, et qu'elle n'avait jamais connu un seul tort à Sophie.

« Morbleu ! s'écria Mirville, je crois que je sens des remords. — Eh bien ! dit Delcour furieux, tu les apaiseras en m'aidant à me venger ; commençons par décider du sort de cette intrigante... Et la menaçant du pistolet : — Je ne sais qui me tient... »

Celle-ci eut beau protester de son innocence, les deux amis lui déclarèrent qu'après une telle conduite, ils ne pouvaient plus prendre en elle aucune confiance, et qu'il fallait qu'elle décampât dès le soir même... Et avant, comme tu vois, de punir la coupable, comme le châtiment sans doute n'était pas très légal, on a cherché à se débarrasser des témoins. Circonstance malheureuse, puisqu'elle nous prive entièrement des suites de cette funeste aventure, et dérobe à nos yeux des atrocités dont la découverte nous fût devenue bien nécessaire un jour. La Dubois rendit donc ses clefs, emporta ses hardes et partit. Par le plus heureux des hasards elle vint s'établir près la barrière[126], dans une espèce de petite auberge où précisément arriva notre Saint-Paul, deux ou trois jours après. Il ne restait donc plus dans la maison que la délinquante et la cuisinière. Celle-ci interrogée par Saint-Paul, la veille de son départ pour Vertfeuille, a dit que dès que la Dubois fut partie, Rose fut appelée et descendit ; qu'elle soupa fort tranquillement avec les deux amis, et qu'elle, son service fait, s'étant retirée, comme à l'ordinaire, n'avait rien vu de particulier ; mais que le lendemain matin, voulant aller servir le déjeuner, selon son usage, elle avait trouvé tout le monde parti, sans qu'elle eût entendu rien de plus étrange que les autres jours, et sans qu'elle eût trouvé de désordre dans aucun des appartements. Moyennant quoi voilà le fil rompu, et tu vois qu'il nous devient maintenant impossible de savoir de quelle nature peut être la vengeance qu'ils ont tirée de Rose.

Le lendemain matin, un laquais de Mirville est venu demander à la cuisinière les robes et les effets de la jeune personne ; mais sans pouvoir répondre à aucune des questions que la servante lui a faites. Ensuite la maison a été fermée par l'homme de Mirville, qui a signifié à sa camarade de se tranquilliser, et qu'un voyage, que ces messieurs allaient faire à la campagne, interromprait leurs soupers au moins pour un mois... Il ne nous est donc plus resté que des conjectures sur le sort de la malheureuse compagne de Sophie. L'imagination vive de Mme de Blamont en a tout de suite forgé de sinistres. Celles de la Dubois, que j'adopte, comme plus naturelles, sont que le président a fait enfermer Rose, ainsi qu'il l'en avait toujours menacée, si elle l'y contraignait par défaut de conduite. Voilà, mon ami, tout ce qu'il a été possible d'apprendre sur cette partie... Venons au reste.

Plus de doute, mon cher Valcour, sur l'existence de nos

deux inconnus ; la Dubois, trompée par Saint-Paul, ne sachant à qui elle parlait, a dit à Mme de Blamont :

« Celui qui se fait appeler Delcour, madame, est le président de Blamont, qui a une des femmes les plus aimables de Paris ; l'autre est un M. Dolbourg, financier riche à millions, son ami depuis trente ans, et auquel il va donner sa fille en mariage. Ces messieurs ont d'abord vécu, a continué notre duègne, avec deux courtisanes fameuses, dont madame a pu entendre parler.

— Les Valville ?

— Oui, madame, deux sœurs ; l'un avait l'aînée, l'autre la cadette ; ils ont eu presque en même temps, chacun une fille de leur maîtresse ; mais celle de M. de Blamont mourut au bout de huit jours ; le président cacha cette mort à son ami, et lui montra une autre petite fille du même âge que celle qu'il venait de perdre, qu'il conduisit au village de Berseuil, où il la fit élever.

— Quoi ! interrompit Mme de Blamont, très troublée, cet enfant de Berseuil ne serait pas celui de la Valville ?

— Non, madame, reprit la Dubois, l'enfant de la Valville est bien sûrement mort, et celui qui fut mené à Berseuil est un enfant légitime, que monsieur le président avait eu de sa femme, et qu'on nourrissait au Pré-Saint-Gervais. En le retirant de ce village lui-même, il donna cinquante louis à la nourrice, afin de répandre la mort de cette petite fille, qu'il voulait, disait-il, par des raisons secrètes, soustraire aux yeux de sa mère, et on eut l'air d'enterrer un enfant dans la paroisse du Pré-Saint-Gervais [127].

— Juste ciel ! s'écria Mme de Blamont qui ne pouvait plus se contenir, j'ai effectivement perdu une fille dans ce temps-là, nourrie au même lieu que vous dites... Se pourrait-il ? Sophie !... mon cher Déterville... quelle multitude de crimes !... et quel peut en être l'objet ?... »

Ici la Dubois reconnaissant chez qui elle était, s'est précipitée aux genoux de Mme de Blamont en la conjurant de ne la point perdre...

« Rassurez-vous, lui a dit cette malheureuse épouse... vous êtes en sûreté ; mais ne me cachez rien ; je ne vous abandonnerai jamais. » Et alors cette femme poursuivit, et ses réponses nous ont appris que les deux amis, au moment de la naissance des filles, qu'ils avaient eues de leurs maîtresses, s'étaient promis de faire servir ces enfants à remplacer leurs anciennes sultanes, et de se les prostituer réciproquement, dès qu'elles auraient atteint l'âge nubile ; mais que le président, voyant ses droits perdus sur la fille de Dolbourg par la mort de la sienne, avait résolu de taire cette mort, et de remplacer la petite bâtarde par une fille légitime, puisqu'il était assez heureux pour en avoir une dans ce moment. Telle était l'histoire de Sophie ; tel était ce qui légitimait son étonnante ressemblance avec Aline ; ainsi tu vois que le peu délicat Dolbourg, au moyen des machinations diaboliques du président, aura eu, si tout réussit, l'une des filles de Mme de Blamont pour maîtresse et l'autre pour femme. Tu peux reconnaître ici, de plus, l'âme tendre et délicate du cher président, qui bien que persuadé que Sophie est sa fille légitime, rit et s'amuse pourtant de sa perte, des mauvais traitements qu'elle a reçus, et s'offre même, avec une atroce barbarie, à lui en faire éprouver de nouveaux. S'il est des traits dans le monde qui développent mieux un caractère abominable... si tu en sais, je te prie de me les dire, afin que je les réserve pour en colorer le premier scélérat que je voudrais peindre... Telle est cependant la conduite de ceux qui déshonorent, emprisonnent, rouent, torturent des malheureux... coupables de quelques faiblesses, sans doute, mais dont la vie de dix d'entre eux n'offrirait pas de telles recherches dans le crime et dans l'infamie !

La Dubois a ajouté que ses deux maîtres ont une autre maison de plaisir, à peu près pareille à celle des Gobelins, du côté de Montmartre, où ils se réunissent pour trois dîners par semaine, comme à l'autre pour trois soupers ; n'ayant pas été introduite dans ce second bercail, elle n'est pas très au fait des orgies qui s'y célèbrent ; mais elle sait en gros que tout y est, et plus indécent, et plus multiplié qu'où elle demeurait.

« Ils ont là, dit-elle, un sérail composé de douze petites filles, dont la plus âgée n'a pas quinze ans, et que l'on renouvelle à raison d'une tous les mois. »

Les sommes qu'ils dépensent à cela, dit la vieille, sont énormes, et quelques riches qu'ils puissent être, elle ne conçoit pas que leur fortune n'y soit pas déjà épuisée.

Je te laisse à penser quel est l'état de Mme de Blamont. Cependant il fallait prendre un parti, relativement à cette femme ; elle ne pouvait ni la garder ni la faire voir à Sophie ;

elle lui a proposé de chercher une maison à Orléans, de la défrayer de tout, jusqu'à ce qu'elle l'eût trouvée, avec une gratification de vingt-cinq louis, payable sur-le-champ. La Dubois enchantée a comblé Mme de Blamont de remerciements. Saint-Paul est parti dès le même soir pour la conduire à Orléans, où elle a été placée peu après.

Tu conçois aisément, mon cher Valcour, sur quel être se sont aussitôt tournés les premiers transports de Mme de Blamont : elle pouvait à peine terminer ce qui regardait la Dubois ; elle brûlait d'être auprès de Sophie...

« Ô toi dont la mort m'avait coûté tant de larmes, s'est-elle écriée, en se précipitant dans les bras de cette intéressante créature... tu m'es rendue ! ma chère fille... et dans quel état, grand Dieu !

— Vous, ma mère !... Oh ! madame, est-il vrai !..

— Aline, partage ma joie... embrasse ta sœur... le ciel me la rend... elle me fut enlevée au berceau... et par qui ? Rien ne peut exprimer ce que j'éprouve. »

Mon ami, je ne te peindrai point sa situation... elle était du plus vif intérêt. Mme de Senneval, Eugénie et moi, nous mêlâmes nos larmes à celles de cette charmante famille, et le reste de la journée fut consacré à jouir d'un événement peu attendu, et qui présentait tant de charmes à une mère aussi tendre.

Je ne tardai pas à faire observer à Mme de Blamont toutes les armes qu'un pareil événement nous fournissait contre les prétentions odieuses et illégitimes du président ; elle le sentit, mais elle vit en même temps que nos démarches exigeaient du mystère et les ménagements les plus délicats... Qui pouvait empêcher M. de Blamont de traiter tout ceci de chimère ? Était-il supposable qu'il reconnaîtrait Sophie pour enfant légitime ? probable même qu'il eût seulement l'air de la connaître ? Et quelles preuves Mme de Blamont avait-elle alors pour le convaincre ? La mort de sa petite fille, baptisée sous le nom de Claire, était constatée. M. de Blamont s'était muni d'une bonne attestation du curé, et il y avait eu un service de fait au prétendu enfant mort ; la nourrice qui s'était prêtée à tout, avait placé vraisemblablement une bûche dans la bière enterrée au lieu de l'enfant ; pendant que Claire, sous le nom de Sophie, était transportée chez Isabeau par le président même... Et d'ailleurs trouverait-on la nourrice du

Pré-Saint-Gervais ? À supposer qu'on la retrouvât, avouerait-elle son crime ? Tout cela multipliait les difficultés, faisait chanceler les droits de Mme de Blamont ; car, si elle n'avait pas dans Claire, existant sous le nom de Sophie que nous continuerons de lui donner, une arme puissante contre son époux, celui-ci, retournant aussitôt les choses, s'en trouvait une très forte contre sa femme ; dès ce moment Sophie ne devenait qu'une malheureuse bâtarde, dont il avait eu tous les soins qu'il devait avoir, et que Mme de Blamont avait séduite, entraînée chez elle, pour se donner un prétexte à chercher des torts à son mari, à lui ôter le droit qu'il prétendait, avec raison, avoir sur Aline, et dont il voulait user pour la donner à son ami. Ce qui n'était plus pour Mme de Blamont, devenait donc contre à l'instant. Toutes ces considérations la frappèrent ; sa première pensée fut de nous en tenir aux arrangements pris par Isabeau, imaginant que cette pauvre petite malheureuse serait moins à plaindre inconnue que chez elle.

Mais je m'opposai à cette manière d'envisager les choses, et je fis observer à Mme de Blamont que, si le président avait envie de faire des recherches sur Sophie, il commencerait assurément par le village de Berseuil, et que d'ailleurs l'isolant dans ce bourg obscur, et dans un état si au-dessous d'elle, il lui devenait presque impossible de s'en servir alors décemment et utilement pour repousser les insignes prétentions de Dolbourg. Nous convînmes donc que le meilleur parti était de la garder ; de prendre les plus sûres informations sur l'ancienne nourrice de Sophie, et de forcer cette créature à avouer son crime. Cela n'était ni sûr ni aisé, j'en conviens, mais c'était néanmoins le seul expédient qui convînt aux circonstances... D'après cela c'est toi que nous chargeons de cette importante recherche ; ne néglige rien de tout ce qui peut te la faire faire avec autant de célérité que d'exactitude. L'ancienne nourrice de Claire demeurait au Pré-Saint-Gervais, le village n'est pas grand, les recherches y seront aisées ; ce fut là où Sophie passa les trois premières semaines de sa vie, chez une paysanne nommée Claudine Dupuis, et c'est dans cette paroisse que le service se fit ; c'est de ce village que le président sortit de nuit, le 15 août 1762, ayant la petite fille dans une barcelonnette verte, sur le devant d'un vis-à-vis [128] gris, sans laquais. Voilà tout ce qu'il faut, mon cher Valcour, pour diriger tes informations ; agis sur-le-champ, abstraction faite de toutes réflexions de ta part. Songe que tu ne travailles point ici contre Dolbourg ni contre Blamont, mais uniquement en faveur d'une mère désolée qui t'adore, et qui n'a que toi à qui elle puisse confier de tels soins ; nulle sorte de délicatesse ne saurait donc t'arrêter ici. Si tu trouves la femme dont il s'agit, notre avis est que tu emploies les voies de la plus grande douceur, pour lui faire avouer ce qu'elle a fait, et que tu tâches de la faire convenir de tout, devant quelques témoins. Si elle refuse d'avouer, il faudra l'assigner alors en justice ; car, toute considération doit céder à l'importance de constater la légitimité de Sophie ; il n'est aucune voie qu'il ne faille employer pour y réussir, puisque c'est de cette légitimité reconnue que nous attendons tout, et que c'est en prouvant cette légitimité d'une part, et, de l'autre, le commerce de Dolbourg avec cette fille, que nous détruisons tous les projets qu'il a de te nuire. Adieu, presse tes opérations, instruis-nous, et compte toujours sur l'exactitude de nos soins.

LETTRE XXII

Aline à Valcour

Vertfeuille, ce 15 septembre.

Je ne vous écris qu'un mot, et Dieu sait dans quelle agitation ! Hier au soir, tout était calme... nous attendions de vos nouvelles ; Sophie allait de mieux en mieux ; j'étais entre la meilleure des mères et cette chère et infortunée sœur que j'aime avec passion ; je les caressais toutes deux. Cette pauvre Sophie, si consolée de tous ses maux, si heureuse de sa nouvelle situation mêlait ses larmes aux nôtres ; Eugénie, Déterville et Mme de Senneval lisaient à l'autre bout du salon, laissant tomber de temps en temps des regards attendris sur le tableau que nous leur offrions ; tout à coup Mme de Senneval, près d'une croisée donnant sur la cour, quitte son livre et dit effrayée :

« J'entends une voiture. »

Nous prêtons l'oreille, elle ne se trompait pas... Ma mère vole cacher Sophie dans le cabinet d'une de ses femmes ; à peine est-elle redescendue, qu'une chaise de poste entre effectivement ; on apporte des flambeaux... Mon ami, c'était mon père... c'était le cruel Dolbourg... Ma main tremble en traçant ces noms... ils arrivent malgré leur promesse... Quelle en est la cause ? savent-ils que nous avons Sophie ? que veulent-ils ?... qu'exigent-ils ? Tout mon sang se trouble... Je n'ai que la force de vous embrasser, et de donner vite mon billet à Déterville qui se charge de vous le faire tenir.

Post-scriptum de Déterville

Je le cachette en diligence, parce que les postillons qui ont amené ces cruelles gens vont se charger de le faire passer de main en main, ce qui te le fera recevoir trois jours plus tôt. Ne crains rien, agis ; je les aime mieux ici qu'à Paris, pendant tes opérations : les visages ne sont point austères, et je n'aperçois jusqu'à présent que de l'honnêteté et de la décence. Mme de Blamont est dans un état affreux... elle s'excuse sur une migraine. Mme de Senneval, Eugénie et moi parons à tout, et faisons les frais de tout. Je vais reprendre le journal, tu seras instruit de ce qui va se passer, minute par minute.

Juste ciel ! si les hommes, en entrant dans la vie, savaient les peines qui les attendent, qu'il ne dépendît que d'eux de rentrer dans le néant, en serait-il un seul qui voulût remplir la carrière !

LETTRE XXIII

Déterville à Valcour

Vertfeuille, ce 20 septembre.

Ô Valcour ! y a-t-il un degré où le vice confondu s'arrête ? existe-t-il un moyen de deviner dans les yeux de l'homme corrompu si ce qu'il dit, si ce qu'il fait émane véritablement de son cœur, ou si ses actions, si ses discours ne viennent que de sa fausseté ? Quels procédés peuvent, en un mot, nous donner la clef de l'âme d'un scélérat, et comment, avec l'habitude où il est de feindre, peut-on distinguer quand il en impose ou non ? T'assurer quelque chose de certain sur les suites de ce que j'ai à t'apprendre, jusqu'à la solution de ce problème, est une chose véritablement impossible ; je dirai donc et tu combineras.

Le quatorze, au soir, nos voyageurs fatigués s'en tinrent à quelques politesses vagues, des nouvelles, un excellent souper, et des lits. De notre part, le billet que nous t'écrivîmes, des craintes et point de sommeil... La vertu se tourmente et s'agite où le vice repose en sûreté.

Le quinze, au matin, le président mena son ami chez Aline ; elle s'était levée de très bonne heure pour venir glisser sous ma porte, ainsi que nous en étions convenus la veille, le billet où j'écrivis un mot ; mais elle s'était recouchée. Extrêmement surprise d'une visite si matinale, elle répondit à son père, qui s'informait s'il était jour, qu'elle était désespérée de ne pouvoir lui ouvrir ; qu'elle allait sonner, mais qu'on n'était pas encore entré chez elle. Le président, peu scrupuleux, insista...

« Quand il s'agit de recevoir un père et un époux, dit-il à travers la porte, on ne doit pas y regarder de si près : ouvrez, Aline, et n'ayez nulle crainte.

— En vérité, je ne le puis, je suis au lit.

— Qu'importe, il faut ouvrir, ma fille, ou je me fâcherai. »

Mais la prudente Aline ne put entendre cette dernière phrase ; enveloppée d'un manteau de lit, elle s'était lestement évadée par le petit escalier qui communique de sa chambre au cabinet de Mme de Blamont, et elle était déjà tout alarmée, sur le pied du lit de sa mère, quand le président, peu accoutumé à de la résistance lorsqu'il annonçait des désirs, déclarait que si on ne lui ouvrait pas à l'instant, il allait enfoncer la porte... Il s'y déterminait, quand une femme de chambre, promptement envoyée vers lui, proposa de passer dans l'appartement de madame, où le déjeuner allait être servi.

J'ai malheureusement deux libertins à représenter ; il faut donc que tu t'attendes à des détails obscènes, et que tu me pardonnes de les tracer. J'ignore l'art de peindre sans couleur ; quand le vice est sous mon pinceau, je l'esquisse avec toutes ses teintes, tant mieux si elles révoltent ; les offrir sous de jolis dessins est le moyen de le faire aimer, et ce projet est loin de ma tête [129].

L'ambassadrice était jolie, bien blanche, des yeux très vifs, nouvelle dans la maison, et envoyée là parce que ce fut la première qui se présenta. Le président la saisit par la main, et comme la porte de la chambre qu'il venait d'occuper se trouvait ouverte et peu éloignée, il y pousse cette fille, suivi de Dolbourg, et se prépare à s'y enfermer, quand la fringante soubrette, devinant le motif, se dégage, s'esquive et revient trouver sa maîtresse. Elle fut bientôt suivie de ses deux assaillants ; ils avaient cru sage de paraître aussitôt, afin que les sujets de plainte de celle qui leur échappait ne passassent plus que pour des plaisanteries.

Les ennemis débusqués, Aline était remontée dans sa chambre ; moyennant quoi ces messieurs ne trouvèrent que la présidente.

« Vos femmes sont des Lucrèces [130], madame, dit Blamont en entrant, en vérité ce sont des vertus romaines. J'imaginais... Vous savez que je me gêne peu sur ces fadaises-là ; quand, à tous les risques de l'ennui de la campagne, on hasarde de sortir un ami de la ville, il faut bien le dissiper... Depuis quand avez-vous cette fière vestale ?... (et elle était là). Elle est bien... Quel âge avez-vous, mademoiselle ?

— Dix-neuf ans, monsieur.

— Pas mal, en vérité ; j'aime ses yeux, ils disent toutes sortes de choses. »

Et Mme de Blamont confuse :

« Sortez, sortez, Augustine, ne voyez-vous pas bien que monsieur se moque de vous ?

— Mais, madame, vous êtes d'une rigueur... il semblerait que ce fût un crime, que l'hommage rendu à la beauté.

— Ce n'est pas être difficile... Eh bien ! vous ne vous asseyez pas ?... ma fille va descendre... Vous l'avez réveillée... vous lui avez fait une peur !... elle était accourue vers moi... J'ai ri de ses craintes et l'ai renvoyée s'habiller...

— S'habiller ? quelle extravagance : est-ce qu'on s'habille pour un père ?... est-ce qu'on se gêne à la campagne ?

— L'honnêteté est de mode partout.

— Madame a raison, dit Dolbourg... Pardon, madame, mais si j'en croyais monsieur votre mari, il me ferait souvent faire des choses !...

— Oh ! pour le coup je m'assois, a dit alors le président, en se laissant tomber dans un fauteuil... oui, je m'assois, Dolbourg va prêcher, et il y a longtemps que je suis curieux du sermon d'un fermier général... Allons, poursuis, Dolbourg, j'écoute ; analyse-nous un peu, je t'en prie, les vertus civiles, les vertus morales... oui, qu'il y ait bien de la vertu dans ton discours ; c'est étonnant comme j'aime la vertu !

— Préférez-vous de déjeuner ici ou de passer[131] dans le salon ? a interrompu la présidente.

— Mais nous irons où vous voudrez... Où est ma fille ?

— Elle achève de se vêtir, et se rendra où l'on lui dira que nous sommes.

— Dites-lui, je vous prie, que quand je vais la voir le matin, avec mon ami, je ne veux pas qu'elle joue la prude...

— Mais il est des choses de décence...

— Décence... voilà toujours votre mot à vous autres femmes ! il y a longtemps que je cherche à pénétrer la vraie signification de ce mot barbare, sans y avoir encore réussi ; je l'avoue, selon vous, madame, les sauvages doivent être bien indécents ; car ils vont tout nus, et vous pouvez être sûre que chez les Californiens, ou chez les Ostiages[132], quand un père va voir sa fille, le matin, elle ne lui refuse pas sa porte, sous le ridicule prétexte qu'elle est en chemise.

— Monsieur, a répondu Mme de Blamont, avec autant d'aménité que de modestie, la décence n'est point idéale ; elle peut être arbitraire ; elle peut être relative aux différents climats, mais son existence n'en est pas moins réelle ; fille du bon sens et de la sagesse, elle doit régler nos actions sur nos usages et sur nos sentiments, et s'il était de mode d'aller en France comme au Paraguay, la décence alors placée à d'autres devoirs plus essentiels n'en serait pas moins respectée.

— Oh ! je vous réponds qu'il y a des pays où rien de ce que vous voulez dire ne l'est, où vos devoirs sont des chimères, et vos crimes d'excellentes actions[133].

— Ce raisonnement seul vous condamne ; car enfin, quels que soient les vices du peuple dont vous parlez, au moins lui en supposez-vous ? et ces vices, quels qu'ils puissent être, il les évite, il les punit : voilà donc des freins reconnus, en raison de la sorte de climat ou de gouvernement ; faisant tant que d'être né dans celui-ci, pourquoi n'en pas également adopter les principes ?

— Mais c'est qu'il n'y a rien de réel.

— Non, lorsque l'on s'aveugle ; mais je vous réponds que, pour moi, je n'ai besoin ni d'arguments, ni de dissertation pour me convaincre du véritable caractère d'une chose, pour m'y livrer si elle est bien, pour la détester si elle est mal.

— Et quel est donc ce guide infaillible ?

— Mon cœur.

— Il n'est point d'organe plus faux, on en fait ce qu'on veut de son cœur, et je vous réponds qu'à force d'en étouffer la voix on parvient bientôt à l'éteindre.

— Cela suppose au moins un instant où on l'entendit malgré soi.

— D'accord.

— On a donc été vertueux quand cette voix se faisait comprendre, on cesse donc de l'être dès qu'on s'occupe de l'étouffer ? le bien et le mal ont donc des différences marquées que vous définissez vous-même, en vous efforçant de les anéantir ?

DOLBOURG. — Il me semble que madame a raison, il est bien certain que le vice est une chose qui… et puis, d'ailleurs, je dis, il n'y a que la vertu [134]…

LE PRÉSIDENT, *éclatant de rire.* — Ah ! ah ! ah ! ah ! ma foi, si le logicien Dolbourg s'en mêle je suis battu ; allons, madame, sauvons-nous ; je vous crains trop avec un tel champion ; allons déjeuner : faites dire à Aline de descendre… »

Et tout le monde s'est réuni dans le salon. Aline confuse a paru ; le président lui a tenu quelques mauvais propos sur l'histoire du matin, qui ont achevé de la faire rougir, et Mme de Senneval par ses soins a rendu la conversation générale.

Au dîner, M. de Blamont a contraint sa fille de se placer entre Dolbourg et lui, et il lui a souvent répété :

« Mademoiselle, faites politesse à mon ami, vous êtes tous deux nés pour vous connaître bientôt plus intimement. »

Ce n'était pas une petite besogne, pour ma belle-mère et moi, de rompre à tout instant la conversation, et de la replacer dans les bornes de l'honnêteté, dont le président, plus que Dolbourg encore, cherchait toujours à la sortir.

En se retirant, le président déclara à sa fille qu'elle eût à se trouver seule, le lendemain matin, dans sa chambre, parce qu'il avait quelque chose à lui communiquer qui ne pouvait être entendu que de Dolbourg. Les dames à cet ordre se sont réunies pour le combattre.

« En vérité, monsieur, a dit Mme de Senneval, j'ai été mariée seize ans, et jamais mon mari n'a désiré de parler à ma fille sans moi ; quelques liens qu'une fille ait avec des hommes, elle ne peut décemment les recevoir seule ; dussiez-vous vous en fâcher, vous m'entendrez toujours vous dire, monsieur, que rien n'est plus malhonnête que l'ordre que vous donnez ici à votre fille, et qu'à la place de Mme de Blamont je ne le souffrirais sûrement pas.

— Depuis vingt ans, madame, a répondu le président avec aigreur, Mme de Blamont fait ce que je veux ; je prononce et elle me satisfait ; elle se sent aussi bien de cette condescendance, qu'elle se trouverait peut-être mal du procédé contraire. Je ne me suis jamais informé de ce que M. de Senneval faisait chez vous ; trouvez bon que je prie sa respectable épouse de ne se mêler en rien de ce qui se passe chez moi. »

Mme de Senneval, qui, comme tu sais, n'est ni très douce, ni très endurante, a voulu répliquer ; mais Mme de Blamont prévoyant une scène, qu'elle voulait empêcher, a dit, en sonnant les gens, qu'on vînt éclairer.

« Aline, vous entendez les ordres de votre père, attendez-le demain matin, levée dans votre chambre à l'heure où il lui plaira d'y passer. »

Dès huit heures du matin, le seize, les deux amis se sont en effet présentés à la porte d'Aline ; elle était levée ; elle était vêtue.

Reconnaîtras-tu là, mon ami, la pudeur, la timidité de cette fille charmante ?... elle ne s'était pas couchée... Hommes affreux ! à quel point êtes-vous devenus méprisables au sein même de votre propre famille, puisque la défiance que vous y inspirez engage à de telles précautions !

« Déjà levée ? a dit M. de Blamont.

— Vos ordres sont des lois pour moi.

— Je vous demande pourquoi vous êtes déjà levée ?

— Ne m'aviez-vous pas dit que M. Dolbourg ?...

DOLBOURG. — Oh ! pour moi, mademoiselle, ce n'était en vérité pas la peine de vous gêner.

M. DE BLAMONT. — Il aurait tout autant aimé vous trouver au lit que debout ; ne faudra-t-il pas qu'il vous y voie bientôt ?

ALINE. — J'avais imaginé, mon père, que vous aviez quelque chose à me dire.

— Comme elle est faite ! a dit M. de Blamont, en embrassant de ses deux mains la taille d'Aline, as-tu jamais rien vu de pris comme cela ? Comment ! vous avez un corset à la campagne ?

— Je ne le quitte jamais.

— Mais pour ce mouchoir, a poursuivi Blamont, en le faisant voler d'une main sur le lit, et captivant sa fille de l'autre, pour ce mouchoir vous nous en ferez grâce. »

Et Aline, confuse et désolée, croisant ses mains sur sa poitrine :

« Oh ! mon père, est-ce donc là ce que vous avez à me dire ?

— Mademoiselle, permettez, a dit Dolbourg en écartant une des mains dont Aline cherchait à cacher ce que son père venait de découvrir... permettez, monsieur votre père trouve bon que je regarde tout ceci comme mon bien, et il est assez judicieux pour ne vouloir pas conclure le marché que je n'aie reconnu s'il n'y a point de fraude... Ces bagatelles-là se voient sans difficulté... bon, si c'était... mais pour cela... nous en voyons tant...

— Ô vous de qui je tiens la vie ! s'est écriée Aline en s'échappant avec rapidité, n'imaginez pas que mon respect et mon obéissance aillent jusqu'à trahir mon devoir, et puisque vous oubliez le vôtre à tel point, il m'est permis de ne plus entendre des sentiments que vous ne voulez plus mériter. »

Et l'éclair est moins prompt à devancer la foudre, que ne l'a été cette tendre et honnête créature à se jeter dans le cabinet de sa mère. Elle y est arrivée en larmes ; elle s'est précipitée sur les genoux de cette mère adorable ; elle l'a conjurée de l'emmener au couvent ; elle lui a dit que le désespoir l'aveuglait, qu'elle ne répondait pas d'elle, et après quelques mots de consolation, Mme de Blamont, la laissant à Eugénie et à Mme de Senneval, est venue trouver son mari.

Son rôle ici devenait d'autant plus difficile qu'elle frémissait pour Sophie ; elle n'avait point encore pris de parti décidé, quoiqu'elle pressentît bien l'objet du voyage ; elle n'osait pourtant pas s'informer, elle attendait que son époux s'expliquât le premier ; sa timidité naturelle, les circonstances, tout l'obligeait à des ménagements. Elle se contint donc, et trouvant les deux amis confondus de la fuite soudaine d'Aline, elle demanda doucement à M. de Blamont ce qu'il avait donc fait à sa fille, pour l'avoir réduite aux larmes qu'elle répandait à grands flots. Blamont un peu confus de son côté, et ne croyant pas que ce fût encore là le moment de parler, sourit, plaisanta, et dit que sa fille s'était effrayée d'une très innocente caresse que Dolbourg avait voulu lui faire. Tout s'apaisa ; Augustine qui vint avertir que le déjeuner était prêt, fit diversion, et le président pria sa femme de rassurer Aline, de lui dire qu'elle pouvait paraître et qu'elle n'éprouverait plus rien qui pût la fâcher. Mme de Blamont se retira, et Augustine, qui arrangeait quelque chose, se retrouva par ce moyen tête à tête avec nos deux héros. Les détails de cette seconde scène n'ont pu venir à notre connaissance ; mais les suites ne nous les ont que trop appris. Augustine, éblouie par l'or, fut sans doute moins cruelle que la veille ; ce qu'il y a de certain, c'est que ces messieurs ne parurent point au déjeuner, qu'on ne trouva plus Augustine de tout le jour, et qu'elle disparut le lendemain. Il y a des choses très désagréables qui deviennent heureuses dans les circonstances, cet événement-ci est du nombre ; il calma du moins nos libertins, et tout le reste du jour fut tranquille [135].

Mais sitôt que le dix-sept au matin, on se fut aperçu du départ d'Augustine, l'inquiétude de Mme de Blamont fut très vive ; elle pouvait avoir parlé de Sophie ; quoique ce ne fût pas à elle qu'on l'eût confiée, elle savait de l'histoire tout ce qu'on n'en avait pu cacher dans la maison ; n'en était-ce pas beaucoup trop, si elle avait été indiscrète ? Dans cette affreuse perplexité, la présidente se décida donc à demander à son mari, ce qu'il avait pu faire de cette fille et quelle était la cause de son évasion ? Elle le piqua même un peu, pour découvrir s'il ne savait rien sur Sophie, mais les réponses de l'époux, en rassurant Mme de Blamont sur ses craintes, la convainquirent que sa femme de chambre était débauchée, et que cette malheureuse allait attendre à Paris les effets de la libéralité de ses séducteurs, et les nouvelles preuves de leur fantaisie pour elle.

Il y avait eu la veille, et toute une partie de ce jour, un très grand embarras entre le père et la fille ; celle-ci avait fort désiré de rester dans sa chambre ; nous l'avions détournée de ce projet, elle avait paru comme à l'ordinaire, et en avait été quitte pour un peu de rougeur.

Dans cette journée du dix-sept, le président, toujours très empressé de se trouver seul avec Dolbourg et Aline, proposa une promenade dans les bois, que toute la compagnie dérangea, quand on eut vu que, par l'art avec lequel il avait distribué les courses et les voitures, Aline, au fond de la forêt, se trouvait entre ses deux persécuteurs. Voyant ses plans manqués, le président dit qu'il voulait aller courir les bois, seul avec son ami ; ce dernier projet s'exécuta, et on ne les vit plus qu'à souper. Nous n'avions pas bougé du château, pendant cette absence, et je venais de réussir enfin à déterminer Mme de Blamont à rompre la glace ; ce n'était pas sans peine, mais une explication devenait pourtant nécessaire ; le président ne disant mot, pouvait avoir le projet sourd d'enlever sa fille ; il ne fallait pas se contenter d'étudier sa conduite, il fallait observer ses desseins. Je décidai donc un éclaircissement pour le lendemain sans faute, et je préparai tout, dans la vue de donner à la scène le pathétique que j'y supposais nécessaire, afin d'émouvoir, s'il était possible, les ressorts de cette âme flétrie. Il est temps de te détailler cet événement, qui se passa dans le second salon, où existe à gauche un petit cabinet à écrire, dans lequel j'avais fait cacher Sophie prévenue. Le chocolat pris, on vint dans le salon que je t'indique, et Mme de Blamont débuta ainsi :

« Convenez, monsieur, que vous me donneriez, si j'étais méchante, de bien justes sujets de me plaindre de vos procédés ?

M. DE BLAMONT. — En quoi donc ?

MME DE BLAMONT. — Que signifie cet enlèvement ? L'asile de votre famille ne devrait-il pas être respecté ?

M. DE BLAMONT. — Eh bien ! tu vois, Dolbourg, les semonces que tu m'attires, je n'ai travaillé que pour toi, et me voilà grondé comme si j'étais le délinquant.

M. DOLBOURG. — Eussé-je osé me rendre coupable d'un tel genre d'offense, si tu ne le partageais pas ?

MME DE BLAMONT. — Oh ! je suis fort consolée d'une telle perte.

MME DE SENNEVAL. — Le désordre des mœurs de cette créature doit vous laisser peu de regrets... Deux hommes mariés !

M. DE BLAMONT. — Le sacrement fait bien peu de chose à cela ; je ne dis pas que, *pris comme il le faut,* il ne puisse embraser quelquefois la tête, mais en vérité, il ne la calme jamais ; d'ailleurs, Dolbourg n'a plus de biens, c'est le plus heureux des hommes, il en est déjà à son troisième veuvage.

MME DE SENNEVAL. — Je croyais monsieur marié.

M. DE BLAMONT. — Mais je me flatte que, dans quatre jours, ce ne sera plus une présomption.

MME DE BLAMONT. — Monsieur s'occupe de nouveaux nœuds ?

M. DE BLAMONT. — Voilà une bonne ignorance ! est-ce mystère, est-ce fausseté ?

MME DE BLAMONT. — Ce sera ce que vous voudrez, mais je ne connais rien de si simple que d'ignorer les desseins de gens qu'on voit à peine.

M. DE BLAMONT. — La connaissance se fera, et quant à l'intérêt que vous y devez prendre, j'arrange difficilement que vous puissiez le déguiser, après ce que vous savez sur cela.

MME DE BLAMONT. — Il y a des choses qui se disent cent fois, sans qu'on puisse les comprendre une seule.

M. DE BLAMONT. — Soit, mais quand elles se font, au moins on ne les ignore plus.

MME DE BLAMONT. — Vous embrouillez, au lieu d'éclaircir ;je voulais une solution, et vous me proposez une énigme.

M. DE BLAMONT. — Ah ! parbleu, je suis prêt à vous donner le mot de celle-ci.

MME DE SENNEVAL. — Nous serons charmés de l'entendre.

M. DE BLAMONT. — Eh bien ! c'est que je donne ma fille à monsieur, voilà tout le mystère.

ALINE. — Mon père, avez-vous résolu de me sacrifier ainsi ?

M. DE BLAMONT. — J'ai résolu de vous rendre heureuse, et je connais assez le caractère de monsieur, pour être sûr qu'il doit avoir tout ce qu'il faut pour y parvenir.

MME DE BLAMONT. — Mais dans une pareille cause, qui peut mieux juger qu'elle-même ? si elle vous assure que malgré les qualités de monsieur, il lui est impossible de trouver le bonheur avec lui, quelle objection pourrez-vous faire alors ?

M. DE BLAMONT. — Que ce qui ne vient pas un jour arrive l'autre ; il ne s'agit pas de savoir si ma fille doit se croire heureuse dans le mariage que je propose, il n'est seulement question que de se convaincre que l'homme que je lui destine a tout ce qu'il faut pour la rendre telle.

MME DE BLAMONT. — Oh ! monsieur, pouvez-vous raisonner ainsi ?

M. DE BLAMONT. — Que voulez-vous que j'oppose à ses caprices, quand mon intention n'est pas d'y céder ?

MME DE BLAMONT. — Ne dites donc plus que vous voulez le bonheur de votre fille.

M. DE BLAMONT. — À partir de l'état actuel de nos mœurs, une fille me fait rire quand elle dit qu'elle craint de ne pas trouver le bonheur dans les nœuds de l'hymen ; eh ! qui la force de le chercher là ? Un époux, de l'âge de mon ami, ne demande que quelques égards... quelques assiduités... quelques *observances de pratique* et ces misères-là remplies, si sa femme imagine pouvoir trouver mieux ailleurs... eh bien ! il ferme les yeux ; quel serait l'homme assez tyran pour se scandaliser de voir chercher à sa femme un bien qu'il est hors d'état de lui faire ?

MME DE BLAMONT. — Mais si les mœurs sont dépravées, croyez-vous que toutes les femmes le soient ?

M. DE BLAMONT. — Cette dépravation n'est qu'idéale, le délit n'est relatif qu'au mari, il devient nul dès que l'époux le tolère ou le nie ; du moment qu'il ne s'oppose à rien, sous *de certaines clauses purement physiques*, quel peut être le crime de la femme ?

MME DE SENNEVAL. — J'estimerais bien peu l'époux qui ferait avec moi de tels arrangements.

M. DE BLAMONT. — L'estime... l'estime, voilà encore un de ces sentiments chimériques qui ne s'arrangent pas à ma philosophie ; qu'est-ce que l'estime ?... L'approbation des sots, accordée aux sectateurs de leurs petits vilains préjugés... tyranniquement refusée à l'homme de génie qui les fronde ; dites-moi, je vous prie, comment vous voulez qu'on soit jaloux de mériter un tel sentiment ? Pour moi, je ne vous le cache pas, mais l'homme du monde que j'aime le mieux est celui qu'on estime le moins, et ce sera toujours celui de tous à qui je supposerai le plus d'esprit... Eh ! non, non, ce n'est point un tel fantôme qui compose la félicité ; jamais l'homme sage ne place la sienne dans ce que les autres peuvent lui donner ou lui ravir au plus léger mouvement de leurs caprices ; il ne la met que dans lui-même, dans ses opinions, dans ses goûts, abstraction faite de toute considération ultérieure. Eh ! laissons là toutes ces jouissances illusoires ; croyez-moi, un époux riche, doux, complaisant, qui n'exige jamais que ce qu'on peut lui donner, qui fait grâce entière du métaphysique, voilà l'homme qui peut rendre une femme heureuse : s'il n'y réussit pas, mesdames, en vérité, je ne vois plus ce qu'il vous faut.

MME DE BLAMONT. — Simplifions, monsieur, car vos analyses sont trop loin de nos principes pour que nous puissions jamais nous accorder ; tenons-nous-en donc au fait. Aline, croyez-vous que l'hymen que vous propose votre père, puisse vous rendre heureuse ?

ALINE. — Je suis si loin de le croire, que je demande pour toute grâce à mon père de me percer plutôt mille fois le cœur que de me captiver sous de tels nœuds !

M. DE BLAMONT. — Ah ! voilà vos leçons, madame, voilà vos préceptes ; si j'avais bien fait, vous n'auriez point élevé cette enfant... Soustraite à vous dès sa naissance, n'ayant jamais connu qu'un cloître, éloignée de vos indignes préjugés, elle n'aurait pas trouvé de réponse, quand il eût été question de m'obéir.

MME DE BLAMONT. — Un enfant, dès le berceau, soustrait à sa mère n'en arrive pas plus sûrement au bonheur.

M. DE BLAMONT, *ému et balbutiant* [136] — Son esprit ne se dérange pas au moins par de mauvais principes.

MME DE BLAMONT. — Mais ses mœurs se pervertissent au sein de l'infamie, et celui-ci qui devrait être le protecteur de son innocence est souvent celui qui la corrompt.

M. DE BLAMONT. — En vérité, voilà des propos...

— Viens, Sophie, a poursuivi avec chaleur Mme de Blamont en ouvrant la porte du cabinet, viens les expliquer toi-même à ton père, viens te précipiter à ses genoux, viens lui demander pardon d'avoir pu mériter sa haine, dès le premier jour de ta naissance. »

Puis, s'adressant rapidement à Dolbourg :

« Et vous, monsieur, oserez-vous enfoncer plus avant le poignard dans le cœur d'une malheureuse mère ? oserez-vous désirer pour votre femme, l'une de ses filles, après avoir fait votre maîtresse de l'autre ? »

Puis, saisissant l'embarras de son époux, aux pieds duquel était Sophie :

« Laissez parler votre cœur, monsieur, tout est su, ne refusez plus d'ouvrir vos bras à cette malheureuse Claire que vous m'enlevâtes au berceau ; la voilà, monsieur, la voilà, victime de vos procédés ; trompée sur sa naissance, qu'elle ne voie pas toujours en vous le corrupteur de ses jeunes années, et montrez-lui le cœur d'un père, pour lui faire oublier son bourreau. »

C'est ici, mon ami, que l'art de la plus profonde scélératesse est venu disposer les muscles de la physionomie de ces deux indignes mortels ; c'est ici que nous avons pu nous convaincre que l'âme d'un libertin n'a pas une seule faculté qui ne soit aux ordres de sa tête, et que tous les mouvements de la nature cèdent dans de tels cœurs, à la perfide corruption de l'esprit [137].

« Oh ! ma foi, madame, a dit le président avec le plus grand flegme et repoussant Sophie de ses genoux, si ce sont là les armes dont vous voulez me battre, en vérité, vous ne triompherez pas... »

Et s'éloignant encore plus de Sophie :

« Par quel hasard cette créature est-elle ici ?... Te serais-tu douté, Dolbourg, que la maison de madame servît d'asile à nos catins ?

— Oh ! ma chère, n'espère plus rien de cet homme atroce, a dit Mme de Senneval furieuse ; celui qui repousse la nature avec tant de dureté, n'est plus qu'à craindre pour toi. Vole implorer les lois, leur temple est ouvert à tes plaintes, on n'eut jamais tant de sujets d'en porter, on n'eut jamais tant de droits à des secours...

— Moi, plaider contre ma femme ? a répondu Blamont, avec l'air de la douceur et de l'aménité... étourdir le public de dissensions aussi minutieuses que celles-ci ?... c'est ce qu'on ne verra jamais... »

Puis, s'adressant à moi :

« Déterville, a-t-il ajouté, faites retirer les jeunes personnes, je vous prie, revenez ensuite, j'expliquerai l'énigme, mais je ne le veux que devant ces deux dames et vous. »

Sophie désolée, Aline et Eugénie ont passé dans l'appartement de Mme de Blamont, et sitôt que j'ai reparu, le président nous ayant priés de nous asseoir et de l'entendre, nous a dit que jamais cette Sophie ne lui avait appartenu par aucun nœud ; que l'idée de cette alliance était absurde. Il est convenu de l'enfant qu'il avait eu de la Valville, convenu du désir

Vient Sophie....vient demander pardon à ton pere d'avoir pu mériter sa haine dès le premier jour de ta naissance.

qu'il avait formé d'en substituer un autre à celui-là, pour se conserver les droits que leur perfide convention lui donnait sur la fille naturelle de son ami ; il a ajouté que la mort très effective de sa fille Claire l'ayant attiré au Pré-Saint-Gervais, où elle était en nourrice, après avoir rendu les derniers devoirs à cette petite fille, il avait imaginé de s'arranger là de quelque jolie enfant qu'il pût mettre à la place de celle qu'il avait eue de la Valville, et que la petite fille de la nourrice, positivement de l'âge qu'il fallait, lui ayant convenu, il l'avait payée cent louis à la mère, et transportée en conséquence lui-même au village de Berseuil, où elle avait été élevée jusqu'à treize ans, mais qu'il n'avait dans tout cela d'autre tort, que d'avoir voulu tromper son ami, jamais ceux d'avoir corrompu sa propre fille, ou soustrait celle de sa femme. Ensuite il nous a demandé par quels moyens cette fille se trouvait à Vertfeuille.

Mme de Blamont, toujours tendre, toujours honnête et sensible, croyant reconnaître quelque sincérité dans ce qu'elle entendait, et préférant de renoncer au plaisir de retrouver sa fille à la nécessité de voir son mari coupable de tant de crimes, si Sophie lui appartenait effectivement ; n'ayant d'ailleurs rien de positif à objecter, puisque tu n'avais encore rien éclairci... Mme de Blamont, dis-je, a tout avoué de bonne foi. Le président s'est jeté dans les bras de sa femme et l'embrassant avec la plus extrême tendresse :

« Non, non, ma chère amie, lui a-t-il dit... non, non, nous ne nous brouillerons pas pour une telle chose, je suis coupable de quelques travers, sans doute, ma faiblesse pour les femmes est affreuse, je ne puis m'en cacher, mais une erreur n'est pas un crime, et je serais un monstre si j'avais commis ce dont vous m'accusez. Rien de plus certain que la mort de votre fille, je suis incapable d'avoir pu vous tromper, jusqu'à supposer cette mort, si elle n'eût été réelle. Sophie est fille d'une paysanne, elle est fille de la nourrice de votre Claire, mais elle ne vous appartient nullement. Je suis prêt à vous le jurer en face des autels, s'il le faut ; la ressemblance est singulière, je l'avoue, il y a longtemps que j'ai observé les traits qui rapprochent Sophie de votre Aline, mais ce n'est qu'un jeu de la nature, qui ne doit pas vous en imposer... Que le sceau du raccommodement, a-t-il poursuivi, en serrant les mains de sa femme, soit donc, ma chère amie, l'accord certain des délais que vous demandez pour votre Aline. Le mariage que j'exige ferait mon bonheur ; cependant vous m'avez demandé du temps pour l'y disposer, je vous donne jusqu'à mon retour à Paris, ainsi que nous en étions convenus d'abord, mais qu'elle accepte après, j'ose vous le demander en grâce ; que la crainte d'un crime ne soit pas surtout ce qui vous retienne. Dolbourg a pu être l'amant de Sophie, mais je vous proteste qu'il ne l'a jamais été de la sœur d'Aline ; il n'y a pas de preuve que je ne puisse vous en donner, pas de serment que je ne puisse vous en faire ; jouissez en paix avec vos amis du temps que je vous laisse pour déterminer ma fille à ce qui fait le but de mes vœux ; je les conjure de vous aider à obtenir d'elle ce que j'en attends, et d'être bien certains que c'est son bonheur seul qui m'occupe.

Mme de Blamont qui croyait tout avoir en gagnant du temps pour Aline... qui l'obtenait, qui ne pouvait détruire les assertions de son mari, ou qui n'avait à leur opposer que celles de la Dubois, que rien ne semblait devoir faire préférer à celles du président... qui, mère ou non de Sophie se trouvait toujours en situation de lui faire du bien, trouva dans son cœur la réponse que lui dictaient nos yeux ; elle convainquit son époux de la foi qu'elle accordait aux discours qu'il venait de lui tenir, et ajouta que, puisque le ciel avait fait tomber cette Sophie dans ses mains, elle demandait en grâce que l'on la lui laissât.

DOLBOURG. — Elle ne mérite pas le bien que vous voulez lui faire, j'ai vécu cinq ans avec elle, je dois la connaître et je la connais bien ; croyez que je serais indigne de l'honneur auquel je prétends de devenir un jour votre gendre, si j'avais maltraité cette fille comme elle l'a été, sans qu'elle m'en eût donné les plus graves sujets. Peut-être ai-je trop écouté ma colère, mais soyez sûre qu'elle était coupable.

MME DE BLAMONT. — On nous a fort assuré que non.

DOLBOURG. — Ah ! je le vois, madame, Sophie n'est pas tombée seule en vos mains, et cette créature qui couvrait et servait ses désordres, y est, sans doute, également.

MME DE BLAMONT. — Il est vrai que j'ai vu la Dubois.

LE PRÉSIDENT. — Aucune imposture ne nous étonne à présent, voilà celle qui vous a induite en erreur sur les objets dont il s'agit ; mais ne la croyez en rien : si vous voulez connaître la vérité, nulle femme au monde ne la déguise avec tant d'art, nulle n'est capable de porter aussi loin le mensonge et l'atrocité.

MME DE BLAMONT. — Et qu'est devenue cette autre petite créature que toutes deux conviennent avoir été la maîtresse de mon mari et la fille de monsieur ?

LE PRÉSIDENT, *ému*. — Ce qu'elle est devenue ?

MME DE SENNEVAL. — Oui.

LE PRÉSIDENT. — Eh bien ! mais rien de plus simple, elle était aussi coupable que Sophie... coupable du même genre de tort... Dolbourg a puni l'une de sa main ; voulant également punir l'autre... elle m'est échappée... je ne vous cache rien, moi, vous voyez ma sincérité... c'est le cœur d'un enfant [138].

MME DE BLAMONT. — Oh ! mon ami, voilà donc où entraîne le libertinage ! Que de chagrins, que d'inquiétudes suivent toujours ce vice épouvantable ; ah ! si le bonheur eût été moins vif dans votre maison, croyez au moins qu'entre votre Aline et moi, il eût été mille fois plus pur.

M. DE BLAMONT. — Laissons mes torts, il me faudrait des siècles pour les réparer ; l'impossibilité d'y réussir me porterait au désespoir ; qu'il vous suffise d'être bien sûre que je ne les aggraverai plus...

Et des larmes ont échappé des yeux de la crédule Mme de Blamont.

« À défaut du bonheur réel, la certitude de ne plus voir augmenter ses maux est une consolation pour l'infortune ; accordez-moi la grâce entière, a dit cette malheureuse épouse en pleurs, ne pensez plus à cet hymen disproportionné.

LE PRÉSIDENT. — J'ai des engagements que je ne puis rompre, vous ignorez leur degré de force, je ne suis plus maître de ma parole ; Dolbourg lui-même ne saurait m'en dégager ; cependant je puis vous accorder des délais, il ne s'y refusera pas, son âme est trop délicate pour prétendre à la main d'Aline sans la mériter ; deux mois, trois mois s'il les faut, je vous les donne... mais vous devriez nous rendre cette Sophie, vous devriez permettre qu'elle fût traitée comme elle le mérite.

MME DE BLAMONT. — Son malheur lui assure des droits à ma pitié, elle m'est chère dès qu'elle souffre... elle ne peut plus vous offenser, laissez-la-moi ; elle est jeune, elle peut se repentir... elle se repent déjà ; vous la feriez entrer au couvent par force, je la déterminerai de bonne grâce au même sacrifice, et vous serez également vengé.

LE PRÉSIDENT. — Soit, mais défiez-vous de sa douceur, craignez des vertus qu'elle n'adopte que pour voiler l'âme la plus traîtresse.

DOLBOURG. — Il n'est aucune espèce de torts qu'elle n'ait eus avec nous.

LE PRÉSIDENT. — Elle en a eu qui auraient mérité l'attention même des lois. L'enfant dont elle était grosse n'était sûrement pas de mon ami ; elle nous volait pour son amant, elle est capable de tout ; cette seconde fille dont vous venez de nous parler, ne nous trompait que par ses instigations ; elle séduit, elle impose, elle joue le sentiment et ce n'est que pour en venir à des fins toujours criminelles comme son cœur.

MME DE BLAMONT. — Mais il n'y a sorte de bien que n'en ait dit la femme qui l'éleva.

DOLBOURG. — Cette femme ne l'a connue qu'enfant, et c'est à Paris, c'est avec la Dubois qu'elle s'est pervertie ; ne gardez pas ce serpent, croyez-moi, madame, vous en auriez bientôt des regrets. »

Voyant Mme de Blamont prête à faiblir, je la fixai ; elle m'entendit, elle tint ferme, allégua la charité et la religion qui l'obligeaient à ne point abandonner cette malheureuse après lui avoir promis sa protection, et les deux amis n'osèrent plus insister sur l'envie qu'ils avaient de la ravoir. La paix fut donc conclue, aux conditions qu'il ne s'agirait [139] plus d'aucun reproche de part ni d'autre ; que Sophie resterait à Mme de Blamont et qu'on accorderait à Aline jusqu'à l'hiver, pour se décider au mariage qu'on exigeait d'elle.

« J'ose vous demander encore au nom de l'honnêteté et de la décence, a dit Mme de Blamont, de ne point abuser de cette malheureuse que vous avez séduite hier chez moi.

— En vérité, a répondu le président, pour le crime, il n'est plus temps... il est commis... Tant d'envie de céder... si peu de résistance... tout cela ne devrait pas vous donner de regrets.

— Ne la gardez pas au moins, placez-la... elle peut redevenir honnête... qu'elle ne trouve pas dans vous l'appui certain de ses désordres.

— Eh bien ! je vous le jure... Allons, qu'on appelle Aline, Eugénie, et puisque nous n'avons plus que vingt-quatre heures à rester ici, que les plaisirs y remplacent les chagrins, et qu'on n'y voie plus que de la joie. »

Mme de Blamont a été chercher elle-même sa fille, elle ne s'est point expliquée devant Sophie ; qu'eût-elle pu lui dire dans l'état d'incertitude où tout était ? elle l'a caressée, consolée, elle l'a remise entre les mains de ses femmes, et la tranquillité s'est rétablie. Jusqu'au lendemain au soir, les choses ont toujours été de mieux en mieux, et le vingt au matin, les deux amis, le front calme, bien plus peut-être que leurs cœurs, sont repartis en comblant d'éloges et d'amitiés tous les habitants du château.

Que penses-tu maintenant de ceci, mon cher Valcour ? devons-nous croire ?... devons-nous douter ?... Mme de Blamont, lasse de malheurs, saisit avec avidité l'illusion qu'on lui présente ; c'est un moment de repos dont elle veut jouir ; son âme honnête a tant de plaisir à supposer ses vertus dans les autres ! Sa chère fille lui ressemble ; toutes deux se livrent au plus doux espoir, Eugénie le partage, parce qu'elle est bonne et sensible, comme son amie ; il n'y a d'incrédules que Mme de Senneval et moi, mais nous le sommes, je l'avoue. Ce retour nous paraît bien prompt ; il est rendu si nécessaire par les circonstances, que nous croyons qu'il ne dépend absolument que d'elles ; c'est au temps à nous détromper... et d'ailleurs, qu'a promis le président ?... quelques mois de délais ; en est-ce assez pour se flatter ? et quand ces délais seront expirés, quand il aura eu le temps de revenir du petit moment de confusion dont il a été altéré par tout ceci, ne redeviendra-t-il pas tout aussi pressant ?

Cependant, nous sommes convenus, ma belle-mère et moi, de supprimer nos réflexions à nos amies, elles ne serviraient qu'à troubler leur moment de calme. S'il doit être réel, ce calme auquel nous ne croyons pas, pourquoi leur montrer nos craintes ? si elles ont tort de s'y livrer, c'est un beau songe dont il faut leur laisser la jouissance. Nous ne pouvons parer à rien, aucun événement ne dépend de nous, à quoi nos doutes serviraient-ils ? quel besoin de les leur faire voir ? je ne les hasarde donc qu'avec toi. Presse tes éclaircissements sur Sophie, beaucoup de choses tiennent à cela, s'ils nous ont induits en erreur sur cet article, ils nous ont trompés sur tout le reste ; alors ils méditent quelques horreurs [140] ; ils n'accordent du temps que pour y réussir, et dans ce cas, nous devons dissiper l'illusion. S'ils ne nous en ont pas imposé sur Sophie, et que les mensonges viennent de la Dubois ; s'il est réel, ce que je ne puis croire, que cette jeune Sophie ait tous les torts qu'ils lui prêtent... en un mot s'ils ont dit vrai, alors je m'écrierai plein de joie, que telle est l'influence de la vertu, qu'il est des moments où le vice, absorbé devant elle, est contraint à s'humilier, se confondre, demander grâce et disparaître... Mais sont-ce des vices chéris qui peuvent fléchir de cette manière... des vices nourris depuis autant d'années ? Non... peut-être céderait ainsi la fougue de la jeunesse ou l'erreur du moment, mais jamais le crime vieilli et soutenu par des idées ; le plus grand malheur de l'homme est d'étayer ses travers de ses systèmes ; une fois qu'il s'en est formé d'assez sûrs pour légitimer sa conduite, tout ce qui la condamnerait dans le cœur d'un autre, la fixe à jamais dans le sien. Voilà ce qui rend les torts des jeunes gens de peu d'importance ; ils n'ont fait que choquer leurs maximes, ils y reviennent ; mais ce n'est que par réflexion que pèche l'homme mûr, ses fautes émanent de sa philosophie, elle les fomente, elle les nourrit en lui, et s'étant créé des principes sur les débris de la morale de son enfance, ce sont dans ces principes invariables qu'il trouve les lois de sa dépravation [141].

Quoi qu'il en soit, tout est tranquille : nous avons au moins jusqu'à l'hiver, a dit Mme de Blamont, le lot de l'infortune est de jouir du présent, sans s'inquiéter de l'avenir, et quels moments seraient pour elle, si, à côté des tourments qui l'accablent sans cesse, elle n'avait au moins pour jouissances celles que lui laisse l'illusion ?

« Ce que nous appelons le bonheur, nous autres malheureux, me disait-elle hier, n'est que l'absence de la douleur ; quelque triste que soit cette misérable situation, que nos amis nous la laissent goûter. »

Quant à Sophie, elle a toujours ses mêmes droits, jusqu'à l'éclaircissement, fondés ou non ; il serait trop dur de les lui ravir, et la cruauté ne peut naître dans une âme comme celle de notre amie. Si quelque chose pourtant trouble un peu cette respectable femme, c'est le silence affecté qu'on a gardé sur toi... est-il naturel ? un des motifs du voyage n'est-il pas au contraire de s'informer si tu n'as point paru ? Quelques questions faites dans la maison, et qu'on nous a rendues sur-le-champ, prouvent que ces éclaircissements entraient dans leurs vues. Pourquoi donc s'est-on tu devant nous ? pourquoi même, à l'époque du raccommodement, n'en pas être ouvertement convenus ? Ne voilà-t-il pas du louche dans la conduite du président ? Nous sommes sûrs d'ailleurs qu'il a tenu jusqu'au dernier instant au désir de ravoir Sophie : on l'a cherchée dans le château ; on a tâché de s'introduire dans la chambre où l'on la soupçonnait renfermée ; un homme adroit du président a été aux aguets tout le jour qui a précédé celui de leur départ ; voilà donc encore du mystère dans les démarches de cet époux qui paraît repentant. Mme de Blamont sait tout cela ; elle dit que le désir de ravoir Sophie, si effectivement elle n'est pas sa fille, est indépendant de ce qui concerne Aline et elle ; qu'il est tout simple, si Sophie ne lui est rien, qu'il veuille se venger d'une créature qui, selon lui, a tant de torts ; sans que cela prouve qu'il veuille affliger sa femme et faire le malheur de sa fille... Je n'ose rien répliquer, mais je n'en réfléchis pas moins ; je n'en redoute pas moins que tout ceci ne soit qu'une léthargie, dont le réveil sera peut-être terrible... Adieu, fais comme moi, écris, console, et ne trouble rien, à moins que les éclaircissements ne t'y forcent ; tout dépend des lumières que nous attendons de toi... Mais si cet homme perfide a été assez adroit pour allier le mensonge à la vérité... pour donner à l'une toute l'apparence de l'autre... s'il veut tromper ces deux respectables femmes... s'il veut les rendre éternellement malheureuses ! Oh ! mon ami, je dirai alors que le ciel est injuste ; car il ne créa jamais des êtres auxquels il dût autant de bonheur ; jamais deux créatures qui le méritassent aussi bien, si cette manière d'exister est l'apanage de ceux qui sont vertueux et sensibles, si elle est due à ceux qui savent si bien la répandre sur tout ce qui les environne.

LETTRE XXIV

Valcour à Déterville

Paris, ce 22 septembre.

Je reçus le quatorze, mon cher Déterville, la lettre où tu me recommandais les démarches du Pré-Saint-Gervais, et quelles qu'aient été mes diligences, ce ne fut pourtant qu'hier qu'il me devint possible de réussir. Ô mon ami ! quelle intéressante étude nous fournit, chaque jour, le cœur de l'homme ! et comment nier l'influence de la divinité sur lui, quand on voit avec quelle fatalité celui qui tend des pièges s'y prend presque toujours le premier, et comme le vice, toujours en opposition avec lui-même, se perce avec les traits dont il veut frapper la vertu ? Le président est coupable dans le cœur, et ne l'est pas dans le fait ; il en impose odieusement à sa femme ; il la trompe avec la plus insigne fausseté, et pourtant il ne lui ment pas. Daigne me lire avec attention, et mon énigme va se développer*.

Je me transportai, le quinze, au village indiqué, et étant descendu dans une auberge, je demandai historiquement, si le curé était un honnête garçon, s'il était aimé de ses paroissiens, si c'était un individu sociable.

« C'est un homme intègre, m'assure-t-on, vieux, et depuis vingt-cinq ans en possession de sa cure. Si vous avez affaire à lui vous en serez content.

— Oui, vraiment, dis-je à celui qui me parlait ; j'ai quelque chose à communiquer à ce pasteur ; et puisque vous êtes assez officieux pour m'instruire, soyez-le encore assez, je vous prie, pour aller lui demander si un honnête bourgeois de Paris ne l'incommoderait pas en lui demandant une audience... »

Mon homme partit et la réponse fut une invitation de me rendre au presbytère, où je trouvai un ecclésiastique de plus de soixante ans, d'une figure douce et prévenante, qui me demanda, le premier, comment il se trouvait assez heureux pour m'être bon à quelque chose. J'expliquai ma commission... Nous fouillâmes les registres, nous trouvâmes la mort que nous cherchions, aussi bien constatée qu'elle pouvait l'être, et toutes les preuves d'un service fait dans la paroisse, le 15 août 1762, à Claire de Blamont, fille légitime de M. et de Mme la présidente de Blamont, demeurant rue Saint-Louis, au Marais [142].

« Eh bien, monsieur, dis-je au curé en le fixant, pour ne

---

* Cette recommandation s'adresse au lecteur ; il lui deviendra impossible d'entendre la suite, s'il ne porte pas à cette lettre l'attention la plus exacte, et s'il ne se la rappelle pas jusqu'au dénouement, et principalement à la cinquante et unième lettre, quand il y sera.

rien perdre des mouvements de sa physionomie, cette Claire de Blamont que vous avez enterrée le 15 août 1762, aujourd'hui 15 septembre 1778, se porte mieux que vous et moi... »

Ici notre homme frémit et recule... un instant je le crus coupable, mais les suites me convainquirent bientôt de mon erreur.

« Ce que vous me dites est bien difficile à croire, monsieur, me répondit le curé, il faut approfondir... cela en vaut la peine ; mais trouvez bon que je m'informe avant : à qui ai-je l'avantage de parler ?

— À un honnête homme, monsieur, répondis-je avec douceur, ce titre ne suffit-il pas pour éclaircir une trahison ?

— Mais ceci peut devenir matière à un procès, et je dois savoir...

— Point de procès, monsieur, il s'en faut bien que ce soit vous que l'on soupçonne ; l'intention est de traiter tout à l'amiable, et vous pouvez recevoir ma parole, que rien de ce qui va se faire ne nous passera. Je suis l'ami de Mme de Blamont ; c'est de sa part que je viens vous trouver ; je puis donc vous répondre, et du mystère où tout ceci restera, et de l'extrême éloignement qu'on a de plaider.

— Mais si cette Claire existe, comme vous me l'assurez, où est-elle actuellement ?

— Dans les bras de sa mère. Il ne s'agit que de vérifier une supercherie de nourrice, et d'en approfondir mystérieusement les raisons ; pour parer à de tels désordres dans la suite, tout vous y engage ; le ministre de Dieu doit, non seulement écouter l'aveu du crime, mais il doit même en prévenir l'action. »

Notre homme, en s'asseyant, tomba ici dans quelques réflexions ; je l'y laissai deux ou trois minutes, et lui demandai enfin à quoi il paraissait se résoudre.

« À ouvrir la tombe, monsieur, me dit-il, en se relevant... à chercher là les premières preuves de la fraude, avant que de nous décider à rien.

— Bien vu, lui dis-je, fermez tout, qu'il n'y ait que le fossoyeur et nous à cette expédition, je vous le répète, le secret est essentiel... »

Le fossoyeur arrive, on ferme l'église, et nous voilà à l'ouvrage. L'endroit était mentionné sur les registres ; il y avait d'ailleurs une inscription sur le cercueil ; nous ne nous trompâmes point [143]. On enlève un petit coffret de plomb où devait être déposé le corps de Claire : et l'examen des ossements fait avec la plus extrême exactitude, nous offre les débris d'un chien, dont la tête encore conservée prouve la fraude évidemment. Le curé tressaillit : se remettant néanmoins tout de suite, et reprenant le flegme d'un honnête homme qu'on a dupé, mais qui est incapable d'avoir eu part à une telle ruse, il me proposa de faire jeter ces restes d'animaux. Je m'y opposai, et l'ayant convaincu de la nécessité de tout rétablir, dès que nous agissions en secret [144], nous y travaillâmes sur-le-champ. On remit la caisse à sa place ; il imposa silence à son homme, et nous rentrâmes au presbytère.

« Monsieur, me dit le curé au bout d'un instant, quoi que vous en puissiez dire, je pourrais passer pour coupable dans cette aventure-ci ; ma justification devient essentielle.

— Nullement, répondis-je, nous connaissons les malfaiteurs ; il s'en faut bien que vous soyez soupçonné, je vous le confirme encore. »

Et je lui dis alors que la nourrice et le père étaient les seuls auteurs de la supposition : que le second niait, et qu'il s'agissait d'interroger la nourrice.

« Son nom ?

— Claudine Dupuis.

— Claudine ? elle est pleine de vie ; elle loge ici près, nous saurons tout.

— Envoyez-la prendre, monsieur, que la douceur et l'aménité règnent dans les questions que nous allons lui faire, et que le plus inviolable silence les enveloppe. »

Claudine arriva ; c'était une grosse paysanne très fraîche, d'environ quarante ans, et veuve depuis quatre.

« Qui y a ti, monseu le curé ? dit-elle gaiement.

LE CURÉ. — Asseyez-vous, Claudine, nous avons quelques questions sérieuses à vous faire, et dont les réponses si elles sont justes, pourront vous valoir une récompense.

CLAUDINE. — Eune racompense, tamieu, tamieu, jons ben besoin d'argent ; ah ! qu'on a raison eddir q'eune maison où gnia pu d'homme, es zun cor sans âme ; jarni, adpui quel mian zé mort, jen fson pu rian.

LE CURÉ. — Vous rappelez-vous, Claudine, d'avoir nourri trois semaines, il y a seize ans, une petite fille nommée Claire, appartenant à M. le président de Blamont ?

CLAUDINE. — Oui-da, j'men souvian, a mouru d'coliques, la pau enfant ; al était gentille comme tout, pardiu, on vous paya un service comm'si c'eût été l'enfant d'un prince, et vous l'enterrâtes là dans vot aglise, tout fin dret dla chapelle dla Viarge, y m'en souvient comme d'hier.

LE CURÉ. — Savez-vous ce qu'on dit, Claudine ?

CLAUDINE. — É qué qu'on dit, monseu l'curé ?

LE CURÉ. — On prétend que cette enfant-là n'est pas morte.

CLAUDINE. — Pardine, y s'peui bin qu'a soit rasucitée ; Not Seigneur l'a bin été, n'gnia rien d'impossible à Dieu.

LE CURÉ.— Non, ce n'est pas là ce que je veux dire ; on vous soupçonne de quelque supercherie.

CLAUDINE. — Moi ? eh queuqu' j'aurions donc gagné à cela, mais voyais donc un peu c'q'c'est q'les mauvaises langues ! n'me serais-je pas fait tort à moi-même, en fsant c'q'vous dit'là ?

LE CURÉ. — Mais si vous en aviez été bien payée ?

CLAUDINE. — Eh q'non, eh q'non, j'en mangeons pas d'ce pain-là, ah pardine, oui, et pis, s'faire pande après [145]. »

Je te supprime ici le reste du dialogue, quoique très long encore. Le fait est que Claudine n'avoua rien dans cette première visite ; et que tout ce que nous pûmes obtenir d'elle, ne voulant point encore la convaincre par les faits, fut de se retirer sans colère et surtout avec la promesse de ne rien dire de ce qui venait de se passer.

« Partez, monsieur, me dit le curé, dès qu'elle fut sortie, je vous réponds de tout approfondir avec cette femme. Il faut que je la voie seule, votre présence la gêne. Laissez-moi une adresse, et vous vous rendrez ici pour recevoir ses dernières réponses. »

Reconnaissant dans cet homme, et de la sincérité et l'envie de m'obliger, je consentis à ses arrangements, lui laissai l'adresse d'un ami, et m'en revins attendre de ses nouvelles, avec la ferme résolution de pousser vivement l'affaire, s'il ne m'écrivait pas bientôt.

Le cinquième jour je commençais à m'impatienter, lorsque mon ami m'envoya une lettre qu'il venait de recevoir pour moi, par laquelle le curé m'invitait à venir dîner chez lui le lendemain, pour y apprendre, de la bouche même de Claudine, des événements très extraordinaires, et que j'étais bien loin de soupçonner.

« Ce n'est pas sans peine, me dit cet honnête homme, dès qu'il m'aperçut, ce n'est pas sans promesse, et même sans un peu de rigueur, que je suis parvenu à tout découvrir ; mais, enfin, nous tenons le secret, et vous allez en être instruit.

— Monsieur, répondis-je, vos engagements seront remplis ; toutes les récompenses que vous avez pu promettre seront acquittées ; mais quelque mystérieuses que doivent être nos opérations, quelque certitude que je puisse vous donner qu'une telle cause ne sera jamais jugée, il faut pourtant qu'à tout événement les plus sages précautions soient prises ; ainsi jetez les yeux sur deux de vos paroissiens, gens notables, discrets et bien famés, que nous placerons, si vous le voulez bien, près du lieu où nous allons entendre Claudine, afin qu'ils puissent certifier ses aveux au besoin.

— Je n'y vois point d'inconvénient », me dit le curé, et dans l'instant il envoya prendre deux fermiers, dont il était sûr, leur fit jurer le secret et les cacha derrière un rideau de l'autre côté duquel fut placée la chaise destinée à Claudine ; elle arriva, et le pasteur l'ayant engagée à répéter les mêmes choses qu'elle lui avait dites, elle convint devant moi des trois faits suivants :

1° Que M. de Blamont s'était transporté chez elle le 13 août, surveille de la prétendue mort de Claire, et lui avait dit qu'il destinait à cette fille un sort des plus avantageux ; mais qu'il avait affaire à une femme pie-grièche [146], qui se déclarait contre l'établissement qu'il projetait pour son enfant, parce qu'il s'agissait d'aller aux Indes ; que ne voulant, ni faire perdre à sa fille le riche mariage qu'il lui destinait, ni heurter de front les volontés de sa femme, il avait imaginé de faire passer cette petite fille pour morte, de l'élever secrètement loin de Paris, et de ne déclarer la fraude à sa femme que quand la jeune personne serait mariée ; mais que le consentement de la nourrice était nécessaire à la réussite de son projet ; qu'il lui demandait donc avec instance de ne pas s'opposer à une légère ruse, dont il ne devait résulter qu'un bien ; que, elle, ne voyant rien à cela contre sa conscience, avait consenti à répandre le faux bruit de la mort de cette Claire, moyennant que le président la dédommagerait, ce qu'il avait fait sur-le-champ, par un présent de cinquante louis, et que dès le lendemain elle avait tout préparé pour le succès de la feinte.

2° Qu'ayant mûrement réfléchi, toute la journée du quatorze, au sort heureux dont le président lui avait dit que devait jouir la petite Claire, et sa fille à elle, Claudine, se trouvant d'une ressemblance très singulière avec celle du président, elle avait imaginé de mettre l'une à la place de l'autre, afin de faire le bonheur de sa fille ; qu'en conséquence de cette résolution, elle avait préparé les deux ruses à la fois : qu'elle avait mis sa petite fille dans le berceau de Claire ; qu'elle avait envoyé Claire comme son enfant chez une de ses voisines, en prétextant que le mauvais air [147] était dans la maison, et qu'elle n'y voulait pas exposer sa fille ; que cette première scène arrangée, elle s'était occupée de l'autre ; qu'elle avait publié la maladie de la fille de M. de Blamont, et peu après, sa mort ; qu'elle avait mis le cadavre d'un chien dans la boîte de plomb devant le président même, accouru de Paris sur la nouvelle de la maladie de sa fille ; que le service s'était fait, en conséquence, à la paroisse, et que M. de Blamont, trompé comme il avait voulu tromper les autres, avait emmené dès le soir même la fille de Claudine au lieu de la sienne.

3° Que, se trouvant encore tout son lait, elle avait sollicité des nourritures, et que huit jours après l'événement, dont il vient d'être question, Mme la comtesse de Kerneuil, venue de Bretagne à Paris pour recueillir une succession essentielle où sa présence était plus nécessaire que celle de son mari, était accouchée d'une fille presque en arrivant. Que cette fille confiée aux soins de l'accoucheur, qui protégeait Claudine, avait été conduite dès le lendemain chez cette Claudine, pour y être nourrie avec le plus grand soin. Cette enfant établie au Pré-Saint-Gervais y avait reçu une seule fois la visite de sa mère ; laquelle obligée de repartir fort vite pour Rennes, avait vivement recommandé sa fille à Claudine, assurant qu'elle enverrait, sans faute, une voiture et une femme à elle, reprendre cette petite dans deux ans, avec une forte récompense à la nourrice. Mais qu'au bout de trois mois cette petite fille nommée Élisabeth était morte, et qu'elle, Claudine, pour ne pas manquer la récompense promise, très peu attachée à la petite Claire qui lui restait du président de Blamont, elle avait fait une nouvelle fourberie, quand la femme de Mme la comtesse de Kerneuil était venue ; qu'alors elle avait mis Claire à la place d'Élisabeth, et avait publié que c'était sa fille qu'elle avait perdue ; qu'elle avait soutenu cette fraude essentielle au maintien des autres, envers le curé même, à qui elle avait fait enterrer Élisabeth de Kerneuil, sous le nom de sa fille.

Ces expositions, comme tu le vois, mon cher Déterville, établissent donc l'existence, présente ou passée, de trois enfants : 1° Claire de Blamont, crue morte, et réellement mise à la place d'Élisabeth de Kerneuil, devant exister à Rennes aujourd'hui sous ce nom. Voilà où est la fille de Mme de Blamont.

2° Jeanne Dupuis, fille de Claudine, enlevée par le président, élevée à Berseuil sous le nom de Sophie, existante maintenant à Vertfeuille.

3° Et, enfin, Élisabeth de Kerneuil, très effectivement morte à trois mois chez Claudine, et enterrée dans la paroisse du Pré-Saint-Gervais, sous le nom de la fille de Claudine... de cette fille déjà cédée par elle au président, et n'existant que fictivement chez elle dans Claire de Blamont, donnée ensuite à Mme de Kerneuil [148].

Telles sont les fraudes et les suppositions de cette malhonnête créature ; mais comme nous devions user de finesse, nous avons eu l'air de rire de ses atrocités, et nous l'avons congédiée avec dix louis, après lui avoir fait signer ses aveux et le serment sur l'Évangile qu'elle n'en imposait en rien ; les témoins ont signé de même. Je t'envoie les originaux de ces actes, et tout étant fini, nous nous sommes juré mutuellement le mystère, ne nous réservant d'établir juridiquement nos preuves, que si le cas le requérait.

Le curé voulait que j'écrivisse à Mme de Kerneuil.

« C'est l'affaire de Mme de Blamont, ai-je dit ; je vais l'instruire, elle agira comme elle le jugera à propos : notre rôle à nous, est de soutenir au besoin tout ce que nous savons, et de ne rien réveiller. »

Il s'est rendu à mes raisons, et nous nous sommes quittés.

L'impossibilité où je suis maintenant de donner des conseils à Mme de Blamont, dans ce flux et reflux d'événements prodigieux, m'engage à taire mes réflexions ; mais j'oserai pourtant lui dire qu'elle doit continuer d'écouter sa pitié et son cœur dans ce qui regarde la malheureuse Sophie, avec les précautions très essentielles de ne la rendre ni au président ni à sa mère : deux êtres qui ne feraient assurément pas son bonheur. À l'égard de Claire, la réclamer, l'enlever à Mme de Kerneuil, auprès de laquelle elle est sans doute fort heureuse, et cela pour la rendre à un père qui dès le berceau avait conspiré contre elle, serait-ce travailler à sa félicité ? Mme de Blamont doit, ce me semble, s'informer seulement du sort de cette fille, et si ce sort est tel qu'il doit l'être, cette jeune personne, appartenant à une femme titrée, établie dans la capitale d'une grande province, il faut l'en laisser jouir, quelque sacrifice qu'il en coûte au cœur de notre amie ; parce qu'en plaidant elle gagnerait sans doute ; mais toute riche qu'elle est, donnerait-elle à cette cadette le sort qu'elle lui ferait perdre en qualité d'héritière unique de la maison de Kerneuil, titre certifié par Claudine ?... Non, en vérité, elle ne la dédommagerait point. Qu'elle combine donc et agisse d'après cela, ayant toujours devant les yeux le danger extrême de remettre cette fille entre les mains de son mari. Pèse ces raisons, Déterville : je sens bien qu'il y a une espèce de fraude malhonnête à laisser subsister celle de la nourrice, que c'est frustrer les véritables héritiers de Mme de Kerneuil, et prendre par conséquent un parti blâmable. Mais en adoptant l'autre, que de nouveaux crimes à redouter ! Est-il donc contre la conscience de l'honnête homme de prendre entre deux maux certains, celui qui lui paraît le moins dangereux ? Pour quant au président, tu vois, mon ami, que le crime n'en est pas moins dans son âme, et que s'il ne l'a pas commis, c'est qu'il a trouvé des entraves par le crime opposé de la Claudine ; comme si c'était une des lois du sort, que de petits forfaits dussent toujours arrêter l'effet des plus grands !... Vérité terrible qui nous fait voir l'affreuse nécessité du mal sur la terre ; qui nous démontre que ce n'est que par de légers maux que les plus grands se suspendent ; ainsi que de certains insectes qui nous gênent et dont néanmoins l'utile existence nous empêche d'être incommodés par de plus venimeux.

Quoi qu'il en soit, quelle horreur de noircir cette malheureuse Sophie, par des accusations graves, pour lui enlever jusqu'aux généreux soins de sa protectrice ! On cherche toujours à rendre odieux ceux qu'on maltraite mal à propos, afin d'apaiser ses remords, et de légitimer ses injustices... Mais ces deux fourbes ne se contentent pas d'un mensonge, ils y joignent la plus insigne calomnie... Quelle apparence que cette fille honnête, sensible et douce, quelle que puisse être sa naissance, soit coupable de ce dont on l'accuse ?... La Dubois, dont les aveux paraissent si vrais, et qui ne s'est tue que sur ce qu'il était impossible qu'elle eût appris, n'a rien dit qui ressemblât à cela ; vois comme la méchanceté s'alimente par ses propres effets ; plus on lui donne, plus elle exige, et chaque frein qu'on lui laisse briser n'accroît que davantage l'ardent désir qu'elle a d'en rompre de nouveaux.

Je suis persuadé, mon ami, que le vice peut conduire l'homme à un tel point de dépravation, qu'il doit devenir comme impossible à celui qui le nourrit en soi de concevoir même l'idée de la vertu ; dès lors, ou sa vie lui paraît fastidieuse, ou il faut qu'il en empoisonne chaque minute par ce venin qui le gangrène ; arrivé là, il ne se contente plus de faire simplement le mal, il veut même ne jamais faire le bien, et son cœur abreuvé d'une perversité d'habitude, éprouve, aux impressions da la vertu, la même sorte de douleur que ressent l'âme du juste à la seule idée du forfait. Et quel est le premier vice qui nous entraîne à tous ceux-là ?... Le libertinage... n'en doutons point, il est inouï ce qu'il éteint, ce qu'il détériore, ce qu'il envenime ; inexprimable à quel degré il relâche les ressorts de l'âme... blase la conscience en la contraignant à métamorphoser en plaisirs les retours fâcheux de ses erreurs ; et voilà sans doute ce que cette passion a de plus dangereux qu'aucune de celles qui dévorent l'homme, puisque le souvenir des actions où les autres le portent sont des remords cuisants, d'affreuses jouissances dans celles-ci.

Le président est donc aussi coupable qu'il peut l'être ; je le dis à regret, j'arrache avec douleur le bandeau des yeux de notre amie, mais son époux la trompe indignement ; il dit que Sophie n'est pas sa fille, et assurément il doit être persuadé qu'elle l'est ; tout convaincu qu'il en doit être, il la désire, il veut la ravoir ; et pourquoi, si ce n'est pas pour se venger de ce que le hasard a donné pour asile, à cette malheureuse, la maison de sa femme ? Que Mme de Blamont ne doute pas qu'il ne tente tout pour la sortir de chez elle, et qu'elle écoute son cœur dans les moyens nécessaires à prendre pour s'opposer à ce nouveau forfait.

Quel tableau, mon ami, que celui de la douce et vertueuse Aline, entre les mains de ces deux débauchés ! j'ai cru voir Suzanne surprise au bain par les vieillards... Le voile de la pudeur arraché par un père... Conçois-tu cette atrocité ? t'imagines-tu que ses infâmes désirs ne s'allumaient pas à cette immodestie ? Ah ! pardonne mes craintes ; mais quelque motif qui l'ait pu retenir avec Sophie, maîtresse de son ami et crue sa fille, crois qu'aucun ne l'arrêterait ici, et que l'épouse de Dolbourg serait bientôt la victime de la flamme incestueuse de Blamont.

Ô mon cher Déterville ! empêchons ces horreurs ; il me semble que depuis ce trait odieux, ma délicatesse est moins grande sur ce qui concerne cet homme ; je le poursuivrai partout s'il le faut ; je démêlerai jusqu'au plus secret repli de sa conscience ; l'enlèvement de cette Augustine me paraît encore une de leurs infernales machinations. Crois-tu que ce soit le simple plaisir de corrompre une fille qui leur ait fait commettre cette horreur ? eux qui savourent trois cents fois l'an les indignes plaisirs de ces séductions, eux qui... Je gage que ceci tient à autre chose ; ne perdons pas cette fille de vue.

Quelques remords qu'ait affichés le président, sois bien certain que ses promesses ne sont que les fruits de sa confusion ; ce mouvement sort l'âme de ses tons ordinaires, il la tient longtemps énervée ; cependant je crois aux délais, c'est l'instant de la réunion que j'appréhende !

Tout ceci ne fortifie pas les droits de Mme de Blamont, si on est obligé de plaider ; le président a voulu faire une mauvaise action, sans doute, en projetant d'enlever sa fille ; mais l'action n'a pas eu lieu, et Sophie se trouvant réellement fille de Claudine, il soutiendra qu'il le savait, qu'il ne l'aurait pas enlevée sans cela ; et Claudine, que décide un peu d'or, se remettra facilement de son parti. Il est certain que nous avons une preuve des mauvaises intentions de cet homme, il a voulu faire passer Claire pour morte ; tout cela est bien prouvé, et peut l'être juridiquement, lorsque nous le voudrons ; mais ce ne sont pas là des armes triomphantes, ce ne sont pas là des choses dont il ne puisse se défendre au besoin, qu'il ne puisse nier même, dès qu'il le voudra. Peut-être eût-il mieux valu que Sophie se fût trouvée sa fille : les droits de Mme de Blamont, contre ce perfide époux, devenaient d'une bien autre force ; mais qu'a-t-il fait ici ? un crime conçu, je l'avoue, mais rendu nul par les événements ; il n'a livré à son ami qu'une paysanne, et comment Mme de Blamont se défendra-t-elle, quand il l'accusera d'avoir séduit cette créature et de l'avoir recueillie chez elle pour se procurer un moyen malhonnête de le priver de l'autorité qu'il a sur sa fille aînée ? Tout le reste du roman ne fait rien à notre affaire ; si Claire est aujourd'hui réputée fille de Mme de Kerneuil, ce n'est plus sa faute, c'est celle de Claudine : il a donné par ses démarches le premier mouvement d'action à cette faute, j'en conviens ; mais il ne l'a pas commise, et cela ne l'empêchera pas d'obtenir de marier sa fille à son gré. Tu vois comme moi, sur tout ceci, et tous les deux peut-être voyons-nous trop en noir ; ah ! tu le sais, mon cher, l'amour et l'amitié s'alarment aisément, ce dernier sentiment est la source de ta crainte ; l'autre fomente les miennes. N'abandonne point, je t'en conjure, cette malheureuse mère ; je craindrais la solitude pour elle ; son âme, encouragée par les conseils, fortifiée par le charme de la belle société de ta belle-mère et de ta femme, succombera moins à ses tourments, que si elle était livrée à elle-même. Adieu, je ne puis résister au plaisir d'écrire un mot à ma chère Aline, et je vais le placer dans ta lettre.

LETTRE XXV

Valcour à Aline

Paris, ce 22 septembre.

Je vous ai plainte, Aline, vous m'êtes devenue plus chère encore pendant vos souffrances ! Il faut aimer comme je le fais pour sentir ce que j'ai éprouvé. Juste ciel ! celui qui, par état, doit être le gardien de la vertu de sa fille, en devient donc le corrupteur ? où ne conduisent pas les désordres d'une tête égarée, et d'un cœur sans principes !... Ils triomphaient, les monstres, pendant que triste, abandonné, en proie aux plus cuisantes inquiétudes, la seule pensée du bonheur qu'ils arrachaient n'eût osé seulement pénétrer mon esprit... Aline, pardonnez-moi une question... On ne se peint point les tendres sollicitudes de l'amour malheureux ; on n'imagine point où va sa curiosité... Mais dans ce mouvement qui vous a fait fuir, entrait-il un peu d'amour à côté de la décence ? étiez-vous aussi fâchée de l'insulte à la pudeur, que de l'outrage fait à l'amant ? L'un vous rend bien respectable à mes yeux ; mais combien l'autre vous y rendrait plus adorable encore ! et peut-être en l'état cruel où je suis, préférerais-je vous voir une vertu de moins, pour un degré d'amour de plus. Mais où se perd mon imagination ? Ne sont-ce pas ces vertus que j'aime ? et l'idole de mon cœur est-elle autre chose que la réunion de toutes les vertus ? Ah ! fuyez, Aline, fuyez toujours le crime quand il vous poursuivra ; que ce soit amour ou sagesse, ne le laissez jamais approcher de vous ; il ne peut vous atteindre, sans doute, mais qu'il n'ose même vous approcher ; imposez-lui par vos regards, contraignez-le par vos discours, éloignez-le par vos vertus, et que son existence soit impossible, dans tous les lieux que vous embellissez.

Je vous enlève une sœur, Aline, une sœur déjà votre compagne, pour vous en rendre une à deux cents lieues de vous, que vous ne verrez peut-être de votre vie. Mais si la malheureuse Sophie ne vous appartient plus par les liens de la nature, que ceux de la pitié vous la rendent toujours chère ; plus elle retombe dans l'infortune, plus vous lui devez vos soins. La nécessité où vous allez être de vous en séparer vous fera peut-être venir l'idée de la rendre à sa mère ; ne lui désirez point un tel sort ; gardez-vous de la lui donner, elle achèverait de se corrompre. C'est par un motif excusable, sans doute, que Claudine a voulu l'éloigner d'elle ; elle croyait, au moyen de cette fourberie, faire passer à cette fille la fortune immense que votre père assurait devoir appartenir un jour à la sienne. Mais Claudine ne s'est pas tenue là ; elle est visiblement coupable d'une autre supercherie qui dévoile la bassesse de son âme ; elle est de plus très intéressée ; voyant ses projets évanouis, peut-être par des voies moins honnêtes, chercherait-elle à faire retrouver à sa fille la fortune que n'a pu lui procurer sa première fraude. Le village qu'elle habite est un de ces asiles empestés [149], où la débauche de la capitale vient se couvrir des ombres du mystère ; ne l'y envoyez point. Je vous réponds qu'elle n'y serait pas longtemps en sûreté. Les engagements pris avec Isabeau ont des écueils, Déterville les a sentis : ce sera là où le président fera ses premières recherches, s'il persiste, comme il paraît, dans l'extrême envie de l'avoir. Voyez donc, avec votre aimable mère, ce qu'il y aura de mieux pour cette infortunée, et donnez-moi vos ordres, si vous croyez que dans tout ceci je puisse vous être utile. Cependant vous voilà tranquille jusqu'à la fin du voyage ; je l'imagine au moins ; permettez que je vous invite à mettre cet intervalle à profit, pour faire usage de vos jolis talents ; quel que soit l'état que le sort vous destine, vous les retrouverez sans cesse ; ils épanouiront la fleur de vos beaux jours, si le ciel, comme je l'espère, vous en accorde après tant de malheurs ; ils calmeront vos ennuis, si, par une affreuse fatalité, les épines doivent éternellement naître sous vos pas. Vous devez donc les cultiver dans toutes les circonstances ; je n'en vois qu'une où peut-être ils seraient inutiles, celle où destinés l'un à l'autre, il ne pourrait exister d'instant où nous eussions besoin de nous distraire des sentiments que nous éprouverions.

Pardon des légères craintes qui s'aperçoivent encore dans ma lettre ; je les relis avec peine, et n'ose les effacer ; qu'elles ne vous effrayent pourtant point ; ne les attribuez qu'à l'état de mon âme ; ne frémit-on pas toujours pour ce qu'on aime ?

LETTRE XXVI

Le président de Blamont à Dolbourg

Paris, ce 26 septembre.

Non, ne te mêle pas d'éduquer cette fille ; fais-en ce que tu voudras d'ailleurs, mais ne laisse qu'à moi le soin de la conduire... C'est un trésor que cette charmante Augustine... Il y a là tout ce qu'il faut pour réussir ; ne t'en inquiète pas, je t'en conjure, tout est perdu si tu t'en charges ; tu n'entends rien au grand art d'échauffer une jeune tête [150]. Cette science sublime [151] qui nous rend maître des ressorts de l'âme par l'influence des passions, qui nous enseigne à mouvoir tour à tour celle qui doit produire un effet désiré ; cette étude savante du cœur humain qui, nous en développant les plis les plus secrets, nous montre en même temps sur quelle touche il est bon d'appuyer [152] ; les différents usages qu'on doit faire de la louange et de la flatterie ; l'indulgence qu'il faut avoir encore pour de certains préjugés ; le genre de ceux qui ne nuisent pas ; l'espèce de ceux essentiels à déraciner ; les nouvelles lumières qu'il faut jeter sur tous les objets ; la philosophie qu'il faut répandre ; la sorte de délicatesse bonne à mettre en œuvre à raison de l'âge, du sexe ou de l'éducation du sujet que l'on veut corrompre ; jusqu'à quel point on peut s'aider du physique ; la manière de manier l'orgueil, de profiter des faiblesses trouvées, de les étendre ou de les changer de but ; la façon d'étouffer les remords, de les remplacer par des sensations douces, d'employer enfin au vice qu'on désire, jusqu'aux vertus que l'on découvre ; toutes ces profondes subtilités du grand secret de la séduction, sont en un mot ignorées de toi. Ne t'en mêle donc pas, mon ami, laisse-moi faire et je réussirai.

Il y a ici quelque chose de bien singulier, c'est que, de la science d'interroger juridiquement, naît celle de séduire criminellement ; car, que sont nos interrogatoires captieux [153] ? que sont-ils autre chose que des subornations et des séductions épouvantables ?

Ainsi voilà donc un de ces cas plaisants, où l'art de la vertu d'éclat qui nous élève et nous fait respecter, conduit à l'art du crime secret qui nous dégrade et qui nous avilit. Sont-ce les extrémités qui se rapprochent ?... Non, ce sont les hommes qui se dépravent ; ce sont les abus de la civilisation... de cette civilisation si vantée, qui ramène l'homme à l'état de la bête, bien plutôt qu'elle ne l'en tire, qui le courbe, qui l'asservit sous le joug pesant de l'oppresseur, en faisant adroitement passer à celui-ci toute la somme de félicité dont il prive l'autre, au nom de Farinacius, de Jousse et de Cujas* [155]... Qu'importe, profitons-en et taisons-nous ; quand le chameau baisse les reins et s'agenouille, le voyageur monte dessus et le

* Imbéciles cuistres, ou plutôt espèce de démoniaques qui ont passé leur triste et malheureuse vie à prouver à d'autres pédants en combien de manières différentes on pouvait se permettre de se défaire de ses semblables, et qui ont tranquillisé la conscience de ces pédants, sur la foule d'atrocités juridiques qu'ils commettent, par un million de sophismes, plus diffus, plus absurdes les uns que les autres. Le démoniaque Jousse, par exemple, l'un des plus fameux de la bande, a prouvé invinciblement, que moins il y avait de preuves pour condamner un homme à mort, plus il était certain que cet homme la méritait. — Je le demande, quel est le plus coupable envers l'humanité, ou de Cartouche [154], ou d'un insigne coquin, capable d'écrire des horreurs aussi dangereuses, et qui viennent d'être depuis quelque temps si criminellement exécutées ?

gouverne, sans s'aviser de calculer ses forces, il ne s'étonne que de l'ineptie de l'animal qui ne sait pas connaître les siennes. Mais revenons.

À toutes les armes indiquées ci-dessus, je joindrai, comme tu sens bien, le mobile puissant de l'intérêt, véhicule certain sur ces êtres subalternes, qui ne concevant jamais le crime en grand, ne consentent à risquer l'échafaud que dans l'espoir d'une fortune. Pour la demoiselle Sophie, j'avoue qu'elle m'échauffe la tête : aller chercher une retraite chez ma femme... et cette respectable épouse ne pas m'avertir aussitôt ; s'étayer mystérieusement pour me tenir en bride...

Eh ! non, non, ma charmante ; ce n'est pas à vous à jouer au fin avec moi ; défendez-vous, et ne combattez pas, une seule de mes ruses ferait échouer, si j'en prenais la peine, toutes celles dont vous accoucheriez pendant dix ans.

Oh ! voilà des délits trop graves pour être pardonnés ; le bien-être de la société exige un exemple. J'ai à répondre de ma conduite à tout le corps des maris [156]... Je serais un homme flétri, rayé du tableau, comme disait Linguet [157], si je laissais de telles fredaines impunies... Heureuse faute ! Quelle source de délices je vais trouver dans votre punition ; chaque branche est une volupté... Tranquillise-toi donc, Dolbourg, je te le répète ; bois, mange... et dors ; je réfléchirai sur tes plaisirs, et sur notre tranquillité mutuelle : n'es-tu pas trop heureux d'avoir un second tel que moi, un ami qui ne te laisse d'autres soins que celui de cueillir les fruits de tous les forfaits dont il veut bien se couvrir pour ton bonheur ? Il est vrai que je risque moins que toi, je l'avoue, afin de mettre ton cœur à l'aise, et de le dégager d'une partie de la vive reconnaissance qui le captiverait sans cela.

De la considération [158], mon ami, du crédit, de l'argent, une place, voilà tout ce qu'il faut pour faire ce qu'on veut... Je dis bien... une place... oui, une place à l'abri de laquelle on puisse se mettre, en cas de besoin... car dans les nôtres, par exemple, ce n'est pas de se bien conduire qu'on exige, il s'agit seulement d'y obliger les autres.

Pour peu qu'on ait fait rouer magistralement [159] une demi-douzaine de malheureux, on peut mériter de l'être vingt fois soi-même, si l'on veut, sans le plus petit danger ; et voilà ce qui fait que j'aime la France à la folie. Cette impunité qu'y promet un peu de considération, cette assurance de pouvoir tout faire avec un harnois noir [160], et la caricature [161] ampoulée, raide et rigoriste qu'il faut pour en imposer au vulgaire, est une des choses qui me fera toujours préférer notre bonne patrie, à ces maudits royaumes du nord, où notre crédit se perd, où nos prévarications se punissent, où les peuples éclairés par le flambeau de la philosophie, commencent à croire qu'ils peuvent se gouverner sans nous, et où ils s'avisent d'être heureux sans la peine de mort [162].

LETTRE XXVII

Madame de Blamont à Valcour

Vertfeuille, ce 28 septembre.

Que de variations ! que de choses ! il semble que le ciel ne m'ait donné un cœur sensible que pour l'éprouver par les plus rudes combats... Je serais bien plus heureuse si je ne sentais rien. Que je suis loin de croire à présent qu'une âme tendre soit un des plus beaux dons de la nature ! elle ne nous l'a donnée que pour notre tourment... Que dis-je ? et quel blasphème osai-je proférer ! N'est-ce pas une injustice à moi, que de prétendre à un bonheur sans mélange ? En existe-t-il sous le ciel ?... La chose du monde la plus simple est d'être née pour les revers. Ne sommes-nous pas ici-bas, comme des joueurs autour d'une table ?... La fortune favorise-t-elle tous ceux qui s'y trouvent ? Et de quel droit osent l'accuser ceux qui sèment leur or, au lieu d'en recueillir ? Il y a une somme à peu près égale de biens ou de maux, suspendue sur nos têtes, par la main de l'Éternel ; mais il est indifférent sur qui elle tombe ; je pouvais être heureuse comme je suis infortunée ; c'est l'affaire du hasard, et le plus grand de tous les torts est de se plaindre... Eh ! s'imagine-t-on d'ailleurs qu'il n'y ait pas quelque jouissance... même dans l'excès du malheur [163] ? À force d'aiguiser notre âme, il en augmente la sensibilité ; ses impressions sur elle, en développant d'une manière plus énergique toutes les manières de sentir, lui font éprouver des plaisirs inconnus à ces êtres froids, assez malheureux pour n'avoir jamais vécu que dans le calme et dans la prospérité ; il y a des larmes si douces dans nos situations ! Ces moments, mon ami, ces instants délicieux, où l'on fuit l'univers, où l'on s'enfonce dans un antre obscur, ou dans le plus épais d'un bois pour y pleurer tout à son aise... où l'on se replie sous tous les sens de son malheur, où l'on se rappelle tout ce qui l'aggrave, où l'on prévoit tout ce qui va l'accroître, où l'on s'en abreuve, où l'on s'en repaît... Ces tendres souvenirs des jours de notre enfance, où l'on ne les connaissait point encore, ces longues et pénibles réminiscences sur les divers événements qui nous y ont plongé, ces sombres craintes de les sentir nous accompagner jusqu'à la mort... de voir ouvrir notre cercueil par les mains livides de l'infortune... et près de tout cela, cet espoir si doux d'un Dieu consolateur, aux pieds duquel vont se sécher nos larmes, et commencer toutes nos joies... Quoi, mon ami, tout cela ne sont pas des voluptés ? Ah ! ce sont celles d'une âme douce ; ce sont celles d'un cœur délicat ; laissez-moi les goûter un instant avec vous.

Sacrifiée bien jeune* à un époux qui n'avait rien pour me plaire, et que je connaissais à peine**, je n'en formai pas moins, dans le fond de mon âme, le plan des plus rigoureux devoirs... Dieu sait si je les enfreignis jamais. Je vis mes égards payés par des duretés, mes attentions par des brusqueries, ma fidélité par des crimes, ma soumission par des horreurs [165].

Hélas ! je m'en crus seule coupable ; je ne m'en pris qu'à moi de n'être pas aimée, malgré les louanges dont j'étais enivrée chaque jour ; j'aimais mieux me croire des défauts ou des torts, que de supposer mon époux injuste : et contente d'avoir obtenu dans mon sein des preuves de son estime, si ce n'en était pas de son amour, tous mes sentiments se portèrent dès lors sur ces gages sacrés... Eh bien ! me disais-

* Elle fut mariée à quinze ans ; elle va de trente-cinq à trente-six, lors du moment d'action de ces lettres ; elle accoucha d'Aline à seize ans ; elle est grande, faite à peindre, les traits les plus doux, les plus agréables, pétrie de grâces et de talents.

** M. de Blamont avait quinze ans de plus que sa femme, indépendamment des défauts de caractère assez prononcés dans ses lettres, pour donner une juste horreur de lui. Il y a peu de figures plus repoussantes ; il a le regard effrayant, la bouche affreuse, le nez très long, le front chauve et bas, le menton relevé, en perruque [164] depuis son enfance ; une taille longue, frêle, voûtée, la poitrine plate, un son de voix rauque et cassé ; et malgré tout cela, beaucoup d'esprit et quelques connaissances.

je, je serai l'amie de mes enfants, puisque je n'ai pas été assez heureuse pour être celle de mon époux ; ils me consoleront de ses duretés, et je trouverai dans leurs bras la félicité qu'on m'enlève. Que de projets ne formai-je pas dès lors pour la leur ! Je n'apaisais mes maux que par ces idées ; elles seules parvenaient à fermer mes paupières ; je ne m'endormais paisiblement qu'avec elles... Je ne voyais plus de revers dès que je croyais avoir trouvé ce qui devait rendre heureux mes enfants. Le ciel ne voulait pas, mon ami, que ce fût encore là pour moi la source du bonheur ; j'eus deux filles ; l'une m'est ravie au berceau, je la retrouve quand je ne peux jamais la revoir... On veut que l'autre soit aussi malheureuse que moi ; et qui... qui m'assaille de tous ces maux ? qui me fait avaler, jusqu'à la lie, la coupe amère de l'infortune ? celui que j'ai toujours respecté... chéri ; celui que l'on m'avait donné pour être le soutien de mes jours, et qui n'en a jamais été que le destructeur... celui qui s'est tout permis envers moi... envers moi qui aurais mieux aimé perdre la vie que de lui manquer en quoi que ce fût... celui que je regardais comme mon père, après la perte du mien... comme mon ami... comme mon époux, et qui n'était que mon tyran et mon persécuteur.

Allons, je me tais, Valcour... je me tais ; vous pleurez en me lisant, je le vois, je veux bien mêler mes larmes aux vôtres, mon ami, mais je ne veux pas vous en faire répandre que ma main ne puisse essuyer... Oh ! comme nous eussions été heureux cependant... Vous... mon Aline... et moi ; quels jours sereins et purs eussent été filés pour tous trois !... Avec quel calme je serais arrivée près de vous aux bornes de ma vie ! ma vieillesse n'eût été qu'un printemps, les yeux fermés par la tendre main de l'amitié, je me serais plongée dans le cercueil avec la tranquillité du bonheur ; au lieu de cela j'y descendrai seule, nul ami ne daignera m'y soutenir, je n'en aurai plus au bord de mon tombeau... Eh bien ! voyez comme je retombe malgré tout cela dans le sombre que je veux éviter... Non... j'arrêterais en vain la source de mes pleurs, elles coulent malgré moi... Mille nouvelles idées me tourmentent... Si vous êtes malheureux, c'est ma faute ; je ne devais pas laisser naître en vous une passion que je ne pouvais couronner ; je ne devais vous laisser connaître ni Aline, ni sa triste mère ; aujourd'hui nous aurions tous bien des chagrins de moins, et l'on ne se console jamais de ceux qu'on donne aux autres...

Mais tout n'est pas désespéré... non, Valcour, tout ne l'est pas ; recevez encore un peu d'espoir de votre bonne et sincère amie, de celle qui désirerait avec tant d'ardeur mériter ce titre avec vous... Non, Valcour, tout n'est pas perdu... Ce barbare époux peut réfléchir, ce monstre qui le suit partout, et qui vous persécute avec tant de furie, sentira peut-être qu'aucuns des plaisirs qu'il espère ne peuvent se rencontrer avec celle qui n'a pour lui que de la haine ; j'ai besoin de le penser et de le croire ; l'illusion est à l'infortune, comme le miel dont on frotte les bords du vase rempli de l'absinthe salutaire présentée à l'enfant, on le trompe : mais l'erreur est douce.

Comme il m'a abusée, cet homme... Je le croyais, on se livre si vite à ce qu'on désire ! le malheureux qui fait naufrage saisit avec tant d'empressement le bras qu'on lui tend pour le sauver... Peut-il imaginer que c'est pour le repousser dans l'abîme !... Hélas ! vous avez bien raison, il me trompait autant qu'il était en lui, il devait croire Sophie sa fille, rien ne pouvait l'en dissuader, et ce n'est pas dans de tels cœurs que la nature fait des miracles... Il la croyait telle, et il jurait qu'elle ne l'était pas ; le crime est donc dans son entier, et ce que j'ai obtenu de sa fausseté n'est donc plus que le fruit de sa honte... Ce sentiment mène au dépit, et le dépit à tout, dans de telles âmes... Quoi qu'il en soit, j'ai des parents, je n'en suis point abandonnée... Je me jetterai dans leurs bras, ils me sauveront, je les implorerai pour mon Aline et pour moi, ils ne voudront pas nous perdre toutes deux... Mais changeons de propos, Valcour, laissez-moi vous rendre compte de mes projets et de mes démarches, car avec ce langage de la plainte mon cœur s'altère à tout instant.

Vous imaginez bien que je n'ai pu tenir à l'envie de savoir au plus tôt des nouvelles d'Élisabeth de Kerneuil. Quel que soit le sort qu'elle éprouve, il m'intéresse trop réellement pour que je n'aie pas désiré de l'éclaircir. Déterville a écrit sur-le-champ à un de ses parents à Rennes ; il le supplie de nous donner sur cette jeune personne le plus de lumières qu'il lui sera possible... Nous attendons ; ma situation, dans ce cas-ci, est très embarrassante... vous l'avez senti ; j'ai, sans doute, le plus grand désir de posséder cette enfant, mais quel droit aurais-je à son cœur ?

Le seul titre de mère que je pourrais lui alléguer, me méritera-t-il sa tendresse ? n'est-elle pas due tout entière aux parents qui l'ont élevée ?... Et puis, travaillerai-je pour le bonheur d'Élisabeth en réussissant à la ravoir ? Le sort, ou qu'elle a déjà, ou qui lui est réservé, ne sera-t-il pas toujours préférable à celui que je pourrais lui faire, comme cadette ?... Et les inconvénients de la rendre à un père qui, peut-être, ou ne voudra pas la reconnaître, ou ne verra dans elle qu'une victime de plus à son insigne libertinage... ces dangers effrayants, les comptez-vous pour rien, Valcour ?... Non, j'aime mieux la laisser où elle est ; que je sache seulement qu'elle est heureuse ; que je puisse faire connaissance avec elle, la voir une fois, l'aimer toujours, et je me croirai trop contente. Mais si cette faible jouissance est refusée à mon âme tendre... oh ! Valcour, je serai encore bien infortunée ; heureusement je sais l'être, et mon cœur est dans un tel état d'abattement qu'une secousse de plus ou de moins n'est absolument rien pour lui. Il y a l'histoire des biens qui chagrine un peu ma conscience ; puis-je laisser ma fille jouir d'une fortune qui ne lui appartient pas ? dois-je en priver les héritiers légitimes ? Non, sans doute ; cette circonstance vous a frappé comme moi ; mon ami, je dirai aussi comme vous, entre deux maux terribles, choisissons le moindre. À l'égard de Sophie, voici ce que nous avons fait, je ne sais si vous nous approuverez.

Qu'elle appartînt ou non au président, Déterville nous opposait toujours le danger certain de la replacer à Berseuil ; et l'impossibilité de l'y remettre devenait d'autant plus fâcheuse, que la variation de son sort lui rendait fort doux celui que nous avions arrangé pour elle dans ce village ; j'objectais à Déterville qu'il n'avait pas trouvé d'obstacles à l'établissement de cette fille à Berseuil, dans les premiers moments où nous l'avions conçu, ne la croyant pas sa fille légitime, et que je n'entendais pas pourquoi il en trouvait, maintenant qu'elle n'appartenait ni au mari ni à la femme. Il me répondit qu'il avait foncièrement désapprouvé ce parti dans toutes les circonstances, mais que plus les recherches du président paraissaient évidentes, plus il croyait Berseuil dangereux. Qu'elle fût sa fille ou non, nous ne devions pas douter à présent du désir qu'il avait de la ravoir ; que dès qu'il la saurait hors de Vertfeuille, il ne manquerait pas d'envoyer chez Isabeau ; et qu'alors, au lieu de sauver Sophie, il est clair que je la sacrifiais... Je me suis rendue ; nous avons donc décidé un cloître à Orléans, où nous travaillerions à lui faire prendre le goût de la retraite, et à l'enchaîner au bout de quelques années par des vœux, si elle n'y sent aucune répugnance ; et ce sort, quelque dur qu'il puisse être, la dérobant à celui bien plus fâcheux sans doute que lui aurait réservé la vengeance de ses deux persécuteurs, nous parut décidément le plus sage de tous.

Il s'agissait de prévenir cette infortunée des changements de son sort et de sa naissance ; j'y prévoyais trop de chagrin pour vouloir m'en charger moi-même ; notre ami a rempli ce soin. Après beaucoup de larmes, comme vous l'imaginez aisément, elle a d'abord témoigné quelque désir d'être rendue à sa mère ; convaincue enfin du danger qu'il y avait à ce parti, elle a réclamé sa chère Isabeau ; elle renonçait volontiers à la dot, au mariage, mais elle voulait demeurer avec Isabeau... Autres dangers, et elle a enfin conçu ceux-là comme les premiers.

« Il faut vous dérober au président, lui a dit Déterville, il est certain qu'il vous cherche, nous ne pouvons en douter ; il est évident qu'il vous traitera mal s'il vous découvre ; une éternelle retraite devient le seul parti qui puisse vous garantir et de ses pièges et de ses fureurs ; vous y serez moins comme protégée, que comme parente de Mme de Blamont, et vous y jouirez de cent pistoles de pension [166] ; ce sort-là ne vaut pas celui d'être sa fille, mais dès que de malheureuses circonstances vous enlèvent cette douce satisfaction, vous serez mieux là qu'en nul autre endroit.

— Eh bien ! j'irai, s'est-elle écriée, en larmes ; je suis à charge à tout le monde ; je ne puis trouver d'abri sur la terre ; que l'on me mette où l'on voudra, je serai partout pénétrée de reconnaissance des bontés de la dame qui veut bien ne pas m'abandonner... »

Dès que je l'ai sue dans cet état, j'ai couru l'embrasser, elle s'est précipitée dans mes bras toute en pleurs, et m'a prodigué les choses les plus tendres et les plus flatteuses. En vérité, mon ami, il y a des instants où mon cœur l'emporte sur les réalités que vous nous avez apprises... Il est impossible que les vertus de cette âme charmante se trouvent dans la fille d'une paysanne dépravée, telle que vous nous avez peint cette Claudine. Mais il fallait s'en tenir aux preuves et l'arracher ; nous l'avons donc, Aline et moi, avant-hier, conduite aux Ursulines d'Orléans dont je connais la supérieure ; je l'ai recommandée comme une parente, et placée sous le nom d'Isabelle des Ganges [167], avec mille livres de rentes, dont l'acte lui a été passé sur-le-champ. Je n'ai point caché mes motifs de mystère à la supérieure ; j'y ai intéressé sa religion et sa piété ; elle ne communiquera qu'avec moi pour tout ce qui concerne cette jeune personne, et cachera absolument son existence au reste entier de la terre. Mais je la verrai... cette chère enfant... je le lui ai promis, elle me l'a demandé avec instance, elle m'a dit qu'elle renoncerait plutôt à tout le bien que je lui faisais qu'à cet engagement ; elle m'a demandé la permission de m'écrire, et surtout de pouvoir faire passer quelque chose tous les ans sur sa pension à Isabeau. Ces deux demandes faisaient trop d'honneur à son âme tendre pour être refusées ; je les lui ai accordées de tout mon cœur, et nous nous sommes quittées... Quand elle m'a vue prête à ouvrir la porte du parloir... son âme a éclaté, elle a jeté ses jolis bras au travers des grilles, elle a demandé avec instance la faveur de baiser encore une fois les mains de ses bienfaitrices : nous sommes revenues sur nos pas, et la douleur l'a suffoquée en nous embrassant toutes deux [168]... Voilà donc l'être que le président accuse de fausseté, d'imposture et de crimes. Ah ! puisse-t-il, pour le bonheur de ce qui lui appartient, être aussi pur que celle qu'il ose calomnier ainsi !

Nous nous sommes retirées, et je vous réponds qu'Aline n'était pas en meilleur état que moi. Nous ne sommes pourtant parties de la ville que le lendemain, après avoir appris que cette pauvre fille était aussi bien qu'elle pouvait être pour sa situation. Elle avait deviné elle-même la mort de son enfant, quand elle avait vu qu'on ne lui en parlait pas. Mais Déterville l'avait si bien ramenée à la raison sur cet objet, que sa douleur a été beaucoup moins vive que nous l'aurions cru.

Pendant que j'agissais de ce côté, Déterville allait de l'autre rompre nos engagements de Berseuil. La bonne Isabeau a été désolée ; je n'ai pu résister au charme de lui laisser une petite somme sur l'argent que je retirais du curé [169], ainsi qu'une autre à ce bon pasteur pour les malheureux de sa paroisse. Il est si doux, mon ami, de faire un peu de bien ! et à quoi servirait-il que le sort nous eût favorablement traité, si ce n'était pour satisfaire tous les besoins de l'infortune ? Nos richesses sont le patrimoine du pauvre, et celui qui ne sent pas le plaisir de les soulager, a vécu sans connaître et la véritable raison pour laquelle il était né plus à son aise qu'un autre, et les plus doux charmes de la vie.

Toutes nos opérations terminées, nous nous sommes regardés, comme le feraient des gens, qui du sein de la tranquillité auraient subitement passé dans celui des angoisses et des tribulations, et qui voient enfin le calme renaître... Je dis le calme, car j'y crois, et ne vois absolument rien qui puisse le troubler jusqu'à notre retour à Paris. Alors mon intention est de demander de seconds délais [170], de contenir du mieux que je pourrai le président, avec le peu de moyens que je retire de tout ceci, et d'armer enfin mes parents s'il le faut ; car soyez-en bien sûr, il n'y aura que la force qui pourra me décider à sacrifier ma fille au scélérat qui la désire... Et si je gagne ma cause, en faveur de qui sera-ce ?... Connaissez-vous l'homme à qui je la destine ?... C'est au plus digne de la posséder... c'est au meilleur ami de mon cœur.

LETTRE XXVIII

Aline à Valcour

Vertfeuille, ce 8 octobre.

Ah! Valcour, vous avez partagé mes peines... elles ont pénétré votre cœur ! Combien me sont précieux les témoignages que vous m'en donnez ! Je pardonne moins à mon père tout ce qui s'est passé que sa funeste liaison avec ce vilain homme. S'il pouvait perdre ce malheureux ami, je suis sûre qu'il redeviendrait plus honnête ; il a plus d'esprit que ce monstre, et pourtant il est entraîné par lui. Perfide effet du vice !... Je le haïssais tant, que je croyais que pour séduire, il lui fallait au moins des charmes. Je me trompais, grand Dieu ! vous le voyez, il y réussit en n'offrant à nu que sa laideur [171].

Vous me demandez, mon ami, si l'amour avait autant de part que la décence au mouvement qui m'a fait fuir ? Ah ! comment voulez-vous que je puisse distinguer entre ces deux effets ?... Ce que je crois... ce que je sens, c'est que l'amour les réunit, les confond tous si bien en moi qu'il n'est pas une seule pensée de mon esprit, pas un seul mouvement de mon cœur qui ne soit dû à ce premier sentiment ; il dirigera toujours tous les pas que vous me verrez faire, et quand vous exigerez de moi de vous dévoiler des motifs, je ne vous offrirai jamais que mon amour.

J'ai bien pleuré cette pauvre Sophie ; quels revers !... Hélas ! elle se croyait ma sœur, aujourd'hui la voilà fille d'une paysanne trop indigne d'elle pour qu'on ose même la lui rendre ; elle n'y perdra rien : ma mère m'a promis de la regarder toujours comme sa fille ; je lui ai juré de l'appeler toujours ma sœur, et de lui conserver à jamais tous les sentiments de ce titre... et à celle à qui je les dois réellement... Je ne la verrai donc jamais ?... Qui sait ! Déterville a écrit ; nous attendons. Ah ! comme je ferais de bon cœur le voyage de Bretagne pour aller l'embrasser !... Mais je ne voudrais pas qu'elle sût que je lui appartiens. Je voudrais faire accidentellement connaissance avec elle[172], pour voir si nos caractères se conviendraient... si elle finirait par m'aimer... Pour moi, je sens que je l'aime déjà... Ah ! chimères que tout ceci ! je parierais bien que je ne la verrai de ma vie... Quelle fatalité ! que de dérangements... que de désordres dans une famille cause la cupidité d'une malheureuse nourrice ! Je ne suis pas sévère ; mais convenez, mon ami, que de telles fautes ne devraient pas rester sans punition.

Le comte de Beaulé est revenu nous voir, je l'aime, il vous estime. Ô mon ami ! quel titre pour être chéri de moi ! J'étais d'avis que ma mère lui confiât nos peines... Peut-être le fera-t-elle ; assurément il nous servirait de tout son pouvoir. Julie me disait hier que c'était un ancien amant de ma mère... Quelle histoire ! j'en ai ri ; le comte est bien plus vieux, mais il était jeune encore, quand ma mère entrait dans le monde, et ils se connaissent depuis cette époque... Ah ! si jamais cette femme respectable avait dû s'écarter des devoirs pénibles et rigoureux que lui imposait le ciel, assurément le choix qu'elle aurait fait du comte aurait bien excusé ses erreurs. Ô mon ami ! laissez-moi rire une minute avec vous ; la joie est si peu souvent dans mon cœur, que vous devez bien un peu d'indulgence aux courts moments où je m'y livre ; mais si elle était vraie cette folie que je viens de dire, si j'étais la fille du comte de Beaulé ?... je gage que vous l'aimeriez mieux...

Allons... je ne veux plus dire d'extravagances, ma gaieté n'est pas assez bien revenue pour cela... celles-ci sont tellement chimériques, que j'ai cru pouvoir me les permettre pour vous amuser un instant. S'il est une femme au monde à qui soient dus légitimement les titres de chaste et de vertueuse, on peut bien dire que c'est à celle-là ! et quel mérite elle avait à s'en rendre digne !... Vous le savez, mon ami... Combien de fois lui ai-je vu déplorer dans mes bras le poids du fardeau dont elle était accablée !... Si cet homme cruel se fût contenté de la négliger, elle eût trouvé dans son indifférence pour lui des raisons de pardonner ces torts-là ; mais le pervers... Changeons de propos, c'est mon père, et je dois respecter dans lui jusqu'à ses écarts... Hélas ! je le ferais sans peine, si ces torts n'outrageaient pas la meilleure des mères ; mais ce que je dois à celle-ci, me fait quelquefois oublier ce qu'exige l'autre, et l'obligation de haïr le persécuteur de celle qui m'a portée dans son sein, vient souvent m'affranchir des sentiments dus à celui qui m'y plaça. Adieu, mon ami, ma tête s'attriste ; je ne veux pas vous ennuyer. Nos aventures... la saison qui s'avance, tout cela dérange un peu et notre plan de vie et nos promenades... Oh ! combien voilà de temps que je ne vous ai vu !... Près de sept mois ; si vous voulez je vous dirai de même en jours, en heures et en minutes ; ces affreux intervalles sont mis par moi au rang des instants où je ne vis pas [173]... Ah ! si l'on retranchait ainsi de sa vie tous ceux où nul plaisir ne doit naître pour nous, vivrait-on en tout plus de quatre ans ?

LETTRE XXIX

Le chevalier de Meilcourt [174] à Déterville*

Rennes, ce 12 octobre.

Je désirerais, mon cher Déterville, pouvoir répondre, et plus au long, et d'une manière plus satisfaisante, à la lettre

* Cette lettre-ci était incluse dans la suivante.

que vous m'avez fait l'amitié de m'écrire, mais, enchaîné par des considérations dont je dépends essentiellement, je ne puis vous donner sur l'objet de vos demandes d'autres lumières que celles qui sont contenues dans le peu de lignes que vous allez lire.

Élisabeth de Kerneuil, douée de tous les agréments de la figure et de l'esprit, mais fille d'une mère qui ne pouvait la souffrir, répondit fort jeune encore aux sentiments du comte de Karmeil, l'un des premiers gentilshommes de Bretagne. Les obstacles invincibles qu'ils éprouvèrent l'un et l'autre à l'union qu'ils désiraient, furent causes de deux malheurs qui ont à jamais perdu ces jeunes gens. Le comte s'est expatrié, il a servi quelque temps en Russie... On l'y croit mort ; avant que la nouvelle ne s'en répandît, Mlle de Kerneuil avait déjà fini sa vie d'une manière plus affreuse : elle se tua dès qu'elle vit l'impossibilité d'appartenir jamais à l'objet de ses feux... Son père était mort depuis longtemps ; sa mère a terminé ses jours deux ans après l'événement qui trancha ceux de sa fille, et comme Mlle de Kerneuil était fille unique, les biens ont passé à des collatéraux... c'est tout ce que je puis vous dire. Qui que ce soit que vous interrogiez dans notre province, ne vous répondrait pas avec tant de franchise, il altérerait les faits, avec d'autant plus de vraisemblance qu'on avait fait courir des bruits très divers sur cette malheureuse aventure... Vous eussiez sans doute désiré plus de détails, mais les liens que j'ai eus avec les deux familles me les interdisent. Adieu, mon cher cousin, j'exige votre parole que ce que je vous dis ne sera jamais révélé qu'aux personnes qui vous chargent de m'écrire, et que vous voudrez bien engager au secret.

LETTRE XXX

Madame de Blamont à Valcour

Vertfeuille, ce 16 octobre.

Lisez et pleurez avec moi... Ne le savais-je pas, que je ne retrouverais cette fille une minute, que pour la regretter éternellement ?... Elle était malheureuse... Ah ! comme je l'aurais aimée !... Elle s'est tuée de désespoir... elle était haïe... Funeste erreur !... Tout cela fût-il arrivé sans l'infamie de cette nourrice ? sans l'affreux projet de mon époux ? J'aurais voulu de plus grands détails, mais à quoi m'eussent-ils servi ? je l'ai perdue !... je ne la verrai jamais !... Il faut étouffer tous les mouvements de mon cœur ; ah ! j'apprends depuis tant d'années à leur faire violence, qu'un sacrifice de plus ne devrait pas me coûter... Valcour, écrivez-moi... calmez-moi, vous n'imaginez pas combien j'ai besoin de l'être, mon cœur toujours déçu veut les secours de l'amitié, il lui faut un sentiment réel pour le consoler de toutes les illusions qui l'égarent. En vérité, c'est un grand malheur d'être organisé [175] moins grossièrement qu'un autre ; pour une ou deux jouissances meilleures, on y trouve vingt tourments de plus.

L'excès des précautions que nous sommes obligées de prendre, nous privera peut-être de vous écrire aussi souvent que nous le faisions ; cet homme cruel se fait informer de tout, et il n'y a pas une de ses manœuvres qui ne me fasse frémir. Cependant, ne vous inquiétez nullement, il ne se passera rien de sérieux que vous n'en soyez instruit aussitôt. Adieu, plaignez-moi et ne cessez jamais de m'aimer.

LETTRE XXXI

Valcour à Madame de Blamont

Paris, ce 22 octobre.

Oui, madame, je l'avoue, trop de sensibilité est un des plus cruels présents que nous ait fait la nature ; en ce moment, cet excès fait votre malheur [176]. Votre âme est d'une telle délicatesse qu'elle semble toujours voler au-devant de toutes les informations pour s'en composer des supplices. On dirait qu'elle aime à s'en nourrir, et que cette manière d'exister comme plus vive, devient celle qui lui va le mieux. Que vous importe cette fille que vous n'avez jamais connue ? c'est bien assez de pleurer sur des maux réels, sans regretter les plaisirs qu'on n'a pu prendre. Avec cette façon de penser, on se ferait des peines de tout, et l'on se rendrait fort malheureux. Sans doute notre amour pour nos enfants doit être en raison du leur pour nous ; il me paraîtrait tout aussi déplacé d'aimer un enfant qui nous haïrait, qu'il est fou (pardonnez-moi l'expression) d'en aimer un que nous ne devons jamais voir. L'amour suppose des rapports, et quels sont ceux qui peuvent exister entre nous et un être inconnu ? Peut-être trouverez-vous mes moyens de consolation un peu durs ; mais il faut impitoyablement enlever à un cœur aussi sensible que le vôtre, la facilité perpétuelle qu'il a de s'affliger ; retrouvez dans le sein de votre Aline... de cette Aline qui vous adore, les jouissances que la mort de Claire vous dérobe. Ah ! votre santé m'inquiète bien plus que cette perte qui ne doit en vérité vous faire aucune impression ! voilà une chose réelle à ménager et qu'il ne faut pas sacrifier à des chimères ; songez que vous vous devez à vous-même, à une fille qui ne respire que pour vous, à des amis, au nombre desquels j'ose me mettre, et que désolerait la plus petite altération d'une santé qui leur est si chère. J'apprends avec douleur que vous voulez être quelque temps sans me donner de vos nouvelles ; je vous remercie de l'instant que vous avez choisi pour me le dire ; mon cœur uniquement rempli de vos chagrins, sent bien moins ceux dont cette menace l'accable... Ne vous occupez que de vous, madame, ne pensez qu'à vous, je vous en conjure ; je serai consolé de tout, que dis-je, je serai toujours heureux, quand j'apprendrai que vous souffrez moins. C'est la seule chose que je vous supplie de ne pas me laisser ignorer [177].

LETTRE XXXII

Valcour à Aline

Paris, ce 5 novembre.

Quel silence ! je n'ai osé le troubler, mais en étais-je plus tranquille !... S'il m'était possible de vous voir, je souffrirais bien moins de ces privations de lettres... mais vivre sans vous entendre et sans vous contempler, Aline !... concevez-vous la violence de ce supplice ? Et pourquoi ne vous verrais-je pas ? pourquoi ne m'accorderiez-vous pas une minute ? Je sens toute l'étendue de la demande, je ne me rappelle qu'en tremblant qu'elle m'a déjà été refusée ; mais je trouve dans la force de mon amour le courage de la refaire encore... Pendant ces longues soirées... j'arriverais déguisé... Le plus profond mystère ensevelirait cette démarche... Je me jetterais un instant... un seul instant aux pieds de votre respectable mère et aux vôtres ; quel calme répandrait cette minute de bonheur sur le reste des jours malheureux que je dois passer encore loin de vous [178] ! Pouvez-vous exiger que ces jours... ces jours infortunés qui vous sont consacrés, s'usent ainsi dans les larmes et la douleur ? Ah ! qu'il me soit permis d'acheter au prix de mon sang cette faveur que j'ose implorer !... que je la paye de ma vie s'il le faut, je ne veux exister que ce seul intervalle, et j'abandonne, sans regrets, tous les moments qui doivent le suivre. Que me sont ceux où je suis condamné à vivre sans vous ! En vain, Aline... en vain fais-je tout ce que je peux pour éloigner de moi ce désir violent, il renaît sans cesse dans mon cœur, toutes mes idées me le ramènent, je dois mourir ou le satisfaire... Ce qui me distrayait autrefois, m'est à charge ; je parcours les beautés de la nature... je l'étudie, je cherche à la surprendre dans ses secrets, et elle ne me montre jamais que mon Aline. Ayez pitié de votre ouvrage, ne me punissez pas de mon amour !... ne cherchez pas surtout à me calmer par des raisons, mon cœur n'écoute plus que le sentiment qui l'entraîne ; si vous ne le satisfaites pas, Aline, vous allez le réduire au désespoir... et vous n'échapperez pas à vos remords... Votre excès de rigueur aura fait deux malheureux, sans que quelques bienséances auxquelles vous aurez inutilement sacrifié vous donnent une vertu de plus.

LETTRE XXXIII

Madame de Blamont à Valcour

Vertfeuille, ce 12 novembre.

Oui, c'est moi qui réponds ; votre Aline est trop faible pour s'en charger, vous la faites pleurer... vous me faites du chagrin, vous vous en faites à vous-même, et voilà, ce me semble, tout ce qui résulte de ce petit moment d'effervescence que vous n'avez pu contenir. Ne sentez-vous donc pas l'impossibilité de votre proposition, et dans la circonstance où nous sommes, pouvez-vous exiger une telle chose ? Vous dites que vous m'aimez ; si cela est, ne cherchez donc pas à me rendre plus malheureuse que je ne le suis ; doutez-vous que ce ne soit sur moi que retomberait l'orage, si la démarche était découverte ? Ah ! mon ami ! appelez ici au secours de votre raison cette délicatesse qui caractérise si bien le cœur qui m'a séduite... Consultez-la, vous verrez si elle vous permet de vouloir acheter un moment de bonheur, au prix de celui des gens qui vous aiment le mieux dans le monde. Croyez-vous que cela puisse être ignoré ? Je suppose que cela fût, serais-je moins coupable d'y avoir consenti, malgré la promesse que j'ai faite de m'y opposer ? Je sais bien que je n'ai rien à craindre de vous : votre honnêteté, vos vertus me rassurent, et l'amant assez délicat pour n'exiger un rendez-vous de sa maîtresse qu'en présence même de sa mère, ne deviendra jamais le séducteur de celle qu'il aime ; ainsi ce n'est pas sur elle que tombent mes craintes... c'est sur vous seul... vous éloigneriez votre bonheur... Que dis-je ? vous le détruiriez à jamais. Travaillons plutôt à l'obtenir un jour, sans mélange, qu'à le goûter ainsi par portion, qu'à hasarder pour un moment heureux qui, peut-être, ne réussirait pas, la certitude de le savourer bientôt tout entier... Non, je m'oppose à cette fantaisie ; je fais plus, j'exige qu'au moins d'ici à quelque temps vous ne m'en parliez plus... Vous qui invitez les autres au courage... est-ce ainsi que vous en faites paraître ?... Je vous pardonnerais si vous aviez quelques motifs de jalousie, mais vous êtes aimé, vous l'êtes uniquement ; rien ne peut agiter votre âme, rien ne doit la porter au désespoir ; songez que c'est moi... moi qui vous aime peut-être autant qu'elle, que c'est moi qui vous défends de vous désespérer, et que c'est moi que vous affligerez, si vous ne me mandez pas que vous êtes plus sage. Oh ! pauvre philosophie ! est-ce donc de cette manière que tu captives le cœur de l'homme ? est-ce donc ainsi que tu te rends maître de ses passions ?... La voilà, cette chère Aline... la voilà près de moi, qui pleure comme une enfant... « *Mais, maman*, dit-elle, avec ses grands yeux tout en larmes... *il me semble qu'un petit quart d'heure...* » Eh bien ! vous le voyez... ne la grondez donc pas, elle le désire autant que vous ; que cette certitude vous calme... Mais cela ne se peut pas, soyez bien sûr que si je n'y voyais pas moi-même les plus grands dangers, je l'aurais peut-être imaginé la première ; croyez-vous que je ne sache pas ce qui peut convenir à l'amour ? Je n'ai jamais connu, Dieu merci, cette espèce de délire, mais je le conçois. Rassurez-vous donc, *vous êtes aimé*, oui, j'ai voulu que ce mot fût tracé par celle même qui l'écrit d'après son cœur : on vous aime, on s'occupe de vous, on travaille pour vous, mais ne détruisez pas l'effet de nos soins, et ne cherchez pas à tout perdre pour un instant de satisfaction, qui ne servirait peut-être qu'à nous replonger dans un abîme de tourments et de maux... Ô mon ami ! pardonnez-moi... je sens bien que je vous rends malheureux, aimez-moi assez pour me dire que non... pour m'assurer que vous avez déjà fait le sacrifice de cette extravagance. Oui, dites-le-moi, j'aime mieux que la victoire soit le fruit de votre raison que de mes arguments ; à côté du bien que je fais, je n'aurai pas du moins le chagrin d'imaginer que je vous tourmente ; ma jouissance sera tout entière ; je serai sûre que vous avez été raisonnable par le seul effet de vos réflexions, et je n'aurai pas la douleur de déchirer votre âme en vous écrivant les miennes [179].

LETTRE XXXIV

Déterville à Valcour

Vertfeuille, ce 15 novembre.

Depuis assez longtemps, tu dois t'être aperçu, mon cher Valcour, que quand les lettres sont de moi, il s'agit toujours de quelques nouvelles catastrophes... Eh bien ! voilà déjà la tête en l'air... la philosophie hors de ses gonds, comme disait l'autre jour une certaine dame de ta connaissance, à propos de ton ridicule projet... *Plus de tranquillité... plus de principes...* plus de bon sens !... Qu'il faut peu de choses pourtant pour faire un fou d'un homme raisonnable, et souvent un être très sensé de la plus extravagante des créatures. Il me prend envie de t'impatienter... Voyons... calculons d'un côté tous les événements que tu dois regarder comme heureux ; secondement, tous ceux qui peuvent t'être contraires ; troisièmement, enfin, tous ceux qui ne te sont qu'indifférents. Il est bien certain que ce que j'ai à t'apprendre est dans l'une de ces trois classes ; formons-les. Il serait possible d'abord que le président fût revenu, qu'Aline fût enlevée... possible qu'il se fût mis à la raison qu'on t'attendît pour un mariage... extrêmement simple, que des inconnus fussent fortuitement arrivés à Vertfeuille, et nous eussent appris des choses très extraordinaires. N'est-il pas vrai, mon cher, que tous ces incidents sont dans la classe des choses possibles ? Eh bien ! calme tes craintes sur le premier ; ne te livre pas tout à fait au doux espoir du second, et écoute pacifiquement le troisième [180].

Le soir que Mme de Blamont t'écrivit, nous étions, elle, Aline, Eugénie et moi, à raisonner sur ta folie ; M. de Beaulé jouait aux échecs avec Mme de Senneval ; il était environ huit heures du soir, le ciel très obscur se remettait à peine d'un ouragan épouvantable, lorsque tout à coup nous entendîmes un homme à cheval faire retentir la cour de son fouet... de ses cris, et appeler à lui de toutes ses forces... On ouvre les portes, les valets courent. On éclaire, Mme de Blamont frémit ; Aline et elle s'imaginent revoir encore le terrible objet de leurs craintes ; le comte lui-même, tout *échec et mat* qu'il est, vole avec moi à la suite des valets, et nous amenons enfin dans le premier antichambre [181] un malheureux domestique mouillé jusqu'aux os, crotté par-dessus la tête, qui nous demande s'il est dans la route d'Orléans, et s'il lui reste bien du chemin à faire pour arriver dans cette ville.

« Beaucoup ; et d'où venez-vous ?

— De Lyon, nous allons à petites journées à Paris ; mon maître qui me suit avec sa femme a voulu passer par la route d'Orléans, et ce maudit caprice est cause que nous voilà perdus. Je connais l'autre chemin, point du tout celui-ci... La nuit est venue... un temps du diable ; marchant en tête de la voiture, j'ai égaré le postillon qui me suivait, parce que je m'égarais moi-même, et nous voilà à présent je ne sais où.

— Chez d'honnêtes gens.

— Je le vois bien, mais nous aimerions mieux être à l'auberge ; parce que mon maître qui voyage *incognito*, entendez-vous, ne veut gêner personne, et il n'acceptera sûrement jamais l'asile que vous allez avoir la politesse de lui offrir.

— Et où est-il, votre maître ?

— À deux cents pas d'ici, au coin de l'avenue ; s'il y avait eu seulement une chaumière, il s'y serait arrêté, mais il n'y a que des arbres ; il m'a envoyé devant pour tâcher d'obtenir quelques éclaircissements sur la route qu'il nous faut prendre.

— Allez le chercher, lui dit le comte, et dites-lui que Mme la présidente de Blamont, dans la terre de laquelle il est, serait très fâchée qu'il ne lui fît pas l'honneur de venir souper chez elle.

— Ma foi, monsieur, vous nous rendez la vie ; vivent les honnêtes gens, morbleu ! Si j'étais tombé dans une caverne de voleurs on ne m'aurait pas tant fait de politesse... »

Et l'écuyer fidèle revole vers son maître, pendant que le comte s'empresse d'apprendre à Mme de Blamont la liberté qu'il vient de se permettre, en offrant sa maison à ces voyageurs égarés. Cette femme charmante que l'on sert quand on lui prépare le plaisir de faire une bonne œuvre, a, comme tu crois, sonné bien vite pour donner ses ordres : on a allumé des flambeaux, et on a couru au-devant de la voiture pour la

Quelles graces je rends à la fortune de l'accident qui m'arrive

conduire plus sûrement à la maison. Un quart d'heure après, les portes du salon se sont ouvertes, et nous avons vu paraître un jeune homme d'environ vingt-sept ans, nous présentant, comme lui appartenant, une femme de dix-sept à dix-huit ans, et nous offrant l'un et l'autre, à côté des traits les plus doux et les plus réguliers, le ton le meilleur et le plus honnête.

« Quelles grâces ne dois-je pas rendre à la fortune, madame, a dit le jeune homme à la maîtresse du logis, de l'accident qui nous arrive, puisqu'à lui seul est dû le bonheur inespéré pour moi de vous offrir mon respect. Je ne vous demanderais qu'un guide, madame, si mes chevaux n'étaient pas rendus, et si j'osais ravir à votre cœur le charme que je lui vois goûter à l'hospitalité qu'il nous donne. »

Et pendant ce temps-là, la jeune femme s'exprimait avec encore plus d'agrément et de facilité. Elle était habillée à l'anglaise, un élégant chapeau de paille sur les yeux, la taille mince et bien prise, de très beaux cheveux noirs, négligemment attachés par un ruban rose, une vivacité extraordinaire dans les yeux ; le nez un peu aquilin, de belles dents, de très jolis détails, et une finesse étonnante dans les traits... On s'est assis, on a jasé un instant, et on s'est mis à table...

« Vous alliez à Paris, monsieur ? a dit Mme de Blamont au jeune homme.

— Non, madame, je ramène ma femme au sein de sa famille, dans la province du Mans, et je rejoins mon corps après l'y avoir laissée.

— Êtes-vous des nôtres, a dit le général de Beaulé, servez-vous dans la cavalerie ?

— Non, monsieur, je suis capitaine au régiment de Navarre, et je vais le retrouver à Calais, après avoir remis ma femme entre les mains de sa mère ; nous venons de voir, en Dauphiné, un vieil oncle à moi, qui voulait nous embrasser avant de mourir, et qui nous a laissé douze mille livres de rente.

— Voilà le voyage bien payé, a dit Mme de Senneval.

— Oui, madame, si quelque chose pouvait payer la mort des gens qu'on aime et qui nous tiennent d'aussi près. »

Au dessert, Léonore, c'est le nom de cette charmante aventurière, a eu un petit moment de vapeur [182] ; Sainville, son époux, a volé à elle.

« Ne vous alarmez pas, madame, a-t-il dit à Mme de Blamont, ce sont des accidents de jeune femme, qui doivent peu surprendre dans les premières années d'un mariage ; nous vous demandons la permission de nous retirer... »

Et ils sont montés tous les deux dans l'appartement qui leur était destiné. Comme Léonore n'a point de femme avec elle, Mme de Blamont lui a envoyé les siennes ; elle les a remerciées très honnêtement, et ne s'en est point servi.

Revenus tous du premier étonnement de cette aventure, il nous a été impossible de ne pas entrevoir des contradictions dans le récit de nos voyageurs ; d'abord le valet nous dit qu'ils viennent de Lyon, et qu'ils vont à Paris [183]. Le maître, ou qui oublie l'ordre donné à son valet, ou qui a peut-être négligé de lui en donner un, nous assure, au contraire, que c'est du Dauphiné qu'il vient, et que c'est vers le Maine que leurs pas se dirigent. La tournure de la jeune personne nous parut d'ailleurs un peu suspecte. Elle a le ton gracieux et poli, sans doute, l'air de l'excellente éducation ; mais en l'examinant un peu mieux, on voit qu'il y a plus d'art que de nature dans ce qui lui donne les dehors de la bonne compagnie. Ses manières sont étudiées, ses gestes arrangés, sa prononciation belle, mais affectée ; elle est compassée dans ses mouvements, et au travers de tout cela, cependant, on trouve de la candeur et de la modestie. Le jeune homme est d'une très jolie figure, brun, un peu hâlé [184], lestement fait, de très beaux yeux, les cheveux superbes ; son ton est moins maniéré que celui de la personne qui l'accompagne, mais on voit qu'il connaît celui du monde, et qu'il a tout ce qu'il faut pour y réussir. Au milieu de nos combinaisons, le comte chercha le nom de Sainville dans l'état du régiment de Navarre, et ne le trouva point. Nos soupçons redoublèrent... Nous demandâmes l'ordre qu'ils avaient donné à leurs gens. Ils leur avaient dit de s'informer de l'instant où Mme de Blamont serait visible le lendemain matin, d'entrer chez eux une heure avant, et qu'ils partiraient immédiatement après avoir pris congé de la maîtresse du château.

« Parbleu, dit le comte de Beaulé, ce sont là deux aventuriers, je le parie ; il faut qu'ils nous payent l'hospitalité par le récit de leur histoire [185] ».

Un moment, par délicatesse, Mme de Blamont s'oppose à ce projet ; elle craignait que cela ne les fâchât.

« Plus il y a de contradictions dans ce qu'ils disent, plus il est clair, objectait-elle, que leur intention est de se cacher ; le valet en est convenu ; il nous a dit que son maître voyageait mystérieusement ; ne les contraignons pas à nous avouer leur secret. Cette hospitalité que nous leur accordons ne nous oblige qu'à des égards... nous y manquerons, ce me semble, en les forçant de se dévoiler.

— Mais il ne s'agit que de leur proposer, a dit Mme de Senneval ; si cela les afflige, nous les laisserons partir sans leur en parler davantage : et si, dans un cas contraire, ils viennent à y consentir, pourquoi nous priver de cet amusement ? »

Eugénie proposa de faire questionner leurs gens, mais Mme de Blamont ne le voulut pas ; et définitivement la résolution prise, fut que la maîtresse du logis irait elle-même voir la jeune femme le lendemain matin ; qu'elle commencerait par l'inviter à se reposer quelques jours à Vertfeuille ; qu'insensiblement elle lui laisserait apercevoir l'intérêt qu'elle aurait de la connaître plus particulièrement... Mais timide comme tu la sais, elle n'osa jamais faire cette visite seule, et je fus choisi pour l'y accompagner. Comme elle avait fait dire exprès qu'il ferait jour chez elle à neuf heures, afin d'être sûre de les trouver levés à huit et demie, nous y passâmes à cette heure : leur toilette était achevée, et ils se préparaient à descendre... Ils témoignèrent combien ils étaient honteux d'être prévenus [186]. Les politesses furent réciproques de part et d'autre. Mme de Blamont engagea la conversation avec beaucoup d'adresse ; le mari et la femme, tous deux remplis d'esprit, la devinèrent, et loin de se refuser à ce qu'on paraissait désirer d'eux, ils témoignèrent, sans la moindre contrainte, qu'ils étaient trop heureux de pouvoir reconnaître, par une aussi faible marque d'obéissance, toutes les attentions dont on les comblait.

« N'imaginant pas que nous pouvions vous intéresser à ce point, madame, dit Sainville, vous nous pardonnerez d'avoir un peu déguisé le vrai en arrivant hier chez vous. Il est des choses que l'on peut cacher, sans offenser en rien ceux avec qui l'on les déguise ; en ne nous refusant point aujourd'hui aux éclaircissements que vous exigez, peut-être serons-nous même encore contraints à quelques restrictions ; mais comme elles ne diminueront en rien la singularité de nos récits, vous nous les pardonnerez, madame, bien sûre que l'exactitude la plus entière guidera tous nos autres détails... »

Contente de ce qu'elle obtenait, Mme de Blamont n'osa pas

appuyer davantage ; et il fut convenu que l'on ferait un déjeuner dînatoire qui, nous formant une plus grande journée, nous donnerait le temps de prêter toute notre attention aux aventures que nous devions entendre. On se mit donc à table de très bonne heure, et dès que l'on fut rentré dans le salon, la compagnie s'étant rangée en demi-cercle autour de ces deux jeunes personnes, Sainville commença son récit dans les termes suivants.

Le courrier part, l'heure presse, tu permettras, mon cher Valcour, que ce long détail fasse le sujet de ma prochaine lettre, et je t'embrasse.

LETTRE XXXV

Déterville à Valcour

Vertfeuille, 16 novembre.

Histoire de Sainville et de Léonore*

C'est en présentant l'objet qui l'enchaîne, qu'un amant peut se flatter d'obtenir l'indulgence de ses fautes : daignez jeter les yeux sur Léonore, et vous y verrez à la fois la cause de mes torts, et la raison qui les excuse.

Né dans la même ville qu'elle, nos familles unies par les nœuds du sang et de l'amitié, il me fut difficile de la voir longtemps sans l'aimer ; elle sortait à peine de l'enfance, que ses charmes faisaient déjà le plus grand bruit, et je joignis à l'orgueil d'être le premier à leur rendre hommage, le plaisir délicieux d'éprouver qu'aucun objet ne m'embrasait avec autant d'ardeur.

Léonore, dans l'âge de la vérité et de l'innocence, n'entendit pas l'aveu de mon amour sans me laisser voir qu'elle y était sensible, et l'instant où cette bouche charmante sourit pour m'apprendre que je n'étais point haï, fut, j'en conviens, le plus doux de mes jours. Nous suivîmes la marche ordinaire, celle qu'indique le cœur quand il est délicat et sensible, nous

* Le lecteur qui prendrait ceci pour un de ces épisodes placé sans motif, et qu'on peut lire ou passer à volonté, commettrait une faute bien lourde.

nous jurâmes de nous aimer, de nous le dire, et bientôt de n'être jamais l'un qu'à l'autre. Mais nous étions loin de prévoir les obstacles que le sort préparait à nos desseins. Loin de penser que, quand nous osions nous faire ces promesses, de cruels parents s'occupaient à les contrarier, l'orage se formait sur nos têtes, et la famille de Léonore travaillait à un établissement pour elle au même instant où la mienne allait me contraindre à en accepter un.

Léonore fut avertie la première ; elle m'instruisit de nos malheurs ; elle me jura que si je voulais être ferme, quels que fussent les inconvénients que nous éprouvassions, nous serions pour toujours l'un à l'autre. Je ne vous rends point la joie que m'inspira cet aveu, je ne vous peindrai que l'ivresse avec laquelle j'y répondis.

Léonore, née riche, fut présentée au comte de Folange, dont l'état et les biens devaient la faire jouir à Paris du sort le plus heureux ; et malgré ces avantages de la fortune, malgré tous ceux que la nature avait prodigués au comte, Léonore n'accepta point : un couvent paya ses refus.

Je venais d'éprouver une partie des mêmes malheurs : on m'avait offert une des plus riches héritières de notre province, et je l'avais refusée avec une si grande dureté, avec une assurance si positive à mon père, ou que j'épouserais Léonore, ou que je ne me marierais jamais, qu'il obtint un ordre de me faire joindre mon corps, et de ne le quitter de deux ans.

« Avant de vous obéir, monsieur, dis-je alors, en me jetant aux genoux de ce père irrité, souffrez que je vous demande au moins la cruelle raison qui vous force à ne vouloir point m'accorder celle qui peut seule faire le bonheur de ma vie.

— Il n'y en a point, me répondit mon père, pour ne pas vous donner Léonore ; mais il en existe de puissantes pour vous contraindre à en épouser une autre. L'alliance de Mlle de Vitri, ajouta-t-il, est ménagée par moi depuis dix ans ; elle réunit des biens considérables, elle termine un procès qui dure depuis des siècles, et dont la perte nous ruinerait infailliblement [187]. Croyez-moi, mon fils, de telles considérations valent mieux que tous les sophismes de l'amour : on a toujours besoin de vivre, et l'on n'aime jamais qu'un instant.

— Et les parents de Léonore, mon père, dis-je en évitant de répondre à ce qu'il me disait, quels motifs allèguent-ils pour me la refuser ?

— Le désir de faire un établissement bien meilleur ; dussé-je faiblir sur mes intentions, n'imaginez jamais de voir changer les leurs : ou on la forcera de prendre le voile. »

Je m'en tins là, je ne voulais pour l'instant qu'être instruit du genre des obstacles, afin de me décider au parti qui me resterait pour les rompre. Je suppliai donc mon père de m'accorder huit jours, et je lui promis de me rendre incessamment après où il lui plairait de m'exiler. J'obtins le délai désiré, et vous imaginez facilement que je n'en profitai que pour travailler à détruire tout ce qui s'opposait au dessein que Léonore et moi avions de nous réunir à jamais.

J'avais une tante religieuse au même couvent où on venait d'enfermer Léonore ; ce hasard me fit concevoir les plus hardis projets : je contai mes malheurs à cette parente, et fus assez heureux pour l'y trouver sensible ; mais comment faire pour me servir, elle en ignorait les moyens.

« L'amour me les suggère, lui dis-je, et je vais vous les indiquer... Vous savez que je ne suis pas mal en fille ; je me déguiserai de cette manière ; vous me ferez passer pour une parente qui vient vous voir de quelque province éloignée ; vous demanderez la permission de me faire entrer quelques jours dans votre couvent... Vous l'obtiendrez... Je verrai Léonore, et je serai le plus heureux des hommes. »

Ce plan hardi parut d'abord impossible à ma tante ; elle y voyait cent difficultés ; mais son esprit ne lui en dictait pas une, que mon cœur ne la détruisît à l'instant, et je parvins à la déterminer.

Ce projet adopté, le secret juré de part et d'autre, je déclarai à mon père que j'allais m'exiler, puisqu'il l'exigeait, et que, quelque dur que fût pour moi l'ordre où il me forçait de me soumettre, je le préférais sans doute au mariage de Mlle de Vitri. J'essuyai encore quelques remontrances ; on mit tout en usage pour me persuader ; mais voyant ma résistance inébranlable, mon père m'embrassa, et nous nous séparâmes.

Je m'éloignai sans doute ; mais il s'en fallait bien que ce fût pour obéir à mon père. Sachant qu'il avait placé chez un banquier, à Paris, une somme très considérable, destinée à l'établissement qu'il projetait pour moi, je ne crus pas faire un vol en m'emparant d'avance des fonds qui devaient m'appartenir ; et muni d'une prétendue lettre de lui, forgée par ma coupable adresse, je me transportai à Paris chez le banquier, je reçus les fonds qui montaient à cent mille écus, m'habillai promptement en femme[188], pris avec moi une soubrette adroite, et repartis sur-le-champ pour me rendre dans la ville et dans le couvent où m'attendait la tante chérie qui voulait bien favoriser mon amour. Le coup que je venais de faire était trop sérieux pour que je m'avisasse de lui en faire part ; je ne lui montrai que le simple désir de voir Léonore devant elle, et de me rendre ensuite au bout de quelques jours aux ordres de mon père... Mais comme il me croyait déjà à ma destination, dis-je à ma tante, il s'agissait de redoubler de prudence ; cependant, comme on nous apprit qu'il venait de partir pour ses biens, nous nous trouvâmes plus tranquilles, et dès l'instant nos ruses commencèrent.

Ma tante me reçoit d'abord au parloir, me fait faire adroitement connaissance avec d'autres religieuses de ses amies, témoigne l'envie qu'elle a de m'avoir avec elle, au moins pendant quelques jours, le demande, l'obtient ; j'entre, et me voilà sous le même toit que Léonore.

Il faut aimer, pour connaître l'ivresse de ces situations ; mon cœur suffit pour les sentir, mais mon esprit ne peut les rendre.

Je ne vis point Léonore le premier jour ; trop d'empressement fût devenu suspect. Nous avions de grands ménagements à garder ; mais le lendemain, cette charmante fille, invitée à venir prendre du chocolat chez ma tante, se trouva à côté de moi sans me reconnaître ; déjeuna avec plusieurs autres de ses compagnes sans se douter de rien, et ne revint enfin de son erreur, que lorsque après le repas, ma tante l'ayant retenue la dernière, lui dit, en riant, et me présentant à elle :

« Voilà une parente, ma belle cousine, avec laquelle je veux vous faire faire connaissance : examinez-la bien, je vous prie, et dites-moi s'il est vrai, comme elle le prétend, que vous vous êtes déjà vues ailleurs. »

Léonore me fixe, elle se trouble ; je me jette à ses pieds, j'exige mon pardon, et nous nous livrons un instant au doux plaisir d'être sûrs de passer au moins quelques jours ensemble.

Ma tante crut d'abord devoir être un peu plus sévère ; elle refusa de nous laisser seuls ; mais je la cajolai si bien, je lui dis un si grand nombre de ces choses douces, qui plaisent tant aux femmes, et surtout aux religieuses, qu'elle m'accorda bientôt de pouvoir entretenir tête à tête le divin objet de mon cœur.

« Léonore, dis-je à ma chère maîtresse, dès qu'il me fut possible de l'approcher, ô Léonore, me voilà en état de vous presser d'exécuter nos serments ; j'ai de quoi vivre, et pour vous, et pour moi, le reste de nos jours. Ne perdons pas un instant, éloignons-nous.

— Franchir les murs ! me dit Léonore effrayée ; nous ne le pourrons jamais.

— Rien n'est impossible à l'amour, m'écriai-je ; laissez-vous diriger par lui, nous serons réunis demain. »

Cette aimable fille m'oppose encore quelques scrupules, me fait entrevoir des difficultés ; mais je la conjure de ne se rendre, comme moi, qu'au sentiment qui nous enflamme... Elle frémit... elle promet, et nous convenons de nous éviter, et de ne plus nous revoir qu'au moment de l'exécution.

« Je vais y réfléchir, lui dis-je, ma tante vous remettra un billet ; vous exécuterez ce qu'il contiendra ; nous nous verrons encore une fois, pour disposer tout, et nous partirons. »

Je ne voulais point mettre ma tante dans une telle confidence. Accepterait-elle de nous servir ? ne nous trahirait-elle pas ? Ces considérations m'arrêtaient ; cependant il fallait agir. Seul, déguisé, dans une maison vaste dont je connaissais à peine les détours et les environs, tout cela était fort difficile ; rien ne m'arrêta cependant, et vous allez voir les moyens que je pris.

Après avoir profondément étudié pendant vingt-quatre heures, tout ce que la situation pouvait me permettre, je m'aperçus qu'un sculpteur venait tous les jours dans une chapelle intérieure du couvent, réparer une grande statue de sainte Ultrogote, patronne de la maison, en laquelle les religieuses avaient une foi profonde [189] ; on lui avait vu faire des miracles ; elle accordait tout ce qu'on lui demandait. Avec quelques patenôtres, dévotement récitées au bas de son autel, on était sûr de la béatitude céleste.

Résolu de tout hasarder, je m'approchai de l'artiste, et après quelques génuflexions préliminaires, je demandai à cet homme, s'il avait autant de foi que ces dames au crédit de la sainte qu'il rajustait.

« Je suis étrangère dans cette maison, ajoutai-je, et je serais bien aise d'entendre raconter par vous quelques hauts faits de cette bienheureuse.

— Bon, dit le sculpteur, en riant, et croyant pouvoir parler avec plus de franchise, d'après le ton qu'il me voyait prendre avec lui... Ne voyez-vous pas bien que ce sont des béguines [190], qui croient tout ce qu'on leur dit ? Comment voulez-vous qu'un morceau de bois fasse des choses extraordinaires ? Le premier de tous les miracles devrait être de se conserver, et vous voyez bien qu'elle n'en a pas la puissance, puisqu'il faut que je la raccommode. Vous ne croyez pas à toutes ces momeries-là [191], vous, mademoiselle !

— Ma foi, pas trop, répondis-je ; mais il faut bien faire comme les autres. »

Et m'imaginant que cette ouverture devait suffire pour le premier jour, je m'en tins là.

Le lendemain, la conversation reprit, et continua sur le même ton... Je fus plus loin ; je lui donnai beau jeu [192] ; il s'enflamma, et je crois que si j'eusse continué de l'émouvoir, l'autel même de la miraculeuse statue fût devenu le trône de nos plaisirs... Quand je le vis là, je lui saisis la main.

« Brave homme, lui dis-je, voyez en moi, au lieu d'une fille, un malheureux amant, dont vous pouvez faire le bonheur.

— Oh ciel ! monsieur, vous allez nous perdre tous deux.

— Non, écoutez-moi ; servez-moi, secourez-moi, et votre fortune est faite. »

Et en disant cela, pour donner plus de force à mes discours, je lui glissai un rouleau de vingt-cinq louis, l'assurant que je n'en resterais pas là, s'il voulait m'être utile.

« Eh bien, qu'exigez-vous ?

— Il y a ici une jeune pensionnaire que j'adore, elle m'aime, elle consent à tout, je veux l'enlever, et l'épouser ; mais je ne le puis sans votre secours.

— Et comment puis-je vous être utile ?

— Rien de plus simple ; brisons les deux bras de cette statue, dites qu'elle est en mauvais état, que quand vous avez voulu la réparer, elle s'est démantibulée toute seule, qu'il vous est impossible de la rajuster ici ; qu'il est indispensable qu'elle soit emportée chez vous... On y consentira, on y est trop attaché, pour ne pas accepter tout ce qui peut la conserver... Je viendrai seul la nuit achever de la rompre ; j'en absorberai les morceaux ; ma maîtresse, enveloppée sous les attirails qui parent cette statue, viendra se mettre à sa place, vous la couvrirez d'un grand drap, et aidé d'un de vos garçons, vous l'emporterez de bon matin dans votre atelier ; une femme à nous s'y trouvera ; vous lui remettrez l'objet de mes vœux ; je serai chez vous deux heures après ; vous accepterez de nouvelles marques de ma reconnaissance [193] ; vous direz ensuite à vos religieuses que la statue est tombée en poussière, quand vous avez voulu y mettre le ciseau, et que vous allez leur en faire une neuve. »

Mille difficultés s'offrirent aux yeux d'un homme qui, moins épris que moi, voyait sans doute infiniment mieux. Je n'écoutai rien, je ne cherchai qu'à vaincre ; deux nouveaux rouleaux y réussirent, et nous nous mîmes dès l'instant à l'ouvrage. Les deux bras furent impitoyablement cassés. Les religieuses appelées, le projet du transport de la sainte approuvé, il ne fut plus question que d'agir.

Ce fut alors que j'écrivis le billet convenu à Léonore ; je lui recommandai de ce trouver le soir même à l'entrée de la chapelle de sainte Ultrogote avec le moins de vêtements possible, parce que j'en avais de sanctifiés à lui fournir, dont la vertu magique serait de la faire aussitôt disparaître du couvent [194].

Léonore, ne me comprenant point, vint aussitôt me trouver chez ma tante. Comme nous avions ménagé nos rendez-vous, ils n'étonnèrent personne. On nous laissa seuls un instant, et j'expliquai tout le mystère.

Le premier mouvement de Léonore fut de rire. L'esprit qu'elle avait ne s'arrangeant pas avec le bigotisme [195], elle ne vit d'abord rien que de très plaisant au projet de lui faire prendre la place d'une statue miraculeuse ; mais la réflexion refroidit bientôt sa gaieté... Il fallait passer la nuit là... quelque chose pouvait s'entendre ; les nonnes... celles, du moins, qui couchaient près de cette chapelle, n'avaient qu'à s'imaginer que le bruit qui en venait était occasionné par la sainte, furieuse de son changement [196] ; elles n'avaient qu'à venir examiner, découvrir... nous étions perdus. Dans le transport, pouvait-elle répondre d'un mouvement ?... Et si on levait le drap dont elle serait couverte... Si enfin... Et mille objections, toutes plus raisonnables les unes que les autres, et que je détruisis d'un seul mot, en assurant Léonore qu'il y avait un Dieu pour les amants, et que ce Dieu imploré par nous, accomplirait infailliblement nos vœux, sans que nul obstacle vînt en troubler l'effet [197].

Léonore se rendit ; personne ne couchait dans sa chambre, c'était le plus essentiel. J'avais écrit à la femme qui m'avait accompagné de Paris, de se trouver le lendemain, de très grand matin, chez le sculpteur, dont je lui envoyais l'adresse ; d'apporter des habits convenables pour une jeune personne presque nue, qu'on lui remettrait, et de l'emmener aussitôt à l'auberge où nous étions descendus ; de demander des chevaux de poste pour neuf heures précises du matin ; que je serais sans faute de retour à cette heure, et que nous partirions de suite.

Tout allant à merveille de ce côté, je ne m'occupai plus que des projets intérieurs ; c'est-à-dire des plus difficiles, sans doute.

Léonore prétexta un mal de tête, afin d'avoir le droit de se retirer de meilleure heure, et dès qu'on la crut couchée, elle sortit, et vint me trouver dans la chapelle, où j'avais l'air d'être en méditation. Elle s'y mit comme moi ; nous laissâmes étendre toutes les nonnes sur leurs saintes couches, et dès que nous les supposâmes ensevelies dans les bras du sommeil, nous commençâmes à briser et à réduire en poudre la miraculeuse statue, ce qui nous fut fort aisé, vu l'état dans lequel elle était. J'avais un grand sac, tout prêt, au fond duquel étaient placées quelques grosses pierres. Nous mîmes dedans les débris de la sainte, et j'allai promptement jeter le tout dans un puits. Léonore, peu vêtue, s'affubla aussitôt des parures de sainte Ultrogote ; je l'arrangeai dans la situation penchée où le sculpteur l'avait mise pour la travailler. Je lui emmaillotai les bras, je mis à côté d'elle ceux de bois, que nous avions cassés la veille, et après lui avoir donné un baiser... baiser délicieux, dont l'effet fut sur moi bien plus puissant que les miracles de toutes les saintes du ciel, je fermai le temple où reposait ma déesse, et me retirai tout rempli de son culte.

Le lendemain, de grand matin, le sculpteur entra, suivi d'un de ses élèves, tous deux munis d'un drap. Ils le jetèrent sur Léonore, avec tant de promptitude et d'adresse, qu'une nonne qui les éclairait ne put rien découvrir ; l'artiste aidé de son garçon emporta la prétendue sainte ; ils sortirent, et Léonore reçue par la femme qui l'attendait, se trouva à l'auberge indiquée, sans avoir éprouvé d'obstacle à son évasion.

J'avais prévenu de mon départ. Il n'étonna personne. J'affectai, au milieu de ces dames, d'être surpris de ne point voir Léonore : on me dit qu'elle était malade. Très en repos sur cette indisposition, je ne montrai qu'un intérêt médiocre. Ma tante pleinement persuadée que nous nous étions fait nos adieux mystérieusement, la veille, ne s'étonna point de ma froideur, et je ne pensai plus qu'à revoler avec empressement où m'attendait l'objet de tous mes vœux.

Cette chère fille avait passé une nuit cruelle, toujours entre la crainte et l'espérance ; son agitation avait été extrême ; pour achever de l'inquiéter encore plus, une vieille religieuse était venue pendant la nuit prendre congé de la sainte ; elle avait marmotté plus d'une heure, ce qui avait presque empêché Léonore de respirer ; et à la fin des patenôtres, la vieille bégueule en larmes avait voulu la baiser au visage ; mais mal éclairée, oubliant sans doute le changement d'attitude de la statue, son acte de tendresse s'était porté vers une partie absolument opposée à la tête ; sentant cette partie couverte, et imaginant bien qu'elle se trompait, la vieille avait palpé pour se convaincre encore mieux de son erreur. Léonore extrêmement sensible, et chatouillée dans un endroit de son corps dont jamais nulle main ne s'était approchée, n'avait pu s'empêcher de tressaillir ; la nonne avait pris le mouvement pour un miracle ; elle s'était jetée à genoux ; sa ferveur avait redoublé ; mieux guidée dans ses nouvelles recherches, elle avait réussi à donner un tendre baiser sur le front de l'objet de son idolâtrie, et s'était enfin retirée [198].

Après avoir bien ri de cette aventure, nous partîmes, Léonore, la femme que j'avais amenée de Paris, un laquais et moi ; il s'en fallut de bien peu que nous ne fissions naufrage dès le premier jour. Léonore, fatiguée, voulut s'arrêter dans une petite ville qui n'était pas à dix lieues de la nôtre : nous descendîmes dans une auberge ; à peine y étions-nous, qu'une voiture de poste s'arrêta pour y dîner comme nous... C'était mon père ; il revenait d'un de ses châteaux ; il retournait à la ville, l'esprit bien loin de ce qui s'y passait. Je frémis encore quand je pense à cette rencontre : il monte ; on l'établit dans une chambre absolument voisine de la nôtre ; là, ne croyant plus pouvoir lui échapper, je fus prêt vingt fois à aller me jeter à ses pieds pour tâcher d'obtenir le pardon de mes fautes ; mais je ne le connaissais pas assez pour prévoir ses résolutions : je sacrifiais entièrement Léonore par cette démarche. Je trouvai plus à propos de me déguiser et de partir fort vite. Je fis monter l'hôtesse ; je lui dis que le hasard venait de faire arriver un homme à qui je devais deux cents louis ; que ne me trouvant ni en état, ni en volonté de le payer à présent, je la priai de ne rien dire, et de m'aider même au déguisement que j'allais prendre pour échapper à ce créancier. Cette femme, qui n'avait aucun intérêt à me trahir, et à laquelle je payai généreusement notre dépense, se prêta de tout son cœur à la plaisanterie ; Léonore et moi nous changeâmes d'habit, et nous passâmes ainsi tous deux effrontément devant mon père, sans qu'il lui fût possible de nous reconnaître, quelque attention qu'il eût l'air de prendre à nous. Le risque que nous venions de courir décida Léonore à moins écouter l'envie qu'elle avait de s'arrêter partout, et notre projet étant de passer en Italie, nous gagnâmes Lyon d'une traite [199].

Le ciel m'est témoin que j'avais respecté jusqu'alors la vertu de celle dont je voulais faire ma femme ; j'aurais cru diminuer le prix que j'attendais de l'hymen, si j'avais permis à l'amour de le cueillir. Une difficulté bien mal entendue détruisit notre mutuelle délicatesse, et la grossière imbécillité du refus de ceux que nous fûmes implorer, pour prévenir le crime, fut positivement ce qui nous y plongea tous deux*. Ô ministres du ciel ! ne sentirez-vous donc jamais qu'il y a mille cas où il vaut mieux se prêter à un petit mal, que d'en occasionner un grand, et que cette futile approbation de votre part, à laquelle on veut bien se prêter, est pourtant bien moins importante que tous les dangers qui peuvent résulter du refus [200] ?

Un grand vicaire de l'archevêque, auquel nous nous adressâmes, nous renvoya avec dureté, trois curés de cette ville nous firent éprouver les mêmes désagréments, quand Léonore et

---

* Il est à propos de remarquer ici en passant qu'il n'y a point de ville en France où le clergé soit plus détestable qu'à Lyon ; on a toujours dit, et avec raison, que le corps des curés de Paris composait l'assemblée des plus honnêtes gens de la capitale ; on peut affirmer positivement tout le contraire de ceux de Lyon : la fourberie, la cupidité, l'ignorance et le libertinage, voilà les traits qui les caractérisent.

moi, justement irrités de cette odieuse rigueur, résolûmes de ne prendre que Dieu pour témoin de nos serments, et de nous croire aussi bien mariés en l'invoquant aux pieds de ses autels, que si tout le sacerdoce romain eût revêtu notre hymen de ses formalités ; c'est l'âme, c'est l'intention que l'Éternel désire, et quand l'offrande est pure, le médiateur est inutile[201].

Léonore et moi, nous nous transportâmes à la cathédrale, et là, pendant le sacrifice de la messe, je pris la main de mon amante, je lui jurai de n'être jamais qu'à elle ; elle en fit autant ; nous nous soumîmes tous deux à la vengeance du ciel, si nous trahissions nos serments ; nous nous protestâmes de faire approuver notre hymen dès que nous en aurions le pouvoir, et dès le même jour la plus charmante des femmes me rendit le plus heureux des époux.

Mais ce Dieu que nous venions d'implorer avec tant de zèle, n'avait pas envie de laisser durer notre bonheur : vous allez bientôt voir par quelle affreuse catastrophe il lui plut d'en troubler le cours.

Nous gagnâmes Venise[202] sans qu'il nous arrivât rien d'intéressant ; j'avais quelque envie de me fixer dans cette ville, le nom de *liberté,* de *république*, séduit toujours les jeunes gens ; mais nous fûmes bientôt à même de nous convaincre, que si quelque ville dans le monde est digne de ce titre, ce n'est assurément pas celle-là, à moins qu'on ne l'accorde à l'État que caractérise la plus affreuse oppression du peuple, et la plus cruelle tyrannie des grands.

Nous nous étions logés à Venise sur le grand canal, chez un nommé Antonio, qui tient un assez bon logis, aux *Armes de France*, près le pont de Rialto ; et depuis trois mois, uniquement occupés de visiter les beautés de cette ville flottante, nous n'avions encore songé qu'aux plaisirs ; hélas ! l'instant de la douleur arrivait, et nous ne nous en doutions point. La foudre grondait déjà sur nos têtes, quand nous ne croyions marcher que sur des fleurs.

Venise est entourée d'une grande quantité d'îles charmantes, dans lesquelles le citadin aquatique quittant ses lagunes empestées, va respirer de temps en temps quelques atomes un peu moins malsains. Fidèles imitateurs de cette conduite, et l'île de Malamoco plus agréable, plus fraîche qu'aucune de celles que nous avions vues, nous attirant davantage, il ne se passait guère de semaines que Léonore et moi n'allassions y dîner deux ou trois fois. La maison que nous préférions était celle d'une veuve dont on nous avait vanté la sagesse ; pour une légère somme, elle nous apprêtait un repas honnête, et nous avions de plus tout le jour la jouissance de son joli jardin. Un superbe figuier ombrageait une partie de cette charmante promenade ; Léonore, très friande du fruit de cet arbre, trouvait un plaisir singulier à aller goûter sous le figuier même, et à choisir là tour à tour les fruits qui lui paraissaient les plus mûrs.

Un jour... ô fatale époque de ma vie !... un jour que je la vis dans la grande ferveur de cette innocente occupation de son âge, séduit par un motif de curiosité, je lui demandai la permission de la quitter un moment, pour aller voir, à quelques milles de là, une abbaye célèbre, par les morceaux fameux du Titien et de Paul Véronèse qui s'y conservaient avec soin. Émue d'un mouvement dont elle ne parut pas être maîtresse, Léonore me fixa.

« Eh bien ! me dit-elle, te voilà déjà *mari*, tu brûles de goûter des plaisirs sans ta *femme*. Où vas-tu, mon ami, quel tableau peut donc valoir l'original que tu possèdes ?

— Aucun assurément, lui dis-je, et tu en es bien convaincue ; mais je sais que ces objets t'amusent peu ; c'est l'affaire d'une heure ; et ces présents superbes de la nature, ajoutai-je, en lui montrant des figues, sont bien préférables aux subtilités de l'art que je désire aller admirer un instant...

— Va, mon ami, me dit cette charmante fille, je saurai être une heure sans toi ; et se rapprochant de son arbre : va, cours à tes plaisirs, je vais goûter les miens... »

Je l'embrasse, je la trouve en larmes... Je veux rester, elle m'en empêche ; elle dit que c'est un léger moment de faiblesse [203] qu'il lui est impossible de vaincre. Elle exige que j'aille où la curiosité m'appelle, m'accompagne au bord de la gondole, m'y voit monter, reste au rivage pendant que je m'éloigne, pleure encore, au bruit des premiers coups de rames, et rentre à mes yeux dans le jardin. Qui m'eût dit, que tel était l'instant qui allait nous séparer ! et que dans un océan d'infortunes, allaient s'abîmer nos plaisirs...

« Eh quoi, interrompit ici Mme de Blamont, vous ne faites donc que de vous réunir ?

— Il n'y a que trois semaines que nous le sommes, madame,

répondit Sainville, quoiqu'il y ait trois ans que nous ayons quitté notre patrie.

— Poursuivez, poursuivez, monsieur ; cette catastrophe annonce deux histoires qui promettent bien de l'intérêt. »

Ma course ne fut pas longue, reprit Sainville ; les pleurs de Léonore m'avaient tellement inquiété, qu'il me fut impossible de prendre aucun plaisir à l'examen que j'étais allé faire. Uniquement occupé de ce cher objet de mon cœur, je ne songeais plus qu'à venir la rejoindre. Nous atteignons le rivage... Je m'élance... Je vole au jardin... et au lieu de Léonore, la veuve, la maîtresse du logis se jette vers moi, tout en larmes... me dit qu'elle est désolée, qu'elle mérite toute ma colère... qu'à peine ai-je été à cent pas du rivage, une gondole, remplie de gens qu'elle ne connaît pas, s'est approchée de la maison ; qu'il en est sorti six hommes masqués, qui ont enlevé Léonore, l'ont transportée dans leur barque, et se sont éloignés avec rapidité, en gagnant la haute mer... Je l'avoue, ma première pensée fut de me précipiter sur cette malheureuse, et de l'abattre d'un seul coup à mes pieds. Retenu par la faiblesse de son sexe, je me contentai de la saisir au col et de lui dire, en colère, qu'elle eût à me rendre ma femme, ou que j'allais l'étrangler à l'instant...

« Exécrable pays, m'écriai-je, voilà donc la justice qu'on rend dans cette fameuse république ! Puisse le ciel m'anéantir et m'écraser à l'instant avec elle, si je ne retrouve pas celle qui m'est chère... »

À peine ai-je prononcé ces mots, que je suis entouré d'une troupe de sbires ; l'un d'eux s'avance vers moi, me demande si j'ignore qu'un étranger ne doit, à Venise, parler du gouvernement en quoi que ce puisse être.

« Scélérat ! répondis-je hors de moi, il en doit dire et penser le plus grand mal, quand il y trouve le droit des gens et l'hospitalité aussi cruellement violés...

— Nous ignorons ce que vous voulez dire, répondit l'alguazil [204] ; mais ayez pour agréable de remonter dans votre gondole, et de vous rendre sur-le-champ prisonnier dans votre auberge, jusqu'à ce que la république ait ordonné de vous. »

Mes efforts devenaient inutiles, et ma colère impuissante ; je n'avais plus pour moi que des pleurs, qui n'attendrissaient personne, et des cris qui se perdaient dans l'air. On m'entraîne.

Quatre de ces vils fripons m'escortent, me conduisent dans ma chambre, me consignent à Antonio, et vont rendre compte de leur scélératesse.

C'est ici que les paroles manquent au tableau de ma situation ! Et comment vous rendre, en effet, ce que j'éprouvai, ce que je devins, quand je vis cet appartement, duquel je venais de sortir, depuis quelques heures, libre et avec Léonore, et dans lequel je rentrais prisonnier, et sans elle ? Un sentiment pénible et sombre succéda bientôt à ma rage... Je jetai les yeux sur le lit de mon amante, sur ses robes, sur ses ajustements, sur sa toilette ; mes pleurs coulaient avec abondance, en m'approchant de ces différentes choses. Quelquefois je les observais avec le calme de la stupidité. L'instant d'après, je me précipitais dessus avec le délire de l'égarement... La voilà, me disais-je, elle est ici... Elle repose... Elle va s'habiller... Je l'entends. Mais trompé par une cruelle illusion, qui ne faisait qu'irriter mon chagrin, je me roulais au milieu de la chambre ; j'arrosais le plancher de mes larmes, et faisais retentir la voûte de mes cris. Ô Léonore ! Léonore ! c'en est donc fait, je ne te verrai plus... Puis, sortant, comme un furieux, je m'élançais sur Antonio, je le conjurais d'abréger ma vie ; je l'attendrissais par ma douleur ; je l'effrayais par mon désespoir.

Cet homme, avec l'air de la bonne foi, me conjura de me calmer ; je rejetai d'abord ses consolations : l'état dans lequel j'étais permettait-il de rien entendre ?... Je consentis enfin à l'écouter.

« Soyez pleinement en repos sur ce qui vous regarde, me dit-il d'abord ; je ne prévois qu'un ordre de vous retirer dans vingt-quatre heures des terres de la république ; elle n'agira sûrement pas plus sévèrement avec vous.

— Eh ! que m'importe ce que je deviendrai ; c'est Léonore que je veux, c'est elle que je vous demande.

— Ne vous imaginez pas qu'elle soit à Venise ; le malheur dont elle est victime est arrivé à plusieurs autres étrangères, et même à des femmes de la ville : il se glisse souvent dans le canal des barques turques ; elles se déguisent, on ne les reconnaît point ; elles enlèvent des proies pour le sérail, et quelques précautions que prenne la république, il est impossible d'empêcher cette piraterie. Ne doutez point que ce ne soit là le malheur de votre Léonore : la veuve du jardin de Malamoco n'est point coupable, nous la connaissons tous pour une honnête femme ; elle vous plaignait de bonne foi, et peut-être que, sans votre emportement, vous en eussiez appris davantage. Ces îles, continuellement remplies d'étrangers, le sont également d'espions, que la république y entretient ; vous avez tenu des propos, voilà la seule raison de vos arrêts.

— Ces arrêts ne sont pas naturels, et votre gouvernement sait bien ce qu'est devenue celle que j'aime ; ô mon ami ! faites-la-moi rendre, et mon sang est à vous.

— Soyez franc, est-ce une fille enlevée en France ? Si cela est, ce qui vient de se faire pourrait bien être l'ouvrage des deux Cours ; cette circonstance changerait absolument la face des choses... »

Et me voyant balbutier :

« Ne me cachez rien, poursuit Antonio, apprenez-moi ce qui en est, je vole à l'instant m'informer ; soyez certain qu'à mon retour je vous apprendrai si votre femme a été enlevée par ordre ou par surprise.

— Eh bien ! répondis-je avec cette noble candeur de la jeunesse, qui, toute honorable qu'elle est, ne sert pourtant qu'à nous faire tomber dans tous les pièges qu'il plaît au crime de nous tendre... eh bien ! je vous l'avoue, elle est ma femme, mais à l'insu de ses parents.

— Il suffit, me dit Antonio, dans moins d'une heure vous saurez tout... Ne sortez point, cela gâterait vos affaires, cela vous priverait des éclaircissements que vous avez droit d'espérer. »

Mon homme part et ne tarde pas à reparaître.

« On ne se doute point, me dit-il, du mystère de votre intrigue ; l'ambassadeur ne sait rien, et notre république nullement fondée à avoir les yeux sur votre conduite, vous aurait laissé toute votre vie tranquille sans vos blasphèmes sur son gouvernement : Léonore est donc sûrement enlevée par une barque turque ; elle était guettée depuis un mois ; il y avait dans le canal six petits bâtiments armés qui l'escortèrent, et qui sont déjà à plus de vingt lieues en mer. Nos gens ont couru, ils ont vu, mais il leur a été impossible de les atteindre. On va venir vous apporter les ordres du gouvernement, obéissez-y ; calmez-vous, et croyez que j'ai fait pour vous tout ce qui pouvait dépendre de moi. »

À peine Antonio eut-il effectivement cessé de me donner

ces cruelles lumières, que je vis entrer ce même chef de sbires qui m'avait arrêté ; il me signifia l'ordre de partir dès le lendemain au matin ; il m'ajouta que, sans la raison que j'avais effectivement de me plaindre, on n'en aurait pas agi avec autant de douceur ; qu'on voulait bien pour ma consolation me certifier que cet enlèvement ne s'était point fait par aucun malfaiteur de la république, mais uniquement par des barques des Dardanelles, qui se glissaient ainsi dans la mer Adriatique, sans qu'il fût possible d'arrêter leurs désordres, quelques précautions que l'on pût prendre. Le compliment fait, mon homme se retira, en me priant de lui donner quelques sequins pour l'honnêteté qu'il avait eue de ne me consigner que dans mon hôtel, pendant qu'il pouvait me conduire en prison.

J'étais infiniment plus tenté, je l'avoue, d'écraser ce coquin, que de lui donner pour boire, et j'allais le faire sans doute, quand Antonio me devinant, s'approcha de moi, et me conjura de satisfaire cet homme. Je le fis, et chacun s'étant retiré, je me replongeai dans l'affreux désespoir qui déchirait mon âme… À peine pouvais-je réfléchir : jamais un dessein constant ne parvenait à fixer mon imagination ; il s'en présentait vingt à la fois, mais aussitôt rejetés que conçus ; ils faisaient à l'instant place à mille autres dont l'exécution était impossible. Il faut avoir connu une telle situation pour en juger, et plus d'éloquence que moi pour la peindre.

Enfin, je m'arrêtai au projet de suivre Léonore, de la devancer si je pouvais à Constantinople, de la payer de tout mon bien au barbare qui me la ravissait, et de la soustraire au prix de mon sang, s'il le fallait, à l'affreux sort qui lui était destiné. Je chargeai Antonio de me fréter une felouque [205] ; je congédiai la femme que nous avions amenée, et la récompensai sur le serment qu'elle me fit que je n'aurais jamais rien à craindre de son indiscrétion.

La felouque se trouva prête le lendemain au matin, et vous jugez si c'est avec joie que je m'éloignai de ces perfides bords. J'avais quinze hommes d'équipage, le vent était bon ; le surlendemain, de bonne heure, nous aperçûmes la pointe de la fameuse citadelle de Corfou, fière rivale de Gibraltar, et peut-être aussi imprenable que cette célèbre clef de l'Europe* ;

* Après les Athéniens, il n'y avait point en Grèce de forces maritimes égales à celles de l'île de Corcyre, aujourd'hui Corfou, aux Vénitiens. Homère, dans

le cinquième jour nous doublâmes le cap de Morée, nous entrâmes dans l'Archipel, et le septième au soir, nous touchâmes Péra.

Aucun bâtiment, excepté quelques barques de pêcheurs de Dalmatie, ne s'était offert à nous durant la traversée ; nos yeux avaient eu beau se tourner de toutes parts, rien d'intéressant ne les avait fixés... Elle a trop d'avance, me disais-je, il y a longtemps qu'elle est arrivée... Ô ciel ! elle est déjà dans les bras d'un monstre que je redoute... je ne parviendrai jamais à l'en arracher.

Le comte de Fierval était pour lors ambassadeur de notre Cour à la Porte [206] ; je n'avais aucune liaison avec lui ; en eussé-je eu d'ailleurs, aurais-je osé me découvrir ? C'était pourtant le seul être que je pusse implorer dans mes malheurs, le seul dont je pusse tirer quelque éclaircissement : je fus le trouver, et lui laissant voir ma douleur, ne lui cachant aucune circonstance de mon aventure, ne lui déguisant que mon nom et celui de ma femme, je le conjurai d'avoir quelque pitié de mes maux, et de vouloir bien m'être utile, ou par ses actions, ou par ses conseils.

Le comte m'écouta avec toute l'honnêteté, avec tout l'intérêt que je devais attendre d'un homme de ce caractère.

« Votre situation est affreuse, me dit-il ; si vous étiez en état de recevoir un conseil sage, je vous donnerais celui de retourner en France, de faire votre paix avec vos parents, et de leur apprendre le malheur épouvantable qui vous est arrivé.

— Et le puis-je, monsieur, lui dis-je ; puis-je exister où ne sera pas ma Léonore ? Il faut que je la retrouve, ou que je meure.

— Eh bien ! me dit le comte, je vais faire pour vous ce que je pourrai... peut-être plus que ne devrait me le permettre ma place... Avez-vous un portrait de Léonore ?

— En voici un assez ressemblant, autant au moins qu'il est possible à l'art d'atteindre à ce que la nature a de plus parfait.

— Donnez-le-moi : demain matin à cette même heure, je vous dirai si votre femme est dans le sérail. Le Sultan m'honore de ses bontés : je lui peindrai le désespoir d'un homme de ma nation ; il me dira s'il possède ou non cette

---

son *Odyssée*, donne une grande idée des richesses et de la puissance de cette île.

femme ; mais réfléchissez-y bien, peut-être allez-vous accroître votre malheur : s'il l'a, je ne vous réponds pas qu'il me la rende...

— Juste ciel ! elle serait dans ces murs, et je ne pourrais l'en arracher... Oh ! monsieur, que me dites-vous ? Peut-être aimerais-je mieux l'incertitude.

— Choisissez.

— Agissez, monsieur, puisque vous voulez bien vous intéresser à mes malheurs ; agissez : et si le Sultan possède Léonore, s'il se refuse à me la rendre, j'irai mourir de douleur aux pieds des murs de son sérail ; vous lui ferez savoir ce que lui coûte sa conquête ; vous lui direz qu'il ne l'achète qu'aux dépens de la vie d'un infortuné. »

Le comte me serra la main, partagea ma douleur, la respecta et la servit ; bien différent en cela de ces ministres ordinaires, qui tout bouffis d'une vaine gloire, accordent à peine à un homme le temps de peindre ses malheurs, le repoussent avec dureté, et comptent au rang de leurs moments perdus ceux que la bienséance les oblige à prêter l'oreille aux malheureux.

Gens en place, voilà votre portrait : vous croyez nous en imposer en alléguant sans cesse une multitude d'affaires, pour prouver l'impossibilité de vous voir et de vous parler ; ces détours, trop absurdes, trop usés pour en imposer encore, ne sont bons qu'à vous faire mépriser ; ils ne servent qu'à faire médire de la nation, qu'à dégrader son gouvernement. Ô France ! tu t'éclaireras un jour, je l'espère : l'énergie de tes citoyens brisera bientôt le sceptre du despotisme et de la tyrannie, en foulant à tes pieds les scélérats qui servent l'un et l'autre ; tu sentiras qu'un peuple libre par la nature et le génie, ne doit être gouverné que par lui-même*.

Dès le même soir, le comte de Fierval me fit dire qu'il avait à me parler, j'y courus.

« Vous pouvez, me dit-il, être parfaitement sûr que Léonore n'est point au sérail ; elle n'est même point à Constantinople. Les horreurs qu'on a mises à Venise sur le compte de cette Cour n'existent plus : depuis des siècles on ne fait point ici le métier de corsaire ; un peu plus de réflexion m'aurait fait

* Il ne faut pas s'étonner si de tels principes, manifestés dès longtemps par notre auteur, le faisaient gémir à la Bastille, où la Révolution le trouva. (*Note de l'éditeur.*) [207]

vous le dire, si j'eusse été occupé d'autre chose, quand vous m'en avez parlé, que du plaisir de vous être utile. À supposer que Venise ne vous en a point imposé sur le fait, et que réellement Léonore ait été enlevée par des barques déguisées, ces barques appartiennent aux États barbaresques, qui se permettent quelquefois ce genre de piraterie [208] ; ce n'est donc que là qu'il vous sera possible d'apprendre quelque chose. Voilà le portrait que vous m'avez confié ; je ne vous retiens pas plus longtemps dans cette capitale.

Si vos parents faisaient des recherches, si l'on m'envoyait quelques ordres, je serais obligé de changer la satisfaction réelle que je viens d'éprouver en vous servant, contre la douleur de vous faire peut-être arrêter... Éloignez-vous... Si vous poursuivez vos recherches, dirigez-les sur les côtes d'Afrique... Si vous voulez mieux faire, retournez en France, il sera toujours plus avantageux pour vous de faire la paix avec vos parents, que de continuer à les aigrir par une plus longue absence. »

Je remerciai sincèrement le comte, et à la fin de son discours, m'ayant fait sentir qu'il serait plus prudent à moi de lui déguiser mes projets, que de lui en faire part... que peut-être même il désirait que j'agisse ainsi, je le quittai, le comblant des marques de ma reconnaissance, et l'assurant que j'allais réfléchir à l'un ou l'autre des plans que son honnêteté me conseillait.

Je n'avais ni payé, ni congédié ma felouque ; je fis venir le patron, je lui demandai s'il était en état de me conduire à Tunis.

« Assurément, me dit-il, à Alger, à Maroc, sur toute la côte d'Afrique, Votre Excellence n'a qu'à parler. »

Trop heureux dans mon malheur de trouver un tel secours, j'embrassai ce marinier de toute mon âme.

« Ô brave homme ! lui dis-je avec transport... ou il faut que nous périssions ensemble, ou il faut que nous retrouvions Léonore. »

Il ne fut pourtant pas possible de partir, ni le lendemain, ni le jour d'après : nous étions dans une saison où ces parages sont incertains ; le temps était affreux ; nous attendîmes. Je crus inutile de paraître davantage chez le ministre de France... Que lui dire ? Peut-être même le servais-je en n'y reparaissant plus. Le ciel s'éclaircit enfin, et nous nous mîmes en mer ;

Je savois bien quelle n'y résisterait pas.

mais ce calme n'était que trompeur : la mer ressemble à la fortune, il ne faut jamais se défier autant d'elle, que quand elle nous rit le plus.

À peine eûmes-nous quitté l'Archipel, qu'un vent impétueux troublant la manœuvre des rames, nous contraignit à faire de la voile ; la légèreté du bâtiment le rendit bientôt le jouet de la tempête, et nous fûmes trop heureux de toucher Malte le lendemain sans accident. Nous entrâmes sous le fort Saint-Elme, dans le bassin de la Valette, ville bâtie par le commandeur de ce nom en 1566. Si j'avais pu penser à autre chose qu'à Léonore, j'aurais sans doute remarqué la beauté des fortifications de cette place, que l'art et la nature rendent absolument imprenable. Mais je ne m'occupai qu'à prendre vite un logement dans la ville, en attendant que nous puissions repartir avec plus de promptitude encore, et cela devenant impossible pour le même soir, je me résolus à passer la nuit dans le cabaret où nous étions.

Il était environ neuf heures du soir, et j'allais essayer de trouver quelques instants de repos, lorsque j'entendis beaucoup de bruit dans la chambre à côté de la mienne. Les deux pièces n'étant séparées que par quelques planches mal jointes, il me fut aisé de tout voir et de tout entendre. J'écoute... j'observe... quel singulier spectacle s'offre à mes regards ! trois hommes, qui me paraissent Vénitiens, placèrent dans cette chambre une grande caisse couverte de toile cirée. Dès que ce meuble est apporté, celui qui paraît être le chef s'enferme seul, lève la toile qui couvre la caisse, et je vois une bière.

« Ô malheureux ! s'écrie cet homme, je suis perdu ; elle est morte... elle n'a plus de mouvement... »

« Ce personnage est-il fou ? me dis-je à moi-même... Eh quoi ! il s'étonne qu'il y ait un mort dans ce cercueil !... Mais pourquoi ce meuble funèbre ? continuai-je. Quelle apparence qu'il fût là, s'il ne contenait un mort ! »

Et mes réflexions font place à la plus grande surprise, quand je vois celui qui avait parlé, ouvrir la bière, et en retirer dans ses bras le corps d'une femme. Comme elle était habillée, je reconnus bientôt qu'elle n'était qu'en syncope, et qu'elle avait sûrement été mise en vie dans ce cercueil.

« Ah ! je le savais bien, continua le personnage, je le savais bien qu'elle ne résisterait pas là-dedans à la tempête ; quel besoin de la laisser dans cette position, dès que nous étions sûrs de n'être pas suivis... Ô juste ciel !... »

Et pendant ce temps-là, il déposait cette femme sur un lit ; il lui tâtait le pouls, et s'apercevant sans doute qu'il avait encore du mouvement, il sauta de joie [209].

« Jour heureux ! s'écria-t-il, elle n'est qu'évanouie !... Fille charmante, je ne serai point privé des plaisirs que j'attends de toi ; je te sommerai de ta parole, tu seras ma femme, et mes peines ne seront pas perdues. »

Cet homme sortit en même temps d'une petite caisse, des flacons, des lancettes, et se préparait à donner toutes sortes de secours à cette infortunée, dont la situation où elle avait été placée m'avait toujours empêché de distinguer les traits [210].

J'en étais là de mon examen, très curieux de découvrir la suite de cette aventure, lorsque le patron de ma felouque entra brusquement dans ma chambre.

« Excellence, me dit-il, ne vous couchez pas, la lune se lève, le temps est beau, nous dînons demain à Tunis, si Votre Excellence veut se dépêcher. »

Trop occupé de mon amour, trop rempli du seul désir d'en retrouver l'objet, pour perdre à une aventure étrangère les moments destinés à Léonore, je laisse là ma belle évanouie, et vole au plus tôt sur mon bâtiment. Les rames gémissent ; le temps fraîchit ; la lune brille ; les matelots chantent, et nous sommes bientôt loin de Malte... Malheureux que j'étais ! où ne nous entraîne pas la fatalité de notre étoile !... Ainsi que le chien infortuné de la fable, je laissais la proie pour courir après l'ombre [211] ; j'allais m'exposer à mille nouveaux dangers pour découvrir celle que le hasard venait de mettre dans mes mains.

« Ô grand Dieu ! s'écria Mme de Blamont, quoi ! monsieur, la belle morte était votre Léonore ?

— Oui, madame, je lui laisse le soin de vous apprendre elle-même ce qui l'avait conduite là...

Permettez que je continue ; peut-être verrez-vous encore la fortune ennemie se jouer de moi avec les mêmes caprices ; peut-être me verrez-vous encore, toujours faible, toujours occupé de ma profonde douleur, fuir la prospérité qui luit un instant, pour voler où m'entraîne malgré moi la sévérité de mon sort. »

Nous commencions avec l'aurore à découvrir la terre ; déjà le cap Bon s'offrait à nos regards, quand un vent d'est s'élevant avec fureur, nous permit à peine de friser la côte d'Afrique, et nous jeta avec une impétuosité sans égale vers le détroit de Gibraltar ; la légèreté de notre bâtiment le rendait avec tant de facilité la proie de la tempête, que nous ne fûmes pas quarante heures [212] à nous trouver en travers du détroit. Peu accoutumés à de telles courses sur des barques si frêles, nos matelots se croyaient perdus ; il n'était plus question de manœuvres, nous ne pouvions que carguer à la hâte une mauvaise voile déjà toute déchirée, et nous abandonner à la volonté du ciel qui, s'embarrassant toujours assez peu du vœu des hommes, ne les sacrifie pas moins, malgré leurs inutiles prières, à tout ce que lui inspire la bizarrerie de ses caprices. Nous passâmes ainsi le détroit, non sans risquer à chaque instant d'échouer contre l'une ou l'autre terre ; semblables à ces débris que l'on voit, errants au hasard et tristes jouets des vagues, heurter chaque écueil tour à tour, si nous échappions au naufrage sur les côtes d'Afrique, ce n'était que pour le craindre encore plus sur les rives d'Éspagne.

Le vent changea sitôt que nous eûmes débouqué [213] le détroit ; il nous rabattit sur la côte occidentale du Maroc, et cet empire étant un de ceux où j'aurais continué mes recherches, à supposer qu'elles se fussent trouvées infructueuses dans les autres États barbaresques [214], je résolus d'y prendre terre. Je n'avais pas besoin de le désirer, mon équipage était las de courir : le patron m'annonça dès que nous fûmes au port de Salé, qu'à moins que je ne voulusse revenir en Europe, il ne pouvait pas me servir plus longtemps ; il m'objecta que sa felouque, peu faite à quitter les ports d'Italie, n'était pas en état d'aller plus loin, et que j'eusse à le payer ou à me décider au retour.

« Au retour, m'écriai-je, eh ! ne sais-tu donc pas que je préférerais la mort à la douleur de reparaître dans ma patrie sans avoir retrouvé celle que j'aime ? »

Ce raisonnement fait pour un cœur sensible eut peu d'accès sur l'âme d'un matelot, et le cher patron, sans en être ému, me signifia, qu'en ce cas, il fallait prendre congé l'un de l'autre.

Que devenir ! Était-ce en Barbarie où je devais espérer de trouver justice contre un marinier vénitien ? Tous ces gens-là, d'ailleurs, se tiennent d'un bout de l'Europe à l'autre : il fallut se soumettre, payer le patron, et s'en séparer.

Bien résolu de ne pas rendre ma course inutile dans ce royaume, et d'y poursuivre au moins les recherches que j'avais projetées, je louai des mulets à Salé, et m'étant rendu à Mékinès, lieu de résidence de la Cour, je descendis chez le consul de France : je lui exposai ma demande.

« Je vous plains, me répondit cet homme, dès qu'il m'eut entendu, et vous plains d'autant plus, que votre femme, fût-elle au sérail, il serait impossible au roi de France même de la découvrir ; cependant, il n'est pas vraisemblable que ce malheur ait eu lieu : il est extrêmement rare que les corsaires de Maroc aillent aujourd'hui dans l'Adriatique ; il y a peut-être plus de trente ans qu'ils n'y ont pris terre : les marchands qui fournissent le harem ne vont acheter des femmes qu'en Géorgie ; s'ils font quelques vols, c'est dans l'Archipel, parce que l'empereur est très porté pour les femmes grecques, et qu'il paye au poids de l'or tout ce qu'on lui amène au-dessous de douze ans de ces contrées. Mais il fait très peu de cas des autres Européennes ; et je pourrais, continua-t-il, vous assurer d'après cela presque aussi sûrement que si j'avais visité le sérail, que votre divinité n'y est point. Quoi qu'il en soit, allez vous reposer, je vous promets de faire des recherches ; j'écrirai dans les ports de l'empire, et peut-être au moins découvrirons-nous si elle a côtoyé ces parages. »

Trouvant cet avis raisonnable, je m'y conformai, et fus essayer de prendre un peu de repos, s'il était possible que je pusse le trouver au milieu des agitations de mon cœur.

Le consul fut huit jours sans me rien apprendre ; il vint enfin me trouver au commencement du neuvième.

« Votre femme, me dit-il, n'est sûrement pas venue dans ce pays ; j'ai le signalement de toutes celles qui y ont débarqué depuis l'époque que vous m'avez citée ; rien dans tout ce que j'ai ne ressemble à ce qui vous intéresse. Mais le lendemain de votre arrivée, un petit bâtiment anglais, battu de la tempête, a relâché dix heures à Safi ; il a mis ensuite à la voile pour le Cap ; il avait dans son bâtiment une jeune Française de l'âge que vous m'avez dépeint : brune, de beaux cheveux, et de superbes yeux noirs ; elle paraissait être extrêmement affligée : on n'a pu me dire, ni avec qui elle était, ni quel paraissait être l'objet de son voyage ; ce peu de circonstances est tout ce que j'ai su, je me hâte de vous en faire part, ne doutant point que cette Française, si conforme au portrait que vous m'avez fait voir, ne soit celle que vous cherchez.

— Ah ! monsieur, m'écriai-je, vous me donnez à la fois et la vie et la mort ; je ne respirerai plus que je n'aie atteint ce maudit bâtiment ; je n'aurai pas un moment de repos que je ne sois instruit des raisons qui lui font emporter celle que j'adore au fond de l'univers. »

Je priai en même temps cet homme honnête de me fournir quelques lettres de crédit et de recommandation pour le Cap. Il le fit, m'indiqua les moyens de trouver un léger bâtiment à bon prix au port de Salé, et nous nous séparâmes.

Je retournai donc à ce port célèbre de l'empire de Maroc*, où je m'arrangeai assez promptement d'une barque hollandaise de cinquante tonneaux : pour avoir l'air de faire quelque chose, j'achetai une petite cargaison d'huile, dont on m'a dit que j'aurais facilement le débit au Cap. J'avais avec moi vingt-cinq matelots, un assez bon pilote, et mon valet de chambre ; tel était mon équipage.

Notre bâtiment n'étant pas assez bon voilier pour garder la haute mer, nous courûmes les côtes sans nous en écarter de plus de quinze à vingt lieues, quelquefois même nous y abordions pour y faire de l'eau ou pour acheter des vivres aux Portugais de la Guinée. Tout alla le mieux du monde jusqu'au golfe, et nous avions fait près de la moitié du chemin, lorsqu'un terrible vent du nord nous jeta tout à coup vers l'île de Saint-Martin. Je n'avais encore jamais vu la mer dans un tel courroux : la brume était si épaisse, qu'il devenait impossible de nous distinguer de la proue à la poupe ; tantôt enlevés jusqu'aux nues par la fureur des vagues, tantôt précipités dans l'abîme par leur chute impétueuse, quelquefois entièrement inondés par les lames que nous embarquions malgré nous, effrayés du bouleversement intérieur et du mugissement épouvantable des eaux, du craquement des couples [215], fatigués du roulis violent qu'occasionnait souvent la violence des rafales, et l'agitation inexprimable des flots,

---

* Salé était encore au milieu de ce siècle une république indépendante, dont les citoyens étaient aussi habiles corsaires que bons commerçants ; elle fut soumise par le monarque actuel sous le règne de son père.

nous voyions la mort nous assaillir de partout, nous l'attendions à tout instant.

C'est ici qu'un philosophe eût pu se plaire à étudier l'homme, à observer la rapidité avec laquelle les changements de l'atmosphère le font passer d'une situation à l'autre. Une heure avant, nos matelots s'enivraient en jurant... maintenant, les mains élevées vers le ciel, ils ne songeaient plus qu'à se recommander à lui. Il est donc vrai que la crainte est le premier ressort de toutes les religions, et qu'elle est, comme dit Lucrèce, la mère des cultes[216]. L'homme doué d'une meilleure constitution, moins de désordres dans la nature, et l'on n'eût jamais parlé des dieux sur la terre.

Cependant le danger pressait ; nos matelots redoutaient d'autant plus les rochers à fleur d'eau, qui environnent l'île Saint-Mathieu, qu'ils étaient absolument hors d'état de les éviter. Ils y travaillaient néanmoins avec ardeur, lorsqu'un dernier coup de vent, rendant leurs soins infructueux, fait toucher la barque avec tant de rudesse sur un de ces rochers, qu'elle se fend, s'abîme, et s'écroule en débris dans les flots.

Dans ce désordre épouvantable, dans ce tumulte affreux des cris des ondes bouillonnantes, des sifflements de l'air, de l'éclat bruyant de toutes les différentes parties de ce malheureux navire, sous la faux de la mort enfin, élevée pour frapper ma tête, je saisis une planche, et m'y cramponnant, m'y confiant au gré des flots, je suis assez heureux pour y trouver un abri contre les dangers qui m'environnent. Nul de mes gens n'ayant été si fortuné que moi, je les vis tous périr sous mes yeux.

Hélas ! dans ma cruelle situation, menacé comme je l'étais de tous les fléaux qui peuvent assaillir l'homme, le ciel m'est témoin que je ne lui adressai pas un seul vœu pour moi. Est-ce courage, est-ce défaut de confiance ? Je ne sais ; mais je ne m'occupai que des malheureux qui périssaient pour me servir ; je ne pensai qu'à eux, qu'à ma chère Léonore, qu'à l'état dans lequel elle devait être, privée de son époux et des secours qu'elle en devait attendre.

J'avais heureusement sauvé toute ma fortune ; les précautions prises de l'échanger en papier du Cap à Maroc, m'avaient facilité les moyens de la mettre à couvert. Mes billets fermés avec soin dans un portefeuille de cuir, toujours attaché à ma ceinture, se retrouvaient ainsi tous avec moi, et nous ne pouvions périr qu'ensemble ; mais quelle faible consolation, dans l'état où j'étais !

Voguant seul sur ma planche, en butte à la fureur des éléments, je vis un nouveau danger affreux, sans doute, et auquel je n'avais nullement songé : je ne m'étais muni d'aucuns vivres [217], dans cette circonstance où le désir de se conserver aveugle toujours sur les vrais moyens d'y parvenir ; mais il est un dieu pour les amants ; je l'avais dit à Léonore, et je m'en convainquis. Les Grecs ont eu raison d'y croire ; et quoique dans ce moment terrible, je ne songeai guère plus à invoquer celui-là qu'un autre, ce fut pourtant à lui que je dus ma conservation : je dois le croire au moins, puisqu'il m'a fait sortir vainqueur de tant de périls, pour me rendre enfin à celle que j'adore.

Insensiblement le temps se calma ; un vent frais fit glisser ma planche sur une mer tranquille, avec tant d'aisance et de facilité que je revis la côte d'Afrique le soir même ; mais je descendais considérablement quand je pris terre. Le second jour, je me trouvai entre Benguelé et le royaume des Jagas [218], sur les côtes de ce dernier empire, aux environs du Cap-Nègre ; et ma planche, tout à fait jetée sur le rivage, aborda sur les terres mêmes de ces peuples indomptés et cruels dont j'ignorais entièrement les mœurs. Excédé de fatigue et de besoin, mon premier empressement, dès que je fus à terre, fut de cueillir quelques racines et quelques fruits sauvages dont je fis un excellent repas ; mon second soin fut de prendre quelques heures de sommeil.

Après avoir accordé à la nature ce qu'elle exigeait si impérieusement, j'observai le cours du soleil ; il me sembla, d'après cet examen, qu'en dirigeant mes pas, d'abord en avant de moi, puis au midi, je devais arriver par terre au Cap, en traversant la Cafrerie [219] et le pays des Hottentots. Je ne me trompais pas ; mais quel danger m'offrait ce parti ! Il était clair que je me trouvais dans un pays peuplé d'anthropophages ; plus j'examinais ma position, moins j'en pouvais douter. N'était-ce pas multiplier mes dangers, que de m'enfoncer encore plus dans les terres ? Les possessions portugaises et hollandaises, qui devaient border la côte jusqu'au Cap, se retraçaient [220] bien à mon esprit ; mais cette côte, hérissée de rochers, ne m'offrait aucun sentier qui parût m'en frayer la route, au lieu qu'une belle et vaste plaine se présentait devant moi, et semblait m'inviter à la suivre. Je m'en tins donc au projet que je viens de vous dire, bien décidé, quoi qu'il pût arriver, de suivre l'intérieur des terres, deux ou trois jours à l'occident, puis de rabattre tout à coup au midi. Je le répète, mon calcul était juste ; mais que de périls pour le vérifier !

M'étant muni d'un fort gourdin, que je taillai en forme de massue, mes habits derrière mon dos, l'excessive chaleur m'empêchant de les porter sur moi, je me mis donc en marche. Il ne m'arriva rien cette première journée, quoique j'eusse fait près de dix lieues. Excédé de fatigue, anéanti de la chaleur, les pieds brûlés par les sables ardents, où j'enfonçais jusqu'au-dessus de la cheville, et voyant le soleil prêt à quitter l'horizon, je résolus de passer la nuit sur un arbre, que j'aperçus près d'un ruisseau, dont les eaux salutaires venaient de me rafraîchir. Je grimpe sur ma forteresse, et y ayant trouvé une attitude assez commode, je m'y attachai, et je dormis plusieurs heures de suite. Les rayons brûlants qui me dardèrent le lendemain matin, malgré le feuillage qui m'environnait, m'avertirent enfin qu'il était temps de poursuivre, et je le fis, toujours avec le même projet de route. Mais la faim me pressait encore, et je ne trouvais plus rien, pour la satisfaire.

Ô viles richesses, me dis-je alors, m'apercevant que j'en étais couvert, sans pouvoir me procurer avec, le plus faible secours de la vie !... quelques légers légumes, dont je verrais cette plaine semée, ne seraient-ils pas préférables à vous ? Il est donc faux que vous soyez réellement estimables, et celui qui, pour aller vous arracher du sein de la terre, abandonne le sol bien plus propice qui le nourrirait sans autant de peine, n'est qu'un extravagant bien digne de mépris. Ridicules conventions humaines, que de semblables erreurs vous admettez ainsi, sans en rougir, et sans oser les replonger dans le néant, dont jamais elles n'eussent dû sortir.

À peine eus-je fait cinq lieues, cette seconde journée, que je vis beaucoup de monde devant moi. Ayant un extrême besoin de secours, mon premier mouvement fut d'aborder ceux que je voyais ; le second, ramenant à mon esprit l'affreuse idée que j'étais dans des terres peuplées de mangeurs d'hommes, me fit grimper promptement sur un arbre, et attendre là ce qu'il plairait au sort de m'envoyer.

Grand Dieu ! comment vous peindre ce qui se passa !... Je

puis dire avec raison que je n'ai vu de ma vie un spectacle plus effrayant.

Les Jagas que je venais d'apercevoir, revenaient triomphants d'un combat qui s'était passé entre eux et les sauvages du royaume de Butua[221], avec lesquels ils confinent. Le détachement s'arrêta sous l'arbre même sur lequel je venais de choisir ma retraite ; ils étaient environ deux cents, et avaient avec eux une vingtaine de prisonniers, qu'ils conduisaient enchaînés avec des liens d'écorces d'arbres.

Arrivé là, le chef examina ses malheureux captifs, il en fit avancer six, qu'il assomma lui-même de sa massue, se plaisant à les frapper chacun sur une partie différente, et à prouver son adresse, en les abattant d'un seul coup. Quatre de ses gens les dépecèrent, et on les distribua tout sanglants à la troupe ; il n'y a point de boucherie[222] où un bœuf soit partagé avec autant de vitesse, que ces malheureux le furent à l'instant par leurs vainqueurs. Ils déracinèrent un des arbres voisins de celui sur lequel j'étais, en coupèrent des branches, y mirent le feu, et firent rôtir à demi, sur des charbons ardents, les pièces de viande humaine qu'ils venaient de trancher[223]. À peine eurent-elles vu la flamme, qu'ils les avalèrent avec une voracité qui me fit frémir. Ils entremêlèrent ce repas de plusieurs traits d'une boisson qui me parut enivrante, au moins, dois-je le croire à l'espèce de rage et de frénésie dont ils furent agités après ce cruel repas. Ils redressèrent l'arbre qu'ils avaient arraché, le fixèrent dans le sable, y lièrent un de ces malheureux vaincus, qui leur restait, puis se mirent à danser autour, en observant à chaque mesure, d'enlever adroitement, d'un fer dont ils étaient armés, un morceau de chair du corps de ce misérable, qu'ils firent mourir, en le déchiquetant ainsi en détail[224]*. Ce morceau de chair s'avalait cru, aussitôt qu'il était coupé ; mais avant de le porter à la bouche, il fallait se barbouiller le visage avec le sang qui en découlait. C'était une

---

* On recule d'effroi à ce récit ; il est affreux, sans doute ; mais si c'est un crime que d'être vaincu, chez ces barbares, pourquoi ne leur est-il pas permis de punir alors les criminels par ce supplice, comme nous punissons les nôtres, par des supplices à peu près semblables ? Or, si la même horreur se trouve chez deux nations, l'une, parce qu'elle y procède avec un peu plus de cérémonie, n'a pourtant pas le droit d'invectiver l'autre ; il n'y a plus que le philosophe, qui admet peu de crimes et qui ne tue point, qui soit fondé à les invectiver toutes deux.

preuve de triomphe. Je dois l'avouer, l'épouvante et l'horreur me saisirent tellement ici, que peu s'en fallut que mes forces ne m'abandonnassent ; mais ma conservation dépendait de mon courage, je me fis violence, je surmontai cet instant de faiblesse, et me contins.

La journée tout entière se passa à ces exécrables cérémonies ; et c'est sans doute une des plus cruelles que j'aie passées de mes jours. Enfin, nos gens partirent au coucher du soleil, et au bout d'un quart d'heure, ne les apercevant plus, je descendis de mon arbre, pour prendre moi-même un peu de nourriture, que l'abattement dans lequel j'étais, me rendait presque indispensable.

Assurément, si j'avais eu le même goût que ce peuple féroce, j'aurais encore trouvé sur l'arène, de quoi faire un excellent repas ; mais une telle idée, quelle que fût ma disette, fit naître en moi tant d'horreur, que je ne voulus même pas cueillir les racines dont je me nourrissais, dans les environs de cet horrible endroit ; je m'éloignai, et après un triste et léger repas, je passai la seconde nuit dans la même position que la première.

Je commençais à me repentir vivement de la résolution que j'avais prise ; il me semblait que j'aurais beaucoup mieux fait de suivre la côte, quelque impraticable que m'en eût paru la route, que de m'enfoncer ainsi dans les terres, où il paraissait certain que je devais être dévoré ; mais j'étais déjà trop engagé ; il devenait presque aussi dangereux pour moi de retourner sur mes pas, que de poursuivre ; j'avançai donc. Le lendemain, je traversai le champ du combat de la veille, et je crus voir qu'il y avait eu sur le lieu même, un festin semblable à celui dont j'avais été spectateur. Cette idée me fit frissonner de nouveau, et je hâtai mes pas... Ô ciel ! ce n'était que pour les voir arrêter bientôt.

Je devais être à environ vingt-cinq lieues de mon débarquement, lorsque trois sauvages tombèrent brusquement sur moi au débouché d'un taillis qui les avait dérobés à mes yeux ; ils me parlèrent une langue que j'étais bien loin de savoir ; mais leurs mouvements et leurs actions se faisaient assez cruellement entendre, pour qu'il ne pût me rester aucun doute sur l'affreux destin qui m'était préparé.

Me voyant prisonnier, ne connaissant que trop l'usage barbare qu'ils faisaient de leurs captifs, je vous laisse à penser ce que je devins... Ô ma Léonore, m'écriai je, tu ne reverras plus ton amant ! il est à jamais perdu pour toi ; il va devenir la pâture de ces monstres ; nous ne nous aimerons plus, Léonore ; nous ne nous reverrons jamais. Mais les expressions de la douleur étaient loin d'atteindre l'âme de ces barbares ; ils ne les comprenaient seulement pas. Ils m'avaient lié si étroitement, qu'à peine m'était-il possible de marcher. Un moment je me crus déshonoré de[225] ces fers ; la réflexion ranima mon courage : l'ignominie qui n'est pas méritée, me dis-je, flétrit bien plus celui qui la donne, que celui qui la reçoit ; le tyran a le pouvoir d'enchaîner : l'homme sage et sensible a le droit bien plus précieux de mépriser celui qui le captive, et si froissé qu'il soit de ses fers, souriant au despote qui l'accable, « son front touche la voûte des cieux, pendant que la tête orgueilleuse de l'oppresseur s'abaisse et se couvre de fange* ».

Je marchai près de six heures avec ces barbares, dans l'affreuse position que je viens de vous dire, au bout desquelles, j'aperçus une espèce de bourgade construite avec régularité, et dont la principale maison me parut vaste, et assez belle, quoique de branches d'arbres et de joncs, liés à des pieux. Cette maison était celle du prince, la ville était sa capitale, et j'étais en un mot dans le royaume de Butua, habité par des peuples anthropophages, dont les mœurs et les cruautés surpassent en dépravation tout ce qui a été écrit et dit, jusqu'à présent, sur le compte des peuples les plus féroces. Comme aucun Européen n'était parvenu dans cette partie ; que les Portugais n'y avaient point encore pénétré pour lors, malgré le désir qu'ils avaient de s'en emparer, pour établir par là le fil de communication entre leur colonie de Benguelé, et celle qu'ils ont à Zimbaoé, près du Zanguebar et du Monomotapa ; comme, dis-je, il n'existe aucune relation de ces contrées, j'imagine que vous ne serez pas fâchés d'apprendre quelques détails sur la manière dont ces peuples se conduisent : j'affaiblirai sans doute ce que cette relation pourra présenter d'indécent ; mais pour être vrai, je serai pourtant obligé

---

* Sublimes réflexions du magnifique exorde de l'immortel ouvrage de M. Rainal, ouvrage qui a fait à la fois la gloire de l'écrivain qui le composa, et la honte de la nation qui osa le flétrir. Ô Rainal, ton siècle et ta patrie ne te méritaient pas[226] !

quelquefois de révéler des horreurs qui vous révolteront. Comment pourrai-je autrement vous peindre le peuple le plus cruel et le plus dissolu de la terre ?

Aline ici voulut se retirer, mon cher Valcour, et je me flatte que tu reconnais là cette fille sage, qu'alarme et fait rougir la plus légère offense à la pudeur. Mais Mme de Blamont soupçonnant le chagrin qu'allait lui causer la perte du récit intéressant de Sainville, lui ordonna de rester, ajoutant qu'elle comptait assez sur l'honneur et la manière noble de s'exprimer de son jeune hôte, pour croire qu'il mettrait dans sa narration toute la pureté qu'il pourrait, et qu'il gazerait [227] les choses trop fortes...

« Pour de la pureté dans les expressions, tant qu'il vous plaira, interrompit le comte ; mais pour des gazes, morbleu ! mesdames, je m'y oppose ; c'est avec toutes ces délicatesses de femmes, que nous ne savons rien, et si messieurs les marins eussent voulu parler plus clair, dans leurs dernières relations, nous connaîtrions aujourd'hui les mœurs des insulaires du Sud, dont nous n'avons que les plus imparfaits détails [228] ; ceci n'est pas une historiette [229] indécente : monsieur ne va pas nous faire un roman ; c'est une partie de l'histoire humaine [230] qu'il va peindre ; ce sont des développements de mœurs ; si vous voulez profiter de ces récits, si vous désirez y apprendre quelque chose, il faut donc qu'ils soient exacts, et ce qui est gazé ne l'est jamais. Ce sont les esprits impurs qui s'offensent de tout... Monsieur, poursuivit le comte en s'adressant à Sainville, les dames qui nous entourent ont trop de vertu pour que des relations historiques puissent échauffer leur imagination. « Plus l'infamie du vice est découverte aux gens du monde, a écrit quelque part un homme célèbre, et plus est grande l'horreur qu'en conçoit une âme vertueuse. » Y eût-il même quelques obscénités dans ce que vous allez nous dire, eh bien, de telles choses révoltent, dégoûtent, instruisent, mais n'échauffent jamais [231]... Madame, continua ce vieux et honnête militaire, en fixant Mme de Blamont, souvenez-vous que l'impératrice Livie [232], à laquelle je vous ai toujours comparée, disait que *des hommes nus étaient des statues pour des femmes chastes*... Parlez, monsieur, parlez, que vos mots soient décents ; tout passe avec de bons termes ; soyez honnête et vrai, et surtout ne nous cachez rien ; ce qui vous est arrivé, ce que vous avez vu, nous paraît trop intéressant pour que nous en voulions rien perdre. »

Le palais du roi de Butua, reprit Sainville, est gardé par des femmes noires, jaunes, mulâtres et blafardes [233]* : excepté les dernières, toujours petites et rabougries, celles que je pus voir, me parurent grandes, fortes, et de l'âge de vingt à trente ans. Elles étaient absolument nues, dénuées même du pagne qui couvre les parties de la pudeur chez les autres peuples de l'Afrique ; toutes étaient armées d'arcs et de flèches ; dès qu'elles nous virent, elles se rangèrent en haie, et nous laissèrent passer au milieu d'elles. Quoique ce palais n'ait qu'un rez-de-chaussée, il est extrêmement vaste. Nous traversâmes plusieurs appartements meublés de nattes, avant que d'arriver où était le roi. Des troupes de femmes se tenaient dans les différentes pièces où nous passions. Un dernier poste de six, infiniment mieux faites, et plus grandes, nous ouvrit enfin une porte de claie, qui nous introduisit où se tenait le monarque. On le voyait élevé au fond de cette pièce, dans un gradin, à demi couché sur des coussins de feuilles, placés sur des nattes très artistement travaillées ; il était entouré d'une trentaine de filles, beaucoup plus jeunes que celles que j'avais vues remplir les fonctions militaires. Il y en avait encore dans l'enfance, et le plus grand nombre, de douze à seize ans. En face du trône, se voyait un autel élevé de trois pieds, sur lequel était une idole, représentant une figure horrible, moitié homme, moitié serpent, ayant les mamelles d'une femme, et les cornes d'un bouc ; elle était teinte de sang. Tel était le

---

* C'est un des objets de luxe des monarques nègres, d'avoir de ces sortes de femmes dans leur palais, quelque affreuses qu'elles soient ; ils en jouissent par raffinement. Tous les hommes ne sont pas également aiguillonnés à l'acte de la jouissance par des motifs semblables ; il est donc possible que ce qui est singulièrement beau, comme ce qui est excessivement laid, puisse indifféremment exciter, en raison seulement de la différence des organes. Il n'y a aucune règle certaine sur cet objet, et la beauté n'a rien de réel, rien qui ne puisse être contesté ; elle peut être observée sous tel rapport dans un climat, et sous tel autre dans un climat différent. Or, dès que tous les habitants de la terre ne s'accordent pas unanimement sur la beauté, il est donc possible que dans une même nation, les uns pensent qu'une chose affreuse est fort belle, pendant que d'autres penseront qu'une chose fort belle est affreuse. Tout est affaire de goût et d'organisation ; et il n'y a que les sots qui, sur cela comme sur tout ce qui y tient, puissent imaginer le pédantisme de la *règle*.

dieu du pays. Sur les marches de l'autel... le plus affreux spectacle s'offrit bientôt à mes regards. Le prince venait de faire un sacrifice humain ; l'endroit où je le trouvais était son temple, et les victimes récemment immolées, palpitaient encore aux pieds de l'idole... Les macérations dont les corps des malheureuses hosties étaient encore couverts... le sang qui ruisselait de tous côtés... ces têtes séparées des troncs... achevèrent de glacer mes sens... Je tressaillis d'horreur.

Le prince demanda qui j'étais, et quand on l'en eut instruit, il me montra du doigt un grand homme blanc, sec et basané, d'environ soixante-six ans, qui, sur l'ordre du monarque, s'approcha de moi, et me parla sur-le-champ une langue européenne ; je dis en italien à cet interprète que je n'entendais point la langue dont il se servait ; il me répondit aussitôt en bon toscan, et nous nous liâmes. Cet homme était Portugais ; il se nommait Sarmiento, pris, comme je venais de l'être, il y avait environ vingt ans. Il s'était attaché à cette cour, depuis cet intervalle, et n'avait plus pensé à l'Europe. J'appris par son moyen, mon histoire à Ben Mâacoro : c'était le nom du prince[234]. Il avait paru en désirer toutes les circonstances ; je ne lui en déguisai aucune. Il rit à gorge déployée quand on lui dit que j'affrontais tant de périls pour une femme.

« En voilà deux mille dans ce palais, dit-il, qui ne me feraient pas seulement bouger de ma place. Vous êtes fous, continua-t-il, vous autres Européens, d'idolâtrer ce sexe ; une femme est faite pour qu'on en jouisse, et non pour qu'on l'adore ; c'est offenser les dieux de son pays, que de rendre à de simples créatures le culte qui n'est dû qu'à eux. Il est absurde d'accorder de l'autorité aux femmes, très dangereux de s'asservir à elles ; c'est avilir son sexe, c'est dégrader la nature, c'est devenir esclaves des êtres au-dessus desquels elle nous a placés. »

Sans m'amuser à réfuter ce raisonnement, je demandai au Portugais où le prince avait acquis ces connaissances sur nos nations.

« Il en juge sur ce que je lui ai dit, me répondit Sarmiento ; il n'a jamais vu d'Européen, que vous et moi. »

Je sollicitai ma liberté ; le prince me fit approcher de lui ; j'étais nu : il examina mon corps ; il le toucha partout, à peu près de la même façon qu'un boucher examine un bœuf, et il dit à Sarmiento qu'il me trouvait trop maigre pour être mangé, et trop âgé pour *ses plaisirs*...

« Pour *ses plaisirs* ! m'écriai-je... Eh quoi ! ne voilà-t-il pas assez de femmes ?...

— C'est précisément parce qu'il en a de trop, qu'il en est rassasié, me répondit l'interprète... Ô Français ! ne connais-tu donc pas les effets de la satiété ? elle déprave, elle corrompt les goûts, et les rapproche de la nature, en paraissant les écarter... Lorsque le grain germe dans la terre, lorsqu'il se fertilise et se reproduit, est-ce autrement que par corruption, et la corruption n'est-elle pas la première des lois génératrices [235] ? Quand tu seras resté quelque temps ici, quand tu auras connu les mœurs de cette nation, tu deviendras peut-être plus philosophe.

— Ami, dis-je au Portugais, tout ce que je vois, et tout ce que tu m'apprends, ne me donne pas une fort grande envie d'habiter chez elle ; j'aime mieux retourner en Europe, où l'on ne mange pas d'hommes, où l'on ne sacrifie pas de filles, et où on ne se *sert* pas de garçons.

— Je vais le demander pour toi, me répondit le Portugais, mais je doute fort que tu l'obtiennes. »

Il parla en effet au roi, et la réponse fut négative. Cependant on ôta mes liens, et le monarque me dit que celui qui m'expliquait ses pensées, vieillissant, il me destinait à le remplacer ; que j'apprendrais facilement, par son moyen, la langue de Butua ; que le Portugais me mettrait au fait de mes fonctions à la cour, et qu'on ne me laissait la vie, qu'aux conditions que je les remplirais. Je m'inclinai, et nous nous retirâmes.

Sarmiento m'apprit de quelles espèces étaient ces fonctions ; mais préalablement il m'expliqua différentes choses nécessaires à me donner une idée du pays où j'étais. Il me dit que le royaume de Butua était beaucoup plus grand qu'il ne paraissait ; qu'il s'étendait d'une part, au midi, jusqu'à la frontière des Hottentots, voisinage qui me séduisit, par l'espérance que je conçus, de regagner un jour par là les possessions hollandaises que j'avais tant d'envie d'atteindre.

« Au nord, poursuivit Sarmiento, cet État-ci s'étend jusqu'au royaume de Monoemugui ; il touche les monts Lupata, vers l'orient, et confine, à l'occident, aux Jagas ; tout cela, dans une étendue aussi considérable que le Portugal. De toutes les parties de ce royaume, continua mon instituteur, il arrive chaque mois des tributs de femmes au monarque ; tu seras l'inspecteur de cette espèce d'impôt ; tu les examineras, mais simplement leur corps ; on ne te les montrera jamais que voilées ; tu recevras les mieux faites, tu réformeras les autres. Le tribut monte ordinairement à cinq mille ; tu en maintiendras toujours, sur ce nombre, un complet de deux mille : voilà tes fonctions. Si tu aimes les femmes, tu souffriras sans doute, et de ne les pas voir, et d'être obligé de les céder sans en jouir.

Au reste, réfléchis à ta réponse ; tu sais ce que t'a dit l'empereur : ou cela, ou la mort ; il ne ferait peut-être pas la même grâce à d'autres.

— Mais, d'où vient[236], demandai-je au Portugais, qu'il choisit un Européen pour la partie que tu viens de m'expliquer ? un homme de sa nation s'entendrait moins mal, ce me semble, au genre de beauté qui lui convient.

— Point du tout ; il prétend que nous nous y connaissons mieux que ses sujets ; quelques réflexions que je lui communiquai sur cela, quand j'arrivai ici, le convainquirent de la délicatesse de mon goût et de la justesse de mes idées ; il imagina de me donner l'emploi dont je viens de te parler. Je m'en suis assez bien acquitté ; je vieillis, il veut me remplacer ; un Européen se présente à lui ; il lui suppose les mêmes lumières, il le choisit, rien de plus simple. »

Ma réponse se dictait d'elle-même : pour réussir à l'évasion[237] que je méditais, je devais d'abord mériter de la confiance ; on m'offrait les moyens de la gagner ; devais-je balancer ? Je supposais Léonore sur les mers d'Afrique ; j'étais parti de Maroc[238]. Dans cette opinion, le hasard ne pouvait-il pas l'amener dans cet empire ? Voilée ou non, ne la reconnaîtrais-je pas ? l'amour égare-t-il, se trompe-t-il à de certains examens ?...

« Mais au moins, dis-je au Portugais, je me flatte que ces morceaux friands, dont il me paraît que le roi se régale, ne seront pas soumis à mon inspection : je quitte l'emploi s'il faut se mêler des garçons.

— Ne crains rien, me dit Sarmiento, il ne s'en rapporte qu'à ses yeux, pour le choix de ce gibier ; les tributs moins nombreux n'arrivent que dans son palais, et les choix ne sont jamais faits que par lui. »

Tout en causant, Sarmiento me promenait de chambre en chambre, et je vis ainsi la totalité du palais, excepté les harems secrets, composés de ce qu'il y avait de plus beau dans l'un et l'autre sexe, mais où nul mortel n'était introduit.

« Toutes les femmes du prince, continua Sarmiento, au nombre de douze mille, se divisent en quatre classes ; il forme lui-même ces classes à mesure qu'il reçoit les femmes des mains de celui qui les lui choisit : les plus grandes, les plus fortes, les mieux constituées se placent dans le détachement qui garde son palais ; ce qu'on appelle les cinq cents esclaves est formé de l'espèce inférieure à celle dont je viens de parler ; ces femmes sont ordinairement de vingt à trente ans ; à elles appartient le service intérieur du palais, les travaux des jardins, et généralement toutes les corvées. Il forme la troisième classe depuis seize ans jusqu'à vingt ans ; celles-là servent aux sacrifices : c'est parmi elles que se prennent les victimes immolées à son dieu. La quatrième classe enfin renferme tout ce qu'il y a de plus délicat et de plus joli depuis l'enfance jusqu'à seize ans [239]. C'est là ce qui sert plus particulièrement à ses plaisirs ; ce serait là où se placeraient les blanches, s'il en avait...

— En a-t-il eu ? interrompis-je avec empressement.

— Pas encore, répondit le Portugais ; mais il en désire avec ardeur, et ne néglige rien de tout ce qui peut lui en procurer... »

Et l'espérance, à ces paroles, sembla renaître dans mon cœur [240].

« Malgré ces divisions, reprit le Portugais, toutes ces femmes, de quelque classe qu'elles soient, n'en satisfont pas moins la brutalité de ce despote : quand il a envie de l'une d'entre elles, il envoie un de ses officiers donner cent coups d'étrivières à la femme désirée ; cette faveur répond au mouchoir du sultan de Byzance, elle instruit la favorite de l'honneur qui lui est réservé : dès lors elle se rend où le prince l'attend, et comme il en emploie souvent un grand nombre dans le même jour, un grand nombre reçoit chaque matin l'avertissement que je viens de dire... »

Ici je frémis : ô Léonore ! me dis-je, si tu tombais dans les mains de ce monstre, et si je ne pouvais t'en garantir, serait-il possible que ces attraits que j'idolâtre fussent aussi indignement flétris ?... Grand Dieu ! prive-moi plutôt de la vie que d'exposer Léonore à un tel malheur ; que je rentre plutôt mille fois dans le sein de la nature avant que de voir tout ce que j'aime aussi cruellement outragé !

« Ami, repris-je aussitôt, tout rempli de l'affreuse idée que le Portugais venait de jeter dans mon esprit, l'exécution de ce raffinement d'horreur dont vous venez de me parler, ne me regardera pas, j'espère ?...

— Non, non, dit Sarmiento, en éclatant de rire, non, tout cela concerne le chef du sérail ; tes fonctions n'ont rien de commun avec les siennes ; tu lui composes, par ton choix dans les cinq mille femmes qui arrivent chaque année, les deux mille sur lesquelles il commande ; cela fait, vous n'avez plus rien à démêler ensemble.

— Bon, répondis-je ; car, s'il fallait faire répandre une seule larme à quelques-unes de ces infortunées... je t'en préviens... je déserterais le même jour. Je ferai mon devoir avec exactitude, poursuivis-je ; mais uniquement occupé de celle que j'idolâtre, ces créatures-ci n'auront assurément de moi ni châtiment, ni faveurs ; ainsi, les privations que sa jalousie m'impose, me touchent fort peu, comme tu vois.

— Ami, me répondit le Portugais, vous me paraissez un galant homme, vous aimez encore comme on faisait au dixième siècle : je crois voir en vous l'un des preux de l'antiquité chevaleresque, et cette vertu me charme, quoique je sois très loin de l'adopter... Nous ne verrons plus Sa Majesté aujourd'hui : il est tard ; vous devez avoir faim, venez vous rafraîchir chez moi, j'achèverai demain de vous instruire. »

Je suivis mon guide : il me fit entrer dans une chaumière construite à peu près dans le goût de celle du prince, mais infiniment moins spacieuse. Deux jeunes nègres servirent le souper sur des nattes de jonc, et nous nous plaçâmes à la manière africaine ; car notre Portugais, totalement dénaturalisé [241], avait adopté et les mœurs et toutes les coutumes de la nation chez laquelle il était.

On apporta un morceau de viande rôtie, et mon saint homme ayant dit son « Bénédicité » (la superstition n'abandonne jamais un Portugais), il m'offrit un filet de la chair qu'on venait de placer sur la table.

Un mouvement involontaire me saisit ici malgré moi.

« Frère, dis-je avec un trouble qu'il ne m'était pas possible de déguiser, foi d'Européen, le mets que tu me sers là, ne serait-il point par hasard une portion de hanche ou de fesse d'une de ces demoiselles dont le sang inondait tantôt les autels du dieu de ton maître ?...

— Eh quoi ! me répondit flegmatiquement le Portugais, de telles minuties t'arrêteraient-elles ? T'imagines-tu vivre ici sans te soumettre à ce régime ?

— Malheureux ! m'écriai-je en me levant de table, le cœur sur les lèvres, ton régal me fait frémir... j'expirerais plutôt que d'y toucher... C'est donc sur ce plat effroyable que tu osais demander la bénédiction du ciel ?... Terrible homme ! à ce mélange de superstition et de crime, tu n'as même pas voulu déguiser ta nation... Va, je t'aurais reconnu sans que tu te nommasses. »

Et j'allais sortir tout effrayé de sa maison... Mais Sarmiento me retenant :

« Arrête, me dit-il, je pardonne ce dégoût à tes habitudes, à tes préjugés nationaux ; mais c'est trop s'y livrer : cesse de faire ici le difficile, et sache te plier aux situations ; les répugnances ne sont que des faiblesses, mon ami, ce sont de petites maladies de l'organisation, à la cure desquelles on n'a pas travaillé jeune, et qui nous maîtrisent quand nous leur avons cédé. Il en est absolument de ceci comme de beaucoup d'autres choses : l'imagination séduite par des préjugés nous suggère d'abord des refus... On essaie... on s'en trouve bien, et le goût se décide quelquefois avec d'autant plus de violence, que l'éloignement avait plus de force en nous. Je suis arrivé ici comme toi, entêté de sottes idées nationales ; je blâmais tout... je trouvais tout absurde : les usages de ces peuples m'effrayaient autant que leurs mœurs, et maintenant je fais tout comme eux. Nous appartenons encore plus à l'habitude qu'à la nature[242], mon ami ; celle-ci n'a fait que nous créer, l'autre nous forme ; c'est une folie que de croire qu'il existe une bonté morale : toute manière de se conduire, absolument indifférente en elle-même, devient bonne ou mauvaise en raison du pays qui la juge ; mais l'homme sage doit adopter, s'il veut vivre heureux, celle du climat où le sort le jette... J'eusse peut-être fait comme toi à Lisbonne... À Butua je fais comme les nègres[243]... Eh ! que diable veux-tu que je te donne à souper, dès que tu ne veux pas te nourrir de ce dont tout le monde mange ?... J'ai bien là un vieux singe, mais il sera dur ; je vais ordonner qu'on te le fasse griller.

— Soit, je mangerai sûrement avec moins de dégoût la

culotte ou le râble de ton singe, que les carnosités des sultanes de ton roi.

— Ce n'en est pas, morbleu ! nous ne mangeons pas la chair des femmes ; elle est filandreuse et fade, et tu n'en verras jamais servir nulle part*. Ce mets succulent que tu dédaignes, est la cuisse d'un Jagas tué au combat d'hier, jeune, frais, et dont le suc doit être délicieux ; je l'ai fait cuire au four, il est dans son jus... regarde... Mais qu'à cela ne tienne, trouve bon seulement pendant que tu mangeras mon singe, que je puisse avaler quelques morceaux de ceci.

— Laisse là ton singe, dis-je à mon hôte en apercevant un plat de gâteaux et de fruits qu'on nous préparait sans doute pour le dessert. Fais ton abominable souper tout seul, et dans un coin opposé, le plus loin que je pourrai de toi, laisse-moi m'alimenter de ceci, j'en aurai beaucoup plus qu'il ne faut.

— Mon cher compatriote, me dit l'Européen *cannibalisé*, tout en dévorant son Jagas, tu reviendras de ces chimères : je t'ai déjà vu blâmer beaucoup de choses ici, dont tu finiras par faire tes délices ; il n'y a rien où l'habitude ne nous ploie ; il n'y a pas d'espèce de goût qui ne puisse nous venir par l'habitude.

— À en juger par tes propos, frère, les plaisirs dépravés de ton maître sont déjà devenus les tiens ?

— Dans beaucoup de choses, mon ami ; jette les yeux sur ces jeunes nègres, voilà ceux qui, comme chez lui, m'apprennent à me passer de femmes, et je te réponds qu'avec eux je ne me doute pas des privations... Si tu n'étais pas si scrupuleux, je t'en offrirais... Comme de ceci, dit-il en montrant la dégoûtante chair dont il se repaissait... Mais tu refuserais tout de même.

— Cesse d'en douter, vieux pécheur, convainc-toi bien que j'aimerais mieux déserter ton infâme pays, au risque d'être

---

* La plus délicate, dit-on, est celle des petits garçons : un berger allemand ayant été contraint par le besoin de se repaître de cet affreux mets, continua par goût, et certifia que la viande de petit garçon était la meilleure. Une vieille femme, au Brésil, déclara à Pinto, gouverneur portugais, absolument la même chose. Saint Jérôme assure le même fait, et dit que dans son voyage en Irlande, il trouva cette coutume de manger des enfants mâles établie par les bergers ; ils en choisissaient, dit-il, les parties charnues. Voyez pour les deux faits ci-dessus le *Second Voyage de Cook*, tome II, page 221 et suivantes [244].

mangé par ceux qui l'habitent, que d'y rester une minute aux dépens de la corruption de mes mœurs.

— Ne comprends pas dans la corruption morale l'usage de manger de la chair humaine. Il est aussi simple de se nourrir d'un homme que d'un bœuf*. Dis si tu veux que la guerre, cause de la destruction de l'espèce, est un fléau ; mais cette destruction faite, il est absolument égal que ce soient les entrailles de la terre ou celles de l'homme qui servent de sépulcre à des éléments désorganisés.

— Soit ; mais s'il est vrai que cette viande excite la gourmandise, comme le prétendent et toi, et ceux qui en mangent, le besoin de détruire peut s'ensuivre de la satisfaction de cette sensualité, et voilà dès l'instant des crimes combinés, et bientôt des crimes commis. Les voyageurs nous apprennent que les sauvages mangent leurs ennemis, et ils les excusent, en affirmant qu'ils ne mangent jamais que ceux-là ; et qui assurera que les sauvages, qui à la vérité ne dévorent aujourd'hui que ceux qu'ils ont pris à la guerre, n'ont pas commencé par faire la guerre pour avoir le plaisir de manger des hommes ? Or, dans ce cas, y aurait-il un goût plus condamnable et plus dangereux, puisqu'il serait devenu la première cause qui eût armé l'homme contre son semblable, et qui l'eût contraint à s'entredétruire ?

---

* L'anthropophagie n'est certainement pas un crime ; elle peut en occasionner, sans doute, mais elle est indifférente par elle-même. Il est impossible de découvrir quelle en a été la première cause : MM. Meunier, Paw et Cook ont beaucoup écrit sur cette matière sans réussir à la résoudre ; le second paraît être celui qui l'a le mieux analysée dans ses *Recherches sur les Américains*, tome I ; et cependant, quant on en a lu et relu ce passage, on ne se trouve pas plus instruit qu'on ne l'était auparavant. Ce qu'il y a de sûr, c'est que cette coutume a été générale sur notre planète et qu'elle est aussi ancienne que le monde ; mais la cause, le premier motif qui fit exposer un quartier d'homme sur la table d'un autre homme, est absolument indéfinissable. En analysant, on ne trouve pourtant que quatre raisons qui aient pu légitimer cette coutume. Superstition ou religion, ce qui est presque toujours synonyme ; appétit désordonné, provenant de la même cause que les vapeurs hystériques des femmes ; vengeance : plusieurs traits d'histoire appuient ces trois motifs ; raffinement de débauche, ou besoin, ce que confirment d'autres traits d'histoire. Mais il est impossible de dire lequel de ces motifs fit naître la coutume : une nation tout entière ne commença sûrement pas : quelque particulier, par l'un de ces quatre motifs, rendit compte de ce qu'il avait éprouvé ; il se loua de cette nourriture, et la nation suivit peu à peu son exemple. Ce ne serait pas, ce me semble, un sujet indigne des académies, que de proposer un prix pour celui qui dévoilerait l'incontestable origine de cette coutume[245].

— N'en crois rien, mon ami, c'est l'ambition, c'est la vengeance, la cupidité, la tyrannie ; ce sont toutes ces passions qui mirent les armes à la main de l'homme, qui l'obligèrent à se détruire ; reste à savoir maintenant si cette destruction est un aussi grand mal que l'on se l'imagine, et si, ressemblant aux fléaux que la nature envoie dans les mêmes principes, elle ne la sert pas tout comme eux[246]. Mais ceci nous entraînerait bien loin : il faudrait analyser d'abord, comment toi, faible et vile créature, qui n'as la force de rien créer, peux t'imaginer de pouvoir détruire ; comment, selon toi, la mort pourrait être une destruction, puisque la nature n'en admet aucune dans ses lois, et que ses actes ne sont que des métempsycoses et des reproductions perpétuelles ; il faudrait en venir ensuite à démontrer comment des changements de formes, qui ne servent qu'à faciliter ses créations, peuvent devenir des crimes contre ses lois, et comment la manière de les aider ou de les servir peut en même temps les outrager. Or, tu vois que de pareilles discussions prendraient trop sur le temps de ton sommeil ; va te coucher, mon ami, prends un de mes nègres, si cela te convient, ou quelques femmes, si elles te plaisent mieux.

— Rien ne me plaît, qu'un coin pour reposer, dis-je à mon respectable prédécesseur. Adieu, je vais dormir en détestant tes opinions, en abhorrant tes mœurs, et rendant grâce pourtant au ciel du bonheur que j'ai eu de te rencontrer ici. »

« Il faut que j'achève de te mettre au fait de ce qui regarde le maître que tu vas servir, me dit Sarmiento en venant m'éveiller le lendemain ; suis-moi, nous jaserons tout en parcourant la campagne.

Il est impossible de te peindre, mon ami, reprit le Portugais, en quel avilissement sont les femmes dans ce pays-ci : il est de luxe d'en avoir beaucoup... d'usage de s'en servir fort peu. Le pauvre et l'opulent, tout pense ici de même sur cette matière ; aussi, ce sexe remplit-il dans cette contrée les mêmes soins que nos bêtes de somme en Europe : ce sont les femmes qui ensemencent, qui labourent, qui moissonnent ; arrivées à la maison, qui approprient, qui servent, et pour comble de maux, toujours elles qu'on immole aux dieux. Perpétuellement en butte à la férocité de ce peuple barbare, elles sont tour à tour victimes de sa mauvaise humeur, de son intempérance et de sa tyrannie. Jette les yeux sur ce champ de maïs, vois ces malheureuses nues courbées dans le sillon qu'elles entrouvrent, et frémissantes sous le fouet de l'époux qui les y conduit ; de retour chez cet époux cruel, elles lui prépareront son dîner, le lui serviront, et recevront impitoyablement cent coups de gaule pour la plus légère négligence.

— La population doit cruellement souffrir de ces odieuses coutumes ?

— Aussi est-elle presque anéantie ; deux usages singuliers y contribuent plus que tout encore : le premier est l'opinion où est ce peuple qu'une femme est impure huit jours avant et huit jours après l'époque du mois où la nature la purge ; ce qui n'en laisse pas huit dans le mois où il la croie digne de lui servir. Le second usage, également destructeur de la population, est l'abstinence rigoureuse à laquelle est condamnée une femme après ses couches : son mari ne la voit plus de trois ans. On peut joindre à ces motifs de dépopulation l'ignominie que jette ce peuple sur cette même femme dès qu'elle est enceinte : de ce moment elle n'ose plus paraître, on se moque d'elle, on la montre au doigt, les temples, même, lui sont fermés* [247]. Une population autrefois trop forte dut autoriser ces anciens usages : un peuple trop nombreux, borné de manière à ne pouvoir s'étendre ou former des colonies, doit nécessairement se détruire lui-même : mais ces pratiques meurtrières deviennent absurdes aujourd'hui dans un royaume qui s'enrichirait du surplus de ses sujets, s'il voulait communiquer avec nous. Je leur ai fait cette observation, ils ne la goûtent point ; je leur ai dit que leur nation périrait avant un siècle, ils s'en moquent. Si cette horreur pour la propagation de son espèce est empreinte dans l'âme des sujets de cet empire, elle est bien autrement gravée dans l'âme du monarque qui le régit : non seulement ses goûts contrarient les vœux de la nature ; mais, s'il lui arrive même de s'oublier avec une femme, et qu'il soit parvenu à la rendre sensible, la peine de mort devient la punition de trop d'ardeur de cette infortunée ; elle ne double son existence que pour perdre aussitôt la sienne : aussi, n'y a-t-il sortes de précautions que ne prennent

---

* Une chose singulière, sans doute, est que cet avilissement des femmes enceintes, ait été retrouvé dans les îles Fortunées de la mer du Sud par le capitaine Cook : il y a quelques pays en Asie et en Amérique où cette coutume est la même.

ces femmes pour empêcher la propagation, ou pour la détruire. Tu t'étonnais hier de leur quantité, et néanmoins sur ce nombre immense à peine y en a-t-il quatre cents en état de servir chaque jour. Enfermées avec exactitude dans une maison particulière tout le temps de leurs infirmités, reléguées, punies, condamnées à mort pour la moindre chose... immolées aux dieux, leur nombre diminue à chaque moment ; est-ce trop de ce qui reste pour le service des jardins, du palais, et des plaisirs du souverain ?

— Eh quoi ! dis-je, parce qu'une femme accomplit la loi de la nature, elle deviendrait de cet instant impropre au service des jardins de son maître ? Il est déjà, ce me semble assez cruel de l'y faire travailler, sans la juger indigne de ce fatigant emploi, parce qu'elle subit le sort qu'attache le ciel à son humanité.

— Cela est, pourtant : l'empereur ne voudrait pas qu'en cet état les mains mêmes d'une femme touchassent une feuille de ses arbres.

— Malheur à une nation assez esclave de ses préjugés pour penser ainsi ! elle doit être fort près de sa ruine.

— Aussi y touche-t-elle, et si étendu que soit le royaume, il ne contient pas aujourd'hui trente mille âmes. Miné de partout par le vice et la corruption, il va s'écrouler de lui-même, et les Jagas en seront bientôt maîtres. Tributaires aujourd'hui, demain ils seront vainqueurs ; il ne leur manque qu'un chef pour opérer cette révolution.

— Voilà donc le vice dangereux, et la corruption des mœurs pernicieuse ?

— Non pas généralement ; je ne l'accorde que relativement à l'individu ou à la nation, je le nie dans le plan général [248]. Ces inconvénients sont nuls dans les grands desseins de la nature ; et qu'importe à ces lois qu'un empire soit plus ou moins puissant, qu'il s'agrandisse par ses vertus, ou se détruise par sa corruption ? cette vicissitude est une des premières lois de cette main qui nous gouverne ; les vices qui l'occasionnent sont donc nécessaires. La nature ne crée que pour corrompre : or, si elle ne se corrompt que par des vices, voilà le vice une de ses lois. Les crimes des tyrans de Rome, si funestes aux particuliers, n'étaient que les moyens dont se servait la nature pour opérer la chute de l'Empire. Voilà donc les conventions sociales opposées à celles de la nature ; voilà donc ce que l'homme punit, utile aux lois du grand tout ; voilà donc ce qui détruit l'homme, essentiel au plan général. Vois en grand, mon ami, ne rapetisse jamais tes idées ; souviens-toi que tout sert à la nature, et qu'il n'y a pas sur la terre une seule modification dont elle ne retire un profit réel.

— Eh quoi ! la plus mauvaise de toutes les actions la servirait donc autant que la meilleure ?

— Assurément : l'homme vraiment sage doit voir du même œil ; il doit être convaincu de l'indifférence de l'un ou l'autre de ces modes, et n'adopter que celui des deux qui convient le mieux à sa conservation ou à ses intérêts ; et telle est la différence essentielle qui se trouve entre les vues de la nature et celles du particulier, que la première gagne presque toujours à ce qui nuit à l'autre ; que le vice devient utile à l'une, pendant que l'autre y trouve souvent sa ruine ; l'homme fait donc mal, si tu veux, en se livrant à la dépravation de ses mœurs ou à la perversité de ses inclinations ; mais le mal qu'il fait n'est que relatif au climat sous lequel il vit : juge-le d'après l'ordre général, il n'a fait qu'en accomplir les lois ; juge-le d'après lui-même, tu verras qu'il s'est délecté.

— Ce système anéantit toutes les vertus.

— Mais la vertu n'est que relative, encore une fois, c'est une vérité dont il faut se convaincre avant de faire un pas sous les portiques du lycée [249] : voilà pourquoi je te disais hier, que je ne ferais pas à Lisbonne ce que je faisais ici ; il est faux qu'il y ait d'autres vertus que celles de convention : toutes sont locales, et la seule qui soit respectable, la seule qui puisse rendre l'homme content, est celle du pays où il est. Crois-tu que l'habitant de Pékin puisse être heureux dans son pays d'une vertu française, et réversiblement le vice chinois donnera-t-il des remords à un Allemand ?

— C'est une vertu bien chancelante, que celle dont l'existence n'est point universelle.

— Et que t'importe sa solidité ? qu'as-tu besoin d'une vertu universelle, dès que la nationale suffit à ton bonheur ?

— Et le ciel ? tu l'invoquais hier.

— Ami, ne confonds pas des principes habituels avec les principes de l'esprit : j'ai pu me livrer hier à un usage de mon pays, sans croire qu'il y ait une sorte de vertu qui plaise plus à l'Éternel qu'une autre... Mais revenons : nous étions sortis pour politiquer [250], et tu m'ériges en moraliste, quand je ne dois être qu'instituteur.

Il y a longtemps, reprit Sarmiento, que les Portugais désirent d'être maîtres de ce royaume, afin que leurs colonies puissent se donner la main d'une côte à l'autre, et que rien, du Mozambique à Benguelé, ne puisse arrêter leur commerce. Mais ces peuples-ci n'ont jamais voulu s'y prêter.

— Pourquoi ne t'a-t-on pas chargé de la négociation ? dis-je au Portugais.

— Moi ? Apprends à me connaître ; ne devines-tu pas, à mes principes, que je n'ai jamais travaillé que pour moi ? Lorsque j'ai été conduit comme toi dans cet empire, j'étais exilé sur les côtes d'Afrique pour des malversations dans les mines de diamants de Rio-Janeiro, dont j'étais intendant ; j'avais, comme cela se pratique en Europe, préféré ma fortune à celle du roi ; j'étais devenu riche de plusieurs millions ; je les dépensais dans le luxe et l'abondance. On m'a découvert ; je ne volais pas assez, un peu plus de hardiesse, tout fût resté dans le silence ; il n'y a jamais que les malfaiteurs en sous-ordre qui se cassent le cou ; il est rare que les autres ne réussissent pas. Je devais d'ailleurs user de politique, je devais feindre la réforme ; au lieu d'éblouir par mon faste, je devais comme font quelquefois vos ministres en France, vendre mes meubles et me dire ruiné* ; je ne l'ai pas fait, je me suis perdu. Depuis que j'étudie les hommes, je vois qu'avec leurs sages lois et leurs superbes maximes, ils n'ont réussi qu'à nous faire voir que le plus coupable était toujours le plus heureux ; il n'y a d'infortuné que celui qui s'imagine faussement devoir compenser par un peu de bien le mal où son étoile l'entraîne. Quoi qu'il en soit, si j'étais resté dans mon exil, j'aurais été plus malheureux ; ici du moins, j'ai encore quelque autorité : j'y joue une espèce de rôle ; j'ai pris le parti d'être intrigant, bas et flatteur : c'est celui de tous les

---

* Le pauvre Sarmiento ignorait combien cette imbécile politique avait mal réussi en France à quelques-uns des gens dont il parle : on congédia le sieur Sartine[251] quand il voulut employer ce plat moyen. Il est vrai que peu de gens en place avaient aussi impunément et maladroitement volé. Arrivé d'Espagne, clerc de procureur à Paris, s'y trouver six cent mille livres de rente au bout de trente ans, et oser dire qu'on ne peut plus être utile au roi, parce qu'on se ruine à son service, est une effronterie rare, et bien digne du méprisable aventurier dont il s'agit ici ; mais que ces insolents fripons-là n'aient pas été privés de leur liberté, ou de leurs biens, et même de leurs jours, tandis qu'on pendait un malheureux valet pour cinq sous, voilà de ces contradictions bien faites pour faire mépriser le gouvernement qui les tolérait.

coquins ruinés. Il m'a réussi ; j'ai promptement appris la langue de ces peuples, et quelque affreuses que soient leurs mœurs, je m'y suis conformé. Je te l'ai dit, mon cher, la véritable sagesse de l'homme est d'adopter la coutume du pays où il vit. Destiné à me remplacer, puisses-tu penser de même, c'est le vœu le plus sincère que je puisse faire pour ton repos.

— Crois-tu donc que j'aie le dessein de passer comme toi mes jours ici ?

— N'en dis mot, si ce n'est pas ton projet ; ils ne souffriraient pas que tu les quittasses après les avoir connus ; ils craindraient que tu n'instruisisses les Portugais de leur faiblesse, ils te mangeraient plutôt que de te laisser partir.

— Achève de m'instruire, ami, quel besoin tes compatriotes ont-ils de s'emparer de ces malheureuses contrées ?

— Ignores-tu donc que nous sommes les courtiers de l'Europe, que c'est nous qui fournissons de nègres tous les peuples commerçants de la terre ?

— Exécrable métier, sans doute, puisqu'il ne place votre richesse et votre félicité que dans le désespoir et l'asservissement de vos frères [252].

— Ô Sainville ! je ne te verrai donc jamais philosophe ! Où prends-tu que les hommes soient égaux ? La différence de la force et de la faiblesse établie par la nature prouve évidemment qu'elle a soumis une espèce d'homme à l'autre, aussi essentiellement qu'elle a soumis les animaux à tous. Il n'est aucune nation qui n'ait des castes méprisées : les nègres sont à l'Europe ce qu'étaient les ilotes aux Lacédémoniens, ce que sont les parias aux peuples du Gange. La chaîne des devoirs universels est une chimère, mon ami, elle peut s'entendre d'égal à égal, jamais du supérieur à l'inférieur ; la diversité d'intérêt détruit nécessairement la ressemblance des rapports. Que veux-tu qu'il y ait de commun entre celui qui peut tout, et celui qui n'ose rien ? Il nc s'agit pas de savoir lequel des deux a raison ; il n'est question que d'être persuadé que le plus faible a toujours tort : tant que l'or, en un mot, sera regardé comme la richesse d'un État, et que la nature l'enfouira dans les entrailles de la terre, il faudra des bras pour l'en tirer. Ceci posé, voilà la nécessité de l'esclavage établie. Il n'y en avait pas, sans doute, à ce que les blancs subjuguassent les noirs, ceux-ci pouvaient également asservir les autres ; mais il était indispensable qu'une des deux nations fût sous le joug, il était dans la nature que ce fût le plus faible, et les noirs devenaient tels, et par leurs mœurs, et par leur climat. Quelque objection que tu puisses faire, enfin, il n'est pas plus étonnant de voir l'Europe enchaîner l'Afrique, qu'il ne l'est de voir un boucher assommer le bœuf qui sert à te nourrir ; c'est partout la raison du plus fort ; en connais-tu de plus éloquente [253] ?

— Il en est sans doute de plus sages : formés par la même main, tous les hommes sont frères, tous se doivent à ce titre des secours mutuels, et si la nature en a créé de plus faibles, c'est pour préparer aux autres le charme délicieux de la bienfaisance et de l'humanité... Mais revenons au fond de la question ; tu rends un continent malheureux pour fournir de l'or aux trois autres ; est-il bien vrai que cet or soit la vraie richesse d'un État ? Ne jetons les yeux que sur ta patrie. Dis-moi, Sarmiento, crois-tu le Portugal plus florissant depuis qu'il exploite des mines ? Partons d'un point : en 1754, il en avait été apporté dans ton royaume plus de deux milliards des mines du Brésil depuis leur ouverture, et cependant à cette époque ta nation ne possédait pas cinq millions d'écus : vous deviez aux Anglais cinquante millions, et par conséquent rien qu'à un seul de vos créanciers trente-cinq fois plus que vous ne possédiez. Si votre or vous appauvrit à ce point, pourquoi sacrifiez-vous tant au désir de l'arracher du sein de la terre [254] ? Mais si je me trompe, s'il vous enrichit, pourquoi dans ce cas l'Angleterre vous tient-elle sous sa dépendance ?

— C'est l'agrandissement de votre monarchie qui nous a précipités dans les bras de l'Angleterre ; d'autres causes nous y retiennent peut-être ; mais voilà la seule qui nous y a placés. La maison de Bourbon ne fut pas plutôt sur le trône d'Espagne, qu'au lieu de voir dans vous un appui, comme autrefois, nous y redoutâmes un ennemi puissant ; nous crûmes trouver dans les Anglais ce que les Espagnols avaient en vous, et nous ne rencontrâmes en eux que des tuteurs despotes, qui abusèrent bientôt de notre faiblesse ; nous nous forgeâmes des fers sans nous en douter. Nous permîmes l'entrée des draps d'Angleterre sans réfléchir au tort que nous faisions à nos manufactures par cette tolérance, sans voir que les Anglais ne nous accordaient en retour d'un tel gain pour eux, et d'une si grande perte pour nous, que ce qu'avait déjà établi leur intérêt particulier. Telle fut l'époque de notre ruine : non seulement nos manufactures tombèrent, non seulement celles des Anglais anéantirent les nôtres, mais les comestibles que nous leur fournissions n'équivalant pas à beaucoup près les draps que nous recevions d'eux, il fallut enfin les payer de l'or que nous arrachions au Brésil ; il fallut que les galions passassent dans leurs ports sans presque mouiller dans les nôtres.

— Et voilà comme l'Angleterre s'empara de votre commerce ; vous trouvâtes plus doux d'être menés, que de conduire ; elle s'éleva sur vos ruines, et le ressort de votre ancienne industrie entièrement rouillé dans vos mains, ne fut plus manié que par elle. Cependant le luxe continuait de vous miner : vous aviez de l'or, mais vous le vouliez manufacturé ; vous l'envoyiez à Londres pour le travailler, il vous en coûtait le double, puisque vous ôtiez, d'une part, de la masse de l'or monnayé celui que vous faisiez façonner pour votre luxe, et celui dont vous étiez encore obligés de payer la main-d'œuvre. Il n'y avait pas jusqu'à vos crucifix, vos reliquaires, vos chapelets, vos ciboires, tous ces instruments idolâtres dont la superstition dégrade le culte pur de l'Éternel [255], que vous ne fissiez faire aux Anglais ; ils surent enfin vous subjuguer au point de se charger de votre navigation de l'Ancien Monde, de vous vendre des vaisseaux et des munitions pour vos établissements du Nouveau ; vous enchaînant toujours de plus en plus, ils vous ravirent jusqu'à votre propre commerce intérieur : on ne voyait plus que des magasins anglais à Lisbonne, et cela sans que vous y fissiez le plus léger profit ; il allait tout à leurs commettants [256] ; vous n'aviez dans tout cela que le vain honneur de prêter vos noms. Ils furent plus loin : non seulement ils ruinèrent votre commerce, mais vous firent perdre votre crédit, en vous contraignant à n'en avoir plus d'autre que le leur, et ils vous rendirent, par ce honteux asservissement, les jouets de toute l'Europe. Une nation tellement avilie doit bientôt s'anéantir : vous l'avez vu, les arts, la littérature, les sciences, se sont ensevelies sous les ruines de votre commerce ; tout s'altère dans un État quand le commerce languit ; il est à la nation ce qu'est le suc nourricier aux différentes parties du corps, il ne se dissout pas que l'entière organisation ne s'en ressente. Vous tirer de cet engourdissement serait l'ouvrage d'un siècle, dont rien n'annonce l'aurore ; vous auriez besoin d'un czar Pierre, et ces génies-là ne naissent pas chez le peuple que dégrade la superstition. Il faudrait commencer par secouer le joug de cette tyrannie religieuse, qui vous affaiblit et vous déshonore ; peu à peu l'activité renaîtrait, les marchands étrangers reparaîtraient dans vos ports, vous leur vendriez les productions de vos colonies, dont les Anglais n'enlèvent que l'or ; par ce moyen, vous ne vous apercevriez pas de ce qu'ils vous ôtent ; il vous en resterait autant qu'ils vous en prennent, votre crédit se rétablirait, et vous vous affranchiriez du joug en dépit d'eux.

— C'est pour arriver là que nous ranimons nos manufactures.

— Il faudrait avant cultiver vos terres ; vos manufactures ne seront pour vous des sources de richesses réelles, que quand vous aurez dans votre propre sol la première matière qui s'y emploie. Quel profit ferez-vous sur vos draps, si vous êtes obligés d'acheter vos laines ? Quel gain retirerez-vous de vos soies, quand vous ne saurez conduire ni vos mûriers, ni vos cocons ? Que vous rapporteront vos huiles, quand vous ne soignerez pas vos oliviers ? À qui débiterez-vous vos vins, quand d'imbéciles règlements vous feront arracher vos ceps, sous prétexte de semer du blé à leur place, et que vous pousserez l'imbécillité au point de ne pas savoir que le blé ne vient jamais bien dans le terrain propre à la vigne ?

— L'Inquisition [257] nous enlève les bras auxquels nous avons confié la plus grande partie de ces détails ; ces braves agriculteurs qu'elle condamne et qu'elle exile, nous avaient appris qu'en cultivant le sol des terres dont nous nous contentions de fouiller les entrailles, on pouvait rendre une colonie plus utile à sa métropole, que par tout l'or que cette colonie pouvait offrir : la rigueur de ce tribunal de sang est une des premières causes de notre décadence [258].

— Qui vous empêche de l'anéantir ? Pourquoi n'osez-vous envers lui ce que vous avez osé envers les Jésuites [259] qui ne vous avaient jamais fait autant de mal ? Détruisez, anéantissez sans pitié ce ver rongeur qui vous mine insensiblement ; enchaînez de leurs propres fers ces dangereux ennemis de la liberté et du commerce ; qu'on ne voie plus qu'un *autodafé* à Lisbonne [260], et que les victimes consumées soient les corps de ces scélérats ; mais si vous aviez jamais ce courage, il arriverait alors quelque chose de fort plaisant : c'est que les Anglais, ennemis avec raison de ce tribunal affreux, en deviendraient pourtant les défenseurs ; ils le protégeraient, parce qu'il sert leurs vues ; ils le soutiendraient, parce qu'il vous tient dans l'asservissement où ils vous veulent : ce serait l'histoire des Turcs protégeant autrefois le Pape contre les Vénitiens, tant il est vrai que la superstition est d'un secours puissant dans les mains du despotisme, et que notre propre intérêt nous engage souvent à faire respecter aux autres ce que nous méprisons nous-mêmes. Croyez-moi, qu'aucune considération secondaire, qu'aucun respect puéril ne vous fasse négliger votre agriculture ; une nation n'est vraiment riche que du superflu de son entretien, et vous n'avez pas même le nécessaire ; ne vous rejetez pas sur la faiblesse de votre population ; elle est assez nombreuse pour donner à votre sol toute la vigueur dont il est susceptible ; ce ne sont point vos bras qui sont faibles, c'est le génie de votre administration. Sortez de cette inertie qui vous dessèche ; appauvris, végétant sur votre monceau d'or, vous me donnez l'idée de ces plantes qui ne s'élèvent un instant au-dessus du sol que pour retomber l'instant d'après faute de substance ; rétablissez surtout cette marine, dont vous tiriez tant de lustre autrefois ; rappelez ces temps glorieux où le pavillon portugais s'ouvrait les portes dorées de l'Orient ; où, doublant le premier avec courage le Cap inconnu de l'Afrique, il enseignait aux nations de la terre la route de ces Indes précieuses, dont elles ont tiré tant de richesses... Aviez-vous besoin des Anglais alors ?... Servaient-ils de pilotes à vos navires ? sont-ce leurs armes qui chassèrent les Maures du Portugal ? sont-ce eux qui vous aidèrent jadis dans vos démêlés particuliers ? vous ont-ils établis en Afrique ? En un mot, jusqu'à l'époque de votre faiblesse, sont-ce eux qui vous ont fait vivre, et n'êtes-vous pas le même peuple ? Ayez des alliés enfin ; mais n'ayez jamais de protecteurs [261].

— Pour en venir à ce point, ce n'est pas seulement à l'Inquisition qu'il faudrait s'en prendre, ce devrait être à la masse entière du clergé : il faudrait retrancher ses membres des conseils et des délibérations ; uniquement occupé de faire des bigots de nous, il nous empêchera toujours d'être négociants, guerriers ou cultivateurs ; et comment anéantir cette puissance dont notre faiblesse a nourri l'empire ?

— Par les moyens que Henri VIII prit en Angleterre : il

rejeta le frein qui gênait son peuple ; faites de même. Cette Inquisition qui vous fait aujourd'hui frémir, la redoutiez-vous autant lorsque vous condamnâtes à mort le grand inquisiteur de Lisbonne, pour avoir trempé dans la conjuration qui se forma contre la maison de Bragance[262] ? Ce que vous avez pu dans un temps, pourquoi ne l'osez-vous pas dans un autre ? Ceux qui conspirent contre l'État ne méritent-ils pas un sort plus affreux que ceux qui cabalent contre des rois ?

— N'espérez point un pareil changement, ce serait risquer de soulever la nation que de lui enlever les hochets religieux dont elle s'amuse depuis tant de siècles. Elle aime trop les fers dont on l'accable pour les lui voir briser jamais ; disons mieux, la puissance des Anglais a trop d'activité sur nous, pour que rien de tout cela nous devienne possible. Notre premier tort est d'avoir plié sous le joug... Nous n'en sortirons jamais. Nous sommes comme ces enfants trop accoutumés aux lisières, ils tombent dès qu'on les leur ôte ; peut-être vaut-il mieux pour nous que nous restions comme nous sommes : toute variation est nuisible dans l'épuisement[263]. »

Nous en étions là de notre conversation, quand nous vîmes arriver à nous dix ou douze sauvages, conduisant une vingtaine de femmes noires, et s'avançant vers le palais du prince.

« Ah ! dit Sarmiento, voilà le tribut d'une des provinces, retournons promptement, le roi voudra sans doute te faire commencer tout de suite les fonctions de ta charge.

— Mais instruis-moi du moins ; comment puis-je deviner le genre de beauté qu'il désire trouver dans ses femmes ? Et ne le sachant pas, comment réussirai-je dans le choix dont il me charge ?

— D'abord, tu ne les verras jamais au visage, cette partie sera toujours cachée ; je te l'ai dit, deux nègres, la massue haute, seront près de toi pendant ton examen, et pour t'ôter l'envie de les voir, et pour prévenir les tentatives. Cependant, tu reverras après sans difficultés une partie de ces femmes ; une fois reçues, il ne soustrait à nos yeux que celles dont il est le plus jaloux ; mais comme il ignore, quand elles arrivent, s'il n'y en a pas dans le nombre qu'il aura le désir de soustraire, on les voile toutes. À l'égard de leurs corps, tes yeux n'étant point faits aux appas de ces négresses, je conçois ta peine à discerner dans elles ceux qui peuvent les rendre dignes de plaire ; mais la couleur ne fait pourtant rien à la beauté des formes... Que ces formes soient bien régulières, belles et bien prises ; rejette absolument tout défaut qui pourrait atténuer leur délicatesse... que les chairs soient fermes et fraîches ; réalise[264] la virginité, c'est un des points les plus essentiels... De la sublimité, surtout, dans ces masses voluptueuses, qui rendirent la Vénus de Grèce un chef-d'œuvre, et qui lui valurent un temple chez le peuple le plus sensible et le plus éclairé de la terre...[265] D'ailleurs, je serai là, je guiderai tes premières opérations... tu chercheras mes yeux ; ton choix y sera toujours peint. »

Nous rentrâmes ; le monarque s'était déjà informé de nous : on lui annonça le détachement qui paraissait ; il ordonna, comme l'avait prévu Sarmiento, que je fusse mis sur-le-champ en possession de mon emploi. Les femmes arrivèrent, et après quelques heures de repos et de rafraîchissement, entre deux nègres, la massue élevée sur ma tête et Sarmiento près de moi, dans un appartement reculé du palais, je commençai mes respectables fonctions. Les plus jeunes m'embarrassèrent. Il y en avait la moitié, sur le total, qui n'avaient pas douze ans ; comment trouver le *beau* dans des formes qui ne sont encore qu'indiquées ? Mais sur un signe de Sarmiento, j'admis sans difficultés ces enfants, dès que je ne leur trouvai pas de défauts essentiels. L'autre moitié m'offrit des attraits mieux développés ; j'eus moins de peine à fixer mon choix : j'en réformai, dont la taille et les proportions étaient si grossières, que je m'étonnai qu'on osât les présenter au monarque. Sarmiento lui conduisit le résultat de mes premières opérations ; il l'attendait avec impatience. Il fit aussitôt passer ces femmes dans ses appartements secrets, et les émissaires furent congédiés avec celles dont je n'avais pas voulu.

L'ordre venait d'être donné de me mettre en possession d'un logis voisin de celui du Portugais.

« Allons-y, me dit mon prédécesseur ; le monarque, absorbé dans l'examen de ses nouvelles possessions, ne sera plus visible du jour.

— Mais conçois-tu, dis-je, en marchant, à Sarmiento, conçois-tu qu'il y ait des êtres à qui la débauche rende sept ou huit cents femmes nécessaires ?

— Il n'y a rien dans ces choses-là que je ne trouve simple, me répondit Sarmiento.

— Homme dissolu !

— Tu m'invectives à tort ; n'est-il pas naturel de chercher à multiplier ses jouissances ? Quelque belle que soit une femme, quelque passionné que l'on en soit, il est impossible de ne pas être fait, au bout de quinze jours, à la monotonie de ses traits ; et comment ce qu'on sait par cœur peut-il enflammer les désirs ?... Leur irritation n'est-elle pas bien plus sûre quand les objets qui les excitent varient sans cesse autour de vous ? Où vous n'avez qu'une sensation, l'homme qui change ou qui multiplie en éprouve mille. Dès que le désir n'est que l'effet de l'irritation causée par le choc des atomes de la beauté sur les esprits animaux*, que la vibration de ceux-ci ne peut naître que de la force ou de la multitude de ces chocs, n'est-il pas clair que plus vous multiplierez la cause de ces chocs, et plus l'irritation sera violente ? Or, qui doute que dix femmes à la fois sous nos yeux, ne produisent, par l'émanation de la multitude des chocs de leurs atomes, sur les esprits animaux, une inflammation plus violente, que ne pourrait faire une seule ?

— Il n'y a ni principe, ni délicatesse dans cette débauche ; elle n'offre à mes yeux qu'un abrutissement qui révolte.

— Mais faut-il chercher des principes dans un genre de plaisir qui n'est sûr qu'autant qu'on brise des freins ? À l'égard de la délicatesse, défais-toi de l'idée où tu es, qu'elle ajoute aux plaisirs des sens. Elle peut être bonne à l'amour, utile à tout ce qui tient à son métaphysique[266], mais elle n'apporte rien au reste. Crois-tu que les Turcs, et en général tous les Asiatiques, qui jouissent communément seuls, ne se rendent pas aussi heureux que toi, et leur vois-tu de la délicatesse ? Un sultan commande ses plaisirs, sans se soucier qu'on les partage**. Qui sait même si de certains individus

---

* On appelle esprits animaux, ce fluide électrique qui circule dans les cavités de nos nerfs ; il n'est aucune de nos sensations qui ne naisse de l'ébranlement causé à ce fluide ; il est le siège de la douleur et du plaisir ; c'est, en un mot, la seule âme admise par les philosophes modernes. Lucrèce eût bien mieux raisonné, s'il eût connu ce fluide, lui dont tous les principes tournaient autour de cette vérité sans venir à bout de la saisir.

** « Rien de plus aisé à concevoir, dit Fontenelle[267] (le plus délicat de nos poètes, pourtant), qu'on puisse être heureux en amour, par une personne que l'on ne rend point heureuse ; il y a des plaisirs solitaires qui n'ont nul besoin de se communiquer, et dont on jouit très délicieusement, quoiqu'on ne les donne pas ; ce n'est qu'un pur effet de l'amour-propre ou de la vanité, que le désir de faire le bonheur des autres ; c'est une fierté insupportable, de ne consentir à être heureux qu'à condition de rendre la pareille... Un sultan, dans

capricieusement organisés, ne verraient pas cette délicatesse si vantée, comme nuisible aux plaisirs qu'ils attendent ? Toutes ces maximes, qui te paraissent erronées, peuvent être fondées en raison ; demande à Ben Mâacoro pourquoi il punit si sévèrement les femmes qui s'avisent de partager sa jouissance : il te répondra avec les habitants, mal organisés, selon toi, avec les habitants, dis-je, des trois parties de la terre, que la femme qui jouit autant que l'homme, s'occupe d'autre chose que des plaisirs de cet homme, et que cette distraction qui la force de s'occuper d'elle, nuit au devoir où elle est, de ne songer qu'à l'homme ; que celui qui veut jouir complètement, doit tout attirer à lui ; que ce que la femme distrait de la somme des voluptés est toujours aux dépens de celle de l'homme ; que l'objet, dans ces moments-là, n'est pas de donner, mais de recevoir ; que le sentiment qu'on tire du bienfait *accordé*, n'est que moral, et ne peut dès lors convenir qu'à une certaine sorte de gens, au lieu que la sensation ressentie du bienfait *reçu*, est physique et convient nécessairement à tous les individus, qualité qui la rend préférable à ce qui ne peut être aperçu de quelques-uns ; qu'en un mot, le plaisir goûté avec l'être inerte ne peut point ne pas être entier, puisqu'il n'y a que l'agent qui l'éprouve, et de ce moment, il est donc bien plus vif.

— En ce cas, il faut établir que la jouissance d'une statue sera plus douce que celle d'une femme ?

— Tu ne m'entends point ; la volupté imaginée par ces gens-là consiste en ce que le succube[269] *puisse* et *ne fasse pas*, en ce que les facultés qu'il a et qu'il est nécessaire qu'il ait, ne s'emploient qu'à doubler la sensation de l'incube, sans songer à la ressentir.

— Ma foi, mon ami, je ne vois là que de la tyrannie et des sophismes.

— Point de sophismes ; de la tyrannie, soit ; mais qui te dit qu'elle n'ajoute pas à la volupté ? Toutes les sensations se

---

son sérail, n'est-il pas mille fois plus modeste ? il reçoit des plaisirs sans nombre, et ne se pique d'en rendre aucun... Que l'on étudie bien le cœur de l'homme, on y trouvera que cette délicatesse tant estimée, n'est qu'une dette que l'on paye à l'orgueil ; on ne veut rien devoir. » *Dialogue des morts : Soliman et Juliette de Gonzague*, page 183 et suivantes.

Ce sentiment se trouve dans Montesquieu, dans Helvétius, dans La Mettrie, etc., et sera toujours celui des vrais philosophes[268].

prêtent mutuellement des forces : l'orgueil, qui est celle de l'esprit, ajoute à celle des sens ; or, le despotisme, fils de l'orgueil, peut donc, comme lui, rendre une jouissance plus vive. Jette les yeux sur les animaux ; regarde s'ils ne conservent pas cette supériorité si flatteuse, ce despotisme si sensuel, que tu cèdes imbécilement ; vois la manière impérieuse dont ils jouissent de leurs femelles, le peu de désir qu'ils ont de faire partager ce qu'ils sentent, l'indifférence qu'ils éprouvent, quand le besoin n'existe plus ; et n'est-ce pas toujours chez eux, que la nature nous donne des leçons ? Mais réglons nos idées sur ses opérations : si elle eût voulu de l'égalité dans le sentiment de ces plaisirs-là, elle en eût mis dans la construction des créatures qui doivent le ressentir ; nous voyons pourtant le contraire. Or, s'il y a une supériorité établie, décidée, de l'un des deux sexes sur l'autre, comment ne pas se convaincre qu'elle est une preuve de l'intention qu'a la nature, que cette force, que cette autorité, toujours manifestée par celui qui la possède, le soit également dans l'acte du plaisir, comme dans les autres [270] ?

— Je vois cela bien différemment, et ces voluptés doivent être bien tristes, toutes les fois qu'elles ne sont pas partagées ; l'isolisme [271] m'effraye ; je le regarde comme un fléau ; je le vois comme la punition de l'être cruel ou méchant, abandonné de toute la terre ; il doit l'être de sa compagne ; il n'a pas su répandre le bonheur, il n'est plus fait pour le sentir.

— C'est avec cette pusillanimité de principes, que l'on reste toujours dans l'enfance et qu'on ne s'élève jamais à rien ; voilà comme on vit et l'on meurt dans le nuage de ses préjugés, faute de force et d'énergie pour en dissiper l'épaisseur.

— Qu'a de nécessaire cette opération dès qu'elle outrage la vertu ?

— Mais la vertu, toujours plus utile aux autres qu'à nous, n'est pas la chose essentielle ; c'est la vérité seule qui nous sert ; et s'il est malheureusement vrai qu'on ne la trouve qu'en s'écartant de la vertu, ne vaut-il pas mieux s'en détourner un peu, pour arriver à la lumière, que d'être toujours dupe et bon dans les ténèbres ?

— J'aime mieux être faible et vertueux, que téméraire et corrompu. Ton âme s'est dégradée à la dangereuse école du monstre affreux dont tu habites la cour.

— Non, c'est la faute de la nature ; elle m'a donné une

sorte d'organisation vigoureuse, qui semble s'accroître avec l'âge, et qui ne saurait s'arranger aux préjugés vulgaires ; ce que tu nommais en moi dépravation, n'est qu'une suite de mon existence ; j'ai trouvé le bonheur dans mes systèmes, et n'y ai jamais connu le remords. C'est de cette tranquillité, dans la route du mal, que je me suis convaincu de l'indifférence des actions de l'homme. Allumant le flambeau de la philosophie à l'ardent foyer des passions, j'ai distingué, à sa lueur, qu'une des premières lois de la nature, était de varier toutes ses œuvres, et que dans leur seule opposition se trouvait l'équilibre qui maintenait l'ordre général. Quelle nécessité d'être vertueux, me suis-je dit, dès que le mal sert autant que le bien [272] ? Tout ce que crée la nature n'est pas utile, en ne considérant que nous ; cependant tout est nécessaire ; il est donc tout simple que je sois méchant, relativement à mes semblables, sans cesser d'être bon à ses yeux : pourquoi m'inquiéterais-je alors ?

— Eh ! n'as-tu pas toujours les hommes qui te puniront de les outrager ?

— Qui les craint ne jouit pas.

— Qui les brave est sûr de les irriter, et comme l'intérêt général combat toujours l'intérêt particulier, celui qui sacrifie tout à soi, celui qui manque à ce qu'il doit aux autres pour n'écouter que ce qui le flatte, doit nécessairement succomber, il ne doit trouver que des écueils.

— Le politique les évite, le sage apprend à ne les pas craindre. Mets la main sur ce cœur, mon ami : il y a cinquante ans que le vice y règne, et vois pourtant comme il est calme.

— Ce calme pervers est le fruit de l'habitude de tes faux principes ; ne les mets pas sur le compte de la nature ; elle te punira tôt ou tard de l'outrager.

— Soit, ma tête n'est élevée vers le ciel que pour attendre la foudre ; je ne tiens point le bras qui la lance ; mais j'ai la gloire de le braver. »

Et nous entrâmes dans le logis qui m'était destiné.

C'était une cabane très simple, partagée par des claies, en trois ou quatre pièces, où je trouvai quelques nègres que le roi me donnait pour me servir. Ils avaient ordre de me demander si je voulais des femmes ; je répondis que non, et les congédiai, ainsi que le Portugais, en les assurant que je n'avais besoin que d'un peu de repos.

À peine fus-je seul, que je fis de sérieuses réflexions sur le malheureux sort dans lequel je me trouvais. La scélératesse de l'âme du seul Européen dont j'eusse la société me paraissait aussi dangereuse que la dent meurtrière des cannibales, dont je dépendais. Et ce rôle affreux... ce métier infâme, qu'il me fallait faire ou mourir, non qu'il portât la moindre atteinte à mes sentiments pour Léonore... je le faisais avec tant de dégoût... je ressentais une telle horreur, qu'assurément ce que je devais à cette charmante fille ne pouvait s'y trouver compromis. Mais n'importe, je l'exerçais, et ce funeste devoir versait une telle amertume sur ma situation, que je serais parti dès l'instant, si, comme je vous l'ai dit, l'espoir que Léonore tomberait peut-être sur cette côte, où je pouvais la supposer, et qu'alors elle n'arriverait qu'à moi, si, dis-je, cet espoir n'avait adouci mes malheurs. Je n'avais point perdu son portrait ; les précautions que j'avais prises de le placer dans mon portefeuille, avec mes lettres de change, l'avaient entièrement garanti. On n'imagine pas ce qu'est un portrait pour une âme sensible : il faut aimer, pour comprendre ce qu'il adoucit, ce qu'il fait naître : le charme de contempler à son aise les traits divins qui nous enchantent, de fixer ces yeux qui nous suivent, d'adresser à cette image adorée les mêmes mots que si nous serrions dans nos bras l'objet touchant qu'elle nous peint ; de la mouiller quelquefois de nos larmes, de l'échauffer de nos soupirs, de l'animer sous nos baisers.... Art sublime et délicieux, c'est l'amour seul qui te fit naître ; le premier pinceau ne fut conduit que par sa main. Je pris donc ce gage intéressant de l'amour de ma Léonore, et l'invoquant à genoux : « Ô toi que j'idolâtre ! m'écriai-je, reçois le serment sincère, qu'au milieu des horreurs où je me trouve, mon cœur restera toujours pur ; ne crains pas que le temple où tu règnes soit jamais souillé par des crimes. Femme adorée, console-moi dans mes tourments ; fortifie-moi dans mes revers ; ah ! si jamais l'erreur approchait de mon âme, un seul des baisers que je cueillis sur tes lèvres de rose saurait bientôt l'en éloigner. »

Il était tard, je m'endormis, et je ne me réveillai le lendemain qu'aux invitations de Sarmiento de venir faire avec lui une seconde promenade vers une partie que je n'avais pas encore vue.

« Sais-tu, lui dis-je, si le roi a été content de mes opérations ?

— Oui ; il m'a chargé de te l'apprendre, me dit le Portugais en nous mettant en marche ; te voilà maintenant aussi savant que moi ; tu n'auras plus besoin de mes leçons. Il a passé, m'a-t-on dit, toute la nuit en débauche ; il va s'en purifier ce matin par un sacrifice où s'immoleront six victimes... Veux-tu en être témoin ?

— Oh ! juste ciel, répondis-je alarmé, garantis-moi tant que tu pourras de cet effrayant spectacle !

— J'ai bien compris que cela te déplairait, d'autant plus que tu verrais souvent sous le glaive les objets mêmes de ton choix.

— Et voilà mon malheur : j'y ai pensé toute la nuit... voilà ce qui va me rendre insupportable le métier que l'on me condamne à faire ; quand la victime sera de mon choix, je mourrai du remords cruel que fera naître en mon esprit l'affreuse idée de l'avoir pu sauver, en lui trouvant quelques défauts, et de ne l'avoir pas fait.

— Voilà encore une chimère enfantine dont il faudrait te détacher ; si le sort ne fût pas tombé sur celle-là, il serait tombé sur une autre ; il est nécessaire à la tranquillité de se consoler de tous ces petits malheurs. Le général d'armée qui foudroie l'aile gauche de l'ennemi, a-t-il des remords de ce qu'en écrasant la droite, il eût pu sauver la première ? Dès qu'il faut que le fruit tombe, qu'importe de secouer l'arbre.

— Cesse tes cruelles consolations et reprends les détails qui doivent achever de m'instruire de tout ce qui concerne l'infâme pays dans lequel j'ai le malheur d'être obligé de vivre.

— Il faut être né, comme moi, dans un climat chaud, reprit le Portugais, pour s'accoutumer aux brûlantes ardeurs de ce soleil-ci ; l'air n'y est supportable que d'avril à septembre ; le reste de l'année est d'une si cruelle ardeur, qu'il n'est pas rare de voir des animaux dans la campagne expirer sous les rayons qui les brûlent. C'est à l'extrême chaleur de ce climat qu'il faut attribuer, sans doute, la corruption morale de ces peuples [273], on ne se doute pas du point auquel les influences de l'air agissent sur le physique de l'homme ; combien il peut être honnête ou vicieux, en raison du plus ou moins d'air qui pèse sur ses poumons*, et de la qualité plus ou moins saine,

* Cette différence est portée jusqu'à 3 982 livres d'air, desquelles nous sommes plus ou moins pressés, dans les variations du temps. Est-il étonnant,

plus ou moins brûlante de cet air. Ô vous qui croyez devoir assujettir tous les hommes aux mêmes lois, quelles que soient les variations de l'atmosphère, osez-le donc après la vérité de ces principes !... Mais ici il faut avouer que cette corruption est extrême ; elle ne saurait être portée plus loin. Tous les désordres y sont communs, et tous y sont impunis ; un père ne met aucune différence entre ses filles, ses garçons, ses esclaves, ou ses femmes ; tous servent indistinctement ses débauches lascives. Le despotisme dont il jouit dans sa maison, le droit absolu de mort dont il est revêtu, rendraient fort dure la condition de ceux dont il éprouverait des refus. Quelque besoin pourtant que le peuple ait des femmes, il ne traite pas mieux celles qu'il possède ; je t'ai déjà peint une partie de leur sort ; il n'est pas plus doux dans l'intérieur. Jamais l'épouse ne parle à son mari qu'à genoux ; jamais elle n'est admise à sa table ; elle ne reçoit pour nourriture, que quelques restes qu'il veut bien lui jeter dans un coin de la maison, comme nous faisons aux animaux dans les nôtres. Parvient-elle à lui donner un héritier ? arrive-t-elle à ce point de gloire, qui les rend si intéressantes dans nos climats ? je te l'ai dit, le mépris le plus outré, l'abandon, le dégoût deviennent ici les récompenses qu'elle reçoit de son cruel mari. Souvent, bien plus féroce encore, il ne la laisse pas venir au terme sans détruire son ouvrage, dans le sein même de sa compagne. Malgré tant d'opposition, ce malheureux fruit vient-il à voir le jour ? s'il déplaît au père il le fait périr à l'instant ; mais la mère n'a nul droit sur lui : elle n'en acquiert pas davantage quand il atteint l'âge raisonnable ; il arrive souvent alors qu'il se joint à son père pour maltraiter celle dont il a reçu la vie*. Les femmes du peuple ne sont pas les seules qui soient ainsi traitées ; celles des grands partagent cette ignominie. On a peine à croire à quel degré d'abaissement et d'humiliation ceux-ci réduisent leurs épouses, toujours tremblantes, toujours prêtes à perdre la vie, au plus léger caprice de ces tyrans ; le sort des bêtes féroces est sans doute préférable au leur.

---

d'après cela, que nous éprouvions une différence aussi sensible dans notre organisation d'une saison à l'autre ?

* Il est vraisemblable que ce peuple tient cette exécrable coutume de ses voisins les Hottentots, où elle est générale ; une chose plus singulière est que le capitaine Cook l'ait trouvée dans plusieurs de ses découvertes, et particulièrement à la Nouvelle-Zélande.

L'ancien gouvernement féodal de Pologne[274] peut seul donner l'idée de celui-ci ; le royaume est divisé en dix-huit petites provinces, représentant nos grandes terres seigneuriales, en Europe ; chaque gouvernement a un chef qui habite le district, et qui y jouit à peu près de la même autorité que le roi. Ses sujets lui sont immédiatement soumis ; il peut en disposer à son gré. Ce n'est pas qu'il n'y ait des lois dans ce royaume : peut-être même y sont-elles trop abondantes ; mais elles ne tendent, toutes, qu'à soumettre le faible au fort, et qu'à maintenir le despotisme, ce qui rend le peuple d'autant plus malheureux, que, quoiqu'il puisse réversiblement exercer le même despotisme dans sa maison, il n'est pourtant dans le fait, absolument le maître de rien. Il n'a que sa nourriture et celle de sa famille, sur la terre qu'il herse à la sueur de son corps. Tout le reste appartient à son chef, qui le possède, en sûre et pleine jouissance, aux seules conditions d'une redevance annuelle en filles, garçons, et comestibles, exactement payée quatre fois l'an au roi. Mais ses vassaux fournissent ce tribut au chef ; il n'a que la peine de le présenter, et comme il est imposé à proportion de ce qu'il peut payer, il n'en est jamais surchargé.

Les crimes de vol et de meurtre, absolument nuls parmi les grands, sont punis avec la plus extrême rigueur chez l'homme du peuple, s'il a commis ces crimes hors de l'intérieur de sa maison ; car s'il est le chef de sa famille, et que le délit n'ait porté que sur les membres de cette famille qui lui sont surbordonnés, il est dans le cas de la plus entière impunité ; hors cette circonstance, il est puni de mort. Le coupable, arrêté, est à l'instant conduit chez son chef, qui l'exécute de sa propre main ; ce sont pour ces chefs des parties de plaisir, semblables à nos chasses d'Europe : ils gardent communément leurs criminels jusqu'à ce qu'ils en aient un certain nombre ; ils se réunissent alors sept ou huit ensemble et passent plusieurs jours à maltraiter ces individus, jusqu'à ce qu'enfin ils les achèvent. Leur chasse alors sert au festin, et la débauche se termine avec leurs femmes, qu'ils ont de même réunies, et dont ils jouissent en commun. Le roi agit également dans son apanage, et comme son district est plus étendu, il a plus d'occasions de multiplier ces horreurs.

Tous les chefs, malgré leur autorité, relèvent immédiatement de la couronne ; le monarque peut les condamner à mort, et les faire exécuter sur-le-champ, sans aucune instruction de procès, pour les crimes de rébellion ou de lèse-majesté ; mais il faut que le délit soit authentique, sans quoi, tous se révolteraient, tous prendraient le parti de celui qu'on aurait condamné, et travailleraient, de concert, à détrôner un roi mal affermi par ce despotisme.

Ce qui rend au monarque de Butua sa postérité indifférente, c'est qu'elle ne règne point après lui [275]. Il n'en est pas de même de ses dix-huit grands vassaux ; les enfants succèdent au père dans leurs fiefs. Dès que le chef est mort, le fils aîné s'empare du gouvernement, du logis, et réduit sa mère et ses sœurs dans la dernière servitude ; elles n'ont plus rang, dans sa maison, qu'après les esclaves de sa femme, à moins qu'il ne veuille épouser une d'elles. Dans ce cas, elle est hors de cette abjection ; mais celle où l'usage la fait retomber, comme épouse, n'est-elle pas aussi dure ? Si la mère est grosse, quand le père meurt, il faut qu'elle fasse périr son fruit : autrement l'héritier la tuerait elle-même.

À l'égard du roi, dès qu'il meurt, les chefs s'assemblent, et les barbares confondant, à l'exemple des Jagas, leurs voisins, la cruauté avec la bravoure*, n'élisent pour leur chef, que le plus féroce d'entre eux. Pendant neuf jours entiers, ils font des exploits dans ce genre, soit sur des prisonniers de guerre, soit sur des criminels, soit sur eux-mêmes, en se battant corps à corps, à outrance, et celui qui fait paraître le plus de valeur ou d'atrocité, regardé dès lors comme le plus grand de la nation, est choisi pour la commander ; on le porte en triomphe dans son palais, où de nouveaux excès succèdent à l'élection, pendant neuf autres jours. Là, l'intempérance et la débauche se poussent quelquefois si loin, que le nouveau roi lui-même y succombe, et la cérémonie recommence. Rarement ces fêtes se célèbrent sans qu'il n'en coûte la vie à beaucoup de monde.

Lorsque cette nation est en guerre avec ses voisins, les chefs

---

* La bravoure et la férocité ont un sens où elles peuvent se confondre. En quoi consiste la bravoure ? À étouffer les sentiments naturels qui nous portent à notre conservation. Dans la férocité, il s'agit de la conservation des autres ; mais le mouvement est toujours d'étouffer la loi naturelle. On a donc eu tort de dire qu'un homme féroce n'était jamais brave ; le courage, à le bien prendre, n'est qu'une sorte de férocité, et ne peut être compris, philosophiquement parlant, que dans la classe des vices ; nos seuls préjugés en font une vertu ; mais nos préjugés sont toujours bien loin de la nature.

fournissent au roi un contingent d'hommes, armés de flèches et de piques, et ce nombre est proportionné aux besoins de l'État. Si les ennemis sont puissants, les secours envoyés sont considérables ; ils le sont moins, quand il s'agit de légères discussions. La cause de ces discussions est toujours, ou quelque ravage dans les terres, ou quelque enlèvement de femmes ou d'esclaves ; quelques jours d'hostilités préliminaires et un combat terminent tout ; puis chacun retourne chez soi.

Malgré le peu de morale de ces peuples, malgré les crimes multipliés auxquels ils se livrent, il est dévot, crédule et superstitieux ; l'empire de la religion, sur son esprit, est presque aussi violent qu'en Espagne et en Portugal[276]. Le gouvernement théocratique suit le plan du gouvernement féodal. Il y a un chef de religion dans chaque province, subordonné au chef principal, habitant la même ville que le roi. Ce chef, dans chaque district, est à la tête d'un collège de prêtres secondaires, et habite avec eux un vaste bâtiment contigu au temple ; l'idole est partout la même que celle du palais du roi qui, seul, a le privilège d'avoir, indépendamment du temple de sa capitale, une chapelle particulière où il sacrifie. Le serpent, qu'on révère ici, est le reptile le plus anciennement adoré ; il eut des temples en Égypte, en Phénicie, en Grèce, et son culte passa de là en Asie et en Afrique, où il fut presque général*. Quant à ces peuples, ils disent que cette idole est l'image de celui qui a créé le monde, et pour justifier l'usage où ils sont de le représenter, moitié figure humaine, et moitié figure d'animal, ils disent que c'est pour montrer qu'il a créé également les hommes et les animaux.

Chaque gouverneur de province est obligé d'envoyer seize victimes par an, de l'un et de l'autre sexe, au chef de la religion qui les immole, avec ses prêtres, à de certains jours prescrits par leur rituel. Cette idée que l'immolation de l'homme était le sacrifice le plus pur qu'on pût offrir à la divinité était le fruit de l'orgueil ; l'homme se croyant l'être le plus parfait qu'il y eût au monde, imagina que rien ne pouvait mieux apaiser les dieux, que le sacrifice de son

* Le rival de Dieu est peint sous l'emblème du serpent : nous savons l'histoire du serpent d'airain, chez les Juifs ; le culte du serpent, en un mot, est universel ; l'instrument que nous employons dans nos églises, sous cette forme, est un reste de cette idolâtrie.

semblable ; voilà ce qui multiplia tellement cette coutume, qu'il n'est aucun peuple sur la terre qui ne l'ait adoptée ; les Celtes et les Germains immolaient des vieillards et des prisonniers de guerre ; les Phéniciens, les Carthaginois, les Perses et les Illyriens sacrifiaient leurs propres enfants ; les Thraces et les Égyptiens, des vierges, etc.

Les prêtres, à Butua, sont chargés de l'éducation entière de la jeunesse ; ils élèvent, à la fois, les deux sexes dans des écoles séparées, mais toujours dirigées par eux seuls. La vertu principale, et presque l'unique, qu'ils inspirent aux femmes, est la plus entière résignation, la soumission la plus profonde aux volontés des hommes ; ils leur persuadent qu'elles sont uniquement créées pour en dépendre, et, à l'exemple de Mahomet, les damnent impitoyablement à leur mort [277].

— À l'exemple de Mahomet ? dis-je, en interrompant Sarmiento. Tu te trompes, mon ami, et ton injustice envers les femmes te fait évidemment adopter une opinion fausse, et que jamais rien n'autorisa. Mahomet ne damne point les femmes ; je suis étonné qu'avec l'érudition que tu nous étales, tu ne saches pas mieux l'Alcoran : « Quiconque croira, et sera de bonnes mœurs, soit homme, soit femme, entrera dans le paradis », dit expressément le prophète, dans son soixantième chapitre ; et dans plusieurs autres, il établit positivement que l'on trouvera dans le paradis, non seulement celles de ses femmes que l'on aura le mieux aimées sur la terre, mais même de belles filles vierges, ce qui prouve qu'indépendamment de celles-ci, qui sont les femmes célestes, il en admettait de terrestres, et qu'il ne lui est jamais venu dans l'esprit de les exclure des béatitudes éternelles. Pardonne-moi cette digression en faveur d'un sexe que tu méprises et que j'idolâtre, et continue tes intéressants récits [278].

— Que Mahomet damne ou sauve les femmes, dit le Portugais, ce qu'il y a de bien sûr, c'est que ce ne seraient pas elles qui me feraient désirer le paradis, si je croyais à cette fable-là ; et fussent-elles toutes anéanties sur le globe, que Lucifer m'écorche tout vif si je m'en trouvais plus à plaindre. Malheur à qui ne peut se passer, dans ses plaisirs ou dans sa société, d'un sexe bas, trompeur et faux, toujours occupé de nuire ou de feindre, toujours rampant, toujours perfide, et qui, comme la couleuvre, n'élève un instant la tête au-dessus du sol, que pour y darder son venin ! Mais ne m'interromps plus, frère, si tu veux que je poursuive.

À l'égard des hommes, reprit mon instituteur, ils leur inspirent d'être soumis, d'abord aux prêtres, puis au roi, et définitivement à leurs chefs particuliers ; ils leur recommandent d'être toujours prêts à verser leur sang pour l'une ou l'autre de ces causes.

Le danger des écoles, en Europe, est souvent le libertinage ; ici, il en devient une loi. Un époux mépriserait sa femme, si elle lui donnait ses prémices* ; ils appartiennent de droit aux prêtres ; eux seuls doivent flétrir cette fleur imaginaire, à laquelle nous avons la folie d'attacher tant de prix ; de cette règle sont pourtant exceptés les sujets qui doivent être conduits au roi. Resserrés avec soin dans les maisons des gouverneurs de chaque province, ils n'entrent point dans les écoles ; c'est un droit que les prêtres n'ont jamais osé disputer à leur souverain qui le possède, comme chef du temporel et du spirituel. Toutes ces roses se cueillent à certains jours de fêtes, prescrits dans leur calendrier. Alors les temples se ferment ; il n'est plus permis qu'aux seuls prêtres d'y entrer ; le plus grand silence règne aux environs ; on immolerait impitoyablement quiconque oserait le troubler. La défloration se fait aux pieds de l'idole. Le chef commence, il est suivi du collège entier. Les filles sont présentées deux fois, les garçons une ; des sacrifices suivent la cérémonie. À treize ou quatorze ans, les élèves retournent dans leurs familles ; on leur demande s'ils ont été sanctifiés : s'ils ne l'avaient pas été, les garçons seraient horriblement méprisés, et les filles ne trouveraient aucun époux. Ce qui s'opère dans les provinces, se pratique de même dans la capitale ; la seule différence qu'il y ait, lors de ces initiations, consiste dans le droit qu'a le monarque d'opérer, s'il veut, avant les prêtres. Ici, comme dans le royaume de Juida, si quelqu'un refusait de placer ses enfants dans ces écoles, les prêtres pourraient les faire enlever.

— Que d'infamies, m'écriai-je ; toutes ces turpitudes me choquent au dernier point. Mais je ne tiens pas, je l'avoue, à voir la pédérastie érigée en initiation religieuse ; à quel point

* Ce peuple n'est pas le seul dominé par cette opinion ; un des personnages de la scène entrera bientôt dans un plus grand détail sur ces usages. Nous y renvoyons le lecteur.

de corruption doit être parvenu un peuple, pour instituer ainsi en coutume, le vice le plus affreux, le plus destructeur de l'humanité, le plus scandaleux, le plus contraire aux lois de la nature ?

— Que d'invectives ! me répondit le Portugais, trop malheureux partisan de cette intolérable dépravation. Écoute, ami, je veux bien m'interrompre un moment, pour te convaincre de tes torts, au risque de contrarier quelques-uns de mes principes, pour mieux te prouver l'injustice des tiens.

N'imagine pas que cette erreur, à laquelle on attache une si grande importance en Europe, soit aussi conséquente qu'on le croit. De quelque manière qu'on veuille l'envisager, on ne la trouvera dangereuse que dans un seul point : le tort qu'elle fait à la population. Mais ce tort est-il bien réel ? C'est ce qu'il s'agit d'examiner. Qu'arrive-t-il, en tolérant cet écart ? Qu'il naît, je le suppose, dans l'État, un petit nombre d'enfants de moins ; est-ce donc un si grand mal que cette diminution, et quel est le gouvernement assez faible pour pouvoir s'en douter ? Faut-il à l'État un plus grand nombre de citoyens que celui qu'il peut nourrir ? Au-delà de cette quantité, tous les hommes, dans l'exacte justice, ne devraient-ils pas être maîtres de produire, ou de ne pas produire ; je ne connais rien de si risible que d'entendre crier sans cesse pour la population : vos compatriotes surtout, vos chers Français, qui ne s'aperçoivent pas que si leur gouvernement les traite avec tant d'indifférence, que si leur fuite, leur mort le touchent si peu, que si leurs lois les sacrifient chaque jour si inhumainement, ce n'est qu'à cause de leur trop grande population ; que si cette population était moindre, ils deviendraient bien autrement chers à cet État qui se moque d'eux, et seraient bien autrement épargnés par le glaive atroce de Thémis[279].

Mais laissons ces imbéciles crier tout à leur aise ; laissons-les remplir leurs dégoûtantes compilations de projets fastueux, pour augmenter des hommes dont l'excès forme déjà un des plus grands vices de leur État, et voyons seulement si ce qu'ils désirent est un bien. J'ose dire que non : j'ose assurer que partout où la population et le luxe seront médiocres, l'égalité, dont tu parais si partisan, sera plus entière, et par conséquent, le bonheur de l'individu plus certain. C'est l'abondance du peuple, et l'accroissement du luxe, qui produit l'inégalité des conditions, et tous les malheurs qui en résultent. Les hommes sont tous frères, chez le peuple médiocre et frugal ; ils ne se connaissent plus, quand le luxe les déguise et que la population les avilit ; à mesure qu'augmentent l'une et l'autre de ces choses, les droits du plus fort naissent insensiblement ; ils asservissent le plus faible, le despotisme s'établit, le peuple se dégrade, et se trouve bientôt écrasé sous le poids des fers que sa propre abondance lui forge*. Ce qui diminue la population dans un État, sert donc cet État, au lieu de lui nuire : politiquement considéré, voilà donc ce vice si abominable, dans la classe des vertus plutôt que dans celle des crimes, chez toutes les nations philosophes. L'examinerons-nous du côté de la nature ? Ah ! si l'intention[280] de la nature eût été que tous les grains de blé germassent, elle eût donné une meilleure constitution à la terre ; cette terre ne se trouverait pas si longtemps hors d'état de rapporter ; toujours féconde, n'attendant jamais que la semence, on ne lui donnerait jamais, qu'elle ne rendît.

Un coup d'œil sur le physique des femmes, et voyons si cela est. Une femme qui vit soixante-dix ans, je suppose, en passe d'abord quatorze sans pouvoir encore être utile ; puis vingt, où elle ne peut plus l'être : reste à trente-six, sur lesquels il faut prélever trois mois par an, où ses infirmités doivent encore l'empêcher de travailler aux vues de la nature, si elle est sage et qu'elle veuille que le fruit produit soit bon. Reste donc vingt-sept ans au plus sur soixante-dix où la nature lui permet de la servir.

Je le demande, est-il raisonnable de penser que si les vues de la nature tendaient à ce que rien ne fût perdu, elle consentirait à perdre autant** ? et si cette perte est indiquée

---

* Voici sans doute l'endroit où Sarmiento doit, suivant ce qu'il a dit, contrarier ses principes ; car nous avons vu, et nous verrons encore, qu'il est bien loin d'être le partisan de l'égalité. Il arrive souvent que pour étayer un système, quand on le discute avec un homme prévenu, on est obligé de donner entorse à quelqu'un de ses principes, pour mieux convaincre l'adversaire en parlant de ses mœurs ou des opinions qu'il a. Il est clair que c'est ici l'histoire du Portugais.

** À combien peu d'années serait réduit le temps de cette fertilité, si l'on avait, en supposant la femme grosse tous les ans, retranché les neuf mois, où quelque semence que le champ reçoive, il ne peut plus cependant rapporter ! La fertilité de la femme qu'on suppose, ne s'étendrait plus qu'à quatre-vingt-un mois sur soixante-dix ans. Quelle preuve de plus pour l'assertion !

par ses propres lois, pouvons-nous légitimement contraindre les nôtres à punir ce qu'elle exige elle-même ? La propagation n'est certainement pas une loi de la nature, elle n'en est qu'une tolérance : a-t-elle eu besoin de nous, pour produire les premières espèces ? N'imaginons pas que nous lui soyons plus nécessaires pour les conserver, si l'existence de ces espèces était essentielle à ses plans ; ce que nous adoptons de contraire à cette opinion n'est que le fruit de notre orgueil.

Quand il n'y aurait pas un seul homme sur la terre, tout n'en irait pas moins comme il va ; nous jouissons de ce que nous trouvons, mais rien n'est créé pour nous [281] ; misérables créatures que nous sommes, sujets aux mêmes accidents que les autres animaux, naissant comme eux, nous nous avisons d'avoir de l'orgueil ; nous nous avisons de croire que c'est en faveur de notre précieuse espèce que le soleil luit, et que les plantes croissent. Ô déplorable aveuglement ! convainquons-nous donc que la nature se passerait aussi bien de nous, que de la classe des fourmis ou de celle des mouches ; et que d'après cela, nous ne sommes nullement obligés à la servir dans la multiplication d'une espèce qui lui est indifférente, et dont l'extinction totale n'altérait aucune de ses lois. On peut donc perdre, sans l'offenser en quoi que ce soit ; que dis-je ? nous la servons, en n'augmentant pas une sorte de créature dont la ruine entière, en lui rendant l'honneur de ses premières créations, lui ferait reprendre des droits que sa tolérance nous cède. Le voilà donc, ce vice dangereux... ce vice épouvantable contre lequel s'arment imbécilement les lois et la société, le voilà donc démontré utile à l'État et à la nature, puisqu'il rend à l'un son énergie, en lui ôtant ce qu'il a de trop, et à l'autre sa puissance, en lui laissant l'exercice de ses premières opérations. Et si ce penchant n'était pas naturel, en recevrait-on les impressions dès l'enfance ? Ne céderait-il pas aux efforts de ceux qui dirigent ce premier âge de l'homme ? Qu'on examine pourtant les êtres qui en sont empreints ; il se développe, malgré toutes les digues qu'on lui oppose ; il se fortifie avec les années ; il résiste aux avis, aux sollicitations, aux terreurs d'une vie à venir, aux punitions, aux mépris, aux plus piquants attraits de l'autre sexe ; est-ce donc l'ouvrage de la dépravation, qu'un goût qui s'annonce ainsi ? et que veut-on qu'il soit, si ce n'est l'inspiration la plus certaine de la nature ? Or, si cela est, l'offense-t-il ? Inspirerait-elle ce qui l'outragerait ? Permettrait-elle ce qui gênerait ses lois ? Favoriserait-elle des mêmes dons, et ceux qui la servent, et ceux qui la dégradent ? Étudions-la mieux, cette indulgente nature, avant d'oser lui fixer des limites. Analysons ses lois, scrutons ses intentions, et ne hasardons jamais de la faire parler sans l'entendre.

Osons n'en point douter enfin, il n'est pas dans les intentions de cette mère sage que ce goût s'éteigne jamais ; il entre au contraire dans ses plans qu'il y ait, et des hommes qui ne procréent point, et plus de quarante ans dans la vie des femmes où elles ne le puissent pas, afin de nous bien convaincre que la propagation n'est pas dans ses lois, qu'elle ne l'estime point, qu'elle ne lui sert point, et que nous sommes les maîtres d'en user sur cet article comme bon nous semble, sans lui déplaire en quoi que ce soit, sans atténuer en rien sa puissance.

Cesse donc de te récrier contre le plus simple des travers, contre une fantaisie où l'homme est entraîné par mille causes physiques que rien ne peut changer ni détruire, contre une habitude enfin que l'on tient de la nature, qui la sert, qui sert à l'État, qui ne fait aucun tort à la société, qui ne trouve d'antagonistes que parmi le sexe, dont elle abjure le culte, raison trop faible sans doute pour lui dresser des échafauds. Si tu ne veux pas imiter les philosophes de la Grèce, respecte au moins leurs opinions : Lycurgue et Solon armèrent-ils Thémis contre ces infortunés ? Bien plus adroits, sans doute, ils tournèrent au bien et à la gloire de la patrie le vice qu'ils y trouvèrent régnant. Ils en profitèrent pour allumer le patriotisme dans l'âme de leurs compatriotes : c'était dans le fameux bataillon des *amants* et des *aimés** que résidait la valeur de l'État. N'imagine donc pas que ce qui fit fleurir un peuple, puisse jamais en dégrader un autre [282].

Que le soin de la cure de ces infidèles regarde uniquement le sexe qu'ils dépriment ; que ce soit avec des chaînes de fleurs que l'amour les ramène en son temple ; mais s'ils les brisent, s'ils résistent au joug de ce dieu, ne crois pas que des invectives ou des sarcasmes, que des fers ou des bourreaux les convertissent plus sûrement : on fait avec les uns des stupides et des lâches, des fanatiques avec les autres ; on s'est rendu

* Voyez Plutarque, *Vie de Solon et de Lycurgue.*

coupable de bêtises et de cruautés, et on n'a pas un vice de moins*.

Mais reprenons : quel fruit recueilleras-tu de la description que tu me demandes, si tu en interromps sans cesse le récit ?

Les crimes contre la religion, continua le Portugais, existent ici comme dans notre Europe, et y sont même plus sévèrement punis** ; le premier prêtre en devient le souverain juge et l'exécuteur : un mot contre le clergé ou contre l'idole, quelque négligence au service public du temple, l'inobservance de quelques fêtes, le refus de placer ses enfants dans les écoles, tout cela est puni de mort : on dirait que ce malheureux peuple, pressé de voir sa fin, imagine avec soin tout ce qui peut l'accélérer.

Ignorant absolument l'art de transmettre les faits, soit par l'écriture, soit par les signes hiéroglyphiques, ce peuple n'a conservé aucun mémorial qui puisse servir à la connaissance de sa généalogie ou de son histoire ; il ne s'en croit pas moins le peuple le plus ancien de la terre : il dominait autrefois, assure-t-il, tout le continent, et principalement la mer, qu'il ne connaît pourtant plus aujourd'hui ; sa position au milieu des terres, ses perpétuelles dissensions avec les peuples de l'Orient et de l'Occident, qui l'empêchent de s'étendre jusque-là, le priveront vraisemblablement encore longtemps de connaître les côtes qui l'avoisinent. Son seul commerce consiste à exporter son riz, son manioc et son maïs aux Jagas qui, habitant un pays sablonneux, se trouvent manquer souvent de ces précieuses denrées. Il en importe des poissons qu'il aime beaucoup et qu'il mange presque avec la même avidité que la chair humaine; les querelles survenues dans ces

---

* « Quant aux peines infligées contre l'ennemi des plaisirs purs et chastes de la nature, elles doivent dépendre du caractère de la nation que gouverne le législateur ; sans cela, la loi qui protège les mœurs peut devenir aussi dangereuse que leur infraction. » *Philosophie de la Nature*, tome I, page 267 [283].

** Les rigueurs théocratiques étayent toujours l'aristocratie ; la religion n'est que le moyen de la tyrannie ; elle la soutient, elle lui prête des forces. Le premier devoir d'un gouvernement libre, ou qui recouvre sa liberté, doit être incontestablement le brisement total de tous les freins religieux. Bannir les rois, sans détruire le culte religieux, c'est ne couper qu'une des têtes de l'hydre ; la retraite du despotisme est le parvis des temples ; persécuté dans un État, c'est là qu'il se réfugie, et c'est de là qu'il reparaît pour enchaîner les hommes quand on a été assez maladroit pour ne pas l'y poursuivre en détruisant et son perfide asile et les scélérats qui le lui donnent.

échanges sont un de ses fréquents motifs de guerre, et alors il se bat au lieu de commercer ; les comptoirs deviennent des champs de bataille.

La politique, qui apprend à tromper ses semblables en évitant de l'être soi-même, cette science née de la fausseté et de l'ambition, dont l'homme d'État fait une vertu, l'homme social un devoir, et l'honnête homme un vice... la politique, dis-je, est entièrement ignorée de ce peuple ; ce n'est pas qu'il ne soit ambitieux et faux, mais il l'est sans art ; et comme ceux auxquels il a affaire ne sont pas plus fins, il en résulte qu'ils se trompent gauchement les uns les autres, mais tout autant que s'ils le faisaient avec plus d'industrie. Le peuple de Butua tâche d'être le plus fort dans les combats, de gagner le plus qu'il peut dans ses échanges ; voilà où se bornent toutes ses ruses. Il vit d'ailleurs avec insouciance et sans s'inquiéter du lendemain, jouit du présent le mieux qu'il peut, ne se rappelle point le passé, et ne prévoit jamais l'avenir ; il ne sait pas mieux l'âge qu'il a ; il sait celui de ses enfants jusqu'à quinze ou vingt ans, puis il l'oublie et n'en parle plus [284].

Ces Africains ont quelques légères connaissances d'astronomie, mais elles sont mêlées d'une si grande foule d'erreurs et de superstition, qu'il est difficile d'y rien comprendre. Ils connaissent le cours des astres, prédisent assez bien les variations de l'atmosphère, et divisent leur temps par les différentes phases de la lune. Quand on leur demande quelle est la main qui meut les astres dans l'espace, quel est enfin le plus puissant des êtres, ils répondent que c'est leur idole, que c'est elle qui a créé tout ce que nous voyons, qui peut détruire à son gré, et que c'est pour prévenir cette destruction qu'ils arrosent sans cesse ses autels de sang.

Leur nourriture ordinaire est le maïs, quelques poissons quand le commerce leur en apporte, et de la chair humaine : ils en ont des boucheries publiques où l'on s'en fournit en tous temps ; quelquefois ils joignent à cela de la chair de singe, qu'on estime fort dans ces contrées. Ils tirent du maïs une liqueur très enivrante, et préférable à notre eau-de-vie ; quelquefois ils la boivent pure, souvent ils la mêlent avec de l'eau communément mauvaise et saumâtre ; ils ont une manière de confire et de garder l'igname*, qui la rend délicate et bonne.

Ils n'ont point de monnaie entre eux, ni signe qui la représente : chacun vit de ce qu'il a ; ceux qui veulent des productions étrangères rapportées par les commerçants, se les procurent par échange, ou en prêt d'esclaves, de femmes et d'enfants pour les travaux ou pour les plaisirs. La table du roi est servie des prémices de tout ce qui croît dans le pays, et de tout ce qui s'y apporte. Il y a des gens chargés d'aller retirer ces différents tributs, et sans s'incommoder en rien, la nation le nourrit ainsi en détail. Il en est de même de la table des chefs et des prêtres. Rien ne se vend au peuple que ces premières maisons ne soient fournies. Ce sont les tributs imposés sur le commerce ; une fois acquittés, le marchand tire ce qu'il peut de sa denrée, et s'en fait payer comme je viens de le dire.

Les établissements de ce peuple, aussi médiocres que sa population, ne se voient guère qu'aux endroits les plus cultivés : on compte là une douzaine de maisons ensemble, sous l'autorité du plus ancien chef de famille, et sept ou huit de ces bourgades composent un district, au gouverneur duquel les chefs particuliers rendent compte, comme ceux-ci le font au roi. Les besoins, les volontés, les caprices des gouverneurs sont expliqués aux lieutenants des bourgades, qui exécutent à l'instant les ordres de ces petits despotes ; autrement, et cela sans que le roi pût le blâmer, le gouverneur ferait brûler la bourgade et exterminer ceux qui l'habitent. Ce lieutenant de bourgade ou chef particulier n'a nulle autorité dans son district, il n'en a que dans sa famille comme tous les autres individus ; il n'est en quelque façon que le premier agent du despote ; il n'est point étonnant de voir un de ces petits souverains faire passer l'ordre à une bourgade de son département de lui envoyer telle ou telle denrée, telle fille ou tel garçon, et le refus de cette sommation coûter l'existence entière de la bourgade ; moins rare encore de voir deux ou

* La racine de l'igname est longue d'un pied et demi dans les bonnes terres ; elle se plante en décembre : on connaît sa maturité lorsque ses feuilles se flétrissent ; on la coupe en morceaux, on la mange rôtie sur la braise, ou bien on la fait bouillir avec de la chair salée ; elle sert quelquefois de pain ; on en fait aussi des bouillies agréables ; les nègres en font du langou et du pain.

trois principaux chefs se réunir, pour aller, par seul principe d'amusement, saccager, détruire, incendier une bourgade, et en massacrer tous les habitants sans aucune distinction d'âge ou de sexe ; vous voyez alors ces malheureux sortir de leur hutte avec leurs femmes et leurs enfants, présenter à genoux la tête aux coups qui les menacent, comme des victimes dévouées, et sans qu'il leur vienne seulement à l'esprit de se venger ou de se défendre[285]. Puissant effet, d'un côté, de l'abaissement et de l'humiliation de ces peuples, et de l'autre, preuve bien singulière de l'excès du despotisme et de l'autorité des grands... Que de réflexions fait naître cet exemple ! Serait-il réellement, comme je le suppose, une partie de l'humanité subordonnée à l'autre par les décrets de la main qui nous meut ? Ne doit-on pas le croire en voyant ces usages dans l'enfance de toutes nos sociétés, comme chez ce peuple encore dans le sein de la nature ? Si cette nature incompréhensible a soumis à l'homme des animaux bien plus forts que lui, ne peut-elle pas lui avoir également donné des droits sur une portion affaiblie de ses semblables ? Et si cela est, que deviennent alors les systèmes d'humanité et de bienfaisance de nos associations policées ?

— Dusses-tu me gronder de t'interrompre encore, dis-je au Portugais, je ne te pardonne pas ces principes ; ne tire jamais aucune conséquence, en faveur de la tyrannie, de toutes les horreurs que nous montre ce peuple ; l'homme se corrompt dans le sein même de la nature, parce qu'il naît avec des passions dont les effets font frémir toutes les fois que la civilisation ne les enchaîne pas[286]. Mais conclure de là que c'est chez l'homme sauvage et agreste qu'il faut se choisir des modèles, ou reconnaître les véritables inspirations de la nature, serait avancer une opinion fausse : la distance de l'homme à la nature est égale, puisqu'il peut être aussitôt corrompu par ses passions, dès le berceau de cette nature, que dans son plus grand éloignement. C'est donc dans le calme qu'il faut juger l'homme, ou dans l'état tranquille où le mettent à la longue les digues de ses passions élevées par le législateur qui le civilise.

— Je poursuivrai, reprit Sarmiento, car il faudrait, sans cela, discuter si cette main qui élève des digues, a réellement le droit de les édifier ; si c'est un bonheur qu'elle l'entreprenne, si les passions qu'elle veut subjuguer sont bonnes ou mauvaises, si, de quelque espèce qu'elles puissent être, leurs effets contrariés les uns par les autres, ne contribueraient pas plus au bonheur de l'homme que cette civilisation qui le dégrade. Or, nous perdrions un temps énorme dans cette dissertation, et nous aurions beaucoup parlé tous deux sans nous convaincre... Je reprends donc.

Lorsque les prêtres veulent une victime, ils annoncent que leur dieu leur est apparu, qu'il a désiré tel ou telle, et dans l'instant il faut que l'être requis soit remis au temple, loi cruelle sans doute, loi dictée par les seules passions, puisqu'elle les favorise toutes.

Sans l'intime union des chefs spirituels et temporels, peut-être ce peuple serait-il moins foulé[287] ; mais l'égalité de leur pouvoir leur a prouvé la nécessité d'être unis pour se mieux satisfaire, d'où il résulte que la masse de ces deux autorités despotiques pressant également de partout ce peuple infortuné, le dissout et l'écrase à la fois*.

Les habitants du royaume de Butua ont un souverain mépris pour tous ceux qui ne savent pas gagner leur vie ; ils disent que chaque individu tenant à un district quelconque, et devant être nourri par ce district s'il y remplit sa tâche, ne doit manquer que par sa faute ; de ce moment ils l'abandonnent, ne lui fournissent aucune sorte de secours, et en cet état de délaissement et d'inaction, il devient bientôt la victime du riche, qui l'immole, en disant que l'homme mort est moins malheureux que l'homme souffrant.

Ici la médecine s'exerce par les prêtres secondaires des temples ; ils ont quelques teintures de botanique qui les mettent à même d'ordonner certains remèdes quelquefois assez à propos. Ils n'exercent jamais ce ministère *gratis* : ils se font payer en prêt de femmes, de garçons ou d'esclaves, cela regarde la famille du malade ; ils n'exigent aucun comestible : qu'en feraient-ils dans une maison plus que suffisamment entretenue par les revenus de l'idole qu'on y sert ?

Chaque particulier prend en mariage autant de femmes qu'il en peut nourrir ; le chef de chaque district, à l'instar du roi, a un sérail plus ou moins considérable, et communément

* Je le répète, il en sera toujours de même dans tous les gouvernements despotiques, et jamais un peuple sage ne réussira à se défaire de l'un de ces jougs, s'il ne secoue l'autre.

proportionné à l'étendue de son domaine. Ce sérail, composé comme je l'ai dit, des tributs qu'il retire, est dirigé par des esclaves qui ne sont point eunuques, mais dans une si grande dépendance d'ailleurs, si prêts à tout moment à perdre la vie, que rien n'est plus rare que leur malversation. Il y a dans ce sérail une sultane privilégiée et regardée comme la maîtresse de la maison. Elle change fort souvent ; cependant, tant qu'elle règne, les enfants qu'elle fait, ce qui est fort rare, sont regardés comme légitimes, et l'aîné de tous ceux que le père a eus pendant sa vie, n'importe de quelle femme, succède à tous les biens. Tant que cette première sultane est regardée comme favorite, elle a une sorte d'inspection sur les autres, sans qu'elle soit pour cela elle-même dispensée de la subordination cruelle imposée à son sexe ; dès qu'elle a eu des enfants, elle est communément reléguée dans quelque coin de la maison, où l'on n'entend plus parler d'elle : ce qui fait que la manière la plus sûre dont elle puisse conserver son rang, est de ne jamais être enceinte ; aussi l'art de ces femmes est-il inouï sur cet article.

Indépendamment des lions et des tigres qui se tiennent vers le nord du royaume, dans la partie la plus couverte de bois, on voit ici quelques quadrupèdes absolument inconnus en Europe : il y a, entre autres, un animal un peu moins gros que le bœuf, qui tient du cheval et du cerf ; on rencontre aussi quelques girafes*. Il y a beaucoup d'oiseaux singuliers, mais qui s'arrêtant peu, et qui n'étant jamais chassés, deviennent très difficiles à connaître.

La nature y est aussi très variée dans les plantes et dans les reptiles : il y en a beaucoup de venimeux dans l'un et l'autre genre, et ce peuple, singulièrement raffiné dans toutes les manières d'être cruel, compose avec une de ces plantes, qui ne croît que dans ces climats, une sorte de poison si actif, qu'il donne la mort en une minute** ; quelquefois ils en imbibent la pointe de leurs flèches, dont les plus légères blessures alors font tomber dans des convulsions qui entraînent bientôt la mort après elles ; mais ils se gardent bien de manger la chair de ceux qui meurent de cette manière.

---

* Animal de dix-sept pieds de haut, qu'on trouve aussi chez les Hottentots, voisins de ces peuples. Voyez les *Voyages de Bougainville*, p. 402, tome II.

** Paw parle de cette même plante comme indigène de l'Amérique[288].

Essayons maintenant de rapprocher les traits qui caractérisent ce peuple, par des coups de pinceaux plus rapides. Ils sont tous extrêmement noirs, courts, nerveux, les cheveux crépus, naturellement sains, bien pris dans leur taille, les dents belles, et vivant très vieux ; ils sont adonnés à toutes sortes de crimes, principalement à ceux de la luxure, de la cruauté, de la vengeance et de la superstition ; et d'ailleurs, emportés, traîtres, colères et ignorants. Leurs femmes sont mieux faites qu'eux : elles ont les formes superbes ; elles sont fraîches, et presque toutes, elles ont de belles dents et de beaux yeux ; mais elles sont si cruellement traitées, si abruties par le despotisme de leurs époux, que leurs attraits ne se soutiennent pas au-delà de trente ans, et qu'elles ne vivent guère au-delà de cinquante.

Quant au luxe et aux arts de ces peuples, tu vois jusqu'où ils s'étendent : quelques poteries qu'ils vernissent assez bien avec le jus d'une plante indigène de ces climats ; quelques claies, quelques paniers, et des nattes délicatement travaillées, mais qui ne sont l'ouvrage que des femmes.

Le roi, qui connaît l'espèce des femmes blanches, et qui en a eu quelques-unes échouées sur les côtes des Jagas, tient d'elles une petite quantité d'ouvrages plus précieux, que tu pourras voir dans son palais. Le peu qu'il a connu de ces femmes l'en a rendu très friand, et il payerait d'une partie de son royaume celles qu'on pourrait lui procurer.

Entièrement privés de sensibilité, et peut-être en cela plus heureux que nous, ces sauvages n'imaginent pas qu'on puisse s'affliger de la mort d'un parent ou d'un ami ; ils voient expirer l'un ou l'autre sans la plus légère marque d'altération, souvent même ils les achèvent, quand ils les voient sans espérance de guérir, ou parvenus à un âge trop avancé, et cela sans penser faire le plus petit mal. Il vaut mille fois mieux, disent-ils, se défaire de gens qui souffrent, ou qui sont inutiles, que de les laisser dans un monde dont ils ne connaissent plus que les horreurs.

Leur manière d'enterrer les morts, est de placer tout simplement le cadavre au pied d'un arbre, sans nul respect, sans aucune cérémonie, et sans plus de façon qu'on n'en ferait pour un animal. De quelle nécessité sont nos usages sur cela ? Un homme mort n'est plus bon à rien ; il ne sent plus rien ; c'est une folie que d'imaginer qu'on lui doive autre chose que de le placer dans un coin de terre, n'importe où. Quelquefois ils le mangent, quand il n'est pas mort de maladie. Mais, quelque chose qu'il arrive, les prêtres n'ont rien à faire en cet instant, et quelles que soient leurs vexations sur tout le reste, elles ne s'étendent pas cependant jusqu'à se faire ridiculement payer du droit de rendre un cadavre aux éléments qui l'ont formé [289].

Leurs notions sur le sort des âmes, après cette vie, sont fort confuses : d'abord, ils ne croient pas que l'âme soit une chose distincte du corps ; ils disent qu'elle n'est que le résultat de la sorte d'organisation que nous avons reçue de la nature ; que chaque genre d'organisation nécessite une âme différente, et que telle est la seule distance qu'il y ait entre les animaux et nous. Ce système m'a paru bien philosophique pour eux [290].

Mais cette étincelle de raison est bientôt étouffée par des extravagances pitoyables : ils disent que la mort n'est qu'un sommeil, au bout duquel ils se trouveront tout entiers et tels qu'ils étaient dans ce monde, sur les bords d'un fleuve charmant, où tout concourra à leurs désirs, où ils auront des femmes blanches et des poissons en abondance. Ils ouvrent ce séjour fabuleux également aux bons comme aux méchants, parce qu'il est égal, selon eux, d'être l'un ou l'autre ; que rien ne dépend d'eux, qu'ils ne se sont pas faits, et que l'être qui a tout créé ne peut les punir d'avoir agi suivant ses vues... Singulière manie des hommes, de ne pouvoir presque dans aucune de leurs associations se passer de l'idée absurde d'une vie à venir ; il est bien singulier qu'il leur faille les plus puissants secours de l'étude et de la réflexion pour réussir à absorber en eux une chimère née de l'orgueil, aussi ridicule à admettre, et aussi cruellement destructive de toute félicité sur la terre [291].

— Ami, dis-je à Sarmiento, il me paraît que tes systèmes...

— Sont invariables sur ce point, répondit le Portugais. C'est vouloir s'aveugler à plaisir, que d'imaginer que quelque chose de nous survive ; c'est se refuser à tous les arguments démonstratifs et du bon sens, c'est contrarier toutes les leçons que la nature nous offre, que de distinguer en nous quelque chose de la matière ; c'est en méconnaître les propriétés, que de ne pas voir qu'elle est susceptible de toutes les opérations possibles par la seule différence de ses modifications... Ah ! si cette âme sublime devait nous survivre, si elle était d'une substance immatérielle, s'altérerait-elle avec nos organes ? croîtrait-elle avec nos forces ? dégénérerait-elle au déclin de notre âge ? serait-elle vigoureuse et saine, quand rien ne souffre en nous ? triste, abattue, languissante, sitôt que se dérange notre santé ? Une âme qui suit aussi constamment toutes les variations du physique, ne peut guère appartenir au moral ; mon ami, il faut être fou pour croire un instant que ce qui nous fait exister soit autre chose que la combinaison particulière des éléments qui nous constituent : altérez ces éléments, vous altérez l'âme ; séparez-les, tout s'anéantit. L'âme est donc dans ces éléments, elle n'en est donc que le résultat, mais n'en est point une chose distincte ; elle est au corps ce que la flamme est à la matière qui se consume : ces deux choses agiraient-elles l'une sans l'autre ? la flamme existerait-elle sans l'élément qui l'entretient ? et réversiblement, celui-ci se consumerait-il sans la flamme ? Ah ! mon ami, sois bien en repos sur le sort de ton âme après cette vie... elle ne sera pas plus malheureuse qu'elle l'était avant d'animer ton corps, et tu ne seras pas plus à plaindre pour avoir végété malgré toi quelques instants sur le globe, que tu ne l'étais avant d'y paraître. »

Sans me donner le temps de détruire ou de réfuter une opinion si contraire à la raison et à la délicatesse de l'homme sensible, si injurieuse à la puissance de l'Être qui ne nous a donné cette âme immortelle que pour arriver par son moyen à la sublime idée de son existence, d'où découlent naturellement la suite et la nécessité de nos devoirs, tant envers ce Dieu saint et puissant que relativement aux autres créatures au milieu desquelles il nous a placés [292] ; sans, dis-je, me permettre de lui répondre un mot, le Portugais, qui n'aimait point qu'on le contrariât, reprit ainsi le fil de sa description.

« La connaissance que tu as des mœurs, des coutumes, des lois et des habitants du royaume de Butua, te fait aisément deviner leur morale ; aucun de leurs actes de tyrannie et de cruauté, aucun de leurs excès de débauche, aucune de leurs hostilités ne passe pour des crimes chez eux. Pour légitimer les premiers articles, ils disent que la nature, en créant des individus inégaux, a prouvé qu'il y en avait quelques-uns qui devaient être soumis aux autres ; elle n'eût mis sans cela aucune distance entre eux : voilà l'argument d'après lequel ils partent pour molester leurs femmes, qui, selon leur manière de penser, ne sont que des animaux inférieurs à eux, et sur lesquels la nature leur donne toute espèce de droits ; quant à leur égarement de débauche, l'homme, disent-ils, est conformé de manière à ce que telle chose peut plaire à l'un, et doit déplaire à l'autre : or, dès que la nature lui a soumis des êtres qui, par leur faiblesse, doivent indifféremment satisfaire ou l'un ou l'autre de ces besoins, ils ne peuvent devenir des crimes ; d'un côté, l'homme reçoit des goûts ; de l'autre, il a ce qu'il faut pour se contenter : quelle apparence que la nature eût réuni ces deux moyens, si elle était offensée de la manière dont on en use ?

Tout ce que je viens de dire, continua le Portugais en terminant son récit, va redoubler sans doute l'horreur que tu ressens déjà pour ce peuple, et d'après l'obligation où te voilà d'y vivre, j'ai peut-être eu tort de te donner autant de détails.

— Sois bien certain, répondis-je, qu'il n'est aucun principe de ces monstres que je ne mette au rang des plus affreux écarts de la raison humaine. Je ne suis pas plus scrupuleux qu'on ne doit l'être ; tu dois, je crois, t'en être aperçu... mais favoriser, suivre ou croire des maximes aussi révoltantes, est au-dessus de mes forces et de mon cœur... »

Sarmiento voulut répliquer, je ne lui répondis plus, bien persuadé que je ne convertirais pas cet homme endurci, et que c'était une de ces sortes d'âmes dont la perversité rend la *cure*[293] d'autant plus impossible, que ne se trouvant point dans un état de souffrance par cette dépravation, elles ne désirent nullement une meilleure manière d'être. Je lui témoignai, pour rompre notre dialogue, l'envie d'entrer dans une cabane où notre course nous avait conduits : nous y pénétrâmes ; c'était l'asile d'un homme du peuple : nous le trouvâmes assis sur des nattes, mangeant du maïs bouilli, et sa femme à genoux devant lui, le servant avec toutes les marques possibles de respect.

Comme le Portugais était connu pour le favori du prince, le paysan se leva et s'agenouilla dès qu'il parut ; peu après il lui présenta sa fille, jeune enfant de treize ou quatorze ans[294].

« Tu vois la politesse de ces cantons, me dit Sarmiento. Dis-moi dans quel pays de ton Europe on recevrait ainsi un étranger !... Il résulte donc quelque chose de bon de ce despotisme qui t'effraye, et le voilà donc au moins, dans un cas, d'accord avec la nature.

— Ne mets cette coutume qu'au rang des écarts et des désordres, m'écriai-je, et puisqu'elle ne m'inspire que de l'éloignement et du dégoût, elle ne peut être dans la nature.

— Dis, dans les mœurs, et ne confonds pas l'usage, le pli donné par l'éducation avec les lois de la nature... »

Et pendant ce temps-là Sarmiento, ayant repoussé durement la jeune fille, demanda du feu, alluma sa pipe, sortit, et nous regagnâmes la capitale.

Il y avait trois mois que j'étais dans ce triste séjour, maudissant mon malheureux sort et mon existence, désespérant qu'aucun hasard m'y fît jamais rencontrer Léonore, n'aimant qu'elle, ne pensant qu'à elle, lorsque le sort, pour calmer un instant mes maux, fit naître au moins pour moi l'occasion d'une bonne œuvre.

J'étais sorti seul un matin pour aller rêver plus à l'aise à l'objet de mon cœur ; je préférais ces promenades solitaires à celles où Sarmiento m'empestait de sa morale erronée, et cherchait toujours à combattre ou à pervertir mes principes, lorsque je découvris un spectacle fait pour arracher les pleurs de tous les autres individus que ceux de ce peuple féroce, peu fait pour le plaisir touchant de s'attendrir sur les douleurs d'un sexe délicat et doux, que le ciel forma pour partager nos maux, pour mêler de roses les épines de la vie, et non pour être méprisé et traité comme des bêtes de somme.

Une de ces malheureuses hersait un champ où son mari voulait semer du maïs ; attelée à une charrue lourde, elle la traînait de toutes ses forces sur une terre grasse et spongieuse, qu'il s'agissait d'entrouvrir. Indépendamment de ce travail pénible, où succombait cette infortunée, elle avait deux enfants attachés devant elle, que nourrissait chacun de ses seins ; elle pliait sous le joug ; des sanglots et des cris s'entendaient malgré elle ; sa sueur et ses larmes coulaient à la fois sur le front de ses deux enfants... Un faux pas la fait chanceler... elle tombe... Je la crus morte... Son barbare époux saute sur elle, armé d'un fouet, et l'accable de coups pour la faire relever... Je n'écoute plus que la nature et mon cœur, je m'élance sur ce scélérat... je le renverse dans le sillon... je brise les liens qui attachent sa mourante compagne au timon de la charrue... je la relève... la presse sur ma poitrine, et l'assieds sous un arbre à côté de moi... Elle était évanouie, elle serait morte sans ce secours... Je tenais sur mes genoux ses enfants froissés de la chute... Cette malheureuse ouvre enfin les yeux, elle me regarde, elle ne peut concevoir qu'il existe dans la nature un être qui peut la secourir et la venger, elle me fixe avec étonnement ; bientôt les larmes de sa reconnaissance arrosent les mains de son bienfaiteur [295]... elle prend ses enfants, elle les baise... elle me les donne... elle a l'air de m'engager à leur sauver la vie comme à elle. Je jouissais délicieusement de cette scène, lorsque j'aperçois le mari revenir à moi avec un de ses camarades ; je me lève, décidé à les recevoir tous deux comme ils le méritent... Ma contenance les effraye : j'emmène la femme, j'emporte les enfants, j'établis chez moi cette malheureuse famille, et défends au mari d'y paraître. Je fis demander le soir cette femme au roi, comme si j'avais eu le dessein de la destiner à mes plaisirs : le monarque, qui m'avait déjà beaucoup reproché le célibat dans lequel je vivais, me l'accorda sans difficulté, et fit défendre à l'époux d'approcher de ma maison. Je lui proposai d'être mon esclave [296]. On ne peut peindre la joie qu'elle eut de l'accepter ; je la chargeai donc du soin de mon petit ménage, et je rendis sa vie si douce, qu'elle voulait se tuer de désespoir quand elle sut que je songeais à quitter le pays. Il y a donc, là comme ailleurs, de l'âme, de la sensibilité, de la reconnaissance et de la délicatesse : ce sexe si cruellement outragé dans ces féroces climats a donc tout ce qu'il faut pour rendre ses maîtres heureux, si, renonçant à l'affreux droit de le maîtriser, ces tyrans préféraient celui bien plus doux de cultiver des vertus qui feraient aussi bien la douceur de leur vie.

Sarmiento n'eut pas plutôt appris cette action qu'il la blâma ; non seulement elle choquait ses indignes maximes, mais elle était même, prétendait-il, contre les lois du pays, puisqu'elle ravissait à un époux les droits qu'il avait sur sa femme [297].

« Et comment, d'ailleurs, avec de l'esprit, poursuivait ce cruel sophiste, comment t'imaginer avoir fait une bonne œuvre, quand de deux êtres qu'intéresse cette action, il en reste un de malheureux ?

— Celui qui souffre était criminel.

— Non, puisqu'il agissait d'après les usages de son pays ; mais le fût-il, qu'importe, son crime le rendait heureux ; en t'y opposant, tu fais un infortuné.

— Il est juste que le coupable souffre.

— Ce qui est juste, c'est qu'il n'y ait dans l'état de souffrance que l'être faible, créé par la nature pour végéter dans l'asservissement, et tu déranges cet ordre en prêtant ton secours à cet être faible, contre le maître qui a tout droit sur lui ; aveuglé par une fausse pitié, dont les mouvements sont trompeurs et les principes égoïstes, tu troubles et pervertis les vues de la nature. Mais allons plus loin : supposons les deux êtres égaux, je n'en soutiens pas moins que si, dans l'action à laquelle se livre l'homme que tu appelles humain, il faut nécessairement que des deux que cette action touche, il y en ait un de malheureux, l'action n'est plus vertueuse, elle est différente ; car une bonne action qui n'est qu'aux dépens du bonheur d'un homme, une bonne action d'où résulte une manière d'être désagréable pour un des deux individus qu'elle touche, en remettant les choses comme elles étaient, ne peut plus être regardée comme vertueuse : elle n'est plus qu'indifférente, puisqu'elle n'a fait que changer les situations.

— Elle est bonne, dès qu'elle venge le crime.

— Elle ne peut être telle, dès qu'elle laisse un individu dans le malheur, et pour qu'elle pût avoir ce caractère de bonté que tu lui supposes, il faudrait qu'on fût mieux instruit sur ce qui est crime ou sur ce qui ne l'est pas ; tant que les idées de vice ou de vertu ne seront pas plus développées, tant qu'on variera, tant qu'on flottera sur ce qui caractérise l'un ou l'autre, celui qui, pour venger ce qu'il croit mal, rendra un autre être à plaindre, n'aura sûrement rien fait de vertueux.

— Eh ! que m'importent tes raisonnements ! dis-je en colère à ce maudit homme, il est si doux de se livrer à de telles actions, que fussent-elles même équivoques, il nous reste toujours au fond du cœur la jouissance délicieuse de les avoir faites.

— D'accord, reprit Sarmiento, dis que tu as fait cette action parce qu'elle te flattait, que tu t'es livré, en la faisant, à un genre de plaisir analogue à ton organisation ; que tu as cédé à une sorte de faiblesse flatteuse pour ton âme sensible ; mais ne dis pas que tu as fait une bonne action ; et si tu m'en vois faire une contraire, ne dis pas que j'en fais une mauvaise, dis que j'ai voulu jouir comme toi, et que nous avons cherché chacun ce qui convenait le mieux à notre manière de voir et de sentir [298]. »

Enfin la vengeance du ciel éclata sur ce malheureux Portugais : le fourbe, en me dévoilant une partie de sa conduite, dont les détails que je vous cache vous feraient frémir sans doute, m'avait pourtant déguisé le crime affreux qu'il méditait pour lors. Cet homme, sans âme, sans reconnaissance, comme tous ceux que l'ambition dévore, oubliant qu'il devait la vie à ce monarque contre lequel il complotait, osait penser à le détrôner pour se mettre lui-même à sa place. Avec les seules troupes de la couronne, il imaginait forcer les grands vassaux à le reconnaître, ou les réduire à la servitude. Je pensai être enveloppé dans l'orage : heureusement le roi, sûr de mon innocence, et ayant besoin de mes services, distingua le coupable, le punit seul et me rendit justice.

J'ignorais, et le complot de ce scélérat, et la découverte qu'on venait d'en faire, lorsque, sortis tous deux un jour pour une de nos courses ordinaires, six nègres embusqués tombèrent sur lui, et l'étendirent à mes pieds ; il respirait encore...

« Je meurs, me dit-il, je connais la main qui me frappe, elle fait bien : dans deux jours je lui en ravissais la puissance ; puisse le traître périr un jour comme moi... Ami, je pars en paix ; ni amendement, ni correction, même à cette heure cruelle où le voile tombe et la vérité perce ; et si j'emporte un remords au tombeau, c'est de n'avoir pas comblé la mesure [299] ; tu vois qu'on meurt tranquille [300] quand on me ressemble. Il n'y a de malheureux que celui qui espère ; celui qui frémit est celui qui croit encore ; celui dont la foi est éteinte ne peut plus rien avoir à redouter : meurs comme moi, si tu le peux... »

Ses yeux se fermèrent et son âme atroce alla paraître aux pieds de son juge, souillée de tous les crimes, et du plus grand sans doute, l'impénitence finale.

Je ne perdis pas un instant, pour me rendre chez le roi, et m'éclaircissant avec lui, il me raconta les odieux desseins du Portugais, m'assura que je ne devais rien craindre, que mon innocence lui était connue, et que je pouvais continuer de le servir tranquille [301]. Je rentrai chez moi, moins agité. Là, tout entier à mes réflexions, je me convainquis combien il est vrai qu'aucun crime ne reste sans châtiment, et que la main équitable de la Providence sait tôt ou tard accabler celui qui la méconnaît ou l'outrage [302]. Cependant je plaignis et regrettai ce malheureux ; je le plaignis, parce que plus un homme est entraîné au mal, plus il y est porté par des circonstances ou des causes physiques, et plus, sans doute, il est à plaindre ; je le regrettai, parce que c'était le seul être avec qui je pusse raisonner quelquefois ; il me semblait qu'isolé au milieu de ces barbares, je devenais plus faible et plus infortuné.

Depuis que j'y étais, j'avais déjà exercé mon ministère sur cinq troupes de femmes, sans qu'aucune blanche eût encore paru. Ne me flattant plus de voir jamais arriver ma chère Léonore sur ces côtes, où l'espoir de la délivrer et de la ramener en Europe fixait seul mes destins, je m'occupais sérieusement de mon secret départ, lorsque le roi me fit dire qu'il avait quelque chose à me communiquer. Il entendait fort bien le portugais : je l'avais appris avec Sarmiento, et j'étais, au moyen de cela, très en état, depuis quelque temps, de m'entretenir avec Sa Majesté ; elle m'apprit donc qu'elle venait de recevoir des nouvelles d'une troupe de femmes blanches, actuellement dans un petit fort portugais, existant sur les frontières du Monomotapa, lesquelles seraient fort aisées à enlever ; que pour parvenir à ce fort, il y avait à la vérité des montagnes presque inaccessibles à traverser ; que les défilés de ces barrières étaient presque toujours gardés par les Bororès, peuple plus guerrier et plus cruel encore que le sien, mais que le moment était propice, parce que ces fiers et intraitables voisins se trouvaient très occupés avec les Cimbas, leurs plus grands ennemis, et qu'il n'y avait aucun danger à entreprendre la conquête qu'il méditait.

« À l'égard des Portugais, je ne les crains pas, continua le monarque, ils sont d'ailleurs en très petit nombre dans le fort dont je parle ; ainsi rien ne peut troubler mon projet. »

Il n'est pas besoin de vous dire avec quel empressement je le saisis moi-même ; tout paraissait ici ranimer mon espoir ; Léonore pouvait être au nombre de ces femmes blanches ; obtenais-je la permission d'être de ce détachement, ou de le commander, une fois au fort portugais, j'emmenais Léonore en Europe, si j'étais assez heureux, pour l'y trouver... N'y était-elle pas, cette expédition m'ouvrait toujours la route des établissements d'Europe, et je quittais ces barbares, dès que je me retrouvais avec des chrétiens.

Mais Ben Mâacoro avait autant de politique que moi ; il redoutait ma désertion ; il était attaché aux services que je lui rendais, et décidé à tout, pour me garder chez lui, à quelque prix que ce pût être. Moyennant quoi, non seulement je ne pus obtenir la conduite des troupes, mais il me fut même très défendu d'être de l'expédition. Il ne me communiqua ce qu'il venait de me dire, que pour me faire part du plaisir qu'il en recevait, et me prévenir en même temps, d'être moins difficile sur le choix de ces femmes, parce que leur seule couleur suffisait pour lui plaire.

Mon triste espoir déçu aussitôt que formé, ma situation me sembla plus affreuse ; je ne pouvais plus que craindre ce que je venais de désirer. Quel moyen me restait-il, pour ravir Léonore au roi, à supposer qu'elle fût parmi ces femmes ? J'aurais la douleur de la lui livrer moi-même, sans la connaître. Un instant, je le sais, j'avais cru que le flambeau de l'amour m'empêcherait de m'égarer ; mais cette idée n'était qu'un fruit de mon ivresse, que détruisait aussitôt la raison. De ce moment, je ne trouvai plus pour moi de tranquillité, qu'à me convaincre qu'il était impossible que Léonore fût au nombre de ces femmes ; je regardai comme une chimère ce qui venait de me rendre heureux, peu de temps avant...

Quelle apparence, me disais-je, que de la côte occidentale d'Afrique où on la supposait, lorsque je passai à Maroc, elle se trouve maintenant sur la côte orientale ? Pour que cela pût être, il aurait fallu, ou qu'elle eût traversé les terres, ce qui était presque incroyable, ou qu'elle eût fait, par mer, le tour du continent, ce qui me paraissait encore plus difficile. Je chassai donc totalement cette pensée de mon esprit. Quand l'illusion qui nous a séduit ne sert plus qu'à notre supplice le plus court est de la détruire.

Je m'affermis si bien, d'après cela, dans l'impossibilité de mes craintes, que je ne m'occupai pas plus des femmes blanches qui allaient arriver, que je ne l'avais fait jusqu'alors des noires, et la ferme résolution de fuir, aussitôt que j'en trouverais le moyen, ne remplit que plus fortement mon esprit. Dès qu'il devenait impossible que Léonore parvînt jamais dans le royaume, je devais mettre tout en usage pour aller la chercher ailleurs.

Le détachement se fit donc. Trente guerriers partirent mystérieusement, traversèrent les montagnes, sans risque, mirent en fuite les Portugais du fort de Tété, sur la frontière septentrionale du Monomotapa, prirent quatre femmes blanches et les amenèrent voilées au roi, avec aussi peu de danger. On me fit avertir ; je me plaçai, suivant l'usage, entre les deux nègres armés de massues, prêtes à fondre sur ma tête, au moindre mot, ou à la plus légère démarche qui pût s'éloigner de mon ministère.

Rien de moins effrayant pour moi que cette formalité ; si j'eusse eu le moindre soupçon que ma chère Léonore dût être au nombre de ces femmes, mille morts ne m'eussent pas empêché de la saisir et de l'emporter au bout du monde. Mais je m'étais tellement affermi dans l'idée que cela ne pouvait être, que j'examinai ces femmes-ci avec la même indifférence que les autres ; deux me parurent de vingt-cinq à trente ans, l'une desquelles me sembla mal faite, très brune de peau, et très éloignée d'être comme il les fallait au monarque ; l'autre était joliment tournée, mais plus de prémices [303]. La troisième fixa plus longtemps mes regards ; je dus la soupçonner beaucoup plus jeune que les deux premières. Sa peau était éblouissante, et toutes les parties de son corps, formées comme par la main même des Grâces. Elle répugnait beaucoup à l'examen, et quand il fallut constater sa vertu, elle se défendit horriblement. La manière dont ces femmes étaient voilées, quand on les présentait, ajoutait beaucoup à la terreur que cette cérémonie jetait dans l'âme de celles qui n'étaient pas du pays. Non seulement il n'était pas possible de les voir ; mais elles-mêmes, les yeux bandés sous leurs voiles, ne pouvaient discerner, ni avec qui elles étaient, ni ce qu'on allait leur faire.

Les défenses multipliées de celle-ci m'embarrassèrent beaucoup, la force ou la contrainte ne s'arrangeant pas à ma délicatesse ; cependant je devais rendre un compte exact ; je me trouvai donc obligé de faire demander au roi ce qu'il prétendait que je fisse. Il m'envoya deux femmes de sa garde, munies de l'ordre de contenir la jeune fille, et de l'empêcher de se soustraire aux opérations de mon devoir. Elle fut saisie, et je poursuivis mes recherches ; elles devinrent très embarrassantes. Pas assez bon anatomiste, pour décider en dernier ressort sur une chose qui me parut douteuse, je me contentai d'établir sur celle-là, dans mon rapport, que je lui supposais absolument tout ce qu'il fallait pour plaire à son maître, et que si les choses n'étaient pas tout à fait dans l'*entier* qu'il leur désirait, il s'en fallait de si peu, que l'illusion

Toutes les parties de ce beau corps étaient formées par la main des grâces.

lui serait encore permise. Quant à la quatrième, c'était une vieille femme, et je la réformai, ainsi que la première ; mais le roi ne s'empara pas moins de toutes les quatre ; il était si enthousiasmé des femmes blanches, qu'il n'en voulut soustraire aucune. Mon opération faite, les femmes entrèrent au sérail, et je me retirai.

À peine fus-je seul, que les résistances de cette jeune personne, ses charmes, la cruauté que j'avais eu d'appeler du secours, tout cela, dis-je, vint agiter mon cœur en mille sens divers : je voulus chercher un peu de repos, et cette charmante créature venait s'offrir sans cesse à mon imagination.

« Ô toi que j'idolâtre, m'écriai-je, serais-je donc coupable envers toi ? non, non, épouse adorée, nuls attraits ne balanceront les tiens, dans l'âme où s'érige ton temple !... Mais Léonore, si tu m'enflammas, ô Léonore, si tu es belle, hélas ! tu ne peux l'être qu'ainsi... » Et je l'avoue, mes sens tranquilles jusqu'alors, s'irritèrent avec impétuosité. Je ne fus plus maître de les contenir ; il me semblait que l'amour même, entrouvrant les gazes qui voilaient cette malheureuse captive, m'offrait les traits chéris de mon cœur : séduit par cette douce et cruelle illusion, j'osai, pour la première fois de ma vie, être un instant heureux sans Léonore[304]. Je m'endormis, et ces chimères s'évanouirent avec les ombres de la nuit.

Je demandai le lendemain à Ben Mâacoro, s'il était content de ses prisonnières ; mais je fus bien étonné de le trouver dans une situation d'esprit où je ne l'avais jamais vu jusqu'alors. Il était soucieux, inquiet, à peine me répondit-il : je crus démêler même qu'il me regardait avec humeur ; je me retirai, sans oser renouveler ma demande, et m'effrayant un peu, je l'avoue, de ce changement dans l'air de Sa Majesté ; craignant qu'on ne l'eût prévenue contre moi, et d'être, tôt ou tard, victime de son injustice ou de sa barbarie, je ne pensai plus qu'à mon départ.

Le sort de ma malheureuse négresse m'inquiétait ; je ne voulais pas la rendre à un époux qui l'aurait infailliblement tuée ; je ne voulais pas m'en charger, quelque désir qu'elle eût eu de me suivre ; affectant d'en être dégoûté, quoique je n'eusse jamais eu de commerce avec elle, je priai un vieux chef des troupes du roi, qui m'avait paru plus honnête que ses compatriotes, de vouloir bien la recevoir au nombre de ses esclaves, et de la bien traiter ; puis je m'évadai mystérieusement, vers l'entrée de la troisième nuit qui suivit l'arrivée des Européennes dans le royaume de Butua. Triste victime de la fortune, misérable jouet de ses caprices, jusqu'à quand devais-je donc être ainsi ballotté par elle ? Je fuyais, j'allais encore chercher au bout de l'univers celle que je venais de livrer moi-même au plus brutal, au plus libertin, au plus odieux des hommes !

« Oh, Dieu ! vous me faites frissonner, dit la présidente de Blamont, en interrompant Sainville ; quoi, monsieur, c'était Léonore ?... Quoi, madame, c'était vous ?... Et vous n'avez pas été... et vous ne fûtes pas mangée ? »

Toute la société ne put s'empêcher de rire de la vivacité naïve de la restriction plaisante de Mme de Blamont.

« Madame, je vous en conjure, dit le comte de Beaulé, n'interrompons plus M. de Sainville ; d'abord, par l'empressement que nous devons tous avoir de connaître le dénouement de ses aventures, et en second lieu pour apprendre de cette dame charmante, comment elle put se rencontrer là, et, y étant, comment elle put échapper à tous les dangers qui la menaçaient. »

Je dirigeai sur-le-champ mes pas au midi, poursuivit Sainville, et beaucoup plus près des frontières du pays des Hottentots que je ne le croyais. Le lendemain, je me trouvais sur les bords de la rivière de Berg, qui mouille deux ou trois bourgades hollandaises, dont la chaîne se prolonge depuis le Cap, jusqu'à cent cinquante lieues dans l'intérieur de l'Afrique. Je trouvai ces colons tellement dénaturalisés, ils y vivaient si bien à la manière du pays, qu'il devenait très difficile de les distinguer des indigènes[305]. Il y en a parmi eux qui ne sont que les petits-enfants des Hollandais du Cap, et qui n'y ont jamais été de leur vie ; fils d'Européens et de Hottentots, on ne saurait démêler ce qu'ils sont ; on ne peut plus même les entendre. Je fus reçu néanmoins avec toute sorte d'humanité, dans ces établissements ; ils me reconnurent pour Européen ; mais ce ne fut que par signe, que je pus démêler leur idée là-dessus, et que je parvins à leur faire comprendre les miennes ; il n'y eut jamais moyen de se parler.

J'avais d'abord eu le projet de suivre le cours du Berg, et de ne point perdre de vue la chaîne des monts Lupata, au pied desquels est situé le Cap ; ensuite, je crus plus sûr de me régler sur la côte, espérant d'y trouver un plus grand nombre d'établissements hollandais, et par conséquent plus de secours ; ce dernier parti me réussit : ces villages, extrêmement multipliés dans cette partie, m'offrirent, presque chaque soir, un asile. Je rencontrai plusieurs troupes de sauvages, dont quelques-unes me parurent appartenir à la nation jaune, nouvellement découverte dans cette partie ; et le dix-huitième jour de mon départ de Butua, après avoir longé près de cent cinquante lieues de côtes, j'arrivai dans la ville du Cap, où je trouvai, dans l'instant, tous les secours que j'aurais pu rencontrer dans la meilleure ville de Hollande ; mes lettres de change furent acceptées, et l'on m'offrit de m'en escompter ce que je voudrais, ou même le tout, si je le jugeais à propos.

Ces premiers soins remplis, et m'étant vêtu convenablement, j'allai trouver le gouverneur hollandais. Dès qu'il eut su l'objet de mon voyage, dès qu'il eut vu le portrait de Léonore, il m'assura qu'une femme absolument semblable à la miniature que je lui faisais voir, était à bord de *La Découverte,* second navire anglais, accompagnant Cook, et commandé par le capitaine Clarke, qui venait de mouiller récemment au Cap. Il m'ajouta que cette femme, singulièrement aimable et douce, très attachée au lieutenant de ce vaisseau, dont elle se disait l'épouse, avait paru sous ce titre chez lui, et chez les autres officiers de la garnison, et avait emporté l'estime et la considération générales.

Me rappelant tout de suite qu'à Maroc on assurait également avoir vu la même femme sur un bâtiment anglais, j'offre une seconde fois le portait aux yeux du gouverneur.

« Oh ! monsieur, lui dis-je égaré, ne vous trompez-vous point, est-ce bien celle-là ? est-ce bien là la femme qui peut être l'épouse d'un autre ?

— Soyez-en sûr », me répondit ce militaire, et présentant alors le portrait à sa femme et à plusieurs officiers de son état-major, il fut unanimement reconnu pour ne pouvoir appartenir qu'à l'épouse du lieutenant de *La Découverte*.

Je me crus donc perdu sans ressource, et mon malheur s'offrit à moi sous des faces si odieuses, que je ne vis même rien qui pût en adoucir l'horreur ; j'avais bien voulu douter que le ciel pût mettre Léonore entre mes mains, chez le roi de Butua ; là, je m'aveuglais sur un fait qui n'était que trop sûr, et lorsque tout ici pouvait me prouver l'impossibilité de mes craintes, si j'avais mieux examiné les choses. Je croyais tout aveuglément ; je n'avais point eu de nouvelles de Léonore depuis Salé ; il était possible, ou qu'elle eût passé de là dans quelque colonie anglaise, ou qu'au lieu de venir en Afrique, comme on le croyait, elle eût été à Londres ; on peut indifféremment de Salé, parvenir à l'un ou à l'autre de ces points, moyennant quoi, rien de plus simple, en admettant l'inconstance de celle que j'adorais, rien de plus naturel, qu'elle eût épousé le lieutenant de *La Découverte*, et qu'elle eût passé avec lui dans la mer du Sud, destination du troisième voyage de Cook.

Absolument rempli de ces idées, et sachant qu'il n'y avait pas plus de six semaines que les Anglais avaient quitté le Cap, je résolus de les suivre, de m'élancer sur le vaisseau qui emportait Léonore, de l'arracher des mains de celui qui osait me la ravir, de rappeler à cette femme perfide les serments que nous nous étions faits à la face des cieux, et de la contraindre à les remplir, ou me précipiter dans les flots avec elle.

Ces résolutions prises, sans annoncer au gouverneur d'autres intentions que celle de suivre mon infidèle, je le conjurai de me vendre un petit bâtiment assez bon voilier, pour me permettre d'atteindre promptement les Anglais. D'abord il rit de mon projet, le trouva digne de mon âge, et fit tout ce qu'il put pour m'en dissuader ; mais quand il vit la violence avec laquelle j'y tenais, le désespoir prêt à s'emparer de moi, s'il me fallait y renoncer, n'ayant aucune raison de me refuser, dès que je lui proposais de payer tout, il m'accommoda d'un léger navire hollandais, qu'il m'assura devoir remplir mes intentions ; il donna tous les ordres nécessaires pour la cargaison, pour l'équipement, y plaça des vivres pour six mois, six petites pièces de canon de fer, pour les sauvages, en me défendant expressément de tirer sur aucun Européen, à moins que ce ne fût pour me défendre ; il joignit à cela dix soldats de marine, trente matelots, deux bons officiers marchands, et un excellent pilote. Je payai tout comptant, et laissai de plus, entre ses mains, la solde de mon équipage pour six mois.

Tout étant prêt, ayant comblé le gouverneur des marques de ma reconnaissance, je mis à la voile, vers le milieu de décembre, me dirigeant sur l'île d'Otaïti [306], où je savais que le capitaine Cook devait aller.

À peine eûmes-nous doublé le Cap, que nous essuyâmes un ouragan considérable, accident commun dans ces parages, dès qu'on a perdu la terre de vue. Peu fait encore à la grande mer, n'ayant guère couru que des côtes, sur de petits bâtiments, où le roulis se fait moins sentir, je souffrais tout ce qu'il est possible d'exprimer ; mais les tourments du corps ne sont rien, quand l'âme est vivement affectée : les sensations morales absorbent entièrement les maux physiques, et tous nos mouvements concentrés dans l'âme n'établissent que là le siège de la douleur.

Le trente-huitième jour, nous vîmes terre ; c'était la pointe de la Nouvelle-Hollande, appelée terre de Diémen ; nous sûmes là, par les sauvages, qu'il y avait peu de temps que les Anglais en étaient partis ; mais faute d'interprètes, nous ne pûmes prendre aucune autre sorte d'éclaircissements. Nous apprîmes seulement que se dirigeant au nord, ils remplissaient toujours le projet établi par eux, de relâcher à Otaïti. Nous suivîmes leurs traces.

Vous permettrez, dit Sainville, que je supprime ici les détails nautiques, et les descriptions d'îles où nous touchâmes ; ce qui tient à cette route, si bien indiquée dans les voyages de Cook, ne vous apprendrait rien de nouveau. Je ne vous arrêterai donc un instant que sur la singulière découverte que je fis ; l'île que je vous décrirai, totalement inconnue aux navigateurs, offerte à mon vaisseau par le hasard d'un coup de vent qui nous y porta malgré nous, est trop intéressante par elle-même ; tout ce qui la concerne la différencie trop essentiellement des descriptions de Cook ; la rencontre enfin que j'y fis, est trop extraordinaire, pour que vous ne me pardonniez pas d'y fixer un moment vos regards.

Le vent était bon, la mer peu agitée ; nous venions de doubler la Nouvelle-Zélande, par le travers du canal de la Reine-Charlotte, et nous avancions à pleines voiles vers le Tropique ; soupçonnant le groupe des îles de la Société à peu de distance de nous, sur notre gauche, le pilote y dirigeait le cap, lorsqu'un coup de vent d'occident s'éleva avec une affreuse impétuosité, et nous éloigna tout à coup de ces îles. La tempête devint effroyable, elle était accompagnée d'une grêle si grosse, que les grains blessèrent plusieurs matelots.

Nous carguâmes à l'instant nos voiles, nous abattîmes nos vergues de perroquet, et bientôt nous fûmes obligés de changer nos manœuvres, et d'aller à mât et à cordes jusqu'à ce que nous eussions été portés contre terre, ce qui devait nous perdre ou nous sauver. Enfin cette terre, aussi désirée que crainte, se fit voir à nous, vers la pointe du jour, le lendemain. Si le vent, qui nous y jetait avec violence, ne se fût apaisé avec l'aurore, nous nous y brisions infailliblement. Il se calma, nous pûmes gouverner ; mais notre vaisseau ayant vraisemblablement touché [307] pendant l'orage, et faisant près de trois voies d'eau à l'heure, nous fûmes contraints de nous diriger à tout événement, vers l'île que nous apercevions, à dessein de nous y radouber.

Cette île nous paraissait charmante, quoique tout environnée de rochers, et dans notre horrible état, nous savourions au moins l'espoir flatteur de pouvoir réparer nos maux, dans une contrée si délicieuse.

J'envoyai la chaloupe et le lieutenant, pour reconnaître un ancrage, et sonder les dispositions des habitants. La chaloupe revint trois heures après, avec deux naturels du pays, qui demandèrent à me saluer, et qui le firent à l'européenne : je leur parlai tour à tour quelqu'une des langues de ce continent ; mais ils ne me comprirent point. Je crus m'apercevoir cependant qu'ils redoublaient d'attention quand je me servais de la langue française, et que leurs oreilles étaient faites à en entendre les sons. Quoi qu'il en fût, leurs signes très intelligibles, et qui n'avaient rien de sauvage, m'apprirent que leur chef ne demandait pas mieux que de nous recevoir, si nous arrivions avec des desseins de paix, et que dans ce cas, nous trouverions chez eux tout ce qu'il fallait pour nous secourir. Les ayant assurés de mes intentions pacifiques, je leur offris quelques présents ; ils les refusèrent avec noblesse, et nous avançâmes. Nous trouvâmes près de la côte un bon mouillage par douze ou quinze brasses, et du joli sable rouge ; on jeta l'ancre, et je reconnus avant que de descendre, que la terre où nous abordions était située au-dessus du Tropique, entre les deux cent soixante et deux cent soixante-troisième degrés de latitude [sic], et entre les vingt-cinq et vingt-sixième degrés de latitude méridionale, peu éloignée d'une terre vue autrefois par Davis [308]. Un nombre infini d'insulaires des deux sexes bordait la côte, quand nous arrivâmes ; ils nous reçurent avec des signes de joie qui ne pouvaient plus nous laisser douter de leurs sentiments. Quelques-uns de nos matelots, séduits par ces apparences, voulurent cajoler les femmes ; mais ils en furent à l'instant repoussés avec autant de décence que de fierté, et nous continuâmes pacifiquement nos opérations, sans que cette première faute, assez commune aux Européens, nous fît rien perdre de la bienveillance de ces peuples.

À peine eus-je pris terre, que deux habitants s'avancèrent vers moi avec les plus grandes démonstrations d'amitié, et me firent comprendre qu'ils étaient là pour me conduire chez leur chef, si je le trouvais bon. J'acceptai l'offre, je donnai les ordres nécessaires à mon équipage, je recommandai la plus grande discrétion, et n'emmenai avec moi que mes deux officiers. Après avoir observé à la hâte de superbes fortifications européennes qui défendaient le port, et auxquelles nous reviendrons bientôt, nous entrâmes, en suivant nos guides, dans une superbe avenue de palmiers à quatre rangs d'arbres qui conduisait du port à la ville.

Cette ville, construite sur un plan régulier [309], nous offrit un coup d'œil charmant. Elle avait plus de deux lieues de circuit ; sa forme était exactement ronde ; toutes les rues en étaient alignées ; mais chacune de ces rues était plutôt une promenade qu'un passage. Elles étaient bordées d'arbres des deux côtés, des trottoirs régnaient le long des maisons, et le milieu était un sable doux, formant un marcher agréable. Toutes ces maisons étaient uniformes ; il n'y en avait pas une qui fût, ni plus haute, ni plus grande que l'autre ; chacune avait un rez-de-chaussée, un premier étage, une terrasse à l'italienne au-dessus, et présentait de face une porte régulière d'entrée, au milieu de deux fenêtres qui, chacune, avaient au-dessus d'elles la croisée servant à donner du jour au premier étage. Toutes ces façades étaient régulièrement peintes par compartiments symétriques, en couleur de rose et en vert, ce qui donnait à chacune de ces rues, l'air d'une décoration. Après en avoir longé quelques-unes, qui nous parurent d'autant plus riantes, que les insulaires garnissant en foule le devant de leurs maisons, pour nous voir, contribuaient encore au mouvement et à la diversité du spectacle, nous arrivâmes sur une assez grande place d'une parfaite rondeur, et environnée d'arbres. Deux seuls bâtiments circulaires remplissaient en entier cette place ; ils étaient peints comme les maisons et n'avaient de plus qu'elles qu'un peu plus de grandeur et d'élévation. L'un de ces logis était le palais du chef ; l'autre contenait deux emplacements publics, dont je vous dirai bientôt l'usage.

Rien d'extraordinaire ne nous annonça la maison du prince ; nous n'y vîmes aucun de ces gardes insultants qui, par leurs précautions et leurs armes, semblent dérober le tyran aux yeux de ses peuples, de peur que l'infortune puisse apporter à ses pieds l'image des maux dont elle est victime. Ce chef respectable, venu pour nous recevoir lui-même à la porte de son palais, fut indifféremment abordé par tous ceux qui nous guidaient ou nous accompagnaient ; tous s'empressaient de l'approcher ; tous jouissaient en le voyant, et il fit des gestes d'amitié à tous.

Grand par ses seules vertus, respecté par sa seule sagesse, gardé par le seul cœur du peuple, je me crus transporté, en le voyant, dans ces temps heureux de l'âge d'or, où les rois n'étaient que les amis de leurs sujets, où les sujets n'étaient que les enfants de leurs princes [310]. Je crus voir enfin Sésostris [311] au milieu de la ville de Thèbes.

Zamé, c'était le nom de cet homme rare, pouvait avoir soixante-dix ans, à peine en paraissait-il cinquante ; il était grand, d'une figure agréable, le port noble, le sourire gracieux, l'œil vif, le front orné des plus beaux cheveux blancs, et réunissant enfin à l'agrément de l'âge mûr toute la majesté de la vieillesse. Dès qu'il nous vit, il nous reconnut pour Européens, et sachant que le français est l'idiome commun de ce continent, il me demanda tout de suite dans cette langue, de quelle nation j'étais.

« De celle dont vous parlez la langue, dis-je en le saluant.

— Je la connais, me répondit Zamé, j'ai habité trois ans votre patrie, nous en raisonnerons ensemble... Mais ceux qui vous suivent n'en paraissent pas.

— Non, ils sont Hollandais... »

Et il leur adressa aussitôt quelques paroles flatteuses dans leur langue.

« Vous vous étonnez de rencontrer un sauvage aussi instruit, me dit-il ensuite. Venez, venez, suivez-moi, j'éclaircirai ce qui vous étonne, je vous raconterai mon histoire. »

Nous entrâmes à sa suite dans le palais : les meubles en étaient simples et propres, plus à l'asiatique qu'à l'européenne, quoiqu'il y en eût quelques-uns totalement à l'usage de notre nation. Six femmes, fort belles, en entouraient une d'environ soixante ans, et toutes se levèrent à notre arrivée.

« Voilà ma femme, me dit Zamé en me présentant la plus vieille ; ces trois-ci sont mes filles, ces trois autres sont nos amies ; j'ai de plus deux garçons : s'ils vous savaient ici, ils y seraient déjà. Je suis certain que vous les aimerez. »

Et Zamé s'apercevant de ma surprise à tant de candeur.

« Je vous étonne, je le vois bien... On vous a dit que j'étais le chef de cette nation, et vous êtes surpris qu'à l'exemple de vos souverains d'Europe, je ne fasse pas consister ma grandeur dans la morgue et dans le silence. Et savez-vous pourquoi je ne leur ressemble point ? C'est qu'ils ne savent qu'être rois, et que j'ai appris à être homme. Allons, mettez-vous à votre aise, nous jaserons, je vous instruirai de tout : commencez d'abord par dire vos besoins ; que désirez-vous ? Je suis pressé de le savoir, afin de donner des ordres pour qu'on y pourvoie sur-le-champ. »

Attendri de tant de bontés, je ne cessais d'en marquer ma reconnaissance, quand Zamé se tournant vers sa femme, lui dit, toujours dans notre langue :

« Je suis bien aise que vous voyiez une Européen ; mais je suis fâché qu'il vous apprenne qu'une des modes de son pays soit de remercier le bienfaiteur, comme si ce n'était pas celui qui oblige qui dût rendre grâce à l'autre. »

Alors, j'établis nos besoins...

« Vous aurez tout cela, me dit Zamé, et même de bons ouvriers pour aider les vôtres ; mais vous ne me parlez pas de provisions ; vous devez en manquer. Vous avez peut-être cru que je voulais vous les donner ?... Point du tout, je vous les vends... Ou rien de tout ce que vous demandez, ou la certitude de passer quinze jours avec moi. Vous voyez bien que je suis plus indiscret que vous. »

Toujours de plus en plus touché de cette franchise si rare dans un souverain, je me prosternai à ses genoux.

« Eh bien ! eh bien ! dit-il en me relevant... Zoraï, continua-t-il en s'adressant à sa femme, voilà comme ils sont avec leurs chefs, ils les respectent au lieu de les aimer. Renvoyez vos gens à leur bord, me dit-il ensuite, ils y trouveront déjà une partie de ce qu'ils veulent ; ils demanderont ce qui leur manque ; s'ils aiment mieux loger dans la ville, ils le peuvent ;

mais vous et vos officiers n'aurez point d'autre logement que ma maison ; elle est commode et vaste ; j'y ai quelquefois reçu des amis, je n'y ai jamais vu de courtisans. »

Zamé donna ses ordres, je donnai les miens ; je lui fis voir que la présence de mes officiers était nécessaire au vaisseau.

« Eh bien ! me dit-il, je ne garderai donc que vous ; mais demain ils reviendront dîner avec moi. »

Ils saluèrent et prirent congé.

Peu après, deux citoyens de la même espèce que ceux que nous avions vus dans la ville, habillés de même — tous, à la couleur près, l'étaient également — vinrent avertir Zamé qu'il était servi : nous passâmes dans une grande pièce où le repas était préparé à l'européenne.

« Voici la seule cérémonie que je ferai pour vous, me dit cet hôte aimable ; vous ne mangeriez pas commodément comme nous, et j'ai ordonné qu'on plaçât des sièges ; nous nous en servons quelquefois, cela ne nous gênera point. »

Et sans attendre mes remerciements, il s'assit à côté de sa femme, me fit mettre près de lui, et les six jeunes filles remplirent les autres places.

« Ces jolies personnes, me dit Zamé, en me montrant les trois amies de sa famille, vont vous faire croire que j'aime le sexe ; vous ne vous tromperez pas, je l'aime beaucoup, non comme vous l'entendez peut-être. Les lois de mon pays permettent le divorce ; et cependant, continua-t-il en prenant la main de Zoraï, je n'ai jamais eu que cette bonne amie, et n'en aurai sûrement point d'autre. Mais je suis vieux, les jeunes femmes me font plaisir à voir, ce sexe a tant de qualités ! Mon ami, j'ai toujours cru que celui qui ne savait pas aimer les femmes, n'était pas fait pour commander aux hommes. »

« Oh ! l'excellent homme ! s'écria Mme de Blamont, je l'aime déjà passionnément. J'espère que vous n'eûtes pas peur à ce souper de manger de la chair humaine, comme chez votre vilain Portugais.

— Il s'en faut bien madame, reprit Sainville, il n'y parut même aucune sorte de viande : tout le repas consistait en une douzaine de jattes d'une superbe porcelaine bleue du Japon, uniquement remplies de légumes, de confitures, de fruits et de pâtisserie. »

J'ai quelquefois ici, reçu des amis, je n'y ai jamais vu de courtisans.

« Le plus mauvais petit prince d'Allemagne fait meilleure chère que moi, n'est-ce pas, mon ami ? me dit Zamé. Voulez-vous savoir pourquoi ? C'est qu'il nourrit son orgueil beaucoup plus que son estomac, et qu'il imagine qu'il y a de la grandeur et de la magnificence à faire assommer vingt bêtes pour en sustenter une. Ma vanité se place à des objets différents : être cher à ses concitoyens, être aimé de ceux qui l'entourent, faire le bien, empêcher le mal, rendre tout le monde heureux, voilà les seules choses, mon ami, qui doivent flatter la vanité de celui que le hasard met un moment au-dessus des autres. Ce n'est point par aucun principe religieux que nous nous abstenons de viande ; c'est par régime, c'est par humanité. Pourquoi sacrifier nos frères, quand la nature nous donne autre chose ? Peut-on croire, d'ailleurs, qu'il soit bon d'engloutir dans ses entrailles la chair et le sang putréfiés de mille animaux divers ? il ne peut résulter de là qu'un chyle âcre, qui détériore nécessairement nos organes, qui les affaiblit, qui précipite les infirmités et hâte la mort... Mais les comestibles que je vous offre n'ont aucuns de ces inconvénients : les fumées que leur digestion renvoie au cerveau sont légères, et les fibres n'en sont jamais ébranlées. Vous boirez de l'eau, mon convive, regardez sa limpidité, savourez sa fraîcheur ; vous n'imaginez pas les soins que j'emploie pour l'avoir bonne. Quelle liqueur peut valoir celle-là ? en peut-il être de plus saine ?... Ne me demandez point à présent pourquoi je suis frais malgré mon âge : je n'ai jamais abusé de mes forces ; quoique j'aie beaucoup voyagé, j'ai toujours fui l'intempérance, et je n'ai jamais goûté de viande...

Vous allez me prendre pour un disciple de Crotone* ; vous serez bien surpris, quand vous saurez que je ne suis rien de tout cela, et que je n'ai adopté dans ma vie qu'un principe : travailler à réunir autour de moi la plus grande somme de bonheur possible, en commençant par faire celui des autres. Je sens bien que je vous devrais encore des excuses sur la manière bourgeoise dont je vous reçois. Un souverain[312], manger avec sa femme et ses enfants ! ne pas soudoyer quatre mille coquins, afin d'avoir une table pour *monsieur,* une table pour *madame* !... C'est d'une petitesse ! d'un mauvais ton !

* Ville d'Italie où enseignait Pythagore.

N'est-ce pas ainsi que l'on dirait en France ? Vous voyez que j'en sais le langage. Ô mon ami ! qu'il est onéreux selon moi, qu'il est cruel pour une âme sensible, ce luxe intolérable, qui n'est le fruit que du sang des peuples ! Croyez-vous que je dînerais, si j'imaginais que ces plats d'or dans lesquels je serais servi, fussent aux dépens de la félicité de mes sujets, et que les débiles enfants de ceux qui soutiendraient ce luxe n'auraient, pour conserver leurs tristes jours, que quelques morceaux de pain brun pétri au sein de la misère, délayé des larmes de la douleur et du désespoir ?... Non, cette idée me ferait frémir, je ne la supporterais jamais. Ce que vous voyez aujourd'hui sur ma table, tous les habitants de cette île peuvent l'avoir sur la leur, aussi je le mange avec appétit... Eh bien ! mon cher Français, vous ne dites mot ?

— Grand homme, répondis-je dans le plus vif enthousiasme, je fais bien plus, j'admire et je jouis.

— Écoutez, me dit Zamé, vous vous êtes servi là d'une expression qui me choque : laissons le mot de *grandeur* aux despotes qui n'exigent que du respect ; la certitude où ils doivent être de ne pouvoir inspirer d'autres sentiments, fait qu'ils renoncent à tous ceux qu'ils sont dans l'impossibilité de faire naître, pour exiger ceux qui ne sont l'ouvrage que de l'or et du trône. Il n'y a aucun homme sur la terre qui soit plus grand que l'autre, eu égard à l'état où l'a créé la nature : que ceux qui ont la prétention de l'inégalité, l'obtiennent par des vertus. Les habitants de ce pays m'appellent leur père, et je veux que vous me nommiez votre ami : ne m'avez-vous pas dit que je vous avais rendu service ?... Eh bien ! j'ai donc des droits au titre d'ami que je vous demande, et je l'exige. »

La conversation devint générale : les femmes, qui presque toutes parlaient français, s'en mêlèrent avec autant d'esprit que de grâces et de naïveté ; j'avais déjà remarqué qu'elles étaient absolument vêtues de la même manière que celles de la ville, et ce costume était aussi simple qu'élégant ; un juste[313] très serré leur dessine précisément la taille, qu'elles ont toutes extraordinairement grande et svelte ; ensuite un voile, qui me parut d'une étoffe encore plus fine et plus déliée que nos gazes, et d'un jaune tendre, après s'être marié agréablement à leurs cheveux, retombe en molles ondulations autour de leurs hanches, et se perd dans un gros nœud sur la cuisse gauche. Tous les hommes étaient vêtus à l'asiatique, la tête couverte d'une espèce de turban léger d'une forme très agréable, et de la même couleur que leur vêtement [314].

Le gris, le rose et le vert sont les trois seules couleurs qu'ils adoptent pour leurs habits : la première est celle des vieillards, l'âge mûr emploie le vert, et l'autre est pour la jeunesse [315]. L'étoffe de leurs vêtements est fine et moelleuse ; elle est la même en toutes les saisons, attendu la douceur et l'égalité du climat ; elle ressemble un peu à nos taffetas de Florence : celle des femmes est la même. Ces étoffes et celles de leurs voiles sont tissues, dans leurs propres manufactures, de la troisième peau d'un arbre qu'ils me montrèrent, et qui ressemble au mûrier. Zamé me dit que cette espèce de plante est particulière à son île.

Les deux citoyens qui avaient annoncé le souper furent les seuls qui le servirent, tout se passa avec ordre, et fut fini en moins d'une heure.

« Mon hôte, me dit Zamé en se levant, vous êtes fatigué, on va vous conduire dans votre chambre ; demain nous nous lèverons de bonne heure et nous jaserons ; je vous expliquerai la forme du gouvernement de ce peuple, je vous convaincrai que celui que vous en croyez le souverain n'en est que le législateur et l'ami... Je vous apprendrai mon histoire, et j'aurai l'œil, malgré cela, à ce que rien ne manque aux besoins que vous m'avez témoignés : ce n'est pas le tout que de parler de soi à ses amis, l'essentiel est de s'occuper d'eux. Je vous remets entre les mains d'un de ces fidèles serviteurs, continua-t-il, en parlant d'un des citoyens qui nous avaient servis, il va vous installer. Vous trouvez ceci bien simple, n'est-ce pas ? Ne fussiez-vous que chez un financier, vous auriez deux valets de chambre dorés [316] pour vous conduire : ici, vous n'aurez qu'un de mes amis, c'est le nom que je donne à mes domestiques ; le mensonge, l'orgueil et l'égoïsme auraient seuls fait chez l'un les frais du cérémonial : celui que vous voyez ici n'est l'ouvrage que de mon cœur. Adieu. »

L'appartement où je me retirai était simple, mais propre et commode comme tout ce que j'avais observé dans cette charmante maison : trois matelas, remplis de feuilles de palmiers desséchées et préparées avec une sorte de moelleux qui les rendait aussi douces que des plumes, composaient mon lit ; ils étaient étendus sur des nattes à terre ; un léger pavillon de cette même étoffe dont les femmes formaient leurs voiles, était agréablement attaché au mur, et l'on s'en entourait pour éviter la piqûre d'une petite mouche incommode dans une saison de ce pays.

Je passai dans cette chambre une des meilleures nuits dont j'eusse encore joui depuis mes infortunes ; je me croyais dans le temple de la vertu, et je reposais tranquille aux pieds de ses autels.

Le lendemain Zamé envoya savoir si j'étais éveillé, et comme on me vit debout, on me dit qu'il m'attendait ; je le trouvai dans la même salle où j'avais été reçu la veille.

« Jeune étranger, me dit-il, j'ai cru que vous seriez bien aise de savoir quel est celui qui vous reçoit, que vous apprendriez avec plaisir pourquoi vous trouvez à l'extrémité de la terre un homme qui parle la même langue que vous, et qui paraît connaître votre patrie. Asseyez-vous, et m'écoutez. »

Histoire de Zamé

Sur la fin du règne de Louis XIV, dit Zamé, un vaisseau de guerre français voulant passer de la Chine en Amérique, découvrit cette île, qu'aucun navigateur n'avait encore aperçue, et sur laquelle aucun n'a paru depuis ; l'équipage y séjourna près d'un mois, abusa de l'état de faiblesse et d'innocence dans lequel il trouva ce malheureux peuple et y commit beaucoup de désordres.

Au moment du départ, un jeune officier de vaisseau, devenu éperdument amoureux d'une femme de cette contrée, se cacha, laissa partir ses compatriotes, et dès qu'il les crut éloignés, assemblant les chefs de la nation, il leur déclara par le moyen de la femme qu'il aimait et avec laquelle il était venu à bout de s'entendre, qu'il n'était resté dans l'île que par l'excessif attachement qu'un si bon peuple lui avait inspiré ; qu'il voulait le garantir des malheurs que lui présageait la découverte que sa nation venait d'en faire, puis montrant aux chefs réunis un canton de cette île où nous sommes assez malheureux pour avoir une mine d'or :

« Mes amis, leur dit-il, voilà ce qui irrite la soif des gens de ma patrie ; ce vil métal, dont vous ignorez l'usage, que vous foulez aux pieds sans y prendre garde, est le plus cher objet de leurs désirs ; pour l'arracher des entrailles de la terre, ils reviendront en force, ils vous subjugueront, ils vous enchaîneront, ils vous extermineront, et ce qui sera pis peut-être, ils vous relégueront, comme ils font chaque jour, eux et leurs voisins — les Espagnols — dans un continent à quelque cent lieues de vous, dont vous ne connaissez pas la situation, et qui abonde également en ces sortes de richesses. J'ai cru pouvoir vous sauver de leur rapacité en demeurant parmi vous ; connaissant leur manière de s'emparer d'une île, je pourrai la prévenir ; sachant comme ils viendront vous combattre, je pourrai vous enseigner à vous défendre, peut-être enfin vous ravirai-je à leur cupidité : fournissez-moi les moyens d'agir, et pour unique récompense accordez-moi celle que j'aime. »

Il n'y eut qu'une voix : sa maîtresse lui fut accordée, et on lui donna dès l'instant tous les secours qu'il pouvait exiger pour exécuter ce qu'il annonçait.

Il parcourut l'île et la trouvant d'une forme ronde, ayant environ cinquante lieues [317] de circonférence, entièrement environnée de rochers, excepté par le seul côté où vous êtes venu, il ne la jugea que dans cette partie susceptible des défenses de l'art [318]. Peut-être n'avez-vous pas observé la manière dont il a rendu ce port inabordable. Nous irons le visiter tantôt, et je vous convaincrai sur les lieux mêmes, que si nous n'avions jugé votre faiblesse et votre embarras pour seules causes de votre arrivée dans notre île, vous n'y seriez pas venus avec tant de facilité. Cette partie, la seule par laquelle on puisse parvenir à Tamoé, fut donc fortifiée par lui à l'européenne ; il y ménagea des batteries, qui n'ont pu être perfectionnées et remplies que par moi ; il leva une milice, établit une garnison dans un fort construit à l'entrée de la baie, et plut tellement à la nation enfin, par la sagesse de ses soins et la supériorité de ses vues, que son beau-père, un des principaux chefs, étant mort, il fut unanimement élu souverain de l'île. De ce moment il en changea la constitution ; il fit sentir que la perfection de son entreprise exigeait que le gouvernement fût héréditaire, afin qu'inculquant ses desseins à celui qui lui succéderait, cet héritier pût être à portée de les suivre et de les améliorer. On y consentit...

Telle fut l'époque où je vis le jour ; je suis le fruit de l'hymen de cet homme si cher à la nation ; ce fut à moi qu'il confia ses vues, et c'est moi qui suis assez heureux pour les avoir remplies.

Je ne vous parlerai point de son administration ; il ne put que commencer ce que j'ai fini ; en vous détaillant mes opérations, vous connaîtrez les siennes : revenons à ce qui les précéda.

Dès que j'eus atteint l'âge de quinze ans, mon père en passa cinq à m'apprendre l'histoire, la géographie, les mathématiques, l'astronomie, le dessin et l'art de la navigation ; puis m'ayant conduit sur le terrain de la mine dont il craignait que les richesses n'attirassent ses compatriotes :

« Tirons de ceci, me dit-il, ce qu'il faut pour vous faire voyager avec autant de magnificence que d'utilité : on ne peut malheureusement sortir d'ici, sans que ce métal ne devienne nécessaire ; mais continuez à le laisser dans le mépris aux yeux de cette nation simple et heureuse, qui ne le connaîtrait qu'en se dégradant. Qu'elle ne cesse d'être persuadée que l'or n'ayant qu'une valeur fictive, il devient nul aux yeux d'un peuple assez sage pour n'avoir pas admis cette extravagance. »

Ayant ensuite fait remplir quelques coffres de ce métal, il fit couvrir et cultiver l'endroit dont il l'avait tiré, afin d'en faire oublier jusqu'à la trace ; et m'ayant fait embarquer sur un grand bâtiment, qu'il avait fait construire d'après ses dessins dans la seule vue de ce voyage, il m'embrassa et me dit les larmes aux yeux :

« Ô toi que je ne reverrai peut-être jamais, toi que je sacrifie au bonheur de la nation qui m'adopte, va connaître l'univers, mon fils, va prendre chez tous les peuples de la terre ce qui te paraîtra le plus avantageux à la félicité du tien. Fais comme l'abeille, voltige sur toutes les fleurs, et ne rapporte chez toi que le miel : tu vas trouver parmi les hommes beaucoup de folie avec un peu de sagesse, quelques bons principes mêlés à d'affreuses absurdités... Instruis-toi, apprends à connaître tes semblables avant d'oser les gouverner... Que la pourpre des rois ne t'éblouisse point, démêle-les sous la pompe où se dérobent leur médiocrité, leur despotisme et leur insolence.

Mon ami, j'ai toujours détesté les rois, et ce n'est pas un trône que je te destine, je veux que tu sois le père, l'ami de la nation qui nous adopte ; je veux que tu sois son législateur, son guide ; ce sont des vertus qu'il lui faut donner, en un mot, et non pas des fers. Méprise souverainement ces tyrans que l'Europe va dévoiler à tes regards, tu les verras partout entourés d'esclaves qui leur déguisent la vérité, parce que ces favoris auraient trop à perdre en la leur montrant ; ce qui fait que les rois ne l'aiment point, c'est qu'ils se mettent presque toujours dans le cas de la craindre : le seul moyen de ne la pas redouter est d'être vertueux ; celui qui marche à découvert, celui dont la conscience est pure, ne craint pas qu'on lui parle vrai ; mais celui dont le cœur est souillé, celui qui n'écoute que ses passions, aime l'erreur et la flatterie, parce qu'elles lui cachent les maux qu'il fait, parce qu'elles allègent le joug dont il accable, et qu'elles lui montrent toujours ses sujets dans la joie, quand ils sont noyés dans les larmes. En démêlant la cause qui engage les courtisans à la flatterie, qui les contraint à jeter un voile épais sur les yeux de leur maître, tu dévoileras les vices du gouvernement. Étudie-les pour les éviter ; l'obligation de faire la félicité de son peuple est si essentielle, il est si doux d'y parvenir, si affreux d'échouer, qu'un législateur ne doit avoir d'instants heureux dans la vie, que ceux où ses efforts réussissent [319].

La diversité des cultes va te surprendre ; partout tu verras l'homme infatué du sien, s'imaginer que celui-là seul est le bon, que celui-là seul lui vient d'un Dieu qui n'en a jamais dit plus à l'un qu'à l'autre. En les examinant philosophiquement tous, songe que le culte n'est utile à l'homme qu'autant qu'il prête des forces à la morale, qu'autant qu'il peut devenir un frein à la perversité ; il faut pour cela qu'il soit pur et simple : s'il n'offre à tes yeux que de monstrueux dogmes et que d'imbéciles mystères, fuis ce culte, il est faux, il est dangereux, il ne serait dans ta nation qu'une source intarissable de meurtres et de crimes, et tu deviendrais aussi coupable en l'apportant dans ce petit coin du monde, que le furent les vils imposteurs qui le répandirent sur sa surface. Fuis-le, mon fils, déteste-le ce culte, il n'est l'ouvrage que de la fourberie des uns et de la stupidité des autres, il ne rendrait pas ce peuple meilleur. Mais s'il s'en présente un à tes yeux, qui, simple dans sa doctrine, qui, vertueux dans sa morale, méprisant tout faste, rejetant toutes fables puériles, n'ait pour objet que l'adoration d'un seul Dieu, saisis celui-ci, c'est le bon ; ce ne sont point par des singeries révérées là, méprisées ici, que l'on peut plaire à l'Éternel, c'est par la pureté de nos cœurs, c'est par la bienfaisance... S'il est vrai qu'il y ait un Dieu, voilà les vertus qui le forment, voilà les seules que l'homme doive imiter[320]. Tu t'étonneras de même de la diversité des lois : en les examinant toutes avec l'égale attention que je viens d'exiger de toi pour les cultes, songe que la seule utilité des lois est de rendre l'homme heureux ; regarde comme faux et atroce tout ce qui s'écarte de ce principe.

La vie de l'homme est trop courte pour arriver seul au but que je me proposais ; je n'ai pu que te préparer la voie, c'est à toi d'achever la carrière ; laisse nos principes à tes enfants, et deux ou trois générations vont placer ce bon peuple au comble de la félicité... Pars. »

Il dit, me renouvela ses embrassements... et les flots m'emportèrent. Je parcourus le monde entier ; je fus vingt ans absent de ma patrie, et je ne les employai qu'à connaître les hommes ; me mêlant avec eux sous toutes sortes de déguisements : tantôt comme le fameux empereur de Russie[321], compagnon de l'artiste et de l'agriculteur, j'apprenais avec l'un à construire un vaisseau ; avec l'autre, la saison de semer les grains, la connaissance des terres qui leur sont propres, la manière de cultiver les plantes, de greffer, de tailler les arbres, de diriger les jeunes plants, de les fortifier, de moissonner le grain, de l'employer à la nourriture de l'homme... M'élevant au-dessus de ces états, le poète embellissait mes idées, il leur donnait de la vigueur et du coloris, il m'enseignait l'art de les peindre ; l'historien, celui de transmettre les faits à la postérité, de faire connaître les mœurs de toutes les nations ; je m'instruisais avec le ministre des autels dans la science inintelligible des dieux ; le suppôt des lois me conduisait à celle plus chimérique encore, d'enchaîner l'homme pour le rendre meilleur ; le financier me dirigeait dans la levée des impôts, il me développait le système atroce de n'engraisser que soi de la substance du malheureux, et de réduire le peuple à la misère, sans rendre l'État plus florissant ; le commerçant, bien plus cher à l'État, m'apprenait à équivaloir les productions les plus éloignées aux monnaies fictives de la nation, à les échanger, à se lier par le fil indestructible de la correspondance à tous les peuples du monde, à devenir le frère et l'ami du chrétien, comme de l'Arabe, de l'adorateur de Foé[322], comme du sectateur d'Ali, à doubler ses fonds en se rendant utile à ses compatriotes, à se trouver, en un mot, soi et les siens, riches de tous les dons de l'art et de la nature, resplendissant du luxe de tous les habitants de la terre, heureux dc toutes leurs félicités, sans avoir quitté ses lambris. Le négociateur, plus souple, m'initiait dans les intérêts des princes ; son œil, perçant le voile épais des siècles futurs, il calculait, il appréciait avec moi les révolutions de tous les empires, d'après leur état actuel, d'après leurs mœurs et leurs opinions ; mais en m'ouvrant le cabinet des princes, il arrachait des larmes de mes yeux, il me montrait dans tous, l'orgueil et l'intérêt immolant le peuple aux pieds des autels de la fortune, et le trône de ces ambitieux élevé partout sur des fleuves de sang. L'homme de cour, enfin, plus léger et plus faux, m'apprenait à tromper les rois, et les rois seuls ne m'apprenaient qu'à me désespérer d'être né pour le devenir.

Partout je vis beaucoup de vices et peu de vertus ; partout je vis la vanité, l'envie, l'avarice et l'intempérance asservir le faible aux caprices de l'homme puissant ; partout je pus réduire l'homme en deux classes, toutes deux également à plaindre : dans l'une, le riche, esclave de ses plaisirs ; dans l'autre, l'infortuné, victime du sort ; et je n'aperçus jamais ni dans l'une l'envie d'être meilleure, ni dans l'autre la possibilité de le devenir, comme si toutes deux n'eussent travaillé qu'à leur malheur commun, n'eussent cherché qu'à multiplier leurs entraves : je vis toujours la plus opulente augmenter ses fers en doublant ses désirs ; et la plus pauvre, insultée, méprisée par l'autre, n'en pas même recevoir l'encouragement nécessaire à soutenir le poids du fardeau. Je réclamai l'égalité, on me la soutint chimérique ; je m'aperçus bientôt que ceux qui la rejetaient n'étaient que ceux qui devaient y perdre ; de ce moment je la crus possible... que dis-je ! de ce moment je la crus seule faite pour la félicité d'un peuple*. Tous les hommes sortent égaux des mains de la nature[323], l'opinion qui les distingue est fausse ; partout où ils seront égaux, ils peuvent être heureux ; il est impossible qu'ils le soient où les différences existeront. Ces différences ne peuvent rendre, au plus, qu'une partie de la nation heureuse, et le législateur doit travailler à ce qu'elles le soient toutes également. Ne m'objectez point les difficultés de rapprocher les distances, il ne s'agit que de détruire les opinions et d'égaliser les fortunes ; or cette opération est moins difficile que l'établissement d'un impôt.

---

* N'oublions jamais que cet ouvrage est fait un an avant la Révolution française.

À la vérité j'avais moins de peine qu'un autre, j'opérais sur une nation encore trop près de l'état de nature pour s'être corrompue par ce faux système des différences ; je dus donc réussir plus facilement.

Le projet de l'égalité admis, j'étudiai la seconde cause des malheurs de l'homme : je la trouvai dans ses passions. Perpétuellement entre elles et des lois, tour à tour victime des unes ou des autres, je me convainquis que la seule manière de le rendre moins malheureux, dans cette partie, était qu'il eût et moins de passions et moins de lois.

Autre opération plus aisée qu'on ne se l'imagine : en supprimant le luxe, en introduisant l'égalité, j'anéantissais déjà l'orgueil, la cupidité, l'avarice et l'ambition [324]. De quoi s'enorgueillir quand tout est égal, si ce n'est de ses talents ou de ses vertus ? Que désirer, quelles richesses enfouir, quel rang ambitionner, quand toutes les fortunes se ressemblent, et que chacun possède au-delà de ce qui doit satisfaire ses besoins ? Les besoins de l'homme sont égaux : Apicius* n'avait pas un estomac plus vaste que Diogène ; il fallait pourtant vingt cuisiniers à l'un, tandis que l'autre dînait d'une noix : tous les deux mis au même rang, Diogène n'eût pas perdu, puisqu'il aurait eu plus que les choses simples dont il se contentait, et Apicius, qui n'aurait eu que le nécessaire, n'eût souffert que dans l'imagination. « Si vous voulez vivre suivant la nature, disait Épicure, vous ne serez jamais pauvre ; si vous voulez vivre suivant l'opinion, vous ne serez jamais riche : la nature demande peu, l'opinion demande beaucoup. »

Dès mes premières opérations, me dis-je, j'aurai donc des vices de moins ; or, la multiplicité des lois devient inutile quand les vices diminuent : ce sont les crimes qui ont nécessité les lois ; diminuez la somme des crimes, convenez que telle chose, que vous regardiez comme criminelle, n'est plus que simple, voilà la loi devenue inutile ; or, combien de fantaisies, de misères, n'entraînent aucune lésion envers la société, et qui, justement appréciées par un législateur philosophe,

---

* Le plus gourmand et le plus débauché des Romains ; intempérant dans tout, il avait longtemps entretenu Séjan comme une maîtresse ; il avait dépensé la valeur de plus de quinze millions à ses seules débauches de lit et de table ; on lui annonça enfin qu'il était ruiné ; il fit ses comptes, et ne se trouvant plus que cent mille livres de rentes, il s'empoisonna de désespoir.

pourraient ne plus être regardées comme dangereuses, et encore moins comme criminelles ? Supprimez encore les lois que les tyrans n'ont faites que pour prouver leur autorité et pour mieux enchaîner les hommes à leurs caprices ; vous trouverez, tout cela fait, la masse des freins réduite à bien peu de choses, et par conséquent l'homme qui souffre du poids de cette masse, infiniment soulagé. Le grand art serait de combiner le crime avec la loi, de faire en sorte que le crime quel qu'il fût, n'offensât que médiocrement la loi, et que la loi, moins rigide, ne s'appesantît que sur fort peu de crimes ; et voilà encore ce qui n'est pas difficile, et où j'imagine avoir réussi : nous y reviendrons.

En établissant le divorce, je détruisais presque tous les vices de l'intempérance ; il n'en resterait plus aucun de cette espèce, si j'eusse voulu tolérer l'inceste comme chez les Brames, et la pédérastie comme au Japon ; mais je crus y voir de l'inconvénient : non que ces actions en aient réellement par elles-mêmes, non que les alliances au sein des familles n'aient une infinité de bons résultats, et que la pédérastie ait d'autre danger que de diminuer la population, tort d'une bien légère importance, quand il est manifestement démontré que le véritable bonheur d'un État consiste moins dans une trop grande population, que dans sa parfaite relation entre son peuple et ses moyens*. Si je crus donc ces vices nuisibles, ce ne fut que relativement à mon plan d'administration, parce que le premier détruisait l'égalité, que je voulais établir, en agrandissant et isolant trop les familles ; et que le second, formant une classe d'hommes séparée, qui se suffisait à elle-même, dérangeait nécessairement l'équilibre qu'il m'était essentiel d'établir. Mais comme j'avais envie d'anéantir ces écarts, je me gardai bien de les punir ; les autodafés de Madrid, les gibets de la Grève[325] m'avaient suffisamment appris que la véritable façon de propager l'erreur, était de lui dresser des échafauds. Je me servis de l'opinion ; vous le savez, c'est la reine du monde ; je semai du dégoût sur le premier de ces vices, je couvris le second de ridicules : vingt

* « Un grand empire et une grande population, dit M. Raynal, tome VI, peuvent être deux grands maux : peu d'hommes, mais heureux ; peu d'espace, mais bien gouvernée. »

ans les ont anéantis, je les perpétuais si je me fusse servi de prisons ou de bourreaux.

Une foule de nouveaux crimes naissaient au sein de la religion, je le savais ; quand j'avais parcouru la France, je l'avais trouvée toute fumante des bûchers de Mérindol et de Cabrières [326] ; on distinguait les potences d'Amboise [327] ; on entendait encore dans la capitale l'affreuse cloche de la Saint-Barthélemy ; l'Irlande ruisselait du sang des meurtres ordonnés pour des points de doctrine ; il ne s'agissait en Angleterre que des horribles dissensions des puritains et des non-conformistes. Les malheureux pères de votre religion, les Juifs, se brûlaient en Espagne en récitant les mêmes prières que ceux qui les déchiquetaient ; on ne me parlait en Italie que des croisades d'Innocent VI ; passais-je en Écosse, en Bohême, en Allemagne, on ne me montrait chaque jour que des champs de bataille où des hommes avaient charitablement égorgé leurs frères pour leur apprendre à adorer Dieu*.

Juste ciel ! m'écriai-je, sont-ce donc les furies de l'enfer que ces frénétiques [329] servent ? Quelle main barbare les pousse à s'égorger ainsi pour des opinions ? Est-ce une religion sainte que celle qui ne s'étaye que sur des monceaux de morts, que celle qui ne stigmatise ses catéchumènes qu'avec le sang des hommes ?

Eh ! que t'importent, Dieu juste et saint, que t'importent nos systèmes et nos opinions ! que fait à ta grandeur la manière dont l'homme t'invoque ! ce que tu veux, c'est qu'il soit juste ; ce qui te plaît, c'est qu'il soit humain : tu n'exiges ni génuflexions, ni cérémonies ; tu n'as besoin ni de dogmes, ni de mystères ; tu ne veux que l'effusion des cœurs, tu n'attends de nous que reconnaissance et qu'amour.

Dépouillons ce culte, me dis-je alors, de tout ce qui peut être matière à discussion, que sa simplicité soit telle, qu'aucune secte n'en puisse naître ; je vous ferai voir ce bon peuple adorant Dieu, et vous jugerez s'il est possible qu'il se trompe jamais sur la façon de le servir.

---

* On s'est battu en Bohême pendant vingt ans [328], et il en a coûté la vie à plus de deux millions d'hommes, pour décider s'il fallait communier sous les deux espèces, ou simplement sous une. Les animaux qui se battent pour leurs femelles ont une excuse au moins dans la nature ; mais quelle peut être celle des hommes qui s'égorgent pour un peu de farine et quelques gouttes de vin ?

Nous croyons l'Éternel assez grand, assez bon pour nous entendre, sans qu'il soit besoin de médiateur ; comme nous ne lui offrons de sacrifices que ceux de nos âmes, comme nous n'avons aucune cérémonie, comme c'est à Dieu seul que nous demandons le pardon de nos fautes et des secours pour les éviter, que c'est à lui seul que nous avouons mentalement celles qui troublent notre conscience, les prêtres nous sont devenus superflus, et nous n'avons plus redouté, en les bannissant à jamais, de voir massacrer nos frères pour l'orgueil ou l'absurdité d'une espèce d'individus inutile à l'État, à la nature, et toujours funeste à la société.

Une autre classe d'hommes aussi perverse, et bien autrement dangereuse, toujours élevée entre le monarque qu'elle gêne et la nation qu'elle subjugue, me parut mériter toute mon attention : vous comprenez que je veux parler de ces petits despotes subalternes, naturellement portés par état à la rébellion, armés du glaive qui punit sans corriger, et de l'autorité qui balance sans contenir. Je me demandai à quoi de tels gens étaient bons, quelle nécessité il y avait de maintenir une puissance intermédiaire entre la nation et son chef. Que peut-il résulter de deux pouvoirs toujours enchaînés, toujours contenus l'un par l'autre, qu'en peut-il émaner, dis-je, sinon des actes faibles et gênés, prouvant l'esclavage à chaque trait ? Si le prince a de bonnes intentions, à quoi sert-il que son parlement le captive ? et si le parlement en a de mauvaises, ce que son infériorité doit faire supposer, le roi, jaloux d'agir seul à son tour, l'empêchera-t-il d'agir seul au sien ? Qu'est-ce qu'une autorité tempérée par l'autre ? un conflit de juridiction perpétuel dont l'anarchie seule est le fruit. Ou la monarchie est bonne, ou elle est mauvaise ; si elle est bonne, elle n'a nul besoin d'être tempérée ; si elle est mauvaise, c'est-à-dire si elle tend au despotisme, vice toujours certain dans un tel gouvernement, alors le sénat intermédiaire ne l'assouplira sûrement point. Dans de tels cas, ce n'est plus la tempérer qu'il faut, c'est la changer. À côté de beaucoup d'inconvénients, on ne trouve donc pas un seul cas où le double pouvoir soit utile*.

---

* « Les parlements dans un royaume, dit Linguet, c'est-à-dire ce corps intermédiaire entre le sujet et l'autorité, ne sert qu'à étouffer les plaintes de l'un, et enchaîner la puissance de l'autre. » Ce seul exposé ne suffit-il pas à

Ce corps est nécessaire à toute la nation, objectent ceux qui le favorisent, il faut des lois pour punir le crime, il faut des dépositaires aux lois ; nous traiterons un autre jour cette première branche de l'objection, ne nous occupons maintenant que de la seconde : *il faut des dépositaires aux lois.* Si les lois sont justes, elles n'ont pas besoin d'être déposées ailleurs que dans le cœur de chaque citoyen, et elles s'y placeront naturellement [330].

De ce moment, point d'ordre intermédiaire entre mon peuple et moi ; point de concurrents, qui, jaloux de mon autorité, ne travailleront qu'à la miner, ou l'affaiblir ; qui, orgueilleux de la leur, ne viseraient qu'à l'augmenter ; qui, avares, ne m'aideraient jamais dans l'infortune ; qui, cruels, verseraient sans raison le sang des peuples ; qui, ambitieux, troubleraient infailliblement l'égalité que je veux établir, et qui, comme ces plantes parasites, enfin, végétant au pied de l'arbre utile, cherchent à vivre de sa substance, qu'elles enveniment, et à s'accroître aux dépens de ses racines, qu'elles détériorent et qu'elles souillent.

Réfléchissons pourtant, me dis-je ; il est peut-être un choix ; vérifions. Établirai-je un parlement comme en Angleterre ? moins de danger pour le peuple, sans doute, mais bien plus d'entraves pour moi ; plus je diviserai mon pouvoir, plus je l'affaiblirai, et comme je n'ai envie que de faire le bien, je ne veux pas que rien m'en empêche [331]. Le modèlerai-je sur Venise ? me contenterai-je d'être le chef de cent despotes de ma nation ? je ne deviendrai plus qu'un personnage inutile ; je donnerai cent maîtres à mon peuple, et, par conséquent, je le rendrai victime de cent différentes passions, au lieu de ne l'assujettir qu'à celle d'un seul, qui n'a d'autre désir que de le rendre heureux, mais qui, dût-il même changer de volonté, ne l'exposerait qu'aux vices d'un seul homme, au lieu de le mettre en butte à ceux de cent.

Je m'étonnais, je l'avoue, que d'autres que moi n'eussent pas déjà fait de sérieuses réflexions sur l'inutilité de ces pouvoirs intermédiaires, sur le danger extrême de leur institution, et que tous ces sénats monstrueux n'eussent pas été déjà bannis par vos souverains d'Europe. Comment se peut-il, par

---

faire voir que le gouvernement républicain aurait infiniment moins d'inconvénients que le nôtre ?

exemple, me disais-je en passant en France, que la noblesse de cette nation consente à donner de l'autorité sur elle, à un corps de magistrature qui n'est plus émané d'elle ? Je voulus démêler la cause de cette contradiction, dans une noblesse si jalouse de ses droits, je la trouvai dans l'institution des parlements [332].

Jusqu'en 1302, quelques juges ambulatoires, qui couraient de province en province à la suite de vos rois, suffisaient à rendre la justice*, et jusqu'à cette époque, on n'avait pas encore imaginé de donner à ces cours une position fixe. Philippe le Bel, qui ne prévit pas les dangers qu'allait entraîner l'érection d'un pouvoir permanent, intermédiaire entre son peuple et lui, imagina, en roi peu politique, de donner à ses juges une sorte d'existence, et de rendre leur établissement stable. Il commença par celui de Paris. Les séances de ces parlements devaient être de deux mois ; l'une s'ouvrait à Pâques, l'autre à la Toussaint. Deux prélats, l'archevêque de Narbonne et l'évêque de Rennes, deux seigneurs laïques, le comte de Dreux et le comte de Bourgogne, et vingt-six conseillers, dont treize clercs et treize laïques, composaient cette cour, qui devait présider à Troyes et à Rouen dans d'autres temps de l'année**. La dignité des chefs de ce parlement, la splendeur dont le monarque semblait en vouloir faire briller les membres, fit désirer à tous les nobles d'y venir prendre place. On n'admit donc aucun laïque qui ne fût chevalier***, et si l'on plaçait parmi eux quelques gens de loi, ce n'était que pour les consulter. Quoi de plus simple, que la noblesse française cédât quelques droits sur elle, à un sénat qu'elle composait elle-même ? Dans le fait, ne se trouvait-elle pas jugée par ses pairs ? Rien ne la lésait, rien ne la flétrissait en cela.

Mais tout changea bientôt : les légistes eurent voix délibérative ; ils siégèrent avec les nobles ; ceux-ci assistaient aux

---

* Les gens de robe n'étaient point connus sous la première race ; les juges établis pour faire justice, la rendaient en guerriers armés de haches et d'épées ; cette décoration était noble, au moins elle n'inspirait pas le rire ou le mépris que produit nécessairement l'indécente mascarade de nos sénateurs.

** Cela s'appelait, à Troyes, les grands jours ; à Rouen, l'échiquier.

*** C'est à cette première institution que remonte l'usage de les appeler *nosseigneurs*, usage qui devait être rigoureusement aboli, sitôt que la cause qui les fit naître ne subsistait plus.

séances, avec la décoration de leur état ; les légistes, en robes fourrées, en jupons, en soutanelles[333], affublés, en un mot, de ce risible et plat costume de charlatans, qui sert de modèle aujourd'hui, comme s'il fallait se déguiser pour rendre la justice, et comme s'il n'était pas certain que tout individu qui se masque pour faire sa besogne, n'exerçait pas décidément, dès lors, un métier de fripon*. Ces indécents farceurs, moins ridicules encore par leur mascarade que par les épines de la formalité, du droit, de la pratique, dont ils étaient imbécilement hérissés, effrayèrent, dégoûtèrent de preux et loyaux barons, ennemis de la fraude et de la ruse, et qui croyaient que pour juger un homme, il fallait n'écouter que Dieu et sa conscience[334]. Impatientés, avec raison, de se voir menés, présidés même quelquefois, par des gens de cette classe, ils se retirèrent, et abandonnèrent le champ de bataille. Peu avant, on avait exclu les prélats de ces assemblées, de manière que les légistes se trouvèrent absolument seuls. Cependant la considération accordée à un tribunal composé de tout ce qu'il y avait de mieux dans le royaume, ne s'éclipsa point avec ceux qui la lui avaient méritée. Nous voyons souvent le peuple révérer encore par habitude, un tas de pierres qui formaient un temple autrefois. Le préjugé resta le même, et la noblesse, jadis jugée par ses égaux, crut l'être encore, quoiqu'il ne restât plus que des roturiers sur les bancs qu'elle avait quittés.

Insensiblement la dégradation du sénat devint plus réelle, et lors des guerres d'Italie, sous François Ier, sa composition devint totalement vile. Si, avec les légistes, il y avait eu au moins l'ombre consolatrice du talent ! La vénalité des charges introduite, il ne resta plus que de la crapule et de l'ignorance. Le premier valet qui eut de quoi acheter une charge, s'assit insolemment au temple de Thémis, et comme cette vénalité n'a point été abolie, le désordre qu'elle entraînait est le même. François II voulut faire revivre l'ancienne forme des élections. Pour éviter les brigues, il fut dit que le parlement présenterait trois sujets, entre lesquels le roi choisirait. Qu'arriva-t-il ? ce qui résulte toujours d'une opération faite à contretemps. Tout

* Il faut se flatter que le bon roi Zamé n'enveloppe pas dans cette sanglante satire le vénérable ministre des autels, obligé d'aller en chemisette et en chasuble, invoquer la bénédiction du ciel sur un peuple qui rougirait de s'habiller comme ce prêtre.

se remplit de factions ; les uns étaient pour les Guise, les autres pour le prince de Condé, pour le connétable, et comme il s'agissait de gens de robe, très peu se trouvaient pour le souverain. Rien ne se décida ; l'esprit de parti ne fit que s'enflammer davantage ; et sous Charles IX, le système de la vénalité reprit absolument le dessus. Mais le préjugé, cette hydre dangereuse, dont les têtes renaissent à mesure qu'on les coupe, le préjugé resta. Jamais la noblesse ne voulut croire n'être pas jugée par ses semblables, quelques variations qu'il y eût ; elle ne sortit jamais de son système, tandis que l'herminé malotru, qui la flétrissait pour la plus petite chose, était le fils du laquais qui venait de servir ses pères, ce que vous prouve une anecdote du procès de Montmorency : « Vous ne me reconnaissez pas, monseigneur ? lui dit un de ses juges. — Pardonnez-moi, répondit le connétable, vous m'avez souvent donné à boire*. »

Mais examinons, analysons un instant les cours souveraines. Que m'offrent les parlements, sous Charles VI ? l'image de la rébellion et de l'infidélité, de la fourberie et de la trahison ; quand votre malheureux royaume, déchiré par des factions cruelles, livre son sein affligé à l'ennemi qui le dépouille, ou aux factieux qui le ravagent, que deviennent les pantomimes de Thémis ? Toujours opposés à l'intérêt de leur patrie, tantôt ils suivent l'étendard bourguignon, tantôt ils ouvrent la porte de la capitale aux Anglais, sans que jamais l'infortuné monarque, relégué au fond de ses États, reçoive d'eux, ni consolation, ni secours.

Quand, après sa triste expédition de Naples, Charles VIII a besoin d'argent, que répondent-ils ? qu'ils l'aideront de leurs conseils, mais que d'argent, ils n'en ont point.

Lorsque la fatale ligue de Malines réunit l'Europe entière contre Louis XII, que ce père du peuple, que ce monarque, l'un de vos meilleurs, sans doute, tremblant de se voir écrasé par tant de puissances, sollicite des secours dans toutes les bourses, que celles de tous les citoyens s'ouvrent, et pour aider leur prince, et pour défendre leurs foyers, qu'offrent à l'État alarmé ces généreux patriotes ? des remontrances ; ils disent... ils osent dire qu'un de leurs droits les plus sacrés est

---

* Voyez l'*Histoire des conjurations*[335], article du connétable de Montmorency.

de ne jamais être imposé, qu'ils ne renonceront point à ce droit, et qu'on peut chercher des secours ailleurs.

Que vois-je, le règne d'après, quand la cruelle journée de Pavie[336] vient de mettre la nation à deux doigts de sa perte ? quand les larmes de tout ce qui survit à cette défaite épouvantable, coulent en flots de sang sur les malheurs de la patrie, quel indécent et odieux spectacle m'offrent ces vils tribuns ? Errant de rue en rue, comme des démoniaques, plus ridicules encore par le travestissement militaire contre lequel ils troquent leur soutane crottée... je les vois, soufflant de leurs narines empoisonnées le feu de la dissension dans tous les cœurs ; secouant, de place en place, les serpents de la discorde ; je les vois, distillant, dans chaque quartier, le venin pestilentiel de la révolte, prouver au peuple que Venise doit servir de modèle à la France, qu'elle se gouverne avec un sénat qui a tout l'or de l'Europe, et qu'il en tient la balance, au moyen de cette forme de gouvernement ; que le même bonheur est promis à la nation ; dès qu'elle se sera livrée à eux. Des écrits pleins de ces odieuses maximes se jettent dans les carrefours, circulent dans les flots du peuple, s'affichent à toutes les portes, s'annoncent jusque dans la chaire de la vérité, souillent le parvis du temple du Seigneur... Ne s'en tenant point à ce comble d'outrages, n'oubliant point encore assez, et leurs liens, et leur patrie, le peu de fonds qui reste à l'État, dans de si tristes circonstances, ils le volent ; les trésoriers sont sommés par eux de ne verser qu'entre leurs mains. Mais quand Louise de Savoie, régente du royaume, la plus respectable des femmes, la plus sage, la plus malheureuse, la mère, enfin, de François Ier dans les fers ; quand Louise interpose son autorité, quand elle fait rentrer ces rebelles dans le devoir, de quoi vont-ils s'occuper ? Vont-ils réparer leurs crimes ? vont-ils songer qu'ils sont Français, et que la patrie saigne ? vont-ils essuyer les larmes du peuple ? vont-ils pourvoir à ses besoins ? Non, le fanatisme et l'intérêt sont les seuls ressorts qui les meuvent ; ils demandent à Louise qu'il leur soit permis de rouer les Luthériens tout à leur aise ; ils demandent l'abrogation du Concordat, et le retour à la Pragmatique Sanction[337]. Voilà les grands objets qui les occupent ; voilà ce qui touche leur âme de boue, quand tout est dans le deuil et dans la désolation, quand tout est courbé par la douleur, quand tous les citoyens, comme dans Ninive affligée, baissent la tête et la couvrent de cendres.

Les suivons-nous sous Charles IX [338] ? Lorsque ce faible enfant de Médicis monte sur le trône, on sait dans quel état d'épuisement étaient les finances ; un des articles des États généraux, convoqués pour lors à Orléans, portait suppression d'une partie des gages de ces mercenaires : qu'arrive-t-il ? tous se révoltent ; tous, loin de secourir l'État obéré, refusent de le servir davantage, et veulent se défaire de leur place. Il semble qu'on vienne de commettre le plus affreux des crimes, en leur demandant des secours, et que ce crime épouvantable ne puisse être réparé, comme dans les grands troubles, que par l'interruption de leurs devoirs. Cependant Catherine cède, elle les méprise assez pour ne pas même leur faire l'honneur de les regarder comme citoyens. Elle a besoin d'eux, d'ailleurs, pour calmer les divisions de l'État ; elle les ménage ; elle se borne à leur demander la liberté de quelques malheureux religionnaires, qu'ils se délectent d'avance de pouvoir faire exécuter sur la roue : elle est refusée ; elle les prie d'enregistrer l'édit de Romorantin, celui de pacification, qui doivent, l'un et l'autre, rétablir la tranquillité, qui vont permettre à tout individu d'adorer Dieu, comme bon lui semble : nouveaux refus*. La paix se rétablirait alors ; plus de meurtres juridiques à pouvoir délicieusement commettre ; plus de calvinistes à voir griller à petit feu ; plus d'espoir de changer le gouvernement de la nation, et de s'établir sur ses ruines. Ils tiennent donc ferme, n'enregistrent rien, prolongent les malheurs de l'État, et pour comble d'outrage, eux et Toulouse favorisent sous main les instigateurs de la Ligue, et préparent, par ce comble d'atrocité, toutes les plaies de la patrie, ouvrent toutes les blessures dont elle doit souffrir si longtemps.

---

* Interrogés par le chancelier sur ce comble d'insolence, les députés de Thou et le procureur général Bourdin dirent pour toute réponse, qu'il n'était pas d'usage que la Cour rendît compte de ces arrêts, et au lieu de punir sévèrement des rodomontades de cette espèce (ô preuve certaine de la faiblesse du gouvernement !), Charles IX se contenta de leur défendre d'opposer aucune sorte de modification à l'enregistrement de ses édits, [de leur demander] d'exécuter ses ordres sans les interpréter. [Cependant ils pourraient] faire des remontrances tant qu'ils voudraient : il est des choses si viles que la meilleure manière de les mépriser est de les permettre.

Qui fomente la faction des Seize, sous Henri III [339] ? quels autres, que ces vils mortels, se partagent la capitale, y sèment l'horreur et l'épouvante, y teignent les ruisseaux de sang, laissent enfin dans les annales de la postérité, l'affreux nom de Journée des Barricades [340], à cette indigne révolte ?

Mais mon cœur saigne, et je m'arrête ; il se brise, en retraçant les maux dont cette classe infâme a couvert ma patrie. Les voilà, ces zélés défenseurs du bien public, soigneux à dévoiler leurs forfaits, toujours prêts à publier les plus petites erreurs des autres, se servant du bandeau de la Justice pour aveugler les sots, qui les révèrent, et de son glaive atroce, pour punir ceux qui les démasquent.

Les voilà donc, ces citoyens sensibles et vertueux, toujours souillés du sang de leurs frères, toujours séditieux, intolérants, fanatiques, persécuteurs, rebelles et meurtriers, qui, non contents des victimes infortunées que leur soumet un code absurde, osent encore effrontément, pour multiplier leurs proies, encourageant le mensonge et la calomnie, porter le flambeau jusqu'au sein des familles, afin d'en dévoiler les plus secrets mystères, et d'établir sur ces iniquités la réputation de leur zèle, de leur respect pour les mœurs, que nul citoyen n'outrage impunément comme eux ; les voilà, bourreaux de leurs compatriotes*, persécuteurs de l'innocence**, perturbateurs de la tranquillité publique***, traîtres envers la patrie**** ; les voilà donc, ces magistrats sublimes, qu'un reste de préjugé stupide engage encore à révérer, quand ils ne sont dignes que de mépris, que de sévères punitions, et que de la publique horreur.

Il faut, dis-je, des juges : soit ; mais que les juges ne se mêlent que de juger ; que ceux qui remplissent ces honorables fonctions soient choisis parmi les plus notables citoyens de la nation, et qu'ils n'achètent pas surtout le droit de juger leurs semblables ; car vous n'aurez pour juges que des fripons, tant que celui qui aura payé sa place, pensera, avant que de vous rendre justice, à se rembourser de ses avances.

---

* Voyez la liste de leurs arrêts de mort, calculez, et vous verrez que les fléaux de la nature ravagent moins d'individus.

** Voyez les arrêts des Calas, des Sirven, des Salmon, des la Barre [341], etc.

*** Voyez la Journée des Barricades.

**** Voyez les suites de la bataille de Pavie, etc.

Mais il faut des lois : soit encore ; mais ces lois, dis-je, la peine de mort en punira-t-elle l'infracteur ? À Dieu ne plaise ! Le souverain Être[342] peut disposer lui seul de la vie des hommes ; je me croirais criminel moi-même à l'instant où j'oserais usurper ses droits. Accoutumés à vous forger un Dieu barbare et sanguinaire, vous autres Européens, accoutumés à supposer un lieu de tourments, où vont tous ceux que Dieu condamne, vous avez cru imiter sa justice, en inventant de même des macérations et des meurtres, et vous n'avez pas senti que vous n'établissiez cette nécessité du plus grand des crimes, la destruction de son semblable, que vous ne l'établissiez, dis-je, que sur une chimère née de vos seules imaginations.

Mon ami, continua cet honnête homme, en me serrant les mains, l'idée que le mal puisse jamais amener le bien, est un des vertiges le plus effrayant de la tête des sots. L'homme est faible, il a été créé tel par la main de Dieu ; ce n'est ni à moi de sonder sur cela les raisons de la puissance suprême, ni à moi d'oser punir l'homme d'être ce qu'il faut nécessairement qu'il soit[343]. Je dois mettre tous les moyens en usage pour tâcher de le rendre aussi bon qu'il peut l'être, aucun pour le punir de n'être pas comme il faudrait qu'il fût. Je dois l'éclairer. Tout homme a ce droit avec ses semblables ; mais il n'appartient à personne de vouloir régler les actions des autres. Le bonheur du peuple est le premier devoir que m'impose la volonté de l'Éternel, et je n'y travaille pas en l'égorgeant. Je veux bien donner mon sang pour épargner le sien, mais je ne veux pas qu'il en perde une goutte pour ses faiblesses ou pour ses intérêts. Si on l'attaque, il se défendra, et si son sang coule alors, ce sera pour la seule défense de ses foyers et non pour mon ambition. La nature l'afflige déjà d'assez de maux, sans que j'en accumule que je n'ai nul droit de lui imposer.

J'ai reçu de Dieu[344] et de ces honnêtes citoyens le pouvoir de leur être utile, je n'ai pas eu celui de les affliger. Je serai leur soutien et non pas leur persécuteur ; je serai leur père, et non pas leur bourreau ; et ces hommes de sang qui prétendent au triste honneur de massacrer leurs semblables, ces vautours altérés de carnage, que je compare à des cannibales, je ne les souffrirai pas dans cette île, parce qu'ils y nuisent au lieu d'y servir, parce qu'à chaque feuille de l'histoire des peuples qui les souffrent, je vois ces hommes atroces, ou troubler les projets sages d'un législateur, ou refuser de s'unir à la nation quand il est question de sa gloire ; enchaîner cette même nation si elle est faible, l'abandonner si elle a de l'énergie, et que de tels monstres, dans un État, ne sont que fort dangereux.

Ces projets admis, je m'occupai du commerce : celui de vos colonies m'effraya. Quelle nécessité, me dis-je, de chercher des établissements si éloignés ? Notre véritable bonheur, dit un de vos bons écrivains [345], exige-t-il la jouissance des choses que nous allons chercher si loin ? Sommes-nous destinés à conserver éternellement des goûts factices ? Le sucre, le tabac, les épices, le café, etc., valent-ils les hommes que vous sacrifiez pour ces misères ?

Le commerce étranger, selon moi, n'est utile qu'autant qu'une nation a trop ou trop peu. Si elle a trop, elle peut échanger son superflu contre des objets d'agrément ou de frivolité ; le luxe peut se permettre à l'opulence, et si elle n'a pas assez, il est tout simple qu'elle aille chercher ce qu'il lui faut. Mais vous n'êtes dans aucun de ces cas en France ; vous avez fort peu de superflu et rien ne vous manque. Vous êtes dans la juste position qui doit rendre un peuple heureux de ce qu'il a, riche de son sol, sans avoir besoin ni d'acquérir pour être bien, ni d'échanger pour être mieux.

Ce pays abondant ne vous procure-t-il pas au-delà de vos besoins, sans que vous soyez obligés ou d'établir des colonies, ou d'envoyer des vaisseaux dans les trois parties du monde pour ajouter à votre bien-être ? Plus avantageusement situé qu'aucun autre empire de l'Europe, vous auriez avec un peu de soin les productions de toute la terre. Le midi de la Provence, la Corse, le voisinage de l'Espagne vous donneraient aisément du sucre, du tabac et du café [346]. Voilà dans la classe du superflu ce qu'on peut regarder comme le moins inutile ; et quand vous vous passeriez d'épices, cette privation, où gagnerait votre santé, pourrait-elle vous donner des regrets ? N'avez-vous pas chez vous tout ce qui peut servir à l'aisance du citoyen, même au luxe de l'homme riche ? Vos draps sont aussi beaux que ceux d'Angleterre : Abbeville fournissait autrefois Rome, la plus magnifique des villes du monde ; vos toiles peintes sont superbes, vos étoffes de soie plus moelleuses qu'aucune de celles de l'Europe ; relativement aux meubles de fantaisie, aux ouvrages de goût, c'est vous qui en envoyez à toute la terre. Vos Gobelins l'emportent sur Bruxelles[347], vos vins se boivent partout et ont l'avantage précieux de s'améliorer dans le passage. Vos blés sont si abondants que vous êtes souvent obligés d'en exporter* ; vos huiles ont plus de finesse que celles d'Italie, vos fruits sont savoureux et sains ; peut-être avec des soins auriez-vous ceux de l'Amérique ; vos bois de chauffage et de construction seront toujours en abondance quand vous saurez les entretenir. Qu'avez-vous donc besoin du commerce étranger ? Obligez les nations étrangères à venir chercher dans vos ports le superflu que vous pouvez avoir, n'ayez d'autre peine que de recevoir ou leur argent ou quelques bagatelles de fantaisie en retour de ce superflu, mais n'équipez plus de vaisseaux pour l'aller chercher, ne risquez plus sur cet élément dangereux un demi-tiers de la nation qui expose ses jours pour satisfaire aux caprices du reste, fatal arrangement qui vous donne des remords quand vous voyez que vous n'obtenez vos jouissances qu'aux dépens de la vie de vos semblables. Pardon, mon ami, mais cette considération à laquelle je vois qu'on ne pense jamais assez, entre toujours dans mes calculs. On vous apportera tout pour obtenir de vous ce que vous pouvez donner en retour, mais n'ayez point de colonies, elles sont inutiles, elles sont ruineuses et souvent d'un danger bien grand. Il est impossible de tenir dans une exacte subordination des enfants si loin de leur mère[349].

Ici je pris la liberté d'interrompre Zamé pour lui apprendre l'histoire des colonies anglaises.

« Ce que vous me dites, reprit-il, je l'avais prévu, ou ce qui est plus vraisemblable encore, la république de Washington s'accroîtra peu à peu comme celle de Romulus, elle subjuguera d'abord l'Amérique, et puis fera trembler la terre : excepté vous, Français, qui finirez par secouer le joug du despotisme, et par devenir républicains à votre tour, parce que ce

---

* On compte en France vingt-trois millions d'habitants ; il s'y recueille cinquante millions de setiers[348] de blé, c'est-à-dire environ par an de quoi nourrir, treize mois, tous les habitants, et c'est avec cette richesse, que la nation, sans fléaux de la nature, est quelquefois à la veille de mourir de faim !

gouvernement est le seul qui convienne à une nation aussi franche, aussi remplie d'énergie et de fierté que la vôtre*.

Quoi qu'il en soit, je le répète, une nation assez heureuse pour avoir tout ce qu'il lui faut chez elle, doit consommer ce qu'elle a, et ne permettre l'exportation du superflu qu'aux conditions qu'on vienne le chercher. En parcourant un de ces jours cette île fortunée, nous pourrons revenir sur cet objet ; reprenons le fil de ce qui me regarde.

La résolution que je formai après l'étude de cette partie, fut donc de rapporter dans mon île, pour ajouter à ses productions naturelles, une grande quantité de plantes européennes, dont l'usage me parut agréable ; de m'instruire dans l'art de diriger des manufactures, afin d'en établir ici de relatives aux plantes que nous pourrions employer ; de retrancher tout objet de luxe, de jouir de nos productions améliorées ou augmentées par nos soins et de rompre entièrement tout fil de commerce, excepté celui qui se fait intérieurement par le seul moyen des échanges.

Nous avons peu de voisins : deux ou trois îles au sud, encore dans l'incivilisation [351], et dont les habitants viennent nous voir quelquefois ; nous leur donnons ce que nous avons de trop sans jamais rien recevoir d'eux... ils n'ont rien de plus merveilleux que nous. Un commerce autrement établi ne tarderait pas à nous attirer la guerre ; ils ne connaissent pas nos forces ; nous les écraserions, et l'épargne du sang est la première règle de toutes mes démarches.

Nous vivons donc en paix avec ces îles voisines [352] ; je suis assez heureux pour leur avoir fait chérir notre gouvernement : elles s'uniraient infailliblement à nous si nous avions besoin de secours ; mais elles nous seraient inutiles ; attaqués par l'ennemi, tous nos citoyens deviendraient soldats ; il n'en est pas un seul qui ne préférât la mort à l'idée de changer de gouvernement ; voilà encore un des fruits de ma politique ; c'est en me faisant aimer d'eux que je les ai rendus militaires ; c'est en leur composant un sort doux, une vie heureuse, c'est en faisant fleurir l'agriculture, c'est en les mettant dans l'abondance de tout ce qu'ils peuvent désirer, que je les ai liés par des nœuds indissolubles ; en s'opposant aux usurpa-

---

* Conviens, lecteur, qu'il fallait les grâces d'état d'un homme embastillé pour faire en mil sept cent quatre-vingt-huit une telle prédiction [350].

teurs, ce sont leurs foyers qu'ils garantissent, leurs femmes, leurs enfants, le bonheur unique de leur vie, et on se bat bien pour ces choses-là. Si j'ai besoin de cette milice, un seul mot fera ma harangue : « Mes enfants, leur dirai-je, voilà vos maisons, voilà vos biens et voilà ceux qui viennent vous les ravir, marchons ! »

Vos souverains d'Europe ont-ils de tels intérêts à offrir à leurs mercenaires qui, sans savoir la cause qui les meut, vont stupidement verser leur sang pour une discussion qui, non seulement leur est indifférente, mais dont ils ne se doutent même pas ? Ayez chez vous une bonne et solide administration ; ne variez pas ceux qui dirigent au plus petit caprice de vos souverains ou à la plus légère fantaisie de leurs maîtresses ; un homme qui s'est instruit dans l'art de gouverner, un homme qui a le secret de la machine, doit être considéré et retenu ; il est imprudent de confier ce secret à tant de citoyens à la fois ; qu'arrive-t-il d'ailleurs quand ils sont sûrs de n'être élevés qu'un instant ? Ils ne s'occupent que de leurs intérêts et négligent entièrement les vôtres.

Fortifiez vos frontières, rendez-vous respectables à vos voisins. Renoncez à l'esprit de conquêtes et n'ayant jamais d'ennemis, ne devant vous occuper qu'à garantir vos limites, vous n'aurez pas besoin de soudoyer une si grande quantité d'hommes en tout temps ; vous rendrez, en les réformant, cent mille bras à la charrue, bien mieux placés qu'à porter un fusil qui ne sert pas quatre fois par siècle et qui ne servirait pas une, par le plan que j'indique. Vous n'enlèverez plus alors au père de famille des enfants qui lui sont nécessaires, vous n'introduirez pas l'esprit de licence et de débauche parmi l'élite de vos concitoyens*, et tout cela pour le luxe imbécile d'avoir toujours une armée formidable.

Rien de si plaisant que d'entendre vos écrivains parler tous les jours de population, tandis qu'il n'est pas une seule opération de votre gouvernement qui ne prouve qu'elle est trop nombreuse : et si elle ne l'était pas beaucoup trop, enchaînerait-il d'un côté, par les nœuds du célibat, tous ces militaires pris sur la fleur de la nation même et ne rendrait-il

* Cette vérité est d'autant plus grande, qu'il est assurément peu de plus mauvaises écoles que celles des garnisons, peu où un jeune homme corrompe plus tôt et son ton et ses mœurs[353].

pas de l'autre la liberté à cette multitude de prêtres et de religieuses également liés par les chaînes absurdes de l'abstinence [354] ? Puisque tout va, puisqu'il y a encore du trop, malgré ces digues puissantes offertes à la population, puisqu'elle est encore trop forte, malgré tout cela, il est donc ridicule de se récrier toujours sur le même objet. Me trompé-je ? Voulez-vous qu'elle soit plus nombreuse ? est-il essentiel qu'elle le soit ? À la bonne heure, mais n'allez pas chercher pour l'accroître, les petits moyens que vous alléguez. Ouvrez vos cloîtres, n'ayez plus de milice inutile, et vos sujets quadrupleront.

Je passais un jour à Paris sur cette arène de Thémis [355], où les prestolets [356] de son temple, le frac élégant sous le cotillon noir, condamnent si légèrement à la mort, en venant de souper chez leurs catins, des infortunés qui valent quelquefois mieux qu'eux. On allait y donner un spectacle à ces bouchers [357] de chair humaine...

« Quel crime a commis ce malheureux ? demandai-je.

— Il est pédéraste, me répondit-on ; vous voyez bien que c'est un crime affreux, il arrête la population, il la gêne, il la détruit... ce coquin mérite donc d'être détruit lui-même [358].

— Bien raisonné, répondis-je à mon philosophe, monsieur me paraît un génie... »

Et suivant une foule qui s'introduisait non loin de là dans un monastère, je vis une pauvre fille de seize ou dix-sept ans, fraîche et belle, qui venait de renoncer au monde, et de jurer de s'ensevelir vive dans la solitude où elle était...

« Ami, dis-je à mon voisin, que fait cette fille ?

— C'est une sainte, me répondit-on, elle renonce au monde, elle va enterrer dans le fond d'un cloître le germe de vingt enfants dont elle aurait fait jouir l'État.

— Quel sacrifice !

— Oh ! oui, monsieur, c'est un ange, sa place est marquée dans le ciel.

— Insensé, dis-je à mon homme, ne pouvant tenir à cette inconséquence, tu brûles là un malheureux dont tu dis que le tort est d'arrêter la propagation, et tu couronnes ici une fille qui va commettre le même crime ! Accorde-toi, Français, accorde-toi, ou ne trouve pas mauvais qu'un étranger raisonnable qui voyage dans ta nation, ne la prenne souvent pour le centre de la folie ou de l'absurdité. »

Je n'ai qu'un ennemi à craindre, poursuivit Zamé, c'est l'Européen inconstant, vagabond, renonçant à ses jouissances pour aller troubler celles des autres, supposant ailleurs des richesses plus précieuses que les siennes, désirant sans cesse un gouvernement meilleur, parce qu'on ne sait pas lui rendre le sien doux ; turbulent, féroce, inquiet, né pour le malheur du reste de la terre, catéchisant l'Asiatique, enchaînant l'Africain, exterminant le citoyen du Nouveau Monde, et cherchant encore dans le milieu des mers de malheureuses îles à subjuguer[359]. Oui, voilà le seul ennemi que je craigne, le seul contre lequel je me battrai, s'il vient ; le seul, ou qui nous détruira, ou qui n'abordera jamais dans cette île ; il ne le peut que d'un côté ; je vous l'ai dit, ce côté est fortifié de la plus sûre manière : vous y verrez les batteries que j'ai fait établir ; l'accomplissement de cet objet fut le dernier soin de mon voyage et le dernier emploi de l'or que m'avait donné mon père.

Je fis construire trois vaisseaux de guerre à Cadix, je les fis remplir de canons, de mortiers, de bombes, de fusils, de balles, de poudre, de toutes vos effrayantes munitions d'Europe, et fis déposer tout cela dans le magasin du port qu'avait fait construire mon prédécesseur. Les canons furent mis dans leurs embrasures ; cent jeunes gens s'exercent deux fois par mois aux différentes manœuvres nécessaires à cette artillerie ; mes concitoyens savent que ces précautions ne sont prises que contre l'ennemi qui voudrait nous envahir. Ils ne s'en inquiètent pas, ils ne cherchent même point à approfondir les effets de ces munitions infernales dont je leur ai toujours caché les expériences ; les jeunes gens s'exercent sans tirer ; si la chose était sérieuse, ils savent ce qui en résulterait, cela suffit. Avec les peuples doux qui m'entourent, je n'aurais pas eu besoin de ces précautions ; vos barbares compatriotes m'y forcent, je ne les emploierai jamais qu'à regret.

Tel fut l'attirail formidable avec lequel, au bout de vingt ans, je rentrai dans ma patrie ; j'eus le bonheur d'y retrouver mon père et d'y recevoir encore ses conseils ; il fit briser les vaisseaux que j'amenais, il craignit que cette facilité d'entreprendre de grands voyages n'allumât la cupidité de ce bon peuple, et qu'à l'exemple des Européens, l'espoir de s'enrichir ailleurs ne vînt troubler sa tranquillité.

Il voulut que ce peuple aimable et pacifique, heureux de

son climat, de ses productions, de son peu de lois, de la simplicité de son culte, conservât toujours son innocence en ne correspondant jamais avec des nations étrangères, qui ne lui inculqueraient aucune vertu et qui lui donneraient beaucoup de vices. J'ai suivi tous les plans de ce respectable et cher auteur de mes jours, je les ai améliorés quand j'ai cru le pouvoir : nous avons fait passer cette nation de l'état le plus agreste à celui de la civilisation ; mais à une civilisation douce, qui rend plus heureux l'homme naturel qui la reçoit, éloignée des barbares excès où vous avez porté la vôtre, excès dangereux qui ne servent qu'à faire maudire votre domination, qu'à faire haïr, qu'à faire détester vos liens et qu'à faire regretter à celui que vous y soumettez l'heureuse indépendance dont vous l'avez cruellement arraché.

L'état naturel de l'homme est la vie sauvage ; né comme l'ours et le tigre dans le sein des bois, ce ne fut qu'en raffinant ses besoins qu'il crut utile de se réunir pour trouver plus de moyens à les satisfaire. En le prenant de là pour le civiliser, songez à son état primitif, à cet état de liberté pour lequel l'a formé la nature, et n'ajoutez que ce qui peut perfectionner cet état heureux dans lequel il se trouvait alors ; donnez-lui des facilités, mais ne lui forgez point de chaînes ; rendez l'accomplissement de ses désirs plus aisé, mais ne l'asservissez pas ; contenez-le pour son propre bonheur, mais ne l'écrasez point par un fatras de lois absurdes ; que tout votre travail tende à doubler ses plaisirs en lui ménageant l'art d'en jouir longtemps et avec sûreté ; donnez-lui une religion douce, comme le Dieu qu'elle a pour objet ; dégagez-la surtout de ce qui ne tient qu'à la foi ; faites-la consister dans les œuvres et non dans la croyance. Que votre peuple n'imagine pas qu'il faille croire aveuglément tels et tels hommes, qui dans le fond n'en savent pas plus que lui, mais qu'il soit convaincu que ce qu'il faut, que ce qui plaît à l'Éternel, est de conserver toujours son âme aussi pure que quand elle émana de ses mains ; alors il volera lui-même adorer le Dieu bon qui n'exige de lui que les vertus nécessaires au bonheur de l'individu qui les pratique. Voilà comme ce peuple chérira votre administration, voilà comme il s'y assujettira lui-même et voilà comme vous aurez, dans lui, des amis fidèles, qui périraient plutôt que de vous abandonner, ou que de ne pas travailler avec vous à tout ce qui peut conserver la patrie.

Nous reprendrons demain cette conversation, me dit Zamé ; je vous ai raconté mon histoire, jeune homme, je vous ai dit ce que j'avais fait, il faut maintenant vous en convaincre ; allons dîner, les femmes nous attendent. »

Tout se passa comme la veille : même frugalité, même aisance, même attention, même bonté de la part de mes hôtes. Nous eûmes de plus ses deux fils, qu'il était difficile de ne pas aimer dès qu'on avait pu les entendre et les voir : l'un était âgé de vingt-deux ans, l'autre de dix-huit ; ils avaient tous deux sur leur physionomie les mêmes traits de douceur et d'aménité qui caractérisaient si bien leurs aimables parents. Ils m'accablèrent de politesses et de marques d'estime ; ils n'eurent point en me regardant cette curiosité insultante et pleine de mépris, qui éclate dans les gestes et dans les regards de nos jeunes gens, la première fois qu'ils voient un étranger ; ils ne m'observèrent que pour me caresser, ne me parlèrent que pour me louer, ne m'interrogèrent que pour tirer de mes réponses quelques sujets de m'applaudir*.

L'après-midi, Zamé voulut que nous allassions voir si rien

---

* Un philosophe français qui voyage trouve, il en faut convenir, dans les individus de sa nation qu'il rencontre, des sujets d'étude pour le moins aussi intéressants que ceux que lui offrent les étrangers chez lesquels il est. On ne rend point l'excès de la fatuité, de l'impertinence avec lequel nos élégants voyagent ; ce ton de dénigrement avec lequel ils parlent de tout ce qu'ils ne conçoivent pas, ou de tout ce qu'ils ne trouvent pas chez eux ; cet air insultant et plein de mépris, dont ils considèrent tout ce qui n'a pas leur sotte légèreté. Le ridicule, en un mot, dont ils se couvrent universellement, est sans contredit un des plus certains motifs de l'antipathie qu'ont pour nous les autres peuples. Il en devrait résulter, ce me semble, une attention plus particulière aux ministres à n'accorder l'agrément de voyager qu'à des gens faits pour ne pas achever de dégrader la nation dans l'esprit de l'Europe, pour ne pas étendre et porter au-delà des frontières les vices qui nous sont si familiers. — Une voiture arrivant fort tard dans une auberge d'Italie qui se trouvait pleine, on balança à ouvrir les portes. L'hôte se montre à une fenêtre et demande au voyageur quelle est sa nation. — Français, répondent insolemment quelques domestiques. — Allez plus loin, dit l'hôte, je n'ai point de place. — Mes gens se trompent, reprend le maître adroitement, ce sont des valets de louage ; je suis Anglais, monsieur l'hôte, ouvrez-moi. Et dans l'instant tout accourt, tout reçoit le voyageur avec empressement. N'est-il donc pas affreux que le discrédit de la nation ait été tel, qu'il ait fallu la déguiser, la renier pour s'introduire chez l'étranger, non pas seulement dans le monde, mais même dans un cabaret ? Eh ! pourquoi donc ne pas se faire aimer, quand il n'en coûterait, pour y réussir, que d'abjurer des torts qui nous déshonorent même chez nous aux yeux du sage qui nous examine de sang-froid ? Mais la révolution en changeant nos mœurs élaguera nos ridicules ; croyons-le au moins pour notre bonheur.

ne manquait à mon équipage : il était difficile d'avoir donné de meilleurs ordres, impossible qu'ils fussent mieux exécutés ; ce fut alors qu'il me fit observer la difficulté d'aborder dans son port et la manière dont il était défendu. Deux ouvrages extérieurs l'embrassaient entièrement et le dominaient à tel point, qu'aucun bâtiment n'y pouvait entrer sans être foudroyé de la nombreuse artillerie qui garnissait ces deux redoutes ; parvenait-on dans la rade, on se retrouvait sous le feu du fort ; échappait-on à des dangers si sûrs, deux vastes boulevards défendaient l'approche de la ville ; ils se garnissaient au besoin de toute la jeunesse de la capitale, et l'invasion devenait impraticable.

« Je n'ai jusqu'ici, grâce au ciel, encore nul besoin de tout cela, me dit Zamé, et j'espère bien que le peuple ne s'en servira jamais. Vous voyez ces énormes rochers qui commencent d'ici à régner de droite et de gauche ; dès qu'ils se sont entrouverts pour former la bouche du port, ils deviennent inabordables de toutes parts et ils ont plus de trois cents pieds de hauteur ; ils nous entourent ainsi de partout, ils nous servent partout de remparts. Nous aurons donc longtemps à faire jouir ce bon peuple de la félicité que nous lui avons préparée ; cette certitude fait le charme de ma vie, elle me fera mourir content. »

Nous revînmes.

« Vous êtes jeune, me dit Zamé un peu avant de rentrer au palais, il faut vous dédommager de l'ennui que je vous ai causé ce matin, par un spectacle de votre goût. »

À peine les portes furent-elles ouvertes, que je vis cent femmes autour de l'épouse du législateur, toutes uniformément vêtues et toutes en rose, parce que c'était la couleur de leur âge.

« Voilà les plus jolies personnes de la capitale, me dit Zamé, j'ai voulu les réunir toutes sous vos yeux, afin que vous puissiez décider entre elles et vos Françaises. »

Moins occupé de l'idole de mon cœur, peut-être eussé-je mieux discerné l'assemblage étonnant de jolis traits qui se montraient à moi dans cet instant ; mais je ne vis que ce tendre objet ; chaque fois que la beauté paraissait à mes yeux, quelle que fût la forme qu'elle prît, elle ne m'offrait jamais que Léonore.

Néanmoins, on réunirait difficilement, je dois le dire, dans quelque ville d'Europe que ce pût être, un aussi grand nombre de jolies figures. En général, le sang est superbe à Tamoé ; Zilia, que je vais essayer de vous peindre, vous donnera une idée générale de ce sexe charmant, auquel il semble que la nature n'ait accordé tant d'appas, que par le dessein qu'elle avait de lui faire habiter le plus heureux pays de la terre.

Zilia est grande, sa taille est souple et dégagée, sa peau d'une blancheur éblouissante ; tous ses traits sont l'emblème de la candeur et de la modestie ; ses yeux, plus tendres que vifs, très grands et d'un bleu foncé, semblent exprimer à tout instant l'amour le plus délicat et le sentiment le plus voluptueux ; sa bouche, délicieusement coupée, ne s'ouvre que pour montrer les dents les plus belles et les plus blanches ; elle a peu de couleurs, mais elle s'anime dès qu'on la regarde et son teint devient alors comme la plus fraîche des roses ; son front est noble ; ses cheveux très agréablement plantés, sont d'un blond cendré, et l'énorme quantité qu'elle en a, se mariant le plus élégamment du monde aux contours gracieux de son voile, retombant à grands flots sur sa gorge d'albâtre, toujours découverte d'après l'usage de sa nation, achèvent de donner à cette jolie personne l'air de la déesse même de la jeunesse. Elle venait d'atteindre sa seizième année, et promettait de croître encore, quoique sa taille légère fût déjà très élevée ; ses bras sont un peu longs et ses doigts, d'une élasticité, d'une souplesse et d'un mince auxquels nos yeux ne se font point...

« Ne prenez pas ceci pour une fadeur, mademoiselle, dit Sainville, en adressant la parole à ton Aline ; mais j'aurais pu d'un mot peindre cette fille charmante : je n'avais besoin que de vous montrer.

— En vérité, monsieur, dit Mme de Blamont, est-il bien vrai ? Ne nous flattez-vous point ? ma fille serait aussi jolie que Zilia ?

— J'ose vous protester, madame, dit Sainville, qu'il est impossible de se mieux ressembler.

— Poursuivez, poursuivez, monsieur, dit le comte à Sainville, vous donneriez de l'amour-propre à notre chère Aline, et nous ne voulons point la gâter... »

Aline rougit... Sa mère la baisa et notre jeune aventurier reprit en ces termes :

« Voilà la femme de mon fils, me dit Zamé en me présentant Zilia, elle ne sait encore dire que trois mots français, ce sont les premiers que son mari lui a appris ; mais comme il lui trouve des dispositions, il continuera : prononcez-les donc ces trois mots, ma fille », lui dit ce père charmant.

Et la tendre et délicieuse Zilia, posant la main sur son cœur et regardant son mari avec autant de grâce que de modestie, lui dit en rougissant : *Voilà votre bien.* Toutes les femmes se mirent à rire, et je vis alors quelle était la gaieté, la candeur et la touchante félicité qui régnait chez cet heureux peuple.

Je demandai à Zamé pourquoi les maris n'étaient pas avec leurs femmes.

« Pour vous faire juger les sexes à part, me dit-il, demain vous ne verrez que les jeunes gens ; après-demain nous les réunirons ; j'ai peu de plaisirs à vous donner, je les ménage. »

Ces femmes intéressantes, animées par la présence de l'adorable épouse de leur chef, qui les aimait, se livrèrent le reste du jour à mille innocents plaisirs qui, les plaçant dans nombre d'attitudes diverses, me développèrent leurs grâces naturelles et acheva de me convaincre de la douceur et de l'aménité de leur caractère. Elles exécutèrent plusieurs jeux de leur pays, ainsi que quelques-uns d'Europe et furent, dans tous, gaies, honnêtes, polies, toujours modestes et toujours décentes, si vous en exceptez l'usage d'avoir leur gorge entièrement découverte. Mais tout est habitude, et je n'ai point vu que ce costume qui leur est propre, produisît jamais aucune indécence ; les hommes sont faits à voir leurs femmes ainsi, ils l'étaient avant à les voir nues ; les lois de Zamé, sur cet objet, ont donc rétabli au lieu de détruire[360].

« On ne s'échauffe point de ce qu'on voit journellement, me répondit cet aimable homme, quand il s'aperçut de la surprise où cette coutume me jetait ; la pudeur n'est qu'une vertu de convention, la nature nous a créés nus, donc il lui plaisait que nous fussions tels ; en prenant d'ailleurs ce peuple dans l'état de nudité, si j'avais voulu encaisser leurs femmes dans des buscs à l'européenne, elles se seraient désespérées ; il faut, quand on change les usages d'une nation, toujours autant qu'il est possible, conserver des anciens ce qui n'a nul inconvénient ; c'est la façon d'accoutumer à tout et de ne révolter sur rien. »

Une collation simple et frugale fut servie à ces femmes

adorables ; la même politesse, la même discrétion, la même retenue, les suivirent partout et elles se retirèrent.

Le lendemain il y avait conseil, je ne pus voir Zamé que l'après-midi ; je passai le matin à vaquer aux soins de notre équipage.

« Venez, me dit notre hôte charmant dès qu'il fut libre, il me reste bien des choses à vous apprendre pour vous donner une entière connaissance de notre patrie et de nos mœurs : je vous ai dit que le divorce était permis dans mes États, ceci va nous jeter dans quelques détails.

La nature, en n'accordant aux femmes qu'un petit nombre d'années pour la reproduction de l'espèce, semble indiquer à l'homme qu'elle lui permet d'avoir deux compagnes : quand l'épouse cesse de donner des enfants à son mari, celui-ci a encore quinze ou vingt ans à en désirer et à jouir de la possibilité d'en avoir ; la loi qui lui permet d'avoir une seconde femme ne fait qu'aider à ses légitimes désirs, celle qui s'oppose à cet arrangement contrarie celle de la nature, et par sa rigueur et par son injustice. Le divorce a pourtant deux inconvénients : le premier, que les enfants de la plus vieille mère peuvent être maltraités par la plus jeune ; le second, que les pères aimeront toujours mieux les derniers enfants.

Pour lever ces difficultés, les enfants quittent ici la maison paternelle dès qu'ils n'ont plus besoin du sein de la mère ; l'éducation qu'ils reçoivent est *nationale*[361] ; ils ne sont plus les fils de tel ou tel, ce sont les enfants de l'État ; les parents peuvent les voir dans les maisons où on les élève, mais les enfants ne rentrent plus dans la maison paternelle ; par ce moyen, plus d'intérêt particulier, plus d'esprit de famille, toujours fatal à l'égalité, quelquefois dangereux à l'État ; plus de crainte d'avoir des enfants au-delà des biens qu'on peut leur laisser. Les maisons n'étant habitées que par un ménage, il y en a souvent de vacantes ; sitôt qu'une maison le devient, elle rentre dans la masse des biens de l'État, dont elle n'a été séparée que pendant la vie de ceux qui l'occupaient. L'État est seul possesseur de tous les biens, les sujets ne sont qu'usufruitiers[362]. Dès qu'un enfant mâle a atteint sa quinzième année, il est conduit dans la maison où s'élèvent les filles ; là, il se choisit une épouse de son âge ; si la fille consent, le mariage se fait ; si elle n'y consent pas, le jeune homme cherche jusqu'à ce qu'il soit agréé. De ce moment, on lui donne une des maisons vacantes, et le fonds de terre annexé à cette maison, qu'elle ait appartenu à sa famille ou non, la chose est indifférente : il suffit que le bien soit libre, pour qu'il en soit mis en possession. Si le jeune ménage a des parents, ils assistent à son hymen, dont la cérémonie, simple, ne consiste qu'à faire jurer à l'un et à l'autre époux, au nom de l'Éternel, qu'ils s'aimeront, qu'ils travailleront de concert à avoir des enfants et que le mari ne répudiera sa femme, ou la femme le mari, que pour des causes légitimes ; cela fait, les parents qui ont assisté comme témoins se retirent, et les jeunes gens se trouvent maîtres d'eux sous l'inspection et la direction de leurs voisins, obligés de les aider, de leur donner des conseils et des secours pendant l'espace de deux ans, au bout desquels les jeunes époux sortent entièrement de tutelle. Si les parents veulent prendre le soin de cette direction, ils en sont les maîtres ; alors ils viennent aider chaque jour les nouveaux mariés, les deux années prescrites.

Les causes pour lesquelles l'époux peut demander le divorce sont au nombre de trois : il peut répudier sa femme si elle est malsaine, si elle ne veut pas, ou si elle ne peut plus lui donner d'enfants, et s'il est prouvé qu'elle est acariâtre et qu'elle refuse à son mari tout ce que celui-ci peut légitimement exiger d'elle. La femme, de son côté, peut demander à quitter son mari, s'il est malsain, s'il ne veut pas, ou s'il ne peut plus lui faire des enfants lorsqu'elle est encore en état d'en avoir, et s'il la maltraite, quel qu'en puisse être le motif.

Il y a à l'extrémité de toutes les villes de l'État, une rue entière qui ne contient que des maisons plus petites que celles qui sont destinées aux ménages ; ces maisons sont données par l'État aux répudiés de l'un ou de l'autre sexe, et aux célibataires ; elles ont, comme les autres, de petites possessions annexées à elles, de sorte que le célibataire ou le répudié, de quelque sexe qu'il soit, n'a rien à demander, ni à sa famille, si c'est le célibataire, ni l'un à l'autre, si ce sont des époux.

Un mari qui a répudié sa femme et qui en désire une autre, peut se la choisir, ou parmi les répudiées, s'il arrivait qu'il s'y en trouvât une qui lui plût, ou il va la prendre dans la maison d'éducation des filles. L'épouse qui a répudié son mari, agit absolument de même ; elle peut se choisir un époux parmi les répudiés, s'il en est qui l'accepte, si elle en trouve qui lui plaise, ou elle va se le choisir parmi les jeunes gens, s'il en est qui veuille d'elle. Mais si l'un ou l'autre époux répudié désire vivre à part dans la petite habitation que lui donne l'État, sans vouloir prendre de nouvelles chaînes, il en est le maître : on n'est contraint à aucune de ces choses, elles se font toutes de bon accord ; jamais les enfants n'y peuvent mettre d'obstacles, c'est un fardeau dont l'État soulage les parents, puisqu'à peine les premiers voient-ils le jour, que ceux-ci s'en trouvent débarrassés. Au-delà de deux choix, la répudiation n'a plus lieu ; alors, il faut prendre patience et se souffrir mutuellement. On n'imagine pas combien la loi, qui débarrasse les pères et les mères de leurs enfants, évite dans les familles de divisions et de mésintelligences : les époux n'ont ainsi que les roses de l'hymen, ils n'en sentent jamais les épines. Rien en cela ne brise les nœuds de la nature, ils peuvent voir et chérir de même leurs enfants : on leur laisse tout ce qui tient à la douceur des sentiments de l'âme, on ne leur enlève que ce qui pourrait les altérer ou les détruire. Les enfants, de leur côté, n'en chérissent pas moins leurs parents ; mais accoutumés à voir la patrie comme une autre mère, sans cesser d'être enfants plus tendres, ils en deviennent meilleurs citoyens.

On a dit, on a écrit que l'éducation nationale ne convenait qu'à une République, et l'on s'est trompé ; cette sorte d'éducation convient à tout gouvernement qui voudra faire aimer la patrie ; et tel est le caractère distinctif du nôtre ; si j'adapte d'ailleurs à l'île de Tamoé une éducation républicaine, je vous en expliquerai bientôt les raisons. La facilité des répudiations dont vous venez de voir le détail, évite tellement l'adultère, que ce crime, si commun parmi vous, est ici de la plus grande rareté ; s'il est prouvé pourtant, il devient un quatrième cas de la séparation des parties : souvent alors deux ménages changent réciproquement ; mais il y a tant de moyens de se satisfaire en adoptant les nœuds de l'hymen, les entraves en sont si légères, qu'il est bien rare que la galanterie vienne souiller ces nœuds.

Les fonds qui doivent nourrir les époux étant tous de même valeur, le choix préside seul à la formation de leurs liens. Toutes les filles étant également riches, tous les garçons ayant la même portion de fortune, ils n'ont plus que leurs cœurs à écouter pour se prendre. Or, dès qu'on a toujours mutuellement ce qu'on désire, pourquoi changerait-on ? Et si l'on veut changer dès qu'on le peut, quel motif, dès lors, engagerait à aller troubler le bonheur des autres ? Il y a pourtant quelques intrigues, ce mal est inévitable ; mais elles sont si rares et si cachées, ceux qui les ont ou qui les souffrent en éprouvent tous une telle honte, qu'il n'en résulte aucune sorte de trouble dans la société : point d'imprudences, point de plaintes, fort peu de crimes, n'est-ce pas là tout ce qu'on peut obtenir sur cette partie ? Et avec tous les moyens que vous employez, avec ces maisons scandaleuses, où de malheureuses victimes sont indécemment dévouées à l'intempérance publique, avec tout cela, dis-je, obtenez-vous dans votre Europe, seulement la moitié de ce que je gagne par les procédés que je viens de vous dire* [363] ?

Tout ce qui tient aux possessions vient de vous être démontré : ces détails vous font voir que le sujet n'a rien en propre, ne tient ce qu'il a que de l'État, qu'à sa mort tout y rentre ; mais que comme il en jouit sa vie durant en pleine et sûre paix, il a le plus grand intérêt à ne pas laisser son domaine en friche ; son aisance dépend du soin qu'il aura de ce domaine, il est donc forcé de l'entretenir. Quand les deux époux vieillissent, ou quand l'un des deux vient à manquer, les vieilles gens ou les gens veufs qui aidèrent autrefois les jeunes, le sont maintenant par eux et c'est à ceux-ci que l'on s'en prend alors, si tout n'est pas géré dans ces cas de vieillesse, d'infirmités ou de veuvage avec le même ordre que cela était auparavant. Ces jeunes gens n'ont sans doute aucun intérêt bien direct à entretenir les domaines des vieux, puisque ayant déjà ce qu'il leur faut, ils n'en hériteront sûrement pas ;

* Ne dit-on pas pour excuse de la tolérance de ces maisons, que c'est pour empêcher de plus grands maux et que l'homme intempérant, au lieu de séduire la femme de son voisin, va se satisfaire dans ces cloaques infects ? N'est-ce pas une chose extrêmement singulière qu'un gouvernement ne soit pas honteux de rester quinze cents ans dans une erreur aussi lourde, que celle d'imaginer qu'il vaut mieux tolérer le débordement le plus infâme, que de changer les lois ? Mais qui compose les victimes de ces lieux horribles ? Les sujets qu'on y trouve ne sont-ils pas des femmes ou des filles primitivement séduites par l'avarice ou l'intempérance ? Ainsi, l'État permet donc qu'une partie des femmes ou des filles de sa nation se corrompe pour conserver l'autre : il faut l'avouer, voilà un grand profit, un calcul singulièrement sage ! Lecteur philosophe et calme, avoue-le, Zamé ne raisonne-t-il pas beaucoup mieux quand il ne veut rien perdre, quand par la belle disposition de ses lois, aucune portion ne se sacrifie à l'autre, et que toutes se conservent également pures ?

mais ils le font par reconnaissance, par attachement pour la patrie, et parce qu'ils sentent bien d'ailleurs que dans leur caducité ils auront besoin de pareils secours et qu'on le leur refuserait, s'ils ne l'avaient pas donné aux autres.

Je n'ai pas besoin de vous faire observer combien cette égalité de fortune bannit absolument le luxe [364] ; il n'est point, dans un État, de meilleures lois somptuaires, il n'en est pas de plus sûres. L'impossibilité d'avoir plus que son voisin, anéantit absolument ce vice destructeur de toutes les nations de l'Europe : on peut désirer d'avoir de meilleurs fruits qu'un autre, des comestibles plus délicats ; mais ceci n'étant que le résultat des soins et des peines qu'on prend pour y réussir, ce n'est plus faste, c'est émulation ; et comme elle ne tourne qu'au bien des sujets, le gouvernement doit l'entretenir.

Jetons maintenant les yeux, mon ami, poursuivit cet homme respectable, sur la multitude de crimes que ces établissements préviennent, et si je vous prouve que j'en diminue la somme sans qu'il en coûte un cheveu, ni une heure de peine au citoyen, m'avouerez-vous que j'aurai fait de la meilleure besogne que ces brutaux inventeurs et sectateurs de vos lois atroces qui, comme celles de Dracon, ne prononcent jamais que le glaive à la main ? M'accorderez-vous que j'aurai rempli le sage et grand principe des lois perses, qui enjoignent au magistrat de prévenir le crime, et non de le punir ; il ne faut qu'un sot et qu'un bourreau pour envoyer un homme à la mort, mais beaucoup d'esprit et de soin pour l'empêcher de le mériter.

Avec l'égalité de biens, point de vols ; le vol n'est que l'envie de s'approprier ce qu'on n'a pas, et ce qu'on est jaloux de voir à un autre ; mais, dès que chacun possède la même chose, ce désir criminel ne peut plus exister.

L'égalité des biens entretenant l'union, la douceur du gouvernement portant tous les sujets à chérir également leur régime, point de crimes d'État, point de révolution.

Les enfants éloignés de la maison paternelle, point d'inceste [365] ; soigneusement élevés, toujours sous les yeux d'instituteurs sûrs et honnêtes... point de viols.

Peu d'adultères, au moyen du divorce.

Les divisions intestines prévenues par l'égalité des rangs et des biens, toutes les sources du meurtre sont éteintes.

Par l'égalité, plus d'avarice, plus d'ambition, et que de

crimes naissent de ces deux causes ! plus de successeurs impatients de jouir, puisque c'est l'âge qui donne des biens et jamais la mort des parents ; cette mort n'étant plus désirée, plus de parricides, de fratricides et d'autres crimes si atroces, que le nom seul n'en devrait jamais être prononcé.

Peu de suicides, l'infortune seule y conduit : ici, tout le monde étant heureux, et tous l'étant également, pourquoi chercherait-on à se détruire ?

Point d'infanticides : pourquoi se déferait-on de ses enfants, quand ils ne sont jamais à charge, et qu'on n'en peut retirer que des secours ? Le désordre des jeunes gens étant impossible, puisqu'ils n'entrent dans le monde que pour se marier, la fille de famille n'est plus exposée comme chez vous au déshonneur ou au crime ; faible, séduite et malheureuse, elle n'existe plus, comme chez vous, entre la flétrissure et l'affreuse nécessité de détruire le fruit infortuné de son amour.

Cependant, je l'avoue, toutes les infractions ne sont pas anéanties ; il faudrait être un Dieu et travailler sur d'autres individus que l'homme, pour absorber entièrement le crime sur la terre ; mais comparez ceux qui peuvent rester dans la nature de mon gouvernement, avec ceux où le citoyen est nécessairement conduit par la vicieuse composition des vôtres. Ne le punissez donc pas quand il fait mal, puisque vous le mettez dans l'impossibilité de faire bien, changez la forme de votre gouvernement et ne vexez pas l'homme, qui, quand cette forme est mauvaise, ne peut plus y avoir qu'une mauvaise conduite, parce que ce n'est plus lui qui est coupable, c'est vous... vous, qui pouvant l'empêcher de faire mal en variant vos lois, les laissez pourtant subsister, tout odieuses qu'elles sont, pour avoir le plaisir d'en punir l'infracteur. Ne le prendriez-vous pas pour un féroce, celui qui ferait périr un malheureux pour s'être laissé tomber dans un précipice où la main même qui le punirait viendrait de le jeter ?

Soyez justes : tolérez le crime, puisque le vice de votre gouvernement y entraîne ; ou si le crime vous nuit, changez la constitution du gouvernement qui le fait naître ; mettez, comme je l'ai fait, le citoyen dans l'impossibilité d'en commettre ; mais ne le sacrifiez pas à l'ineptie de vos lois et à votre entêtement de ne les vouloir pas changer.

— Soit, dis-je à Zamé ; mais il me semble que si vous avez peu de vices, vous ne devez guère avoir de vertus ; et n'est-ce pas un gouvernement sans énergie, que celui où les vertus sont enchaînées [366] ?

— Premièrement, répondit Zamé, cela fût-il, je le préférerais : j'aimerais mille fois mieux, sans doute, anéantir tous les vices dans l'homme, que de faire naître en lui des vertus, si je ne le pouvais qu'en lui donnant des vices, parce qu'il est reconnu que le vice nuit beaucoup plus à l'homme, que la vertu ne lui est utile, et que dans vos gouvernements surtout, il est bien plus essentiel de n'avoir pas le vice qu'on punit, que de posséder la vertu qu'on ne récompense point. Mais vous vous trompez ; de l'anéantissement des vices ne résulte point l'impossibilité des vertus : la vertu n'est pas à ne point commettre de vices, elle est à faire le mieux possible dans les circonstances données ; or, les circonstances sont également offertes ici à nos citoyens comme aux vôtres : la bienfaisance ne s'exerce pas comme chez vous, j'en conviens, à des legs pieux qui ne servent qu'à engraisser des moines, ou à des aumônes qui n'encouragent que des fainéants ; mais elle agit en aidant son voisin, en secourant l'homme infirme, en soignant les vieillards et les malades, en indiquant quelques bons principes pour l'éducation des enfants, en prévenant les querelles ou les divisions intestines ; le courage se montre à supporter patiemment les maux que nous envoie la nature ; cette vertu ainsi exercée, n'est-elle pas d'un plus haut prix que celle qui ne nous entraîne qu'à la destruction de nos semblables ? Mais celle-là même s'exercerait avec sublimité, s'il s'agissait de défendre la patrie ; l'amitié qu'on peut mettre au rang des vertus, ne peut-elle pas avoir ici l'extension la plus douce et l'empire le plus agréable ?

Nous aimons l'hospitalité, nous l'exerçons envers nos amis et nos voisins ; malgré l'égalité, l'émulation n'est point éteinte ; je vous ferai voir nos charpentiers, nos maçons, vous jugerez de leur ardeur à se surpasser l'un l'autre, soit par le plus de souplesse, soit par la manière d'équarrir la pierre, de la façonner, d'en composer avec art la forme légère de nos maisons, d'en disposer les charpentes, etc.

— Mais, continuai-je d'objecter à Zamé, voilà, quoi que vous en disiez, une seconde classe dans l'État ; cet ouvrier n'est qu'un mercenaire, le voilà rabaissé dans l'opinion, le voilà différent du citoyen qui ne travaille point.

— Erreur, me dit Zamé, il n'y a aucune différence entre

celui que vous allez voir à l'instant construire une maison, et celui que hier vous vîtes admis à ma table ; leur condition est égale, leur fortune l'est, leur considération absolument la même ; rien, en un mot, ne les distingue, et cette opinion qui élève l'un chez vous, et qui avilit l'autre, nous ne l'admettons nullement ici : Zilia, ma bru, Zilia que vous admirâtes, est la fille d'un de nos plus habiles manufacturiers ; c'est pour récompenser son mérite que je me suis allié avec lui [367].

Les dispositions seules de nos jeunes gens établissent la différence de leurs occupations pendant leur vie : celui-ci n'a de talent que pour l'agriculture, tout autre ouvrage le dégoûte ou ne s'accorde pas à sa constitution ; il se contente de cultiver la portion de terre que lui confie l'État, d'aider les autres dans la même partie, de leur donner des conseils sur ce qui y est relatif ; celui-ci manie le rabot avec adresse, nous en faisons un menuisier ; les outils ne nous manquent point, j'en ai rapporté plusieurs coffres d'Europe ; quand le fer en sera usé, nous les réparerons avec l'or de nos mines, et ainsi ce vil métal aura une fois au moins servi à des choses utiles ; tel autre élève montrera du goût pour l'architecture, le voilà maçon ; mais ni les uns, ni les autres, ne sont mercenaires, on les paye des services qu'ils rendent par d'autres services ; c'est pour le bien de l'État qu'ils travaillent : quel infâme préjugé les avilirait donc ? quel motif les rabaisserait aux yeux de leurs compatriotes ? Ils ont le même bien, la même naissance, ils doivent donc être égaux : si j'admettais les distinctions, assurément ils l'emporteraient sur ceux qui seraient oisifs ; le citoyen le plus estimé, dans un État, ne doit pas être celui qui ne fait rien, la considération n'est due qu'à celui qui s'occupe le plus utilement [368].

— Mais les récompenses que vous accordez au mérite, dis-je à Zamé, doivent, en distinguant celui qui les obtient, produire des jalousies, établir malgré vous des différences ?

— Autre erreur, ces distinctions excitent l'émulation, mais elles ne font point éclore de jalousies : nous prévenons ce vice dès l'enfance, en accoutumant nos élèves à désirer d'égaler ceux qui font bien, à faire mieux, s'il est possible ; mais à ne point les envier, parce que l'envie ne conduirait qu'à une situation d'âme affligeante et pénible, au lieu que les efforts qu'ils feront pour surpasser celui qui mérite des récompenses, les amèneront à cette jouissance intérieure que nous donne la louange. Ces principes, inculqués dès le berceau, détruisent toute semence de haine ; on aime mieux imiter, ou surpasser, que haïr, et tous parviennent insensiblement à la vertu.

— Et vos punitions ?

— Elles sont légères, proportionnées aux seuls délits possibles dans notre nation ; elles humilient et ne flétrissent jamais, parce qu'on perd un homme en le flétrissant et qu'au moment que la société le rejette, il ne lui reste plus d'autre parti que le désespoir ou l'abandon de soi-même, excès funestes qui ne produisent rien de bon et qui conduisent incessamment ce malheureux au suicide ou à l'échafaud ; tandis qu'avec plus de douceur et des préjugés moins atroces, on le ramènerait à la vertu et peut-être un jour à l'héroïsme. Nos punitions ne consistent ici que dans l'opinion établie : j'ai bien étudié l'esprit de ce peuple ; il est sensible et fier, il aime la gloire ; je les humilie lorsqu'ils font mal : quand un citoyen a commis une faute grave, il se promène dans toutes les rues entre deux crieurs publics, qui annoncent à haute voix le forfait dont il s'est souillé ; il est inouï combien cette cérémonie les fâche, combien ils en sont pénétrés ; aussi je la réserve pour les plus grandes fautes* ; les légères sont moins châtiées : un ménage nonchalant, par exemple, qui entretient mal le bien que l'État lui confie, je le change de maison, je l'établis dans une terre inculte, où il lui faut le double de soins et de peines pour retirer sa nourriture ; est-il devenu plus actif, je lui rends son premier domaine.

À l'égard des crimes moraux, si les coupables habitent une autre ville que la mienne, ils sont punis par une marque dans les habillements [370] ; s'ils habitent la capitale, je les punis par la privation de paraître chez moi : je ne reçois jamais ni un libertin, ni une femme adultère. Ces avilissements les mettent au désespoir, ils m'aiment, ils savent que ma maison n'est ouverte qu'à ceux qui chérissent la vertu ; qu'il faut, ou la pratiquer, ou renoncer à me jamais voir ; ils changent, ils se corrigent : vous n'imagineriez pas les conversions que j'ai faites avec ces petits moyens ; l'honneur [371] est le frein des hommes, on les mène où l'on veut en sachant les manier à propos : on les humilie, on les décourage, on les perd, quand

---

* Excepté cependant pour le meurtre, plus sévèrement puni et dont Zamé parlera plus bas [369].

on n'a jamais que la verge en main ; nous reviendrons incessamment sur cet article : je vous l'ai dit, je veux vous communiquer mes idées sur les lois, et vous les approuverez d'autant plus, j'espère, que c'est par l'exécution de ces idées que je suis parvenu à rendre ce peuple heureux.

Quant aux récompenses que j'emploie, continua Zamé, elles consistent en des grades militaires ; quoique tous soient nés soldats pour la défense de la patrie, quoique tous soient égaux là comme chez eux, il leur en faut pour les conduire à l'ennemi ; ces grades sont la récompense du mérite et des talents : je fais un bon maçon lieutenant des phalanges de l'État ; un citoyen unanimement reconnu pour intelligent et vertueux deviendra capitaine, un agriculteur célèbre sera major : ainsi du reste ; ce sont des chimères, mais elles flattent ; il ne s'agit ni de donner trop de rigueur aux punitions, ni de donner trop de valeur aux récompenses ; il n'est question que de choisir, dans le premier cas, ce qui a le plus d'empire sur l'amour-propre. La manière d'amener l'homme à tout ce qu'on veut, dépend de ces deux seuls moyens ; mais il faut le connaître pour trouver ces moyens, et voilà pourquoi je ne cesse de dire que cette connaissance, que cette étude est le premier art du législateur. Je sais bien qu'il est plus commode d'avoir, comme dans votre Europe, des peines et des récompenses égales, de ces espèces de *pont-aux-ânes*[372], où il faut que passent les petits infracteurs comme les grands, que cela leur soit convenable ou non ; sans doute cela est plus commode ; mais ce qui est plus commode, est-il le meilleur ? Qu'arrive-t-il chez vous de ces punitions qui ne corrigent point et de ces récompenses qui flattent peu ? Que vous avez toujours la même somme de vices, sans acquérir une seule vertu et que depuis des siècles que vous opérez, vous n'avez encore rien changé à la perversité naturelle de l'homme[373].

— Mais vous avez au moins des prisons[374] ? dis-je à Zamé ; cette digue essentielle d'un gouvernement ne doit pas avoir été oubliée par votre sagesse ?

— Jeune homme, répondit le législateur, je suis étonné qu'avec de l'esprit vous puissiez me faire une telle demande : ignorez-vous que la prison, la plus mauvaise et la plus dangereuse des punitions, n'est qu'un ancien abus de la justice, qu'érigèrent ensuite en coutume le despotisme et la tyrannie ? La nécessité d'avoir sous la main celui qu'il fallait juger, inventa naturellement, d'abord des fers, que la barbarie conserva, et cette atrocité, comme tous les actes de rigueur possibles, naquit au sein de l'ignorance et de l'aveuglement ; des juges ineptes, n'osant ni condamner ni absoudre dans certains cas, préférèrent laisser l'accusé garder la prison, et crurent par là leur conscience dégagée, puisqu'ils ne faisaient pas perdre la vie à cet homme et qu'ils ne le rendaient pas à la société ; le procédé en est-il moins absurde ? Si un homme est coupable, il faut lui faire subir un jugement ; s'il est innocent, il faut l'absoudre ; toute opération faite entre ces deux points ne peut qu'être vicieuse et fausse. Une seule excuse resterait aux inventeurs de cette abominable institution : l'espoir de corriger ; mais qu'il faut peu connaître l'homme pour imaginer que jamais la prison puisse produire cet effet sur lui ; ce n'est pas en isolant un malfaiteur qu'on le corrige, c'est en le livrant à la société qu'il a outragée ; c'est d'elle qu'il doit recevoir journellement sa punition, et ce n'est qu'à cette seule école qu'il peut redevenir meilleur ; réduit à une solitude fatale, à une végétation dangereuse, à un abandon funeste, ses vices germent, son sang bouillonne, sa tête fermente [375] ; l'impossibilité de satisfaire ses désirs en fortifie la cause criminelle et il ne sort de là que plus fourbe et plus dangereux : ce sont aux bêtes féroces que sont destinés les guichetiers et les chaînes ; l'image du Dieu qui a créé l'univers n'est pas faite pour une telle abjection. Dès qu'un citoyen fait une faute, n'ayez jamais qu'un objet : si vous voulez être juste, que sa punition soit utile à lui ou aux autres ; toute punition qui s'écarte de là n'est plus qu'une infamie ; or, la prison ne peut assurément être utile à celui qu'on y met, puisqu'il est démontré qu'on ne doit qu'empirer au milieu des dangers sans nombre de ce genre de vexation. La détention se trouvant secrète, comme l'est ordinairement celles de France, elle ne peut plus être bonne pour l'exemple, puisque le public l'ignore. Ce n'est donc plus qu'un impardonnable abus que tout condamne et que rien ne légitime ; une arme empoisonnée dans les mains du tyran ou du prévaricateur ; un monopole indigne entre le distributeur de ces fers et l'indigne fripon qui, nourrissant ces infortunés, ne néglige ni le mensonge, ni la calomnie pour prolonger leurs maux ; un moyen dangereux indiscrètement accordé aux familles, pour assouvir sur un de leurs membres, coupable ou non, des haines, des inimitiés, des jalousies et des vengeances [376] ; dans tous les cas, enfin, une horreur gratuite, une action contraire aux constitutions de tout gouvernement et que les rois n'ont usurpée que sur la faiblesse de leur nation.

Quand un homme a fait une faute, faites-la-lui réparer en le rendant utile à la société qu'il osa troubler ; qu'il dédommage cette société du tort qu'il lui a fait, par tout ce qui peut être en son pouvoir ; mais ne l'isolez pas, ne le séquestrez pas, parce qu'un homme enfermé n'est plus bon ni à lui, ni aux autres, et qu'il n'y a qu'un pays où les malheureux sont comptés pour rien et les fripons pour tout, qu'un pays où l'argent et les femmes sont les premiers motifs des opérations, qu'un pays où l'humanité, la justice sont foulées aux pieds par le despotisme et la prévarication, où l'on ose se permettre des indignités de ce genre.

Si pourtant vos prisons, depuis que vous y faites gémir tant d'individus qui valent mieux que ceux qui les y mettent ou qui les y tiennent, si, dis-je, ces stupides incarcérations avaient produit, je ne dis pas vingt, je ne dis pas dix, mais seulement une seule conversion, je vous conseillerais de les continuer et j'imaginerais alors que c'est la faute du sujet qui ne se corrige pas en prison et non de la prison qui doit nécessairement corriger. Mais il est absolument impossible de pouvoir citer l'exemple d'un seul homme amendé dans les fers. Et le peut-il ? Peut-on devenir meilleur dans le sein de la bassesse et de l'avilissement ? Peut-on gagner quelque chose au milieu des exemples les plus contagieux de l'avarice, de la fourberie et de la cruauté ? On y dégrade son caractère, on y corrompt ses mœurs, on y devient bas, menteur, féroce, sordide, traître, méchant, sournois, parjure, comme tout ce qui vous entoure ; on y change, en un mot, toutes ses vertus contre tous les vices, et sorti de là, plein d'horreur pour les hommes, on ne s'occupe plus que de leur nuire ou de s'en venger*.

Mais ce que j'ai à vous dire demain, relativement aux lois, vous développera mieux mes systèmes sur tout ceci ; venez, jeune homme, suivez-moi ; je vous ai fait voir hier mes plus

* Heureux Français, vous l'avez senti en pulvérisant ces monuments d'horreur, ces bastilles infâmes d'où la philosophie dans les fers vous criait ceci, avant que de se douter de l'énergie qui vous ferait briser les chaînes par lesquelles sa voix était étouffée.

belles femmes, je veux vous donner aujourd'hui un échantillon du corps de troupes que j'opposerais à l'ennemi qui voudrait essayer une descente.

— Permettez, ô mon bienfaiteur, dis-je à Zamé ; avant de quitter cet entretien, je voudrais connaître l'étendue de vos arts.

— Nous bannissons tous ceux de luxe, me répondit ce philosophe ; nous ne tolérons absolument ici que l'art utile au citoyen : l'agriculture, l'habillement, l'architecture et le militaire ; voilà les seuls. J'ai proscrit [377] absolument tous les autres, excepté quelques-uns d'amusements dont j'aurai peut-être occasion de vous faire voir les effets ; ce n'est pas que je ne les aime tous, et que je ne les cultive dans mon particulier même encore quelquefois ; mais je n'y donne que mes instants de repos... Tenez, me dit-il, en ouvrant un cabinet, près de la salle où j'étais avec lui, voilà un tableau de ma composition : comment le trouvez-vous ? C'est la Calomnie traînant l'Innocence par les cheveux au tribunal de la Justice.

— Ah ! dis-je, c'est une idée d'Apelle, vous l'avez rendue d'après lui.

— Oui, me répondit Zamé, la Grèce m'a donné l'idée et la France m'a fourni le sujet*.

Sortons, mon ami, notre infanterie nous attend, je suis curieux de vous la faire voir. »

Trois mille jeunes gens armés à l'européenne, remplissaient la place publique, ils étaient séparés par pelotons ; chacune de ces divisions avait quelques officiers à leur tête.

« Voilà, me dit Zamé, mes ducs, mes barons, mes comtes, mes marquis, mes maçons, mes tisserands, mes charpentiers, mes bourgeois, et pour réunir tout cela d'un seul mot, mes bons et mes fidèles amis, prêts à défendre la patrie aux dépens de leur sang. Il y a quinze autres villes dans l'île, un peu moins grandes que la capitale, mais desquelles nous pourrions tirer un corps semblable à celui-ci, c'est donc à peu près toujours quarante-cinq mille hommes prêts à défendre nos côtes... Avançons, ce serait au port qu'il faudrait qu'ils se rendissent, s'il nous survenait quelque alarme : allons nous amuser à la leur donner nous-mêmes. »

---

* On ne peut présumer de qui l'auteur veut parler ici ; mais il ne faut chercher que dans les annales du commencement de ce siècle [378].

Il y avait toujours une légère garde aux ouvrages avancés ; nous nous rendîmes à la dernière vedette, et saisissant son drapeau d'alarme, nous l'exposâmes où il devait être pour être aperçu de la ville. En moins de six minutes, je n'exagère pas, quoiqu'il y eût un quart de lieue de la ville au port, l'infanterie que nous avions laissée sur la place fut dispersée dans tous les ouvrages et l'artillerie fut braquée.

« Pendant les efforts de ce premier élan, me dit Zamé, on allume des feux sur le sommet des montagnes qui environnent l'île et où se tiennent perpétuellement des postes relayés chaque semaine ; les milices désignées se rassemblent, elles accourent successivement, avec une telle rapidité, que les détachements de la ville la plus éloignée, celle située à trente lieues d'ici, se trouvent au rendez-vous du port en moins de quinze heures après l'alarme. Ainsi notre armée grossit à mesure que le danger croît, et si l'ennemi, après de premières tentatives qui demandent bien les quatorze ou quinze heures dont j'ai besoin pour tout réunir, si l'ennemi, dis-je, essaye une descente malgré tout ce qui doit l'en empêcher, il trouve quarante-cinq mille hommes prêts à le recevoir.

— Ces précautions vous assurent la victoire, dis-je à Zamé, les troupes placées sur nos vaisseaux de découverte [379] sont beaucoup trop faibles pour lutter contre vous et j'ose assurer que rien ne troublera jamais la tranquillité dont vous avez besoin pour achever l'heureuse civilisation de ce peuple... Nous n'avons maintenant en course que le célèbre Cook, Anglais*, grand homme de mer et qui réunit à ces talents tous ceux qui composent l'homme d'État et le négociateur.

— S'il est Anglais, je ne le crains pas, dit Zamé, cette nation, à la fois guerrière et franche, facilitera plutôt mes projets qu'elle ne cherchera à les détruire. »

Nous regagnâmes le chemin de la ville, escortés par le détachement militaire qui varia mille fois dans la route ses manœuvres et ses mouvements, et toujours avec la plus exacte précision et la légèreté la plus agréable.

Cent de ces jeunes hommes, les plus beaux et les mieux faits, furent invités à une collation chez Zamé et se livrèrent comme avaient fait les femmes, la veille, à plusieurs petits

---

* Ces lettres s'écrivaient alors, leurs dates le prouvent, et voilà ce qui fait que Zamé se trompe sur les Anglais.

jeux auxquels ils joignirent quelques combats de lutte et de pugilat, où présidèrent toujours l'adresse et les grâces.

Ce sexe est à Tamoé généralement beau et bien fait ; arrivé à sa plus grande croissance, il a rarement au-dessous de cinq pieds six pouces, quelques-uns sont beaucoup plus grands, et rarement l'élévation de leur taille nuit à la justesse et à la régularité des proportions. Leurs traits sont délicats et fins, peut-être trop même pour des hommes, leurs yeux très vifs, leur bouche un peu grande, mais très fraîche, leur peau fine et blanche, leurs cheveux superbes et presque tous du plus beau brun du monde. En général, tous leurs mouvements ont de la justesse, leur maintien est noble, fier, mais leur ton est doux et honnête.

« La nature les a bien traités dans tout », me dit Zamé, voyant que je les examinais avec l'air du contentement...

Et Sainville n'osant achever ces détails devant les dames, s'approcha de nous avec leur permission et nous dit tout bas que Zamé l'avait assuré qu'il n'était point de pays dans le monde où les proportions viriles fussent portées à un tel point de supériorité et que, par un autre caprice de la nature, les femmes étaient si peu formées pour de tels miracles, que le dieu d'hymen ne triomphait jamais sans secours [380].

« Je vous ai promis de vous parler des lois, mon ami, me dit le lendemain ce respectable ami de l'homme, allons prendre l'air sous ces peupliers d'Italie dont j'ai fait former des allées près de la ville, avec des plants rapportés d'Europe ; on cause mieux en se promenant, sous la voûte du ciel : les idées ont plus d'élévation. La rigueur des peines, poursuivit ce vieillard, est une des choses qui m'a le plus révolté dans vos gouvernements européens*.

Les Celtes justifiaient leur affreuse coutume d'immoler des victimes humaines, en disant que les dieux ne pouvaient être apaisés à moins qu'on ne rachetât la vie d'un homme par

---

* On attendait quelque chose d'humain sur cette partie de notre première législature, et elle ne nous a offert que des hommes de sang, se disputant seulement sur la manière d'égorger leurs semblables. Plus féroces que des cannibales, un d'eux a osé offrir une machine infernale pour trancher des têtes et plus vite et plus cruellement. Voilà les hommes que la nation a payés, qu'elle a admirés, qu'elle a crus [381].

celle d'un autre ; n'est-ce pas le même raisonnement qui vous fait égorger chaque jour des victimes aux pieds des autels de Thémis ? et lorsque vous punissez de mort un meurtrier, n'est-ce pas positivement, comme ces barbares, racheter la vie d'un homme par celle d'un autre ? Quand sentirez-vous donc que doubler le mal n'est pas le guérir et que dans la duplicité de ce meurtre, il n'y a rien à gagner ni pour la vertu que vous faites rougir, ni pour la nature que vous outragez.

— Mais faut-il donc laisser les crimes impunis ? dis-je à Zamé, et comment les anéantir, sans cela, dans tout gouvernement qui n'est pas constitué comme le vôtre ?

— Je ne vous dis pas qu'il faille laisser subsister les crimes, mais je prétends qu'il faut mieux constater qu'on ne le fait, ce qui véritablement trouble la société, ou ce qui n'y porte aucun préjudice ; ce dol une fois reconnu, sans doute il faut travailler à le guérir, à l'extirper de la nation, et ce n'est pas en le punissant qu'on y réussit ; jamais la loi, si elle est sage, ne doit infliger de peine que celle qui tend à la correction du coupable en le conservant à l'État. Elle est fausse dès qu'elle ne tend qu'à punir ; détestable, dès qu'elle n'a pour objet que de perdre le criminel sans l'instruire, d'effrayer l'homme sans le rendre meilleur, et de commettre une infamie égale à celle de l'infracteur, sans en retirer aucun fruit. La liberté et la vie sont les deux seuls présents que l'homme ait reçus du ciel, les deux seules faveurs qui puissent balancer tous ses maux ; or, comme il ne les doit qu'à Dieu seul, Dieu seul a le droit de les lui ravir.

À mesure que les Celtes se policèrent et que le commerce des Romains, en les assouplissant d'un côté, leur enlevait de l'autre cette âpreté de mœurs qui les rendait féroces, les victimes destinées aux dieux ne furent plus choisies ni parmi les vieillards, ni parmi les prisonniers de guerre ; on n'immola plus que des criminels, toujours dans l'absurde supposition que rien n'était plus cher que le sang de l'homme, aux autels de la divinité ; en achevant votre civilisation, le motif changea, mais vous vous conservâtes l'habitude : ce ne fut plus à des dieux altérés de sang humain, que vous sacrifiâtes des victimes, mais à des lois que vous avez qualifiées de sages, parce que vous y trouviez un motif spécieux pour vous livrer à vos anciennes coutumes, et l'apparence d'une justice qui n'était autre dans le fond que le désir de conserver des usages horribles auxquels vous ne pouviez renoncer.

Examinons un instant ce que c'est qu'une loi et l'utilité dont elle peut être dans un État.

Les hommes, dit Montesquieu, considérés dans l'état de pure nature, ne pouvaient donner d'autres idées que celles de la faiblesse fuyant devant la force des oppresseurs, sans combats et sans résistance des opprimés ; ce fut pour mettre la balance que les lois furent faites, elles devaient donc établir l'équilibre[382].

L'ont-elles fait ? Ont-elles établi cet équilibre si nécessaire ; et qu'a gagné le faible à l'érection des lois, sinon que les droits du plus fort au lieu d'appartenir à l'être à qui les assignait la nature, redevenaient l'apanage de celui qu'élevait la fortune ? Le malheureux n'a donc fait que de changer de maître, et toujours opprimé comme avant, il n'a donc gagné que de l'être avec un peu plus de formalités.

Ce ne devait plus être comme dans l'état de nature, l'homme le plus robuste qui serait le plus fort, ce devait être celui dans les mains duquel le hasard, la naissance ou l'or placeraient la balance ; et cette balance, toujours prête à pencher vers ceux de la classe de celui qui la tient, ne devait offrir au malheureux que le côté du mépris, de l'asservissement ou du glaive...

Qu'a donc gagné l'homme à cet arrangement ? Et l'état de guerre franche dans lequel il eût vécu comme sauvage, est-il de beaucoup inférieur à l'état de fourberie, de lésion, d'injustice, de vexation et d'esclavage dans lequel vit l'homme policé ?

Le plus bel attribut des lois, dit encore votre célèbre Montesquieu, est de conserver au citoyen cette espèce de liberté politique par laquelle, à l'abri des lois, un homme marche à couvert de l'insulte d'un autre ; mais gagne-t-il, cet homme, s'il ne se met à l'abri des insultes de ses égaux qu'en s'exposant à celles de ses supérieurs ? Gagne-t-il à sacrifier une partie de sa liberté pour conserver l'autre, si dans le fait il vient à les perdre toutes deux ? la première des lois est celle de la nature, c'est la seule dont l'homme ait vraiment besoin. Le malfaiteur dans l'âme duquel il ne sera pas empreint *de ne point faire aux autres ce qu'il ne voudrait pas qui lui fût fait,* sera rarement arrêté par la frayeur des lois. Pour briser dans son cœur ce premier frein naturel, il faut avoir fait des efforts infiniment plus grands que ceux qui font braver les lois. L'homme vraiment contenu par la loi de la nature, n'aura donc pas besoin d'en avoir d'autres, et s'il ne l'est point par cette première digue, la seconde ne réussira pas mieux ; voilà donc la loi peu nécessaire dans le premier cas, parfaitement inutile dans le second. Réfléchissez maintenant à la quantité de circonstances qui, de peu nécessaire ou d'inutile, peuvent la rendre extrêmement dangereuse : l'abus de la déposition des témoins, l'extrême facilité de les corrompre, l'incertitude des aveux du coupable, que la torture [383] même ne rendait que moins valides encore*, le plus ou le moins de partialité du juge, les influences de l'or ou du crédit... Multiplicité de conséquences dont je ne vous offre qu'une partie et d'où dépendent la fortune, l'honneur et la vie du citoyen... Et combien d'ailleurs la malheureuse facilité donnée au magistrat, d'interpréter la loi comme il le veut, ne rend-elle pas cette loi bien plus l'instrument de ses passions, que le frein de celles des autres ?

Telle pureté que puisse avoir cette loi, ne devient-elle pas toujours très abusive, dès qu'elle est susceptible d'interprétation par le juge ? L'objet du législateur était-il qu'on pût donner à sa loi autant de sens que peut en avoir le caprice ou la fantaisie de celui qui la presse ? ne les eût-il pas prévus s'il les eût crus possibles ou nécessaires ? Voilà donc la loi insuffisante aux uns, inutile aux autres, abusive ou dangereuse presque dans tous les cas, et vous voilà forcé de convenir que ce que l'homme a pu gagner en se mettant sous la protection de cette loi, il l'a bien perdu d'ailleurs, et par tous les dangers qu'il court en vivant sous sa protection et par tous les sacrifices qu'il fait pour l'acquérir. Mais raisonnons.

Il y a certainement peu d'hommes au monde qui, d'après

---

* Il est vrai que pour éviter l'incertitude, cette foule de scélérats absurdes qui se sont mêlés d'interpréter ce qu'ils ne comprenaient pas eux-mêmes, ont décidé que dans les délits les moins probables, les plus légères conjectures suffisent, et, continuent ces bourreaux de légistes, il est permis alors aux juges d'outrepasser la loi, c'est-à-dire que moins une chose est probable et plus il faut la croire. Peut-on ne pas voir dans des décisions de cette atrocité, que ces misérables polissons dont on devrait brûler les inepties, n'ont eu en vue que de soulager le juge aux dépens de la vie des hommes ? Et on suit encore ces infernales maximes dans ce siècle de philosophie, et tous les jours le sang coule, en vertu de ce précepte dangereux !

l'état actuel des choses, soient exposés dans une de nos villes policées plus de deux ou trois fois dans sa vie à l'infraction des lois. Qu'il vive dans une nation incivilisée, il s'y trouvera peut-être exposé, dans le cours de cette même vie, vingt ou trente fois au plus ; voilà donc vingt ou trente fois, et dans le pire état, qu'il regrettera de n'être pas sous la protection des lois... Que ce même homme descende un moment au fond de son cœur et qu'il se demande combien de fois dans sa vie ces mêmes lois ont cruellement gêné ses passions, et l'ont par conséquent rendu fort malheureux ; il verra, au bout d'un compte bien exact du bonheur qu'il doit à ces lois et du malheur qu'il a ressenti de leur joug, s'il ne s'avouera pas qu'il eût mille fois mieux aimé n'être pas accablé de leur poids, que de supporter la rigueur de ce poids, pour perdre autant et gagner si peu.

Ne m'accusez pas de ne choisir que des gens mal nés pour établir mon calcul, je le donne au plus honnête des hommes, et ne demande de lui que de la franchise. Si donc la loi vexe plus le citoyen qu'elle ne lui sert, si elle le rend dix, douze, quinze fois plus malheureux qu'elle ne le défend ou ne le protège, elle est donc, non seulement abusive, inutile et dangereuse, comme je viens de le prouver tout à l'heure, mais elle est même tyrannique et odieuse ; et cela posé, il vaudrait mieux, vous me l'avouerez, consentir un peu de mal qui peut résulter du renversement d'une partie de ces lois, que d'acheter au prix du bonheur de sa vie le peu de tranquillité qui résulte d'elles*.

Mais de toutes ces lois, la plus affreuse sans doute est celle qui condamne à la mort un homme qui n'a fait que céder à des inspirations plus fortes que lui [385]. Sans examiner ici s'il est vrai que l'homme ait le droit de mort sur ses semblables, sans m'attacher à vous faire voir qu'il est impossible qu'il ait jamais reçu ce droit ni de Dieu, ni de la nature, ni de la première assemblée où les lois s'érigèrent et dans laquelle il consentit à sacrifier une portion de sa liberté pour conserver l'autre ; sans entrer, dis-je, dans tous ces détails déjà présentés par tant de bons esprits, de manière à convaincre de l'injustice

* « Pourquoi voit-on le peuple si souvent impatient du joug des lois ? C'est que la rigueur est toute du côté des lois qui le gênent, la mollesse et la négligence du côté des lois qui le favorisent et qui devraient le protéger. » *(Bélisaire.)* [384]

et de l'atrocité de cette loi, examinons simplement ici quel effet elle a produit sur les hommes depuis qu'ils s'y sont assujettis.

Calculons d'une part toutes les victimes innocentes sacrifiées par cette loi, et de l'autre toutes les victimes égorgées par la main du crime et de la scélératesse. Confrontons ensuite le nombre des malheureux vraiment coupables qui ont péri sur l'échafaud, à celui des citoyens véritablement contenus par l'exemple des criminels condamnés. Si je trouve beaucoup plus de victimes du scélérat, que d'innocents sacrifiés par le glaive de Thémis, et d'autre part, que pour cent ou deux cent mille criminels justement immolés, je trouve des millions d'hommes contenus, la loi sera sans doute tolérable. Mais si je découvre au contraire, comme cela n'est que trop démontré, beaucoup plus de victimes innocentes chez Thémis, que de meurtres chez les scélérats, et que des millions d'êtres même justement suppliciés, n'aient pu arrêter un seul crime, la loi sera, non seulement inutile, abusive, dangereuse et gênante, ainsi qu'il vient d'être démontré, mais elle sera absurde et criante et ne pourra passer, tant qu'elle punira afflictivement, que pour un genre de scélératesse qui n'aura de plus que l'autre pour être autorisé, que l'usage, l'habitude et la force, toutes raisons qui ne sont ni naturelles, ni légitimes, ni meilleures que celles de Cartouche.

Quel sera donc alors le fruit que l'homme aura recueilli du sacrifice volontaire d'une portion de sa liberté, et que reviendra-t-il au plus faible d'avoir encore amoindri ses droits, dans l'espoir de contrebalancer ceux du plus fort, sinon de s'être donné des entraves et un maître de plus ? puisqu'il a toujours contre lui le plus fort comme il l'avait auparavant, et encore le juge qui prend communément le parti du plus fort et pour son intérêt personnel et par ce penchant secret et invincible qui nous ramène sans cesse vers nos égaux. Le pacte fait par le plus faible dans l'origine des sociétés, cette convention par laquelle, effrayé du pouvoir du plus fort, il consentit à se lier et à renoncer à une portion de sa liberté, pour en jouir en paix de l'autre, fut donc bien plutôt l'anéantissement total des deux portions de sa liberté, que la conservation de l'une des deux, ou pour mieux dire, un piège de plus dans lequel le plus fort eut l'art, en lui cédant, d'entraîner le plus faible [386].

C'était par une entière égalité des fortunes et des conditions, qu'il fallait énerver la puissance du plus fort, et non par de vaines lois qui ne sont, comme le disait Solon, que des *toiles d'araignées où les moucherons périssent et desquelles les guêpes trouvent toujours le moyen de s'échapper.*

Eh ! que d'injustices d'ailleurs, que de contradictions dans vos lois européennes ? Elles punissent une infinité de crimes qui n'ont aucune sorte de conséquence, qui n'outragent en rien le bonheur de la société ; tandis que, d'autre part, elles sont sans vigueur sur des forfaits réels et dont les suites sont infiniment dangereuses, tels que l'avarice, la dureté d'âme, le refus de soulager les malheureux, la calomnie, la gourmandise et la paresse, contre lesquelles les lois ne disent mot, quoiqu'ils soient des branches intarissables de crimes et de malheurs.

Ne m'avouerez-vous pas que cette disproportion, que cette cruelle indulgence de la loi sur certains objets et sa farouche sévérité sur d'autres, rendent bien douteuse la justice des cas sur lesquels elles prononcent et sa nécessité bien incertaine ?

L'homme déjà si malheureux par lui-même, déjà si accablé de tous les maux que lui préparent sa faiblesse et sa sensibilité, ne mérite-t-il pas un peu d'indulgence de ses semblables ? Ne mérite-t-il pas que ceux-ci ne le surchargent point encore du joug de tant de liens ridicules, presque tous inutiles et contraires à la nature ?

Il me semble qu'avant d'interdire à l'homme ce que l'on qualifie gratuitement de crimes, il faudrait bien examiner avant si cette chose, quelle qu'elle soit, ne peut pas s'accorder avec les règles nécessaires au véritable maintien de la société ; car s'il est démontré que cette chose n'y fait pas de mal, ou que ce mal est presque insensible, la société plus nombreuse, ayant plus de force que l'homme seul, et pouvant mieux souffrir ce mal que l'homme ne supporterait la privation du léger délit qui le charme, doit sans doute tolérer ce petit mal, plutôt que de le punir.

Qu'un législateur philosophe, guidé par cette sage maxime, fasse passer en revue devant lui tous les crimes contre lesquels vos lois prononcent ; qu'il les approfondisse tous et les toise, s'il est permis d'employer cette expression, au véritable bonheur de la société, quel retranchement ne fera-t-il pas ?

Solon disait qu'il tempérait ses lois et les accommodait si bien aux intérêts de ses concitoyens, qu'ils connaîtraient évidemment qu'il leur serait plus avantageux de les observer que de les enfreindre. Et en effet, les hommes ne transgressent ordinairement que ce qui leur nuit ; des lois assez sages, assez douces pour s'accorder avec la nature, ne seraient jamais violées.

Et pourquoi donc les croire impossibles ? — Examinez les miennes et le peuple pour qui je les ai faites, et vous verrez si elles sont ou non puisées dans la nature.

La meilleure de toutes les lois, devant être celle qui se transgressera le moins, sera donc évidemment celle qui s'accordera le mieux à nos passions et au génie du climat sous lequel nous sommes nés. Une loi est un frein : or la meilleure qualité du frein est de ne pouvoir se rompre. Ce n'est pas la multiplicité des lois qui constitue la force du frein, c'est l'espèce.

Vous avez cru rendre vos peuples heureux en augmentant la somme des lois, tandis qu'il ne s'agissait que de diminuer celle des crimes. Et savez-vous qui les multiplie, ces crimes ?... C'est l'informe constitution de votre gouvernement, d'où ils naissent en foule, d'où il n'est pas possible qu'ils ne fourmillent... et plus que tout, la ridicule importance que des sots ont attachée aux petites choses.

Vous avez commencé, dans les gouvernements soumis à la morale chrétienne, par ériger en délits capitaux tout ce que condamnait cette doctrine ; insensiblement vous avez fait des crimes de vos péchés ; vous vous êtes crus en droit d'imiter la foudre que vous prêtiez à la justice divine, et vous avez pendu, roué effectivement, parce que vous vous imaginiez faussement que Dieu brûlait, noyait et punissait ces mêmes travers, chimériques au fond, et dont l'immensité de sa grandeur était bien loin de s'occuper. Presque toutes les lois de saint Louis [387] ne sont fondées que sur ces sophismes*.

---

* C'est une chose vraiment singulière que l'extravagante manie qui a fait louer par plusieurs écrivains, depuis quelque temps, ce roi cruel et imbécile, dont toutes les démarches sont fausses, ridicules ou barbares ; qu'on lise avec attention l'histoire de son règne et l'on verra si ce n'est pas avec justice que l'on peut affirmer que la France eut peu de souverains plus faits pour le mépris et l'indignation, quels que soient les efforts du marguillier Darnaud [388] pour faire révérer à ses compatriotes un fou, un fanatique qui, non content de faire des lois absurdes et intolérantes, abandonne le soin de diriger ses États pour aller conquérir sur les Turcs, au prix du sang de ses sujets, un tombeau qu'il faudrait se presser de faire abattre s'il était malheureusement dans notre pays.

On le sait, et l'on n'en revient pas, parce qu'il est bien plus tôt fait de pendre ou de rouer des hommes, que d'étudier pourquoi on les condamne ; l'un laisse en paix le suppôt de Thémis souper chez sa Phrynée ou son Antinoüs [389], l'autre le forcerait à passer dans l'étude des moments si chers au plaisir ; et ne vaut-il pas mieux pendre ou rouer, pour son compte, une douzaine de malheureux dans sa vie, que de donner trois mois à son métier ? Voilà comme vous avez multiplié les fers de vos concitoyens, sans vous occuper jamais de ce qui pouvait les alléger, sans même réfléchir qu'ils pouvaient vivre exempts de toutes ces chaînes et qu'il n'y avait que de la barbarie à les en charger.

L'univers entier se conduirait par une seule loi, si cette loi était bonne. Plus vous inclinez les branches d'un arbre, plus vous donnez de facilité pour en dérober les fruits ; tenez-les droites et élevées, qu'il n'y ait plus qu'un seul moyen de les atteindre, vous diminuez le nombre des ravisseurs. Établissez l'égalité des fortunes et des conditions, qu'il n'y ait d'unique propriétaire que l'État, qu'il donne à vie à chaque sujet tout ce qu'il lui faut pour être heureux, et tous les crimes dangereux disparaîtront ; la constitution de Tamoé vous le prouve. Or, il n'est rien de petit qui ne puisse s'exécuter en grand. Supprimez, en un mot, la quantité de vos lois, et vous amoindrirez nécessairement celle de vos crimes. N'ayez qu'une loi, il n'y aura plus qu'un seul crime ; que cette loi soit dans la nature, qu'elle soit celle de la nature, vous aurez fort peu de criminels. Regarde maintenant, jeune homme, considère avec moi lequel vaut mieux, ou de chercher le moyen de punir beaucoup de crimes, ou de trouver celui de n'en faire naître aucun.

— Zamé, dis-je au monarque, cette seule et respectable loi, dont vous parlez, s'outrage à tout instant ; il n'y a pas de jour où, sur la surface de la terre, un être injuste ne fasse à son semblable ce qu'il serait bien fâché d'en souffrir.

— Oui, me répondit le vieillard, parce qu'on laisse subsister l'intérêt que l'infracteur a de manquer à la loi ; anéantissez cet intérêt, vous lui enlevez les moyens d'enfreindre ; voilà la grande opération du législateur, voilà celle où je crois avoir réussi. Tant que Paul aura intérêt de voler Pierre, parce qu'il est moins riche que ce Pierre, quoiqu'il enfreigne la loi de la nature en faisant une chose qu'il serait fâché que l'on lui fît, assurément il la fera ; mais si je rends, par mon système d'égalité, Paul aussi riche que Pierre, n'ayant plus d'intérêt à le voler, Pierre ne sera plus troublé dans sa possession, ou il le sera sans doute beaucoup moins : ainsi du reste.

— Il est, continuai-je d'objecter à Zamé, une sorte de perversité dans certains cœurs, qui ne se corrige point ; beaucoup de gens font le mal sans intérêt : il est reconnu aujourd'hui qu'il y a des hommes qui ne s'y livrent que par le seul charme de l'infraction. Tibère, Héliogabale et Andronic [390] se souillèrent d'atrocités dont il ne leur revenait que le barbare plaisir de les commettre.

— Ceci est un autre ordre de choses, dit Zamé ; aucune loi ne contiendra les gens dont vous parlez, il faut même bien se garder d'en faire contre eux. Plus vous leur offrez de digues, plus vous leur préparez de plaisir à les rompre ; c'est, comme vous dites, l'infraction seule qui les amuse ; peut-être ne se plongeraient-ils pas dans cette espèce de mal, s'ils ne le croyaient défendu.

— Quelle loi les retiendra donc ?

— Voyez cet arbre, poursuivit Zamé, en m'en montrant un dont le tronc était plein de nœuds ; croyez-vous qu'aucun effort puisse jamais redresser cette plante ?

— Non.

— Il faut donc la laisser comme elle est ; elle fait nombre et donne de l'ombrage ; usons-en et ne la regardons pas. Les gens dont vous me parlez sont rares. Ils ne m'inquiètent point ; j'emploierais le sentiment, la délicatesse et l'honneur avec eux, ces freins seraient plus sûrs que ceux de la loi. J'essaierais encore de faire changer leur habitude de motifs, l'un ou l'autre de ces moyens réussirait : croyez-moi mon ami, j'ai trop étudié les hommes pour ne pas vous répondre qu'il n'est aucune sorte d'erreurs que je ne détourne ou n'anéantisse, sans jamais employer de punitions corporelles. Ce qui gêne ou moleste le physique n'est fait que pour les animaux ; l'homme, ayant la raison au-dessus d'eux, ne doit être conduit que par elle et ce puissant ressort mène à tout, il ne s'agit que de savoir le manier*.

---

* « Il serait à souhaiter, dit quelque part un homme de génie, que les lois eussent plus de simplicité, qu'elles pussent parler au cœur, que, liées davantage à la morale, elles eussent de la douceur et de l'onction ; que leur objet, en un mot, fût de nous rendre meilleurs, sans employer la crainte, et par le seul

Encore une fois, mon ami, poursuivit Zamé, ce n'est que du bonheur général qu'il faut que le législateur s'occupe, tel doit être son unique objet ; s'il simplifie ses idées, ou qu'il les rapetisse en ne pensant qu'au particulier, il ne le fera qu'aux dépens de la chose principale, qu'il ne doit jamais perdre de vue, et il tombera dans le défaut de ses prédécesseurs.

Admettons un instant un État composé de quatre mille sujets, plus ou moins : il ne s'agit que d'un exemple ; nommons-en la moitié les blancs, l'autre moitié les noirs ; supposons à présent que les blancs placent injustement leur félicité dans une sorte d'oppression imposée aux noirs. Que fera le législateur ordinaire ? Il punira les blancs, afin de délivrer les noirs de l'oppression qu'ils endurent, et vous le verrez revenir de cette opération, se croyant plus grand qu'un Lycurgue. Il n'aura pourtant fait qu'une sottise : qu'importe au bien général que ce soient les noirs plutôt que les blancs qui soient heureux ? Avant la punition que vient d'imposer cet imbécile, les blancs étaient les plus heureux ; depuis sa punition, ce sont les noirs ; son opération se réduit donc à rien, puisqu'il laisse les choses comme elles étaient auparavant.

Ce qu'il faut qu'il fasse et ce qu'il n'a certainement point fait, c'est de rendre les uns et les autres également heureux, et non pas les uns aux dépens des autres ; or, pour y réussir, il faut qu'il approfondisse d'abord l'espèce d'oppression dont les blancs font leur félicité et si, dans cette oppression qu'ils se plaisent à exercer, il n'y a pas, ainsi que cela arrive souvent, beaucoup de choses qui ne tiennent qu'à l'opinion, afin, si cela est, de conserver aux blancs le plus que faire se pourra, de la chose qui les rend heureux ; ensuite il fera comprendre aux noirs tout ce qu'il aura observé de chimérique dans l'oppression dont ils se plaignent ; puis il conviendra avec eux de l'espèce de dédommagement qui pourrait leur rendre une partie du bonheur que leur enlève l'oppression des blancs,

---

charme attaché à l'amour de l'ordre et du bien public ; tel est l'esprit dans lequel il faudrait que toutes les lois fussent composées, et alors, ce ne serait plus un despote, un juge sévère qui ordonnerait, ce serait un père tendre qui représenterait : et combien les lois envisagées sous cet aspect auraient-elles moins à punir ? Le précepte aurait tout l'intérêt du sentiment. »

Croirait-on que le même homme, qui parle ainsi, soit le panégyriste de saint Louis, c'est-à-dire du Dagon[391] de la France, de celui qui a rempli le code du royaume d'un fatras d'inepties et de cruautés.

afin de conserver l'équilibre, puisque l'union ne peut avoir lieu ; de là, il soumettra les blancs au dédommagement demandé par les noirs et ne permettra dorénavant aux premiers cette oppression sur les seconds, qu'en l'acquittant par le dédommagement demandé ; voilà, dès lors, les quatre mille sujets heureux, puisque les blancs le sont par l'oppression où ils réduisent les noirs et que ceux-là le deviennent par le dédommagement accordé à leur oppression ; voilà donc, dis-je, tout le monde heureux et personne de puni ; voilà une sorte de malfaiteurs, une sorte de victimes aux malfaiteurs, et néanmoins tout le monde content.

Si quelqu'un manque maintenant à la loi, la punition doit être égale ; c'est-à-dire que le noir doit être puni, si pour le dédommagement demandé et qu'on lui donne, il ne souffre pas l'oppression du blanc, et celui-ci également puni, s'il n'accorde pas le dédommagement qui doit équivaloir à l'oppression dont il jouit ; mais cette punition, dont la nécessité ne se présentera pas deux fois par siècle, n'est plus enjointe alors au particulier pour avoir grevé le particulier ; ce qui est odieux. Il n'y a pas de justice à établir qu'il faille qu'un individu soit plus heureux que l'autre, mais la peine est alors portée contre l'infracteur de la loi qui établissait l'équilibre, et de ce moment elle est juste.

Il est parfaitement égal, en un mot, qu'un membre de la société soit plus heureux qu'un autre ; ce qui est essentiel au bonheur général, c'est que tous deux soient aussi heureux qu'ils peuvent l'être ; ainsi, le législateur ne doit pas punir l'un, de ce qu'il cherche à se rendre heureux aux dépens de l'autre, parce que l'homme, en cela, ne fait que suivre l'intention de la nature ; mais il doit examiner si l'un de ces hommes ne sera pas également heureux, en cédant une légère portion de sa félicité à celui qui est tout à fait à plaindre ; et si cela est, le législateur doit établir l'égalité autant qu'il est possible, et condamner le plus heureux à remettre l'autre dans une situation moins triste que celle qui l'a forcé au crime.

Mais continuons le tableau des injustices de vos lois : un homme, je le suppose, en maltraite un autre, puis convient avec le lésé d'un dédommagement ; voilà l'égalité : l'un a les coups, l'autre a de moins l'argent qu'il a donné pour avoir appliqué les coups ; les choses sont égales, chacun doit être content ; cependant tout n'est pas fini : on n'intente pas moins un procès à l'agresseur, et quoiqu'il n'ait plus aucune espèce de tort, quoiqu'il ait satisfait au seul qu'il ait eu et qu'il l'ait satisfait au gré de l'offensé, on ne l'en poursuit pas moins sous le scandaleux et vain prétexte d'une réparation à la justice. N'est-ce donc pas une cruauté inouïe ! Cet homme n'a fait qu'une faute, il ne doit qu'une réparation : ce que doit faire la justice, c'est d'avoir l'œil à ce qu'il y satisfasse ; dès qu'il l'a fait, les juges n'ont rien à voir ; ce qu'ils disent, ce qu'ils font de plus, n'est qu'une vexation atroce sur le citoyen, aux dépens de qui ils s'engraissent impunément et contre laquelle la nation entière doit se révolter*.

Tous les autres délits s'expliqueraient par les mêmes principes et peuvent être soumis tous au même examen, de quelque nature qu'ils soient ; le meurtre même, le plus affreux de tous les crimes, celui qui rend l'homme plus féroce et plus dangereux que les bêtes, le meurtre s'est racheté chez tous les peuples de la terre et se rachète encore dans les trois quarts de l'univers, pour une somme proportionnée à la qualité du mort** ; les nations sages n'imaginaient pas devoir imposer d'autre peine que celle qui peut être utile ; elles rejetaient ce qui double le mal sans l'arrêter, et surtout sans le réparer.

Ayant soigneusement anéanti tout ce qui peut conduire au meurtre, poursuivit Zamé, j'ai bien peu d'exemples de ce forfait monstrueux dans mon île ; la punition où je le soumets est simple ; elle remplit l'objet en séquestrant le coupable de la société, et n'a rien de contraire à la nature ; le signalement du criminel est envoyé dans toutes les villes, avec défense exacte de l'y recevoir ; je lui donne une pirogue où sont placés des vivres pour un mois ; il y monte seul, en recevant l'ordre de s'éloigner et de ne jamais aborder dans l'île sous peine de

---

* De toutes les injustices des suppôts de Thémis, celle-là est une des plus criantes sans doute : « Un tribunal qui commet des injustices, disait le feu roi de Prusse dans sa sentence portée contre les juges prévaricateurs du meunier Arnold, est plus dangereux qu'une bande de voleurs ; l'un peut se mettre en défense contre ceux-ci ; mais personne ne saurait se garantir de coquins qui emploient le manteau de la justice pour lâcher la bride à leurs mauvaises passions ; ils sont plus méchants que les brigands les plus infâmes qui soient au monde et méritent une double punition [392]. »

** Les lois des Francs et des Germains taxent le meurtre à raison de la victime : on tuait un serf pour trente livres tournois, un évêque pour 400 ; l'individu qui coûtait le moins était une fille publique, tant à cause de l'abjection, que de l'inutilité de son état.

mort ; il devient ce qu'il peut, j'en ai délivré ma patrie et n'ai pas sa mort à me reprocher ; c'est le seul crime qui soit puni de cette manière : tout ce qui est au-dessous ne vaut pas le sang d'un citoyen et je me garde bien de le répandre en dédommagement ; j'aime mieux corriger que punir : l'un conserve l'homme et l'améliore, l'autre le perd sans lui être utile ; je vous ai dit mes moyens, ils réussissent presque toujours : l'amour-propre est le sentiment le plus actif dans l'homme ; on gagne tout en l'intéressant.

Un des ressorts de ce sentiment, que j'ose me flatter d'avoir remué le plus adroitement, est celui qui tend à émouvoir le cœur de l'homme par la juste compensation des vices et des vertus ; n'est-il pas affreux que, dans votre Europe, un homme qui a fait douze ou quinze belles actions, doive perdre la vie quand il a eu le malheur d'en faire une mauvaise, infiniment moins dangereuse souvent que n'ont été bonnes celles dont vous ne lui tenez aucun compte ? Ici, toutes les belles actions du citoyen sont récompensées : s'il a le malheur de devenir faible une fois en sa vie, on examine impartialement le mal et le bien, on les pèse avec équité, et si le bien l'emporte, il est absous.

Croyez-le, la louange est douce, la récompense est flatteuse ; tant que vous ne vous servirez pas d'elles pour mitiger les peines énormes qu'imposent vos lois, vous ne réussirez jamais à conduire comme il faut le citoyen, et vous ne ferez que des injustices.

Une autre atrocité de vos usages, est de poursuivre le criminel anciennement condamné pour une mauvaise action, quoiqu'il se soit corrigé, quoiqu'il ait mené depuis longtemps une vie régulière ; cela est d'autant plus infâme, qu'alors le bien l'emporte sur le mal, que cela est très rare et que vous découragez totalement l'homme en lui apprenant que le repentir est inutile.

On me raconta dans mes voyages l'action d'un juge de votre patrie, dont j'ai longtemps frémi. Il fit, m'assura-t-on, enlever le coupable qu'il avait condamné, quinze ans après le jugement. Ce malheureux, trouvé dans son asile, était devenu un saint ; le juge barbare ne le fit pas moins traîner au supplice... et je me dis que ce juge était un scélérat qui aurait mérité une mort trois fois plus douloureuse que cette victime infortunée. Je me dis, que si le hasard le faisait prospérer, la

Providence le culbuterait bientôt, et ce que je m'étais dit devint une prophétie : cet homme a été l'horreur et l'exécration des Français ; trop heureux d'avoir conservé la vie qu'il avait cent fois mérité de perdre par une multitude de prévarications et d'autres horreurs aisées à présumer d'un monstre capable de celle que je cite, et dont la plus éclatante était d'avoir trahi l'État*.

Ô bon jeune homme ! continua Zamé, la science du législateur n'est pas de mettre un frein au vice ; car il ne fait alors que donner plus d'ardeur au désir qu'on a de le rompre ; si ce législateur est sage, il ne doit s'occuper, au contraire, qu'à en aplanir la route, qu'à la dégager de ses entraves, puisqu'il n'est malheureusement que trop vrai qu'elles seules composent une grande partie des charmes que l'homme trouve dans cette carrière ; privé de cet attrait, il finit par s'en dégoûter ; qu'on sème dans le même esprit quelques épines dans les sentiers de la vertu, l'homme finira par la préférer, par s'y porter naturellement, rien qu'en raison des difficultés dont on aurait eu l'art de la couvrir ; et voilà ce que sentirent si bien les adroits législateurs de la Grèce : ils firent tourner au bonheur de leurs concitoyens les vices qu'ils trouvèrent établis chez eux, l'attrait disparut avec la chaîne et les Grecs devinrent vertueux seulement à cause de la peine qu'ils trouvèrent à l'être et des facilités que leur offrait le vice. L'art ne consiste donc qu'à bien connaître ses concitoyens et qu'à savoir profiter de leur faiblesse ; on les mène alors où l'on veut ; si la religion s'y oppose, le législateur doit en rompre le frein sans balancer : une religion n'est bonne qu'autant qu'elle s'accorde avec les lois, qu'autant qu'elle s'unie à elles pour composer le bonheur de l'homme. Si, pour parvenir à ce but, on se trouve forcé de changer les lois, et

* Zamé pèche ici contre l'ordre du temps ; nous sommes nécessairement obligés d'en prévenir nos lecteurs ; il ne peut parler que des événements du commencement de ce siècle, et ceci est (c'est-à-dire la retraite de l'homme) de 1778 à 1780. Peut-être exigerait-on de nous de le nommer ; mais qui ne nous devine ? Et dès qu'on parle d'un scélérat, qui ne voit aussitôt qu'il ne peut s'agir que de Sartine ? C'est à lui qu'est bien sûrement arrivée l'exécrable histoire que nous raconte ici Zamé. (*Note ajoutée*) [393]

que la religion ne s'allie plus aux nouvelles, il faut rejeter cette religion*.

La religion, en politique, n'est qu'un double emploi, elle n'est que l'étai de la législation ; elle doit lui céder incontestablement dans tous les cas. Lycurgue et Solon faisaient parler les oracles à leur gré, et toujours à l'appui de leurs lois, aussi furent-elles longtemps respectées... N'osant pas faire parler les dieux, mon ami, je les ai fait taire ; je ne leur ai accordé d'autre culte que celui qui pouvait s'adapter à des lois faites pour le bonheur de ce peuple. J'ai osé croire inutile ou impie celui qui ne s'allierait pas au code qui devait constituer sa félicité.

Bien éloigné de calquer mes lois sur les maximes erronées de la plupart des religions reçues, bien éloigné d'ériger en crimes les faiblesses de l'homme, si ridiculement menacées par les cultes barbares, j'ai cru que s'il existait réellement un Dieu, il était impossible qu'il punît ses créatures des défauts placés par sa main même ; que pour composer un code raisonnable, je devais me régler sur sa justice et sur sa tolérance ; que l'athéisme le plus décidé devenait mille fois préférable à l'admission d'un Dieu, dont le culte s'opposerait au bonheur de l'humanité, et qu'il y avait moins de danger à ne point croire à l'existence de ce Dieu, que d'en supposer un, ennemi de l'homme.

Mais une considération plus essentielle au législateur, une idée qu'il ne doit jamais perdre de vue en faisant ses lois, c'est le malheureux état des liens dans lequel est né l'homme. Avec quelle douceur ne doit-on pas corriger celui qui n'est pas libre, celui qui n'a fait le mal que parce qu'il lui devenait impossible de ne le pas faire ! Si toutes nos actions sont une suite nécessaire de la première impulsion, si toutes dépendent de la construction de nos organes, du cours des liqueurs, du plus ou moins de ressort des esprits animaux, de l'air que nous respirons, des aliments qui nous sustentent ; si toutes sont tellement liées au physique, que nous n'ayons pas même

---

* Français, pénétrez-vous de cette grande vérité ; sentez donc que votre culte catholique plein de ridicules et d'absurdités, que ce culte atroce, dont vos ennemis profitent avec tant d'art contre vous, ne peut être celui d'un peuple libre ; non, jamais les adorateurs d'un esclave crucifié n'atteindront aux vertus de Brutus[394]. (*Note ajoutée.*)

la possibilité du choix, la loi même la plus douce ne deviendra-t-elle pas tyrannique ? Et le législateur, s'il est juste, devra-t-il faire autre chose que redresser l'infracteur ou l'éloigner de la société ? Quelle injustice y aurait-il à le punir, dès que ce malheureux a été entraîné malgré lui ? N'est-il pas barbare, n'est-il pas atroce de punir un homme d'un mal qu'il ne pouvait absolument éviter ?

Supposons un œuf placé sur un billard et deux billes lancées par un aveugle : l'une dans sa course évite l'œuf, l'autre le casse ; est-ce la faute de l'aveugle qui a lancé la bille destructive de l'œuf ? L'aveugle est la nature, l'homme est la bille, l'œuf cassé le crime commis. Regarde à présent, mon ami, de quelle équité sont les lois de ton Europe et quelle attention doit avoir le législateur qui prétendra les réformer.

N'en doutons point, l'origine de nos passions, et par conséquent la cause de tous nos travers, dépendent uniquement de notre constitution physique, et la différence entre l'honnête homme et le scélérat se démontrerait par l'anatomie, si cette science était ce qu'elle doit être ; des organes plus ou moins délicats, des fibres plus ou moins sensibles, plus ou moins d'âcreté dans le fluide nerveux, des causes extérieures de tel ou tel genre, un régime de vie plus ou moins irritant : voilà ce qui nous ballotte sans cesse entre le vice et la vertu, comme un vaisseau sur les flots de la mer, tantôt évitant les écueils, tantôt échouant sur eux, faute de force pour s'en écarter. Nous sommes comme ces instruments qui, formés dans une telle proportion, doivent rendre un son agréable ou discord, contournés dans des proportions différentes, il n'y a rien de nous, rien à nous, tout est à la nature, et nous ne sommes jamais dans ses mains que l'aveugle instrument de ses caprices.

Dans cette différence si légère, eu égard au fond, si peu dépendante de nous et qui pourtant, d'après l'opinion reçue, fait éprouver à l'homme de si grands biens ou de si grands maux, ne serait-il pas plus sage d'en revenir à l'opinion des philosophes de la secte d'Aristippe [395] qui soutenait que celui qui a commis une faute, quelque grave qu'elle puisse être, est digne de pardon, parce que quiconque fait mal, ne l'a pas fait volontairement, mais y est forcé par la violence de ses passions ; et que dans tel cas on ne doit haïr ni punir ; qu'il faut se borner à instruire et à corriger doucement.

Un de vos philosophes [396] a dit : *Cela ne suffit pas, il faut des lois, elles sont nécessaires, si elles ne sont pas justes* ; et il n'a avancé qu'un sophisme ; ce qui n'est pas juste n'est nullement nécessaire, il n'y a de vraiment nécessaire que ce qui est juste ; d'ailleurs, l'essence de la loi est d'être juste ; toute loi qui n'est que nécessaire, sans être juste, ne devient qu'une tyrannie.

— Mais il faut bien, ô respectable vieillard, pris-je la liberté de dire, il faut bien cependant retrancher les criminels dès qu'ils sont reconnus dangereux !

— Soit, répondit Zamé, mais il ne faut pas les punir, parce qu'on ne doit être puni qu'autant que l'on a été coupable, pouvant s'empêcher de le devenir, et que les criminels, nécessairement enchaînés par des lois supérieures de la nature, ont été coupables malgré eux. Retranchez-les donc en les bannissant, ou rendez-les meilleurs en les contraignant d'être utiles à ceux qu'ils ont offensés. Mais ne les jetez pas inhumainement dans ces cloaques empestés, où tout ce qui les entoure est si gangrené, qu'il devient incertain de savoir lequel achèvera de les corrompre plus vite, ou des exemples affreux reçus par ceux qui les dirigent, ou de l'endurcissement et de l'impénitence finale dont leurs malheureux compagnons leur offrent le tableau... Tuez-les encore moins, parce que le sang ne répare rien, parce qu'au lieu d'un crime commis en voilà tout d'un coup deux, et qu'il est impossible que ce qui offense la nature puisse jamais lui servir de réparation [397].

Si vous faites tant que d'appesantir sur le citoyen quelque chaîne avec le projet de le laisser dans la société, évitez bien que cette chaîne puisse le flétrir : en dégradant l'homme, vous aigrissez son esprit, vous avilissez son caractère ; le mépris est d'un poids si cruel à l'homme, qu'il lui est arrivé mille fois de devenir violateur de la loi pour se venger d'en avoir été la victime ; et tel n'est souvent conduit à l'échafaud que par le désespoir d'une première injustice*.

Mais, mon ami, poursuivit ce grand homme en me serrant les mains, que de préjugés à vaincre pour arriver là ! que d'opinions chimériques à détruire ! que de systèmes absurdes à rejeter ! que de philosophie à répandre sur les principes

---

* « Ô vous qui punissez, dit un homme d'esprit, prenez garde de ne pas réduire l'amour-propre au désespoir en l'humiliant, car autrement vous briserez le grand ressort des vertus, au lieu de le tendre [398]. »

de l'administration !... Regarder comme tout simple une immensité de choses que vous êtes depuis si longtemps en possession de voir comme des crimes, quel travail.

Ô toi, qui tiens dans tes mains le sort de tes compatriotes, magistrat, prince, législateur, qui que tu sois enfin, n'use de l'autorité que te donne la loi, que pour en adoucir la rigueur ; songe que c'est par la patience que l'agriculteur vient à bout d'améliorer un fruit sauvage ; songe que la nature n'a rien fait d'inutile, et qu'il n'y a pas un seul homme sur la terre qui ne soit bon à quelque chose. La sévérité n'est que l'abus de la loi ; c'est mépriser l'espèce humaine que de ne pas regarder l'honneur comme le seul frein qui doive la conduire et la honte comme le seul châtiment qu'elle doive craindre [399]. Vos malheureuses lois, informes et barbares, ne servent qu'à punir et non à corriger ; elles détruisent et ne créent rien ; elles révoltent et ne ramènent point : or, n'espérez jamais avoir fait le moindre progrès dans la science de connaître et de conduire l'homme, qu'après la découverte des moyens qui le corrigeront sans le détruire, et qui le rendront meilleur sans le dégrader.

Le plus sûr est d'agir comme vous voyez que je l'ai fait ; opposez-vous à ce que le crime puisse naître, et vous n'aurez pas de lois... Cessez de punir, autrement que par le ridicule, une foule d'écarts qui n'offensent en rien la société, et vos lois seront superflues.

« *Les lois,* dit encore quelque part votre Montesquieu [400], *sont un mauvais moyen pour changer les manières, les usages, et pour réprimer les passions : c'est par les exemples et par les récompenses qu'il faut tâcher d'y parvenir.* » J'ajoute aux idées de ce grand homme, que la véritable façon de ramener à la vertu est d'en faire sentir tout le charme et surtout la nécessité ; il ne faut pas se contenter de crier aux hommes, que la vertu est belle, il faut savoir le leur prouver ; il faut faire naître à leurs yeux des exemples qui les convainquent de ce qu'ils perdent en ne la pratiquant pas. Si vous voulez qu'on respecte les liens de la société, faites-en sentir et la valeur et la puissance ; mais n'imaginez pas réussir en les brisant. Que ces réflexions doivent rendre circonspects sur le choix des punitions que l'on impose à celui qui s'est rendu coupable envers cette société ! vos lois, au lieu de l'y ramener, l'en éloignent ou lui arrachent la vie, point de milieu... Quelle intolérante et grossière bêtise ! qu'il serait temps de la détruire ! qu'il serait temps de la détester !

Homme vil et méprisable, être abhorré de ton espèce, toi qui n'es né que pour lui servir de bourreau, homme effroyable, enfin, qui prétends que des chaînes ou des gibets sont des arguments sans réplique ; toi qui ressembles à cet insensé, brûlant sa maison en décadence au lieu de la réparer, quand cesseras-tu de croire qu'il n'y a rien de si beau que tes lois, rien de si sublime que leurs effets ? Renonce à ces préjugés fâcheux qui n'ont encore servi qu'à te souiller inutilement des larmes et du sang de tes concitoyens : ose livrer la nature à elle-même ; t'es-tu jamais repenti de lui avoir accordé ta confiance ? Ce peuplier majestueux qui élève sa tête orgueilleuse dans les nues, est-il moins beau, moins fier, que ces chétifs arbustes que ta main courbe sous les règles de l'art ? et ces enfants que tu nommes sauvages, abandonnés comme les autres animaux, qui ne traînent comme eux vers le sein de leur mère, quand se fait sentir le besoin, sont-ils moins frais, moins vigoureux, moins sains que ces frêles nourrissons de ta patrie, auxquels il semble que tu veuilles faire sentir, dès qu'ils voient le jour, qu'ils ne sont nés que pour porter des fers[401]. Que gagnes-tu enfin à grever la nature ? Elle n'est jamais ni plus belle, ni plus grande que lorsqu'elle s'échappe de tes digues ; et ces arts, que tu chéris, que tu recherches, que tu honores, ces arts ne sont vraiment sublimes que quand ils imitent mieux les désordres de cette nature que tes absurdités captivent. Laisse-la donc à ses caprices, et n'imagine pas la retenir par tes vaines lois : elle les franchira toujours dès que les siennes l'exigeront, et tu deviendras, comme tout ce qui t'enchaîne, le vil jouet de ses savants écarts.

— Grand homme ! m'écriai-je dans l'enthousiasme, l'univers devrait être éclairé par vous ; heureux, cent fois heureux les citoyens de cette île, et mille fois plus fortunés encore les législateurs qui sauront se modeler sur vous ! Combien Platon avait raison de dire, *que les États ne pouvaient être heureux qu'autant qu'ils auraient des philosophes pour rois, ou que les rois seraient philosophes*[402].

— Mon ami, me répondit Zamé, tu me flattes, et je ne veux pas l'être : puisque tu t'es servi pour me louer du mot d'un philosophe, laisse-moi te prouver ton tort par le mot d'un autre... Solon ayant parlé avec fermeté à Crésus, roi de

Lydie, qui avait fait éclater sa magnificence aux yeux de ce législateur et qui n'en avait reçu que des avis durs, Solon, dis-je, fut blâmé par Ésope le fabuliste : *Ami*, lui dit le poète, *il faut, ou n'approcher jamais la personne des rois, ou ne leur dire que des choses flatteuses. — Dis plutôt*, répondit Solon, *qu'il faut, ou ne les point approcher, ou ne leur dire que des choses utiles.*

Nous rentrâmes. Zamé me préparait un nouveau spectacle.

« Venez, me dit-il, je vous ai fait voir d'abord nos femmes seules, ensuite nos jeunes hommes, venez les examiner maintenant ensemble. »

On ouvrit un vaste salon, et je vis les cinquante plus belles femmes de la capitale réunies à un pareil nombre de jeunes gens également choisis à la supériorité de la taille et de la figure.

« Il n'y a que des époux dans ce que vous voyez, me dit Zamé, on n'entre jamais dans le monde qu'avec ce titre, je vous l'ai dit ; mais, quoique tout ce qui est ici soit marié, il n'y a pourtant aucun ménage de réuni, aucun mari n'y a sa femme, aucune femme n'y voit son époux ; j'ai cru qu'ainsi vous jugeriez mieux nos mœurs. »

On servit quelques mets simples et frais à cet aimable cercle, ensuite chacun développa ses talents, on joua de quelques instruments inconnus parmi nous et que ce peuple avait avant sa civilisation ; les uns ressemblaient à la guitare, d'autres à la flûte ; leur musique, peu variée dans ses tons, ne me parut point agréable. Zamé ne leur avait donné aucune notion de la nôtre.

« Je crains, me dit-il, que la musique ne soit plus faite pour amollir et corrompre l'âme, que pour l'élever, et nous évitons avec soin ici tout ce qui peut énerver les mœurs ; je leur ai trouvé ces instruments, je les leur laisse ; je n'innoverai rien sur cette partie. »

Après le concert, les deux sexes se mêlèrent, exécutèrent ensemble plusieurs danses et plusieurs jeux, où la pudeur, la retenue la plus exacte régnèrent constamment. Pas un geste, pas un regard, pas un mouvement qui pût scandaliser le spectateur même le plus sévère ; je doute qu'une pareille assemblée se fût maintenue en Europe dans des bornes aussi étroites : point de ces serrements de mains indécents, de ces œillades obscènes, de ces mouvements de genoux, de ces mots bas et à double entente, de ces éclats de rire, de toutes ces choses enfin si en usage dans nos sociétés corrompues, qui en prouvent à la fois le mauvais ton, l'impudence, le désordre et la dépravation.

« Avec si peu de liens, dis-je à Zamé, avec des lois si douces, aussi peu de freins religieux, comment ne règne-t-il pas dans ce cercle plus de licence que je n'en vois ?

— C'est que les lois et les religions gênent les mœurs, dit Zamé, mais ne les épurent point ; il ne faut ni fers, ni bourreaux, ni dogmes, ni temples, pour faire un honnête homme ; ces moyens donnent des hypocrites et des scélérats ; ils n'ont jamais fait naître une vertu. Les époux de ces femmes, quoique absents, sont les amis de ces jeunes gens ; ils sont heureux avec leurs femmes, ils les adorent, elles sont de leur choix : pourquoi voudriez-vous que ceux-ci, qui ont également des femmes qu'ils aiment, allassent troubler la félicité de leurs frères ? Ils se feraient à la fois trois ennemis : la femme qu'ils attaqueraient, la leur qu'ils plongeraient dans le désespoir, et leurs amis qu'ils outrageraient [403].

J'ai fait entrer ces principes dans l'éducation ; ils les sucent avec le lait ; je les meus dans leurs cœurs par les grands ressorts du sentiment et de la délicatesse. Qu'y feraient de plus la religion et les lois ? Une de vos chimères, à vous autres Européens, est d'imaginer que l'homme, semblable à la bête féroce, ne se conduit jamais qu'avec des chaînes ; aussi êtes-vous parvenus, au moyen de ces effrayants systèmes, à le rendre aussi méchant qu'il peut l'être, en ajoutant au désir naturel du vice celui plus vif encore de briser un frein [404]. Rien ne flatte et n'honore ces jeunes gens comme d'être admis chez moi ; j'ai saisi cette faiblesse, j'en ai profité : tout est à prendre dans le cœur de l'homme, quand on veut se mêler de le conduire ; ce qui fait que si peu de gens y réussissent, c'est que la moitié de ceux qui l'entreprennent sont des sots, et que le reste, avec un peu plus de bon sens peut-être, ne peut atteindre à cette connaissance essentielle du cœur humain, sans laquelle on ne fait que des absurdités ou des choses de règle ; car la règle est le grand cheval de bataille des imbéciles ; ils s'imaginent stupidement qu'une même chose doit convenir à tout le monde, quoiqu'il n'y ait pas deux caractères semblables, ne voulant pas prendre la peine d'examiner, de ne prescrire à chacun que ce qui lui convient ; et ils ne réfléchissent pas qu'ils traiteraient eux-mêmes d'inepte un médecin qui n'ordonnerait, comme eux, que le même remède pour toutes sortes de maux ; qu'un moyen soit propice ou non, qu'il doive ou non réussir, leur épaisse conscience est calme toutes les fois que la *règle* est suivie, et qu'ils se sont comportés dans *la règle*.

Si un seul de ces jeunes gens, poursuivit Zamé, venait à manquer à ce qu'il doit, il serait exclu de ma maison, et cette crainte les contient d'autant plus, que j'ai su me faire aimer d'eux ; ils frémiraient de me déplaire.

— Mais lorsque vous ne les voyez pas ?

— Alors ils sont chez eux, les époux se retrouvent unis, le soin de leur ménage les occupe, et ils ne pensent pas à se trahir.

Ce n'est pas, continua ce prince, qu'il n'y ait quelques exemples d'adultères ; mais ils sont rares, ils sont cachés, ils n'entraînent ni trouble, ni scandale. Si les choses vont plus loin, si je soupçonne qu'il puisse résulter quelques suites fâcheuses, je sépare les coupables, je les fais habiter des villes différentes, et dans des cas plus graves encore, je les bannis pour quelque temps de Tamoé ; cette punition de l'exil, annexée aux crimes capitaux, les effraie à tel point qu'ils évitent avec le plus grand soin tout ce qui peut mettre dans le cas du crime pour lequel elle est imposée. Quand vous voulez régir une nation, commencez par infliger des peines douces, et vous n'aurez pas besoin d'en avoir de sanglantes. »

Après quelques heures d'amusements honnêtes et chastes :

« C'en est assez, me dit Zamé, je vais renvoyer ces époux à leur société, où ils sont attendus... sans jalousie, j'en suis bien sûr, mais peut-être avec un peu d'impatience. »

Il fit un geste accompagné d'un sourire, tout cessa dès le même instant, on partit... mais on ne s'accompagna point, on n'offrit point de bras, on ne chercha rien de ce qui peut donner la moindre atteinte à la décence ; les jeunes femmes se retirèrent d'abord, une heure après les jeunes hommes partirent, et tous en comblant de remerciements et de bénédictions le bon père, qui les aimait assez pour descendre ainsi dans les détails de leurs petits plaisirs.

« Levez-vous demain de bonne heure, me dit Zamé, je veux vous mener dans mon temple, je veux vous faire voir la magnificence, la pompe, le luxe même de mes cérémonies religieuses. Je veux que vous voyiez mes prêtres en fonctions.

— Ah ! répondis-je, c'est une des choses que j'ai le plus désiré ; la religion d'un tel peuple doit être aussi pure que ses mœurs, et je brûle déjà d'aller adorer Dieu au milieu de vous. Mais vous m'annoncez du faste... Ô grand homme ! je crois vous connaître assez pour être sûr qu'il en régnera peu dans vos cérémonies.

— Vous en jugerez, me dit Zamé, je vous attends une heure avant le lever du soleil. »

Je me rendis à la porte de la chambre de notre philosophe le lendemain à l'heure indiquée, il m'attendait ; sa femme, ses enfants et Zilia, sa belle-fille, tout était autour de sa personne chérie.

« Allons, nous dit Zamé, l'astre est prêt à paraître, ils doivent nous attendre. »

Nous traversâmes la ville ; tous les habitants étaient déjà à leurs portes ; ils se joignaient à nous à mesure que nous passions ; nous avançâmes ainsi jusqu'aux maisons où s'élevait la jeunesse et dont je vous parlerai bientôt. Les enfants des deux sexes en sortirent en foule ; conduits par des vieillards, ils nous suivirent également ; nous marchâmes dans cet ordre jusqu'au pied d'une montagne qui se trouvait à l'orient, derrière la ville ; Zamé monta jusqu'au sommet, je l'y suivis avec sa famille, le peuple nous environna... le plus grand silence s'observait... enfin l'astre parut [405]... À l'instant toutes les têtes se prosternèrent, toutes les mains s'élevèrent aux cieux, on eût dit que leurs âmes y volaient également.

« Ô souverain éternel, dit Zamé, daigne accepter l'hommage profond d'un peuple qui t'adore... Astre brillant, ce n'est pas à toi que nos vœux s'adressent, c'est à celui qui te meut et qui t'a créé ; ta beauté nous rappelle son image... tes sublimes opérations sa puissance... Porte-lui nos respects et nos vœux ; qu'il daigne nous protéger tant que sa bonté nous laisse ici-bas ; qu'il veuille nous réunir à lui quand il lui plaira de nous dissoudre... qu'il dirige nos pensées, qu'il règle nos actions, qu'il épure nos cœurs et que les sentiments de respect et d'amour qu'il nous inspire, puissent être agréés de sa grandeur et se déposer au pied de sa gloire. »

Alors Zamé, qui s'était tenu droit, les mains élevées, pendant que tous étaient à genoux, se précipita la face contre terre, adora un instant en silence, se releva, les yeux humides de pleurs, et ramena le peuple dans sa ville.

« Voilà tout, me dit-il dès que nous fûmes rentrés ; croyez-vous que le Dieu de l'univers puisse exiger davantage de nous ? Est-il besoin de l'enfermer dans des temples pour l'adorer et le servir ? Il ne faut qu'observer une de ses plus belles opérations, afin que cet acte de sa sublime grandeur développe en nous des sentiments d'amour et de reconnaissance ; voilà pourquoi j'ai choisi l'instant et le lieu que vous venez de voir. La pompe de la nature, mon ami, voilà la seule que je me sois permise, cet hommage est le seul qui plaise à l'Éternel ; les cérémonies de la religion ne furent inventées que pour fixer les yeux au défaut du cœur ; celles que je leur substitue fixent le cœur en charmant les yeux : cela n'est-il pas préférable ? J'ai, d'ailleurs, voulu conserver quelque chose de l'ancien culte, cette politique était nécessaire : les habitants de Tamoé adoraient le Soleil autrefois, je n'ai fait que rectifier leur système, en leur prouvant qu'ils se trompaient de l'ouvrage à l'ouvrier, que le Soleil était la chose mue, et que c'était au moteur que devait s'adresser le culte. Ils m'ont compris, ils m'ont goûté, et sans presque rien changer à leur usage, de païens qu'ils étaient, j'en ai fait un peuple pieux et adorateur de l'Être suprême[406].

Crois-tu que tes dogmes absurdes, tes inintelligibles mystères, tes cérémonies idolâtres, pussent les rendre ou plus heureux ou meilleurs citoyens ? T'imagines-tu que l'encens brûlé sur des autels de marbre vaille l'offrande de ces cœurs droits ? À force de défigurer le culte de l'Éternel, vos religions d'Europe l'ont anéanti. Lorsque j'entre dans une de vos églises, je la trouve si prodigieusement remplie de saints, de reliques, de momeries de toute espèce, que la chose du monde que j'ai le plus de peine à y reconnaître est le Dieu que j'y désire ; pour le trouver, je suis obligé de descendre dans mon cœur. Hélas ! me dis-je alors, puisque voilà le lieu qui me le rappelle, ce n'est que là que je dois le chercher ; c'est la seule hostie que je doive mettre à ses pieds : les beautés de la nature en raniment l'idée dans ce sanctuaire, je les contemple pour m'édifier, je les observe pour m'attendrir, et je m'en tiens là ; si je n'en ai pas fait assez, la bonté de ce Dieu m'assure qu'il me pardonnera ; c'est pour le mieux servir que je dégage son culte et son image du fatras d'absurdités que les hommes croient nécessaires. J'éloigne tout ce qui m'empêcherait de me remplir de sa sublime essence ; je foule aux pieds tout ce qui prétend partager son immensité ; je l'aimerais moins s'il était moins unique et moins grand ; si sa puissance se divisait, si elle se multipliait, si cet être simple, en un mot, devait s'honorer sous plusieurs formes, je ne verrais plus dans ce système effrayant et barbare qu'un assemblage informe d'erreurs et d'impiétés, dont l'horrible pensée dégradant l'Être pur auquel s'adresse mon âme, le rendrait haïssable à mes yeux, au lieu de me le faire adorer. Quelle plus intime connaissance de ce bel Être peuvent donc avoir ces hommes qui me parlent et qui tous se donnent à moi pour des illuminés ?... Hélas ! ils n'eurent de but que l'envie d'abuser leurs semblables ; est-ce un motif pour que je les écoute, moi, qui déteste la feinte et l'erreur, moi, qui n'ai travaillé toute ma vie qu'à guider ce bon peuple dans le chemin de la vertu et de la vérité ?...

Souverain des cieux, si je me trompe, tu jugeras mon cœur et non mon esprit ; tu sais que je suis faible, et par conséquent sujet à l'erreur ; mais tu ne puniras point cette erreur, dès que sa source est dans la pureté, dans la sensibilité de mon âme : non, tu ne voudrais pas que celui qui n'a cherché qu'à te mieux adorer fût puni pour ne t'avoir pas adoré comme il faut.

Viens, me dit Zamé, il est de bonne heure, ces braves enfants vont peut-être se recueillir un moment entre eux. C'est leur usage dans ces jours de cérémonie, jours qu'ils désirent tous avec empressement, et que par cette grande raison je ne leur accorde que deux ou trois fois l'an. Je veux qu'ils les voient comme des jours de faveurs : plus je leur rends ces instants rares, plus ils les respectent ; on méprise bientôt ce qu'on fait tous les jours. Suis-moi ; nous aurons le temps, avant l'heure du repas, d'aller visiter les terres des environs de la ville.

Voilà leurs possessions, me dit Zamé, en me montrant de petits enclos séparés par des haies toujours vertes et couvertes de fleurs : chacun a sa petite terre à part ; c'est médiocre, mais c'est par cette médiocrité même que j'entretiens leur industrie ; moins on en a, plus on est intéressé à le cultiver avec soin. Chacun a là ce qu'il faut pour nourrir et sa femme et lui ; il est dans l'abondance s'il est bon travailleur, et les moins laborieux trouvent toujours leur nécessaire. Les enclos des célibataires, des veufs et des répudiés, sont moins considérables, et situés dans une autre partie, voisine du quartier qu'ils habitent.

Je n'ai qu'un domaine comme eux, poursuivit Zamé, et je n'en suis qu'usufruitier comme eux ; mon territoire, ainsi que le leur, appartient à l'État. C'est parmi les personnes qui vivent seules, que je choisis ceux qui doivent le cultiver ; ce sont les mêmes qui me soignent et me servent ; n'ayant point de ménage, ils s'attachent avec plaisir à ma maison ; ils sont sûrs d'y trouver jusqu'à la fin de leur vie la nourriture et le logement. »

Des sentiers agréables et joliment bordés communiquaient dans chacune de ces possessions ; je les trouvai toutes richement garnies des plus doux dons de la nature ; j'y vis en abondance l'arbre du fruit à pain, qui leur donne une nourriture semblable à celle que nous formons avec nos farines, mais plus délicate et plus savoureuse. J'y observai toute les autres productions de ces îles délicieuses du Sud, des cocotiers, des palmiers, etc. ; pour racines, l'igname, une espèce de chou sauvage, particulière à cette île, qu'ils apprêtent d'une manière fort agréable en les mêlant à des noix de cocos, et plusieurs autres légumes apportés d'Europe, qui réussissent bien et qu'ils estiment beaucoup. Il y avait aussi quelques cannes à sucre, et ce même fruit, ressemblant au brugnon que le capitaine Cook trouva aux îles d'Amsterdam et que les habitants de ces îles anglaises nommaient *figheha* [407].

Tels sont à peu près tous les aliments de ces peuples sages, sobres et tempérants ; il y avait autrefois quelques quadrupèdes dans l'île, dont le père de Zamé leur persuada d'éteindre la race ; et ils ne touchent jamais aux oiseaux [408].

Avec ces objets et de l'eau excellente, ce peuple vit bien ; sa santé est robuste, les jeunes gens y sont vigoureux et féconds, les vieillards sains et frais ; leur vie se prolonge beaucoup au-delà du terme ordinaire, et ils sont heureux.

« Tu vois la température de ce climat, me dit Zamé ; elle est salubre, douce, égale ; la végétation est forte, abondante et l'air presque toujours pur : ce que nous appelons nos hivers, consiste en quelques pluies, qui tombent dans les mois de juillet et d'août, mais qui ne rafraîchissent jamais l'air au point de nous obliger d'augmenter nos vêtements, aussi les rhumes sont-ils absolument inconnus parmi nous : la nature n'y afflige nos habitants que de très peu de maladies ; la multitude d'années est le plus grand mal dont elle les accable, c'est presque la seule manière dont elle les tue.

Tu connais nos arts, je ne t'en parlerai plus ; nos sciences se réduisent également à bien peu de choses ; cependant tous savent lire et écrire ; ce fut un des soins de mon père, et comme un grand nombre d'entre eux entendent et parlent le français, j'ai rapporté cinquante mille volumes, bien plus pour leur amusement que pour leur instruction ; je les ai dispersés dans chaque ville et en ai formé des petites bibliothèques publiques[409], qu'ils fréquentent avec plaisir lorsque leurs occupations rurales leur en laissent le temps. Ils ont quelques connaissances d'astronomie, que j'ai rectifiées ; quelques autres de médecine pratique, assez sûres pour l'usage de la vie, et que j'ai améliorées d'après les plus grands auteurs ; ils connaissent l'architecture ; ils ont de bons principes de maçonnerie, quelques idées de tactique, et de meilleures encore sur l'art de construire leurs bâtiments de mer. Quelques-uns parmi eux s'amusent à la poésie en langue du pays, et si tu l'entendais, tu y trouverais de la douceur, de l'agrément et de l'expression. À l'égard de la théologie et du droit, ils n'en ont, grâces au ciel, aucune connaissance. Ce ne sera jamais que si l'envie me prend de les détruire, que je leur ouvrirai ce dédale d'erreurs, de platitudes et d'inutilités. Quand je voudrai qu'ils s'anéantissent, je créerai parmi eux des prêtres et des gens de robe ; je permettrai aux uns de les entretenir de Dieu, aux autres de leur parler de Farinacius[410], de dresser des échafauds, d'en orner même les places de nos villes à demeure, ainsi que je l'ai observé dans quelques-unes de vos provinces, monuments éternels d'infamie qui prouvent à la fois la cruauté des souverains qui le permettent, la brutale ineptie des magistrats qui l'érigent et la stupidité du peuple qui le souffre... Allons dîner, me dit Zamé, je vous ferai jouir, ce soir, d'un de leurs talents, dont vous n'avez encore nulle idée. »

Cet instant arrivé, Zamé me mena sur la place publique ; j'en admirais les proportions.

« Tu ne loues pas son plus grand mérite, me dit-il ; elle n'a jamais vu couler de sang, elle n'en sera jamais souillée. »

Nous avançâmes ; je n'avais point encore connaissance du

bâtiment régulier et parallèle à la maison de Zamé, l'un et l'autre ornant cette place.

« Les deux étages du haut, me dit ce philosophe, sont des greniers publics[411] ; c'est le seul tribut que je leur impose, et j'y contribue comme eux. Chacun est obligé d'apporter annuellement dans ce magasin une légère portion du produit de sa terre, du nombre de ceux qui se conservent ; ils le retrouvent dans des temps de disette. J'ai toujours là de quoi nourrir deux ans la capitale ; les autres villes en font autant ; par ce moyen nous ne craignons jamais les mauvaises années, et comme nous n'avons point de monopoleurs, il est vraisemblable que nous ne mourrons jamais de faim. Le bas de cet édifice est une salle de spectacle. J'ai cru cet amusement, bien dirigé, nécessaire dans une nation. Les sages Chinois le pensaient de même ; il y a plus de trois mille ans qu'ils le cultivent : les Grecs ne le connurent qu'après eux. Ce qui me surprend, c'est que Rome ne l'admit qu'au bout de quatre siècles, et que les Perses et les Indiens ne le connurent jamais[412]. C'est pour vous fêter que se donne la pièce de ce soir. Entrons, vous allez voir le fruit que je recueille de cet honnête et instructif délassement. »

Ce local était vaste, artistement distribué, et l'on voyait que le père de Zamé, qui l'avait construit, y avait réuni les usages de ces peuples aux nôtres ; car il avait trouvé le goût des spectacles chez cette nation, quoique sauvage encore ; il n'avait fait que l'améliorer et lui donner, autant qu'il avait pu, le genre d'utilité dont il l'avait cru susceptible. Tout était simple dans cet édifice ; on n'y voyait que de l'élégance sans luxe, de la propreté sans faste. La salle contenait près de deux mille personnes ; elle était absolument remplie ; le théâtre, peu élevé, n'était occupé que par les acteurs. La belle Zilia, son mari, les filles de Zamé et quelques jeunes gens de la ville étaient chargés des différents personnages que nous allions voir en action. Le drame était dans leur langue, et de la composition même de Zamé, qui avait la bonté de m'expliquer les scènes à mesure qu'elles se jouaient. Il s'agissait d'une jeune épouse coupable d'une infidélité envers son mari, et punie de cette inconduite par tous les malheurs qui peuvent accabler une adultère[413].

Nous avions près de nous une très jolie femme, dont je remarquai que les traits s'altéraient à mesure que l'intrigue avançait ; tour à tour elle rougissait, elle pâlissait, sa gorge palpitait... sa respiration devenait pressée ; enfin les larmes coulèrent et peu à peu sa douleur augmenta à un tel point, les efforts qu'elle fit pour se contenir l'affectèrent si vivement, que n'y pouvant plus résister... elle se lève, donne des marques publiques de désespoir, s'arrache les cheveux et disparaît [414].

« Eh bien ! me dit Zamé, qui n'avait rien perdu de cette scène ; eh bien ! croyez-vous que la leçon agisse ? Voilà les seules punitions nécessaires à un peuple sensible [415]. Une femme également coupable, eût affronté le public en France : à peine se fût-elle douté de ce qu'on lui adressait. À Siam on l'eût livrée à un éléphant [416]. La tolérance de l'une de ces nations, sur un crime de cette nature, n'est-elle pas aussi dangereuse que la barbare sévérité de l'autre, et ne trouvez-vous pas ma leçon meilleure ?

— Ô homme sublime, m'écriai-je, quel usage sacré vous faites et de votre pouvoir et de votre esprit !... »

Nous sûmes depuis, que les suites de cette aventure touchante avaient été le raccommodement sincère de cette femme avec son mari, l'excuse et l'aveu de son inconduite et l'exil volontaire de son amant.

« Que des moralistes viennent essayer de déclamer contre les spectacles, quand de tels fruits pourront s'y recueillir ! Le but moral est le même chez vous, me dit Zamé, mais vos âmes émoussées par les répétitions continuelles de ces mêmes leçons, ne peuvent plus être émues ; vous en riez comme si elles vous étaient étrangères : votre impudence les absorbe, votre vanité s'oppose à ce que vous puissiez jamais imaginer que ce soit à vous qu'elles s'adressent et vous repoussez ainsi, par orgueil, les traits dont le censeur ingénieux a voulu corriger vos mœurs. »

Le lendemain, Zamé me conduisit aux maisons d'éducation : les deux logis qui les formaient étaient immenses, plus élevés que les autres et divisés en un grand nombre de chambres. Nous commençâmes par le pavillon des hommes ; il y avait plus de deux mille élèves ; ils y entraient à deux ans et en sortaient toujours à quinze, pour se marier [417].

Cette brillante jeunesse était divisée en trois classes ; on leur continuait jusqu'à six ans les soins qu'exige ce premier âge débile de l'homme ; de six à douze, on commençait à sonder leurs dispositions ; on réglait leurs occupations sur leurs goûts, en faisant toujours précéder l'étude de l'agriculture, la plus essentielle au genre de vie auquel ils étaient destinés. La troisième classe était formée des enfants de douze à quinze ans : seulement alors on leur apprenait les devoirs de l'homme en société, et ses rapports avec les êtres dont il tient le jour ; on leur parlait de Dieu, on leur inspirait de l'amour et de la reconnaissance pour cet être qui les avait créés ; on les prévenait qu'ils approchaient de l'âge où on allait leur confier le sort d'une femme, on leur faisait sentir ce qu'ils devaient à cette chère moitié de leur existence ; on leur prouvait qu'ils ne pouvaient espérer de bonheur, dans cette douce et charmante société, qu'autant qu'ils s'efforceraient d'en répandre sur celle qui la composait ; qu'on n'avait point au monde d'amie plus sincère, de compagne plus tendre... d'être, en un mot, plus lié à nous qu'une épouse ; qu'il n'en était donc aucun qui méritât d'être traité avec plus de complaisance et plus de douceur ; que ce sexe, naturellement timide et craintif, s'attache à l'époux qui l'aime et le protège, autant qu'il hait invinciblement celui qui abuse de son autorité pour le rendre malheureux, uniquement parce qu'il est le plus fort ; que si nous avons en main cette autorité qui captive, bien mieux partagé que nous, il a les grâces et les attraits qui séduisent. Eh ! qu'espéreriez-vous, leur dit-on, d'un cœur ulcéré par le dépit ?... Quelles mains essuyeraient vos larmes quand les chagrins vous oppresseraient ? De qui recevriez-vous des secours quand la nature vous ferait sentir tous ses maux ? Privé de la plus douce consolation que l'homme puisse avoir sur la terre, vous n'auriez plus dans votre maison qu'une esclave effrayée de vos paroles, intimidée de vos désirs, qu'un court instant peut-être assouplirait au joug, et qui, dans vos bras par contrainte, n'en sortirait qu'en vous détestant.

On leur faisait ensuite exercer, sur le terrain même, leurs connaissances en agriculture ; cela se trouvait d'ailleurs indispensable, puisque le domaine de cette grande maison n'était cultivé, n'était entretenu que par leurs jeunes mains.

On les occupait ensuite aux évolutions militaires, et on leur permettait, par récréation, la danse, la lutte et généralement tous les jeux qui fortifient, qui dénouent la jeunesse et qui entretiennent et sa croissance et sa santé.

Avaient-ils atteint l'âge de devenir époux, la cérémonie était aussi simple que naturelle : le père et la mère du jeune homme le conduisaient à la maison d'éducation des filles, et lui laissaient faire, devant tout le monde, le choix qu'il voulait ; ce choix formé, s'il plaisait à la jeune fille, il avait pendant huit jours la permission de causer pendant quelques heures avec sa future, devant les institutrices de la maison des filles ; là ils achevaient de se connaître l'un et l'autre et de voir s'ils se conviendraient. S'il arrivait que l'un des deux voulût rompre, l'autre était obligé d'y consentir, parce qu'il n'est point de bonheur parfait en ce genre, s'il n'est naturel. Alors le choix se recommençait. L'accord devenait-il unanime, ils priaient les juges de la nation de les unir ; le consentement accordé, ils levaient les mains au ciel, se juraient devant Dieu d'être fidèles l'un à l'autre, de s'aider, de se secourir mutuellement dans leurs besoins, dans leurs travaux, dans leurs maladies, et de ne jamais user de la tolérance du divorce, qu'ils n'y fussent contraints l'un ou l'autre par d'indispensables raisons.

Ces formalités remplies, on met les jeunes gens en possession d'une maison, ainsi que je l'ai dit, sous l'inspection, pendant deux ans, ou de leurs parents, ou de leurs voisins ; et ils sont heureux.

Les directeurs du collège des hommes sont pris parmi le nombre des célibataires qui, se vouant et s'attachant à cette maison, comme d'autres d'entre eux le sont à celle du législateur, y trouvent de même leur nourriture et leur logement. On choisit dans cette classe les plus capables de cette auguste fonction, observant que la plus extrême régularité de mœurs soit la première de leurs qualités.

Les femmes qui dirigent la maison des jeunes filles où nous passâmes peu après, sont choisies parmi les épouses répudiées pour les seules causes de vieillesse ou d'infirmités ; ces deux raisons ne pouvant nuire aux vertus nécessaires à l'emploi où on les destine.

Il y avait près de trois mille filles dans la maison que nous visitâmes ; elles étaient de même divisées en trois classes d'âges, semblables à celles des garçons. L'éducation morale est la même ; on retranche seulement de l'éducation physique des hommes, ce qui n'irait pas au sexe délicat que l'on élève ici ; on y substitue les travaux de l'aiguille, de l'art de préparer les mets qui sont en usage chez eux, et de l'habillement. Les femmes seules à Tamoé se mêlent de cette partie ; elles font leurs vêtements et ceux de leurs époux ; les habits de la maison d'éducation des hommes se font dans celle des filles ; les veuves ou les répudiées font ceux des célibataires.

« C'est une folie d'imaginer qu'il faille plus de choses que vous n'en voyez à l'éducation des enfants, me dit Zamé ; cultivez leurs goûts et leurs inclinations, ne leur apprenez surtout que ce qui est nécessaire, n'ayez avec eux d'autre frein que l'honneur, d'autre aiguillon que la gloire, d'autres peines que quelques privations ; par ces sages procédés, continua-t-il, on ménage ces plantes délicates et précieuses tout en les cultivant ; on ne les énerve pas, on ne les accoutume pas à se blaser aux punitions, et on n'éteint pas leur sensibilité. *Les poulains les plus difficiles et les plus fougueux*, disait Thémistocle, *deviennent les meilleurs chevaux quand un bon écuyer les dresse*. Cette jeune semence est l'espoir et le soutien de l'État ; jugez si nos soins se tournent vers elle.

Il y a dans chacune de ces maisons, poursuivit Zamé, cinquante chambres destinées pour les vieillards, veufs, infirmes ou célibataires. Les vieux hommes qui ne peuvent plus soigner la portion de bien que leur confie l'État, qui ne se sont point remariés, ou qui sont devenus veufs de leur seconde femme, ou ceux qui dans le même cas de vieillesse ne se sont point mariés du tout, ont dans la maison d'éducation masculine un logement assuré pour le reste de leurs jours. Ils vivent des fonds de cette maison, et sont servis par les jeunes élèves, afin d'accoutumer ceux-ci au respect et aux soins qu'ils doivent à la vieillesse. Le même arrangement existe pour les femmes. Le surplus de l'un et l'autre sexe, s'il y en a, trouve un asile dans ma maison. Mon ami, j'aime mieux cela qu'une salle de bal ou de concert ; je jette sur ces respectables asiles un coup d'œil de satisfaction, bien plus vif que si ces édifices, ouvrage du luxe et de la magnificence, n'étaient bâtis que pour des rendez-vous de chasse, des galeries de tableaux ou des muséums.

— Permettez-moi, lui dis-je, une question : je ne vois pas bien comment vivent vos artisans, vos manufacturiers ; comment se fait dans la nation le commerce intérieur de nécessité ?

— Rien de plus simple, me répondit le chef de ce peuple heureux, nous avons des ouvriers de deux espèces : ceux qui ne sont que momentanés, tels que les architectes, les maçons, les menuisiers, etc., et ceux qui sont toujours en activité, tels que les artisans des manufactures, etc. Les premiers ont des terres comme les autres citoyens, et pendant que l'État les emploie, il est chargé de faire cultiver leurs biens et de leur en rassembler les fruits chez eux, afin que ces ouvriers se trouvent débarrassés de tous soins lors de leurs travaux. Les mains employées à cela, sont celles des célibataires. Ceci demande quelques éclaircissements.

Il exista dans tous les siècles et dans tous les pays, une classe d'hommes qui, peu propre aux douceurs de l'hymen, et redoutant ses nœuds par des raisons ou morales ou physiques, préfèrent de vivre seuls, aux délices d'avoir une compagne ; cette classe était si nombreuse à Rome, qu'Auguste fut obligé de faire, pour l'amoindrir, une loi connue sous le nom de *Poppea*[418]. Tamoé, moins fameuse que la république qui subjugua l'univers, a pourtant des célibataires comme elle, mais nous n'avons point fait de lois contre eux.

On obtient aisément ici la permission de ne point se marier, aux conditions de servir la patrie dans toutes les corvées publiques.

Cléarque, disciple d'Aristote, nous apprend qu'en Laconie, la punition de ces hommes impropres au mariage, était d'être fouettés nus par des femmes, pendant qu'ils tournaient autour d'un autel ; à quoi cela pouvait-il servir[419]* ?

---

* Une raison purement physique devint sans doute la cause de cette loi singulière. On croyait les célibataires impuissants, et l'on tâchait de leur faire retrouver, par cette cérémonie, les forces dont ils paraissaient manquer ; mais la chose était mal vue : l'impuissance, qui souvent même ne se restaure point par ce moyen violent, n'est pas toujours la raison majeure du célibat. Si des goûts ou des habitudes différentes éloignent invinciblement un individu quelconque des chaînes du mariage, les moyens de restauration agiront au profit des caprices irréguliers de cet individu, sans le rapprocher davantage de ce qui lui répugne ; donc le remède était mal trouvé. Mais cette citation, tirée de l'histoire des mœurs antiques, qu'on pourrait étayer de beaucoup d'autres, s'il s'agissait d'une dissertation, sert à nous prouver que de tout temps l'homme eut recours à ces véhicules puissants pour rétablir sa vigueur endormie, et que ce que beaucoup de sots blâment ou persiflent, était article de religion chez des peuples qui valaient bien autant que ces sots. On n'ignore plus aujourd'hui que l'âme tirée de la langueur, agitée, dit Saint-Lambert, mise en mouvement par des douleurs factices ou réelles, est plus sensible de toutes les manières de l'être, et jouit mieux du plaisir des sensations agréables[420]. Le célèbre Cardan[421] nous dit, dans l'*Histoire de sa vie*, que si la nature ne lui faisait pas sentir quelques douleurs, il s'en procurerait à lui-même, en se mordant les lèvres, en se tiraillant les doigts jusqu'à ce qu'il en pleurât.

Toujours occupé de retrancher ce qui me semble inutile, et de le remplacer par des choses dont il peut résulter quelque bien, je n'impose aux célibataires d'autre peine que d'aider l'État de leurs bras, puisqu'ils ne le peuvent en lui donnant des sujets. On leur fournit une maison et un petit bien dans un quartier qui leur est affecté, et là ils vivent comme ils l'entendent, seulement obligés à cultiver les terres de ceux que l'État emploie ; ils le savent, ils s'y soumettent et ne croient pas payer trop cher ainsi la liberté qu'ils désirent. Vous savez que ce sont également eux qui entretiennent mes domaines, qui soulagent les vieillards, les infirmes, qui président aux écoles et qui sont, de même, chargés de l'entretien, de la réparation des chemins, des plantations publiques et généralement de tous les ouvrages pénibles, indispensables dans une nation ; et voilà comme je tâche de profiter des défauts ou des vices pour les rendre les plus utiles possible au reste des citoyens. J'ai cru que tel était le but de tout législateur et j'y vise autant que je peux.

À l'égard des ouvriers employés aux manufactures et dont les mains, toujours agissantes, ne peuvent, dans aucun cas, cultiver des terres, ils sont nourris du produit de leurs œuvres ; celui qui veut l'étoffe d'un vêtement, porte la matière recueillie dans son bien au manufacturier qui l'emploie, la rend au propriétaire et en reçoit en retour une certaine quantité de fruits ou de légumes, prescrite et plus que suffisante à sa nourriture. »

Il me restait à acquérir quelques notions sur la manière dont les procès s'arrangeaient entre citoyens. Quelques précautions qu'on eût prises pour les empêcher de naître, il était difficile qu'il n'y en eût pas toujours quelques-uns.

« Tous les délits, me dit Zamé, se réduisent ici à trois ou quatre, dont le principal est le défaut de soins dans l'administration des biens confiés. La peine, je vous l'ai dit, est d'être placé dans un moins grand et d'une culture infiniment plus difficile. Je vous ai prouvé que la constitution de l'État anéantissait absolument le vol, le viol et l'inceste. Nous n'entendons jamais parler de ces horreurs ; elles sont inconnues pour nous. L'adultère est très rare dans notre pays : je vous ai dit mes moyens pour le réprimer ; vous avez vu l'effet de l'un d'eux. Nous avons détruit la pédérastie à force de la ridiculiser : si la honte dont on couvre ceux qui peuvent s'y livrer encore ne les ramène pas, on les rend utiles ; on les emploie ; sur eux seuls retombe tout le faix du plus rude travail des célibataires ; cela les démasque et les corrige sans les enfermer ou les faire rôtir : ce qui est absurde et barbare, et ce qui n'en a jamais corrigé un seul.

Les autres discussions qui peuvent s'élever parmi les citoyens n'ont donc plus d'autres causes que l'humeur qui peut naître dans les ménages, et la permission du divorce diminue beaucoup ces motifs : dès qu'il est prouvé qu'on ne peut plus vivre ensemble, on se sépare. Chacun est sûr de trouver encore hors de sa maison une subsistance assurée, un autre hymen s'il le désire, moyennant quoi tout se passe à l'amiable. Tout cela pourtant n'empêche pas de légères discussions ; il y en a. Huit vieillards m'assistent régulièrement dans la fonction de les examiner ; ils s'assemblent chez moi trois fois la semaine : nous voyons les affaires courantes, nous les décidons entre nous, et l'arrêt se prononce au nom de l'État. Si on en appelle, nous revoyons deux fois ; à la troisième on n'en revient plus, et l'État vous oblige à passer condamnation ; car l'État est tout ici ; c'est l'État qui nourrit le citoyen, qui élève ses enfants, qui le soigne, qui le juge, qui le condamne, et je ne suis, de cet État, que le premier citoyen.

Nous n'admettons la peine de mort dans aucun cas. Je vous ai dit comme était traité le meurtre, seul crime qui pourrait être jugé digne de la mériter. Le coupable est abandonné à la justice du ciel ; lui seul en dispose à son gré. Il n'y en a encore eu que deux exemples sous la législature de mon père et la mienne. Cette nation, naturellement douce, n'aime pas à répandre le sang. »

Notre entretien nous ayant menés à l'heure du dîner, nous revînmes.

« Votre navire est prêt, me dit Zamé au sortir du repas ; ses réparations sont faites, et je l'ai fait approvisionner de tous les rafraîchissements que peut fournir notre île ; mais, mon ami, poursuivit le philosophe, je vous ai demandé quinze jours ; n'en voilà que cinq d'écoulés ; j'exige de vous de prendre, pendant les dix qui nous restent, une connaissance plus exacte de notre île ; je voudrais que mon âge et mes affaires me permissent de vous accompagner... Mon fils me remplacera ; il vous expliquera mes opérations, il vous rendra compte de tout, comme moi-même.

— Homme généreux, répondis-je, de toutes les obligations que je vous ai, la plus grande sans doute est la permission que vous voulez bien m'accorder ; il m'est si doux de multiplier les occasions de vous admirer, que je regarde comme une jouissance, chacune de celles qu'il vous plaît de m'offrir. »

Zamé m'embrassa avec tendresse...

L'humanité perce à travers les plus brillantes vertus ; l'homme qui a bien fait veut être loué, et peut-être ferait-il moins bien, s'il n'était pas certain de l'éloge.

Nous partîmes le lendemain de bonne heure, Oraï, son frère, un de mes officiers et moi. Cette île délicieuse est agréablement coupée par des canaux dont les rives sont ombragées de palmiers et de cocotiers, et l'on se rend, comme en Hollande, d'une ville à l'autre, dans des pirogues charmantes qui font environ deux lieues à l'heure[422]. Il y a de ces pirogues publiques qui appartiennent à l'État : celles-là sont conduites par les célibataires ; d'autres sont aux familles, elles les conduisent elles-mêmes ; il ne faut qu'une personne pour les gouverner. Ce fut ainsi que nous parcourûmes les autres villes de Tamoé, toutes, à fort peu de choses près, aussi grandes et aussi peuplées que la capitale, construites toutes dans le même goût et ayant toutes une place publique au centre qui, au lieu de contenir, comme dans la capitale, le palais du législateur et les greniers, sont ornées de deux maisons d'éducation. Les magasins sont situés vers les extrémités de la ville, et symétrisent[423] avec un autre grand édifice servant de retraite à ce surplus des vieillards que Zamé, dans sa ville, loge à côté de sa maison. Les autres sont, comme dans la capitale, établis dans les chambres hautes des maisons des enfants, où ils ont, dans chaque, trente ou quarante logements. Les célibataires et les répudiés de l'un et de l'autre sexe occupent partout, comme dans la capitale, un quartier aux environs duquel se trouvent leurs petites possessions séparées, qui suffisent à leur entretien, et ils sont également reçus dans les asiles destinés aux vieillards, quand ils deviennent hors d'état de cultiver la terre.

Partout enfin je vis un peuple laborieux, agriculteur, doux, sobre, sain et hospitalier ; partout je vis des possessions riches et fécondes, nulle part l'image de la paresse ou de la misère, et partout la plus douce influence d'un gouvernement sage et tempéré.

Il n'y a ni bourg, ni hameau, ni maison séparée dans l'île ; Zamé a voulu que toutes les possessions d'une province fussent réunies dans une même enceinte, afin que l'œil[424] vigilant du commandant de la ville pût s'étendre avec moins de peine sur tous les sujets de la contrée.

Le commandant est un vieillard qui répond de sa ville. Dans toutes est un officier semblable, représentant le chef, et ayant pour assesseurs deux autres vieillards comme lui, dont un toujours choisi parmi les célibataires, l'intention du gouvernement n'étant point qu'on regarde cette caste comme inférieure, mais seulement comme une classe de gens qui, ne pouvant être utile à la société d'une façon, la sert de son mieux d'une autre.

« Ils font corps dans l'État, me disait Oraï, ils en sont membres comme les autres, et mon père veut qu'ils aient part à l'administration...

— Mais, dis-je à ce jeune homme, si le célibataire n'est dans cette classe que par des causes vicieuses ?

— Si ces vices sont publics, me répondit Oraï, car nous ne sévissons jamais que contre ceux-là, s'ils sont éclatants, sans doute le sujet coupable n'est point choisi pour régir la ville ; mais s'il n'est célibataire que par des causes légitimes, il n'est point exclu de l'administration, ni de la direction des écoles, où vous avez vu que les place mon père. Ces commandants de ville, qui changent tous les ans, décident les affaires légères, et renvoient les autres au chef auquel ils écrivent tous les jours. »

Ainsi que dans la capitale, la police la plus exacte règne dans toutes ces villes, sans qu'il soit besoin, pour la maintenir, d'une foule de scélérats, cent fois plus infectés que ceux qu'ils répriment, et qui, pour arrêter l'effet du vice, en multiplient la contagion*. Les habitants, toujours occupés, toujours

---

* On demandait à M. Bertin[425] pourquoi tant de mauvais sujets lui étaient nécessaires à la police de Paris. « Trouvez-moi, répondit-il, un honnête homme qui veuille faire ce métier-là. » Soit, mais un honnête homme prend la liberté de répliquer à cela :

1° S'il est bien nécessaire de corrompre une moitié des citoyens pour policer l'autre ;

2° S'il est bien démontré que ce ne soit qu'en faisant le mal qu'on puisse réussir au bien ;

3° Ce que gagne l'État et la vertu à multiplier le nombre des coquins, pour un total très inférieur de conversions ;

obligés de l'être pour vivre, ne se livrent à aucun des désordres où le luxe et la fainéantise les plongent dans vos villes d'Europe ; ils se couchent de bonne heure, afin d'être le lendemain au point du jour à la culture de leurs possessions. La saison n'exige-t-elle d'eux aucun de leurs soins agriculteurs ? d'innocents plaisirs les retiennent alors auprès de leurs foyers. Ils se réunissent quelques ménages ensemble ; ils dansent, ils font un peu de musique, ils causent de leurs affaires, s'entretiennent de leurs possessions, chérissent et respectent la vertu, s'excitent au culte qu'ils lui doivent, glorifient l'Éternel, bénissent leur gouvernement, et sont heureux [426].

Leur spectacle les amuse aussi pendant le temps des pluies ; il y a, partout, comme dans la capitale, un endroit ménagé au-dessous des magasins, où ils se livrent à ce plaisir. Des vieillards composent les drames avec l'attention d'en rendre toujours la leçon utile au peuple, et rarement ils quittent la salle sans se sentir plus honnêtes gens.

Rien en un mot ne me rappela l'âge d'or comme les mœurs douces et pures de ce bon peuple. Chacune de leurs maisons charmantes me parut le temple d'Astrée [427]. Mes éloges, à mon retour, furent le fruit de l'enthousiasme que venait de m'inspirer ce délicieux voyage, et j'assurai Zamé que, sans l'ardente passion dont j'étais dévoré, je lui demanderais, pour toute grâce, de finir mes jours près de lui.

Ce fut alors qu'il me demanda le sujet de mon trouble et de mes voyages. Je lui racontai mon histoire, le conjurant de m'aider de ses conseils, en l'assurant que je ne voulais régler que sur eux le reste de ma destinée. Cet honnête homme

---

4° S'il n'y a pas à craindre que cette partie gangrenée ne corrompe l'autre au lieu de la redresser ;

5° Si les moyens que prennent ces gens infâmes en tendant des embûches à l'innocence, la confondant avec le crime pour la démêler, si ces moyens, dis-je, ne sont pas d'autant plus dangereux que cette innocence alors ne se trouve plus corrompue que par ces gens-là, et que tous les crimes où elle peut tomber après, instruite à cette école, ne sont plus l'ouvrage que de ces suborneurs ; est-il donc permis de corrompre, de suborner, pour corriger et pour punir ?

6° Enfin, s'il n'y a pas, de la part de ceux qui régissent cette partie, un intérêt puissant à vouloir persuader au roi et à la nation, qu'il est essentiel qu'un million se dépense à soudoyer cent mille fripons qui ne méritent que la corde et les galères.

Jusqu'à ce que ces questions soient résolues, il sera permis de former des doutes sur l'excellence de l'ancienne police française.

plaignit mon infortune ; il y mit l'intérêt d'un père, il me fit d'excellentes leçons sur les écarts où m'entraînait la passion dont je n'étais plus maître, et finit par exiger de moi de retourner en France.

« Vos recherches sont pénibles et infructueuses, me dit-il, on a pu vous tromper dans les renseignements que l'on vous a donnés ; il est même vraisemblable qu'on l'a fait ; mais ces renseignements fussent-ils vrais, quelle apparence de trouver une seule personne parmi cent millions d'êtres où vous projetez de la chercher ? Vous y perdrez votre fortune... votre santé, et vous ne réussirez point. Léonore, moins légère que vous, aura fait un calcul plus simple ; elle aura senti que le point de réunion le plus naturel devait être dans votre patrie : soyez certain qu'elle y sera retournée, et que ce n'est qu'en France où vous devez espérer de la revoir un jour. »

Je me soumis... Je me jetai aux pieds de cet homme divin, et lui jurai de suivre ses conseils.

« Viens, me dit-il en me serrant entre ses bras et me relevant avec tendresse, viens, mon fils : avant de nous quitter, je veux te procurer un dernier amusement ; suis-moi. »

C'était le spectacle d'un combat naval que Zamé voulait me donner. La belle Zilia, magnifiquement vêtue, était assise sur une espèce de trône placé sur la crête d'un rocher au milieu de la mer ; elle était entourée de plusieurs femmes qui lui formaient un cortège ; cent pirogues, chacune équipée de quatre rameurs, la défendaient, et cent autres de même force étaient disposées vis-à-vis pour l'enlever. Oraï commandait l'attaque, et son frère la défense. Toutes les barques fendent les flots au même signal, elles se mêlent, elles s'attaquent, elles se repoussent avec autant de grâce que de courage et de légèreté ; plusieurs rameurs sont culbutés, quelques pirogues sont renversées : les défenseurs cèdent enfin, Oraï triomphe, il s'élance sur la pointe du rocher avec la rapidité de l'éclair, saisit sa charmante épouse, l'enlève, se précipite avec elle dans une pirogue, et revient au port, escorté de tous les combattants, au bruit de leurs éloges et de leurs cris de joie.

« Il y a dix jours qu'il n'a vu sa femme, me dit le bon Zamé ; j'aiguillonne les plaisirs de la réunion par cette petite fête... Demain, je suis grand-père...

— Eh quoi ? dis-je...

— Non, me répondit le bon vieillard, les larmes aux yeux...

Vous voyez comme elle est jolie, et cependant son indifférence est extrême... Il ne voulait pas se marier.

— Et vous espérez ?...

— Oui, reprit vivement Zamé, j'emploie le procédé de Lycurgue ; on irrite par des difficultés, on aide à la nature, on la contraint à inspirer des désirs qui ne seraient jamais nés sans cela. La politique est certaine ; vous avez vu comme il y allait avec ardeur : il ne l'aurait pas vue de deux mois s'il n'avait pas réussi, et si cette première victoire ne mène pas à l'autre, je lui rendrai si pénibles les moyens de la voir, j'enflammerai si bien ses désirs par des combats et des résistances perpétuelles, qu'il en deviendra amoureux malgré lui.

— Mais, Zamé, un autre peut-être...

— Non ; si cela était, crois-tu que je la lui eusse donnée ? Dégoût invincible pour le mariage... peut-être d'autres fantaisies... Ne connais-tu donc pas la nature ? Ignores-tu ses caprices et ses inconséquences ? Mais il en reviendra : ce qui s'y opposait est déjà vaincu ; il ne s'agit plus que d'améliorer la direction des penchants, et mes moyens me répondent du succès. »

Et voilà comme ce philosophe, dans sa nation, comme dans sa famille, ne travaillant jamais que sur l'âme, parvenait à épurer ses concitoyens, à faire tourner leurs défauts mêmes au profit de la société et à leur inspirer, malgré eux, le goût des choses honnêtes, quelles que pussent être leurs dispositions... ou plutôt, voilà comme il faisait naître le bien du sein même du mal, et comment, peu à peu, et sans user de punitions, il faisait triompher la vertu, en n'employant jamais que les ressorts de la gloire et de la sensibilité.

« Il faut nous séparer, mon ami, me dit le lendemain Zamé, en m'accompagnant vers mon vaisseau... Je te le dis, pour que tu ne me l'apprennes pas.

— Ô vénérable vieillard, quel instant affreux !... Après les sentiments que vous faites naître, il est bien difficile d'en soutenir l'idée.

— Tu te souviendras de moi, me dit cet honnête homme en me pressant sur son sein... tu te rappelleras quelquefois que tu possèdes un ami au bout de la terre... tu te diras : J'ai vu un peuple doux, sensible, *vertueux sans lois, pieux sans religion* : il est dirigé par un homme qui m'aime et j'y trouverai un asile dans tous les temps de ma vie... »

J'embrassai ce respectable ami ; il me devenait impossible de m'arracher de ses bras...

« Écoute, me dit Zamé avec l'émotion de l'enthousiasme, tu es sans doute le dernier Français que je verrai de ma vie... Sainville, je voudrais tenir encore à cette nation qui m'a donné le jour... Ô mon ami ! écoute un secret que je n'ai voulu te dévoiler qu'à l'époque de notre séparation : l'étude profonde que j'ai faite de tous les gouvernements de la terre, et particulièrement de celui sous lequel tu vis, m'a presque donné l'art de la prophétie [428]. En examinant bien un peuple, en suivant avec soin son histoire, depuis qu'il joue un rôle sur la surface du globe, on peut facilement prévoir ce qu'il deviendra. Ô Sainville ! une grande révolution se prépare dans ta patrie ; les crimes de vos souverains, leurs cruelles exactions, leurs débauches et leur ineptie ont lassé la France ; elle est excédée du despotisme, elle est à la veille d'en briser les fers. Redevenue libre, cette fière partie de l'Europe honorera de son alliance tous les peuples qui se gouverneront comme elle... Mon ami, l'histoire de la dynastie des rois de Tamoé ne sera pas longue... Mon fils ne me succédera jamais ; il ne faut point de rois à cette nation-ci : les perpétuer dans son sein serait lui préparer des chaînes ; elle a eu besoin d'un législateur, mes devoirs sont remplis. À ma mort, les habitants de cette île heureuse jouiront des douceurs d'un gouvernement libre et républicain. Je les y prépare ; ce que leur destinaient les vertus d'un père que j'ai tâché d'imiter, les crimes, les atrocités de vos souverains le destinent de même à la France. Rendus égaux, et rendus tous deux libres, quoique par des moyens différents, les peuples de ta patrie et ceux de la mienne se ressembleront ; je te demande alors, mon ami, ta médiation près des Français pour l'alliance que je désire... Me promets-tu d'accomplir mes vœux ?...

— Ô respectable ami, je vous le jure, répondis-je en larmes ; ces deux nations sont dignes l'une de l'autre, d'éternels liens doivent les unir...

— Je meurs content, s'écria Zamé, et cet heureux espoir va me faire descendre en paix dans la tombe. Viens, mon fils, viens, continua-t-il en m'entraînant dans la chambre du vaisseau ; viens, nous nous ferons là nos derniers adieux...

— Ô ciel ! qu'aperçois-je ? dis-je en voyant la table couverte de lingots d'or... Zamé, que voulez-vous faire ?... Votre ami n'a besoin que de votre tendresse ; il n'aspire qu'à s'en rendre digne.

— Peux-tu m'empêcher de t'offrir de la terre de Tamoé ? me répondit ce mortel tant fait pour être chéri. C'est pour que tu te souviennes de ses productions [429].

— Ô grand homme !... et j'arrosai ses genoux de mes larmes... et je me précipitai à ses pieds, en le conjurant de reprendre son or et de ne me laisser que son cœur.

— Tu garderas l'un et l'autre, reprit Zamé en jetant ses bras autour de mon cou ; tu l'aurais fait à ma place... Il faut que je te quitte... mon âme se brise comme la tienne. Mon ami, il n'est pas vraisemblable que nous nous revoyions jamais, mais il est sûr que nous nous aimerons toujours. Adieu !... »

En prononçant ces dernières paroles, Zamé s'élance, il disparaît, donne lui-même le signal du départ, et me laisse inondé de larmes, absorbé de tous les sentiments d'une âme à la fois oppressée par la douleur et saisie de la plus profonde admiration*.

---

* L'instant de calme, où se trouve maintenant le lecteur, nous permet de lui communiquer des réflexions par lesquelles nous n'avons pas voulu l'interrompre.

On a objecté que le peuple qui vient d'être peint n'avait qu'un bonheur illusoire ; que foncièrement il était esclave, puisqu'il ne possédait rien en propre. Cette objection nous a paru fausse : il vaudrait alors autant dire que le père de famille, propriétaire d'un bien substitué [430], est esclave, parce qu'il n'est qu'usufruitier de son bien, et que le fonds appartient à ses enfants. On appelle esclave celui qui dépend d'un maître qui a tout, et qui ne fournit à cet homme servile que ce qu'il faut à peine pour sa subsistance ; mais ici il n'y a point d'autre maître que l'État, le chef en dépend comme les autres ; c'est à l'État que sont tous les biens, ce n'est pas au chef.

Mais le citoyen, continue-t-on, ne peut ni vendre, ni engager.

Eh ! qu'a-t-il besoin de l'un ou de l'autre ? C'est pour vivre ou pour changer, qu'on vend ou qu'on engage ; si ces choses sont prouvées inutiles ici, quel regret peut avoir celui qui ne peut le faire ? Ce n'est pas être esclave, que de ne pouvoir pas faire une chose inutile ; on n'est tel, que quand on ne peut pas faire une chose utile ou agréable. À quoi servirait ici de vendre ou d'acheter, puisque chacun possède ce qu'il lui faut pour vivre, et que c'est tout ce qui est nécessaire au bonheur ?

Mais on ne peut rien laisser à ses enfants.

Dès que l'État pourvoit à leur subsistance et leur donne un bien égal au vôtre, qu'avez-vous besoin de leur laisser ? C'est assurément un grand bonheur pour les époux, d'être sûrs que leur postérité, destinée à être aussi heureuse

Mon dessein étant de suivre le conseil de Zamé, nous reprîmes la route que nous venions de faire ; le vent servait mes intentions et nous perdîmes bientôt Tamoé de vue.

Ma délicatesse souffrait de l'obligation d'emporter, comme malgré moi, de si puissants effets de la libéralité d'un ami. Quand je réfléchis pourtant que ce métal, si précieux pour nous, était nul aux yeux de ce peuple sage, je crus pouvoir apaiser mes regrets et ne plus m'occuper que des sentiments de reconnaissance que m'inspirait un bienfaiteur dont le souvenir ne s'éloignera jamais de ma pensée.

Notre voyage fut heureux et nous revîmes le Cap en assez peu de temps.

Je demandai à mes officiers, dès que nous l'aperçûmes, s'ils voulaient y prendre terre, ou s'ils aimaient autant me conduire tout de suite en France. Quoique le vaisseau fût à moi, je crus leur devoir cette politesse. Désirant tous revoir leur patrie, ils préférèrent me débarquer sur la côte de Bretagne, pour repasser de là en Hollande, moyennant qu'une fois à Nantes, je leur laisserais le bâtiment pour retourner chez eux, où ils le vendraient à mon compte. Nous convînmes de tout de part et d'autre, et nous continuâmes de voguer ; mais ma santé ne me permit pas de remplir la totalité du projet. À la hauteur du Cap-Vert, je me sentis dévoré d'une fièvre ardente, accompagnée de grands maux de cœur et d'estomac, qui me réduisirent bientôt à ne pouvoir plus sortir de mon lit. Cet incident me contraignit de relâcher à Cadix, où totalement dégoûté de la mer, je pris la résolution de regagner la France par terre, sitôt que je serais rétabli. Me voyant une fortune assez considérable pour pouvoir me passer de la faible somme que je pourrais retirer de mon navire, j'en fis présent à mes officiers ; ils me comblèrent de remerciements. Je n'avais eu qu'à me louer d'eux : ils devaient être contents de ma conduite à leur égard. Rien donc de ce

---

qu'eux, ne peut jamais leur être à charge et ne désirera jamais leur mort pour devenir riche à son tour. Non, certes, ce peuple n'est point esclave ; il est le plus heureux, le plus riche et le plus libre de la terre, puisqu'il est toujours sûr d'une subsistance égale, ce qui n'existe dans aucune nation. Il est donc plus heureux qu'aucune de celles qu'on puisse lui comparer. Il faudrait plutôt dire que c'est l'État qui se rend volontairement esclave, afin d'assurer la plus grande liberté à ses membres ; et c'est dans ce cas le plus beau modèle de gouvernement qu'il soit possible de méditer.

qui détruit l'union entre les hommes ne s'étant élevé entre nous, il était tout simple que nous nous quittassions avec toutes les marques réciproques de la parfaite estime.

L'état dans lequel j'étais me retint huit à dix jours à Cadix ; mais cet air ne me convenant point, je dirigeai mes pas vers Madrid, avec le projet d'y séjourner le temps nécessaire à reprendre totalement mes forces. Je me logeai, en arrivant, à l'hôtel Saint-Sébastien, dans la rue de ce nom, chez des Milanais dont on m'avait vanté les soins envers les étrangers. J'y trouvai à la vérité une partie de ces soins, mais qu'ils devaient me coûter cher !

Hors d'état de vaquer à rien par moi-même, je priai l'hôte de me chercher deux domestiques, Français s'il était possible, et les plus honnêtes que faire se pourrait. Il m'amena, l'instant d'après, deux grands drôles bien tournés, dont l'un se dit de Paris et l'autre de Rouen, passés l'un et l'autre en Espagne avec des maîtres qui les avaient renvoyés, parce qu'ils avaient refusé de s'embarquer pour aller avec eux au Mexique, dont ils ne devaient pas revenir de longtemps ; et dans ces tristes circonstances pour eux, ajoutaient-ils, ils cherchaient avec empressement quelqu'un qui voulût les ramener dans leur patrie. Me devenant impossible de prendre le plus grandes informations, je les crus, et les arrêtai sur-le-champ, bien résolu néanmoins à ne leur donner aucune confiance.

Ils me servirent assez bien l'un et l'autre pendant ma convalescence, c'est-à-dire environ quinze jours, au bout desquels mes forces revenant peu à peu, je commençai à m'occuper des petits détails de ma fortune. Mes yeux se tournèrent sur cette caisse de lingots, fruits précieux de l'amitié de Zamé, et s'inondèrent des larmes de ma reconnaissance, en examinant ces trésors. Comme ces lingots me parurent purs, entièrement dégagés de parties terreuses et fondus en barre, j'imaginai qu'ils ne pouvaient être le résultat d'une fouille faite pendant ma course dans l'intérieur des terres, mais bien plutôt le reste des trésors qui avaient servi à Zamé dans ses vingt années de voyage.

Je n'avais point encore vidé la cassette ; je le fis pour compter les lingots... J'allais les estimer, lorsque je trouvai un papier, au fond, où l'évaluation était faite, et qui m'apprit que j'en avais pour sept millions cinq cent soixante-dix mille livres, argent de France[431]...

Juste ciel ! m'écriai-je, me voilà le plus riche particulier de l'Europe ! Ô mon père ! je pourrai donc adoucir votre vieillesse ! je pourrai réparer le tort que je vous ai fait ; je vous rendrai heureux, et je le serai de votre bonheur ! Et toi ! unique objet de mes vœux, ô Léonore ! si le ciel me permet de te retrouver un jour, voilà de quoi enrichir le faible don de ma main, de quoi satisfaire à tous tes désirs, de quoi me procurer le charme de les prévenir tous !... Mais que les calculs de l'homme sont incertains, quand il ne les soumet pas aux caprices du sort !

« Ô Léonore, Léonore ! dit Sainville en s'interrompant et se jetant en pleurs sur le sein de sa chère femme, j'avais ce qu'il fallait pour ta fortune, tout ce qui pouvait te dédommager de tes souffrances, et je n'ai plus à t'offrir que mon cœur.

— Ciel, dit Mme de Blamont, cette grande richesse ?...

— Elle est perdue pour moi, madame ; différence essentielle entre les sentiments du cœur et les biens du hasard ; ceux-ci sont évanouis, et la tendresse que je dois à celui de qui je les tenais, ne s'effacera jamais de mon âme. Mais reprenons le fil des événements. »

Quoiqu'il me restât encore près de vingt-cinq mille livres, dont moitié en or, heureusement cousus dans une ceinture qui ne me quitta jamais, j'eus la fantaisie de me faire échanger un de mes lingots en quadruples d'Espagne* ; je me fis conduire à cet effet chez un directeur de la monnaie que m'avait indiqué mon hôte. Je lui présente mon or, il l'examine et découvre bientôt qu'il n'est point du Pérou. Sa curiosité s'en éveille ; ses questions deviennent aussi nombreuses que pressantes ; et sans qu'il me soit possible d'être maître de moi, un frémissement universel me saisit. Je vois que je viens de faire une sottise ; et l'embarras, que ce mouvement imprime sur ma physionomie, redouble aussitôt la curiosité de mon homme ; il prend un air sévère et renouvelle ses questions, du ton de l'insolence et de l'effronterie... Ma figure se remet pourtant, elle reprend le calme que doit lui prêter celui de mon cœur et je réponds, sans me troubler, que je rapporte

* À peu près quatre-vingt-quatre livres de France : la pistole vaut vingt et une livres ; il y en a des doubles et des quadruples.

cet or d'Afrique, que je l'ai eu par des échanges avec les colonies portugaises.

Ici mon questionneur m'examinant de plus près encore, m'assure que les Portugais n'emploient en Afrique que de l'or du Nouveau Monde et que celui que je lui présente n'en est sûrement pas.

Pour le coup, la patience m'échappe : je déclare net que je suis las des interrogations, que le métal que je lui offre est bon ou mauvais, que s'il est bon, il ait à me l'échanger sans difficulté ; que s'il le croit mauvais, il en fasse à l'instant l'épreuve devant moi. Ce dernier parti fut celui qu'il prit, et l'expérience n'ayant que mieux confirmé la pureté du métal, il lui devint impossible de ne me point satisfaire ; il le fit avec un peu d'humeur, et en me demandant si j'avais beaucoup de lingots à changer ainsi.

« Non, répondis-je sèchement, voilà tout. »

Et faisant prendre mes sacs à mes gens, je regagnai mon hôtellerie, où je passai la journée, non sans un peu d'inquiétude sur la quantité des questions de ce directeur.

Je me couchai... Mais quel épouvantable réveil ! Il n'y avait pas deux heures que j'étais endormi, lorsque ma porte s'ouvrant avec fracas me fait voir ma chambre remplie d'une trentaine de crispins[432]*, tous familiers ou valets de l'Inquisition**.

« Avec la permission de *Votre Excellence*, me dit un de ces illustres scélérats, vous plairait-il de vous lever, et de venir à l'instant parler au très révérend père inquisiteur qui vous attend dans son appartement ?... »

Je voulus, pour réponse, me jeter sur mon épée ; mais on ne m'en laissa pas le temps... On ne me lia point ; c'est un

---

* L'habit du personnage de ce nom est l'uniforme de ces drôles-là.

** Innocent III, à dessein de mettre l'Inquisition en faveur, accorda des privilèges et des indulgences à ceux qui prêteraient main-forte au tribunal pour chercher et punir les coupables : il est aisé de voir, d'après une aussi sage institution, combien leur nombre dut augmenter ; ce sont ces infâmes délateurs que l'on appelle *familiers*[433], comme s'ils étaient en quelque sorte de la famille de l'inquisiteur. Les plus grands seigneurs acquérant l'impunité de leurs crimes au moyen de cette fonction, s'empressent tous d'entrer dans ce noble corps. Le tribunal de l'Inquisition n'est pas le seul qui ait des familiers, et l'Espagne n'est pas la seule partie de l'Europe où l'administration soit viciée au point de corrompre ou de tolérer la corruption de la moitié des citoyens pour tourmenter inutilement l'autre.

des privilèges particuliers à ce tribunal, de n'employer, pour saisir leurs prisonniers, que la seule force du nombre, et jamais celle des liens. On ne me lia donc point ; mais je fus tellement environné, tellement serré partout, qu'il me devint impossible de faire aucun mouvement. Il fallut obéir : nous descendîmes ; une voiture m'attendait au coin de la rue, et je fus transporté ainsi au milieu de ce tas de coquins dans le palais de l'Inquisition. Là, nous fûmes reçus par le secrétaire du Saint-Office, qui, sans dire une seule parole, me remit à l'alcaïde[434] et à deux gardes, qui me conduisirent dans un cachot fermé de trois portes de fer, d'une obscurité et d'une humidité d'autant plus grandes, que jamais encore le soleil n'y avait pénétré. Ce fut là qu'on me déposa sans me dire un mot et sans qu'il me fût permis ni de parler, ni de me plaindre, ni de donner aucun ordre chez moi.

Anéanti, absorbé dans les plus douloureuses réflexions, vous imaginez facilement quelle fut la nuit que je passai. Hélas ! me disais-je, j'ai parcouru le monde entier ; je me suis trouvé au milieu d'un peuple d'anthropophages : il a daigné respecter et ma vie et ma liberté ; mon étoile me porte au sein des mers les plus reculées : j'y trouve une fortune immense et des amis... j'arrive en Europe... je touche à ma patrie... c'est pour n'y rencontrer que des persécuteurs ! Et comme si j'eusse pris plaisir à accroître l'horreur de mon sort, je ne me repaissais à chaque instant que de ces fatales idées, lorsqu'au bout d'une semaine de mon séjour dans cet horrible lieu, l'alcaïde parut, escorté de ses deux mêmes gardes, et m'ayant ordonné de découvrir ma tête, il me conduisit ainsi à la salle d'audience. On me fit signe de m'asseoir ; un siège étroit et dur se présentait à moi au bout d'une table, auprès de laquelle étaient deux moines, dont l'un devait m'interroger, et l'autre écrire mes réponses ; je me plaçai. En face était l'image de ce Dieu bon, de ce rédempteur de l'univers, exposé dans un lieu où l'on ne travaille qu'à perdre ceux qu'il est venu racheter. J'avais sous mes yeux un juge équitable et des hommes méchants ; le symbole de la douceur et de la vertu à côté de celui des crimes et de la férocité ; *j'étais devant un Dieu de paix et des hommes de sang*, et c'était au nom du premier, que les seconds osaient me sacrifier à leur infâme cupidité.

On m'interrogea d'abord sur mon nom, sur ma patrie et

sur ma profession ; ayant satisfait à ces premières demandes, on exigea de moi des éclaircissements sur les motifs de mes voyages... Je ne les cachai point. Lorsque je dis que je quittais une île, où j'avais trouvé le plus grand des hommes pour législateur, on me demanda s'il était chrétien.

« Il est bien plus, dis-je avec enthousiasme ; il est juste, il est bon, il est libéral, il est hospitalier, et n'enferme pas les infortunés que le hasard jette sur ses côtes. »

Cette réponse, traitée d'impie, fut aussitôt inscrite comme blasphématoire.

L'inquisiteur me demanda si j'avais baptisé ce païen.

« Pourquoi faire ? répondis-je outré. Si le ciel est destiné pour la vertu, il y sera plutôt placé que ceux qui, soumis à ces vains usages, n'en reçoivent que le caractère du crime et de l'atrocité. »

Autre blasphème ! Le moine, me montrant le crucifix, me demanda si je songeais que mon Sauveur était là ?

« Oui, lui dis-je, et si quelque chose le révolte ici, croyez que c'est bien plutôt la conduite du tyran qui impose les fers, que celle de l'esclave qui les reçoit. Le Dieu que vous m'offrez a été malheureux comme moi... et comme moi, victime de la calomnie et de la scélératesse des hommes ; il doit me plaindre et vous condamner. »

Sur cette réponse, l'inquisiteur, palpitant de rage, dit au greffier d'écrire que j'étais *athée*.

« Vous écrirez un mensonge ! m'écriai-je ; j'affirme que je crois à un Dieu, que je le crains, que je l'adore et que je ne hais que ceux qui abusent de son nom pour accabler l'innocence. »

Le greffier, arrêté par cette réponse, fixa l'inquisiteur...

« Écrivez, dit celui-ci, qu'il invective les officiers du tribunal...

— Que Votre Éminence réfléchisse, dit le greffier en espagnol, croyant que je ne l'entendais pas...

— Écrivez donc que c'est un calomniateur, dit le moine toujours furieux.

— Je croyais, dis-je alors à ce juge atroce, qu'il s'agissait moins de constater ce qui se passe ainsi à huis clos, que de m'interroger sur les faits qu'on me suppose, et de me confronter aux témoins.

— Il n'y a jamais de telles confrontations dans un tribunal

J'étais devant un dieu de paix et des hommes méchans.

dirigé par l'esprit de Dieu ; où règne cet esprit sacré, les formalités deviennent inutiles. À qui est l'or que vous changeâtes hier chez le directeur des monnaies ?

— À moi.

— D'où vous vient-il ?

— Des bontés d'un ami qui craint Dieu, qui aime les hommes, qui leur rend service et qui ne les tourmente jamais.

— Il y a donc des mines d'or dans son île ?

— Non », dis-je affirmativement.

Aurais-je pu me pardonner, par une réponse contraire, d'attirer de tels ennemis au meilleur des humains ?

« Non, il a reçu des lingots en paiement des différents objets d'un commerce fait avec les Anglais.

— Et il vous a fait un tel présent ?

— Il ne s'en sert plus, il a renoncé à tout négoce étranger, cet or lui devient inutile.

— Inutile ? pour près de huit millions !... »

Et alors, je vis que toute ma fortune était déjà dans les mains de ces scélérats...

L'inquisiteur redoubla ses questions, il y mit tout l'art qu'il put pour me faire contredire ou couper, art profond, qui n'est possédé nulle part comme par les ministres de ce tribunal de sang[435]. Mais je ne sortis jamais du cercle de mes réponses, toujours elles furent les mêmes, et son infâme talent échoua devant elles. Il voulut des détails géographiques sur Tamoé, je les embrouillai tellement, qu'il lui fut impossible de deviner dans quelle partie de la mer cette île était située.

L'interrogatoire se rompit. Je demandai mon bien. On me dit qu'il fallait d'autres éclaircissements avant que de savoir seulement s'il m'appartenait ; que dans le cas où il deviendrait certain que je n'en imposais pas, il faudrait toujours défalquer de ces richesses les frais de la procédure ; que le roi armerait un navire pour vérifier la solidité de mes aveux ; que je devais juger de la longueur et des sommes que coûteraient ces informations, et sentir combien, d'après cela, il devenait essentiel de dire la vérité pour abréger toutes ces démarches. Je me gardai bien de tomber dans ce piège, et changeant de propos pour ne plus même donner lieu d'y revenir une seconde fois, je me plaignis de la chambre où l'on m'avait mis et demandai si, pour les fonds que l'on avait à moi, on ne pouvait pas au moins me loger plus commodément.

L'alcaïde, interrogé par l'inquisiteur, répondit alors qu'il n'y avait de bonnes chambres vacantes pour le moment que dans le quartier des femmes...

« Qu'on lui en donne une, dit le révérend, et vous lui ferez, en l'y enfermant, les recommandations d'usage. »

Cet appartement, situé dans la cour des femmes, était infiniment meilleur que le mien.

« C'est par un excès de faveur que l'on vous accorde cette chambre, me dit celui qui m'y conduisait, songez à vous y conduire avec toute la prudence et toute la circonspection imaginables ; la plus légère indiscrétion vous ferait remettre dans un cachot, dont vous ne sortiriez jamais. Au-dessus et à côté de cette chambre, continua l'alcaïde, sont des juives et des bohémiennes ; le plus grand silence, si elles vous interrogent, et gardez-vous de leur parler le premier. »

Je promis tout ce qu'on voulut et les portes se fermèrent.

J'avais déjà passé cinq jours dans cette nouvelle position, lorsqu'un de mes geôliers m'invita à demander une audience : tel est l'usage de ce tribunal plein de ruse et de fausseté ; quand les juges veulent interroger une seconde fois le coupable, il faut que cette audience soit comme l'effet d'une pressante sollicitation de la part de ce malheureux, qui, sans cela, gémirait des siècles et sans qu'on le soulageât, et sans qu'on l'entendît ; je demandai donc à revoir mes juges... je l'obtins.

L'inquisiteur me demanda ce que je voulais.

« Mon bien et ma liberté, répondis-je.

— Avez-vous réfléchi, me dit-il en éludant ma réponse, sur l'extrême importance dont il est pour vous de donner les lumières qu'on désire ?

— J'ai satisfait à ce qu'on exigeait de moi, satisfaites de même à ce que j'attends de vous.

— Tout est enfermé maintenant dans les coffres du Saint-Office, et rien n'en peut plus sortir qu'au retour du vaisseau d'information que Sa Majesté va faire partir ; pressez-vous donc de donner les éclaircissements qu'on vous demande, votre liberté tient à leur promptitude, vos jours à leur sincérité. »

Mais, dès qu'on vit que mes réponses étaient toujours les mêmes, on me dit alors avec humeur, que quand on n'avait rien à dire, il ne fallait pas faire demander des audiences, que le tribunal accablé d'affaires, ne pouvait pas être journellement importuné pour de telle minuties ; que j'eusse à retourner dans ma prison et à ne pas demander d'en sortir, si je n'étais pas décidé à plus de vérité et de soumission.

Je rentrai... ce fut alors, je l'avoue, que je me sentis bien près du désespoir...

Eh ! qu'ai-je donc fait ? me dis-je, en quoi puis-je mériter une punition si sévère ? J'étais né honnête et sensible, et me voilà traité comme un scélérat !... Je possédais quelques vertus, et me voilà confondu avec le crime !... À quoi m'ont servi les qualités de mon cœur ?... En suis-je moins devenu la victime des hommes ?... Hélas ! quelque mérite de plus m'a attiré toute leur haine ; avec des vices et de la médiocrité, je n'aurais trouvé que du bonheur ; il ne faut qu'être bas et rampant pour être sûr de leur estime[436]. Mais si des talents vous décorent, si la fortune vous rit, si la nature vous sert, leur orgueil humilié ne vous prépare plus que des pièges ; et la méchanceté qu'il arme, et la calomnie qu'il envenime, toujours prêtes à vous écraser, vous puniront bientôt d'être bon et vous feront repentir de vos vertus.

Puis revenant sur la première origine de mes erreurs, mon plus grand crime, ajoutai-je, est d'avoir aimé Léonore ; à cette première faiblesse tient la chaîne de toutes mes infortunes ; sans cela, je n'aurais pas quitté la France : que de maux ont suivi cette première faute ! Que dis-je, hélas ! plus malheureuse que moi, que fait-elle, isolée sur la terre ? En l'enlevant à sa famille, n'ai-je pas détruit son bonheur ? En l'arrachant à son devoir, n'ai-je pas flétri ses beaux jours ? Ne lui ai-je pas ravi, par cette coupable imprudence, toute la félicité qu'elle avait droit d'attendre ? Ce n'est donc que sur elle que mes larmes doivent couler, ce n'est donc qu'elle que je dois plaindre ; mon malheur est mérité dès qu'il put attirer le sien...

Ô Léonore, Léonore ! tes revers sont mon seul ouvrage, et les étincelles de plaisir, que mon amour fit naître en toi, ressemblaient à ces lueurs mensongères qui, trompant le voyageur égaré, l'engloutissent à jamais dans l'abîme !... Et toi, mon bienfaiteur, continuai-je en larmes, pourquoi t'ai-je quitté ? pourquoi n'ai-je pas retrouvé Léonore dans ton île, et pourquoi ce séjour enchanteur n'est-il pas devenu, notre patrie à tous les deux ?...

Tribunal odieux, nation subjuguée par l'imposture et la

superstition, quels droits avez-vous sur moi ? qui vous donne ceux de me retenir et de me rendre le plus malheureux des hommes ?

Huit jours se passèrent encore ainsi, lorsqu'on vint me chercher pour une troisième audience ; mais on ne m'avait pas fait solliciter celle-là : les scélérats commençaient à voir que je soupçonnais leur piège ; ils désespéraient de m'y prendre, et ne pouvant plus avoir recours qu'à l'effroi et à la calomnie, ils espéraient, en usant de ces deux moyens, obtenir de moi quelques aveux qui, me rendant imaginairement coupable, apaisassent au moins les remords qu'ils commençaient sans doute à sentir, de me voler aussi impunément.

Je fus reçu cette fois-ci dans ce qu'on appelle *le lieu des tourments*. C'est un souterrain effroyable, dans lequel on descend par un nombre infini de marches, et tellement reculé, qu'aucun cri n'en peut être entendu... C'est là que, sans respect, ni pour la pudeur, ni pour l'humanité, que sans distinction d'âge, de condition ou de sexe, ces infernaux vautours viennent se repaître de barbaries et d'atrocités : c'est là que la jeune fille timide et honnête, mise nue sous les yeux de ces monstres, pincée, brûlée, tenaillée, vient éveiller dans ces cœurs pervers le sentiment de la luxure par l'aiguillon de la férocité ; et c'est pour y multiplier les victimes de leur exécrable infamie, qu'ils corrompent annuellement cinquante mille âmes dans le royaume, afin d'obtenir plus de coupables. Là, tous les instruments de la torture se présentèrent à mes yeux effrayés, il n'y manquait que les bourreaux. Les mêmes moines, assis dans de vastes fauteuils, m'ordonnèrent de me placer sur une escabelle de bois, posée en face d'eux.

« Vous voyez, me dit celui qui m'avait interrogé jusqu'alors, quels sont les moyens dont nous allons nous servir pour obtenir de vous la vérité.

— Ces moyens sont inutiles, répondis-je avec courage ; ils peuvent effrayer le coupable, mais l'innocent les voit sans frémir : que vos bourreaux paraissent, je saurai à la fois soutenir leurs tortures, vous plaindre et me consoler.

— Cette fierté, hors de saison, cet entêtement à nous cacher la vérité va peut-être vous coûter bien cher, reprit l'inquisiteur ; est-il besoin de feindre lorsque nous avons tout appris ? votre hôte, vos gens emprisonnés comme vous (cette circonstance était fausse), tout ce qui vous entourait enfin, vient de déposer contre vous. On a surpris vos opérations ; on vous a vu invoquer le Diable... En un mot, vous êtes chimiste et sorcier, ce que nous regardons comme synonyme*. »

Partout ailleurs, j'avoue que le rire eût été ma seule réponse à des balourdises de cette espèce ; on n'imagine pas le mépris qu'inspire un juge quelconque, quand renonçant à la sage austérité de son ministère, il en descend par libertinage ou bêtise, pour s'occuper de détails déshonnêtes, ou hors de bon sens ; on ne voit plus dès lors en lui qu'un crapuleux ou qu'un imbécile, conduit par la débauche ou l'absurdité, et qui n'est plus digne que de la rigueur des lois et de l'indignation publique.

Quoi qu'il en fût, je me contins ; mais les mouvements de pitié que m'inspiraient de pareils fourbes, éclatèrent si énergiquement sur mon visage, qu'ils se regardèrent tous deux, sans trop savoir que dire pour appuyer leur stupide accusation. Leur adressant la parole enfin :

« Si j'avais, dis-je, la puissance du Diable, croyez que le premier emploi que j'en ferais, serait assurément de me sortir de la main de ses satellites.

— Mais s'il est certain, dit l'inquisiteur en ne prenant pas garde à ma réponse, s'il est évident que cet or est composé par vous, il ne peut l'être que par la chimie ; or, la chimie est un art diabolique que nous regardons....

— On ne fait de l'or par aucun procédé chimique, dis-je en interrompant cet imbécile avec vivacité ; ceux qui répandent ces sottises sont aussi bêtes que ceux qui les croient ; la seule matrice de l'or est la terre, et on ne l'imite point : je vous ai dit d'où venaient ces lingots ; je ne les ai acquis par aucune voie qui puisse alarmer ma conscience ; vous m'arracheriez la vie, que je ne vous en dirais pas davantage. Gardez mon or, si c'est lui qui vous tente ; je vivais avant de l'avoir, je ne

---

* Il ne faut pas que l'accusation de sorcellerie, de chimie, étonne dans le siècle où fut fait le fameux procès du curé de Blénac. Ce malheureux prêtre fut accusé au Parlement de Toulouse, en 1712 ou 1715, d'avoir commerce avec le Diable ; en conséquence, il fut scandaleusement dépouillé en pleine salle, pour voir s'il ne portait pas sur le corps des marques de ce commerce ; et comme on lui trouva plusieurs seings, on ne douta plus du fait. On le piqua, on le brûla sur chacun de ces seings, pour voir s'ils étaient l'ouvrage du démon ou de la nature. Telle était la spirituelle école où se formaient les meurtriers de Calas et de la Barre.

mourrai pas pour l'avoir perdu ; mais rendez-moi la liberté que vous m'avez ravie sans droits et que votre seule cupidité vous force à m'enlever.

— Vous reconnaissez donc, ajouta ce suborneur, que cet or est le fruit de vos œuvres ?

— Je reconnais qu'il m'a été donné, qu'il m'appartient, et que vous voulez me faire mourir pour me le voler.

— On ne porta jamais l'impudence plus loin, dit le moine en se levant furieux et sonnant une petite clochette d'argent qu'il avait près de lui : nous allons voir si elle se soutiendra aux portes du tombeau. »

Quatre assassins masqués comme le sont les pénitents dans nos provinces du Midi*, parurent alors et s'apprêtèrent à me saisir.

« Ô Dieu ! m'écriai-je, pardonnez à mes bourreaux, et donnez-moi la force d'endurer les tourments que leur stupide rage apprête à l'innocence ! »

À ces mots, l'inquisiteur sonna une seconde fois et l'alcaïde parut...

« Remettez cet homme en prison, lui dit le moine, il y finira ses jours, puisqu'il ne veut rien avouer ; qu'il entende bien que sa liberté tient à ses aveux, et qu'il les fasse maintenant quand il voudra[437]. »

Je sortis et vous laisse à penser dans quels sentiments j'étais contre d'infâmes coquins, dont il était clair que le vol et le meurtre étaient les seules intentions.

Mon trouble seul me soutint cette première journée ; mais je tombai le lendemain dans des réflexions sombres, dans une mélancolie, qui me firent naître le dessein de finir mon sort.

Un accès de douleur effroyable qui survint peu après, en mettant mon âme dans une situation plus violente, la sortit de ces funestes projets.

Oui, me dis-je dans l'excès de mon désespoir, un tribunal qui ne pardonne jamais, qui corrompt la probité des citoyens, la vertu des femmes, l'innocence des enfants ; qui, comme ces tyrans de l'ancienne Rome, ose faire un crime de la compassion et des larmes... aux yeux duquel le soupçon est un tort, la délation une preuve, la richesse un délit... qui, foulant aux pieds toutes les lois divines et humaines, couvre son impudence, sa luxure et sa cupidité du voile hypocrite de l'amour divin et des bonnes mœurs ; qui pardonne tous les forfaits de ceux qui le servent ; qui assure l'impunité à ses satellites ; qui, pour comble d'horreur et d'impudence, condamne et flétrit des héros*, immole des ministres d'État**, fait perdre à la nation ses plus brillants domaines***, dépeuple le gouvernement : un tel tribunal, dis-je, est la preuve la plus authentique de la faiblesse de l'État qui le souffre, le signe le plus certain du danger de la religion qui le protège, et l'avertissement le plus sûr de la vengeance de Dieu****.

Malheur aux rois, ou qui le toléreront dans leurs États, ou qui, même en le rejetant, consentiront à souiller les tribunaux de la nation des atroces maximes de cette assemblée de brigands ; le citoyen barbare, inepte et frénétique, qui abuserait de sa place pour introduire de telles opinions, serait l'instrument infernal qu'emploierait la colère céleste pour ébranler la puissance de cet empire ; et si ce scélérat, moins imaginaire qu'on ne le croira peut-être, parvenait à force de bassesses à s'élever un instant au-dessus de l'état vil où la nature le réduit, le ciel ne l'aurait permis que pour lui préparer la honte d'avoir à tomber de plus haut*****.

Ce fiel lancé, de nouvelles idées m'occupèrent : mes vingt-cinq mille livres en or, placées dans ma ceinture, me restaient intactes ; comme cette ceinture était extrêmement serrée sur mes reins, j'étais assez heureux pour qu'elle eût échappé à ceux qui m'avaient fouillé en entrant ; cette circonstance heureuse me fit voir que je n'étais pas tout à fait abandonné de la fortune, et qu'elle me tendait encore la main pour

---

* Charles Quint.

** Le comte d'Olivarès [438] ; il avait fait la fortune de plus de quatre mille personnes, quand ce tribunal atroce le somma de comparaître devant lui ; il ne trouva pas un seul ami qui osât lui donner du secours.

*** Les Provinces-Unies, etc. [439]

**** La maxime de ce tribunal est : Nous te ferons plutôt brûler comme coupable, que de laisser croire au public que nous t'ayons enfermé comme innocent.

***** On peut et on doit reprocher à l'ancien ministre dont il s'agit ici, d'avoir dans tous les temps écouté les soupçons, la commune renommée, et favorisé les délations secrètes : or, voilà ce qui s'appelle agir inquisitoirement. Il vaut mieux se tromper en pensant avantageusement de celui qui ne le mérite pas, que de concevoir des soupçons défavorables de l'homme de bien, parce qu'on ne fait aucun tort au premier en le soupçonnant meilleur qu'il n'est, et qu'on fait injure au second en le soupçonnant mal à propos. Saint Augustin consent qu'on présume le bien tant qu'on n'a point de preuves du mal ; mais pour appuyer un jugement désavantageux, il demande des preuves indubitables.

m'affranchir de mon malheureux sort... L'espoir se ranima ; si peu de chose le soutient dans le cœur navré du misérable ! Je ne vis plus les murs de ma prison comme les parois de mon sépulcre ; l'œil qui me les fit mesurer de nouveau, n'était plus dirigé que par l'idée de les franchir ; je les examinai avec exactitude... j'en sondai l'épaisseur... j'observai la fenêtre ; moins élevée qu'elles ne le sont dans les autres chambres, je crus qu'avec un peu de patience et du travail, il me deviendrait peut-être possible d'échapper par là : sa clôture, ou plutôt ses grillages étaient doubles et très épais, je ne m'en effrayai point ; je regardai où donnait cette fenêtre : il me parut que c'était dans une petite cour isolée, n'ayant plus qu'un mur de vingt pieds devant elle, qui la séparait de la rue ; je résolus de me mettre à l'ouvrage dès l'instant même ; le fer d'un briquet, meuble d'usage dans ces sortes d'endroits, me parut devoir servir au mieux mes desseins ; à force de l'ébrécher contre une pierre, j'en fis une sorte de lime, et dès le même soir, j'avais déjà mordu un de mes barreaux de plus de trois lignes de profondeur...

Courage ! me dis-je... Ô Léonore ! j'embrasserai encore tes genoux... Non, ce n'est point ici que la mort est préparée pour moi, elle ne peut me frapper qu'à tes pieds... Travaillons...

Afin que mes geôliers ne se doutassent de rien, j'affectai devant eux la plus profonde douleur ; je portai la ruse au point de refuser même les aliments qui m'étaient présentés, et les contraignant ainsi à un peu de pitié, j'éloignai tout soupçon de leur esprit. Cependant leurs consolations furent médiocres : l'art de répandre du baume sur les plaies d'une âme désolée n'est jamais connu d'êtres assez vils pour accepter l'emploi déshonorant de fermer des portes de prison. Quoi qu'il en soit, je les trompai, et c'était tout ce que je désirais ; leur aveuglement m'était plus utile que leurs larmes, et j'avais bien plus envie de fasciner leurs yeux, que d'attendrir leurs cœurs.

Mon ouvrage se perfectionnait ; déjà ma tête passait entièrement par les ouvertures que j'avais pratiquées ; j'avais soin de remettre les choses en ordre le soir, pour qu'on ne s'aperçût de rien ; tout répondait enfin au gré de mes désirs, lorsqu'un jour, vers les trois heures après midi, j'entendis frapper au-dessus de ma tête en un endroit de la voûte qui me parut plus faible que le comble, et qui l'était suffisamment pour laisser pénétrer la voix.

J'écoutai : on refrappa.

« Pouvez-vous m'entendre ? me dit une voix de femme en mauvais français.

— Au mieux, répondis-je ; que désirez-vous d'un malheureux compagnon d'infortune ?

— Le plaindre et me consoler avec lui, me répondit-on ; je suis prisonnière et innocente comme vous : depuis huit jours je vous écoute, et crois deviner vos projets.

— Je n'en ai aucun, répondis-je, craignant que ce ne fût ici quelque piège, et connaissant cette ruse basse et vile qui place à côté d'un malheureux un espion déguisé sous la même chaîne, dont le but est d'entrouvrir le cœur de son infortuné camarade, afin d'en arracher un secret qu'il trahit dans le même instant ; artifice exécrable, prouvant bien plutôt l'affreux désir de trouver des criminels, que l'envie honnête et légitime de ne supposer que l'innocence*.

— Vous vous trompez, reprit la compagne de mon sort, je démêle au mieux vos soupçons ; ils sont déplacés vis-à-vis de moi : si nous pouvions nous voir, je vous convaincrais de ma franchise. Voulez-vous m'aider ? continua-t-on ; perçons chacun de notre côté à cet endroit où je vous parle, nous nous entendrons mieux, nous nous verrons, et j'ose croire qu'après un peu plus d'entretien, nous nous convaincrons qu'il n'est rien à craindre à nous confier l'un à l'autre. »

Ici ma position devenait très embarrassante : j'étais découvert, cela était évident, et dans une telle circonstance peut-être il y avait moins de danger à accorder à cette femme ce qu'elle désirait, qu'à l'irriter par des refus. Si elle était fausse, elle me trahissait assurément ; si elle ne l'était pas, mon impolitesse la déterminait à le devenir. J'acceptai donc sans balancer ; mais comme nous approchions de l'heure où les

---

* C'est cette affreuse habitude où sont les juges, de ne jamais regarder qu'un coupable dans l'accusé, qui leur fait commettre de si sanglantes méprises : tant de causes, pourtant, peuvent avoir attiré des ennemis à un homme ; la médisance, la calomnie sont si fort en usage, qu'il paraîtrait que dans toute âme honnête, le premier mouvement devrait toujours être à la décharge de l'accusé ; mais où y a-t-il aujourd'hui des juges de cette vertu ? et la morgue et la sévérité, et l'insolent et stupide rigorisme, que deviendrait tout cela, si au lieu de pendre et rouer, on passait sa vie à innocenter ou absoudre ? Un coupable, tel ou non, un homme à pendre enfin, est un être aussi essentiel à des robins, que la mouche à l'araignée, la brebis au lion féroce et la fièvre aux médecins [440].

geôliers faisaient leur ronde, je conseillai à ma voisine de remettre le travail au lendemain... Elle y consentit.

« Ah ! dit-elle encore en me souhaitant le bonsoir, que d'obligations nous allons vous avoir.

— Que veut dire ce *nous* ? repartis-je au plus vite, n'êtes-vous pas seule ?

— Je suis seule, me répondit-on ; mais j'ai près de moi une compagne, avec laquelle je cause très à l'aise par une ouverture que nous avons faite, et qui va lui faciliter le moyen de se rendre dans ma chambre, pour passer ensuite toutes les deux dans la vôtre, quand le travail, que nous allons entreprendre vous et moi, sera fait ; ce service que j'implore, j'en conviens, c'est bien plutôt pour cette infortunée que pour moi : si vous la connaissiez, elle vous intéresserait assurément ; elle est jeune, innocente et belle ; elle est de votre patrie ; il est impossible de la voir sans l'aimer. Ah ! si la pitié ne vous parle pas en ma faveur, qu'elle se fasse entendre au moins pour elle !...

— Quoi ! celle dont vous me parlez est Française, répliquai-je avec empressement, et par quel hasard ?... »

Mais nous n'eûmes pas le temps d'en dire davantage, et le bruit que nous entendîmes nous força de cesser notre entretien.

Dès que j'eus soupé, je m'enfonçai dans les plus sérieuses réflexions sur le parti à prendre dans cette circonstance. Ma délicatesse était flattée, sans doute, d'arracher au joug des scélérats qui nous retenaient, deux infortunées comme moi ; mais, d'un autre côté, que de risques à me charger d'elles ; et comment entreprendre, avec deux femmes, une opération si dangereuse et dont le succès était incertain ? si elle manquait, je redoublais leurs chaînes et me précipitais avec elles dans de plus grands malheurs, peut-être, que ceux qui nous attendaient. Seul, tout me semblait possible ; tout me paraissait échouer avec elles... Je ne balançai donc plus ; je fermai mon cœur à toute considération et me déterminai à partir sur-le-champ, afin de ne plus même entendre les regrets intérieurs que j'éprouvais à refuser aussi cruellement mes services à ces deux malheureuses compagnes de mon sort.

J'attendis minuit : visitant alors mes ouvertures, et les trouvant suffisamment élargies pour y passer le corps, je liai un de mes draps aux barreaux qui n'étaient point endommagés, et me laissai par leur moyen glisser dans la cour... Nouvel embarras dès que j'y fus ; je tombai dans une espèce de gouffre dont l'obscurité était d'autant plus affreuse, que l'enceinte en était étroite et haute ; j'avais vingt pieds de mur à franchir, sans qu'aucun moyen s'offrît à moi pour m'en faciliter l'entreprise ; alors, je me repentis vivement de ce que je venais de faire ; la mort, sous mille formes, s'offrit à moi pour punition de mon imprudence ; un regret amer de tromper aussi durement l'espoir des deux femmes que j'abandonnais, vint achever de déchirer mon cœur, et j'étais prêt à remonter, lorsqu'en tâtonnant dans cette cour, une échelle vint s'offrir à moi.

Ô ciel ! me dis-je, je suis sauvé, n'en doutons pas, la Providence me sert mieux que moi-même, elle veut absolument m'arracher de ces lieux ; suivons sa voix et reprenons courage. Je saisis cette échelle précieuse, je l'appliquai au mur ; mais il s'en fallait bien qu'elle en atteignît le haut : à peine arrivait-elle à la moitié. Quelle nouvelle détresse !... Mon heureuse étoile ne m'abandonna pourtant point encore ; à force d'examiner, je découvre un petit toit dans cette cour, dont l'élévation est semblable à celle de mon échelle ; je l'y applique, je monte ; une fois sur le parapet, je rapporte l'échelle à moi et la repose contre le mur ; me voilà sur la crête ; mais en étais-je plus avancé ? il fallait descendre d'aussi haut que je m'étais élevé, et nul moyen de ce côté ne se présentait pour y réussir. Le mur étant assez large pour me permettre de marcher dessus, j'en fis le tour, observant avec le plus grand soin tout ce qui pouvait l'environner, et me permettre d'en descendre avec un peu plus de facilité. Enfin, j'aperçois au coin d'une petite rue aboutissant à ce mur, un tas de fumier appuyé contre lui à la hauteur de près d'une toise ; je me précipite sans réfléchir davantage, je m'élance dans la rue, et assez heureux pour ne m'être fait aucun mal dans toutes ces diverses opérations, me voilà, comme vous l'imaginez bien, à faire de mes jambes le plus prompt et le meilleur usage possible.

Un fuyard de l'Inquisition ne trouve de ressources nulle part en Espagne : le royaume est rempli des satellites de ce tribunal, toujours prêts à vous ressaisir en quelques lieux que vous puissiez être. Rien de plus vigilant que les soins de la Sainte-Hermandad ; c'est une chaîne de fripons qui se donnent la main d'un bout de l'Espagne à l'autre, et qui n'épargnent ni frais, ni tromperies, ni soins, ou pour arrêter celui que le tribunal poursuit, ou pour lui rendre celui qui s'en échappe. Je le savais et je sentais parfaitement, d'après cela, que le seul parti qui me restât à prendre, était de m'éloigner à l'instant d'Espagne et de gagner si je pouvais, sans aucun repos, les frontières de France.

Je me mis donc à fuir... À fuir ! qui, grand Dieu ? quel était donc l'objet dont je venais de tromper la confiance ?... quelle était cette fille charmante pour laquelle une tendre amie venait d'intéresser ma pitié ?... qui trahissais-je, qui fuyais-je en un mot ?... Léonore, ma chère Léonore ! c'était elle que la fortune venait de mettre une troisième fois dans mes mains ; elle dont je refusais de briser les fers, et que je laissais au pouvoir d'un monstre bien plus dangereux encore que les Vénitiens et que les anthropophages ; elle enfin, dont je m'éloignais tant que mes forces pouvaient me le permettre [441].

« Oh ! pour le coup, dit Mme de Blamont, c'est être aussi par trop malheureux, et je crois qu'après ceci on ne doit plus croire aux pressentiments de l'amour...

Oh ! madame, continua-t-elle en embrassant cette aimable personne, combien tout ceci redouble l'envie que nous avons tous d'apprendre vos aventures, et de quel intérêt elles doivent être !

— Au moins, laissons finir celles de M. de Sainville, dit le comte de Beaulé ; c'est une terrible chose que d'avoir affaire à des femmes : on s'imagine que la curiosité est leur démangeaison la plus cuisante... vous le voyez, messieurs, on se trompe, c'est l'envie de parler.

— Mais qui nous retarde à présent ? dit Aline avec gentillesse en s'adressant au comte... il me semble que ce n'est que vous seul.

— Soit, reprit M. de Beaulé ; mais si vous interrompez encore une fois, ou l'une ou l'autre, j'emmène Sainville et Léonore à Paris, et vous prive de savoir le reste de leur histoire.

— Allons, allons ! dit Mme de Senneval, il faut écouter et se taire : notre général le ferait comme il le dit ; continuez, monsieur de Sainville, continuez, je vous en supplie, car j'ai bien envie de savoir comment vous vous réunirez à ce cher objet de tous vos soins.

— Hélas ! madame, reprit Sainville, il me reste peu de

choses intéressantes à vous dire entre cette dernière circonstance de mon histoire et notre heureuse réunion ; et l'impatience que je lis en vous d'écouter à présent plutôt Léonore que moi, va me faire abréger les détails. »

Je marchais avec la plus grande vitesse ; j'évitais les villes et les bourgs ; je couchais en rase campagne ; si je rencontrais quelqu'un, je me faisais passer pour déserteur français, et six jours de marche excessive me rendirent enfin au-delà des monts : j'arrivai à Pau dans un état qui vous eût attendri. J'y trouvai au moins de la tranquillité, et il me restait assez d'argent pour m'y mettre à mon aise. Mais le calme décida la maladie que tant d'agitations faisaient germer dans mon sang ; à peine fus-je dans une maison bourgeoise, que j'avais louée pour quelque temps à dessein de m'y refaire, qu'une fièvre ardente se déclara et me mit en huit jours aux portes du tombeau. J'étais pour mon bonheur chez d'honnêtes gens ; ils eurent pour moi des soins que je n'oublierai jamais ; mais ma convalescence ayant duré quatre mois, je ne pensai plus à me rendre dans ma patrie.

Vers la fin de l'été, j'achetai une voiture, je pris des domestiques et je fus en poste à Bayonne. Ne me trouvant pas encore assez bien pour soutenir cette fatigante manière de voyager, j'y renonçai et vins à petites journées à Bordeaux, où je résolus de me rafraîchir une quinzaine de jours ; j'y étais aussi tranquille que l'état de mon cœur pouvait me le permettre, lorsqu'un soir, ne cherchant qu'à me distraire ou à me dissiper, je fus à la comédie, attiré par *Le Père de Famille*, que j'ai toujours aimé, et plus encore par l'annonce d'une jeune débutante aux rôles de Sophie dans la première pièce, et de Julie dans *La Pupille*[442], qui devait suivre : c'était, assurait-on, une fille pleine de grâces, de talents et qui venait de faire les délices de Bayonne, où elle avait passé pour se rendre à Bordeaux, lieu de son engagement.

Il était d'usage alors qu'un peu avant la pièce, les jeunes gens se rendissent sur le théâtre pour y causer avec les actrices. J'y fus dans le dessein d'examiner d'un peu plus près si cette jeune personne, dont la figure s'exaltait autant, méritait les éloges qu'on lui prodiguait. Ayant rencontré là par hasard un nommé Sainclair, que j'avais vu autrefois tenant le premier emploi à Metz et qui le remplissant de même à Bordeaux, allait représenter le tendre et fougueux Saint-Albin[443], je le priai de me montrer la déesse qu'il allait adorer.

« Elle s'habille, me dit-il, elle va descendre à l'instant ; je vous la ferai voir dès qu'elle paraîtra ; c'est la première fois que je joue avec elle ; je ne l'ai vue qu'un moment ce matin... elle n'est ici que d'hier... nous avons répété les *situations*, elle est en vérité du *dernier intérêt*. Une jolie taille, un son de voix flatteur et je lui crois de l'*âme*[444].

— Et vous n'en êtes pas amoureux ? dis-je en plaisantant.

— Oh bon ! me répondit Sainclair, ne savez-vous donc pas que nous sommes comme les confesseurs, nous autres ? nous ne chassons jamais sur nos terres ; cela nuit au talent ; *l'illusion* est au diable quand on a couché avec une femme, et pour l'adorer sur la scène, ne faut-il pas que cette illusion soit entière ?... Cette fille est d'ailleurs aussi sage que belle... En vérité, tous nos camarades le disent... Mais tenez, parbleu, la voilà ! vos yeux vont vous servir infiniment mieux que mes tableaux... Hein ! comment la trouvez-vous ?... »

Ciel ! étais-je en état de répondre ?... Mes membres frémissent... une angoisse cruelle enchaîne à l'instant tous mes sens, et revenant comme un trait de cette situation, je vole aux genoux de cette fille chérie...

« Ô Léonore ! » m'écriai-je... *et je tombe à ses pieds sans connaissance* !

Je ne sais ce que je devins, ce qu'on fit, ce qui se passa : mais je ne repris connaissance que dans les foyers ; et quand mes yeux se rouvrirent, je me retrouvai soigné par Sainclair, plusieurs femmes de la comédie, et Léonore à genoux devant moi, une main appuyée sur mon cœur, m'appelant et fondant en larmes... Nos embrassements... notre délire... nos questions coupées, reprises cent et cent fois et jamais répondues ; l'excès de notre tendresse mutuelle, et du bonheur que nous sentions à nous retrouver enfin après tant de traverses, arrachaient des larmes à tout ce qui nous entourait. On avait annoncé la débutante évanouie, l'impossibilité de donner *Le Père de Famille*, et toute la troupe s'était renfermée avec nous dans les foyers. Léonore avait déclaré qui j'étais ; elle avait dit par quels nœuds nous étions liés l'un à l'autre, et l'impossibilité où elle se trouvait de jouer dorénavant la comédie. Je m'offris de payer les frais... les comédiens ne voulurent jamais l'accepter. Peu de gens savent combien on trouve de procédés et de délicatesse dans les personnes de ce talent[445]. Eh ! comment ne seraient pas honnêtes et sensibles, ceux qui doivent être ainsi, par état, la moitié de leur vie ! On rend mal ce qu'on ne sent point, et n'eût-on pas même un certain penchant à la vertu, l'habitude des sentiments qu'on emprunte, accoutume insensiblement l'âme à ne se plus mouvoir que par eux*.

On revint annoncer l'indisposition totale de la débutante et prendre en même temps les ordres du public. Il exigea *Les Trois Fermiers*[446], et tout fut calme ; je ne voulus quitter la salle qu'après cette décision...

« Partons, maintenant, dis-je à Léonore, allons nous livrer en paix au doux charme de nous être réunis. Ô ma chère âme ! allons célébrer le plus heureux jour de notre vie !

— Un moment ; je ne le puis sans témoigner ma reconnaissance aux deux personnes que vous voyez, dit cette fille adorable, en me montrant un homme et une femme de la troupe, dont nous avions également reçu des soins dans cette circonstance ; leurs bontés me les rendent aussi chers que mes propres parents, ils m'en ont tenu lieu...

Elle fut les embrasser, elle en reçut les plus tendres caresses ; je me joignis à elle pour donner à ces deux honnêtes personnes les marques de l'effusion de mon cœur, et tous nos adieux faits, nous quittâmes Bordeaux dès le même soir, pour aller coucher à Livourne, où nous nous établîmes pour quelques jours...

Après avoir témoigné à cette chère épouse l'ivresse où j'étais de la retrouver, après avoir passé vingt-quatre heures à ne nous occuper que de notre amour et du bonheur dont nous jouissions de pouvoir nous en donner mille preuves, je la suppliai de me faire part des événements de sa vie, depuis l'instant fatal qui nous avait séparés.

« Mais ces aventures, mesdames, dit Sainville en finissant les siennes, auront je crois plus d'agréments racontées par elle

* Ceci, sans doute, doit s'entendre avec quelques exceptions ; car sans les supposer, les comédiens qui remplissent les rôles faux et traîtres, devraient donc ressembler aux personnages qu'ils peignent : c'est ce qui n'est pourtant pas. Mais ces rôles sont rares, il y a en général plus d'honnêtes gens dans les personnages d'une pièce, que de scélérats, et voilà ce qui peut seul étayer l'assertion de Sainville.

que par moi ; permettez-vous que nous lui en laissions le soin ?

— Assurément, dit Mme de Blamont au nom de toute la société, nous serons ravis de l'entendre, et...

Juste ciel ! qui m'empêche moi-même de poursuivre ? quel bruit affreux vient ébranler soudain jusqu'aux fondements de la maison ? Ô Valcour ! les cieux seront-ils toujours conjurés contre nous ?... On enfonce les portes, les fenêtres se hérissent de baïonnettes... les femmes s'évanouissent...

Adieu, adieu, trop malheureux ami !... Ah !... n'aurai-je donc jamais que des malheurs à t'apprendre[447] ?

LETTRE XXXVI

Déterville à Valcour

Vertfeuille, le 17 novembre.

N'est-ce donc point une chose odieuse, mon cher Valcour, qu'un malheureux jeune homme, uniquement coupable du sentiment qui fait naître les vertus... après avoir parcouru la terre, après avoir bravé tous les périls qui peuvent s'affronter, ne rencontre d'écueils, de tourments, de malheurs, qu'à la porte de sa patrie, et bientôt au centre de cette même patrie, qu'il ne peut revoir qu'en la maudissant ?... Oui, j'ose le dire, ces fatalités font naître bien des réflexions, et j'aime mieux les taire que les dévoiler. L'amitié qu'inspire l'infortuné Sainville y répandrait trop d'amertume.

C'était Aline et lui, Valcour, c'était tous deux que ce train avait pour objet... Aline et lui ? t'entends-je dire. Eh ! quelle bizarrerie les rassemble ? écoute, et tout va s'éclaircir.

Il est inutile de te peindre la frayeur de nos dames quand elles ont vu la maison se remplir d'exempts, d'espions, de gardes, de toute cette dégoûtante canaille, dont le despotisme effraye l'humanité aux dépens de la justice et de la raison, comme s'il fallait au gouvernement d'autres sûretés que des vertus, et à l'homme d'autre lien que l'honneur... Je n'ai pas besoin de te dire ce que toute cette charmante société est devenue, quand on a vu paraître, au milieu du trouble général, un petit homme laid, court et gros, bien hébété, bien tremblant, l'épée d'une main, le pistolet de l'autre, s'intitulant conseiller du Roi et, de plus, officier supérieur du tribunal de la sûreté de Paris, disant que pour la sûreté de l'État, il fallait qu'il s'assurât d'un officier, sous le nom de Sainville, nom qu'il usurpait, comme on le verrait par l'ordre dont il était porteur ; que ledit sieur de Sainville étant de présent au château de Vertfeuille près d'Orléans, il lui était enjoint à lui, Nicodème[448] Poussefort, officier supérieur, d'arrêter ledit militaire dans ledit château, ainsi qu'une demoiselle qu'avait enlevée cet officier, et qu'il faisait passer pour sa femme, le tout à l'effet de les conduire l'un et l'autre au lieu de sûreté que son ordre indiquait*.

Tu devines, à ce préambule, ce que chacun a pu penser ; il ne s'agit que de t'apprendre et ce qui a suivi, et la part singulière qu'a le président à tout ceci.

Le compliment débité, le petit homme suant, palpitant, infectant comme un capucin qui descend de chaire, nos dames revenues à elles à force de soins, le malheureux Sainville et sa femme confondant leurs larmes et leurs gémissements, le comte de Beaulé s'est avancé vers l'exempt, et lui ordonnant avec cet air de noblesse et de supériorité qu'il avait en menant autrefois les Français aux ennemis, lui ordonnant, dis-je, de remettre ses armes au repos, et de faire sortir ses gens du salon, il lui a demandé comment il s'avisait de s'introduire avec aussi peu de formalités dans le château d'une femme honnête.

À cette demande, à l'air de maître, dont elle était faite, aux titres, aux décorations qui la soutenaient, Nicodème Poussefort, officier supérieur de la sûreté de Paris, a répondu, avec un peu de confusion, qu'il s'était cru autorisé dans ses démarches, et par son ordre, et par les différentes consignes particulières qu'il avait reçues de ceux que cela concernait. Mais le comte, après lui avoir lavé la tête une seconde fois,

---

* Tout ce qui est barbare a conservé l'idiome de la barbarie. Il semble que nous ne devions nécessairement parler que la langue de nos cruels ancêtres, chaque fois que nous imitons leurs atroces coutumes. Voyez le style des arrêts, des monitoires, des assignations, des lettres de cachet ; il est heureusement impossible de tuer ou d'enfermer un homme, en bon français.

et lui avoir dit que les ordres de parents[449] ne s'annonçaient pas comme ceux de Mandrin[450], mais se signifiaient par l'organe des officiers préposés dans chaque généralité à cet effet, la prépondérance *chimérique* ou l'autorité *illusoire* du tribunal de la sûreté de Paris ne s'étendant pas au-delà des barrières, lui a demandé encore s'il savait de qui venait l'ordre, et à la sollicitation de qui il était obtenu...

Pour toute réponse, l'exempt lui a remis ses papiers, et le comte les ayant reçus, lui a dit avant que d'ouvrir :

« Soyez tranquille, monsieur, je me charge de tout... »

Puis s'adressant à M. et à Mme de Sainville :

« Vous voilà l'un et l'autre mes prisonniers, leur a-t-il dit, donnez-moi vos paroles d'honneur de ne point vous écarter de cette maison sans moi...

— Vous vous trompez, monsieur, a dit précipitamment l'officier de police, cette dame dont vous exigez la parole, n'est point la personne que je dois arrêter ; celle que mon signalement indique, a-t-il poursuivi en montrant Aline, est la demoiselle que voilà. Et c'est elle qui doit être Mme de Sainville...

— Vous seul commettez l'erreur, a repris le comte, ou votre signalement est faux ; la jeune fille que vous désignez est la fille de Mme de Blamont. »

Et montrant Léonore :

« Celle-ci seule est Mme de Sainville...

— Monsieur le comte, a répondu l'exempt, la chose est d'autant moins probable, que ce signalement, dont je m'autorise, est l'ouvrage même de monsieur le président de Blamont ; m'aurait-il ordonné d'arrêter sa fille ? Confrontons, monsieur, le voilà. »

Assurément il était difficile de mieux peindre Aline, et comme aucun trait ne la rapproche de Léonore, il était impossible de s'y méprendre.

« Ah ! je démêle tout », a dit impétueusement Mme de Blamont.

Puis, s'adressant à l'exempt :

« Achevez, monsieur, achevez de jeter du jour sur ceci ; avez-vous quelque ordre particulier relatif à cette jeune personne ?

— Celui de la laisser au couvent des Bénédictines, en passant à Lyon, madame, a répondu l'exempt ; de lui dire qu'elle attendît là sa famille, qui viendrait bientôt en disposer, et de poursuivre ma route avec M. de Sainville jusqu'aux îles Sainte-Marguerite, où il devait être enfermé dix ans.

— Et quelles personnes vous ont expliqué ces différentes commissions ? a repris Mme de Blamont.

— J'ai d'abord reçu, madame, a répondu l'exempt, un ordre général et vague du magistrat, de me conformer à tout ce qui me serait prescrit par le père de M. de Sainville, lequel n'a pas voulu prendre sur lui de faire arrêter son fils chez Mme de Blamont, où il le savait, sans se concerter avec monsieur le président ; en conséquence de cette délicatesse, rien ne se terminant le même jour, on m'a indiqué un second rendez-vous pour le lendemain au matin ; là j'ai trouvé réunies les deux personnes auxquelles j'avais affaire, et j'ai reçu d'elles les différents détails qui m'étaient utiles pour agir. »

Voilà, mon cher Valcour, tout ce que nous avons pu savoir sur cette partie, et comme rien n'en est encore éclairci, j'imagine qu'avant d'achever la lecture de ma lettre, tu vas te livrer à mille combinaisons ; formons-en donc quelques-unes avec toi, quelque interruption qu'il en doive résulter aux choses intéressantes qu'il me reste encore à t'apprendre.

Il paraît d'abord assez clairement que M. de Blamont s'est confié au père de Sainville ; qu'il lui a demandé sans doute avec instance de laisser profiter sa fille, bien plus coupable que Léonore, de la lettre de cachet destinée à cette Léonore ; que celle-ci n'étant actuellement réclamée par personne, il se chargeait d'en répondre ; que l'important était de la séparer de Sainville, objet qui se trouvait également rempli, puisque Mme de Blamont la retiendrait vraisemblablement chez elle, et que sous peu, il irait la chercher lui-même, pour la placer dans quelque couvent, où elle serait toujours en état d'être représentée aussitôt qu'elle serait requise ; que le père de Sainville prenant peu d'intérêt à cette Léonore, et ne désirant que de la séparer de son fils, a tout accordé au président, pourvu que celui-ci permît de faire arrêter le jeune homme dans le château de Vertfeuille ; définitivement, qu'Aline, ainsi arrêtée, ainsi conduite à Lyon, y serait bientôt devenue la femme de Dolbourg, avec lequel le président n'aurait pas manqué de l'aller joindre. Voilà mes conjectures, mon ami, voilà celles de toute la société ; revenons maintenant à des détails qui ne peuvent plus souffrir de retard.

« Vous pouvez sortir, monsieur, a dit le comte à l'exempt, dès que ses éclaircissements ont été donnés ; retournez dire à ceux qui vous ont envoyé, que le comte de Beaulé, commandant dans l'Orléanais et lieutenant général des armées, se charge de vos prisonniers, vous en dégage et vous donne sa parole de les conduire sous trois jours au ministre.

— Monsieur le comte, a dit l'exempt en se prosternant jusqu'à terre, j'obéis sans réplique assurément, mais vous connaissez nos places, je risque de perdre la mienne, si vous n'avez la bonté de me faire un reçu. »

Le général a demandé une écritoire, et a signé sans difficulté ce que l'exempt désirait. Après quoi, l'alguazil[451] et sa troupe ont déguerpi le château, non sans escamoter, filouter, voler, suivant l'usage de ces coquins-là, tout ce qui a pu tomber sous leurs mains*.

À peine partis, avant même d'ouvrir l'ordre, on a raisonné prodigieusement sur les manœuvres sourdes et infâmes du président ; mais comme tout ce qui a été dit n'est que ce que je viens de placer en résultat de nos combinaisons, tout à l'heure, je passe rapidement aux suites essentielles de cette aventure.

Tout étant calme, toutes les réflexions étant faites, le comte a ouvert l'ordre, et après avoir parcouru rapidement quelques lignes :

« Quoi ! monsieur, a-t-il dit avec surprise à Sainville, vous êtes le comte de Karmeil ? Je connais beaucoup votre père.

— Le comte de Karmeil ! s'est écriée Mme de Blamont toute troublée ; avez-vous bien lu ? ne vous trompez-vous point ?... Ciel !... Léonore, non, je ne résiste point à ces coups multipliés du sort... Malheureuse enfant... ouvre tes bras... reconnais ta mère[452]...

---

* Et voilà ce qu'on appelle en France de la civilisation ; c'est à ce prix que nous n'allons plus chercher notre nourriture dans les bois ; c'est au prix d'une multitude de crimes tolérés, autorisés, récompensés, que le gouvernement achète la punition de deux ou trois délinquants, qui seraient bien confus d'avoir autant d'horreurs à se reprocher, que les scélérats qui viennent les arracher du sein de leur famille... Oui, voilà ce que, dans notre patrie, on appelle le bon ordre, la sûreté... la police.. Ô vertu, comme tes autels s'en honorent, et comme les Français s'entendent à te servir ! *(Note de l'auteur.)*

Il ne faut pas oublier qu'il ne s'agit ici que du gouvernement ancien. *(Note de l'éditeur.)*

Et trop émue de tout ce qui venait de précéder, trop attendrie d'une scène si touchante, elle s'est évanouie sur le sein même de Léonore.

« Grand Dieu, a dit celle-ci, les bontés de cette aimable dame l'abusent assurément, que veut-elle dire ?... Moi, sa fille !... Ah ! plût au ciel que cela eût été !

— Vous l'êtes, mademoiselle, ai-je dit alors, secourons Mme de Blamont... elle est bien loin d'être dans l'erreur ; nous avons tout ce qu'il faut pour vous convaincre... Sainville, aidez-nous à rendre à votre femme la plus adorable des mères. »

Je te laisse à juger le trouble universel ; le comte, nullement au fait, ne savait lui-même où il en était. Mme de Senneval, plus instruite, assurait Léonore qu'on ne se trompait pas ; enfin, Mme de Blamont vivement secourue par Aline qui ne savait à qui voler[453] a repris l'usage de ses sens, elle s'est rejetée une seconde fois dans les bras de Léonore ; tout s'est éclairci, j'ai produit d'un côté la lettre du chevalier de Meilcourt, de l'autre les dépositions du Pré-Saint-Gervais, et toutes ces pièces s'enchaînant, se prêtant mutuellement des forces, il est devenu impossible à Claire de Blamont, à qui nous conservons le nom de Léonore pour l'intelligence de cette histoire, il lui est devenu impossible, dis-je, de pouvoir plus longtemps s'aveugler sur sa naissance...

« Et voilà donc pourquoi j'étais haïe de Mme de Kerneuil, a dit cette jeune personne, en se jetant aux pieds de sa véritable mère ; voilà donc pourquoi on me détestait... Oh ! madame, a-t-elle continué, mais avec plus de manière que de véritable sentiment (c'est un trait de son caractère qu'il ne faut pas perdre de vue[454]), oh ! madame, laissez-moi vous demander à genoux des sentiments que mon malheureux sort ne m'a jamais permis de connaître ; mon âme était faite pour les sentir, et la plus barbare des femmes lui en a toujours refusé la jouissance... Sainville, viens te précipiter, comme moi, aux genoux de cette tendre mère ; demande-lui pardon de nos égarements, et ne songe plus à m'obtenir que de son aveu. »

Alors, cet intéressant jeune homme, bien plus vraiment affecté que sa femme, a arrosé les pieds de Mme de Blamont de ses pleurs, et prosterné devant elle :

« Oh ! madame, lui a-t-il dit, daignerez-vous me pardonner mon crime ?... des crimes !...

— Ô grand Dieu, a dit promptement cette mère délicate et sensible, vous n'en avez point commis, tout votre sort est de l'avoir aimée ; je l'aurais aimée comme vous ; levez-vous, Sainville... La voilà, je veux que vous la receviez de ma main... »

Je ne t'esquisserai point la situation de cette femme adorable, au milieu de ce couple charmant... Aline embrassant tour à tour, et sa mère et sa sœur... Non, mon ami, non, c'est avec les couleurs de la nature même qu'il faut essayer de rendre ce tableau [455], l'art ne réussirait pas à le tracer.

Pendant ce temps, nous expliquions, le plus succinctement qu'il nous était possible, toute l'histoire au comte de Beaulé.

« Voilà des aventures bien singulières, a-t-il dit en s'approchant de Mme de Blamont : ma chère et ancienne amie, continuait-il en lui prenant les mains, en vérité, elles m'intéressent aux larmes... Mais vous êtes d'un mystère... Pourquoi donc ne m'avoir pas dit ?... Le voilà devenu mon fils maintenant, ce cher Sainville... Et cette malheureuse Aline, à qui l'on en voulait aussi... Quelle horreur !... Allons, allons, tout se calme, je les prends tous trois sous mon aile, et si la moindre infortune les menace encore, j'y oppose plutôt ma tête que de les en voir accablés l'un ou l'autre. »

Et tous les bras unanimement se sont tournés vers ce tendre et honnête militaire ; on l'a entouré, on l'a remercié, caressé. Mme de Blamont dans l'excès de sa joie, lui a sauté au col, et lui a dit :

« Oh ! mon cher comte, oui, ou vous ne m'avez jamais aimée, ou vous arracherez au malheur ces trois intéressantes créatures.

— J'en donne ma parole, a répondu le comte tout ému ; et comment ne l'entreprendrais-je pas, quand je vois autour de moi, l'hymen, l'amour et l'amitié m'en conjurer au nom de tous leurs droits ; Karmeil est mon ami depuis trente ans, nous avons *guerroyé* ensemble en Allemagne, en Corse... Ce sont les cent mille écus qui le désespèrent... Mais vous vous étiez donc fait passer tous deux pour morts ? a-t-il continué en s'adressant à M. et à Mme de Sainville...

— Il est vrai, monsieur, reprit le jeune amant de Léonore, c'est une des circonstances de notre histoire que j'avais cru devoir taire ; Léonore avait écrit à ses parents, que ne pouvant résister à l'horreur de sa situation, elle s'était d'abord sauvée de son cloître, pour se réunir à l'objet de ses vœux ; qu'ensuite retenue par la décence, elle n'avait osé achever une telle démarche ; que se trouvant par sa conduite entre la perte de tout ce qu'elle aimait, et le déshonneur, elle avait pris le parti d'abréger ses jours. Pour qu'on doutât moins de ce qu'elle annonçait, elle avait placé ce billet au fond d'une boîte, arrangée dans une de ses robes, et nous avions envoyé jeter le tout dans la rivière. On aura retrouvé le paquet, on aura reconnu l'habit, lu la lettre, soupçonné sans doute le corps dévoré, et il ne doit plus être resté dans la province de doutes sur sa mort. Pour moi, j'écrivis à mon père que je passais en Russie[456], guidé par le désespoir, et qu'il n'entendrait jamais parler de celui qu'il voulait rendre sa victime ; pour mieux constater ma perte totale, dans le dessein d'anéantir les recherches, je priai un ami que j'avais dans ce pays-là d'apprendre au bout de trois mois ma mort au comte de Karmeil ; j'ai su qu'il l'avait fait, et que mon père s'en était beaucoup plus tôt consolé que des cent mille écus que je lui ravissais.

— Et voilà donc, reprit le comte, ce qui légitime la lettre du chevalier de Meilcourt ; courage, courage, mon ami, ajouta le général, avec cet air franc qui lui assure tous les cœurs ; courage, nous reviendrons de tout ceci ; tenez, je vous le dis encore, il n'y a que les cent mille écus qui désolent votre père ; morbleu ! si nous pouvions ravoir seulement la moitié des lingots laissés à l'Inquisition... comme je serais sûr de le faire changer d'avis... Mais je ne renonce pas à ces lingots, en vérité je n'y renonce pas ; je parlerai au ministre... Il faut qu'on écrive... c'est une infamie ; il faut que le roi d'Espagne la répare... il le doit. »

Et se retournant vers Aline :

« Oh ! pour toi, mon enfant, point d'inquiétude, tu es assurément des trois, celle qui dois en prendre le moins ; le moyen du président est un subterfuge qui tombe dès que la faute est reconnue ; il n'y a aucune lettre de cachet pour toi ; la seule qui existe est contre Mme de Sainville ; ainsi tu n'as donc rien à redouter ; le signalement donné dans les bureaux est une erreur qui tombe à l'examen ; les dangers n'existent donc plus que pour Léonore... et j'en réponds. »

Les effusions de la reconnaissance recommencèrent à s'épancher ici de nouveau, et l'heure du souper étant venue, on a été se mettre à table, où bientôt l'espérance réveillant dans toutes les âmes les sentiments que tant d'événements fâcheux venaient d'absorber, a fait renaître la tranquillité et la joie sur tous les visages.

Le lendemain il a été décidé qu'on cacherait soigneusement au président tout ce qui regardait Léonore ; que jamais cette jeune personne ne devait passer dans le public pour autre que pour la fille de Mme la comtesse de Kerneuil ; qu'elle avait été élevée par elle, qu'elle en portait le nom, qu'elle en devait réclamer les biens ; qu'après avoir arrangé à Versailles l'histoire de la lettre de cachet, ce que le comte supposait être au plus l'histoire de vingt-quatre heures, on chercherait un homme d'affaires, intelligent et sûr, qui partirait avec les jeunes gens, pour aller à Rennes travailler à la reddition[457] des biens de Léonore.

« Que votre conscience soit en paix, a dit le comte à Mme de Blamont, voyant qu'elle répugnait à cet arrangement ; je conçois votre délicatesse et je la crois hors de saison ; entre deux maux inévitables, l'homme sage doit toujours préférer le moindre ; ou il faut que Léonore soit déclarée votre fille, ce qui est impraticable avec un homme comme le président, qui après avoir déjà comploté dès le berceau contre le bonheur de cette malheureuse, ne la retrouverait que pour la tourmenter de quelque autre manière ; ou il faut qu'elle se fasse reconnaître pour ce qu'on a toujours cru qu'elle était, et dans ce cas, il faut qu'elle réclame les biens.

— Mais si parmi les héritiers de Mme de Kerneuil, a dit Mme de Blamont, il se trouvait quelques malheureux que ceci aille ruiner ?

— Ce serait un malheur, a dit le comte, mais un malheur très aisé de réparer par des sacrifices que Léonore ferait assurément, et dans tous les cas, un beaucoup moindre mal que de rendre Léonore au président. Songez-vous, a-t-il continué, à la multitude d'explications indécentes qu'il faudrait donner au public si nous prenions ce parti ? Le président n'a aucun besoin d'avoir encore une fille ; il s'en croit une dans Sophie, il en a abusé pour des horreurs ; n'éveillons rien de plus dans cette âme perverse ; que Léonore, déjà malheureuse avec une mère chimérique, ne la[458] devienne pas davantage avec un père réel... Et quelle fortune d'ailleurs feriez-vous à cette jeune femme ? Savez-vous à quel point elle m'intéresse ? Croyez-vous que je souffrirais que vous endommageassiez la dot de votre Aline, cette dot qui doit faire la fortune de notre cher Valcour, du plus honnête et du meilleur des hommes ?...

— Oh, monsieur ! s'est écriée Aline, que cette considération ne vous arrête pas ; ce n'est pas mon bien que Valcour désire, et ce bien, je n'en veux pas moi-même, si on ne le partage avec ma sœur.

— Non, a repris le comte, Léonore n'accepterait cette offre obligeante de son aînée que dans le cas où elle n'aurait pas une autre fortune ; mais elle a de quoi vivre sans vous ; il faut qu'elle réclame l'héritage de Mme de Kerneuil, et qu'elle en jouisse ; rapportez-vous-en à ce que je vous dis, laissons les choses comme on les croit, cela vaut mieux que comme elles sont.

— Mais ces héritiers que nous dépossédons me tracassent, a repris encore une fois l'honnête présidente.

— Eh bien ! morbleu, a dit le comte, eh bien ! nous leur donnerons des délégations [459] sur les lingots de Madrid. »

Cette saillie a fait rire, et tout le monde revenant enfin à cet avis, on est unanimement convenu des trois points suivants :

1° Qu'il fallait s'occuper d'abord de la levée de l'ordre, sans avoir aucune sorte d'inquiétude pour Aline, que cet ordre ne regarde que par une supercherie trop grossière pour ne pas être anéantie au plus petit mouvement de réflexion ; que pour l'honneur du président, il était même sage de taire cette ruse damnable, bien assuré qu'il serait le premier à la cacher sans doute avec le plus grand soin, dès qu'il apprendrait son peu de succès ;

2° Qu'il fallait faire approuver au comte de Karmeil le mariage de Sainville et de Léonore, et le revêtir aussitôt des formalités religieuses et civiles, par le défaut desquelles, il ne se trouvait nullement valide ;

3° Qu'il fallait prouver qu'Élisabeth de Kerneuil, crue morte, n'avait été qu'enlevée par celui qui l'épouse, et la faire à l'instant paraître comme héritière légitime des biens du comte et de la comtesse de Kerneuil.

Ces résolutions prises, les lettres préparatoires écrites, quelques réflexions unanimement faites sur la singularité de la fortune de Léonore, proscrite dès sa naissance par son père, et ne revoyant, pour ainsi dire, un nouveau jour que pour retomber une seconde fois dans le piège de ce scélérat ; toutes les marques d'attachement, de tendresse et de reconnaissance, délicieusement données de part et d'autre, on ne s'est plus occupé que du plaisir d'écouter les aventures de la belle Léonore, lesquelles, si tu le veux bien, vu la quantité de choses qu'on me fait écrire relativement à tout ceci, ne te parviendront que dans ma première lettre.

LETTRE XXXVII

Le président de Blamont à Dolbourg

Paris, ce 18 novembre.

Eh bien, Dolbourg, malgré tes faux systèmes, malgré tes absurdes raisonnements, conviendras-tu que le ciel favorise souvent ce que tu appelles le crime, et qu'il abandonne fréquemment ce que tu nommes la vertu ? Où diable avais-tu pris le contraire ? En honneur, tu as encore de certains préjugés de classe, qui me font rougir pour toi tous les jours. J'ai beau dire que tu es mon élève, on ne le croit pas dès qu'on t'entend[460]. Dernièrement je te mène en bonne compagnie, avec des académiciens, avec des sectatrices du Lycée, je te produis au milieu des Socrates et des Aspasies du siècle... Ne te vois-je pas prêt à monter en chaire pour nous prouver l'existence de Dieu !... On se mit à rire, on me regarda... Vieux comme Hérode, je ne pus malheureusement pas t'excuser sur ton âge ; je pris le parti de te renier... Mais forme-toi, je t'en prie... Guerre ouverte et déclarée à toutes les sottes chimères qui t'offusquent encore, et ne m'expose plus à des avanies de cette espèce.

Quoi qu'il en soit, dis-moi si tu vis jamais rien de plus plaisant que l'arrivée de cette jolie aventurière chez ma femme ; que la sainte et touchante hospitalité que lui accorde la bonne et chère épouse ; que la manière subite dont je suis averti de tout cela ; que ce père, que ce bon gentilhomme breton, qui sollicite mon agrément pour faire enlever son fils chez ma femme, où la renommée lui apprend qu'il existe ; et que cette occasion singulière, enfin, de faire tout naturellement capturer notre charmante Aline, au lieu de la dulcinée du fils de notre gentilhomme en colère. Hein... qu'oses-tu dire ?... Oses-tu prétendre à présent que ce n'est pas une main divine, qui vient mettre à la fois dans nos lacs ces deux touchantes créatures ?

Or, comme on est maintenant aux prises, et que je ne doute nullement de la réussite, il est à propos que je t'indique la marche, et que je t'esquisse le plan de nos projets.

Suivant mon calcul, Aline sera le 21 ou le 22 aux Bénédictines de Lyon. Comme j'ai écrit à l'abbesse, qui est de mes amies, pour qu'on la tienne très à l'étroit jusqu'à notre arrivée, nous la laisserons une semaine ou deux, pour nous assurer de l'autre ; le vieux comte breton m'a eu l'air de se soucier, on ne saurait moins, de cette demoiselle de Kerneuil, qu'il a plu à son fils d'enlever. Pourvu que je l'en débarrasse, il est content, et pourvu qu'il n'ait point de pension à payer, il est aux nues. Cette jolie fille est ce qu'on appelle une vraie créature abandonnée ; ni père, ni mère... Crue morte dans sa patrie... une mauvaise conduite... sans appui... tu m'entends.... n'est-ce pas là, dans toutes les règles, une jolie petite anguille jetée dans nos filets ?... N'y aurait-il pas de l'injustice à n'en pas profiter, quand le ciel nous l'abandonne aussi constamment ?... et avec cela jolie comme un ange, dix-huit ans... Point de prémices, j'en conviens, mais il y a tant de façons de s'en dédommager ; il est une sorte de libertins aux yeux desquels toutes ces misères-là doivent être indifférentes. N'est-on pas toujours sûr de voluptés nouvelles et piquantes, quand on n'en a soi-même à proposer que de cette espèce ?

Afin d'éviter l'air du trop grand empressement, nous ne nous rendrons donc à Vertfeuille que dans quatre ou cinq jours, et là, avec toute la décence imaginable, avec toutes les politesses requises, nous enlèverons la chère Léonore de Kerneuil, qu'inévitablement ma femme, très étonnée de la méprise, aura gardée par bienséance, et nous la conduirons sur-le-champ dans la petite maison de Montmartre, où la victime restera en dépôt jusqu'à ce qu'il plaise aux sacrificateurs d'en offrir l'hommage à Vénus.

Il y aura encore une scène à Vertfeuille, tu le comprends,

j'espère, et la Senneval qui clabaudera, et le vertueux Déterville qui froncera le sourcil gauche en élevant la lèvre inférieure sur l'autre, et la présidente qui pleurera... qui me redemandera sa fille, qui m'appellera son tyran, son... Et toutes les jolies épithètes que les dames prodiguent quand nos fantaisies ou nos goûts ne s'arrangent pas à la stupide monotonie des leurs...

Et quelle est ton intention ici ?... Feindre ?... À quoi bon ?... Le chasseur tend-il encore des pièges quand le gibier, sous la dent du chien, n'attend plus que sa main pour le saisir ? Il fallait que le mariage se fît, dirai-je très résolument, vous y mettez sans cesse de nouveaux obstacles, j'ai dû les vaincre... Votre fille n'est pas morte, vous la reverrez... Mais ce ne sera plus que sous le nom de *Mme Dolbourg*... Qu'on crie, qu'on pleure, qu'on fasse après tout ce qu'on voudra, très peu importe ; nous tenons, voilà l'important.

Ces soins remplis, la demoiselle de Kerneuil en sûreté... déjà à nous, même, si tu veux, nous volons à Lyon, le mariage s'y fait, et l'acte se consomme dans mon impénétrable château de Blamont, où, des bords frais et fleuris du Rhône, nous accourons tout d'une traite. Eh bien ! le projet te plaît-il ? Le trouves-tu bien raisonné ? Par ces nouveaux arrangements, la demoiselle Augustine, des dispositions de laquelle je commençais à être fort content, nous devient assez inutile comme tu vois ; n'importe, c'est un sujet à ménager, il peut survenir tout plein de cas dans la vie où l'on ait besoin d'une fille *sûre* comme celle-là ; une scélérate accomplie n'est jamais un meuble inutile à deux libertins comme nous. Tu n'imagines pas, mon ami, à quel point j'ai la belle Bretonne dans la tête ; je ne sais, mais j'éprouve pour elle quelque chose de beaucoup plus vif que pour une autre femme ; et sans la connaître, sans l'avoir vue, une voix secrète semble assurer mon cœur que jamais volupté sensuelle n'aura su le délecter autant. C'est une chose bien plaisante que les inspirations de la nature ; un philosophe, qui s'attacherait à les scruter toutes, en trouverait de bien extraordinaires : n'est-il pas déjà très singulier qu'elle nous chatouille intérieurement, d'une manière inexprimable, rien qu'au désir d'un mal projeté ? Que deviennent donc les lois des hommes si la nature nous délecte au seul projet de les enfreindre !

Eh bien, toujours un peu de morale ; il y aurait de la gloire avec un autre, mais avec toi c'est peine perdue ; tu as la moitié moins de plaisir à faire le mal, parce que tu ne le raisonnes pas[461], et qu'il n'est vraiment délicieux que quand on le combine et le savoure ; c'est seulement alors qu'il laisse de voluptueux souvenirs dont on jouit mille ans encore après qu'il est commis.

Ne t'imagine pas que tous ces projets me fassent oublier Sophie, jamais de nouveaux désirs n'absorbent en moi les anciens ; je flotte indifféremment dans les plus doux ; comme l'abeille au milieu des fleurs, je souille et profane tout ce qui se trouve le plus à ma portée ; je laisse le reste pour les heures du désœuvrement, et m'arrange toujours de manière à les rendre rares. On cherche, on guette, et l'on découvrira, sois-en sûr, cette charmante fugitive.

Une fois trouvée, tu t'imagines bien qu'il faut, *pour l'exemple*, qu'elle soit traitée à toute rigueur ; je tiens étonnamment à *l'exemple*, moi... je l'avoue ; j'ai donné plus de vingt fois dans ma vie, mon opinion, pour faire périr des malheureux, dans le seul dessein de faire *des exemples*. Je trouve que rien n'est profitable à la société comme *l'exemple* ; que de corrections depuis qu'on roue et pend tous les jours ! il n'y a que sur nous que ce maudit *exemple* est muet. En sais-tu la raison ?... C'est qu'on ne nous pend point, c'est qu'on n'ose pas même nous accuser. Il naît de là une impunité bien délicieuse pour des âmes comme les nôtres*.

Il me paraît d'ailleurs essentiel de punir sévèrement la compatissante Mme de Blamont, d'accorder ainsi l'hospitalité à tout ce qu'il pleut par an de jeunes filles dans la province ; on finirait par en jaser, et tout honnête époux, avec sa propre réputation, a encore celle de sa femme à ménager[463].

Oh ! pour le coup, adieu tout de bon, il est deux heures du matin et je tombe de sommeil.

---

* Il est certain que si l'on condamnait les juges qui se trompent, quand il s'agit de mort, au même supplice que celui qu'ils prononcent, on ne verrait plus tant d'infamie : moins de sang s'élèverait contre ces bourreaux ; et pour une ou deux tignasses[462] au gibet, ce qui ne ferait qu'amuser infiniment le peuple, on conserverait la vie à mille innocents.

LETTRE XXXVIII

Déterville à Valcour

SUITE DE L'HISTOIRE DE SAINVILLE ET DE LÉONORE

Histoire de Léonore

« Si quelque chose peut excuser, madame, dit cette belle fille en s'adressant à Mme de Blamont, la démarche hasardée que m'a fait faire M. de Karmeil, auquel vous permettrez que je continue de donner le nom de Sainville, plus connu dans nos aventures, si, dis-je, quelque chose peut me valoir votre indulgence, j'ose la réclamer en raison des traitements odieux que j'avais toujours reçus de Mme de Kerneuil ; c'est une faible excuse sans doute ; une fille doit tout endurer de ses parents, je le sais, mais quand rien ne la dédommage de ces duretés, quand la femme qu'on croit sa mère, nous dit à tout instant qu'elle ne nous est rien, qu'elle a été trompée, qu'on a changé son enfant en nourrice, que celle qu'on lui a rendue à la place, n'est que la fille d'une paysanne, et qu'à de tels propos se joignent des menaces et des coups, la patience échappe, vous le concevez ; quand à la suite de cela, on se voit enlevée à un homme qu'on adore, pour être sacrifiée à celui qu'on déteste, qu'on a quinze ans et ma tête[464], on doit faire bien des étourderies.

— Votre tête ? dit Mme de Blamont.

— Oui, madame, reprit Léonore, je vais vous donner trop de preuves de sa vivacité, pour ne pas vous prévenir avant tout d'en vouloir bien pardonner les écarts. »

Je ne vous répéterai point, madame, poursuivit notre héroïne, ce que vous savez du commencement de mon histoire, je vois trop combien vous désirez d'apprendre quel fut l'événement affreux qui me sépara de Sainville à Venise, pour ne pas en venir tout d'un coup au développement de cette catastrophe.

Une prudence mal entendue, et que je me suis reprochée bien des fois depuis, devint la seule cause de ce malheur. Le noble Fallieri, qui troubla si cruellement notre union, ne m'avait point caché ses projets ; je les avais appris dans une lettre signée de lui, qu'il m'avait fait tenir par un de nos gondoliers ; et m'étant contentée de dire à cet émissaire qu'il pouvait assurer celui qui le faisait agir, qu'il perdait et son temps et ses peines, pour éviter des querelles et des éclaircissements, j'avais déchiré ce billet sans jamais en parler à Sainville ; puis sans rien révéler de mes motifs, j'avais engagé mon époux à congédier, comme suspects, tous les gens qui nous entouraient. Il le fit : tout fut inutile ; le complot était trop bien formé ; Fallieri était trop riche, et avait trop de monde à ses ordres, pour que sa proie pût lui échapper. Et quel était l'homme, grand Dieu ! quel était le monstre qui voulait me ravir à mon amant ! Je ne saurais vous le peindre sans dégoût, ni me le rappeler sans horreur. Tout ce que la nature peut réunir de traits difformes, elle l'avait à plaisir rassemblé, pour en composer cet homme effrayant ; et si quelque chose pouvait l'emporter encore sur ce physique épouvantable, c'était et l'esprit et le cœur de ce libertin de profession. Ne vous imaginez point que l'amour eût part aux démarches de ce vilain homme ; il avouait hautement qu'il ne l'avait jamais connu. Guidé par son intempérance, n'aspirant qu'à la contenter, tout ce qui avait quelques attraits, devenait égal à ses yeux ; le billet que j'avais reçu était un écrit circulaire, dont le style était toujours le même, et après lequel on employait d'autres moyens, si celui-là ne réussissait pas.

Ce fut quatre jours après la mauvaise réponse que lui avait value son impudent écrit, que Sainville imagina de me laisser seule au jardin des figues de l'île de Malamoco ; de noirs pressentiments m'agitaient sans que je pusse en démêler la cause ; vingt fois je fus tentée d'arrêter Sainville ; tantôt je voulais lui tout avouer ; l'instant d'après je voulais lui inspirer de la jalousie, sans lui dévoiler mes motifs... Je chancelais, je balbutiais, mes pleurs l'inondaient malgré moi, sa vertueuse sécurité n'entendait rien, et il partit sans que j'eusse trouvé le courage de lui dévoiler ce perfide secret. Il ne fut pas plutôt éloigné, que je sentis l'horreur de ma position, et qu'un mouvement involontaire m'avertit que j'allais bientôt y succomber.

La malheureuse propriétaire de ce jardin que nous supposions honnête, avait elle-même donné les plus sûrs renseignements de nos démarches, elle seule avait persuadé à Fallieri que l'enlèvement, mon époux même y fût-il, devenait dans son enclos la chose du monde la plus aisée.

Elle m'aborda dès que Sainville fut loin, et quittant l'air respectueux qu'elle avait toujours eu jusqu'alors, elle m'avertit insolemment ou de partir ou d'entrer dans sa maison si je ne voulais pas être vue, ainsi que je lui en avais témoigné le désir, parce que d'autres personnes allaient arriver pour se promener dans son jardin.

Ce discours, le ton dont il était prononcé, l'air de celle qui me l'adressait, tout me fit frémir de colère et d'effroi.

« Eh ! comment donc, madame, dis-je à cette arrogante créature, ne vous rappelez-vous point de nos conventions ? C'est l'affaire d'un instant, mon mari va revenir.

— Oh ! parbleu, oui p..... ! ton mari, répondit-elle ; des maris comme cela se trouvent partout, et je vais t'en donner un qui vaudra mieux... »

À ces cruelles paroles une sueur froide me saisit, je me vis perdue sans ressource. Je me laisse tomber à genoux les mains élevées vers elle...

« Oh ! madame, m'écriai-je, oh ! ma chère dame, voulez-vous m'abandonner ?... voulez-vous donc me livrer vous-même ? J'ose vous implorer comme ma protectrice... Ne sacrifiez pas l'innocence... »

Mais il n'était plus temps. Elle était déjà loin de moi ; six hommes m'entourent aussitôt et me portent presque évanouie dans une gondole, qui s'éloignant de l'île avec rapidité, gagne le canal de la Brenta*, et aborde après quatre heures de marche au pied d'un palais solitaire, où m'attendait mon ravisseur.

On m'apporta à ses pieds, plus morte que vive, et quel que fût l'excès de son libertinage, quelque peu de délicatesse qui pût rester dans cette âme grossière, il comprit bien pourtant que mon état ne lui permettait point de satisfaire ses désirs ;

* Canal qui conduit de Padoue à Venise, et dont les rives sont couvertes de campagnes superbes de la noblesse vénitienne.

que pour leur intérêt même, il était bon d'attendre quelques heures, afin de pouvoir exciter au moins des sensations quelconques dans l'objet malheureux qu'il immolait aux siennes. Il ordonna qu'on me fît mettre au lit, etc...

Ici Léonore balbutia et rougit extraordinairement.

« Madame, reprit-elle toute confuse, s'adressant toujours à la présidente, vous m'avez ordonné de ne rien vous cacher, j'ose tout avouer pour vous obéir : j'ai été sage tant que je l'ai pu, mais vous ne me condamnerez pas au moins pour des larcins qui tournent tous à la honte des ennemis de ma pudeur, sans qu'il y ait une seule faiblesse de ma part.

— Eh ! mais vraiment, qui ne connaît pas ces choses-là, a dit le vieux général, on sait bien qu'une fille abandonnée ou évanouie ne peut pas se garantir de l'impudence d'un homme ; il n'y a pas dans tout cela pour votre compte le soupçon même d'un péché véniel ; une femme n'est jamais coupable que par volonté, tout ce que la force lui enlève est à la charge du ravisseur et jamais de sa conscience ; mais il y a de ces coquins-là, qui ne se soucient point du tout d'un tort de plus ou de moins, et qui, pourvu qu'ils aient ce qu'ils désirent, ne sont nullement difficiles sur la manière dont ils l'obtiennent.

— Hélas ! monsieur, reprit Léonore, ce libertin sans doute était du nombre de ceux dont vous parlez... Il obligea une femme entre les mains de qui je venais d'être confiée de me mettre au lit devant lui, et tout ce que ses yeux purent découvrir, il leur permit de le dévorer [465]...

— On vous mit nue ?... » dit le comte.

Et Léonore rougissant :

« Monsieur !...

— Oh ! nous lui faisons grâce de ces détails, dit Mme de Senneval ; en vérité, comte, vous êtes trop curieux, vous voyez bien que ce Vénitien est un impudent qui se permet tout, excepté ce qu'il croit devoir attendre pour le plus grand intérêt de son plaisir... C'est cela, n'est-ce pas, ma belle ?

— Oui, madame, reprit Léonore, votre adroite honnêteté dit tout, en m'en épargnant la honte ; c'est le comble de l'esprit et de la délicatesse...

— Il y a pourtant encore quelque chose que je voudrais savoir, dit le comte...

— Et que vous ne saurez pourtant pas, interrompit Mme

de Blamont ; voyez comme vous faites rougir toutes ces jeunes personnes ; poursuivez, poursuivez, Léonore, vous avez assez peint le personnage pour que nous devinions ce qu'il peut faire. »

La révolution que j'avais éprouvée, reprit notre belle aventurière, le chagrin dévorant qui me consumait, les larmes que je ne cessais de répandre, tout rendit bientôt mon état plus grave que ne l'avait cru Fallieri, et lorsqu'il se présenta le lendemain, pour jouir du succès de sa criminelle entreprise, il me trouva dans une telle agitation, tourmentée d'une fièvre si violente, qu'il lui devint encore impossible de remplir l'objet de ses désirs ; cet accident lui inspirant beaucoup plus d'humeur que d'intérêt, il se retira en grumelant [466], en pestant contre les Françaises qui, plus mignonnes ou plus délicates que les autres, lui faisaient, disait-il, toujours de pareilles scènes. Qu'on ne m'en amène plus, ajoutait-il, je ne puis souffrir ces prudes qui s'évanouissent de douleur pour une chose qui ferait accourir les autres ; et il disparut, laissant des ordres pour qu'on l'avertît dès que ma santé serait meilleure.

On prétend que c'est dans l'excès de l'infortune que le génie trouve les plus sûres ressources contre le sort qui nous tourmente : je m'y confiai et n'eus pas à m'en repentir.

Dolcini — c'était le nom du chirurgien qui me soignait — était un homme d'environ trente ans, d'une belle figure et d'un caractère doux et honnête ; sitôt que je crus m'apercevoir que son âme s'ouvrait en ma faveur, que non seulement il plaignait ma situation, mais qu'il s'attendrissait même sur les maux qui devaient suivre mon rétablissement, je lui peignis ma reconnaissance avec des termes si vifs, que les expressions pénétrant son cœur, finirent bientôt par l'embraser... Dolcini devint amoureux. Je m'en aperçus, je lui permis de me parler de sa passion ; je fis tout ce que je pus pour lui faire croire que je n'y étais pas insensible. Me sortir, à quelque prix que ce dût être, du danger éminent où j'étais, me paraissait d'abord la chose la plus essentielle. Si la Providence me tire de celui-ci, me disais-je, elle ne m'abandonnera pas dans un autre ; elle m'inspirera d'autant plus aisément ce qu'il faut, pour sortir du plus faible, qu'elle ne m'aura pas refusé son secours quand il fallait s'affranchir du plus grand, et je trouverai, sans doute, toujours bien plutôt à m'échapper des mains de cet homme-ci que de l'autre.

Daignez prendre garde à cette manière de raisonner de ma part, dit Léonore en s'interrompant : toute sophistique qu'elle puisse vous paraître, c'est elle qui m'a toujours guidée et je n'ai jamais craint de me précipiter dans un second péril pour éviter le sort du premier.

Sitôt que Dolcini me vit approuver sa flamme, il ne s'occupa plus que des moyens qui pouvaient l'assurer de m'y voir répondre encore mieux.

« L'essentiel serait de vous tirer d'ici, me dit-il un jour avec empressement.

— Hélas ! c'est tout ce que je désire.

— Cela n'est pas aussi facile que vous l'imaginez... pas si aisé que je le voudrais : nous sommes entourés d'espions. Cette femme qui vous soigne en est un... que nous ne devons même pas penser à pouvoir écarter. Quant à moi... que le coup réussisse ou non, sur la seule entreprise je suis perdu sans ressource ; moyennant quoi, le plus sûr, si réellement vous avez un peu d'amitié pour moi, est de consentir à passer en Sicile, ma patrie, où je vous donne ma parole de vous épouser aussitôt que nous y serons ; mais pour y passer, comment faire ?

— Si vous m'aimez réellement devez-vous me le demander ? Votre tendresse ne doit-elle pas aplanir toutes les difficultés qui vous effarouchent ?

— Ah ! croyez qu'il faut qu'elles soient insurmontables, puisqu'elles m'arrêtent un moment. »

Puis au bout d'un peu de réflexions :

« Je ne vois qu'une chose, c'est de profiter de votre maladie même pour réussir à nous évader.

— Et de quel secours prétendez-vous donc qu'un tel accident puisse nous être ?

— Écoutez-moi, et surtout ne vous effrayez pas du moyen, il est affreux sans doute, mais c'est le seul possible au milieu de tout ce qui nous environne.

— Expliquez-vous.

— Nous allons changer les nouvelles de votre état, et les symptômes de votre maladie ; je vais dire que vous êtes dans le plus grand danger, je vais vous soupçonner à l'agonie [467], peu à peu vous expirerez... Vous aurez enfin l'air de mourir ;

moi seul recevrai votre dernier soupir. Je suis bien sûr que votre ravisseur ne laissera pénétrer ici, ni d'autres gens de l'art que moi, ni de prêtres pour vous exhorter : nous n'aurons plus que votre garde à éblouir... Nous ne l'éloignerons pas... mais nous la tromperons ; je réponds presque de cette circonstance... Vous morte, ou du moins crue telle, je serai seul chargé du soin de vous enterrer dans la paroisse voisine de ce château. Le fossoyeur est un drôle qui m'a des obligations ; il vous placera dans un caveau dont je serai maître. La même nuit j'irai vous en retirer, et nous gagnerons promptement la Sicile... Mon projet vous répugne-t-il ?

— Il est un peu violent... Un malheur imprévu... un oubli...

— Ô juste ciel ! tous ces cas sont-ils présumables avec l'amour que vous m'inspirez ?... Serait-ce pour vous laisser là que j'entreprendrais une telle chose ?... J'irai vous en arracher, tous les périls possibles dussent-ils se présenter à moi.

— Soit, mais il faut tout prévoir en pareille aventure ; une fois déposée dans ce caveau, s'il vous arrive un accident à vous-même ? l'infortune est toujours sur la tête des hommes, elle y peut choir à tout moment ; possédant seul votre secret, vous voyez bien que je risque tout.

— Le fossoyeur ne sera-t-il pas dans la confidence ? Est-il possible qu'il n'y soit pas ? et s'il m'arrivait quelque chose dans cet intervalle, n'irait-il pas vous délivrer ?

— Eh bien ! je me livre, je m'abandonne, et ma parfaite confiance en vous détruit absolument toutes mes craintes.

— Mais, belle Léonore, reprit amoureusement Dolcini en se précipitant à mes pieds, daignerez-vous récompenser au moins tant d'amour et de zèle ? »

À ces mots je lui tendis la main et détournai la tête, de peur que mon visage ne vînt à trahir les sentiments de mon cœur : il accabla cette main des plus tendres caresses, et sortit à l'instant pour tout préparer.

Il revint le même soir.

« J'arrive, me dit-il, de commander dans la ville même, une bière à jour, rembourrée à trois pouces d'épaisseur de crins et de plumes, doublée de satin blanc, et dans l'un des coins de laquelle j'ai fait pratiquer deux tiroirs, dont l'un contiendra des sels, des eaux spiritueuses, et l'autre quelques confitures sèches, des biscuits et du vin d'Espagne[468] ; vous y respirerez à l'aise, vous aurez sous votre main tout ce qu'il faut pour vous secourir et vous sustenter vingt-quatre heures : et vous y serez aussi mollement que dans une chaise longue. Cette bière faite par un ouvrier de mes amis, s'enverra chez un de mes parents à Padoue, et c'est là que j'irai la chercher pour la porter ici pendant la nuit, afin que les espions se trouvent déroutés par cette manœuvre, et que rien ne puisse se découvrir jamais. Votre courage est-il toujours le même ?... ne chancelez-vous point ?...

— Non, lui dis-je, vos délicates attentions me convainquent trop bien des sentiments de votre cœur, je me livre entièrement à vos soins, comptez sur ma reconnaissance. »

Dolcini qu'enflammaient ces paroles, me remercia mille et mille fois, et me protesta qu'il se rendrait toujours digne des sentiments que je lui accordais.

« Je ne suis qu'un pauvre chirurgien, me dit-il, mais je suis honnête homme... confus... humilié... plein de remords de servir depuis si longtemps les fantaisies grossières du maître où m'a placé mon étoile, et trop heureux de trouver une telle occasion de le quitter à jamais. Ô Léonore, quel changement dans ma fortune ! J'étais hier l'esclave et l'agent du vice, je deviens aujourd'hui le vengeur et le soutien de la vertu ! »

De ce moment les bulletins que Fallieri envoyait prendre chaque jour changèrent absolument de style : ma maladie devenait dangereuse, elle pouvait tourner mal, il était impossible de répondre de ma vie, et Dolcini, bien sûr d'être refusé [469], demandait l'assistance d'un médecin.

« Ne m'en parlez plus, répondit enfin le cruel Fallieri (tant il est vrai que le libertinage étouffe tous les sentiments de la nature)* ; quand elle sera morte vous la ferez secrètement enterrer ; et vous direz au curé qu'il ait à se taire, à recevoir son argent, et à réciter quelques patenôtres pour l'âme de cette pauvre créature que je n'ai pas même eu le plaisir d'envoyer en enfer. »

« Voyez quelle âme, me dit Dolcini en me faisant voir ce

---

* Il n'étouffe pas les sentiments de la nature, mais il entraîne à l'égoïsme : les désirs du libertin, presque toujours en contradiction avec les devoirs sociaux, et se trouvant dans son âme, d'après les principes qu'il s'est faits infiniment plus forts que ces devoirs, il les anéantit, mais il n'a point étouffé la nature, il n'a fait que céder à l'égoïsme. Cet axiome général ne va pourtant pas à ce cas-ci, où Fallieri ne fait ou n'écrit qu'une noirceur gratuite.

fatal billet, il aurait obtenu vos dernières faveurs, qu'il n'eût pas pensé différemment ; enfin, vous avez la permission de mourir, n'est-ce pas beaucoup pour un tel monstre ? »

Il s'agissait maintenant de tromper ma garde ; elle était fine, adroite... c'était une surveillante dangereuse ; mais je remplis mon rôle avec tant d'art, j'imitai si bien les syncopes, les frissons, les angoisses, les évanouissements, que je la rendis totalement ma dupe. Une dernière crise eut l'air de m'enlever tout à fait. Dolcini lui déclara que j'étais morte, et qu'il allait en conséquence exécuter les ordres de son maître ; il lui recommanda le plus grand silence ; la bière fut apportée, tous deux m'ensevelirent...

« Allez vous reposer, dit alors Dolcini à la garde ; votre devoir est rempli ; on viendra la prendre au milieu de la nuit, et nous l'enterrerons... un seul homme et moi, pour que le secret soit plus exact... Allez. »

La bonne femme qui ne demandait pas mieux que d'avoir son congé, se retira, et délivré d'elle, Dolcini put m'arranger plus à l'aise dans le cercueil qu'il avait fait préparer.

Il était impossible d'être mieux, excepté ce que l'esprit pouvait avoir à souffrir dans une telle situation. Le corps assurément s'y trouvait à l'abri de tous maux, on y était commodément couché, on y respirait à merveille, mais je ne sais quoi de lugubre rendait, quoi qu'il en fût, la position cruelle.

L'instant du départ arriva : Dolcini qui n'avait pu remplir les derniers soins nécessaires à notre embarquement avant que d'être tout à fait sûr de moi, me demanda seize heures pour y vaquer ; nos montres se réglèrent l'une sur l'autre ; on m'emportait à quatre heures du matin le lundi : je devais donc être délivrée le même jour à huit heures du soir ; on compte les minutes dans une telle situation ; le fossoyeur qui s'était bien assuré que j'étais en vie, et à qui j'avais fait promettre de me secourir au bout des seize heures justes, que Dolcini fût ou non de retour, prit une des clefs de la boîte, mon amant l'autre, et ils m'enlevèrent. Le curé, suivant ses ordres, m'attendait sans cérémonie à la porte de l'église, le caveau préparé s'ouvre, on m'y descend, il se referme, et me voilà vivante dans l'abîme des morts.

On avait eu soin de pratiquer de légères ouvertures dans le caveau, qui, communiquant un peu d'air par les trous faits à mon cercueil, me procuraient la facilité de respirer ; mais en même temps ils me donnèrent du froid ; et quoique Dolcini m'eût fait prendre un déshabillé chaud, pas encore rétablie, je me sentis prise d'un frisson violent ; la frayeur s'en mêla, mon imagination se noircit ; je me crus prête à perdre connaissance ; heureusement je pense aux cordiaux, j'entrouvre un des tiroirs que m'avait indiqués Dolcini... Juste ciel ! quel est mon étonnement quand au lieu des secours que je crois y trouver, ma froide main ne saisit qu'un poignard [470].

Si jamais je me suis crue au dernier moment de ma vie, je puis bien assurer que c'est dans cette cruelle circonstance : hélas ! me dis-je, je suis trahie, je suis abandonnée, cette arme m'est offerte pour m'en servir ; c'est encore un service que me rend la barbarie de ce monstre, il ne veut pas que je meure de désespoir ; ne balançons pas, toute autre mort serait affreuse, celle-ci l'est moins...

Un instant de réflexion me ramena pourtant ; je voyais des soins décidés : était-il présumable qu'ils fussent pris pour un être qu'on sacrifiait ? Cette bière faite avec tant d'art, ces jours si bien ménagés, tout cela pouvait-il s'allier au dessein de me faire périr si misérablement ?... L'effroi que j'avais ressenti à cette affreuse découverte m'avait fait revenir de cette défaillance dans laquelle j'étais tombée d'abord. Un peu plus de forces me fit faire de nouvelles recherches ; je sondai la boîte encore une fois, un tiroir s'ouvrit à l'instant, il était rempli de toutes les provisions que m'avait annoncées Dolcini. Oh ! dis-je, je suis rassurée ; plus je verrai de preuves d'attention, plus j'acquerrai la certitude qu'on n'a pas voulu me perdre ; c'est un oubli que ce poignard, quelle apparence qu'il soit placé pour moi ? Je pris en même temps un petit flacon de vin d'Espagne, et en ayant avalé quelques gouttes, je me sentis en état d'attendre l'heure indiquée par mon ravisseur. Mais elle sonna cette heure fatale, elle sonna partout et rien ne parut... Oh ciel ! n'en doutons plus, m'écriai-je, c'est ici ma dernière demeure, je vais recevoir la mort dans toute son horreur, elle va me frapper au milieu de son temple, déjà en proie aux reptiles de cet affreux caveau ; peut-être vont-ils me dévorer vive... Ah ! prévenons cette fin épouvantable, hâtons-en l'instant... périssons.... Ressaisissant le poignard, j'en essayais la pointe, je la présentais sur mon cœur, et des larmes amères coulaient de mes yeux en abondance.

Ô Sainville ! continuai-je au désespoir, à quel âge t'est enlevée celle que tu aimais ! Combien d'années eût-elle pu faire encore ta félicité ! et la voilà perdue pour toi... Déplorable confiance, nation traîtresse... mais mon malheur est ma propre faute, je ne dois m'en prendre qu'à moi.

Je m'anéantissais dans ces cruelles réflexions, quand, tout à coup, j'entends lever la pierre... Non, rien ne peut rendre la multiplicité des mouvements qui vinrent m'assaillir alors : espoir, inquiétude, joie, frayeur, tous ces sentiments contraires vinrent bouleverser mon cœur à la fois, sans qu'il me fût possible de démêler lequel m'affectait avec le plus d'empire. On enlève la bière, et Dolcini paraît.

« Pressons-nous, me dit-il, votre garde s'est aperçue de quelque chose ; elle a donné avis au noble ; nous sommes perdus si nous ne nous hâtons... tout est prêt, la felouque nous attend à cent pas d'ici ; le fossoyeur et moi nous allons vous transporter dans cette même bière, il faudra vous y tenir pendant notre route, cette toile que j'apporte va donner à notre caisse l'air d'un ballot de marchandise, et notre projet, ainsi déguisé, ne peut manquer de réussir.

— Non, non, cruel, je ne pars point que vous ne m'ayez expliqué ce poignard : quel était donc votre projet ? à quel dessein était-il là ?

— Oh ciel ! il vous a effrayée... fatale étourderie ; que ne vous prévenai-je ?... Dans mon premier projet, vous deviez sortir d'ici en homme, votre arme vous devenait nécessaire, je l'avais préparée à cet effet !... Oh ! coupable imprudence... que d'excuses !

Mais partons, Léonore, éloignons-nous, chaque instant perdu peut nous coûter la vie ; je réponds de vos jours... j'ai fait serment de les garantir, ne me faites point, par d'inutiles retards, enfreindre une promesse dont mon cœur est garant. »

On m'emporte de nouveau, je suis placée dans un coin de la felouque, et l'on met sur-le-champ à la voile.

Trois fois le jour, sous le prétexte de prendre quelque chose dans une de ces caisses, Dolcini ouvrait le cercueil, me donnait de l'air, renouvelait mes provisions et me consolait, par quelques paroles tendres, de tout ce que la crainte qu'il avait d'être poursuivi l'obligeait à me faire souffrir.

Un orage épouvantable s'éleva sur la fin du quatrième jour ; c'était le même qui jeta Sainville sur la côte de Malte, et qui nous y précipita également ; mais le roulis de la felouque, entièrement sur le côté, et qui fit plus de quatre-vingts lieues dans cette situation, m'avait tellement harassée, que j'avais perdu connaissance ; et voilà qui vous explique la scène que Sainville vous a peinte. Voilà qui vous éclaircit l'histoire de la bière emportée dans une chambre ; les regrets de l'homme qui l'ouvrit, n'y croyant plus trouver qu'un cadavre ; sa joie quand il s'aperçut que je n'étais qu'évanouie, et les secours qu'il allait me donner, quand Sainville partit et s'éloigna de moi pour me chercher.

Dolcini, me saigna, je repris promptement l'usage de mes sens ; le même vent qui fit partir Sainville, nous fit également remettre à la voile, et mon amant, certain de n'avoir plus rien à redouter, me fit enfin quitter ma fatale demeure.

Nous avions été plus loin que nous ne voulions ; il s'agissait de regagner Catane [471] ; mais malheureusement le temps favorable ne fut qu'apparent pour nous, comme pour Sainville : bientôt un vent d'est s'élevant avec fureur, nous rejeta dans la mer d'Afrique ; en cet instant fatal, un corsaire de Tripoli, voyant notre détresse, fond sur nous avec impétuosité ; infiniment trop faible pour penser à la moindre résistance, il ne faut songer qu'à nous voir enchaîner ou périr [472].

Dolcini, que l'amour enflamme, ose un instant disputer sa conquête : il perd la vie en me défendant ; on lui abat la tête à mes côtés, et nous passons sur le bord africain.

Le vent, qui s'opposait à notre retour en Sicile, devenant favorable pour toucher l'Afrique, nous y fûmes bientôt. Le corsaire à qui j'appartenais, espérant de me bien vendre, me donnait le moins de chagrin qu'il lui était possible ; et je reçus de ce bon Turc, par intérêt ou par pitié, bien plus de consolation que je n'en devais attendre.

Nous arrivâmes le lendemain de bonne heure à Tripoli ; le consul de France, qui se trouvait sur le port quand nous débarquâmes, me reconnut sur-le-champ pour être de sa nation ; il s'informa de mes aventures, me témoigna le désir de m'être utile, et pour m'en convaincre, conclut le marché de ma vente à l'instant avec le corsaire.

« Vous voilà dégagée, belle Léonore, me dit-il, en venant sur-le-champ m'offrir la main pour me conduire chez lui :

puisse le nouveau sort que je vous offre, vous devenir plus agréable que celui que vous quittez.

— Hélas ! monsieur, répondis-je, bien humiliée, il ne pouvait en être de plus cruel pour moi que celui auquel votre générosité m'arrache : croyez que ma reconnaissance en doit être éternelle.

— Il ne tiendra qu'à vous de me le prouver, dit Duval ; quand on vous ressemble, et qu'on a une dette de cette nature à acquitter, il n'est pas difficile d'imaginer de quelle manière on doit satisfaire au paiement. »

Je reconnus bientôt au ton leste de Duval, que si je changeais de maître, que si du sérail d'un Turc où j'étais à la veille d'entrer, je passais dans la maison d'un Français, ce ne serait pas sur un pied très différent, et qu'en général dans quelques mains qu'une femme de mon âge vînt à tomber, il y avait toujours à peu près les mêmes risques.

Cette réflexion... bien cruelle pour une femme délicate qui n'aspire qu'à se conserver pure à[473] l'unique objet qu'elle adore, me fit répandre des larmes que Duval surprit bientôt ; il me demanda mon secret, je ne le lui cachai pas.

« Consolez-vous, belle Léonore, me dit-il, quoique sur les côtes d'Afrique, vous n'êtes pas tombée chez un barbare, j'ai pour vous tous les sentiments que votre figure inspire, mais je ne ferai point violence aux vôtres ; les mériter sera ma seule étude, vous ne me verrez travailler qu'à cela...

— Hélas ! monsieur, répondis-je, émue de l'apparence d'un procédé qui me trompa, qu'espéreriez-vous du temps, puisque ma main ni mon cœur ne sont plus à moi ? soyez généreux jusqu'à la fin ; daignez vous faire informer du sort de l'époux dont j'ai été si cruellement séparée à Venise ; faites-lui dire que je suis dans vos mains, il vous remettra sur-le-champ, soyez-en bien sûr, la somme que vous venez de débourser pour moi, et vous aurez fait trois heureux.

— Trois ?

— Oui, trois, monsieur, je le répète, et je crois votre âme trop belle, pour que je ne vous place pas au nombre de ceux dont une telle action doit faire le bonheur. »

Duval, plus animé de cette saillie, me répondit que j'entendais mal mes intérêts, et que quand on voulait dégoûter un homme de soi, il ne fallait pas lui montrer tant d'esprit.

« N'imaginez pas, continua-t-il, que les sentiments que

vous avez fait naître en moi puissent me permettre ce désintéressement que vous semblez vouloir m'inspirer ; je ne ferai point valoir les droits que j'ai sur vous, mais je n'y renoncerai pourtant point jusqu'à vous céder à mon rival ; je n'ai plus que vingt-quatre heures à rester dans cette ville, je suis nommé au consulat d'Alexandrie, mille fois plus avantageux et plus agréable pour moi que celui-ci ; j'espère que vous voudrez bien m'y suivre ; je vous laisse à vos réflexions jusque-là ; mais à mon arrivée dans cette ville d'Égypte, quel que soit le parti que vous ayez pris, je vous préviens qu'il y faudra soutenir la qualité de femme que mon intention est de vous donner...

— Oh ! monsieur ! dis-je, confondue, et vous venez de me promettre de ne point abuser de vos droits !

— Sans doute, reprit impérieusement Duval, en abuser serait vous traiter en esclave... en profiter est vous prier de me donner la main.

— Quel subterfuge !... Cruel !...

— N'imaginez pas que je change ; je vous laisse y penser. »

Et vous jugez si ce dernier propos, prononcé du ton d'un homme qui n'avait pas envie d'entendre de nouveaux refus... vous jugez, dis-je, et de l'effet qu'il fit sur moi, et de l'affreuse manière dont il me replongea dans toute ma tristesse... Hélas ! me disais-je douloureusement, peut-être ai-je perdu au change ; peut-être eussé-je obtenu plus de pitié du barbare qui m'avait enlevée... Ô malheureuse Léonore ! quel sort affreux le ciel te réserve-t-il donc ?

Je déguisai mon trouble, il le fallait ; et, toujours d'après mes premiers principes, je me déterminai à me livrer aveuglément à ce danger, pleine d'espoir d'en trouver bientôt un autre qui m'affranchirait de celui-là.

Les vingt-quatre heures expirées, Duval ayant fini ses affaires à Tripoli, nous nous embarquâmes pour l'Égypte. Mon nouvel amant joua l'indifférence pendant la route : il crut peut-être affliger mon amour-propre par cette conduite ; il ne se doutait pas que la tranquillité de mon cœur y gagnait bien plus que ne pouvait y perdre ma vanité, et que je préférais l'humiliation à l'amour, dans le triste état où le ciel me plaçait. Cherchant enfin toutes les manières de piquer mon orgueil :

« Nous arriverons demain, me dit-il, dans une ville où je

suis attendu, et dans laquelle je vais jouer un certain rôle ; voilà ce me semble assez longtemps que vous me faites attendre votre réponse, je ne veux plus d'incertitude ; daignez prendre à l'instant un titre dans ma maison ; celui d'aventurière ne convient ni à l'un, ni à l'autre, et n'acceptant point celui de mon épouse, il ne vous reste plus que le rôle de domestique.

— De domestique ? m'écriai-je.

— J'ai bien senti que ce mot allait vous affecter ; vous n'avez pourtant plus que le choix, ou vous êtes ma femme en arrivant à Alexandrie, ou vous n'êtes plus que mon esclave.

— Homme sans délicatesse, est-ce ainsi que vous savez aimer ? Vous vouliez, disiez-vous, mériter mes sentiments ; est-ce donc par de telles propositions que vous croyez les obtenir ? Ah ! rendez-moi les fers que vous avez cru briser ; renvoyez-moi au milieu de ces pirates, dont votre pitié ne m'a sortie que pour les intérêts de votre coupable passion ; j'y trouverai des cœurs moins durs ; j'y serai moins malheureuse... »

Et mon désespoir m'aveuglant, je m'élançai de la barque avec le dessein de m'abîmer dans les flots.

« Arrêtez, me dit Duval en me saisissant presque en l'air ; arrêtez, que voulez-vous faire ?

— Me jeter dans les bras de la mort, moins affreuse pour moi que l'état que vous me destinez.

— Ô Léonore ! vous me haïssez donc bien ?

— Je ne vous hais point, mais vous m'y réduirez si vous continuez de faire violence à un cœur qui ne peut vous appartenir...

— Eh bien ! je ne vous contrains plus, je vous laisse libre... je ne demande plus qu'une grâce, et je l'implore à vos genoux : acceptez seulement le titre de ma femme, je n'en exigerai les droits que quand j'aurai triomphé de votre éloignement... »

Ayant trop peu d'expérience encore pour sentir où m'entraînait ce qu'exigeait de moi le consul, je promis tout ce qu'il voulut, sous le serment sacré qu'il me fit de n'en jamais exiger davantage, que mes répugnances ne fussent vaincues ; je sentais bien que je lui laissais de l'espoir ; mais j'achetais la tranquillité, et me dégageais du titre odieux où sa cruauté me soumettait sans cela.

Nous arrivâmes ; Duval fut descendre[474] chez un nommé

Duprat, négociant français, auquel, suivant nos conventions, il me présenta comme sa femme, et le lendemain nous fûmes nous établir dans le logis qui nous était destiné.

À Alexandrie, comme dans toutes les villes étrangères, les Européens se réunissent autant qu'ils peuvent, pour jouir dans leurs assemblées d'un peu plus d'agréments que ne leur en offriraient celles du pays. Au bout d'un mois le cercle de Duval fut principalement formé de ce Duprat dont je viens de vous parler, du consul d'Espagne, de ceux d'Angleterre, de Hollande, de Portugal, et de quelques autres fameux négociants ; ils avaient tous leurs femmes, dont je faisais également ma société, et qui me regardaient toutes comme l'épouse en titre du consul de France.

Cependant Duval m'aimait de plus en plus, et remplaçant les propos par des procédés, il n'y avait plus rien qu'il n'entreprît pour réussir ; ses attentions se portaient même si loin, qu'on le raillait dans la société sur ce qu'il venait donner en Égypte le spectacle plaisant d'un époux amoureux de sa femme.

Un jeune Portugais des colonies du Zanguebar, neveu du consul de sa nation et envoyé en Égypte pour des affaires relatives au commerce, fut celui qui s'aperçut le premier de cette plaisante intrigue et qui l'en persifla le plus agréablement.

« Ne vous étonnez pas de cette passion, lui disait quelquefois Duval, elle est en moi poussée à l'extrême, je l'avoue, et suis bien loin de m'en cacher ; eh ! n'imaginez pas que la jouissance puisse éteindre la flamme quand elle est l'ouvrage de l'amour : plus une épouse alors nous abandonne ses charmes, plus elle irrite notre ardeur ; ce lien qu'on badine quand on n'aime point sa femme, devient si doux quand on l'adore ; il est si délicieux d'accorder les mouvements de son cœur aux vœux du ciel, des lois et de la nature... Non, non, il n'est aucune femme dans le monde qui puisse valoir celle qui nous appartient : s'abandonnant avec liberté aux transports ardents de son âme, on lui prodigue avec tant de délices tous les titres qui peuvent resserrer celui qu'elle a déjà ; elle est à la fois notre épouse, notre maîtresse, notre amie, notre confidente, notre sœur, notre dieu ; elle est tout ce qui peut contribuer à la félicité la plus piquante de nos jours ; toutes les passions s'échauffent, s'embrasent, se réunissent dans elle et pour elle seule ; on n'existe plus que par elle, on ne désire plus qu'elle.

Ah ! mon ami, tu ne sais pas ce que c'est que d'être époux : il n'est point de liens plus flatteurs, il n'est point de plaisirs qui vaillent ceux de l'hymen, il n'en est pas un seul sur la terre dont les détails soient aussi sensuels ; malheur à qui ne les a pas connus, malheur à qui peut en préférer d'une différente espèce ; il aura tout effleuré dans la vie, sans jamais avoir trouvé le bonheur [475]. »

Tels étaient les sentiments que Duval exprimait à dom Gaspard, ce jeune Portugais dont je viens de parler, et qui va bientôt jouer un rôle dans mes aventures ; c'est ainsi qu'en louant l'hymen, Duval s'excusait d'y mêler l'amour ; mais il n'en était encore qu'à l'amour ; eût-il pensé de même s'il eût réellement connu les plaisirs qu'il peignait ? Qui ne connaît pas l'inconstance des hommes !

Quoi qu'il en soit, Duval, jeune, impétueux, aimable, irritant chaque jour sa passion par ces riens d'une délicatesse infinie, par ces recherches inconnues aux âmes vulgaires et pesamment organisées, qui, peu faites pour la subtilité des détails, ne connaissent, comme les bêtes, que le *matériel* de la jouissance... par ces larcins, en un mot, que la plus honnête des femmes ne saurait refuser à quelqu'un dans la maison duquel elle est obligée d'habiter, parce que ces choses-là se volent, se dévorent et ne se demandent jamais, Duval, dis-je, chaque jour plus pressant, ne perdait aucune des occasions qu'il croyait devoir lui assurer son triomphe.

Un jour qu'épuisée des chaleurs du nouveau climat où je vivais, je m'étais endormie dans un cabinet de jasmin, quel fut mon étonnement de me sentir réveillée par Duval, et de me trouver presque nue dans ses bras...

« Ciel ! m'écriai-je, en cherchant à fuir ; est-ce donc ainsi que vous abusez...

— Ô divinité de mon cœur ! dit Duval, transporté d'amour et de désirs, en me captivant d'une de ses mains, pendant que de l'autre... Maîtresse idolâtrée, ne m'envie pas au moins ce que le hasard et mes yeux m'offrent ici de jouissance ; laisse... laisse-moi m'enivrer de ces charmes dont tu me refuses la possession... laisse-moi respirer à la fois dans chacun d'eux, et l'amour et la volupté... ne les soustrais pas au culte que je leur rends... je jouirai seul puisqu'il le faut, je t'abandonne, cruelle, tout ce que je ne puis obtenir de toi ; mais ne m'enlève pas ce que la fortune me donne... que de grâces... que de fraîcheur... *quels contours savants et délicieux !...* Ah ! comme tout est beau, comme tout est délicat en toi !... Ô Léonore, es-tu l'ouvrage d'un dieu ?... es-tu donc un dieu toi-même ? Ah ! juste ciel, n'arrête pas ces effets brûlants d'un amour aveuglé ! tu les vois... tu les sens... perfide... le sacrifice est offert [476]... et je n'en suis que plus malheureux ! »

Quelque résistance que j'eusse pu opposer, il m'était devenu impossible de me soustraire entièrement à cet hommage ; mais je m'étais si bien débattue dans les mains de cet amant forcené, qu'il n'eut même pas l'idée de la victoire, et que si l'encens brûla, ce fut si loin des autels, qu'à peine le dieu pût-il y croire ; et fuyant aussitôt avec rapidité :

« Traître, lui dis-je furieuse, puisque tu es assez lâche pour abuser ainsi de ma situation, pour tromper jusqu'à mon sommeil, je brise tous les liens chimériques qui m'unissent à toi, je vais dire la vérité à tout le monde, et quitter à jamais ta maison. »

Duval éperdu vole sur mes pas ; j'échappe et vais m'enfermer dans mon appartement où je refuse de le voir de tout le jour.

De ce moment je fis les plus sérieuses réflexions sur les dangers que je courais. Hélas ! me disais-je, je suis au bord du précipice... Comment me flatter de la victoire ?... le moyen de se dégager d'un homme si violent ! je le trouve partout sur mes pas ; il ne me perd pas de vue ; serai-je toujours aussi heureuse qu'aujourd'hui ? Je n'ai d'autre parti que la fuite, hâtons-nous de nous y décider.

Remplie de ce projet, je jetai les yeux sur dom Gaspard, ne voyant dans la société que lui seul qui pût accomplir mes desseins ; je commençai par lui demander sans affectation quelles étaient ses vues. Il m'apprit qu'il devait incessamment retourner au Monomotapa, mais que n'y tenant en rien, uniquement obligé d'y aller pour rendre compte de la commission actuelle dont il était chargé, il comptait redescendre au Cap, et repasser tout de suite après en Portugal. Le plan me convint assez ; le chemin du retour en Europe était un peu long ; mais quand on n'est pas libre, il importe peu quelle route on prenne, pourvu que l'on arrive au but. Résolue à me confier à ce jeune homme, je crus que le meilleur moyen de m'en faire entendre, était l'organe de ce dieu puissant dont la voix unit tous les cœurs : rappelez-vous toujours mes principes et ne me blâmez pas de mes imprudences.

Je laissai donc parler mes yeux : dom Gaspard, vif, sémillant, jeune, plein d'esprit, de candeur et d'honnêteté, comprit au mieux leur langage ; les siens m'assurèrent bientôt du sentiment le plus réciproque et le plus sincère ; il ne fut plus question que de nous arranger. Dom Gaspard m'écrivit en français, qu'il parlait fort bien ; je lui répondis ; nous convînmes enfin d'un rendez-vous ; là, je me confiai entièrement à ce jeune homme.

« Je ne suis point la femme de Duval, lui dis-je, une fâcheuse aventure m'a fait tomber dans ses mains à Tripoli, il m'a rachetée... il veut abuser de ses droits pour me contraindre à accepter des liens qui me déplaisent... Êtes-vous homme à me sortir de cet esclavage ?

— Assurément, me dit Gaspard, j'entreprendrai tout pour briser vos fers et, plus généreux que Duval, je vous proteste, et de vous ramener en Europe, et de n'exiger que là, la récompense de mes soins.

— Ô dom Gaspard, je me fie à vous, je vous crois incapable de me tromper... vous rendez la vie à une malheureuse... comptez sur ma reconnaissance... »

Et dès l'instant nous ne travaillâmes plus l'un et l'autre qu'à tout ce qui pouvait assurer notre projet.

L'entreprise n'était pas aisée ; indépendamment de la jalousie de Duval, nous avions encore à redouter son crédit dans la ville et dans les environs ; dom Gaspard pour passer d'Alexandrie au Monomotapa, n'avait que la facilité des caravanes qui partent du Caire ; il fallait d'abord remonter le Nil jusqu'à cette capitale de l'Égypte, se joindre à la caravane, la suivre : tout cela était lent, le consul pouvait nous faire arrêter.

Nous imaginâmes donc un stratagème assez bizarre : le jeune Portugais avait à son service un nègre à peu près de ma taille et de mon âge ; nous convînmes qu'au moyen d'une composition de laquelle Gaspard avait le secret, on me noircirait le visage et les bras, et qu'ainsi peinte, je partirais secrètement avec ce jeune nègre dont je passerais pour le frère ; que tous deux, nous remonterions le Nil, et irions attendre au Caire Gaspard, qui s'y rendrait exactement la veille du départ de la caravane ; que restant par ce moyen après moi à Alexandrie, il serait à portée et de rompre les recherches de Duval, et de me rendre compte des effets plaisants de ma fuite[477]. Nous décidâmes également qu'en partant secrètement pour Le Caire, je ferais recevoir une lettre à Duval, qui lui dirait que ne voulant point écouter son amour, que ne le pouvant pas, je me déterminais à le fuir, que je me rendais à Damiette[478] où un négociant de ma connaissance que j'avais intéressé par lettre depuis mon séjour en Égypte, m'offrait les moyens de repasser en Europe, et qu'aussitôt que j'y serais, je lui ferais tenir l'argent qu'il avait déboursé pour moi. Par ce moyen, Duval inquiété sur deux endroits, puisque assurément il soupçonnerait aussi mon évasion par Le Caire, en multipliant ses recherches, courrait risque d'en perdre le fruit ; mais ses poursuites eussent-elles même lieu du côté de la caravane, quelle apparence qu'il pût m'y découvrir sous le déguisement que je prenais ?

L'aventure était périlleuse, je le sentais... à supposer même que l'évasion se fît sans aucun risque, quelle route j'allais entreprendre... était-il sûr que le jeune Portugais dans lequel je plaçais toute ma confiance, en fût certainement digne... ne pouvait-il pas abuser de ma situation ? De l'empire que je lui donnais sur moi ? Et si malheureusement je venais à le perdre, que devenais-je seule, isolée, au milieu de cette caravane ! Tout cela, sans doute, m'offrait de grands dangers ; mais ils n'étaient qu'en vraisemblance... ceux que je courais avec Duval étaient sûrs ; un second sommeil sous le berceau de jasmin, j'étais une femme perdue. Je ne balançai donc plus, et mes résolutions prises, je ne m'occupai que de l'exécution. J'écrivis ma lettre ; je décampai lestement le soir du logis de Duval, et fus me cacher cette première nuit chez mon Portugais qui, après m'avoir renouvelé ses serments d'attendre en Europe à exiger la récompense des soins qu'il prenait de moi, me barbouilla le visage et les mains ainsi que nous étions convenus, me revêtit d'habits de nègre, et me confia au sien avec lequel je passai au Caire sans le plus petit inconvénient. Cinq jours après, dom Gaspard arriva, me fit camper sur le chameau qui portait son bagage, toujours comme un de ses gens ; nous nous réunîmes au reste de la troupe et nous avançâmes.

Chemin faisant, Gaspard m'apprit tout le train qu'avait fait ma fuite : il me dit que Duval, furieux, ne doutant point du contenu de ma lettre, n'avait tourné ses perquisitions que vers Damiette. Malgré son désespoir, ajouta dom Gaspard, l'histoire n'en avait pas moins amusé toute la ville, les reproches s'adressaient à lui ; il fallait, disait-on, qu'il eût eu de mauvais procédés pour moi ; je paraissais trop douce pour avoir eu des torts la première ; les femmes me plaignaient, les hommes se moquaient de lui. Mais abandonnons totalement Alexandrie, et trouvez bon que j'entre dans quelques détails sur la route singulière et peu fréquentée que je faisais.

Quoique cette multitude de voyageurs, rassemblés sous le nom de caravane, soit composée de gens de toutes sortes de pays et de religion, rien n'est comparable pourtant à l'ordre qui y règne ; une armée observe moins de subordination, et c'est par le moyen de cette excellente police qu'on y est en sûreté comme dans nos routes de France. Au seul chef appartient le droit de décider sur le peu de différends qui s'élèvent, et ses jugements sont toujours équitables. On part ordinairement deux heures avant le jour, et excepté une heure où l'on s'arrête aux environs de midi, la marche se prolonge jusqu'à trois heures de la nuit ; les guides donnent les signaux sur une timbale : tout alors doit être prêt en même temps ; on n'excuse pas le moindre retard, et personne n'est tenté de commettre une faute qui peut coûter la vie ; car il est très difficile de rejoindre lorsqu'une fois on a eu le malheur de se séparer. Quoiqu'on ne suive aucune route tracée, les conducteurs sont si habiles qu'il ne leur arrive jamais d'égarer la caravane ; les rangs indiqués le jour du départ s'observent pendant toute la route avec exactitude ; mais le plus curieux, sans doute, est la patience des animaux qui servent à ces entreprises : ils sont tempérants et infatigables ; ils semblent se prêter à tous les inconvénients qui naissent du hasard, ou du temps, et marchent s'il en est besoin plusieurs jours de suite sans prendre aucune nourriture ; cependant il en périt plusieurs ; les ossements qui jonchent la route et servent souvent de remarques aux guides, sont une preuve sûre que leur courage et leurs forces s'épuisent quelquefois à la longue [479].

Ce fut dans cet ordre que nous entrâmes le premier jour dans un désert affreux ; à peine y fûmes-nous, qu'il s'éleva un ouragan terrible : les sables enlevés alors à la hauteur des nues et retombant en pluie, non seulement aveuglèrent nos guides, mais leur firent même perdre absolument la trace qu'ils devaient suivre, et les contraignirent à une halte qui dura jusqu'au lendemain. Cet événement m'inquiétait ;

quelque éloignée que je fusse de Duval, quel que fût mon déguisement, je craignais toujours qu'il ne nous fît suivre, et qu'on ne vînt à me reconnaître ; mais dom Gaspard, attentif et prévenant, ne cessait de me calmer et de me rassurer.

Après cette première aventure, nous continuâmes assez tranquillement notre route jusqu'à Hélaoué, ville charmante et qui répond bien à son nom, dont la signification est : *pays plein de douceur*. Cette ville est la dernière qui dépende du Grand Seigneur[480] ; on y voit des jardins délicieux arrosés de ruisseaux d'une fraîcheur bien précieuse pour ceux qui viennent de traverser des déserts arides, où l'eau leur a souvent manqué. Nous renouvelâmes nos outres dans ce lieu, et y fîmes aussi quelques provisions de vins.

Entièrement revenue des craintes que m'avaient inspirées les poursuites de Duval, ennuyée de mon déguisement, je proposai à dom Gaspard de me laisser reprendre ma première forme ; mais il craignit que ce changement ne fît bruit parmi les voyageurs, et il me pria pour plus grande sûreté de demeurer comme j'étais jusqu'aux colonies portugaises. Au sortir de Hélaoué, nous traversâmes encore des déserts qui n'étaient pas moins arides que ceux que nous quittions.

« Léonore, me dit un jour dom Gaspard en traversant tous ces affreux climats, dans quel dessein croyez-vous que la divinité ait fait de si grandes fautes à la contexture de notre planète ?

— Je serais bien en peine de le dire.

— La faute existe, elle est claire : est-elle faite exprès ? ou l'est-elle par inadvertance ? Si elle est faite exprès, voilà un Dieu méchant ; si elle l'est par inadvertance, voilà un Dieu faible, et de toute façon un Dieu qui a tort.

— Votre argument est sans réplique, je ne saurais comment y répondre, je m'en tiens à la sensation produite par l'effet, et vous avoue qu'il est bien difficile de s'enflammer pour la grandeur d'un être dont les torts sont aussi réels.

— Le pouvez-vous davantage, si le hasard vous place au milieu d'une troupe de scélérats ?

— Assurément non.

— Tout ce qui existe n'est donc pas parfait. La seule perfection pourtant est digne de notre hommage ; cependant cette qualité ne se trouve pas dans les ouvrages de Dieu... Dieu n'est donc pas digne de nos hommages. Ô Léonore, tirez-vous de ce syllogisme, c'est de toutes les manières de raisonner la plus sûre, rétorquez, je vous prie, celui-là. »

Ces premiers élans de la philosophie de Gaspard me firent voir que son esprit, mûri par l'étude, était bien loin d'adopter l'erreur, et mon estime pour lui en redoubla. Peut-être aurai-je bientôt occasion de vous mieux développer ces systèmes, continuons notre route maintenant.

De Hélaoué nous fûmes à Machou, gros bourg situé sur le bord oriental du Nil, qui forme en cet endroit deux îles de palmiers, de séné et de coloquinte ; huit jours après, nous arrivâmes à Dongola, frontière de la Nubie. À une lieue environ de largeur le pays est superbe ; au-delà ce ne sont que sables et que déserts, dont le seul aspect fait frémir. Le Nil traverse cette plaine charmante, mais ici, ce ne sont plus ses débordements périodiques qui causent la fertilité des terres, cette abondance n'est due qu'à l'industrie des habitants, qui forment des inondations artificielles par des transports d'eau très pénibles. Dom Gaspard me fit admirer la beauté des chevaux de cette contrée, bien supérieurs à ceux qu'on vante le plus dans notre Europe. Ces peuples, pour la plupart mahométans, sont enclins à toutes sortes de vices ; un de ceux auquel ils sont le plus adonnés, est *le blasphème* ; ils ne prononcent pas un seul mot qui n'en soit entremêlé ; il est difficile de concevoir l'art qu'ils emploient à les varier : ils étaient autrefois chrétiens, mais cette loi beaucoup trop gênante pour leurs mœurs, leur a promptement déplu, et leur dérèglement rend leur culte actuel assez difficile à démêler.

Le penchant étonnant de ces peuples au blasphème, donna occasion à dom Gaspard de me développer quelques-uns de ses principes ; je vais continuer de vous les tracer.

« Comment est-il, me disait ce brave et honnête compagnon de route, que les hommes aient pu s'imaginer que l'être grand et supérieur qu'ils érigent, que cet être sublime qu'ils regardent comme leur créateur, puisse se trouver offensé des invectives qu'il leur plaît de lui adresser ? Cet être qu'ils font auteur de tout, qu'ils regardent comme unique principe des choses créées, n'est-il donc pas au-dessus des injures ? Est-il jamais présumable qu'elles puissent arriver jusqu'à lui ? Mais ces imprécations que lui adresse l'homme, souffrant ou malheureux, ne sont-elles donc pas légitimes ? Le premier mouvement de la nature n'est-il pas de se plaindre quand on est lésé ?

n'est-il pas de s'en prendre à l'auteur de ses maux ? En en répandant une si grande quantité sur la terre, Dieu ne savait-il pas qu'il s'exposait aux reproches des hommes ? En a-t-il pour cela suspendu ses fléaux ? S'il les a laissés choir, sachant bien que les hommes s'en vengeraient par leurs plaintes, il s'est donc moqué de ces invectives, s'il les a méritées ; s'il les brave, les ayant méritées, comment se peut-il qu'il s'en fâche ? Quand le fort offense le faible, il sait bien que celui-ci se dédommagera par des injures ; peut-il avoir crainte des paroles qu'il savait bien que sa conduite allait lui attirer ? Si Dieu avait pu être sensible à nos reproches, maître de tout, n'eût-il pas créé l'univers de façon à ne mériter que des éloges ? Quand il ne l'a pas fait, quand il n'a pas cru devoir le faire, quand il était bien sûr que de ne le pas faire devait lui valoir des blasphèmes, il est certain que ces blasphèmes lui devenaient indifférents. Il n'y a donc aucun risque à lui en adresser ; il les entend sans peine et sans courroux, très convaincu qu'on les lui doit ; il rit de notre ignorance, de notre impossibilité de découvrir ses vues, sans s'offenser de ce qui en résulte. C'est une barbare absurdité de notre Europe, que de punir aussi sévèrement qu'on le faisait autrefois et de regarder même encore aujourd'hui comme un crime religieux, l'acte de la faiblesse contre la puissance ; tout ce qui part du premier de ces états, s'émoussant avant d'arriver à l'autre, ne peut plus devenir un outrage : c'est l'acte de la puissance sur la faiblesse qui est dangereux ; le contraire n'a jamais d'inconvénient. Ne m'objectez pas que le valet armé offense le maître qu'il frappe de son arme ; dans le cas supposé, ce n'est plus le maître qui est le fort, c'est le valet armé ; la puissance du maître n'est plus qu'illusoire ici, la seule réelle c'est celle du valet. Or, ce n'est plus cela dès qu'il s'agit de Dieu, cet être est toujours le plus fort ; quelle que soit l'arme dont nous osions le menacer, il l'emportera toujours sur nous, et de ce moment, ce que nous entreprenons n'étant plus que le frêle élan de la faiblesse sur la force, rien n'en arrivera jusqu'à lui ; il ne s'offensera donc point d'injures qu'il mérite, qu'il veut mériter, et qu'il s'est moqué de mériter. Ô folie éternelle des hommes de vouloir toujours juger Dieu sur eux-mêmes ! ils se croient offensés d'un mot qui ne frappe que l'air, ils s'imaginent que Dieu leur ressemble.

Ah ! cessons de faire de Dieu un être matériel comme

nous... courroucé de nos invectives, sensible à nos éloges, facile à nos prières ; nous voulons toujours le regarder comme un monarque humain, et qui, comme tel, doit nous entendre et nous juger. Voilà comme en rapetissant ses vues, le plus célèbre adorateur de Dieu ne se trouve au fond qu'un idolâtre. Dieu est trop grand, Dieu est trop spirituel pour toutes ces choses humaines ; nous livrant à la faculté qu'il nous a laissée d'être bons ou méchants, de le connaître ou de le nier, de l'adorer ou le haïr, d'après le genre d'organisation que nous avons reçue de lui, il s'embarrasse fort peu du parti que nous prendrons sur l'une ou l'autre de ces choses ; indifférent à nos hommages, nullement touché de nos blasphèmes, toujours trop au-dessus de nous pour en être jamais atteint, tout ce que nous faisons lui est égal, parce que tout est nécessité, et que nous n'agissons que d'après ses lois [481]. N'imaginons donc pas être plus récompensés pour l'avoir prié, que molestés pour l'avoir maudit ; il ne nous accordera pas plus de grâces pour l'un qu'il ne nous fera subir de tourments pour l'autre. N'est-ce pas une chose vraiment risible que de voir l'homme, cet être chétif et faible auquel il serait impossible de changer un instant le cours de la plus petite étoile, s'imaginer que ses injures ou ses prières allant bien plus haut, irriteront ou disposeront en sa faveur l'artisan des chefs-d'œuvre qu'il n'a pas même la faculté de déranger ? Étrange aveuglement de sa vanité sans doute, de préférer à se supposer criminel, qu'à convenir de sa faiblesse ; imbécile qu'il est, il aime mieux passer sa vie à trembler de délits impossibles, que de s'affermir et se tranquilliser par la certitude d'une impuissance, dont son orgueil serait humilié.

Ô Léonore, prions ou blasphémons, adorons ou profanons, tout est égal aux yeux de l'Être assez puissant pour avoir fait bien ou mal tout ce qui frappe nos yeux ; un Dieu qu'attendriraient nos cultes, ou qu'offenseraient nos erreurs, ne serait qu'un homme comme nous : et comment, doué de toutes nos passions, aurait-il l'énergie créatrice, qui ne peut être que le plus sublime assemblage de toutes les vertus ? Si le blasphème, si cette faible injure, en un mot, que nous adressons à la divinité, ou par colère, ou par ennui de souffrir, ou par quelque autre motif que ce puisse être, satisfait un instant notre âme, livrons-nous-y sans nulle crainte, bien certains qu'il ne s'en irritera point, qu'il est trop grand pour s'en venger, et qu'il nous aurait privés de la faculté de voir ses fautes, ou qu'il n'en aurait pas commis, s'il eût redouté les reproches que lui doit notre raison, et qu'elle peut lui adresser en paix.

— Il me semble, dis-je à dom Gaspard, que vos systèmes sur la religion sont commodes et simples.

— Sur la religion, me répondit Gaspard, vous vous trompez, Léonore, mes systèmes sur la religion ne sont ni commodes ni simples ; ils sont nuls ; j'ai secoué toutes ces puérilités, dont on surcharge l'esprit et la mémoire des jeunes gens, j'ai employé ce temps-là à m'instruire, au lieu de le passer à déraisonner, et je me suis fait quelques principes, tant sur cela que sur quelques autres objets de morale, principes constants dont je ne m'écarte point. J'adopte[482] un agent quelconque assurément : que ce soit la nature ou Dieu, il y a toujours un moteur à ce qui frappe nos regards ; je l'admets, mais je ne le sers par aucun culte. Très assuré qu'il n'en exige nul, très incertain s'il en mérite, de quel droit irais-je lui en rendre ? J'aime mieux employer à quelques vertus le temps que d'autres perdent en prières, et cet agent, s'il est juste, me saura bien plus de gré d'être utile aux hommes, qu'assidu aux pieds de ses autels. Quand je verrai moins de mal sur la terre, quand j'y rencontrerai moins de fripons et plus d'honnêtes gens, peut-être supposerai-je alors que l'auteur de cet univers peut mériter quelque reconnaissance ; mais quand les maux m'assailliront de toutes parts, quand je ne trouverai que travers, cruauté, trahison, perfidie, noirceur et méchanceté chez les hommes, je croirai me restreindre dans des bornes très sages, en n'accablant point d'invectives celui qui permet tant de maux : je ne le fais point, mais je ris de la folie des systèmes religieux, je me moque de la diversité des cultes, et n'écoutant que ma raison et mon cœur, je reste dans l'indifférence sur un être à qui je ne dois rien... ou que des reproches... que je tais par l'inutilité dont je les crois.

— Mais votre morale ?

— Elle est pure ! eh quoi ! faut-il absolument révérer des chimères pour avoir le droit d'être honnête homme ? J'aime mes frères, je les soulage, la bienfaisance est le sentiment de mon cœur, je ne pleure ma médiocrité que parce qu'elle me prive du charme de faire des heureux ; je respecte les propriétés d'autrui, je ne ravirai jamais ni la femme ni le bien de personne ; croyez que je ne vous aurais pas enlevée à Duval, si je vous eusse crue son épouse... Je suis sensible à l'amour, c'est la jouissance des honnêtes gens ; je hais le vice, je suis enthousiaste de la vertu, et finirai tranquillement mes jours dans ses maximes, sans désirer les joies ridicules du paradis, et sans craindre les flammes absurdes de l'enfer[483]. »

Ces sentiments me plurent, je trouvais Gaspard estimable et résolus d'en faire mon ami ; cependant je voulus le connaître mieux ; quelque périlleuse que fût pour moi l'épreuve où je voulais le mettre, quelque peu favorables que fussent les circonstances pour la hasarder, je me sentis pressée de voir si ce jeune homme ayant secoué tant de freins, ne paraissant respecter que ceux de l'honnête homme, tenait vraiment aux principes moraux qu'il affichait ; j'avais laissé de l'espoir à Gaspard, je lui avais caché mes nœuds avec Sainville, et ma main, d'après nos conventions, devait être le prix de ses soins, sitôt que nous serions en Europe. Je saisis l'occasion d'une halte, peu après la conversation que nous venions d'avoir, et là, je lui avouai que je l'avais trompé... que je ne pourrais jamais m'acquitter envers lui, que ma main n'était plus à moi, qu'il devenait après cela le maître de mon sort, qu'il devait me punir d'avoir abusé de sa bonne foi... m'abandonner dans ces déserts... mais que s'il tenait sa parole, ce procédé, d'autant plus généreux qu'il devenait sans aucun intérêt, lui assurait à jamais toute ma tendresse...

« J'aurais peut-être dû vous tromper jusqu'au bout, ajoutai-je, mais la manière dont vous venez de vous faire connaître à moi, les sentiments que vous m'avez montrés, votre philosophie, votre mépris pour tous les faux liens qui captivent les hommes... tout, Gaspard, tout enfin me donne une si haute opinion de vous, que j'ai cru ne devoir plus vous rien déguiser : vous voilà maître de moi, je me livre. »

Gaspard, ému, me fixa d'abord avec étonnement, et revenant tout de suite à lui :

« Ô Léonore ! s'écria-t-il en me serrant dans ses bras, que je vous dois de reconnaissance ! je ne sacrifiais qu'à l'amour ; j'aurai tout fait pour la vertu. »

Et me pressant d'accepter une bourse, que je me défendis de prendre :

« Que cela vous reste au moins, continua-t-il, si je venais à mourir avant l'exécution de ma parole... Quand je ne voyais en vous qu'une maîtresse, je négligeais des soins dont j'imaginais que l'hymen devait m'acquitter... mais je dois bien plus à l'amie. »

Le premier mouvement de mon cœur fut, je l'avoue, de me laisser tomber aux pieds de cet homme généreux, et j'y répandis un torrent de larmes avant de souffrir qu'il me relevât [484].

« Généreux mortel, m'écriai-je, vous avez absorbé dans vous toutes les chimères religieuses ; mais si vous avez dégagé votre esprit de ces fables inutiles à l'homme, ce n'est, je le vois bien, que pour y laisser plus d'empire à tout ce qui doit faire la félicité de vos semblables. Ah ! laissez-moi vous offrir ma reconnaissance et mon cœur, laissez-moi vous regarder comme un ami... comme un frère... comme le dieu même auquel vous refusez des vertus... et qui ne serait vraiment digne de nos hommages que s'il avait celles de votre âme. Ô Gaspard, je n'eusse pas trouvé ces sentiments dans un dévot. »

Ici le caractère de Léonore, ou du moins sa façon de penser sur la religion, se trouvant entièrement à découvert, Mme de Blamont, quelque enthousiasmée qu'elle fût de l'action de Gaspard, ne put s'empêcher pourtant de faire sentir à sa fille qu'elle était fâchée de lui voir ne soupçonner ce trait que dans un ennemi de nos principes religieux ; il était difficile que l'extrême piété de cette femme honnête et sensible ne s'alarmât pas de ce qui venait d'être dit. Léonore fut calme aux reproches de sa mère.

« Oh, madame ! lui dit-elle, vous avez exigé de moi de la sincérité, je la blessais en vous cachant mes principes ; je dois donc en rester là s'ils vous scandalisent, car je serais contrainte, en avançant, de vous dévoiler des choses plus fortes, et que vous condamnerez d'autant plus, qu'à la rigueur j'aurais pu ne pas m'y prêter. Ce n'est ni à M. de Sainville, madame, ni à dom Gaspard, ni aux autres personnes avec lesquelles vous allez me voir, qu'il faut s'en prendre du peu de conformité de mes systèmes aux vôtres ; mon mari vous dira que dès l'âge de treize ans, il reconnut en moi cette ferme aversion pour toute idée religieuse ; et j'avais déjà lu à cet âge presque tout ce qui a été écrit contre les opinions que vous adoptez ; une amie de la comtesse de Kerneuil me prêta ces livres ; je les dévorai ; elle en raisonnait avec moi, m'affermissait dans les principes dont ces ouvrages m'offraient l'analyse, me les expliquait avec soin, et se plut aussi, pendant deux ans, à nourrir mon âme d'une philosophie dont elle était enthousiaste[485]. L'expérience, mes malheurs, l'image du monde ont vivifié dans moi ces systèmes et me les ont rendus si familiers, qu'il me serait bien difficile d'en adopter d'autres aujourd'hui ; je les crois compatibles à la plus saine vertu ; la suite de mon histoire vous en convaincra peut-être. Je n'ai pourtant point anéanti l'idée d'un Dieu, ne l'imaginez pas, madame ; mais je crois ce Dieu très au-dessus de tous les cultes, je suis fermement persuadée qu'il n'en mérite et n'en exige aucun, et que de tous, le nôtre, étant le moins raisonnable, serait celui qui devrait l'offenser le plus grièvement, s'il se mêlait des folies humaines.

— Malheureuse enfant, dit Mme de Blamont en pressant Léonore entre ses bras, tu n'aurais pas couru tous ces risques sans les premiers malheurs de ton enfance. Ah ! crois que les vertus morales ne sont que plus actives, étayées par celles de la religion, et que celui qui sert bien son Dieu, n'en aimera que mieux ses semblables... »

Quelques larmes coulèrent ici des beaux yeux de cette mère tendre ; ceux d'Aline se mouillèrent aussi ; elle tenait les mains de sa sœur ; elle la regardait avec cette pitié douce qui s'alarme pour tout ce qui ne lui ressemble pas ; non que cette chère fille s'imagine être mieux qu'une autre ; mais elle est persuadée de ses maximes, elle y croit lié le bonheur présent et futur. L'être qui ne les adopte pas lui présente l'idée du malheur, et cet aspect afflige toujours une âme aussi délicate que la sienne.

Le comte vit bien que sa médiation devenait nécessaire à rétablir la paix dans les esprits.

« Madame, dit-il à la présidente, les erreurs de Léonore ne sont point vos fautes, elles ne doivent vous donner aucun remords ; il faut la plaindre sans essayer de l'en faire revenir, vous n'y réussirez pas : il n'y a rien à quoi l'on tienne comme à ses idées sur la religion ; vous savez que les approches même de la mort n'en font point changer.

— Oh non ! certainement, reprit Léonore avec vivacité, c'est pour assurer le calme de cet instant, qu'on travaille à secouer de bonne heure ce qui peut le rendre horrible ; il s'en faut donc bien que je puisse renoncer à ce que je n'ai adopté que pour mon bonheur, à ce qui, j'ose le dire, le fait uniquement après les sentiments que je dois à ma mère et à mon époux, et que trouble seulement aujourd'hui le chagrin qu'en ressent cette mère à qui je suis prête à faire tous les sacrifices qui pourraient lui devenir de quelque utilité, aux seules conditions qu'elle n'exigera pas ceux qu'elle ne souhaite que pour me rendre à des liens que je ne prendrais qu'avec horreur[486].

— Eh bien, dit le comte, cela posé, je crois que ce qu'il nous reste de mieux à faire, est d'écouter la suite des aventures de Léonore, et de l'engager plus que jamais à ne nous rien déguiser. Chères et charmantes amies, continua-t-il en s'adressant à Mme de Blamont et à son Aline, quand on a votre solidité, votre vertu, on peut tout entendre sans risques, et quand on a votre sagesse et vos cœurs, on plaint et on pardonne la faute sans cesser d'aimer la coupable. »

Et Léonore aussitôt embrassée par sa mère et sa sœur, pressée par elles et par toute la société de continuer le fil de ses aventures, en reprit le récit dans les termes suivants :

Quand nous arrivâmes aux environs de Dongola, le conducteur de notre caravane fut demander au roi la permission de traverser sa capitale ; on la lui accorda sur-le-champ, et en vérité la faveur n'était pas grande ; rien de plus affreux que cette ville : des maisons désertes ou mal bâties, des rues embarrassées de monceaux de sables entraînés par les lavanches, et partout l'image de la désolation. Un château assez mal fortifié se présente au milieu de la ville ; il est défendu par une garnison d'Arabes pasteurs. Dom Gaspard et moi, ainsi que quelques négociants hollandais de la caravane, eûmes l'honneur de manger chez le roi de Dongola, à des tables séparées, mais aussi bien servies que la sienne.

Le titre de domestique de dom Gaspard n'avait duré qu'un jour : dès que nous nous étions crus en sûreté, cet ami m'avait fait passer pour le neveu d'un roi d'Afrique, qu'il ramenait à son oncle ; et comme il m'avait appris le portugais, je ne m'exprimais plus que dans cette langue.

Quatre jours après notre départ de Dongola, nous entrâmes dans le royaume de Sennar. La crainte d'être pillés par les peuples qui sont au-dessus de Korti, le long du Nil, nous contraignit à nous éloigner des bords de ce fleuve, et à entrer dans le désert de Bihonda, un peu moins agreste que ceux de la Libye, et où l'on voit au moins quelques arbres. De l'autre côté du désert nous trouvâmes des habitants campés sous des tentes qui ne nous laissèrent manquer de rien. Nous parvînmes enfin à Hargabi, où se trouve avec profusion tout ce qui peut flatter les voyageurs : cette abondance délicieuse quand on vient de traverser des pays si incultes, nous engagea à quelque séjour dans cette contrée. Ce fut en la quittant que nous voyageâmes dans des forêts charmantes d'acacias ; leur fraîcheur, la quantité de petits perroquets verts, de gelinottes et d'autres oiseaux qui peuplent ces bois, ne contribuent pas peu à rendre délicieuse la route qui les traverse ; au sortir de là, nous marchâmes dans des plaines très fertiles, d'où nous découvrîmes la ville de Sennar [487].

Cette capitale où vous trouverez bon que je vous arrête un instant, à cause de la fatale aventure qui nous y arriva, contient environ trois cent mille âmes ; mais elle est aussi sale que peu policée ; le palais du roi, construit de briques cuites au soleil, est un amas confus de bâtiments qui n'a de remarquable que le désordre et le mauvais goût. Les appartements, garnis de tapis, sont meublés à la manière du Levant ; quelques jardins les environnent. Tout est désagréable dans ce climat brûlant ; les chaleurs qui prennent de janvier en avril y sont insupportables ; les peuples de la religion mahométane sont fourbes, méchants, superstitieux, débauchés, et l'on n'est pas plutôt dans ce triste séjour que l'on désire aussitôt de le quitter [488].

Le roi auquel nous fûmes présentés est un homme d'environ cinquante ans, d'un libertinage effréné et d'une cruauté inouïe ; on ne peut l'aborder que pieds nus ; ses traits ne s'aperçoivent jamais ; perpétuellement couvert d'un voile de gaze, on dirait que cet imbécile craint d'éblouir ses peuples ; quand il va de sa capitale à une maison de campagne à lui qui en est éloignée de deux lieues, il est précédé de quatre cents gardes à cheval, entouré de deux cents valets, chantant ses louanges, dont douze le portent sur un palanquin, et suivi de sept cents femmes nues, portant sur leur tête des corbeilles remplies des différents mets qui doivent être servis au repas de Sa Majesté ; trois cents cavaliers ferment la marche, et ce cortège forme une ligne d'une telle étendue, que souvent la tête de la colonne est déjà dans la maison de campagne que l'arrière-garde n'a pas même encore quitté la ville. Si le souverain s'en tenait à ce faste, dès que ses trésors lui permettent de le soutenir, il ne donnerait aucune prise aux reproches des passagers ; mais son extrême cruauté les lui mérite absolument. Elle révolte souvent ses sujets, et il les craint, à l'exemple de tous les despotes ; ce n'est, depuis quelque temps, que sur les caravanes qu'il fait tomber les traits de sa noirceur. Nous en étions prévenus, mais notre maudite curiosité nous fit, malgré tout cela, tomber dans l'un des pièges qu'il tend ordinairement aux voyageurs, pour se procurer, parmi eux, des victimes à ses scélératesses. Un des goûts les plus vifs de ce monstrueux prince, un de ceux qui le chatouillent le plus énergiquement, est de faire empaler sous ses yeux tous les délinquants qu'il peut surprendre en faute, et cela sans distinction d'âge ni de sexe. Placé à une fenêtre de son palais, ouverte à quinze ou vingt pieds du lieu où l'on exécute, ce vilain homme, au milieu de ses femmes, jouit là tout à son aise du cruel plaisir de voir souffrir des malheureux. Afin d'augmenter leur nombre, il surcharge les voyageurs d'impôts et de défenses, dont le défaut de paiement, ou l'infraction, est toujours puni par le pal. Dans le nombre de ces défenses, celle qui nous fit succomber, Gaspard et moi, et qui nous précipita, ainsi que quelques autres de nos compagnons, dans le péril que je vais vous raconter, est celle publiée à son de trompe, toutes les fois qu'une caravane passe dans Sennar. Cette défense consiste à ne point approcher d'un petit pavillon situé à une demi-lieue de cette ville, dans lequel est, dit-on, renfermé l'*organe* de Mahomet ; mais en même temps que le fourbe fait faire ces défenses, un nombre infini de satellites à lui, conversant avec tous les voyageurs, ne cessent d'exciter leur curiosité sur cette merveille, et ce qu'ils en racontent est si bizarre, que pour peu qu'on soit né avec un peu d'imagination, il est bien difficile de ne pas succomber. Quelques-uns de ces fripons offrent de vous conduire ; tous vous assurent que la défense publiée est chimérique ; que fût-on même surpris, il n'en résulterait aucun danger ; on se laisse séduire, on y va ; dès qu'on y est, il y arrive ce que vous allez voir.

Vivement pénétrés que cette défense n'était que de forme, chaudement excités à aller admirer une des plus grandes merveilles du monde, en ayant déjà dans nous-mêmes une violente envie, Gaspard, trois femmes arabes, deux Turcs, quatre négociants hollandais ou portugais et moi, tous voyageurs de la caravane, nous nous laissâmes entraîner, et à la pointe du jour le surlendemain de notre arrivée à Sennar, conduits par deux de ces fripons qui nous avaient subornés, nous nous rendîmes au pavillon de Mahomet. À peine en fûmes-nous à trente pas, qu'un gros de soldats armés de carabines débusquant à la hâte d'un taillis voisin, dans lequel ils étaient à plat ventre, nous entoure, nous saisit avec la même facilité qu'un chasseur s'empare du gibier qu'il vient de prendre dans son lacet, et nous ramène à l'instant tous les onze au prince, qui se met à éclater de rire, voyant une si bonne capture, en nous promettant que par ses soins nous ne languirons pas sur la terre. Il nous examine les uns après les autres, et sans être touché de la jeunesse, de la beauté des trois femmes arabes, qui se jettent à ses pieds pour implorer sa grâce, il les condamne comme le reste, en leur assurant qu'il aura le plus grand plaisir à voir si elles supporteront les douleurs du supplice qui leur est préparé, avec le même courage que les hommes.

Mon sexe n'étant pas découvert, mon déguisement toujours le même, le roi continua comme il avait fait jusqu'alors de me prendre pour un garçon. Gaspard voulut l'implorer pour moi, lui rappeler les alliances avec un roi d'Afrique, qu'il m'avait supposées (comme partout) en arrivant dans cette cour, l'attendrir en un mot sur mon sort, en lui disant que j'étais d'un sang royal comme lui, rien ne réussit.

« Parle pour toi, lui dit le barbare, et ne t'inquiète pas des autres. »

Cependant on nous donna un excellent dîner, au palais même, et l'on nous laissa tous ensemble dans la salle, où l'on nous avait servis jusqu'à l'heure du spectacle que le roi se préparait à nos dépens. Je ne vous peins point ma situation, vous comprenez aisément son horreur. Toutes mes idées se tournaient vers Sainville. « Ô malheureux amant ! m'écriai-je, je ne te verrai donc plus ; ceci est bien pis que le poignard du cercueil de Venise... Mourir, à la bonne heure !... mais mourir *empalée* ! » Et mes larmes coulaient en abondance, sans que la main du tendre et bon Gaspard, oubliant tous ses dangers pour moi, cessât jamais de les essuyer. Le même désespoir régnait dans notre petite troupe ; les hommes juraient et tempêtaient, les femmes toujours plus douces, même dans leurs douleurs, se contentaient de pleurer ou de hurler, et l'on n'entendait que des cris, que des imprécations dans cette salle funeste ; mélodie bien flatteuse sans doute aux oreilles du bourreau qui nous sacrifiait, puisque pour les entendre plus à l'aise, le cruel était venu dîner avec ses femmes dans une pièce voisine de la nôtre.

Enfin, elle arriva cette heure fatale où nous allions devenir la proie de la mort ; je ne l'entendis pas sans frissonner, je me serrai contre Gaspard ; il me semblait que celui qui allait pourtant périr comme moi, devait encore me servir d'appui ; le prince fut se placer, et, l'œil fixé sur l'arène sanglante, le monstre vit exécuter d'abord les deux Turcs, ensuite les quatre Européens et les trois femmes arabes ; il ne restait donc plus que Gaspard et moi. On vient me chercher la première ; j'embrasse mon ami...

« Je meurs contente, lui dis-je, puisqu'on m'épargne au moins la douleur de vous voir périr à mes yeux. »

Puis réunissant mon courage et mes forces, je m'élance au milieu du cercle ; l'exécuteur me saisit.

« Oh, madame ! dit Léonore, en frémissant de souvenir, si j'ai cru voir la mort de près, j'ose bien dire que c'est dans cette terrible occasion. »

Pour l'accomplissement de cette cérémonie, à peu près comme pour celle où l'on châtie les enfants, la portion de chair que l'on découvre est celle que la nature a placée au bas de nos reins ; et cela, pour que rien ne puisse mettre obstacle à l'introduction du pieu dans la partie destinée au supplice. On dégarnit donc promptement, aux yeux du monarque observateur ce qui gênait dans moi le local nécessaire à l'action ; mais jugez ce que je devins, quand j'entendis, dès qu'on me vit nue, des cris tumultueux retentir dans toute l'assemblée, et le bourreau lui-même me repousser avec horreur. Trop émue de mon sort, je n'avais pas pensé à la surprise que je devais naturellement causer en présentant un derrière assez blanc sous un buste fort noir ; la frayeur avait été générale ; les uns m'avaient prise pour un dieu, les autres pour un sorcier, mais tous s'étaient enfuis, le roi seul, un peu moins crédule, ordonna qu'on me ramenât à l'instant à ses yeux ; on fait venir Gaspard, les interprètes s'avancent et on me demande ce que signifie cet état mixte dont la nature n'offrait aucun exemple[489]. Il n'y eut plus moyen de feindre, il fallait tout avouer ; le roi me fit débarbouiller devant lui, me fit prendre des habits à l'usage de ses femmes, et m'ayant malheureusement trouvée de son goût sous cette métamorphose, il me déclara qu'il fallait m'apprêter à recevoir, dès la même nuit, l'honneur de servir ses plaisirs.

Funeste arrêt, me dis-je, différence bien légère entre le supplice qui m'attend et celui où j'échappe... Ô Sainville... Sainville ! ne m'aimerais-tu pas mieux empalée ?...

En considération des plaisirs que le roi de Sennar se promettait avec moi, il accorda la vie au jeune Portugais, mais on nous sépara aussitôt, il fut placé parmi les esclaves, et moi reléguée dans une petite chambre attenant au harem.

Une émeute affreuse survint, heureusement pour moi, le même soir : elle était occasionnée par nos compagnons de voyage. Furieux de ce qui venait de nous arriver, ils nous vengeaient, et le tumulte devenait si pressant dans la ville, que le roi avait été obligé de marcher en personne à la tête de ses troupes, pour en arrêter le désordre ; il rentra fort tard, et se trouvant harassé, il se retira seul dans son appartement, en me faisant dire que je ne jouirais que le lendemain des grâces qu'il lui plaisait de m'accorder.

Cette nouvelle me calma ; c'est un trésor que le temps pour un malheureux ; celui qu'on lui donne, quelque court qu'il soit, lui paraît toujours suffisant à se dégager des fers qui lui sont préparés, et son âme s'épanouit en proportion des heureux délais qu'il obtient.

La nuit était déjà très avancée ; anéantie sur mon balcon, je me livrais à mille projets plus singuliers les uns que les autres, pour tâcher de me soustraire aux nouveaux maux dont j'étais menacée. Encouragée par mon heureuse étoile, je ne doutais pas que le sort ne m'offrît incessamment les moyens de fuir, lorsque tout à coup j'entendis prononcer mon nom.

« Qui m'appelle ? dis-je ; qui peut donc s'occuper encore de la plus malheureuse des femmes ?...

— Le meilleur ami qu'elle ait au monde, me répondit-on, l'infortuné Gaspard qui vient pour la sauver.

— Gaspard !... Dieu... qu'entends-je ?

— Ô Léonore ! laissez-vous glisser, peu de hauteur nous

sépare, je le vois ; hasardez tout et n'ayez nulle crainte ; un des gardes du tyran gagné par mes largesses est là qui nous attend ; il s'échappe avec nous ; fuyons. La caravane partie tout de suite après l'émeute n'est pas à deux milles d'ici, nous la rejoindrons aisément ; pressons-nous. »

Le baume qui coule sur des plaies brûlantes, la rosée qui rafraîchit le calice des fleurs desséchées par le vent du Midi, produisent des effets moins doux que ces paroles ne firent sur mon cœur. Je ne perdis pas une minute, et sans mesurer des yeux la hauteur, je me précipite dans les bras que me tend Gaspard. Son guide et lui m'emportent à l'instant, et en moins de trois quarts d'heure d'une marche forcée, nous rejoignons nos camarades, un peu surpris de mon changement d'état, mais dont nous ne fûmes pas moins reçus avec des transports inexprimables de joie. Tous les hommes deviennent frères quand le péril les rassemble ; le généreux soldat qui nous sauve est récompensé de nouveau, j'embrasse mille et mille fois Gaspard, les paroles manquent aux sentiments de ma reconnaissance, notre nègre et nos effets se retrouvent dans le plus grand ordre, et notre route se poursuit.

« Ah ! je respire, dit le comte, vous m'avez fait une frayeur... moi qui connais si peu ce sentiment-là ; il n'appartient, je crois, qu'à l'intérêt que vous inspirez de le faire naître dans mon âme ; voilà peut-être la première fois de la vie qu'une jolie femme se sauve par de tels moyens ; il en est mille qui se seraient perdues pour avoir montré ce que vous fîtes voir.

— En vérité, comte ! dit la présidente.

— Mais, madame, laissez-moi rire à l'aise d'une aventure qui n'a point d'exemple ; je vous assure que cette partie blanche en contraste avec un mufle noir devait produire un des plus plaisants effets.

— Continuez, continuez, ma fille, car ce maudit comte est insupportable. »

En sortant de Sennar, reprit Léonore, nous gagnâmes Bakas, petit village sur le bord du Nil, que nous trouvâmes à sec en cet endroit. De là, nous parvînmes à Giésim, endroit plus considérable, mais situé dans la même position, relativement au fleuve, et cependant au milieu d'une forêt où nous vîmes des arbres que dix hommes n'embrasseraient pas ; une de ces monstrueuses productions de la nature, minée de vieillesse, formait à l'intérieur une chambre où se seraient tenues cinquante personnes à l'aise. Ce fut là où nous fûmes obligés de quitter nos chameaux, à cause des montagnes qui nous restaient à traverser, entièrement remplies d'herbes qui les empoisonnent dès qu'ils en mangent.

Nous traversâmes, en sortant de Giésim, des forêts superbes de tamarins toujours verts, portant une espèce de prune dont le goût n'est point désagréable ; ces forêts où jamais le soleil ne pénètre à cause de leur épaisseur, sont d'un frais souvent funeste aux passagers ; mais la bonté de mon tempérament et la vigueur de mon âge me garantirent de tous ces maux, et sans les cruelles inquiétudes de mon esprit, cette route toute dangereuse qu'elle est, ne m'eût offert que de l'agrément. Nous arrivâmes de là à Serké, petite ville au milieu des montagnes, située dans un joli vallon, rafraîchie d'un petit ruisseau, qui sépare l'Éthiopie du royaume de Sennar ; partout dans cette nouvelle contrée, nous trouvâmes la plus belle et la plus brillante agriculture : le coton, les cannes de bambous, les ébéniers et une multitude de plantes aromatiques, varient agréablement les richesses du sol ; mais la multitude de lions que l'on entend mugir autour de soi distrait un peu du plaisir que l'on trouve à traverser ce beau pays. On est obligé d'allumer de grands feux pour écarter ces animaux dont la société, sans ces précautions, pourrait bien n'être pas très douce. Quelques jours ensuite, nous passâmes plusieurs rivières fort dangereuses, et peu après nous traversâmes une plaine ombragée de grenadiers, dont nous dévorâmes les fruits.

Là, nos bagages, sous la garde des différents seigneurs de terres où nous passions, étaient portés par leurs vassaux, de territoires en territoires, ce qui dura tout le temps que nous fûmes en Éthiopie.

Quoique nous ne pénétrâmes pas jusque dans la capitale de cet empire, j'en vis assez pour pouvoir vous parler en peu de mots d'un pays qu'on fréquente trop peu et qui, partout, offre à l'œil du philosophe et du naturaliste, une foule d'objets intéressants. Il n'est sans doute aucune province en Europe plus artistement cultivée : le cardamomum et le gingembre[490] en donnant à ces plaines un aspect flatteur, parsème l'air d'atomes les plus odoriférants ; agréablement coupées par de vastes rivières bordées de lis, de jonquilles, de tulipes et de violettes, on se croit dans le paradis terrestre ; on ne s'étonne plus, en voyant ce climat, que quelques imaginations ardentes y aient placé ce lieu de délices dont notre premier père eut la maladresse de se faire chasser pour une pomme, fruit qu'on n'y aperçoit pourtant nulle part. Les forêts, plus délicieuses encore que les plaines, sont remplies d'orangers, de citronniers, de grenadiers et de plusieurs autres arbres toujours couverts de fleurs, parmi lesquels on en voit qui portent des roses d'une odeur bien plus forte et bien plus délicate que les nôtres.

Les peuples de cette contrée qu'on a longtemps confondus avec ceux de la Nubie, leurs voisins, en diffèrent pourtant beaucoup par la figure : ceux-ci sont d'un brun tirant un peu sur l'olive ; leur taille est haute et majestueuse, leurs traits agréables ; ils ont presque tous les yeux beaux, le nez bien pris, les lèvres minces et les dents très blanches, au lieu que ceux que nous quittions sont fort noirs et n'ont absolument d'autres traits que ceux des nègres que vous connaissez.

Les Éthiopiens suivent la religion copte, sorte de culte mélangé du catholicisme et du grec. Ils sont très dévots, grands adorateurs de saints, profondément pénétrés de la possibilité des miracles, et surtout de la transsubstantiation [491] quoiqu'ils aient aussi parmi eux des gens assez raisonnables pour rejeter un dogme où la foi, le plus trompeur des guides, est si nécessaire pour soumettre la raison révoltée.

« Eh ! comment pouvoir admettre, disait un de ces philosophes à Gaspard, assez heureux pour s'entretenir devant moi quelques instants avec lui en langue latine, comment supposer un dogme aussi impossible que celui de la transsubstantiation ? N'est-ce donc pas s'aveugler à plaisir que de préférer au sens réel des paroles de Jésus-Christ, un inexplicable mystère qui ne peut se supposer qu'en contrariant toutes les lumières de la raison ? Est-il vraisemblable qu'un être bon voulût à ce point abuser de la crédulité des hommes ? N'est-ce pas une chose également absurde et dégoûtante que d'imaginer qu'un Dieu nous ordonne de manger sa chair ? n'est-ce pas une chose ridicule et atroce que d'oser croire qu'un homme, fût-ce même un saint, puisse avoir la faculté d'évoquer son Dieu par des paroles, et de le faire descendre à son gré dans des éléments corruptibles et dissolubles ? Ou ce Dieu descend dans l'hostie corporellement, ou il s'y transporte en esprit ; s'il y descend corporellement, comment n'amplifie-t-il pas par là la matière ? Et comment cette hostie n'est-elle pas d'un volume différent après l'incorporation qu'avant ? S'il n'y descend qu'en esprit, comment cette essence divine peut-elle s'introduire dans des portions de matières, sans les vivifier ? Ou il faut que l'hostie grossisse après l'incorporation, si elle s'est faite charnellement, ou il faut qu'elle s'anime si la jonction n'est que spirituelle ; car la métamorphose totale est absolument impossible ; un changement quelconque ne peut s'opérer idéalement, toute mutation suppose une cessation des parties visibles du premier corps, et une prompte jonction des éléments du second corps dans les parties décomposées du premier ; procédé qui ne peut s'opérer que par le choc des atomes des premiers éléments sur les atomes des seconds ; mais l'opération doit être aperçue, elle n'est sans cela qu'illusoire et dans le cas d'être rejetée de tous les bons esprits. Ce n'est donc que comme incorporation que nous pouvons concevoir l'eucharistie. Or, vous venez de voir que cette incorporation est impossible. Inutilement direz-vous que rien n'est tel à Dieu. Ce raisonnement est faux, invinciblement enchaîné lui-même par ses premiers actes, il ne peut plus faire aujourd'hui que les effets de ses créations aient des qualités différentes de celles qu'il leur imprima d'abord ; il lui est par exemple impossible de changer la nature des éléments ; il ne peut leur ôter leur propriété. Celui qui a recours au miracle pour expliquer ce qu'il ne conçoit pas, est un sot qu'on doit plaindre et ne jamais écouter. Un miracle est, selon lui, un effet de la toute-puissance de Dieu qui déroge à cet égard aux lois générales qu'il a établies. Peut-on prêter de pareils sentiments à l'Être suprême ? S'il a besoin de déroger à ses premières opérations pour se faire croire par l'homme, il convient donc que ce qu'il avait fait avant n'avait pas assez de puissance pour mériter notre foi ? il avoue donc qu'il a mal fait d'abord, et qu'il faut maintenant qu'il fasse mieux... Première absurdité ; mais qui vous persuade d'ailleurs que Dieu raisonne ainsi ? Qui vous prouve dans lui cette action de déroger que vous nommez miracle ? Quelle que puisse être votre mauvaise volonté à l'égard de ce Dieu si maltraité de vous, comment pouvez-vous croire qu'il se conduise comme vous le faites agir ? Connaissez-vous toutes les lois de Dieu, pour oser soutenir votre système ? et le plus étonnant des phénomènes s'offrit-il même à vous, qui vous assure que ce qui vous surprend n'est pas une des lois de Dieu que vous avez ignorée jusqu'alors ? et si c'en est une, de quel droit osez-vous l'appeler miracle [492] ? À moins qu'on ne me persuade qu'il est impossible que le phénomène qui me frappe puisse dépendre des lois générales de la nature, on ne pourra jamais me convaincre que ce phénomène puisse être un miracle. Il ne peut y avoir de miracle que dans l'événement qui contrarie les lois de la nature ; or, quel est-il, et quel peut-il être, cet événement ? Est-ce à nous à le décider, nous qui ne sommes pas encore parvenus à dévoiler le quart des mystères de cette nature incompréhensible ?... À supposer donc qu'il s'opérât, ce changement dont il s'agit... qu'il s'opérât d'une manière visible, sous les paroles magiques du prêtre, ignorant si cette mutation n'est pas et ne peut pas être une des lois de la nature, je pourrais encore même en la voyant ne pas la supposer un miracle ; je pourrais en la reconnaissant n'en rien conclure en faveur de la cause ; mais que sera-ce quand je ne vois rien de cette métamorphose ? quand elle ne s'opère que parce que vous me le dites, sans que rien puisse m'en convaincre ? que sera-ce quand je verrai ce que vous m'affirmez, contrarié par des accidents impossibles à supposer si le miracle avait lieu ? Quand je verrai cette farine sacrée, identifiée avec le corps d'un Dieu, se flétrir, se putréfier, se laisser dévorer aux vers, se brûler, se dissoudre, se digérer, se résoudre en chyle et en excréments, se profaner enfin sans le plus léger risque, puis-je raisonnablement admettre que ce qui contient un Dieu, que ce qui est un Dieu lui-même puisse être soumis à des effets si humiliants ? et ne vaut-il pas mille fois mieux que je rejette ce que vous me dites là-dessus, que de l'admettre avec des contradictions d'une telle force que ma raison s'en révolte, que mon cœur y répugne, et que Dieu même s'y dégrade ? Un mystère doit, dites-vous, confondre la raison, il faut qu'elle plie devant l'incompréhensibilité du mystère, et qu'elle s'y soumette. Mots vides de sens que tout cela ; ma raison me vient de Dieu, c'est le seul flambeau qu'il m'ait donné pour me conduire et pour le connaître ; il est absolument impossible qu'il exige de moi l'adoption de choses qui contrarient ouvertement cette raison ; s'il eût voulu que je les crusse, ne m'eût-il pas donné une raison faite pour les adopter ? cela était bien plus simple que de me forcer d'admettre ces choses aux dépens de la sorte de bon sens que j'ai reçue de lui. Pourquoi voulez-vous qu'entre deux moyens Dieu n'ait pas choisi le meilleur ? Il semble que vous preniez à tâche de me peindre ce Dieu, haïssable, moi qui ne cherche qu'à l'adorer ; et d'ailleurs, vous en croyez-vous le mérite, de ce mystère incompréhensible ? Détrompez-vous sur cette opinion : plusieurs siècles avant Jésus-Christ, Confucius l'avait introduit dans ses dogmes, les Chinois et les Mexicains qui descendent d'eux, croient comme vous que des paroles mystérieuses font incorporer l'esprit saint à du pain et du vin consacrés ; on enseignait ces fables dégoûtantes aux écoles égyptiennes, où s'admettaient toutes les métamorphoses et toutes les métempsycoses possibles ; et ce fut là où Confucius, Pythagore et Jésus-Christ qui y étudièrent en des temps différents, prirent, sur ces points de doctrine, les idées dont ils composèrent leurs systèmes. Mais celui de votre religion, relatif à l'eucharistie, s'explique plus facilement que toutes les autres opinions des grands hommes dont nous venons de parler ; et c'est, poursuivit notre philosophe éthiopien, une réflexion échappée à vos déistes, dont les nôtres m'attribuent ici le mérite. Écoutez-la, et revenez de vos chimères.

Tout est purement symbolique ici comme dans tout ce que proférait Jésus ; et quand il dit à ses apôtres, quelque temps avant sa mort : « Mangez, ceci est mon corps ; buvez, ceci est mon sang », il voulait dire : « Le repas que vous faites est des deniers que Judas a retirés de la vente de mon corps. C'est mon corps que vous allez manger, c'est mon sang que vous allez boire. » Étudiez bien toutes les autres paroles de ce prophète ; cherchez à pénétrer leur sens, vous reconnaîtrez dans toutes le même ton de figure, positivement ce même genre symbolique, et c'est sous cet unique sens qu'il est quelquefois admirable ; mais prendre ses discours à la lettre, est, non seulement en perdre tout le fruit, c'est s'exposer même, comme dans ce cas-ci, à tomber dans d'exécrables idolâtries et à commettre des impiétés révoltantes. Renonçons donc à des erreurs aussi dangereuses. abjurons à jamais le système effrayant de la transsubstantiation, et n'imaginons pas être athées, pour oser nous écrier du fond du cœur avec le Capharnaïte : *Quomodo potest hic nobis dare carnem suam*[493]. »

Ainsi raisonnait le philosophe nègre, et Gaspard enchanté me disait avec enthousiasme :

« Je n'aurais jamais cru que tant de lumières pussent pénétrer au sein de l'Afrique. On a beau propager l'erreur, on a beau la porter au bout du monde, on a beau la faire circuler, elle trouvera toujours des ennemis ; elle rencontrera toujours des bornes partout où la raison humaine aura liberté de se faire entendre. »

Et j'approuvais dom Gaspard, et le philosophe noir, parce que je pensais bien intimement comme tous deux.

On admet l'Écriture sainte en Éthiopie, et ces peuples font usage des mêmes sacrements que les catholiques ; mais ils communient sous les deux espèces et consacrent absolument à l'usage grec [494]. Leur confession est beaucoup plus simple que la nôtre, peut-être même plus édifiante : ils s'avouent pécheurs, et se prosternent aux pieds de leurs prêtres, implorent de lui l'absolution et la pénitence, mais n'entrent dans aucun de ces détails aussi humiliants pour celui qui les fait, que dangereux pour celui qui les écoute, et qu'inutiles à ce que Dieu peut exiger des pécheurs.

Leurs églises sont belles et propres ; ils y sont contenus dans les bornes du plus grand respect ; on voit dans ces temples quelques peintures, mais ils n'y admettent aucune image en relief, ils ne les peuvent souffrir, et les regardent avec raison comme des preuves sans réplique du plus absurde paganisme. Leur chant de chœur, agréablement mêlé au son des instruments, est juste et agréable, quoiqu'ils n'aient point de livres notés ; ils usent comme les Juifs et les Turcs de la circoncision, mais ils n'y attachent d'autre idée que celle d'imiter le Dieu qu'ils révèrent et qui s'y est soumis comme eux.

Dès que nous fûmes en Éthiopie, dom Gaspard voulut me faire voir les fameuses sources du Nil dont nous nous trouvions assez près : une petite troupe de la caravane se joignit à nous pour aller admirer cette merveille de la nature.

Du sommet d'une montagne fort élevée, située au nombre de celles que l'on appelle les Monts de la Lune, sortent avec un bruit épouvantable deux grosses sources d'eau, l'une à l'Orient, l'autre à l'Occident. Ces sources forment deux ruisseaux qui se précipitent avec une impétuosité surprenante dans un sol marécageux couvert de cannes et de joncs : là elles se perdent et ne reparaissent plus qu'à douze lieues de la montagne où elles forment en se réunissant le fleuve du Nil qu'augmentent dans sa course une infinité d'autres rivières. Non loin de là, ce fleuve offre une assez grande singularité, ses eaux majestueuses passent au travers d'un lac fort considérable sans qu'il en résulte aucun mélange*. C'est au milieu des eaux de ce lac que l'empereur d'Éthiopie possède un palais superbe, mais que nous n'eûmes pas le temps d'aller voir. Nous aperçûmes dans notre incursion cet animal extraordinaire, à peu près de la grosseur d'un chat, qui a le visage d'un homme, une très belle barbe blanche, et une voix semblable à celle d'une personne qui se plaint ; il se tient communément sur les arbres, et ne s'apprivoise que très difficilement ; doué du même amour pour la liberté que l'homme, il dépérit et meurt dès qu'on l'enchaîne[495].

Presque toutes les villes de l'Éthiopie se ressemblent, elles sont toutes basses, ornées de terrasses au-dessus, et séparées les unes des autres par des haies couvertes de fleurs et de fruits, entremêlées d'arbres plantés à des distances régulières. J'aurais bien désiré de parcourir ces provinces, mais pour exécuter ce projet il eût fallu suivre la partie de notre caravane qui achevait la route dans le milieu des terres, et qui descendait au Monomotapa, par le royaume de Monoëmugi, en traversant les affreux déserts des Cafres. Dom Gaspard ne voulut pas m'exposer aux terribles dangers de cette route, et comme la caravane se séparait ici, nous suivîmes la portion de nos voyageurs, composée de Hollandais et de Portugais, qui prit la résolution de gagner les bords du fleuve Zébé, et de s'y embarquer pour le descendre jusqu'à Monbaca, sur la côte de Zanguebar où nous devions trouver un comptoir portugais. Cette manière plus commode de voyager offrant beaucoup moins d'événements, vous permettrez que je vous transporte tout de suite à Monbaca où dom Gaspard me présenta à ses compatriotes comme une jeune Française que des malheurs sans nombre avaient fait tomber dans ses mains, et qu'il s'était engagé de ramener en Europe dès que les affaires qu'il

---

* Ptolémée pensait que c'était de ce lac que sortait le Nil ; quelque foi que l'on doive ajouter au récit des voyages de Léonore, qui ne paraissent pécher en aucune circonstance, il est pourtant possible qu'elle se trompe sur les sources du Nil, dont aucun détail réel ne nous est encore parvenu.

avait au Monomotapa seraient finies. La noblesse du procédé de dom Gaspard qui ne voulut jamais prendre avec moi d'autre titre que celui d'ami, ni me présenter jamais aux Européens qu'il rencontrait, que comme il venait de le faire, cette générosité, dis-je, jointe à tout ce qu'il avait déjà fait pour moi, me toucha jusqu'aux larmes. Plût au ciel que j'eusse toujours trouvé dans sa nation des gens aussi honnêtes que lui ! je n'aurais pas été exposée à tous les malheurs qui me restent encore à vous peindre.

Nous séjournâmes peu dans le premier comptoir portugais ; les affaires de dom Gaspard, et, plus que tout, l'empressement qu'il avait de s'acquitter envers moi, en me remettant, le plus vite possible, en Europe, ne lui permirent pas de s'arrêter à Monbaca. Quoique toute cette côte soit garnie d'établissements portugais, et qu'il nous fût devenu facile de toucher la destination de dom Gaspard, en descendant de l'un à l'autre, il trouva plus simple de profiter d'un vaisseau hollandais qui faisait route vers le Cap et qui, serrant la côte, nous relâcha aux bouches du Guama où de petites barques portugaises qu'on y trouve toujours, nous amenèrent en peu de temps au fort de Séna, premier comptoir de cette nation sur les frontières du Monomotapa. Mon ami y conclut quelques affaires dont il était chargé par le consul d'Alexandrie, et nous en partîmes promptement, pour nous rendre au fort de Tété où était notre destination, en attendant la possibilité de regagner l'Europe.

Cet établissement était composé d'un chef, homme d'environ quarante-cinq ans, de quatre commis, et d'une garnison de soixante Portugais ou mulâtres, commandés par trois officiers. Dom Lopès de Riveiras, c'était le nom de ce chef, avait avec lui, pour maîtresse, une très jolie Espagnole de vingt-trois ou vingt-quatre ans, que l'on nommait Clémentine, fille d'esprit, parlant deux ou trois langues, instruite, ayant beaucoup lu, bonne musicienne, d'une vivacité prodigieuse, d'un caractère agréable et enjoué, mais sans religion, sans principes, quoique ses mœurs ne fussent pas encore entièrement corrompues [496].

Comme vous allez me voir vivre quelque temps avec cette nouvelle amie, vous me permettrez de vous la peindre avec un peu de détails. Clémentine était de Madrid ; née dans la classe des courtisanes, elle n'en avait pourtant jamais exercé le métier. Sa mère, autrefois très célèbre par ses amants, ses friponneries et ses charmes, il était difficile que sa jeune élève pût avoir une morale bien pure ; et quoique celle-ci n'eût jamais eu dans sa vie que deux amants, le duc de Medina-Celi, qui l'avait achetée de sa mère, et l'avait entretenue secrètement dans son palais, depuis l'âge de douze ans jusqu'à celui de dix-sept, l'autre, dom Lopès de Riveiras, qui l'avait emmenée en Afrique, à la sollicitation du duc dont il était protégé, quoique la belle Clémentine, dis-je, n'eût jamais connu que ces deux hommes, elle avait une sorte de libertinage dans l'esprit qui rendait sa société dangereuse pour une femme de mon âge ; et, comme elle joignait à cela, du liant, de l'esprit, de la complaisance et beaucoup de séduction, il était on ne peut plus facile que la dépravation de sa tête pût s'étendre à ce qui l'entourait. Le mot de vertu n'offrait aucune idée à l'imagination de cette fille singulière ; celui d'amour n'en donnait que de chimériques. Ce sentiment, prétendait-elle, n'existait plus que dans les vieux romans ; une femme devait en donner et n'en jamais prendre. Attachant un peu plus de prix à l'amitié, mais ne la supposant possible qu'entre sexes égaux, elle avouait qu'on pouvait accorder son cœur à une amie, quand la ressemblance des goûts et des caractères était absolument parfaite, et qu'il n'existait aucune rivalité. D'ailleurs, tous liens, tous devoirs étaient nuls aux yeux de Clémentine ; la bonté, selon elle, n'était qu'une duperie ; la sensibilité qu'une faiblesse dont il fallait se garantir ; la modestie une erreur qui n'allait jamais qu'au détriment des charmes d'une jolie personne ; la franchise une imbécillité dont on était toujours la dupe ; l'humilité une bêtise ; la tempérance une privation qui glaçait les plus beaux ans de la vie, et la religion une momerie dont il ne fallait que rire. Cette chère compagne, telle que la voilà peinte au moral, avait de plus un physique très voluptueux ; elle était grande et dessinée comme Vénus ; la peau d'une blancheur éblouissante, quoique ses cheveux et ses yeux fussent du plus beau noir ; il régnait dans ses yeux fripons que j'esquisse, une langueur qui semblait éveiller l'amour, et l'exciter dans tous les sexes ; ses regards d'une incroyable expression, parlaient même sans le vouloir, et vous adressât-elle les choses les plus simples, ils avaient toujours l'air du sentiment. Quand elle le voulait, elle avait une manière de les ouvrir à demi, et d'adoucir leur vivacité, qui ne rendait plus qu'intéressant et doux ce qu'elle avait dessein de leur laisser dire : mais la volupté ou la jouissance les animaient-elles, on ne pouvait en soutenir le feu ; elle avait le nez fin, délicat et serré, les lèvres vermeilles et minces, la bouche petite et les plus belles dents qu'on pût voir. Avec une taille svelte et très peu d'embonpoint, toutes ses masses étaient néanmoins fortement prononcées : sa gorge ronde et même un peu pleine, ainsi que ses hanches, ses bras, ses jambes, et par-dessus tout cela, un air de fraîcheur, de santé qui la faisait désirer de tous les hommes... Malgré tant de grâces... Vous me pardonnerez ce petit mouvement d'orgueil ; partout où nous avons paru ensemble, mes succès ont été bien plus sûrs ; il est vrai que j'avais sept ans de moins, et une sorte de candeur et d'innocence dans les traits, qu'aucune cause n'avait pu détruire dans moi comme dans elle... On a beau traiter ceci de chimère, les sentiments de notre âme influent singulièrement sur le caractère de nos traits ; l'habitude où nous sommes de leur faire prendre les différents mouvements des passions qui nous agitent, fait qu'il est difficile qu'ils ne gardent pas, de préférence, le ton donné par la passion favorite ; et à beauté égale, la pudeur imprimera toujours sur eux une sorte d'intérêt et de majesté qu'on ne démêlera point dans une femme immodeste, dédaignant les grâces naïves, dont la vertu fait adoucir l'éclat de la beauté[497].

Une vieille femme servait de duègne à Clémentine ; une plus jeune était sa femme de chambre, et dom Lopès la faisait d'ailleurs servir par ses gens.

Dom Gaspard m'avait présentée dans cette nouvelle société, comme il avait fait partout ; mais ne se trouvant ici qu'en qualité de subalterne, on mesurait malheureusement à la médiocrité de ce grade les politesses que nous recevions ; et comme on doutait un peu de la manière vertueuse dont nous vivions, mon ami et moi, on ne tarda pas de nous en plaisanter. Six semaines détrompèrent pourtant les esprits, et je fus assez heureuse pour les ramener tous à une manière plus honnête de penser sur notre compte. Le respect remplaça la calomnie : on se défit des préjugés ; on nous rendit justice, et nous acquîmes, dom Gaspard et moi, par cette conduite, la considération de nos chefs.

Mon jeune ami me témoignait chaque jour combien il était désolé que ses affaires missent obstacle à l'empressement qu'il avait de me tenir parole, et m'assurait en même temps que l'année ne se finirait pas sans qu'il obtînt la permission de repasser dans sa patrie.

Cependant je recevais beaucoup d'amitié de Clémentine, et je lui rendais de bon cœur le sentiment qu'elle me montrait. Le premier effet de sa confiance fut de m'avouer qu'elle n'aimait pas Riveiras, et qu'elle ne désirait, pas moins que moi, de retourner en Europe ; mais que bien plus infortunée, sans doute, elle n'en avait pas le même espoir.

« Je crois pourtant, m'ajouta-t-elle, que dom Lopès se refroidit ; comme je ne l'ai jamais aimé, je le démêle mieux : il faut être froide avec les hommes pour les connaître, et il est bien plus important pour nous de les *savoir*, que de les *aimer*. Je voudrais bien être sûr de l'indifférence de dom Lopès : ce qui affligerait une autre, me comblerait de joie ; une fois que je lui déplairais, il ne s'opposerait plus à mon retour ; mais de crainte d'être abandonnée tout à fait, je dois ménager les moyens que j'ai d'anéantir sa flamme, et mon rôle est d'autant plus difficile, qu'il faut que j'aie l'air de l'aimer encore, en le contraignant à me haïr. »

Les choses étaient en cet état, lorsqu'un événement terrible vint me plonger moi-même dans le plus grand chagrin que j'eusse encore ressenti depuis le fatal instant qui m'avait séparée de Sainville. Dom Gaspard tomba malade ; une fièvre ardente s'empara de son sang, et il expira le quatrième jour dans mes bras, toujours occupé de moi, ne s'inquiétant jamais que de mon sort, présageant les malheurs où m'allait entraîner sa perte, et ne regrettant la vie que par le désespoir de ne plus pouvoir m'être utile.

Quelle situation !... Au fond de l'Afrique, à plus de deux mille lieues de ma patrie, au milieu de gens à peine connus, sans ressource, ne sachant que devenir, seulement étayée d'une nouvelle amie dont je connaissais déjà le peu de sensibilité... Ô juste ciel ! quel état ! je n'avais pas besoin de ce surcroît de douleur pour pleurer amèrement dom Gaspard ; l'honnêteté que j'avais reconnue dans ce jeune homme, la pureté de ses sentiments, ses attentions soutenues, lui avaient trop bien mérité mon estime, pour que mes larmes ne fussent pas sincères. Ses dernières paroles furent des recommandations et des prières instantes à dom Lopès de l'acquitter de sa promesse ; et ne pouvant plus se contraindre en ce fatal instant, le malheureux jeune homme expira, en jurant qu'il n'avait jamais adoré que moi.

« Sainville, interrompit ici le comte de Beaulé, après une liaison comme celle-là, il ne fallait rien moins, ce me semble, que l'examen fait chez Ben Mâacoro, pour vous rassurer.

— Monsieur le comte, répondit Sainville du même ton de plaisanterie, cette preuve de plus de la sagesse de Léonore était inutile à qui connaissait son cœur : l'amour délicat et sensible n'est point jaloux des droits de l'amitié...

— En vérité, comte, dit Mme de Senneval, nous vous faisons grâce de vos réflexions, car elles sont d'une indécence !

— Je le savais... Indécent quand on vous soupçonne, mesdames, comme si malheureusement pour vous on n'en avait pas sujet à tout instant.

— Je réponds de Léonore, dit Mme de Blamont, je parie qu'elle n'est pas même coupable d'une seule pensée envers dom Gaspard.

— Oh ! pour des pensées, dit le comte, c'est ce dont les femmes ne s'accusent jamais ; ne parlons pas des pensées, je vous prie : il n'y aurait pas au monde une seule femme de chaste, si leurs pensées se mettaient au jour.

— Je serais donc cette femme unique, reprit l'épouse de Sainville, car je proteste que depuis que j'existe, mon esprit toujours dirigé par mon cœur, n'a pas conçu une seule idée qui n'ait eu mon mari pour objet.

— Allons, continuez donc, belle Léonore, dit le comte, vous êtes faite pour les singularités ; c'est l'histoire du sang, n'est-ce pas, ma chère présidente ? »

Mme de Blamont baissa ses deux grands yeux, elle rougit, et notre belle aventurière profitant du silence qu'on faisait de nouveau pour l'entendre, continua de la manière suivante :

On s'occcupait vivement au fort de Tété, quand dom Gaspard mourut, de la réunion de cette colonie avec celle de Benguelé, par le milieu des terres, et d'un établissement dans le royaume de Butua. Le cabinet de Lisbonne, toujours rempli de ce plan, donné par le comte de Souza, ne cessait d'exciter ces deux colonies à se joindre, et dom Lopès qui avait acquis du caractère de Ben Mâacoro, souverain de cette partie du centre de l'Afrique, toutes les connaissances nécessaires pour y réussir, songeait sérieusement à entamer la négociation, lorsque huit jours après la perte que je venais de faire, et comme je réfléchissais aux moyens de repasser en Europe, dom Lopès nous fit entrer, Clémentine et moi, dans son cabinet ; là, toutes les portes soigneusement refermées, nous ayant dit de l'écouter avec la plus grande attention, il nous tint à peu près ce discours :

« Clémentine, dit-il en s'adressant à sa maîtresse, il m'est impossible de ne pas reconnaître le but de vos désirs ; vos sentiments pour moi sont anéantis, et vous n'aspirez plus qu'à retourner en Portugal. Ne cherchez point à m'abuser, continua-t-il vivement, vous êtes séduisante, vous êtes artificieuse, et vous me tromperiez peut-être encore si je ne m'étais pas dégagé le premier... Quant à vous, mademoiselle, poursuivit-il en me regardant, rien de plus naturel que vos désirs sur le même objet. Aucun lien ne vous attache à nous ; vous retourniez dans votre patrie, vous devez donc être dans les mêmes intentions. Cependant quelque légitimes que puissent être vos volontés là-dessus, leur accomplissement dépend de moi, je puis ou permettre ce départ ou le rompre, suivant que ma fantaisie ou les affaires de ma cour devront ou non s'y opposer ; mais l'amour n'y sera pour rien, je vous le déclare : Clémentine, je renonce aux sentiments que j'ai eus pour vous, et vous, mademoiselle, je n'en conçus jamais pour vos charmes. Écoutez toutes deux le projet hardi que je vais vous confier : une fois rempli, un vaisseau vous attend, des fonds sont prêts, et sous trois mois vous êtes à Lisbonne.

— Ô ciel ! monsieur, que faut-il faire ? m'écriai-je avec vivacité, dites, dites, je vous réponds de moi, j'entreprends tout pour obtenir ce que vous m'offrez !

— Je fais le même serment, ajouta Clémentine, tu l'as découvert, dom Lopès, j'aspire à revoir ma patrie, ordonne, j'imite Léonore.

— Écoutez-moi, reprit le Portugais :

Nous ne sommes occupés ici que de nous réunir à la colonie de Benguelé, par une suite de forts que nous désirons construire à travers les terres, depuis les limites du Monomotapa jusqu'à la baie Sainte-Marie ; mais le peuple avec lequel il nous faut des alliances pour la réussite de ce dessein, est le plus cruel et le plus féroce de l'Afrique ; il est de plus très guerrier, quoique peu nombreux, et comme nous sommes encore bien plus faibles que lui, nous devons désespérer d'en venir à bout par les armes : il ne nous reste que la politique et la ruse. Ben Mâacoro est le nom du souverain de ce peuple ; son amour pour les femmes est au-delà de toute expression ; les blanches surtout ont un pouvoir décidé sur lui ; une femme de cette couleur est sûre d'en faire ce qu'elle veut. Je vous destine à ce monarque... vous êtes faites pour l'enchaîner... Je vais lui faire donner de faux avis, l'engager à attaquer mon fort, le lui laisser prendre... bien sûr de lea ravoir quand je voudrai. Il vous fera prisonnières dans ce fort, on vous conduira à sa cour... vous enflammerez ses passions, vous y céderez, et vous vous servirez de l'empire que vous aurez acquis par elles, pour le décider à l'alliance que désire mon souverain. Mais si vous voulez réussir, bannissez la jalousie d'entre vous, elle troublerait vos manœuvres, elle ferait avorter l'entreprise ; que celle qui ne sera point préférée, n'en serve pas moins l'autre avec ardeur ; que celle qui aura triomphé change aussitôt en lauriers les myrtes de l'amour ; qu'elle ne se serve de son crédit que pour remplir notre but. Ne cessez jamais d'être unies, de vous secourir, de vous soutenir toutes deux ; votre intérêt mutuel le demande, celui du projet l'exige. L'alliance faite, la permission de construire des forts dans le royaume de Butua accordée, vous engagerez ce monarque à me le faire savoir ; je m'y rendrai sur-le-champ avec les troupes de ma garnison, augmentées de celles de nos colonies voisines, dont je tirerai des détachements ; une fois à la cour de cet empereur, je saurai trouver les moyens de vous ravoir toutes deux. Vous vous y prêterez, vous me saurez près de vous, votre courage s'en animera, vous vous évaderez, je protégerai votre fuite en ayant l'air de l'ignorer ; vous passerez à Benguelé, vous y trouverez et l'argent et le vaisseau que je vous promets. Si l'évasion vous devient impossible, j'exigerai que vous soyez rendues pour première clause de l'alliance... S'il s'y oppose, il s'agira d'attendre quelques mois de plus... Je construirai mes forts, je tirerai des détachements de partout, Benguelé se réunira à moi, et maîtres insensiblement du pays, nous saurons obtenir par la force ce qu'il aura refusé aux négociations. J'ai dit : répondez maintenant, mais retenez surtout qu'il n'est point pour vous d'autre manière de retourner en Europe, et que vous n'irez sûrement qu'à ce prix.

— Avez-vous bien réfléchi, monsieur, dis-je au Portugais, dès qu'il eût fini, à l'atrocité de votre proposition ? De quel droit, s'il vous plaît, à quels titres prétendez-vous disposer ainsi de deux femmes qui, dans le fond, n'ont aucun besoin de vous, de deux femmes libres en un mot ?

— Libres, répondit fièrement dom Lopès, vous vous trompez, vous ne l'êtes plus, l'instant où je vous ai confié mon projet a été l'époque de votre esclavage... Essayez de sortir de ce cabinet. »

Clémentine à ces mots se jette sur la porte avec impétuosité, et recule d'horreur, la voyant hérissée de soldats.

« Monstre !... s'écrie-t-elle au désespoir, est-ce là ma récompense de t'avoir tant aimé !... ne devais-tu reconnaître ma tendresse qu'en me livrant à un anthropophage ?... Et cette malheureuse, que t'a-t-elle fait pour l'envelopper dans la trame de cette politique infernale ? Est-elle de ta nation ? t'appartient-elle ? ne t'est-elle pas recommandée par un ami ?

— Tous les sentiments vulgaires que vous m'alléguez là, Clémentine, reprit dom Lopès avec le plus grand flegme, ne sont d'aucune force où parle la raison d'État... Amour... reconnaissance... droits des gens... tous ces liens disparaissent à l'organe du devoir [498], à l'obligation de servir sa patrie ; les États ne s'établissent et ne se soutiennent qu'à force de léser les conventions du faible, toujours nulles dès qu'il s'agit des droits du fort.

— C'est une injustice atroce.

— Soit, mais quand vous saurez un peu plus de politique, vous vous convaincrez que l'injustice et la violence sont les bases de tous les gouvernements monarchiques, et que leurs droits ne sont assis que sur une multitude de viols faits à ceux de la société. D'ailleurs vous avez le choix, rien ne vous oblige à préférer le parti que je vous offre à celui de finir ici vos jours dans les fers.

— Oh ! dom Lopès, m'écriai-je, parmi les freins que tu brises, dois-tu te permettre d'anéantir ceux de ta religion ? C'est aux autels du Dieu que tu sers que j'ai promis fidélité à l'époux que tu veux m'exposer à trahir.

— Je prends le crime sur ma conscience, répondit le Portugais en souriant avec dédain, ce n'est qu'aux yeux du peuple que le ciel fait les rois... Au tribunal de leur propre conscience, il n'y a de Dieu que ce qui leur sert, d'intérêt sacré que le leur, de loi divine que leur orgueil ou leur ambition.

— Ah ! dis-je avec chaleur, que réclameront les sujets, quand les rois mépriseront l'équité, quand ils n'auront plus de dieux que leurs passions !

— Ce n'est pas le sort du sujet qui intéresse le monarque, dit le Portugais, c'est celui de sa grandeur et de son État ; et quand la perte de l'un sert à l'autre, qui doute qu'il ne le sacrifie ?

— Vous définissez les tyrans, répondis-je.

— Tous les rois le sont plus ou moins, et la différence de leurs crimes n'est que celle de leurs intérêts. Mais ces attentats mêmes que vous craignez parce qu'ils vous blessent, en quoi sont-ils contre la nature ? Son étude la plus réfléchie nous apprend chaque jour que le sacrifice de la faiblesse à la force est partout la première de ses lois : les rameaux touffus du chêne, en privant la plante qui végète à ses pieds des rayons de l'astre qu'ils absorbent, la font languir et dessécher. Le loup dévore l'agneau, le riche énerve le pauvre, et partout la force écrase ce qui l'entoure sans que la nature réclame jamais en faveur de l'opprimé... sans qu'elle le venge, sans qu'elle le soulage, sans même qu'elle imprime au cœur de l'homme de protéger ou de secourir ce que le despotisme ou la force anéantissent à ses yeux.

— Ainsi donc la tyrannie n'outragerait en rien la nature ?

— Elle la sert, elle en est l'image, elle est empreinte dans le cœur de l'homme civilisé comme dans celui de l'homme naturel ; elle guide les animaux, elle détermine les plantes, elle conduit les fleuves, elle maîtrise les astres ; il n'est pas une seule opération de la nature dont la tyrannie ne soit la base, il n'est pas une seule de ses influences qui ne soit un acte de tyrannie.

— Et l'humanité ?

— C'est la raison du faible, c'est l'égide qu'il oppose au joug qui le ploie et l'asservit, c'est un argument de situation. Qu'il change de rôle, il deviendra tyran comme celui qui le domptait ; le sophisme de l'infériorité détruit-il donc la loi de la nature ? L'humanité toujours égoïste ne naît que dans le cœur de l'esclave ; si ses larmes coulent sur les tourments qu'il voit, c'est qu'il les craint pour lui-même, et voilà pourquoi la raison d'État est cruelle... Le Gouvernement ne craint jamais rien du sujet, et celui-ci craint tout de l'État[499].

— Eh bien, dis-je alors à ma compagne, osons avoir autant de courage que ce monstre a de cruauté, partons.

— Mais la promesse que tu nous fais ? dit Clémentine.

— Je la tiendrai, ceci ne regarde que moi ; je peux, quand j'agis pour mon prince, me permettre des torts qui alarmeraient ma conscience s'ils étaient les miens ; je vous ai promis de vous sauver, de mettre tout en usage pour y réussir, je vous en renouvelle ma parole, et je vous la tiendrai. Je vous rends malheureuses comme homme d'État... je vous servirai comme ami...

— Ô Clémentine, repris-je avec fermeté, ma résolution est prise ; je me fie à lui, il ne nous abandonnera pas...

— Eh bien ! dit Clémentine, j'unis mon sort au tien. »

Puis s'adressant au facteur[500] :

« Me sera-t-il au moins permis d'emmener mes femmes ?...

— Assurément, dit dom Lopès, elles seront enlevées avec vous. On va donner avis à Ben Mâacoro que le fort ne contient qu'une garnison faible, qu'il recèle des femmes blanches, il y marchera, je fuirai, vous serez prises... Vous réussirez, songez-y, vos seuls succès assurent votre liberté... Comment puis-je entrer dans les États de ce prince, si vous ne m'en ouvrez la porte ?...

— Cela est clair, répondis-je, c'est ainsi que je l'entends, et je ne m'en effraye point ; j'ai couru d'aussi grands dangers, le ciel me fera triompher de ceux-ci comme des autres : quand partons-nous ? »

Ici dom Lopès étonné de mon courage, s'abaissa pourtant jusqu'à le louer.

« Imitez cette valeur, dit-il à Clémentine, secondez-la, de l'union, point de jalousie ; que la moins chérie cède à l'autre, l'aide de ses conseils, et je vous réponds du succès. »

Je demandai à dom Lopès si ce monarque avait déjà quelque connaissance du plan dont il s'agissait.

« Je ne le crois pas, me dit-il. Il a eu longtemps à sa cour un réfugié de notre nation, scélérat avéré qui, je crois, ne travaille que pour lui ; fuyez-le, s'il y est encore, il ne pourrait que nous trahir. Le peu de bien que ce malheureux a fait pour nous, est d'avoir appris le portugais à l'empereur. Vous vous entendrez avec lui dans cette langue, c'est au moyen d'elle que vous lui communiquerez le projet et que vous lui en ferez sentir les avantages. »

La conversation cessa ; nous nous retirâmes dans nos chambres où des gardes, dès cet instant, ne cessèrent de nous observer. Dès le lendemain les opérations commencèrent ; huit jours après le fort fut attaqué ; quoique avertis, quoique fuyants, les Portugais perdirent deux hommes, et les sauvages pénétrant avec des cris affreux dans les chambres mêmes où nous étions renfermées, nous enlevèrent aussitôt, Clémentine, ses deux femmes et moi. On avait trop d'envie de nous présenter au roi, pour n'avoir pas tous les soins possibles de nous pendant la route ; nous fûmes quatre jours à arriver pendant lesquels rien ne nous manqua. Dans cet intervalle où la crainte combattant sans cesse l'espoir dans mon cœur, le tenait dans une situation violente, j'avais besoin, je l'avoue, de toute la gaieté de Clémentine pour me dissiper un peu.

« J'ai infiniment moins peur, me disait-elle un soir, de servir aux plaisirs de ce monstre, que de plat de milieu sur sa table[501].

— Quelle différence ! et moi, j'aimerais mille fois mieux être mangée, que d'assouvir son indigne luxure.

— C'est porter la vertu bien loin.

— Ce n'est que chérir délicatement ce que j'aime.

— Quand nous serons un peu plus tranquilles, tu me feras saisir cette délicatesse ; je ne l'entends pas encore bien.

— Comment, tu ne comprends pas qu'on aime mieux la mort que trahir ce qu'on aime ?

— Mais ce n'est pas trahir que d'être violée.

— De quelque nature que soit la défaite, la mort est moins affreuse qu'elle.

— Je suis donc bien heureuse de n'avoir point d'amant ; car si par malheur j'allais adopter ta métaphysique, accoutumée à tout porter à l'extrême, je serais femme à supplier Ben Mâacoro de me mettre plutôt à la broche que dans son lit. Dieu soit loué, je n'aime personne, et je suis toute à lui, s'il me préfère, quelque répugnance que ses habitudes me causent ; car indépendamment de celle d'immoler des femmes, qui n'a rien de bien réjouissant, il a encore, dit-on, celle de se servir d'hommes dans ses plaisirs... et cela me dégoûte à un point...

— Eh quoi ! il n'y a que cela qui t'arrête ? L'horreur du

crime où nous allons être en proie n'est éveillée dans ton âme que par ces deux raisons ?

— En vérité, je n'en vois pas d'autres.

— Étranges principes que ceux qui ne font abhorrer le crime que par l'infamie de celui qui le commet, et non pas relativement à la seule douleur de s'en voir souillée.

— Eh bien ! voilà encore de ces raffinements de morale absolument inconnus de moi : oh ! quel besoin j'ai d'être à ton école, ou pour devenir meilleure, ou pour pécher plus voluptueusement.

— Pécher plus voluptueusement ?

— Sans doute ; ne sais-tu donc pas qu'il est essentiel de connaître à fond toute la force du délit, pour en être plus délicieusement chatouillée ? Quand j'étais à Madrid, dévote en apparence, comme toutes les femmes de mon pays, je n'allais à confesse que pour cela ; je me faisais bien expliquer toutes les gradations du mal... je m'en faisais dire tous les dangers... Ô Léonore ! si tu savais au retour le plaisir qu'il me donnait à commettre !...

— Scélérate, m'écriai-je, tu seras mangée par l'empereur... Marchons, marchons, car tu me pervertis. »

Nous approchâmes enfin de la capitale ; on nous couvrit de voiles, on nous banda les yeux, on introduisit du coton dans nos oreilles, et ce fut dans cet état que nous parvînmes au palais. On ne nous avait pas prévenues de la cérémonie préliminaire, et ce cruel examen qui parut affecter assez peu mes compagnes, fut pour moi le coup de la mort... Je me défendis... et c'était le barbare, dit Léonore en souriant à Sainville, le cruel que je frémissais d'offenser, c'était lui qui donnait des ordres pour qu'on outrageât ma pudeur.

L'examen fait, nous passâmes au sérail ; là, nos voiles furent enlevés par le monarque même ; les deux femmes de Clémentine furent reléguées dans les appartements les plus secrets, et destinées à des services... à des soins... peut-être même à des plaisirs particuliers que nous ignorâmes, et qui nous privèrent à jamais de leur vue... Cela fait, nous fûmes examinées, et comme notre seule couleur enflammait le prince, comme il était dans cet état violent où la soif de jouir n'a plus besoin d'être excitée par des recherches, les détails furent très courts : il saisit fortement Clémentine, et la malheureuse... Oh ! quelle image, grand Dieu ! Je crus voir un chétif agneau sous la griffe d'un tigre en furie [502]... Se peut-il qu'il y ait des êtres dans le monde assez dénués de délicatesse et de sensibilité, pour dénaturer ainsi les plus doux plaisirs de l'amour... pour ne les goûter qu'avec les expressions de la fureur, et pour sacrifier à leurs solitaires sensations toutes les facultés de l'objet qu'ils immolent ! J'éprouvai dès ce moment un dégoût si furieux pour cet homme, que je doutai s'il me resterait la force de mettre en usage les moyens dont je me flattais de l'enchaîner.

Ses premiers feux éteints, il se tourna vers moi, et, à dessein de les ranimer sans doute :

« Approche, me dit-il, viens te rendre aussi heureuse que ta compagne.

— Tyran, lui dis-je, tu connais bien mal ma nation, si tu t'imagines que les femmes qui y naissent puissent se trouver heureuses des caresses d'un monstre tel que toi. Mérite les faveurs que tu désires, et je me déciderai quand tu auras su t'en rendre digne. »

Étonné de cette réponse, Ben Mâacoro, qui m'avait à peine regardée, me prit par la main, et, m'amenant au grand jour, il me contempla un instant à l'aise.

« Et de quelle nation es-tu donc, me dit-il, pour parler à ton maître avec tant d'insolence ?

— D'une nation où l'on ne jouit que quand on aime, où l'on ne plaît que par des attentions, où les hommes sont aux pieds des femmes, et n'obtiennent jamais leurs faveurs que comme la récompense de leurs soins.

— Celle qui vient de m'obéir n'est donc pas du même pays que toi ?

— Elle n'en est pas, mais tu ne l'as pas moins outragée ; tu as joui d'elle, mais elle te déteste. Comporte-toi différemment avec moi ; retarde des plaisirs brutaux, pour apprendre à en connaître de délicats ; ils dureront autant que ta vie, ils en feront le charme, au lieu que ceux que tu viens de goûter, sont déjà oubliés de toi, et méprisés par elle.

— Et quels sont ces plaisirs que tu me promets, à la place de ceux que tu me refuses ?

— Ceux de l'âme, les plus doux de l'homme, les seuls réellement faits pour son bonheur.

— Explique-toi, je ne t'entends point !

— Je t'aimerai.

— Tu m'aimeras ?

— Je ferai plus, je t'estimerai.

— Et que me reviendra-t-il de tout cela ? quelle volupté en recevrai-je ?

— Une bien plus pure que celle que tu connais, une qui placera ton âme dans une situation de douceur mille fois plus sensible que tout ce qui a pu l'affecter jusqu'à présent.

— Tu es belle, dit l'empereur en me fixant ; il me semble que je sens déjà quelque chose de ce que tu dis ; je me plais à te regarder ; j'y goûte presque le même plaisir que quand je remplis mon imagination de l'idée du dieu que j'adore... Tu l'es peut-être, ce dieu, et tu te déguises sous la forme d'une femme blanche.

— Non, je ne suis point un dieu, je ne suis qu'un des plus médiocres ouvrages de la nature ; mais si tu m'écoutes, si tu mérites d'être aimé de moi, je te rendrai plus fortuné qu'un dieu.

— Tu as donc une manière de faire goûter le plaisir qui n'est pas connue dans ces climats ?

— Oui, mais il faut du temps pour que tu la conçoives, il faut que tu cèdes, à mes genoux, les droits imaginaires de la force, pour faire triompher ceux de ma faiblesse ; c'est moi qui te commanderai... tu m'obéiras... tu démêleras mes désirs... tu les satisferas... tu seras mon esclave, je t'enchaînerai, et le bonheur où tu aspires sera le prix de ta soumission.

— Ta voix a beaucoup de puissance sur mon âme ; tes yeux la brûlent à mesure que tes paroles y pénètrent ; il faudrait mettre un voile quand on te regarde, comme quand on va braver les feux de l'astre, et tes discours sont comme le miel qui coule sur les plaies de la flèche empoisonnée du Jagas.

— Me trouves-tu donc quelque supériorité sur toi ?

— Celle de la lune sur les étoiles du ciel, et tu divises ma puissance par les rayons de ta beauté, comme la foudre partage le cèdre fièrement élevé vers les cieux.

— Eh bien, laisse-moi me retirer avec ma compagne ; ne l'outrage plus, et ne m'outrage jamais.

— Et si je t'obéis ?

— Je te permettrai de tout entreprendre pour me servir.

— Mais tu me rendras ce que je ferai pour toi ?

— Quand je serai sûre de l'empire que tu me promets. »

À ces mots, il ouvrit lui-même les portes du cabinet où nous étions, ordonna de me préparer le plus beau logement du palais, et pendant qu'on lui obéissait, il me demanda s'il ne me déplairait pas en mangeant avec moi[503]. Je lui dis que je le voulais bien. On apporta des fruits ; il en mangea, puis nous en offrit, à Clémentine et à moi. Ce repas fait, je lui témoignai le désir que j'avais de me retirer dans mon appartement, et d'y être libre avec ma compagne. Il accepta le premier point, mais se rendit très difficile sur le second. Je crus vois qu'il espérait triompher plus tôt de moi en nous séparant. Ce ne fut qu'avec des peines extrêmes, en le menaçant de ne le jamais aimer, que je parvins à obtenir que Clémentine ne me quitterait point ; et la chose accordée, nous sortîmes enfin, suivies de deux femmes esclaves que le roi nous donnait pour nous servir.

« Telle était, mon cher Sainville, dit Léonore, en s'adressant à son époux, telle était la cause du trouble que vous remarquâtes le lendemain dans l'air du monarque, changement qui vous fit craindre sa disgrâce, et occasionna votre fuite. »

« Oh ! quel homme, me dit Clémentine, dès que nous fûmes seules, quelles gigantesques proportions !... je n'ai jamais rien vu de semblable. Il n'y a pas de fille en Europe qui puisse devenir la femme d'un tel personnage. Oui... oui, ris, poursuivit-elle, en me voyant éclater[504], j'aurais bien voulu qu'il t'en fît autant, tu n'aurais pas la mine si gaie.

— Eh quoi, si peu de chose change ton humeur ?

— Si peu de chose... Je te dis qu'il n'y a rien de plus effrayant ; j'aurais mieux aimé mille fois combattre le taureau à la porte de l'Alcala de Madrid[505], que de jouter contre ce cannibale ; mais patience, tu auras ton tour, et tu m'en diras des nouvelles.

— Cette espérance pourrait bien te tromper ; je crois être sûre de lui maintenant, et crois l'être également, qu'au moyen de l'empire que je me suis acquis, tu n'as plus rien à en redouter.

— Dieu le veuille », dit Clémentine, et nous nous couchâmes.

Le lendemain, de bonne heure, le monarque vint nous voir ; il voulut prendre quelques libertés avec ma compagne, il s'en saisit, et ce qu'il semblait vouloir varier à ses entreprises de la veille n'en effrayait que plus Clémentine... Je me mis à pleurer, il l'abandonna tout de suite, et s'avançant vers moi :

« Qu'as-tu, fière esclave ? (c'était le nom qu'il m'avait donné). Qu'as-tu ?... quelle est la cause de ton chagrin ?...

— Ton infidélité ; je me flattais d'être aimée de toi ; je vois bien que je me suis trompée.

— Ce n'est pas toi que j'attaque ; tu me refuses ; je ne te presse plus : n'est-ce pas là tout ce que tu veux ?

— Mes désirs vont plus loin ; en aspirant à ton cœur, je veux le posséder seul ; le partager est un outrage : en doit-on faire à l'objet de ses feux ?...

— Comment ? il faut, non seulement ne point jouir de toi quand on t'aime, mais encore ne jouir de rien en t'aimant ! tu ordonnes trop, esclave, tu ordonnes trop ! »

Craignant effectivement alors que ce cœur dépravé ne glissât dans la main qui cherchait à le captiver :

« Ce que je désire de toi, lui dis-je, est une preuve de ta tendresse que tu es le maître de me refuser ; mais il ne faut pas plus exiger des autres que de moi, si tu veux que je croie à ton amour.

— Eh bien, je vais te satisfaire encore, je vais te prouver combien je désire de ta part ce que tu mets à un si haut prix... Toi, dit-il à ma compagne, tu ne serviras plus à mes plaisirs, puisque cela t'afflige, et pour elle, que j'aime plus que ma vie, elle n'y servira que quand elle le voudra. »

Il sortit à ces mots.

« Eh bien, dis-je à Clémentine, tu vois, nous en voilà maîtresses... le tyran est à nos genoux ; est-elle chimérique ou non cette délicatesse que tu blâmes ?... reconnais-tu enfin son empire, et conviendras-tu qu'il n'est pas d'homme qu'une femme ne puisse enchaîner, avec l'art de lui résister à propos ? »

Et Clémentine, enchantée d'être délivrée de ce monstre, me témoigna sa reconnaissance avec toute l'ardeur dont elle était susceptible.

Nous laissâmes passer huit jours avant que d'entamer notre négociation, pendant lesquels je ne négligeai rien de tout ce qui pouvait étayer mon empire ; mais comme je ne désirais sa solidité que pour l'exécution du projet de dom Lopès, et nullement, comme vous croyez bien, pour jouir du détestable triomphe de faire un amant soumis du plus indigne des hommes, je me relâchai un peu sur l'envie que je lui avais fait paraître de le captiver uniquement. Mon but était bien moins de maîtriser ses caprices, que de l'empêcher de me prendre pour en être l'objet ; et dans cette intention je ne devais pas trop contraindre ses désirs : plus je leur eusse prescrit des bornes, plus ils fussent devenus dangereux pour moi ; je trouvai enfin un excellent moyen de leur donner de l'issue, en conservant toutes les apparences de la délicatesse que je m'étais d'abord imposée.

Un jour qu'il m'avait promenée dans les plus secrets appartements de son harem, qu'il en avait fait paraître toutes les femmes devant moi, il me proposa de me montrer celui de ses mignons... Je l'y suivis pour ne pas lui déplaire. Quand il eut un instant amusé son orgueil et son intempérance à me faire voir l'espèce d'hommage indécent qui lui était rendu, dès qu'il paraissait dans ce lieu d'horreur et de corruption, l'infâme osa me demander si je lui permettais cette sorte de plaisir... si elle n'offensait pas l'amour qu'il avait pour moi.

Je me hâtai de lui répondre que non, avec l'air du mépris, bien sûre que là, ses feux perdraient de leur activité, sans que rien fût pris sur le cœur ; qu'il aurait, en tolérant cette faiblesse, moins de violence avec autant d'amour, deux objets également nécessaires au dessein où j'étais de le captiver sans le craindre. Le monstre fut si content de la permission que je lui donnais, il entendait si mal encore le langage du véritable amour, qu'il passa de ce moment trois jours et trois nuits de suite dans d'effroyables orgies, avec ces vils objets de son intempérance, chose qu'il ne s'était permise avec qui que ce fût, depuis l'époque de ses sentiments pour moi.

« Il y a des cœurs bien inexplicables dans la nature, dis-je alors à Clémentine ; serait-il donc possible que des besoins factices, des goûts d'habitude, quelque criminels qu'ils puissent être, balançassent les sentiments les plus épurés de l'âme, et crussent même pouvoir s'allier avec eux ?

— N'en doute point, me répondit Clémentine ; ne voyons-nous pas sans cesse l'amour le plus délicat, ressenti pour les plus vils objets de la débauche publique, et d'autre part, les excès les plus crapuleux, exigés de la maîtresse qu'on chérit le plus ?

— Quand on en est là, c'est dépravation, ce n'est plus sentiment.

— Tu te trompes, Léonore, les passions de l'homme sont inconcevables ; rien n'est étendu comme leurs branches ; les excès dont il s'agit... ou ceux-là... ou d'autres semblables, peuvent exister chez l'homme qui n'est que libertin, comme chez celui qui est le plus délicat ; les suites de ces irrégularités dans l'homme débauché ne sont que du libertinage, je l'avoue, mais ce sont des raffinements délicieux dans l'homme embrasé d'une flamme honnête. Tout dans ce cas tourne au profit du sentiment ; lui seul a tout dicté, lui seul inspire tout, et les excès les plus inconcevables, nécessaires dans une telle âme, ne deviennent plus que des preuves du plus ardent amour. Tout homme naît avec plus ou moins de dispositions à ces écarts qui te surprennent ; tous avec une manière différente de les exercer plus ou moins, et l'amour qui ne s'établit dans l'homme qu'après ces premières impressions reçues, les détermine en sa faveur, en raison du degré d'activité qu'il leur trouve. Les impressions sont-elles faibles ? l'amour qui s'en nourrit ne devient pas plus violent qu'elles ; il règne alors avec sagesse ; il ne s'exprime qu'avec douceur. Trouve-t-il au contraire le ton excessif des passions ? Ainsi que l'aquilon, entraînant de son souffle impétueux tout ce qu'on veut lui opposer de frein, il brise, il déchire, il dévore ; c'est une flamme ardente qui consume tout ce qu'elle rencontre, et qui regarde comme un aliment de plus à son ardeur tout ce qu'on lui présente pour l'étouffer. Mais tous ces résultats sont de l'amour ; l'enfant mutin brise le hochet qui l'amuse ; il jouit, en le pulvérisant, et répand bientôt des larmes amères sur les débris de sa fureur. Tel est l'amour et tels sont ses effets ; tels sont ces débordements incroyables, tantôt impurs, tantôt cruels, mais toujours enfants de la nature... que le sot ignore, que l'épais rigoriste punit, et que le philosophe respecte, parce que lui seul connaît le cœur humain, et que lui seul en a la clef. Tout ce qui ne ressemble pas à cet homme sage s'étonne à tout moment des effets réunis du cœur et de l'esprit ; et comme il n'y a rien de si ordinaire que d'avoir l'un fort bon et l'autre très mauvais, lorsque tous deux agissent à la fois, on voit souvent dans les actions du même être, une foule de vices liés à des vertus ; on se rejette sur les contradictions naturelles à l'homme, sans voir qu'il s'en faut bien que ce qui arrive soit le fruit de l'inconséquence, mais seulement les effets réunis des deux principes qui, nécessairement divers, doivent produire des effets dissemblables. Adrien put aimer Antinoüs, comme Abélard aima Héloïse : l'un n'avait qu'une mauvaise tête, l'autre n'avait qu'un bon cœur. Adrien, plus délicat et aussi libertin, eût aimé à la fois Héloïse et Antinoüs ; tandis qu'Abélard, seulement délicat, n'eût jamais aimé qu'Héloïse[506]. »

Enfin l'empereur était amoureux ; il ne se conduisait plus que par mes conseils, il ne prenait même plus aucune résolution relative au gouvernement de ses États, sans me demander mon avis. Dès que je le sentis à ce point, j'entamai la négociation : aidée des instructions de Clémentine, je lui fis sentir l'avantage qu'il devait retirer de l'amitié des Portugais, de quel prix serait pour lui cette alliance dans ses perpétuelles guerres avec les nations qui l'environnaient. La supériorité du peuple dont je lui proposais l'union, l'effraya un instant ; il redouta d'en être subjugué ; mais quand je lui eus fait voir que les Portugais étaient loin de ce dessein, qu'ils seraient bien plutôt embarrassés qu'enrichis de la totalité de ses provinces ; qu'ils ne désiraient que la facilité de commercer, et d'établir le fil de communication avec leurs compatriotes de la côte occidentale du continent. Alors il me demanda si j'étais chargée par les Européens de négocier cette affaire avec lui. Je ne le lui cachai pas ; je lui dis même que s'il n'avait pas attaqué le fort des Portugais, j'allais avec ma compagne, me rendre incessamment à sa cour, pour lui proposer ce dont je lui parlais. Au bout d'un instant de silence, l'empereur me témoigna qu'il n'était pas très éloigné du projet que je lui communiquais, mais qu'il craignait que les Européens, une fois dans ses États, ne m'enlevassent à lui. Je lui fis sentir qu'ils en seraient toujours d'autant plus éloignés, que leur intérêt exigeait qu'ils eussent quelqu'un de leur nation, possédant la confiance de l'empereur, pour les maintenir dans ses bonnes grâces. Il me comprit ; je le pressai de plus en plus, il se rendit sans difficulté, et m'accorda tout ce que je voulais. Mais c'était pour la dernière fois, ajoutait-il, que j'obtenais sur lui quelque empire, si je ne me décidais à le rendre heureux. Il ne voulait plus attendre ; jamais femme n'avait eu de lui ce que j'en recevais ; il fallait, continuait-il, que ma puissance fût aussi forte que celle du Serpent qui avait créé la terre*. Mais c'était fait, le jour où les Portugais signeraient leur alliance avec lui devenait celui de son triomphe sur leur négociatrice, et il me le déclarait d'une manière à ce que je dusse m'attendre à de la violence, si je ne consentais pas de bonne grâce... Comme j'avais tout, je ne refusai rien, et l'on ne s'occupa plus que de ce projet à la cour de Ben Mâacoro. Il trouva quelques contradicteurs ; on me les opposa dans le conseil ; je combattis leurs raisons, et j'en alléguai de si fortes, que je ramenai insensiblement tous les esprits à mon opinion.

On envoya donc sur-le-champ trois guerriers inviter les Portugais à venir comme amis, sur les terres de l'empire : dom Lopès parut six jours après, à la tête de deux mille hommes rassemblés des colonies voisines ; il eut dès l'instant son audience particulière.

« Je vous somme de votre parole, lui dis-je en français, dès que je le vis entrer.

— Comptez-y, me répondit dom Lopès, un vaisseau vous attend à Benguelé ; six de mes gens bien armés, qui connaissent un peu les chemins, vous y conduiront par les terres avec Clémentine. Le facteur de la compagnie vous attend ; il est prévenu ; mais il faut n'employer que l'évasion : je la protégerai, je ne l'aiderai point, je ne puis débuter par un acte d'hostilité chez un peuple que tout m'engage à ménager.

— Ne pourriez-vous pas, répondis-je, nous exiger comme gage de l'alliance ?

— Je le ferai, sans doute, mais comment espérer que l'empereur y consente, dès qu'il est amoureux ? Je vous le répète, il ne vous reste que l'évasion ; déterminez-vous-y, j'empêcherai les poursuites, je vous en donne ma parole ; c'est tout ce que je puis. »

Quelque violent que fût ce parti, quelque danger qu'il présentât, il fallut pourtant l'accepter ; quelle apparence de faire changer d'avis un homme aussi entier que dom Lopès ! Tout se passa au mieux dans l'audience qu'il obtint du roi, et le traité se signa sans obstacles ; mais quand le Portugais parla de rendre les prisonnières faites au fort de Tété, Ben Mâacoro tressaillit de rage, et protesta qu'on aurait plutôt sa vie. Dom Lopès qui craignait tout ce qui l'aurait contraint à

---

* On doit se rappeler ici la mythologie de ces peuples, détaillée par Sarmiento.

des hostilités, et qui n'imaginait pas que quelques femmes valussent la peine de faire répandre du sang, ne parla plus de cet article.

Cependant ma situation devenait à tout instant plus embarrassante ; je n'avais plus aucun prétexte de refus, on m'avait accordé tout ce que je voulais ; mais la mort me paraissait plus douce que la cruelle nécessité de devenir la femme de ce monstre. Comment donc faire pour l'éviter ? Déterminée à tout plutôt que de me résoudre au sort affreux qui me menaçait, j'avertis Clémentine de se tenir prête pour la nuit suivante et priai le Portugais de me faire trouver les six hommes qu'il m'avait promis, sous les murs d'un jardin favori du roi, près d'un cabinet de claies situé sur le bord du chemin, revêtu d'un parapet qui n'avait pas trois pieds de haut dans l'intérieur et guère plus de six au-dehors. N'ayant donc plus rien à ménager, je dis au roi que je consentais enfin à le rendre heureux... que ce jardin me plaisant beaucoup, je voulais ne me donner à lui que dans cette voluptueuse retraite... Ben Mâacoro comprit ce désir ; ce jardin comme trop ouvert, nous était expressément défendu, nous ne l'apercevions que par nos fenêtres ; il sentit donc facilement qu'il était tout simple que j'eusse envie de l'admirer...

« Ce n'est pas tout, lui dis-je quand cette première clause fut acceptée, il faut que ma compagne y soit. Ô grand empereur ! tu verras de quel puissant effet est une seconde femme dans les plaisirs singuliers que je t'ai promis ! »

Des cris de joie furent sa réponse ; j'étais bien sûre de l'enchaîner plus solidement en irritant sa tête qu'en séduisant son cœur. Il fut toute la journée dans un tel enthousiasme des nouveaux plaisirs que je lui promettais, que suivant son usage, en pareille circonstance, il se plongea toute la journée dans des débauches préliminaires que je tolérai d'autant mieux que j'étais sûre qu'elles affaibliraient sa raison et ses forces.

Un peu avant de nous acheminer au rendez-vous, il me pria de lui permettre de mener avec nous quelques-unes de ses femmes, pour être témoins des recherches que j'allais lui apprendre, et leur faire voir combien elles étaient éloignées de l'art de procurer de vrais plaisirs ; je l'assurai que cela ne se pouvait pas, que ma compagne et moi suffisions pour plonger ses sens dans l'ivresse, et que la pudeur naturelle à notre nation nous empêcherait de partager ses plaisirs et de les irriter, s'il y admettait des témoins. Dès que la nuit fut sombre (ce moment favorable à nos projets lui avait été offert par moi comme plus agréable à cause de la fraîcheur), nous nous enfonçâmes tous trois dans le jardin. Aussitôt que nous sommes dans le cabinet, et que je me suis assurée des six hommes qui nous étaient promis, je fais étendre Clémentine sur le parapet de la petite muraille, exposant en entier ses charmes au voluptueux empereur.

« Allons, dis-je en ayant l'air de céder, que l'une excite tes désirs, pendant que l'autre va les satisfaire. »

Ce dernier mot est celui du signal ; dès que Clémentine l'entend, elle pousse un grand cri et se jette dans le chemin. Saisissant alors avec rapidité moi-même et l'effroi du monarque et le mouvement qu'il fait pour retenir ma compagne, je franchis le mur aussi lestement qu'elle, et tombe à ses côtés ; là, bientôt relevées toutes deux, nous nous élançons au milieu des terres, suivies de nos six gardes, trop heureuses de sortir de cet asile effrayant du crime, à si bon marché l'une et l'autre.

Nous l'entendîmes appeler à lui, mais nous étions déjà loin ; comme il avait vu du monde avec nous, et qu'il était seul, il n'avait pas osé, sans doute, se jeter à notre poursuite et il rentra bien honteux, je crois, de se trouver dupé par deux Européennes, lui qui faisait journellement trembler deux mille femmes dans son sérail, et qui, même à la tête de ses armées, passait pour un des princes les plus valeureux de l'Afrique.

Nous sûmes à Benguelé que, dans le premier moment de sa colère, il avait accusé dom Lopès d'avoir favorisé notre fuite, et que telle était la raison, voyant les Portugais en force dans ses États, pour laquelle il ne nous avait pas fait suivre.

Mais dom Lopès avait protesté de sa bonne foi, il avait même envoyé plusieurs de ses gens courir faussement après nous, moyennant quoi, rien ne se dérangeait dans l'alliance projetée, et la paix mutuelle en avait été d'autant moins troublée que dom Lopès s'était engagé par l'acte même du projet, à faire venir à l'empereur dix femmes blanches dont il lui jura que la moins belle vaudrait infiniment mieux qu'aucune de celles qu'il perdait.

Tous les dangers pourtant n'étaient pas évanouis pour nous ; nous avions à traverser le pays entier des Jagas, peuple aussi méchant pour le moins que celui que nous quittions.

Nous fûmes huit jours avant que d'arriver à Benguelé, ne mangeant que quelques singes tués à la chasse, et couchant les nuits sur des arbres ; rien ne nous arriva cependant ; la fortune, qui nous destinait à de plus grands maux dans notre patrie que chez les peuples les plus sauvages de la terre, nous couvrit ici de ses ailes, mais pour nous plonger peu après dans l'abîme effrayant qu'elle creusait déjà sous nos pas.

Nous arrivâmes donc sans accident aux colonies portugaises de cette côte d'Afrique : le consul averti nous reçut à merveille, nous combla d'éloges, et après nous avoir gardées chez lui le temps nécessaire à attendre le vent favorable, il nous conduisit lui-même avec toutes sortes d'égards à bord du vaisseau marchand qui devait nous transporter à Lisbonne. Nous lui recommandâmes les deux femmes qui avaient été faites prisonnières avec nous ; nous lui témoignâmes le regret que nous avions d'avoir été forcées de les abandonner ; il nous promit ses soins pour elles, et nous partîmes.

Pendant que les voiles, mollement enflées par le souffle frais des aquilons, font voler le vaisseau sur la plaine liquide, que le passager se livre, en bâillant d'ennui, au doux espoir d'embrasser bientôt ce qu'il a de plus cher, que l'aumônier prie, que le matelot jure, que l'officier s'enivre, il est à propos ce me semble de vous instruire un peu de notre situation à l'une et à l'autre.

Celle de Clémentine était brillante ; elle avait peu d'effets, quelques robes de gaze sont les seuls vêtements que l'on porte dans le pays que nous quittions : mais elle avait gagné avec dom Lopès près de soixante mille francs, que le chef de la colonie portugaise de Tété avait fait exactement passer à son correspondant de Benguelé, et qui lui avait été remis dès qu'elle y avait paru.

Pour moi, j'étais bien loin sans doute d'un tel sort : lorsque je fus enlevée dans le jardin de Venise, j'avais tout au plus sept ou huit louis dans une bourse, légère somme que me donnait Sainville pour mes plaisirs, et qu'il remplaçait dès qu'il étaient dépensés. Ils me furent pris par le corsaire de Tripoli, et Duval qui me défrayait de tout, et qui se méfiait un peu, ne me laissait pas la disposition d'un sou ; ce fut donc dans cet état de misère que dom Gaspard se chargea de moi. Vous vous rappelez le refus que je fis de la bourse qu'il m'offrit dans le désert ; en arrivant au fort, il me conjura d'accepter quelques doublons, et quand il mourut, il disposa de tout ce qu'il avait en ma faveur. Mais cet arrangement déplut à dom Lopès : il me déclara que le jeune homme étant sous la tutelle de ses parents, n'avait pas la liberté de disposer de ses fonds, et qu'il allait faire repasser en Portugal les effets qu'il avait laissés ; ce raisonnement que je supposai fondé sur l'envie que ce chef avait de me disposer à l'exécution de son projet, et de m'y enchaîner par toute sorte de moyens, et par la misère même, le plus certain sans doute, cet argument, dis-je, juste ou non, me priva du peu de secours sur lequel je pouvais compter, et quand j'arrivai à Benguelé, je n'avais en tout que six portugaises*, soigneusement cachées dans mes cheveux pendant notre expédition. Cette somme s'augmenta, à Benguelé, d'une gratification de deux cents pistoles d'Espagne**, à partager entre ma compagne et moi, pour les services que nous avions rendus au roi de Portugal. Avant de nous embarquer, nous avions été obligées de dépenser près des deux tiers de cette faible somme pour nous habiller ; moyennant quoi, pour mon compte, il me restait comme vous voyez, fort peu de chose. Le total de nos effets consistait en trois malles, dont deux grosses à Clémentine, une très mesquine à moi. Par une maladresse singulière, ma compagne m'avait conseillé de ne point porter d'argent dans mes poches pendant la traversée, et de cacher comme elle ce que j'avais dans un coin de ma malle... Plût à Dieu que je ne l'eusse pas écoutée !... Enfin, la navigation fut heureuse, et nous arrivâmes à Lisbonne, sept semaines après notre départ de Benguelé.

Au moyen de l'extrême largeur du Tage, les plus gros vaisseaux parviennent, comme vous savez, jusqu'à la ville même ; dès que les formalités des douanes sont remplies, il se trouve là un nombre infini de Galègues*** qui vous offrent leurs services pour le transport de vos bagages. Nos malles fouillées, Clémentine, jetant indifféremment les yeux sur les premiers de ces gens qui l'environnaient, leur ordonna de se charger de nos effets, et dans l'instant ils furent sur le dos de trois de ces drôles.

* La portugaise vaut 40 livres.

** La pistole courante est de 21 livres.

*** Ce sont des gens de la Galice, qui font à Lisbonne le métier de portefaix, de ramoneurs, etc.

« Où faut-il aller, Excellence ? dit l'un d'eux en fixant ma compagne.

— À la Strella, chez Boulnois », répondit Clémentine en donnant à cet homme l'adresse d'une auberge qu'un Hollandais lui avait indiquée à Benguelé comme une des meilleures de la ville.

Le mot dit, nos gens partent, et nous suivons. Tant que nous longeâmes le quai, nos Galègues, marchant à peu de distance de nous, furent à peu près toujours sous nos yeux, mais comme ils allaient beaucoup plus vite, la foule nous les fit bientôt perdre de vûe, et insensiblement nous ne les aperçûmes plus. En ce moment, survint un embarras prodigieux : c'était le roi qui passait en carrosse de cérémonie, pour se rendre dans un couvent, où une demoiselle de la plus haute qualité allait prendre le voile[507]. Le peuple s'étouffait pour contempler ce sot spectacle ; Clémentine voulut s'arrêter comme les autres ; nous regardâmes, et pendant que nous jouissions de ce vain plaisir populaire, on travaillait à nous plonger dans le désespoir. Les rues dégagées, nous avançâmes ; instruites de notre route, nous apercevions déjà le clocher du couvent de San-Benté, maison religieuse, en face de laquelle est située l'auberge de Boulnois, vers laquelle nous nous dirigions ; nous arrivons enfin.

« Menez-nous à l'appartement que nous vous avons envoyé commander par trois hommes chargés de nos bagages, dit avec fierté Clémentine au valet de la maison.

— Quels bagages ? » répond celui-ci en la regardant sous le nez.

Ici je ne pus m'empêcher de frissonner ; ils semblait que le malheur dont nous étions menacées vînt entrouvrir déjà mon âme.

« Comment réponds-tu, insolent ? dit la fougueuse Clémentine ; je te demande mes bagages ; je te dis de me mener à la chambre où ils doivent être avec les hommes qui les ont portés.

— Ce que vous demandez n'est pas dans cette maison.

— N'est-ce donc point ici l'auberge du *Bon Repas* ?

— C'est elle, assurément.

— L'auberge hollandaise située dans la Strella, tenue par le sieur et la dame Boulnois ?

— Rien de plus juste.

— Et trois Galègues ne viennent pas d'apporter nos malles ?

— Vous les avez sans doute mal indiqués, répondit le valet en s'éloignant, ils n'ont pas paru. »

Alors Clémentine me prenant la main.

« Nous sommes volées », me dit-elle.

Et appuyant de là un blasphème exécrable comme elle avait coutume de faire à chaque contradiction qu'elle éprouvait :

« Oui, s....., nous sommes volées. Ne dis mot, il ne faut pour cela, ni nous passer de souper, ni coucher dans la rue. Camerieros, dit-elle en appelant le valet, donnez-nous toujours un logement, et qu'on observe, je vous prie, si ces trois hommes n'arriveront pas. Vous leur indiquerez notre chambre sitôt que vous les verrez.

— Peut-être vos gens se sont-ils trompés, madame, dit le valet, ils auront été sans doute à Bueros Ciaires, chez le sieur Williams, qui tient l'auberge anglaise* ; si vous le souhaitez, j'irai m'éclaircir.

— Assurément, dit Clémentine, et revenez nous donner des nouvelles au plus vite. »

On nous ouvrit un appartement assez vaste, beaucoup plus beau sans doute que nous n'étions en état de le payer, et on fut aux informations.

Ce premier moment ne fut pas aussi affreux qu'il aurait pu l'être ; il nous restait de l'espoir, nous n'eûmes que de l'agitation, mais elle fut très vive. Clémentine se promenait à grands pas dans la chambre. J'étais anéantie sur un sopha ; quelques paroles sans suite nous échappaient avec impétuosité, le moindre bruit nous inquiétait... Nous écoutions... Nous nous replongions dans nos tristes pensées... On arriva enfin, et ce fut pour nous certifier qu'il n'était rien arrivé chez le sieur Williams qui ressemblât à ce que nous demandions.

« N'importe, dit Clémentine avec une tranquillité contrainte qui me développa mieux son caractère, en ce moment, qu'il ne l'avait encore été pour moi depuis que nous nous connaissions ; n'importe, ordonnez qu'on nous serve à souper... Ils arriveront... il est impossible qu'ils n'arrivent pas... Nous sommes perdues, me dit-elle, dès que le valet fut sorti ;

---

* Cette auberge et la précédente étaient, lorsqu'on écrivait, les deux meilleures de Lisbonne.

nous ne retrouverons jamais nos effets... nous sommes anéanties, Léonore... »

Et comme elle vit que je répandais un torrent de larmes :

« Ne t'afflige pas, poursuivit-elle, songe à tous les dangers dont nous nous sommes tirées, nous échapperons encore à celui-ci... Mon enfant, souviens-toi qu'avec l'esprit que nous avons, deux jolies filles ne meurent jamais de faim.

— Oh ciel ! n'attends jamais que je partage l'infamie que tu me fais entendre.

— Je n'ai pas plus d'envie que toi de me livrer à la débauche ; je déteste ce genre de vie, non que je croie qu'il offense le ciel, je suis trop loin de ces préjugés pour y céder encore, non que j'imagine que la corruption des femmes nuise à la société, qu'elle sert bien plutôt, puisqu'elle multiplie les objets de ses jouissances ; mais je hais la prostitution pour elle-même, je la crains, parce qu'elle nous ravale aux yeux des hommes, parce qu'elle nous fait mépriser de ce sexe qui mériterait seul notre indignation, si nous lui faisions justice [508]... Inconséquent qu'il est, il nous entraîne dans l'abîme, et ose nous punir d'une faiblesse dont il est la première cause... Mais il faut vivre, Léonore, voilà le premier but de la nature ; cette impérieuse loi se fait entendre avant toutes les conventions sociales, qui ne furent établies que pour la mieux servir, et telles qu'elles soient, ces conventions secondaires, elles ne sont plus faites que pour le mépris, dès qu'elles manquent le premier vœu de la nature.

— Tous les moyens ne sont pas permis pour arriver à ce but.

— Tous, de quelque espèce qu'ils puissent être ; il n'en est pas un seul qui ne soit autorisé par la nature, dès qu'il s'agit de se conserver : punit-elle l'habitant de l'air de tous les moyens qu'il prend pour se procurer sa nourriture ? et sera-t-elle plus cruelle envers nous ? Les conventions qui s'opposent à cette manière de vivre, quand il ne nous en reste plus d'autres, ne sont pas de sa main. Pourquoi donc veux-tu que je les respecte, puisqu'elles ne font que contrarier ce que m'inspire la seule voix qui parle réellement à mon cœur ? N'importe, pour n'avoir rien à nous reprocher, puisque tu es si délicate, commençons par toutes les démarches honnêtes qui peuvent nous faire retrouver notre bien... »

Nous descendîmes.

« Ce n'est pas la peine, me dit cette folle créature, en sortant, de prendre la clef de notre chambre. Dieu merci, on ne touchera pas à nos effets, qu'en penses-tu ? »

Mais moins décidée que ma compagne à réparer nos malheurs par des crimes, et par conséquent plus affligée qu'elle, je ne répondis pas à la plaisanterie. Cependant, je l'avoue, le flegme heureux de cette fille, même au sein du malheur, ranima mon courage un instant, je la suivis pleine d'espoir... Il faisait encore grand jour ; nous retournâmes au port ; aucune figure semblable à celle des gens à qui nous avions remis nos bagages ne frappa nos regards ; nous nous informâmes du bâtiment qui venait de nous débarquer, peut-être aurions-nous pu y trouver quelques secours ; mais après avoir mis ses passagers à terre et fait visiter ses papiers, le capitaine avait sur-le-champ remis à la voile pour Cadix où l'appelaient des affaires de la plus grande importance. Il était parti depuis une heure.

Nous rentrâmes dans la ville, et nous informant de la maison de l'alcaïde du quartier de notre auberge, nous fûmes lui porter nos plaintes et lui demander des conseils.

Dom Laurent de Pardénos était un de ces hommes dont la physionomie douce et minaudière cache une âme atroce et corrompue, un de ces prévaricateurs comme il y en a tant, qui ne voient dans la place qu'ils occupent, que ce qui peut les conduire plus vite à étancher la soif de leur luxure ou de leur avarice, à qui tous les moyens sont bons, pourvu qu'ils fassent tomber dans leurs filets celui qui les implore, si quelque chose de ce malheureux peut assouvir leurs passions. Fourbe adroit, endurci à tous les maux de son prochain, les voyant sans les soulager ou ne les secourant que par l'espoir d'en venir à ses vues, effréné libertin, grand hypocrite, scélérat profond, tel était le respectable magistrat chez lequel nous nous rendîmes, pour informer contre les fripons qui nous réduisaient à l'aumône* [509].

Dom Laurent nous fit entrer dans son cabinet dès que nous fûmes annoncées ; nous recevant avec l'air le plus doux et le plus bénin, il nous demanda ce qu'il lui était possible de faire

---

* Le portrait n'est pas chimérique ; peut-être d'autres polices que celle de Lisbonne en ont-elles offert l'original. Voyez le mot Sartine, au Dictionnaire des grands coquins.

pour nous obliger. Et en prononçant ces mots, il nous lorgnait avec bonté, ayant l'air de nous encourager, de nous applaudir par de légers signes de tête et de mains, avant même que nous eussions encore dit une parole. Nous lui racontâmes notre histoire... Nous lui détaillâmes les services que nous venions de rendre au Portugal... Il nous plaignit, il nous dit que nous avions eu le plus grand tort du monde de ne pas prendre une lettre de recommandation des chefs de la colonie, que cette lettre nous aurait plus servies que notre argent même, et que sur elle, nous aurions trouvé tous les secours possibles à la chambre du commerce d'Afrique.

« Mais vous y aller présenter sans cela, continua ce tartufe, c'est exposer deux honnêtes filles à être prises pour des aventurières ; je ne vous conseille pas cette démarche...

— Et que faire, monsieur, dis-je alors avec amertume, que voulez-vous que nous devenions ?

— Attendez, reprit le magistrat, attendez pour vous désespérer qu'il y ait quelque chose de fait sur les perquisitions que je vous promets d'entreprendre ; comportez-vous bien en attendant, et ne succombez pas surtout, dit-il en nous flattant doucement les joues de la main, aux pièges nombreux que le crime, toujours surveillant, prépare sans cesse à l'innocence ; moi j'espère beaucoup... La bonté de Dieu est si grande ; sa main secourable abandonne-t-elle jamais l'infortuné ?... Dites-moi, beaux enfants, poursuivit-il, en laissant doucement tomber une de ses mains sur la gorge de Clémentine qui ne le repoussa point d'abord, dites-moi, avez-vous fait choix d'un confesseur en arrivant dans cette ville ? Depuis le temps que vous vivez avec des barbares... C'est que j'ai un bien honnête homme à vous proposer... »

Ici, Clémentine outrée, rejeta promptement la main dont les progrès devenaient immenses.

« Non, dit-elle, monsieur, non, nous n'avons point fait choix d'un confesseur ; l'envie de souper est plus pressante dans nous que celle d'aller à confesse, et nous n'avons pas de quoi satisfaire à cet urgent besoin...

— Ah, comme c'est fâcheux, comme c'est fâcheux ! répliqua le saint homme ; en vérité l'on ne vit jamais... »

Dans ce moment l'angélus sonna, et dom Pardénos s'interrompant aussitôt, se jette aux pieds d'un grand crucifix, nous invite à en faire autant, et se met un quart d'heure en prière[510]...

« Je le répète, continua-t-il en se relevant, espérez tout de la bonté du ciel !... Je vais agir, et j'irai vous rendre réponse moi-même demain matin de mes travaux...

— Monsieur, lui dit effrontément Clémentine, tout cela est bel et bon, mais je vous dis encore une fois que nous n'avons pas une *raix** pour nous sustenter ce soir ; prêtez-nous au moins une portugaise, puisque vous êtes si dévot, vous devez aimer à faire de bonnes œuvres, le ciel que l'on sert bien mieux ainsi que par des patenôtres vous en récompensera infailliblement.

— Je ne prête jamais d'argent, dit l'honnête commissaire ; cependant, continua-t-il, en replaçant sa main sur le sein de ma compagne, à cause de vous et de cette chère enfant, poursuivit-il, en voulant me traiter comme Clémentine, oui, à cause de vous deux, qui m'inspirez une véritable compassion, la voilà cette demi-portugaise que vous désirez**. Mais si demain je n'ai nulle bonne nouvelle à vous dire, je vous avertis qu'il faudra me rendre ces avances, ou d'une façon ou de l'autre. »

Et en disant cela, il nous mit honnêtement toutes les deux à la porte de son cabinet.

« Un moment, monsieur, dit Clémentine, expliquez mieux ce que vous nous annoncez : comment voulez-vous que nous vous rendions vos avances, si nous ne trouvons pas nos effets ?

— Vous vous acquitterez comme s'acquittent des femmes, dit dom Laurent ; n'ont-elles pas toujours des moyens ? et reportant sa main sur la croupe de Clémentine : ne voilà-t-il pas de quoi me payer amplement ?

— Nous serions indignes du prêt que vous voulez nous faire, si nous consentions à ces moyens de vous rembourser, répondis-je en colère, et le mépris que vous auriez pour nous, devrait vous empêcher de nous être utile.

— Je n'entends rien à tout cela, dit l'alcaïde avec un visage un peu moins composé ; voilà ce que vous me demandez, ou

---

* La plus basse monnaie de Portugal : il en faut 6 400 pour faire 42 livres 12 sols 6 deniers.

** La demi-portugaise vaut environ 20 livres.

vous me le rendrez, ou je m'acquitterai moi-même à ma fantaisie.

— Soit, dit Clémentine ; de cette manière nous ne vous aurons aucune obligation ; nous avions peur d'être méprisées de vous, mais c'est vous, au contraire, qui aurez mérité toute l'étendue de ce sentiment ; nous en serons toutes deux plus à l'aise. »

Notre premier soin en arrivant à l'auberge fut de savoir si l'on n'avait pas eu des nouvelles de nos malles ; on nous assura que non, et comme on se méfie un peu dans de telles maisons, de gens qui n'ont pas les effets nécessaires pour répondre de leur consommation, on nous pria de payer notre souper d'avance, si nous voulions qu'il nous fût servi.

« Eh bien, me dit Clémentine en me regardant, cette pitié, ce sentiment sublime, tu vois comme il est écouté chez les hommes ; à peine nous soupçonne-t-on d'être dans la misère, que nous sommes insultées de toutes parts : l'un, celui qui, par sa place, nous devrait des secours, met au prix de notre vertu les faibles services qu'il veut bien nous rendre ; l'autre, qui nage dans l'or, veut qu'on lui paye d'avance un malheureux souper qu'il craint de perdre... Tiens, dit Clémentine, en jetant la demi-portugaise au nez du valet, paye-toi de ton souper, faquin, mais sers-le bon et tout de suite... »

Puis aussitôt qu'il fut sur la table :

« En est-ce là pour notre argent ? dit ma compagne.

— Non, madame, il vous reste deux cruzades, les voici*.

— Apporte-nous du vin de Sétuval pour cette somme ; je veux boire à la santé des fripons qui nous volent, il n'y a que les malheureux auxquels il soit permis de se réjouir sans offenser personne. »

On apporta le vin, et Clémentine ayant ordonné qu'on se retirât et qu'excepté pour nos malles, on ne s'avisât pas de nous interrompre :

« Soupons, me dit-elle dès l'instant que nous fûmes renfermées, nous ne sommes pas encore sans ressources, tu le vois, il sera temps de nous désoler quand nos malheurs seront plus certains. »

Le stoïcisme de ma compagne me ranima ; je mangeai presque aussi bien qu'elle, mais je bus beaucoup moins.

---

* La cruzade vaut à peu près 3 livres.

Décidée à noyer ses chagrins dans le jus délicat des vignes de Sétuval, elle sabla ses deux bouteilles comme j'aurais fait d'un verre de limonade, et devint dans l'état de déraison qui s'empara d'elle peu après, aussi folle, aussi gaie, aussi vive que jamais une jolie femme puisse être. Ses beaux cheveux noirs flottant sur son sein d'albâtre, ses yeux superbes tour à tour enflammés par le dépit et par la douleur... quelquefois mouillés de larmes d'un souvenir qu'elle ne pouvait éteindre... le désordre flottant d'une simarre de gaze, seul habit que la chaleur nous permît de porter, cet air touchant, qu'un peu de lassitude imprimait à ses traits, tout... tout en un mot la rendait si voluptueuse et si belle, qu'aucun homme sur la terre n'eût pu lui résister alors, et que j'eus peut-être besoin, moi-même, de toute ma raison et de tout mon amour, pour me rappeler que j'étais de son sexe.

Nous nous couchâmes... Elle me tint cent propos plus extravagants les uns que les autres, et cela à la veille du jour où nous allions être obligées peut-être à demander l'aumône, ou à faire pis pour obtenir notre subsistance.

En ouvrant les yeux le lendemain, Clémentine fondit en larmes... L'ivresse est comme l'opium, elle calme la douleur et ne la rend que plus vive au réveil...

« Ô mon amie, me dit-elle, que ne suis-je morte en dormant !... Il ne faudrait jamais s'éveiller quand on a l'infortune pour perspective... N'eût-ce pas été un bonheur pour moi que de passer dans les bras de la mort, du sein de l'ivresse où j'étais hier ?...

— Non, répondis-je, non, nous nous sommes tirées d'un pas plus dangereux que celui-ci... espérons tout de la bonté du ciel.

— Du ciel !... ah !... ne comptons jamais sur le ciel ; toute espérance fondée sur des chimères n'est faite que pour l'esprit des sots.

— Ô Clémentine ! chimère ou non, c'est la ressource du malheureux, n'en détruisons pas l'idée dans nos cœurs, elle peut encore nous consoler.

— Que la foudre m'écrase, à l'instant où je serai consolée par de telles fables ! Cesse de me parler d'un être indifférent au sort de ses créatures, qui ne les forme que pour les rendre malheureuses qui ne les conserve que pour les abreuver de pleurs [511]... qui ne leur prolonge la vie que pour mieux exercer sa rage, en les accablant d'infortunes, et qui ne les attend au bout de tout cela qu'avec des flammes et des bourreaux. Mort de ma vie ! mon plus grand bonheur est d'être sûre qu'un tel tyran n'exista jamais ; je deviendrais frénétique ou furieuse s'il me fallait y croire un instant !

— On t'a mal peint cet être que tu injuries, Clémentine : défiguré par les cultes humains, il a pu te paraître odieux ; dégage-le de ces absurdités et tu l'aimeras bientôt ; ne vois dans cette essence divine qu'un père tendre et compatissant qui, s'il nous éprouve un moment par les malheurs, place avec art au fond de nos âmes, pour que nous n'en soyons pas découragés, ce rayon si doux d'espérance qui les adoucit aussitôt. Plus sont affreux nos revers ici-bas, plus sera divine et douce la récompense qu'il nous en prépare... Éprouvé par tant de traverses, ne sera-t-il pas bien plus doux ce bonheur éternel où nous devons prétendre !... Ah ! descends au fond de ton cœur, même en ce cruel instant d'abandon où ton injustice outrage l'Éternel, tu sentiras sa voix te ranimer encore... Ô mon amie, voilà l'être consolateur que j'offre à ton esprit ; voilà celui qui t'ouvre les bras... implorons-le par nos actions, je t'abandonne les paroles et les simagrées, je t'abandonne les cultes et les autels, mais que nos cœurs, créés à son image, le servent au moins par des vertus.

— Je ne crois pas plus aux vertus qu'à ton Dieu, dit Clémentine, en versant des larmes amères ; j'adopterai des vertus quand j'aurai de quoi vivre ; je croirai en Dieu quand je ne verrai plus que du bien sur la terre. »

En ce moment on frappa assez rudement à la porte, et comme nous étions encore au lit, nous priâmes qu'on nous donnât le temps de nous lever...

Nous ouvrîmes enfin, c'était l'alcaïde...

« Point d'espoir, nous dit-il en entrant, vos voleurs dépendent d'une troupe nombreuse qui depuis longtemps infeste la ville et les environs ; il est impossible de trouver leur dépôt, le plus court est d'y renoncer. »

Ici tout mon courage m'abandonna... Je fondis en larmes.

Clémentine, plus ferme, répondit que ce coup la désolait d'autant plus, qu'en attendant qu'elle eût écrit à sa mère, à Madrid, pour obtenir des secours, qu'elle aurait sûrement très vite, elle se voyait contrainte à abuser encore de la bonté de dom Laurent, et à lui demander un nouvel emprunt.

« Vous vous êtes trompées, répondit l'alcaïde en s'enfermant avec nous dans la chambre, vous vous êtes trompées, mes beaux enfants ; bien loin d'être dans l'intention de vous donner davantage, je viens vous demander, ou ce que je vous ai prêté, ou les faveurs qui doivent le compenser... »

Et s'avançant à moi :

« Allons, décidez-vous, mignonne... Expédions d'abord celle-ci, nous verrons l'autre ensuite ; pressons-nous surtout, je vous conjure, je ne suis pas sans pratique, Dieu merci, et au moment où je vous parle on m'attend pour pareille besogne. »

Entièrement absorbée par ma douleur, le dos tourné vers ce monstre, la tête dans mes mains, à demi couchée sur le canapé, je ne l'avais pas vu venir à moi, lorsque tout à coup le traître me saisissant dans cette attitude, fixe d'une main ma position, pendant que l'autre, écartant tout ce qui le gêne, m'expose à ses regards un instant presque nue, sans qu'il me soit possible de m'en défendre. Mais son triomphe n'est pas long ; me relevant avec plus de vitesse qu'il n'en a mis à m'abattre, et le culbutant loin de moi d'un vigoureux coup de poing dans la poitrine :

« Fuis, lâche ! m'écriai-je, dès que tu es assez vil pour nous refuser tes services ; fuis, mais ne nous outrage point. »

Et pendant ce débat, Clémentine ayant lestement ouvert la porte, appelait l'hôtesse à son secours... elle arrive...

« Notre histoire est courte, madame, lui dit ma compagne, daignez vous asseoir un instant et l'entendre. Cet homme, dit-elle en montrant dom Laurent, très confus, cet homme est un indigne, il sait notre malheur et il en abuse... Nous arrivons des colonies ; nous avons par nos soins soumis plus de trois cents lieues de terre à la nation portugaise, quoique nous n'en soyons pas ; car, je suis Espagnole et ma compagne est Française ; nous avons reçu des louanges et des gratifications de nos services ; nous sommes arrivées ici hier avec trois malles pleines d'effets et d'argent ; nous les avons, suivant l'usage, confiées à des Galègues, avec ordre de les apporter chez vous ; ils nous les ont volées ; nous sommes allées demander des conseils et des secours à ce malheureux qui, parce que nous avons tout perdu, parce que nous sommes hors d'état de lui rendre le peu qu'il a fait pour nous, exige en dédommagement que nous nous prêtions à ses infâmes

désirs... A-t-il raison, madame, le devons-nous ? Votre maison est-elle faite pour que deux femmes honnêtes, qui s'y croient à l'abri, y soient pourtant traitées de la sorte ?... Décidez vous-même la question, et nous ferons ce que vous nous ordonnerez... »

Ici Mme Boulnois regarda dom Laurent ; elle lui demanda s'il était vrai qu'un homme honoré de la confiance publique se fût permis une chose semblable...

« Ces femmes vous trompent, répondit l'hypocrite en reprenant son air doucereux, puissiez-vous n'être pas vous-même la dupe de ce que vous faites pour elles... Je leur fais volontiers présent de la portugaise qu'elles m'ont escroquée, il faut savoir faire la charité quelquefois. »

En terminant ces mots insultants, il se retira et nous laissa avec l'hôtesse.

« Madame, dis-je alors à cette femme, l'embarras de ce monstre vous prouve son crime ; je vous conjure d'avoir pitié de nous ; nous avons dit la vérité ; croyez que nous ne vous en imposons sur rien ; vous voyez à quelles funestes extrémités vont être réduites deux jeunes filles, si vous nous refusez vos secours ; vous aurez sur votre conscience le crime où nous plongera votre abandon. Nous allons écrire à nos parents, à nos amis ; nous allons tout employer pour vous rembourser des avances que nous vous conjurons de faire pour nous ; nous vous servirons d'otages en attendant ; nous ne bougerons pas de votre maison... Ayez pitié de nous, madame, le ciel vous rendra le bien que vous nous aurez fait.

— En vérité, mes belles amies [512], dit l'hôtesse en se levant, je n'ai pas envie de nourrir pour rien deux femelles ; je ne manquerais pas de filles de votre espèce si j'en voulais ; mais, Dieu soit loué, ma maison ne leur a jamais servi d'asile. Si pourtant vous y voulez rester, il ne tient qu'à vous ; mes servantes me quittèrent hier, je vous offre leur place ; la condition n'est pas mauvaise...

— Jour de Dieu ! s'écria la fougueuse Clémentine, en s'élançant les poings levés sur l'hôtesse, nous, te tenir lieu de servantes ! Apprends, double catin, que ma mère en a chez elle qui valent mieux que toi...

— Ne l'écoutez pas, madame, dis-je à l'hôtesse en me mettant entre elles deux, ne l'écoutez pas, le malheur échauffe sa tête ; daignez nous garder cette seule journée, je ne vous demande point d'autre grâce, et voilà, lui dis-je, en défaisant un petit collier à croix d'or que j'avais autour de mon cou, voilà de quoi vous en répondre.

— Eh bien ! dit l'hôtesse en sortant avec le collier, on vous nourrira jusqu'à la concurrence de cet effet, après cela prenez votre parti.

— Le mien est pris, dit Clémentine en se jetant avec fureur sur un siège ; il l'est... ou que le jour qui m'éclaire soit le dernier de ma vie.

— Oh ! Dieu, Dieu !.... ne décide jamais rien dans le désespoir.

— Et que veux-tu que nous devenions ?

— Pauvres et sages, nous travaillerons.

— Je ne sais rien faire.

— Eh bien, moi, je sais coudre et broder, je travaillerai pour toutes deux ; je gagnerai de quoi nous faire vivre... je ne te quitterai jamais : je ne te demande que d'être sage, et de ne te point désespérer.

— Ô Léonore ! reprit ma compagne en se jetant sur mon sein et l'arrosant des larmes amères de sa douleur [513], ô toi que j'aime plus que ma vie, ne crains pas que je t'abandonne non plus ; mais laisse-moi le soin de te nourrir... moins délicate que toi, j'y pourvoirai d'une façon plus sûre... Conserve cette vertu imaginaire, dont tu fais le fantôme de ta gloire ; je l'outragerai pour te faire vivre, et si jamais les remords venaient à déchirer mon âme, je leur opposerais les droits de l'amitié.

— Ah ! crois-tu que je pourrais être heureuse en subsistant du fruit de tes crimes ?...

— Écoute, me dit Clémentine un peu plus calme, je n'ai pas plus envie de me prostituer que toi, je te l'ai déjà dit : il faudra que je sois dans une furieuse extrémité, quand je me jetterai dans un tel abîme ; mais j'ai tout combiné, et malheureusement nul autre moyen que celui-là ne peut nous sortir de cet infâme pays. Nos projets, tu le sais, sont d'aller à Madrid ; là, je te l'avais promis, et t'en renouvelle le serment, si ma mère et le duc de Medina-Celi vivent encore, je te donnerai tout ce qu'il faudra pour passer en France ; mais il faut y arriver. Calculons un instant tous les moyens qui s'offrent à nous pour y parvenir : ou il faut, en nous prostituant, gagner ici de quoi nous y conduire, ou il faut demander l'aumône en chemin, ou il faut voler ; lequel trouves-tu le plus honnête des trois ?... Tu proposes de travailler ? où nous mèneront six vingtains* par jour, que nous gagnerons peut-être en passant chacune douze heures à l'ouvrage ?... Pendant ce temps-là nous écrirons, dis-tu ? Faible ressource, ma chère ; on obtient quelquefois en sollicitant soi-même, presque jamais en écrivant. Combien de gens d'ailleurs ont pour maxime qu'il ne faut jamais répondre à ceux qui sont dans l'infortune. Si donc ces lettres ne rapportent rien, il faudra se résoudre à végéter ici dans quelque grenier, sans jamais pourvoir approcher du but où nous devons tendre. Cessons donc d'envisager tout ce qui ne nous y mène pas, pour nous occuper seulement de ce qui y conduit, à quelque prix que ce puisse être, et quelque sacrifice qu'il nous en puisse coûter.

— Ah ! comment crois-tu, répondis-je à ce discours, que je puisse jamais accepter aucun des trois moyens que tu proposes ! de tous encore pourtant, celui de demander l'aumône me paraîtrait le moins affreux.

— Ma chère amie, reprit Clémentine, nous n'éviterions pas, dans ce malheureux parti, ce qui paraît t'effrayer autant ; crois que dans ce siècle d'horreur et de dépravation, les hommes ne font pas l'aumône à des filles comme nous, sans exiger l'intérêt de leur argent ; il n'y a point de charité gratuite, ma chère ; ou l'orgueil, ou l'intempérance, voilà les seuls motifs qui la réveillent ; celui qui fait l'aumône veut, ou qu'on le sache, ou qu'il en puisse recueillir quelque fruit. On est revenu de l'idée de gagner le ciel par ces sortes de bonnes œuvres. On a démêlé l'intérêt puissant de ceux qui nous prêchaient cette doctrine[514]. On s'est douté qu'une religion, d'abord adoptée par des pauvres, devait faire une vertu de l'aumône, qu'une religion persécutée devait crier à la bienfaisance, et qu'il fallait répandre un peu d'or sur les autels d'un Dieu né dans la boue. La philosophie n'a perfectionné l'esprit de l'homme qu'en endurcissant son cœur... Elle lui a appris que pour épurer les lumières de l'un, il fallait se défier de l'organe trompeur de l'autre, et qu'on n'arrivait point à la découverte du *vrai*, sans renoncer à la chimère du *bien*[515]. Et pour combien de gens dépravés,

---

* Environ quinze sous de France ; c'est le quart de la cruzade d'argent.

d'ailleurs, ce malheureux état ne devient-il pas un attrait de plus ! Saisis un instant avec moi le fil qui conduit dans les impénétrables détours du cœur d'un libertin : ne sais-tu donc pas qu'il veut maîtriser l'objet offert à ses passions ? que c'est par la force et par la violence que jouit celui dont l'âme énervée par la débauche a perdu sa délicatesse ? l'égalité lui refusant les plaisirs despotiques dont il alimente sa luxure[516], il ne les trouve plus comme il les lui faut, que chez la victime que la misère assouplit à sa brutalité. Ainsi devenues plus à plaindre, sans échapper à un seul écueil, nous aurions, avec l'ignominie de nos mœurs, tous les dangers de l'infortune, nous allumerions la concupiscence des hommes sans fléchir leur humanité ; nous serions la cause de beaucoup de crimes sans jouir du fruit d'aucune vertu. »

J'allais répliquer, quand le dîner qu'on apportait interrompit notre conversation.

« Il est mince, nous dit le garçon de l'auberge, mais madame m'a chargé de vous dire qu'elle avait mieux aimé vous envoyer peu, et vous nourrir plus longtemps, afin de vous mettre à même de finir vos affaires ; elle vous servira trois jours sur l'effet que vous avez mis dans ses mains, en vous réduisant à ce que vous voyez.

— Nous sommes contentes, répondit Clémentine... fermez la porte, et laissez-nous. Allons, me dit ma compagne en m'invitant de venir partager un mauvais morceau de bouilli et quelques figues, viens recevoir de la main de la nation portugaise le prix des soins que nous lui avons rendus ; viens apprendre à servir les rois...

— Hélas ! répondis-je, celui dans les États duquel nous sommes ignore ce que nous avons fait pour lui ; croyons-le assez généreux pour ne pas le laisser sans récompense, s'il en était instruit.

— Lui, de la reconnaissance ! une telle vertu dans l'âme d'un roi !... Ah ! n'y compte pas ; la nature, en pétrissant l'âme de tous ces scélérats avec des vices, y plaça l'ingratitude pour enseigne, afin que les hommes s'y trompassent moins. »

À peine eûmes-nous dîné, que le valet parut, en nous demandant la permission d'introduire un commissionnaire chargé d'une lettre importante pour nous.

« Qu'il entre, répondis-je, ne négligeons rien dans notre

situation ; les plus petites lueurs peuvent amener au grand jour... »

Un laquais, sans livrée [517], paraît, et ayant posé une lettre sur la table, il décampe sans qu'il soit possible de le retenir, et sans proférer une parole. J'ouvre la lettre ; voici ce que j'y trouve :

« Le duc de Cortéreal a eu des nouvelles de la perte que vous venez de faire ; il peut vous donner des indications sûres, relativement à vos effets volés. Le même homme qui vous remet ce billet viendra vous prendre, avec une voiture, dès qu'il sera nuit ; on vous conduira hors du faubourg de Bèlem, dans une maison de plaisance, située à quelques milles de là, appartenant au seigneur qui paraît s'intéresser à vous ; une fois que vous y serez, l'une et l'autre, pour prix d'une obéissance sans bornes à ce qui vous sera proposé, vous retrouverez vos malles et un tiers de plus que leur valeur. »

Notre premier mouvement à toutes deux fut une surprise muette qui nous tint les yeux fixés l'une sur l'autre, la bouche ouverte, et la respiration arrêtée. Clémentine, toujours plus vive que moi dans le malheur, rappela aussitôt le garçon de l'auberge.

« Quel est, lui dit-elle, l'homme qui vient d'apporter cette lettre ?

LE VALET. — En vérité, je ne le connais pas ; c'est la première fois qu'il met les pieds dans cette maison.

LÉONORE. — Il se dit au duc de Cortéreal : connaissez-vous ce duc ?

LE VALET. — Assurément ; c'est un des plus riches seigneurs de Lisbonne.

CLÉMENTINE. — Fort libertin ?

LE VALET. — Il aime les femmes, il les paye bien.

CLÉMENTINE. — Quel âge a-t-il ?

LE VALET. — Cinquante ans.

CLÉMENTINE. — Dites-nous, mon ami... vous avez l'air d'un brave garçon ; instruisez-nous comment il est possible que ce duc puisse avoir des nouvelles de nos malles.

LE VALET. — Il en a ?

LÉONORE. — Oui.

— Écoutez, dit le garçon en fermant la porte de crainte d'être entendu ; je m'en vais vous révéler une partie de ce mystère ; mais, par saint Jacques, ne me trahissez pas.

LÉONORE. — Ne crains rien, sers-nous, et crois qu'une bonne action n'est jamais sans récompense.

LE VALET. — Ne doutez point que ces malles ne soient effectivement chez ce seigneur ; mais vous ne les aurez jamais, si vous ne satisfaites ses désirs et ceux de ses amis [518] ; il en a trois, liés avec lui depuis trente ans, et tous trois à peu près du même âge ; ils partagent les fruits de leurs plaisirs et les goûtent ensemble. Leurs richesses sont prodigieuses, et ils en consomment les deux tiers en femmes. Il n'y a sorte de ruses qu'ils n'inventent, eux ou leurs agents, pour prendre les oiseaux dans leurs filets. Argent, mauvais tour, séduction, procès, prison, rapt, vol, et peut-être pis. Rien ne leur coûte enfin, et comme l'un d'entre eux est directeur général des domaines, un de leurs moyens favoris est d'envoyer aux salles où les équipages se fouillent, des fripons à leurs gages, qui observent les voyageurs de terre ou de mer et qui leur font ce qu'on vous a fait, quand il se trouve, parmi, du gibier de leur goût. Si vous allez trouver ces seigneurs, vous aurez vos effets, sans doute ; si vous n'y allez pas, et que profitant du billet, vous cherchiez à vous plaindre, ils nieront que l'écrit vienne d'eux : ils diront que vos malles étaient pleines de contrebande, que c'est en raison de cela qu'ils les ont fait saisir ; si vous persistez, leur crédit est immense, ils vous feront, sous quelques prétextes imaginaires, renfermer dans la maison des filles de débauche, où ils abuseront tout de même de vous, et vous ne sortirez jamais de leurs mains.

— Laisse-nous, mon ami, dit Clémentine, mille sincères grâces de tes éclaircissements ; crois qu'aussitôt que nous en serons en état, tu en recevras de nous le salaire.

Eh bien, me dit Clémentine dès que nous fûmes seules, as-tu vu, depuis que tu existes, le crime sous de plus odieuses couleurs ? Les femmes ont-elles raison de tromper les hommes, lorsque ceux-ci dressent journellement de pareilles embûches à leur innocence ! Mais ce n'est pas le temps de disserter, continua-t-elle, il faut agir, que décides-tu ?

— De fuir Lisbonne.

— Quoi, dans l'indigne état où nous voilà réduites ?

— Qu'importe l'état, si la vertu nous reste.

— Être les dupes de ces scélérats ?

— Nous ne devenons telles qu'en leur cédant ; eux seuls le sont, si nous ne tombons pas dans leurs pièges.

— Non ! il faut être plus courageuses que tu ne le dis là ; il faut y aller ; il faut ravoir nos malles, les écraser de nos reproches, les pétrifier par notre résistance !...

— Le vice consommé rit de la vertu ; elle cesse de lui en imposer. Nous braverons des périls certains, sans avoir la gloire de les vaincre.

— Qui les craint n'a point de courage !

— Qui les affronte a trop d'orgueil !

— Confions le projet à l'hôtesse ; proposons-lui de nous accompagner.

— Essayons-le, mais elle refusera. »

Nous priâmes Mme Boulnois de monter... Elle vint... Nous lui montrâmes la lettre que nous venions de recevoir, et sans compromettre les aveux du valet, nous lui demandâmes ce qu'elle pensait de l'aventure et ce qu'elle ferait à notre place ?

« J'irais, nous répondit-elle effrontément, sans nous cacher ce qui pouvait s'ensuivre. Au fait, examinez votre position ; est-ce donc un si grand malheur dans le cas où vous vous trouvez ? »

De ce moment nous ne doutâmes plus que cette femme ne fût gagnée, et je penchais à la congédier, lorsque Clémentine, plus hardie, osa lui dire avec hauteur, qu'un tel conseil la surprenait et qu'elle voyait bien qu'elle s'était furieusement trompée, quand elle avait cru qu'une femme honnête était en sûreté dans son logis.

« Notre intention était bien différente, madame, continua-t-elle ; nous voulions aller chez le duc réclamer le vol qu'il a l'infamie de nous faire, et vous prier de nous servir de sauvegarde...

— Moi ?... que j'aille dans une telle maison ?...

— Et vous nous conseillez d'y aller ?...

— C'est votre métier et ce n'est pas le mien, poursuivit cette femme en se retirant ; au reste, faites ce que vous voudrez ; mais songez seulement que dans vingt-quatre heures je ne peux plus vous garder chez moi.

— Ô juste ciel ! tout l'enfer est conjuré contre nous, dit Clémentine, dès que nous fûmes seules ; tes maudits préjugés de vertu vont nous perdre... Reste, poursuivit-elle en se levant furieuse, et gagnant la porte : Je veux aller affronter les chimériques dangers de cette aventure...

— Non, m'écriai-je, en la saisissant dans mes bras... non,

je ne mangerai pas le pain de la prostitution... je ne vivrai pas du fruit de ton déshonneur... Et que deviendrais-je moi-même dans cet affreux logis ?... L'inquiétude de ce qui t'arriverait, la crainte des mêmes malheurs où je me trouverais peut-être en proie, tout tiendrait, pendant cette fatale absence, mon esprit dans une telle agitation, que tu me trouverais morte au retour.

— Eh bien donc, du courage ; allons-y toutes deux et ne craignons rien. Prenons ces armes, continua-t-elle, en se saisissant d'un des couteaux de la table et me donnant l'autre, et ne ménageons pas ceux qui seront assez lâches pour nous sacrifier à leurs indignes passions.

— Allons, dis-je en me levant, j'accepte le parti. »

Je le voyais comme le meilleur ; en y allant, nous pouvions échapper au crime, et recouvrer notre bien ; en n'y allant pas, nous tombions dans une misère certaine, dont le crime seul pouvait nous sortir. Nous convînmes donc de nos faits ; nous disposâmes nos démarches ; nous étudiâmes nos discours, et nous attendîmes l'heure fatale qui allait décider de notre sort... Elle frappa, cette heure cruelle, le laquais parut... On vint savoir si nous étions décidées.

« Oui, dis-je, nous le sommes... La voiture est-elle là ?

— Elle attend au détour de la rue, nous la gagnerons à pied, si vous le voulez bien.

— Soit. »

Et nous avançâmes... C'était un vis-à-vis, nous y montons ; le laquais s'élance derrière ; le cocher touche et nous volons.

Il est difficile de vous peindre l'état dans lequel je me trouvais ; la circulation de mon sang était suspendue ; je n'existais plus que par les palpitations réitérées de mon cœur. Un peu moins d'agitation, je succombais. Clémentine, ou plus courageuse ou plus décidée, n'était que silencieuse et sombre, elle me serrait quelquefois la main et ne disait mot. Le trajet était long et nous avait été mal peint au sortir de Lisbonne, que nous quittions pour la dernière fois de notre vie ; nous suivîmes les bords du Tage, environ deux lieues, ensuite nous coupâmes tout court à gauche, du côté de Leivia ; puis quittant subitement la grande route, nous enfilâmes au milieu d'un bois, une allée touffue qui nous conduisit enfin à la porte cochère d'une maison très isolée, mais d'une assez belle apparence. La voiture entra dans la cour et les portes se refermèrent aussitôt. Le laquais descendit, ouvrit la portière, et marchant dans l'obscurité, il nous introduisit dans une seconde antichambre, où, sans que nous vissions encore aucune lumière, il nous pria d'attendre un instant.

Là, je posai la main sur le cœur de ma compagne, il battait aussi fort que le mien.

« Courage, lui dis-je à mon tour, c'est toi qui m'exhortais tantôt, souffre que ce soit moi maintenant ; je me trouve en disposition de tout entreprendre ; le ciel remplit mon âme de cette force qu'il prête toujours à la vertu, quand il s'agit d'écraser le vice. »

Nous observions ; il nous parut qu'il y avait fort peu de monde dans le logis : les précautions que prend le crime en voulant s'envelopper avec trop de soin tournent quelquefois contre lui-même.

Une vieille duègne parut enfin, elle s'éclairait d'une bougie.

« Mes beaux enfants, nous dit-elle, ayez la bonté de vous soumettre à l'usage établi dans cette maison ; aucune femme ne peut entrer vêtue dans les appartements où vous attendent les seigneurs respectables auxquels vous allez avoir affaire... Je m'en vais vous aider si vous le trouvez bon. »

Et en même temps elle ôtait déjà les épingles du juste de Clémentine ; mais celle-ci l'arrêtant avec douceur :

« Ma chère dame, lui dit-elle, nous répugnons, ma compagne et moi, à cette avilissante cérémonie ; nous n'en serons pas moins soumises à ce que pourront exiger de nous vos maîtres ; mais daignez leur aller dire que nous les supplions instamment de nous exempter de cette règle. »

La duègne partit et nous relaissa dans les ténèbres.

« Il n'y a plus à douter, dis-je à Clémentine ; en vérité, ma chère, il est imprudent d'aller plus loin.

— Attendons la réponse. »

La vieille reparut, elle nous assura que notre difficulté était ridicule... qu'un peu plus tôt ou qu'un peu plus tard, dès qu'il fallait que cela fût, il ne lui semblait pas raisonnable de se faire prier.

« Au moins tout ceci, continua-t-elle en désignant les vêtements de la ceinture en bas, et pour cette soumission de votre part, peut-être vous fera-t-on grâce du reste.

— Pas la moindre chose, madame, dit Clémentine, nous vous en supplions, nous accepterons tout là-dedans.

— Il le faudra, dit la vieille, on saura bien, une fois entrées, vous faire faire tout ce qui convient. Suivez-moi donc, puisque vous êtes entêtées comme des mules de Galice... »

Et nous avançâmes : il fallait traverser encore trois pièces, que nous trouvâmes dans les ténèbres comme celles qui les précédaient ; un salon très éclairé s'ouvre au bout ; la vieille entre la première, nous la suivons. Quatre hommes de cinquante à cinquante-cinq ans, vêtus de robes de taffetas flottantes, qui les laissaient à moitié nus, se promenaient avec agitation tous ensemble, lorsque la porte s'ouvrit ; et en même temps que nous les aperçûmes, nos malles toutes trois posées sur une table en face de nous, frappèrent également nos regards.

« À quoi bon ces difficultés ? dit l'un des personnages, en s'adressant à nous, pendant que les trois autres, également arrêtés, nous considéraient avec attention. Ne semble-t-il pas, poursuivit le premier orateur, que ce soit une chose bien mystérieuse de voir deux p... toutes nues !... Avez-vous cru venir ici pour nous faire la loi ?...

— Eh non, dit un autre, c'est que ces pucelles ont peur de s'enrhumer...

— Pas un mot, dit le troisième ; c'est qu'elles veulent nous faire admirer la magnificence de leur parure...

— Dona Ruffina[519], dit en s'adressant à la vieille celui qui n'avait pas encore parlé, saisissez une de ces vestales, et qu'en trois secondes, elle n'ait pas un fichu sur le corps... »

Le vieille s'avance...

« Arrêtez, madame, lui dis-je avec tant de fierté qu'elle en est émue... arrêtez, ce n'est point pour cela que nous venons ; puis-je savoir, messieurs, dis-je, en m'adressant au cercle, lequel de vous est le duc de Cortéreal ?...

— Que veut-elle dire, dit le premier qui avait parlé, et où va-t-elle chercher ici le duc de Cortéreal ?...

— Quoi ?... ce n'est point chez lui ?...

— Les innocentes, dit le second... comme on les a trompées... Apprenez que vous êtes ici chez le premier corrégidor de Lisbonne... Le voilà, continua-t-il, en montrant le plus âgé des quatre ; il se réunit ici avec trois de ses amis, gens de justice ainsi que lui, à dessein de s'amuser des petites imbéciles qui, comme vous, nous tombent parfois sous la main.

— Mais cependant voilà nos malles, dit Clémentine, est-il

possible que ceux qui sont faits pour maintenir l'ordre aient pu le troubler à ce point !...

— Dom Carles [520], dit celui qu'on nous avait désigné pour être le corrégidor, j'espère que c'est ici que nous allons apprendre les lois, et voilà une bachelière de Salamanque [521] qui va nous instruire de notre devoir...

— Patience, patience, reprit dom Carles, nous allons bientôt, à leur tour, les envoyer à notre école.

— Monsieur, dis-je au chef, pour couper court à ces mauvais propos, voilà nos effets, ils ont été volés, nous vous les redemandons.

— Vous les aurez, dit le corrégidor, mais vous devez comprendre qu'il y a quelques cérémonies préalables à remplir avant. Eût-ce été la peine de les prendre, si nous ne voulions pas vous les faire gagner ?

— Gagner ce qui nous appartient !... Et c'est un magistrat qui ose nous parler ainsi ? dis-je avec hauteur. Devez-vous mettre des conditions quand il s'agit de rendre ce qui est à nous ?...

— Cette logique n'est pas la nôtre, dit l'un de ces insignes fripons ; le plus fort est toujours le maître des lois. Un coup d'œil sur votre misère, sur l'abandon dans lequel vous êtes, sur les gens à qui vous parlez, et dites-nous s'il vous convient de résister quand on veut bien vous secourir ?...

— Ce n'est pas nous secourir que de nous remettre ce qui est à nous, et c'est nous insulter cruellement que d'oser nous le ravir.

— Dom Carles, vous aviez raison, dit le corrégidor, je devais faire traîner hier ces créatures dans un cachot, elles seraient plus souples aujourd'hui... Dona Ruffina, si vous me faites dire encore une fois de faire votre devoir, je vous fais mettre demain dans une maison de votre connaissance, dont vous ne verrez le soleil de vos jours. »

À ces mots, l'insolente courtière me saisit par le collet de ma robe, et m'entraîne vers un canapé ; mais, me pliant légèrement sous elle, je lui échappe, et mettant aussitôt à la main l'arme dont j'étais munie :

« Malheureuse, m'écriai-je, si tu fais un pas vers moi, tu es morte ! »

À l'instant les quatre amis se jettent sur Clémentine et moi ; mais cette valeureuse compagne qui s'était armée en même temps, en culbute un à ses pieds, de la main qui ne tient pas le fer, et portant la pointe du couteau sur le sein de l'autre, pendant que j'agis de même sur ceux qui se trouvent le plus à ma portée :

« Insignes fripons, s'écrie-t-elle en s'élançant vers la porte, voilà comme l'innocence et la vertu savent triompher de la scélératesse ! »

Elle sort ; je me précipite sur ses traces, et traversant comme la foudre les appartements où nous avions passé, nous nous jetons toutes deux dans la cour, sans qu'aucun de ces hommes, lâches et affaiblis par le vice, ait, ou le courage de nous y suivre, ou la force de nous y atteindre.

« Ouvre cette porte, dit impérieusement Clémentine au valet qui nous avait amenées, cesse de nous retenir, ou c'est fait de ta vie. »

Le coquin effrayé de deux fers à la fois, obéit. Nous échappons, et sans nous arrêter ni regarder derrière nous, malgré l'épaisseur extrême de la nuit, nous sortons du bois et gagnons la plaine en courant.

« Eh bien ! dit Clémentine, en se jetant d'épuisement et de lassitude contre une masure qui se trouvait là, tu le vois, ma chère, nous voilà échappées, sans avoir versé une goutte de sang... sans avoir perdu cette fleur de sagesse si précieuse à laquelle tu attaches tant de prix... Oh ! qu'il en coûte pour faire le bien : en vérité le vice ne donne pas autant de peine. Mais si nous avions égorgé quelqu'un de ces malheureux, crois-tu que tes beaux projets de chasteté ne nous auraient pas coûté des remords ? Il peut donc en être dans le sein même de la vertu, et la meilleure de toutes les actions peut donc cesser d'être désirable, si le crime l'entoure ou peut en résulter.

— Ô Dieu ! m'écriai-je, également essoufflée et rendue, d'un côté, quelle infâme prostitution ! et quelle imprudence, de l'autre !

— Au moins nous ne doutons plus, reprit Clémentine, nous savons où sont nos effets[522].

— Juste ciel ! il y a donc des pays dans le monde où l'abus des choses les plus respectables est tel, que le premier infracteur de la loi est celui qui doit la venger !

— Rien de plus simple, c'est l'impunité qui encourage ;

Voila comme l'innocence et la vertu savent triompher de la scéleratesse !

élevez l'homme, vous lui faites naître l'envie de mal faire, par l'espoir qu'il conçoit aussitôt de le pouvoir sans risque.

— Il ne faudrait donc qu'aucun homme n'eût de supériorité sur un autre ?

— Il faudrait qu'il n'en eût jamais qu'un instant, et que la crainte d'être traité dans l'état faible, comme il traitait les autres quand il dominait, servît toujours de frein à ses passions*. Quoi qu'il en soit, qu'allons-nous devenir ? Notre ruine est plus sûre que jamais ; quel asile s'ouvre à notre misère et quelles ressources nous reste-t-il ?... Si tu m'en crois, nous ne retournerons pas à Lisbonne.

— Je le veux, dis-je, gagnons Madrid comme nous pourrons ; peut-être ne trouverons-nous point partout des âmes flétries comme en Portugal... Peut-être que...

— Ô grand Dieu ! grand Dieu ! s'écrie Clémentine en se levant et fuyant avec effroi, je me suis assise auprès d'un homme mort !...

— Non, pas mort, dit, en se levant aussi, un grand drôle bien découplé ; mon bel ange, continua-t-il en retenant ma compagne par le bras, vous n'étiez pas auprès d'un homme mort, mais d'un homme endormi, et d'un cavalier bien tourné qui ne prétend vous faire aucun mal.

— Et qui êtes-vous ? dit Clémentine toujours tenue.

— Qui je suis ? reprit notre aventurier, un personnage à coup sûr très énigmatique pour vous ; quand je vous l'aurai dit, vous n'en serez pas plus avancée.

— Mais encore ? dis-je en m'approchant moi-même, rassurée par l'air et le ton de cet homme.

— Mes bonnes amies, dit notre inconnu, *je suis l'ennemi de Dieu, le serviteur du diable, et l'ami du bien d'autrui.*

— Par saint Christophe, je ne vous entends pas, dit

---

* Quelques lecteurs vont dire : Voilà une bonne contradiction ; on a écrit quelque part avant ceci qu'il ne fallait pas changer souvent les ministres de place : ici l'on dit tout le contraire. — Mais ces vétilleux lecteurs veulent-ils bien nous permettre de leur faire observer que ce recueil épistolaire n'est point un traité de morale dont toutes les parties doivent se correspondre et se lier ; formé par différentes personnes, ce recueil offre, dans chaque lettre, la façon de penser de celui qui écrit, ou des personnes que voit cet écrivain, et dont il rend les idées : ainsi, au lieu de s'attacher à démêler des contradictions ou des redites, choses inévitables dans une pareille collection, il faut que le lecteur, plus sage, s'amuse ou s'occupe des différents systèmes présentés pour ou contre, et qu'il adopte ceux qui favorisent le mieux, ou ses idées, ou ses penchants.

Clémentine, tout à fait rassurée, expliquez-vous mieux, mon fils, si vous voulez que je vous comprenne.

— Doucement, dit l'inconnu, commencez par me dire qui vous êtes vous-mêmes ; nous avons pour coutume dans notre métier de ne jamais nous confier au renard, ainsi parlez avant que je ne réponde. »

Plus nous examinions ce burlesque personnage, plus il nous étonnait ; autant que nous pûmes le distinguer au faible crépuscule d'une lune qui se levait, il nous parut vêtu d'un pourpoint vert et d'un manteau jaune, la bouche ornée de deux moustaches énormes et le chef couvert d'un chapeau garni de plumes à cinq pieds de hauteur. Clémentine le prenant pour un charlatan, dont il n'y avait absolument rien à craindre, lui raconta notre aventure avec ingénuité et ne lui cacha point l'embarras dans lequel nous étions.

« Ah ! ah ! pucelles, s'écria notre homme, c'est-à-dire que vous avez le ventre vide, à force de vertu. Venez, venez... suivez-moi. Vous avez trouvé des scélérats chez ceux qui vous devaient l'hospitalité, de l'hypocrisie et de la débauche, du libertinage et de l'infamie, parmi les chefs de la justice, et partout des cœurs de rochers... Venez, vous dis-je, c'est au milieu d'une troupe de Bohémiens [523] que vous allez rencontrer des amis... »

Et toutes deux confondues, nous suivions notre homme en silence... Il tourne la masure contre laquelle nous nous étions reposées, frappe à la porte de l'autre côté, on ouvre, nous entrons, et nous voyons une douzaine de personnes autour d'un feu, dont quelques-unes causaient bas, pendant que les autres dormaient.

« Camarades, dit notre conducteur, voilà deux pauvres filles égarées qui ne savent où reposer leurs têtes. Quand le riche abandonne le pauvre, ou que la justice immole l'innocence, c'est à nous à venger les droits de la société, notre premier devoir est de les rétablir... Allons, la nappe ! »

Ici nos larmes coulèrent malgré nous.

« Ô Clémentine ! m'écriai-je, voilà donc quels sont les hommes !... Nous ne trouvons que vice et horreur au centre de leurs associations policées, et toutes les vertus nous attendent chez ceux que l'opinion flétrit. »

Pendant ce temps, ceux qui dormaient s'éveillèrent, et le couvert se mit. Les femmes de ces Bohémiens étaient au nombre de six, parmi lesquelles il y en avait quatre très jolies, elles nous environnaient, elles nous caressaient, elles nous louaient, elles nous plaignaient, elles nous priaient de nous asseoir près d'elles, et que quoiqu'elles eussent soupé, elles se remettraient une seconde fois à table pour nous engager à goûter de leurs mets.

On servit un chapon rôti, deux gros pâtés, un jambon et deux débris de poules réchauffées dans du riz, on nous entoura de bouteilles d'excellents vins de Madère [524], on nous exhorta à chasser toute mélancolie, et les hommes se jurèrent entre eux devant nous, qu'ils périraient plutôt que de nous abandonner... Nos larmes continuaient de couler, l'attendrissement dans lequel nous étions nous ôtait presque la faculté de profiter des politesses de ces bonnes gens, et nous ne cessions de nous écrier l'une et l'autre :

« Opinion... fatale opinion... combien tu nous trompes de fois dans la vie, et combien le monde est injuste ! »

Quand nous eûmes un peu réparé nos forces, ces douces et charmantes filles nous demandèrent avec instance de vouloir bien leur faire l'amitié de raconter nos histoires, et nous les satisfîmes à l'instant, pendant qu'ils formèrent tous un cercle autour de nous, en nous écoutant avec le plus vif intérêt*.

« Il est temps de vous reposer, dit celui qui nous avait introduites... Dona Cortillia [525], continua-t-il en s'adressant à la plus âgée de ces femmes, prenez ces demoiselles avec vous, et mettez-les le plus à l'aise que vous pourrez. Demain il fera jour, elles disposeront de leur sort suivant leur volonté, quand elles nous auront fait l'honneur de boire encore quelques flacons de vin avec nous. »

Dona Cortillia nous conduisit dans le coin de la cabane qui lui était destiné, arrangea elle-même des feuilles pour nous faire reposer plus mollement, plaça des hardes sous nos têtes, pour nous préserver de l'humidité, et nous dit en nous embrassant :

---

* Autre vertu inconnue des gens du monde : qu'un infortuné raconte ses malheurs, à peine lui accorde-t-on un instant d'attention, à peine un seul cœur s'ouvre-t-il pour recueillir ses plaintes ; il semble que l'homme heureux s'irrite à la peinture du malheur des autres ; l'assurer, lui prouver qu'il peut devenir tel, est une espèce d'offense qu'on fait à son orgueil, dont il se venge tout de suite par de la froideur ou de la distraction.

« Je voudrais avoir le palais du roi d'Espagne, je vous l'offrirais de bien meilleur cœur. »

Nous nous endormîmes profondément ; il y avait longtemps que nous n'avions passé une nuit plus calme ; nous avions toujours tremblé, tant que le sort nous avait placées parmi ce qu'on appelle les *honnêtes gens* ; nous étions en paix avec des *Bohémiens*.

Dès qu'il fut jour, notre charmante hôtesse et ses compagnes ayant allumé du feu, elles firent chauffer du vin et des bouillons, nous en présentèrent, en nous demandant si nous avions bien pu reposer tranquillement parmi eux. Nous répondîmes à leurs caresses, nous les remerciâmes de leur honnêteté, et le chef qui revenait de patrouille, s'étant fait donner en rentrant une rôtie au sucre, nous demanda ce qu'il pourrait faire maintenant pour notre service.

« Permettez, dit Clémentine, qu'avant de vous répondre, je consulte un instant mon amie. »

Et aussitôt, pour nous laisser plus libres, ils se mirent tous à l'écart.

« Doutes-tu un instant, me dit Clémentine, que le ciel, aux inspirations duquel tu ajoutes tant de foi, nous ait fait tomber ici dans d'autres vues que celle d'y trouver de l'adoucissement à nos maux, et après toutes les honnêtetés de ces bonnes gens, consentirais-tu à les quitter ?

— Quelque répugnance que j'éprouve à me trouver en telle compagnie, répondis-je, il est certain que s'ils vont à Madrid, le plus court est pour nous de les suivre ; mais s'ils s'en détournent, je l'avoue... je ne les accompagnerais qu'avec peine.

— J'aspire autant que toi, sans doute, à revoir Madrid, reprit Clémentine, je me flatte d'y retrouver ma mère et des connaissances ; je jouis de l'idée de t'y être utile.

— Ainsi nos intentions étant à toutes deux les mêmes, il faut demander à ces gens-ci ce qu'ils deviennent, et nous régler d'après cela. »

Nous les rabordâmes.

« Êtres sensibles et hospitaliers, leur dis-je, vous qui avez daigné accueillir notre misère, vous chez qui nous avons gracieusement trouvé ce que la société injuste qui vous condamne, nous refusait aussi cruellement, nous pardonnerez-vous de vous demander de quel côté vous allez tourner vos pas ?

— Vers l'Espagne, me répondit le chef, nous n'avons plus de sûreté en Portugal, il nous faut changer de royaume.

— Eh bien ! dis-je alors, serait-ce abuser de vos bontés que de vous prier de nous protéger jusqu'à Madrid, où nous espérons de trouver des secours ?

— Jeune fille, me répondit le chef, comme nous ne voulons contraindre ni vos mœurs, ni vos préjugés, nous devons vous prévenir de nos usages, avant de vous accorder ce que vous désirez de nous. Nous ne faisons ce que vous sollicitez, pour qui que ce soit, si la personne qui le demande n'accepte d'être reçue parmi nous, de faire le même métier que nous, de vivre sous notre religion et nos lois, et de suivre, en un mot, toutes nos coutumes. À ces conditions, nous vous conduirons à Madrid ; mais en nous quittant là, si c'est toujours votre intention, nous vous prévenons que si vous agissez contre nous, vous n'y serez pas en sûreté, eussiez-vous toute la ville en votre faveur ; si vous nous quittez, au contraire, sans jamais parler de nous, sans jamais chercher à nous nuire, en tel endroit du monde que vous trouviez de nos bandes, vous en recevrez secours et assistance. Dans le cas où le parti que nous vous proposons ne vous convienne pas, nous allons vous composer une portugaise [526] entre nous tous, et vous irez où bon vous semblera. »

Clémentine prenant aussitôt la parole :

« Toutes nos réflexions sont faites, dit-elle, nous ne vous quitterons qu'à Madrid, et nous sommes prêtes à entrer dans votre troupe, quand vous voudrez nous y recevoir... »

Je ne contredis point ma compagne, mes gestes prouvèrent, au contraire, que j'approuvais ce qu'elle disait ; je ne sais, mais j'étais rassurée, ces Bohémiens ne m'effrayaient nullement ; il y a une sorte de conscience parmi ces scélérats, qui vaut quelquefois mieux que celle de l'honnête homme : le premier n'ayant que peu de lois, respecte bien celles qu'il s'impose ; l'autre en a trop pour les révérer toutes, et le relâchement qu'il se permet ébranle à la fois tous ses freins.

« Cher et brave compagnon, dis-je au chef, une seule chose m'inquiète : entre-t-il dans vos principes et dans vos usages de répandre le sang humain [527] ? Si cela est, ni elle, ni moi, ne nous associerons jamais avec vous.

— Par Lucifer, dit le chef un peu courroucé, apprenez, *filles de Dieu*, que nous ne détruisons jamais l'ouvrage de la nature ; nous laissons aux prêtres, aux gens de loi et aux souverains, toute l'atrocité de ce crime ; une partie de notre haine pour eux vient du sang-froid avec lequel ils se livrent journellement à ces horreurs ; nous vous permettons de verser notre propre sang, la première fois que vous nous en verrez répandre d'autre que celui des animaux qui nous sustentent...

— Eh bien ! dis-je, touchez là, brave ami, nous sommes à vous, regardez-nous comme vos sœurs, et recevez-nous quand vous voudrez ; nous sommes prêtes à tout, aux deux seules conditions de conserver notre honneur intact et de ne jamais souiller nos mains de sang.

— Accordé, s'écria la troupe entière.

— Un moment, dit le chef, avez-vous réfléchi qu'il faut faire abjuration ? Nous adorons le diable [528], et nous ne croyons pas en Dieu ; nous servons l'un, nous injurions l'autre ; il y a des cérémonies très fortes, dont nous ne vous exempterons pas.

— Offensent-elles la pudeur ? m'écriai-je.

— Elles n'absorbent que le préjugé, dit le chef, elles n'attaquent et n'outragent que des chimères, et laissent en repos toutes les vertus...

— Nous ferons tout, nous le ferons, dit Clémentine... Tu l'entends, je réponds pour toi, Léonore ; je cesse d'être ton amie, si tu me fais jurer en vain ; ne refusons pas ce que la fortune nous envoie, de crainte de heurter quelques méprisables dogmes qui ne nous ont pas nourries quand nous avons eu la bêtise de les encenser...

— Va, dis-je à mon amie, tu me détermines ; pourquoi le crime emprunte-t-il les charmes de la bienfaisance pour nous séduire et pour nous captiver ?... Ô vous, société que je délaisse, pourquoi ne m'avez-vous présenté que des fers quand je vous servais par des vertus ? Ce sont les épines que vous avez semées sur mes pas, qui m'ont contrainte à me séparer de vous ; votre ingratitude entrouvre l'abîme où mon désespoir me précipite, et si j'offense les lois divines ou humaines, c'est l'abandon de Dieu [529] et la méchanceté des hommes qui m'ont entraînée dans mes erreurs. »

La troupe partit le lendemain au nombre de huit femmes et de six hommes. Essayons de vous donner, maintenant, une légère idée des personnages les plus remarquables de cette société : dona Cortillia, dont j'ai déjà parlé, était la doyenne des femmes, elle paraissait âgée de quarante ans, elle était belle, fraîche, les yeux extraordinairement vifs et assez bien faite, quoique peu grande ; Castellina était la plus jolie des six, elle avait seize ans, la taille leste et bien prise, une peau assez blanche pour résister au hâle perpétuel où l'exposait son métier, de très beaux cheveux châtains, les yeux bruns et très animés, l'air de l'intérêt et de l'innocence dans la physionomie, emblèmes sûrs de toutes les qualités de son cœur ; elle était fille de Brigandos, chef de la compagnie, et avait un frère dans la troupe, d'environ vingt ans, taillé comme Hercule, et la figure la plus agréable et la plus animée : on l'appelait Rompa-Testa, c'était un de nos meilleurs et de nos plus braves soldats, le même que nous avions trouvé endormi et qui nous avait introduites dans la masure [530]. Une petite fille de treize ans, nommée Florentina, brune, espiègle, spirituelle et vive, était après Castellina ce que l'assemblée de ces dames offrait de plus joli, elle avait été enlevée à quatre ans chez un curé, auprès de Coïmbre, qui ne l'élevait peut-être pas pour un plus saint métier que celui qu'elle faisait, et elle était dressée depuis cet âge aux exercices journaliers de la bande, qu'elle remplissait avec autant de légèreté que d'intelligence : il ne lui fallait pas deux secondes pour enlever un bijou de la poche du plus méfiant des hommes : passait-elle dans un village ? il n'y avait pas de chien barbet qui pût saisir une poule avec autant de vitesse : la prendre, l'étouffer et l'accrocher sous ses cotillons, était pour elle l'affaire d'un clin d'œil, et elle jabotait toujours si bien en agissant que le plaisir qu'on avait à l'entendre empêchait qu'on ne vît ses actions : elle était à la fois l'élève et la favorite de Cortillia. Le reste des hommes et des femmes, que je ne vous peins point, était de vingt à trente ans, et tous possédaient à peu près également de la taille, de la fraîcheur, de l'adresse et de la santé [531].

Jusqu'au grand jour nous marchâmes en troupe ; ce fut alors que le chef s'approchant de Clémentine et de moi :

« Nous allons suivre le cours du Tage jusqu'aux portes de Madrid, nous dit-il, la route est un peu plus longue, mais elle est moins fréquentée ; on trouve chaque soir, ou de petits bois touffus sur la rive, ou des îles au milieu du fleuve, qui nous fournissent des retraites sûres ; nous nous séparerons dès que le soleil va paraître, mais mon fils sera toujours à vingt pas devant vous ; vous n'aurez qu'à le suivre, l'appeler quand vous voudrez vous reposer, lui faire signe quand vous voudrez vous remettre en marche ; il vous mènera tout droit où nous devons coucher ce soir : c'est une caverne, au fond d'un bois, presque baignée par la rivière, et qui n'est connue que des bêtes fauves et de nous. Mes camarades et moi quitterons la route à une lieue d'ici et nous arriverons au même gîte par des chemins plus détournés : tel est l'endroit où nous vous recevrons. »

Il disparaît après ces mots.

Tout se passa comme il avait été convenu ; nous fîmes environ six lieues, et nous nous retrouvâmes le soir dans la caverne indiquée, où Brigandos ordonna tout pour notre réception ; nous étions prévenues d'une partie des cérémonies qui s'observaient en pareil cas. Clémentine, ennemie déclarée de tous les dogmes du christianisme, se faisait une fête de l'occasion qui lui était présentée de les accabler du mépris que son cœur nourrissait pour eux ; je ne voyais pas tout à fait comme elle sur ce qu'on allait exiger de nous ; non que ma crédulité fût plus étendue : je vous ai fait là-dessus ma profession de foi ; mais il me restait un fonds de préjugés que je craignais de n'avoir pas la force de vaincre. Ils tiennent à la pudeur infiniment plus qu'on ne croit, dans notre sexe, ces préjugés insurmontables. Le ridicule usage où sont les hommes de prononcer sur les mœurs d'une femme, en raison de ses opinions religieuses, fait que presque toutes celles qui sont sages, quoique philosophes, n'osent convenir des progrès de leur esprit. Qu'y a-t-il donc de commun entre les mœurs et les opinions [532] ? Eh quoi ! il faut être taxée de libertine parce qu'on ne peut admettre une infinité de fables qui choquent le bon sens ? Ah ! qu'on me permette de le dire, la différence est bien plus grande entre le libertinage et l'impiété, qu'entre ce même libertinage et la superstition ; on se livre à tout quand on est sûre d'être à l'abri du reproche, sous le manteau sacerdotal ; mais celle qui n'aime la vertu que pour la vertu même, qui ne la sert que parce qu'elle enflamme son cœur, celle qui marche toujours à découvert et dont l'âme se lit sur les traits du visage, ne se précipitera pas dans des erreurs qu'elle serait dans l'impossibilité de cacher.

M'objecterez-vous les flammes de l'enfer ? Qui sait les

pallier comme la dévote ? à force de les adoucir, elle les brave, et ce frein est bientôt aussi nul à ses yeux qu'à ceux de son adversaire ; l'habitude de pouvoir pécher en paix entraîne, en un mot, l'une à tous les égarements que ses passions lui dictent : l'autre qui s'est accoutumée à ne jamais rien se permettre, uniquement contenue par les lois de son cœur et par les principes de sa raison, n'imagine point de les enfreindre.

Les cérémonies commencèrent ; c'est ici où j'aurais grand besoin que vous me dispensiez des détails... On nous soumit d'abord à cette pratique en usage au Japon, quand les Hollandais veulent pénétrer dans les villes [533]... On ne s'en tint pas là. Un symbole plus respecté des catholiques, un gage bien plus sacré de leur culte, nous fut également offert, et sur ce dernier objet, dont le respect au fond n'est que local, on exigea bien plus que sur l'autre [534]. Tous deux bientôt nous furent représentés à la fois, et il fallut en venir alors aux marques du mépris le plus outrageant et le mieux constaté ; à celles enfin dont l'excès ne laisse plus de possibilité au retour... On n'imagine point avec quel flegme, avec quelle hardiesse, avec quel dédain les femmes de notre troupe nous donnèrent l'exemple... avec quelle sécurité Clémentine les imita... Je tremblai d'abord, je l'avoue ; on se moqua de moi... on me dit que des choses grossières ne pouvaient envelopper l'être immatériel... on me dit qu'un Dieu ne pouvait être ni représenté dans une image, ni contenu dans un oubli, et que rien de ce qui était matériel ne pouvait mériter d'hommage, sans que le culte n'en devînt idolâtre. Je m'enhardis, j'exécutai... et n'en ai jamais eu de remords. Ce qui suivit m'inspira un peu plus d'effroi. Dans le premier cas on ne faisait qu'agir, il fallait parler dans l'autre. Vous comprenez qu'il s'agissait de l'abjuration : les mots en étaient effrayants ; le sens des derniers était le vœu de son âme et de son corps à l'être infernal.

Dès que nous eûmes fini, on ouvrit une fosse au milieu de la caverne, et nous nous prosternâmes tous autour, en répétant les paroles du chef, qui étaient une formule d'adoration au diable. La prière finie, Brigandos nous demanda : 1° si nous jurions d'être fidèles aux points de doctrine que nous venions d'adopter ; 2° si nous nous engagions à ne point révéler ce que nous ferions ou ce que nous verrions faire ; 3° si nous ne reviendrions jamais au culte que nous venions d'abjurer ; 4° si c'était du fond du cœur que nous anéantissions toute idée de l'Être suprême, pour ne plus révérer que celle du démon ; 5° si nous étions bien décidées à nous approprier le bien d'autrui, toutes les fois que nous en trouverions l'occasion ; 6° enfin... et voici, sans doute, ce qui m'étonna le plus, si nous protestions de secourir toujours le faible contre le fort, et d'adoucir la situation de tous les infortunés que le hasard offrirait à nous. Nous promîmes tout [535].

Un repas splendide suivit notre réception ; il y régna une gaieté honnête... et pas le moindre mot... pas le moindre geste qui pût nous donner la plus légère inquiétude sur la décence où l'on s'était engagé envers nous [536].

Le lendemain nous décampâmes comme à l'ordinaire ; la marche de ce jour fut comme celle du précédent. Brigandos nous promit de nous mettre incessamment au fait de la morale, des coutumes, des mœurs et du fond de la religion des Bohémiens. Notre station, ce soir-là, était au milieu du fleuve même, dans une petite île inabordable et toute remplie de bois. Là, pendant qu'on préparait le souper, le chef voulant nous tenir parole sur les explications qu'il nous avait promises, nous tint à peu près le discours suivant :

« Quand les Bulgares inondèrent l'Orient, tous ne s'établirent pas dans les différentes provinces qu'ils trouvèrent à leur bienséance ou qu'ils conquirent sur les empereurs de Constantinople ; une grande partie, préférant la vie vagabonde à toute autre, remontant vers le Nord, se dispersa dans les forêts des Gaules, inonda les rives du Rhin et du Veser, pendant qu'un autre essaim descendant au Midi, peupla les bords du Tage, et s'étendit jusqu'aux colonnes d'Hercule ; presque tous étaient imbus des principes du manichéisme : ou ils les répandirent dans les provinces dans lesquelles ils se fixaient, ou ils les portèrent dans leurs voyages. Tel est le peuple auquel nous devons l'existence, et c'est sa religion *épurée* que vous nous voyez suivre. Nous croyons qu'il y a un être dans la nature qui dirige tout ; mais cet être quelconque que nous admettons pour souverain moteur, comme nous lui voyons faire plus de mal que de bien, nous ne pouvons le regarder que comme un être cruel et méchant. Or, vous avez donné le nom de diable à l'être que vous considérez ainsi ; nous en faisons autant pour nous accommoder à vos principes.

Dans le fond, cet être moteur admis par nous, est le même que le vôtre. Considéré sous d'autres rapports, vous le croyez bon, nous le croyons méchant ; vous avez la faiblesse de croire que tout est l'ouvrage d'un Dieu intelligent, plein de grandeur et de vertus. Plus sages que vous sur cet article, mais contraints comme vous à reconnaître un être actif pour créateur de ce qui existe, comme tout ce que nous voyons n'est que vice et qu'imperfection, nous ne pouvons l'attribuer qu'à un être faux, traître et féroce, qu'il faut calmer par des prières, et auquel il ne faut jamais rendre aucun acte de grâce, parce que le bien qui nous arrive est notre ouvrage et qu'il n'y a que le mal qui soit le sien. Ce n'est donc pas Dieu que nous vous avons fait abjurer, ce sont seulement les qualités d'un Dieu bon, parfaitement insupposables, et les superstitions catholiques trop opposées à la raison pour pouvoir être un instant reçues. Tout ce que vous avez fait hier ne porte que sur cela ; ainsi vous n'avez point renié Dieu comme on nous accuse de le faire faire à nos catéchumènes ; vous êtes seulement convenues avec nous qu'un monde imparfait ne pouvait être l'ouvrage [que] d'un être imparfait, que l'être parfait était une chimère dont l'érection était impossible au centre de l'imperfection. Venons à nos mœurs.

Nous nous permettons le vol et l'inceste, voilà les seuls délits que nous tolérions parmi nous, quoiqu'on nous soupçonne de beaucoup d'autres, auxquels nous ne pensons seulement pas.

Avons-nous tort de nous permettre le vol ? Les lois de la propriété ne sont-elles pas dans la nature ? Dès que cette nature nous a tous créés égaux, nous a donné à tous les mêmes sens et les mêmes besoins, de quel droit divin ou naturel un homme doit-il être plus riche qu'un autre ? N'est-il pas clair que la propriété n'est qu'une lésion que le fort s'est permise sur le faible et que doit corriger celui-ci autant qu'il est en son pouvoir ? Or, quel crime peut-il commettre en rétablissant les choses dans l'ordre où les a créées la nature ? Nos ancêtres, en venant des Palus-Méotides [537], et s'appropriant les provinces voisines qui étaient à leur bienséance, n'étaient comme nous que des voleurs ; ils n'étaient guidés comme nous que par l'intention toute simple d'établir l'égalité, et de donner à celui qui avait moins, un peu du trop de l'autre. Reconnaissant pourtant le tort que nous avons eu de nous priver de nos forces en nous dipersant ainsi par petites troupes, l'injustice d'employer la violence pour ravir les possessions d'autrui, et pleinement convaincus du mal qu'il y a à répandre le sang des hommes, nous nous contentons de la filouterie, nous n'employons jamais que l'adresse pour corriger les torts de la fortune*.

Nous nous permettons l'inceste : cela peut-il être autrement parmi un peuple dispersé, qui ne veut et ne peut s'allier qu'avec lui-même ? Qui nous donnerait des femmes, si nous ne prenions celles de nos familles ? Il faudrait donc en enlever ; cela nous arrive bien quelquefois, mais le mal n'est-il pas bien plus grand ?

L'inceste est d'institution humaine et divine. Les premiers hommes durent nécessairement s'allier dans leurs familles. Les lois et les constitutions de certains gouvernements doivent faire défendre l'inceste comme d'autres doivent le tolérer [538].

Par lui-même il est indifférent, il ne peut offenser que les lois politiques, mais il ne blesse en rien le pacte social ; il établit plus d'union dans les familles, il en double et resserre les liens, peut-être même accompagne-t-il mieux que tout les véritables lois de la nature.

N'imaginez pas au reste que le libertinage entre pour rien dans les motifs qui nous font tolérer ces alliances illicites selon vous, et pourtant autorisées par l'ancienne loi ; quelque étendue que cette loi fût sur cet article, nous la restreignons parmi nous. Nous permettons les alliances où l'égalité d'âge semble être une preuve de la permission qu'en donne la nature... Jamais un père n'épouse sa fille, jamais un fils ne souille le lit de sa mère**.

---

* Des lois très sages punissaient en Syrie bien plutôt celui qui, par défaut de soins, exposait ses effets à la tentation, que celui qui les dérobait ; celui qui manque et qui prend ce qu'il trouve, fait, à fort peu de choses près, ce qu'il a dû ; mais celui qui laisse ce qu'il possède à l'abandon, est loin de faire ce qu'il aurait dû faire, et mérite, par conséquent, une punition, bien plutôt que l'autre. Voilà comme raisonnaient les Syriens.

** Saint Thomas objecte seulement contre la sorte d'inceste dont il s'agit ici que si les frères s'alliaient à leurs sœurs, il en résulterait un trop grand amour dans les ménages, amour qui deviendrait alors par sa trop grande force, contraire à la chasteté ; on a peu de chose à dire contre ce qu'on a dessein de réfuter, quand on est réduit à employer de tels sophismes ; c'est donc à dire, d'après saint Thomas, que l'inceste est vicieux parce qu'il naît de lui ce qui fait la plus grande perfection des mariages ; avouons-le, il est absolument impossible de trouver un argument légitime contre ces sortes d'alliances, mais il est aisé de prouver en revanche quelle foule de vertus il en résulterait [539].

Nous faisons encore, j'en conviens, quelques mauvaises actions, nous employons des simples dangereux ; mais c'est notre commerce, c'est notre façon d'attirer à nous des biens qu'on ne nous donnerait sûrement pas sans cette ressource, et avec des êtres méchants, il faut bien être méchant pour vivre ; il y a trop de risque d'être seul bon dans un siècle absolument pervers. Les maléfices que nous nous permettons avec nos secrets, consistent d'abord dans quelques maladies vétérinaires : lorsqu'une compagnie de maltôtiers nous soudoie, par exemple, pour mettre la cherté sur un genre de bestiaux quelconque, en rendant cette espèce rare, nous faisons la fortune de l'accapareur, et nous vivons ; car, remarquez-le bien, nous n'aspirons qu'à vivre, et c'est la première de toutes les lois. Nous ne désirons plus rien au-delà des besoins de la vie ; quand nous avons assez, nous nous reposons. Nous faisons la charité quand nous avons trop. La seconde espèce de mal que nous tolérons parmi nous, avec les simples dont nous avons la connaissance, est de composer un puissant soporatif. De la graine du stramonium [540] et de celle du pavot, nous obtenons une poudre dont l'effet somnifère est de mettre en notre disposition le possesseur des effets que nous voulons voler ; mais nous n'empoisonnons jamais personne, nous ne procurons jamais d'avortements, nous ne jetons point de sort, nous ne formons point de conjurations ; nous disons la bonne aventure : cet art est sans inconvénient. Par la nécromancie, nous évoquons les âmes des morts : de toutes les façons de dévoiler l'avenir aux hommes, celle-là fut la plus accréditée. Toutes les nations croyaient qu'on pouvait évoquer les mânes, c'était une suite du système de l'immortalité de l'âme*. Le onzième livre d'Homère est appelé *La Nécromancie*, parce que Ulysse descend aux enfers pour y consulter l'âme des morts. Dans la tragédie des *Perses* du poète Eschyle, l'âme de Darius, père de Xerxès, est évoquée et vient déclarer à la reine Atossa tous les malheurs qui la menacent. Vous connaissez les évocations de l'*Énéide* et celles de l'Écriture sainte. La

---

* Nous lisons dans le quatrième livre de l'*Énéide :*

Nocturnosque sciet manes mugire videbis
Sub pedibus erram.

Et dans Horace, satire VIII, livre Ier :

Cruor in fossam confusus ut inde
Manes alicerent animas responsa daturas [541].

géomancie nous donne l'art de deviner par les signes de la terre : ce secret-ci nous vient des Arabes ; l'hydromancie nous apprend à deviner par l'eau ; l'acromancie par les signes de l'air ; la pyromancie par ceux du feu ; la lécanomancie, par l'usage d'un bassin ; la chiromancie, par l'inspection des mains ; la métoposcopie, par celle des signes du front ; la cristallomancie, par le secours du verre ou du miroir : Cyrille de Jérusalem, au *Traité de l'adoration*, dit que de son temps on évoquait ainsi les spectres. La cléromancie n'a recours qu'au sort ; la bibliomancie est l'art de deviner par les livres ; la céphalomancie par le moyen de la tête d'un âne ; la capnomancie par la fumée ; la botanomancie par les simples ; la licthyomancie par les poissons ; la dactylomancie par des anneaux [542].

Qu'il entre ou non dans tout cela de la superstition, mes amies, toujours est-il que nous rencontrons souvent juste ; nous vous convaincrons ou par l'expérience ou par l'étude de ces arts quand vous le jugerez à propos.

On nous accuse d'enlever des enfants qui deviennent ensuite des victimes de [la] prostitution. Cela est vrai. Mais quels enfants dérobons-nous ? Ou de malheureux orphelins délaissés, ou des enfants de pauvres qui ne peuvent que gagner au change ; nous le gardons souvent avec nous, et dans ce cas, leur sort devient assurément meilleur qu'il ne l'aurait été dans la maison paternelle. C'est l'histoire de Florentina, elle fait ce qu'elle veut avec nous, elle est la favorite de notre doyenne, et elle serait peut-être morte aujourd'hui si elle fût restée chez son père, le plus pauvre des paysans de la Biscaye [543], qui hors d'état de la nourrir, n'a pu qu'être content de sa perte. Notre conscience est donc en paix sur cet article, bien sûrs qu'un petit mal est toujours permis lorsqu'il s'agit de procurer un grand bien*.

Quoi qu'il en soit, notre métier, sans doute, nous oblige à de grands écarts, mais les attraits de la vertu n'en sont pas moins toujours respectés de nos cœurs, ils nous enflamment, et nous nous y livrons autant qu'il nous est possible ; nous

* Voilà où Brigandos est dans l'erreur. Un meilleur logicien l'a dit dans ce même ouvrage, et avec bien plus de raison : il n'est jamais permis de faire le mal pour arriver au bien. Peut-être verrons-nous notre Bohème agir et raisonner mieux par la suite.

avons souvent rendu des vols faits à de pauvres gens ; nous avons racheté des prisonniers pour dettes ; nous avons soulagé la veuve, secouru l'orphelin, adouci le sort de l'infortuné ; nous vous avons fait jurer de le faire, et nous vous en donnerons souvent l'exemple [544]. »

Dès que Brigandos eut fini de parler, Cortillia lui dit que le souper était prêt. Nous nous mîmes à table, et partîmes dès le lendemain. Nous nous rassemblâmes à l'heure du dîner, dans un assez gros bourg où nos gens vendirent au peuple des ceintures d'herbes, composées d'aconit, pour les maux de cœur ; d'orchis, pour remédier à l'impuissance ; de palma-christi, pour les maux de jointures ; de dentaire, pour les maux de bouche, et de colutée, pour les maux de vessie. Dona Cortillia dit la bonne aventure à tous ceux qui se présentèrent ; Clémentine, à qui l'on avait prêté une guitare, la pinça agréablement, et nous dansions, Castellina et moi, en jouant du tambour de basque ; pendant ce temps, nos hommes s'égaraient dans les granges et gagnaient les devants [545] ; ils firent ce jour-là de si bonnes captures, que lorsque nous nous réunîmes le soir, ils nous montrèrent plus de provisions qu'il n'en eût fallu pour quatre troupes comme la nôtre. Florentina, qui n'avait pas toujours dansé, montra plein ses poches de bagues, de mouchoirs et d'autres effets qu'elle avait adroitement dérobés, et s'attira par ces superbes œuvres les louanges de la brillante assemblée.

Comme il fallait bien, ne volant pas, que nous distribuassions au moins quelque chose, Clémentine et moi, on la chargea, elle, de la poudre de sympathie, composée de vitriol, de gommes tragacantes et arabiques [546], mêlées aux vulnéraires et aux astringents, et moi, des somnifères dont je vous ai parlé tout à l'heure. Le lendemain, dans une petite ville où nous nous arrêtâmes, nous vendîmes beaucoup de nos drogues ; les malades s'adressaient à mon amie, les amants venaient à moi ; je leur donnais de quoi fermer les yeux de leur argus [547], et nous recevions un argent immense. On demanda à Rompa-Testa, qui se démenait sur la place, s'il possédait la chandelle de Cardan, composée de chair humaine, et qui sert à découvrir des trésors.

« La plus pure, dit-il en en distribuant de communes qu'il venait de dérober en passant dans la maison voisine ; allumez cela, criait-il, et suivez seulement la trace de la lumière, vous serez entraîné comme malgré vous vers les trésors que vous dérobent les entrailles du sol ! »

Un de nos gens, qui avait de la poudre de mandragore, en vendit énormément, et notre journée fut des meilleures*. Nous étions au dixième jour de notre voyage, prêts à quitter les frontières du Portugal, et nous marchions alors tous ensemble sur la grande route, lorsque nous rencontrâmes dans une charrette un homme et une femme, liés dos à dos et conduits par deux alguazils à cheval.

« Halte-là ! » dit au charretier le chef de notre troupe.

Puis s'adressant aux gardes :

« Où menez-vous ce couple infortuné, camarades ? continua Brigandos, d'une voix de tonnerre.

— Où tu seras bientôt, scélérat, répondit l'alguazil, et où je te mènerais tout à l'heure, si j'avais du monde avec moi.

— Frère, répondit notre héros, en prenant le cavalier par la jambe et le renversant à dix pas de son cheval, ce n'est pas ainsi que l'on répond quand on a un peu de civilité dans les manières ; va t'en convaincre dans le ruisseau, et souviens-toi de mieux t'exprimer à l'avenir. »

Pendant ce compliment, Rompa-Testa, ayant démonté l'autre cavalier, en lui assenant un nerveux coup de poing sur la poitrine, aida ses camarades à détacher les liens des deux prisonniers et à les faire évader au plus tôt. L'opération faite, nos gens s'emparèrent des deux alguazils à demi fracassés de leur chute, et les fixèrent sur la charrette dans la même attitude où venaient d'être les deux fugitifs ; puis Rompa-Testa et Brigandos s'élançant sur les chevaux des deux gardes :

« Marche, dit notre chef au charretier ; destiné à mener deux coquins aujourd'hui, tu vois bien que tu ne te trompes

* La mandragore est la racine de brivna, sa forme est celle de l'homme. On lui attribue la propriété d'engourdir les sens ; d'autres disent que semblable au gingembre, elle excite à l'amour. Circé s'en servit dans ses enchantements, et ce fut là, dit-on, le secret de Jeanne d'Arc ; quelques personnes prétendent qu'elle est produite *ex semine hominis suspensi vel quovis alio supplicio morte mulctati*. Pour qu'elle ait de la vertu, il faut qu'elle soit cueillie au printemps, lorsque la lune est en conjonction avec Jupiter ou Vénus. La distribution de cette poudre par les Bohémiens, paraît contrarier un peu ce qu'ils ont dit tout à l'heure en se défendant de causer des avortements. Car on sait que cette racine produit ce criminel effet, et vraisemblablement ils en distribuaient dans plus d'une intention [548].

que d'habits... Et vous, enfants, continua-t-il en s'adressant aux alguazils, comment vous trouvez-vous là ?..

— Pas trop bien, répondit l'un d'eux.

— Vous y mettiez pourtant votre prochain, dit Brigandos. Barbe de Belzébuth [549] ! voilà donc quels sont ces scélérats ; ils veulent se mêler de faire la justice et ils enfreignent la plus sainte des lois de la nature. »

Nous avançâmes ; nous eûmes bientôt rattrapé les deux fuyards.

« Tenez, leur dit notre chef en leur faisant présent des deux chevaux, voilà pour vous sauver plus vite, mes amis ; quand vous raconterez votre aventure, vous direz que d'honnêtes gens vous menaient à la mort, et que des coquins vous rendent à la vie. Adieu. »

Indépendamment des vices dont le chef était convenu vis-à-vis de nous, il en régnait dans notre troupe quelques-uns de secrets, dont le peu d'importance avait sans doute empêché notre instituteur de nous parler ; de ce nombre était la manie singulière qui faisant trouver à une femme autant, et souvent bien plus de plaisir dans son propre sexe qu'avec les hommes, la détermine à ne choisir que parmi ses compagnes les agents de son libertinage ; goût triste et solitaire sans doute, mais qui n'a nulle espèce d'inconvénients, dépravation légère, qui n'apporte aucun tort à la société, dont l'acte est moins dangereux que le désordre qui naît du mélange des sexes, et qui, s'il ne donne rien à la nature, lui ravit au moins bien peu de chose [550].

Du nombre de ces femmes était dona Cortillia et j'étais devenue le malheureux objet de sa passion : elle ne put tenir à me la déclarer ; elle était prête, disait-elle, à me sacrifier Florentina qu'elle aimait avec fureur. Il n'y a rien qu'elle ne fît pour moi... Il était impossible d'exprimer jusqu'où se portait sa délicatesse ; jamais la célèbre Sapho n'en mit autant avec Démophile : la fleur que j'avais touchée lui devenait chère, elle la baisait mille fois, et la laissait mourir sur sa gorge ; si je lui permettais de me rendre des soins, je lui préparais des jouissances ; ses pleurs coulaient si je lui ravissais ces innocents plaisirs.

« Je ne te demande point de retour, me disait-elle quelquefois avec cette chaleur, avec ce raffinement de sensibilité qui caractérise si bien les femmes de ce goût... Non, Léonore, je ne t'en demande point, je ne te conjure que de te laisser aimer ; ne rejette pas les sentiments de mon cœur, et au moins ne m'humilie pas si tu ne veux pas me rendre heureuse. »

Ensuite elle se jetait à mes pieds, elle les baisait, elle inondait de ses larmes la terre qu'ils venaient de fouler ; si j'enflammais d'un mot sa coupable espérance, les roses de son teint se ranimaient, le rire s'épanouissait sur ses lèvres. Si, plus livrée au dessein formel où j'étais de ne point la satisfaire qu'à la politique qui souvent me forçait à feindre, je la suppliais de ne plus me parler de ces choses, le souffle brûlant du Midi qui dessèche le sein de l'œillet ne le flétrit pas plus sensiblement que mes duretés n'altéraient son visage ; elle se retirait confuse ; la rappelais-je ? elle retombait à mes pieds, et jamais peut-être où la conformité fut entière, le sentiment ne fut plus délicat*.

Cependant mes résistances invincibles la contraignirent à se venger ; elle crut assurer sa victoire en piquant mon orgueil ; elle attaqua Clémentine, y trouva plus de facilité, et ne fit naître en moi d'autres sentiments que de la pitié pour toutes deux. Mon ardente compagne, le sang brûlé longtemps sous la zone, sans principes comme sans vertus, et qui ne devait qu'à mes conseils et à mon amitié d'avoir été préservée de corruption jusqu'alors, ne tint pas aux sollicitations de la Bohémienne. Cette liaison, qui prit d'abord avec la plus grande violence, me donna pourtant toutes les inquiétudes de l'amitié et quelques autres qui n'étaient relatives qu'à moi ; j'étais fâchée de voir ma compagne engagée dans ce désordre. Je connaissais assez la chaleur de sa tête, pour craindre qu'une telle intrigue, en amusant à la fois son tempérament et son cœur, ne la fixât pour jamais avec ces bandits. Si cela arrivait, me tiendrait-elle les promesses qu'elle m'avait faites ?... quitterait-elle la troupe avec moi quand nous serions à Madrid, et me procurerait-elle dans cette ville les secours qu'elle m'y avait assurés [551] ?...

Elle se douta dès le second jour du chagrin que tout cela

---

* On n'est point encore convenu d'un nom honnête pour cet égarement. Celui que les femmes de mauvaise vie lui donnent, est affreux. Puisque Sapho s'immortalisa bien plus par ce désordre que par ses vers, pourquoi ne conviendrait-on pas de nommer *saphotisme* ce travers singulier du libertinage des femmes ?

me donnait ; elle me pria d'être tranquille, et me jura qu'un instant d'oubli où la tête seule avait part, n'altérait jamais les sentiments de son cœur. Je me rassurai, mais la société où je me trouvais ne m'en parut que plus affreuse ; je ne tenais pas à l'idée de m'y voir entièrement isolée, et mes larmes coulaient souvent en silence.

Clémentine, assez mon amie pour ne pouvoir tenir au tourment qu'elle me donnait, se sépara insensiblement de Cortillia et revint à moi plus tendre et plus fidèle que jamais. Je vous ai raconté de suite le commencement et la fin de cette incartade, pour n'avoir plus à y revenir. Reprenons maintenant le fil de notre route.

Nous venions d'entrer en Espagne, lorsque à quatre lieues d'Alcantara, suivant un sentier sur le bord du Tage, qui devait nous conduire à notre solitude du soir, Castellina qui était à notre tête, entendit geindre dans un fossé à gauche du chemin ; elle y vole, et nous appelant aussitôt, nous voyons un malheureux percé de plusieurs coups de poignard et noyé dans son sang. Je dois cette justice à cette malheureuse fille, elle eut seule l'honneur de la belle action ; quelques-unes de nous se détournèrent avec horreur ; d'autres moins susceptibles de sensibilité, poursuivirent indifféremment leur route. La seule Castellina soulève le blessé, l'assoit contre un arbre, coupe les linges de ses propres vêtements, les enduit d'un baume souverain, bande les plaies, ranime les forces du moribond, lui fait reprendre connaissance et le rend à la vie.

« Restez là, mon ami, lui dit-elle dès que cela est fait ; ne cherchez nul autre secours, je vais à une demi-lieue d'ici trouver des hommes plus forts que nous, qui vous porteront dans notre demeure et qui achèveront de vous soulager. »

Elle dit, et s'élance pour avertir nos compagnons qui marchent fort en avant de nous.

Un tel trait, ce me semble, honore bien le cœur de cette fille, et quand la vertu se montre avec tant de puissance dans des âmes aussi corrompues, ou il faut plaindre un pareil sort, ou il faut croire que cette corruption, qui s'unit à tant de qualités, pourrait bien n'être qu'idéale.

Le conseil se tenait quand nous arrivâmes, on loua fort la fille du chef de l'action qu'elle venait de faire, et on détacha sur-le-champ deux hommes pour aller chercher le blessé. Pendant ce temps les femmes lui préparaient un lit dans notre habitation. Mais Brigandos, quoique lui-même eût donné l'ordre de secourir cet infortuné, témoignait pourtant de l'inquiétude.

« J'écoute plus ma pitié que ma raison, nous dit-il, si cet homme est la victime d'un forfait, on en recherche sans doute les auteurs, et dans cette supposition, que ne risquons-nous pas à le voir peut-être mourir dans nos mains ?... Et puis, je ne sais, de certains pressentiments qui ne m'ont jamais trompé, me disent que j'ai tort d'accorder tant de faveurs à ce misérable... N'importe, continua Brigandos en le voyant venir, sa seule vue m'intéresse, bannissons ces craintes et n'écoutons plus que le sentiment délicieux qui nous fait trouver tant de plaisir à soulager nos semblables. »

Le malade arriva, il n'y eut sorte de soins que nous n'en prîmes, et le lendemain, quand nous le vîmes un peu restauré, nous l'engageâmes à nous dire le sujet de sa malheureuse aventure.

« L'état de faiblesse où je me trouve, répondit cet homme, ne me permet pas de vous donner de grands détails sur l'origine des malheurs dont vous me voyez accablé ; je m'appelle don Pèdre, je suis homme de justice et chevalier de la Sainte-Hermandad, j'étais envoyé par le tribunal de l'Inquisition de Madrid, dont j'ai l'honneur d'être membre, pour arrêter secrètement en Portugal un insigne fripon, accusé du crime capital de *judaïser*[552] dans l'intérieur de sa maison, lui et toute sa famille ; vous concevez l'infamie d'un tel crime, et qu'un homme qui s'avise de croire encore au Dieu de Moïse, ne peut être digne que des flammes. Après des ruses incroyables, je tenais enfin le circoncis ; comptant trop sur ma propre force, je l'emmenais en croupe au Saint-Office. Il a eu l'adresse de fouiller dans ma poche, de se saisir de mon poignard, et de m'en frapper sans que je pusse m'en défendre. Je suis tombé de cheval, étourdi du coup ; il a sauté à terre, m'a achevé dans le ravin où vos femmes m'ont trouvé, et me croyant mort, il a monté sur mon cheval, et s'est rapidement éloigné.

« Brave chevalier*, dit Brigandos à notre hôte après cette

---

* Il ne faut pas que le lecteur s'étonne de voir Brigandos quitter les principes de sa religion dans le morceau suivant, ainsi que dans quelques autres. Chaque fois qu'il parle à des gens qui ne sont pas au fait de ses principes, il est tout simple qu'il s'accommode aux leurs ; nous le reverrons redevenir manichéen, lorsqu'il parlera à ses femmes ou à ses compagnons.

narration, un peu plus de philosophie vous eût évité ces malheurs ; que diable vous faisait que cet homme fût Juif ou Turc, et que ne le laissiez-vous en paix ?...

— Comment ! un drôle qui refuse de manger du cochon [553] ?...

— Imbécile, ne faut-il pas avoir perdu l'esprit pour imaginer que Dieu punisse ou récompense un homme en raison des viandes qu'il aura mangées ; ce sont des vertus que l'Éternel exige, et non de ridicules simagrées qui font frémir le bon sens. Ami, apprends de moi que l'homme qui fait le bien est sûr d'être sauvé, quelle que soit sa religion, et qu'il serait infiniment moins dangereux de n'admettre point de Dieu, que d'en supposer un qui damnerait l'homme pour avoir été plutôt d'une religion que d'une autre, parce que, encore une fois, toutes les religions sont égales aux yeux de Dieu ; il n'y a que le crime et la vertu qu'il lui soit impossible de voir du même œil.

— Mais enfin il faut bien faire son métier !

— Ou il faut tâcher de n'en prendre qu'un honnête, ou il faut s'attacher à rendre honnête celui qui ne l'est pas.

— Il est désagréable d'être chargé d'une besogne fâcheuse, mais il faut s'en tirer quand on l'a.

— Ce qu'il faut, c'est être honnête, te dis-je, ce qu'il faut, c'est de laisser vivre chacun en paix, et surtout de n'arrêter personne pour lui ravir ou la liberté ou la vie, parce que de tous les métiers possibles, après le métier de bourreau, celui-là est le plus infâme et le plus digne de l'exécration publique. Patron, je fais comme toi un vilain métier, mais si je l'exerçais aussi malhonnêtement, je t'aurais enterré au lieu de te secourir, puisque tu es par état un des plus grands ennemis que nous ayons. Si donc tu eusses su allier un peu de vertu au vice de ta profession, tu aurais laissé le Juif en paix, et n'aurais pas aujourd'hui la mort sur les lèvres.

— Vous avez bien raison, mes amis, achevez de me soulager, je vous conjure, et, de ce moment-ci, je vous proteste de quitter l'infâme métier que je fais. »

Brigandos, ému des remords vrais ou faux de ce coquin, étouffa ses pressentiments, n'écouta plus que la nature, et malgré tous les risques que nous courions à demeurer dans ce lieu, et à n'y rester que pour une histoire qui par elle-même pouvait seule nous perdre, nous n'en bougeâmes pas de quatre jours.

« Adieu, frère, dit Brigandos à l'homme de justice, au commencement du cinquième jour, en prenant chacun notre route, lui à petits pas par le grand chemin, et nous par les sentiers du Tage ; adieu, rappelle-toi le service que nous t'avons rendu, et si jamais tu es pris les armes à la main contre nous, souviens-toi que tu es un homme mort. »

Don Pèdre s'éloigna, les larmes aux yeux, nous assurant ou qu'il quitterait le métier, ou que, s'il lui arrivait de le continuer, nous ne trouverions jamais dans lui qu'un protecteur et qu'un ami.

Nous nous séparâmes, et étant entrés le soir de ce jour-là dans une vaste grotte, nous nous y établîmes à dessein d'y passer la nuit. Ce fut là où notre chef ayant encore quelques leçons à nous donner sur l'art de la divination, nous tint à Clémentine et à moi à peu près le discours que je vais essayer de vous rendre.

« Ce n'est pas d'aujourd'hui, nous dit-il, que la crédulité de l'homme lui fait désirer de connaître son destin dans l'avenir, ou de deviner les choses cachées. Josué jeta le sort pour connaître le prévaricateur de l'ordre de Dieu. Cette science découvrit qui avait volé un manteau, une règle d'or et deux cents sicles. Saül consulta l'ombre de Samuel, par le moyen de la pythonisse ; les histoires saintes et profanes sont remplies de ces traits ; les sibylles, les augures, les prophètes, tout cela n'était que des Bohémiens comme nous, et leur seule étude consistait comme la nôtre à prendre du présent et du passé les meilleures notions, afin d'en tirer des conséquences pour l'avenir. Voilà quelle est la base de notre art. Quand un homme veut savoir sa destinée, mettez tout en usage pour découvrir ses goûts, ses habitudes, son caractère, ses préjugés, ce dont il s'occupe pour le moment, et ce qu'il a fait autrefois. Les plus sûres inductions se tirent de ces connaissances ; ce qu'un homme fait et a fait... il le fera : l'homme est une espèce de machine presque toujours déterminée par l'habitude. Attachez-vous principalement à multiplier vos prophéties, et ne les présentez jamais qu'à double sens ; de cette manière, ou, de toutes, une réussira, ou il vous sera facile d'appliquer à un des sens ce qui aura réussi sous l'autre ; en voilà assez pour vous donner de la réputation. Je ne dis pas que les sciences dont je vous ai parlé l'autre jour soient entièrement chimériques, mais ne pouvant vous en instruire à fond dans ce moment-ci, je vous mets succinctement au fait de la pratique superficielle, la seule chose qui dans le fond vous soit réellement utile. Lorsque vous instruisez quelqu'un de son sort, songez surtout à éviter ce qui est fâcheux, par là vous charmerez au moins si vous ne réussissez pas. Il n'y a pas d'homme, dût-il mourir demain, qui ne soit flatté de vous voir lui donner vingt ans de vie ; il n'y a pas de cocu qui ne soit enchanté de vous entendre louer la vertu de sa femme ; point d'avare qui n'ait l'oreille chatouillée de vous voir vanter sa bienfaisance ; si vous joignez à cela l'annonce d'un trésor, vous allez le porter aux nues. Il y a une sorte d'art à mentir aux hommes, et c'est cela qu'il faut saisir ; que votre imposture les flatte, ils ne vous la reprocheront jamais.

Je ne vous dirai qu'un mot des talismans ; vous savez que ce sont des figures de l'invention des philosophes arabes, faites sur des pierres ou des métaux de sympathie, qui répondent à de certaines constellations*. Le palladium des Grecs, la statue de Memnon, celle de la Fortune, de Séjan, les cigognes d'Apollonius, les mouches d'airain, les sangsues d'or de Virgile, la verge de Moïse ; les différentes figures de serpents consacrées dans certaines villes, tout cela n'était que des talismans. Nous devons savoir ce que c'est, en raisonner, en vendre, et n'y pas croire, parce qu'il n'y a rien de surnaturel dans le monde, aucun effet qui n'ait sa cause ; les contradictions qui nous embarrassent, ne sont que les caprices de l'être méchant qui ne sait jamais qu'inventer pour tourmenter les hommes, pour abuser de leur crédulité, et les conduire ainsi insensiblement à leur perte, raisons qui doivent nous faire craindre cet être, l'implorer, l'attendrir, si nous pouvons, mais le détester souverainement au fond de nos cœurs [554]. »

Ce discours fait, nous soupâmes, et partîmes, suivant l'usage, de très bonne heure le lendemain.

---

* C'est, dit l'auteur des talismans justifiés, le sceau, la figure, le caractère ou l'image d'une figure céleste, d'une planète ou d'une constellation gravée sur une pierre sympathique, ou sur un métal correspondant à l'astre, par un ouvrier qui ait l'esprit attaché à l'ouvrage et à la fin de son ouvrage, sans être distrait par quoi que ce puisse être, au jour, à l'heure de la planète, en un lieu fortuné, par un temps serein et beau, afin d'attirer plus fortement les influences du ciel, par un effet dépendant du même pouvoir et de la vertu de ses influences.

Il y avait environ deux heures que nous marchions ; le soleil commençait à luire, et nous le voyions avec plaisir dorer de ses premiers rayons les épis ondoyants d'une magnifique pièce de blé, dont nous suivions les bords, quand nous aperçûmes tout à coup au coin de ce champ, deux femmes en pleurs, élevant leurs bras vers le ciel.

« Ô mes amis, volons ! dit Brigandos, peut-être voilà-t-il une occasion de *faire le bien* : nous nous livrons si souvent à celles de *faire le mal*. »

Et dans l'instant nous courons à ces femmes, en leur criant de ne pas avoir peur et de nous apprendre le sujet de leur chagrin.

Trop agitées pour répondre, elles nous montrent du doigt, en continuant de pleurer, trois hommes à cheval, galopant à bride abattue au travers de cette riche moisson, brisant les tiges, faisant voler les épis, et détruisant dans une minute une partie de l'espoir et du travail d'une famille entière...

« Seigneur cavalier, dit enfin une de ces femmes à notre chef, en entremêlant ses paroles de sanglots, ce champ est à mon père, nous sommes quinze à vivre de son produit pendant toute l'année... Cette saison-ci, le ciel nous ayant favorisé, ce bon vieillard voulait mettre une petite somme de côté pour marier ma petite sœur que voilà, mais le pauvre cher père n'aura pas cette satisfaction... Ces hommes que vous voyez galoper ainsi dans notre bien, voilà trois jours qu'ils font la même chose. C'est le curé de la paroisse, seigneur cavalier, avec son vicaire et son sacristain ; ils nous ont fait plus de tort que quatre orages n'en eussent produit pendant un été.

— Mais quel motif ? dit Brigandos.

— Un de ses paroissiens, reprit la femme, dont vous voyez la maison là-bas, est très mal depuis quelques jours ; il a envoyé chercher le pasteur, lequel pour accourir plus tôt au secours du moribond, dont il attend un legs considérable, traverse, comme vous voyez, notre champ, au lieu de venir par la grande route. Il ne veut pas que son pénitent meure sans ses services, et le chemin à vol d'oiseau lui fait, prétend-il, gagner trois quarts d'heure. Avant-hier, il y allait pour l'exhorter, hier pour les saintes huiles, aujourd'hui j'ignore pourquoi, mais il nous ruine, seigneur, il nous ruine [555]. »

Et les deux malheureuses se remirent à verser des larmes. Pendant ce temps, le curé fendait l'air, et comme il avançait de notre côté, il ne se trouvait guère plus qu'à trente pas, lorsque Brigandos furieux lui cria d'une voix de tonnerre d'arrêter sur-le-champ, ou qu'il était mort. Mais le saint homme galopant toujours, exhibe promptement, du gousset de sa culotte, une petite boîte de fer-blanc[556] ; le vicaire découvre son chef, récite quelques patenôtres ; le sacristain fait retentir l'air du bruit d'une clochette, et tous les trois, sans s'arrêter, continuent de moissonner le champ*.

« Par la barbe de Lucifer, s'écrie Brigandos, à qui la colère commence d'échauffer le crâne, arrêtez, veillaques, arrêtez !... ou je vous enterre tous les trois sous les épis que vous brisez.

— Impie, lui crie le curé, ne vois-tu pas bien que je porte Dieu ?

— Portasses-tu le diable, reprit notre chef, tu n'iras pas plus loin, ou je t'écalventre. »

Et tous nos gens s'avançant à la fois vers ces trois cavaliers, il fallut bien qu'ils s'arrêtassent. Cependant les deux femmes étaient toujours là, ignorant ce qu'allait faire Brigandos.

« Patron, dit le Bohémien en démontant lestement le curé, où as-tu appris que pour porter Dieu à un malade, il fallût détruire l'héritage d'un homme en santé ? n'y a-t-il pas de chemins dans le canton ? que ne t'en sers-tu ?...

— Laisserai-je aller un homme en enfer par considération pour quelques grains de blé ?

— Apprends, stupide coquin, s'écrie Brigandos, en serrant vivement le col du pasteur, que le plus chétif des épis de blé qu'accorde la nature au soutien de ces malheureux, a cent fois plus de mérite et de valeur que toutes les *idoles de pâte* que contient ta dégoûtante culotte ; songe d'ailleurs que c'est avec ce blé que sont faits les dieux que tu prises, et que si tu en détruis la matière, leur espèce divine ne pourra plus se reproduire.

— Insigne blasphémateur !

— Point de compliment ; ce n'est pas pour m'entendre louer par toi que j'arrête ici tes fonctions, c'est pour que tu répares à l'instant le tort que tu fais depuis trois jours à ces bonnes gens ; regarde-les pleurer de tes crimes, et ose dire que tu sers Dieu après cela.

---

* C'est de cette indécente manière que beaucoup de curés, en Espagne et même dans plusieurs provinces de France, portent le viatique dans les campagnes.

— Que je répare, moi ?...

— Oui, de par tous les diables, il faut que tu répares.

— Et comment ?...

— En escomptant ici, à vous trois, la somme de cent piastres, où j'évalue à peu près le dommage que vous avez fait à ces paysans.

— Cent piastres ! elles ne se trouveraient pas dans toute la paroisse.

— Vérifions », dit notre capitaine en faisant signe à ses gens de l'imiter.

En conséquence, il saute sur les culottes pontificales, trouve d'abord la sainte boîte :

« Oh ! pour ce bijou, dit-il, en le faisant sauter à quarante pieds au-dessus de sa tête, je n'en donnerais pas un maravédis... »

Et déculottant tout à fait le pasteur, il découvre à la fin une vieille bourse de cuir. Se tournant alors vers ses camarades, pendant que le curé remet à l'ombre les parties dévoilées de sa pudeur :

« Enfants, dit-il, voyons si votre chasse est aussi bonne que la mienne. Additionnons... »

Les trois bourses se vident, se mêlent et donnent un total de dix piastres de plus que l'évaluation de notre chef.

« Approchez, braves femmes, poursuit notre capitaine en appelant les deux complaignantes... Tenez, voilà ce que le tribunal bohémien vous adjuge en dédommagement de ce qui vous a été fait.

— Ô monsieur ! monsieur ! s'écrièrent ces bonnes filles en arrosant de larmes les mains de leur Salomon... Hélas ! nous sommes trop contentes, mais il est bien méchant cet homme de Dieu que vous venez de condamner ainsi ; vous ne serez pas plutôt loin, qu'il viendra nous reprendre ce que vous nous faites donner avec tant de justice.

— Le reprendre ?... de quinze jours ma troupe ne quitte les environs de cette ferme, dit Brigandos au curé, et si tu t'avisais d'une pareille infamie, scélérat, je te ferais manger tes c... en brochette... Tiens, reprends le reste de ta somme, je n'agis pas comme les officiers de justice. Moi, mon ami, je ne me paye pas par mes mains ; reprends ton surplus, te dis-je... ramasse ton Dieu... monte sur ta bête... cesse de croire que ce que tu faisais fût un bien qui pouvait s'acheter au prix du mal que ta bêtise osait se permettre ; le bien n'était qu'imaginaire, le désordre est incontestable. Souviens-toi, mon ami, que ce qu'on appelle le bien, n'est que l'utile, et que jamais l'utile n'est rempli, tant qu'il en coûte une larme à l'indigence. »

Le curé tout confus, et qui n'avait peut-être de sa vie rien dit de plus philosophique en chaire, courut aussitôt rechercher sa boîte ; mais il était arrivé, pendant le jugement du procès, une aventure assez particulière ; une de nos femmes pressée par *un besoin de conséquence*, s'était cachée dans le blé, à dessein d'y procéder avec autant de satisfaction que de pudeur. Soit hasard, soit taquinerie, la malheureuse boîte qui se trouvait là et qui s'était ouverte en tombant, avait reçu dans ses entrailles le superflu de celles de notre compagne, et c'était en ce piteux état d'augmentation que le reliquaire s'offrait au pasteur. Trop battu pour oser se plaindre, il se contente de se signer trois fois, met en poche ses dieux et ce qui les assaisonne, puis renfourchant sa jument poulinière, il prend congé de notre chef, qui lui jure que s'il se conduit bien, il n'en sera pas moins son ami [557].

On se sépara de part et d'autre. Les jeunes paysannes étaient si enchantées de leur juge, qu'elles le conjurèrent de venir dans leur maison passer au moins deux jours avec sa bande.

« Non vraiment, répondit Brigandos, je ne vous perdrai pas de vue, je suis à vous si ce bélître vous cherche encore chicane, mais si j'acceptais votre offre obligeante, que serait alors l'action que je viens de faire ? Ce n'est jamais que dans son cœur que l'honnête homme doit trouver la récompense de la vertu ; en jouit-il si on la lui paye ?... Adieu... »

Et nous partîmes. Nous ne nous avisâmes pourtant pas de rester aux environs de cette maison : trop de gens n'auraient pas vu du même œil que nous la louable action de notre chef, il y a des esprits si mal faits dans le monde... Nous nous éloignâmes donc avec rapidité, et fûmes passer la nuit à sept lieues de là, dans une retraite impénétrable, d'où nous décampâmes sans accident le lendemain au point du jour.

Nous avions un grand bois à traverser avant d'arriver à Coria où notre chef voulait passer deux jours, lorsque, environ vers les huit heures du matin, marchant tous ensemble, nous rencontrâmes dans le milieu de ce bois un chevalier de l'ordre d'Alcantara [558], suivi d'un domestique pour le moins aussi bien monté que son maître.

« Commandeur, dit Brigandos, dès qu'il l'aperçut, Votre Excellence vient sans doute de loin aujourd'hui ?

— De fort loin, répondit le chevalier, ému de la rencontre.

— Cornes de Satan ! s'écria notre chef, c'est assez marcher sans boire un coup ; faites-nous l'honneur d'être des nôtres, commandeur, vous boirez du bon vin, servi par de jolies filles...

— Je n'ai ni faim ni soif, dit le chevalier, je vous prie de me laisser finir ma route.

— Perle des deux Espagnes, dit Brigandos en fronçant le sourcil, ignorez-vous que les prières de gens comme nous ressemblent beaucoup à des ordres ?... Ayez la bonté de descendre, et ne nous contraignez pas à vous manquer d'égards.

— En vérité, ce procédé...

— Est plus honnête que vous ne pensez, chevalier, vous ne verrez jamais que délicatesse et honnêteté parmi nous. »

Ici, le chevalier voyant que la résistance était peu de saison, qu'on avait déjà arrêté son valet et qu'on le désarmait lui-même, mit pied à terre et demanda ce qu'on voulait.

« Je vous l'ai dit, chevalier, reprit notre chef, déjeuner avec vous, jouir un instant de l'honneur de votre conversation, et nous quitter le mieux qu'il sera possible, après quelques cérémonies préalables, où nous mettrons tant de politesses que nous espérons qu'elles ne vous déplairont pas. »

Et pendant ce temps, par ordre du chef, nos étendions une nappe sur la gazon, et nous servions le déjeuner. Le chevalier voyant alors que le plus court est de faire contre fortune bon cœur, s'assoit, coupe une tranche de jambon et se met à manger et à boire comme s'il se fût trouvé chez lui.

« Que dit-on de nouveau, commandeur ? demanda Brigandos, enchanté de la bonne contenance de son hôte ; passant notre vie dans les bois comme les ours, nous sommes trop heureux quand avec d'aimables voyageurs comme vous, nous pouvons nous remettre au courant.

— Nous venons de prendre Mahon [559], répondit le chevalier*, les Anglais sont perdus, abandonnés de leurs colonies,

---

* Ces événements étaient pour lors ceux du jour.

bientôt peut-être de l'Irlande et de l'Écosse, ruinés par la dette nationale, écrasés par leurs dissensions intestines ; je vois ce royaume à deux doigts de sa perte.

— Doucement, doucement, seigneur chevalier, dit Brigandos en avalant deux verres de vin, un de chaque main, suivant son usage, doucement, je ne vois pas tout à fait comme vous dans cette affaire-là. Les Anglais ont plus de ressources que vous ne pensez, et la différence qu'il y a d'eux à vous, c'est que la faiblesse de votre constitution vous aurait déjà culbutés vingt fois si vous eussiez éprouvé la moitié de leurs revers, au lieu que la force de la leur les soutiendra sans ébranlement.

— Mais leurs colonies ?

— Les Anglais peuvent se passer de leurs colonies, et vous ne vivriez pas sans les vôtres, vous qui fournissiez autrefois de l'or à toute la terre*. Les colons anglais ne sont que les enfants de leur métropole [561], et les vôtres sont vos pères ; ce n'est pas à Madrid qu'est la capitale de l'Espagne, c'est à Lima, c'est à Mexique ; au lieu que Londres sera toujours la capitale de l'Angleterre, y eût-il trente Boston et autant de Philadelphie. Mais vous, peuple misérablement affaibli, que deviendriez-vous si vos colons vous abandonnaient ? Accoutumés à ne vivre que d'or, n'en recueillant plus dans votre sein, où en seriez-vous sans l'Amérique ? Je ne sais si vous avez bien fait de vous en tenir au pacte de famille ; dans cette occasion, peut-être eût-il été plus sage à vous de ménager les Anglais. Chevalier, je suis prophète tel que vous me voyez, voulez-vous que je vous dise ce qui va arriver ? la France éprouvera une révolution terrible, elle secouera le joug du despotisme [562] ; les Anglais l'imiteront, et toutes deux d'accord, finiront par tomber sur vous ; il faut juger les hommes par leur génie, c'est la meilleure règle pour les deviner ; observez l'habitant de Londres et celui de Paris, vous leur verrez la même fierté, les mêmes goûts pour la liberté, les arts et les sciences, le même ton de philosophie, tout ce qu'il faut enfin

* L'or et l'argent étaient en Espagne en si grande abondance, dit Strabon, qu'on rencontrait quelquefois des masses de ces métaux en labourant ; les rivières en charriaient, et l'on creusait rarement la terre sans trouver les rameaux d'une mine. (Strab. [560] lib. III.)

Les Syriens et les Phéniciens n'y formèrent de si riches établissements qu'à cause de cela.

pour se battre un moment et devenir bons amis après. Or, si cette liaison arrive, soyez bien sûr qu'elle se tournera contre vous, et vous n'êtes pas en état de la soutenir. Ils ne sont plus ces temps glorieux où le plan de la monarchie universelle se dressait dans le cabinet de Madrid, et rien ne vous les ramènera. Plus avilis, plus écrasés que jamais par votre Inquisition et vos prêtres, on ne trouve en Espagne que des alguazils, des chevaliers de la Cruciata[563] et de la Sainte-Hermandad ; mais que Belzébuth m'étouffe si on y rencontre un soldat, encore moins un général !

— Que dites-vous, ami ? Est-ce l'instant de nous déprimer comme vous le faites ? L'Espagne renaît aujourd'hui, jamais ses campagnes ne furent plus riches, jamais ses ateliers mieux fournis. Voyez le commerce de la Catalogne, l'immensité des choses qui s'y fabriquent à présent ; jetez les yeux sur nos grandes routes : avant un demi-siècle elles seront aussi belles que celles de la France ; des académies s'élèvent, de grands hommes sortent de leur sein ; les arts fleurissent, les sciences se cultivent, tous les ressorts de l'administration prennent de la vigueur et de l'élasticité[564]... Eh ! non, non ; la révolution que vous craignez ne s'opérera pas, y pensât-on même ! toute l'Europe s'y opposerait.

— L'Europe ? elle serait ravie de vous voir écrasée ; elle ne mettrait pas plus d'obstacle à votre invasion qu'elle n'en a mis au partage de la Pologne[565], et malgré le faible crépuscule que vous croyez entrevoir, vous êtes et serez encore longtemps la fable de toutes les nations du continent ; vos processions, votre fourberie, votre mollesse vous en feront toujours détester. Il n'y a pas une de ces nations qui ne prêtât les mains à votre démembrement... Mais parbleu, commandeur, puisque nous voilà en train de politiquer, je veux vous faire part d'un projet ; faites-moi la grâce de l'entendre... Je veux refondre l'Europe, je veux la réduire à quatre seules républiques désignées sous les noms d'Occident, du Nord, d'Orient et du Midi.

— Pourquoi ce choix de gouvernement ? il est vicieux.

— Le gouvernement républicain est le meilleur de tous.

— Voilà précisément pourquoi vous n'y ferez jamais passer des peuples assoupis depuis tant de siècles sous le joug monarchique. Il est possible de passer du bien au mal, c'est la marche d'une nature qui tend sans cesse à la dégradation ; mais le contraire est impraticable [566].

— Rome commença par avoir des rois, elle ne se forma en république qu'après avoir senti tous les dangers de ce régime.

— Oui, mais Rome république ne tarda pas à être subjuguée, et les chaînes imposées par les Césars furent plus lourdes que celles des Tarquins ; je vous le dis, capitaine, vous ne verrez pas dans l'histoire des peuples du monde une seule république se soutenir sans que l'aristocratie ne la gangrène. Or, si le gouvernement aristocratique est le pis de tous, ne désirez donc pas à l'Europe une telle manière d'être régie. Capitaine, je vous le répète, le despotisme sera toujours plus près du gouvernement républicain qu'il ne le sera du monarchique.

— Oui, lorsque ce seront les nobles qui, comme à Venise, seront à la tête du gouvernement ; il est bien certain qu'alors l'oppression totale du peuple deviendrait la suite nécessaire de ce mauvais ordre de choses, mais un gouvernement qui romprait ses fers, qui, culbutant la monarchie, n'établirait ses bases que sur les droits et sur les devoirs imprescriptibles de l'homme, un tel gouvernement serait le modèle de tous et voilà celui que je veux ; ne dérangez donc point mes projets. Commandeur, le gouvernement républicain que je vous trace ici, est celui que je veux donner à l'Europe ; laissez-moi, d'après cela, poursuivre mes divisions, car cette multitude de petits États me désespère. Je divise donc notre continent en quatre républiques, et sous la dénomination que je viens d'indiquer ; voici l'étendue que je leur donne. Pour former la république d'Occident, je joins aux États de la France, l'Espagne, le Portugal, Maïorque, Minorque, Gibraltar, la Corse et la Sardaigne, sous les conditions qu'elle se débarrassera de vos moines, de vos inquisiteurs, de vos abbés, et qu'elle enverra tous ces gosiers de pain bénit chanter la messe au fond de l'Afrique. La république du Nord sera composée de la Suède ; je lui donne, indépendamment de ses États, l'Angleterre et ses attenances, les Pays-Bas, les Provinces-Unies, la Westphalie, la Poméranie, le Danemark, l'Irlande et la Laponie. La Russie formera la république d'Orient ; je veux qu'elle cède aux Turcs, que je renvoie d'Europe, toutes les possessions que Pétersbourg a dans l'Asie, qui ne pouvaient lui être bonnes que dans la vue d'un commerce par terre avec la Chine, qu'elle ne fait point et qu'elle ne fera jamais ; en récompense, je lui joins la Pologne, la Tartarie et tout ce que le Turc laisse en Europe. La république du Midi sera composée de l'Allemagne entière, de la Hongrie, de l'Italie dont j'exile le pape, n'y ayant rien de plus inutile, dans le plan que je trace, qu'un abbé sodomite, à douze millions de revenus, qui n'a d'autre emploi que de distribuer des indulgences dont on n'a que faire, ou des agnus[567] qu'on foule aux pieds. La même république aura la Sicile et toutes les îles qui se trouvent entre elle et la côte d'Afrique. Voilà ma division, chevalier, mais je veux une paix éternelle entre ces quatre gouvernements ; je veux qu'ils abandonnent entièrement l'Amérique qui ne sert qu'à les ruiner, qu'ils bornent leur commerce entre eux, et surtout qu'ils n'aient qu'une religion, un culte pur, simple, dégagé d'idolâtrie et de dogmes monstrueux... une religion enfin que le peuple puisse suivre sans avoir besoin de cette vermine insolente qu'il érige en médiateur entre le ciel et sa faiblesse, et qui ne sert qu'à le tromper sans le rendre meilleur. Dantzig sera, d'après mon plan, la ville libre où chaque république aura un sénat. Là, toutes les discussions se termineront à l'amiable, les jugements des arbitres deviendront des lois des États, et si les temporisations proposées ne leur plaisent pas, dix députés par république viendront se battre en personne, sans exposer des millions d'hommes à s'égorger pour des intérêts qui sont rarement les leurs.

— Ce projet fut rêvé jadis par un certain abbé de Saint-Pierre[568], un Français, qui l'écrivit au commencement de ce siècle.

— Point du tout, chevalier. Je connais le livre dont vous parlez. Cet abbé ne partageait pas ainsi l'Europe : il y laissait tous les petits souverains qui l'agitent en la divisant, il ne réunissait pas comme moi toutes les puissances, en attaquant ce qui leur nuit ; l'abbé de Saint-Pierre, en un mot, renonçait aux systèmes de l'équilibre, pour établir celui de l'union ; moi, je n'érige celui de l'union, qu'en consolidant celui de l'équilibre, et mon projet vaut beaucoup mieux.

— Il n'assurerait pas la paix perpétuelle.

— Toutes les fois qu'il égalise, il diminue les raisons de guerre.

— L'ambition sera toujours la même, c'est le venin du cœur de l'homme, il ne s'anéantit qu'avec lui.

— Cette passion n'a plus de motif. Ce qui détermine une nation à déclarer la guerre à une autre, c'est parce qu'elle veut recouvrer ou envahir, et dans tous les cas, parce qu'elle veut avoir autant ou plus que celle qu'elle attaque ; mais si elle est aussi forte, ses motifs deviennent injustes, et dès lors en admettant mon système, voilà trois États contre un : l'agresseur qui le sait se tient en paix. Il est très difficile d'établir l'équilibre dans une multitude de poids inégaux, rien de plus simple que l'opération quand il ne s'agit plus que de quatre poids de même mesure.

— Mais il faudrait un patriarche au moins, si vous chassez le pape ; il faut bien que la religion ait un chef.

— Chevalier, la bonne religion n'a besoin que d'un Dieu ; commencez par vous accorder unanimement sur l'essence, sur les attributs de celui que vous admettez, par convenir qu'il n'a besoin que de nos cœurs, que tout le reste est aussi dangereux que superflu. N'étant plus nécessaire alors de vous égorger pour la manière de servir ce Dieu, un chef vous deviendra parfaitement inutile ; c'est presque toujours en raison de ce chef que vous vous êtes battus pour vos dieux ; sans les désordres et les débauches de ce chef, jamais Luther ne se fût séparé ; or, voyez que de flots de sang a fait verser cette désunion ! Non, monsieur, point de pape, un Dieu, c'est encore beaucoup ; il faut que je vous suppose très sage pour vouloir bien vous en permettre un, chevalier : le système de cette existence est le plus dangereux présent qu'on puisse faire à des fous.

— Ami, je vous crois athée.

— Vous ne buvez pas, commandeur, est-ce que vous ne trouvez pas le vin bon ?

— Excellent, seigneur bachelier.

— Tudieu ! brave homme, me donnez-vous ce titre en badinant ?

— Non, sur ma croix.

— Sachez donc, commandeur, que j'ai pris mes licences pour l'être ; tel que vous voyez, j'ai étudié cinq ans à Salamanque, et sans quelques petites fredaines de jeunesse qui me brouillèrent avec la justice, dit Brigandos en relevant ses moustaches, je serais peut-être aujourd'hui recteur en l'université de Compostelle [569].

— Vous êtes donc de la Galice ?

— En vérité, commandeur, je serais bien en peine de vous dire de quel pays je suis : tout ce que je sais, c'est que ma mère est arrière-petite-fille du bâtard de la maîtresse d'un enfant trouvé de Barcelone, d'où vous voyez que j'ai quelques traits à me qualifier de Catalan. Si jamais je finis mal ma carrière, au moins aurai-je la satisfaction d'être traité par le bourreau comme un grand de la première classe, et cela ne laisse pas que d'être consolant*.

— Mais enfin, vous êtes né quelque part ?

— Sur le haut d'un mât de perroquet [570], commandeur, où ma mère, qui revenait de Lima, s'était réfugiée pour donner un peu moins de scandale, en mettant au monde un fruit si sûr de son incontinence avec un matelot de l'équipage. N'importe, mon père m'avoua, il épousa ma mère ; on me fit étudier, et je vous dis que je serais aujourd'hui chanoine au moins, si je n'avais pas eu *d'exécrables inclinations*.

— Ah, scélérat ! dit le chevalier en se levant, me voilà obligé d'aller à confesse pour avoir bu avec un homme tel que toi.

— Halte-là, commandeur, dit notre capitaine en se levant aussi, je vous ai dit que le dernier moment serait le plus dur, c'est le quart d'heure de Rabelais [571]. Où allez-vous, Excellence, sans trop de curiosité ?

— À Lisbonne.

— Je connais ce pays-là, et dites-moi, Votre Grandeur trouvera-t-elle des connaissances dans cette métropole du Portugal ?

— J'y suis au sein de ma famille.

— Ah ! ah ! eh bien, commandeur, vingt-cinq cruzades** vous suffisent pour vous y rendre gaillardement, vous, votre valet et vos deux chevaux ; les voilà dans cette bourse, permettez que nous changions, s'il vous plaît.

— Et de quel droit ?...

— De celui de la nature, commandeur, dont la loi proscrit l'inégalité des richesses ; il n'est pas juste que l'un ait tout, pendant que l'autre n'a rien. Vous venez de voir que je suis partisan du système de l'équilibre, établissons-le, je vous prie,

---

* C'est la prétention et le droit des Catalans comme nobles, titre qu'ils se donnent tous.

** Environ vingt-cinq écus.

il ne tiendra qu'à vous d'y joindre celui de l'union, car, ce troc fait, vous n'aurez pas dans les deux Espagnes un serviteur plus fidèle que moi. »

Le chevalier qui se voyait entouré, jugea sainement que la résistance était vaine ; il donna sa bourse à Brigandos, prit celle de notre chef à la place, et se disposa à remonter sur son cheval.

« Un moment, commandeur, dit le Bohémien, ce que vous donnez là n'est que le dû, nous attendons la gratification.

— Vous avez tout, en honneur.

— Et cette croix de superbes brillants ?... est-ce sur une de cette espèce que Pilate a mis votre Dieu ?... Vous voyez qu'il y a du luxe là ; or, le luxe est un tort réel dans une religion qui fait vœu de pauvreté ; donnez cela, brave serviteur du Christ, et nos femmes en s'en parant vont vous régaler d'une sarabande ou d'un fandango [572].

— Puisses-tu aller au diable, toi et tes p..... ! dit le chevalier en jetant sa croix et remontant à cheval, ainsi que son valet... Fuyons, fuyons, Gabriel ! et maudissons l'instant qui nous fit tomber en de si mauvaises mains.

— Jour de Dieu ! s'écria Brigandos, voilà ce qu'on appelle un homme de mauvaise humeur ; qu'il trouve des gens qui le volent aussi poliment que nous, et je perds trois fois mon profit ! Marchons, enfants, le soleil avance, et nous avons de la besogne à faire. »

Il ne nous arriva plus rien de nouveau de tout le jour ; nous le passâmes presque entier dans Coria, à distribuer des philtres, des baumes, des talismans, à danser, à voltiger et à prophétiser bien ou mal.

Nous traversâmes les jours d'après l'Estramadure, toujours côtoyant le fleuve, dont nous nous étions rapprochés après avoir quitté Coria, et sans qu'aucun événement de conséquence vînt nous distraire ou nous arrêter. Nous dirigeant sur Tolède, nous étions prêts enfin à entrer dans la Castille neuve, lorsque coupant le milieu d'une forêt qui se trouve sur la frontière de l'Estramadure et de la Castille, nous entendîmes appeler au secours dans le taillis de la lisière du bois : nous y volons. Juste ciel ! une malheureuse fille de treize à quatorze ans, couchée à terre, déjà nue, les bras liés à deux arbres, allait devenir la proie d'un grand jeune homme fort et vigoureux, dont la mule était attachée près de là.

« Qu'est-ce ceci, frère, s'écria Brigandos, et que t'a fait cette malheureuse pour la traiter aussi mal ?...

— Ah ! seigneur, dit la jeune fille en sanglotant, je ne lui ai jamais rien fait, je vous le jure ; il m'a rencontrée à trois lieues d'ici, gardant un peu de bétail à mon père ; il m'a demandé le chemin de Tolède : je le lui ai montré ; il m'a dit qu'il craignait de s'égarer, qu'il me demandait en grâce de marcher devant lui pour le guider ; je l'ai fait par bonté d'âme, voulant néanmoins le quitter à chaque lieue, et lui, me promettant toujours de l'argent si je voulais le sortir totalement de la forêt. Quand nous avons été ici et qu'il a cru que personne ne pouvait l'entendre, il est descendu de sa mule, puis sautant sur moi le pistolet à la main, il m'a menacée de me brûler la cervelle si je lui opposais la moindre résistance ; et comme je voulais m'échapper malgré cela, il m'a jetée par terre d'un coup de pied dans les reins, dont je suis toute meurtrie ; là, me voyant sans force, il m'a traînée auprès du bois et m'a mise dans l'état où vous me voyez. Il se préparait sans doute à faire pis, lorsque le ciel et ma sainte patronne vous ont envoyé pour me secourir.

— Baron, dit notre chef en fixant ce scélérat, qu'as-tu à répondre à cette accusation ?

— Rien, et qu'avez-vous vous-même à me demander ? Les chemins ne sont-ils pas libres ?

— Par la peau d'Astaroth [573] ! dit Brigandos, je vois que tu n'es pas plus civil que tu n'es galant ; dis-moi, faquin, n'as-tu pas attaqué quelquefois le taureau à Tolède ?

— Sire clerc, répondit le voyageur en voulant remonter sur sa mule, je vous prie de me laisser partir et de me dispenser d'avoir rien à démêler avec vous.

— Oh ! doucement, dit Brigandos, les choses ne peuvent pas se passer ainsi, il faut que l'affaire soit jugée dans toutes les règles. Qu'on détache cette fille, ordonna-t-il aux femmes, et gardez-la parmi vous, je vous charge de me répondre d'elle... Vous, enfants, dit-il aux hommes, ayez soin de cet égrillard, et serrez-le de près, le poulain est vicieux, il a besoin d'être dompté. »

Et notre chef par ces dispositions se trouvant au milieu des deux troupes séparées, la première, des femmes gardant la bergère, la seconde, des hommes captivant le criminel, releva son haut-de-chausses, et dit :

« Jugeons maintenant. »

Il s'approche d'abord de la petite fille :

« Pucelle, lui dit-il, si l'homme qui t'a maltraitée t'eût parlé d'amour, et qu'au lieu de s'y prendre comme il l'a fait, il t'eût proposé de lui vendre tes prémices au moyen d'une somme quelconque, à quel taux les aurais-tu mis ?

— Hélas ! monsieur, dit la jeune enfant, je sais bien qu'il y a un âge où il faut qu'une fille perde ce qu'elle a de plus cher, ces choses-là ne peuvent pas toujours se garder ; s'il m'avait parlé poliment, qu'il m'eût seulement offert un doublon*, n'eût-ce été que pour le plaisir d'en voir un, il aurait fait de moi tout ce qu'il aurait voulu.

— Bon, nous dit Brigandos, voilà la p..... toute trouvée, il ne s'agit plus que de la somme. »

Alors il s'approche du garçon :

« Gibier des fourches de Tolède, lui dit-il, tu vois que tu as commis une action infâme ; si c'était un corrégidor qui dût la juger, il te ferait accrocher aussi facilement qu'il suspendrait à son garde-manger la poularde qu'il aurait reçue du plaideur ; dis-moi, quel motif t'engageait à agir comme tu l'as fait avec cette malheureuse fille ?

— Flambeau des deux Castilles, répondit le prisonnier dont le ton était abaissé depuis qu'il se voyait pris, je suis un jeune étudiant en droit, dont le dessein est de se pousser dans la robe ; ma famille qui y a toujours été, est à la veille de m'acheter une des premières places de magistrature à Séville. Je reviens de Salamanque où j'étudie depuis six ans, et je m'en retourne dans ma patrie ; je suis naturellement enclin à l'amour des femmes... On est là... sur un mulet, le crâne brûlé pendant sept heures des ardents rayons du soleil, la nature parle et elle parlait impérieusement quand j'ai rencontré cette poulette. Je n'ai plus entendu que mes désirs.

— Soit, mais la maltraiter !...

— Seigneur chevalier, la nature en courroux n'est pas toujours très délicate : plus elle nous parle avec violence, plus elle efface en nous la loi des considérations. Avez-vous quelquefois vu déborder le Tage ? Respectait-il en s'échappant ces superbes plans d'oliviers dont l'agriculture économe ombrageait à plaisir ses rives ? Opposait-on un frein au fleuve,

* Environ quarante-deux livres.

celui-ci, plus furieux encore, ne les franchissait-il pas avec plus d'impétuosité ? Étoile de l'Estramadure, cette allégorie renferme mon histoire : la jeune fille résistait... elle m'irritait davantage. Il y a des instants où cette voix de la nature, à laquelle on dit qu'il faut se rendre, est pourtant bien inconséquente ; suivant les lois, j'allais commettre un crime, je vous proteste pourtant que je ne suivais que la nature.

— Ami, personne ne connaît mieux que moi tous les désordres de cette marâtre ; mais, comme il s'agit ici bien plutôt d'arranger que de philosopher, dis-moi, qu'aurais-tu fait pour cette petite fille, si elle t'eût accordé de bonne grâce ce que tu voulais lui ravir de force ?

— Je lui aurais donné ce qu'elle aurait voulu.

— Combien encore ?

— Sur ma conscience, un morceau comme celui-là vaut dix piastres pour un voyageur échauffé, je ne l'aurais pas eu pour quinze à Madrid.

— Camarade, tu te condamnes toi-même, et je te jugerai par tes paroles : dix piastres pour les prémices de cette enfant, cinq pour l'avoir maltraitée, voilà les quinze que tu l'aurais payée à Madrid*. Est-ce trop, brave homme ?

— Non, en vérité.

— Donne-les donc, et l'enfant est à toi. »

Le voyageur escompte ; Brigandos appelle la jeune fille :

« Chrétienne, lui dit-il, tu es convenue avec moi que si cet homme s'y était pris comme il fallait, tu te serais rendue pour deux pistoles : voilà le double de ce que tu demandes, ajouta-t-il en lui remettant les quinze piastres, deviens la femme de cet homme-là, et ne lui refuse aucune de tes faveurs... »

Puis à sa troupe :

« Éloignons-nous, enfants, sans pourtant les perdre de vue : jusqu'à la consommation de l'affaire, nous leur devons protection à tous deux... Prochaine lumière de Séville, poursuivit-il en s'adressant au jeune homme, et ta donzelle et toi viendrez boire un coup avec nous quand vos opérations seront achevées. »

Le fougueux étalon d'Andalousie est moins leste à sauter sur la brune cavale des vallons de Cordoue que l'écolier de Salamanque ne l'est à s'assurer de sa conquête... Tous deux

* Les quinze piastres font à peu près quatre-vingt-quatre livres.

s'éloignent ; nous en faisons autant en gardant le mulet pour otage... Au bout d'une heure ils nous rejoignent.

« Nous venons vous remercier, monseigneur, dit le jeune homme à Brigandos, jamais procès ne fut mieux décidé, puisque mon adversaire et moi nous avons tous deux gagné notre cause.

— Confrère, lui dit notre chef, puisque le ciel te destine un jour à juger les humains, que la leçon que tu viens de recevoir te serve au moins à quelque chose ; le devoir d'un juge n'est pas de punir, il est de rendre les deux parties contentes autant qu'il est possible. L'opération n'est pas difficile, que chacun cède un peu de son côté, tout s'accordera promptement ; il ne s'agit que de savoir si la chose est bien ou mal en elle-même, elle ne peut être l'un ou l'autre qu'en raison de son effet sur les parties ; si elle n'en opère qu'un bon sur l'une ou sur l'autre, elle ne peut plus être un mal que dans l'opinion, considération vaine que doit toujours mépriser un juge. Ce qui fait que presque tous se trompent, c'est que cette considération chimérique les arrête, c'est qu'ils accordent tout à la toi, et jamais rien à l'humanité ; un peu plus d'esprit, un peu plus de tolérance, et tout s'arrangerait à l'amiable ; mais il faudrait des soins, il faudrait étudier l'homme et la nature, et tout cela est trop pour de tels gens ; ayant le dessein de faire mieux qu'eux dans cette affaire-ci, je n'ai imaginé qu'une chose, c'était de ne les imiter en rien ; il en est résulté que vous voilà tous deux contents : qu'on m'indique une meilleure façon de juger les hommes, et je m'en sers à la minute.

— Oh ! monsieur, s'écrie la petite fille, il est si vrai que vous m'avez rendue contente, et je le suis tellement de ce jeune homme que, s'il veut, je l'accompagne à Séville.

— Quel est ton père ? lui dit notre chef.

— Laboureur, pauvre et infirme.

— A-t-il d'autres enfants près de lui ?

— Oui-da, monsieur, j'ai ma grande sœur qui ne le quitte pas.

— N'importe, tu lui es utile, tu travailles pendant que ta sœur le soigne, tu lui manquerais dans sa vieillesse. Retourne à ta maison ; cache ce que tu as fait, non que ce soit un mal dans le fond, mais c'est que les sots le voient comme tel ; donne à ton père la moitié de l'argent que tu as gagné, et dis-lui que c'est une aumône que l'on t'a faite... M'approuvez-vous, bachelier ? dit alors notre chef au Sévillan.

— De toute mon âme, seigneur cavalier, répondit celui-ci, je ne voudrais pas faire tort à un malheureux ; que ferais-je d'ailleurs de cette enfant dans ma famille ?

— Qu'elle parte donc, dit Brigandos, et comme il n'est pas nécessaire que vous vous retrouviez, gagne par là, camarade : voilà le chemin de Séville ; et toi, mon enfant, ajouta-t-il à la petite fille, prends de ce côté, ce doit être celui de la maison de ton père. »

Tous deux s'embrassent, tous deux se séparent, et nous ne quittons le local que quand nous les jugeons l'un et l'autre trop éloignés pour se rejoindre.

« Homme équitable, dis-je à notre chef en nous remettant en marche, permettez-moi de vous faire une question. Si cette jeune fille eût été plus attachée à son honneur qu'à l'argent que vous lui avez fait donner, comment eussiez-vous décidé le procès ?

— Un de ces besoins impérieux qui ne connaissent aucun frein, entraînait cet homme au crime malgré lui, me répondit notre capitaine ; ce besoin trop violent pour être délicat n'exigeait que d'être satisfait, et, pour y réussir, tout objet devenait indifférent : je lui aurais cédé pendant deux heures une femme de ma troupe. Dans une ville ou ici, le moyen de contenter cet homme devenait facile. Comme vous voyez, il ne faut ni rouer ni pendre celui qui a faim, il ne faut que lui donner à manger. En quelque endroit qu'eût été portée la cause, voilà donc toujours une des deux parties contente, et la jeune fille tenant à son honneur, protégée, dégagée de ses liens, renvoyée sous bonne garde à la maison de son père, le devenait également. Écartez-vous de la règle, moquez-vous de la loi, ne respectez que l'homme et la nature, vous accommoderez toujours les plus épineuses affaires ; mais si vous rigorisez, si vous citez Cujas et Bartole, si vous écoutez le préjugé, votre vengeance ou vos intérêts, si vous répondez comme les sots : *Ce n'est pas moi qui juge, c'est la loi,* alors vous mécontenterez tout le monde, alors vous ne ferez que des platitudes, et vous vous rendrez insensiblement, vous et vos lois, en horreur à tout ce qui respire. »

Ayant entendu parler à Sainville d'une multitude d'autres désordres moraux à peu près semblables à celui-ci, dans lesquels le libertin, aveuglé par sa passion, cherche plutôt une victime dans l'objet qui lui sert, qu'une compagne à sa volupté, et sachant que ce genre de vice occupait avec autant d'imbécillité que d'indécence la tête des magistrats français, je demandai à notre Lycurgue ce qu'il pensait de leur extrême sévérité là-dessus.

« Je la blâme fortement, me répondit-il aussitôt ; il n'est besoin ni de lois ni de punitions pour anéantir ces excès ; les dégoûts qu'ils inspirent aux uns, les regrets dont ils déchirent les autres, suffisent à les anéantir chez un peuple ; laissez ceux qui agissent et ceux qui cèdent se punir mutuellement l'un par l'autre, et gardez-vous de faire de ces turpitudes de scandaleux éclats dont la connaissance déshonore le magistrat, instruit l'innocence, et fait rire le vice ; n'assurez pas surtout une protection dangereuse à ces objets de l'intempérance publique : cette protection que vos magistrats n'accordent que pour acheter à ce prix les faveurs empestées de ces malheureuses, rend à ces créatures, par une impardonnable inconséquence, les droits que leur avilissement leur enlève. C'est replacer dans la société une vermine dont elle ne travaille qu'à se délivrer, c'est ouvrir la porte à tous les vices, c'est encourager la corruption des mœurs, c'est séduire une infinité de jeunes filles retenues, sans cette protection dangereuse, par le mépris et par la honte. Et pourquoi, en l'accordant, cette fatale protection, la fille du bourgeois ou de l'artisan ne volerait-elle pas à un genre de vie qui, avec beaucoup d'agréments d'un côté, leur assure encore de l'autre le droit d'être soutenues par les lois qu'elles outragent, comme le serait la citoyenne honnête qui les craint et qui les respecte ? Que ces juges prévaricateurs se convainquent donc une bonne fois (si les attraits fardés de ces sirènes peuvent laisser pénétrer dans leur âme le flambeau de l'équité, que l'intempérance absorbe), qu'ils se convainquent, dis-je, qu'il n'est rien de plus dangereux qu'une protection de cette espèce* ; que le

* Il n'y a qu'à Paris et à Londres où ces méprisables créatures soient ainsi soutenues. À Rome, à Venise, à Naples, à Varsovie, à Pétersbourg, on leur demande, lorsqu'elles comparaissent aux tribunaux dont elles dépendent, si elles ont été payées ou non. Si elles ne l'ont pas été, on exige qu'elles le soient, cela est juste ; si elles l'ont été, et qu'elles n'aient à se plaindre que de traitements, on les menace de les faire enfermer si elles étourdissent encore les juges de saletés pareilles. Changez de métier, leur dit-on, ou si celui-ci vous plaît, souffrez-le avec ses épines. Aussi, dans toutes les villes, y a-t-il un tiers de ces filles de moins qu'à Paris et à Londres, proportion gardée.

véritable esprit des mœurs exige que pour punir les filles du consentement qu'elles accordent aux licencieux désirs du libertin, elles trouvent dans l'acquiescement de ces mêmes désirs, la juste et véritable punition de leur méprisable complaisance. Quelles filles embrasseront l'état à ce prix ? Et de ce moment, sans que des magistrats jettent les yeux sur des vilenies qui les déshonorent, ne voilà-t-il pas tout puni de soi-même ? la courtisane porte sur son corps meurtri la peine de sa sordide prostitution, et le libertin qui n'en trouve plus, ou s'en prive, ou devient tempérant. Mais persuader à vos prestolets de Thémis de renoncer par sagesse à une branche épouvantable d'ordures qui doit leur valoir les *épices* ou le *monseigneur*, c'est prêcher régime à un gourmand, c'est louer le luxe devant un avare[574]*. »

* Il est très extraordinaire qu'un magistrat ait mis dans sa cervelle qu'il pouvait résulter quelque bien d'éclairer et de publier les secrètes horreurs que le libertinage enfante. Comment ce magistrat, tel qu'il soit ou tel qu'il ait pu être, a-t-il arrangé ce système avec la religion ou la décence dont les lois s'opposent si formellement à cette publicité ? Il faudrait au contraire punir sévèrement la malheureuse prostituée assez bête pour révéler ses écarts, et qui en les dévoilant non seulement se fait tort à elle-même, mais corrompt et le juge qui se délecte à ces indignes confidences, et tous ceux qui vont les apprendre par l'éclat du juge. Que l'on daigne un instant comparer le danger qui peut naître de fermer les yeux sur ces vilenies, à celui qui résulte de leur scandaleux éclat : ne vaut-il pas mieux qu'il y ait dans une ville cent libertins cachés que d'en faire éclore aussitôt dix mille, en divulguant les travers de ces cent ? Avant le règne de Louis XV, on ignorait cet art infâme de pervertir ainsi la jeunesse, et de produire un très petit bien, en opérant d'aussi grands maux ; il n'y avait point d'espions tentateurs, point de journaux chez les courtisanes, et tout allait aussi bien qu'aujourd'hui. C'est à Sartine que furent dues ces absurdités inquisitoriales, et c'est depuis ce grand magistrat, qu'un homme sait aujourd'hui à quinze ans ce qu'il ignorait encore à quarante autrefois. On ordonnait à ce méprisable Espagnol de faire des listes de toutes ces turpitudes, pour en réveiller l'engourdissement du souverain. Cet imbécile imagina qu'il fallait colorer d'un vernis d'équité la déshonorante fonction dont on le chargeait, et prendre l'amour des mœurs et de la décence pour excuse de ces vexations. Malheureux Français, voilà comme on vous trompait, comme on se moquait de vous... Voilà comme on vous trompait, comme on se moquait de vous... Voilà comment, pendant que vous chantiez et couriez vos catins, on enchaînait votre liberté, comme on grevait vos goûts et vos fantaisies les plus simples ; comme on mettait des entraves sur vos besoins les plus naturels, et comme on gangrenait vos enfants ; et tout cela sous le spécieux prétexte d'une excellente police. Les Romains conquéraient l'univers et n'avaient point d'espions chez leurs courtisanes. On assure qu'il fut présenté à l'illustre magistrat dont il s'agit ici, un ingénieux projet de vexation sur le citoyen, en raison de la manière dont il perdrait son urine. Le premier plan ayant passé,

Et tout en raisonnant ainsi, nous approchions de Tolède. Nous apercevions déjà les montagnes entre lesquelles cette belle ville est située ; déjà nous distinguions les restes de l'aqueduc des Maures et la tour du château où Philippe IV tint si longtemps le duc de Lorraine prisonnier, quand Brigandos, faisant faire halte, nous dit qu'il ne voulait pas coucher ce jour-là dans la ville, ayant des ordres essentiels à nous donner avant.

« Nous voici près des ruines de la tour enchantée, poursuivit-il en nous les faisant voir entre deux roches escarpées, à une demi-lieue au levant de Tolède... À quelques serpents près, nous serons bien là pour tenir conseil, nous avons dans la ville qui s'offre à nos yeux, à côté de beaucoup d'argent à faire, un grand nombre d'ennemis à craindre ; il faut tâcher, si cela se peut, que la brebis paisse sans que le loup vienne la manger, il y a là-dedans des *adorateurs de Dieu* plus dangereux que des démons pour des gens comme nous. Entrons, amis, nous coucherons fort bien là, et pendant qu'on fera notre souper, je vous raconterai l'histoire de cette tour [575]. L'anecdote qui la concerne est vraiment digne d'être recueillie. »

Nous entourâmes notre chef comme nous avions coutume de faire quand il avait à pérorer, et il nous parla dans les termes suivants :

« Ce que j'ai à vous dire sur ce monument, mes amis, est d'autant plus curieux que c'est à ce trait d'histoire que remonte l'invasion des Maures en Espagne ; ce fut cette tour que vint fouiller le roi Rodrigue, imaginant y trouver des trésors, et qui disparut dans les airs après la recherche qu'il osa entreprendre ; mais ceci demande des détails, écoutez-moi donc avec attention.

Don Rodrigue, le plus savant de tous les princes dans l'art de varier ses débauches, le moins scrupuleux dans les moyens de s'en assurer les victimes...

— Oh ! mon ami, s'écria dona Cortillia en accourant avec effroi, sauvons-nous, sauvons-nous d'ici ! nous n'y sommes pas en sûreté...

---

celui-ci pouvait bien avoir lieu ; malheureusement il y avait peu de profit, aucun détail obscène, point de liste qui pût amuser les petits soupers du roi, et Sartine refusa.

— Eh ! qu'y a-t-il, mignonne ? répondit notre chef en se levant.

— Un cadavre de femme, là, regardez, là où j'allais allumer du feu pour faire cuire notre souper.

— Un cadavre ?

— Oui, en vérité. »

Nous nous levons, nous allons reconnaître, et nous nous convainquons bientôt tous que notre doyenne n'a que trop bien vu. C'était une fille de vingt à vingt-deux ans, percée de deux coups de dague dans la poitrine, mais elle était si parfaitement belle, il y avait si peu de temps qu'elle était morte, qu'aucun de ses traits n'était encore altéré.

« Il faudrait décamper, pour bien faire, dit le chef, mais, de par tous les diables, quand la justice entière de Tolède devrait venir ce soir même, je n'irai pas plus loin. Qu'on fasse un trou, qu'on mette dedans cette infortunée ; qu'on fasse des rondes et des patrouilles, et tenons-nous tranquilles ; celui qui a tué cette femme n'ira pas dire qu'il l'a mise là ; il faudrait être bien malheureux pour qu'on vînt nous accuser de ce crime… D'ailleurs la voilà en terre… On ne la voit plus… *Ce que terre cache est bien caché*… Courage, amis, ne nous dérangeons pas… Il faut convenir qu'il y a pourtant des gens plus méchants que nous dans le monde ; eh bien, ce ne sont pas les plus tôt pris… La Providence est si juste que le malheureux qui succombe n'est jamais que celui qui, pour se livrer à quelques vertus, n'a pas toujours suivi la route du crime ; sa bonté le perd : au lieu que celui qui n'a point cessé d'être méchant, accoutumé à prendre plus de précautions, n'échoue jamais dans les périlleux sentiers de la vertu ; cette réflexion est cruelle, mes amis, mais les circonstances la font naître, et je ne puis la taire. Quoi qu'il en soit, couchons-nous, je ne suis plus en humeur discourante. Il nous faut partir d'ailleurs demain avant l'aube du jour. »

Nous nous endormîmes, et la nuit se passa tranquillement.

« Amis, dit notre chef le lendemain avant de nous mettre en marche, sans d'importantes affaires, je ne séjournerais point dans la ville dangereuse où nous allons arriver ; mais on m'y appelle depuis longtemps, il m'est impossible de différer. Un vieux chanoine mozarabe* m'attend pour ranimer sa vigueur par des potions cordiales dont je possède seul le secret ; une de ses nièces arrive, à dessein de passer six mois avec lui : il veut, malgré ses soixante ans, la recevoir comme s'il n'en avait que vingt. Le duc de Médoc m'écrit lettre sur lettre pour aller lui protéger un enlèvement... Le grand vicaire de l'archevêque a eu le malheur de faire un enfant à la nièce de son patron, il veut que j'aille détruire son ouvrage... Je n'en ferai pourtant rien, vous le savez, je ne me mêle pas de ces infamies... D'ailleurs, c'est le temps de la foire, les grandes opérations où je vais me livrer vous protégeront, et à l'ombre de mon crédit vous pourrez manœuvrer en sûreté.

Rompa-Testa, ajouta-t-il en s'adressant à son fils, et toi, Brise-Idoles, écoutez bien ce que je vais vous dire. Il y a dans la cathédrale un excellent coup à faire ; on y voit dans la chapelle Notre-Dame une statue de la Vierge couverte d'une robe de soie, brodée en diamants, en rubis et en émeraudes [576]. Jamais la mère de Jésus, qui était la maîtresse d'un pauvre charpentier, ne fut vêtue si magnifiquement ; ne tolérons point ce défaut de costume ; opposons-nous à ce luxe indécent : il ne faut point tromper les arts. Vous entrerez furtivement dans cette église, vous dépouillerez la patronne, dont le corps nu est assez beau, sans doute, puisqu'il est d'argent massif... De par tous les diables, je voudrais bien la tenir, mais ne pouvant avoir la bête, vous vous contenterez du licol ; vous me rapporterez ce haillon précieux : si le coup réussit, je vous fais tous deux mes lieutenants... Vous autres, continua-t-il, en s'adressant au reste des hommes, vous voyagerez dans les rues, vous vous glisserez dans les foules, et quand vous aurez fouillé dans une des poches du juste-au-corps d'un homme, vous mettrez subitement la main dans l'autre poche, de peur que la différence des poids ne le fasse douter de quelque chose.

Pour vous, mesdemoiselles, vous vous séparerez deux par deux, et vous irez vous loger près de la Vega-il-Rio [577]**,

---

* Chapelle fondée sous ce nom pour douze chanoines, dans la cathédrale, par le cardinal Ximénès. On appelle ainsi les nouveaux chrétiens, c'est-à-dire les Maures convertis.

** Promenade de Tolède.

quartier qui nous est spécialement destiné. Vous, Clémentine, et vous, Léonore, voilà une adresse particulière, près des Cordeliers... vous y serez parfaitement bien ; je vous ferai, ainsi qu'aux autres femmes de ma troupe, tenir mes ordres régulièrement tous les jours, et vous vous transporterez, ainsi qu'elles, chez les différentes personnes que je vous indiquerai, pour y dire la bonne aventure, et pour en trouver, si bon vous semble. Je ne gêne ni ne contrains personne. Que chacune de vous ait sur elle, pour le besoin, le somnifère dont l'effet est sûr, et qu'elle en use suivant les cas. Vous, dona Cortillia, voilà de l'hippomane*, ménagez-le, et vendez-le bien ; car il devient furieusement rare. »

Les ordres donnés, nous nous mîmes en marche, et nous entrâmes par pelotons dans la ville.

Enfin séparées de la troupe, et marchant seules, Clémentine et moi, pour nous rendre au logement qui nous était indiqué, j'entretins à l'aise mon amie du désir que j'avais de quitter, dès l'instant, la mauvaise compagnie avec laquelle nous avions le malheur d'être associées.

« Ce chef est un brave homme, dis-je à ma compagne, ses principes sont sûrs, et j'aime sa philosophie ; il serait fait pour commander partout, et il n'est aucune société qui ne se louât de son administration ; mais il ne se trouve ici qu'à la tête d'une bande de coquins, et malheureusement nous en faisons partie. Oh, Clémentine ! il faudrait quitter ces gens-là. »

Mon amie m'objecta le défaut de fonds. Brigandos, qui nous avait indiqué un logis où nous devions être reçues, rien qu'en le nommant, ne nous avait pas laissé d'argent ; il était même expressément convenu avec nous de remettre chaque jour à celui de ses gens, par lequel il nous enverrait ses ordres, tout ce que nous pouvions gagner.

« D'ailleurs, objectait Clémentine, ces bonnes gens nous ont bien reçues, quand nous ne savions où donner de la tête. N'y aurait-il pas de l'ingratitude à les quitter, quand nous pouvons leur être utiles ? »

---

* L'hippomane est regardé, par les gens crédules, comme le plus sûr de tous les talismans ; c'est une excroissance de chair qui se trouve au front des poulains naissants ; il est rare, parce que la mère l'arrache à belles dents du front du poulain, dès qu'elle l'a mis bas ; son effet est de se faire aimer de la femme à qui l'on en fait avaler.

Ce penchant subit à la reconnaissance, m'étonna dans cette chère fille, que guidait rarement la vertu ; j'en induisis qu'elle n'était nullement fâchée de la vie qu'elle menait, et qu'il deviendrait fort difficile de la lui faire quitter.

« Une troisième raison, ajoutait Clémentine, se fonde sur les dangers inévitables pour nous, si nous voulions échapper à ces Bohémiens : ils nous ressaisiraient assurément partout, et malgré l'honnêteté qu'ils font paraître, tant que nous nous conduisons bien, ils nous traiteraient assurément très mal, si nous venions à changer de procédés.

— Mais une partie de ces mêmes raisons n'existera-t-elle pas de même à Madrid ?

— Non, dès en arrivant je te mène chez mes amis, et leur protection nous sert contre les entreprises de ces mauvais sujets. Ne savent-ils pas bien d'ailleurs que nous ne sommes avec eux que jusque-là ?

— Allons donc, suivons notre destinée, puisqu'elle nous entraîne encore à courir l'aventure. »

Clémentine, me fixant alors avec une sorte d'embarras inévitable au vice, quand il sait bien qu'il va être combattu, me demanda quels étaient mes projets dans Tolède.

« De m'y conserver aussi pure que je l'ai toujours été depuis que j'ai quitté mon époux... La mort même ne me ferait pas changer de dessein.

— Je suis bien loin d'en promettre autant ; la sagesse commence à m'ennuyer ; je suis libre, je n'ai de fidélité à garder à personne ; le genre de vie que je mène échauffe mon physique ; les exemples que je reçois, les choses que j'ai faites, enflamment ma tête... Que me revient-il de tant de pudeur ? je n'en fais pas moins le métier d'une fille perdue... On serait bien dupe de s'attacher à la réputation, quand les circonstances nous l'enlèvent. Ce qui m'a toujours consolée d'un premier faux pas, c'est qu'il contraint au second, et qu'il en assure la tranquillité. La plus grande de toutes les folles est celle qui, déjà déshonorée par un travers, a la bêtise de s'en refuser un autre... Tous les frais ne sont-ils pas faits ?... Il y avait à la première chute un peu de peine et beaucoup de plaisirs, il n'y a plus que des roses à la seconde : toutes les épines ont disparu.

— Eh quoi ! lorsqu'il s'agissait de notre bonheur... lorsque nos effets présentés devant nous deviennent la récompense de notre faiblesse, la vertu te soutient, tu résistes, et quand il n'est question ou que d'un léger profit, ou que d'un fol espoir de volupté, te voilà prête à te rendre ?

— Que tu connais mal le cœur des femmes, si tu n'admets pas cette inconséquence ! C'est l'instant qui nous détermine, c'est le caprice, c'est le tempérament... On est sage pour une fortune, on devient catin pour un joli homme.

— Oh ciel ! te voilà séduite encore une fois.

— Je ne te cache pas qu'une de nos compagnes m'a indiqué l'adresse d'un gentilhomme de cette ville, passionné pour les femmes de notre état, et qui, indépendamment des plaisirs que je dois attendre de son âge et de sa figure, me comblera, si je veux, de présents.

— Et si notre chef t'oblige à lui tout donner ?

— Je le ferai, et il me le rendra à Madrid ; ce sont nos conventions. Qui peut compter sur les secours que nous espérons dans cette capitale ? La mort ne peut-elle pas nous avoir enlevé ceux de qui nous les attendons ? Ce que je gagne ici nous reste alors, nous nous en aidons toutes deux.

— Ainsi, que les secours que tu attends à Madrid s'y trouvent ou non, de toute manière nous quitterons cette compagnie ? »

Mais Clémentine, qui, comme vous voyez, se coupait dans deux ou trois endroits de ses réponses, m'en fit encore une ici tellement remplie d'incertitude, que je vis bien qu'il fallait peu compter sur elle, et que ce qu'il me restait de mieux à faire de mon côté, était de me résoudre à suivre aussi ces malheureuses gens jusqu'à Pampelune, où ils comptaient aller, et là de m'échapper dans la première ville de France, où la justice, entre les mains de laquelle je comptais me jeter, me donnerait et les secours et les protections nécessaires pour regagner ma province. Mais le ciel, comme vous le verrez bientôt, rompit tous ces beaux projets, et vint arrêter mes désordres, sans que j'eusse besoin de m'en mêler.

J'essayai tout encore avant que d'arriver à Tolède, pour détourner ma compagne de ses funestes projets ; mais quand une femme court à sa perte, plus l'on emploie de moyens pour l'en empêcher, mieux on la plonge dans le précipice ; ses désirs croissent en raison des dangers qu'on lui fait craindre, et l'enfer fût-il à ses pieds, elle ne s'y jetterait qu'un peu plus vite. Il n'y eut rien que je n'employai pour retenir ma compagne, rien qu'elle ne m'opposât pour légitimer sa faute ; jamais éloquence ne fut plus rapide. C'était celle d'une mauvaise tête et d'un excellent physique ; rarement celle-là manque d'énergie.

Quand Clémentine vit que je renonçais à la persuader, elle voulut me haranguer à son tour. Elle employa pour me séduire une partie des mêmes arguments dont elle venait de faire usage pour prouver qu'elle avait raison de faiblir ; elle crut qu'elle serait aussi habile à me corrompre, que je l'avais été peu à la convertir ; elle avait, disait-elle, une autre adresse pour moi ; j'aurais pour le moins autant de plaisir, et peut-être encore plus de profit qu'à celle qu'elle se réservait... Quel gré me saurait-on de ma retenue, et comment y ferais-je croire ? après la liberté dont j'avais joui, après la vie que j'avais menée, pourrais-je me flatter d'en imposer à qui que ce pût être ? J'aurais donc, avec le regret de n'avoir point connu le bonheur, le chagrin de ne pouvoir pas même convaincre de ma vertu...

« Va, ma chère amie, continuait cette sirène, c'est à notre personne, bien plus qu'à notre sagesse, que les hommes attachent du mérite ; leur cœur est tellement dépravé, que cette pudeur même que tu crois si précieuse, cesse de l'être à leurs regards aujourd'hui. Ils s'imaginent que nous valons moins dès que nous avons encore ce que l'on ne conserve jamais quand on veut quelque chose ; ils croient que si nous n'avons pas succombé, c'est bien plutôt par la faiblesse de l'attaque, que par la force de la défense... Mais à supposer que le mari pour qui tu te conserves, ne sente pas le prix de cet effort... seule à jouir dans ce cas-là, auras-tu connu de grands plaisirs ? T'imagines-tu que cette sorte de vanité en fasse goûter de bien réels ? Et pour les faibles chatouillements de l'orgueil, qui ne sont que des jouissances illusoires, tu te seras donc privée de celles des sens dont les délices sont inexprimables ?... Mais allons plus loin, si personne ne divulgue cette faute à l'époux que tu respectes, s'il est certain qu'il peut l'ignorer toujours, te voilà donc, même en la commettant, idéalement aussi pure à ses yeux que si tu ne l'avais pas commise ; ce n'est pas la faute en elle-même qui peut t'affliger, puisqu'il n'en reste aucune trace ; sa douleur ne viendra que de la savoir ; s'il ne la sait jamais, plus de douleur... Il y a mieux, c'est qu'il serait infiniment plus malheureux, la croyant, quoiqu'elle ne fût pas, qu'il ne peut l'être, l'ignorant, quoiqu'elle soit ; ce n'est donc pas toi qui tiens son bonheur en tes mains. Ce bonheur sera ou ne sera point en raison de l'opinion qu'il aura reçue ; travaille à ce que cette opinion soit bonne, quoique ta conduite soit mauvaise, enveloppe-toi des voiles du mystère, et deviens, si tu veux, sous leur ombre, mille fois pis que Messaline ou Théodora ; tu l'auras rendu plus heureux que si ta conduite était bonne et que l'opinion fût contre toi*. Quelle folie de se gêner dans ce cas ! c'est se rendre esclave pour le plaisir de porter des chaînes ; c'est refuser de s'y soustraire, quand la raison même nous en dégage. Ces considérations réfléchies, si tu les portes encore, ces malheureuses chaînes, tu n'agis plus alors que pour ta satisfaction personnelle, et cette jouissance intérieure est-elle autre chose que de la déraison et de l'entêtement ? En dois-tu valoir moins à tes propres yeux, pour avoir valu davantage à ceux des autres ? te dépriseras-tu donc en proportion de ce qu'on t'aura estimée ? seras-tu vile à tes regards, pour avoir un instant cédé aux plus doux penchants de la nature ? crois-tu que ces penchants qu'elle nous inspire, soient moins doux que la triste satisfaction au pied de laquelle tu les immoles ? Mais raisonnons... Ton époux t'aime ou il ne t'aime pas ; s'il t'aime, n'aie pas peur qu'une chose qu'il ignorera toujours puisse le refroidir à ton égard, et ne crains pas qu'une chose qui ne blesse qu'un préjugé d'opinion, puisse te rendre un instant moins vertueuse. S'il t'aime, dût-il même la savoir, cette chose... que de motifs pour l'excuser ! ton âge... l'abandon dans lequel les circonstances le forcent à te laisser, toutes les causes irrésistibles du physique, et s'il a l'âme sensible, le plaisir même que cette faute t'aura procuré. Un époux vraiment aimable et juste, jouit bien plus des voluptés que sa femme goûte, que des sacrifices qu'elle lui fait. N'est-il pas bien plus doux de permettre des jouissances, que d'imposer des fers ? Quel est donc l'être barbare qui se délecte à des privations ? lui en doit-on dès qu'il en exige ? Ah ! n'est-il pas plus délicat d'imaginer qu'on rend heureux ce qu'on aime, par la liberté

* Théodora était femme de Justinien ; voyez ses désordres dans Procope ; une partie des lois que nous suivons encore est l'ouvrage de ses amants ; en amusant son mari de ces codes atroces, elle lui voilait sa conduite ; l'imbécile Justinien compilait, et sa femme couchait.

qu'on lui laisse, qu'il ne peut être flatteur d'acheter le triomphe de l'amour-propre, au prix des sensations de ce malheureux être immolé à notre vaine gloire ? Donc aucun obstacle à te livrer, aucun inconvénient à ce que ton époux le sache même, si réellement il t'adore avec délicatesse ; et s'il ne t'aime plus, quel regret n'auras-tu pas d'avoir été la dupe d'un sentiment éteint, quand tu lui faisais les plus grands sacrifices ?... Ainsi, qu'il t'aime ou qu'il ne t'aime pas, tu auras toujours eu tort de ne pas céder, et tu auras toujours à te repentir de ne l'avoir pas fait, pouvant le faire impunément. Je ne t'oppose pas la religion, je sais trop combien la justesse et la bonté de ton esprit te rendent supérieure à ces freins ridicules : je ne combats que ton orgueil et ta folie, que ton entêtement et que tes préjugés ; je ne cherche à détruire qu'eux, trop sûre que c'est à eux seuls à qui tu sacrifies les plus doux plaisirs de la terre... Ah ! jouis-en, jouis-en, Léonore ! l'âge où nous sommes créées pour eux, passe comme la fraîcheur des roses, et quand nous sommes effeuillées comme elles, les froides jouissances de la vanité nous dédommagent-elles de tout ce que nous avons fait en leur faveur ? Pour quant à moi, poursuivit Clémentine, je ne te le cache pas, mon parti est pris, j'aimerais mieux mourir que de ne pas me donner non seulement à celui qu'on m'indique, mais à tous ceux qui voudront de moi... à tous ceux que mes charmes pourront séduire. Et pourquoi donc seraient-ils faits, ces charmes, si ce n'était pas pour les livrer ? n'est-ce pas pour plaire que la nature nous a faites jolies ? Si c'était un crime que de lui céder, nous aurait-elle donné les appas qui nécessitent la chute ? Ah ! c'est qu'elle veut qu'on la fasse dès qu'elle nous prodigue tout ce qu'il faut pour y être entraînées, et celle qui lui résiste en rendant les frais inutiles, l'offense bien plus grièvement que celle qui, connaissant le prix des dons, ne pense qu'à en multiplier l'usage... Vis et meurs sans plaisir près de ton fantôme de vertu... Moi, je n'existe plus que pour l'immoler au plus léger de mes caprices.

— Ô Clémentine ! m'écriai-je, je le vois bien que je vais te perdre ; entraînée par une foule de nouveaux plaisirs, tu ne sentiras plus ceux de l'amitié, je ne t'aurai aimée que pour te plaindre, je ne t'aurai connue que pour te pleurer.

— Ne m'attendris pas, dit Clémentine... Non, sois sûre que je t'aimerai toujours ; mais ne cherche pas à ouvrir mon âme dans l'espoir de la faire changer, je l'endurcirais plutôt que de te laisser vaincre ; n'emploie nulle ruse avec mon cœur : elles échoueraient toutes aux résolutions de mon esprit. Ne crains point qu'une affaire d'amour aille t'enlever ton amie ; il ne s'agit pas de délicatesse dans les travers que je médite, il n'est question que de besoins ; je ne veux pas connaître l'amour, je ne veux que me raccommoder avec ses plaisirs.

— Et que sont-ils sans le cœur ?

— Tout ; on ne les goûte bien que quand on n'aime pas ; c'est pour les autres qu'on jouit dès qu'on aime : ce n'est que pour soi dès que le sentiment n'est pour rien ; je ne veux pas l'échauffer, ce cœur, je ne veux qu'amuser les sens ; et le calme de l'indifférence est délicieux pour analyser des sensations ; uniquement occupée de soi, méprisant souverainement celui qui ne pense qu'à nous, peu curieuse de ce qu'il éprouve... sacrifiant tout à soi-même, on jouit si philosophiquement... Ah ! Léonore, Léonore, si tu savais combien il est doux de ne pas aimer et de se sentir persuadée qu'on l'est ! Il y a à cela une sorte de friponnerie qui met un sel bien piquant au moral d'une jouissance. »

Ces discours que je réfutais en vain, parce que malheureusement le cœur a presque toujours tort avec l'esprit, tous ces arguments d'une mauvaise tête, m'alarmant sans me persuader, nous conduisirent enfin aux portes de Tolède ; nous avions presque toute la ville à traverser pour arriver dans le quartier qui nous était indiqué ; à peine fûmes-nous dans la place des Carmes, que nos physionomies, nos tailles, nos singulières parures, attiraient sur nous les regards de tout le monde, et Clémentine, sa guitare en écharpe, soutenait cette insultante curiosité avec une effronterie qui dévoilait ses mœurs. Un des effets de la corruption est de détruire en nous le sentiment pénible de la honte, on ne rougit plus dès qu'on est décidé à se tout permettre, et cette modestie qui nous retenait souvent encore, s'anéantit sous les attraits séduisants du vice. Voilà pourquoi le premier ouvrage de la séduction est d'absorber la pudeur dans l'âme de celle qu'on travaille à corrompre ; on fait bientôt tout ce qu'on veut d'une jeune fille, quand on l'a convaincue de la bizarrerie de s'alarmer des mouvements de la nature, et les freins que l'on ridiculise sont bien plus tôt brisés que ceux que l'on combat*. Pour moi, je baissais les yeux, je ne sais ce que j'aurais donné pour être à cent lieues de là.

Nous arrivâmes enfin chez une femme d'environ cinquante-cinq ans, logée dans une petite rue derrière les Cordeliers, et dont la maison me parut fort suspecte ; mais il n'y avait pas à reculer, nous eussions difficilement été reçues ailleurs, nos parures nous ayant fait reconnaître. La patronne qui s'appelait dona Laurentia, nous admit sans difficulté. Après s'être informée de son ami Brigandos, elle nous montra une chambre à deux lits, dont elle dit que nous pouvions disposer ; et sans aucune autre cérémonie préalable, elle nous demanda si nous voulions recevoir des hommes. Clémentine avait bien envie de répondre que oui, mais à l'empressement qu'elle me vit à demander instamment de n'être point soumises à cette règle, elle crut devoir prendre le parti du silence.

« À votre aise, dit Laurentia, ma maison est aussi sûre que l'hôtel du corrégidor, il n'y vient jamais que d'honnêtes gens ; pour éviter le train, je ne reçois jamais que de vieux prêtres, il n'y a pas de danger avec ceux-là... Tenez, écoutez... entendez-vous d'autre bruit que celui que les opérations légitiment [578] ? Eh bien ! j'en ai pourtant six dans mes chambres, avec un pareil nombre de pensionnaires... Ils redescendront dès qu'ils auront fait, il en reviendra d'autres, et vous n'entendrez jamais plus de train.

— Oh ! grand Dieu, dis-je à Clémentine, où sommes-nous donc ?

— Ne t'en inquiète point, me dit cette folle en éclatant de rire, n'entends-tu pas que madame te dit que nous serons ici comme nous voudrons ?

— Assurément, reprit la duègne, on ne contraint personne chez moi... Liberté entière : si les demoiselles dont je vous parle reçoivent du monde, c'est qu'elles le veulent bien ; soyez

---

* La raison de cela est simple ; c'est avec de l'esprit qu'on résiste aux arguments que le vice emploie pour triompher. Tout ce qu'on objecte flatte donc, parce qu'on n'y parvient qu'en développant une qualité qui nous honore ; mais s'il est démontré que la conduite qu'on a, que les opinions qu'on adopte, soient réellement des ridicules, voilà l'orgueil compromis, et dès ce moment on change de plan ; le ridicule blesse tellement notre vanité, que s'il était possible de persuader à l'être le plus sage que la vertu est un ridicule, il l'abjurerait à l'instant.

très sûres que l'on n'entrera point chez vous par force... Mais je vous conseille de vous réjouir... Nous voilà dans le temps de la foire... Vous êtes jolies... vous ne manquerez pas de pratiques. Je vous le répète, ma maison est sûre. Savez-vous qu'il y vient des filles des plus gros bourgeois de la ville ?... de petites poulettes en mantilles noires, qui disent à leurs parents qu'elles vont à confesse ?.... et comme les églises sont humides, je les reçois ici, le directeur s'y trouve, et la cérémonie se passe sans scandale... La pénitence est quelquefois un peu rude, mais au moins sont-elles toujours sûres de l'absolution.

— Madame, dis-je à notre hôtesse, nous sommes encore novices dans le métier, nous nous contenterons d'exécuter les ordres de Brigandos, nous irons partout où il nous enverra, mais nous ne recevrons assurément personne. »

Ensuite nous traitâmes de notre nourriture. Laurentia nous dit qu'ordinairement avec les femmes que lui envoyait notre chef, elle se chargeait de toutes ces choses, et qu'elle ne nous laisserait manquer de rien. Elle sortit, nous envoya tout ce qui était nécessaire, et nous ne songeâmes ce premier jour qu'à nous reposer.

Le lendemain comme nous ouvrions nos fenêtres, le premier spectacle qui nous frappa, fut l'appareil lugubre d'un malheureux que l'on conduisait au supplice ; il était suivi d'une foule innombrable... Dans tous les pays du monde, et peut-être plus en Espagne qu'ailleurs, cette fatale curiosité est toujours celle du peuple [579].

« Quel est le crime de cet homme ? demanda Clémentine à Laurentia.

— Un événement affreux arrivé avant-hier ; le coupable n'ayant pu soutenir l'horreur de son crime est venu l'avouer lui-même. C'est un des premiers seigneurs de la ville, je suis surprise que vous n'ayez pas entendu parler de cela, tout s'est passé à une demi-lieue d'ici, précisément du côté d'où vous venez.

— Oh ciel ! dis-je, je parie que nous avons vu la victime... et que cette infortunée jeune fille...

— Une fille assassinée.... vous l'avez vue ?

— Oui.

— C'est cela, c'est cela... Oh ! l'histoire vous fera frémir... Mais, que vois-je ?... Cachez-vous, mignonnes, voilà deux cordeliers qui me font signe, nous les gênons ; ils veulent s'introduire secrètement chez moi... Dînez en paix, j'irai vous tenir compagnie au dessert, et vous faire part de cette sanglante aventure. »

La duègne sortit... les cordeliers entrèrent... Nous dînâmes, et à peine eûmes-nous fini que Laurentia reparut.

« Écoutez-moi, nous dit-elle, je vais vous raconter la cause de la fin tragique de ce gentilhomme que vous venez de voir passer, et qui vient de mourir comme un saint. »

Ici Léonore ayant demandé à la compagnie si l'on désirait qu'elle rendît cette histoire, et tout le monde l'y ayant invitée, elle le fit de la manière suivante :

LE CRIME DU SENTIMENT
ou les délires de l'amour

Nouvelle espagnole [580]*

Il n'y avait point à Tolède de maison plus riche que celle du comte de Flora-Mella, point de seigneur dans les deux Espagnes qui joignît à cet avantage une naissance plus illustre et de plus flatteuses prérogatives ; mais la fortune ne se soutient pas toujours également chez ceux qu'elle favorise ainsi, et sa main inconstante ne les élève souvent au faîte des grandeurs que pour les en précipiter avec plus d'éclat [581].

Le comte, marié fort jeune, avait perdu sa première femme au bout de trois ans, et n'en ayant eu qu'une fille, il était résolu de se lier encore sous les lois de l'hymen. Ces seconds nœuds réussissent rarement, le comte en devint la funeste preuve. Une demoiselle de la maison de Brajados, belle et riche sans doute, fut l'objet qui le captiva, mais il s'en fallut bien que les vertus de cette jeune personne répondissent aux dons précieux qu'elle apportait ; d'ailleurs rien de plus scandaleux que sa conduite, rien de plus perverti que ses mœurs.

Le duc de Medina-Sidonia était alors le jeune homme à la

* Cette nouvelle, purement d'invention, n'est ni traduite, ni empruntée de nulle part ; on est presque obligé d'avertir de ces choses, dans un siècle de pillage littéraire tel que celui-ci.

mode, à Tolède : quoique marié lui-même, il n'en était pas moins l'effroi de tous les époux et l'idole de toutes les femmes. La comtesse de Flora-Mella avait trop de vanité, elle avait le coup d'œil trop sûr, pour ne pas désirer à son char ce célèbre amant de toutes les jolies femmes ; le voir et l'enchaîner fut pour elle l'affaire d'un jour, et cette intrigue devint bientôt si publique, que le comte de Flora-Mella ne pouvait presque plus en soutenir la honte.

Quelles que fussent ses tribulations, le désir qu'il avait de se voir un héritier l'engagea néanmoins à feindre ; il dévora ses chagrins ; il essaya d'imposer silence au public et continua de vivre avec sa femme dans l'intimité des époux. Ses vœux s'accomplirent enfin : la comtesse devint grosse, et mit au monde un fils, nommé don Juan, malheureux héros de cette sanglante histoire. De ce moment le comte leva le masque, il crut ne devoir plus suspendre sa vengeance, et la jeune comtesse reléguée par lui dans des terres à elle, au fond de l'Andalousie, quitta pour jamais Tolède et son époux.

Cependant les fruits des deux différents hymens du comte de Flora-Mella s'élevaient ensemble dans son palais, et ce père infortuné semblait recueillir au moins dans les qualités de ces deux beaux enfants le dédommagement des chagrins occasionnés par la mort de la mère de la jeune fille, et par l'affreuse conduite de celle du jeune homme. Rien n'avait été négligé pour l'éducation de ces élèves chéris ; on n'épargnait aucun des soins qui devaient réunir à tous les dons qu'ils avaient l'un et l'autre reçus de la nature, ceux des talents les plus agréables.

Don Juan venait d'atteindre sa vingtième année quand Léontine, sa sœur, en prenait vingt-deux, et si la fierté, la noblesse et les agréments d'un sexe se montraient à profusion dans don Juan, Léontine, plus belle que l'astre du jour et plus fraîche que la fleur que ses rayons font éclore, réunissait de son côté tout ce qui peut rendre une femme digne de l'admiration générale. Elle avait la peau la plus belle... les traits les plus fins et les plus délicats... les yeux les plus vifs et les plus animés... de ses cheveux dégagés des liens de fleurs qui lui formaient un diadème, elle pouvait ceindre deux fois la taille enchanteresse qu'elle avait empruntée des Grâces.

Mais si la nature s'était épuisée pour embellir ces deux jeunes gens, si elle les avait égalisés par les charmes de la figure, quelle différence extrême n'avait-elle pas mise dans leur caractère ! Autant don Juan avait de violence et d'impétuosité, autant Léontine avait de douceur et de retenue ; l'un ne connaissait que ses passions et n'écoutait que leur organe[582], l'autre n'avait pour guide que sa raison et ses devoirs.

Les attraits de Léontine n'avaient point échappé à don Juan ; il sentait bien tous les obstacles qui s'opposaient à ses vues, mais la nature, plus forte que les conventions sociales, cette nature vigoureuse et mâle qui les brise souvent au lieu de les servir, élevait mille mouvements tumultueux dans son cœur, qui lui semblaient impossibles à vaincre, et ne plaçait que trop follement l'espoir à côté de l'amour ; l'honnête liberté dont il jouissait auprès de sa sœur lui donnait souvent occasion de s'expliquer avec elle ; longtemps il avait déguisé son trouble ; captivé longtemps sous un joug cruel, il avait mieux aimé se faire violence que de montrer les sentiments coupables dont il osait brûler ; mais tant de contrainte devenait difficile à un tel caractère ; ce n'est pas avec l'âme fougueuse de don Juan qu'on aime ainsi sans l'avouer[583].

De son côté peut-être, Léontine n'avait-elle pas remarqué sans émotion toutes les grâces d'un jeune homme charmant, qu'il lui était permis d'aimer comme frère ; mais son excessive modestie ne tolérant aucun écart, ses sentiments eussent-ils même été plus vifs que ne le souffraient ses nœuds, elle se fût bien gardée de ne pas leur imposer un frein ; la nature ne perd pas plus ses droits dans une âme comme celle de Léontine, que dans un cœur comme celui de don Juan ; mais la vertu, plus écoutée dans l'une, sait restreindre au moins ce qui peut balancer son empire : on cache sa douleur et l'on souffre en silence.

Égarés tous les deux, un jour, dans ces vallons fleuris et frais qu'arrose le Tage auprès de Tolède, loin des yeux toujours incommodes des gouverneurs et des duègnes, don Juan ne se contenant plus, osa se jeter aux pieds de sa sœur.

« Ô vous que j'idolâtre ! s'écria-t-il en imprimant ses lèvres brûlantes sur une des mains de cette belle fille... vous que je crois pouvoir aimer sans forfait... ô Léontine ! il est donc vrai que je vais vous perdre ? Ces heureux jours de notre enfance vont être oubliés pour jamais, et les souvenirs déchirants que j'en conserverai ne serviront qu'au tourment de ma vie... Oui, Léontine, on vous enlève à mon amour, à cet amour furieux et infortuné que je n'avais osé vous peindre ; à peine éclate-t-il, qu'il faut en étouffer la flamme, il faut briser le cœur qui l'a nourri au même instant qu'elle s'en élance... Je vous perds, Léontine, apprenez cette nouvelle affreuse de celui qu'elle plonge au désespoir : le comte vous destine à don Diègue, avant un mois vous serez l'épouse de ce rival indigne de vous appartenir... Et moi, confus, désespéré... mourant, j'irai traîner votre image au bout de la terre, ou l'immoler dans le temple même où la plaça la main de l'amour.

— Ô ciel ! dit Léontine, qu'avez-vous prononcé, don Juan ?... Que venez-vous d'apprendre à la fois à votre malheureuse sœur ? Quel amour venez-vous de lui découvrir, et quelle infortune lui présagez-vous ?

— Ah ! puissiez-vous être aussi peu surprise de l'un, que vous devez être effrayée de l'autre ; je vous ai dit vrai, Léontine ; je vous aime... que dis-je ? tous les mots sont trop faibles, il n'en est point qui peignent ma passion... Je vous adore et je vais vous perdre ; fille cruelle, auriez-vous donc cru que je pusse être insensible à tant d'attraits, était-il possible de les voir sans leur rendre hommage ? Léontine peut-elle exister sans être idolâtrée de ce qui l'environne ? Semblable au Dieu de l'univers, animant tout ce qui respire à ses pieds, ne doit-elle pas, comme ce Dieu, s'attendre au culte universel ?

— Mais songez-vous aux nœuds ?

— Il n'en est point que mon amour n'absorbe, il n'en est point qu'il ne combatte, quand ils doivent anéantir les siens ; ah ! croyez-vous qu'un cœur tel que celui de don Juan puisse être retenu par les frivoles conventions qui nous lient ?... Ô combien je les méprise, ces conventions arbitraires, qui séparent aussi cruellement ce qu'a réuni la nature ! je n'écoute à vos pieds que sa voix, elle me dit de vous adorer, j'y cède, et ne veux vivre que pour vous, ou mourir percé de vos traits.

— Oh ! don Juan, qu'osez-vous dire ?

— Ce que j'éprouve et que vous m'inspirez ; j'ose vous parler de mon amour, j'ose vous jurer de n'écouter que lui, j'ose prendre le ciel à témoin que je n'aurai jamais d'autre femme que vous. »

Un baiser que don Juan cueillit sur les lèvres de rose du tendre objet de son ardeur, devint le sceau de ses serments :

Léontine, tremblante, rougit sans le refuser. On s'approcha, et nos deux jeunes gens, bientôt entourés de leur suite, furent obligés de feindre et de reprendre la route de Tolède.

La funeste nouvelle que don Juan venait d'apprendre à sa sœur ne se vérifia que trop ; dès le lendemain, le comte de Flora-Mella déclara à sa fille le mariage qu'il projetait, et peu de jours après, il lui présenta don Diègue.

Pour tout autre même que pour une fille prévenue, don Diègue eût été un objet d'horreur. Unissant au caractère le plus désagréable, tous les défauts de la nature, on n'imaginait pas comment le comte osait proposer de tels nœuds ; des circonstances de fortune les légitimaient sans doute ; mais combien ces motifs sont faibles sur une âme délicate et sensible qui, sacrifiant tout à la douceur des liens, n'imagine pas qu'elle puisse exister dans ceux qui ne sont pas l'ouvrage de l'amour. Léontine osa témoigner à son père le peu de dispositions qu'elle ressentait pour cet hymen, et le comte, qui aimait sa fille, désespéré de lui offrir un sort qui lui déplût, ne pouvant d'autre part renoncer à ses engagements, fit usage des sollicitations ; il connaissait au mieux celle qu'il avait à séduire : aussi certain de la révolter par la rigueur que de l'attendrir par des caresses, son éloquence fut celle de l'amitié : elle persuada ; une âme honnête ne résiste jamais aux attaques que le sentiment dirige ; la fausseté, le mystère, la violence, toutes ces armes odieuses que l'imbécillité dicte à la tyrannie paternelle, soustraient à leur joug de fer les cœurs que l'on y veut soumettre ; emploie-t-on la douceur et la confiance ? tout s'obtient, et en arrivant au but désiré, on n'a pas du moins à redouter les remords que les procédés contraires occasionnent.

Léontine promit. Parfaitement déterminée au sacrifice, elle protesta de s'y soumettre. Cette vertueuse fille, oubliant l'amour d'un frère qu'elle ne pouvait regarder que comme un crime, perdit également de vue toutes les répugnances que lui inspirait don Diègue, et préféra les maux qui la menaçaient sous les nœuds proposés, au chagrin trop violent pour elle d'affliger un instant celui dont elle tenait le jour.

Don Juan, trop inquiet, trop violent et trop amoureux à la fois pour abandonner un seul jour ce qui tenait aux intérêts de sa passion, ne fut pas longtemps à savoir ce qui venait de se faire. Toutes les expressions d'une telle âme devant être ou violentes, ou dures, il accabla sa malheureuse sœur des reproches les plus amers ; il la réprimanda de sa faiblesse dans les termes les moins ménagés ; il osa s'oublier enfin jusqu'à lui dire, avec orgueil, qu'après les sentiments qu'il lui avait déclarés, il n'imaginait pas qu'elle eût dû le trahir à ce point.

« Vous trahir ! répondit Léontine avec candeur... que vous ai-je promis ?... qu'ai-je donc pu vous promettre, et comment puis-je mériter de vous une accusation si déplacée ? Oublierez-vous toujours les nœuds qui nous captivent ? Voulez-vous me forcer à les détester, quand je ne voudrais que les chérir ?...

— Abhorrez-les, ces nœuds fatals ; abhorrez-les, ô Léontine ! ils ne seront jamais aussi funestes à vos regards qu'ils le sont aux miens. Et comment ne détesterais-je pas ce qui favorise aussi bien l'éloignement que vous avez pour moi ?

— Mais vous devez au moins les respecter.

— Ah ! n'imaginez jamais que de tels liens aient aucune force dans le cœur qui vous aime ; en devraient-ils avoir dans le vôtre, s'il était ému de mes tourments ?

— Ne m'y croyez pas insensible, je les plains, sans doute ; c'est tout ce que je puis.

— Mais qui vous garantit la vérité de ces liens ? Nous ne sommes pas du même lit, et vous avez connu la conduite de ma mère...

— Est-il possible que votre amour vous aveugle au point de préférer la honte et le déshonneur à la certitude de ne voir jamais couronnée une passion criminelle qui vous entraîne à votre perte ?

— Le déshonneur... la honte... eh ! que m'importent toutes ces chimères ! que m'importe le sang qui coule dans mes veines, sitôt qu'on lui défend de s'enflammer pour vous !... Je ne connais que vous dans l'univers ; je n'y respecte et n'y chéris que vous, et je vais à l'instant percer le cœur du traître qui vous enlève à moi, si vous ne me promettez de rompre la fatale promesse qu'on ose vous arracher.

— Voulez-vous me rendre entièrement malheureuse ? Voulez-vous m'enlever l'innocent plaisir que je goûte à vous aimer comme un frère ? Voulez-vous donc mettre entre nous d'éternelles barrières ?

— Je veux mourir ou vous posséder, vous enlever et fuir... sacrifier à ma vengeance tout ce qui s'oppose à mon amour.

— Cruel !...

— Vous ne le connaissez pas, Léontine, ce cœur ardent que vous sûtes embraser ; tous les sentiments sont des passions chez lui ; il ne peut les vaincre qu'en cessant d'exister, et si les plus légères l'agitent à ce point, où le portera donc celle qu'ont allumée vos yeux ? Fuyons nos tyrans, Léontine, allons vivre à jamais au bout de l'univers... Mais que dis-je, hélas ! qu'osé-je dire ? Il faudrait être aimé pour obtenir ce que j'exige, et votre âme indifférente et froide ne connaît pas même l'ardeur qui me dévore. Allez, perfide... allez lâchement languir sous les fers odieux qui vous sont préparés... sacrifiez l'amant qui vous idolâtre, aux vils intérêts d'un père qui ne consulte que son avarice !

— Homme injuste ! le père tendre que vous outragez ne mérite pas vos reproches... J'en suis encore moins digne en lui obéissant, puisque votre élévation et votre fortune sont le prix certain de ces nœuds auxquels je vais m'asservir. Ne m'accablez donc pas quand j'ai des droits si sûrs à votre reconnaissance.

— Funeste façon d'y prétendre ; puissiez-vous plutôt me haïr que de m'aimer ainsi !... Eh ! que m'importe cette fortune ?... que me font ces honneurs, achetés aux dépens de ce que j'ai de plus cher au monde ? Dussé-je être le plus malheureux des hommes, je m'en croirais toujours le plus fortuné, si j'étais aimé de Léontine ; il n'est de bien pour moi que son amour, il n'est de bonheur que sa main ; voilà les seules prospérités auxquelles j'aspire, les seules que je sois envieux de posséder, dût-il m'en coûter mille vies. »

Léontine avait eu beau faire ; émue de tant d'ardeur, quelques regards lui étaient échappés : c'en était trop pour don Juan ; il n'eut pas plutôt cessé de croire qu'il était indifférent, qu'il lui parut possible d'être bientôt aimé ; il crut que les résistances de Léontine étaient plutôt les effets de sa vertu que les sentiments de son cœur. Il imagina tout pour l'arracher aux nœuds qu'on lui destinait ; déguisant ses desseins réels sous l'apparence de moyens honnêtes et doux, il proposa d'abord à Léontine de permettre qu'il s'employât au moins auprès du comte pour retarder la célébration de l'hymen qu'il redoutait autant... on y consentit. Il osa demander l'aveu d'un peu de retour... on ne lui montra ni éloignement ni courroux... Mais hasardait-il davantage ? on cessait de l'écouter aussitôt, et plusieurs mois se passèrent ainsi, sans que cet amant impétueux pût obtenir autre chose que quelque retard et de la pitié.

Il agissait toujours, pendant ce temps-là, et le rôle qu'il jouait vis-à-vis du comte de Flora-Mella était bien différent, quoique inspiré par les mêmes principes ; ayant su, malgré la fougue de son caractère, se contraindre assez pour s'abaisser à la souplesse, il persuadait au comte que le délai que demandait Léontine n'avait qu'une forte prévention pour cause... qu'il lui soupçonnait le cœur pris ; que lui seul était en état de démêler ce fatal secret ; qu'il en avait déjà fait quelques ouvertures, mais que n'ayant rien pu connaître encore, il n'avait gagné à cela que de se rendre suspect lui-même. Il ajouta ensuite qu'il était essentiel que le comte l'aidât dans l'entreprise qu'il avait formée de sonder les replis de l'âme de sa sœur ; il ne pouvait, disait-il, agir commodément au milieu de la foule de domestiques qui les entouraient sans cesse ; il était essentiel d'abord de les écarter : combien ne fallait-il pas d'aisances, puisque avant de parler en faveur de don Diègue, il avait même à vaincre l'éloignement que Léontine commençait à ressentir pour lui, depuis qu'elle s'apercevait de ses efforts à la pénétrer !

Le comte, pleinement la dupe des détours de son fils, bien éloigné de soupçonner les motifs personnels qui le font agir, le sert de tout son pouvoir. Léontine est moins observée, les surveillants disparaissent quand elle se trouve avec don Juan, et le comte l'engage lui-même à écouter les avis d'un frère qui ne veut que la félicité de sa sœur.

Léontine ne fut pas longtemps à démêler les ruses de l'amour ; mais trop prudente pour les révéler, elle ne s'occupa qu'à tâcher de n'en pas être la victime.

De son côté, don Juan était bien loin, comme on le croit, d'employer pour les intérêts de don Diègue les doux moments qu'on lui laissait. Peindre son amour en traits de flamme, proposer mille moyens différents de le faire triompher et de fuir, voilà comment s'employaient ces instants, si précieux d'abord au cœur de don Juan, si cruels ensuite quand il voyait que l'inflexibilité de sa sœur ne lui opposait que des refus.

Une fois certain de cette insurmontable résistance, rien ne l'arrêta ; il s'était contenu, tant qu'il avait eu de l'espoir ; à peine le vit-il évanoui, qu'il n'écouta plus que ses premiers desseins, et pleinement résolu à la force, puisqu'il ne pouvait réussir d'une autre manière, il se prépara à faire usage de la liberté qu'il avait, pour diriger les pas de cette malheureuse sœur vers l'endroit où des gens sûrs seraient postés pour l'enlever.

Toutes les batteries furent donc dressées d'après ce projet ; il envoya avant-hier une chaise de poste, lestement attelée, l'attendre sur la route qui mène en Portugal, où il avait dessein de se réfugier ; et cette voiture, escortée de quelques valets fidèles, avait pour rendez-vous les environs de la tour enchantée.

Le jour venu, sous le prétexte d'une promenade, don Juan engage Léontine à venir voir avec lui les intéressants débris de cette antiquité.

Une fois là, l'impétueux don Juan, hors de lui :

« Ô Léontine ! s'écrie-t-il, tout nous attend... tout nous attend... Nous ne reverrons plus Tolède ; il faut s'arracher enfin aux apprêts d'un funeste hymen qu'il n'est plus possible de retarder.

— Qu'osez-vous proposer ?

— Notre commun bonheur.

— Juste ciel ! aux dépens de celui de mon père... aux dépens de sa mort certaine, quand il apprendra notre perte !... Songez à tous les malheurs qui l'accablent, songez qu'il n'y a que nous dans le monde dont les soins puissent le consoler... C'est de nous... c'est de nous seuls, hélas ! qu'il attend quelques fleurs sur l'hiver de ses ans : détruirons-nous cet espoir légitime ? et les mains qui doivent essuyer ses pleurs, le précipiteront-elles au tombeau ?

— Ô Léontine ! je n'écoute plus que mon amour ; devoir, respect, honneur, religion, vertu, tout est effacé dans mon cœur ; je ne connais plus que ma flamme, je ne suis plus conduit que par elle ; il faut me suivre, on nous attend... J'emploie depuis six mois, en vain, tout ce qui peut détruire vos scrupules... À quoi m'a servi tant de zèle ?... Qu'ai-je retiré de tant d'amour ?... Je n'ai réussi qu'à me convaincre de votre indifférence... Il faut que je la surmonte ou que je meure !...

— Cruel ! ayez pitié de moi, ayez pitié de mon père et de vous ; ne nous engloutissez pas tous les trois dans un abîme de malheur dont aucune félicité humaine ne saurait nous retirer. Rien n'égale aujourd'hui la prospérité de notre maison dans Tolède : évanouie demain par nos démarches, vous la plongez à jamais dans le deuil et dans la douleur. Est-ce donc ainsi que vous voulez me prouver votre amour ?... Ah ! s'il était aussi délicat que vous cherchez à me le persuader, mon honneur ne vous toucherait-il pas davantage ? Consentiriez-vous à le flétrir pour un instant de volupté honteuse et criminelle, qui va nous couvrir à jamais et de malheurs et de remords !

— Je ne vous ai pas conduite ici, répondit le furieux don Juan, pour écouter les sophismes de la prévention ou de la haine, et pour chercher à y répondre ; je suis malheureusement trop convaincu du peu d'empire de mon esprit sur le vôtre, pour employer encore des armes trop longtemps émoussées par vos rigueurs... mon amour est au désespoir ; je ne me rends plus qu'à lui seul... »

Et la saisissant alors dans ses bras :

« Il faut me suivre, Léontine... n'essayez pas de vous soustraire... n'entreprenez pas de vous défendre... mon égarement serait affreux... j'irai jusqu'à vous méconnaître, jusqu'à me venger de vos dédains... Vous n'ignorez pas l'impétuosité de ce cœur de feu que rien ne maîtrisa jamais... Ne l'irritez point, Léontine, ou ce moment peut-être coûterait à tous deux la vie...

— Eh bien, perce-le ce cœur qui ne veut pas se souiller d'un crime ! entrouvre-le, te dis-je, je ne m'oppose point à tes coups... Va, j'aime mieux cent fois la mort que les affreux tourments qui déchirent mes jours... »

Et des larmes s'échappant de ses yeux :

« Si je les regrettais, ces jours que veut m'enlever ta fureur, si je les regrettais, don Juan, c'était à cause de mon père... Je voulais les lui consacrer... je voulais faire son bonheur... je voulais prolonger sa vie... Barbare !... je voulais peut-être t'aimer, et tu ne le veux pas... Ne balance plus, don Juan, ensanglante ce cœur que tu fais palpiter... Je suis indigne du jour, après ce que j'ai dit... Immole-moi, j'y consens... mais ne te flatte jamais de me faire partager tes torts...

— Tu les partageras, ou ta vie m'en répond.

— Ô Dieu !... ta cruauté m'outrage, ton âme atroce est indigne de moi... tu ne méritais pas l'aveu que je t'ai fait... »

Juste ciel ! est-ce moi qui ai pu trancher les jours de celle à qui j'aurais sacrifié les miens ?

Et s'échappant des bras de don Juan :

« Fuis, traître, éloigne-toi pour toujours de celle qui ne peut plus que te haïr. Je cacherai tes imprudents projets, et n'aurai pas à me reprocher, du moins, d'en avoir été la complice. »

En prononçant ces mots, elle veut s'élancer au-delà des ruines qui captivent ses pas... mais le féroce don Juan, aveuglé par toutes les passions impétueuses qui bouleversent son âme, l'atteint, le poignard à la main, se jette impitoyablement sur elle, et la renverse morte à ses pieds.

« Juste ciel ! s'écrie-t-il aussitôt, en contemplant sa malheureuse victime, est-ce moi qui ai pu trancher les jours de celle à qui j'aurais sacrifié les miens !... et mon bras se refuse à venger mon amante !... Uniquement armé pour la scélératesse, il tremble à punir l'assassin... Fuyons... »

Mais il l'essaye en vain, retenu par un pouvoir invincible, dont il a avoué n'avoir pu concevoir l'énergie... N'agissant plus qu'en insensé, il se jette comme un furieux sur les restes sanglants de celle qu'il idolâtre... il la couvre de ses baisers ardents... il adresse encore à cette divinité de son cœur les expressions de son féroce amour... il veut la ranimer par ses soupirs, la réchauffer de ses larmes amères... Et là, seul, égaré par son désespoir, dans le silence et l'obscurité de ces rochers et de ces ruines... perdu d'amour et de douleur... le malheureux ose consommer son crime... il ose ravir l'honneur à celle dont il vient d'arracher la vie...

Bientôt le calme de ses sens lui laisse entrevoir la double horreur dont il vient de se souiller ; il n'a ni la force de soutenir le poids de son forfait, ni celle d'en punir l'auteur ; il veut que la vengeance de ce crime exécrable soit réservée à ceux à qui elle appartient. Il était maître de fuir, ses gens et ses chevaux l'attendaient près de là ; il ne le fait point. Glacé d'effroi, immobile, en face de ce corps inanimé, il le regarde en frémissant... un instant il croit se tromper, il croit voir dans ses bras celle qu'il aime, et qu'il appelle encore... Revenu de cette affreuse erreur, son désespoir le reprécipite une seconde fois sur ce cadavre informe...

« Ô Léontine ! tu seras vengée, s'écrie-t-il, tu seras vengée, Léontine ! et les flots de mon coupable sang vont payer, s'il se peut, celui que ma fureur osa répandre ici... »

Il accourt à Tolède et vient se remettre lui-même entre les mains de la justice.

Le corrégidor effrayé a voulu le rendre à son père... il l'a fait... mais quelle nouvelle scène !... .quel nouveau sujet de remords se préparait pour don Juan !... On venait d'instruire le comte de Flora-Mella de la mort de sa perfide épouse... et quelle catastrophe accompagnait cet événement...

« Ô mon fils, a dit à don Juan le duc de Medina-Sidonia, pour lors tête à tête avec le comte... ô mon cher fils, qu'avez vous fait ?... Faut-il que vous me soyez enlevé au même instant où je vous retrouve !... faut-il que vous fuyiez le bonheur, quand il vient embellir vos jours !... Faut-il enfin que vous accumuliez sur ma tête et le remords et le déshonneur !... Don Juan, c'est de moi que vous tenez la vie, vous n'êtes point le fils du comte de Flora-Mella ; j'apporte ici la preuve incontestable que vous n'appartenez qu'à moi ; lisez les dernières volontés de votre malheureuse mère, et frémissez de l'abîme où vous venez de vous engloutir à l'instant où vos malheurs cessaient. »

Don Juan, éperdu, se saisit du papier... sa main tremble... ses larmes coulent... ses yeux distinguent à peine les traits qu'on lui présente ; il y lit à la fin les mots suivants de la comtesse sa mère :

« Il ne me reste que le temps d'avouer mon crime et de le réparer ; don Juan n'appartient point au comte de Flora-Mella : il est le fils du duc de Medina-Sidonia. J'exige en expirant que le duc aille réparer sa faute aux genoux mêmes de mon mari ; qu'il implore de lui son pardon ; qu'il réclame son fils ; qu'il le reconnaisse comme fruit de l'hymen dont il perdit autrefois la compagne, et qu'il déclare ce fils, en cette qualité, son héritier universel. Je ne publie rien en exigeant ceci ; ma malheureuse conduite avec le duc a été trop connue, pour que ces dispositions puissent apprendre ce qu'on ignorait ; je répare et ne divulgue point. J'enlève un poids affreux de ma conscience ; elle n'était vraiment bourrelée que de l'horreur de sentir mon époux embrasser un fils qui ne lui appartenait pas... Ô femmes imprudentes ! ô vous qui pourriez imiter mes écarts, songez qu'il n'est point d'âme honnête qui tienne à ce tourment... Que l'effroi d'en être déchirées vous retienne donc au bord du précipice... Aux volontés précédentes, je joins quelques désirs : il dépend de mon mari de me les accorder. Instruite des sentiments secrets de Léontine et de don Juan, je supplie le comte de Flora-Mella de consentir à l'union de ces deux jeunes personnes, dont mes aveux détruisent les liens qui s'opposaient à leurs désirs... J'ose croire que la fille de mon époux pourrait difficilement prétendre à un hymen plus avantageux ; cette alliance, en réunissant deux anciens rivaux, en les faisant redevenir amis, apaise un peu mes regrets, et me fait mourir plus tranquille. »

« Ô ciel ! dit don Juan, en terminant cette terrible lecture... je pouvais donc devenir heureux !...

— Tu l'étais, s'écria le comte, ma parole était donnée, mon consentement signé... le voilà...

— Monsieur, a dit alors don Juan avec la plus grande fermeté au corrégidor, vous voyez de combien de crimes je me suis à la fois souillé : j'ai massacré ma maîtresse, la respectable fille de celui qui a pris soin de mes jeunes ans... Vous voyez que je porte également le poignard dans le sein d'un père, qui ne me revoit que pour me pleurer... Conduisez-moi à la mort, monsieur ; je veux qu'elle me soit donnée publiquement... je veux recevoir celle que je mérite... Vous, comte, désavouez-moi pour votre fils, cet écrit vous y autorise... et vous, mon père, ne m'avouez jamais pour le vôtre... ma mort ainsi ne déshonorera personne. »

On a voulu calmer ce désespoir ; on a voulu sauver cet illustre coupable [584]... Tous les moyens ont été employés sans qu'aucun ait pu réussir.

« Mon crime est trop affreux, a répondu don Juan ; il n'y a que ma tête seule qui puisse le payer... »

Et saisissant la main du corrégidor :

« Sortons, sortons, monsieur, lui a-t-il dit fermement, ou je vais me déclarer à d'autres juges, si votre pitié l'emporte sur votre devoir. »

Et comme, en prononçant ces paroles, il se jetait dans la rue, avec la ferme résolution d'aller monter lui-même sur l'échafaud où le plaçait son crime, le magistrat n'a plus osé résister. Don Juan a été déposé le même soir dans les prisons de la justice ; ayant tout déclaré, sans qu'on lui fît aucune question [585], le malheureux a promptement payé de sa vie l'effroyable forfait où l'avaient entraîné l'égarement de sa raison et l'impétuosité de son caractère. Cependant toute la ville le pleure, mais les regrets les plus douloureux se tournent vers les deux infortunés pères ; chacun leur porte des tributs de larmes et de douleur, qui n'effaceront jamais de leur âme les pertes affreuses qu'ils viennent de faire.

— Voilà une histoire bien cruelle, a dit ici Mme de Blamont. Fatale suite du désordre des femmes, à quel malheur affreux leur inconduite peut exposer une famille ! Je ne m'étonne plus si les lois ont puni leurs fautes plus sévèrement que celles des hommes.

— Et moi je m'en étonnerai toujours, a répondu Mme de Senneval... Ce sont eux qui sont nos séducteurs, eux qui abusent de notre faiblesse et de leur supériorité ; ils sont la première cause de nos torts : eux seuls en mériteraient donc la punition.

— Tout cela exigerait d'être discuté à loisir, a dit le comte de Beaulé, il y a un peu de la faute des deux parties, et beaucoup de raison de part et d'autre ; ce ne sont ni les hommes qui attaquent, ni les femmes qui cèdent qui ont tort. La première origine du mal est dans la disproportion des mariages et dans l'impossibilité du divorce[586]. Qu'un jeune homme épouse la femme qu'il aime, et que, quand tous deux sont las l'un de l'autre, ils puissent changer à l'amiable, et vous ne verrez plus d'adultère. C'est une vérité que Sainville vous a fait voir dans sa constitution de Tamoé ; n'y revenons plus maintenant, je suis trop curieux, je vous l'avoue, de savoir comment notre belle aventurière va trouver le secret d'échapper aux dangers qui me paraissent la menacer à Tolède, et si notre chère Clémentine trouvera tous les plaisirs dont elle se flatte, dans le *faux pas* qu'elle médite...

Et Léonore, ayant vu qu'on lui prêtait cette attention curieuse qui désire d'être satisfaite, reprit ainsi le fil de ses aventures.

Suite de l'Histoire de Léonore

Dona Laurentia n'eut pas plutôt fini son récit, que Brigandos entra ; il s'informa comment nous étions, nous recommanda à la matrone, et lui laissa les fonds nécessaires pour deux habillements complets avec tous les ajustements, plumes et parures à la mode, l'un pour Clémentine, l'autre pour moi. Ensuite il ordonna à Clémentine de se transporter le lendemain chez un vieux courtisan retiré à Tolède, curieux de connaître le temps qu'il avait à vivre. Ignorant que ma compagne eût renoncé à ses projets de sagesse, il l'assura qu'elle pouvait aller, sans courir aucun risque, chez l'homme qu'il lui indiquait.

— C'est un vieux dévot plein de superstitions, lui dit-il, et qui croirait que l'enfer va le saisir tout vivant, s'il s'avisait de penser à ce qui l'échauffait autrefois. Tels sont les funestes effets de la dévotion, continua notre chef, elle remplit l'homme de trouble et de frayeur, à mesure qu'il avance à son terme ; elle aigrit son caractère, elle change son humeur, elle le rend sombre, inquiet, soucieux, tracassier, rigoriste, cruel ; elle l'empêche de jouir du présent, elle lui donne des remords du passé, et n'est bonne à rien pour l'avenir ; je me serais peut-être fait dévot comme un autre, si j'eusse cru que cela pût être bon à quelque chose ; mais on n'y prend pas une qualité de plus, et on a beaucoup de plaisirs de moins... Est-ce bien la peine de croire à des chimères, pour ne pas gagner davantage ?...

— Doucement, dis-je à notre philosophe, vous peignez là le superstitieux ; mais l'homme vraiment attaché à sa religion, qui la suit et la croit dans la simplicité de son cœur, qui adopte la vertu, parce que la religion la récompense et l'inspire, qui déteste le vice parce qu'elle le condamne et le punit, qui perpétuellement enflammé de l'Être suprême, consolé des maux de la vie par l'espoir de revoler bientôt dans le sein de celui qui l'a créé, vit en craignant de lui déplaire, meurt en tâchant de l'imiter, un tel homme sans doute ne vous paraît pas un modèle indigne à suivre ?

— Assurément, reprit notre chef ; je ne méprise pas le fantôme qu'il vous plaît d'ériger là, et auquel vous ne croyez pas plus que moi [587] mais s'il existe, je le plains ; il a travaillé toute sa vie pour des illusions qui ne le dédommageront pas des sacrifices qu'il a pu leur faire ; il n'a d'ailleurs été vertueux que par crainte ; ce mérite est bien peu de chose, plus difficile que vous ne pensez, Léonore ; je veux qu'on fasse le bien pour lui seul ; je veux qu'on ne soit animé en le faisant que de la seule idée du bonheur des autres, et si l'enfer ou le paradis entre pour quelque chose dans les motifs qui font agir, je me dis : Voilà un imbécile, mais à coup sûr ce n'est pas un honnête homme. »

Trop de l'avis de notre chef pour le combattre davantage, je laissai tomber la discussion, et Clémentine, qui n'avait reçu qu'en secret d'une femme de la troupe l'adresse du gentilhomme dont elle attendait tant de plaisir, ne voulant pas se démasquer encore, accepta l'ordre.

Notre capitaine s'adressant alors à moi :

« Pour vous, Léonore, dit-il, vous vous transporterez chez don Flascos de Benda-Molla[588], doyen des chanoines de Tolède ; vous y remplirez les mêmes fonctions que votre amie chez le vieux seigneur, et vous y trouverez, j'espère, à peu près les mêmes sûretés ; vous examinez ses yeux, ses mains, vous lui promettrez vingt ans, quoiqu'il soit condamné par tous les gens de l'art ; vous lui vendrez fort cher le philtre que voilà et que j'intitule Baume de vie, lequel pourtant n'abrégera ni ne prolongera la sienne d'une heure. Cela fait, vous recevrez de moi de nouveaux documents. »

Les robes furent apportées dès le lendemain ; nous y ajoutâmes tout ce que l'art de la toilette put nous inspirer de plus coquet, et chacune de nous partit pour sa destination.

Le portrait que Brigandos m'avait fait du doyen, le délabrement de sa santé, le philtre qui lui devenait nécessaire, la tranquillité dont je devais jouir, tout cela contraignait mon imagination à se représenter un septuagénaire.

Don Flascos n'avait néanmoins que cinquante ans ; sa taille fluette, le rouge de ses joues, annonçaient cependant qu'il était menacé de la poitrine, mais quoique avec un peu de nonchalance dans sa tournure, ses yeux respiraient la volupté. Une très jolie gouvernante lui faisait mousser du chocolat quand j'arrivai, et se retira par son ordre dès qu'il m'eut un instant fixée.

Le doyen me fit asseoir près de lui, me demanda mon âge, me dit de deviner le sien, que je diminuai de dix ans, puis, présenta son front, me livra sa main pour m'aider à trouver les augures dont je lui vantais la sûreté. Aidée par les avis secret que j'avais reçus de Brigandos, je dis à cet homme tout ce qu'il avait fait depuis vingt ans ; je lui en assurai encore trente de vie, et lui révélai quelques détails de famille dont il lui paraissait impossible que je pusse être instruite. Étonné de ma science, il crut aveuglement tout ce que je lui disais. Je lui fis quelques questions captieuses dont les réponses m'éclairant sur une infinité de choses, facilitèrent étonnamment mes prédictions, et le laissai si content de moi, à la fin de notre entretien, si convaincu de la vérité de ce que je lui annonçais, qu'il me donna vingt pistoles en m'embrassant de tout son cœur*.

Mais la joie que je venais de verser dans son âme, enflammant sans doute son rang et d'amour et d'incontinence, il fut curieux de voir si je faisais jouir aussi bien du présent que je savais annoncer l'avenir : il débuta d'abord par de légères caresses ; ses passions un peu refroidies exigeaient quelques alentours pour se monter au degré de force dans lequel il paraissait avoir grande envie de se trouver ; il me dit en balbutiant que si je voulais me prêter à ce qu'il désirait de moi, il ajouterait six doublons aux vingt pistoles qu'il venait de me donner ; et, sans trop attendre ma réponse, une de ses mains s'égara sous les gazes qui voilaient mon sein... Je me défendis... Ma résistance produisit un miracle : il en devint tellement glorieux, il y avait si longtemps sans doute que la nature ne l'avait si bien servi, qu'il osa me faire voir l'effet de mes charmes. Je me lève avec le dessein de fuir... il s'en aperçoit, il me suit, et se jetant au travers de la porte où se dirigeaient mes pas, il m'assure que je ne sortirai point sans l'avoir satisfait. Ses yeux étaient étincelants ; il bégayait à la fois des mots d'amour et de libertinage ; perdant enfin toute retenue, il me jura, avec de bien gros mots pour un homme de Dieu, que, quand il se trouvait dans l'état où il était alors, ce qui à la vérité lui arrivait bien rarement, il devenait impossible à qui que ce fût de lui résister...

« Ah ! dis-je à mon redoutable adversaire, en jouant le plus grand effroi, qu'aperçois-je, monsieur ! et l'écartant de la porte : Venez, venez, accourez au plus vite, que j'examine sur votre front un signe qui m'était échappé... oh ! monsieur, votre état m'effraye.

— Qu'est-ce ? dit notre homme alarmé, en cessant de me barrer le chemin... qu'observez-vous, ma mie ?... Vous me faites une peur... Voilà déjà les choses dans leur état naturel... Moi qui croyais aujourd'hui... moi qui me flattais... Mais que voyez-vous donc enfin ?

— Combien y a-t-il, monsieur, que vous n'avez eu de commerce avec une femme ?

---

* Vingt pistoles font deux-cent-quarante livres.

— Plus de six mois.

— Oh ! prenez garde à vous… je ne m'en étais point encore convaincue, vous êtes un homme mort, monsieur, mort, vous dis-je, si vous vous avisez d'en voir avant que le soleil ne soit entré dans le capricorne. »

Et en disant cela, je m'élance sur la porte, et me précipite si légèrement hors de la maison, que je suis déjà dans la rue avant qu'il n'ait le temps de revenir de l'effroi dans lequel je viens de le plonger.

En rentrant je trouvai Clémentine dans le plus grand accablement ; elle s'était déshabillée, et son physique paraissait souffrir presque autant que son moral.

« Qu'as-tu ? dis-je à ma compagne.

— Le chagrin de ne pas avoir écouté tes conseils. Plus empressée de voler à mes plaisirs qu'où m'appelaient les intérêts de notre chef, je me suis rendue chez ce personnage dont on m'avait donné l'adresse… Il était prévenu, il m'attendait… On m'avait parlé d'un jeune homme : celui qui fut présenté à mes yeux avait environ cinquante ans, fort laid, l'esprit aussi méchant que l'âme corrompue. Ô Léonore ! tu ne te peindras jamais le dérèglement des mœurs de ce libertin, l'incroyable désordre de ses propos et de ses fantaisies, l'irrégularité de ses goûts… J'ai eu deux amants dans ma vie… mais aucun d'eux… oh ! non, non, quelque dépravée que tu me supposes, je rougirais trop de ces détails… Contente-toi de savoir qu'il a voulu outrager mon sexe… que résistant à ses désirs, il a appelé à lui, et m'a contrainte, par la violence, à en assouvir l'horreur… »

Et mon amie fondait en larmes en achevant cet odieux récit. Je ne la consolai pas, je crus que c'était le moment de pénétrer son âme, plutôt que de l'attendrir… l'instant de frapper les grands coups…

« Eh bien ! lui dis-je, te voilà punie de tes systèmes, les voilà culbutés par l'expérience. Cette aventure vaut mieux pour toi, que toutes les raisons dont j'aurais combattu tes sophismes. Ô Clémentine ! as-tu pu croire que la volupté pût naître où le sentiment devait être inconnu… que celui qui serait assez vil pour payer l'amour, en ferait goûter les plaisirs ?… Que cette leçon te rende sage ; que les remords qui te déchirent garantissent du moins ton cœur d'une corruption plus entière. Je t'avais entendue jadis excuser ces écarts ; tous ces égarements tournent au profit de l'amour, osais-tu dire, ils sont tous enfants de la nature *. Pardon... je t'y croyais familiarisée... Ta douleur me prouve le contraire. Cesse donc de te livrer ainsi aux paradoxes d'une tête embrasée, et que la vaine gloire de montrer de l'esprit à préconiser des erreurs, ne te fasse pas au moins défendre celles que tu n'as jamais partagées... »

Et Clémentine m'embrassait en pleurant. Je n'eus pas besoin de lui faire promettre d'être sage, elle en trouvait le serment dans son cœur, sans qu'il fût nécessaire de la rappeler à l'utilité de cette conduite. Attendrie par ses regrets et par ses larmes, je la calmai, et lui fis du moins passer une nuit tranquille.

Le lendemain Florentina vint nous voir, avec celle de nos compagnes qui avait engagé Clémentine à aller chez l'homme qu'elle avait été visiter la veille. Mon amie ne put s'empêcher de faire des reproches à celle-ci ; mais ce fut là où je pus remarquer l'extrême différence qui se trouvait entre Clémentine, dont tout le tort était d'avoir une mauvaise tête, et une créature vraiment libertine comme celle qui avait voulu la débaucher.

« Bon, bon, répondit Aldonza, il ne faut pas être si difficile dans notre métier ; as-tu donc imaginé que je t'envoyais chez l'Amour, et qu'il t'attendait au sein des plaisirs ? Je l'ai cru jeune, on me l'avait dit, mais qu'importe, les hommes qui payent ne cherchent point à contenter nos caprices, ma chère amie, ils ne s'occupent que des leurs... Je te ménageais une excellente pratique... tu n'as pas su en profiter... Nous en sortons, moins difficiles que toi... il n'a pas eu besoin de nous violer... On se fait à tout, mon enfant, et à cela peut-être plus aisément que tu ne crois. Il nous a priées de revenir, et voilà vingt-cinq pistoles de profit. Des plaisirs communs se payent-ils ainsi ? Or, comme il ne faut viser qu'à l'argent dans l'état que nous professons, les plus grandes irrégularités, puisque ce sont elles qui valent le plus, doivent donc devenir les seuls objets de nos recherches. »

Cette Aldonza était à la vérité la plus corrompue de la

---

* Voyez p. 551, le morceau réfuté par celui-ci ; voyez aussi plus haut la page où Brigandos dit : « Laissez tous ces vilains vices-là se punir les uns par les autres. »

troupe : il s'en fallait bien que nous eussions jamais rien entendu de pareil avec ses compagnes. Clémentine et moi, révoltées de ses propos, nous nous disposions à les faire cesser, en prétextant quelques affaires, lorsque dona Laurentia vint nous supplier de recevoir deux dominicains qui brûlaient d'envie de nous connaître, et sans nous donner le temps de la réponse elle les poussa dans notre chambre.

« Un moment, madame, dis-je à cette insolente courtière, en me levant avec horreur, ces messieurs n'étant que deux, n'ont pas besoin de quatre femmes : laissez-nous nous retirer, mon amie et moi.

— Comme il vous plaira, répondit la duègne, à qui sans doute notre chef avait bien défendu de nous contraindre ; agissez suivant vos désirs, ces deux demoiselles suffiront pour nos révérends, vous pouvez passer dans la salle, vous y serez libres et tranquilles, pendant qu'on va se servir un instant de vos chambres. »

Nous descendîmes, et ces infâmes se divertirent tellement de nos compagnes, qu'il ne nous fut possible de rentrer chez nous que le soir.

Clémentine avait fort peu d'envie d'aller chez le vieux courtisan, négligé la veille pour l'intérêt de ses faux plaisirs ; elle y craignait quelques nouveaux pièges, et sa sagesse allait maintenant jusqu'à la défiance : elle me conjura d'y aller à sa place. J'y consentis, et comme ce personnage ne me fit courir nul danger, je ne vous ennuierai point des détails de ma visite chez lui.

Trois ou quatre histoires semblables où je gagnai une centaine de pistoles à notre chef, terminèrent notre séjour à Tolède, et nous reçûmes enfin l'ordre d'en partir au bout de trois semaines. Le rendez-vous nous fut indiqué à l'entrée d'un petit bois qu'on trouve à gauche de la grande route de Madrid ; nous nous y rendîmes, mon amie et moi, après avoir pris congé de notre duègne, fort mécontente de ce que nous lui avions valu si peu.

Peut-être me blâmerez-vous ici, dit Léonore, en s'adressant à sa mère, de n'avoir pas profité des sommes que je recevais, pour fuir ces malhonnêtes gens : je le proposais à ma compagne, elle en avait autant d'envie que moi, mais elle persista à me faire envisager l'extrême péril que nous courions à quitter ces gens-ci en les volant. Clémentine rendue à la sagesse l'était aussi à la sincérité ; elle m'avoua que bien loin d'oser compter sur les secours dont elle s'était flattée à Madrid, c'était elle au contraire qui se fondait maintenant sur les miens ; elle était bien éloignée, disait-elle, d'oser se présenter à ses connaissances, dans l'état où elle se trouvait. Quant à sa mère, elle m'avoua qu'elle était morte ; il ne lui restait donc plus de ressource que celle de s'attacher à mon sort, et nous nous en tînmes en conséquence au plan que j'avais adopté : celui de suivre la troupe jusqu'aux frontières de France, et là, de nous échapper dans quelque ville où la justice nous ferait donner sûrement à l'une et à l'autre les moyens de gagner ma province. D'après ces résolutions, nous nous contentâmes donc de détourner quelques quadruples que nous cachâmes avec le plus grand soin, précaution d'autant plus nécessaire, que Brigandos nous fouilla toutes dès que nous fûmes réunies. Plusieurs, sans avoir usé des mêmes ruses, avaient fait également un peu de contrebande ; le chef s'empara de tout.

« J'ai soin de vous, dit-il, rien ne vous manque ; mais c'est à moi qu'appartiennent les fonds, et je ne souffrirai jamais qu'on en détourne un réal. »

Nous nous remîmes en marche, et mon amie ne me quitta plus ; ce premier soir, nous nous couchâmes sous les murs des jardins d'Aranjuez, superbe maison de plaisance bâtie par Philippe III ; nous en partîmes le lendemain au matin avec le projet de passer la nuit prochaine à une demi-lieue de Madrid, dans une caverne au bord du Mançanarès, où notre chef devait nous haranguer, et nous distribuer ses ordres, relativement à ce qui concernait notre séjour dans cette capitale. Nous marchions tous ensemble, il était environ sept heures du matin. Brigandos paraissait inquiet, il semblait avoir quelques pressentiments du malheur prêt à nous accabler, lorsque, tout à coup, à environ quatre lieues de la ville, un détachement de trente hommes à cheval débusque d'un petit bois, nous entoure lestement à l'improviste, et nous menace de la carabine, si nous ne nous arrêtons à l'instant...

« Faites de nous ce que vous voudrez, dit Brigandos avec résignation, nous ne sommes ni en état ni en volonté de nous défendre... »

Mais quelle fut sa surprise, en prononçant ces mots, de reconnaître, à la tête de ce détachement, don Pèdre, ce même chevalier de la Sainte-Hermandad, auquel Castellina, fille de notre chef, avait sauvé la vie près d'Alcantara, et que la troupe avait soigné, nourri et secouru pendant quatre jours, malgré les risques qu'elle y courait[589]...

« Scélérat, lui dit Brigandos, nous remets-tu bien ?... Te souviens-tu que tu nous dois la vie ?...

— Ami, répondit cet infâme coquin, la reconnaissance est nulle dans notre état, nous n'écoutons que le devoir ; nous ordonnât-on d'égorger nos pères, nous le ferions pour le service du tribunal sacré dont nous avons l'honneur de dépendre*. C'est moi qui t'ai dénoncé... c'est moi qui t'arrête... Toutes les chaînes sociales se détruisent envers les criminels, on ne leur doit que de la rigueur. »

Et en disant cela, le monstre liait et garrottait les mains de Castellina, ces mains, ces mêmes mains qui, quelques semaines auparavant, avaient étanché le sang de ce traître, et l'avaient rendu à la vie.

« Ô Justice ! s'écria notre malheureux chef, en voyant cette horreur, t'appellera-t-on fille du ciel, quand de semblables forfaits souilleront tes membres ! S'il est vrai qu'un Dieu gouverne les hommes, doit-il être regardé comme équitable, en tolérant de telles exécrations sur terre, en souffrant que le bien ne s'y fasse que par des crimes effrayants ! Puisse mon funeste exemple apprendre aux hommes que la plus grande de toutes les sottises est d'écouter le sentiment famélique de la pitié, qui ne sert qu'à faire des ingrats, et qu'on éprouve bien moins de tourments à ne jamais se livrer au bien, qu'à le pratiquer au prix des remords dont l'ingratitude des autres vient pénétrer nos cœurs. Vous, juges, souverains, magistrats, vous enfin, qui tenez la balance, ne vaudrait-il pas mieux changer toutes vos lois, ne vaudrait-il pas mieux fouler aux pieds tous vos principes, que d'en admettre qui doivent nécessairement placer le remords à côté de la vertu, et convaincre l'homme que c'est à faire le bien qu'existent les plus grands dangers ? »

Mais l'air emporte toutes ces déclamations, et sans distinguer l'innocence du crime, nous n'en sommes pas moins tous liés et campés indifféremment comme des sacs sur les chevaux de

---

* Plût au ciel que ces effrayantes maximes ne se trouvassent qu'en Espagne, et qu'elles n'eussent jamais souillé nos annales !

ces alguazils, qui nous conduisent rapidement à Madrid, au palais de l'Inquisition, en qualité de Bohémiens, de gens sans aveu, commettant partout différents excès, à la vérité sans effusion de sang, clause qui, au lieu de nous faire mettre dans les prisons de la justice, nous fit simplement placer dans le Saint Tribunal.

« Douce Vertu, me dis-je alors à moi-même, est-ce donc la peine d'encenser tes autels ? qu'ai-je gagné à te révérer dans mon cœur ?... Qui démêlera maintenant si je suis coupable ou non ? qui protégera mon innocence... quel droit aurai-je à la faire éclater ? »

Après avoir été suivis de la foule, après avoir servi de pâture à la sotte curiosité du peuple, nous fûmes remis entre les mains de l'alcade, qui nous conduisit tout de suite dans les différentes prisons qui nous étaient destinées.

« Ô Léonore ! mille et mille fois adieu, me dit Brigandos en nous séparant, je vous recommande ma chère enfant, si elle tombe avec vous. N'oubliez jamais, fille vertueuse, que si mes fautes vous enveloppent dans ma disgrâce, j'ai du moins par devers moi deux procédés qui doivent obtenir mon pardon près de vous : celui de vous avoir secourue dans l'infortune, et celui de vous aimer sans jamais avoir osé vous le dire. »

Ce dernier aveu m'étonna, et j'en étais encore dans la surprise, quand ce malheureux, dont les larmes coulaient en me regardant, fut aussitôt arraché d'avec nous.

Ciel ! me dis-je, je n'ai trouvé que de la dureté dans les hommes du monde, tous ont voulu abuser de mon malheur et de mon innocence, et c'est dans un chef de brigands que je rencontre de l'honnêteté et de la délicatesse !... Ô société ! je le répète, ou vos lois sont bien iniques, ou vos membres sont bien corrompus ! Ce chef infortuné suivait une carrière dangereuse, sans doute, je suis bien loin de vouloir l'excuser, mais son esprit était juste, son cœur délicat et sensible : il devait succomber, rien de plus simple. Parmi des êtres aussi pervers, aussi injustes, aussi inconséquents que les hommes, celui qui, près d'un peu de mal, ouvrira son âme à beaucoup de vertus, doit périr infailliblement*.

---

* On a quelquefois demandé la raison de cette inconséquence ; elle se trouve dans l'histoire du cœur humain ; ce ne sont pas les mauvais attributs des autres qui humilient notre orgueil, ce sont leurs perfections, moyennant quoi l'on prend peu garde à l'être entièrement mauvais quand on n'a point de rapports

Heureusement pour moi, la chambre où je fus placée se trouva près de celle de Clémentine ; quelle consolation ! Le lendemain de notre arrivée, nous fûmes tous interrogés à part ; je suivis Clémentine, qui me dit que vraisemblablement les autres femmes nous avaient précédées ; elle en avait, disait-elle, aperçu deux auxquelles il lui avait été impossible de parler ; elle n'eut pas le temps de m'en dire davantage. On vint me prendre et je parus à l'audience.

Le grand inquisiteur était seul quand j'y entrai. Ce n'est pas le même qui interrogea Sainville ; celui-ci, vraiment le chef et le premier de la maison, est un homme de quarante-cinq ans, d'une taille haute et fière, fait comme Hercule, l'air de la force, de la santé et de la vigueur, le regard sombre, le sourcil farouche, la voix rude et menaçante, et bien plus ressemblant à l'exécuteur même de la justice qu'au ministre équitable et débonnaire qui ne doit que la faire chérir et régner.

On le nomme don Crispe Brutaldi Barbaribos de Torturentia [590]. Il m'ordonna de me mettre à genoux en entrant, et de faire un acte de contrition devant le crucifix ; il était debout, il m'observait d'un œil rigoureux et sévère, où se mêlait pourtant une sorte de joie maligne et de curiosité lubrique. Quand j'eus fait semblant d'obéir à ce qu'il me disait, je me levai ; il s'assit, me fit approcher de lui, et me regardant avec impudence sous le nez, il me demanda, en me tutoyant, quel âge j'avais.

« Près de dix-huit ans, répondis-je.

— Es-tu fille, es-tu femme ?

— Je suis femme ; j'ai été enlevée à mon époux en Italie, je cours la terre pour le chercher ; je suis tombée par hasard dans les mains de ces Bohémiens, et j'ai été prise avec eux.

— Tu n'es donc pas de leur troupe ?

avec lui. Mais les qualités de l'être mixte désespèrent l'amour-propre ; révolté du bien, on veut voir s'il ne fait point de mal, et l'on met tous ses vices au jour pour se venger de ses vertus. Fatale conclusion, mais ne doutons pourtant point de sa bonté : la véritable sagesse est de se conduire à la guise des hommes, c'est le seul moyen d'être heureux. Or, d'après ce principe, celui qui a le malheur de ne pouvoir être tout à fait bon, fera beaucoup mieux d'être tout à fait méchant, que de mélanger l'un et l'autre ; il aura tort aux yeux de la vertu, mais grandement raison aux yeux des hommes ; et ce sont les hommes qui font notre sort. Réflexion affligeante mais juste.

— Je ne suis qu'accidentellement réunie à elle.

— Et qui es-tu ? »

Ici je lui fis en peu de mots l'histoire de ma naissance et de mes malheurs.

« Bon, bon, conte que tout cela ! me dit-il, tu es une aventurière, tu es une fille de mauvaise vie.

— J'ai dit la vérité, je vous le proteste.

— Mais ces Bohémiens ont abusé de toi, ils t'ont violée ?

— Je n'ai nul reproche à leur faire, puissé-je avoir autant à me louer de vous que j'ai de grâce à leur rendre.

— On te traitera comme tu le mérites ; tu as profané les sacrements, nous le savons, tu seras rôtie à petit feu, tu vivras douze heures dans les flammes, et l'on ne t'y plongera que déchirée.

— Ô ciel ! quelque foi qu'il faille ajouter à des sacrements, mérite-t-on la mort pour n'y pas croire ? Un Dieu de paix veut-il le sang des hommes, ses ministres doivent-ils le répandre ?

— Tu ne crois donc pas à ces cérémonies ?

— Je crois qu'il existe un Dieu bon [591] à qui le meurtre est en horreur.

— Tu te trompes, Dieu commande de tuer ceux qui ne croyent pas à la religion, il ordonne à son peuple de massacrer les nations idolâtres ; son fils a dit : « Je suis venu apporter le glaive et non la paix. »

— En ce cas je ne crois point à son fils.

— C'est ce qui fait que tu seras suspendue au milieu des flammes, pour en être retirée et y tomber tour à tour, pendant douze ou quinze heures que durera ton supplice.

— J'invoquerai le Dieu unique et saint que je crois, il me sauvera des mains de mes bourreaux ; Daniel l'implora dans la fosse, et Daniel en fut écouté. »

Et ici mes larmes coulèrent malgré moi.

Quand l'inquisiteur me vit pleurer, il m'observa avec des yeux plus expressifs, et qui, en même temps me glacèrent d'effroi ; ses deux lèvres se resserraient l'une sur l'autre, et une sorte de mugissement s'échappa de sa poitrine, il me demanda si les larmes que je versais étaient celles du repentir. Je lui répondis que je n'avais point fait de faute, et que par conséquent je ne connaissais point le remords. Il continua de me fixer, et alors en soupirant comme il venait de faire, il fit un geste sur lui-même qui me causa autant de surprise que de frayeur ; je m'aperçus qu'il était dans un grand trouble ; il s'agitait sur son fauteuil, renouvelait le geste qui m'avait effrayée, et continuait d'étouffer ses soupirs... Il avança une main vers moi comme pour me rapprocher de lui ; cette main, jetée à travers ma ceinture, tomba sous mes reins comme par inadvertance, et pressa, vivement ce qu'elle rencontra... Je le regardai fièrement, et mes larmes tarirent. On n'imagine pas ce que le vice qui s'oublie donne de force à la vertu ; il retira sa main, et m'ordonna de me mettre à genoux devant lui ; je m'y plaçai à quelque distance, perdant le plus que je pouvais du terrain qu'il m'avait fait gagner en m'attirant. Il rejeta sa main sur ma poitrine, à l'ouverture de ma robe, et me tira, quoique agenouillée, absolument entre ses jambes ; il prit mes deux mains, les joignit sur ses cuisses où il les appuya, et m'ordonna de réciter le pater. Je lui dis que je l'avais oublié. Il me demanda d'autres prières. Je lui dis que depuis que je courais le monde, je ne me souvenais plus de tout cela, que je ne savais qu'invoquer Dieu, dans le fond de mon âme, contre ceux qui travaillaient à me perdre.

« Tu es une impie, me dit-il en reportant ses doigts sur mon sein, comme pour le couvrir, mais en effet, pour le toucher ; j'écartai sa main tout de suit... »

Ici sa figure s'anima prodigieusement, le courroux s'y peignit à côté de la luxure, son agitation redoubla, et il recommença plusieurs fois sur lui-même le geste indécent qui lui était échappé ; il m'apostropha de deux ou trois invectives et me dit qu'il allait me faire mettre à la question.

« Pour quoi faire ? lui dis-je.

— Pour découvrir tes crimes.

— Je n'en ai point commis.

— Tes impiétés.

— J'adore Dieu.

— Tes complices.

— Je n'en ai point.

— Tu les nommeras quand je te tourmenterai. »

Ici sa respiration se pressa ; son cœur et sa poitrine palpitaient, et ses mots ne se prononçaient plus qu'en bégayant.

« Je saurai, continua-t-il, t'imposer des supplices qui arracheront de toi la vérité. »

Ses mains se reportèrent alors sur mes deux seins, et ce fut en les saisissant à nu, non sans me faire une violente douleur, qu'il me rapprocha de lui davantage ; me trouvant par cette secousse entre ses jambes, il écarta totalement le voile qui couvrait ma poitrine, et, sur ce que je le priais de me laisser, il me dit qu'il allait me faire entièrement déshabiller.

« C'est contre la pudeur, répondis-je, et vous me grondiez de l'avoir enfreinte.

— Ce qui se fait au nom de Dieu n'offense jamais la pudeur. »

Et ses mains que je n'osais plus contenir, ne m'attachant qu'à le calmer, s'égaraient indiscrètement sur ma gorge, mais d'une manière si brutale, qu'il me faisait frémir. Il redescendit mon corset de tous côtés, débarrassa mes épaules des manches, et le buste entier, au moyen de cette manœuvre, se trouva nu à ses regards. Il me dit en ce moment de sortir tout à fait mes deux bras de ma robe, et sur mon refus, il me menaça d'un air effrayant d'appeler du monde. J'obéis donc, je retirai d'abord un bras, puis l'autre, et ainsi, toujours à genoux, mes vêtements tombèrent jusqu'à la ceinture. Cependant ses deux mains continuaient de presser ma gorge et de se promener sur mes épaules, sur mes bras, et généralement sur toutes les parties mises à nu. Il prit une de mes mains et la porta sur lui ; mais je la retirai si vite que son dessein ne fut qu'imparfaitement accompli. Il me demanda si je n'avais point sur la peau quelque signe qui prouvât que j'avais donné mon âme au diable [592] ; il examina en conséquence tout ce que l'état où j'étais lui permit d'observer ; alors il me fit relever, et tenir droite entre ses jambes ; il me dit qu'il fallait qu'il examinât le reste de mon corps dans les mêmes intentions. Je me défendis vivement, il me menaça de nouveau en m'ordonnant de lâcher les rubans qui tenaient mes habits, afin qu'ils tombassent tout à fait. Et comme je m'obstinais à le refuser, il chercha vers ma ceinture les liens qu'il voulait dégager. Ne les trouvant pas, il me fit tourner, les saisit au bas de mes reins, les rompit en fureur, et toujours dans cette attitude, mes vêtements coulèrent à mes pieds. J'ignore les mouvements qu'il fit alors sur lui-même, je ne pouvais les voir : je sais seulement qu'il s'en permit, que ses mains parcoururent tout ce qu'il venait de découvrir, que ses yeux parurent s'y fixer longtemps, que son agitation fut inexprimable, que ses soupirs augmentèrent de force, qu'il prononça des mots sans suite, tantôt des éloges, tantôt des menaces et que... retombant enfin dans le calme, il m'ordonna de me rhabiller [593]. Je lui dis que, puisque l'état où je me trouvais était son ouvrage, je voulais retourner dans ma chambre et traverser toute la maison dans ce désordre. Il s'approcha de moi à ces mots, mais sa figure n'avait plus aucun signe de courroux, le sourire même parut un instant sur ses lèvres ; il me dit en me passant la main sous le menton, que j'étais une petite fille bien entêtée... bien méchante, que je ne sentais pas le bien qu'il me voulait ; et tout en disait cela, avec les manières les plus douces, il m'aida à me rajuster, sonna dès que je le fus, et me renvoya dans ma chambre en m'ordonnant de lui faire dire si j'avais besoin de quelque chose, son intention étant que rien ne me manquât. Je profitai de cet instant de faveur pour lui recommander ma compagne, mais il me répondit qu'il ne connaissait que moi, et qu'il ne prenait intérêt qu'à moi.

Mon premier soin fut de raconter à Clémentine tout ce qui venait de m'arriver ; je lui demandai si la conduite de l'inquisiteur avait été la même envers elle.

« Je t'aurais tout dit, me répondit ma compagne, si j'en avais eu le temps, avant que tu ne te rendisses où l'on t'appelait ; mais tu as vu l'impossibilité où je me suis trouvée de te prévenir. Moins patiente que toi, je ne lui ai pas donné le temps d'aller si loin, et devinant ses desseins au premier mot, je lui ai demandé ou de me renvoyer dans ma prison, ou de ne m'interroger que devant des témoins ; cette fermeté l'a mis en fureur, et il m'a juré qu'il ne m'épargnerait pas.

— Hélas ! dis-je à mon amie, je me repens de n'avoir pas imité ton courage, mais j'ai deux raisons pour excuses : l'effroi dans lequel j'étais ; l'espoir que j'ai eu de l'attendrir et d'échapper aux grands dangers en osant braver les petits... Ses premiers mouvements ont été ceux de la brutalité, je ne m'étonnerais pas qu'un peu d'amour n'eût peut-être conduit les seconds ; si je croyais que ce sentiment pût jamais naître dans une telle âme, je ne le repousserais pas, et son cœur amolli par le dieu dont on obtient tout, nous donnerait peut-être à l'une et à l'autre les moyens de lui échapper. »

Ici la crainte d'être entendues nous empêcha de poursuivre, et je me livrai seule à mes réflexions.

Ô ciel ! me dis-je dès que je fus un peu calme, serait-ce

donc ici le tombeau de cette fidélité qui m'est si chère, et que je conserve avec tant de plaisir ?... J'ai échappé aux pièges d'un noble Vénitien ; un corsaire barbare n'a osé attenter à ma pudeur ; elle n'a point cédé aux poursuites d'un consul français ; à la veille d'être empalée à Sennar, ne sauvant ma vie qu'au prix de mon honneur, j'ai trouvé le secret de garder l'un et l'autre ; j'ai vu un empereur cannibale à mes genoux ; je suis sortie intacte des mains d'un jeune Portugais, d'un vieil alcade de Lisbonne, des quatre plus grands débauchés de cette ville ; don Flascos de Benda-Molla n'a pu triompher de mes rigueurs ; une Bohémienne, deux moines et un chef de brigands ont soupiré sans fruit. Et tout cela serait-il, grand Dieu, pour devenir la proie d'un inquisiteur... Hélas ! j'avais des ressources partout, il ne m'en reste aucune ici, il faut que je périsse ou que Dieu fasse un miracle en ma faveur ; et depuis celui de l'Annonciation, je ne sache pas qu'il en ait fait un seul en faveur de la vertu des femmes.

Huit jours se passèrent ainsi, sans que nous eussions d'autres douceurs, Clémentine et moi, que de nous entretenir de nos communs désastres.

Ce fut alors que vous arrivâtes près de nous, dit Léonore à son mari : mon amie vous implora pour elle et pour moi ; vous nous craignîtes, votre prudence était bien cruelle, je ne vous la reproche pas, elle était juste ; il y a des cas où la commisération est impossible, où elle n'est pas même dans la nature : elle n'en est donc alors qu'une loi secondaire, qu'un sentiment égoïste. Plût au ciel que nous eussions été pénétrés de cette vérité, quand nous secourûmes le scélérat don Pèdre : nous ne fussions pas devenus aussi cruellement ses victimes. Quoi qu'il en soit, vous vous sauvâtes seul ; votre évasion fit le plus grand bruit ; elle nous fit resserrer tous, elle donna de l'humeur à nos gardes, et il n'y eut pas un seul prisonnier qui n'en souffrît.

Le surlendemain de votre départ était enfin le jour destiné à la fatale scène qui nous attendait ; on nous avertit dès le matin de nous tenir prêtes pour être interrogées, avec les formalités de *rigueur* ; je laissai passer ce mot sans l'interpréter ; mais Clémentine, ou plus craintive, ou plus clairvoyante, me demanda si j'avais fait attention à la phrase dont on s'était servi.

« Non, lui dis-je.

— Eh bien ! me dit-elle, sois malheureusement bien sûre que cet interrogatoire, avec les formalités de *rigueur*, ne signifie autre chose que la question à laquelle nous allons certainement être appliquées.

— Ô ciel ! tu me fais frémir. »

Et nos larmes coulèrent à toutes les deux.

Neuf heures sonnèrent enfin ; c'était l'instant pour lequel nous étions averties. L'alcade se présente à moi quand on ouvrit ma porte, et m'ayant prise à part, sans que les geôliers pussent nous entendre, il me confirma les craintes de Clémentine...

« Vous allez subir la question, me dit-il, mais vous passerez la dernière : cela vous donnera le temps de la réflexion. Si vous demandez au révérend père inquisiteur d'être une seconde fois interrogée secrètement par lui seul, il vous l'accordera, et vous ne subirez point de tourments... »

Je l'avoue, le début de ce discours m'avait si fort étourdie, qu'à peine en compris-je la fin ; et comme il s'aperçut de mon trouble, il me répéta ce qu'il venait de me dire.

Nous marchâmes. Clémentine, déjà conduite par ses geôliers, me devançait, il me fut impossible de lui parler. Après avoir traversé toute la maison, nous descendîmes un grand escalier pratiqué sous une voûte, qui, au bout de cent marches, nous conduisit à la porte d'un corridor si sombre, qu'à peine y voyait-on pour se conduire. Au bout de ce passage extrêmement long, nous trouvâmes une porte de fer très étroite, attenante à un autre escalier tournant, qui nous offrit encore plus de cent marches à descendre ; je crus que nous nous engloutissions dans les entrailles de la terre*.

Le silence qui s'observait dans cette marche, les fréquentes effigies de saints, de vierges, de représentations de supplices dont étaient remplis les murs de cette traversée, le bruit lugubre d'une multitude de portes de fer qui s'ouvraient et se refermaient sur nous à mesure que nous avançions, l'obscurité profonde qui régnait dans ces souterrains, à l'exception du peu de lampes allumées devant les images, la hauteur, l'humidité des voûtes, quelquefois des cris et des mugissements sourds qui sortaient du fond des cachots, tout inspirait à

* Tous ces détails locaux sont faits sur les lieux mêmes ; le lecteur peut être sûr de leur fidélité.

l'âme une sorte de terreur sinistre qui, glaçant à la fois tous mes sens, m'interdisait jusqu'à la faculté de pouvoir suivre mes conducteurs. Nous parvînmes enfin à une dernière porte qui s'ouvrit au plus léger bruit que notre guide fit à la serrure. Nous entrâmes seules, nos gardes se retirèrent après nous avoir vues passer devant eux.

Au milieu d'une haute et grande salle voûtée, de forme parallélogramme, uniquement éclairée par des lampes, était une longue table, autour de laquelle se trouvaient assis le grand inquisiteur, le grand vicaire de l'archevêque, obligé d'assister à ces cérémonies, et le greffier. Dans trois des coins de ce fatal endroit, se voyaient les différents préparatifs des trois supplices employés communément à l'Inquisition : celui de la corde, celui de l'eau et celui du feu* ; deux bourreaux

* La torture de la corde se donne en liant le criminel à une corde par les bras renversés en arrière. Par le moyen de cette corde qui joue dans une poulie, on enlève le patient de vingt à trente pieds, puis après l'avoir ainsi laissé suspendu quelque temps, on le laisse brusquement retomber de toute la hauteur jusqu'à un demi-pied de terre ; ces secousses lui disloquent toutes les jointures, lui crèvent souvent l'estomac et lui font pousser des cris horribles. — La fortune de l'eau consiste à faire avaler une quantité d'eau au patient, ensuite on le couche sur un banc creux, dans lequel on le serre à volonté. Ce banc a un bâton qui le traverse et qui tient le corps du patient comme suspendu. La position lui rompt l'épine du dos avec des douleurs incroyables. — La torture du feu est la plus rigoureuse de toutes. On allume un brasier ardent, ensuite on frotte la plante des pieds du criminel de matières pénétrantes et combustibles ; on l'étend par terre, les pieds tournés vers ce feu, et on les lui brûle ainsi jusqu'à ce qu'il avoue. Ces trois tortures se donnent chacune l'espace d'une heure, et souvent plus. Ainsi que les hommes, on y applique les femmes et les filles de tout âge, quelquefois couverts d'une chemise de grosse toile, souvent nus ; mais de toutes manières elles sont toujours dépouillées devant leurs juges ; en sorte, dit l'auteur, que nous transcrivons mot à mot dans cette note, que la plupart effrayées de cet immodeste appareil, disent et nient tout ce qu'on veut, afin d'éviter les tourments. On n'a aucun égard, poursuit le même écrivain, ni à l'âge, ni au sexe : on y traite tout le monde avec une égale sévérité. Tous sont appliqués à la torture, ou presque nus, ou totalement nus, suivant le caprice des inquisiteurs, qui ne manquent pas de traiter avec bien plus de rigueur les femmes ou les filles qui ne veulent pas leur être favorables. Celles qui pourtant se rendent n'en sont pas plus heureuses. Ils les engagent à se livrer à eux, en leur faisant espérer de les sauver, et dès qu'ils en ont joui, ils les condamnent à mort, afin que, par ce moyen, le crime qu'ils commettent se trouve enseveli. Leurs excès enfin montèrent à tel point, que Clément VI nomma une commission particulière pour informer contre leurs infamies. Ce fut Bernard, cardinal de Saint-Marc, qui en fut chargé. Voilà pourquoi enfin Miguel de Monserrate, auteur espagnol, dans son livre *Coena Domini*, leur dit : « Cimas esso, mal hechores como no teneis vergüenza ni honra, que despues de aver gozado las mugueres y donzellas que entran en vuesto poder

assistaient à chacun de ces apprêts ; ils étaient vêtus d'une tunique noire, la tête affublée d'un capuchon percé aux yeux, et le plus grand calme régnait dans l'assemblée.

Castellina, cette douce et charmante fille de Brigandos, nous attendait à la porte de la salle : elle y fut introduite avec nous. Quelque effrayée que je fusse, mon courage ne m'abandonna point. Je me ressouvins de ce que m'avait dit l'alcade, et je crus voir dans ces paroles un peu d'espoir et de consolation, que je payais bien, sans doute, puisque je ne pouvais envisager pour motif de cette tolérance, qu'un sentiment dont les suites m'eussent été plus cruelles que la mort. Quoi qu'il en fût, je pouvais au moins me tirer d'affaire bien plus facilement, n'ayant à craindre que cette sorte de danger, qu'exposée à ceux dont les apprêts me faisaient frémir.

On nous fit mettre d'abord à genoux toutes les trois autour de la table, et dans cette posture, l'inquisiteur nous demanda d'où venait que nous avions profané les sacrements de l'Église. Nous répondîmes que cela nous était jamais arrivé. Sur cela le grand vicaire prit la parole et dit qu'il était inutile de renier un fait avoué par nos compagnons.

On demanda à Castellina si elle ne vivait pas en intrigue criminelle et incestueuse avec son père : elle jura que non. Avec son frère : elle dit que leur usage était de se marier entre frères et sœurs ; qu'elle était destinée à épouser son frère, mais que n'étant point encore sa femme, elle n'avait jamais pris aucune liberté avec lui ; que voulant même se conserver pure pour celui qu'on lui destinait, elle n'avait jamais mené la vie prostituée de ses compagnes ; qu'elle répondait de sa virginité, et qu'on pouvait la faire examiner. Ensuite elle ajouta que Clémentine et moi avions également vécu dans la plus extrême continence, depuis que nous étions agrégées à eux.

On lui demanda si elle croyait à la religion catholique. Elle dit que non. On nous adressa la même question : nous y fîmes la même réponse. On demanda à la fille de notre chef pourquoi elle n'ajoutait point de foi à ce culte. Elle dit qu'elle

---

despues de averlas gozado has al entregais fuego, ô impios, peores que les viejos du Suzana. »[594]

Voyez la seconde partie du tome II de l'*Histoire des Cérémonies religieuses des peuples du monde* et *l'Histoire des Inquisitions.*

ne croyait pas le devoir, et qu'elle ne le pouvait pas ; et à la même interrogation nous répondîmes, ma compagne et moi, que nous étions convaincues que ce culte offensait souverainement la divinité, et que nous l'avions abjuré dès l'enfance.

« Perfide réponse ! s'écria Mme de Blamont ; ô Léonore, n'eussiez-vous pas dû être plus prudente ?

— Les approches des plus affreux supplices, répondit Léonore, ne me feraient jamais feindre sur cet objet, madame.

— Ô juste ciel ! s'écria avec des pleurs Mme de Blamont, dont l'âme délicate et tendre s'alarmait de tout ce qui paraissait enfreindre les sentiments pieux auxquels elle était inviolablement attachée.

— Femme à jamais respectable, dit le comte en prenant les mains de son amie, vous êtes tellement pure, qu'un récit même vous offense, mais de grâce, laissez continuer votre fille... Eh bien ! Léonore, que vous demanda-t-on ensuite ? »

Si nous étions Juives, reprit l'aimable épouse de Sainville ; nous assurâmes que non ; nous dîmes que nous étions déistes, et qu'il n'existait aucun tourment qui pût nous faire changer notre façon de penser. On nous demanda si nous aidions les hommes dans les vols qu'ils faisaient ; nous assurâmes que non. Enfin on nous demanda si nous étions livrées au démon : nous protestâmes que non.

Et nos réponses étant toutes écrites, on nous fit lever. Le greffier resta à la table, Clémentine et moi, près de lui, sur des tabourets ; le grand vicaire et l'inquisiteur furent s'asseoir sur deux fauteuils, placés dans celui des coins qui n'était point occupé par des appareils de supplice. Ils appelèrent à eux Castellina ; ils lui ordonnèrent de se dépouiller entièrement ; elle recula d'horreur, en protestant que cela ne lui était jamais arrivé devant aucun homme. L'inquisiteur lui dit que cela devait être ainsi, qu'il fallait absolument procéder à la visite de son corps... que ce qui était crime devant les mondains [595] cessait de l'être aux yeux des ministres du Seigneur ; et comme elle refusait encore, deux bourreaux s'approchèrent, par ordre de don Crispe ; ils la saisirent et la dépouillèrent en un instant ; dès qu'elle fut en cet état, les bourreaux se retirèrent ; un d'eux s'empara d'une spatule qu'il tint au feu, jusqu'à ce qu'il fût appelé.

« Il s'agit, dit alors l'inquisiteur à cette belle et malheureuse fille, la pudeur sur le front et les joues inondées de larmes, il s'agit de vérifier sur toutes les parties de votre corps si vous ne portez point les stigmates du démon ; approchez-vous... »

Elle obéit, et don Crispe l'ayant, par un mouvement de son fauteuil, enfermée entre le grand vicaire et lui, tous deux examinèrent avec le plus grand soin chacune des différentes parties du corps de cette fille, qui se trouvait tournée vers eux. Au bout d'un assez long temps on la fit changer d'attitude, en sorte qu'elle offrait maintenant à l'un ce qu'elle venait de présenter à l'autre. Le silence était profond ; on observait de fort près, et avec le soin le plus exact. Les doigts vérifiaient ce que l'œil ne discernait pas bien... facilitaient les recherches, ou fixaient les positions. Il y avait près d'une heure que l'examen durait, et cette victime infortunée avait déjà été visitée trois fois de l'un et de l'autre côté, par chacun de ses juges, sans qu'il se fût prononcé une parole, lorsque l'inquisiteur observa sur le sein gauche un signe noir presque imperceptible ; il le montra sur-le-champ à son confrère, et tous deux ordonnèrent au greffier d'écrire qu'on venait de reconnaître à la partie qu'ils désignèrent, un stigmate bien certain du démon. Ils lui enjoignirent d'observer et d'écrire de même le mouvement qu'allait faire cette enfant du diable, lorsqu'on imprimerait un fer ardent sur ce signe impie. Selon eux, la victime ne devait rien sentir si le signe était de Satan. La pauvre fille de Brigandos voyant approcher vers elle le bourreau armé du fer, demanda instamment de ne pas être brûlée, jurant et protestant que ce signe lui venait de sa mère ; mais rien n'y fit ; don Crispe saisit le sein, et montra du doigt au bourreau l'endroit où il devait faire son application, pendant que lui-même la contiendrait. Le fer fut appuyé rouge, et la patiente jeta deux ou trois cris.

« Allons, dit l'inquisiteur, dès que ce moyen ne réussit pas, il faut user d'un autre ; il n'est que trop certain, poursuivit-il, que cette créature est vouée au démon, et puisqu'elle refuse d'en convenir, il faut tirer des réponses d'elle par la voie des tortures. »

Alors elle fut saisie par deux questionnaires [596] qui la conduisirent auprès du feu, et lui firent endurer cette sorte de supplice... Les pointes acides et aiguës de cet élément n'eurent pas plutôt pénétré la plante des pieds, imbibée de matières

Le ciel est-il juste quand il abandonne la vertu à de si grands tourments ?.....

combustibles, qu'elle poussa des cris affreux, et convint qu'elle était effectivement vouée au démon dès son enfance. On lui demanda quel motif avait pu engager ses parents à en agir ainsi ; elle dit qu'elle l'ignorait, et on la rappliqua pour tirer d'elle ce second aveu.

Après avoir encore souffert longtemps, et ne sachant que répondre à cette question, elle dit, pour se soustraire aux maux qu'elle endurait, que ce qui fait qu'on l'avait vouée au démon, était l'espoir de lui faire faire sa fortune, et que c'était d'ailleurs un des dogmes de sa religion. Enfin on lui demanda quels étaient les complices que son père pouvait avoir hors de la troupe. Elle dit qu'elle ne lui en connaissait aucun. On la réchauffa, mais de beaucoup plus près. Elle jeta des cris épouvantables, et tressaillit avec tant de violence, qu'elle s'enleva de plus de deux pieds, quoiqu'elle fût fortement contenue. Tous ses traits étaient renversés ; ses cheveux, hérissés sur sa tête, s'agitaient et se dressaient d'eux-mêmes ; ses muscles raccourcis se contournaient de mille manières, et la malheureuse faisait à regarder autant de pitié que d'horreur.

Alors je me rappelai les secours que je lui avais vu donner au scélérat, cause des tourments affreux qu'elle endurait. Je me peignis sa candeur et sa bienfaisance, et je me dis : Est-il possible que des qualités si réelles ne contrebalancent pas des vices imaginaires, et le ciel est-il juste, quand il abandonne la vertu à de si grands tourments !

Mais si, dans cet instant, les infamies dont j'étais témoin m'engageaient à déclamer contre le ciel et contre les hommes, combien l'événement qui suivit n'augmenta-t-il pas l'horreur que j'éprouvais contre toute la terre ! À la troisième reprise, Castellina, jeune et forte, se défendant avec vigueur, exerça celle des bourreaux ; l'un d'eux, s'agitant pour la contenir, laissa tomber, en se débattant, le capuchon qui lui couvrait la tête... Oh ciel ! quel était celui qui remplissait cette horrible fonction ! le croirez-vous ?... Don Pèdre... l'exécrable don Pèdre !... Cet insigne scélérat, non content d'avoir dénoncé... arrêté lui-même celle à qui il devait la vie... se trouvait encore au nombre de ses persécuteurs... Que dis-je ? il était le seul qui eût agi quand il avait fallu lui faire endurer le supplice... le seul qui allait agir encore. Elle le reconnut... elle détourna les yeux avec horreur, et le monstre, se rajustant bien vite, acheva de lui calciner les pieds...

Ô vous qui mettez votre gloire et votre félicité à secourir les maux de l'infortune... vous qui courez chercher l'indigent sous l'humble toit qui le recèle... vous qui séchez ses pleurs et lui rendez la vie... que cette exécration ne vous arrête point ! Toutes les belles âmes ne sont pas aussi malheureuses que Castellina... tous les individus que l'on soulage ne ressemblent pas à don Pèdre.

Enfin la triste victime de tant de scélérats réunis, vaincue par les douleurs, avoua tout ce qu'on voulut, mais elle persista à dire que Clémentine et moi n'étions tombées dans leurs mains que par hasard, et que nous n'étions nullement fautives.

On la relâcha, et elle fut déclarée coupable, sur ses aveux, d'impiétés, de commerce avec le diable et de vol public. Après l'avoir un instant laissée respirer, l'inquisiteur ordonna qu'elle fût rapportée dans sa chambre et qu'elle eût à s'y préparer à la mort. Elle tourna vers nous ses deux grands yeux languissants et noyés de larmes... elle soupira, sembla nous adresser le dernier adieu, et sortit.

Voilà comme fut traitée une pauvre fille de seize ans, belle comme un ange, sage, vertueuse, du plus excellent caractère, qui, peu de jours avant, s'était dépouillée pour secourir celui qui lui servait aujourd'hui de bourreau... Infortunée, dont l'unique tort était d'appartenir à des parents qui l'avait corrompue dès l'enfance.

Quoique les aveux de Castellina eussent dû nous épargner les tourments de la torture, si la justice eût régné dans un tribunal aussi effroyable, on nous déclara qu'il fallait nous préparer au même sort.

Je fus appelée... Me trouvant tout près de ces monstres, je pus les observer : le feu sortait de leurs yeux, ils étaient l'un et l'autre dans une ardeur prodigieuse, mais il était difficile de dire quel était le motif de cette irritation... À supposer un instant la raison pour eux, devaient-ils éprouver autre chose qu'une fermeté compatissante, et beaucoup de pitié ? Mais de tels sentiments ne sortent pas l'âme de son assiette ; ils ne jettent pas dans un trouble pareil à celui où étaient ces sauvages ; ils ne font pas écumer, ils ne font pas vomir des imprécations ; ils ne placent pas sur le front une sorte de colère ténébreuse, presque impossible à définir ! Il y avait donc autre chose dans ces cœurs pervers que ce qui devait naturellement y naître ; et quelle était cette passion tumultueuse et désordonnée[597] qui, leur faisant un jeu des tortures qu'ils infligeaient, éteignait en même temps les vrais mouvements permis dans leur situation ?

Ô vous qui tolérez de tels tribunaux... réfléchissez à cette cruelle analyse, et voyez si le bien que vous retirez de ces dangereuses institutions vaut tous les crimes secrets qu'elles entraînent !

L'inquisiteur en entrecoupant ses mots, et respirant avec difficulté, me demanda d'un air sévère, si les exemples que je venais de voir, produisaient quelque effet sur moi...

Alors je me ressouvins de ce qu'on m'avait dit, et jugeant que ce n'était pas le moment de l'aigrir, je lui dis que ces effets étaient si violents en moi que j'étais résolue à lui avouer des choses fort secrètes, et de nature à ne pouvoir être dites qu'à lui ; que j'implorais en conséquence vivement de ses bontés un interrogatoire secret.

Le grand vicaire dit que cela ne se pouvait pas ; que j'aurais dû profiter de celui que j'avais eu, mais qu'il était impossible de m'en accorder un second ; que je n'avais qu'à dire ce que j'avais à révéler, après qu'au préalable la visite de mon corps aurait été faite... Et en disant cela, sa physionomie se démentait, il lançait sur moi des regards, tels que le seraient ceux du lion prêt à dévorer sa victime.

Je me jetai aux genoux de mes juges ; je leur demandai avec les plus vives instances de m'écouter dans un endroit moins effrayant...

« Cela ne s'est jamais fait », dit le grand vicaire.

Et en même temps il fit signe aux bourreaux d'avancer.

En ce moment je me prosternai la face contre terre, et renouvelai mes instances avec tant de chaleur, que don Crispe qui, comme je m'en doutais bien, devait y céder, dit à son confrère :

« Eh bien ! je saurai demain ce que c'est, monsieur ; après-demain matin je vous donne rendez-vous ici pour y terminer notre besogne. »

Le grand vicaire, assez mécontent, se rendit, on me renvoya ; je les laissai tous deux avec ma malheureuse amie, qui, dès ce moment, me fut soustraite et ne reparut plus à côté de moi.

À l'heure du dîner la porte de la chambre de Clémentine s'ouvrit, une femme y entra ; j'appelai, une voix étrangère me répondit, et je fus fâchée de mon imprudence. Cependant la conversation s'engagea. Mais je ne tardai pas à m'apercevoir que cette femme n'était placée près de moi que pour me faire accepter les propositions qui m'allaient être faites.

Vous raconter toutes les instigations de cette courtière, toutes les ruses qu'elle employa pour me séduire, serait aussi long qu'ennuyeux. Vous saurez seulement que le résultat de ses manœuvres fut de me conseiller d'accepter tout ce que me proposerait le grand inquisiteur, dès que j'étais assez heureuse pour avoir obtenu la permission d'une seconde entrevue ; cette faveur était la preuve certaine des bons desseins qu'il avait sur moi. Je serais une folle de résister à lui accorder de bonne grâce ce qu'il ne tenait qu'à lui d'obtenir de force. « Vous n'éprouverez d'ailleurs, poursuivait cette femme, en m'enjoignant le secret, que ce qui m'est arrivé à moi-même. Je devais perdre la vie, quoique mon crime fût bien moins grave que le vôtre : il m'a témoigné de bons sentiments, je m'y suis rendue, et je touche à l'instant de ma liberté. Ne vous effrayez point de son air ; cette gravité est de coutume dans le métier qu'il fait ; mais c'est, dans le fond, le meilleur homme du monde, et le plus aimable avec les femmes... Croyez-moi, saisissez la fortune quand elle s'offre à vous ; vos refus pourraient vous coûter cher... Songez que cet homme est plus puissant que le roi lui-même, et qu'il peut, en un mot, fussiez-vous à cent lieues d'ici, vous absoudre ou vous perdre au plus léger mouvement de sa volonté*. »

Dans les dispositions où j'étais de tout obtenir des sentiments que je voulais inspirer à l'inquisiteur, je me gardai bien de réfuter les propos de son agente ; je lui dis que je m'estimais effectivement très heureuse de plaire à ce souverain juge, et que je n'avais rien de plus à cœur que de me trouver digne de ses bontés.

Dès le même soir mes réponses furent sues, et le lendemain don Crispe, pressé sans doute d'en venir au dénouement, me fit dire qu'il m'admettait à l'honneur d'aller prendre du chocolat chez lui.

Je me parai du mieux qu'il me fut possible ; je ne négligeai rien de tout ce qui pouvait relever l'éclat de quelques traits

* Quelle plus grande preuve de la puissance des inquisiteurs, que la fin tragique de don Carlos ? Philippe II, père de ce malheureux prince, ne lui fit perdre aussi cruellement la vie que par l'instigation de ces scélérats[598].

dont j'attendais et ma liberté et ma vie, sans rendre mon amant plus heureux qu'aucun de ceux auxquels j'avais eu le bonheur d'échapper jusqu'ici.

On vint me chercher vers les dix heures, et je fus mystérieusement introduite dans l'appartement de son Éminence. Il ordonna de fermer toutes les portes dès que je fus entrée, et défendit expressément qu'on s'avisât de l'interrompre, sous quelque prétexte que ce pût être. Il faisait fort chaud, et monseigneur, encore en déshabillé, n'était couvert que d'une robe flottante de gros de Tours [599] brune, qui ne l'enveloppait pas très exactement ; il était couché dans une profonde bergère quand je parus, et, sans se déranger, il me fit placer sur une chaise qui se trouvait en face, le plus près possible de son siège.

« Mon enfant, me dit-il, sitôt que je fus assise, je fais pour vous ce que je me permets pour bien peu de femmes ; mais je ne vous cache pas que vous m'avez plu. Votre sort est entre vos mains ; vous avez vu ce qui est arrivé hier à une de vos compagnes ; les mêmes tourments sont préparés pour vous, et demain à cette heure-ci, je ne serai plus le maître de vous sauver. Or, cela va plus loin que vous ne pensez. Il est rare de subir la question, sans être intérieurement condamné à la mort. Il s'agit donc ici de vos jours, et je vous préviens que vous ne pouvez les sauver qu'au prix de la soumission la plus aveugle à toutes mes fantaisies, dussent-elles même, ajouta-t-il avec impudence, n'être pas de nature à vous plaire... Vous sentez bien que des gens comme nous n'agissent pas comme le commun des mortels... L'habitude des femmes, toujours bien fatale à leur culte ; cette sorte de despotisme et d'impunité dont nous jouissons ; les richesses immenses qui sont en notre pouvoir ; ce droit de mort que nous avons sur tous les sujets de l'empire ; cette multitude d'esclaves qui nous encense... des désirs satisfaits presque aussitôt que formés... tout cela corrompt les mœurs et déprave les goûts... Mais quelles que soient enfin les choses où je vais vous contraindre, cela vaudra toujours mieux que d'être suppliciée... Je suis trop bon de m'abaisser à demander ce que le plus simple de mes ordres peut m'obtenir dans la minute, sans qu'il vous soit possible d'y apporter le plus léger obstacle... Réfléchissez à la débilité de votre position... vous êtes Française... éloignée de votre patrie... brouillée avec vos parents... Eussiez-vous mille vies, chétive créature, et me plût-il de vous en enlever une tous les jours, pas un être existant sur la terre ne viendrait m'en demander raison... Que cette extrême infériorité vous jette donc aux pieds de ma puissance, et humiliez-vous sans délais... Je vais essayer quelques préliminaires ce matin, je vérifierai votre soumission... et si j'ai lieu d'être content de vous, je vous enverrai prendre ce soir pour passer la nuit avec moi.

— Oh ! monseigneur, dis-je en me jetant aux pieds de ce monstre, que mes intérêts m'obligeaient d'ériger en maître, connaissez mieux l'énergie de ce pouvoir que vous m'alléguez ; vous ne l'étendez que sur les personnes, et c'est au fond de mon cœur que j'en éprouve toute la force... Ah ! n'ordonnez pas ce que vous pouvez si bien mériter ; ne commandez pas ce que vous êtes fait pour obtenir : les actes de la plus sublime puissance valent-ils un des droits de l'amour ?... Toute autre femme ne vous parlerait pas comme je le fais : humble esclave de vos caprices, elle les satisferait en vous méprisant ; vous avez fait naître en moi des mouvements d'une bien autre sorte... laissez-moi jouir de leur délicatesse ; ne troublez pas le charme que je goûte à vous les peindre ; ne glacez pas le cœur où vous êtes fait pour régner... Non, ne l'arrachez pas de la main qui vous l'offre, et laissez à l'amour le soin de vous en préparer la jouissance...

— Comment, dit le moine étonné, en me relevant et me replaçant auprès de lui, se pourrait-il que je t'eusse inspiré quelque tendresse ?... »

Et je baissai les yeux en rougissant.

« Mon enfant, est-il vrai que tu m'aimes ?...

— Il est vrai, dis-je, en jetant sur lui des regards passionnés, que je n'ai jamais connu de mortel dont j'osasse espérer tant de bonheur... Il est vrai que si j'étais assez heureuse pour faire naître en vous la moitié de ce que j'éprouve, il n'y aurait pas de femme sur la terre dont le sort pût se comparer au mien... Mais, continuai-je en essuyant quelques larmes que j'eus l'air de sortir du cœur, quel vain espoir est le mien !... est-ce bien à moi d'oser jeter les yeux sur le premier souverain du monde ?... Ah ! qu'il daigne un instant écarter sa grandeur... qu'il oublie les titres qui lui soumettent l'univers, pour ne plus songer qu'à ceux de l'homme aimable... qu'il permette à une infortunée d'adorer dans lui ce qui le rendrait digne des plus grandes princesses de la terre. »

Rien n'est confiant comme l'amour-propre ; le révérend père don Crispe Brutaldi Barbaribos de Torturentia, le plus effrayant des hommes, se crut au même instant bien plus beau qu'Adonis, et la dépravation de ses mœurs, tempérée par les illusions de l'orgueil, il se persuada si bien qu'il était aimé, qu'il se crut tout d'un coup fait pour l'être[600].

« Mon enfant, me dit-il, en vérité, si j'avais imaginé que tu pusses ressentir pour moi une telle passion, je t'aurais évité tous les désagréments qu'on t'a fait essuyer. Nous sommes accoutumés à jouir ici des femmes, sans que l'amour dirige les hommages, et c'est un sentiment que je connais bien mal ; mais avec quels délices j'en ferai l'épreuve avec toi !... J'ai vu peu de créatures plus aimables... je n'en connais point de plus jolie... Eh bien ! mais cela ne change à rien à nos projets... je t'enverrai toujours prendre ce soir, et nous passerons ensemble une nuit délicieuse.

— Ô ciel ! que dites-vous ! repris-je avec effroi, essayer les douceurs de l'amour au milieu de bourreaux !... respirer ses roses sur les épines de l'esclavage !... Pourrai-je écouter mon âme, entourée de toutes ces horreurs ?... Et comment liriez-vous dans cette âme enchaînée le sentiment que vous avez fait naître ?... Vous auriez près de vous une idole, et non la femme délicate et sensible qu'ont enflammée vos charmes !... Ah ! vous ne connaissez pas l'imagination vive et ardente d'une Française : un rien l'enivre, un rien la blesse, et quelque aimable que soit l'amant, s'il ignore l'art d'enflammer cette imagination, pour qui les chimères sont des dieux, il a manqué l'objet qu'il cherche ; il a voulu plaire et ne l'a pas su... Quittons ce cloaque d'infamie ; vous avez sans doute une campagne : allons-y chercher le bonheur ; allons-y ranimer nos feux aux doux chants de la colombe amoureuse... Venez... venez, vous que j'adore ; venez remplacer les nœuds dont vous chargez mes mains, par les guirlandes de fleurs que nous y cueillerons ensemble ; semons-en le trône où vous voulez obtenir la victoire ; Zéphyre et Flore embelliront nos jeux : là tout égayera nos plaisirs, tout les ranimera sans cesse, et la nature, au milieu de ses dons, semblera n'exister que pour nous.

— Sirène enchanteresse, me dit don Crispe en m'attirant amoureusement vers lui, laisse-moi baiser ces lèvres d'où sortent des mots si doux... »

Mais me retirant aussitôt de ses bras :

« Non ! m'écriai-je ; et pourquoi voulez-vous que je vous accorde, quand vous ne me promettez rien ? Le baiser que vous exigez de moi est un des plus précieux dons de l'amour ; mon cœur est prêt à vous le donner, mais ma raison s'y oppose. Tout ce que je vois dérange ma tête ; tout ce qui m'entoure me glace... Quittons ces lieux, quittons-les au plus tôt, et vous verrez quel changement dans mon âme enivrée !...

— Sors, friponne, sors ! dit le moine en feu, tes yeux et tes paroles me changent absolument... je ne me reconnais plus... Dès qu'il fera nuit, un homme sûr viendra te chercher... tu le suivras... nous irons dans ce lieu de délices que tu envies, mais tu ne m'y quitteras pas... Et si jamais ton âme perfide...

— Grand Dieu ! m'écriai-je d'un air à demi courroucé, quittez, quittez ce ton effrayant de la menace... Que craignez-vous, quand vous avez mon cœur ?... Que vous faut-il quand je vous aime ?... Chargez l'amour du soin de me donner des fers, ils seront bien plus sûrs que ceux qui me captivent ici, et vous ne les aurez dus qu'à vous. »

Je sortis, laissant mon moine aussi amoureux qu'il était possible qu'il le fût... À peine fus-je rentrée, que la femme qui était près de moi voulut me faire quelques questions ; mais je prétextai le besoin de sommeil, et elle me laissa tranquille.

L'heure frappe, on est exact, et invoquant mon heureux destin, je quitte cette infernale prison, aussi décidée à n'y plus revenir qu'à ne jamais accorder ce qui pouvait m'en faire légitimement, ou plutôt illégalement, ouvrir les portes.

« Monseigneur est devant, me dit tout bas le laquais qui était venu me prendre, et la voiture que vous voyez est destinée pour vous et moi ; car je réponds de vous sur ma vie, jusqu'à la maison de son Éminence. »

Je ne dis mot... Nous nous plaçons tous deux, et en moins de deux heures, trois mules superbes nous mènent à une campagne éloignée de plus de six lieues de Madrid. Quoiqu'il fût nuit, je remarquai, avec le plus grand soin, tous les abords de cette maison, et vous verrez bientôt si mes observations furent nécessaires.

J'entre dans un salon délicieux, où le moine, bouillant d'amour et d'impatience, m'attendait seul en habit de campagne à la française, qui ne le rendait que plus gigantesque et plus effrayant encore.

« Es-tu satisfaite ? me dit-il en accourant vers moi et m'embrassant avec transport ; recevrai-je enfin ici le prix de tout ce que je fais pour te mériter ?

— Ah ! répondis-je avec enthousiasme, vous me forcez de joindre la reconnaissance la plus vive, à tous les sentiments que vous m'avez inspirés... Je ne suis plus maîtresse de mon cœur ; il ne m'est pas possible de vous le refuser... »

Ensuite, pour gagner du temps, je le priai de me faire voir sa maison. Cent bougies furent aussitôt allumées, et il me promena partout. Arrivés enfin dans un cabinet charmant, où tout inspirait la volupté, où la quantité prodigieuse de glaces multipliait les situations, où les canapés les plus moelleux semblaient offrir partout des trônes à l'amour, l'incontinence de don Crispe parla plus haut que sa délicatesse. Il me serre dans ses bras avec ardeur, me dit qu'il ne veut pas aller plus loin sans recevoir des preuves du sentiment que je lui avoue, et ses mains libertines errent de tous côtés...

« Arrêtez, lui dis-je, en me débarrassant lestement de lui ; je le vois bien, vous ignorez l'art de jouir ; il m'était réservé de vous l'apprendre ; les plaisirs qu'on attend sont les plus délicieux de tous ; ne précipitons rien... un lit n'est-il pas bien meilleur que ces molles inventions du luxe, qui ne satisfont que la vanité ? »

Mais mon indocile écolier, peu fait à des raisonnements de cette nature... bien loin encore d'en saisir l'esprit, ne me presse qu'avec plus de violence.

« Mets-toi seulement, me dit-il, comme tu étais l'autre jour ; ne prive pas mes yeux des plaisirs qu'ils attendent... Tu le vois, Léonore, il faut ou que je jouisse, ou que tu m'apaises. Montre donc ces attraits enchanteurs qui m'enflammèrent si vivement ; je ne les aurai pas plutôt vus, mes lèvres ne se seront pas plutôt imprimées sur eux, que l'excès du délire où ils plongeront mes sens me rendra peut-être à ce calme où tu désires que je sois.

— Quelle proposition ! répondis-je... Quoi ! c'est à mes dépens que vous voulez jouir ?... Ne résultera-t-il pas des privations pour moi, de cet excès de complaisance où vous désirez de m'entraîner ?... Ah ! ne distrayons rien des sacrifices que vous devez offrir à l'amour : fuyons, fuyons ce lieu fatal, où les triomphes qu'obtiendrait mon orgueil nuiraient autant à mes plaisirs. »

Et je m'élance aussitôt dans les appartements voisins : il m'y suit...

Dans le plus grand désordre, pas assez maître de lui pour se contraindre, pas assez esclave de l'amour pour n'écouter que sa voix, la luxure la plus grossière éclate sur son visage, à côté des sentiments de la délicatesse où j'essaie de le contenir, et son embarras est tel, qu'il ne sait plus ni ce qu'il fait ni ce qu'il dit. Le couvert était mis lorsque nous redescendîmes.

« Soupons, lui dis-je, en apercevant ces apprêts ; ces nouveaux plaisirs, en apaisant les feux qui vous embrasent, rendront ce que vous attendez plus piquant. »

Don Crispe, toujours dans le délire, toujours me serrant, me touchant partout, avait bien de la peine à renoncer à ses premiers projets ; mais lui échappant sans cesse, et me plaçant enfin la première à table, il m'y suit. Il faisait extraordinairement chaud. Nous soupions dans une petite salle charmante, de plain-pied au jardin ; tout était placé près de nous, et les valets ne devaient plus entrer.

Il avait un désir très vif que nous quittassions nos habits ; peu fait aux voluptueux ménagements de nos scènes d'amour, le révérend plaçait à toutes ses idées ce sel de débauche auquel il était accoutumé ; quelque difficile qu'il fût de me défendre de cette invitation, j'étais pourtant très résolue de ne point accorder une chose qui aurait autant dérangé mes projets... Je lui dis que cette manière d'être nuirait infailliblement à ma santé...

« Eh bien ! *la gorge*, dit-il, *la gorge*, au moins. »

Il n'y eut pas moyen de s'en défendre ; il l'avait déjà vue par force, je pouvais bien, sans crime, la lui laisser voir de bon gré : il est des cas où il faut savoir accorder un peu pour obtenir beaucoup. Mon rôle était d'ailleurs extrêmement difficile ; il fallait à la fois irriter et éteindre ses désirs, les contenir dans les bornes de la délicatesse, et les empêcher de s'évanouir. À peine l'eus-je satisfait, que quelques défenses que je pusse opposer à ses doigts, il ne me fut jamais possible de les contenir. Ce fut alors qu'il me prouva toute la grossièreté de ses désirs, et combien peu l'épuraient les sentiments que je cherchais à lui inspirer... Il se mit nu, quoi que je lui dise ; il s'approcha de moi dans cet état, et voulut contraindre mes mains ; mais elles ne remplirent pas son objet, je ne m'en servis que pour le repousser... Il me faisait horreur... Quand le vin eut échauffé sa tête, on n'imagine pas tout ce qu'il osa dire... Quel dérèglement !... Oh, grand Dieu ! que serais-je devenue, s'il avait fallu que je fusse la victime d'un tel excès d'irrégularité !

Je hasardai pendant le souper de lui parler de Clémentine, mais il m'imposa silence, et je fus obligée de changer de propos.

Il est enfin temps de vous dire quels étaient les moyens sur lesquels je comptais pour me débarrasser des poursuites de ce vilain moine, et pour me soustraire encore à ce nouveau danger aussi heureusement que je m'étais tirée des autres.

J'avais gardé avec le plus grand soin, dans ma prison, le somnifère précieux dont Brigandos m'avait chargée ; et comme ce qui m'en restait était considérable, si le quart de cette portion que je croyais suffisant ne réussissait pourtant pas à assoupir complètement mon persécuteur, mon intention était d'avaler moi-même le reste, pour me procurer un sommeil éternel qui me délivrât de tous mes maux. Cette poudre ainsi que le peu d'argent que j'avais étaient heureusement échappés à toutes les recherches qui se font en entrant dans ces sortes d'endroits, et ces objets fondaient en ce moment mes plus chères espérances. J'avais adroitement caché dans ma main la dose destinée à don Crispe, et depuis que nous étions à table, je ne m'occupais que des moyens de la placer dans son verre.

Étourdi d'amour et de vin, vers le milieu du souper, il se penche totalement dans mes bras pour couvrir mon sein de baisers. Au lieu de le repousser comme j'avais coutume, ma main gauche captive sa tête sur ma gorge, pendant que j'introduis lestement derrière lui, de la droite, la poudre que je tiens prête. Son verre était plein, elle s'y délaya tout de suite. Mon opération faite, je le repoussai doucement ; me versant à boire à moi-même, je l'invite à me faire raison[601], il avale, et le suc préparé distillant aussitôt dans ses veines, produisit un effet si prompt, que dix minutes après, ses yeux s'appesantissent, ses sens se glacent, et il tombe dans une espèce de léthargie qui m'aurait effrayée pour tout autre homme et dans tout autre cas. Mais quand il s'agit de sauver son honneur et sa vie, je ne sais si tous les moyens ne sont pas légitimes pour se débarrasser de son adversaire.

Dès que je vis don Crispe dans ce repos si heureux, je ne songeai plus qu'à fuir. Les dangers où je m'exposais s'offraient à moi dans toute leur étendue : il y allait de mes jours si j'étais reprise, je ne me le déguisais pas ; mais en restant je manquais à ce que j'avais de plus cher au monde ; ce malheur-là n'était-il pas pour moi le plus cruel de tous ?

« Courage ! me dis-je alors, ma bonne fortune ne m'a point abandonnée dans des occasions aussi dangereuses que celle-ci, elle continuera de me servir. »

Et en disant cela, je m'élance dans le jardin, laissant mon homme enseveli dans le plus profond sommeil. Le temps était superbe, la lune réfléchissait des feux si purs, que la plus belle soirée eût été moins claire. Tout l'enclos de cette maison était entouré de hautes murailles : le sanctuaire des plaisirs des gens de cette espèce doit ressembler nécessairement au local affreux qu'ils habitent. Ah ! quel que soit le motif du crime, qu'il soit dicté par le besoin, qu'il soit l'ouvrage du plaisir, il lui faut toujours des voiles et de l'obscurité.

Franchir ces murs dans un lieu ou dans l'autre devenait égal, puisqu'on n'entrait dans cette maison que par une porte, qui vraisemblablement devait être fermée ; je profite donc d'un endroit treillagé pour arriver sur le haut du mur, et quelque hauteur qu'il pût avoir, je résolus de me précipiter les yeux fermés... Aucun autre parti ne s'offrait, il fallut donc prendre celui-là...

Je sautai, mais la chute fut si terrible que je tombai presque évanouie. Je ne suis pas longtemps dans le repos, mille sentiments aigus m'en réveillent à l'instant, et je me mets à courir à travers les champs comme une folle... Au bout d'une heure je m'arrête, et reprends un instant haleine sur le bord d'un petit ruisseau. Là, je crus qu'il était prudent de s'orienter pour ne pas tomber dans le piège en s'occupant à le fuir : je cherchai le nord au moyen de la direction de la lune, et je m'y dirigeai, bien sûre en suivant cette marche, de tourner le dos à l'Espagne et le visage aux Pyrénées ; ensuite je tâchai de trouver un chemin quelconque qui pût à peu près remplir mon objet dans la direction projetée. J'en vis bientôt un ; je le suis. Il y avait environ une demi-heure que j'y marchais au hasard, lorsque j'entendis des chevaux galoper derrière moi.

« Ô ciel ! me dis-je, c'est moi qu'on suit assurément. »

Et je me jette dans l'épaisseur d'une haie vive, pour tâcher de n'être pas aperçue.

Jugez si mon trouble augmenta, lorsqu'en passant près de moi l'un des deux cavaliers dit à l'autre :

« Nous devons la trouver avant le jour, il n'y avait pas une demi-heure qu'elle était partie quand monseigneur nous a fait monter à cheval. »

Et celui qui venait de prononcer ces mots, descendant ici pour un léger besoin, vint se placer exactement vis-à-vis de moi...

Son camarade l'interrogeant alors :

« Que crois-tu, dit-il, que monseigneur en fera si nous la lui ramenons ?

— Il la tuera, j'en suis certain, rien n'égalait sa fureur ; ma foi, continua-t-il en remontant sur son cheval, je ne la plaindrai pas, car il n'est pas permis de jouer un tour aussi sanglant. »

Et ils se remettent à galoper.

Je ne vous rendrai pas l'effet que ces paroles produisirent en moi ; la circulation de mon sang s'arrêta tout à coup, un froid mortel me saisit, je fus prête à perdre connaissance. Revenue des angoisses de cette première crise, j'étais incertaine si je suivrais la même route, ou si je retournerais sur mes pas ; l'un et l'autre était dangereux, et je ne savais auquel me résoudre. Quelquefois j'étais tentée de demeurer là, et de n'aller ni en avant ni en arrière, lorsque, prêtant l'oreille avec attention, j'entendis les deux cavaliers revenir... Ce fut pour le coup que je me crus perdue, je me blottis dans ma haie, et je m'y rapetissai tellement, qu'un lapin, j'en suis sûre, n'aurait pas tenu moins de place...

Nos gens revenaient, mais plus doucement, et comme j'entendis une femme pleurer, je ne doutai pas qu'ils n'eussent saisi leur proie... Ceci ranima mon courage ; j'écoute... j'examine même à travers les feuilles avec un peu plus de hardiesse, mais quel est mon étonnement quand je distingue positivement, au clair de lune, les traits et la taille de Florentina, celle de nos compagnes dont je vous ai parlé, et dont l'âge était de quatorze ans ; un moment je crois me tromper, mais l'affreuse scène qui se passe sous mes yeux, achève bientôt de me convaincre.

« Parbleu ! dit l'un de ces hommes à l'autre, ce serait une grande duperie à nous de rendre cette petite fille sans nous en divertir, il faut en profiter puisque le hasard nous la donne.

— Ainsi soit fait, dit le cavalier qui la portait en croupe, tu es un camarade discret, je compte sur toi. Monseigneur ne s'en soucie plus, il ne la veut que pour se venger du tour qu'elle lui joue, et d'ailleurs, si elle parle, nous la démentirons.

— On nous croira plutôt qu'elle », dit l'autre.

Et comme alors tous deux se retrouvaient au pied de ma haie, ils jugèrent le lieu convenable et s'y arrêtèrent pour y consommer leur forfait. Ils déposèrent sur le gazon cette pauvre petite malheureuse, si près de moi qu'il ne m'est plus possible de la méconnaître, et... Mais comment vous peindre ce qui se passa ?... Il vous est plus aisé de le deviner qu'il n'est honnête à moi de le dire. Ces deux brutaux assouvissent tour à tour leur abominable passion, et laissent au bout de trois heures cette pauvre petite fille presque anéantie de la grossièreté de leur emportement.

Enfin le jour commençait à paraître, et ne les voyant point partir, je frémissais d'être découverte.

« Par saint Christophe, dit l'un de ces misérables, las de ces impudentes insultes, et prêt à en faire à cette pauvre créature de bien plus dangereuses pour elle, par tous les saints du paradis, nous ferions mieux d'égorger tout d'un coup cette coquine, que de la ramener à monseigneur. Si elle parle, nous sommes perdus ; regarde si une femme de plus ou de moins dans le monde vaut la peine de risquer nos places. Puisque nous en avons fait tout ce que nous voulions, puisque nous en sommes rassasiés, partageons-la en dix-huit parts, et mettons les morceaux dans cette haie : nous dirons que nous ne l'avons point vue ; jamais aucune circonstance n'aura couvert un meurtre avec autant de sûreté. »

Ces cruelles paroles réveillèrent la triste victime de la cruauté de ces barbares.

« Ô messieurs ! dit-elle en se jetant à leurs genoux, je vous proteste sur tout ce que j'ai de plus sacré que je ne parlerai jamais de ce que vous venez de faire. C'est vous qui me gardez, je serai toujours dans vos mains, ici comme chez monseigneur ; ne serez-vous pas de même à temps de me tuer si je dis un seul mot ? »

Mais l'un d'eux, celui qui avait proposé le viol, infiniment plus féroce que l'autre, saisissant d'une main cette pauvre fille par les cheveux, et lui portant de l'autre la pointe d'un poignard sur le cœur :

« Non, non, dit-il, point de quartier, tu parleras encore bien moins quand tu seras morte. Ami, continua-t-il à son camarade, tenant toujours cette malheureuse sous le fer, deux choses s'offrent ici, pèse-les bien, la mort de cette catin d'une part, de l'autre la perte de notre fortune ; l'une de ces choses ne touche que cette vile créature, l'autre nous intéresse tous les deux. Devons-nous balancer un instant ?

— Arrête, répondit le camarade de cet homme féroce, je sens toute la vigueur de tes raisons, mais c'est assez d'un crime, n'en commettons pas deux ; elle nous promet de ne rien dire, croyons-la ; si elle manque à sa promesse, nous saurons toujours l'en punir... Partons, le jour vient, on serait inquiet, pressons-nous.

— Tu t'en repentiras, dit l'autre en lâchant la petite Bohémienne, souviens-toi qu'il ne faut jamais faire un crime à demi, et qu'il n'y a jamais de puni que ceux qui ne l'achèvent pas.

— Le principe n'est pas toujours sûr, dit l'autre, en mettant le petite fille derrière son cheval et y montant lui-même, pendant que son ami en faisait autant, mais vrai ou non, on a toujours au moins sa conscience dont la voix nous console intérieurement de n'avoir pas fait tout le mal possible. »

Et ils piquèrent des deux.

Je n'avais pas une goutte de sang dans les veines, mais avant de me livrer à aucune combinaison sur cette aventure, mon premier soin fut de m'éloigner au plus vite de ce fatal endroit, et continuant tristement ma route, non sans être saisie de frayeur au moindre bruit, je ne pus m'empêcher de me demander en moi-même, comment il était possible que cette petite fille fût dans les mains de ces gens-là ? Nous ne l'avions pas vue à l'inquisition, mais nous étions bien sûrs qu'elle y était avec nous. Par quel événement s'en était-elle échappée ? comment se trouvait-elle sur la même route que moi ?... Tout cela devenait une énigme assez difficile à résoudre. Ma seule combinaison fut qu'apparemment le grand vicaire, compagnon des crimes et des débauches de don Crispe, avait sans doute une maison près de là ; que ces libertins s'étaient partagé un certain nombre de femmes de notre troupe, et que celle-là s'évadait apparemment de chez lui comme je m'échappais de chez l'inquisiteur. Mais pourquoi se sauver ? Elle n'avait pas les mêmes raisons ; ce qui devenait une circonstance affreuse pour moi, était pour elle l'époque de son bien-être.

Quoi qu'il en fût, je n'en ai jamais appris davantage, et c'est la dernière fois de ma vie que j'ai revu cette infortunée.

Je continuai ma route : avant midi je vis l'Escurial sur ma gauche ; je le traversais, si j'eusse suivi le grand chemin, mais ne marchant que par des sentiers, je le laissai à l'écart. Cela me suffit pour me faire voir que ma direction était juste, et que je faisais effectivement face aux Pyrénées. Je cheminai tout le jour, ne m'arrêtant que quelques instants aux pieds des arbres, évitant tous les endroits habités et ne vivant que de racines et d'eau. Je me trouvai le soir si éloignée de tous les chemins praticables, que quoique ma direction fût toujours juste, je ne savais plus trop où j'étais. Je voyais pourtant ces montagnes si élevées qui séparent la vieille Castille de la nouvelle, je savais qu'il fallait les traverser pour me rendre à Saint-Ildephonse [602], où je retrouverais la route des Pyrénées, mais comme il était trop tard pour entreprendre alors ce passage, je ne m'occupai qu'à chercher quelque abri où je pusse attendre le jour. Un sentier que je suivis dans ce dessein, à travers des taillis, très fréquents dans cette partie de l'Espagne, m'amena auprès d'une maison isolée, à la porte de laquelle je vis une enseigne. Je m'approchai d'une femme assise sur un banc, près de la maison, et lui demandai par quel hasard il se rencontrait une auberge dans une route aussi peu fréquentée...

« Il est vrai, me dit cette femme, que ce passage est très peu suivi, il ne peut même l'être par les voitures, comme vous le voyez ; mais beaucoup de marchands fraudant les droits royaux et qui passent des soies de la Castille dans l'Estramadure, se trouvant plus en sûreté par cette route secrète, la suivent et s'arrêtent chez moi ; nous y avons une bonne chambre, ma mie, elle est vacante, il ne nous viendra personne ce soir ; si vous avez de quoi la payer, elle est à votre service... »

Trop heureuse d'une rencontre qui semblait, au moins pour une nuit, m'assurer du repos et de la sûreté, je sortis de ma poche un quadruple, et priai cette femme, dont l'abord me paraissait honnête, de se payer de sa chambre, de son souper et de me rendre le surplus, ce qu'elle fit aussitôt, très honnêtement, sans me rançonner en aucune manière. Je montai [603]... Cette chambre était beaucoup plus propre que je n'eusse dû l'attendre dans un tel lieu ; je m'y installai, et trois quarts d'heure après, la femme elle-même m'apporta un assez bon souper.

Tous ces procédés paraissant établir la confiance, mon repas fait, je crus qu'une nuit tranquille devait m'attendre dans le lit qui m'était destiné. Un excès de délicatesse assez déplacé dans ma position, mais néanmoins fort heureux pour moi dans la circonstance, me fit regarder les garnitures de ce lit. Je crus y voir plusieurs taches de sang ; je soupçonnai que quelque malade pouvait y avoir couché. Mon imagination ne fut pas plus loin ; c'en fut assez pourtant pour me déterminer à ne point m'établir dans l'entour de ces rideaux et à transporter les matelas par terre, à dessein d'y passer la nuit, et plus fraîchement, et plus proprement, dès que je devais en espérer une tranquille. Mais combien mon espoir était loin de se vérifier ! J'étais dans le plus profond sommeil, il était environ trois heures, j'avais eu la précaution de garder de la lumière, lorsqu'un bruit épouvantable me réveilla tout à coup en sursaut...

Je me lève, je jette les yeux sur ce fatal lit... Juste ciel ! j'étais écrasée si j'y eusse couché. Au moyen d'un ressort, l'impériale de ce lit garni d'une meule énorme, s'abaissait et pulvérisait en une minute ceux qui avaient eu l'imprudence de s'y placer...

Vous jugez aisément de ma frayeur... La présence d'esprit ne m'abandonna pourtant point. Je m'habille, et ne doutant pas que les scélérats auxquels appartenait ce coupe-gorge ne vinssent bientôt vérifier l'effet de leur perfide stratagème, je me résous à fuir avec la plus grande vivacité. J'ouvre très doucement ma fenêtre, j'entrevois le sentier que j'avais suivi la veille, et me précipitant au bas de la maison, je gagne promptement ce chemin, en continuant de marcher avec une rapidité surprenante, jusqu'à ce que j'eusse entièrement perdu cette maison de vue...

« Grand Dieu ! me dis-je alors en ralentissant un peu ma marche, et me livrant à mes réflexions, où nous entraîne une première imprudence ! Quelle foule de maux m'ont affligée depuis que j'ai eu le malheur de quitter ma famille ; et voilà donc les hommes ! Est-il possible qu'on ne trouve jamais avec eux que fourberie, débauche, méchanceté, trahison, violence ?... Est-ce donc là l'ouvrage d'un être bon ?... Sont-ce donc par ces traits qu'il ose prétendre à notre hommage ?... Ah ! Brigandos, vos principes ne sont pas si hors de raison, et dès que je ne vois qu'infamie sur la terre, ce ne peut être qu'un être méchant et indigne de nos cultes qui a créé tout ce qui nous environne. Ou l'athéisme, ou ce système, le bon sens n'y voit pas de milieu* [604].

Ces réflexions philosophiques me conduisirent au pied des montagnes, en un endroit où leur ouverture me fit croire que devait être le passage qui conduit à Saint-Ildephonse. Je ne me trompais pas, ce défilé qu'on nomme E puerto del Frante Frio [605], me conduisit effectivement à Saint-Ildephonse, avant que l'astre ne fût à son plus haut degré ; mais je n'entrai pas dans le bourg de cette maison royale, et me contentai, suivant ma coutume, de suivre les sentiers latéraux des points de la grande route des Pyrénées.

Anéantie, absorbée ce jour-là de ma catastrophe nocturne, je fis peu de chemin, et passai la nuit au pied d'un arbre, préférant cette situation aux risques de me trouver encore dans quelque maison suspecte.

Mon projet, le lendemain, était de m'approcher de Ségovie ; mais ayant pris beaucoup trop à gauche, je me trouvai totalement égarée. La nuit vint, je ne voyais plus ni route, ni maison autour de moi, et je suivais tristement un petit chemin à moitié frayé, au hasard du lieu où il pourrait me conduire, lorsque j'entendis le son d'une cloche. Je m'y dirigeai et

---

* Si c'est là ce qu'on pense à l'école du malheur, elle n'est donc pas aussi bonne que les sots le croient. Le capitaine Cook observe dans ses relations, que plus les gens de son équipage étaient malheureux, plus il les trouvait cruels. Alors, dit-il, ils se livraient au meurtre sans aucune raison ; plus l'infortune semblait les presser, plus leurs esprits devenaient insensibles, plus leurs cœurs devenaient féroces. L'effet de l'infortune sur le cœur de l'homme est de l'endurcir ; voilà pourquoi le bas peuple est toujours plus cruel que les gens qui ont reçu une bonne éducation. Si cela est, et nous ne devons pas en douter, l'infortune ne peut être bonne à rien, car ce qui blesse l'âme, ce qui éteint les sentiments de sensibilité, ne saurait qu'entraîner au crime. C'est quand l'homme est heureux, qu'il cherche à rendre tel tout ce qui l'approche ; tombe-t-il dans l'adversité ? l'humeur, le dépit, le chagrin, corrompent son âme, l'endurcissent, et le conduisent incessamment aux horreurs.

parvins au bout d'une demi-heure, près d'un couvent de capucins[606] extraordinairement isolé, et qui me parut peu considérable. Je n'avais aucune envie, comme vous le croyez aisément, d'aller demander asile à ces bons pères; je serais devenue, dans leur retraite, un morceau trop friand pour eux; mais trouvant l'église ouverte, je m'y introduisis, imaginant au moins que l'air d'y prier m'y ferait passer tranquillement la nuit. J'entrai, je me tapis dans un confessionnal, et peu après j'entendis fermer l'église.

Dans cette tranquille obscurité, épuisée de faim et de fatigue, je me livrai malgré moi au sommeil. Il y avait tout au plus deux heures que je reposais, lorsque j'entendis ouvrir la porte du chœur qui donnait dans le couvent; je crus d'abord que les pères venaient à matines. Cette idée qui ne m'était pas venue, me fit frémir; mais ce qui frappa mes regards redoubla bien mieux mes craintes : deux religieux, éclairés d'une faible lampe, s'introduisirent à pas lents; ils portaient, l'un par la tête et l'autre par les pieds, un cadavre de femme tout récemment assassinée.

« Mettons-la ici, dit l'un d'eux en déposant le côté du corps qu'il tenait sur la balustrade du chœur, et ouvrons vite un caveau.

— La belle créature ! dit l'autre en la considérant, sans les maudites recherches dont nous sommes menacés, elle nous aurait encore servi plus de six mois.

— En voilà pourtant vingt et une qui nous passent ainsi par les mains depuis quatre ans; nous dépeuplerons la province.

— Ce sont nos maudites institutions qui sont cause de cela; nous sommes des hommes comme les autres, et tout comme eux nous avons besoin de femmes; qu'on nous en laisse à volonté, et pour déguiser des besoins naturels, nous ne serons pas contraints à tuer les objets de nos jouissances, de peur qu'ils ne nous trahissent. Voilà l'inconvénient affreux que n'ont pas su prévoir les lois. Une jeune fille, tendre et crédule, devient infanticide pour déguiser sa faute; un libertin sujet à des caprices, pour les cacher, en détruit l'objet; le moine incontinent devient un meurtrier. Qu'on ferme les yeux sur des torts qui ne sont qu'imaginaires, sur des faiblesses qui n'offensent en rien la société, et l'homme ne deviendra pas doublement criminel pour empêcher qu'on imagine qu'il pût se le rendre une fois.

— Si les parents viennent demain comme on nous en menace, nous leur dirons qu'on les a trompés. Fausseté, trahison, fourberie, rien ne coûte après les crimes où l'on nous force... Et voilà comme on pervertit l'homme ; voilà comme pour le rendre meilleur, on l'oblige à devenir plus mauvais. »

Alors l'un de ces moines, s'avançant vers le confessionnal où j'étais, vint ouvrir un caveau à moins d'une toise de moi.

« Allons, dit-il à son confrère dès qu'il eut fait, mettons cette malheureuse dans sa dernière demeure. »

Et ils la reprirent, la placèrent sur le bord du caveau, et se reposèrent encore un instant.

« Si jamais nous étions vus, dit l'un, quand nous faisons de pareilles choses, malheur à celui qui nous surprendrait, il passerait un mauvais quart d'heure ; nous enterrerions deux individus au lieu d'un ; fussent-ils vingt, nous les camperions dans le caveau.

— Heureusement que dans notre solitude, ces surprises-là sont impossibles.

— Impossibles ? tu te trompes ; un voyageur peut s'être arrêté dans l'église, s'y être laissé enfermer, s'évader ensuite le lendemain, pour aller nous trahir et nous perdre[607].

— En vérité nous ne devrions jamais procéder à de semblables expéditions, sans tout examiner avant. »

Et vous jugez si je frémissais.

« Allons, plaçons-la toujours, continuèrent-ils ; pour aujourd'hui il n'y a rien à craindre ; il ne passe personne les samedis devant notre maison ; une autre fois nous serons plus prudents. »

Ils descendent tous deux le cadavre, remontent au bout de quelques instants, referment le caveau, et rentrent dans le couvent.

Je n'avais, à ce qu'il me semblait, rien éprouvé jusqu'alors qui eût dû me causer autant d'alarme, même dans l'aventure de Florentina ; car au moins là, j'étais en plaine. Absolument anéantie, j'écoutai un moment si je ne rêvais pas...

« Ô fortune ! me dis-je, comment me tireras-tu de ce pas-ci ? Il n'est pas possible que je ne sois vue demain, quand on ouvrira l'église... Et si cela arrive, je suis morte... »

L'agitation, l'inquiétude, la frayeur dont je fus tourmentée le reste de la nuit, ne peuvent s'imaginer, ni se peindre ; à tout instant j'apercevais le fatal caveau s'ouvrir devant mes yeux pour m'engloutir vivante... d'autres fois, je ne m'y voyais descendue qu'après avoir été percée de cent coups de poignard... Oh ! qu'elle me sembla longue cette effrayante nuit !...

Le jour parut enfin ; un frère du couvent vint ouvrir les portes, et dans l'instant une douzaine de femmes et de paysans s'introduisirent pour entendre la première messe ; je crus ici qu'il serait beaucoup plus prudent d'avoir l'air d'entrer avec ces gens-là, que d'afficher celui de fuir. Je me dégageai donc lestement de mon coin et me mêlai parmi ces villageois ; ils s'agenouillèrent, j'en fis autant, il faut quelquefois savoir feindre. Une figure étrangère est observée dans des endroits écartés comme ceux-là ; on jeta beaucoup les yeux sur moi, mais l'on ne me dit mot.

Le prêtre parut... C'était un de ces mêmes moines, un de ces mêmes scélérats qui venait de se souiller de forfaits, dont les mains impures et sanglantes allaient offrir le sacrifice divin... Si j'ai jamais cru faire un crime moi-même, c'était bien d'assister à une aussi révoltante idolâtrie...

« Ô ciel ! me dis-je quand il leva l'hostie, serait-il donc possible qu'un miracle comme celui duquel on nous parle, se fît sous les paroles de ce monstre !... »

Et je détournai les yeux avec horreur.

Voilà l'époque où j'ai pris cette cérémonie de l'Église dans une haine tellement invincible, qu'il serait moins cruel pour moi d'assister à un supplice que de voir opérer ce mystère.

L'impiété s'acheva ; je sortis avec le peuple, et bientôt j'en fus entourée ; on me questionna... Je me dis pèlerine française, retournant dans ma patrie...

Le confrère de celui qui venait de dire la messe, celui qui l'avait aidé pendant la nuit, était venu se joindre aux paysans ; il me regarda avec attention, je vis aussitôt la luxure éclater dans ses yeux. Il me demanda où j'avais couché.

« Sous un arbre, à une lieue d'ici, répondis-je, ne voyant nul abri où pouvoir reposer ma tête. »

Il me proposa d'entrer au couvent, m'assura que je le pouvais à titre de pèlerine, et que puisque je n'avais pas soupé la veille, on m'y servirait à déjeuner.

Eussé-je eu mille fois plus d'appétit, je me serais bien gardée d'accepter de tels secours...

Il redoubla ses instances... Je mis plus d'expressions à mes refus, et priant un de ces villageois de m'indiquer la route de Ségovie, je m'acheminai promptement vers le côté qu'on m'indiquait, sans oser seulement regarder derrière moi. À peine eus-je fait deux lieues que je trouvai une maison. J'y entrai à dessein d'y prendre quelque nourriture ; ce n'était point une auberge, mais une grosse ferme, habitée par d'honnêtes gens, dont je fus très bien reçue ; le premier objet qui me frappa, fut une jeune femme pleurant au coin du feu de la cuisine. Je demandai le sujet de son chagrin.

« C'est ma fille, me répondit le vieillard, qui me parut être le chef du logis, depuis deux mois la chère femme ne peut se consoler.

— Et que lui est-il donc arrivé ? demandai-je.

— Elle avait une fille de quinze ans, belle comme le jour, qui a disparu depuis l'époque que je vous dis, sans qu'il soit possible de savoir ce qu'elle est devenue... une fille sage comme sa mère, dévote comme un ange, une enfant que nous adorions... c'était l'espoir et la consolation de mes vieux jours... »

Et des larmes humectèrent ici les yeux de ce brave homme.

« Mais, dis-je alors, ne doutant plus de la funeste liaison de ces deux faits, n'avez-vous négligé nulle recherche ?

— Aucune, me dit le vieillard... De mauvaises gens sont venues nous dire qu'elle était cachée dans ce petit couvent de capucins, auprès duquel vous avez dû passer... Quelle apparence que des personnes si saintes et si honnêtes eussent fait une pareille chose !... Ils ne sont que trois dans ce couvent, et tous les trois méritent d'être canonisés... Un d'eux encore, hier au matin, était là qui nous consolait, le saint homme... Il nous disait que Dieu nous aimait, puisqu'il nous châtiait aussi cruellement... qu'il fallait prendre ce fléau comme une des croix dont le fils de Dieu fut humilié, et que celle que nous pleurions était peut-être dans le ciel à présent... Peut-on se permettre de soupçonner de tels religieux ?... Ils seraient bien plus capables de nous la ramener si elle avait failli, que de nous désoler en nous la ravissant... La pauvre petite... Ils l'ont connue toute enfant, l'un d'eux la confessait, il est aussi le directeur de toute notre famille... c'est chez eux qu'elle a appris à lire, chez eux qu'elle remplit l'an passé ses premiers devoirs de chrétienne... Ils sont tous les jours ici ; ils nous conseillent... ils nous chérissent... Ce sont des scélérats ceux qui veulent mettre la perte de notre chère fille sur le compte de gens aussi respectables. »

Ici je m'imposai le silence le plus rigoureux ; quelque horrible que fût le crime de ces moines, quelque certaine que je dusse être, que la fille perdue et la fille enterrée dans le couvent ne devait être que la même personne, rien ne put me déterminer à devenir la délatrice de ces malheureux ; je ne sauvais pas la vie de cette infortunée, en accusant ceux qui l'avaient fait périr. Il y a d'ailleurs quelque chose de si obscur et de si louche sur tout cela, dans les décrets de la nature : si c'est la perte de l'individu qui caractérise le crime, n'en commettais-je pas un en faisant périr ces religieux ? et si ce n'est pas la perte de l'individu qui constate le crime, ou si cette perte est égale aux lois de la nature, qui ne se maintiennent que par des pertes, restait-il alors bien prouvé que ces moines méritassent la mort ?... Et puis tous trois périssaient par mes aveux... Or, un seul être en vaut-il trois ?... La mort du meurtrier enfin, empêche-t-elle de nouveaux meurtres ?... répare-t-elle celui qu'il a fait [608] ?... ranime-t-elle le sang qu'il a versé ?... Mais ils en avouaient plusieurs.

Il ne m'appartenait pas de les prendre sur de tels aveux, je n'avais pas les indices de plusieurs crimes. À peine avais-je ceux d'un seul ; je dis à peine, puisque ce crime n'avait pas été commis sous mes yeux : je ne pouvais donc pas les dénoncer pour plusieurs. J'aurais enfin tout mis en œuvre pour que les moines de l'univers entier eussent eu la permission publique de se livrer au petit mal qui pouvait en empêcher de si grands, mais je n'aurais pas fait un pas pour perdre des malheureux qui ne devenaient criminels que par force... que contraints par des lois absurdes que j'aurais eu le tort de servir, en leur immolant ces victimes. Moyennant quoi je me tus, je plaignis le sort de ces bonnes gens, les payai largement de ma dépense, et suivis la route qu'ils m'assuraient devoir me rendre le même soir à Ségovie.

Cette route n'était qu'un sentier ; seulement à trois lieues de là, je devais trouver le grand chemin.

Je le rencontrai comme on me l'avait dit, mais ne me souciant point de le suivre, toujours dans la crainte d'être poursuivie comme fugitive de l'Inquisition, je me mis à battre des traverses[609] toujours dans la direction de mes principaux points, de façon que marchant encore cette journée au hasard et n'ayant rencontré personne, je m'égarai une seconde fois. Aucun abri dans les environs, une nuit des plus obscures et qui m'ôtait toute espérance de me retrouver ce soir-là.

Rassasiée de malheurs, frappée de tous les objets sinistres offerts à moi depuis si longtemps, une frayeur soudaine me saisit, et me laissa choir au pied d'un chêne, presque sans force et sans mouvement. J'étais à peine dans ce funeste état, qu'un homme armé d'une carabine en bandoulière, et d'une ceinture garnie de poignards et de pistolets, se laissa glisser du haut de l'arbre, et tomba tout à coup à mes pieds.

« Que fais-tu là, p..., me dit-il d'une voix terrible, et que viens-tu chercher dans ce pays-ci ?...

— Hélas ! monsieur, dis-je aussitôt en me levant, je ne suis pas ce que vous croyez, mais une malheureuse femme, enlevée de France par un amant qui m'a épousée, qui m'a été ravi lui-même, que je cherche par toute la terre et que je vais essayer de retrouver dans ma patrie. »

Ces explications suffisaient, mais elles ne satisfaisaient pas le scélérat à qui j'avais affaire.

« Tu es Française, me dit-il alors, en se servant de notre langue, et moi aussi, ma mie ; allons, paye la bienvenue ! »

Et m'ayant en même temps adossé contre l'arbre, il se préparait à ne me faire aucun quartier, malgré les nœuds de la patrie ; déjà une de ses mains empêchait ma voix de s'échapper, tandis que l'autre facilitait une entreprise dont j'allais infailliblement devenir la victime, si dans l'instant une troupe de ces mêmes brigands ne nous eût entourés tous les deux ; ils étaient huit en tout, également armés, et tous gens de fort mauvaise mine[610].

« Un moment ! dit l'un d'eux en arrêtant avec violence les poursuites de mon adversaire, un moment, il faut que chacun en ait sa part, et il n'est pas juste que le plus nouveau passe le premier. Capitaine, dit celui qui venait de parler, à un autre homme qui arrivait, venez décider la question.

— Quelle est cette gueuse-là ? dit cet homme rébarbatif, en me tirant vivement d'auprès de l'arbre, pour m'observer un peu plus au jour ; de par tous les diables, elle n'est pas mal... Amis, menons cela dans notre caverne, vous savez que nous n'avons personne pour nous faire à manger ; quand nous revenons de nos courses, il nous faut préparer nous-mêmes de quoi nous restaurer... Cette p... là sera excellente, et pour cela et pour autre chose... quand la fantaisie nous en prendra... Marchons, poursuivit-il, il est tard, demain la voiture de Madrid passe au coin du bois, à l'aube du jour, je n'y veux laisser ni un écu, ni un voyageur ; j'ai tant de chagrin d'avoir manqué aujourd'hui la berline du duc d'Albuquerque, que je veux m'en venger demain sur tout ce que je rencontrerai. »

Et l'on marchait toujours durant cette charmante conversation qui, comme vous voyez, ne me laissa pas ignorer longtemps que j'avais pour affreux destin d'être tombée dans une troupe de voleurs : que dis-je ? dans une troupe d'insignes assassins, qui ne faisait jamais grâce à qui que ce fût, et qui s'étant rendue introuvable dans la vieille Castille, l'inondait depuis six mois des crimes les plus atroces [611].

Je ne vous dirai point mes réflexions, j'étais tellement anéantie qu'à peine avais-je la force de respirer. Quelquefois pourtant je les suppliais de me faire grâce et de me laisser poursuivre mon chemin ; mais ils riaient ou me menaçaient ; il fallait se résoudre et marcher.

Au bout d'une demi-heure, nous arrivâmes dans un taillis extrêmement touffu, où l'épaisseur des branches nous laissait à peine la possibilité de défiler. Vers le milieu de ce petit bois, le chef, qui marchait en tête, leva une pierre couverte de broussailles, un escalier s'offrit à nous, nous le descendîmes dans le silence, et quand nous fûmes à près de cent pieds sous terre, nous nous trouvâmes dans un vaste caveau au fond duquel brûlait une lampe. On alluma plusieurs chandelles et dans l'instant je pus distinguer la forme du local ; il paraissait que cette retraite était une ancienne carrière ; plusieurs sentiers aboutissaient à la principale pièce dans laquelle nous étions, et conduisaient par leur autre bout à différentes petites chambres également taillées dans l'épaisseur du roc.

Là, nos bandits se désarmèrent, et le capitaine en me regardant sous le nez, me demanda qui j'étais. Je lui dis la même chose que j'avais avancée à celui de sa troupe qui m'avait parlé le premier.

Alors cet insigne brutal, pour toute marque d'intérêt aux

malheurs que je venais de lui peindre, reprit sa carabine, et après un blasphème exécrable :

« Bras-de-fer, dit-il à un de ses camarades, j'ai bien envie de tirer cette pucelle au blanc[612] ; je n'ai jamais tué de femme de ma vie, je veux voir si cela serait meilleur à désorganiser qu'un homme.

— Bien dit, capitaine, répondit Bras-de-fer, aussi bien les doigts me démangent, je ne dors pas d'un bon somme quand je n'ai pas tué quelqu'un ; plaçons-la toute nue au bout de l'allée, les jambes ouvertes, et le premier qui mettra la belle dans le noir aura à lui tout seul le butin qui se fera demain. »

Mais quand ils virent que je pâlissais, que j'étais prête à perdre connaissance, le capitaine quitta son arme, et me dit d'être tranquille, qu'il ne faisait cela que pour me faire voir le sort qui m'attendait si je cherchais à me sauver d'eux ou si je ne faisais pas mon devoir.

De ce moment on me mit en possession des instruments de la cuisine, on me fit allumer du feu, et on m'ordonna de préparer les viandes qui me furent remises à cet effet.

Ne voyant qu'une parfaite obéissance et un peu de talent pour attendrir mes nouveaux maîtres, quoique je n'eusse jamais fait ce métier, je l'entrepris avec une telle envie de réussir, que je leur fis un assez bon souper ; ils en furent si contents qu'ils m'invitèrent à me mettre à table avec eux, ce que je fis avec bien plus de frayeur que de faim.

En préparant ce repas, j'avais bien pensé au somnifère qui m'avait si parfaitement réussi avec l'inquisiteur ; de quelle utilité ne me fût-il pas devenu dans une telle circonstance ! mais en franchissant les murs de don Crispe, j'avais eu le malheur de le perdre, et je ne l'avais pas regretté, n'imaginant pas qu'il dût m'être si tôt nécessaire.

Quand nos brigands eurent bien soupé, quand ils eurent vidé un grand nombre de bouteilles de vin, leurs yeux se tournèrent vers moi avec un peu plus d'intérêt, et comme il s'en fallait bien que l'amour ou la galanterie devînt l'élément de leur flamme, il n'y eut sorte de brutalités qu'ils ne se proposèrent. Un écart en amène un autre ; l'ennemi de la vertu l'est également de la décence ; accoutumé à franchir tous les freins pour l'intérêt du crime où son penchant l'entraîne, jugez s'il en respecte où parle sa luxure !... Comment vous rendre tout ce qui fut dit ? vous le cacher est manquer le tableau... j'userai donc de quelques figures[613] : il n'y a que les expressions malhonnêtes qui choquent : on peut tout montrer sous le voile.

Ils prétendirent d'abord qu'il fallait me faire mettre nue au milieu d'eux, éteindre toutes les lumières, et qu'ainsi que des loups sur une brebis, chacun se jetterait sur moi pour s'y satisfaire à sa guise... Ensuite les opinions changèrent, il fallait, dirent-ils, réserver le meilleur pour le jour d'ensuite... se contenter seulement ce soir-là de juger mon adresse... et que celui qui, mieux servi, ou plus heureux, arriverait au but en moins d'instants, serait le premier le lendemain dont je couronnerais l'ardeur. Un troisième ouvrit un avis différent : la forteresse, prétendit-il, devant être d'une résistance fort vive, il fallait, afin de se mettre en état de l'attaquer le jour suivant, escarmoucher devant les demi-lunes[614], et s'emparer de la redoute avant d'entrer dans le corps de la place. D'autres dirent des choses encore plus obscènes ; il n'y eut sorte de complots odieux qu'ils ne firent contre moi, sorte d'inventions crapuleuses ou barbares qui n'échauffassent leur tête...

Enfin le capitaine apaisa tout, et dit que, comme on devait partir dans une heure, il ne voulait que personne me touchât avant le retour ; mais que pour passer cette heure agréablement, il fallait jouer aux dés, et mettre entre les mains du sort la décision de l'ordre de ceux qui deviendraient mes amants tour à tour.

Ce projet s'exécuta sur-le-champ, et les rangs s'écrivirent.

« Enfants, dit le capitaine, dès que cela fut fait, tout est dit, partons maintenant ; des devoirs plus essentiels nous attendent... Souvenez-vous que ce que nous venons de faire n'est qu'un jeu, je voulais vous tenir en gaieté et vous empêcher de dormir... Que cette malheureuse nous serve, à la bonne heure, nous en avons besoin... mais s'il y en avait un qui s'avisât de profiter de sa faiblesse et de son malheur, pour obtenir par la violence ce qu'elle ne doit donner qu'à celui qui lui plaira le mieux, je vous avertis que je regarderais cet homme-là comme un lâche, comme un malhonnête homme, capable de nous trahir nous-mêmes, et qu'il n'y aurait rien que je ne fisse pour m'en défaire à l'instant... Ce n'est ni contre le faible, ni contre le pauvre que doivent se diriger nos armes ; elles ne sont destinées que pour le fort et pour l'opulent ; notre métier, tout aussi noble que celui d'Alexandre, n'a pour objet que d'établir parmi les hommes une compensation dérangée par la civilisation et les lois. Nous manquons, personne ne nous secourt ; tout nous est permis pour réparer les torts de la fortune et la férocité du riche... tout nous est défendu, dès qu'il n'est question que d'un crime. Il est déjà assez malheureux pour nous d'être obligés d'en commettre pour vivre, sans nous y livrer gratuitement. Qu'il s'avance celui qui aurait envie de me contredire, et je lui fais raison sur-le-champ, de telle manière qu'il voudra l'entendre[615]. »

Ce discours fut universellement applaudi ; tous s'armèrent et partirent, en me laissant ce qu'il fallait leur préparer au retour.

« Grand Dieu, me dis-je, confondue de ce que je venais d'entendre, voilà donc encore de la vertu dans le sein même de l'infamie !... Ces malheureux viennent de se permettre des propos affreux, sans doute, mais ils ne m'ont fait aucun mal, et ils annoncent clairement l'envie de ne point m'en faire. Ils ne m'ont point livrée par raison d'État aux mains d'un roi barbare qui pouvait me dévorer ; ils n'ont point eu dessein, comme l'alcade de Lisbonne, d'abuser de ma misère pour se procurer des jouissances, ils ne m'ont pas volée pour me contraindre à me jeter dans leurs bras, ils ne m'ont point brûlée, tenaillée, pour obtenir de moi l'aveu de crimes imaginaires ; ils ne m'ont point placée entre le déshonneur et la mort pour triompher de ma faiblesse ; ils ne me tuent point pour empêcher que je ne révèle leurs crimes... Ce ne sera donc jamais que dans les états proscrits par la société, que je trouverai de la pitié et de la bienfaisance, et ceux qui sont chargés d'y maintenir l'ordre et la paix, ceux qui doivent y faire régner la piété et la religion, tour à tour séduits par le despotisme, ou frémissant sous le joug de l'imposture, ne m'offriront que des horreurs et des crimes ! La civilisation est-elle donc un bonheur ? et si la plus grande somme de crimes se trouve toujours sous le manteau de l'autorité, les freins dont elle nous accable ne sont-ils pas plutôt les instruments de ses passions que les moyens de la vertu ? »

Ces idées agitèrent mon esprit avec tant d'empire, que je passai deux heures au coin du feu comme anéantie et sans regarder autour de moi. Je me levai enfin, curieuse de voir ma nouvelle habitation. Comme les rayons du jour n'y avaient jamais pénétré, je me munis d'une lampe, et parcourus à sa sombre lueur tous les détours de ce réduit... Quel fut mon étonnement, quand j'entendis parler bas au fond d'une voûte obscure, qui paraissait recéler quelques lugubres habitations... Je m'avance, je vois une porte, et distingue clairement que les sons qui me frappent ne viennent que de la chambre que ferme cette porte... Je prête l'oreille...

« Ô ma chère Angélique ! disait en français une voix d'homme, notre imposture n'en imposera plus longtemps ; dès qu'on aura cessé d'y croire, la mort en deviendra le prix, et cette affreuse caverne est notre éternel sépulcre... »

Je m'enhardis... De tels mots, pensai-je, ne peuvent venir que de compagnons d'infortune ; c'est mon heureux sort qui me les envoie ; parlons-leur.

« Ô vous ! dis-je d'une voix basse, vous qui gémissez comme moi dans ce lieu d'horreur... je m'y crois plus libre que vous ; enseignez-moi comment je peux vous y servir.

— Qui êtes-vous, me dit à travers la porte le même homme qui venait de parler, votre pitié trompeuse ne nous abuse-t-elle pas ?

— Ne le redoutez point, m'écriai-je, je suis comme vous, victime de la scélératesse des maîtres de cet affreux logis, et désire, pour le moins aussi vivement que vous, de leur échapper, quelque peu de raison que j'aie à me plaindre d'eux jusqu'à ce moment-ci. »

Alors je dévoilai mes aventures... M. de Bersac, c'était le nom de ce camarade de malheur, me raconta les siennes et celles de sa femme. Ils étaient l'un et l'autre comédiens français ; ils venaient de Cadix, et retournaient dans leur patrie ; la voiture publique dans laquelle ils étaient, avait été pillée ; presque tous les voyageurs, ou s'étaient enfuis, ou avaient rencontré la mort, et lui, ainsi que sa femme, n'avaient échappé à la rage de ces meurtriers qu'en leur promettant de leur apprendre un secret essentiel pour eux.

Ce subterfuge n'avait eu pour but que de parvenir, pendant ces délais, à trouver les moyens d'échapper. Ils avaient dit à ces voleurs que trois jours après eux, la voiture de l'ambassadeur de France, chargée d'or et de bijoux, devait passer par la même route ; ils demandaient la vie s'ils n'en imposaient pas.

Le moyen avait réussi ; mais ce qui le fondait étant imaginaire, et l'instant où la fausseté de leur histoire allait se découvrir étant prêt d'arriver, comment espérer de se tirer d'affaire ?

« Il faut prévenir ce moment, dis-je à ces malheureux époux, il faut nous sauver tous ; j'ai du courage et de l'adresse ; j'ai échappé à de plus grands périls ; rassurez-vous, votre liberté me devient aussi chère que la mienne, et je vais travailler à la rendre à tous trois. »

Ces honnêtes gens pleurèrent en m'écoutant ; ils jurèrent de consacrer leur vie à m'être utiles, si je parvenais à rompre leurs fers. Je les quittai pour en aller étudier les moyens.

Il me paraissait impossible que les voleurs eussent emporté dans leur course la clef du cachot de M. de Bersac ; elle devait assurément se trouver ; il ne s'agissait que de la chercher. Je remuai tout, il ne fut pas un coin de ce lugubre manoir que je ne visitai. Je découvris enfin cette clef cachée sous deux grands sacs de linge, je m'en saisis, je vole au cachot, j'en ouvre la porte, et sautant au cou de mes compagnons :

« Quelle joie, dis-je, quel bon augure pour les suites ! voilà déjà la moitié de vos liens brisés, travaillons promptement au reste. »

M. de Bersac était un homme de quarante-cinq ans, d'une fort belle figure, et sa femme, âgée d'environ quarante ans, avait encore une physionomie très agréable : elle était en possession au théâtre de l'emploi des grandes coquettes, et son mari tenait celui des pères nobles.

Rien de plus tendre que les marques de reconnaissance que me prodiguèrent ces deux époux ; mais en en recevant les expressions à la hâte :

« Sortons, leur dis-je, sortons ; tel doit être à présent notre unique objet ; une fois en liberté, nous nous livrerons à loisir aux sentiments mutuels qu'une telle rencontre nous inspire : ne songeons maintenant qu'à nous évader. »

Ils se ressouvenaient, aussi bien que moi, du chemin de l'escalier ; nous le gagnons, nous escaladons lestement jusqu'au haut ; mais que devînmes-nous quand nous vîmes que la trappe semblait exactement fermée !... Bersac ne désespère point... il voit un jour, il pousse de toute la force de ses épaules ; une grosse pierre couverte de broussailles pesait seulement sur cette trappe ; elle cède aux efforts de celui qui soulève, nous l'aidons, la pierre se renverse, et nous voilà dehors.

Il faut avoir connu la situation de quelqu'un qui brise ses fers pour être en état de la rendre ; c'est un nouvel air que l'on respire ; ce sont de nouvelles sensations qu'on éprouve ; c'est un poids énorme de moins dont on se débarrasse.

Nous ne pûmes tenir, avant d'aller plus loin, au plaisir de nous embrasser encore tous les trois ; puis nous encourageant mutuellement :

« Partons, dîmes-nous, éloignons-nous avec vitesse ; nous serions perdus sans ressources, si ces malheureux revenaient. »

Il était environ sept heures du matin, nous nous sentions en état d'entreprendre une forte course ; nous fîmes dix lieues avant le coucher du soleil, sans que rien ne troublât notre marche. Cette journée nous approchait de Valladolid ; nous y arrivâmes le lendemain. Mes compagnons ayant tout perdu, les seuls petits fonds que les voleurs n'avaient pas songé à me prendre avaient servi à nous conduire jusque-là. Mais ces âmes honnêtes et sensibles surent bientôt me dédommager du peu que j'avais fait ; Bersac et sa femme avaient des amis à Valladolid, ils furent les voir, et en reçurent les secours qu'ils en attendaient.

« Voilà ce qui vous appartient, madame, me dit cet honnête ami, en plaçant devant moi la somme entière qu'ils venaient de recevoir. Daignez accepter ceci comme une bien faible marque de la reconnaissance que nous vous devons ; prenez tout, dirigez tout, et conduisez-nous seulement à Bayonne.

— Oh ciel ! dis-je à ces braves amis, quelle injure vous me faites ! Quoi, vous voulez m'ôter la douceur de vous avoir servis ! une âme comme la mienne connaît-elle d'autre prix aux bienfaits, que celui de les avoir rendus ?... Mon père, dis-je à Bersac en me jetant dans ses bras, protégez ma jeunesse ; empêchez-moi de heurter encore contre de nouveaux écueils ; voilà le prix que je demande du faible service que vous estimez tant. »

Ensuite de cet élan de mon âme que Bersac reçut avec toute la sensibilité possible, il me dit qu'après mes malheurs, après la situation où j'étais avec ma famille, le désir que j'avais de retrouver mon époux, le peu de fonds dont j'étais munie, il ne voyait pour moi d'autre parti que le spectacle.

Et quand il s'aperçut que ce mot me faisait entrevoir de nouveaux périls :

« Vous vous trompez, me dit-il, il n'y a point d'état au

monde où une femme puisse mieux conserver sa vertu ; si son talent l'expose, on peut dire aussi qu'il la garantit : elle peut toujours l'opposer pour raison de ne pas se livrer au vice ; son organe, sa taille, sa santé, sont des motifs qui doivent servir à la rendre sage, et qu'elle peut toujours objecter à ceux qui veulent l'empêcher de l'être. Une femme qui n'a d'autre ressource que son travail, peut manquer, et trouver, par ce travail même, mille occasions d'être séduite. Notre talent n'offre aucun de ces dangers ; à peu près toujours payé au-delà de ce qu'il faut pour vivre, il expose rarement au triste inconvénient du besoin ; si une femme a un talent transcendant, on la respecte et on l'attaque peu. Si elle n'en a qu'un médiocre, sa bonne conduite lui rend la considération que le peu d'art lui refuse, et elle est également révérée. Non, non, Léonore, non, n'imaginez pas que le théâtre soit un écueil pour la sagesse ; le devoir délivre des persécutions, et l'on finit par vous savoir gré de vos soins à les éviter. D'ailleurs on fait corps, on est soutenu, on a des camarades, on est protégé, on est pour ainsi dire, par l'état même, entièrement à l'abri de la misère et de l'insulte, et ce que cet état a de supérieur à celui que le simple travail manuel pourrait vous donner, c'est que dans celui-ci, votre sagesse, si vous êtes pauvre, deviendra presque un ridicule ; au lieu que dans le nôtre, elle ajoutera étonnamment à l'éclat de votre réputation[616]. On prononcera sans cesse, avec une sorte de respect, les noms des Gaussin, des Doligny et des Préville[617], ils imprimeront toujours à la fois des idées de talent et de vertu. Réfléchissez d'ailleurs à tous les agréments du métier ; jouissez du parfum des roses, moissonnées sur aussi peu d'épines ; quoi de plus flatteur pour l'amour-propre, que de se trouver l'idole de la scène, de n'y jamais paraître que pour l'entendre retentir des applaudissements qu'on vous prodigue ! Comme on respire avec délices l'encens offert à ses autels ; votre nom vole de bouche en bouche ; il ne s'y prononce qu'avec des éloges ; les hommes vous aiment, vous désirent, vous recherchent ; les femmes vous envient, vous cajolent et vous imitent ; vous donnez à la fois le ton et les modes ; vous ne paraissez, en un mot, jamais, sans que toutes les sensations de l'orgueil ne soient enivrées tour à tour. Si vous avez de la conduite, les plus grandes maisons vous sont ouvertes ; on vous y reçoit avec plaisir, on vous y parle avec respect, et partout vous trouvez des amis, de la protection et des hommages.

— Vous me séduisez, mon père, dis-je à Bersac, émue et presque décidée... Mais vous le voyez, je n'ai point de talent... À peine sais-je le français : depuis le temps que je ne parle que l'italien, le portugais et l'espagnol, tous mes mots se sont corrompus.

— Cela reviendra facilement, me dit Mme de Bersac ; abjurez ces langues étrangères, raccoutumez-vous au frein des règles grammaticales ; contraignez votre prononciation à redevenir pure et exacte, pendant que nous allons voyager ensemble, et je vous réponds qu'au-delà des Pyrénées, on ne s'apercevra seulement pas que vous ayez jamais quitté la France. Votre organe est doux et flatteur, il a de l'étendue et de la justesse, il est tendre et flexible dans les hauts ; il n'a point de dureté dans les bas. Vous devez être du dernier intérêt dans les pleurs ; votre taille est légère, elle est agréablement prise ; vos bras sont superbes ; vous avez de la fierté dans le regard, beaucoup de grâce dans la démarche, de la chaleur et de la vérité dans le débit ; il ne s'agit plus que de régler tout cela, que de vous donner de la précision, de l'aplomb... vous apprendre l'entente de la scène : quelques études, et je parie qu'avant deux mois nous vous mettons en état de débuter. »

Je fus entraînée, je l'avoue ; la protection que m'assurait Mme de Bersac, les soins que me promettait son mari, l'espoir, en allant ainsi de ville en ville, de pouvoir apprendre des nouvelles de tout ce qui m'était le plus cher au monde, toutes ces raisons me décidèrent, et on m'acheta sur-le-champ des livres.

Le lendemain après dîner, Mme de Bersac dit à son mari qu'il devait porter des plaintes contre les scélérats de chez qui nous sortions, et travailler à les faire arrêter sur-le-champ. Ce que cet homme répondit ici, me parut si sage, si conforme à ma façon de penser, justifiait si bien, en un mot, les raisons qui m'avaient également empêchée de dénoncer l'auberge au lit tombant, et les capucins enterrant les objets cachés de leur luxure, que j'ai toujours retenu ses paroles... Vous me permettrez, j'espère, de vous les rendre.

« Je vous pardonne, dit-il à sa femme, ces légers mouvements de rigorisme et de sévérité ; vous arrivez d'Espagne, il faut bien que vous ayez conservé quelque chose des mœurs haineuses et rigoristes de ces Maures à demi policés[618] ; mais apprenez, ma chère amie, que je croirais me déshonorer moi-même, si je traînais par une telle action ces malheureux à l'échafaud ; ils m'ont attaqué, ils m'ont dépouillé, ils m'ont mis dans leurs fers : en voilà plus qu'il n'en faut pour que la plainte me devienne interdite, et pour que je ne l'osasse pas sans remords... elle ne serait plus que l'ouvrage de la vindication ; ce sentiment est odieux dans une âme sensible ; il en démontre la faiblesse. C'est être faible que de ne pouvoir supporter une injure ; c'est être vraiment grand que de la mépriser ; j'ai fait, en étudiant les hommes, une remarque assez singulière : c'est qu'il n'y a presque jamais que les âmes basses qui se livrent au sentiment de la vengeance ; infiniment plus sensibles à l'insulte, parce qu'elles n'ont la force de rien endurer, elles ne peuvent en soutenir la blessure, et comme ces êtres-là méritent peu, ils croient toujours qu'on ne leur rend jamais assez. L'homme, au contraire, doué d'une âme forte, qui n'imagine pas que l'injure puisse aller à lui, ou ne la voit pas, ou la méprise ; la vengeance afficherait l'insulte : il aime mieux ne la pas soupçonner, que d'apprendre, en s'armant contre ceux qui l'ont outragé, qu'il était possible qu'on lui manquât.

Que les vils satellites, gagés pour le soin flétrissant de conduire les infortunés à la mort, se chargent de découvrir leur retraite ; mais elle ne sera jamais indiquée par moi ; il est odieux, il est vil de devenir le délateur de ceux dont nous avons à nous plaindre : cette conduite étouffe leurs repentirs ; elle les empêche d'être fâchés d'avoir troublé une société où devait se trouver de si méchantes gens. Laissons aux autres l'emploi de les vexer, mais dès que nous avons été leurs victimes, pardonnons-leur. Une fois vengés, nous devenons aussi coupables qu'eux, puisque ainsi qu'eux, nous commettons une lésion quelconque ; de ce moment nous voilà donc aussi bas, et notre supériorité est toujours entière si nous leur pardonnons... On frémit à l'action d'*Atrée*[619]... les larmes les plus douces coulent, quand Gusman dit à Zamore :

Des dieux que nous servons connais la différence :
Les tiens t'ont commandé le meurtre et la vengeance ;

Et le mien, quand ton bras vient de m'assassiner,
M'ordonne de te plaindre et de te pardonner[620].

Ah ! mes amies, continua cet homme doux et sensible, plus on connaît les hommes, plus on devient tolérant. Si ces malhonnêtes gens devaient se corriger, peut-être entreprendrais-je leur cure ; mais je sens combien elle est impossible, et j'ose dire, avec un homme de beaucoup d'esprit*, *qu'on n'a pas le droit de rendre malheureux ceux qu'on ne peut pas rendre bons*[621]. Croyez-vous que si ces infortunés étaient riches, ils exerceraient l'affreux métier que vous leur voyez faire ? Le besoin seul les y détermine, tandis que l'ambition et l'orgueil, sentiments bien moins pardonnables, entraînent aux mêmes horreurs les héros que l'on glorifie. Bras-de-fer et ses compagnons, qui s'unissent pour voler un coche, sont-ils autre chose que deux souverains qui se lient pour en dépouiller un troisième ? Et cependant ceux-ci attendent des palmes, et l'immoralité, pour des crimes commis sans besoin, tandis que les autres n'auront que le mépris, la honte et la roue, pour des crimes autorisés par la faim, la plus impérieuse des lois[622]. Eh ! ne nous mêlons pas du mal qui se fait dans le monde ; tâchons de ne pas en être blessés, mais n'entreprenons pas de le réprimer ; les famines, les guerres, les maladies dont nous accable la nature, ne nous servent-elles pas de preuves que la destruction est inhérente à ses principes ?... qu'elle est nécessaire, et que ce n'est enfin qu'à force de détruire qu'elle peut réussir à créer ? Or, si cette destruction lui est utile, si elle n'y parvient que par des crimes, si elle en commet chaque jour elle-même, si le crime enfin est une de ses lois ? de quel droit le bannirons-nous de la terre ? qui nous autorise à le venger ? Les malheureux compagnons de Bras-de-fer, qui servent les vues de la nature comme une peste ou une famine, sont-ils plus coupables que la main qui nous envoie ces fléaux ? Pourquoi n'osons-nous insulter l'une, et pourquoi condamnons-nous l'autre ? Il ne s'agit donc ici que de l'histoire de la force. Nous tolérons des maux que nous ne pouvons empêcher, et nous punissons les auteurs de ceux qui

---

* Le marquis de Vauvenargues.

sont en notre pouvoir : y a-t-il de la justice à cette conduite* ? Eh ! rapportons-nous-en à la prudence de la mère sage qui nous gouverne, elle maintiendra toujours dans le monde un nombre égal de vices et de vertus, proportionné au besoin qu'elle aura de l'un ou de l'autre ; elle fera naître des Auguste, des Antonin, des Trajan, quand il lui faudra des vertus ; les meurtres lui deviendront-ils nécessaires ? elle nous enverra des Néron, des Tibère, des Alexandre, des Tamerlan, des famines, des pestes, des inquisiteurs de la foi, et des parlements... Mais malheur au sophiste qui conclurait de là, qu'il doit, ou adopter le vice, ou se consoler de ne pas être vertueux, puisqu'il accomplit les lois de la nature. Un homme qui dirait : Puisque la guerre est un fléau nécessaire, je vais l'allumer dans l'Europe, ne serait-il pas un tyran ? Ne regarderiez-vous pas comme un imbécile, celui qui raisonnant d'après les mêmes principes, oserait dire : Je vais me donner la fièvre, puisque la fièvre est un fléau de la nature ? Considérez de même comme un fou celui qui dirait : Je vais me plonger dans le crime, puisque le crime est dans la nature... Malheureux !... elle produit aussi des poisons, cette nature où tu te livres aveuglément, et cependant tu te gardes bien de t'en nourrir ; aie la même sagesse envers le crime, fuis-le... déteste-le... il ne fera jamais ton bonheur, il lui est impossible de le faire[623]. Trop d'yeux sont ouverts sur toi, d'intérêts s'opposent à ce que tu n'agisses que d'après le tien, et ceux de la société qui balancent toujours cet égoïsme qui te conduit au crime, ou t'empêcheront de le commettre, ou te puniront de l'avoir commis. »

Ainsi raisonnait ce sage ami, et par tous ces discours, il ne se bornait pas seulement, comme vous voyez, à me former au théâtre, ou à m'en donner le goût, il élevait aussi mon cœur, il fortifiait ma raison. Je connaissais par lui le prix de mes voyages ; il me montrait le fruit que je pouvais recueillir de mes malheurs.

---

* Il ne s'agit pas de mettre en avant ici les intérêts de la société ; la réponse aux objections de Bersac serait puérile : il est question de savoir pourquoi on punit. Assurément la peste nuit à la société, autant et beaucoup plus que le voleur de grands chemins. Cependant nous ne nous vengeons pas de la main qui nous envoie la peste, et nous rouons le voleur. Pourquoi ? Répondez, suppôts des lois qui commandent le meurtre, répondez, voilà le seul état de la question.

Pendant ce temps sa digne épouse cultivait mes faibles talents, et à peine arrivée au-delà des monts [624], j'étais déjà en état de débuter dans huit rôles.

Mais j'ai devancé, sans le vouloir, les événements de notre route ; reprenons-les, ils offrent, avant d'arriver en France, un événement assez singulier, pour que je ne doive pas vous le taire.

Je craignais de séjourner dans les villes, et surtout de suivre les grandes routes ; j'en avais déjà témoigné mon inquiétude à Bersac qui, instruit par moi de mon aventure de Madrid, m'assura que l'inquisiteur, trop honteux de ce que j'aurais à objecter contre lui, se garderait bien de me poursuivre, et que mes craintes étaient chimériques. Je me livrai donc à lui.

En partant de Valladolid, nous fûmes coucher à Burgos ; les auberges [625] sont aussi mauvaises que rares en Espagne ; sans la précaution de porter tout avec soi, on y est souvent peu à l'aise ; mais point en état de nous procurer ces facilités, nous nous logions comme nous pouvions, trop heureux d'être à couvert, et de pouvoir vivre, après tous les maux que nous avions sentis. Quoique Burgos tienne le premier rang dans les États des deux Castilles, nous y fûmes pourtant beaucoup plus mal logés qu'à Valladolid ; il fallut se contenter d'un mauvais cabaret hors de la ville, divisé en quelques tristes cellules mal closes, et donnant toutes les unes dans les autres ; vous pardonnerez ce petit détail : il est essentiel à l'intelligence de l'aventure qui nous arriva dans cette misérable hôtellerie.

« Qui donc va venir coucher près de nous ? dis-je à l'hôtesse, en lui voyant préparer un lit dans une petite chambre contiguë à celle où nous étions, et dont rien ne nous séparait.

— Dormez en paix, brave dame, me répondit la maîtresse de lieu ; les voisins que je vous donne sont gens aussi honnêtes que vous : c'est un alcade de l'Inquisition de Madrid (et jugez si je frémis à ce mot) qui vient d'épouser dans la capitale une des plus belles filles de toutes les Espagnes ; il la mène en Biscaye, son pays à lui, et je crois que tous deux y vont finir leurs jours... »

Très émue de cette réponse, j'affectai pourtant le plus grand calme ; mais je témoignai bien vite à mes deux amis toute la crainte que me donnait une pareille rencontre... Ils en furent d'abord aussi épouvantés que moi ; la réflexion néanmoins ramena promptement Bersac.

« Les projets que cet alcade annonce, me dit-il, paraissent bien éloignés de tout ce qui pourrait devoir vous causer de l'inquiétude ; vous le voyez, loin d'être occupé de vous, il est dans l'ivresse des premiers plaisirs de l'hymen ; il tourne le dos à l'Inquisition, il va s'établir en Biscaye... il est sans suite. Rassurez-vous, rassurez-vous, Léonore, je crois juger assez bien des événements de la vie pour vous répondre que cette aventure n'est pas pour vous du plus petit danger. »

Nous nous mîmes donc à table, et pleinement calmée par ce discours, je soupai comme à mon ordinaire.

L'heure de se mettre au lit étant venue, inquiets pourtant de ne point voir nos voisins se retirer, nous en demandâmes la cause à la servante.

« Le mari de cette dame, nous dit-elle, voyage avec un certain M. Rodolphe, lieutenant de dragons, son ancien camarade, et comme ils s'aiment beaucoup tous les deux, chaque soir ils font ensemble un peu de débauche ; mais la jeune femme, aussi ennuyée que vous de ce retard, va venir se retirer en attendant. Dès qu'elle sera couchée, vous serez tranquilles ; nous recommanderons à don Santillana, son époux, de ne point faire de bruit en venant la retrouver, et rien n'interrompra votre repos. »

À peine, en effet, cette fille eût-elle cessé de parler, que la jeune dame monta, suivie de l'hôtesse. Comme aucune porte ne nous séparait, pour éviter de lui être à charge, nous ne pûmes que détourner nos regards. Elle se coucha ; nous en fîmes autant.

Il y avait une heure au plus que j'étais endormie, lorsque je me sentis tout à coup serrée par un homme nu, dont la situation très énergique et les mouvements peu équivoques, en me réveillant en sursaut, firent peut-être courir en cet instant, à ma vertu, des risques plus réels que tous ceux où j'avais échappé jusqu'alors... Me dégager lestement de ses bras, sauter à terre, en criant au secours, et me précipiter dans le lit où je supposais Mme de Bersac, est pour moi l'affaire d'un instant ; et là, croyant avoir trouvé le refuge que je cherche, j'embrasse, je serre de toute ma force la femme que je prends pour l'épouse de mon protecteur, lorsque de nouveaux cris se font entendre, en même temps que des lumières viennent jeter du jour sur les différentes parties d'une scène aussi bizarre que peu attendue. Représentez-vous d'abord le comédien Bersac à moitié nu, tenant d'une main mal affermie deux flambeaux, dont les reflets fâcheux ne servent qu'à lui faire voir un homme également nu, remplissant auprès de Mme de Bersac des devoirs conjugaux qui n'appartiennent qu'à lui, et moi qui me suppose dans le sein de cette amie, moi qui viens à la hâte y chercher des secours, serrant, embrassant de toutes mes forces... qui ?... Clémentine... cette malheureuse Clémentine, compagne d'une partie de mes infortunes, et que je venais de laisser gémissante au fond des prisons de Madrid !

Comment vous rendre ici les sentiments divers qui nous agitèrent tous à la fois ? De quelles expressions se servir pour vous peindre Bersac, frémissant de rage du forfait trop certain qu'il éclaire ; sa femme apercevant son erreur, jetant des cris de désespoir ; le malheureux qui fait leur honte commune, s'esquivant à la hâte, fuyant à travers les ténèbres, et la femme qu'il déshonore, et le mari qu'il outrage ; et pour terminer en un mot la scène, Clémentine et moi, nous reconnaissant, nous embrassant toutes deux dans le même lit, nous accablant de questions réciproques, et ne pouvant venir à bout de nous entendre, par la multitude des mouvements qui nous agitent tour à tour.

Ne vous laissons pas contempler plus longtemps ce tableau singulier, ce serait refroidir votre attention que de ne pas vous l'expliquer tout de suite.

Clémentine était la jeune femme qui venait de se coucher près de nous ; elle était cette épouse chérie de l'alcade Santillana et s'en allait avec lui en Biscaye.

Nous allons revenir aux événements qui l'avaient amenée là ; poursuivons.

La débauche des deux amis ? mais quel était ce second ami ?... Brigandos... oui, madame, Brigandos, sous le nom de Rodolphe, échappé de l'Inquisition par les soins de Clémentine, ainsi que je vais bientôt vous l'apprendre [626].

Sa débauche, dis-je, avec Santillana les ayant enfin conduits plus avant qu'ils ne croyaient, devenait à la fois, et la raison qui les faisait retirer si tard, et celle qui, venant d'altérer leurs sens, avait fait jeter le prétendu Rodolphe dans le lit de Clémentine, et l'alcade de l'Inquisition dans le mien ; mais par une inconcevable fatalité, quand cette double erreur s'opérait, Bersac, pressé d'un besoin, venait de se lever pour y satisfaire, et les cris de Clémentine, ayant reconnu tout de suite que ce n'était point son mari qui se plaçait près d'elle, avaient fait sauver Brigandos, qui, rencontrant le comédien dans sa marche rapide, l'avait culbuté du haut en bas de l'escalier.

Bersac, furieux de la catastrophe, s'était saisi, en se relevant, des lumières de la salle à manger, près de laquelle il venait de choir, et remontant courageusement dans les chambres, il venait reconnaître l'origine du désordre, lorsque l'alcade Santillana, s'égarant dans mon lit comme Brigandos dans celui de Clémentine, effrayé de la réception que je lui avais faite, s'était élancé dans celui de Mme de Bersac, croyant trouver celui de sa femme, ainsi que j'avais moi-même gagné celui de Clémentine.

Telles étaient les raisons de tout le bruit, telles étaient celles de l'étonnement stupéfait de Bersac, et de la fuite soudaine de l'alcade, reconnaissant qu'il avait beau sauter de lit en lit, il ne cessait jamais de se tromper.

Mais malheureusement l'erreur commise dans celui de Mme de Bersac avait eu des suites plus funestes que dans toutes les autres parties de la scène. Un instant suffit, dit-on, à déshonorer la femme la plus sage, et ce terrible instant venait d'arriver pour la vertueuse épouse du comédien... D'une part, un jeune homme frais et vigoureux, dans l'état du monde le moins fait pour la patience ; de l'autre, une femme à moitié endormie, qui s'imagine recevoir les chastes embrassements d'un époux... Il n'en avait pas fallu davantage, le malheur était consommé... Mme de Bersac fut la première à le dire ; elle se jette aux pieds de son mari, elle lui demande de la venger de l'outrage odieux qu'elle vient de recevoir.

Et cette nouvelle circonstance changeant tout à coup le tableau, en varia les teintes gracieuses de Thalie contre les noirs pinceaux de Melpomène[627]. Voyant les choses devenir lugubres, nous volons, Clémentine et moi ; je nomme mon amie, elle implore la grâce de son époux. Santillana, en honnête homme, accourt lui-même aux genoux de Mme de Bersac, la supplie d'oublier une faute qu'il n'a commise que par inadvertance, et se retournant aussitôt vers le mari, il le conjure de se venger, et qu'il ne s'en défendra pas, si ses excuses ne sont point acceptées. L'attitude est fixe ; un moment chacun s'observe et réfléchit.

« Ô Bersac ! m'écriai-je, ô mon protecteur ! vous m'inspirez la clémence, donnez-m'en l'exemple aujourd'hui... Madame, poursuivis-je, en prenant les mains d'Angélique, ne faites pas un jour de sang d'un des plus heureux de ma vie, puisqu'il vient rendre à ma tendresse une amie perdue si longtemps.

— Chère dame, dit Clémentine en cajolant la Bersac avec les manières naïves et pleines de grâce qu'elle employait avec tant d'énergie, songez que je suis la première offensée, et qu'en vérité il n'y a que moi qui doive me mettre en colère, si quelqu'un en a le droit ici ; oublions donc tout, de part et d'autre.

— J'y consens, répondit Bersac, j'aurais trop à me reprocher, si je troublais en rien la joie de Léonore. N'y pensons plus, madame, dit-il à son épouse : si je vous connaissais moins, si vous aviez fait un seul faux pas dans votre vie, cette aventure me troublerait peut-être ; mais une femme sage vingt ans ne se dément pas dans un quart d'heure... Votre innocence est reconnue... Et vous, monsieur, dit-il à l'alcade, permettez que je ne voie qu'un ami, dans l'époux d'une des femmes de la terre que Léonore aime le mieux ; embrassons-nous et que tout s'oublie.

— Oh ! monsieur, vous êtes charmant, vous êtes charmant, dit Clémentine avec sa délicieuse vivacité, devenue plus agréable encore par son joli accent dans les mots français ; oui, vous êtes charmant ; voilà comme un galant homme doit prendre les choses ; mais pour achever de nous prouver votre estime et votre pardon... il est tard, passons le reste de la nuit ensemble, et permettez-nous de vous offrir à déjeuner, nous y rirons tous d'un événement qui, dans le fond, ne fait mal à personne ; oui, nous nous en amuserons jusqu'à l'heure fatale qui va nous séparer pour jamais, sans doute. »

La proposition s'accepte ; Bersac se décide ; son épouse se console ; on rappelle Brigandos, contusionné du choc dont il a culbuté le comédien ; tous deux s'embrassent avec un peu moins de brutalité ; je saute dans les bras de mon ancien chef ; je lui témoigne tout le plaisir que j'ai de le revoir, et l'on n'entend plus dans l'auberge que des rires, on n'y voit plus que des marques de joie.

Après quelques soupes à l'oignon, quelques rôties au vin de Madère, Clémentine toujours gaie, toujours friponne et toujours jolie, nous apprit comment elle était échappée au glaive inquisitorial, par le secours du jeune homme qu'elle avait maintenant avec elle, et dont elle m'assura que, quoique fugitive, je n'avais sûrement rien à craindre. Elle avait été assez heureuse pour obtenir de son amant la liberté de notre chef, c'est tout ce qu'elle avait pu faire, et une satisfaction bien réelle pour son âme d'avoir pu rendre à Brigandos les services que nous en avions reçus si obligeamment l'une et l'autre, lorsque ne sachant que devenir, après notre désastre de Lisbonne, nous avions trouvé chez cet honnête Bohémien tant d'accueil et d'humanité. Pour quant à elle, continua cette aimable femme, l'heure de la séance étant dépassée de beaucoup, le jour où je l'avais laissée dans la salle des tourments, dès que j'avais été sortie, on l'avait congédiée avec injonction de se retrouver le lendemain au même lieu pour y subir la question de la corde ; et l'inquisiteur qui, comme vous le savez, avait eu des raisons de disposer de la chambre qu'elle occupait près de moi, l'avait fait passer dans un autre quartier. Ce fut alors qu'elle tomba sous la direction de Santillana, auquel elle inspira la passion la plus vive ; celui-ci s'ouvrit sur-le-champ à elle, il en fut écouté : elle mit tout au prix de la liberté de Brigandos et de la sienne ; fille délicieuse, sans doute, qui paraissait en ce moment critique s'occuper encore plus des autres que d'elle-même. Santillana promit, et lui donna de si bons conseils, il la protégea si vivement qu'il lui fit éviter tous les nouveaux interrogatoires. Pendant ce temps, il ménagea sa fuite et celle de notre chef, résolu de quitter lui-même l'infâme métier que le dérangement de sa jeunesse lui avait fait prendre, puisqu'il pouvait désormais s'en passer, au moyen de la succession d'un oncle fort riche, nouvellement décédé en Biscaye. Il avait donc pris la résolution de partir avec celle qu'il aimait, d'en faire sa femme hors des portes de Madrid, et de l'emmener avec lui recueillir l'héritage qui allait les mettre tous deux en état de vivre désormais de leurs biens, sans avoir besoin de qui que ce fût.

Tout avait réussi, et, par les soins de Santillana, Brigandos évadé de la veille, les attendait à dix lieues de Madrid.

Les deux époux continuaient donc leur route, tous les deux plus épris, plus charmés que jamais l'un de l'autre, et Clémentine bien résolue à renoncer aux égarements de sa jeunesse pour se consacrer désormais tout entière à la félicité du jeune homme aimable qui s'était immolé pour la sienne.

Mais ces égarements de ma compagne, Santillana ne les avait point ignorés ; Brigandos le certifia à la société, et comme Mme de Bersac en paraissait un peu surprise :

« Eh quoi ! madame, dit notre chef, en se livrant à son goût de dissertation philosophique où son érudition éclatait toujours, quoi, n'est-ce donc pas un préjugé stupide que d'exiger de la fidélité d'une femme, même avant que d'avoir connu son époux ? Devait-elle quelque chose à cet époux dont elle ne soupçonnait seulement pas l'existence ?

— Mais, dit Mme de Bersac, on peut craindre que celle qui n'a pas été sage avant l'hymen, ne puisse le devenir après.

— Ce raisonnement n'est pas juste, madame, reprit notre chef ; une fille n'a pour conserver sa virginité que les liens les plus chimériques : tant qu'elle est en puissance paternelle, si elle la garde avec tant de soin alors, c'est par faiblesse ou par ignorance ; mais elle n'y est point tenue, rien ne l'y oblige, et jamais l'autorité des parents, s'ils sont justes, ne peut s'étendre jusqu'à contraindre leur fille à la chasteté, c'est-à-dire à un état absolument contraire à la nature ; elle peut disposer d'elle, aucun pacte ne la lie, elle n'a fait aucune promesse, elle n'est qu'à elle, et la raison qui semble prêter aux parents l'ombre du pouvoir sur cet article, n'est fondée que sur leur avarice ou leur ambition ; ils craignent de ne pouvoir marier leurs filles, ils l'obligent à respecter la fleur que l'hymen doit épanouir ; mais cette raison, uniquement dictée par l'intérêt des pères, est nulle aux yeux des enfants. Si les filles l'écoutent, elles ont servi les passions de leurs pères au détriment des leurs, c'est-à-dire qu'elles ont fait une bêtise, puisqu'elles ont donné beaucoup plus que ce qu'elles reçoivent, la passion qu'elles immolent étant bien autrement impérieuse que celles auxquelles elles sacrifient. Mais le préjugé prononce contre elles, continue-t-on d'objecter ; voilà l'infamie ; voilà l'inconséquence ; voilà l'atrocité ; voilà l'inepte barbarie qui ne se voit que dans notre Europe agreste. Parcourons rapidement les usages des peuples qui ont mieux valu que nous. Les Brésiliens, les Scythes, les Lapons prostituaient aux étrangers des filles, dont ils ne faisaient pas moins leurs femmes ; au Pégu, un étranger loue une fille pour le temps de son séjour dans le pays, et cette concubine n'en trouve pas moins un époux au sortir de là ; chez les Tartares, au-delà du Thibet, tous ceux qui connaissent une fille lui donnent un présent dont elle doit toujours se parer, et la certitude d'avoir un mari n'est pour elle qu'en raison de la quantité qu'elle peut offrir de ces preuves de son libertinage ; Hérodote assure que les Lydiennes n'avaient d'autre dot que le fruit de leur prostitution, et suivant Justin, les filles de l'île de Chypre se rendaient dans les ports, à dessein de se livrer aux étrangers qui venaient dans l'île, et d'acquérir une dot par ces moyens. On insulte une Circassienne quand on lui dit qu'elle n'a point d'amants ; le culte d'Astarté, au temple de Byblos, consistait dans les plus grands excès de l'incontinence des filles, aucune d'elles n'eût trouvé d'époux sans cela ; personne ne s'alliait à une Arménienne, si les prêtres de Tanaïs n'en avaient abusé de toutes sortes de manières ; je dis de toutes manières, car telle était sur ce point la manie de ces peuples, que ce qui même ajouterait d'après nos mœurs une teinte à l'infamie, devenait chez eux un motif de plus aux préférences : il fallait que la prostitution eût été si entière, qu'aucun des temples de l'amour n'eût été sans adorateurs, et l'on en voulait être sûr ; Hérodote et Strabon nous disent que les Babyloniennes étaient obligées d'offrir ainsi leurs prémices au temple de Vénus ; le culte de la Callipyge des Grecs est une preuve de ce que j'avance : d'après toute l'antiquité, point de restriction, cette Vénus le désignait assez clairement[628]. Tous les peuples sages pensèrent, en un mot, madame, que jamais l'incontinence d'une jeune fille ne devait lui porter obstacle ; plusieurs, comme vous le voyez, ne l'estimèrent même qu'à ces conditions, et crurent avec beaucoup de sagesse, que plus une femme a de mérite, plus elle doit être recherchée : si on ne lui a jamais rien dit, c'est que sa valeur est médiocre ; doit-on alors la prendre pour femme ? Il faut donc, si l'on est vraiment sage, incontestablement préférer pour épouse la fille libertine, à celle qui n'a jamais servi que la pudeur, et cesser surtout de croire que cette pudeur, qui n'est que le trésor des laides, puisse être d'aucun prix avec les autres. Ah ! qu'ils soient en paix ces époux timides ! Cette même fille faible quand elle s'appartenait va devenir la femme la plus modeste une fois sous les lois de l'hymen : s'être rendue coupable, quand on n'avait point de nœuds, n'est nullement une raison de présumer qu'on ne sera point exacte à révérer ceux qu'on doit recevoir. Que les hommes délicats sur cette matière prennent de telles épouses sur le pied de veuves ; mais les flétrir, les délaisser, les contraindre aux horreurs d'un couvent ou les réduire au célibat pour une faute commise dans le feu de la jeunesse, toujours bien plus l'ouvrage de la séduction des hommes que de la faiblesse des filles, pour une faute qui prouve qu'elles ont tout ce qu'il faut pour être d'excellentes épouses, ah madame, cette dureté est horrible, il n'y a qu'une nation encore plongée dans les ténèbres qui puisse en devenir coupable au mépris des plus saintes lois de la raison, de la nature et de l'humanité. »

Angélique se rendit ; M. de Bersac, que cette thèse consolait peut-être un peu, approuva plus encore que le système, l'éloquence, l'érudition de Brigandos ; et la conversation redevint générale.

À l'égard de mon histoire, Clémentine nous dit qu'elle avait été si secrète qu'il était devenu absolument impossible à cette compagne d'infortune d'apprendre aucune de mes nouvelles, qu'elle me supposait morte et qu'elle s'en était plusieurs fois désolée avec Santillana qui, quoique de la maison, n'avait pourtant jamais pu réussir à savoir ce que j'étais devenue. Le sort de la troupe de Brigandos lui avait été également caché, et toutes réflexions faites, ne s'occupant que de moi seule et de notre aimable chef, elle avait pris peu de part à tout le reste. Brigandos croyait que ses deux enfants étaient devenus victimes du tribunal ; il eût donné sa vie pour les sauver ; ne le pouvant pas, il profitait au moins de ce qu'il avait obtenu pour lui-même, et sans être dégoûté du métier, il allait rassembler une nouvelle troupe en Biscaye, avec laquelle il avait dessein de passer en Italie.

M. et Mme de Bersac qui avaient pris, sur mes récits, le plus vif intérêt à Clémentine, furent enchantés de faire connaissance avec elle.

« Tout ce qui me fâche, dit Bersac, en souriant un peu malgré lui, c'est que cette connaissance m'ait coûté l'honneur.

— L'honneur ! dit Clémentine, en tâchant de ramener la gaieté qu'elle craignait voir se dissiper au souvenir de cette triste catastrophe... Ah ! monsieur, comme vous vous trompez, si vous croyez que l'honneur des hommes puisse résulter de la conduite des femmes ; eh ! que vous importe ce que nous faisons ? vous êtes bien dupes d'y prendre garde, le petit mal que vous éprouvez de notre incontinence n'est absolument que chimérique ; changez de système, il devient nul...

Soyez plus justes, messieurs les maris, et ne nous soumettez pas à un joug qui vous désolerait à porter ; loin de vous scandaliser des délices dont nous osons nous enivrer sans vous, devenez assez délicats pour nous en procurer vous-mêmes : la reconnaissance où vous nous contraindrez, deviendra volupté dans vos âmes sensibles. Vous comprendrez que si nos sens s'émeuvent un instant pour d'autres, ce qui est bien autrement précieux, ce qui ne dépend que de l'âme seule, ne vous appartient que plus sûrement, et que vous nous enchaînez toujours, même en dégageant nos liens... Ah ! je le dis comme je le pense, mais si j'étais homme, voilà comme j'agirais : ou pas assez sûr des plaisirs que je donnerais à ma femme, ou craignant sans cesse de ne lui en procurer assez, je la presserais d'en prendre avec mes amis, je regarderais l'acceptation comme une preuve de son amitié et de sa confiance, je la remercierais cent fois du bonheur dont elle me ferait jouir, en me permettant de travailler au sien... D'être témoin de son délire, oui, monsieur, voilà en quoi consiste la délicatesse dans une âme bien organisée ; il ne s'agit pas d'être content tout seul ; il ne s'agit pas de ne vouloir rendre nos épouses heureuses que quand nous le sommes nous-mêmes, il faut répandre la félicité sur elles... dût-ce même être à nos dépens, et ne pas s'imaginer surtout qu'on est ou à plaindre ou déshonoré parce qu'elles ont pu goûter un instant de plaisir loin des nœuds dont nous les accablons. »

Bersac demanda au jeune époux de Clémentine s'il adoptait de pareils systèmes.

« Assurément, monsieur, répondit cet aimable jeune homme, on me verra sans cesse partager tous ceux qui paraîtront faire le bonheur de ma femme. »

La société entière applaudit ces principes ; le sérieux Bersac n'y put tenir lui-même ; la chaste Angélique, en lorgnant Santillana, lui disait bas :

« Votre femme est folle... Mais vous êtes d'une imprudence... on ne fait pas de ces choses-là... Je ne conçois pas comment j'ai pu m'y tromper un moment... »

Et le reste de la nuit se passa dans une honnête [629] joie et sans se quitter qu'à l'instant du départ ; cette séparation ne se fit qu'avec des larmes bien amères, répandues entre Clémentine et moi, et mille protestations de nous écrire, ce que nous n'avons pas cessé de faire jusqu'à ce moment-ci, où je puis assurer qu'elle vit contente, heureuse et riche avec un mari qui l'adore et qui ne s'occupe journellement que de sa félicité. Brigandos continua de les suivre, et ce ne fut pas non plus sans attendrissement que je me séparai de cet ami sincère.

Le reste de notre route se poursuivit avec tranquillité, nous passâmes heureusement les monts, et nous arrivâmes bientôt à Bayonne, sans le plus léger accident.

Quoique la destination de mes amis fût pour Bordeaux, leur talent reconnu et chéri par toute la France les fit désirer à Bayonne ; ils n'accordèrent vingt représentations au directeur, qu'aux conditions de mon début dans cette ville, et que mes talents naissants y seraient soutenus.

Je parus donc pour la première fois dans *Iphigénie*, de Racine, et dans Lucinde, de *l'Oracle*[630]. Mais je tremblais tellement que sans les puissants appuis que m'avaient procurés M. et Mme de Bersac, peut-être eussé-je quitté les planches dès le premier jour que je m'avisais d'y monter. Le lendemain, encouragée par mes amis, je parus avec beaucoup plus de hardiesse dans la Junie, de *Britannicus*, et dans *Zénéide* ; je fus extrêmement applaudie. Le troisième jour je jouai Rosalie dans *Mélanide*, et Betti dans *La Jeune Indienne* ; cela fut encore mieux. Le quatrième jour enfin on m'abandonna à moi-même, et Sophie du *Père de Famille* devint mon chef-d'œuvre[631]. Mon succès se décida dès lors, et reprenant mes premiers débuts, joints à de nouveaux rôles que j'étudiais chaque jour, j'occupai la scène près de deux mois à Bayonne, avec les applaudissements généraux. Le jour où je jouais *Zénéide*, je reçus le soir au foyer des vers charmants, et une invitation à souper des plus pressantes...

« Ah ! me dis-je alors, au comble de mes vœux... voilà donc les seuls écueils contre lesquels je puis briser à présent... Courage ! tant qu'il ne m'en restera que de cette sorte, j'en triompherai facilement. La décence et la politesse décorent au moins ceux-ci. Je n'ai plus de violence à redouter. »

Ne voulant point me faire d'ennemis, je refusai, d'après le conseil de Mme de Bersac, avec autant d'honnêteté que de reconnaissance. Cela fit du bruit, je n'en fus que plus accueillie le lendemain.

Je gagnai à Bayonne autant qu'il me fallait pour dédommager mes amis des frais qu'ils avaient faits pour me faire paraître avec éclat sur la scène, mais ils ne voulurent jamais rien accepter ; je fus obligée de leur céder sur ce point, et ce ne fut qu'à Bordeaux que Mme de Bersac voulut bien recevoir de moi pour cinquante ou soixante louis de parures.

Nous arrivâmes enfin dans cette ville ; j'y étais attendue, j'ose même dire désirée ; et j'allais y paraître, lorsque je fus assez heureuse pour rencontrer tout ce que j'adorais dans le monde, et tout ce que je cherchais avec tant d'empressement.

« Vous savez le reste, madame, dit Léonore : le ciel en me dédommageant de tant de malheurs, par une foule de prospérités inattendues, a voulu joindre au charme de retrouver mon époux, celui de me rendre une mère... Oh ! madame, a-t-elle ajouté en se jetant dans les bras de la présidente, que de maux on oublierait à ce prix !... »

Ici la belle épouse de Sainville cessa de parler, et comme il était tard, après de mutuelles marques de tendresse et d'affection, chacun se retira, excepté la présidente et le comte de Beaulé, qui passèrent une partie de la nuit à statuer sur tout ce qu'il y avait à faire pour compléter le bonheur de ces deux époux.

Ces décisions, dont on a bien voulu me faire part, feront le sujet de ma première lettre. Il me semble qu'en voilà quelques-unes de suite dont la longueur mériterait des excuses, si ce qu'elles contiennent ne dédommageait pas un peu, selon moi, du temps que l'on perd à les lire.

Je t'embrasse.

LETTRE XXXIX

Déterville à Valcour

Vertfeuille, ce 24 octobre.

Nous voilà seuls, mon cher Valcour ; plus d'illusions, nos deux illustres voyageurs sont partis, nous pouvons maintenant les juger bien à l'aise. Mais comme ces réflexions troubleraient peut-être un peu le plaisir que tu te fais de savoir ce qu'il y a eu de déterminé pour eux, je vais commencer par te l'apprendre. Ils partirent hier avec le comte de Beaulé, chez lequel ils logeront à Paris, jusqu'au moment de leur départ pour la Bretagne ; la première chose à laquelle on va travailler, est de lever la lettre obtenue par le père de M. de Karmeil ; c'est de quoi le comte se charge. Les jeunes gens seront ensuite présentés à la cour, que l'on intéressera en leur faveur et par leurs personnes et par la singularité de leurs aventures. Le comte imagine qu'ils doivent avoir une sorte de succès, et qu'ils exciteront de l'intérêt et de la curiosité. Tous les arrangements d'ailleurs, dont je t'ai donné le détail dans ma lettre du dix-sept, seront tenus irrévocablement ; on n'instruira de rien le président sur la naissance de Léonore ; on continuera d'ignorer ce qu'il avait exigé sur l'enlèvement de l'une de ces sœurs au lieu de l'autre, atrocité qu'il vaut mieux taire que de révéler. Ensuite les jeunes gens, escortés d'un excellent conseil, partiront pour Rennes, où tout le plan dont je t'ai fait part sera exécuté à la lettre. On ne s'en tiendra point là ; M. de Beaulé qui s'intéresse infiniment à eux, va déterminer le ministre à écrire en Espagne, pour obtenir au moins tout ce que l'on pourra des lingots confisqués à l'Inquisition ; et si l'on y réussit, de même qu'à la restitution des biens de Mlle de Kerneuil, tu vois de quelle fortune immense ils peuvent se flatter de jouir avant un an. En sont-ils dignes ?... Lui, je le crois, elle, je ne te cache point qu'elle ne m'a pas autant séduit que son époux. Mme de Blamont à qui d'abord elle a beaucoup plu, parce que l'âme de cette femme charmante est faite pour aimer sans réflexion tout ce qui lui appartient et tout ce qui a été malheureux, Mme de Blamont, dis-je, s'était fait un peu d'illusion sur cette nouvelle fille ; mais sans rien perdre de l'envie qu'elle a de lui être utile, elle commence à la voir infiniment mieux maintenant.

Il s'en faut bien, selon moi, que les revers de Léonore aient servi à lui former l'esprit et le cœur : il est certain d'abord qu'elle a perdu tous les sentiments religieux qui devaient lui avoir été suggérés dès l'enfance ; elle dit les avoir anéantis avant ses aventures ; mais je crois que les gens qu'elle a fréquentés dans ses voyages, lui ont bien plus nui que toutes les lectures qu'elle aurait pu faire avant. Elle est sur cela d'une fermeté très surprenante à son âge, et comme son mari lui laisse la plus grande liberté de conscience, qu'elle allègue d'ailleurs au soutien de ses principes, des raisons malheureusement très fortes, qu'elle se rejette sur l'impossibilité où elle est de revenir de ce qu'elle a fait, il a été difficile de l'entamer sur cette matière, malgré les égards qu'elle doit à tout ce qui l'entoure ici ; malgré le puissant intérêt qu'elle aurait au moins, ce me semble, à feindre, elle s'est opiniâtrement refusée à des exemples généraux de piété. Avant-hier, par exemple, c'était un jour de fête ; on vint l'avertir pour la messe ; elle dit au laquais, avec un petit air sec, qu'elle n'y allait jamais, et que Mme la présidente en savait au mieux les raisons.

Quand on fut revenu, elle s'excusa avec gentillesse, mais cependant toujours de manière à faire croire que ses principes étaient invariables ; et malheureusement, je crois qu'ils vont plus loin que l'inobservance du culte de sa nation : elle en absorbe jusqu'à l'objet. Je la suppose athée dans le fond de l'âme, plusieurs de ses raisonnements me le persuadent : ses réfutations des sentiments de Clémentine, ses aveux à l'Inquisition, tout cela ne sont que des choses de circonstances, et qui ne m'en imposent nullement* ; elle ne croit en rien, mon ami, j'en suis sûre. Cependant elle ne s'explique qu'en riant sur ce dernier article ; elle dit que les serviteurs de Dieu lui ont donné de si mauvais exemples, qu'ils lui ont fait naître de grands doutes sur la réalité de l'existence de leur maître ; si l'on cherche à lui prouver que ce raisonnement est faible, et que les défauts de l'ouvrage ne prouvent rien contre l'existence de l'ouvrier, elle plaisante, elle dit qu'elle croit tant qu'on veut à cette existence, et qu'elle se la persuadera encore bien mieux quand elle sera riche et qu'elle n'aura plus de malheurs à craindre, mais tout cela n'empêche pas qu'on ne la devine et qu'on ne la juge.

Examinons-nous ses vertus ; je ne vois pas qu'elle ait même adopté toutes celles dont les brigands qu'elle a fréquentés lui ont donné des exemples ; et son âme, ou naturellement peu sensible, ou trop ébranlée par l'infortune, tant il est vrai, quoi qu'on en dise, que l'école du malheur est la plus dangereuse de toutes, son âme, dis-je, se refuse à ce qui l'émeut, et n'admet en aucune manière les délices de la bienfaisance. Sa pitié, sa reconnaissance, sa générosité, ses facultés aimantes, excepté celles qui ont son mari pour objet,

* Le lecteur doit se souvenir que dans ces deux occasions citées, Léonore affiche le déisme.

tous les sentiments qui naissent de l'âme, en un mot, sont chez elle plus maniérés que sentis ; et, peut-être en l'analysant davantage, en dégageant son être de ce vernis du monde, qui voile si bien tous les défauts dans une femme d'esprit, peut-être y démêlerait-on beaucoup de cruauté. L'insensibilité n'est pas naturelle dans une telle âme* ; Léonore ne peut pas être indifférente, il faut qu'elle ait absolument de grandes vertus ou de grands vices, et comme ses vertus sont en elle l'ouvrage de la nature, et ses vices celui de ses principes, qu'elle n'en adopte jamais aucun sans raisonnement, si elle a, avant dix-huit ans un stoïcisme assez réfléchi pour éteindre en elle la pitié, peut-être ira-t-elle plus loin à quarante[634]. La sagesse qui n'est soutenue que par l'orgueil cède à des passions plus fortes que ce sentiment ; et quand les principes n'offrent aucun frein, quand ils tendent à les briser tous, quand les travers de l'esprit n'ont aucune digue dans les qualités du cœur, et qu'au contraire la ferme apathie de celui-ci laisse échapper hardiment l'autre sur tout ce qui l'irrite ou le délecte, une femme peut arriver à des genres de désordres plus dangereux que ceux des Théodora et des Messaline ; car ceux-ci n'alarment que les mœurs, au lieu que les autres conduisent insensiblement aux forfaits**.

Elle vit l'autre jour Mme de Blamont aider, suivant son usage, des pauvres qui venaient implorer ses secours ; elle badina de ce procédé avec un air de dureté qui ne plut à personne. Elle fut même jusqu'à se refuser d'imiter sa mère. Mme de Blamont lui en demanda le motif avec un peu d'humeur.

« Vous avez été malheureuse vous-même, lui dit cette femme

---

* Il y a, dit Marmontel, un excès dans la sensibilité qui avoisine l'insensibilité : ne serait-ce pas là l'histoire du caractère de Léonore ? Une foule de délits naissent de ces excès, et ne sont que les résultats très singuliers de ce dernier période[632] de la sensibilité ; les procédés les plus simples et les plus doux les réprimeraient : au lieu de cela on les punit, et ils se propagent. Ô massacreurs, enfermeurs, imbéciles enfin de tous les règnes et de tous les gouvernements, quand préférerez-vous la science de connaître l'homme à celle de le clôturer ou de le faire mourir[633] !

** Et à des forfaits d'autant plus dangereux qu'on les divulgue et qu'on les punit, et qu'il vaudrait cent fois mieux les étouffer que de les faire connaître ; la publicité des procès de la Voisin et de la Brinvilliers ont fait commettre cent crimes de la même espèce ; il faudrait pour l'intérêt des mœurs qu'il y eût certains crimes que l'on n'osât même jamais soupçonner.

tendre et compatissante, comment à de telles épreuves n'avez-vous pas appris à soulager l'infortune ? »

Elle répondit qu'elle agissait sur cela par principe, comme dans toutes les actions de sa vie ; qu'il n'y avait rien de plus dangereux que les aumônes ; qu'elles ne servaient qu'à entretenir la misère et la fainéantise ; qu'à multiplier dans l'État cette vermine épouvantable connue sous le nom de mendiants, qui le souillent et le déshonorent ; que si tous les cœurs étaient fermés comme le sien à cette inutile pitié, ces malheureux sûrs de vivre aux dépens des dupes, n'abandonneraient pas leur métier, leur patrie et leurs parents, dont ils font le malheur, en les privant de leurs secours... que tel homme, doué de tout ce qu'il faut pour faire un excellent ouvrier, devenait un fainéant par l'habitude d'être secouru sans rien faire ; qu'il lui devenait bien plus facile de jouer des maux, que de se mettre en un état de n'en pas souffrir, d'où il résultait que ce qu'on croyait une bonne œuvre, en devenait dès lors une très mauvaise[635].

« C'est parce que j'ai été malheureuse moi-même, continua-t-elle, que j'ai vu qu'on pouvait améliorer son sort sans avoir besoin des autres, et les secours que j'ai trouvés quelquefois, tels que ceux de Gaspard et de Bersac, m'eussent-ils été refusés, je n'en aurais eu que plus d'adresse et plus d'activité à contrarier les coups de la fortune, et à les déterminer en ma faveur. Savez-vous, poursuivit-elle en s'adressant à sa mère, ce que deviendra l'homme à qui vous faites ainsi l'aumône ? Si jamais vos charités lui manquent, il se fera voleur. Accoutumé à l'oisiveté, fait à voir arriver à lui l'argent sans autre peine que celle de le demander honnêtement, il l'exigera le pistolet à la main quand vous ne céderez plus à ses instances.

— Tout cela sont des sophismes de l'esprit, répondit Mme de Blamont, ils peuvent être vrais, mais je ne les aime pas dans votre cœur. Que l'homme qui me demande soit pauvre ou non, que l'aumône que je lui donne soit bien ou mal placée, il m'a vivement ému par sa demande, il m'a fait éprouver une jouissance sensible à le secourir, en voilà assez pour que j'y cède. Si ce malheureux est fainéant, apparemment que le travail lui coûte, ainsi je lui fais bien plus de plaisir encore ; or le plaisir que je sens à donner se règle sur celui que je fais en donnant, donc je n'en suis pas moins heureuse.

Que dis-je donc ? je le suis davantage, puisque j'ai fait au fainéant, que j'ai secouru, un plaisir plus grand que je ne l'aurais fait au laborieux. Mais supposons un instant avec vous que ce soit un mal d'entretenir la fainéantise, n'en est-ce pas un bien plus grand de ne pas soulager l'infortune ? Or, j'aime mieux commettre un petit mal pour en prévenir un énorme, que de commettre un tort énorme pour en avoir craint un petit[636].

— Il n'y a point de *tort énorme* à ne point soulager l'infortune, madame, reprit Léonore, il n'y a que l'inconvénient de lui laisser toute son énergie, à côté des dangers très réels que je viens de vous observer. Le tort énorme dont vous parlez, n'est qu'à entretenir la fainéantise, puisque l'effet qui en résulte conduit chaque jour des malheureux à l'échafaud. Il est donc énorme ce tort, il ne saurait être plus grand ; mais quel qu'il soit, vous le commettrez, dites-vous, parce que vous y trouvez des délices.

Premièrement, on peut nier ces délices ou au moins ne pas les sentir comme vous ; mais en les admettant, qu'avez-vous fait de bien dans cette action, puisque vous n'avez travaillé que pour vous ? L'égoïsme est-il une vertu ? et ne devient-il pas un vice très dangereux, quand il peut résulter de ses effets la mort presque inévitable de l'infortuné qui vient de servir à vous en donner les jouissances ? Poursuivons, vous avez cent louis, je le suppose, à jeter aujourd'hui par la fenêtre : un bijou s'offre d'un côté, un malheureux arrive de l'autre ; après avoir balancé un instant, vous renoncez à posséder le bijou, et vous soulagez de cet argent l'homme qui vient vous implorer ; croyez-vous avoir fait une belle action ? Vous n'avez fait, sans vous en douter, que céder au mouvement le plus impérieux ; plus flattée du plaisir de sortir cet homme de la misère, de mériter sa reconnaissance que de la satisfaction de vous procurer le bijou, vous avez pris ce qui vous contentait davantage, et n'avez travaillé que pour vous : donc aucune grande action dans l'aumône que vous venez de faire... une volupté satisfaite et pas l'apparence d'une vertu. Mais que deviendra-t-il ce choix, quand après vous avoir prouvé qu'il n'a rien de bon, on vous fera voir tout ce qu'il peut avoir de funeste. En payant le bijou, vous entreteniez l'industrie, vous encouragiez les arts ; en préférant l'aumône, vous n'avez fait qu'un fainéant, un ingrat ou un libertin qui, si, comme je viens de vous le dire, il ne trouve plus demain de bourse ouverte comme la vôtre, ira le jour d'après se les faire ouvrir à coups de poignard. Votre refus, votre résistance, tous les mouvements vraiment vertueux qu'il vous plaît de nommer dureté, rendaient à ce malheureux l'énergie que votre aumône lui enlève ; repoussé partout comme de vous, il allait chercher du travail, et votre prétendue dureté rendait un homme à l'État, tandis que votre bienfaisance mal entendue l'envoie tôt ou tard à l'échafaud. Mais que ce ne soit plus ce bijou que nous mettons en parallèle avec l'aumône supposée ; allons plus loin : que ce soit le plaisir fade et imbécile de faire des ricochets de cet argent sur l'eau, eh bien ! je l'affirme, vous aurez en vous livrant à cet enfantillage, commis sans doute un moindre mal que d'entretenir la fainéantise, puisque dans l'une et l'autre supposition l'argent est perdu pour vous, qu'il l'est sans inconvénient dans le premier cas, et qu'il ne l'est dans l'autre qu'en en entraînant une foule, quelle que soit votre adresse à couvrir cette seconde action des noms pompeux de bienfaisance et d'humanité ; comme si l'esprit de ces vertus ne consistait pas bien plutôt à être dur un moment pour sauver les hommes, que compatissant pour les anéantir [637].

— Tout ce que vous voudrez, dit Mme de Blamont, mais vous me contestez la sorte de jouissance qu'on éprouve à soulager l'infortune, et je n'aime pas que vous me la disputiez.

— Et pourquoi donc, madame ? reprit vivement Léonore, toutes nos âmes sont-elles faites de la même manière ? toutes doivent-elles sentir les mêmes choses ? La pitié n'agit sur elles qu'en raison de leur mollesse ; plus un individu a de vigueur, moins il est susceptible de cette sorte d'ébranlement, d'où il résulterait, comme vous voyez encore en ma faveur, que l'âme la moins ouverte à la pitié serait incontestablement la mieux organisée. Mais analysons ce sentiment décoré de nos jours de si superbes noms et ressenti pourtant moins que jamais ; la preuve que ce mouvement pusillanime n'agit sur nous que physiquement, que le choc moral qu'il imprime est absolument subordonné à celui des sens, est que nous plaindrons bien davantage le mal qui se fait sous nos yeux, que celui qui arrive à cent lieues de nous ; et que si vous voyez monsieur, par exemple, dit-elle en me montrant, se couper le doigt d'un canif, que vous vissiez son sang couler, vous seriez beaucoup plus émue de cet accident, seulement parce que vous en êtes témoin, que vous ne le seriez à la nouvelle que monsieur vient de se casser la jambe à deux cents lieues d'ici[638]. Ce dernier malheur, n'agissant que d'une manière éloignée sur votre âme, la toucherait [in]sensiblement moins que celui du doigt coupé sous vos regards, quoique l'un de ces maux, celui que vous auriez plaint davantage, ne fût rien, et que l'autre, celui qui vous aurait le moins touchée, fût bien plus important sans doute. Voilà donc la pitié, une faiblesse, et nullement une vertu, puisqu'elle n'agit sur nous qu'en raison de l'impression reçue, de la vibration établie sur les fibres de notre âme par le plus ou le moins éloignement du malheur arrivé... Et pourquoi ne voulez-vous pas qu'on se défende d'une faiblesse qui n'est jamais bonne qu'aux autres, et qui ne nous apporte que du chagrin ?

— Cette insensibilité est affreuse, dit Mme de Blamont.

— Oui, dans une âme commune, reprit Léonore, mais non pas celles d'une certaine trempe ; il est des âmes qui ne paraissent dures qu'à force d'être susceptibles d'émotion, et celles-là vont quelquefois bien loin : ce qu'on prend en elles pour de l'insouciance ou de la cruauté, n'est qu'une manière, à elles seules connue, de sentir plus vivement que les autres. Il y a des sensations qui ne sont pas *sues* de tout le monde ; or les raffinements ne viennent que de délicatesse ; il est donc possible d'en avoir beaucoup quoiqu'on soit remué par des choses qui semblent l'exclure* ; que dis-je ? ce genre de choses peut devenir ce qui irrite le plus, dans des âmes parvenues à ce dernier excès de finesse ; en sorte qu'il y aurait alors un désordre prononcé, une contrariété surprenante entre la sensation de l'âme simplement organisée et celle que je veux peindre ; qu'il résulterait peut-être de ce désordre que ce qui affecterait vivement l'une dans un sens, affecterait l'autre en un sens tout contraire ; cette différence marquée dans l'organisation est l'excuse des systèmes, comme elle est celle des mœurs, la cause des vices, comme le motif des vertus. Une fois admise, il est aussi simple que je sois entièrement insensible à ce qui vous émeut, qu'extraordinairement chatouillée de ce qui vous blesse.

Nous n'en sommes pas moins sensibles l'une et l'autre, les choses violentes ébranlent également nos âmes ; mais ceux qui

---

* Voyez la note de la page 642.

arrivent à la mienne ne sont pas de l'espèce qui convient à la vôtre. Combien de fois d'ailleurs ne recevons-nous nos impressions que de l'habitude des préjugés ? Comment alors les sensations d'une âme accoutumée à vaincre le préjugé et à secouer les chaînes de l'habitude, seront-elles semblables à celles d'une âme livrée à l'empire de ses causes ? Il ne s'agirait dans ce cas que d'avoir de la philosophie pour recevoir des impressions *très singulières*, et par conséquent pour étendre étonnamment la sphère de ses jouissances[639].

On ne saurait croire ce qu'on trouverait peut-être au-delà des débris de tous ces freins vulgaires ; tant que nous soumettons la nature à nos petites vues, tant que nous l'enchaînons à nos vils préjugés, les confondant toujours avec sa voix, nous n'apprendrons jamais à la connaître : qui sait s'il ne faut pas la dépasser beaucoup pour entendre ce qu'elle veut nous dire ? Comprendrez-vous les sons de l'être qui vous parle, si vos mains étouffent son organe ? Étudions la nature ; suivons-la jusque dans ses bornes les plus éloignées de nous ; travaillons même à les reculer ; mais ne lui en prescrivons jamais. Que rien ne la voile à nos regards, que rien ne gêne ses impressions ; de quelque sorte qu'elles puissent être, nous devons les respecter toutes ; ce n'est pas à nous qu'il appartient de les analyser ; nous ne sommes faits que pour les suivre ; sachons quelquefois la traiter en coquette, cette nature inintelligible : osons enfin lui faire outrage pour mieux savoir l'art d'en jouir.

— Infortunée, dit Mme de Blamont, en se jetant dans les bras de Léonore, cesse d'adopter les erreurs de ceux qui t'ont rendue malheureuse ; ils étaient imbus de ces systèmes, ceux qui t'ont précipitée dans l'abîme en te refusant l'époux que tu chérissais ; ces maximes étaient celles des scélérats qui voulurent te vendre, au prix de ton honneur, les faibles secours que tu désirais à Lisbonne ; elles remplissaient le cœur de ceux qui t'ont traînée dans les cachots de Madrid ; si tu détestes ces monstres, si tu as raison de les haïr, pourquoi veux-tu leur ressembler ?

Ô Léonore ! préfère la morale de ceux qui t'aiment, abjure des principes dont les fruits stériles et amers ne nous donnent que d'affreuses jouissances... peut-être un instant soutenues par le délire... bientôt troublées par le remords... Eh ! quel asile trouverais-tu sur la terre, si toutes les âmes étaient comme celle que tu peins ? Ton triste aveuglement sur nos dogmes religieux n'est que la suite de cette perversité qui s'établit insensiblement dans ton cœur ; que le sentiment fasse en toi ce que n'ose espérer la persuasion. Vois ta malheureuse mère en pleurs te conjurer d'aimer le bien, parce que ton bonheur en dépend ; te supplier de la laisser jouir de l'espérance de voir prolonger ce bonheur, même au-delà du terme de la vie. Lui ravirais-tu cette consolation ? Accablée de ses maux, à la veille peut-être d'en déposer le poids au fond de son cercueil, veux-tu lui laisser imaginer que la sensibilité ne sera devenue son partage que pour le désespoir de sa triste existence ? qu'une fois dégagée de ses liens, ce sentiment ne lui sera plus permis ? Ah ! ne m'offre pas un si douloureux avenir ; laisse-moi me consoler de mes peines par la certitude de les voir finir auprès de ce Dieu que j'adore. Être divin et consolateur, entr'ouvre cette âme qui se refuse à ta sublimité ; ne la punis pas d'un endurcissement qui n'est dû qu'à son infortune. »

Puis la pressant contre son sein :

« Viens, ma fille, viens saisir l'idée de cet Être suprême dans la tendresse d'une mère qui t'adore ; vois dans son âme épanouie par ta présence l'image de ce Dieu qui t'appelle ; que ce soit par des sentiments d'amour que ses traits se réalisent à tes yeux ; et puisque nous ne sommes pas destinées à vivre ensemble, n'éteins pas du moins l'espoir flatteur de me réunir un jour à toi, au pied du trône de sa gloire. »

Tout existait dans ce discours, et l'éloquence qui entraîne, et la sensibilité qui séduit, et néanmoins il n'a rien fait. Léonore a froidement embrassé sa mère ; elle lui a dit plus sèchement encore qu'elle se ferait toujours un devoir d'adopter ses vertus, et que si elle regrettait de n'être pas destinée à vivre avec elle, c'est parce qu'elle voyait bien que sa conversion ne pouvait être l'ouvrage que d'une mère si aimable... Et Mme de Blamont, qui a vu que les étincelles ardentes de son cœur n'avaient rien allumé dans celui de sa fille, a saisi le bras d'Aline en pleurant, et toutes deux se sont éloignées.

Oh ! mon ami, quelle distance de l'une de ces filles à l'autre ! où trouver dans Léonore l'apparence même de ces vertus qui naissent à tout instant du cœur de ton Aline ? Il est assurément impossible d'être sœurs et de se ressembler moins.

Tu trouveras, peut-être, que les notions que je te donne ici du caractère de cette Léonore ne s'accordent pas tout à fait à ses discours avec la compagne dont elle s'attachait à réfuter les travers.

« Il ne s'agissait, répond-elle, quand on lui fait cette objection, que d'établir avec cette imprudente amie des principes relatifs à la continence. Tels étaient presque toujours les sujets de nos discussions ; or je ne varie point sur ces principes, mais ils n'exigent pas les autres : ils n'engagent pas à se soumettre à des erreurs. On peut être, en un mot, sage par caractère, par esprit, par tempérament, sans se trouver contrainte à adopter pour cela mille systèmes absurdes qui ne tiennent en rien à cette vertu. »

On l'a menée voir Sophie ; Aline était avec elle ; on lui a raconté l'histoire de cette créature infortunée et si digne d'un meilleur sort ; elle a flegmatiquement écouté les événements de la vie de cette fille, qui s'enchaînent si singulièrement avec son sort, et qui, par cela seul, devaient l'intéresser : mais elle ne lui a parlé tout le temps qu'elles ont été ensemble qu'avec le ton de la hauteur et de la supériorité.

La fortune immense qui l'attend pouvait la mettre à même d'offrir des secours ; elle en eût dû disputer l'honneur à Mme de Blamont... Elle n'en a pas même conçu l'idée. Sainville a réparé ce dur oubli ; son âme infiniment plus sensible, ou sensible d'une tout autre manière, laisse rarement perdre l'occasion d'une bonne œuvre. Peut-être a-t-il la même façon de penser que sa femme sur beaucoup d'objets, mais il n'a sûrement pas son cœur ; Mme de Blamont a refusé les offres de Sainville ; elle a dit que Sophie était toujours sa chère fille, qu'elle ne voulait jamais l'abandonner ; et cette malheureuse, toujours intéressante, a dit à ton Aline, en lui pressant les mains avec des flots de larmes :

« Oh ! mademoiselle, c'est donc là votre sœur ?... Elle est plus heureuse que moi, puisse-t-elle sentir sa félicité ! »

Quoi qu'il en soit, malgré le peu de contentement que Mme de Blamont a retiré de cette découverte, elle est décidée à ne rien refuser à Léonore de tout ce qui pourra l'aider à rentrer dans les biens de Mme de Kerneuil ; elle la servira, sans doute, elle et ses amis, de tout son pouvoir, quoiqu'elle y éprouve toujours une sorte de répugnance, née de ce qu'elle croit d'illégitime à ce procédé. Pour Aline, malgré qu'elle sente l'extrême éloignement du caractère de Léonore au sien, elle ne l'en aime cependant pas avec moins de tendresse. Une âme honnête ne trouve jamais, dans les défauts de ce qu'elle doit chérir, des raisons d'éteindre ses sentiments ; elle pleure en silence et ne se refroidit point.

J'imagine que quand tu recevras cette lettre, tu auras déjà vu celle qui en fait l'objet, et que tu l'auras jugée vraisemblablement comme nous.

Adieu, mon cher Valcour, tu as dû être content de moi cet été ; il était, je crois, impossible d'entretenir une correspondance plus suivie et plus détaillée ; n'en attends plus rien, nous partons pour Paris, et ce ne sera bientôt plus que de vive voix que nous nous entretiendrons ensemble.

LETTRE XL

Valcour à Madame de Blamont

Paris, ce 30 novembre.

Après avoir reçu tant de nouvelles intéressantes de votre terre, madame, c'est à moi à vous en donner de Paris. Je me rendis hier chez M. de Beaulé, où j'eus l'honneur de saluer M. et Mme la comtesse de Karmeil. Tous deux m'ont invité de me trouver demain avant le jour, aux formalités religieuses de leur mariage, dont les cérémonies négligées se feront à Saint-Roch, avec la présence et l'approbation de M. de Karmeil, père du jeune homme ; et comme le secret a été généralement approuvé, vous n'entrerez pour rien dans tout cela ; on ne vous demande votre aveu que tacitement.

La levée de la lettre de cachet a été l'affaire de vingt-quatre heures. M. le comte de Karmeil s'est rendu avec la plus grande facilité aux opinions et aux conseils de M. de Beaulé ; ils ont été trouver le ministre ensemble, et l'expédition s'est faite sur-le-champ.

Sainville, vous me permettrez de lui conserver ce nom, a été enchanté d'embrasser et de retrouver un père qu'il a toujours chéri au fond de son cœur ; et celui-ci n'a pas reçu sans larmes les sincères effusions de la tendresse de son fils. Il avait pourtant encore les cent mille écus dans la mémoire ; mais M. de Beaulé l'a convaincu que les lingots d'Espagne devaient lui faire oublier cette fredaine ; et de concert avec le ministre, on a sur-le-champ écrit pour essayer de les ravoir.

Les biens de Mlle de Kerneuil sont très divisés ; il y a un grand nombre de collatéraux, et quoique la présence de cette jeune personne dût tout arranger, nous craignons quelques procès.

Bonneval est, d'après votre conseil, l'avocat que nous leur donnons ; il les accompagnera en Bretagne, où M. de Karmeil allait repasser, quand son fils est arrivé à Paris ; il ne s'en retournera plus qu'avec les jeunes époux. Ses anciens procès sont terminés, ce qui détruit plus sûrement que tout encore, les obstacles qu'il apportait au choix de son fils. On ne veut pas absolument que vous fassiez aucuns frais, madame ; M. de Karmeil fait les avances de tout, et s'arrangera ensuite avec Sainville. La fortune de ces jeunes gens peut être considérable : le ministre a répondu de faire rentrer au moins deux millions sur les lingots : voilà cent mille livres de rente ; la succession de Mme de Kerneuil nous en donne cinquante, celle de M. de Karmeil autant, voilà donc au moins deux cent mille livres de rente, et beaucoup plus si les lingots reviennent en entier. Léonore ne vous vit pas faire ce compte l'autre jour devant elle, sans un certain frémissement de joie qui me prouva qu'elle aimait l'argent.

Elle n'a encore paru qu'à l'Opéra, où ses aventures, racontées de bouche en bouche, ont fait voler tous les yeux sur elle. On l'a trouvée très jolie ; elle a bien vu qu'on le pensait, et elle n'a pas semblé y être insensible : il est certain qu'elle a une figure vive et animée des grâces, une taille délicieuse, et beaucoup d'esprit. Peut-être un peu de prétention... je crois même de la minauderie, et beaucoup de sophisme dans le raisonnement... Mais, pardon, madame, quand je parle de ce qui vous appartient, mon esprit trouva-t-il même des défauts... ma main qui suit mon cœur ne doit peindre que des qualités.

Ainsi que j'ai été son chevalier[640] à l'Opéra, M. de Beaulé veut que je le sois de même aux autres spectacles. Elle a désiré *Le Père de famille* aux Français, et *Lucile*[641] aux Italiens ; elle en jouira. J'aime le motif qui lui a fait désirer

Le Père de famille ; elle chérit tout ce qui lui rappelle l'instant heureux où elle a retrouvé ce qu'elle adore. Voilà pourtant de la sensibilité.

Mais je ne finirais pas, madame, si je voulais détailler toutes les vertus que j'ai trouvées dans M. de Sainville ; le comte de Beaulé veut que je sois son ami ; en vérité l'effort ne sera pas grand... : douceur, aménité, grâces, talents, esprit... il a tout ce qu'il faut pour être l'ami de tous les hommes, et l'amant de toutes les femmes.

Ah ! madame, il n'y a plus que moi de malheureux ; il n'y a plus que moi qui, continuellement entre la crainte et l'espoir, voit flétrir ses plus beaux jours dans les larmes et dans la douleur ! Vous témoignerai-je au moins bientôt mon respect ? et me trouvant dans la même ville que vous, me sera-t-il permis de me jeter à vos pieds ? Je remets à vous seule les intérêts de mon bonheur : qui sait mieux que vous si mes souffrances méritent quelques dédommagements ? Mais est-ce à moi de me plaindre, quand il me reste vos bontés et le cœur d'Aline ? Consolé par de tels dons, je ne devrais plus croire aux malheurs, si le plus grand de tous n'était pas de connaître le prix de ces bienfaits, et de n'en pas jouir.

Adieu, madame, envoyez-moi vos ordres, j'en ferai part, malgré le tourbillon où l'on va se perdre quelques instants, et j'ose vous assurer qu'on se fera toujours un devoir bien doux de suivre vos intentions.

LETTRE XLI

Madame de Blamont à Valcour

Vertfeuille, ce 5 décembre.

Si je ne savais pas que Déterville vous a tout appris, j'attendrais à vous voir, pour épancher mon cœur dans le vôtre... Que dites-vous d'abord de cette ruse infâme qui a pensé nous enlever Aline ?... Le traître, comme il m'abusait !... comme il me joue sans cesse ! Oh ! mon ami, combien nous devons nous observer plus que jamais ! Cessons de penser à ces horreurs... Il faut que je voie maintenant les choses de près. J'en raisonnerai mieux ensuite avec vous.

Eh bien ! cette nouvelle fille... elle vous a donc plu ? Ô mon cher Valcour, elle ne m'a pas rendue aussi heureuse que je l'aurais imaginé. Beaucoup plus d'esprit que de sentiment, beaucoup plus de vanité que de sagesse, un amour excessif pour son mari, j'en conviens, des choses au-delà de la force humaine pour se conserver pure à lui... Mais pourquoi faut-il que tout cela soit l'ouvrage de l'orgueil ? pourquoi n'ai-je rien trouvé quand j'ai voulu sonder ce cœur ? et pourquoi me faut-il désespérer même de voir jamais naître en elle les qualités que je n'y ai pas trouvées ? Ô mon ami, celle qui érige l'insensibilité en système, l'athéisme en principe, l'indifférence en raisonnement... pourra peut-être ne se livrer à aucun écart, mais il n'en jaillira jamais une vertu... et si la raison de cette cruelle fille cède à l'exemple... au feu des passions... quel précipice alors est ouvert sous ses pas ! Comme on est près de faire le mal, quand on ne sent aucun charme à faire le bien ! Les égarements de l'esprit sont bien moins dangereux que ceux du cœur, l'âge qui calme les uns aggrave presque toujours les autres.

Dès que les revers n'ont pu former l'âme de cette jeune personne, il est à craindre qu'ils ne la rendent méchante ; et ces richesses dont elle va jouir finiront par achever de la corrompre... Mais parlons de vous, mon ami... Enfin je me rapproche... Voici ma dernière lettre de Vertfeuille. En quel état vais-je trouver tout ce qui nous intéresse ?... Quel parti vais-je prendre vis-à-vis de mon mari ? Après cette nouvelle horreur, s'il manœuvre sourdement encore, comment le deviner ? comment l'entraver ou le rompre ? Quoi qu'il en soit, je vous verrai... ici ou là, il faut que je vous embrasse. Dites à Léonore que je serai sans faute à Paris le 10, je veux la voir encore avant qu'elle ne parte ; je les recevrai comme des gens qui ont passé par hasard à ma terre, en revenant de leurs aventures. L'histoire de leur arrêt chez moi a trop fait de bruit pour que je puisse m'empêcher d'en convenir ; la seule chose à cacher est qu'elle est ma fille, et je vous réponds qu'on ne le verra point à mon cœur... Nous en avons bien pleuré, votre Aline et moi ; tout ce qui n'est pas tendre et délicat comme elle lui paraît si gigantesque... Cependant elle aime Léonore ; cet héroïsme de fidélité conjugale est un mérite qui l'enchante : elle dit qu'avec cette vertu-là, on peut acquérir toutes les autres... Et vous êtes bien aise qu'elle ait dit cela, n'est-ce pas, Valcour ? Voilà pourquoi je vous le répète... Ah ! comme je l'adore, et comme elle me dédommage ! Tantôt mon cœur se livre à l'orgueil, quand je considère celle-ci... tantôt il s'humilie quand je vois tous les défauts de celle-là... Ah ! c'est une permission du ciel ! je me serais crue trop fière si j'avais eu deux enfants comme Aline ! Il a voulu diminuer mon triomphe de l'une, mais il a redoublé mon amour pour l'autre... Elle sera pour vous, celle que j'aime, c'est le plus beau présent que je puisse faire à mon ami, c'est le plus doux lien qui puisse m'enchaîner à lui ; adieu, méritez-la, aimez-nous et ne m'écrivez plus à la campagne.

LETTRE XLII

Aline à Valcour

Paris, ce 15 décembre.

Enfin me voilà près de vous... mais sans qu'il me soit permis de vous voir ; c'est néanmoins une consolation, je l'éprouve ; quoique l'amour réunisse les âmes, quel que soit leur éloignement, et que toutes les distances dussent d'après cela être égales, il est pourtant bien doux de respirer le même air que l'objet qu'on adore. Je vois avec douleur, mon ami, que nous allons encore en être réduits là, peut-être tout l'hiver ; je vous afflige en vous l'annonçant ; mais imaginez-vous que je sois plus tranquille ? croyez-vous que ce cruel chagrin ne soit pas le mien comme le vôtre ? Ah ! que mes sentiments seraient mal connus de vous si vous alliez le supposer !

Quand j'ai revu cette maison où vous veniez si librement autrefois... quand je me suis rappelé les charmes de vos anciennes visites, je ressentais encore cette émotion délicieuse qui m'agitait en vous attendant... j'éprouvais ce trouble divin du choc des rayons de nos yeux... j'errais de fauteuil en fauteuil, j'aimais à reconnaître ceux qui nous avaient servis...

Placée dans l'un, vous supposant dans l'autre, je vous adressais quelquefois la parole, comme si vous aviez pu m'entendre, et trompée par de si douces illusions, je me croyais encore un instant heureuse... Mais venons à quelques détails, vous en exigez, il est juste que je vous en donne.

Le président, prévenu, attendait ma mère ; il l'a reçue à merveille ; il y a mis jusqu'à de l'intérêt et des caresses... Vis-à-vis de moi d'abord un peu d'embarras, mais il s'est remis bientôt, et m'a donné les noms les plus tendres, en m'assurant qu'il ne me voyait jamais assez ; Sainville et Léonore ont été le sujet de nos premiers discours, comme ils font aujourd'hui celui de toutes les conversations de Paris. Mais il ne s'est pas avisé de dire un mot de la fourberie qu'il avait voulu faire ; il s'est bien gardé de convenir que, par une atrocité sans exemple, il avait eu dessein de s'emparer d'un seul coup de Léonore et de moi ; et ma mère qui a bien vu qu'il nierait... qu'il battrait la campagne si on lui en parlait, s'est résolue à ne lui en pas ouvrir la bouche. Il nous a fait tout plein d'éloges de Léonore ; elle lui plaît beaucoup, ce me semble... Quand je songe que sans la fraude de la nourrice du Pré-Saint-Gervais, ce serait pourtant celle-là qu'il aurait prostituée à Dolbourg ! Juste ciel ! comment la fierté de Léonore se serait-elle arrangée d'un tel traitement !

Ô Valcour ! il existe quelque chose de plus singulier que tout cela. Le croirez-vous ? Cette première nuit, eh bien ! il l'a passée presque entière auprès de sa femme... C'est un renouvellement de tendresse... ou de fausseté, bien étonnant et bien inconcevable ; ma mère en était le lendemain tout embarrassée vis-à-vis de moi ; elle mourait d'envie de me l'annoncer et d'en rire : elle ne savait comment s'y prendre... Il y avait plus de cinq ans... elle a voulu s'y soustraire... ces scènes-là ont si peu d'attraits pour elle ; un homme qui n'a jamais été que tyran et libertin doit être époux avec si peu de délicatesse... Il a pourtant fallu se *soumettre... se soumettre,* n'est-ce pas mon ami, c'est le *mot ?* vous auriez effacé celui de *partager*, si je m'étais avisée de m'en servir. Ma mère a profité de ces instants pour lui reprocher ses débauches, pour l'engager à une conduite plus convenable à sa santé et à sa réputation. Elle lui a rappelé l'histoire d'Augustine ; elle lui a fait sentir qu'il était affreux à lui de n'avoir, pour ainsi dire, paru à Vertfeuille que pour séduire une de ses femmes. En vérité, a dit le président, j'en ai d'autant plus de regrets, que c'est une fille vraiment estimable.

Il l'avait, prétend-il, trompée pour la déterminer à quitter Vertfeuille ; il lui avait promis une fortune brillante, sans qu'elle eût de risques à courir. Mais dès qu'elle avait vu de quoi il s'agissait, elle avait fait une défense de Romaine. Et son Dolbourg, ainsi que lui, tous deux édifiés des procédés de cette fille, l'avaient fait mettre dans un couvent jusqu'au retour de ma mère, qu'ils devaient instamment prier de la reprendre ; il n'y a eu effectivement sorte d'instance qu'il n'ait faite à sa femme à ce sujet, et elle... toujours bonne... toujours crédule, émerveillée d'une aussi belle action, non seulement a consenti, mais même a vivement désiré qu'on lui rendît cette fille.

Si réellement Augustine s'est conduite de la sorte, elle mérite des bontés et de l'indulgence, et ma mère doit assurément lui rouvrir sa maison... Mais je ne sais pourquoi je mets l'air du doute à cette dernière idée... Quelle apparence que mon père voulût faire rentrer cette fille, si réellement elle se fût rendue à lui ?... Il aimerait mieux la garder dehors... serait-ce pour plus de facilité... Enfin nous verrons ce qu'elle dira... il faudra qu'elle soit bien fine si nous ne la démêlons pas [642].

Le lendemain le président n'a pas manqué de nous amener Dolbourg ; il n'a pas caché à ma mère qu'il tenait toujours plus que jamais à ses anciens desseins, et qu'il serait même fort aise qu'il y eût sur tout cela quelque chose de fait avant l'été. Mais ses propositions n'ont plus, au moins, l'air de la menace : il désire et n'ordonne pas. En vérité, Valcour, je crois du changement dans sa conduite ; je ne sais ce qui l'occasionne, mais il existe, il est impossible de s'y méprendre ; quelques rayons d'espoir semblent naître pour nous de cette variation... Ah ! devons-nous nous y livrer ? il est si doux d'apercevoir l'aurore du bonheur !... Ce vilain homme, cet épais Dolbourg s'est approché mystérieusement de moi, il m'a demandé si je m'étais bien amusée à la campagne ; il m'a trouvée engraissée... ce qui est faux... Il a voulu me baiser la main et n'en a jamais pu venir à bout.

Mais malgré cette apparence de bons procédés, il faut être sur nos gardes, mon ami, ma mère vous le recommande ; il faut éviter surtout, avec le plus grand soin, de paraître au logis. Ma mère vous verra chez le comte de Beaulé qui, comme vous savez, donne deux ou trois dîners par semaine ; mais je n'y serai jamais, c'est convenu. Voici donc comme nous ferons pour nous voir à la dérobée, et pour nous remettre nos lettres : vous vous trouverez sans faute, tous les dimanches, aux Capucins, à la messe de midi ; je me placerai toujours à droite, où vous m'aperceviez quelquefois l'an passé... Là, quelque mal que cela soit, mon ami, quelque éloignement que j'éprouve à me permettre cette petite indécence, nous déroberons quelques minutes à ce que nous devons à l'Être suprême... nous nous dirons quelques mots... nous nous remettrons nos lettres, et nous n'en sortirons jamais sans nous jurer de nous aimer, et sans demander pardon à Dieu d'oser nous le dire là... Mais ce Dieu bon voit le fond de nos cœurs... il voit que si nous désirons d'être réunis, c'est pour l'aimer, le servir, le glorifier de concert... Savez-vous, mon ami, que de rendre ensemble des grâces à l'Éternel, est une des choses que je mets au rang de nos plus délicates occupations ? Il me semble que le culte émané de deux cœurs enflammés d'amour doit nécessairement devenir et plus tendre et plus pur. Ce n'est point par des âmes indifférentes que le plus saint des êtres veut être servi ; un amour honnête et légitime ne doit rendre les cœurs que plus dignes de lui être offerts.

Mais à propos, si j'étais jalouse, de quel œil verrais-je toutes ces parties de spectacles avec ma sœur ? Vous savez, sans doute, qu'ils sont tous partis pour la Bretagne ; ma mère leur a donné à souper deux fois avant leur départ ; à chaque fois Dolbourg et mon père s'y sont trouvés, et je faisais de singulières réflexions pendant ce temps. La première fois que Léonore a vu M. de Blamont, elle s'est approchée de moi, et m'a dit avec son ton leste :

« Voilà donc le président mon père ?

— Oui, lui ai-je dit.

— Eh bien ! a-t-elle continué, voilà encore la nature en défaut chez moi, car elle ne me dit pas la moindre chose pour cet homme-là. »

Mais comme elle ne lui parle guère plus pour sa mère, cette petite indifférence ne m'a point surprise dans elle.

En général, Léonore, orgueilleuse et fière, ne serait pas, je crois, très flattée de l'obligation de renoncer à être fille d'une comtesse, pour la [643] devenir d'une présidente ; et je crois qu'elle aurait tout autant aimé se retrouver, en revenant en France, Élisabeth de Kerneuil, que Claire de Blamont [644]. Cette chère sœur... je l'aime, mais en vérité elle a bien des défauts, et malheureusement ils sont tous dans le cœur ; elle dément d'une manière bien authentique ce qu'elle a osé dire : que les plus grandes vertus se trouvaient toujours alliées à l'impiété : si ces vertus se manifestent en elle sur de certains objets, il en est d'autres où l'éclat qu'elles jettent est obscurci par de bien grands travers.

Quoique privée de voir mon ami chez ma mère, je n'en suis pas moins enchantée d'être revenue... Mais, je ne sais, cette joie est sombre ; elle a un certain caractère de tristesse qui m'alarme ; une voix tumultueuse et intérieure semble me dire que je fais comme les matelots qui se réjouissent pendant que l'orage se forme au-dessus de leur tête... Adieu, soutenons nos revers, s'il s'en présente ; réunissons nos forces et pour souffrir et pour nous aimer.

LETTRE XLIII

Aline à Valcour*

Paris, ce 17 décembre.

Votre résignation, toujours entière, me plaît, me touche et m'intéresse... C'est ainsi que l'on aime, Valcour. Des amants moins délicats et moins accoutumés que nous aux sacrifices auront de la peine à se le persuader ; mais que nous importe l'opinion des gens froids, pourvu que nos âmes, plus ardentes et plus élevées que la leur, sachent jouir de ce qu'ils n'entendent pas. C'est une des choses qui pourtant m'impatientent le plus que de voir combien il y a peu d'êtres dans le monde qui, si j'ose me servir de l'expression, parlent la même langue que nous : et pourquoi donc la nature, dès qu'elle nous destinait

* Il y avait une réponse de Valcour à la lettre précédente, mais que nous avons supprimée, par l'envie de ne rien offrir au public qui ne fasse qu'allonger le fil sans le démêler, et qu'à retarder le dénouement, sans y ajouter plus d'intérêt. *(Note de l'éditeur.)*

à vivre ensemble, ne nous a-t-elle pas donné à tous, à peu près la même âme ? Pourquoi n'avons-nous pas tous la même manière de sentir ? Dans les mouvements d'humeur que certains gens m'inspirent, je ne sais si je n'aimerais pas autant ceux qui, comme ma chère sœur, vont beaucoup au-delà des bornes, par trop de délicatesse dans les organes, que ceux qui n'éprouvent rien. Les premiers réparent au moins, par un esprit piquant et extraordinaire, toutes les inconséquences de leur cœur, au lieu que les autres n'ont rien qui puisse dédommager de leur lourde apathie. Ce sont des espèces d'automates qui, ce me semble, font sur nous le même effet que ces temps assommants de certains jours d'été, où toutes nos facultés, engourdies par le volume d'air qui les absorbe ne se désignent même plus dans l'organisation... Ma comparaison n'est-elle pas juste ? Un sot ne vous a-t-il jamais fait éprouver une douleur physique ? N'avez-vous pas senti, à son approche ou à ses discours, une commotion pareille à celle dont je vous parle[645] ?

Oh ! mon ami, je vous aurai vu quand vous lirez celle-ci ; la main qui vous la rendra aura senti le plaisir de serrer la vôtre ; nos yeux se seront parlés, nos âmes se seront entendues. Puisse ne pas être interrompue cette innocente façon de nous entretenir, cet hiver !

Le président est toujours le même ; ma mère ne sait à quoi attribuer cet extraordinaire empressement ; il y passe une partie des nuits, et je vous réponds que sa chère femme n'en est pas plus contente ; elle aimerait bien mieux la plus profonde indifférence, que ces émotions presque toujours désordonnées, fruit du dérèglement de la tête, bien plus que des sentiments du cœur, et qui, la replaçant toujours dans une sorte d'infériorité et d'humiliation, ne lui laisse plus que le triste rôle de la colombe, sous la serre aiguë du vautour. Mais elle a besoin d'art et de politique ; si elle pouvait l'enchaîner et le vaincre à force de complaisance, pour le bonheur de sa chère Aline, il n'y aurait rien, dit-elle, qu'elle n'entreprît avec délices.

Augustine est réconciliée : elle s'est jetée aux pieds de la présidente ; elle lui a demandé pardon de son inconduite ; elle l'a suppliée de n'y plus penser ; et vous jugez si l'âme tendre et douce de ma mère a pu résister à cette scène. Elle a embrassé cette fille avec tendresse, elle l'a relevée, et lui a rendu toute sa confiance et sa protection... Le président était presque attendri ; il est d'ailleurs d'une retenue singulière vis-à-vis de cette fille ; il ne paraît assurément pas qu'il ait jamais pu se rien passer entre eux.

Mais pour Sophie, ma mère est très embarrassée : elle ne sait absolument sur quel ton en parler au président. La dernière fois qu'il a été question d'elle entre eux à Vertfeuille, vous savez que mon père soutint qu'elle n'était pas sa fille ; dans ce temps-là ma mère était loin d'imaginer que, sans le vouloir, il dît aussi bien la vérité. Maintenant qu'elle est sûre que cette Sophie ne lui appartient point, ne vaut-il pas autant ne rien dire, et laisser soupçonner qu'elle a cru ce que son mari lui disait ?

L'intérêt qu'elle prend d'ailleurs à cette infortunée ne peut plus être le même que quand elle la croyait à elle ; et elle a celui de deux véritables enfants à ménager, qu'elle ne sacrifiera pas, dit-elle, à celui d'un être qui ne lui tient plus que par les sentiments de la pitié. Elle aime donc mieux ne rien dire, et laisser sur le tout son mari dans l'erreur : elle lui cachera toujours le sort de cette fille ; elle en prendra le même soin ; n'aura-t-elle pas rempli tous ses devoirs ?

LETTRE XLIV

Le président de Blamont à Dolbourg

Paris, ce 10 janvier 1779*.

Sophie est à nous... L'affaire s'est faite le plus lestement possible ; l'abbesse a eu beau réclamer Mme de Blamont, il y avait une lettre de cachet, il a fallu céder... C'est pourtant, lorsque j'y réfléchis, une chose bien commode que ces ordres-

---

* Il y avait encore ici deux lettres de Valcour, mais aucune variation dans les événements : nous avons donc passé tout de suite à celle qui en développe ; et quelque affreuse que soit cette lettre, sans doute, elle nous a paru trop essentielle à la catastrophe, trop utile aux teintes du caractère, pour pouvoir être supprimée. Il y a beaucoup de lecteurs qui feront bien de ne la point lire, et les femmes surtout. *(Note de l'éditeur.)*

là ; que de passions différentes ils servent ! l'amour, la haine, la vengeance, l'ambition, la cruauté, la jalousie, l'avarice, la tyrannie, l'adultère, le libertinage, l'inceste... On flatte tout avec ces lettres charmantes ; avec elles on se débarrasse d'un mari qui gêne, d'un rival qu'on redoute, d'une maîtresse dont on ne veut plus, d'un parent incommode... Oh ! je ne finirais pas si je te détaillais tous les différents services qu'on retire de cette charmante institution [646]. Je suis encore à comprendre comment il est possible que mes confrères s'en plaignent : je suis confondu qu'ils osent dire qu'elle est contre les lois de l'État, comme si l'État devait avoir rien de plus sacré que le bonheur de ses chefs, et comme s'il pouvait exister rien de plus doux pour eux, que cette manière *asiatique* d'envoyer le *cordon* [647]. Je sais bien que ceux qui blâment ce délicieux usage, ceux qui le traitent d'abus tyrannique, prétendent, pour étayer leur opinion, que la puissance du souverain s'affaiblit en se divisant, se resserre en croyant s'étendre par le despotisme, et se dégrade en protégeant des crimes... Que cette arme dangereuse, pour une fois ou deux par siècle qu'elle frappe à propos, cinq cents fois dans le même siècle ébranle le tronc en écharpant les branches ? Mais tout cela sont les sophismes de ceux qui en souffrent ou qui en ont souffert. De tous les temps le faible s'est plaint... c'est son lot, comme le nôtre est de ne pas l'entendre... Je le demande, que serait une autorité dont les rayons bienfaisants ne s'étendraient pas un peu sur les soutiens du trône ? Il n'y a que les tyrans qui portent seuls leur glaive, les rois justes et bons en partagent le poids ; et serait-ce bien la peine de le soutenir sans en frapper de temps en temps ?

N'était-il pas indécent que ta maîtresse... que ma fille*, parce qu'il lui a plu d'échapper de nos mains, ou de se mettre dans le cas de s'en faire chasser, allât se mettre aux frais de ma femme ? Est-ce donc à elle à payer ces sortes de choses ? Moi, j'aime les convenances, il est inouï comme j'y tiens. Oui, je veux que l'honnêteté règne jusqu'au sein même du désordre. Quand on va savoir cela... je vais être boudé... Dieu sait ; mes empressements surprendront... « N'est-il pas affreux, dira-t-on, de chercher des plaisirs avec celle qu'on accable de chagrins ? » Elle ne conçoit pas la liaison de

---

* Il ne faut pas oublier qu'il croit toujours être père de cette Sophie.

tout cela, la chère dame ; elle n'entend pas d'abord que l'ébranlement causé par le chagrin sur la masse des nerfs, détermine sur-le-champ à la volupté, dans les femmes, les atomes du fluide électrique, et qu'un individu de ce sexe n'est jamais plus voluptueux que quand il est *saisi* dans les pleurs [648]. N'y eût-il d'abord que cela, un vieux mari comme moi serait très excusable d'employer, auprès de sa tendre épouse, tous les ressorts qui peuvent lui rendre ce qu'il ne doit plus attendre de sa vigueur... Voilà donc déjà pour le physique ; mais la petite méchanceté de donner du chagrin a bien une autre jouissance morale... qui, je le sens, n'est pas entendue de ton lourd esprit... Dis... avoue-le... comprends-tu que de dire à une femme intérieurement, tout en la soumettant à ses feux : « Si tu savais que le plaisir que je cherche avec toi n'est nourri que du charme piquant de te tromper... que ton erreur... que ta bonhomie... que la manière enfin dont je te rends ma dupe », compose tout le sel que je trouve aux voluptés dont je m'enivre [649]... et que ces voluptés seraient nulles pour moi, sans l'aiguillon de la perfidie ? Hein ! Dolbourg, tu n'entends pas plus cela que du grec ? Semblable à l'âne qui broute l'herbe fine d'une prairie verte, sans distinguer le *simple* précieux du *jonc sauvage*, tu dévores indifféremment tout ce que ta bouche rencontre, sans examen et sans analyse, sans te faire de principes sur rien, et sans jamais jouir de tes principes : ne suis-je donc pas plus heureux que toi, en raffinant *tout*, comme je fais, en ne me composant jamais de jouissances *physiques*, qu'elles ne soient accompagnées d'un petit désordre *moral ?* Quelque variété que je puisse mettre dans mes amours avec la présidente, quelque jolie qu'elle soit sans doute encore, quelque *bizarres* que puissent être mes plaisirs... que deviendraient-ils pourtant, je te le demande, si je n'avais, pour les enflammer, les idées nées des perfides desseins que tu me connais (car il faut bien revenir à ces maudits desseins, dès que le projet de Lyon n'a pas eu de succès) ? Aussi, depuis que ces desseins sont pris, depuis qu'il sont sûrs, ce sont des sensations d'une violence !... Ce qui me divertit, c'est que la bonne dame met tout cela sur le compte de ses attraits... Elle devrait pourtant bien sentir qu'ils ne peuvent plus entrer pour rien dans les motifs de mon ivresse... Il est impossible qu'elle ne voie pas que j'ai quelque autre chose dans la tête : quelquefois même je ne suis pas maître de mes propos... Dans ces instants où l'on déraisonne, et où celui qui déraisonne le plus est presque toujours celui qui a le plus d'esprit... il m'en échappe de très expressifs, et qu'elle devrait entendre... Quand il y avait jadis un peu plus de bonne foi de ma part... il y avait bien moins d'enthousiasme : elle devrait s'en ressouvenir. D'où peut donc naître ce nouveau délire ?... de l'indécence de l'acte ? Il y a longtemps que j'emploie les *singularités* ; elle doit le savoir ; et voyant que ce n'est pas tout cela qui m'embrase, elle devrait se demander ce que c'est... s'étonner... frémir même... C'est une drôle de chose que la sécurité des femmes.

Toi qui es un peu *naturaliste*, dis-moi, n'y a-t-il pas une sorte d'animal féroce qui ne rugit jamais autant, près de sa femelle, que quand il est prêt à la *dévorer ?* Tout à l'heure la sécurité des femmes m'étonnait : c'est leur orgueil maintenant que je n'entends pas. Trop heureuse d'avoir... trop contente de ressaisir ce qui leur échappait, c'est toujours, selon elles, à leur art, à leur magie, que se doit l'effet du miracle ; et les innocentes, trompées au culte du sacrificateur, se placent sur l'autel en *déesses*, quand elles ne doivent être que *victimes*[650].

Quoi qu'il en soit, Sophie, arrachée, par ordre du roi, au couvent des Ursulines d'Orléans, est exilée au château de Blamont, où mon concierge l'a reçue au fond d'un appartement sûr et bien clos, dans lequel il me répond d'elle sur sa vie. On dit que la chère petite personne a prodigieusement pleuré : qu'elle n'aille pourtant pas perdre toutes ses larmes ; le tour qu'elle nous a joué mérite que nous lui en fassions encore verser quelques-unes ; mais comme elle est bien là, et que nous avons beaucoup de choses à soigner ici, je me contenterai d'y aller faire un tour, pour la disposer à nous recevoir ce printemps. Jusque-là trop d'objets nous occupent pour quitter Paris tous les deux.

Au reste, rien n'a pris comme la réhabilitation de la demoiselle Augustine : j'étais là, je laissais de temps en temps mes paupières se mouiller, afin de me faire supposer un cœur... et on avait la simplicité d'y croire. Encore une fois, mon ami, comme elles sont bonnes, les femmes ! Voilà donc cette fille souverainement installée : quelque sûrs que nous devions en être, tu comprends bien pourtant que dès que la voilà l'âme du projet, il ne faut pas trop la perdre de vue. M'avoueras-tu que je suis bon physionomiste ? à peine l'eus-je envisagée *de tout sens* à Vertfeuille, que je te dis : C'est là ce qu'il nous faut ; voilà le sujet que le sort met en nos mains pour exécuter ses caprices... Et tu vois comme après avoir rempli nos premières vues avec docilité, elle coopère avec intelligence à l'accomplissement des secondes ? Il nous fallait, en vérité, un peu de tout cela pour nous dédommager de la perte réelle que nous avons faite de Léonore... Ah ! que cette charmante petite femme était digne de nous, mon ami ! ce comte de Beaulé, qui m'entrave dans tout depuis quelque temps, commence à m'impatienter. Si cet homme-là n'était pas en crédit, quelques-uns de mes amis et moi, nous lui aurions bientôt fait un bon procès criminel. Je sais qu'il soupe quelquefois avec des filles, le cher comte... en voilà plus qu'il n'est nécessaire dans ce siècle-ci pour le mener tout droit à l'échafaud. Il n'est question que d'inventer... de supposer... de soudoyer quelques complaignantes, quelques espions, quelques exempts de police, et voilà un homme roué. Depuis trente ans nous avons vu plus d'une de ces scènes ; j'aimerais presque mieux être accusé aujourd'hui* d'une conspiration contre le gouvernement, que d'irrégularités envers des catins ! Et en vérité cette manière de mener les choses est respectable... elle honore bien la patrie. Si quand on a envie de perdre un homme il fallait attendre qu'il devînt criminel d'État, on n'aurait jamais fini ; tandis qu'il y a très peu de mortels qui ne soupent avec des prostituées.

On a donc fort bien fait d'arranger là les pièges. Cette espèce d'inquisition établie sur les procédés du citoyen qui s'enferme avec une fille ; cette obligation où l'on met ces créatures de rendre un compte exact de l'acte luxurieux de cet homme, est assurément une de nos plus belles institutions françaises. Elle immortalise à jamais l'illustre archonte** qui la mit en usage à Paris. Et voilà de ces lois douces, et néanmoins prudentes, qu'il ne faut jamais laisser tomber en désuétude ; on ne saurait trop encourager les délations des prêtresses de Vénus ; il est extrêmement utile au gouvernement et à la société de savoir comment un homme se conduit dans

---

* Non, pas aujourd'hui, heureusement pour l'humanité. Des lois plus sages vont régir la France ; et les atrocités décrites par ce scélérat n'existent plus.

** Magistrat grec ; et c'est du sieur Sartine dont il est question, qui n'était pourtant point grec. Voyez la note de la page 542, elle est relative à ceci.

de tels cas ; il y a mille inductions, toutes plus sûres les unes que les autres, à tirer de là sur son caractère. Il résulte, j'en conviens, une collection d'impuretés qui peut devenir chatouilleuse aux oreilles du juge. Ce n'est pas servir les mœurs, disent les ennemis de ce système, que d'espionner et de recueillir les actions libertines de Pierre, pour aiguillonner l'intempérance de Jacques. Mais ce sont des chaînes au citoyen, ce sont des moyens de l'asservir, de le perdre, quand on en a envie, et voilà l'essentiel [651].

Adieu ; la présidente m'épuise ; on ne servit jamais sa femme avec tant d'assiduité. Je te charge du soin de mes plaisirs pendant que je me sacrifie pour les tiens. Songe, surtout, que j'ai besoin d'être servi à mets piquants dans les repas que tu me prépares ; avertis les enfants de l'amour qu'ils ont à réveiller des sensations éteintes dans les sains désordres de l'hymen.

LETTRE XLV

Madame de Blamont à Valcour

Paris, ce 12 janvier.

Je me flattais du plaisir de dîner aujourd'hui chez notre cher comte, et de vous y voir, ainsi que Déterville, mais je ne sortirai pas de chez moi... Ce que j'apprends m'anéantit, je n'ai pas une faculté de mon âme qui ne soit brisée, pas un sentiment qui ne soit compromis... Le fourbe.... j'étais la dupe de ses caresses !... j'espérais le ramener à force d'art, l'attendrir à force de soins ; et quand je le croyais enchaîné, quand je le supposais à *moi*, je ne m'assouplissais que davantage sous le joug impérieux du perfide... Il n'y a donc plus rien de sacré ; il n'y a donc plus ni lois, ni vertus ; tout peut donc aujourd'hui s'enfreindre impunément !... Quel siècle ! je rougis d'avoir eu le malheur d'y naître.

Le 6 janvier, à neuf heures du matin, on est venu signifier un ordre à Mme l'abbesse des Ursulines d'Orléans, qui lui enjoignait de remettre aussitôt entre les mains de celui qui présentait cet ordre, une fille nommée Sophie, qu'elle tenait de Mme de Blamont... Prévenue par moi, soupçonnant quelques horreurs, elle a d'abord dit qu'elle ne connaissait pas cette fille... qui réellement n'était pas sous ce nom chez elle... Ce subterfuge n'en a pas imposé ; on lui a dit qu'on allait entrer dans le cloître, si elle tergiversait plus longtemps. Saisie de frayeur, la bonne dame n'a pas osé refuser celle qu'on demandait ; et cette malheureuse enfant est partie pour être relivrée au sein du libertinage... par ordre de ceux qui affichent la décence... Prouvez-moi donc une dépravation plus complète... plus dangereuse, et je cesse à l'instant de me plaindre*.

Sophie a donc été conduite au château de Blamont ; elle y est détenue sous la garde du concierge, dans une chambre où elle ne peut ni voir, ni parler à personne...

Et telles sont maintenant les raisons que le président a données pour surprendre cet ordre odieux :

Il a dit que je m'opposais depuis longtemps à un mariage très avantageux pour sa fille ; que par mes perfides conseils, j'empêchais cette fille de lui obéir, et que, joignant la ruse aux manœuvres ouvertes, j'ai été déterrer une petite créature avec laquelle l'ami qu'il destine à sa fille a vécu à la vérité quelques mois : que j'ai fait venir cette dulcinée dans ma terre, et qu'après l'avoir bien instruite, je la fais passer pour une fille à moi, enlevée par lui au berceau, dans l'abominable dessein de la prostituer à son ami ; que par ce moyen, cet ami étant le même que celui dont il veut faire son gendre, ne peut plus maintenant le devenir, puisqu'il se trouverait alors avoir eu commerce avec les deux sœurs ; fable exécrable, ajoute-t-il, qui ne peut avoir été suggérée à sa femme que par un esprit diabolique qui veut le perdre, lui et sa famille. Or, cet esprit infernal, c'est vous, mon cher Valcour [652]. Voilà les favorables impressions qu'il commence à donner de vous, pour en venir sans doute à quelque chose de plus sérieux ensuite. Prenons-y garde... Je crains tout. Maintenant, pour autoriser ce qu'il dit, pour convaincre de toutes mes impostures, il a produit le certificat que vous lui connaissez de la

---

* C'est ici où il est plus nécessaire que jamais d'observer que c'est avant la Révolution que ces lettres s'écrivaient ; de telles atrocités ne se redoutent pas sous le gouvernement actuel.

prétendue mort de Claire de Blamont. Ainsi, ajoute-t-il, si ma fille Claire est véritablement morte, comme le prouve cet extrait des registres de paroisse, elle ne doit donc plus se retrouver dans la nommée Sophie que je réclame ; et cette Sophie, qui se dit Claire de Blamont, qu'on ose m'offrir pour telle, n'est donc plus qu'une aventurière instruite par ma femme, qui la dirige contre moi, procédé qui mériterait l'attention des juges, si je voulais faire du bruit, et si j'avais dessein de me brouiller avec une femme que j'aime et que je respecte encore, malgré sa faiblesse pour l'homme à qui elle s'obstine à donner sa fille, en dépit de ma volonté.

En conséquence, il a demandé Sophie, et pour que je ne puisse la retrouver jamais, il a obtenu le droit de la faire secrètement placer où bon lui semblerait, sur la simple clause de lui payer une pension suffisante à l'entretenir. Cette fille n'est qu'un dépôt chez lui, et quand il aura eu le temps de me dérouter, il la fera, dit-il, mettre dans quelque couvent, à l'extrémité de la France.

Tels sont les mensonges dont le fourbe s'est servi, pour se venger de cette pauvre fille, pour la punir de ce que sa malheureuse étoile l'avait conduite chez moi… pour la soumettre sans doute de nouveau à son odieuse intempérance. Et quand il fait tout cela… examinez bien l'affreux caractère de cet homme… quand il agit ainsi, il est persuadé, quoique cela ne soit heureusement pas, convaincu, dis-je, que Sophie est sa fille ; et il m'accable de caresses ; et il passe des nuits entières avec moi, à me dire que ses sentiments se raniment, et qu'il retrouve encore dans son cœur tous ceux des premiers jours de notre hymen.

Tel est l'homme à qui j'ai affaire ; tel est le dangereux mortel dont mon sort dépend aujourd'hui. Ô mon père ! quand vous tissâtes ces nœuds, vous osâtes me promettre le bonheur ! voilà pourtant ce qu'ils sont pour moi [653].

Cependant, des soins plus chers m'obligent à feindre encore ; je me suis résolue à ne point changer de conduite vis-à-vis de lui ; il faut lui laisser son erreur : il ne faut pas même qu'il puisse penser à l'éclaircir, et cela, pour l'intérêt d'Aline et de Léonore qui me sont maintenant plus précieuses que Sophie ; au fait, il n'a dans ses mains que la fille d'une paysanne, et si je l'en enlève, il y fera tomber la mienne.

Ce que ma probité m'impose à présent ne consiste plus

qu'à faire savoir au ministre l'exacte vérité de tout. Le comte de Beaulé s'en charge. Cette vérité s'accordera dans beaucoup de points avec ce qu'a dit le président. C'est une aventurière qui ne lui appartient point ; je le dirai de même ; je ne me défendrai que de l'avoir voulu faire passer pour sa fille. Si je l'ai cru, si je l'ai dit un moment, je prouverai par tout ce qui m'a jetée dans cette méprise, que je devais être dans la bonne foi, mais qu'aussitôt que Claire de Blamont est morte, comme il le prouve, je n'ai plus rien à réclamer, et je lui laisserai son illusion complète, pour qu'il ne découvre rien sur la naissance de Léonore, pour qu'il ne sache jamais que cette Claire de Blamont, qu'il croit dans Sophie, est maintenant dans la demoiselle de Kerneuil, parce qu'avec le caractère qu'il a reçu du ciel, il ne pourrait assurément que nuire à tout ce que nous faisons pour faire rentrer Léonore dans les biens de celle qu'elle doit supposer sa mère, avec tout le public.

Ma répugnance n'en est pourtant pas moins la même, d'avoir accepté cet arrangement du comte de Beaulé ; car enfin, nous dépossédons par cette manœuvre les collatéraux de Mme de Kerneuil. Vous n'imaginez pas, Valcour, combien ce procédé offense ma délicatesse ; il est illégal, et j'en suis révoltée ; mais si je ne passe point par-dessus ces considérations, si je découvre la naissance de Léonore, de quels nouveaux malheurs, de quels plus terribles inconvénients ne me trouverai-je point entourée ? et quoique femme du marquis de Kerneuil, de quelles persécutions le président ne trouvera-t-il pas encore le secret d'accabler cette malheureuse Léonore ? Ce qu'il ne pourra pas sur celle-ci, sa vengeance l'entreprendra sur Aline, et je me retrouve dans un abîme d'infortunes. En me conduisant comme je le fais, je préfère donc un petit mal à un grand ; mais c'est toujours un mal, et je suis bien vivement contrariée de ce qui alarme ma conscience. Une autre chose afflige encore bien fortement ma délicatesse, et me fait verser en secret des larmes bien amères : j'abandonne dans cette Sophie une honnête et douce créature, une fille pleine de vertu et de religion pour une qui est loin des mêmes qualités ; mais l'une est ma fille, l'autre ne m'est rien. Sauver encore Sophie des mains de cet homme, comment l'imaginer ? à quel titre l'entreprendre ? Eh mais, dès que je consens à donner à la maison de Kerneuil une héritière qui, dans le fait, ne l'est point, ne puis-je donc pas donner de même au président une fille qui ne lui a jamais appartenu ? Quand il s'agit d'enlever l'infortune aux mains de l'injustice et de la cruauté, ne peut-on pas se permettre des détours [654] ?

D'ailleurs, si je continuais d'assurer que Sophie est ma fille, je me retrouverais une arme qui m'est d'un grand secours à l'opposition des projets du farouche ami de mon époux. Je n'ôte rien à Léonore, que je n'avouerai jamais, qui n'a nul besoin de mon aveu ; je rends la liberté à Sophie, et j'assure le bonheur d'Aline. Ah ! je l'essayerais en vain, il mettra toujours en avant l'extrait paroissial, et je n'en détruirai l'authenticité qu'en nuisant à ma Léonore. Quel embarras ! moi qui me réjouissais des jours où j'ai donné la vie à mes enfants, faut-il maintenant que je classe ces jours malheureux au rang des plus funestes de ma vie ?

Non, je céderai, j'abandonnerai Sophie ; j'ai beau penser, je ne puis faire autrement ; je ne puis secourir cette infortunée sans nuire au bonheur de mes deux filles ; il faut que j'y renonce... il le faut. Est-il donc possible qu'il y ait de fatales circonstances où le ciel favorise assez peu la vertu, pour qu'il devienne impossible de pouvoir l'arracher au malheur ? Puissent s'ignorer à jamais ces fatales vérités ; trop de jeunes filles en concluraient que cette route épineuse où l'éducation les place, est donc inutile à suivre, puisqu'on n'y tombe qu'un peu plus tôt dans les pièges de l'intempérance et du vice.

D'ailleurs, en ne me fâchant point de ce qui vient d'arriver, en cédant tout à l'homme qui me trompe, en continuant de garder avec lui la même conduite, peut-être viendrai-je à bout de l'attendrir ? peut-être cet entier dévouement de ma part le fera-t-il désister de ses indignes prétentions sur Aline ? Mais d'un autre côté, pourra-t-il croire que j'abandonne légèrement les intérêts de celle que j'ai crue si longtemps ma fille ? Eh bien ! je mettrai ma parfaite résignation sur le compte de ma douceur ; je lui dirai : « Elle est intéressante ; vous en êtes maintenant le maître ; je vous la recommande, et vous supplie de la rendre heureuse. »

Je suis presque fâchée à présent de n'avoir point rendu Sophie à sa bonne nourrice de Berseuil... elle serait mariée. Que dis-je ? vis-à-vis les manœuvres d'un homme comme le président, vis-à-vis les intrigues d'un traître qui ne ménage ni pas, ni crédit, ni argent, dès qu'il s'agit de servir ses passions, tout cela ne serait-il pas égal aujourd'hui ? Il n'y aurait qu'un crime de plus... On m'interrompt... Je finirai ma lettre demain.

Ce 13.

Le croiriez-vous, il s'est présenté hier au soir, comme à l'ordinaire, pour obtenir, a-t-il dit bénignement, « les tributs de l'hymen, attendus des mains de l'amour » ; et comme il a vu un peu d'altération sur mes traits, quels que fussent mes efforts pour me contenir, il m'a prévenue. Tout ce qu'il a fait, a-t-il dit, est assurément pour le bien, et en vérité, il a bien peu fait ; c'est Dolbourg qui, prétendant à mon alliance, rougissait de savoir une de ses anciennes maîtresses entre mes mains, et c'est lui qui a voulu la ravoir.

« Je n'ai d'autre tort, a-t-il poursuivi, que de ne vous avoir pas prévenue ; mais toujours pénétrée de la folle idée qu'elle est votre fille, vous vous y seriez opposée, et j'écarte avec tant de soin tout ce qui peut faire naître quelque trouble entre nous, je désire si vivement de réparer mes anciennes erreurs, que vous devez me pardonner ce petit mystère, en faveur du désir extrême que j'ai de conserver votre estime. Il n'en est point, a-t-il continué, dont je sois aussi sincèrement jaloux... C'est que peu de femmes réunissent à tant de grâces... à des attraits si divins, des vertus aussi rares... Me brouiller avec vous... moi ?... plaider ?... Le pourrais-je ?

— Mais elle est chez vous, lui ai-je dit, en interrompant ses flagorneries.

— Oui, a-t-il répondu, étonné de me voir si instruite... Vraiment oui, elle est chez moi, je n'ai pu refuser mon château à Dolbourg, qui voulait l'y recevoir quelques instants.

— Et qu'en fera-t-il au sortir de là ?

— Il l'envoie, m'a-t-il dit, avec cet air mystérieux que savent si bien employer les imposteurs pour donner à leur mensonge le coloris de la vérité, il l'envoie dans un couvent, au fond de la Gascogne... Elle sera bien... il lui fait une pension honnête... Oh ! vous ne connaissez pas Dolbourg... Je ne vous ai jamais vue lui rendre justice. C'est une si grande simplicité de mœurs... une franchise si rare... une nature si vraie... une ingénuité si précieuse ! Ah ! croyez-moi, c'est le seul homme qui soit réellement fait pour le bonheur de notre Aline. Eh bien ! êtes-vous persuadée à présent que tout ce que vous croyiez sur cela n'était que des fables ?... (Et je me taisais...) Il y a tout plein de gens qui ont le plus grand intérêt à vous en imposer... et qui le font... N'y eût-il que ce Valcour... méfiez-vous-en, je vous le dis ; c'est le plus adroit fripon.

— Un moment, monsieur, ai-je dit, ne pouvant tenir à tant de fausseté, et curieuse de voir jusqu'à quel point il la pousserait... un moment... Puisque vous êtes en train de vous justifier, osez me dire pourquoi cette commission secrète à l'exempt qui vint arrêter Léonore à Vertfeuille ? Pourquoi cet homme était-il muni d'un ordre de vous, étayé d'un signalement pour enlever ma fille au lieu de l'épouse de Sainville ? »

Et c'est ici, mon ami, où l'art de feindre est venu composer à loisir tous les traits de ce visage odieux.

« Moi ? a-t-il répondu, moi, des ordres pour faire mettre Aline à la place de Léonore ?... Mais daignez donc songer, je vous prie, que ce n'est qu'avec le public que j'ai su l'aventure de Sainville à Vertfeuille... circonstance qui m'a fort embarrassé, qui m'a même fait vous bouder un peu, de ne m'avoir prévenu de rien, puisque je ne savais que répondre à toutes les questions qui m'étaient faites à ce sujet.

— Vous niez ce trait ? ai-je dit en me levant avec fureur.

— Allons donc, a-t-il repris en souriant : je vois maintenant que vous plaisantez ; mais si vous poursuivez, je me fâche... J'ai bien assez de mes torts réels ; ne m'en controuvez pas de nouveaux ; dormez en paix sur votre Aline... je ne vous la ravirai point... je vous la demande, c'est à quoi je m'en tiens, et j'espère qu'après un peu de réflexion, vous ne me la refuserez plus... »

Je me suis rassise ; j'ai senti le tort que je venais d'avoir, en rompant le silence sur un objet dont je m'étais promis de ne jamais parler, et dont il était inutile de renouveler le souvenir, puisque assurément il nierait tout...

« Je vous crois, ai-je dit avec une tranquillité feinte. Oui, je vous crois... Mais si vous m'accusez d'avoir des ennemis, assurément vous devez en avoir de votre côté... La noirceur dont je vous soupçonne a été mise publiquement sur votre compte, et...

— Des ennemis, des ennemis ! qui n'en a pas ?... Je ne connais que les sots qui ne s'en font jamais ; mais toutes ces calomnies... je les méprise au point, qu'en honneur, je ne m'informerai même pas de ceux qui ont voulu m'en composer de nouvelles offenses avec vous. »

Et s'animant, s'échauffant alors auprès de moi, sans me donner le temps de lui répondre, il s'est mis à me renouveler ses louanges... à exiger enfin... ce que j'étais résolue de continuer à lui accorder, puisque je me décidais à feindre... Je ne l'avais jamais vu si ardent... si dépravé, devrais-je dire ; l'amour ou le sentiment, dans de telles âmes, n'est jamais que l'excès du désordre ; mais comme l'esprit de cet homme est sombre, même au sein de ses plus doux plaisirs !... Écoutez un de ses propos* :

« Que vous êtes belle ! m'a-t-il dit en m'examinant sans voile... Non, jamais la mort n'osera briser ce chef-d'œuvre. Vous ne subirez pas la loi des autres êtres... ces belles chairs ne se désuniront point. Jamais rien ne peut s'altérer en vous, et dans le dernier repos de la nature, vous lui servirez encore de modèle. »

Et c'est à cette idée qu'il a dû le comble de ses plaisirs ; c'est cette idée, *délicatement horrible,* qui a plongé ses sens dans l'ivresse [655].

Ô mon ami ! je ne sais, tout ceci m'alarme, ce changement si certain dans sa conduite, cet empressement pour des choses qui ne devraient plus l'enflammer !... Même dans les premières années de notre mariage, il ne me cultivait pas avec tant d'assiduité. Que signifient ces retours ?... S'il m'aimait véritablement, s'il avait envie de réparer ses torts... les aggraverait-il ? Il me flatte et cependant il me trompe ; il me caresse et il m'afflige... Hélas ! je dois frémir ! Et que veut-il ? quelle nécessité d'user de ruse avec moi ? N'est-il pas le plus fort ?... On ne doit tromper que ceux que l'on craint ; la feinte est l'arme de l'esclave ; elle n'est permise qu'à la faiblesse, elle avilit le plus fort s'il ose s'en servir. Ah ! qu'il m'élève ou qu'il me rabaisse, qu'il me loue ou qu'il me dégrade, je serai toujours sa victime. Rien ne peut m'empêcher de l'être... Ô mon Aline !... Tu la deviendras peut-être aussi... et je n'y serai plus pour t'arracher de leurs mains cruelles... Valcour, des larmes coulent malgré moi... Ma tête se noircit [656]... mon âme fatiguée de malheurs s'irrite à la crainte d'en éprouver

---

* Voyez pages 661-662, où le président dit : « Quelquefois même, je ne suis pas maître de mes propos », etc.

encore ; il est un terme où nous ne sommes plus en état de soutenir l'horrible poids de nos chaînes, où l'on préfère mille fois plutôt la fin de son existence au renouvellement de l'infortune... Ô Valcour, si j'allais vous être ravie... si je n'y étais plus... et qu'Aline devînt malheureuse... Que tout votre sang coule, s'il le faut, mon ami, pour l'arracher aux horreurs qui menaceraient alors sa débile existence... Ayez toujours devant vos yeux la mère qui vous la donne... Dites-vous quelquefois : « Elle m'aimait... elle désirait mon bonheur et celui de sa fille. La Providence s'y est opposée... Mais je dois à toutes deux mon amour et mes regrets... Je dois les chérir au-delà du tombeau, ou m'y anéantir avec elles. »

Adieu... Je suis trop triste ce soir pour continuer de vous écrire... Mais on n'est pas la maîtresse de ses idées... Il en est... soyez-en certain, que la nature nous suggère comme des avertissements de tout ce que sa main nous prépare... Tâchez de dîner jeudi chez le comte, je ferai tout pour vous y voir.

LETTRE XLVI

Valcour à Madame de Blamont

Paris, ce 20 janvier.

Je viens d'avoir une visite singulière, madame ; ce qui s'y est passé me paraît tellement essentiel, que j'ai cru que vous me permettriez de vous en faire part à l'instant. Il était environ dix heures du matin et je me préparais à sortir, lorsqu'on m'a annoncé M. le président de Blamont.

« Puis-je savoir, lui ai-je dit, monsieur, ce qui me procure l'honneur d'une telle attention de votre part ?

— Vous devez vous en douter.

— Je l'ignore, mais si vous vouliez vous asseoir un instant, vous seriez plus à l'aise pour me l'expliquer.

— Je ne viens ici ni pour vous faire des politesses, ni pour en recevoir.

— Si cela est, restons debout ; mais expliquez-vous promptement, parce que des affaires m'appellent ailleurs.

— J'y mettrai le temps qu'il me faut et vous aurez la bonté de m'entendre ; il n'est point d'affaire plus pressée pour vous que celle dont je viens vous entretenir.

— Eh bien ! de quoi s'agit-il ? expliquez-vous.

— Je viens vous donner un conseil.

— Je les aime peu.

— Le devoir d'un homme sage est de les suivre quand ils sont bons.

— L'homme plus sage encore n'en donne jamais.

— De celui-ci dépend votre sûreté.

— Un honnête homme la trouve dans sa conduite.

— Changez donc la vôtre si vous voulez que cette sûreté soit parfaite.

— Il me semble, monsieur, que ce n'est pas trop là le ton du conseil.

— La supériorité en donne quelquefois qu'elle ne module [657] pas au ton de l'amitié.

— La supériorité ?...

— Aimez-vous mieux que je dise la force ?

— Ni l'un ni l'autre ne vous va, vous êtes le moins élevé des hommes, et vous avez tout l'air du plus faible.

— Ma place...

— Est une des plus médiocres de l'État, bien souvent une des plus tristes, et toujours une des moins considérées ; songez qu'avec cent sacs de mille francs, mon valet demain peut être votre égal [658]. »

Se jetant dans un fauteuil :

« Monsieur de Valcour, votre conduite vous perd, et pour l'amour de vous-même vous devriez en changer. »

M'asseyant vis-à-vis de lui :

« En quoi celle que je tiens peut-elle offenser ou le public ou vous ?

— C'est m'offenser que de séduire ma fille ; c'est manquer au public que de lui assigner des rendez-vous dans une église.

— Votre reproche est faux dans deux points : je ne cherche pas à séduire votre fille, et je ne lui ai jamais donné de rendez-vous nulle part. Sachez d'ailleurs qu'entre une fille de son âge et un homme du mien, il n'y a d'autre séducteur que l'amour, et que si je la rencontre quelquefois dans une église, il n'y a d'autre cause que le hasard.

— Avec de telles réponses on arrange tout.

— Je n'en veux faire que de justes.

— Eh bien ! si cela est, quels sont vos sentiments pour ma fille ?

— Ceux du respect le plus profond et de l'amour le plus inviolable.

— Vous ne pouvez pas l'aimer.

— Quelle est la loi qui m'en empêche ?

— Ma volonté qui s'y oppose.

— Nous attendrons. »

Se levant avec fureur :

« Vous attendrez ? Ainsi donc, monsieur, tout votre bonheur se fonde sur la fin de mon existence.

— Non, il me serait doux de vous nommer mon père, il serait flatteur pour moi de tenir Aline de vos mains. »

Se promenant à grands pas dans la chambre :

« N'y comptez jamais.

— Ai-je tort en ce cas de vous assurer que nous attendrons ? un malhonnête homme ne vous le dirait pas.

— Mais c'est me dire clairement…

— C'est vous dire qu'il ne tient qu'à vous de vous faire adorer comme un père, ou de vous faire oublier comme un ennemi.

— Il serait bien plaisant qu'un homme ne pût pas disposer de sa fille.

— Il le peut sans doute, tant que ses vues s'accordent au bonheur de cette fille.

— Ces restrictions sont sophistiques, les droits d'un père sur ses enfants ne le sont pas.

— Il y a beaucoup de choses qui existent, quoiqu'elles soient injustes.

— Vous ne changerez pas les lois.

— Vous n'éteindrez pas mon amour.

— J'en arrêterai les effets.

— Vous vous ferez haïr de ceux qui doivent vous aimer.

— Il faut se moquer des sentiments de ceux dont on est obligé de punir les torts.

— Ce n'en est pas un d'aimer votre fille.

— C'en est un que de la dégoûter de l'époux auquel je la destine.

— Ne dût-elle jamais penser à moi, ce serait toujours un service à lui rendre que de l'empêcher de se lier à un libertin.

Homme vil oublie-tu ches qui tu es?

— Ah ! voilà les impressions que vous lui donnez ! Tels sont donc les sentiments que vous suggérez à ma femme ?

— Il est permis d'éclairer ses amis quand on les voit près d'être trompés ; rassurez-vous cependant. Sollicité par d'autres que votre femme et votre fille, pour éclairer la conduite du monstre avec lequel vous voulez les unir, je l'ai refusé. Mais la providence a permis que ses écarts se découvrissent naturellement, et vous devriez rougir d'un projet qui vous déshonore.

— Monsieur de Valcour, ne m'obligez pas à en venir à des extrémités qui me fâcheraient ; agissons plutôt par des voies de douceur : tenez (posant alors dix rouleaux sur la table), vous n'êtes pas riche, je le sais, voilà cinq cents louis, signez-moi une renonciation au mariage que vous avez dans la tête. »

Saisissant les rouleaux et les jetant dans l'antichambre :

« Homme vil, oublies-tu chez qui tu es ? Oublies-tu la bassesse de ton existence, le peu de dignité de ta place, l'avilissement où te plongent tes vices, et tous les droits enfin que la vertu et la nature me donnent sur ton méprisable individu ?

— Vous m'insultez, monsieur.

— Je le ferais partout ailleurs : je me contente chez moi de vous prier de sortir.

— Vous prenez les choses avec une vivacité !

— Et par où donc ai-je pu mériter d'être humilié si cruellement ? Qui peut donc vous contraindre à me mésestimer ? Renoncer pour de l'argent au sentiment le plus précieux de ma vie ? Homme lâche, oui, je suis pauvre, mais le sang de mes ancêtres coule pur dans mes veines ; et je me repens moins des fautes qui m'ont fait perdre mon bien, que je ne rougirais d'en posséder dont l'acquisition me couvrirait de honte ; périssent mille fois ceux qui n'ont à mettre dans la société, pour dédommagement des vertus dont ils manquent, que des sacs d'or, dont ils n'oseraient avouer l'origine. Le peu de bien dont je jouis est à moi, et celui de l'homme que vous offrez à votre fille est la dot de la veuve, le patrimoine de l'orphelin et le sang du peuple. Frémissez de donner à vos petits-enfants des richesses acquises au prix de l'honneur... des trésors que pourrait à l'instant réclamer l'infortune, si l'équité régnait dans ce tribunal avili dont vous vous targuez d'être membre.

— Vous ne voulez donc pas, monsieur, renoncer à ma fille ?

— Je le ferai quand elle l'exigera, quand elle me dira que je ne suis pas digne d'elle.

— Vous causerez son malheur, ma parole est donnée et je ne la reprendrai pas.

— Et par quelle affreuse injustice le bonheur d'un ami vous devient-il plus cher que celui d'Aline ?

— Celui de tous les deux me l'est également, et je ferais celui de tous les deux, si vous ne tourniez pas la tête de ma fille.

— Si pour faire le bonheur de cette fille, considération unique à laquelle tout autre doit céder, il faut nécessairement que quelqu'un se sacrifie, n'est-il pas plus juste que ce soit Dolbourg qu'elle n'aime pas, que moi qui l'adore et qui ai l'orgueil de croire ne pas lui être indifférent ?

— Si Dolbourg n'est pas préféré, pourquoi voulez-vous qu'il fasse un sacrifice ? c'est à celui qui l'aime à en faire un pour elle.

— Il serait mal entendu, celui qui se ferait aux dépens du cœur d'Aline.

— Mais Dolbourg n'y prétend point, il le lui laissera libre, uniquement flatté de l'alliance, se rendant assez de justice pour être bien persuadé qu'à son âge on ne captive plus le cœur d'une jeune fille : il ne forme aucune prétention sur les sentiments d'Aline, il l'épouse et voilà tout. Chacun ne met pas dans l'hymen cette *grotesque chevalerie* dont vous faites parade : on épouse une femme pour ses entours [659], pour son bien, pour s'en servir parfois dans le besoin ; alors il faut que de bonne ou mauvaise grâce la femme rende à son mari tout ce qu'elle lui doit d'obéissance ; il faut qu'elle soit aveuglément soumise ; et du reste, qu'elle aime ou qu'elle n'aime pas, qu'elle soit contente ou triste d'accorder ce qu'on veut, et que ce qu'on désire soit légitime ou non... pourvu qu'on obtienne... qu'est-ce que tout le reste fait au bonheur ? Vous autres gens à grands sentiments, vous placez la félicité dans des chimères métaphysiques qui n'ont d'existence que dans vos cerveaux creux ; analysez tout cela, le résultat n'est rien. Je voudrais bien que vous me disiez à quoi sert l'amour d'une femme, pourvu qu'on en jouisse ; et dans l'instant qu'on en jouit, ce que cet amour apporte de plus à la sensation physique ?

— À supposer que votre Dolbourg soit assez méprisable pour penser ainsi, si votre fille est née délicate, vous n'en ferez pas moins son malheur.

— Et pourquoi, si l'on n'exige d'elle... rien qu'elle ne puisse donner ?

— Ces dons-là sont affreux quand ce n'est pas le cœur qui les fait.

— Eh bien ! ce sont, je le suppose, deux moments un peu durs par jour, reste vingt-deux heures à faire tout ce qu'on veut.

— Une femme vertueuse n'est pas seulement liée à l'instant des devoirs, elle l'est toujours, et quand cet instant est cruel, ses fers lui deviennent affreux, parce qu'il n'est pas dans son âme honnête de se permettre les flétrissants moyens de les alléger.

— Tout cela sont des principes de jeunes gens. Fraîchement sortis des bancs de l'école ; vous verrez, monsieur de Valcour, comme vous préférerez à mon âge des idées moins intellectuelles, à tous ces sophismes de l'amour : si le mari peut être heureux du seul physique, la femme doit l'être sans le moral.

— Et vous supposez qu'un mari peut être heureux sans le cœur ?

— Je soutiens qu'il l'est davantage : l'amour n'est que l'épine de la jouissance, le physique seul en est la rose... Je vous étonnerais bien si je vous disais qu'il est peut-être possible de goûter des plaisirs plus vifs avec une femme qui nous hait, qu'avec celle qui nous aime. Celle-ci donne... il faut arracher à l'autre : quelle différence pour la sensation physique ! elle a toujours ainsi l'attrait piquant du viol, elle est le fruit de la victoire, puisqu'il faut toujours combattre et vaincre ; elle est donc cent fois plus délicieuse. Songez-vous qu'il y a dans la vie de l'homme vingt ans où il veut encore jouir tous les jours, et où il est pourtant bien sûr de ne plus inspirer que des dégoûts ? Et comment serait-il heureux, ne pouvant plus donner d'amour, si l'amour seul faisait le bonheur ? Il l'est pourtant ; il est donc possible d'être heureux sans donner des plaisirs, très possible d'en recevoir sans en rendre.

— Les idées d'une femme de dix-huit ans ne sont pas celles d'un homme de cinquante.

— Mais est-il bien sûr qu'on ait des idées à dix-huit ans ? Ah ! croyez-moi, l'âge où l'on n'écoute que son cœur n'est jamais celui des idées ; égaré par un guide absurde, on se trompe sur les sensations, on veut que la sensibilité savoure ce qui n'est bon qu'en l'outrageant. Pour moi, je l'avoue, il n'y a pas dix ans que je jouis, il n'y a pas dix ans que je me doute de ce qu'il faut exclure, de ce qu'il faut éteindre pour améliorer une jouissance ; il est inouï comme on sent mieux ce qu'on croit prêt à nous échapper ; moins on est sûr de renouveler, mieux on goûte ce qu'on obtient ; il faut avoir beaucoup connu pour décider sur ce qui est bon... Et que connaît-on à dix-huit ans ? Estimant encore ses principes, croyant encore à la vertu, admettant des dieux... des chimères... chérissant tous ces préjugés, a-t-on conçu ces divins écarts, fruits du dégoût et de la dépravation, a-t-on l'idée de ces recherches délicieuses, nées dans le sein de l'impuissance ? Il faut vieillir, vous dis-je, pour être voluptueux... On n'est qu'amant quand on est jeune, et ce n'est pas toujours à Cythère où la volupté veut un culte... Mais concluons, monsieur de Valcour, je vous sermonne et ne vous convainc pas... Quelle est votre dernière résolution ?

— De mourir plutôt mille fois que de renoncer à mon Aline.

— Vous vous attirerez bien des maux.

— Je les braverai tous, aimé d'elle.

— Voilà donc votre dernière réponse ?

— C'est la seule que vous aurez jamais de moi. »

Et se levant furieux.

« Eh bien ! monsieur, ne vous étonnez donc pas des moyens que je prendrai... des puissances que j'armerai contre vous.

— Si vous agissez en malhonnête homme, vous m'aurez donné le droit de vous mépriser, et j'en jouirai dans toute son étendue.

— Souvenez-vous surtout, monsieur, que ma maison vous est interdite... que je ferai surveiller ma fille, et que si vous continuez ou à lui écrire ou à lui donner des rendez-vous, j'implorerai la rigueur des lois, et saurai, au moyen d'elles, vous faire rentrer dans les bornes du respect que vous devez à un de ses ministres. »

Et il est sorti tout en colère, ramassant ses rouleaux, et protestant qu'avant qu'il fût peu, mon entêtement me donnerait des remords.

Voilà ce qui s'est passé, madame ; j'aurais voulu mettre plus de liant dans cette visite ; j'avoue que je me repens par rapport à vous de l'aigreur qui m'est échappée, mais je n'ai pu tenir à me voir traiter comme il l'a fait... Me proposer de vendre mon amour pour Aline !... Juste ciel ! toutes les gouttes de mon sang, versées l'une après l'autre, ne m'y feraient pas renoncer, et le trône de l'univers fût-il là pour prix de mon sacrifice, fût-il en parallèle avec les plus affreux tourments, je ne balancerais pas une minute.

J'attends vos ordres, madame... mais non pas sans inquiétude, non sans éprouver comme vous, au fond de mon cœur, le pressentiment de l'infortune[660]... Moi qui voulais vous inspirer du courage... Hélas ! je sens que j'ai besoin du vôtre... Cachez cette scène à votre Aline ; elle augmenterait ses inquiétudes... Instants fortunés du repos et de la félicité, ne luirez-vous jamais pour nous ?

LETTRE XLVII

Madame de Blamont à Valcour

Paris, 26 janvier.

On ne m'a point déguisé la visite qu'on vous a faite.

J'attendais... On m'en parla avant-hier, et comme le ton n'avait point changé, je ne voulais rien dire qu'on ne me prévînt ; mais on ne m'a pas dit un mot des cinq cents louis, encore moins de tout ce qui a pu ressembler à l'humeur ; on s'est contenté de me dire qu'on avait voulu vous voir pour vous engager à renoncer à des prétentions qui ne vous allaient nullement, et qu'il avait été impossible de vous vaincre. On m'a priée d'y travailler ; et sans dureté, sans humeur, on m'a dit qu'il était de mon devoir de m'opposer à de certains rendez-vous dont on était sûr... Je les savais, ces entrevues, mon ami, et j'espère que vous étiez bien persuadé que je ne les ignorais pas ; vous n'auriez pas voulu qu'Aline vous les proposât à mon insu ; assurément ils sont bien simples, et je serais loin de vous les interdire si vos propres intérêts ne m'y contraignaient ; il faut faire encore plus, Valcour, il faut éviter de beaucoup sortir d'ici, jusqu'à ce que l'orage soit dissipé. Je n'ai point de preuves certaines du courroux de l'homme que nous craignons, mais avec un tel caractère, avec autant de fourberies, le calme même ne doit pas nous en imposer ; aucun de ses systèmes ne m'étonne, il ne m'a que trop appris jusqu'où l'abandon des principes peut conduire un cœur comme le sien. Cela me fait voir le cas qu'il faut faire de ses caresses ; mais s'il ne les fait que par *fausseté*... qu'il soit bien convaincu que je ne les reçois que par *politique*, et que je le traiterais comme il mérite de l'être, sans la contrainte où m'engagent les intérêts de mes enfants.

Je conçois toute la peine que vous avez eue à vous modérer, et pourtant vous y avez encore mis trop de chaleur ; il me le déguise, et cela m'inquiète. Il est parti hier pour Blamont, en m'assurant que Sophie n'y était plus, quoiqu'il soit très certain qu'elle y est encore. Il y a quelques jours que je reçus une lettre d'elle, partie de sa retraite, et qui me fut remise avec le plus grand mystère ; je ne vous l'envoyai point, parce qu'elle ne contenait que les particularités de son enlèvement, que vous saviez déjà. J'ai trouvé le moyen d'avoir une correspondance sûre à Blamont : on me fera passer les lettres de cette malheureuse fille, et l'on m'instruira exactement de tout ce qui la concernera. Dans ce moment-ci elle y est, et le président y va... il y va et m'assure qu'elle n'y est pas... et ses attentions pour moi ne diminuent point... Oh ! mon ami, ces détours sont-ils constatés ? Ces faussetés sont-elles manifestes ?... Et nous ne frémirions pas ! Oh, ciel ! tout est fait pour nous inspirer les plus vives craintes... Je veux savoir avant de fermer ma lettre si Dolbourg est du voyage...

On arrive... Non, il n'en est point, le président part seul et Dolbourg ne doit pas même bouger de Paris... À quel propos, cette visite ?.. Malheureuse Sophie, les titres que l'on te croit te garantiront-ils des fureurs de ce débauché ? Ne se repent-il pas de t'avoir respectée comme maîtresse de Dolbourg ? et, ces liens brisés, l'idée du crime, heureusement imaginaire, ne va-t-elle pas enflammer sa perfide imagination ?...

Il faut que je vous parle de mon Aline, ma tête a besoin de se reposer sur la vertu, en venant d'être obligée de concevoir le crime... Elle vous embrasse ; elle est un peu tourmentée... Elle ne sait pourtant rien de votre scène... mais elle aperçoit, comme sa mère, du louche dans tout ceci... Consolée de vous voir un instant toutes les semaines, il lui déplaît d'être obligée d'y renoncer ; elle vous exhorte néanmoins au même courage qu'elle, et nous vous embrassons toutes les deux.

LETTRE XLVIII

Léonore à Madame de Blamont

Rennes, ce 22 janvier.

Je croirais manquer à tout ce que je vous dois, mon aimable maman, si je ne vous faisais part de l'heureux commencement de toutes nos démarches. Mon retour en Bretagne a surpris un grand nombre de gens, et en afflige quelques-uns. Une foule de petits cousins obscurs, qui emportaient en détail la succession de la comtesse de Kerneuil, trouve très mauvais que je vienne la déposséder, et ces malheureux campagnards s'en désespèrent d'autant plus amèrement qu'ils ne voient aucun jour à pouvoir soutenir encore leurs ridicules prétentions. Rien ne m'amuse autant que le bouleversement de ces petites fortunes dissipées par ma présence, comme l'aquilon renverse ces plantes parasites qu'un jour voit naître et qu'un instant détruit. Vous allez me dire que je suis méchante, que j'ai un mauvais cœur, mais, ces reproches à part, vous m'avouerez pourtant qu'il y a des occasions où le mal qui arrive aux autres est quelquefois bien doux*. Ne peut-on pas mettre de ce nombre celui qui nous enrichit ?

Le comte de Beaulé nous a envoyé une réponse d'Espagne, qui nous assure une prompte et sûre restitution d'une partie des lingots ; et cela, joint au reste, va nous rendre, comme

---

* On dit que Paul Véronèse[661], obligé dans une vaste composition de faire reconnaître deux sœurs, sous les costumes les plus distants, mit un tel art dans de certains traits de l'un et l'autre de ces personnages, qu'on les nomma au premier coup d'œil. Est-il possible de ne pas reconnaître de même ici Léonore pour la fille de M. de Blamont ? *(Note de l'éditeur.)*

vous le voyez, une des plus riches maisons de Bretagne. Mais ce ne sera point en province où nous consommerons cette brillante fortune, nous habiterons la capitale : le centre des plaisirs est le lieu qui convient aux richesses ; et dès qu'on peut satisfaire tous ses désirs, le séjour qu'il faut préférer est celui où l'on les renouvelle plus souvent. Ce projet d'ailleurs, nous rapproche de vous : en faut-il plus pour nous y décider ? N'avez-vous pas entrepris ma conversion ? Il faut bien que je vous en laisse la gloire... Quelle cure ! et que je crains de vous y voir échouer ! J'appellerai mon cœur au secours de mon esprit... mais tous deux sont, dites-vous, si mauvais... Je ne passe pourtant point condamnation sur le premier, et ma sensibilité est toujours bien active quand il est question de vous chérir*.

Destinée aux rencontres singulières, j'ai trouvé pour directeurs du spectacle de Rennes, M. et Mme de Bersac ; ils m'ont vue dans une partie de ma gloire, et mon petit orgueil en était flatté ; cette aventure m'a fait naître une idée sur cette petite Sophie que vous me fîtes voir à Orléans... Elle est jolie, mes anciens amis s'offrent à la prendre et à la former, si vous le trouvez bon ; il me semble que cela lui vaudrait mieux qu'un couvent, et quand on possède une figure comme la sienne, n'est-il pas infiniment plus sage d'être utile aux hommes qu'inutile à Dieu ? Si ce projet scandalise pourtant la farouche vertu de ma jolie maman, je lui offre une place chez moi dès que nous serons établis ; quand on est jeune, il faut travailler : faire une pension à cela pour prier Dieu et médire au fond d'un couvent, c'est en vérité de l'argent mal employé. Je ne prétends pas refroidir votre compassion, mais si cette petite fille ne veut rien faire, en vérité, je l'abandonnerais sans scrupule. Je vous l'ai dit, je ne connais rien de pis que de favoriser la fainéantise : c'est blesser les lois de la société ; c'est les enfreindre toutes[662].

Vous vous déciderez et me donnerez vos ordres ; quels qu'ils puissent être, ils m'honoreront, et je me ferai toujours une loi de les suivre. Sainville et moi, nous embrassons tous deux la tendre Aline, et nous vous offrons tous deux nos respects.

---

* Aline, Aline, auriez-vous écrit comme cela à votre mère ? *(Note de l'éditeur.)*

LETTRE XLIX

Sophie à Madame de Blamont

Château de Blamont, ce 29 janvier.

Oh ! madame, pourquoi faut-il que je ne sois destinée qu'à vous raconter des infamies ? pourquoi faut-il que le ciel ne m'ait donné l'existence que pour être toujours victime de malheur ?... Et puis, comment oser parler quand celui qui me fait souffrir vous appartient d'aussi près ? Vous avez bien voulu lire ma première lettre ; une réponse de vous, que je conserve au fond de mon cœur, m'apprend que vous avez daigné pleurer sur mes maux ; j'ose vous les confier encore, j'ose encore implorer votre protection, je suis menacée de plus grandes infortunes que celles que je viens de soutenir. Oh ! madame, daignez m'y soustraire ! Je ne vous demande plus les mêmes bontés, je sais qu'elles vous sont impossibles ; mais tâchez seulement, je vous en conjure, de me faire arracher de ces lieux ; j'irai vivre ignorée dans quelque coin de la terre, où l'on n'entendra jamais parler de moi ; mes malheureuses mains fourniront à ma subsistance ; je n'implore d'autre secours que la liberté de pouvoir travailler ; on aura pitié de ma misère, on protégera ma jeunesse : tous les cœurs ne sont pas endurcis ; je ne demande que le fruit de mon travail, je le mériterai par ma conduite et mon activité ; mais passons aux détails, madame, puisque vous me permettez de vous les faire*.

M. le président arriva ici en poste le 25 au soir ; il était environ huit heures quand il entra dans la maison ; on lui avait préparé du feu et à souper dans ses appartements d'en haut ; il y monta tout de suite, et dès qu'il eut fait, il m'envoya dire de venir lui parler... La feuille agitée par l'orage était moins tremblante que moi. Son laquais, en sortant, ferma

---

* Nous prévenons nos lecteurs que la décence nous a contraints à élaguer beaucoup ces détails ; peut-être reste-t-il encore des choses fortes, il est impossible d'affaiblir par trop la teinte des caractères. *(Note de l'éditeur.)*

soigneusement toutes les portes, il ne restait plus de communication de libre que celle de ma chambre à la sienne, à peine osais-je avancer... Il était sur une bergère, au fond de l'appartement, en face de la porte par laquelle j'entrais.

« Approchez, me dit-il, je conçois vos craintes, vous devez frémir de me voir après la sottise que vous avez faite... Vous êtes bien convaincue, j'espère, que je ne viens ici que pour vous la faire pleurer ; mais avant tout écoutez-moi, et que la vérité guide vos réponses. Quels motifs ont pu vous déterminer à aller chercher la maison de ma femme pour asile ?

— Le hasard, monsieur, soyez-en bien sûr, est la seule cause de cet événement ; je fuyais vers Berseuil ; chassée par votre ami, j'allais implorer le secours de la femme qui m'avait élevée ; Mme de Blamont m'a trouvée dans le bois, et m'a conduite dans son château, sans que je susse que j'étais chez quelqu'un qui vous tînt par de tels nœuds.

— Mais vous lui avez raconté tout ce qui se passait chez mon ami et chez moi ?

— Ignorant à qui je parlais.

— Vous ne le deviez dans aucun cas.

— Après la manière cruelle dont on m'avait chassée, je m'étais cru permis de me plaindre.

— Vous méritiez le traitement que vous avez reçu.

— Non, monsieur.

— Vous êtes une impudente et vous avez trahi mon ami.

— Par quel serment faut-il vous protester le contraire ?

— Vous ne m'en imposerez pas, vous êtes une catin... vous êtes pis, vous nous avez volés en partant.

— Moi, monsieur ?... Juste ciel ! »

Et me jetant à ses pieds :

« Oh ! monsieur, je suis une malheureuse, mais l'indigence n'exclut ni la franchise ni l'honnêteté... Croyez au serment que je vous fais de mon innocence sur tous les points dont vous m'accusez.

— Ce n'est pas dans ce moment-ci... non, ce n'est pas à l'instant où je viens vous punir sévèrement de vos fautes, que vous me ferez croire qu'elles n'existent pas. »

Et alors il s'est levé et s'est promené quelque temps dans la chambre. Je me suis levée aussi, et je me tenais en silence, n'osant lever les yeux sur mon juge et frémissant de ses arrêts... Alors, il s'est approché de moi, et m'obligeant à lever la tête, qu'il souleva et contenait d'une de ses mains :

« Ils vous ont tourné la cervelle ; ils vous ont dit que vous étiez jolie : il est impossible de l'être moins ; ils vous ont dit que vous ressembliez à Aline : il serait bien fâcheux pour elle qu'elle fût aussi laide que vous... Quelques traits si l'on veut... ce qui fait qu'en badinant je vous appelais ma fille ; mais j'espère que vous êtes bien persuadée que vous ne m'appartenez point.

— Oh ! oui, monsieur, je connais maintenant ma naissance.

— Vous la connaissez ?

— Oui, monsieur.

— Quelle est-elle ? »

Et ici, madame, je n'ai pas cru faire une imprudence en avouant que je savais que je n'étais que la fille de Claudine Dupuis, du Pré-Saint-Gervais.

« Et qui a éclairci ce point ? a-t-il demandé alors avec le plus grand étonnement.

— Hélas ! monsieur, je l'ignore, mais on l'a dit dans le château.

— On vous en a imposé, personne ne sait mieux que moi qui vous êtes : vous fûtes nourrie quelque temps par cette femme, mais vous ne lui appartenez pas. »

Puis, prenant ma gorge de l'une de ses mains, et fixant ma tête de l'autre pour m'examiner de fort près :

« Il vous suffit de savoir que vous n'êtes pas ma fille, et que, quand vous la seriez, je n'en aurais que plus de droit à vous punir rigoureusement, et à vous réduire dans la soumission où je veux que vous soyez vis-à-vis de moi... Déshabillez-vous... »

Il y travaillait déjà lui-même... Mais quand il a vu que je me reculais en baissant la tête et en ayant l'air de l'implorer, il s'est jeté comme un furieux sur moi, et m'ayant brutalement arraché tout ce qui me couvrait, il m'a fait éprouver le même traitement que j'avais essuyé de son ami, lorsque je fus chassée de leur maison*. Ni larmes, ni prières n'ont été capables de l'attendrir ; on eût dit qu'il s'enflammait au contraire en raison de mes efforts à le désarmer ; et faisant succéder à ces cruels préliminaires des actions plus indécentes

---

* Voyez page 100.

encore, il m'a soumise, la moitié de la nuit, à tout ce qu'a pu lui suggérer l'égarement de sa tête et la perversité de son cœur.

Le lendemain, il m'a fait revenir à l'heure de son lever.

« Tout ce que j'ai fait hier, m'a-t-il dit, n'est que le très léger échantillon de ce que mon ami vous prépare ; c'est lui que vous avez trahi, c'est donc à lui à se venger ; je vous l'amènerai incessamment, apprêtez-vous à le recevoir, et tâchez surtout de l'attendrir, comme vous l'essayâtes hier avec moi, par le moyen de ces deux grands yeux bleus, inondés d'un ruisseau de larmes, dont l'effet, comme vous voyez, n'a pourtant pas été très sûr... Nous avons le malheur, nous, gens de loi, d'être un peu blasés sur tous ces beaux secrets de femmes... Ne dirait-on pas que je vous ai pulvérisée ?... Voyons...

Ses regards se sont rassasiés des vestiges de son intempérance ; il les a contemplés longtemps avec une curiosité féroce[663]... il les a renouvelés ....

....

Ensuite il a appelé l'homme qui me garde ici, il lui a recommandé de me veiller avec plus de soin que jamais, et de m'ôter, surtout, les moyens de m'entretenir, ou verbalement ou par lettres, avec qui que ce pût être. Il a ajouté qu'il reviendrait bientôt avec son ami, et il est remonté dans sa chaise.

Si j'ai fait quelque imprudence, daignez me le dire, madame, afin que je la répare de tout mon pouvoir ; mais ne m'abandonnez pas, je vous en conjure : je n'ai que le ciel et vous pour appuis ; qu'il me soit permis de les implorer tous deux... qu'il me soit permis d'attendre de tous deux un peu de repos après tant de malheurs ! J'ose me jeter aux pieds de Mlle Aline, et lui présenter mon respect... Heureux instants où je pus l'appeler ma sœur, douce illusion, comme vous vous êtes évanouie !... Il y a donc des êtres dans le monde qui ne sont nés que pour l'infortune et la douleur !... Que deviendraient-ils, si l'espoir consolant d'un Dieu juste ne venait adoucir leur tourment !

Mais, hélas ! ma jeunesse m'effraie, ce qui ferait le charme d'une autre fait le malheur de la triste Sophie. Combien d'années je puis encore souffrir sur la terre ! Heureux ceux qui sont près du cercueil !... qui, après avoir langui sous les fers de la vie, voient enfin le ciseau de la Parque[664] prêt à terminer tous leurs maux ! Avec quelle tranquillité n'aperçoivent-ils pas l'instant qui va les réunir à l'Être qui les a créés ! Contents d'aller le glorifier en paix... heureux de renaître au sein de sa puissance, comme ils doivent se dépouiller avec joie des lambeaux de leur humanité ! Et pourquoi fallait-il que je visse le jour ! À quoi servé-je au monde ? Inconnue, méprisée, à charge à l'univers... était-ce bien la peine de naître ? Sont-ce des épreuves, ô mon Dieu ? je vous les offre, et ne vous demande pour prix de ma soumission, que de détruire bientôt la malheureuse existence d'une créature qui n'aspire qu'à revoler vers vous pour vous servir et vous adorer.

Pardon, madame, devrais-je vous fatiguer de mes plaintes ? Hélas ! ce sont peut-être les dernières qu'il me sera permis de vous adresser... Qui sait ce qu'on me prépare ! qui sait ce que je vais devenir ! Dieu puissant, faites que ce ne soit pas sur une croix de douleur que la malheureuse Sophie parvienne aux pieds de votre trône*.

LETTRE L

Madame de Blamont à Valcour

Paris, ce 1er février.

Je vous envoie deux lettres bien différentes que je viens de recevoir à la fois, et toutes deux m'affligent dans des sens bien contraires ; l'une est baignée de mes larmes, elle fera sûrement couler les vôtres ; la seconde... hélas ! je n'en parle point, lisez-la.

Eh bien ! devons-nous douter maintenant de la réalité des maux qui s'accumulent sur nos têtes ?... Comme il est fourbe, cet homme, et comme il est cruel !... remarquez qu'il la croit sa fille, qu'il n'a pour le désabuser qu'un propos d'elle, dont rien ne peut lui garantir la vérité ni détruire les premières

---

* Les deux lettres qu'on vient de lire étaient incluses dans la suivante.

opinions dans lesquelles il doit être naturellement... il la croit sa fille, et voilà comme il la traite... et la foudre n'éclate pas sur un tel homme !... J'aurais voulu que vous eussiez vu le calme avec lequel il est revenu de cette belle expédition, comme l'habitude de feindre empêchait son front de vaciller... Pas un ton faux dans les inflexions de la voix, pas une réponse louche... Jamais le crime n'eut autant d'assurance. Mêmes caresses, mêmes empressements près de moi ; il a voulu, comme depuis quelque temps, y passer deux ou trois heures de la nuit... Et moi qui ne savais rien... moi qui ignorais que ces mains criminelles... Hélas ! je les ai laissées s'approcher de moi... et maintenant j'en frémis d'horreur... Pourrai-je soutenir jusqu'au bout le personnage que je me suis imposé ?... pourrai-je m'empêcher de frissonner, quand ses yeux seulement se tourneront sur les miens ? Mais que faire... je n'ai pas même la force d'imaginer... comment aurais-je celle d'agir ?

Cependant il me paraît essentiel que vous alliez trouver le curé du Pré-Saint-Gervais, que vous sachiez d'abord de lui si le président, sur le propos de Sophie, n'aura fait aucunes démarches, et que vous préveniez cet ecclésiastique de ce que nous le prions de dire, dans le cas où l'on viendrait s'informer. Moi, je ne prescrirai rien à Sophie : qu'elle continue de répondre comme elle a fait, sans entrer dans aucuns détails : elle doit les ignorer tous ; sa réponse au fond est indifférente, elle ne doit rien savoir, qu'elle dise ce qu'elle voudra. Que décider à présent sur cette malheureuse ?... Il est bien dur de l'abandonner... bien périlleux de la servir... N'ayant aucun besoin d'avouer jamais Léonore, si je continuais à réclamer Sophie ?... Mais le puis-je après son propos ?...

Oh ! mon ami, conseillez-moi, j'en ai besoin ; les sentiments du cœur nuisent aux raisonnements de l'esprit, je le sens et ne sais que résoudre ; j'imagine cent moyens pour sauver cette infortunée, et au travers de tout ce qui me passe par la tête pour exécuter ce dessein, peut-être s'y présente-t-il des choses dangereuses... Faire parler à Dolbourg, c'est lui témoigner une confiance dont il abusera certainement. Le comte est chargé d'une négociation si importante pour Léonore que je n'ose lui proposer ces nouveaux soins... Que puis-je d'ailleurs pour Sophie maintenant qui ne soit contre mon mari ? J'attaque l'un en défendant l'autre... Je tiens à l'un, l'autre ne m'est rien... Il est donc des cas où la trame du crime est tellement ourdie, qu'il devient impossible de la rompre.

Mais que dites-vous du calme de Léonore à dépouiller ces malheureux collatéraux ? En vérité, je me repens plus que jamais du parti que nous avons pris ; je sentais toujours quelque chose de louche au fond de ma conscience ; je vous l'ai dit, en adoptant le projet de lui faire réclamer cette succession... Le comte l'a voulu, il n'est plus temps d'en revenir... Et pourquoi réduire ces infortunés à l'aumône ?... Ne pourrait-elle pas se contenter du bien de son mari ? ou au moins faire grâce aux plus pauvres ? Et l'indifférence avec laquelle elle me parle de Sophie... En faire une comédienne... ou une femme de chambre... Voilà comme la pitié parle au fond de ce cœur... si ressemblant à celui de l'homme qui fait tous nos maux[665]... Adieu, je n'ai pas assez de tête ce soir pour continuer de vous écrire ; conseillez-moi... éclairez-moi, et pressez surtout les démarches que je vous demande.

LETTRE LI

Valcour à Madame de Blamont

Paris, ce 4 février*.

Vous aviez raison, madame, de soupçonner le président de l'envie de s'éclairer, comme s'il lui eût tardé de savoir si son crime était réel ou non, comme s'il eût craint de ne pas charger aussitôt sa conscience de cette nouvelle horreur. La première chose qu'il a faite au retour de Blamont, a été de voler au Pré-Saint-Gervais ; il a demandé Claudine Dupuis, elle était morte ; il a été obligé d'avoir recours au curé ; cet honnête homme se ressouvenant de nos opérations, nous a servis comme si nous eussions été là pour l'encourager.

« Que désirez-vous de moi, lui a-t-il dit, monsieur ?

— Savoir, a répondu le président, ce que devint Claire de Blamont mise en nourrice ici en tel temps et chez telle femme.

* Il faut se rappeler ici la lettre XXIV.

— Elle est morte, et je vous en délivrai pour lors les extraits nécessaires.

— Non, monsieur, elle ne mourut pas, j'avais des raisons pour soustraire cet enfant à ma femme, je m'accordai avec la nourrice pour feindre sa mort, et je l'enlevai de nuit.

— Que voulez-vous, si cela est ? et qui peut être mieux instruit que vous du sort de cet enfant ?

— Mais la nourrice peut m'avoir trompé ; je lui ai dit que je destinais à cette petite fille le sort le plus heureux ; désirant peut-être en faire jouir la sienne, elle a pu me la donner à sa place, et garder celle que je venais enlever, ce qui ferait que je n'aurais alors que sa fille entre mes mains, au lieu de la mienne.

— Ces choses-là ne se font point.

— Qu'est devenue la fille de Claudine ? »

Et le curé saisissant ici avec adresse l'occasion de la mort réelle d'Élisabeth de Kerneuil, a donné à la fille de Claudine (Sophie) le sort de cette Élisabeth, et lui a dit qu'elle était morte. N'ayant au moyen de cela nullement parlé du troisième enfant contre lequel a été changé Claire de Blamont, il a laissé le président dans l'erreur, et absolument convaincu que la fille de Claudine est morte, et que *l'individu* qu'il a dans Sophie est bien décidément sa fille.

Il est certain que si les mêmes choses pouvaient sans inconvénient se soutenir en justice, à l'esclandre près que vous voulez éviter, vous n'auriez pas d'autres moyens de sauver Sophie que de la réclamer encore pour votre fille. Léonore n'ayant aucun intérêt à vous désavouer, ne le ferait sûrement point, et peut-être réussiriez-vous ; mais il faut un procès et vous n'en voulez pas, et je suis bien loin de vous conseiller d'en avoir ; tout vous engage donc à écouter un peu moins dans ce moment-ci votre cœur que vos intérêts. Je vous conseillais presque le contraire cet automne, mais il y a eu depuis quelques changements dans les circonstances. Il ne faut pas voir les choses trop en noir ; n'est-il pas plus simple d'imaginer que les deux amis après quelques nouvelles débauches éloigneront cette fille de vous et la placeront dans quelque couvent de province ? n'est-il pas, dis-je, plus simple de croire cela, que de soupçonner une atrocité sans fruit comme sans vraisemblance ? Il est des crimes gratuits trop affreux pour être supposés, et que ne peut admettre l'excès même de la perversité humaine : celui que vous pourriez craindre serait dans ce cas-là, ne l'imaginez donc point...

Pour être plus sûr de son fait, le président a proposé au curé l'exhumation du prétendu corps de Claire, lui assurant qu'on ne devait trouver dans le cercueil aucune trace de cadavre d'enfant...

Le curé, qui savait à quoi s'en tenir, lui a dit que cette recherche était inutile, que dès qu'il avait ordonné la fraude, il devait être sûr qu'elle avait été exécutée, qu'il était déjà assez mal à lui d'avoir ainsi abusé des cérémonies de l'Église, sans joindre à cette indécence celle de l'exhumation proposée.

« D'ailleurs, a-t-il ajouté, je ne le puis sans la permission de l'archevêque : conviendrez-vous de cette fraude à ses yeux ? Croyez-moi, laissons tout cela dans l'oubli, monsieur ; l'enfant que vous avez retirée est entre vos mains, ne doutez point que ce ne soit votre fille...

— Mais encore une fois, a repris le président, envieux de se procurer toutes les preuves qui pouvaient le mieux constater son crime, qu'est devenue la fille de Claudine Dupuis ? »

Et le curé lui ayant répété qu'elle était morte, a achevé de l'en convaincre en lui remettant l'extrait mortuaire d'Élisabeth de Kerneuil, enterrée sous le nom faux de la fille de Claudine, par une supercherie de cette nourrice, que vous sûtes lors de mes recherches. Je le répète, voilà donc le président plus sûr que jamais que Sophie est sa fille, et que tout ce qui a pu être dit ultérieurement n'est que du verbiage de valets, qui ne doit pas avoir un plus grand degré de réalité que ce qu'on lui prouve. Un honnête homme se rappelant ici les indignités dont un moment de fureur lui aurait fait accabler cette malheureuse, se voyant convaincu qu'elle est sa fille, en serait mort de regret et de douleur ; le président parfaitement tranquille dans le mal... le président qui ne désirait des informations que pour jouir de la certitude d'avoir commis ce crime [666]... le président, dis-je, est parti comblé, laissant éclater sur ses traits cette joie maligne qu'imprime chez les scélérats la conviction de leur atrocité. J'ai rendu mille grâces au curé de nous avoir aussi bien servis, et nous sommes convenus tous deux qu'il l'avait fait sans compromettre son devoir, puisqu'il n'en a imposé sur rien, qu'il n'a fait que cacher un secret confié, et profiter des fraudes qu'on lui avait faites à lui-même.

Voilà les faits, madame : je n'ose prendre sur moi de vous renouveler le conseil d'abandonner Sophie à la providence : mon cœur souffrirait trop à vous y engager. Mais quel que soit l'intérêt qu'elle vous inspire, daignez réfléchir que vous avez deux filles et un époux à ménager ; à l'éclaircissement juridique, il faut que le curé parle : dès ce moment vous ne sauvez pas Sophie, et Léonore vous est rendue. Quelque adroite que soit cette jeune personne, vous l'exposez pourtant aux noirceurs d'un père atroce, capable de sacrifier jusqu'à Sainville, dès qu'il ne verra plus dans lui qu'un obstacle aux infamies qu'il concevra trop infailliblement sur cette nouvelle fille immolée déjà dès le berceau, dans sa perfide imagination. Si vous plaidez et que vous perdiez, ce qui sera certain, vous sacrifiez Aline à Dolbourg... plus aucun moyen dès lors de pouvoir la tirer de ses mains, puisque Sophie n'est plus sa sœur ; et que vous gagniez ou que vous perdiez, voilà du train, Paris entier s'occupant de vous, et tout cela pour une fille qui ne vous est rien, et envers laquelle vous avez déjà fait tout ce que pouvait vous dicter le sentiment le plus étendu de la pitié...

Il est de malheureux cas, madame, et vous allez voir que ma comparaison met tout au pis, puisqu'elle suppose des atrocités impossibles... mais dussent-elles être... il est de malheureux cas où le berger prudent sacrifie une brebis égarée, plutôt que de risquer le sort entier du troupeau, en voulant protéger cette fugitive. Le président emploie la feinte avec vous ; usez des mêmes armes. Vous devez tout faire pour le ménager ; sa présence et ses soins vous répugnent... je le conçois, mais vous y refuser serait dangereux ; suivez votre premier plan : plus vous l'aurez près de vous, mieux vous démêlerez ses démarches, et mieux vous serez à même d'y parer. Si vous l'éloignez il n'en sera que plus faux, ses manœuvres seront les mêmes et vous les découvrirez moins. Pendant cela travaillez fermement à ce que le sort d'Aline se décide dans une assemblée de parents. Là, vous direz toutes les raisons qui doivent mettre obstacle à l'établissement que votre époux désire, et là, si votre cœur conserve toujours les mêmes bontés pour moi, vous oserez me nommer, et faire valoir les sentiments d'Aline : ma retenue et ma délicatesse s'opposent à ce que j'appuie davantage sur ce dernier article ;

oh ! combien ma cause y sera bien servie, quand c'est vous qui daignerez la défendre !

Au reste, je me soumets à vos conseils, je vais m'isoler [667] absolument, puisque vous le jugez nécessaire ; ce sacrifice coûtera bien peu à celui qui ne respire que pour le tendre objet qu'il ne doit plus ni voir ni rencontrer nulle part. Je me priverai du bonheur d'aller prier, près d'elle, le Dieu qui peut mettre fin à nos maux : il m'était cependant si doux de m'édifier à ses côtés ! Lorsque, dans la ferveur de ses invocations, je voyais quelquefois ses belles joues se colorer du feu d'une sainte ardeur, que je les voyais s'inonder des larmes de la piété et de la componction, je me disais avec tant de joie : Comment le Dieu qui l'anime à présent n'accomplirait-il pas ses désirs ? Il est en elle, il y descend, elle l'implore, il l'exaucera. Et m'imaginant alors, en me prosternant vers elle, adorer le Dieu même en son plus divin sanctuaire, je lui adressais comme à ce Dieu tous les sentiments d'une âme enflammée… Eh bien ! je me priverai de ces délices, mais l'hommage sera toujours égal… Toujours présente à mon imagination, je l'adorerai dans le silence du repos et de la solitude ; elle et ce Dieu, confondus dans mon âme, ne feront plus qu'un seul et même objet où tous les sentiments du plus violent amour iront s'offrir à chaque instant [668].

LETTRE LII

Le président de Blamont à Dolbourg

Paris, ce 6 février.

Où es-tu donc, Dolbourg ? En vérité, je crois que tu deviens sage : si cela est, je ne dis mot, rien ne me touche comme une conversion, et j'y crois si peu que j'en désire toujours, sans avoir encore été assez heureux pour en rencontrer. Il est pourtant certain qu'il en faut venir là… On recule tant qu'on peut, ces maudites passions nous troublent… nous aveuglent ; dans la jeunesse elles sont violentes, à notre âge elles sont dépravées ; plus nous vieillissons, plus elles nous maîtrisent ; les goûts sont formés, les habitudes sont faites, à force d'outrage on a réussi à mettre son âme en repos, on est parvenu à comprendre que ces réminiscences fâcheuses qui la bourrellent quelquefois, s'éteignent à mesure que l'on les nourrit et que la façon la plus sûre de les anéantir est de leur donner de l'aliment. Au lieu de s'arrêter alors, on redouble ; l'excès de la veille allumant les désirs, ne sert qu'à faire inventer de nouveaux projets pour le lendemain ; et l'on arrive ainsi sur le bord de la tombe sans s'être occupé de la chute un seul jour. Une fois là, que devient-on ? Tous les préjugés renaissent, et l'on expire en désespéré [669].

Voilà pourtant quelle sera ta fin : je te vois d'ici entouré de prêtres, te prouvant que le diable est là qui t'attend, et toi, frémir, pâlir, faire des signes de croix, abjurer tes goûts, tes amis, puis partir comme un imbécile. Et pourquoi seras-tu comme cela ?... C'est que tu ne t'es point fait de principes, je te l'ai dit, c'est que n'écoutant que tes passions sans raisonner leur cause, tu n'as jamais eu assez de philosophie pour les soumettre à des systèmes qui pussent les identifier dans toi ; tu as sauté par-dessus tous les préjugés sans essayer d'en détruire aucun ; tu les as tous laissés derrière toi, et tous reparaîtront pour te désoler, quand il n'y aura plus moyen de les combattre.

Infiniment plus sage, j'ai étayé mes écarts par des raisonnements ; je ne m'en suis pas tenu à douter : j'ai vaincu, j'ai déraciné, j'ai détruit dans mon cœur tout ce qui pouvait gêner mes plaisirs... Faudra-t-il les quitter ? Je serais fâché de les perdre sans me repentir de les avoir aimés, en m'endormant en paix dans le sein de la nature. J'ai accompli sa volonté, me dirai-je, j'ai suivi ses inspirations ; ce que j'ai fait lui plaisait, sans doute, puisqu'elle en éveillait en moi le désir... Et quelle frayeur m'inspirerait donc la fin de mon existence ? Dois-je craindre d'être puni pour avoir cédé mollement sous le joug si flatteur des lois qui m'entraînaient !... mourons tranquille, tout finit avec moi... tout s'éteint quand mes yeux se ferment, et les moments qui doivent suivre l'apparition que j'ai faite ici-bas, seront semblables à ceux où mon existence était nulle ; je ne dois pas plus frémir pour ce qui suit, que je ne devais trembler pour ce qui précédait : rien n'est à moi, rien n'est de moi, toujours guidé par une force aveugle, que m'importe ce qu'elle m'a fait suivre ?

Ne doute pas, mon ami, que ma fin ne soit tranquille avec

de tels sentiments ; je te le répète, il ne s'agit pas d'éloigner, il faut vaincre, il faut subjuguer, anéantir ; un seul préjugé en arrière suffit à notre désolation, et c'est à tous, mon ami, à ceux même qui paraissent le plus respectables aux yeux des hommes, qu'il faut déclarer guerre ouverte.

Quoi qu'il en soit, à mon retour de Blamont je n'ai rien eu de plus pressé que de vérifier le propos de cette petite créature ; flatté de lui appartenir de tant de manières, j'aurais été désespéré, je l'avoue, de ne pas voir un de ces deux liens prêter des charmes à l'autre. Je ne te craignais plus, tes prétentions étaient évanouies ; je n'étais donc arrêté que par un titre... Eh bien ! connais-moi, Dolbourg, je ne frémissais pour mes plaisirs que de la crainte de les voir nuls. Mais tout est reconnu, j'ai bien certainement l'honneur d'avoir mis Sophie au monde, et ce qui doit te rendre le souvenir des plaisirs que tu as goûtés avec elle bien autrement délicieux, elle est bien sûrement légitime, bien sûrement la sœur de celle que l'on te destine*. Heureux époux de toute ma famille, je t'aurai fait goûter le plaisir des dieux** : il ne te reste plus que ma femme. Tu ne saurais croire l'envie que j'aurais de te voir flétrir les palmes de la vertu conjugale dont cette fière épouse est si orgueilleuse... Veux-tu que je hasarde la proposition ?... Tu joueras vingt-quatre heures l'amant passionné, et si on ne se rend pas... ce qui est vraisemblable, j'arriverai à ton secours... Ah ! laisse-moi rire de l'idée, je t'en prie, il me semble que c'est une des plus folles que j'aie conçues depuis longtemps ; oui, je voudrais te voir l'amant de ma femme. En attendant, prépare-toi au voyage projeté ; mille raisons, toutes meilleures les unes que les autres, font qu'il devient indispensable de prendre au plus tôt un parti sur Sophie ; nous nous consulterons en route sur la manière d'y procéder, car pour le *plan admis*, je n'imagine pas qu'il faille s'en départir.

Cette Mme de Blamont est dangereuse, il faut s'en méfier ;

* Il faut se rappeler ici que le président faisait croire d'abord à Dolbourg que cette Sophie était la fille de sa maîtresse ; il faut se souvenir aussi que cette maîtresse était sœur d'une autre dulcinée, avec laquelle vivait Dolbourg, qu'ayant eu dans le même temps chacun une fille de ces maîtresses, ils s'étaient promis de se prostituer mutuellement ces deux enfants, quand elles auraient atteint l'âge nubile.

** Allusion aux incestes multipliés des divinités du paganisme.

quoiqu'elle ne dise pas grand-chose sur cet objet-ci, à présent je ne suis pas sa dupe... La friponne est comme l'araignée, elle ne travaille jamais si bien que dans le silence... Il faut la prévenir, lui ôter tout moyen de pouvoir réclamer cette fille, de publier partout qu'ayant été ta maîtresse, il est impossible que sa sœur devienne ta femme. Tu sens la nécessité de couper court à toutes ces calomnies, une infinité de bigots se cabreraient à ce projet incestueux ; on ne voit dans le monde que des gens qui font mal, et qui blâment à tout instant le mal des autres, comme s'ils croyaient couvrir par ce pédantisme les égarements dans lesquels ils se plongent. Je t'attends donc chez moi, le 21 au matin, sans faute : je t'indique ce rendez-vous d'avance pour que tu t'en souviennes mieux. Rien de ce que tu sais ne périclitera pendant notre voyage ; je ferai comme les grands généraux : tout en attaquant l'ennemi d'un côté, je saurai l'affaiblir de l'autre ; et peut-être en revenant de conclure une bonne opération, en trouverons-nous une meilleure défaite. Qu'aucun plaisir surtout ne te fasse négliger nos affaires essentielles ; entraîné par l'histoire du moment, je crains toujours que tu ne manques, quand il s'agit de travailler. César, infiniment plus aimable mais beaucoup moins volage que toi, quittait tout pour une bataille. Adieu.

LETTRE LIII

Déterville à Valcour

Ce 13 février.

J'ai été deux fois chez toi ce matin sans te trouver, mon cher Valcour. Je prends donc le parti de laisser une lettre à ta porte, en recommandant qu'elle te soit remise avec le plus grand empressement aussitôt que tu rentreras... Prends des précautions... tiens-toi sur tes gardes... évite d'être seul d'ici à quelque temps. Le président te tend des embûches ; on n'a pu encore me dire de quelle sorte sont les dangers que tu dois redouter, mais ils sont incontestablement funestes sitôt qu'un tel monstre s'en mêle. Réfléchis à tous les motifs qui le

Voila donc ce que se permettent ceux,
qui veillent au maintien des loix

guident... à son caractère... à ses richesses... à l'impunité où ces vils fripons croient vivre, et frémis. Je vais tout employer pour te découvrir ce qu'il trame. En attendant, tu dois à toi et à tes amis de prendre des sûretés. Quand tu voudras de moi pour ton second[670], fais-moi dire un mot et j'accourrai...

Eh bien ! ces scélérats séviront contre les plus légers délits, ils déshonoreront, ils flétriront, ils assassineront pour des misères les meilleurs citoyens de l'État ; tandis qu'eux, qui en sont la lie, eux qui ne le servirent jamais, eux enfin qui le troublèrent ou le trahirent toujours, à l'abri du glaive que leurs méprisables mains soutiennent, se rendent dignes d'en être à tout instant frappés...

Oh ! comme je suis tenté d'aller vivre avec des ours, quand je réfléchis à cette multitude d'abus dangereux, et à cette foule d'inconséquences intolérables et dont, avec quelques opéras-comiques et des chansons, on n'a pas même l'air de se douter !

LETTRE LIV

Valcour à Madame de Blamont

De mon lit, ce 23 février.

Quelle plus douce consolation pour moi, madame, que l'intérêt que vous me témoignez ! Je n'ai plus ni douleur, ni inquiétude, depuis que je sais que vos larmes et celles de ma chère Aline ont daigné couler sur mes maux. J'ai voulu vous écrire moi-même pour vous prouver que je suis aussi bien qu'on peut l'être avec deux coups d'épée : ni l'un ni l'autre ne sont dangereux ; l'un perce le haut de l'épaule gauche, c'est celui dont je souffre le plus ; l'autre est dans les chairs du bras droit... je le sens à peine... C'est cette même main qui vous écrit... c'est elle qui va vous raconter l'événement... Vous pardonnerez le style et les traits ; la tête qui dirige l'un est un peu malade, et la main qui trace les autres* est encore bien faible.

Hier soir revenant de souper chez la comtesse des Farres, où j'allais pour prendre congé, voulant, d'après votre conseil, rompre avec tous mes amis... j'étais à pied... le temps était clair, je tournais la rue de Buci pour entrer dans la rue Mazarine : il était environ minuit... Quatre hommes, l'épée à la main, traversant la rue, tombent sur moi avec une telle vitesse, que j'ai reçu le premier coup avant que d'avoir eu le temps de me défendre : j'ai paré les autres en m'appuyant contre une maison... Pendant ce temps mon domestique, l'un des plus braves garçons que j'aie connus, a sauté sur l'un de ces gens, et lui a donné un vigoureux coup de genou dans le ventre, qui l'a étendu au milieu du ruisseau. Il en allait saisir un autre, quand j'ai reçu ma seconde blessure. Voyant qu'il était prouvé que je n'avais affaire qu'à des assassins, je n'ai plus songé qu'à battre en retraite, toujours en parant de mon mieux, quoique mon bras se fût engourdi par l'effet du sang que j'en perdais... Alors j'ai appelé à moi, et comme j'ai vu que la garde accourait, et que mes meurtriers fuyaient, j'ai remis tranquillement mon épée... Mon laquais est accouru ; il a bandé, comme il a pu, mes plaies de nos mouchoirs, et, peu loin de ma porte, je me suis retiré heureusement sans aucun esclandre. Mon brave second est un peu blessé... et dans mon petit ménage de garçon, sans les soins de Déterville, je me serais peut-être trouvé mal à l'aise ; mais ce tendre et cher ami, accouru avec deux de ses gens qui me servent, ne me quitte pas lui-même une minute.

Si j'avais suivi ses conseils, peut-être ce malheur ne me serait-il pas arrivé... Il me gronde... il me soigne... il me console... il me parle de vous : quel malheur ne s'oublierait pas ainsi ? Je ne jouirais peut-être pas si bien de ces douceurs, sans l'accident qui m'est arrivé : tant d'amitié me le rend bien cher.

Nous faisons l'un et l'autre mille combinaisons sur cet événement ; il y veut une origine que je n'admets point... J'ai tant de peine à croire ce qui répugne à mon cœur... Je suis si

---

* Les répétitions, les négligences de cette lettre, prouvent l'état de Valcour, et doivent convaincre le lecteur qu'on ne lui en impose pas, quand on lui garantit la véracité de cette correspondance.

loin de supposer ce que je ne me permettrais pas... Une méprise... un projet de coquin, tout ce qui s'éloigne, en un mot, de l'horreur que mon ami suppose, est ce qui me paraît le plus vraisemblable... Sa tendresse pour moi l'aveugle... ne l'imitez pas, madame, je vous en supplie... votre âme sensible aurait trop à souffrir d'une supposition que toutes les vraisemblances démentent [671].

LETTRE LV

Aline à Valcour

Paris, ce 24 février.

Ah ciel ! qu'ai-je appris ?... On me le cachait... Toi que j'aime, toi que je veux adorer sans cesse... idole de mon cœur... tu as couru des dangers, et je n'étais pas auprès de toi !... Ton sang coule... il a coulé pour moi... à cause de moi... et ce n'est pas moi qui te soigne ! Je ne puis ni te veiller, ni te secourir ; j'y veux voler, on m'en empêche ; je n'aurai pourtant ni repos, ni tranquillité, que je ne t'aie vu ; mon honneur... ma vie, tout ce que j'ai de plus cher dût-il être compromis, il faut que je te voie... il faut que mes yeux m'assurent que l'on ne me trompe point, et que tes jours sont en sûreté.

Père barbare... si je croyais que ce fût vous, l'amour étoufferait la voix de la nature... mais où m'emporte mon funeste état ! Mes larmes coulent, et elles ne me soulagent point, mon cœur est dans une telle oppression, que tous mes sens sont anéantis... Quel est le motif de ce funeste accident ?... je veux le savoir ou mourir. Ah ! combien je t'aime, Valcour ! comme tes maux réveillent ma flamme ! Ce fer fatal a pénétré mon cœur... le sang qu'il en arrache se mêle aux larmes dont j'inonde ce que j'écris !... Comment es-tu ?... quel est ton état ?... Je veux en être instruite à toutes les heures... à toutes les heures on entrera chez toi de ma part... excepté pendant le temps de ton repos... de ce repos que je voudrais aller te procurer moi-même, au prix du mien et de ma vie... Et pourquoi n'irais-je pas ? Qu'ai-je à craindre ?... qu'ai-je à redouter ?... Je ne suis effrayée que de tes douleurs... Tout m'est égal sans toi ; devoirs, respects, sentiments, décence, froides et vaines considérations, vous n'êtes rien auprès de mon amour... Qu'ils sont heureux ceux qui te soignent... que ne donnerais-je pas pour partager leur sort ! Que dis-je ? Ah ! si le bonheur ne m'était point ravi, qui que ce fût que moi seule ne t'offrirait aucun service ; je serais jalouse de tous ceux qu'on voudrait m'empêcher de te rendre... Pourras-tu me lire, pourras-tu comprendre le désordre de ces traits ?... Le feu de cette tête égarée par le désespoir... les expressions de ce cœur perdu d'amour, tout ce que j'éprouve enfin sera-t-il entendu de toi ?... Il y a des instants où mon âme m'abandonne pour aller s'unir à la tienne... des instants où je ne respire plus, où il ne reste de mon existence qu'une triste machine, dont tous les ressorts semblent habiter au fond de ton cœur. Ma mère veut me consoler... elle veut sécher mes larmes... Hélas ! quelle main en serait plus capable, si mon inquiétude était susceptible de s'adoucir ?... À peine l'entends-je, à peine la vois-je... elle qui est le plus tendre objet de ma vie...

Ô ma chère âme ! ô doux espoir de mes malheureux jours !... Pourquoi ne sont-ils pas tombés sur moi, ces coups cruels qui ont déchiré mon amant ! Je souffrirais bien moins de mes propres maux que des tiens... Être éternel... venge-le... venge l'amour outragé... n'importe aux dépens de qui. Ta délicatesse te déguise les véritables auteurs de ce crime ; la mienne, absorbée par tes malheurs, ne me permet pas les mêmes illusions... Je le vois, ce tyran, je le vois armer les mains des scélérats qui t'outragèrent. Eh ! dirige-les vers moi ces fers cruels... homme dénaturé !... perce le sein qui l'idolâtre... entrouvre-le, te dis-je, si tu veux en bannir l'amour dont il est embrasé !... Cet amour violent qui m'anime est l'unique principe de ma vie ; il ne cessera jamais qu'avec elle... Et pourquoi ménagerais-tu mon sang quand tu as répandu celui de Valcour ?... Ignores-tu que c'est le même ? ignores-tu que c'est ma vie qui circule dans ses veines, et qu'en les entrouvrant, c'est ma vie que tu fais exhaler ? Achève de l'arracher, tu le peux, mais n'espère pas de nous séparer ; elles seront à jamais unies, ces âmes dont tu veux briser les liens : Dieu ne les a créées que pour être ensemble ;

il n'a donné pour existence à l'une, qu'une portion de celle de l'autre ; il faut que ces moitiés se réunissent en dépit des monstres qui veulent les séparer ici...

On entre... on arrive de chez toi... on me dit que tu vas bien, je ne le crois pas... on m'abuse... tout le monde s'entend pour me tromper ; si tu vas bien, pourquoi ne m'écris-tu point ? Ton état peut avoir changé depuis qu'on t'a quitté... Repartez, barbare... repartez... dites-lui qu'il trace un seul mot de sa main pour son Aline... qu'il dise qu'il va mieux... et qu'il l'aime... Mais comme tout est froid à mes larmes, comme tous les cœurs sont insensibles à ce que je souffre... Il n'y a que ma mère qui m'entende... il n'y a que son âme à qui la mienne ressemble... Cruelle que je suis ! elle m'embrasse et je la repousse... je lui demande Valcour... je lui demande pourquoi elle ne veut pas me conduire à lui... Si vous me le refusez, c'est qu'il n'existe plus... et vous me le cachez... vous craignez que je ne le suive... Ah ! n'en doutez pas... vos efforts seraient superflus... il ne serait rien qui pût me retenir... Moi... vivre sans Valcour ?... exister dans un monde qu'il n'embellirait plus ?... Ah ! que ferais-je sur la terre après lui ?... Envoie-moi Déterville, je ne m'en rapporterai qu'à lui... qu'il vienne... qu'il retourne, qu'il te porte mes soupirs enflammés... qu'il te voie... qu'il me rassure, ou qu'il me donne la mort.

LETTRE LVI

Madame de Blamont à Valcour

Paris, ce 23 février.

Calmez-vous, Aline va mieux ; le premier mouvement a été terrible ; une lettre écrite, partie malgré moi, et qu'on n'a pas voulu me montrer, vous a convaincu sans doute de l'état affreux qu'a produit sur elle votre accident. Elle a été vingt-quatre heures dans des spasmes qui nous ont inquiétés ; mais elle est maintenant aussi bien qu'elle peut être... croyez-le quand c'est moi qui vous l'affirme. Elle a voulu avoir près de vous des courriers perpétuels... elle les a eus... et enfin elle les a crus. Vous avez su quel était son désir, et vous me connaissez assez pour être sûr que si ce désir eût pu être satisfait... il n'eût assurément pas trouvé d'obstacles de ma part. Mais que de dangers ! vous ne doutez pas, j'espère, que nous ne soyons observés. Jugez des suites par ce que vous venez d'éprouver... Ô mon ami... l'illusion ne nous est plus permise... des propos... des indiscrétions... des informations secrètes, tout jette un jour affreux sur cette terrible aventure... et telle est notre malheureuse position... qu'il ne nous est permis ni d'éclater, ni de nous plaindre. Déshonorerez-vous le père de votre Aline ?... flétrirai-je le nom de mon époux ?

On n'a pourtant pas eu l'audace d'exiger des plaisirs, après avoir donné de telles peines. Et en vérité l'on a bien fait... Je crois qu'il me serait impossible de dissimuler davantage.

Ô mon ami ! je crains de nouveaux pièges... Je crains que l'on ne complote contre votre liberté... Ne nous effrayez pourtant point encore ; j'ai des amis sûrs, qui ne perdent pas de vue les démarches de mon mari, et qui m'avertiront de tout. Attendez de nouveaux éclaircissements, et ne songez qu'à votre santé... Le scélérat ! il ourdissait deux trames à la fois, et pendant qu'il cherchait à se débarrasser de l'amant de sa fille, il se défaisait d'une malheureuse également redoutable à l'exécution de ses perfides projets.

Comment espérer de franchir tant d'écueils !... Les plus grands dangers nous environnent, nous n'aurons jamais assez de forces pour nous en garantir, et malgré la justice de la providence, *le vice écrasera la vertu*. Quel avertissement j'en reçois dans l'histoire des derniers événements de cette malheureuse Sophie ?... Écoutez-les... et si vous le pouvez, calmez mes soupçons, dissipez mes craintes, essayez de me faire voir qu'elles sont chimériques ; je ne demande qu'à être rassurée. Mais quel louche !... Comment ne pas croire ?... Oh ! mon ami, dans quel trouble je suis... Si ce que je soupçonne est vrai... s'il était capable de ce comble d'horreur, ma sûreté, celle d'Aline, exigeraient qu'à l'instant nous nous séparassions de lui... Écoutez, enfin, écoutez et décidez vous-même.

Le président et Dolbourg partirent le vingt-un à six heures du matin pour Blamont ; ils y arrivèrent à sept heures du soir ; de ce moment Sophie changea de chambre, et il lui devint impossible de s'entretenir davantage par la fenêtre avec l'homme intelligent dont je dispose dans le village. Cet homme, qui a des raisons personnelles de m'être attaché, a mis dans l'instant tout en usage pour observer ce qui se passerait, et il y a employé tous ses amis. Voici le résultat de ses manœuvres : je vous envoie la lettre même, afin que vous soyez plus en état de juger, si toutefois le voile impénétrable que ces scélérats ont eu l'art de jeter sur leur conduite peut vous en laisser le pouvoir.

LETTRE LVII

À Madame de Blamont*

Du château de Blamont, ce 26 février.

J'obéis à vos ordres, madame, et passe sans plus de préambule au journal que vous m'avez demandé.

Le vingt-un au soir, M. le président et son ami arrivèrent au château entre sept et huit heures ; c'était alors que j'apercevais communément de la lumière dans la chambre de Sophie... Je n'en vis plus... Les appartements d'en haut, où vous savez que monsieur se tient de préférence, étaient très clairs ; je prêtai l'oreille, mais l'éloignement, la hauteur, malgré le calme qui régnait, m'empêchèrent d'entendre, et je ne distinguai rien. Je retournai trois fois sous la fenêtre de Sophie, et je n'y vis jamais de lumière : elle a sûrement changé de chambre dès ce premier soir.

Le vingt-deux au matin, je sus que nos voyageurs n'avaient avec eux qu'un laquais, le même qu'avait dernièrement amené M. le président. J'appris aussi que c'était le concierge qui leur préparait à manger, et que qui que ce soit n'entrait dans le château, pas même le jardinier, de qui je tiens ces détails : il avait à parler pour des affaires pressantes à monsieur, et ne put en obtenir audience[672]. Je recommençai à six reprises

* Cette lettre était incluse dans la précédente ; elle ne commence pas là ; on en a retranché tout ce que l'on voit que Mme de Blamont en a extrait dans la fin de sa lettre à Valcour.

différentes, ce jour-là, mes signaux sous la fenêtre de votre protégée, sans que personne me répondît.

Il y eut beaucoup de mouvement dans les chambres d'en haut... du feu constamment, et beaucoup de lumières le soir. À neuf heures les fenêtres s'ouvrirent, on tira les contrevents, les croisées se refermèrent ainsi que les volets, et l'obscurité devint telle, qu'il me fut impossible de savoir s'il y avait même de la lumière dans les appartements. Voyant ma présence inutile, je me retirai. J'engageai ce soir-là quatre de mes amis à aller s'établir chacun sur une des quatre routes qui aboutissent à Blamont, et leur fis promettre d'y rester jusqu'à l'avertissement qu'ils recevraient de moi pour revenir. Leur consigne était d'examiner, avec la plus scrupuleuse attention, toutes les voitures qui iraient et viendraient sur ces routes, et de me rendre le compte le plus exact des personnes qui seraient dedans.

Le vingt-trois au matin, les croisées de la chambre de Sophie s'ouvrirent, mais le concierge y parut seul ; il laissa les fenêtres ouvertes jusqu'après le départ de ces messieurs. Alors il les referma à demeure, comme elles le sont quand personne n'habite cette chambre. Il n'y eut ce soir-là, ni feu, ni apparence de lumière dans les petits appartements de monsieur, où l'on s'était tenu la veille et le jour d'avant ; mais ce qui me surprit beaucoup, ce fut de voir à plusieurs reprises différentes des lumières aller et venir par les meurtrières* qui donnent près des souterrains ; je m'y portai le plus près possible au point de n'avoir plus entre elles et moi que le fossé ; mais je n'entendis jamais rien ; le silence fut tel dans le reste de la soirée, que je crus tout le monde parti ; cependant en me retirant je fis veiller deux hommes autour du château, comme j'avais fait la veille ; leur rapport fut que le silence avait été le même.

Le vingt-quatre, la journée fut également calme ; on ne se tint sûrement, de tout le jour, dans aucune pièce à feu ; personne n'entra ni ne sortit absolument de la maison. Je m'y présentai sous le prétexte de saluer M. le président : le

---

* Embrasures de canon, fréquentes dans les châteaux forts. Quelques-unes servaient pour la simple mousqueterie ; et celles qu'on voit dans les anciennes forteresses, avant l'invention de l'artillerie, servaient ou pour les rochers, ou pour observer l'ennemi.

concierge me dit que je me trompais, et qu'il n'était sûrement pas au château.

Le vingt-cinq, à deux heures du matin, un postillon amena trois chevaux au petit pas, on lui ouvrit fort vite et fort doucement ; il attela de même la chaise qui avait amené ces messieurs, et tout le monde partit avant le jour. Je les vis de derrière un arbre monter tous les deux en voiture, et ils n'y placèrent bien sûrement aucune femme avec eux. Je les fis suivre, ils furent menés très doucement jusqu'au bout de l'avenue, ils ne partirent au galop que de là. De ce moment j'envoyai ordre à mes quatre amis de revenir, et en attendant je continuai d'examiner le château ; rien ne parut à aucune fenêtre. On n'avait pu cacher Sophie au jardinier, il savait qu'elle y était, il en était convenu vis-à-vis de moi ; je fus le trouver, je lui demandai pourquoi nous ne revoyions plus cette jeune personne, et ce qu'il croyait qu'elle était devenue. D'abord il fit le mystérieux, ensuite il me dit qu'elle était partie le vingt-quatre au soir, dans une voiture, avec une dame qui était venue la chercher de Paris. Je n'osai lui dire que n'ayant pas quitté les environs du château depuis quatre jours, j'étais absolument certain du contraire ; mais je l'assure à vous, madame, aucune voiture n'en est approchée du vingt-un au vingt-cinq. Il n'est absolument entré personne dans la maison durant cet intervalle, excepté le postillon que je viens de vous dire, et très certainement personne n'en est sorti. Voyant que ce jardinier n'en voulait pas dire davantage, et qu'il cherchait même à détourner la conversation, je le quittai et fus questionner mes amis : sur trois des quatre routes indiquées ci-dessus, il n'a passé que des charrettes et un cabriolet dans lequel étaient deux vieux prêtres. Sur l'autre, celle de Lorraine, il a passé le vingt-quatre au soir une voiture très légère, à deux chevaux, sans équipage, conduite au pas par un postillon vêtu en paysan ; cette voiture contenait une vieille femme, sous l'habit de villageoise, et une jeune fille en juste blanc, à peu près de l'âge et de la tournure de Sophie. Mon ami, pour pouvoir me donner des détails plus étendus sur la physionomie de ces deux femmes, a fait l'ivrogne et s'est laissé tomber presque sous les roues de leur voiture. Elles ont fait un cri, le paysan a arrêté ses chevaux, et les deux voyageuses sont descendues pour voir s'il n'était pas arrivé quelque accident à cet ivrogne. Alors mon ami s'est relevé et a fait quelques singeries pour les faire parler : la vieille femme s'est mise à rire et a répondu à ses balivernes. La jeune a dit, d'une prononciation exacte, et telle que doit être celle d'une fille de qualité :

« Je suis bien aise, mon cher monsieur, que vous ne vous soyez pas fait de mal. »

Mais elle n'a jamais souri, elle n'a jamais pris la moindre part à la grosse gaieté de la vieille qui, au bout d'un instant, lui a dit brusquement :

« Allons, remontons, rien ne vous égaye ; vous me feriez mourir avec votre tristesse. »

Et la jeune fille est remontée en soupirant.

Plus il paraissait de conformité entre cette voyageuse et Sophie, plus j'ai questionné mon ami. Mille choses prouvent que c'est elle, mille autres le démentent absolument... S'il y fallait parier ma fortune, je la hasarderais pour vous convaincre que ce n'est pas elle ; ou si c'est elle, c'est donc par les airs qu'elle est sortie du château. Sans l'intime persuasion où je suis que ce n'est pas elle, je serais monté à cheval sur-le-champ et j'aurais poursuivi cette voiture ; mais j'ose être si sûr de mon fait, qu'il ne m'est seulement pas venu dans l'esprit de faire cette démarche. Voilà mes opérations, madame, elles sont réglées sur vos ordres ; j'en attendrai de nouveaux pour agir, soit intérieurement, soit extérieurement.

Post-scriptum de Mme de Blamont :

Eh bien ! Valcour, décidez maintenant... Portez si vous le pouvez un jugement certain sur cette affaire. Sophie a été au château de Blamont, elle n'en est point partie, et cependant on ne la voit plus. Où est-elle ? qu'en ont-ils fait ?... est-il bien vrai qu'elle existe encore ?... Je m'arrête, ma malheureuse position m'interdit toutes conjectures ! Moins je voudrais supposer le mal, plus tout ce qui en légitime l'opinion vient s'offrir en foule à mon esprit, et mon cœur n'a pas tôt détruit mes soupçons que ma raison les réalise. Il fallait suivre cette fille, il fallait vérifier qui elle était... Oh ! que ne peut-on agir soi-même dans des circonstances aussi délicates !

Au retour, malgré la contrainte, malgré les propos échappés, ne prouvant que trop la part qu'on avait à votre aventure, j'ai voulu questionner sur le reste. Le voyage à Blamont, qu'on ne m'avait point caché, autorisait mes demandes... On m'a répondu que Sophie était partie, qu'on la mettrait dans un couvent en Alsace, où elle serait d'autant mieux, que Dolbourg la recommanderait chaudement à la prieure dont il était parent. Voilà donc mes incertitudes qui renaissent ; la fille vue sur la route de Lorraine, peut très bien être celle qui va en Alsace ; d'un autre côté, on paraît sûr que ce n'est point elle ; je n'ai nulle raison de douter de l'exactitude des soins de l'homme qui me sert... Ah ! si c'était Sophie, ne m'aurait-elle pas écrit ?... Au milieu de ce trouble, j'ai osé redoubler mes demandes...

« À qui avez-vous confié cette jeune personne ? ai-je dit au président.

— À un homme sûr, m'a-t-il répondu... Nous désirions une femme, cela eût été plus honnête ; mais il ne s'en est point présenté qui valussent l'homme fidèle entre les mains duquel nous l'avons placée.

— Oh ! monsieur, pardonnez mes questions... c'est un enfantillage de ma part... c'est un rêve affreux que j'ai fait sur cette malheureuse, et dont vos réponses dissipent les funestes illusions. Dans quelle voiture est-elle partie ?

— Dans un phaéton très léger, conduit par des chevaux d'emprunt.

— Comment vêtue ?

— En lévite bleue... Mais, en vérité, vos questions...

— Pardon, je n'en fais plus ; l'infortunée de mon rêve était conduite par une femme, et elle était habillée de blanc. »

Oh ! mon ami, prononcez, pour moi je ne l'ose... C'est la même voiture, les mêmes chevaux ; il n'y a de différents que le conducteur et l'habit... Je voulais dissiper mon trouble par cette multitude de questions et je n'ai fait que l'augmenter. Si vous écrivez à Aline, ne lui dites rien de tout ceci... nous le lui cachons. Trop accablée de votre état elle ne tiendrait pas à cette seconde révolution [673] ; il est inutile qu'elle la sache, elle n'a que trop de raisons de craindre son père ; n'ajoutons pas aux motifs qu'elle a de le haïr... Elle sait, en gros, Sophie enlevée et conduite dans un couvent en Alsace, rien de nécessaire à ce qu'elle en apprenne davantage.

Le président a eu l'air touché de l'état de sa fille ; il a fait semblant d'en ignorer la cause, et Dolbourg n'a point paru de la semaine. Adieu ; au trouble dans lequel vous me voyez, vous jugez de l'impatience avec laquelle j'attends votre réponse*.

LETTRE LVIII

Madame de Blamont à Valcour

Paris, ce 6 mars.

....

....

....

....

Tout va le mieux du monde, en Bretagne... Avant trois mois, Mlle de Kerneuil sera rentrée dans les biens de sa prétendue mère, et pour compléter le bonheur de tous deux, le roi d'Espagne a fait répondre que l'on pouvait compter sur deux millions. L'inquisiteur a protesté au roi même, que jamais les lingots trouvés dans les malles de Sainville n'avaient été à une plus forte somme. Quelle que soit la fausseté de cette réponse, nous sommes trop heureux de tenir cela. Sainville m'a écrit deux ou trois lettres bien autrement *senties* que celle de sa chère épouse ; il s'est conduit de même vis-à-vis du comte de Beaulé, qui ne cessera de le servir avec zèle. Quant à la jeune femme, quoique toujours maniérée, toujours bien de l'esprit et un cœur bien froid : elle a fait là-bas une petite vilenie qui achèvera de vous prouver son âme. Très sûre d'avoir incessamment deux ou trois cent mille livres de rente, sachant la rentrée d'une partie des lingots d'Espagne, elle met l'épée dans les reins à un malheureux collatéral qui avait hérité de six cents livres de rente à la mort de Mme de Kerneuil. Cet

* Cette réponse ne contenant que des dilemmes, ne décidant rien, parce que le voile est trop épais pour qu'il soit possible de rien discerner. Nous l'avons soustraite au lecteur, ainsi que le commencement de la suivante qui ne contenait non plus que des indécisions sur le sort de Sophie. Nous reprenons où Mme de Blamont quitte ce sujet qui, quoique épisodique, n'en est pas moins bien essentiel au fond de l'intérêt. — Qui ne frémira pour Aline, en ayant autant de raisons de trembler pour Sophie ? Si ceci était un roman, nous ne pourrions nous empêcher de dire qu'il y a bien de l'art à suspendre ainsi la foudre sur la tête de l'héroïne, à alarmer sur son sort, en écrasant tout ce qui l'entoure. *(Note de l'éditeur.)*

infortuné, presque réduit à ce seul legs pour vivre, se trouve à la veille de mourir de faim s'il perd. Or suivant le droit, il doit perdre, il ne s'agit pour l'en empêcher que de la volonté de l'héritière légitime... Mais ma chère fille a formellement déclaré qu'elle ne ferait de grâce à personne, et pas plus à celui-là qu'à un autre ; d'où il résulte que ce malheureux homme, qui vaut assurément mieux qu'elle, obligé de renoncer à un petit mariage que ce legs lui faisait faire, va se trouver contraint à reprendre la charrue ou à s'engager pour vivre.

Ce trait est infâme, il est bien assurément de la fille de M. le président de Blamont, mais je suis désolée qu'il soit de la mienne... Comment est-il possible d'être si dure, quand on a été aussi malheureuse ! Je croyais que l'infortune entrouvrait l'âme ; qu'en retraçant à l'esprit les maux que l'on avait soufferts, elle rendait le cœur plus sensible à ceux que l'on voyait endurer... Je me trompais, le malheur endurcit : à force de s'être blasé à ses propres douleurs, on s'est accoutumé à ne plus s'émouvoir de celles d'autrui, et devenu impassible aux traits qui nous attaquent, on l'est également à ceux qui percent les autres. Me voilà maintenant encore plus fâchée d'avoir consenti à ce vilain arrangement ; je ne vous exprimerai jamais assez combien il me déplaît... Mais que serait devenue Léonore sans cela ? Ayant de trop fortes raisons pour ne la point reconnaître, pouvait-elle être autre chose que Mlle de Kerneuil ? et l'étant, il faut bien qu'elle hérite des biens de cette maison. Quand j'ai raconté au président le trait affreux que je viens de vous dire... il en a été aux nues... il en a loué l'héroïne une heure.

« Il n'y a aucun cas, nous a-t-il dit, où il faille laisser les autres en possession de notre bien. Il ne s'agit pas de savoir si on en a besoin ou non, ce bien est à nous, cela suffit, et d'après cela, on a tort en le cédant. Il y a six mois que j'ai fait bien pis à Blamont. Il était question d'un coin de terre dont j'avais besoin pour agrandir une terrasse, objet de luxe, comme vous voyez, et assez inutile dans le fond. Ce petit local faisait depuis soixante ans le patrimoine d'une très pauvre famille qui avoisine le château. J'ai recherché mes titres, je me suis douté d'une usurpation... Elle était claire... J'ai fait promptement décamper mon homme, et tout le train de femme et d'enfants qui l'accompagnait, et en dépit de leurs cris, de leurs plaintes, dont je ne me suis seulement pas douté, j'ai fait ma terrasse, et ils ont déserté le pays.

— Voilà des malheureux au désespoir.

— Tant qu'il vous plaira, mais j'ai ma terrasse... Il faut raisonner toutes ces choses-là... Moi, voilà mon malheur, c'est que je raisonne tout... Je soumets tout à l'histoire des sensations[674] ; c'est selon moi la plus sûre façon de juger... La privation de l'embellissement produit par ma terrasse était une sensation douloureuse pour moi ; la privation du terrain qui devait former cet embellissement en était une fâcheuse pour le malheureux paysan... Dites-moi maintenant, je vous prie, pourquoi dès qu'entre Pierre et moi il faut qu'il y ait une triste sensation à recevoir, pourquoi, dis-je, vous voulez que j'aille charitablement l'accepter pour en débarrasser cet homme qui ne m'est rien ? Je serais un fou aux yeux de tout être sensé, si j'étais capable d'un procédé pareil.

— Mais le calcul n'est pas juste ; en comparant les sensations, il fallait comparer les besoins : ceux de Pierre étaient ceux de la vie, on ne peut se passer de ceux-là ; les vôtres n'étaient que de fantaisie, vous pouviez vous en priver facilement.

— Vous vous trompez, madame, l'habitude des fantaisies est un besoin pour nous autres gens riches, aussi pressant que de vivre pour ces drôles-là. Et puis pour décider en ma faveur, il n'est nullement nécessaire que les besoins soient égaux ; la douleur de Pierre est nulle pour moi, elle n'atteint aucunement mon âme : que Pierre dîne on ne dîne pas, il n'en peut sagement résulter pour moi nul chagrin, et la privation de ma terrasse en est un. Or, pourquoi voulez-vous que j'empêche un homme de souffrir une chose que je ne sens pas, au prix d'une que j'éprouve ? Il y aurait de ma part un défaut de raisonnement impardonnable... Quand vous cédez au sentiment de la pitié plutôt qu'aux conseils de la raison, quand vous écoutez le cœur de préférence à l'esprit, vous vous jetez dans un abîme d'erreurs, puisqu'il n'est point de plus faux organes que ceux de la sensibilité[675], aucuns qui nous entraînent à de plus sots calculs et à de plus ridicules démarches.

— Oh ! monsieur, laissez-moi être sotte toute ma vie, si on l'est en écoutant son cœur ; jamais vos cruels sophismes ne me donneront le quart des plaisirs que me procure une bonne action ; et j'aime mieux être imbécile et sensible que de posséder le génie de Descartes, s'il me le fallait acheter aux dépens de mon cœur.

— Tout cela dépend des organes, a répondu le président ; ces différences morales sont entièrement soumises au physique... Mais ce dont je vous supplie, c'est de ne jamais conclure, comme je sais que cela vous arrive quelquefois, qu'on soit un monstre parce qu'on ne pleure pas comme vous à une tragédie, ou qu'on ne fait pas des sacrifices en faveur de quelques malotrus [676]. Accordez-moi qu'on peut exister sans vous ressembler, et moi qui suis galant, je vous accorderai qu'on n'est aimable que quand on vous ressemble... »

Puis une caresse bien fausse... une montre à la main... une sonnette tirée... des chevaux demandés, et l'Opéra... Voilà l'homme, mon ami, voilà l'être dangereux auquel nous avons affaire... Mais je vous le répète, ne vous inquiétez pourtant pas jusqu'à ce que je sois mieux éclaircie ; il est certain qu'il y a quelque chose en l'air ; bien certain qu'il en voulait à votre vie, qu'il est désespéré de l'avoir manquée ; plus sûr que tout encore qu'il cherche à se dédommager de la maladresse des scélérats qu'il a osé armer contre vous ; et malgré tout cela j'ose vous répondre qu'il ne se fera rien que vous n'en soyez parfaitement instruit.

LETTRE LIX

Madame de Blamont à Valcour

Paris, ce 15 mars.

Heureusement, mon cher Valcour, le parfait rétablissement de votre santé vous permet d'apprendre sans risque tout ce qui s'est passé depuis que je ne vous ai écrit. Les avis les plus sûrs viennent de m'être donnés sur ce qui vous regarde. Les cinq cents louis qui vous ont été offerts n'ont pas trouvé partout des âmes aussi délicates ; ils ont été le prix d'un ordre bien certainement obtenu contre votre liberté... On vous cherche, quittez Paris... vous n'avez pas un instant à perdre ; entreprenez quelque voyage... Celui d'Italie, par exemple : il y a longtemps que vous le désirez ; ce sera à la fois pour vous un objet d'amusement, d'instruction et de sûreté. N'imaginez pas que nous restions à Paris après vous ; en accordant une infinité de choses, j'en ai obtenu quelques-unes : j'imagine bien que ce qui l'a engagé à céder les points que j'ai voulus, est l'espérance qu'il a de se débarrasser bientôt de vous. N'importe, j'en ai profité... Voici les clauses :

1° Je n'entreprendrai plus aucunes perquisitions sur Sophie ; on m'a dit où elle était, je dois être tranquille... et ici, on avait fort envie de me faire signer que je renonçais à l'idée de la supposer ma fille... Je me suis bien gardée de le faire.

2° Je ne vous recevrai point à la campagne où je demande à aller tout de suite... Quelle fourberie ! quand il exige cette clause... le traître, il a dans sa poche ce qu'il faut pour vous faire arrêter !

3° Je ne me déferai jamais d'Augustine... Libertinage, espionnage, tout ce que vous voudrez supposer d'affreux ; je ne le croyais pas d'abord, j'en ai maintenant des preuves sûres... Quelle turpitude !

4° Au mois de septembre prochain, sans plus de délais, j'accorderai mon consentement pour le mariage de Dolbourg et d'Aline.

Au moyen de ces quatre clauses, j'obtiens... ; des délais d'abord, vous le voyez et c'est toujours beaucoup selon moi. 2° De partir sur-le-champ pour Vertfeuille, où nous serons toujours plus tranquilles qu'ici. 3° Jusqu'à l'époque de mon consentement au mariage, de ne le voir ni lui, ni son ami, et cette condition, je vous l'avoue, est une des plus douces pour moi. Tout a été signé de part et d'autre, et M. de Beaulé s'est rendu garant des deux parties.

Cela fait, le comte, instruit de tout, a dit au président qu'il était impossible de lui cacher qu'on le soupçonnait sourdement de deux choses, dont il le suppliait de se justifier pour la tranquillité de ses amis : la première, d'avoir voulu faire assassiner Valcour ; la seconde, d'avoir obtenu un ordre pour le faire enfermer... On n'imagine pas avec quelle impudence cet homme accoutumé au crime s'est défendu de ces deux accusations.

« Je suis un homme de robe, a-t-il dit, j'ai vingt ans de plus que M. de Valcour, mais malgré ces considérations, soyez parfaitement sûr que si j'avais envie de me défaire de lui, je n'emploierais pas des moyens aussi indignes que ceux dont vous osez me soupçonner... J'irais lui proposer des pistolets, et puisque vous me forcez de m'expliquer sur son compte... cette voie, je la suivrai assurément, s'il ne se désiste pas des prétentions qui me déplaisent, ou s'il s'avise de mettre le moindre obstacle aux arrangements dont nous convenons aujourd'hui.

— Vous ne vous défendrez pas de la lettre de cachet, lui a dit le comte, j'en ai été averti dans les bureaux.

— On vous en a imposé, monsieur, a répondu le président... on a peut-être voulu vous parler de celle obtenue contre Sophie, mais je n'en ai sûrement pas demandé de nouvelle.

— Si cela est, lui a répliqué le comte, faites-nous l'amitié à tous d'écrire devant moi au ministre, qu'on vous accuse de comploter contre la liberté de Valcour, et que vous le suppliez de m'assurer que cela est faux.

— Je croyais que sur des points de cette espèce, a dit le président furieux, ma parole devait vous suffire. »

Et il a voulu se retirer. Alors le comte qui ne se souciait pas de rompre... qui n'avait d'autres projets que de se convaincre, et qui, par l'air, la conduite et les réponses du président, devenait aussi sûr du fait qu'il était possible de l'être... lui a dit froidement :

« Je vous crois, monsieur, je suis seulement fâché que vous ne vouliez pas me satisfaire sur une chose aussi simple que celle que je vous demande, si réellement vous n'avez point agi contre notre ami commun. Mais que ce que vous nous assurez soit vrai ou ne le soit pas, je vous déclare qu'il m'aura toujours pour défenseur. »

Les choses en sont restées là ; et le comte, bien sûr qu'il a dans sa poche un ordre contre vous, est le premier à vous conseiller le départ. Qu'il s'éloigne, me charge-t-il de vous dire mot à mot, et qu'il s'en rapporte à moi sur les soins que je prendrai pendant cet intervalle pour assurer et son bonheur et sa tranquillité.

Voici maintenant nos projets, approuvés de notre ami commun : j'emploie les quatre premiers mois à la perfection et à la sûreté de mes desseins, toutes mes batteries dressées... À la fin de juillet, je reviens subitement à Paris, et le dernier mois de tranquillité qui me reste par les clauses signées, je l'emploie à mettre tout en mouvement. L'éclat se fait... Je ne balance plus... Toute ma famille m'étaye. On met au jour la conduite du président... On dévoile ses odieuses intrigues avec Dolbourg... causes pour lesquelles il veut lui donner Aline. On fait valoir l'extrême dégoût de cette malheureuse fille pour ce vilain homme ; on publie les raisons qui fondent ce dégoût ; on réclame, en un mot, Sophie comme m'appartenant... C'est ma famille qui fait cette démarche, puisque je me suis engagée à ne la point faire. Le pas est délicat, je le sais, mais il est sûr ; on est certain que l'affaire une fois entamée, le président confondu de ce seul nom se prêtera à tout ce qu'on voudra pour prévenir la demande ; d'ailleurs, nous ne serons jamais obligés d'en venir au fait... Vous voyez, mon ami, qu'il y a des gens bien certains que cette créature ne serait pas aisément retrouvée par lui, si on le contraignait quelque jour à la montrer.

Mais quoi qu'on imagine sur cela, en vérité, je doute d'une telle horreur ; il est très difficile de comprendre des choses aussi révoltantes, et ce qui me fait plaisir, c'est que la candeur, la franchise du comte de Beaulé ne les admet pas plus que moi. J'ai toujours fait une assez singulière remarque : c'est que les gens prompts à soupçonner un genre de crime, sont toujours ceux qui y sont eux-mêmes adonnés ; il est extrêmement aisé de concevoir ce qu'on admet, il ne l'est pas autant de comprendre ce qui répugne. Il n'y aurait pas par siècle dix condamnations à mort, si la collection des juges était pendant ce siècle entièrement composée d'honnêtes gens ; au lieu de soutenir, comme ces faquins-là le font, qu'il faut toujours supposer qu'un individu coupable une fois d'une sorte de délit, le sera toute sa vie du même genre, ce qui est un paradoxe abominable, j'oserais affirmer qu'un homme, au contraire, réprimandé ou puni pour une sorte de crime quelconque, ne le recommettra sûrement plus de sa vie. Voilà l'opinion des bonnes gens, l'autre est celle de ceux qui, se connaissant méchants, et capables par conséquent de récidive, imaginent que les autres doivent leur ressembler ; et de tels êtres ne doivent pas juger les hommes ; ils jugeront toujours sévèrement... Or, la sévérité est fort dangereuse ; il vaut infiniment mieux, sans doute, sauver un coupable par trop d'indulgence, que de condamner un innocent par trop de sévérité. Le plus grand danger de l'indulgence est de sauver le coupable, il est léger ; l'inconvénient de la sévérité est de faire périr l'innocent, il est affreux*.

* Douces et sages maximes, après vous être éloignées si longtemps de l'esprit de notre nation, revenez donc vous y graver éternellement, et qu'elle n'ait plus à rougir aux yeux de l'univers de vous avoir si cruellement méprisées.

J'ai maintenant, mon ami, une grâce à vous demander : puis-je espérer que vous m'aimez assez pour ne m'en point faire craindre le refus ? Au moment où vous lisez ma lettre, il y a dans votre antichambre un homme de confiance à moi, il est chargé de vous remettre mille louis. N'est-il pas possible qu'à la veille d'un départ aussi précipité, vous n'ayez pas les fonds nécessaires pour entreprendre le voyage que je vous conseille ?.... Et à qui appartient, dans ce cas, le droit de prévenir vos besoins, si ce n'est à votre meilleure amie ?

Valcour, je vous connais... ces refus que j'ai l'air de ne pas craindre... vous me les faites... je le vois... Mais écoutez ; l'homme qui va vous parler exigera de vous une quittance... et ce qu'il vous donne est un acompte sur la dot de ma fille... Cruel ami ! osez me rejeter maintenant.

LETTRE LX

Valcour à Madame de Blamont

Paris, ce 16 mars.

Que de droits vous acquérez à ma reconnaissance, madame ! Est-il besoin de multiplier les titres que vous avez sur moi ? Vous me faites presque chérir mes malheurs, puisque j'obtiens en les subissant des preuves si douces de vos excessives bontés... Subterfuge adroit... heureux espoir !... que de délicatesse vous savez mettre en obligeant ! Oui, madame, je vais m'éloigner... et de ce moment-ci, puisque ma sûreté vous intéresse, je vais y pourvoir en me logeant chez un ami où je resterai incognito jusqu'à l'instant de mon départ.

Oh ! madame, faut-il vous l'avouer ? vos bontés m'enhardissent, elles m'encouragent à vous en demander une nouvelle preuve : m'éloigner encore de vous... m'en éloigner pour si longtemps... sans vous voir, sans qu'il me soit permis de me jeter aux genoux de tout ce que j'adore... Auriez-vous la rigueur de m'y condamner ? Je mets à vous demander cette grâce les instances les plus vives dont mon cœur soit capable... Dans les premiers jours de votre arrivée à Vertfeuille...

pendant que vous y serez seule... une heure... une seule minute... Mais m'arracher... mais quitter ma patrie sans jouir du bonheur de voir un instant tout ce qui m'y attache... non, vous ne l'exigerez pas, vous ne me condamnerez pas à une privation qui me serait plus dure que la mort... Indiquez-moi les précautions à prendre... tracez-moi la route à suivre ; je ferai tout, j'obéirai à tout, il ne sera rien à quoi je ne me soumette pour obtenir la grâce que j'implore. J'attends mon arrêt... prononcez... et convainquez-vous bien que d'un seul mot vous allez me rendre le plus fortuné des hommes, ou le plus malheureux des amants.

LETTRE LXI

Valcour à Aline

Paris, ce 16 mars.

Après tout l'intérêt que j'ai pu faire naître en votre âme sensible, m'en refuserez-vous, Aline, la nouvelle preuve que j'ose implorer ?... Vous devinez ce que je demande, votre cœur animé du même désir sait aisément pressentir la grâce instante que je sollicite... Cette faveur me fut refusée l'an passé, je m'en souviens avec douleur ; mais daignez y réfléchir, Aline, les circonstances où je vous laisse cette fois-ci sont bien différentes de celles où nous étions alors. Je me méfie de ce calme apparent ; je n'ai osé le dire, mais il me semble que ce nouveau délai s'accorde bien légèrement : cette tranquillité promise est-elle supposable avec toutes les précautions que l'on prend, avec les indignités qu'on se permet ? Et si l'on n'avait pas envie de presser, dresserait-on tant de batteries pour éloigner tous les obstacles ? Ah ! puissent mes pressentiments se trouver faux, mais je frémis en m'éloignant ; je ne puis vous le cacher, et plus mes craintes sont affreuses, plus est violent le désir de vous voir... Si nous allions être trompés tous ! si les odieuses manœuvres de cet homme cruel allaient m'enlever tout ce que j'idolâtre !... Cette funeste idée n'entre dans mon cœur que comme un fer ardent qui le déchire... elle n'y pénètre qu'avec le frisson de la mort... Que je vous voie avant, Aline, que je vous parle encore une fois de mon amour ; content d'être plaint de vous, heureux d'emporter votre cœur... je pourrai mieux du moins supporter votre absence. C'est avec le sang qui a coulé pour vous que je trace en pleurant ce désir effréné de mon âme... Si vous me refusez... Aline... je m'éloignerai, il le faut ; mais je ne vous reverrai jamais... Croyez-le, quelque chimérique que vous puissiez trouver cette idée, elle m'absorbe, et je ne puis l'empêcher de naître.

En un mot, il faut que je vous voie, le besoin que j'en ai est tel, que pour la première fois de ma vie je ne sais pas même si je vous obéirais, à supposer que vous me défendissiez votre présence. Oui, j'aimerais mieux vous désobéir et vous voir, que de mourir en vous obéissant... Elle m'est chère, cette vie cruelle, depuis que vous y avez pris tant d'intérêt. Ô mon Aline ! voyez votre amant à vos pieds, implorer, en les arrosant de larmes, la grâce instante de vous voir une minute ; voyez-le palpitant encore sous le fer de l'auteur de vos jours, attendre de cette faveur seule le dédommagement de ses maux... Où voulez-vous que j'aille sans vous avoir vue ? Affaibli par mon désespoir, égaré par mon amour, que deviendrais-je, hélas ! sans le soulagement que j'attends ? Ou vous ne m'avez jamais aimé, ou vous l'obtiendrez de votre mère ; c'est à toutes deux que je le demande, et c'est toutes deux que je veux embrasser ou mourir.

LETTRE LXII

Madame de Blamont à Valcour

Paris, ce 20 mars.

À deux lieues du château qu'habiteront vos amies, entre Orléans et Vertfeuille, sur la lisière de la forêt, est un hameau qu'on appelle le Haut-Chêne. Il y a, à l'extrémité de ce hameau, une petite montagne isolée, sur laquelle est construite une chaumière habitée par une vieille femme, qui n'a près d'elle qu'une fille nommée Colette... une amie d'Aline, dont on vous parla l'an passé... Nous en revenions quand nous rencontrâmes cette malheureuse Sophie. Soyez chez cette femme le 15 avril, entre trois et quatre heures du soir, déguisé en chasseur... elle sera prévenue ; vous y verrez les deux personnes du monde à qui vous êtes le plus cher... deux amies qui cèdent à vos instances, malgré tous les périls qui les environnent... Nous partons le premier du mois prochain... jusque-là le plus grand silence... Quittez Paris le plus tôt possible, le danger augmente chaque jour... Soyez déjà en route quand vous passerez au lieu que nous vous indiquons, et de là, hors de France, sans perdre une heure. Adieu.

LETTRE LXIII

Aline à Valcour

Paris, ce 20 mars.

Eh bien ! dois-je l'aimer, cette mère charmante, dois-je la chérir éternellement ? Voyez ce qu'elle fait pour moi. Je vous verrai... et c'est son ouvrage... c'est à elle que nous devons cette faveur, et l'âme de votre tendre Aline, à la fois remplie d'amour et de reconnaissance, ne saura dans cet heureux jour à quel sentiment se livrer.... Mais, mon ami, qu'elle sera courte cette joie... et que d'affreux tourments en suivront peut-être la douceur ! Ah ! croyez que cette séparation cruelle m'alarme autant que vous ; je conviens que depuis longtemps nous devions être accoutumés à vivre l'un sans l'autre ; mais nous respirions le même air, nous habitions le même pays ; et quelles affreuses barrières vont maintenant exister entre nous !

Oh ! comment supporter cet éloignement ?... Plus j'y réfléchis, moins j'imagine le pouvoir... Que de choses peuvent arriver pendant une si longue absence ! Quoique séparés l'un de l'autre, quand vous êtes près de moi, je me sens plus de force... je souffre avec plus de résignation... Mais à présent qui m'inspirera du courage ? qui deviendra l'âme de ma vie... et le soutien de mes malheurs ? Ô Valcour ! ne me dites pas vos pressentiments... de trop cruels viennent également me déchirer... Éloignons-les... partez, puisqu'il le faut, partez, bien sûr de mon amour... Je vous suivrai... Mon cœur volera sur vos traces ; mes yeux, toujours fixés sur les Alpes, franchiront, comme mes désirs, leurs cimes élancées vers les nues. Quand vous arriverez sur le plus haut de leurs sommets, vous retournerez vos regards sur cette terre où vous aurez laissé votre Aline, et vous direz : Là respirent deux créatures qui m'aiment, qui s'intéressent à moi, qui comptent mes pas et règlent mes journées, qui désirent avec autant d'ardeur que moi l'instant qui doit me réunir à elles... l'instant de ce bonheur si doux...

Oh ! mon ami, s'il était écrit dans les cieux que nous ne dussions jamais le goûter, ce bonheur... si tous nos projets étaient chimériques... aurions-nous tort de ne fixer en ce cas nos idées, comme je vous l'ai dit quelquefois, que sur cette félicité céleste qui ne peut échapper à la vertu [677] ?

Qu'ils sont à plaindre, mon ami, ceux qui n'ont pas dans leurs peines les espérances flatteuses de la religion, ceux qui, se voyant accablés par les hommes, ne peuvent pas dire au fond de leur cœur : Il est un Dieu juste et bon qui me dédommagera de ce qu'on me fait souffrir ; son sein ouvert aux malheureux recueillera mon âme affligée, et j'aurai sa pitié consolatrice pour prix des maux qu'on m'aura faits.

Oui, j'ose le dire, la connaissance d'un Être suprême est un des plus doux présents que nous ayons reçus de la nature ; il n'est pas un seul instant dans la vie où cette idée ne soit chère et précieuse ; pas un seul où nous n'y trouvions un torrent de délices... Quel être assez barbare peut donc imaginer de l'arracher aux hommes ? Le cruel ! en se privant lui-même du plus doux espoir de la vie, n'a-t-il dont pas conçu qu'il aiguisait le fer du tyran... qu'il armait le bras de l'iniquité... qu'en flétrissant le prix de toutes les vertus, il entrouvrait la porte à tous les vices, et qu'il creusait enfin l'abîme où ses systèmes allaient le plonger ?... Dans quelle classe est-il, le malheureux nous arrachant l'idée de l'Être juste qui récompense le bien et qui punit le mal ? Est-il opulent ? domine-t-il ses semblables ? Qu'il tremble... qu'il frémisse : dès qu'il a brisé le frein de celui qu'il veut enchaîner, ennuyé de ses fers, révolté du joug qui l'écrase, dès qu'il n'est plus de Dieu, que risque-t-il, cet esclave infortuné ? quels dangers court-il à plonger un poignard dans le sein du despote orgueilleux qui veut le maîtriser ?... Est-il inférieur ou pauvre, ce sectateur impie des sombres chimères de l'athéisme ? Qui le secourra dans sa misère ? qui allégera ses tourments ? qui tournera vers lui une main compatissante, dès qu'il enlève aux hommes l'espoir d'être récompensés du bien qu'ils auront fait ? Mais cette servitude dont il se plaint, ces fléaux contre lesquels il se dépite, pourquoi ne redoubleraient-ils pas, sitôt que le tyran qui les occasionne n'a plus de vengeur à redouter ? Il n'est donc bon à rien, ce système effrayant et triste : que dis-je ? il est donc dangereux à toutes les classes d'hommes, fatal à l'oppresseur, sinistre à l'opprimé ; le véritable philosophe ne doit regarder le moment où il s'empare des esprits, que comme ces années de désolation où l'air infecté d'un venin pestilentiel vient anéantir sourdement les générations sur la terre [678].

Pardonnerez-vous, mon ami, ce petit moment de raison à votre Aline ? Je crains que vous ne me trouviez sombre... Cette teinte lugubre éclate malgré moi ; elle noircit tout ce que je pense et tout ce que j'imagine ; je crois l'éclaircir un instant, lorsque je vous parle, et sur les traits que ma main trace, le chagrin coule malgré moi ; des larmes viennent effacer mes lignes à mesure que je les écris... Qui les fait donc couler ?... pourquoi s'échappent-elles ? Ma mère m'aime... mon amant m'adore, je touche au moment de le voir, et cependant je pleure... Un voile épais semble étendu sur l'avenir ; mes tristes yeux ne peuvent le percer ; si mes doigts l'entrouvrent un instant, tous les attributs de la mort s'offrent à moi derrière lui...

Ô mon ami !... si vous la perdiez jamais, cette Aline qui vous est si chère ! quoique bien jeune encore, si le ciel en voulait disposer !... Auriez-vous le courage de supporter cette perte ?... trouveriez-vous dans votre âme assez de force pour n'en pas être anéanti ?... J'exigerai de vous, quand nous allons nous voir, que vous me juriez, à tout événement... d'endurer ce malheur avec résignation. Eh ! Valcour, qui peut répondre d'un moment de vie ?... Frêles créatures, nous n'avons qu'un clin d'œil à respirer ici [679] ; le jour qui nous voit naître touche à celui qui nous éteint ; et cette suite d'instants rapides que rien ne fixe, que rien n'arrête, se précipite dans l'abîme de l'éternité comme les flots du torrent impétueux dans les plaines immenses de l'océan. S'ils sont si courts, ces instants où nous respirons, s'ils sont si faciles à détruire, ils peuvent l'être à tout moment ; et pourquoi placer alors son amour dans des créatures si fragiles ?...

Oui, mon ami, je voudrais que, pénétré de ces raisons, vous devinssiez plutôt de cette âme [680] qui doit me suivre, que de ces périssables attraits qu'un souffle à l'instant peut flétrir. Je vous ai bien souvent grondé de mettre trop de prix à ces destructibles beautés, je vous en gronde encore.

Ô Valcour ! n'aime de moi que ce qui ne peut te fuir ; ne chéris que cette âme où la tienne doit s'unir un jour... Crois-moi, renonce à tout le reste avant que les hommes ou la mort ne t'y contraignent... Sens bien la différence extrême des deux objets que j'offre à ton amour : si tu étais quinze ans sans me voir, je te défierais de me peindre ; et les mouvements de mon âme, les pensées qu'elle t'exprime ne sortiront jamais de ton souvenir : préfère donc ce que tu peux conserver sans cesse, à ce qui fuit rapidement.

Songe qu'en m'aimant ainsi, tu me regretteras bien moins si tu me perds. Qu'importe que ce qui doit finir disparaisse, quand nous avons la certitude délicieuse que ce qui ne doit point éprouver d'altération ne saurait nous échapper jamais ? Qu'aimeras-tu de moi, je t'en prie, quand cette masse réduite en poussière, n'offrira plus dans le fond du cercueil que quelques débris d'ossements ? À supposer même que ces attraits défigurés pussent se réaliser à tes sens, ils n'y reparaîtraient que pour ton désespoir ; tandis que les expressions de cette âme que je veux que tu préfères ne viendront flotter sur la tienne que pour l'épanouir et la vivifier.

Il y a mieux, c'est qu'il me semble que je t'aimerais davantage, si tu consentais à ne m'aimer qu'ainsi ; j'épurerais si bien les sentiments de l'âme qui ferait ton bonheur, que le culte qu'elle te rendrait alors serait absolument semblable à celui qu'elle offre à son Dieu... Plus de séparation... plus rien qui puisse nous troubler, nous diviser ou nous éteindre, et notre amour entier dans l'être qui ne s'anéantit jamais durerait autant que ce Dieu.

Je te laisse... J'ai beau quitter et reprendre la plume... toujours imbibée malgré moi du fiel de la mélancolie, au lieu de fortifier ton esprit, elle l'alarme ; je ne réussis pas à te consoler, et je ne m'afflige que davantage.

LETTRE LXIV

Le président de Blamont à Dolbourg

Paris, ce 29 mars.

Il faut que je te voie... Le croiras-tu ? cette Augustine... elle tremble au moment d'agir... Ne dirait-on pas qu'on exige d'elle des choses extraordinaires ?... Je lui croyais de l'esprit... elle n'en a pas... c'est une imbécile... On a bien raison de dire que, quand il s'agit de grandes choses, il ne faut se confier qu'à de grandes têtes : elle voudrait que je vinsse à Vertfeuille... elle agirait, dit-elle, en ma présence, avec plus de courage... La sotte créature ! tu sens, comme moi, la nécessité de remettre ce faible esprit. Il faut que tu me donnes à souper avec elle, dans ta petite maison du faubourg, pas plus tard que demain au soir, puisqu'on part le jour d'après, et là nous triompherons, j'espère, de ses sots scrupules. J'ai quelquefois vu la tête étroite d'une femme avoir besoin d'être allumée par le tempérament pour l'exécution de ces sortes de choses. Il est inouï ce qu'on obtient d'elles dans ces moments d'ivresse ; leur âme plus près de l'état de méchanceté pour lequel les a créées la nature, accepte alors plus facilement toutes les horreurs qu'on peut avoir besoin de leur proposer. Je conçois bien que ni toi, ni moi n'irons nous charger de cette besogne de crocheteurs : nos principes en volupté, nos âges, notre manière d'être, en un mot, tout cela ne s'arrange pas avec les exigences outrées d'une fille de dix-huit ans à laquelle il faut tourner la tête... Mais j'ai un valet de chambre unique pour ces sortes de joutes... Il agira sur le physique sans se douter de rien, et nous... la recevant de sa main tout embrasée, nous travaillerons alors le moral avec fruit.

Il n'y a rien de pis que ces sortes d'oscillations ; voilà pourtant à quoi il faut s'attendre, toutes les fois qu'on emploie le sexe en pareil cas. Naturellement timide, l'esprit chez lui n'est jamais que le résultat des syncopes du cœur. Il y a bien longtemps que je dis que les femmes ne sont bonnes qu'au lit, et encore !... hors de là il ne faut y compter pour rien. Fausses ou faibles, perfides ou nonchalantes, si malheureusement on les charge d'un projet... elles le font avorter par mollesse, ou le trahissent par méchanceté ; et c'est sûrement d'elles que Machiavel a dit, ou qu'il ne fallait jamais les avoir pour complices, ou qu'il était urgent de s'en défaire aussitôt qu'elles avaient agi*. Je suis désolé que nous n'ayons pas chargé de la besogne ce vieux coquin d'aumônier qui m'a servi pendant trois ans... Entreprenant... fourbe... adroit... hypocrite... il aurait mis dans l'opération autant de vigueur que de fausseté. Je n'ai jamais rien vu de sûrs comme les principes de ce drôle-là. Je dois à lui seul plus d'aventures qu'il n'en faudrait à moi, juge... pour envoyer trente coquins à l'échafaud. Tu le sais, mon cher, grande différence, chez nous, entre ce que nous sommes obligés de défendre, et ce que nous nous amusons à faire. Cette équité dont nous nous parons n'est plus au feu de nos bouillants transports, que comme la cire aux brûlants rayons du soleil ; mais il n'en faut pas moins blâmer ce que nous adoptons, punir ce que nous chérissons ; ce n'est qu'en affichant avec scrupule cette rigidité de mœurs pour autrui, que nous parvenons à couvrir avec art toute la dépravation des nôtres. Dans le fait il ne s'agit que d'en imposer : dès que nous ne le pouvons par nos vertus, que ce soit au moins par nos rigueurs.

Je suis désespéré qu'on ait manqué ce Valcour... Des coquins bien adroits pourtant, capables de mille autres gentillesses... que je faisais absoudre aux conditions de celle-là... Les imbéciles !... Quoi qu'il en soit, nous en voilà débarrassés, il aura eu une peur effroyable, et n'osera sûrement plus reparaître avant que tout ceci ne soit décidé.

Je ne te verrai point ce soir... c'est le jour destiné aux adieux de l'hymen, et tu sens bien pourquoi je veux qu'ils soient tendres... Quand on se quitte... *pour un certain temps*.... c'est une plaisante idée que celle-là ! j'ai été ravi de la concevoir...

On est quelquefois bien aise de tâter jusqu'où peut aller son âme ; tu n'imaginerais pas comme je suis content de la

* Le président arrange ici, pour les femmes seulement, une opinion abominable avancée dans *Le Prince* de Machiavel généralement, pour tous les complices.

mienne : je n'y sens plus, sur tout ceci, qu'une sorte d'émotion qui pourrait bien n'être pas sans plaisir... La drôle de chose que l'analyse du cœur humain [681] ! je suis parfaitement sûr à présent qu'on en fait tout ce qu'on veut ; facile à recevoir les impressions de la tête, il n'adopte bientôt plus que ses mouvements, et l'on se gangrène ainsi voluptueusement d'un bout à l'autre, sans que rien s'oppose à la circulation du venin.

Pressons-nous... je te le dis... tous les retards pourraient nous devenir funestes : je me méfie de la présidente, et malgré les clauses signées, je gagerais qu'elle agit sous main avec son adorable protecteur... ce charmant comte... Il prétendait m'étourdir l'autre jour ! Rien ne m'amuse comme ces êtres débonnaires qui croient en imposer à des scélérats de profession comme nous. À les entendre, l'ascendant de la vertu nous écrase ; mais si cette vertu est une chimère, si nous ne la voyons jamais que comme telle, le choc alors n'est plus très dangereux.

Adieu, tendre et délicat époux ! il me semble te voir déjà dans les bras de l'hymen, ravissant des baisers... peut-être inondés de larmes, les premiers jours, mais qui, bientôt séchées par l'ardeur de ta flamme, perdront, sous le délire des tiens, toute l'âcreté [682] de la résistance.

Mais point de jalousie, je t'en conjure : il faut renoncer à cette extravagance qui nous empêchait autrefois de mêler nos plaisirs comme nos maîtresses. Souviens-toi qu'une des clauses du contrat est que je *prête* sans *céder*... Tu me dois bien au moins cela pour les soins que je mets depuis si longtemps à l'accomplissement de tes désirs. Tu n'imagines pas, mon ami, l'envie que j'ai de posséder cette chère Aline : je lui crois des détails d'un piquant... Qu'elle doit être délicieuse à *saisir* dans les pleurs !... Sophie était bien, mais Aline !... Et puis nous n'irons jamais aussi loin avec celle-ci qu'avec l'autre... Il est une sorte de ménagement qu'on doit à la vertu... au sang... Cependant ne jurons de rien, car les effets de l'égarement dans des têtes comme les nôtres, sont, tu le sais, *incalculables* [683].

LETTRE LXV

Valcour à Déterville

Dijon, ce 20 avril.

J'arrive ici pour en partir demain ; peut-être me serais-je rendu tout de suite en Savoie, si ma santé me l'eût permis ; mais j'ai besoin de quelques jours de repos.

Oh ! mon cher Déterville, quelle funeste séparation !... L'horreur qui l'accompagna, mes blessures mal guéries... l'affreuse agitation de mon âme... d'horribles pressentiments, fruits des détails de ces cruels adieux... tout... tout, mon ami, me met hors d'état de poursuivre ; et il faut, avant d'aller plus loin, que je dépose un moment dans ton cœur le chagrin dévorant qui tourmente le mien.

Écoute les circonstances lugubres de cette dernière entrevue ; et dis si tu n'y vois pas, comme moi, *l'arrêt du ciel écrit en traits de sang*.

Après t'avoir embrassé le huit au soir, pour mieux déguiser encore mon départ de Paris, je résolus d'en sortir dans l'habillement de chasseur qui m'était enjoint pour le rendez-vous. Ce fut donc en cet état que je voyageai, seul, et à pied, jusqu'à Orléans, tandis que mon laquais, escortant mes malles, allait m'attendre à Montargis. Peu au fait de la route qu'il fallait suivre pour gagner d'Orléans le village indiqué, m'imaginant néanmoins avoir plus de temps qu'il n'en fallait pour m'y trouver à l'heure prescrite, je partis de la ville le quinze, à environ sept heures du matin... Mais quelle fut ma surprise lorsque, après avoir marché dans la forêt jusqu'à près de midi... m'informant d'un bûcheron si j'étais loin de Vertfeuille, on me répondit qu'on ne connaissait point d'endroit de ce nom...

Ô ciel ! me dis-je, elles vont m'attendre... Ne me voyant point, leur inquiétude sera terrible ; et me voilà moi-même absorbé de toute celle que leurs âmes sensibles vont daigner prendre pour moi... Que devenir dans cette fatale circonstance ? Point de maison à plus de trois lieues où je pusse prendre le plus faible renseignement... au centre d'une forêt, dans un pays que je ne connaissais point... Un moment je voulus retourner à la ville... l'instant d'après, cette idée s'évanouissait par l'espoir de rencontrer quelqu'un de plus instruit. Dans cette cruelle alternative, je priai le paysan que je venais d'interroger de me conduire à la plus proche maison.

« Je m'en garderai bien, me répondit-il... Vous êtes braconnier [684] n'est-ce pas ? Et la maison où vous voulez que je vous mène est remplie de gardes qui ne vous feraient aucune grâce : je ne serais point l'auteur de votre perte... Éloignez-vous plutôt, c'est ce que vous avez de mieux à faire. »

Je vis alors que ce déguisement, qui n'avait nul danger dans les environs de Vertfeuille, en avait quelqu'un dans une position différente, et surtout avec l'impossibilité de se nommer. Je pris donc congé de mon homme et fis encore quatre lieues, m'orientant comme je le pouvais, sans rencontrer personne, lorsque tout à coup le temps s'obscurcit. N'apercevant rien aux environs, et voyageant toujours au hasard dans les routes écartées de ce bois, je n'eus d'autre parti à prendre, pour découvrir d'un peu loin, que de gravir un arbre, et d'observer de son sommet s'il ne se présentait nul asile... Je n'en vis point... Cependant mes forces s'épuisaient... l'agitation cruelle de mon âme m'empêchait d'éprouver la faim, mais j'étais anéanti de fatigue. Je sentis bien qu'il me devenait impossible d'aller plus loin, et ne voulant point couché sur la route, je m'enfonçai dans l'épaisseur du bois... À peine y suis-je, que la nuit la plus sombre étend ses voiles sur toutes les parties de la forêt ; peu à peu la voûte de l'atmosphère se couvre de nuages qui augmentent l'effroi de l'obscurité ; quoique la saison fût peu avancée, des éclairs sillonnant la nue, m'annoncent un orage affreux ; les vents sifflent... leurs prodigieux efforts brisent les arbres autour de moi... le feu céleste éclate de toutes parts... vingt fois il tombe à mes côtés.. vingt fois je me crois assez heureux pour toucher à ma dernière heure, quand tout à coup le son d'une infinité de cloches lugubres vient prêter à cette scène douloureuse toute l'horreur dont elle est susceptible. De noires chimères achèvent d'égarer ma raison... Ce déchaînement de toute la nature... ce silence épouvantable qui n'est troublé que par le mugissement des airs, par les éclats de la foudre, et par ce bruit majestueux de l'airain, tristement élancé vers le ciel, me fait craindre que je ne sois pas le seul que menace en ce jour la colère de Dieu[685].

Infortuné ! m'écriai-je... elle est morte ; et ces sinistres devoirs, dont les accents plaintifs viennent frapper mon oreille, n'ont pour objet que mon Aline... Mille fantômes semblent alors voltiger près de moi... je crois distinguer parmi eux l'ombre chérie que j'idolâtre, et lorsque je veux me précipiter vers elle, un torrent de flammes l'enveloppe et la fait disparaître à mes yeux... Je me roule à terre, je désire que ce sol inondé que je presse, s'entrouvre pour me recevoir ; et ma raison m'abandonnant tout à fait, je demeure le reste de la nuit dans cette attitude de la douleur et du désespoir.

Les vents se calment enfin, l'étoile brille... le ciel s'éclaircit... et mon âme, qui vient d'être le jouet des éléments mutinés, comme les chênes qui m'environnent, ose se rouvrir à l'espérance, comme leurs rameaux courbés sous l'aquilon impétueux, se redéveloppent avec majesté dans les airs.

Je me remets en route, avec le seul projet de retourner à la ville... J'y fus rendu le seize, à six heures du matin ; et m'étant un peu reposé, j'en repartis à huit, précédé d'un guide qui se chargea de me conduire en moins de cinq heures au village du Haut-Chêne.

J'y arrivai, en effet, sans accident ; et ne voulant pas que cet homme fût témoin de ce que j'allais y faire, je le congédiai sitôt qu'il m'eut montré le hameau.

« Oh, monsieur ! me dit la mère de Colette, dès qu'elle me vit entrer chez elle, avec quelle impatience ces dames vous ont attendu hier ! Vous leur avez donné bien de l'inquiétude : elles ne sont sorties qu'à la nuit, tout en pleurs ; et je suis bien sûre qu'elles n'auront pas été retirées avant l'orage... Pars, pars, Colette, ajouta-t-elle en s'adressant à sa fille ; va tôt les avertir, mon enfant ; tu sais comme elles nous l'ont recommandé ; quitte tes sabots pour aller plus vite... et vous, brave homme, reposez-vous pendant ce temps... Hélas ! continuait cette bonne femme, en m'offrant tout ce qu'elle avait chez elle, nous sommes bien pauvres, monsieur, et nous ne vous présenterons pas grand-chose, mais ce sera de bon cœur. Ah ! sans les charités de madame et de mademoiselle, il y aurait peut-être bien longtemps que nous ne serions plus de ce monde, ni mon enfant, ni moi, mais ce sont de si bonnes âmes, monsieur ! Il y en a qui attendent que les malheureux viennent les trouver pour les secourir ; mais celles-ci les cherchent : elles ne vivraient point si elles ne les soulageaient pas... Aussi, il faut voir comme nous les aimons : si elles avaient besoin de notre sang, nous le verserions tout à l'heure goutte à goutte, et nous croirions encore n'avoir rien fait. »

Mon cœur s'épanouissait en écoutant de tels récits... de douces larmes remplissaient mes yeux... Est-il une félicité plus vive que celle d'entendre louer ce qu'on aime ?

Enfin Colette revint essoufflée ; elle avait fait ses quatre lieues toujours en courant, et n'avait pas mis deux heures à les faire.

« Elles me suivent, dit cette pauvre enfant toute en sueur... elles me suivent, monsieur ; allez, je leur ai bien fait du plaisir. Ma mère, ajouta-t-elle, en se jetant au cou de la vieille, ça les a rendues si aises, que madame a dit qu'elle allait me donner les dix moutons qu'il me faut pour épouser Colas[686], je l'épouserai, ma mère, je l'épouserai, n'est-ce pas ?... »

Et ne pouvant tenir à l'innocente joie de cette petite fille :

« Oui, oui, vous l'épouserez, mon enfant, lui dis-je ; voilà dix louis, c'est tout ce que j'ai maintenant, recevez-les pour le bouquet de noces ; il est juste que je partage la reconnaissance d'un service qui m'est bien plus précieux encore qu'aux amies que vous m'annoncez... »

À peine avais-je dit, que ces dames entrèrent...

Mme de Blamont se jeta la première dans mes bras et mon Aline en larmes lui succéda bien promptement. Après avoir pressé sur mon cœur ces personnes si chères, après les avoir accablées l'une et l'autre de ces délicieuses caresses que l'âme prodigue et que l'esprit ne peint point, la conversation devint plus réglée... nous nous assîmes... Cette respectable mère me donna les conseils les plus sages et les meilleurs... elle me fit part de ses espérances, de ses projets pour les réaliser ; elle me dit tout ce qu'elle avait fait... les lueurs qu'elle apercevait encore... les moyens à prendre pour réussir... en un mot, à l'en croire, je dois regarder mon bonheur comme sûr cet automne... Elle m'ordonna de revenir à cette époque... Notre commerce de lettres s'arrangea, nous le réglâmes sur la carte même, en raison des différentes villes où je devais passer...

toutes deux me firent promettre d'être exact dans mes réponses... Je voulus un instant parler à Mme de Blamont de mes craintes sur l'intérêt qu'elle voulait bien prendre à moi : cela ne pouvait-il pas la plonger dans de nouveaux malheurs ?... Que n'y avait-il pas à redouter d'un époux furieux, toujours tellement déchaîné contre mes sentiments pour sa fille ? Et je lui peignis de la plus vive manière combien j'étais sensible à tous les maux qu'elle éprouvait pour moi. Elle tourna vers les miens ses beaux yeux mouillés de larmes...

« Eh ! qu'importe, mon ami, me dit-elle, qu'importe d'être un peu plus, un peu moins malheureuse ? Je la serais tout de même sans vous ; j'ai du moins pour consolation de l'être en vous servant... »

Une de ses mains pressa la mienne à ses mots, et ma bouche s'imprimant sur cette main chérie, y grava les baisers de l'amitié et de la reconnaissance la plus vive...

« Mon ami, me dit Aline en m'attirant vers elle, vous me promettez de m'écrire... vous me jurez bien d'être exact ?

— Ô ciel ! pouvez-vous en douter ?...

— Eh bien ! continua cette fille adorée, en me remettant un portefeuille superbe... tenez, je veux que ceci ne soit destiné que pour mes lettres... je vous défends de l'employer à d'autre usage.... »

Je saisis ce meuble précieux... je le baise... je le dévore... un ressort part, et le portrait de mon Aline vient enivrer à la fois et mon âme et mes yeux. Au bas de ce portrait chéri, son sang... le sang de la divinité que j'idolâtre, avait tracé deux lignes, qui s'imprimèrent aussitôt dans mon âme ; c'est d'après elle, c'est d'après ce sanctuaire où règne à jamais son image, que je vais les offrir à tes yeux : *Pensez toujours à moi, et que cette idée soit la base de toutes vos actions*. Les voilà, ces lignes chéries, les voilà, Déterville : puisse me réduire en poudre la main de l'Éternel, au moment où ce qu'elles contiennent ne fera pas la loi de ma vie.

« Le sang dont je me suis servie pour écrire ces mots est pris de là, me dit Aline, en pressant ma main sur son cœur, ce sont les expressions de ce cœur qui vous adore, gravées par le sang qui l'agite... Que tout cela vous soit cher, mon ami, et n'oubliez pas une malheureuse fille qui vous fait serment aux pieds de sa mère de ne jamais vivre que pour vous... »

Elle s'y met en disant ces mots : et cette mère respectable aussi émue que ceux qui l'entouraient... prit la main de sa fille, la mit dans la mienne... et me dit :

« Oui, Valcour... elle est à vous, je prends le ciel à témoin que mon consentement ne se donnera jamais à d'autre. »

Je me jette aussitôt dans les bras de ces deux chères amies, et mon silence ici, plus éloquent que mes paroles, les convainc que mon âme enflammée se réunit à la leur pour y rester en dépôt jusqu'au dernier jour de ma vie.

Cependant la nuit s'approchait... Il s'agissait de la séparation ; Mme de Blamont croit avoir la force d'en marquer le moment, elle se lève sans me regarder... sa fille l'entend... elle veut en faire de même... ses genoux fléchissent et elle retombe en larmes sur sa chaise... Alors Mme de Blamont lui dit avec une fermeté noble :

« Je perds un ami comme vous, ma fille... L'espérance de le revoir me soutient, et j'ai le courage de m'en séparer. »

Mais Aline n'écoutait plus rien, elle était étendue dans mes bras ; elle mêlait ses larmes aux miennes, et l'on n'entendait plus d'elle que les cris amers de la douleur et les sanglots du désespoir...

Mme de Blamont se rassoit... elle prend une main de sa fille et la baise avec transport ; cette vive caresse produit à l'instant dans l'âme d'Aline la diversion qu'a prévue cette femme spirituelle et sensible... Elle se retourne vers sa mère... elle se cache dans son sein, elle y répand un nouveau torrent de larmes... et Mme de Blamont se relevant aussitôt... l'emportant pour ainsi dire dans ses bras, essaie de lui faire franchir le seuil de la porte, et pendant ce temps, sur un signe, je disparais dans une autre chambre... Élan sacré d'une âme impétueuse... pressentiment cruel qui remplit encore la mienne de trouble et d'effroi : cette chère fille se retourne vers la place qu'elle quitte, et où elle me croit encore... Ne m'y voyant plus, elle se débarrasse des bras de sa mère, franchit d'un trait l'intervalle qui nous sépare, arrive comme l'éclair dans la chambre où je la fuis, et y tombe à mes pieds, sans mouvement...

C'est alors où mon cœur éclate... où nulle considération n'en peut calmer l'effervescence... Je me précipite sur cette chère amie, je la presse sur mon sein... nos corps, enlacés comme nos âmes, semblent ne plus faire qu'une masse qu'aucun effort ne saurait désunir, et ma raison ne revient enfin que par le désir de rendre à la vie celle qui déchire la mienne... celle qui suspend à la fois par la douleur toutes les facultés de mon existence[687].

« Fuyez ! me dit Mme de Blamont, en faisant étendre sa malheureuse fille sur un lit... fuyez, il vaut mieux qu'en revenant à elle, elle ne vous trouve plus sous ses regards... Allez, divin ami, continua-t-elle en me tendant les mains... souvenez-vous de cette scène, rappelez-vous combien vous êtes aimé, et, si vous croyez que ma fille me soit chère, persuadez-vous... ou qu'on m'arrachera le jour, ou qu'elle ne sera jamais qu'à vous. »

Et m'étant prosterné sur cette main chérie, l'ayant arrosée des larmes de ma reconnaissance et de ma tendresse, j'ose élever encore une fois les yeux sur l'idole adorée de mon cœur ; je lui adresse, sans en être entendu, les dernières expressions de mon amour, et m'élance dans la forêt, avec le dessein de gagner Orléans le même soir... Elles m'apprendront, j'espère, les suites de cette triste séparation ; je t'implore pour l'obtenir d'elles, avec les plus grands détails... Finissons ceux qui me regardent.

Je n'eus pas fait deux lieues, que la nuit qui tomba tout à coup me fit craindre de m'égarer comme la veille : l'état dans lequel j'étais d'ailleurs, ne permettant pas même à mon esprit la possibilité de me conduire, je résolus d'attendre au pied d'un arbre que l'astre, en venant consoler la terre, ramenât, s'il était possible, un peu de calme au fond de mon cœur agité. Je m'étendis au pied d'un chêne antique, et m'abîmant dans mes idées, me livrant à la sombre mélancolie qui semblait appesantir à la fois tous mes sens, je trouvai par la violence même de mes chagrins la possibilité d'un instant de repos... que n'eût pas obtenu mon âme dans un état où, moins anéantie, la douleur l'eût pressée avec moins de force.

Je m'endormis... À peine le fus-je, qu'un fantôme effroyable apparut aussitôt à mes sens enchaînés... Je le vois encore... j'écris que je rêvais... mais je n'oserais pas l'affirmer... l'impression fut trop vive... Non, mon ami, je ne rêvais pas... Je l'ai vu ce fantôme... il était vêtu de noir... il avait une figure que je peindrais sans doute... il avait celle du père d'Aline... il tenait à la main... pardonne mon désordre... il tenait par les cheveux la tête de cette fille chérie... il la secouait sur mon sein... il mêlait les flots de sang qui en découlaient à ceux qui jaillissaient de mes blessures rouvertes... et il me disait, en m'offrant cet épouvantable spectacle... oui, mon ami, il me le disait... ses paroles ont frappé mon oreille, je ne dormais, point... il me disait, le cruel : — « Voilà celle que tu veux épouser... frémis, tu ne la reverras plus ». J'ai jeté mes bras vers ce fantôme, j'ai voulu lui ravir cette tête précieuse et la porter sanglante sur mes lèvres, mais je n'ai pu saisir qu'une ombre : tout a disparu dans l'instant, il n'est plus resté de réel que la terreur et le désespoir[688].

Je me suis levé dans une mortelle agitation... j'ai poursuivi ma route au hasard. Différentes ombres gigantesques, produites par les reflets de la lune sur les arbres qui m'environnaient, semblaient prêter encore plus de réalité à la vision lugubre que je venais d'avoir. En ce moment cruel, j'aurais donné ma vie pour entendre encore une seule parole de mon Aline, pour fixer un instant ses regards. À la fois ému par mille pensées différentes... en proie tour à tour à mille tourments divers, tantôt je voulais revoler sur mes pas, tantôt je voulais terminer mes jours, pour ne pas survivre au moins à celle que mon imagination venait de me faire voir expirée... Enfin le soleil se leva, et mieux conduit par le hasard que par l'incertitude de mes pas chancelants, je rentrai dans la ville, dont je repartis au bout de quelques heures pour joindre mon domestique à Auxerre, et gagner, comme je le pourrais, Dijon, d'où je t'écris... que je quitterai bientôt également pour sortir enfin de France, et mériter par l'exacte exécution des ordres qui me sont donnés, l'estime et la confiance des deux sincères amies qui ont bien voulu me les prescrire. Adieu, voilà une lettre bien longue et des détails bien déchirants : mais on calme ses maux en les versant dans le sein d'un ami. Presse-toi d'aller voir ces deux objets de ma tendresse ; instruis-moi de leur sort... entretiens-les de moi... rapporte-moi jusqu'à leurs moindres pensées, et songe que les véritables soins de l'amitié sont de servir l'amour au désespoir.

LETTRE LXVI

Aline à Valcour*

Vertfeuille, ce 22 avril.

Pourquoi faut-il que la première lettre que je vous écris depuis votre départ soit tracée d'une main tremblante ? Eh quoi ? jamais les expressions de mon cœur ne vous parviendront que par des sanglots ; ce seront toujours des flots de larmes qui les feront arriver à vous ! Mais prenons ces détails de l'instant fatal où vous vous arrachâtes de vos malheureuses amies. L'état affreux dans lequel j'étais, engagea ma mère à coucher dans la maison de Colette ; elle y passa la nuit près de moi ; nous l'envoyâmes dire au château pour qu'on ne fût pas inquiet et y revînmes dîner le lendemain... Cette protégée de mon père, cette Augustine dont je vous ai quelquefois parlé, parut la plus surprise de cette légère absence, et nous ne pûmes nous empêcher de remarquer, ma mère et moi, qu'il entrait dans ses questions infiniment plus de curiosité que d'intérêt...

Nous ne doutâmes pas, de ce moment, qu'elle ne fût ici la surveillante que le président a placée près de nous... Nous la garderons pourtant, ma mère veut être fidèle aux conventions... mais nous saurons nous en méfier... Je ne sais... depuis que nous sommes ici... je trouve à cette créature quelque chose d'égaré dans les yeux... elle les a superbes, et cependant ils effrayent. Elle avait autrefois de la candeur... une sorte de décence et d'honnêteté dans le maintien qui relevaient l'éclat de ses attraits... tout cela n'est plus aujourd'hui que de la fierté, de l'indécence et de l'immodestie... Oh ! comme le vice enlaidit ! Cette malheureuse était belle, étant sage... elle a toujours la même figure, et l'on ne la voit plus sans dégoût... Voilà donc l'ouvrage de la séduction... de la débauche ; et le caractère du crime est tellement ennemi de

---

* Toutes les suivantes, à commencer par celle-ci, furent adressées à Chambéry, où il était convenu que Valcour devait être pour lors.

Voila celle que tu veux épouser, fremis,
tu ne la reverras plus.

la nature, que partout où s'impriment les traits odieux de l'un, tous les agréments de l'autre, ou disparaissent ou se flétrissent.

Tout fut tranquille jusqu'au dix-huit. Ce jour-là, vers trois heures, ma mère se trouva indisposée... Le lendemain, elle eut de la fièvre, accompagnée de maux de tête, de pesanteur, et d'un peu d'irritation dans les entrailles. Le vingt, elle se trouva mieux, son médecin dit que ce n'était rien ; ne trouvant aucune espèce de danger, il ne prescrivit que les remèdes analogues à un peu de plénitude[689] et partit. Tout le vingt et un, le calme se soutint... Aujourd'hui les douleurs se renouvellent, quoiqu'elle ait observé le plus grand régime... la fièvre est plus forte que le premier jour... les maux de tête plus aigus, et les douleurs d'entrailles plus vives. Nous attendons le médecin... mais l'heure du courrier m'obligera de faire partir ma lettre avant que je ne puisse vous mander le résultat de sa visite.

On lui a remis tantôt un billet fort tendre de mon père... il vient, dit-il, d'apprendre son état... son inquiétude est extrême ; sans la crainte de déranger les conventions, il volerait à elle... il lui demande dans ce moment-ci la permission de n'écouter que son cœur. J'ai répondu, au nom de ma mère, qu'il était le maître de faire ce qu'il voudrait, mais qu'elle supposait son indisposition trop légère pour que cela valût la peine de lui faire faire un voyage.

Ô Valcour ! dans quel trouble est votre Aline ! concevez-vous le tourment qui l'agite ?... supposez-vous l'état de son âme ? Rien ne m'annonce heureusement encore le revers dont je tremble, mais s'il arrivait, ce revers effrayant ! si j'allais perdre cette tendre amie !... si la main du ciel allait briser les plus doux nœuds de ma vie ! Vous allez me gronder... je le mérite... vous allez me dire que mon imagination, toujours sombre, vole au-devant des malheurs et les réalise à plaisir.

Eh bien ! pensez ce qu'il vous plaira, mais je ne suis pas à moi en écrivant ces lignes, un frémissement involontaire conduit les mots que ma main grave... il me les dicte ou les suspend...

Mon ami, croyez-vous que je puisse survivre à celle dont j'ai reçu le jour ?... Vous qui savez combien je l'aime, le supposez-vous un instant ?... Dès que par cette perte affreuse je perdrais à la fois et l'espoir de lui consacrer ma vie, et celui de la passer avec vous... Vous imaginez que... Oh ! non, non ! soyez sûr, je vous en fais ici le serment, non, je ne lui survivrais pas une minute... j'aurais bientôt tranché le cours d'une vie qui ne m'offrirait plus que des douleurs.

Je suis bien loin de croire, ô mon ami ! qu'il y ait du mal à finir ses jours quand ils ne peuvent servir ni à notre bonheur ni à celui des autres... Ah ! la vie n'est pas un fardeau qu'il nous faille traîner malgré nous !... Cette âme... image du Dieu qui l'a créée, un peu plus tôt dégagée de ses liens, n'en revolera pas moins pure dans le sein de son Père. Si ce n'est que pour languir que ces âmes sont quelques instants enfermées dans nos corps, si leur véritable destination est près de Dieu dont elles émanent, pourquoi ne pas les y réunir ? L'envie de se rejoindre à son auteur peut-elle donc jamais être un crime ? C'est l'être qui croit que tout périt avec lui... dont la faible imagination ne peut s'élever au sublime dogme de l'immortalité de l'âme, qui doit craindre la mort et frémir de se la donner ; mais celui qui ne voit l'enveloppe grossière qui captive cette brillante portion de son Dieu, que comme une prison où rien ne l'oblige à s'arrêter, peut en détruire les liens quand on les lui rend trop aigus... Celui qui ne voit cette vie que comme un passage, peut se détourner vers l'hospice, quand on sème sa route d'épines... Quelle atteinte reçoit-elle donc alors, cette âme immortelle ?... Les coups qui la dégagent peuvent-ils donc l'atteindre ? Ils désorganisent un peu de matière, dont la forme est égale à la nature ; et qu'importe que les éléments qui nous composent existent de telle ou telle manière ? Il n'est pas en nous de les détruire ; nous n'anéantissons rien en nous donnant la mort, nous ne faisons que varier des modifications, et ce droit qui nous est donné par la nature ne contrarie aucune de ses lois, puisqu'il n'enlève rien à ses bases... à ces éléments indestructibles qu'elle-même varie chaque jour sous mille formes différentes[690].

Mais supposons un moment que je fusse dans une telle situation, qu'il me devînt impossible de vivre sans être cause d'une foule de crimes, et sans pouvoir éviter d'être contrainte à en commettre moi-même. Croyez-vous, mon ami, que cet état perpétuel de désordre et de désespoir n'irriterait pas bien plus la divinité que le léger mal que je ferais en me donnant la mort ? Et dans toutes les suppositions possibles... un crime, si vous voulez que cela en soit un, n'est-il pas préférable à deux cents ? Mais si je n'en fais pas un en me tuant... si je suis fermement convaincue qu'il doit m'être permis de briser mes fers quand ils me gênent, alors l'action qui me soustrait à des millions de crimes certains, n'est-elle pas louable, au contraire ? ne me devient-elle pas un titre aux bontés de l'Éternel ? Eh ! notre existence est-elle donc si précieuse, pour qu'une créature de plus ou de moins dans l'univers puisse être regardée comme quelque chose de bien important !

Quoi ! ce sera au nom d'un Dieu de paix qu'un général d'armée pourra sacrifier vingt mille hommes en un jour ; il reviendra de ce carnage couvert d'honneurs et de lauriers, et ce seront des flétrissures et des opprobres que vous apprêterez au malheureux qui ne faisant tort qu'à lui-même... qui pressé de jouir de la lumière céleste... qui jaloux de quitter promptement le séjour de la fausseté, de l'égoïsme, du libertinage et du crime, aura détruit sa fragile existence pour revoler plus tôt vers son Dieu ! À qui donc appartiendra ma vie, si ce n'est à moi ? Qui donc en pourra disposer, si ce n'est moi ? Si cette vie est un don de Dieu, il ne peut exiger que je regarde ou respecte ce don comme convenable à moi, que tant que rien ne peut m'empêcher de le voir ainsi ; mais quand ce bienfait devient onéreux, quand il pèse au lieu de me servir, je puis le rendre sans crainte à celui de qui je l'ai reçu. Je suis une ingrate, sans doute, si voulant jouir de ce bienfait, je souille de crimes cette carrière qu'il ne m'est permis de suivre que pour glorifier Celui qui m'y place ; mais si c'est au contraire la crainte d'être exposée à en commettre, qui m'oblige à rendre le don que je profanerais en le gardant, je ne fais assurément aucun mal à m'en défaire.

Mon ami, pardon de ces idées... une puissance plus forte que moi me les inspire... Si cette voix qui me les dicte allait m'obliger à les suivre... si j'allais vous laisser sur la terre... si vous alliez perdre celle que vous avez tant aimée, chéririez-vous toujours sa mémoire ?... vous occuperiez-vous de cette tendre Aline ? Vivrait-elle toujours dans votre pensée ? serait-elle sans cesse l'âme de votre vie... l'élément de votre existence ?...

Oh ! mon cher Valcour, s'il daigne m'écouter, ce Dieu que j'implore... je lui demanderai pour grâce que le souffle qui anima jadis le corps de celle que vous aimiez puisse venir quelquefois agiter le vôtre ; et si j'obtiens cette faveur, observez les jours où vous m'aimerez le mieux... remarquez ceux où je vous semblerai plus présente... Ces jours-là, mon ami, seront ceux où l'âme de votre Aline aura obtenu de revivre en vous, où vous ne serez plus animé que par elle...

Ma mère sonne... J'avais profité d'un instant de repos pour vous écrire... Elle s'éveille... Dieu ! elle est plus mal que jamais : des frissons... des vomissements... Infortunée que je suis... plus rien d'obscur pour moi dans l'avenir... il est brisé ce voile affreux qui séparait ma vie : toutes les horreurs que j'entrevoyais au-delà s'avancent à moi sous la faux de la mort... l'ange des ténèbres entrouvre le cercueil, et votre malheureuse Aline n'a plus qu'un pas pour y descendre.

LETTRE LXVII

Déterville à Valcour*

Vertfeuille, ce 6 mai.

Ils ne sont plus, ces jours heureux où ma main occupée à te transmettre des faits intéressants, passait les jours entiers à dissiper tes peines, en t'amusant des mêmes récits qui charmaient les objets de ta tendresse ! Vois maintenant les traits de cette plume funèbre comme autant de serpents cruels qui vont déchirer ton cœur ; frémis en ouvrant ce paquet, je ne te dirai point : ranime ton courage... je ne t'engagerai point à te consoler. Je te connaîtrais mal ou t'estimerais peu, si tels étaient les accents de la voix qui te parle... Non... *lis, et meurs*... Je ne te retiens plus à une existence trop cruelle pour toi, après les pertes que tu viens de faire... Renonce à la vie, Valcour, elle ne peut plus t'offrir que des épines ; unis ton âme à celles de tes amies... Encore une fois, lis, te dis-je, et descends au tombeau.

À peine eus-je appris l'état de Mme de Blamont, que je courus à Vertfeuille. On venait de m'envoyer un homme à cheval pour me prier de ne pas perdre un instant ; le même

* Toutes les suivantes, excepté la dernière, étaient sous la même enveloppe.

courrier m'apportait une lettre pour le comte de Beaulé, qu'on invitait à se joindre à moi ; il venait de partir la veille pour des inspections pressées sur les côtes ; je mis sa lettre à la poste, incluse dans une de moi, et j'arrivai seul le vingt-quatre. Je trouvai, comme tu t'imagines aisément, tout le monde dans une extrême désolation ; l'accident de notre respectable amie devenait très grave, le renouvellement du vingt-deux avait eu des symptômes aussi singuliers qu'effrayants, et le médecin me dit tout bas que si le mieux ne se décidait pas le lendemain, il ne répondait pas trois jours de la malade. Je me gardai bien d'annoncer une telle nouvelle à ton Aline, son cœur ne la lui présageait que trop. Comme sa mère m'attendait, disait-on, avec impatience, je m'approchai sur-le-champ d'elle pour lui demander ses ordres, et lui témoigner la part que je prenais à son état. Elle me tendit la main dès qu'elle m'aperçut, et la pressant :

« Oh ! mon ami, je crains bien que nous n'allions nous séparer, me dit-elle... »

Mais quand elle vit que je la rassurais :

« Eh bien ! reprit-elle, quoi qu'il en soit, j'ai voulu vous voir et vous recommander mes dernières volontés.

— Cette précaution est encore inutile, pourquoi se noircir l'imagination quand il existe autant d'espoir ?

— Cela ne fait pas mourir, mon ami... cela ne fait pas mourir, et cela tranquillise. »

En me disant ces mots, elle me remit un papier et me pria de le lire.

Comme cet écrit contenait beaucoup d'articles qui, quelque intérêt que tu puisses prendre à cette digne femme, sont pourtant de peu de conséquence pour toi, je ne te parlerai que des plus importants.

Mariée, séparée de biens, et pouvant disposer de ce qu'elle avait, elle laissait tout à sa fille Aline, sous la clause exacte de t'épouser, et elle demandait pour unique et derrière grâce à son mari, de ne pas contraindre la volonté de sa fille sur une affaire où tenait absolument le bonheur ou le malheur de la vie. Dans le cas où Aline serait contrainte à un autre mariage, elle ne la privait pas de son bien, mais elle voulait qu'elle en disposât seule, et que ce bien n'entrât point dans la communauté... Elle fondait un hôpital de six lits à Vertfeuille, uniquement destiné pour les habitants du lieu, et l'on trouverait chez son notaire l'argent utile à cet établissement... Elle demandait un enterrement des plus simples dans la paroisse de sa campagne, mais elle désirait que tous les pauvres de l'étendue de ses domaines fussent nourris neuf jours, soir et matin, et servis par ses gens dans la grande salle du château... Elle voulait qu'une petite boîte qu'elle me remettait, contenant son portrait, dans un entourage de quinze mille francs de pierreries, te fût envoyée sans délai le lendemain de sa mort... Elle voulait que ses superbes cheveux fussent coupés et remis à sa fille... Elle laissait un bijou de douze mille francs à Léonore, et à Sainville une autre belle boîte où se trouvait encore son portrait.

Cet écrit finissait par de sages avis à son Aline ; par des conseils remplis de mœurs et de piété ; ensuite elle conjurait cette tendre fille de ne jamais choisir d'autre sépulture que celle où sa mère allait être déposée[691]... Elle me nommait exécuteur testamentaire de ses legs et de ses volontés, et m'enjoignait, au nom de l'amitié qui nous avait toujours unis, l'exactitude la plus entière à la tenue de tous les articles contenus dans l'écrit qu'elle me remettait.

Dès qu'elle vit que j'avais lu, elle me demanda avec empressement si je lui jurais de remplir ce à quoi elle m'engageait...

Je le lui promis en lui serrant les mains.

Elle me sourit, me dit que je lui prouvais bien que j'étais son ami, et que, depuis cette assurance, elle se trouvait beaucoup plus tranquille.

Elle dormit effectivement près de trois heures, la nuit du vingt-quatre au vingt-cinq ; mais en se réveillant vers les deux heures du matin, elle appela Aline qui n'avait jamais voulu quitter le chevet de son lit, elle la pressa sur son sein, et lui dit qu'elle se sentait plus mal.

Cette tendre fille fondit en larmes ; alors Mme de Blamont se contraignit, pour ne pas trop affecter celle qui partageait si cruellement ses douleurs ; elle la conjura d'aller prendre quelques instants de repos, lui assurant que je la remplacerais. Mais Aline ne voulut jamais céder à personne le charme qu'elle trouvait à soigner sa mère. Elle dit qu'elle ne s'en rapportait à qui que ce fût... que les hommes ne s'entendaient pas à ces sortes de choses, et ni prières, ni instances, ni ordres ne purent lui faire quitter sa place.

Comme elle était intéressante, mon ami, dans l'emploi de ces devoirs sacrés !... Pâle... les yeux battus... échevelée, sous un mauvais petit déshabillé de toile... un grand tablier de femme de chambre autour d'elle... Il semblait que la piété filiale voulait disputer aux Grâces le soin touchant de l'embellir [692].

Mais les douleurs augmentant, il ne fut plus possible à Mme de Blamont de pouvoir feindre...

Le médecin, qui ne quittait plus, s'approchant de moi après l'avoir observée :

« Voilà ce que j'ai craint, me dit-il... elle est perdue.

— Oh ! ciel, répondis-je avec effroi... perdue ?... à cet âge... avec autant de ressources... tant de sagesse et tant de santé ?

— Elle est perdue.

— Et quel est donc le genre de sa maladie ? quelle est la cause de cet accident imprévu ?

— Une cause où échoueront tous les secrets de l'art : *elle est empoisonnée...*

— *Empoisonnée*, juste ciel !

— Elle l'est ; prononcez, que faut-il que je fasse ?

— L'écrire à son mari et le cacher soigneusement à elle, à sa fille et à toute la maison ; c'est ce que je vois de plus sage à faire... »

Le médecin certifia, signa son opinion, et la lettre partit secrètement par un homme en poste.

Cependant les douleurs d'entrailles varièrent plusieurs fois dans la journée... À l'une des plus violentes crises, Aline nous arracha des larmes à tous. Elle vint se jeter aux genoux du médecin :

« Oh ! monsieur, lui dit-elle dans un accès de douleur affreux, oh ! monsieur, sauvez ma mère ! tout ce que je possède est à vous, je vous en fais un don public. »

Mais quand elle vit que le médecin se reculait, un mouchoir sur les yeux, et sans lui répondre, elle retourna se précipiter aux pieds du lit de sa mère... invoqua l'Éternel avec une componction, avec une ferveur si ardente, que la violence de l'élan anéantit ses forces et la fit tomber dans mes bras sans connaissance...

Nous la portâmes sur un lit... Quand elle eut repris ses sens, je lui fis comprendre de mon mieux qu'elle devait se calmer, que l'abandon où elle se livrait dérangeait sa santé et nuisait même à celle de sa mère : croyant voir que ce raisonnement la tranquillisait un peu, je voulus essayer de la préparer au terrible revers qui la menaçait ; mais m'interrompant avec violence à la première phrase :

« Juste ciel !... s'écria-t-elle, elle est morte ?... »

Et s'échappant de mes bras... s'élançant comme un trait, du lit où j'essayais de la contenir, jusqu'aux pieds de celui de sa mère, elle y vint tomber à genoux, les mains jointes...

Mme de Blamont, un peu mieux, la releva, la gronda doucement d'une si grande agitation, et lui dit en la baisant sur les yeux :

« Tu ne veux donc plus que nous puissions causer tranquillement ensemble ?

— Oh ! ma chère et tendre mère ! répondit Aline en pleurs... ne savez-vous donc pas combien je vous aime ? ignorez-vous à quel point votre sort est irrévocablement lié au mien ?

— Si tu m'aimes, prouve-le-moi en te calmant...

— Eh bien ! eh bien, je suis tranquille, maman, je suis tranquille... »

Alors Mme de Blamont voulant distraire et ses maux et ceux de sa fille, se fit apporter ses diamants sur son lit, et elle joua avec pendant deux heures, tantôt se les essayant, tantôt en parant Aline, mais plus livrée au sombre involontaire de ses idées, qu'au projet de les adoucir un moment.

« Voyez, me dit-elle, Déterville... comme mon Aline eût été bien le jour de ses noces !... Voilà comme je l'aurais embellie... »

Et cette déchirante idée arracha bientôt des torrents de larmes à toutes deux.

Cependant, dans toute cette maison autrefois si tranquille et si délicieuse, on ne respirait plus que la douleur ; on ne voyait plus que la tristesse et de l'inquiétude... on n'apercevait de toutes parts que des gens venir, s'informer, repartir... la désolation était générale.

Au travers de la foule qui circulait dans les appartements, on vit tout à coup entrer une jeune fille, les bras levés, le visage inondé de pleurs... C'était cette petite Colette chez laquelle se firent vos adieux... On veut la repousser... elle résiste...

« Laissez-moi, laissez-moi ! dit-elle, je veux aller voir la protectrice des pauvres, je veux aller voir ma bonne mère... »

Elle se jette à genoux aux pieds du lit, elle supplie sa chère maîtresse de lui donner sa bénédiction, baise la terre et se retire en larmes...

« Eh bien ! nous dit cette femme adorable, dès que cette enfant fut sortie, n'y a-t-il pas quelque satisfaction à faire le bien, et croyez-vous que l'hommage du pauvre ne vaille pas toutes les caresses de la fortune ? »

Comme elle se sentit absorbée le vingt-cinq au soir, nous nous retirâmes avant minuit ; mais quelques prières que je fisse à Aline, elle ne voulut jamais quitter sa mère. Elle me pria de me charger de tout le soin du dehors, et de lui laisser ceux de l'intérieur ; elle était aidée de deux femmes de Vertfeuille, qui se relayaient tour à tour ; toutes se disputaient cet honneur, il n'y en avait pas une, même des plus à l'aise, ni dans le bourg, ni dans les environs, qui ne sollicitât comme une faveur la grâce de veiller cette femme angélique.

Ô mon ami ! voilà donc les effets de la bienfaisance, voilà donc les fruits délicieux de la piété et de la sagesse ! Il semble que l'Éternel, envieux d'en récompenser l'homme, veuille lui faire déjà goûter sur la terre l'image des plaisirs célestes dont ces vertus seront couronnées.

Le vingt-six, dès la pointe du jour, jour affreux, mon ami, jour où la volonté de Dieu permit que l'innocence succombât sous le crime, pour éprouver les hommes ou pour les abaisser... on nous annonce dès le matin qu'Augustine venait de s'évader... qu'elle n'avait rien dit à personne, et qu'on ne pouvait concevoir ce qu'elle était devenue. De ce moment le voile tomba... le doute même ne me devint plus permis... Je recommandai le plus grand secret, et m'interdis toutes recherches.

J'avais l'honneur d'Aline à ménager ; devais-je entreprendre ce qui ne sauvait pas la vie de sa mère, et ce qui traînait son indigne père à l'échafaud ?... Je montai... la nuit avait été terrible ; des spasmes... des convulsions... tous les symptômes d'une fin aussi cruelle que prochaine, engagèrent le médecin à me dire qu'il était de mon devoir d'avertir Mme de Blamont... Je m'approche du lit de la malade... j'avais choisi l'instant où Aline était allée chercher quelques papiers par ordre de sa mère, et j'avais chargé le médecin de l'arrêter au retour, afin de me donner le temps d'agir...

Mme de Blamont sourit en me voyant [693]... sublime tranquillité d'une âme honnête et paisible !... ô doux repos d'une conscience pure !...

« Je suis bien mal, n'est-ce pas, mon ami ? me dit-elle... je ne verrai jamais ma fille heureuse ? Hélas ! je ne désirais la vie que pour accomplir son bonheur... Je n'en jouirai jamais... le ciel ne le veut point... »

J'osai croire en ce moment que rien ne devenait plus expressif que mon silence... je baissai les yeux et je me tus.

« Vous ne me répondez pas, Déterville ?... »

Et je pris une de ses mains que je pressai contre mes lèvres.

« Vous ne me répondez pas ? répliqua-t-elle une seconde fois... »

Ici, la nature l'emporta sur le courage ; elle eut une crise violente, et me tendant les deux bras :

« Je suis prête, mon ami... je suis prête... Mais cette chère Aline... je l'abandonnerai donc ?... je la laisserai donc sans soutien au milieu des dangers qui l'environnent !... Je n'aurais pas cru que le ciel l'eût permis... N'importe, ce n'est pas à moi à scruter ses ordres, je ne dois que m'y conformer... »

Alors elle me pria de lui faire venir son curé, et de me charger entièrement d'Aline pour deux heures, sans lui permettre d'entrer.

Cette commission n'était pas aisée... J'envoyai promptement avertir le prêtre, et assurant Aline que sa mère était mieux, je la conjurai de faire un tour de jardin avec moi, ayant quelque chose absolument essentiel à lui dire... Mais je savais bien qu'on ne menait point cette tête-là comme on voulait. Elle me répondit fermement qu'elle n'irait pas avant que d'avoir vu sa mère, qu'il y avait plus d'une heure qu'elle l'avait quittée, et qu'après un si long intervalle, elle ne voulait s'en rapporter qu'à ses yeux pour savoir comment elle était. Et elle monta lui porter les papiers que celle-ci avait demandés ; elle redescendit peu après ; je vis bien que Mme de Blamont ne lui avait rien dit, et s'était bornée, sans doute, à lui recommander de me venir parler.

Je l'entraînai d'abord, par des propos vagues, beaucoup au-delà des parterres, et ayant enfin gagné un bosquet, je la suppliai de m'écouter.

« Eh bien ! me dit-elle, sans s'asseoir, avec une prodigieuse agitation... qu'avez-vous donc à me dire ?... Je vois bien que voilà du mystère... Faut-il que je la perde ?...

— Peut-être que non, lui dis-je ; mais si ce malheur vous arrivait ?

— Elle ne serait pas la seule victime, et j'aurais bientôt partagé son sort.

— Ô ciel ! est-ce là ce que je devais attendre de tant de piété et de vertu ? Songez-vous à ce que vous vous devez à vous-même, à ce que vous devez à l'homme qui vous adore ?

— Valcour ?... Il est perdu pour moi... Comment pouvez-vous croire que je sois jamais à lui ? Mais ne m'en parlez pas, je vous prie, le sentiment de ce que je dois à Dieu même ne l'emporterait pas aujourd'hui sur ce qui n'appartient qu'à ma mère ; je ne veux penser qu'à elle, je ne veux m'occuper que d'elle ; il n'est pas une seule idée qui puisse combattre la sienne dans mon cœur !... Est-ce là tout ce que vous avez à me dire ? ajouta-t-elle en voulant fuir, comme si elle eût compté tous les moments qui la séparaient de l'objet de son idolâtrie. »

Mais la retenant par une main, et voyant qu'avec une telle âme il valait mieux frapper les grands coups tout de suite que d'employer des ménagements qui ne servaient qu'à la déchirer en détail :

« Aline ! m'écriai-je... ô ma chère Aline !... cette mère que nous adorons vous et moi... ce tendre objet de nos inquiétudes mutuelles... il faut absolument nous en séparer... »

Le trait l'ayant frappée sur la partie la plus sensible de l'âme, et l'ayant, pour ainsi dire, pétrifiée, elle me fixa... Tout à coup ses yeux s'égarent ; la stupidité s'imprime sur ses traits ; sa respiration devient vive et pressée, et la tête se dérange totalement...

Je me repentis d'avoir été si vite ; je reconnus qu'elle n'était nullement préparée et que, malgré ses propos, elle s'était toujours fait illusion... Je l'approche... elle me repousse avec un geste furieux, et s'égarant de plus en plus... elle me dit en balbutiant d'aller chercher sa mère... que le déjeuner était servi sous le bosquet où nous étions... Hélas ! c'était malheureusement celui qui nous servait jadis à cet usage...

« Je sais bien qu'elle ne viendra pas, continua-t-elle... Puis, montrant la terre : Elle veut aller là... là... là... mais elle n'ira pas sans moi... Déterville, allez donc la chercher, vous voyez bien que nous l'attendons... »

Alors inondé moi-même de mes larmes, je la pressai sur mon sein :

« Ô tendre fille ! m'écriai-je, rappelez votre raison et vos sens ; reconnaissez le plus sincère de vos amis, et écoutez-le... »

Mais se débarrassant brusquement de mes bras, elle me dit, toujours égarée, que puisque je ne veux pas aller chercher sa mère, elle va donc y voler elle-même...

« Non, lui dis-je en la retenant... elle remplit des devoirs pieux que vous ne devez point troubler. »

Ce mot, refrappant une seconde fois son âme, parce que, tout cruel qu'il est, il n'anéantit pourtant pas tout à fait l'espoir... ce mot, dis-je, la remet dans son assiette ordinaire... la raison revient, mais la secousse ayant trop ébranlé les nerfs, elle tombe dans une violente attaque de convulsions ; elle se renverse à terre... elle s'y roule... tous ses membres frémissent, peut-être eût-elle succombé en ce fatal instant, si un déluge de larmes ne l'eût soulagée... Bien content de la voir pleurer, je lui tends les bras... elle s'y jette...

« Ô mon ami ! me dit-elle, il faut donc qu'elle me soit ravie ? Il faut donc que je perde la consolation de mes jours... L'amie la plus chère de mon cœur... l'arbitre de ma destinée... celle que j'adorais... celle dont la tendresse faisait mon bonheur... celle que je pouvais conserver encore cinquante ans ! et vous voulez que je lui survive !... Ah ! que deviendrai-je sur la terre quand je ne pourrai plus l'y voir ? Non, non, ne demandez pas un tel sacrifice... ne l'exigez pas, mon ami, je ne pourrais pas vous le promettre... »

La voyant plus affligée, sans doute, mais cependant un peu plus raisonnable, je mis en avant les motifs de consolation que nous pouvait dicter la sagesse... Tout fut vain... Plus je cherchais à la résigner, mieux elle m'échappait ; ce qui semblait devoir la tempérer la révoltait presque aussitôt, et je n'arrivais à son âme abattue qu'en y aggravant le désespoir. Cependant elle s'impatientait ; elle brûlait de revoler près de sa mère... Je fus obligé de l'y ramener, et de laisser ma besogne imparfaite. Celle de Mme de Blamont était finie... Nous entrâmes... Aline s'élança dans les bras de l'objet de son cœur : elle lui demanda pourquoi on les avait séparées si longtemps.

« Des soins...

— Ces soins ne sont pas encore nécessaires, reprit Aline avec humeur, vous n'êtes pas encore au point de les devoir prendre... »

Alors Mme de Blamont, embrassant sa fille avec tendresse, lui dit en versant des larmes amères :

« Aline, Aline, *il faut nous séparer*. »

Et toutes deux pressées dans les bras l'une de l'autre y restèrent ainsi plusieurs minutes sans mouvement ; mais quand Aline s'en arracha, elle retomba sur le lit de sa mère dans une nouvelle attaque de spasme qui nous fit craindre pour elle-même. Cependant, à force de soins, cette tendre fille ne voulant pas perdre les derniers moments qui lui restaient, se calma, et le médecin permit à Mme de Blamont de prendre un peu de crème de riz qu'elle paraissait désirer.

Aline plus tranquille, parce qu'elle se flattait toujours quand elle ne se désolait point, partagea ces derniers aliments, collée sur le sein même de sa mère.

Quel tableau [694], mon ami ! je n'en ai jamais vu de plus intéressant, et mes pleurs coulent avec trop d'abondance pour pouvoir essayer de le peindre.

À trois heures, il prit une faiblesse affreuse à notre chère malade ; on ne lui rendit un instant la lumière que par le secours des plus violents cordiaux... Dès qu'elle eut rouvert les yeux, elle demanda à être enfermée une demi-heure avec sa fille et moi ; le médecin, voyant qu'elle pouvait parler, la fortifia par quelques nouvelles gouttes d'essence, et nous laissa.

Elle nous fit placer tous deux auprès de son lit, mais Aline ne voulut l'écouter qu'à genoux... Elle appuya, dans cette posture, ses mains dans celles de sa mère, et courbant sa tête sur le lit, elle l'entendit avec le plus saint respect.

« Mes amis, nous dit cette femme divine, me voilà prête à me séparer de vous pour jamais. À trente-six ans je devais compter sur une plus longue vie ; mais avec les malheurs dont j'étais accablée, elle n'en fût pas devenue plus utile au bien de mon âme : le moment où je touche est cruel ; on ne s'accoutume pas assez à l'envisager dans le monde, et quelle qu'ait été notre conduite, quand il arrive, il nous effraye.

Pleinement convaincue de l'existence d'un Dieu juste, j'ose voler sans crainte entre ses bras ; je lui demande sincèrement pardon de ce qui peut l'avoir offensé ; j'aurais voulu lui porter un cœur plus pur... au moins le lui offrirai-je sans crime. Ce serait pourtant vous tromper que de vous dire que je n'ai pas commis bien des fautes : que d'impatience sous le joug dont il lui plaisait de m'accabler ! Je fus sacrifiée bien jeune, et vous savez ce que j'ai souffert ; je m'en suis plaint, je ne l'aurais pas dû : il m'eût fallu regarder ce qui m'arrivait comme des volontés du ciel... chaque dépit était une révolte dont je devrais m'accuser comme d'un crime... Peut-être aussi suis-je coupable de trop d'amour-propre : mais cette chère Aline en est cause... Je me suis trouvée longtemps fière d'avoir pu lui donner le jour ; et comme toute ma tendresse était en elle, j'y plaçais aussi mon orgueil. L'extrême amour que j'ai eu pour cette fille m'a sans doute distraite de celui que je ne devais qu'à Dieu : son bonheur était mon unique occupation ; je regardais la possibilité de le faire comme la consolation de tous mes maux... Je n'ai pas réussi ; il fallait encore que cette croix-là me fût offerte ; il fallait que la coupe des douleurs fût avalée jusqu'à la lie ! Je la laisse jeune et sans secours... en proie à des malheurs qui me font frémir pour elle... et je n'y serai plus pour les écarter de ses pas... elle n'aura plus ma main pour essuyer les larmes qu'ils arracheront de son cœur... Ô ma fille, tout espoir est perdu maintenant ! le dernier conseil que j'ai à te donner est d'obéir à ton père, et de te livrer aveuglément à celui qu'il te donne... »

Et comme elle vit ici qu'Aline faisait un geste d'horreur :

« Eh bien ! reprit-elle, puisque tu crains les crimes qu'une telle union assemblerait inévitablement sur ta tête, il te reste le parti du cloître ; jette-toi dans les bras de l'Époux sans tache : les plaisirs célestes qu'il te promet valent bien mieux que les joies trompeuses d'un monde où tu ne trouveras que des traverses... Dans ce cas, Déterville, il faudrait faire reconnaître Léonore à mon mari, et tous mes biens lui passeraient. Léonore, étayée d'un époux qu'elle aime, n'aurait rien à redouter d'un père vicieux et cruel, et toutes les raisons qui ont pu légitimer un arrangement... qui ne laissait pas que de me faire éprouver bien des remords, toutes ces raisons disparaissant, dis-je, si mon Aline se donnait à Dieu, il deviendrait nécessaire alors de rendre à sa sœur l'existence qui lui est due, et de la faire renoncer aux biens qu'elle réclame aujourd'hui, dont le mien et celui de son père la dédommageraient amplement. Je vous laisse ce soin, Déterville, en raison du parti qu'Aline prendra, et vous ferez, d'après ce parti, les changements nécessaires à l'acte que je vous ai remis ; je vous y autorise pleinement... »

Puis se soulevant avec peine :

« L'instant approche, mes amis, a-t-elle continué... Dans peu je vais paraître aux pieds de l'Éternel... dans peu je l'invoquerai pour Aline... Lève-toi... n'est-ce pas beaucoup que j'aie la douceur d'expirer dans ton sein ?... Cette joie ne pouvait-elle pas m'être ravie ? Laisse-moi te bénir et t'embrasser... Déterville, je vous la recommande. Adieu. »

Alors elle a jeté ses bras autour de son Aline ; elle l'a fortement serrée sur son sein... une légère convulsion l'a saisie... et l'âme la plus pure qui fût émanée des mains de l'Être suprême, a revolé vers son auteur.

Je ne te peins point mon état, Valcour, tu te le représentes... À peine avais-je la force de lever les yeux ; mais tant d'importantes occupations exigeant mon courage, mon premier soin, comme tu le crois, a été de voler à Aline : elle était courbée sur sa mère. Hélas ! il était difficile de savoir laquelle des deux vivait encore ; il n'y avait plus dans cette chère fille ni pouls, ni respiration, ni chaleur ; et quand, avec beaucoup de peine, j'ai pu l'arracher des bras qui l'enlaçaient, elle est tombée sur le lit sans connaissance. On est accouru, les soins se sont divisés, mais il n'en était plus besoin pour l'infortunée mère... Elle était déjà dans le séjour que l'Éternel doit à la vertu... elle l'embellissait déjà.

On a porté Aline dans sa chambre, livrée aux soins de sa chère Julie et du médecin... Au bout d'une heure elle est revenue, et me trouvant au chevet de son lit, elle m'a demandé sa mère... elle m'a dit avec égarement que c'était moi qui la lui ravissais... que c'était moi qui l'empêchais de la voir, et qu'elle appelait au tribunal de Dieu de toutes les injustices que je commettais envers elle.

Je l'ai pressée dans mes bras, elle s'en est arrachée, et s'y rejetant bientôt avec transport, elle m'a demandé mille pardons des reproches qu'elle m'adressait : elle m'a dit qu'elle n'était plus maîtresse de sa tête ; qu'elle savait bien l'affreuse perte qu'elle avait faite, mais que si je l'aimais, je lui procurerais la douceur d'embrasser encore une fois sa tendre mère.

En disant cela elle nous est échappée, et malgré les efforts de Julie, elle s'élançait infailliblement vers le cadavre qui venait d'être exposé sur un lit de parade, si heureusement Julie, au risque d'être renversée, ne lui eût opposé un rempart de son corps, ne l'eût saisie et reportée promptement sur son lit.

Alors ses larmes ont coulé avec abondance ; elle a poussé des cris de douleur qui eussent déchiré l'âme du mortel le plus insensible... Mais comme une voiture arrivait en poste dans la cour, il me fallut la quitter, en la recommandant à Julie, et aller vaquer à d'autres soins.

Cette voiture était celle du président ; il n'avait avec lui qu'un valet. Il s'est arrêté dans la première salle, et aux accents lugubres qui l'ont frappé... aux gémissements... aux pleurs universels, il a pu voir que son abominable forfait était consommé... que l'ange n'était plus dans le temple et que l'Éternel l'avait rappelé vers lui...

Je l'ai abordé... il m'a embrassé avec le plus grand flegme... il m'a remercié de mes soins, en me faisant entendre avec adresse que ma présence était maintenant inutile au château. Je n'ai pas fait semblant de le comprendre ; ayant dans mon portefeuille ce qui autorisait cette présence, je l'ai laissé dire ce qu'il a voulu... Il m'a prié de le mener où reposait sa femme ; je l'ai conduit dans la chambre de parade, et comme on travaillait à arranger le corps, il était nu, sous un voile dont on s'était pressé de le couvrir quand on l'avait entendu entrer. Il a fait signe qu'on se retirât.

Quand il s'est vu seul avec moi... il s'est approché du lit, et levant le voile, le monstre a dit, comme Néron voulant souiller Agrippine [695] :

« *En vérité, elle est encore belle !* »

Peut-être en eût-il dit davantage s'il ne m'eût vu frémir d'horreur... Il s'est approché... il a regardé le visage avec attention...

« Mais je ne vois nulle apparence de poison, a-t-il dit... Que prétend donc votre médecin ? C'est un fou ou un homme dangereux, qui mériterait que je le fisse punir ; c'est faire tort à tous les honnêtes gens au milieu desquels elle est morte... et vous-même, vous n'auriez pas dû le souffrir.

— Moi ? non seulement je l'ai souffert, mais j'ai ordonné qu'on vous l'écrivît.

— Je ne reconnais pas là votre prudence.

— Je n'en ai peut-être jamais eu autant de ma vie. » Et me contraignant :

« À qui fallait-il se plaindre, ai-je dit, à qui fallait-il parler d'un fait *certain*, si ce n'est à celui qui doit le venger ?

— *Certain* ? Non ; et dès qu'il ne l'était pas, il valait cent fois mieux ne rien dire : voilà ce que j'aurais appelé de la prudence.

— Une fille sauvée.

— Qui ?

— Augustine.

— Bon, c'est une catin ! je sais ce que c'est : séduite par un de mes gens, n'aimant point sa maîtresse... malade ou non, elle décampait tout de même... Ils sont fort loin tous deux. Vous croyez bien que j'ai renvoyé le valet ! Sont-ce là vos preuves ?

— On pourrait en acquérir d'autres.

— Allons, allons, laissons cela ; ces horreurs-là ne doivent jamais se supposer dans une maison, les croire est compromettre tout ce qui l'habite. Où est Aline ? »

Content de changer de propos, et d'après les invariables résolutions que j'avais prises, ne voulant pas aller plus loin, je lui ai peint l'état de cette chère fille ; je lui ai dit que je croyais prudent de la laisser quelques jours tranquille.

« Quelques jours ? m'a-t-il dit en ricanant. Je compte pourtant l'emmener demain ; Dolbourg l'attend à Blamont, et nous concluons tout de suite.

— Eh quoi, monsieur ! sur le tombeau de sa mère !

— Bon ! petitesses que cela ! Une femme qui vient de mourir n'empêche pas qu'on en mette une autre dans le cas de donner la vie... Au contraire, c'est une sorte de réparation qu'on doit à la nature, et chaque instant qu'on retarde à la lui faire est une lésion envers ses lois. Une mère est sacrée... si vous voulez... quand elle vit : elle n'est plus rien quand elle est morte... Tenez, je quitte Paris, il y arriva hier au soir quelque chose tout à fait semblable, dans un genre un peu différent néanmoins, mais qui vous fera voir également que, quand il s'agit d'objets sérieux, on ne s'arrête pas à des balivernes de sentiments, qui ne sont faites que pour le peuple.

M. de Mézane, qui a une affaire au parlement d'Aix, et que ce parlement, l'un des plus sages, l'un des plus intègres et des mieux composés du royaume*, n'a voulu arranger avec la famille de la femme qu'aux clauses d'une longue détention, M. de Mézane[697], dis-je, qui se cachait depuis plusieurs années, entraîné par *l'imbécile délicatesse* de venir rendre à Paris des soins à une mère expirante, y est accouru malgré les dangers. Il était à peine dans l'appartement de la défunte, que la famille de son épouse lui a fait mettre la main sur le collet. Il s'est récrié contre ce procédé... on lui a ri au nez, et on l'a jeté dans un cachot de la Bastille, où il a eu *très plaisamment* à pleurer à la fois la perte de sa liberté, la mort de sa mère et la barbare stupidité de ses parents. Il me semble que, quand le gouvernement nous donne l'exemple de ces choses-là, nous pouvons le suivre.

« Oh ! monsieur, ce que vous me citez là me fait horreur, ai-je dit, il fallait sans doute que l'homme dont vous parlez fût coupable de crime de haute trahison.

— Pas un mot : des écrits contre nous... contre les rois ; *des prédictions*, quelques autres aventures de jeunesse, bien pardonnables à vingt-sept ans ; de ces choses que nous faisons nous-mêmes tous les jours, mais que nous ne voulons pas que les autres fassent.

— En ce cas, monsieur, trouvez bon que je vous le dise, il y a une atrocité révoltante à se permettre un tel cime pour punir un délit ordinaire ; car alors la vertu n'a rien gagné, et il y a un forfait exécrable de plus dans la masse des torts de l'État**. »

Et l'indigne détournant la conversation :

« Mais sur quoi donc, reprit-il, fondez-vous la légitimité de cette douleur ressentie pour la perte de ceux que nous

* Il a dans ses registres, depuis cent ans, vingt assassinats pareils à celui de Calas. Il a, sous François Ier, mis le feu à quatre-vingts villages de la Provence ; il a coûté la vie dans ce même temps à quatre-vingt mille citoyens ; il a dans différentes époques ouvert trois fois sa ville aux ennemis ; c'est encore lui qui, dans ce moment-ci (1787), bouleverse la province. Il est tout simple qu'une telle assemblée mérite les éloges du monstre dont nos lecteurs frémissent[696]. *(Note de l'éditeur.)*

** Monstres capables de cette horreur, vous pâlissez en reconnaissant votre victime ! Tranquillisez-vous, elle vous pardonne ; ce fut, hors de vos fers, la première jouissance qu'elle voulut goûter.

chérissons ? De quel bien peut être un sentiment qui n'apporte aucune variation à l'état de celui qui n'est plus, et qui trouble ou dérange la santé de celui qui reste ?

— Ces choses-là ne se raisonnent point, monsieur, elles se sentent ; malheur à qui ne les éprouve pas !

— Non, monsieur, tout doit être soumis à l'analyse, ce qui ne peut l'être est faux ; or, dites-moi, je vous prie, si d'après mes systèmes de matérialisme[698]... si d'après la parfaite certitude où je suis que la mort termine tous nos maux et ne nous en laisse aucun à redouter, si d'après cela, dis-je, ma femme, qui n'était rien moins qu'heureuse dans ce monde-ci, ne se trouve pas maintenant dans un repos préférable à l'état perpétuel de douleur où elle végétait ici-bas ?... Et si cela est, pourquoi la regretterais-je ? Mes regrets n'auraient-ils pas l'air de lui dire : Je suis désolé de ce que vous ne soyez plus dans une position malheureuse... désespéré de ce que vous soyez hors d'état de souffrir encore ? Et ces regrets... je vous le demande... les trouvez-vous bien délicats ?...

Renonçant un instant à mes systèmes, si j'adopte les vôtres, si je crois cette femme dans un monde meilleur, mon chagrin de ne la plus voir dans celui où elle souffrait, ne devient-il pas tout à fait insultant, n'ayant plus que moi pour objet ? Vous m'avouerez que cet égoïsme est révoltant... Eh quoi ! je suis fâché d'être privé d'elle, et n'en suis affligé que par la perte que j'éprouve, ne l'ayant plus, sans réfléchir au gain qu'elle fait de ne plus m'avoir : je ne pense qu'à moi en agissant ainsi... nullement à elle, et j'ai l'air de consentir tacitement à ce qu'elle perde le bien qu'elle possède, pour venir me rendre celui que je perds. D'où je conclus qu'il y a une injustice extrême à regretter la mort de ceux qui nous ont été chers ; car l'enfer étant impossible, ou ils ne sont rien, ce qui n'est pas un état pire, ou ils sont mieux, ce qui est un état plus doux ; et dans l'un et l'autre cas, on a certainement tort de les redésirer à la vie, où ils ne seraient que dans un état moindre. Ne nous étonnons donc point d'après cela, que des nations entières aient pour usage de se réjouir à la mort de leurs proches, et de se désoler à la naissance de leurs enfants ; je ne connais point de coutumes meilleures que celles-là*. Il faut plaindre ceux qui naissent à la douleur, il

---

* Les Scandinaves et les Germains pleuraient à la naissance de leurs enfants ; dès qu'il leur en était né un, ils s'asseyaient autour de son berceau ; et là

faut les imiter, et pleurer comme eux quand ils voient le jour ; nous quittent-ils, c'est un bonheur sans doute, et nous ne devons pas nous en affliger.

— Mais supposons un moment que cette douleur ne soit que pour nous : instinct délicieux d'une âme tendre, n'est-il pas barbare de lui résister ?

— Le vrai philosophe se fait aux privations, et ne doit être affecté d'aucune. Je ne vous accorde pas d'ailleurs que cette extrême sensibilité soit un bien : il me serait peut-être bien aisé de vous prouver le contraire ; ce qu'il y a de certain, c'est que si cette émotion est un bonheur, au moins n'est-il pas celui de tout le monde ; car je vous réponds que je ne l'ai jamais senti... Eh ! monsieur, c'est une chose si tôt remplacée que le vide d'une femme, d'une maîtresse, d'un parent, d'un ami ! Nous ne nous affectons si vivement de leur perte, que par l'idée où nous sommes de ne pouvoir jamais retrouver, dans un autre être, les qualités qui nous échappent dans celui que la mort nous ravit ; or cette idée, non seulement est personnelle, mais elle est chimérique ; c'est l'habitude qui nous lie, bien plus que ce rapport ou cette convenance de qualités, et si nous y prenions bien garde, nous verrions que cette peine éprouvée lors de la perte n'est que la sensation physique d'une habitude rompue. Or l'homme le plus malheureux, sans doute, est celui qui, ne sachant pas l'art de voltiger également sur tous les plaisirs... de les effleurer tous sans s'appesantir sur aucun, s'est fait d'une sorte de goûts une si forte habitude, qu'il ne peut plus y renoncer sans douleur. Usons de tout et ne nous attachons à rien, jamais les pertes ne nous affecteront ; un nouvel ami en remplacera un ancien, une nouvelle maîtresse celle que l'on vient de perdre, et le

---

chacun représentait, aussi pathétiquement qu'il lui était possible, les misères de la vie humaine, et compatissait aux maux que le nouveau-né aurait à souffrir dans le séjour qu'il allait faire dans le monde. Ces mêmes peuples se réjouissaient à la mort de leurs amis ou de leurs parents ; tous ceux qui assistaient à la cérémonie ne s'entretenaient que du glorieux échange par lequel le défunt avait quitté une vie sujette à tant de misères, pour entrer dans l'état d'une parfaite félicité ; ensuite, on jouait, on chantait, on se régalait pendant trois jours. Il reste encore des traces de cette coutume dans presque toutes les villes du nord de l'Allemagne.

tourbillon des plaisirs nous entraînant sans nous donner le temps de penser, nous n'aurons jamais la douleur de plaindre ce que nous aurons appris à remplacer aussi promptement.

— Ce vide est épouvantable, la seule idée en glace d'effroi, c'est abrutir notre âme, c'est étouffer en elle la plus douce de ses facultés. Oh ! monsieur, quelque plaisir que vous puissiez m'offrir à présent, en serait-il un seul qui valût pour moi la sensation que j'éprouve à pleurer l'amie que je viens de perdre ?

— Mais si vous chérissez votre douleur, elle devient une volupté ; et dans ce cas vous m'avouerez que la volupté qui console vaut beaucoup mieux que celle qui afflige.

— L'une est celle d'une âme de fer, l'autre celle d'un cœur délicat et sensible.

— Et d'où tenez-vous, monsieur, qu'il vaille mieux être organisé dans votre sens que dans le mien, si nous avons également tous deux des plaisirs ?

— Les miens sont ceux de la vertu, les vôtres mènent à tous les crimes.

— Il faudrait savoir maintenant lequel (conventions sociales à part) donne plus de plaisir, du vice ou de la vertu ?

— Comment une telle chose peut-elle se mettre en discussion ?

— Je vous le demande à mon tour ; car si vous caractérisez le plaisir, la sensation chatouilleuse reçue à l'âme par une cause quelconque, cette commotion, beaucoup plus violente quand elle est donnée par le vice, fera naître infailliblement plus de plaisir que celle qui serait l'effet de la vertu ; et dans ce cas, l'homme parfaitement heureux pourrait bien être celui qui, renversant toutes vos idées sociales, se ferait des vertus de vos vices et des vices de toutes vos vertus.

— Monsieur, dis-je en fureur, ne pouvant plus tenir à de si cruels sophismes, vous feriez pendre avec raison le malheureux qui penserait comme vous.

— D'accord, reprit ce scélérat, mais le bonheur d'être au-dessus des autres donne le droit de ne pas penser comme eux : voilà le premier effet de la supériorité ; le second est d'en abuser, pour diriger ses actions d'après la singularité piquante de ses systèmes philosophiques ; c'est ce qui fait qu'un homme trahit l'État, fait sa fortune et quitte le ministère en se disant ruiné* ; qu'un autre détruit le commerce intérieur de la France, parce que le projet absurde de ses maîtrises lui vaut deux millions** ; que cent autres se cotisent pour attirer à eux la substance du peuple et affamer ensuite ce même peuple en lui vendant dix fois au-dessus de sa valeur cette nourriture qu'il vient de lui voler. Croyez-vous donc que ces gens-là soient moins heureux pour n'avoir pas chéri comme vous ce fantôme idéal de vertu ?

— Heureux ? Ils ne peuvent l'être, le vrai bonheur n'est que dans la vertu, et les remords des coquins dont vous parlez, au défaut du glaive de Thémis, doivent nous venger de tous leurs crimes.

— Des remords, vous me faites rire ; ah ! croyez que l'habitude du mal les énerve depuis longtemps dans de telles âmes ; celui de ces gens-là qui en connaît encore à la seconde chute, n'est qu'un sot que ses confrères devraient à l'instant dépouiller, et qu'ils persiflent cruellement au moins, s'ils n'osent le molester d'une différente manière. Mais tenez, monsieur, je vois que nous ne nous accorderons pas de la soirée ; ordonnez, je vous prie, qu'on nous serve ; je n'ai point dîné pour venir plus vite, et j'ai un appétit dévorant. Nous philosopherons au dessert si cela vous convient... »

Je donnai des ordres, il se mit à table et soupa avec une tranquillité qui me fit voir qu'il fallait que ce scélérat eût acquis une furieuse habitude du crime, pour se trouver dans un tel calme en venant de le commettre. Je ne mangeai point, comme tu crois, je me contentai de lui tenir compagnie, me levant de temps à autre, pour vaquer aux soins qu'exigeait mon emploi ; mais ne paraissant point chez Aline, que ma présence irritait au lieu de calmer, et que je ne voulais instruire que le lendemain matin de la suite cruelle de ses malheurs.

Le médecin n'était point encore parti, il prenait un peu de repos. Le président voulut le voir ; il lui demanda avec effronterie de quoi sa femme était morte.

« De poison, répondit hardiment celui-ci.

— Mais, docteur, pensez-vous... ?

— Il est une façon sûre de vous convaincre, monsieur : nous ferons, quand vous voudrez, l'ouverture du corps.

---

* Tel fut le mensonge de l'abominable Sartine.

** C'est l'opération du scélérat Le Noir[699].

— Non, en honneur, ces opérations-là m'ont toujours révolté ; elles ne sont pas sûres, et elles ont, ce me semble, quelque chose de cruel... Ne disséquons point, enterrons. »

Un peu surpris de cette réponse, le médecin lui demanda s'il ne jugeait pas à propos de former une plainte juridique.

« Et contre qui ? dit le président.

— Mais, monsieur, ces choses-là ne doivent pas rester impunies ; vous, messieurs, qui en punissez jusqu'au soupçon le plus impossible, devez savoir mieux que nous la nécessité de sévir contre de telles horreurs.

— Soit, dit le président, mais comme je suis loin d'admettre votre soupçon, qu'en le formant il tombe inévitablement sur tout ce qu'il y a eu d'honnêtes gens autour de ma femme depuis trois mois, et que, dénués de preuves comme nous le sommes, nous ne ferions jamais de cela que du bruit et pas le moindre exemple, je suis pleinement convaincu que le plus sage est de rester dans le silence et de revenir comme moi, monsieur, à l'opinion qu'un tel crime sans fondements, sans motifs, devient absolument inadmissible. »

Sur-le-champ il changea de discours, évitant avec le plus grand soin de reparler d'Augustine. Le souper fait, il fut se coucher... mais, ô comble d'horreur ! pourquoi faut-il que j'aie encore cette dernière turpitude à révéler, et pourquoi une lettre que je ne consacrais qu'à la tristesse, doit-elle être souillée par des récits infâmes !

Le président ne marche jamais sans un de ses serviteurs zélés pour les plaisirs de leur maître, qui sacrifient, pour leur en procurer, devoirs, religion, honneur et toutes les vertus qui caractérisent l'honnête homme. Dès que le patron est quelque part, cet insigne agent jette aussitôt les yeux sur ce qui l'entoure, et démêle avec une adresse et une promptitude singulières l'objet qui peut convenir aux sales désirs de celui qui l'emploie. Le lieu, les circonstances, la douleur générale... cette impression de respect profondément gravée dans tout ce qui se trouvait là, rien ne parut sacré à ces deux monstres : l'un ordonna d'agir, l'autre travailla ; et dans le nombre des jeunes paysannes que la piété, la reconnaissance attiraient aux pieds de leur respectable dame, une, plus faible, ou moins touchée, osa écouter les propositions qui lui furent faites. C'était une jeune orpheline de quatorze ans, presque livrée à elle-même ; le zélé serviteur la fit voir à son maître, celui-ci approuva le choix ; dès le soir elle fut conduite dans la chambre de cet horrible époux, et le traître osa consommer son forfait près des cendres encore palpitantes de cette malheureuse femme, dont il venait de trancher si odieusement les jours. Il la garda toute la nuit ; je ne le sus qu'après son départ... En vérité, je ne l'aurais pas souffert, si j'en avais été prévenu.

Dès qu'il fut retiré, je me mis en devoir de remplir les tristes soins dont j'étais chargé ; ce qui m'embarrassait le plus, était la manière dont je m'y prendrais pour prévenir cette pauvre Aline des nouveaux malheurs qui l'attendaient encore.

L'ordre était précis, le président me l'avait renouvelé en nous séparant ; et lorsque sur cela je lui avais montré les dernières intentions de sa femme, il les avait traitées de radotage, qu'on pouvait entendre par pitié dans l'instant où elle les avait dictées, mais dont on ne pouvait que rire après...

« À l'égard des biens, meubles et immeubles, je n'ai rien à réclamer ici, monsieur, m'avait-il dit, tout est à ma femme, elle a pu faire les dispositions qui lui ont convenu ; mais pour ma fille, elle est à moi ; vous l'avertirez, je vous prie, qu'il faut qu'elle parte demain sans faute. »

Je devais donc la préparer. Pour ne pas troubler sa nuit, que je ne supposais pas déjà fort tranquille, je ne me rendis dans son appartement qu'à la pointe du jour. Elle ne s'était ni déshabillée, ni couchée ; ses accès de douleur avaient été cruels... et d'autant plus, sans doute, que son désespoir était muet. Ses larmes, ne pouvant trouver de passage, retombaient en gouttes de sang sur son cœur ; elle demandait sans cesse à aller embrasser sa mère, et s'irritait violemment de la résistance qu'on était obligé de lui opposer. Elle revint un peu quand elle me vit. Elle me demanda pourquoi je l'avais laissée seule si longtemps. Je m'excusai sur les soins qu'exigeait la situation, et après avoir donné tout ce qu'il m'était possible à l'affliction de son âme, j'essayai de m'en rendre maître. Un mouvement d'amitié lui échappa... je le saisis... je la pressai dans mes bras, et ses larmes coulèrent...

« Ô mon amie ! lui dis-je alors... appelez le courage à votre secours... j'ai de nouveaux malheurs à vous apprendre... »

Elle me fixa avec un air d'effroi qui me fit trembler... et toutes ses idées se portèrent sur toi.

« Ô ciel ! s'écria-t-elle, Valcour est-il avec ma mère ? un même coup les a-t-il réunis ? »

Il est heureux dans un tel cas que la personne qu'on veut amener doucement à l'instruction d'une nouvelle affreuse aille au-delà de la vérité ; je pris une de ses mains, et lui souriant avec amitié :

« Non, lui dis-je, Valcour se porte à merveille, et je suis bien sûr qu'il n'est occupé que de vous ; mais ce que j'ai à vous dire est peut-être plus cruel encore que ce que vous avez craint... Votre père est ici... il vous emmène dès aujourd'hui, et veut qu'incessamment vous soyez la femme de Dolbourg... »

Je n'ai vu de ma vie un mouvement aussi violent que celui que fit ici cette fille à la fois courageuse et infortunée...

« Ô mon ami ! me dit-elle en se levant, il n'est donc plus rien dans le monde qui puisse maintenant m'empêcher de me rejoindre à ma mère !...

— Asseyez-vous, Aline, lui répondis-je, je croyais trouver en vous de la force, et vous ne me montrez que du désespoir ; rien ne peut rompre les résolutions de votre père, mais il vous reste des moyens d'échapper aux nœuds qu'il vous destine.

— Et quels sont-ils ?

— Écoutez-moi, et surtout calmez-vous. »

Elle s'assit et me prêta toute son attention.

« Je ne vous conseillerai point le parti du cloître, lui dis-je alors ; en vain le proposeriez-vous : on s'y refuserait assurément ; mais voici ce que mon amitié vous dicte. Que votre soumission fléchisse d'abord votre père, ne lui montrez qu'obéissance et respect pendant la route... Arrivée au château, tâchez d'entretenir Dolbourg seul, témoignez-lui vivement l'insurmontable aversion que vous éprouvez pour ce mariage ; peignez-lui la certitude des malheurs qui en résulteront pour tous les deux, intéressez-le enfin ; employez tout : la nature vous a donné des grâces, une éloquence douce et persuasive à laquelle il est difficile de résister. Moins violent que votre père, je ne serais pas étonné qu'il se rendît ; si cela arrive, comme je m'en flatte, engagez-le avec la même ardeur à rompre, peut-être le fera-t-il. Mais mettons toutes choses au pis, et supposons que vous ne trouviez aucun moyen d'éviter le sort qu'on vous destine. Votre fidèle Julie vous reste, cela est décidé ; échappez-vous avec elle, voilà cent louis que je lui donne pour la dépense de ces soins ; accourez chez Mme de Senneval, elle sera prévenue, elle ira vous attendre exprès dans la terre voisine de Paris que vous lui connaissez. Là, vous me ferez venir ; Eugénie et moi, nous nous chargeons de vous ; nous vous sortons de France, nous vous remettons dans les bras de l'époux que vous destinait votre mère, et nous vous y faisons jouir en paix de la fortune qu'elle vous laisse... »

L'ombre la plus légère du bonheur est si flatteuse pour un cœur au désespoir ! Cette chère fille tomba dans une douce rêverie, je lui demandai ce qu'elle avait.

« Ô Déterville ! me dit-elle, vos procédés me rendent confuse, mais permettez une réflexion, mon ami : s'il est vrai que vous ayez envie de m'arracher aux maux qui me menacent comme vos touchantes bontés m'en répondent, pourquoi l'effet de vos soins ne commencerait-il pas dès ici ? pourquoi ne m'évitez-vous pas cet affreux voyage avec mon père ?

— Cela se peut-il ? répondis-je avec douceur. Votre père est ici, de ce moment vous êtes en sa puissance... Si vous disparaissez, c'est moi qui vous enlève, et vous perdez, sans vous sauver par cette démarche, le seul ami qui vous puisse servir. Si vous partez de Blamont, aucun soupçon ne peut tomber sur moi, votre fuite est votre seul ouvrage et les soins que nous vous rendons ensuite ne sont plus le fruit d'une séduction, c'est une protection accordée, c'est un service que nous vous rendons. Votre père en ce cas a des torts réels, dont il est tout simple que vous ne vouliez pas être la victime, tandis que jusqu'à présent ses torts envers vous ne sont pas assez fondés pour le fuir. Il n'y a ici que des mauvais procédés, il y aura des horreurs à Blamont. Vous échapper d'ici est, en un mot, un parti violent ; un plus simple peut réussir, et il est des lois de la prudence de n'employer jamais les moyens excessifs que quand les autres n'offrent plus d'espoir. »

Elle retomba dans ses réflexions... puis au bout d'un temps :

« Déterville, me dit-elle, je me sens plus forte que je ne l'aurais cru, vos bontés me pénètrent, et j'en profiterai... Oui, mon ami, j'en profiterai, continua-t-elle en se relevant, ou cela me sera impossible... Puis avec violence : Mais possible, ou non, je ne serai jamais la femme de Dolbourg. »

Et me prenant par les deux mains :

« Maintenant, dites-moi, mon ami, si vous croyez qu'il y ait au monde une créature plus malheureuse que moi.

— Assurément, lui dis-je, il y en a ; il s'en faut bien que votre sort soit désespéré, peut-être même êtes-vous moins à plaindre aujourd'hui que je ne vous le croyais hier.

— Mon ami, me dit-elle, en se tournant vers la fenêtre, il fait jour, vraisemblablement nous allons bientôt nous séparer. » Et se jetant dans mes bras : « Oh ! mon cher Déterville, ce nouveau coup de foudre sera bien terrible pour moi ; mais avant qu'il ne m'écrase, ne me refusez pas la faveur que je vais vous demander.

— Qu'exigez-vous, Aline ? Ne connaissez-vous pas tous vos droits sur mon cœur ?

— Je veux aller embrasser encore une fois ma mère... Ou vous ne m'avez jamais aimée, ou vous m'accorderez cette consolation.

— Je vous crains, lui dis-je, votre tête est trop vive, votre cœur trop ardent... ce spectacle est douloureux, vous ne pourrez jamais le soutenir... »

Mais se contenant avec un courage qu'il n'est pas possible de peindre :

« Non, répondit-elle, vous vous trompez, c'est un saint devoir que je ne partirais pas sans remplir ; mais ne redoutez rien, la religion et la piété combattront la douleur ; mon âme, abattue par trop de chocs, retrouvera dans la multitude des secousses la force que chacune d'elles lui aurait enlevée... Marchons... guidez mes pas tremblants, et n'ayez nulle crainte. »

Puis, sans me donner le temps de répondre, elle prit mon bras et nous nous avançâmes vers le lieu funèbre.

Mme de Blamont était sur un lit de damas bleu, où je l'avais fait parer avec décence, voulant procurer le lendemain aux habitants de sa terre la satisfaction de la voir qu'ils imploraient avec des torrents de larmes ; elle avait une robe de gros de Tours blanc ; ses cheveux, dans leur couleur naturelle, proprement peignés sous un grand bonnet, sa tête reposait sur un oreiller garni de dentelles, et son attitude était celle d'une femme qui dort ; huit cierges brûlaient autour du lit dont les rideaux étaient relevés avec des gros flots de rubans blancs ; deux prêtres modestement recueillis récitaient des prières à basse voix.

Par la porte où nous entrions, le tableau s'offrait à nous en entier... Ta malheureuse Aline ne l'a pas plus tôt aperçu qu'elle recule et tombe dans mes bras... mais persuadée qu'elle n'a plu qu'un moment à elle, la crainte de le perdre, l'extrême résignation dans laquelle elle est, tout la soutient, et nous avançons. Les prêtres se retirent un instant ; Aline plus libre se jette aux pieds de sa mère, et les baise tous deux avec respect... elle se relève, vient sur les côtés, prend chacune des mains tour à tour, et y imprime ses lèvres avec la componction de la plus vive douleur... Elle s'approche de la tête, considère un instant le calme pur qui règne sur les traits de cette femme... admire la beauté qui s'y peint encore...

Ici son âme se déchire ; elle élance ses bras autour du cou de cette mère adorée, l'arrose de ses larmes, l'accable de ses baisers, et lui adresse des mots si tendres... lui fait des questions si touchantes, que la crainte de la voir succomber à cet excès de sensibilité me fait approcher d'elle, et la supplier de ne pas s'abandonner ainsi. Mais comme elle me résistait, comme elle n'écoutait... comme elle n'entendait plus que sa douleur, le curé survint et lui fit les mêmes instances.

Elle craignit alors d'avoir manqué de respect. Cette tendre fille, sans cesse occupée de ses devoirs, y sacrifiant toujours les passions les plus ardentes de son âme, se retira en baissant les yeux, et se replaça à genoux au pied du lit pour partager un instant les prières avec les honnêtes ecclésiastiques qui s'étaient chargés de ce soin. Ce fut en ce moment que je lui annonçai tout bas le legs des cheveux que lui faisait sa mère ; je lui dis que j'allais les couper pour les lui remettre tout de suite. Cette nouvelle remplit son âme de consolation.

« Elle me donne ses cheveux, dit-elle, cette bonne mère... cette tendre mère... elle a pensé à moi... Ah ! donnez-les-moi... donnez-les-moi vite... ils ne me quitteront de ma vie... »

Je m'approchai du lit pour procéder à cette opération... mais Aline se détourna, elle ne voulut pas me voir faire, elle était bien aise d'avoir ses cheveux, mais elle était fâchée qu'on les coupât ; il semblait que cela devînt pour elle une preuve de plus de la mort de sa mère, et peut-être jouissait-elle en cet instant de l'illusion de la croire endormie ; c'était d'ailleurs déparer en quelque sorte ce corps qu'elle idolâtrait. Toutes ces idées sans doute troublèrent le plaisir sombre[700] qu'elle éprouvait à ce don, et quand je le lui apportai, elle ne le reçut d'abord qu'en frémissant... Bientôt pourtant elle les couvre de baisers, et se détournant pour ouvrir sa poitrine, elle les place au-dessous du sein gauche, protestant sur les pieds de sa mère qu'ils ne quitteraient jamais cette place.

« Ma chère amie, dis-je au bout d'une demi-heure de cette cruelle visite, il faut partir ; cet instant va vous affliger encore, il vaudrait presque mieux que nous ne fussions pas venus. »

Elle frissonna, on eût dit que j'arrachais la partie la plus sensible de son âme, mais toujours ferme et courageuse, après avoir renouvelé une dernière fois ses baisers aux mains et au front, elle s'incline respectueusement et sort en pleurs, la tête cachée dans mes bras. Je l'embrassai dès que nous fûmes dehors.

« Je suis bien plus content de vous que je ne l'aurais cru, lui dis-je, ceci me remplit d'espoir pour la suite... Oh ! ma chère amie, de la force, il en faut, de la prudence, de la sagesse, et soyez sûre que nous réussirons... »

Nous rentrâmes dans sa chambre ; elle me demanda où serait enterrée sa mère, avec une sorte d'émotion qui m'alarma. Je lui fis part des dernières dispositions de la défunte ; et quand elle vit que Mme de Blamont désirait expressément que sa fille fût mise un jour dans le même cercueil :

« Ah ! dit-elle, comme ceci me console encore ! Cela sera, n'est-ce pas, Déterville ? cela sera ? personne ne peut s'y opposer ?

— Non, certes », lui dis-je...

Puis, comme sans réflexion :

— Vous en chargez-vous, mon ami ?

— Fille adorable, répondis-je, la nature ne dérangera pas ses lois pour que je sois chargé de ce soin : réfléchissez que j'ai douze ans plus que vous.

— Oh ! qu'importe, on finit à tout âge. Dites-moi toujours que si vous me survivez, vous me promettez de me faire mettre auprès de ma mère.

— Je vous le jure, mais aux conditions que nous allons nous occuper d'autre chose.

— Oh ! de tout ce que vous voudrez, après cette promesse.

— Eh bien ! j'exige que vous preniez quelque nourriture.

— Oui, de la crème de riz, comme hier, avec celle que j'ai perdue, n'est-ce pas, mon ami... comme hier ? »

Et avec un peu d'égarement :

« Mais elle ne sera plus là... ce ne sera plus avec elle... il n'est plus possible que je la revoie jamais !... »

Et sans répondre :

« Eh bien, voulez-vous que j'aille vous chercher quelques légers aliments ?

— Non, en vérité. »

Et cependant, à force d'instances, je l'obligeai à avaler un œuf frais, dans lequel je battis quelques gouttes d'élixir. Nous employâmes ensuite le peu de temps qui nous restait à assurer nos mesures ; je convins avec elle que, dans tous les cas, Julie me ferait un détail exact de ce qui se passerait au château de Blamont, dès qu'Aline y serait ; et Aline me promit de son côté de m'écrire le plus souvent qu'elle pourrait, et d'observer avec exactitude tout ce qui était convenu entre nous...

L'heure pressant, elle s'habilla ; quand on lui présenta une robe noire, elle la baisa avec transport.

« Ah ! mon ami, dit-elle en me regardant, voilà la dernière couleur que je porterai de ma vie... »

À peine était-elle prête, que le président me fit dire qu'il m'attendait dans les salles d'en bas et qu'il me priait de lui amener sa fille.

« Eh bien ! lui dis-je, comment va le cœur ?

— Mieux que je ne croyais, me répondit-elle en prenant mon bras ; mais surtout, mon ami, ne me quittez point que je ne sois en voiture. »

Je le lui promis, et nous descendîmes... Dès qu'elle entendit la voix du président qui causait avec quelques habitants de Vertfeuille, elle frémit.

« Courage, lui dis-je, du respect et du silence. »

Elle entra, elle salua son père, sans prononcer une parole ; M. de Blamont s'approcha d'elle, il l'exhorta froidement à se consoler : il lui dit que le deuil lui seyait à merveille, qu'il ne l'avait jamais vue si jolie. Et elle continua de se tenir debout, les yeux baissés, sans répondre une parole.

« À titre d'exécuteur testamentaire, tout ceci va vous donner bien de la peine, me dit le président ; elle a bien fait de vous choisir, assurément cela ne pouvait être en meilleures mains... Ma fille a-t-elle déjeuné ?

— Oui, monsieur, dis-je, bien sûr d'obliger Aline par cette réponse. Avez-vous ordonné qu'on vous servît ?

— Oui, j'ai dit qu'on mît deux perdrix ; j'aime à la folie celles de Vertfeuille, elles ont bien plus de goût que celles de Blamont. Aline, vous en mangerez une ?

— Non, mon père.

— C'est que la journée est bien longue ; il y a vingt-cinq lieues de traverse, j'ai six relais, nous n'arrêterons pas ; nous aurons des biscuits dans la voiture, mais cela ne nourrit point. »

On servit ; le président mangea ses deux perdrix, but autant de bouteilles de vin de Bourgogne, et causa avec les différentes personnes dont la salle était remplie, pendant que, dans une embrasure, Aline et moi fûmes nous entretenir encore un moment.

J'achevai de raffermir son cœur ; elle me témoigna mille caresses... et comme en s'ouvrant à l'amitié son âme était prête à se fendre [701], je fis semblant de ne rien voir. Elle me pria de t'écrire, et ton nom n'eut pas plus tôt volé sur ses lèvres que ses yeux s'inondèrent... Je rompis encore ces nouvelles effusions, je craignais une crise affreuse ; et quand l'instant du départ approcha, je ne vis d'autre parti, pour éviter cette révolution, que de la navrer par de la froideur. Je me déchirais moi-même en agissant ainsi, mais il le fallait. J'abordai le président ; elle m'entendit et se contint...

On vint avertir que les chevaux étaient mis... Je la vis tressaillir, mais je ne m'approchai plus d'elle... Le président sortit... Julie ensuite... elle quitta la dernière. Dès qu'on la vit, le peuple forma deux haies, au milieu desquelles elle fut obligée de passer.

Là, cet ange céleste reçut involontairement les hommages de tout ce qui l'entourait. Les uns élevaient leurs mains vers le ciel, en lui souhaitant mille prospérités... Ceux-ci pleuraient et se détournaient d'elle, comme pour ne la pas voir s'arracher à eux, d'autres enfin se jetaient à ses pieds, lui rendaient grâces des bienfaits qu'ils en avaient reçus, et imploraient sa bénédiction... Elle traversa la foule, ne regardant que la terre, ne laissant jamais voir sur son front que la douleur et l'humilité...

Le président monta, Julie suivit... Alors Aline tourna les yeux vers moi, pour m'adresser un adieu cruel qui eût ouvert la source des larmes que je m'efforçais d'étancher... Mais ne pouvant plus me distinguer, par les précautions que j'avais prises, quoique je ne la perdisse pas de vue, elle s'élança comme un trait dans la voiture... Tout s'éloigna avec la rapidité de l'éclair... et moi, confondu... anéanti... je crus que l'astre disparaissait pour toujours des cieux, et que le monde allait être condamné à vivre éternellement dans les ténèbres.

Je rentrai, suivi du peuple dont les pleurs ne tarissaient point. Ne voulant faire enterrer Mme de Blamont qu'au bout de trente-six heures révolues, d'après les instances réitérées de sa fille, je fis ouvrir l'appartement où elle était exposée, après avoir pris soin de faire enclore le lit d'une balustrade couverte de drap noir : il n'y eut personne qui ne vînt se prosterner aux pieds de celle qui leur avait été si chère ; tous la bénirent, tous l'adorèrent...

Ô gens du siècle ! vous qui vivez comme le monstre qui la sacrifia, obtiendrez-vous de tels hommages, quand la Parque aura tranché vos jours ?... Aurez-vous, comme cette femme divine, du sein de l'Être suprême où l'ont placée ses vertus, la douce consolation de vivre encore dans le cœur des hommes, et de les voir vous offrir le tribut sacré de leur amour et de leur reconnaissance ? [702]

Ces soins remplirent tout le vingt-sept. Le lendemain, à dix heures du matin, le cortège vint prendre le corps pour le rendre à sa dernière demeure. Chacun se disputait l'honneur de porter ce précieux fardeau ; et ses gens ne le cédèrent qu'avec peine aux six plus notables du lieu.

Ils l'enlevèrent, et elle arriva à la paroisse, au triste son des cloches... murmure harmonieux, devenu plus lugubre encore par les sanglots et les gémissements de tout ce qui l'accompagnait ! Mais le désespoir devint si violent, quand on la vit disparaître et s'enfoncer dans les entrailles de la terre... les cris de la douleur furent tels, que les voûtes du temple en retentirent ; on eût dit que tout ce qui était là lui eût été attaché par quelques liens... il semblait qu'ils étaient tous ses enfants, tous la pleuraient comme une mère.

Je revins, et passai, sans doute, la plus cruelle journée que j'ai eue de ma vie : dégagé des soins les plus importants, je n'écoutai plus que mon chagrin...

Ô mon ami, qu'il fut affreux ! l'obligation de me contraindre, en repoussant vers mon cœur les larmes que je m'étais refusées, en avait ébranlé les ressorts ; toute la machine était affaissée... Je me promenais seul à grands pas dans ces appartements où régnaient autrefois la décence, la joie douce et l'honnêteté, et je n'y trouvais plus qu'un vide horrible et des marques de deuil.

Elle a passé, me disais-je, celle qui faisait le bonheur des autres ; le ciel n'a voulu la laisser qu'un instant sur la terre... elle n'y a paru que pour faire le bien... Et je lui appliquais ces paroles superbes qu'inspirait à Fléchier la célèbre duchesse d'Aiguillon* : « Elle n'a été grande que pour servir Dieu, riche que pour assister les pauvres, vivante que pour se disposer à la mort [703]. »

Telle est, mon cher Valcour, la première partie des malheurs que j'ai à t'apprendre ; je passe les détails qui m'occupèrent les jours suivants, pour en venir plus tôt au sombre récit qui me reste, et qui ne déchirera pas plus cruellement ton cœur que le mien ne le fut en le lisant.

Le 3 mai au soir, je revenais de l'église, où je n'ai pas manqué d'aller pleurer deux heures par jour sur le tombeau de ma malheureuse amie, depuis que nous avons eu la douleur de la perdre, lorsqu'on m'avertit qu'un homme à cheval demandait, avec empressement, à me parler. Je vole où l'on me dit qu'il est, le cœur palpitant d'effroi : je trouve un inconnu qui me rend à l'instant un paquet de lettres... J'ouvre avec précipitation... j'interroge... je lis sans comprendre, je reconnais enfin l'écriture d'Aline, précédée d'un journal exact de Julie. Je t'envoie le tout... lis, Valcour, et respire, si tu le peux, jusqu'à la dernière ligne.

LETTRE LXVIII

Julie à Déterville

Au Château de Blamont, ce 1er mai.

J'exécute vos ordres et ceux de ma maîtresse, monsieur ; puissent être lus de vous de tristes caractères, que mes larmes effacent à mesure que ma main les écrit. Vous exigez des détails, quelque douloureux qu'ils soient, j'obéis.

---

* Nièce du cardinal de Richelieu.

M. le président s'endormit dès que la voiture fut en mouvement, et ne s'éveilla qu'au premier relais ; il fit quelques questions à sa fille, qui ne lui répondit que par monosyllabes : alors il lui demanda d'un ton sévère si elle s'avisait d'avoir de l'humeur.

« Je n'ai que du chagrin, monsieur, répondit-elle ; j'imagine que mes malheurs m'en donnent le droit. »

Là-dessus, M. le président répondit que la plus haute de toutes les folies était de se chagriner, qu'il fallait savoir monter son âme à une sorte de stoïcisme, qui nous fît regarder avec indifférence tous les événements de la vie ; que pour lui, loin de s'affliger de rien, il se réjouissait de tout ; que si l'on examinait avec attention ce qui paraîtrait devoir, au premier coup d'œil, nous désoler le plus cruellement, on y trouverait bientôt un côté agréable ; qu'il s'agissait de saisir celui-là, d'oublier l'autre ; et qu'avec ce système on parvenait à changer en roses toutes les épines de la vie... que la sensibilité n'était qu'une faiblesse dont il était facile de se guérir, en repoussant de soi avec violence tout ce qui voulait nous assaillir de trop près, et en remplaçant avec vitesse par une idée voluptueuse ou consolatrice, les traits dont le chagrin voulait nous effleurer... que cette petite étude n'était l'affaire que de très peu d'années, au bout desquelles on réussissait à s'endurcir, au point que rien n'était plus capable de nous affecter. Et il assura mademoiselle qu'elle serait toujours malheureuse tant qu'elle n'adopterait pas cette prudente philosophie...

Aline ne répondit rien, et monsieur se retournant vers moi, me fit tout haut, sur mademoiselle, des questions de la plus grande indécence.

Quand il vit que je baissais les yeux sans répondre, il m'apostropha avec humeur ; il me dit que je n'aurais pas beau jeu avec lui, si je voulais faire aussi la prude ; que le ton de sa maison était autrement libre que celui du logis que je quittais, et qu'il fallait, ou s'y mettre, ou s'attendre à n'y pas demeurer longtemps. Ensuite, en me renouvelant les questions indiscrètes qu'il venait de me faire sur sa fille, il me dit que dès qu'il allait la marier, il fallait bien qu'il connût ces choses-là, et que ne voulant pas tromper son gendre, il était essentiel qu'il sût *si la marchandise était sans défaut* ; mais que puisque je refusais de le lui apprendre... *il fouillerait les ballots lui-même, pour en apprendre la valeur* ; et là-dessus il dit à mademoiselle qu'il faisait bien chaud, qu'il lui conseillait d'ôter toutes les coiffes et tous les mantelets dont elle était affublée.

Mais Aline, qui avait choisi le strapontin par préférence, courbée sur la portière et la tête cachée dans ses mains, n'écoutait rien et ne répondait à rien...

Alors M. le président me demanda relativement à moi les mêmes éclaircissements qu'il voulait que je lui donnasse sur mademoiselle, et il accompagna ses questions de gestes si malhonnêtes... d'actions tellement indécentes, que je le menaçai d'appeler ou de me jeter hors de la voiture. Il me dit qu'il saurait me mettre à la raison ; que je me trompais fort, si j'imaginais qu'il m'emmenât pour plaire à sa fille ; et qu'assurément il m'aurait laissée, sans ma jeunesse et ma jolie figure ; qu'il attendrait, puisque je faisais autant la difficile, mais qu'il me prévenait qu'il en faudrait toujours venir là, et qu'il y avait à Blamont des moyens sûrs pour vaincre la résistance des filles.

Peu après il se rendormit, et ne parla presque plus du jour. A environ un quart de lieue de Sens, une roue se cassa, et nous arrivâmes comme nous pûmes à l'auberge de la poste, où il fallait bien coucher malgré nous. Monsieur parla lui-même à la maîtresse de la maison, et nous montâmes, peu après, dans une chambre à deux lits, où il fit porter les équipages de nuit de mademoiselle, me disant que c'était là sa chambre et celle de sa fille, et que je n'avais qu'à en demander une pour moi. Mais Aline me prit par le bras, et dit qu'elle allait en demander une pour elle et pour moi, parce qu'elle ne pouvait se passer de sa femme de chambre la nuit.

« Eh bien ! dit le président, on tendra un troisième lit ici, mais vous, ma fille, vous ne coucherez sûrement pas ailleurs.

— Je vous demande pardon, mon père, dit Aline en ouvrant brusquement la porte et se jetant avec moi sur la galerie. »

Alors elle appela la maîtresse, et lui demanda une chambre. Cette femme, guidée par les yeux du président qu'elle consulta aussitôt, répondit qu'elle n'avait d'autre lit à lui donner que celui qui était dans l'appartement de monsieur, et que toute sa maison était pleine.

« Mais vous destiniez un coin à cette fille, dit Aline en me montrant.

— Oui, mademoiselle ; mais cette chambre n'est pas faite pour vous.

— N'importe, n'importe, j'y coucherai avec elle ; tout est bon, pourvu qu'il soit décent, et rien ne l'est moins, madame, que de faire coucher une fille dans l'appartement de son père.

— Cela nous arrive pourtant tous les jours.

— Vous trouverez bon que ce ne soit pas moi. »

L'hôtesse n'osant répliquer, ouvrit une assez mauvaise petite chambre à l'autre extrémité de la galerie, et nous y entrâmes, sans que le président, qui nous voyait de sa porte, osât prononcer un seul mot.

Mademoiselle demanda un bouillon pour elle et un poulet pour moi. Elle supplia instamment l'hôtesse de prendre elle-même la clef de notre chambre, et de ne nous ouvrir le lendemain que quand son père voudrait partir.

A peine fûmes-nous renfermées, que replaçant devant les yeux d'Aline la conduite de son père dans cette seule journée, je lui dis qu'après tous les dangers que nous courions avec un tel homme, nous ferions peut-être prudemment d'essayer à nous sauver d'où nous étions. Je lui représentai qu'une fois au château, les moyens que nous trouvions à présent ne nous seraient peut-être pas offerts.

Mais mademoiselle, qui ne se ressouvenait point du château de Blamont, où elle n'avait été qu'une fois avec sa mère dans son enfance, me dit qu'il lui paraissait impossible que nous n'eussions là les mêmes moyens qu'ici ; qu'elle espérait fléchir Dolbourg, obtenir de lui de renoncer à ses projets, et que, favorisée par M. Déterville, elle ne voulait s'écarter en rien des conseils qu'elle en avait reçus.

« Mademoiselle, lui dis-je, M. Déterville, qui s'est expliqué devant moi, a dit, ce me semble, que, pour légitimer votre fuite, il ne fallait que trouver des torts à monsieur votre père. Ses propos... ses projets d'aujourd'hui, tout cela n'annonce-t-il pas des horreurs ?...

— Julie, me dit cette inestimable maîtresse, tu ne sais pas ce que c'est que d'accuser son père ? Tu ne sens pas ce qu'il en coûte à une âme comme la mienne, pour divulguer des torts de cette espèce, dans celui de qui je tiens le jour ; j'aimerais mieux mourir que d'oser une telle chose ; et dans tout ceci, d'ailleurs, il n'y a encore rien de réel, rien que je puisse prouver, et rien qu'il ne puisse combattre... Ô ma chère amie ! espérons, ceci ira peut-être mieux que tu ne crois, j'attends tout de Dolbourg... Quoi qu'il en soit, ajouta-t-elle en me saisissant la main avec un air qui me fit frémir, ne crains rien, Julie, je ne trahirai jamais l'amant que j'aime ; je ne ferai jamais d'autre choix que celui de ma mère ; et s'il faut une victime à ces monstres, voilà la main, dit-elle, en tendant la sienne, voilà la main qui en ouvrira le flanc... »

Ensuite elle se jeta sur le lit sans se déshabiller, et passa la nuit dans les larmes.

Le lendemain matin, on vint nous avertir pour le départ ; nous sortîmes promptement et fûmes nous tenir à la porte de la chambre de monsieur, sans y entrer. Il parut ; nous descendîmes avec lui, et nous reprîmes dans la voiture les mêmes places que nous avions la veille.

Monsieur ne dit pas un mot ; nous imitâmes son silence, et nous arrivâmes vers midi au château de Blamont, dont les abords ténébreux et isolés [704] surprirent et effrayèrent mademoiselle, qui, comme je viens de le dire, ne se ressouvenait plus de sa position. La voiture pénétra jusque dans la cour intérieure, et là, nous trouvâmes M. Dolbourg, qui offrit son bras à mademoiselle pour descendre de la voiture ; elle accepta cette politesse et lui fit une révérence pleine de douceur.

La voiture se retira, nous entrâmes dans la salle d'en bas. Tout est triste dans cet affreux château, tout y noircit l'imagination, tout y inspire la terreur ; et cette horrible maison a plutôt l'air d'une forteresse que d'une habitation de campagne ; on n'y voit que des voûtes, des grilles, des portes épaisses.

Dès que nous fûmes entrées, monsieur me dit de faire porter les équipages de sa fille dans l'appartement qu'on m'indiquerait ; mais mademoiselle m'arrêtant, demanda instamment à ces deux messieurs de permettre que je ne la quittasse point.

« Oh ! parbleu, dit brusquement M. de Blamont, elle ne mangera ni ne couchera pourtant point avec vous ; il me semble qu'une fille est en sûreté quand elle est entre son père et l'époux qui doit lui appartenir.

— Vous n'avez rien à craindre, mademoiselle, dit M. Dolbourg, daignez me croire, et laissez sortir votre Julie... »

Aline n'osa résister ; je fus faire ce qui m'était ordonné et revins aussitôt dans le salon. Mademoiselle était assise entre ces deux messieurs, et je sus qu'à cela près de quelques propos déplacés, parce qu'il était impossible à de telles gens de n'en pas tenir, il n'avait été pourtant question, dans cette première entrevue que de choses indifférentes. Dès qu'Aline me vit revenir, elle demanda la permission de se retirer : elle lui fut accordée ; monsieur lui donna la main lui-même pour la conduire dans sa chambre. Quand elle y entra, voyant qu'il n'y avait qu'un lit, elle demanda instamment qu'on en tendît un autre pour moi.

« C'est impossible, lui répondit le président, mais elle est à portée de vous et voilà des sonnettes dont vous pouvez vous servir au besoin. »

Cela dit, il se retira, et nous nous arrangeâmes dans cette chambre. En furetant dans les différents coins, nous aperçûmes dans l'embrasure d'une fenêtre la ligne suivante, écrite avec un crayon : *C'est ici que la malheureuse Sophie...* La phrase n'était pas finie...

— Ô ciel ! dit Aline effrayée... ce sera ici qu'il aura conduit cette pauvre fille. Je ne le savais pas, on me l'avait dit au couvent... Et qu'en a-t-il fait ? Pourquoi l'a-t-il emmenée dans ce château ?... pourquoi n'a-t-elle pu écrire que cette ligne ?... Oh, Julie ! tout me fait frémir...

Nous en étions là, quand on vint avertir mademoiselle que le dîner était servi. Bien sûre qu'on la forcerait d'y paraître, elle n'osa faire des excuses ; elle se remit comme elle put de son trouble et descendit.

Elle vit alors que la société était composée des deux amis, d'une vieille dame, d'une jeune personne de quinze à seize ans, assez jolie, et d'un jeune abbé ; la conversation fut générale tant que les laquais servirent ; mais renvoyés au dessert, elle prit un ton bien différent.

« Aline, dit le président, cette jeune personne que vous voyez est la fille de madame ; elle est ma maîtresse, je vous la recommande et j'espère que vous vivrez bien avec elle... Ce vieux coquin de Dolbourg a été mon rival quelque temps, mais aujourd'hui que le sacrement l'enchaîne, il m'a bien promis que ce ne serait que dans les bras de l'hymen qu'il allumerait les feux de l'amour. Cette belle enfant et sa mère seront les témoins de votre mariage, et c'est monsieur l'abbé qui le célébrera, circonstance à laquelle a pensé s'opposer

Dolbourg, car l'abbé est galant et votre vieux mari est jaloux comme un Italien. »

Mademoiselle, les yeux constamment baissés, ne répondit jamais un mot. On sortit de table, et dès qu'on en fut hors, elle salua respectueusement son père et se retira. Elle prétexta de la fatigue pour se dispenser du souper, et après avoir encore visité l'une et l'autre tous les coins de la chambre pour s'assurer qu'on ne pouvait y pénétrer par surprise, elle s'y enferma avec moi, et passa la nuit à peu près comme la précédente, mais plus agitée encore à cause de cette ligne imparfaite de la main de Sophie, et dont elle ne pouvait expliquer le sens. Telle fut l'histoire du vingt-huit.

Le lendemain, dès neuf heures, le président frappa. Nous lui ouvrîmes ; il m'ordonna de me retirer, et ayant dit à sa fille de l'écouter avec attention, il lui demanda si elle était décidée à lui obéir et à épouser le lendemain son ami Dolbourg.

Mademoiselle lui dit qu'elle ne pouvait revenir de la surprise où elle était de se voir faire une telle proposition avant même que sa mère ne fût enterrée. Monsieur, se voyant maître de sa victime, répondit avec des termes durs qu'il se moquait de ces considérations, qu'il voulait être obéi, qu'il venait lui demander sa parole de l'être, ou qu'il allait la faire jeter dans un cachot dont elle ne sortirait de sa vie.

Mademoiselle ne s'alarma point, son courage fut extrême ; elle dit qu'elle comptait trop sur les bontés de son père pour craindre d'être ainsi traitée ; mais que, puisqu'on exigerait un aussi cruel sacrifice, elle demandait instamment de pouvoir entretenir Dolbourg tête à tête. Cette faveur ne lui fut pas refusée.

Le président sortit et M. Dolbourg entra peu après... Il n'y eut rien qu'Aline ne fît, rien qu'elle ne mît en usage pour le dégoûter de cet hymen ; l'amour et le désespoir prêtaient une énergie à ses discours, à laquelle il semblait impossible de résister... Dolbourg fut inébranlable ; enfin cette intéressante fille se jeta aux pieds de son tyran avec des flots de larmes, pour le conjurer de renoncer à ses projets... Tout fut inutile... Il lui dit froidement de se relever... que ce qui était décidé se ferait... qu'il ne voulait d'elle que sa *personne*... nullement son cœur, qu'une fois sa femme, il saurait ou vaincre ses répugnances, ou s'en moquer si elles redoublaient... qu'à l'égard de la haine qu'elle lui faisait envisager, c'était la chose du monde qui l'effrayait le moins ; qu'il la ferait vivre dans une telle solitude et dans une subordination si entière, qu'il n'aurait pas à redouter les effets de cette antipathie. Il dit que cela lui rappelait l'histoire de sa dernière épouse ; qu'il avait été de même obligé de la prendre d'*assaut*, comme il voyait bien qu'il allait faire ici ; et que malgré toute la hauteur du caractère de cette femme, malgré les invincibles dégoûts qu'elle avait de même éprouvés pour lui, il avait su la réduire en peu de mois au sort le plus soumis ; qu'il se souvenait au mieux des moyens, et que tout violents qu'ils pussent être, il saurait les remettre en usage...

Alors mademoiselle, confuse de s'être abaissée jusqu'à la prière avec un tel monstre, lui a dit fièrement :

« Eh bien ! monsieur, tout est dit, mon père peut venir chercher ma parole, je serai votre femme demain. »

M. de Blamont revenu, elle lui a renouvelé devant Dolbourg les mêmes promesses avec un visage ferme et tranquille ; elle lui a demandé pour unique grâce qu'on ne l'obligeât point de descendre, et qu'on la laissât vingt-quatre heures seule, pour se préparer à une action qui lui coûtait autant.

Le président balança ; il dit que ce n'était pas à l'esclave à dicter des lois à ses maîtres.

« Aussi, reprit-elle promptement, vous voyez bien que je ne demande que des grâces.

— Oui, oui, dit Dolbourg, en entraînant le président, laissons-la bouder vingt-quatre heures, puisque cela l'amuse ; n'y a-t-il pas d'ailleurs des choses auxquelles il faut nécessairement que puisse vaquer une fille qui va cesser de l'être ? continua-t-il avec un ton de persiflage aussi impertinent que ridicule... Oui, oui, mon enfant, ajouta-t-il, en voulant la prendre sous le menton, *oui, oui, faites bien tout cela, et que je n'aie qu'à me louer du logis quand le papa m'en donnera les clefs.*

Alors monsieur, voulant soutenir ce ton de grossière plaisanterie, dit que dans la règle, *on devait balayer les chambres avant d'admettre un nouvel hôte, qu'il fallait au moins leur donner de l'air, et que ce soin le regardait seul*[705].

— Assurément, dit Dolbourg, je ne suis point jaloux, tu le sais, fais ce que tu voudras, mon ami ; *tu n'avaleras jamais si bien l'huître que je n'en retrouve encore l'écaille, et c'est tout ce qu'il faut à un époux examinateur, et qui malheureusement n'est que cela.* »

Encouragé par ces plats et odieux propos, le président s'avança avec impudence vers sa fille, et la saisissant durement par le bras :

« *Sauvage créature*, lui dit-il, il n'y a plus de défense ici, il n'y a plus de mère dans le sein de laquelle tu puisses te jeter. »

Mais à ces cruels mots, mademoiselle tomba à la renverse dans un fauteuil, et ses larmes, ses sanglots allaient la suffoquer infailliblement, si Dolbourg, beaucoup plus effrayé que son ami, ne m'eût appelée fort vite. Cachée dans un coin, en dehors, d'où rien ne m'échappait, j'accourus ; mademoiselle était sans connaissance, je la délaçai promptement... Mais les scélérats... je frémis en traçant ces indignités... ils osèrent porter des yeux impurs sur ce sein d'albâtre, agité des soupirs de la douleur... inondé des pleurs du désespoir... Ils osèrent... Oh ! monsieur, n'en exigez pas davantage, leurs exécrations furent au comble [706]... On me tenait pendant ce temps-là.

Mademoiselle en reprenant ses sens s'aperçut de tout.

« Ah ! ma chère Julie, s'écria-t-elle, qu'est-ce donc que les monstres ont fait ?...

— Hélas ! répondis-je, en fondant en larmes, c'est à ce prix qu'ils vous accordent vingt-quatre heures...

— Bon, reprit-elle avec une fermeté qui m'étonna, je n'ai pas besoin d'un plus long délai. »

Et, s'approchant de la fenêtre, elle en considère l'élévation, elle la mesure des yeux : elle avait plus de quatre-vingts pieds de hauteur, et au bas était un fossé de trois toises de large, et entièrement plein d'eau...

« Eh bien, Julie, me dit-elle, après un peu de réflexion, tu le vois, voilà nos projets impossibles.

— Plus que vous ne pensez, répondis-je avec douleur, nous sommes observées de partout, c'est ce qui met le comble à l'horreur de notre sort... Regardez, lui dis-je, en montrant l'autre côté du fossé, apercevez deux hommes qui ne quittent jamais notre fenêtre de vue ; et si je fais le moindre pas dans la maison, je suis partout suivie par deux autres. Notre position est affreuse.

— Je le sens, me répondit Aline, aussi ne me reste-t-il qu'un parti à prendre... »

Ne la comprenant pas, j'osai lui dire que dans la terrible circonstance où elle se trouvait, le seul était de fléchir... mais sans en entendre davantage, elle me repoussa avec humeur.

« Je te croyais mon amie, me dit-elle, mais je vois bien que tu ne l'es pas ; es-tu déjà vendue à mes tyrans ? Sont-ce eux qui t'engagent à me parler ainsi ? suis-je donc déjà seule sur la terre ? suis-je abandonnée ?... Suis-je livrée de toutes parts à mes ennemis ?...

— Ô ciel ! m'écriai-je en me jetant à ses pieds, ma chère maîtresse peut-elle concevoir un tel soupçon ? Moi, vous trahir... moi, vous abandonner ! Ah ! comptez sur moi jusqu'à *la mort*... »

A ce mot, elle frissonna, elle se leva brusquement, et me dit :

« Je saurai bientôt si ce que tu m'assures est vrai, et tu verras si le dernier moyen que je me réserve ne me débarrassera pas sûrement de mes persécuteurs !

— Quoi ! vous espérez de vous sauver ?

— Oui, dit-elle en souriant d'un air que je me suis rappelé depuis, et qui ne me frappa point assez pour lors, oui, Julie, je me sauverai... je retournerai dans la maison de ma mère... Il ne sera pas vrai, comme ils l'ont dit, que son sein ne me servira plus d'asile... Il m'en servira, Julie... il m'en servira encore. »

Et ayant fait deux tours dans la chambre avec une grande vitesse, elle me demanda un verre d'eau.

« Voilà, dit-elle en le prenant, le dernier repas que je veux faire à Blamont.

— Mademoiselle, lui dis-je, croyant la voir un peu remise, et lui supposant des moyens de fuir qu'elle allait me communiquer, ce repas ne vous donnera pas de grandes forces, si vous avez envie d'aller loin.

— Assurément, me dit-elle d'un air ouvert et libre, assurément, ma bonne amie, j'irai fort loin... Peut-on trop fuir un tel séjour !... »

Elle me demanda son écritoire, je le lui donnai... Elle me dit de la laisser tranquille jusqu'à ce qu'elle sonnât.

J'obéis, elle écrivit jusqu'à sept heures... Alors elle me fit entrer, et après m'avoir fait asseoir :

« Regarde les suscriptions de ces lettres », me dit-elle...

Je les lus. Sur l'une était écrit : *À mon meilleur ami.*

« Je gage, lui dis-je, que celle-là est pour M. Déterville.

— Assurément... »

Je lus l'autre, il y avait : *À celui que j'idolâtrerai même au-delà du tombeau...*

« Oh ! pour celle-là, lui dis-je, je mettrai le nom quand vous voudrez. »

Et elle sourit...

Sur la troisième était : *Aux mânes de ma mère.*

« Veux-tu porter celle-là ? me dit-elle.

— Oh ! mademoiselle !

— Eh bien ! je la porterai, mon enfant... je la remettrai moi-même... »

Et elle se leva avec une agitation prodigieuse... Oh ! pourquoi tous ces mouvements ?... pourquoi toutes ces paroles m'ont-elles échappé ?...

Peu après, elle me dit que depuis que nous étions hors de Vertfeuille, nous n'avions pas encore imaginé de prier un instant pour sa mère.

« Cela est vrai, lui dis-je.

— Réparons cela, Julie. »

Elle se mit à genoux, m'ordonna de m'y mettre et de réciter dans mon livre l'Office des Morts, lentement et de manière à ce qu'elle pût me suivre et m'entendre. Elle remplit ce devoir avec une ferveur... une componction qui m'édifia jusqu'aux larmes. Ensuite elle voulut que nous récitassions ensemble le vingt-quatrième psaume[707], *Dominus illuminatio mea*, dont le sens est que *quel que soit le nombre des ennemis qui nous accablent, on ne doit rien craindre quand on a Dieu pour protecteur et la vie éternelle pour espoir*. Mais quand elle en fut au troisième verset : *Mon père et ma mère m'ont abandonnée, le Seigneur seul s'est chargé de moi*, ses yeux se remplirent de larmes... et elle se livra à la plus profonde douleur ; peu après elle se releva.

« Je suis plus tranquille à présent, me dit-elle ; on ne conçoit pas quelle satisfaction éprouve une âme sensible à prier pour ce qui l'intéresse. Cette pauvre mère... cette tendre mère... comme elle m'aimait, quels soins elle a pris de mon enfance !... comme, dans un âge plus avancé, le bonheur de ma vie l'occupait uniquement ! comme elle me pressait encore dans ses bras quelques heures avant d'expirer ! Je n'ai plus rien, tout est perdu pour moi sur la terre, tout est perdu, Julie ! je n'ai plus rien... »

Et ses pleurs recommencèrent à couler. Cependant, il était près de onze heures ; elle me demanda si je voulais veiller avec elle... C'est ce que je désirais... j'acceptai.

« Bon, me dit-elle, mais nous ne passerons pas la nuit entière pourtant ; un peu avant qu'ils ne viennent me chercher, je serai bien aise de prendre quelques heures de repos. Je veux être belle pour la cérémonie... *je veux l'être autant que la nature pourra me le permettre*... Ah ! me dit-elle après un instant de réflexion... ils soupent... ils sont dans la joie et dans les plaisirs... ils ne m'entendront pas, donne-moi ma guitare... »

Elle la prit, l'accorda, et parodia sur-le-champ les couplets qui suivent, sur ceux de la romance de Nina [708] :

AIR : *Romance de Nina.*

Mère adorée, en un moment
La mort t'enlève à ma tendresse !
Toi qui survis, ô mon amant !
Reviens consoler ta maîtresse.
Ah ! qu'il revienne *(bis)*, hélas ! hélas !
Mais le bien-aimé ne vient pas.

Comme la rose au doux printemps
S'entrouvre au souffle du zéphyre,
Mon âme à ces tendres accents
S'ouvrirait de même au délire.
En vain, j'écoute : hélas ! hélas !
Le bien-aimé ne parle pas.

Vous qui viendrez verser des pleurs
Sur ce cercueil où je repose,
En gémissant sur mes douleurs,
Dites à l'amant qui les cause
Qu'il fut sans cesse, hélas ! hélas !
Le bien-aimé jusqu'au trépas.

Et aussitôt qu'elle eut fini :

« Va, dit-elle, en brisant avec fureur sa guitare contre le mur, va loin de moi, inutile instrument ! Après avoir chanté celui que j'aime pour la dernière fois, tu ne dois plus servir à rien. »

Je n'osais lui parler, je la voyais dans un trouble, dans une agitation !... Tantôt elle se levait et marchait à grands pas ; tantôt elle se rasseyait, et s'abîmant dans sa douleur, on n'entendait plus d'elle que des gémissements et des cris.

Onze heures sonnèrent... elle les compta.

« Je n'ai plus que cette quantité d'heures à moi, me dit-elle... Ils doivent venir à dix. Et rassemblant ses lettres, elle les mit sous une enveloppe à votre adresse.

— Déterville ne t'a-t-il pas recommandé, me demanda-t-elle, de lui envoyer un journal exact de tout ce qui se passait ici ?

— Oui, mademoiselle.

— Eh bien ! il faut le faire, et quand tu l'enverras, n'oublie pas d'y joindre ce paquet. »

Elle me le remit, me faisant jurer de vous l'envoyer exactement.

Ces soins remplis, elle se calma. Nous causâmes deux ou trois heures avec tranquillité ; elle paraissait inquiète du sort de Sophie, elle ne concevait ni comment elle était venue dans ce château, ni pourquoi son nom se trouvait dans cette chambre. Comme elle ne savait pas la fuite d'Augustine, ni les soupçons affreux que cette aventure nous avait inspirés, d'après vos ordres je continuai de lui tout cacher. Nous parlâmes d'objets indifférents, mais elle entremêlait toujours dans ses propos des choses sinistres, et qui m'effrayaient beaucoup. Quelquefois elle me demandait combien de temps il fallait à un corps pour se conserver entier après le dernier soupir... si je croyais qu'une personne qui s'ouvrirait les veines serait bien longtemps à expirer ; d'autres fois, si j'imaginais que, dans le cas où elle mourût à Blamont, son père lui refuserait la grâce d'être placée auprès de sa mère ; si je croyais que Valcour serait bien fâché d'apprendre sa mort... Et mille autres propos semblables, mais auxquels je ne fis jamais toute l'attention que j'aurais dû faire.

Enfin trois heures sonnèrent, elle tressaillit...

« Comme le temps passe, dit-elle ; lorsqu'on est près d'un grand événement, il semble que les instants coulent avec plus de rapidité. Quand cette même heure sonnera ce soir, il y aura bien des choses de faites... »

Puis, se tournant vers moi, elle me regarda quelque temps sans rien dire ; ensuite elle compta les années qu'il y avait que nous étions ensemble. Elle daigna remarquer avec attendrissement que j'y étais depuis qu'elle avait atteint l'âge de la raison...

« Tu étais presque aussi enfant que moi, me dit-elle, je m'en souviens... Honnête créature, continua-t-elle en m'embrassant, je n'ai jamais pu rien faire pour toi... Je me serais satisfaite si j'avais épousé Valcour... Je te recommande à Déterville... »

Et ce propos fut un des plus forts qu'elle m'ait tenus, un de ceux où son projet semblait le mieux se découvrir sans qu'elle y pensât... Funeste permission du ciel ! je n'y pris pas encore assez garde[709], j'étais remplie de l'idée qu'elle voulait s'échapper, et que ce n'était qu'au cas où son projet ne pût avoir lieu, qu'elle attenterait à ses jours ; et je me résolvais bien alors à ne la point perdre de vue. Elle récapitula tout ce qu'elle avait fait depuis que nous étions ensemble, ses espérances, ses craintes, ses inquiétudes, ses désirs, ses chagrins, ses moments de douceur... Elle n'oublia rien...

« Oh ! dit-elle après avoir fini... que c'est une chose courte que la vie !... il semble que tout cela ne soit qu'un songe. »

Quatre heures sonnent.

« Sors doucement, me dit-elle alors, va voir s'il serait possible de fuir ; examine le chemin jusqu'aux portes du château ; s'il est libre, viens me chercher, et nous échapperons.

— Mais ne vaudrait-il pas mieux, mademoiselle, que vous vinssiez avec moi ?

— Non, si nous sommes surveillées, on irait dire que je veux me sauver, et ils accourraient aussitôt exercer sur moi quelque nouvelle violence... »

Je sortis... A peine fus-je au détour du corridor, toujours très éclairé, que deux gens de la maison se présentèrent brusquement à moi et me demandèrent où j'allais, ce que je voulais, et pourquoi j'étais encore levée. Je prétextai un besoin de prendre l'air : ils me dirent en me repoussant que ce n'était pas là l'heure, et que j'eusse à rentrer promptement, ou qu'ils allaient éveiller monsieur.

Je revins rendre à mademoiselle le triste compte de ma mission.

« Allons, me dit-elle, ma bonne amie, il faut s'y résoudre...

que la volonté de Dieu soit faite... Va prendre quelques heures de repos, je ne serai pas fâchée moi-même de dormir un peu... »

Puis, avec la plus grande tranquillité, et c'est ce qui me trompa :

« Ils doivent venir à dix heures, tu entreras chez moi à neuf, il me faut bien une heure pour m'habiller... »

Je résistai pourtant à cette attention de sa part. Je lui dis que je n'avais nullement besoin de repos, et que j'aimais mieux rester à lui rendre des soins.

« Non, non, dit-elle, en m'attirant vers la porte, cela m'empêcherait de dormir ; nous sommes en train de parler, nous n'en finirions pas... Va, ma bonne amie... va, et ne manque pas surtout d'entrer une heure avant eux, tu sens bien que je ne veux pas qu'ils me trouvent au lit. »

J'allais me rendre à mes instances, quand elle s'aperçut que j'oubliais le paquet de lettres sur la table ; elle revint le prendre avec inquiétude, et le cacha dans mon sein...

Je sortais... elle m'arrêta... elle jeta ses bras autour de mon cou, et me serra sur elle avec des flots de larmes. S'apercevant bientôt que ce nouvel accès de douleur m'affectait avec trop de violence, elle se contint, continua de me ramener doucement vers la porte, en me recommandant de ne rien oublier de ce qu'elle m'avait dit.

Je me retirai... mais avec un trouble dont je n'étais pas maîtresse... Je passai dans ma chambre, où vous croyez bien que je ne dormis pas... Je vins plusieurs fois écouter doucement à sa porte, résolue d'entrer au moindre bruit que j'entendrais. Jamais aucun ne frappa mon oreille, et quand neuf heures sonnèrent, je me précipitai dans son appartement avec une inquiétude inexprimable.

Ô monsieur ! quel spectacle !... il m'est impossible de vous le peindre... Cette chère maîtresse... cet ange du ciel que je pleurerai toute ma vie... elle était à terre... elle était noyée dans son sang... elle avait devant elle les tresses des cheveux de madame, au milieu desquelles elle avait placé le portrait en miniature qu'elle possédait de cette mère respectable. Il est à croire qu'elle s'était poignardée devant ces chers objets de son cœur, et qu'à mesure que la perte de sang lui avait ôté ses forces, elle était tombée sur ses genoux à la renverse. Telle était la position où je la trouvai. L'arme qu'elle avait employée

Oh Monsieur quel spectacle !

était une branche de longs ciseaux, dont elle se servait à sa toilette ; elle avait séparé cette branche de l'autre, et se l'était enfoncée à trois reprises au-dessous du sein gauche. Le sang avait abondamment coulé des trois blessures, et il ruisselait à grands flots dans la chambre. L'envie de la secourir, s'il en était temps, fut plus forte en moi que l'épouvante ; je volai à elle, mais elle était déjà froide, déjà les ombres de la mort obscurcissaient les traits de son beau teint, déjà ses yeux étaient fermés à la lumière ; déjà le monde avait perdu son plus bel ornement [710].

Je la pris dans mes bras, en l'arrosant de larmes ; je l'étendis sur son lit, et jetant les yeux sur la table, j'y trouvai l'écrit suivant que je transcrivis promptement dans mes tablettes avant de faire monter personne... Le voici mot à mot :

« Je demande humblement pardon à mon père, et de l'action que je commets chez lui, et de l'humeur que je lui ai donnée par ma résistance à ses ordres. Il fallait que les motifs qui fondaient cette résistance fussent bien violents, puisque je préfère la mort à ce qui m'était destiné. J'implore pour dernière grâce d'être placée auprès de ma mère, comme elle l'a désiré, et qu'on enferme avec moi, dans le cercueil, ce portrait et ces cheveux, où mes lèvres s'impriment en arrachant ma vie. »

ALINE DE BLAMONT.

Ce billet transcrit, j'appelai... M. le président arriva. Le croirez-vous, monsieur ?... Les excès d'inhumanité de cet homme seront-ils conçus de votre âme sensible ?... Ce lugubre tableau ne lui inspira que de la colère... mais elle fut terrible... Il s'en prit à moi ; il m'accabla d'invectives... il me jeta à terre, et me foulant aux pieds, il me dit que c'était moi qui avais tué sa fille... Abîmée dans ma douleur, supportant tout sans avoir la force de répondre, je lui montrai du doigt le billet qui était sur la table ; il le lut rapidement, et contraint à me justifier [711], il n'eut plus l'air de prendre garde à moi ; il se promena à grands pas dans la chambre, sans que la douleur s'imprimât jamais sur son front, sans qu'on y pût voir autre chose que de la fureur et de la rage. Au bout de quelques minutes, il redescendit, et reparut bientôt avec Dolbourg... Celui-ci frémit... lut le billet... reporta les yeux sur Aline...

et versa des larmes [712]... Puis, adressant fièrement la parole au président :

« Monsieur, lui dit-il, c'en est trop ; cet épouvantable événement m'ouvre enfin les yeux sur tous les désordres de ma vie. Ce n'est que par mes vices que j'ai inspiré de l'horreur à cette malheureuse ; je suis las de n'être dans le monde qu'un objet de terreur et de mépris ; les derniers rayons de cette vertu sans tache... frappent mon cœur, l'éclairent, et le déchirent... Ô fille céleste ! continua-t-il, en prenant une des mains de ma maîtresse qu'il couvrit de ses larmes, pardonne-moi le crime dont je suis cause ! daigne obtenir de l'Éternel, dont tu fais déjà toute la gloire, qu'il veuille me le pardonner aussi ! Je vais l'expier dans la douleur ; je vais le pleurer le reste de ma vie !... Adieu, monsieur, je ne partagerai plus vos débauches ; une retraite sévère va m'ensevelir pour jamais... Ne me suivez pas, et ne me voyez de vos jours. »

En disant cela il sortit, et une heure après il était loin du château.

Mais l'âme de M. de Blamont ne s'ébranla pas aussi facilement ; plus furieux encore de la perte de son ami que de celle de sa fille, il s'en reprit à moi de nouveau, il me dit que si j'avais surveillé Aline, cet événement n'aurait pas eu lieu. Je le priai de se rappeler qu'il m'avait défendu de coucher dans la chambre de mademoiselle, que j'y avais pourtant passé une partie de la nuit, malgré ses ordres, et que ce malheur était arrivé vers le matin, dans un moment où Aline m'avait expressément enjoint de me retirer.

Il sortit furieux, et remonta peu après avec la vieille dame et l'abbé. Celui-ci dit, en minaudant et pinçant son jabot, que cela était affreux, mais qu'il était important de suivre le fil de cette aventure, qu'il y avait assurément des branches à tout cela qu'on ne découvrirait jamais sans faire arrêter la complice, et ils se parlèrent tout bas avec le président.

Pendant ce temps la vieille dame, très émue, lisait le billet et considérait mademoiselle ; elle s'approcha du président :

« Monsieur, lui dit-elle, si vous faites quelque cas de mes conseils, je crois que ce que vous avez de plus sage, de plus honnête à exécuter, est de faire mettre Aline dans une bière, de la renvoyer à Vertfeuille pour y être enterrée près de votre femme, comme elle le désire, et de la faire accompagner sans éclat par cette pauvre fille, qui, bien certainement, n'est pas coupable. Je vous en demande pardon, monsieur, mais si vous vous décidez à autre chose, j'imiterai Dolbourg, et ni ma fille ni moi ne resterons pas une minute de plus chez vous.

— Eh bien ! allez tous au diable ! dit le président en fureur... Mais voilà un crime constaté, j'en veux savoir l'origine ; cette créature peut seule me l'apprendre, elle refuse de me le dire ; je ne connais pas d'autre moyen que de la mettre entre les mains de la justice.

— Assurément, dit l'abbé, il n'y a pas d'autre parti à prendre, c'est celui de la raison et de la sagesse.

— Je ne le crois pas, dit la dame avec beaucoup de force et de sang-froid, car cette fille qui n'a rien commis, n'avouera rien ; hors de vos mains elle se plaindra, et ébruitera un événement horrible que vous avez le plus grand intérêt à cacher. »

Là-dessus, le président, sans répondre, sortit en grondant ; on le suivit, et je restais seule en proie à mes douleurs et à mes inquiétudes.

Voilà, monsieur, tout ce que j'avais d'affreux à vous apprendre ; je ne vais plus m'occuper que des moyens de vous faire passer ces lettres, je mettrai la dernière ligne à la mienne, à l'instant où je croirai pouvoir vous l'envoyer en sûreté.

Post-scriptum de Julie

Le conseil de la vieille dame a sans doute prévalu, tout s'apprête pour le départ. Aline sera conduite à Vertfeuille dans une voiture fermée, confiée à mes soins et au seul domestique qui guidera les chevaux ; le tout passera pour une voiture de meubles que monsieur envoie à la terre de madame, et c'est à vous que cela s'adresse. Monsieur, qui sait que je vous écris et qui me fournit les moyens de vous faire tenir ma lettre, vous prie de nous attendre, et de ne partir de Vertfeuille qu'après avoir rempli envers Aline les mêmes soins dont vous avez bien voulu vous charger pour Mme de Blamont. Ainsi vous allez revoir votre malheureuse amie... mais dans quel état ! L'auriez-vous pensé ?

J'avais une autre lettre toute prête et moins détaillée : c'eût été celle que vous auriez reçue, si M. le président eût voulu voir ce que j'écrivais, mais il ne l'exige pas ; je vous envoie le vrai journal...

Adieu, monsieur, ma douleur me suffoque, et je finis en vous assurant de mon respect.

JULIE.

Post-scriptum de Déterville à Valcour

Je l'attends... et pour couvrir son cercueil des larmes amères de mon désespoir, et pour lui rendre les derniers soins. Je t'envoie toujours ce funeste détail, ainsi que ses lettres posthumes. Que ces cruels écrits entretiennent éternellement ta douleur. Si tu fais tant que de pouvoir survivre à celle qui sut t'aimer ainsi... au moins regrette-la sans cesse, qu'elle nourrisse toutes les pensées de ta vie, et consacre-lui tous les instants de ton existence... Je ne te permets d'autres distractions que celles que la piété pourra t'offrir... Mais si jamais, quoi qu'elle te conseille, le monde te revoit après une telle perte, je dirai : Valcour n'était pas digne d'Aline, il ne l'est plus de Déterville.

LETTRE LXIX

Aline à Déterville [713]*

Au château de Blamont, ce 29 avril.

Vous êtes étonné du parti que je prends, monsieur, mais soyez sûr qu'il ne m'en reste pas d'autre, puisque j'ai fait tant d'adopter celui-là. Croyez que si j'avais pu profiter de vos offres obligeantes, je l'aurais fait sans doute ; Julie vous dira que la fuite ne nous a été possible que dans un moment où elle ne s'accordait ni avec vos conseils, ni avec mon devoir.

Je demande avec les plus vives instances d'être placée à côté de ma mère, rappelez-vous qu'elle l'a voulu. Si la cruauté de ceux chez qui je suis maintenant s'étendait jusqu'au refus

* Celle-ci et les deux suivantes sont les lettres posthumes d'Aline, incluses dans le paquet que Déterville envoyait à Valcour avec le journal de Julie.

de cette grâce, réclamez-moi, monsieur, je vous conjure : représentez que j'ai trop souffert dans ma vie, pour ne pas me flatter au moins d'une telle faveur après ma mort.

Ce paquet devant vous être rendu avant que vous ne receviez mes tristes cendres, je vous prie de faire mettre dans le cercueil de ma mère celle de ces lettres qui lui est adressée, et de faire tenir l'autre à Valcour. Dites-lui, monsieur, que je meurs pour me conserver à lui... Sa délicatesse m'entendra. Il ne me restait plus d'autre parti entre celui que je prends, ou celui d'être une créature infâme... Était-il en moi de balancer ?

Je vous prie de vouloir bien me rappeler quelquefois, monsieur, au tendre souvenir de ma chère Eugénie et de sa respectable mère ; si l'une et l'autre me condamnent, vous me défendrez, je remets tous mes droits aux mains de l'amitié, c'est elle que je prie de m'excuser, sans compromettre surtout celui que la nature m'oblige à respecter, quels que puissent être ses torts.

Que de bontés vous avez pour ma mère et pour moi, monsieur ! et quelle indiscrétion de vous donner autant de peines ! Je vous conjure pourtant de ne pas me refuser vos derniers soins ; je vous les demande au nom de ce sentiment pur que vous m'avez juré tant de fois.

Vous souvenez-vous de ces soirées charmantes, passées dans quelques-uns de nos hivers, à Paris, entre vous, ma mère, votre aimable famille et Valcour, où vous me disiez que ce serait moi qui vous survivrais à tous, que c'était à moi qu'était réservée l'épitaphe de la société ? Ce pronostic me désolait, vous vous le rappelez : comme il s'est heureusement démenti !... Oui, monsieur, je dis : heureusement ; c'est l'être qui, restant seul au monde, se trouve avoir à pleurer tout ce qu'il avait de plus cher que l'on doit regarder comme à plaindre... Celui qui meurt l'est beaucoup moins, et connaissant votre sensibilité, voilà pourquoi je m'afflige infiniment plus pour vous que pour moi. Mais ne me regrettez pas, monsieur, le bonheur où j'ose aspirer maintenant est bien au-dessus de celui qui pouvait m'attendre en ce monde. Daignez employer ces motifs pour consoler Valcour, je crains les premiers moments pour lui... Que n'êtes-vous là pour lui donner vos soins ! Oh ! monsieur, je dispose de bien peu de choses, mais au moins personne ne peut m'enlever ce qui est à moi. Je désire donc que mes petits ouvrages et mes dessins soient envoyés à Valcour, parce que je sais qu'il les aime ; ce don lui fera plaisir ; et vous, monsieur, je vous supplie d'accepter mes livres. Vous voudrez bien partager ce qui me reste, d'ailleurs, tant en effets qu'en argent, entre les pauvres de Vertfeuille et ma chère Julie ; je vous recommande cette fille, faites qu'elle puisse trouver place dans les legs pieux de ma mère, elle en est digne et par sa conduite et par tous les soins qu'elle a eus de moi jusqu'au dernier moment.

Adieu, monsieur, souvenez-vous quelquefois d'Aline, vous n'eûtes jamais une meilleure ni une plus sincère amie.

LETTRE LXX

Aline aux mânes de sa mère

Au château de Blamont, ce 29 avril.

Ô vous qui me donnâtes le jour !... vous dont je baise les dépouilles mortelles en traçant ces derniers caractères... ombre chérie que je vois... que j'entends... et qui m'inspire le courage de me rejoindre à vous, dans peu d'heures nous serons réunies !... En paix dans le sein maternel, les crimes et les cruautés des hommes ne pourront plus atteindre votre malheureuse fille ; elle retrouvera dans ce sein sacré le calme et le repos qu'elle n'a pu rencontrer dans le monde... Ouvrez vos bras, ma mère, ouvrez-les que j'y descende... Daignez recevoir votre fille dans l'asile où vous reposez... Mourons ensemble, puisque nous n'avons pu y vivre...

Les barbares ! ils ont voulu m'immoler sur votre tombeau... Vos cendres n'étaient pas refroidies, que le crime était déjà dans leur cœur... Que dis-je ? ils avaient peut-être tranché le fil de votre vie pour mieux conduire celui de leur odieuse trame !...

J'ai résisté, ma mère, et cependant je ne suis plus digne de vous. Nos chairs vont reposer et se flétrir ensemble... Vous ne m'aurez précédée que de bien peu dans l'abîme de l'éternité... je m'y plonge après vous, pleine de confiance en la bonté de l'Être auprès duquel vous êtes déjà... J'ose espérer qu'il ne me punira point de ma faute ; j'arriverai près de lui soutenue par vos vertus : elles m'obtiendront la clémence dont je ne me flatterais pas sans elles.

Oui, c'est vous, ô ma mère !... c'est vous qui me conduirez auprès du trône de Dieu... Vous lui direz : « Voilà la victime des hommes, mais son cœur fut toujours votre temple ; vous avez voulu qu'elle mourût comme Moïse, votre volonté la transporta sur la montagne* et lui fit voir la terre fortunée qu'elle n'habita jamais. Heureuse d'avoir vu finir le flambeau de ses jours presque à l'instant où il s'allumait, ne lui reprochez pas, Seigneur, d'avoir osé l'éteindre... ne la punissez pas d'avoir brisé les liens d'une vie périssable pour vous demander une vie éternelle, où le bonheur de vous servir sans cesse ne sera plus troublé par ses larmes. »

Ô mon Dieu ! cette âme pure, en sortant de vos mains, serait-elle souillée pour avoir été quelque temps dans le corps fragile où vous l'enfermâtes ? Elle n'y connut jamais que le désespoir et les pleurs... elle s'en échappe pour revoler à vous... Peut-être est-ce faiblesse... peut-être a-t-elle manqué de courage... Au lieu de se mutiner contre ses chaînes... au lieu de se révolter contre son frein, si elle vous eût appelé dans ses tribulations, elle eût peut-être obtenu votre secours... Ne la punissez pas de sa débilité, elle a eu plus d'amour que d'espoir, plus de désir d'être réunie à vous que de forces pour vous implorer... Ce sont les crimes d'une âme tendre, daignez ne pas l'en châtier. Quand vous la créâtes à votre image, le don d'aimer fut la première des vertus que vous imprimâtes en elle ; ne la punissez pas de s'y être livrée... ne la condamnez pas à la douleur parce qu'elle en a redouté la sensation, mais faites-la reposer dans la joie, parce qu'elle a désiré de connaître la vôtre, et qu'elle a voulu franchir avec rapidité le gouffre épais des misères humaines, pour se retrouver plus promptement dans l'immensité de votre gloire. Ô mon Dieu ! ne faites rien pour moi ! n'accordez mon pardon qu'aux larmes de cette mère adorée qui ne cessa de vous connaître et de vous servir ; regardez-nous comme deux fleurs desséchées par le venin du serpent, et que le souffle pur de votre âme céleste peut ranimer au sein de l'immortalité.

---

* Allusion à la maison de Colette, située sur une montagne où Aline vit son amant pour la dernière fois.

LETTRE LXXI

Aline à Valcour

Du château de Blamont, ce 29 avril.

Le temps de mon séjour sur la terre est fini ; je suis comme la tente du pasteur qu'on plie déjà pour l'emporter.
ÉZÉCHIAS, Cantiques [714]

Elle est évanouie cette douce illusion, elle s'est exhalée comme la fumée qui s'élève dans l'air... Tu l'as perdue, celle que tu aimais, *ses jours se sont écoulés comme l'ombre, et elle a séché comme l'herbe**. Joie trompeuse ! espérance frivole ! vous n'avez amusé son cœur que pour rendre votre privation plus cruelle ! Ô Valcour ! elle n'existe plus, celle qui te parle, sa voix fragile, s'élevant du sein des sépulcres, ressemble à ces météores échappant à l'œil qui les suit... Avais-je tort de t'engager à mépriser ce vase d'argile qui ne devait durer qu'un instant ? Que tes yeux pénètrent le nuage de mort où je suis maintenant enveloppée, qu'ils voient ces traits, autrefois chéris, défigurés par les horreurs de la dissolution, et n'ayant plus que le sceau du sentiment indestructible que mon âme imprima sur chacun d'eux... Mais si tout est anéanti, s'il ne reste plus de moi que de la poussière, cette âme qui t'aima subsiste : ne fût-elle pas même immortelle par la pureté de son essence, elle le serait comme ouvrage de ta flamme, et l'être que tu sus animer dans Aline, que créa... que vivifia ton amour, doit être éternel comme lui. Tu la verras, cette âme aimante, elle se réalisera dans tes veilles... elle apparaîtra dans tes songes... elle voltigera près de toi, et, s'identifiant à la tienne, elle en réglera les mouvements, comme la main de Dieu dirige les astres dans les plaines immenses de l'espace.

---

* Psaume 101.

Ô mon ami ! que de changement quelques jours ont apporté à notre situation ! Il y a trois semaines que nous formions des plans de plaisirs, des projets de commerce... que cette mère tendre que j'ai perdue, et que j'idolâtrais, se flattait de nous voir unis, et nous permettait d'y croire avec elle !... Frêles jouets des décrets suprêmes... quel intervalle énorme ce peu d'instants vient de mettre entre nous ! Semblables au pilote insensé qui se réjouit à la vue du port, et que l'ouragan impétueux brise incessamment sur l'écueil qu'il se félicitait d'avoir évité... nous imaginons toucher au bonheur, tandis qu'il est certain qu'il n'existera jamais pour nous. Et voilà donc les projets des hommes ! voilà donc les tristes résultats de leurs décisions chancelantes ! Leurs impuissants désirs, tels que les faibles rayons du soleil sous les signes glacés du Zodiaque, vont s'anéantir sans effet dans les volontés de l'Éternel, comme ceux-ci se dissipent sans chaleur dans les flots condensés de l'air.

Mais supposons que tout eût souri pour nous, admettons un instant que nos jours eussent coulé dans un jardin de délices, où les roses fussent nées sous nos pas, où le cèdre, toujours parfumé, ne nous eût offert son ombrage qu'aux bords des ruisseaux de lait et qu'auprès des fruits du palmier...

Sommes-nous immortels, mon ami, et n'eût-il pas fallu quitter, comme Ève, ce séjour si doux du bonheur ? Eh ! t'imagines-tu que cette séparation n'eût pas été plus cruelle alors qu'elle ne nous le paraît aujourd'hui, où nos pas n'ont pressé que des ronces ? Nos liens se seraient multipliés, et l'accroissement de notre amour, en nous les faisant trouver à chaque instant plus chers, n'eût-il pas rendu plus affreuse la nécessité de les rompre ? Remercions l'Éternel de nous avoir présenté le calice avant qu'il ne fût plus amer ; il t'aurait fallu pleurer à la fois une épouse chérie, une amie complaisante et douce, la mère de ces tendres fruits que ton amour eût fait éclore dans mon sein ; et tes larmes ne coulent aujourd'hui que sur une maîtresse à peine connue... Qui sait si du désir ardent de te plaire ne seraient pas nées dans moi quelques vertus nouvelles qui, t'enchaînant plus fortement encore, t'eussent rendu ma perte plus douloureuse ?...

Ah, mon ami ! permets-moi de m'arrêter avec complaisance sur une idée que mon malheur emporte au même instant où la conçoit mon cœur... Si ces gages sacrés, dont je parle, fussent venus resserrer nos nœuds, avec quels charmes j'aurais dirigé ces jeunes fruits de ta tendresse et de la mienne ! Avec quelle joie j'aurais fait passer dans leurs âmes naïves ce feu divin que j'éprouvais pour toi ! comme je me serais plu à les voir t'adresser les expressions de mon amour ! Eh ! qu'avaient-ils donc de condamnables, ces plaisirs doux et purs dont il plut à Dieu de me priver [715] ?... Mais ne scrutons pas ses desseins... Nous n'étions pas nés l'un pour l'autre... Adorons et soumettons-nous.

Ô Valcour ! je devrais maintenant me justifier à tes yeux du criminel moyen que j'emploie pour sortir de la vie... Ah ! si je l'ai pris, ce moyen terrible... si j'ai dû briser ton idole dans le temple où tu l'adorais, crois qu'aucun autre parti que celui-là seul ne m'enlevait à l'infamie. Instruis-toi, avant de me condamner, et ne me blâme pas sans entendre ce qui te sera dit sur cet objet... En quel état devais-je être réduite pour renoncer au plus doux bien de ma vie, et pour causer le plus grand chagrin de la tienne !... Oui, j'ai mieux aimé la mort que la certitude de n'être jamais l'un à l'autre... J'ai préféré la cessation de ma vie au double opprobre qui devait la souiller : ce parti est affreux, sans doute, puisqu'il nous sépare pour toujours... *pour toujours !...* Quel mot, mon ami ! il n'est que trop vrai... c'est *pour toujours* que nous sommes séparés ; il est impossible à présent que nous soyons jamais l'un à l'autre. Les années s'accumuleront... les générations présentes et futures s'écrouleront dans l'abîme des temps... les crimes et les vertus se mélangeront, se croiseront, se multiplieront sur la terre ; tout variera, tout renaîtra, tout se détruira sous la voûte des cieux, sans qu'aucune de ces circonstances puisse ramener celle qui pourrait rendre Aline à Valcour [716].

Non, mon ami... toutes les gouttes d'eau de la mer, cent millions de fois multipliées par elles-mêmes, ne donneraient pas encore la plus faible idée de la multitude des siècles qui doivent composer l'intervalle immense qui va nous séparer ; et pendant cet affreux intervalle, pas une seule combinaison, pas un seul acte d'autorité, émanât-il même de Dieu, ne pourrait renouer ces liens terrestres où nous avions la folie de nous complaire.

Mais à côté de cette idée, avec quelle douceur vient se présenter celle de l'Être infini, dans le sein duquel nos âmes vont se réunir !... Il est donc un moyen de te revoir, et ce moyen conçu par l'existence de cet Être adorable, ne nous le rend-il pas et plus cher et plus précieux !... Oui, Valcour, c'est à ses pieds que je vais t'attendre... Ne préviens pas l'instant de cette réunion désirée ; pleure sur ma faute, et ne l'imite pas. Laisse-moi préparer cet Être saint à daigner te recevoir un jour ; laisse-moi l'implorer pour toi, et lui demander ta place au milieu des anges qui le louent ; ne m'ôte pas l'espoir flatteur d'imaginer que mes prières contribueront peut-être à ton éternelle félicité. Je dois l'essayer dans les cieux, n'ayant pu l'obtenir sur la terre. Toi... continue d'y exercer ces vertus qui te valurent mon cœur ; chacune de celles où tu te livreras, aussitôt recueillie par ton Aline, sera présentée par elle au tribunal sacré de ce grand Être.

Dieu puissant, oserai-je lui dire, il efface, à force de bienfaits, le crime de celle qui l'aima ; ne le rejetez pas de votre sein, et que ce soit par ses bonnes œuvres que j'obtienne à la fois de vous et mon pardon, et son bonheur... Nous vous aimerons... nous vous chérirons... nous vous glorifierons... nous tresserons ensemble les couronnes de myrtes que nous déposerons à vos pieds... nous oserons faire retentir ensemble les voûtes azurées de votre temple, *nous chanterons le nom du Seigneur dans Sion, et nous publierons ses louanges dans Jérusalem**.

Non, mon ami, ne me plains pas, ne me plains pas ! te dis-je ; songe au peu que tu perds, pense à ce que tu peux retrouver... à ce qui t'attend au sein de l'Éternel. Mais, pour mériter cette fin céleste, ne te dérobe point au monde, Valcour ; fait pour en être l'ornement, je ne te condamne point à l'abandonner ; je n'exige de toi que de continuer d'y vivre honnête ; plus son séjour nous offre d'occasions de chutes... plus il est beau de n'y montrer que des vertus. Il est, au milieu de ce monde pervers, une solitude profonde... c'est le cœur de l'homme sage... il y descend, il s'y recueille, il y trouve des forces pour résister à la corruption. Que mon image l'embellisse, cette solitude où je t'exile ! fais-l'y régner sans cesse, mon ami, j'ai encore assez d'orgueil pour croire qu'elle servira de rempart au vice, et que jamais rien de honteux ne saurait pénétrer au sanctuaire érigé à cette image

---

* Psaume 101.

chérie. Lorsque le véritable chrétien veut exciter en lui des actes d'amour pour le Dieu qu'il adore, lorsqu'il veut opposer cet amour dont il brûle à la tentation qui le séduit, il jette ses regards sur l'image souffrante de ce Dieu bon qui s'immola pour lui... Il se rappelle les douleurs de ce Dieu ; il se dit : *Il est mort pour moi.* Si cette pensée ne suffit pas pour contenir ton âme dans la route du bien, si, toute belle qu'elle est, elle ne peut la remplir assez... tourne tes yeux sur le portrait d'Aline, dis, en le regardant : *Et celle-là qui m'aimait est morte aussi pour moi, elle s'est immolée pour éviter le crime ; périssons, s'il le faut, mille fois, plutôt que de la commettre.* Et avec cette foi, et avec cette force, nous nous reverrons, mon ami, nous revivrons encore dans l'éternité ; unis par la main de l'Être suprême, les traits envenimés de la méchanceté des hommes, repoussés vers leurs propres seins, ne seront plus pour nous que ce que furent autrefois ceux du Prince des ténèbres, contre le Dieu qui le précipita.

Il faut nous quitter, Valcour, et cette séparation est bien différente de celle que nous fîmes il y a si peu de temps, sur la montagne de Colette. Alors nous espérions de nous revoir, nous ne nous quittions que pour nous réunir... Et c'est pour *toujours* maintenant... Cette Aline, dont tu étais si fier, ne se présentera plus à tes yeux ; anéantie dans l'obscurité des tombeaux, on ne parlera pas plus d'elle incessamment que si elle n'eût jamais existé... elle ne vivra plus que dans ton cœur. En recevant ces caractères, en les arrosant de tes larmes, ton imagination, frappée de celle qui les trace, la réalisera peut-être encore à tes sens, mais elle n'existera plus ; il y aura longtemps qu'elle sera plongée dans l'abîme ; et si ton illusion te la présente, ce ne sera plus que comme ces rayons de lumière colorant encore la cime des Alpes, quoique l'astre soit déjà dans le sein des ondes.

Aime-moi, Valcour, aime-moi... chéris toujours celle qui préféra la mort au déshonneur, et reste-lui fidèle jusqu'au dernier instant de ta vie... Le monde t'offrira des créatures plus belles, il ne t'en donnera pas de plus tendres... Aucune des caresses dont tu t'enivrerais dans les bras d'une autre ne vaudrait un soupir de la flamme d'Aline, et tu ne les aurais pas cueillies, que tu serais déchiré de remords... Rappelle-toi souvent nos anciennes amours, tâche de trouver dans le souvenir des plaisirs passés la force nécessaire à endurer les maux présents...

Adieu, Valcour ! Je dois enfin prononcer ce mot... Mes larmes se répandent... mon sang se glace en l'écrivant... mes yeux se tournent vers toi... ils te cherchent... et ne te rencontrent plus... Je ressemble à la jeune biche qu'on arrache au sein de sa mère... D'où vient que ce n'est pas ta main qui me frappe ? D'où vient que je ne puis expirer dans tes bras ?... Pourquoi mon âme, en s'exhalant, ne peut-elle aussitôt s'enchaîner à la tienne par l'organe brûlant de mes derniers soupirs ?... Pourquoi faut-il que je meure froidement et seule au milieu de mes ennemis ?... Pourquoi mon corps, que leurs indignes regards profaneront peut-être, n'a-t-il pas le tien pour égide ? Pourquoi les derniers mots que je profère, imprimés sur tes lèvres, ne sont-ils pas les expressions les plus exaltées de ma tendresse ?... Je ne le puis... non... mais c'est pour toi que je meurs, et cette idée me rend les forces qu'allait m'enlever mon amour... Adieu.

LETTRE LXXII

Valcour à Déterville

Ce 17 mai 1779.

Je les ai lus ces funestes écrits... je les ais lus, et je respire encore ! Le sentiment de mon amour est si vif, que même en perdant celle qui en est l'objet, il m'est impossible de trancher une vie qu'elle anime et qu'elle enflammera jusqu'au dernier moment... Je ferai bien plus que mourir, je vivrai, Déterville, je me nourrirai des serpents de la vie... je m'abreuverai du fiel qu'ils exhalent. Le sacrifice est plus affreux que si je m'immolais moi-même ; celui qui, ne pouvant supporter les fléaux qui le pressent, s'y soustrait en se privant du jour, n'est-il donc pas infiniment plus faible que celui qui consent à vivre dans les maux et dans les tourments ? L'un craint la peine et s'y soumet ; l'autre la brave et s'y résigne... Non que je désapprouve, en disant cela, l'affreux parti qu'Aline a pris : elle m'arrache tout ce que j'ai de plus cher... et je ne saurais pourtant la blâmer... Mais ma position, différente, me permet le choix des moyens, et j'aime mieux ce qui doit entretenir ma douleur, que ce qui me forcerait à la perdre... Une retraite profonde va m'ensevelir à jamais, je me jetterai dans les bras de Dieu... je m'y jetterai... et n'adorerai que mon Aline.

Abandonné dès mon enfance, n'ayant vécu que pour souffrir... n'ayant respiré que l'infortune, n'ayant vu luire sur chaque instant de mes malheureux jours que les sinistres feux du flambeau des Furies [717], je devais bien savoir qu'aucune des heures de ma vie ne pouvait s'écouler sans revers... Mais je ne croyais pas à celui-là... Il n'entrait pas dans mon cœur de pouvoir l'admettre une minute... Quel asile irai-je chercher ? Où pourrai-je aller pour la fuir ? Quels lieux ne m'offriront pas son image ?... Je la verrai partout... elle me poursuivra dans la retraite, elle s'offrira sous les traits de ce Dieu, au sein duquel j'aurai cru le bonheur...

Ô mon ami ! entrouvre-moi le tombeau qui l'enferme... ce n'est que là qu'il m'est permis de vivre. Laisse-moi l'aller mouiller chaque jour des larmes amères de mon désespoir... Qui sait si cette âme ardente et sensible, uniquement embrasée du feu de l'amour, ne se rallumera pas à toute la violence du mien ? Ouvre-moi son cercueil, te dis-je, que je la ranime ou que je meure... Je cesse d'écrire... ma raison s'égare ; trop violemment aigri... je deviendrais bientôt ou stupide ou cruel... Adieu... Aime-moi... oublie-moi, ne cherche jamais surtout à savoir où je suis. Si malgré tous mes soins... ton amitié découvre ma retraite, je verrai ton souvenir bien plutôt comme une preuve de mépris, que comme des marques d'une tendresse que tu ne dois plus à celui qui abjure, de ce moment-ci, pour jamais, tout ce qui peut lui rappeler un monde où la main féroce du destin ne le plongea que pour les larmes.

Note de l'Éditeur [718]

La correspondance cessant ici, il nous devenait très difficile de transmettre au lecteur la suite de cette histoire. Mais l'extrême envie que nous avons de lui plaire, l'intérêt que nous lui supposons pour les personnages avec lesquels il vient de vivre, les ressources qui nous ont été fournies par M. Déterville, nous ont mis à même de donner quelques éclaircissements dont nous espérons qu'on nous saura gré.

Le 2 mai, vers le soir, le corps d'Aline partit mystérieusement du château de Blamont, sous la conduite de Julie, à laquelle le président imposa le plus rigoureux silence. Tout arriva à Vertfeuille le 6 mai, et Aline fut aussitôt placée, suivant ses désirs, dans le même tombeau que sa mère.

Déterville prit Julie dans sa maison, où elle est encore aujourd'hui, près de sa femme, avec cent pistoles d'appointements et la certitude d'y finir ses jours. Mais il ne s'en tint pas à ces légers soins ; de plus importants l'animèrent bientôt. Trouvant les crimes du président trop horribles pour rester impunis, dévoré du désir de venger de si tendres amies, dès que ses affaires furent expédiées à Vertfeuille, il fut en poste trouver le comte de Beaulé, où son devoir l'avait retenu malgré lui. Cet officier plein de mérite, et fort en crédit, jura à Déterville de l'aider à tirer vengeance du monstre qui venait de les priver l'un et l'autre de deux femmes qui leur étaient si chères. Ils revinrent aussitôt à Paris ; leurs premiers soins furent de faire faire les plus exactes perquisitions sur Augustine, complice des noirceurs de M. de Blamont. Elle fut trouvée dans une autre terre de ce scélérat, en Champagne, où elle attendait en paix la récompense de ses indignes services. Le comte et M. Déterville, décidés l'un et l'autre à ne point faire d'esclandre à cause de Léonore, que, d'après les volontés de Mme de Blamont, on désirait de faire rentrer dans les biens que lui destinait sa naissance réelle, en renonçant à ceux auxquels elle n'avait aucun droit, se contentèrent de faire interroger secrètement Augustine devant des gens préposés par le ministère. Elle avoua tout, et fut à l'instant condamnée à aller finir sa vie dans un couvent de force, où, destinée aux plus vils ouvrages, elle pourra pleurer longtemps les égarements affreux de sa jeunesse.

Le corps de délit contre M. de Blamont se trouvant complet par les aveux d'Augustine et par ceux des témoins que cette fille nomma et que l'on entendit secrètement comme elle, le ministre expédia sur-le-champ un ordre pour le faire arrêter. Cet homme, toujours aussi surveillant que fourbe et criminel, n'avait pas vu, sans manœuvrer également, les démarches des amis de sa femme ; il n'avait pas été assez heureux pour les rompre, mais il avait été assez adroit pour les prévenir... Il s'était évadé.

Le comte ne jugea pas à propos de pousser les choses plus loin ; et, débarrassé de cet indigne mortel, on ne travailla plus qu'à mettre Sainville et Léonore en possession des biens de la maison de Blamont, en légitimant la naissance de Claire, en prouvant, au moyen de tous les actes dont on était muni, qu'elle était réellement fille de M. et de Mme de Blamont, et non de la comtesse de Kerneuil, à la succession de laquelle elle renonça publiquement, ce qui n'affligea pas les collatéraux. Ces deux époux se trouvent donc en possession de la terre de Vertfeuille, dont ils font leur plus agréable séjour, et au moyen de deux millions que le roi d'Espagne a fait rendre sur les lingots de Sainville, de la fortune considérable de la maison dans laquelle ils entrent, on voit qu'ils se trouvent infiniment riches. Mais l'humanité ne sera plus offensée de l'emploi que cette jeune femme fera désormais de ses richesses.

L'horrible destinée du père, de la mère et de la sœur de Léonore, ont plus touché ce caractère dur et altier que tous les malheurs qu'elle avait éprouvés dans ses voyages ; et le premier effet de son retour à la bienfaisance a été de faire rechercher avec le plus grand soin l'asile de son père. L'ayant découvert à Stockholm, elle lui a fait dire qu'il eût à prendre un lieu de résidence fixe ; que là elle le ferait jouir d'un bien qu'elle n'avait accepté que pour le soigner, l'améliorer et goûter le plaisir délicat pour son cœur de lui en faire annuellement passer les revenus... ce qu'elle fait avec la plus grande exactitude[719]. Et le président, non corrigé, mais plus prudent sans doute, a joui quelques années, en paix, de plus de cinquante mille livres de rentes à Londres, qu'il avait choisi pour sa retraite. Mais le ciel, qui ne laisse jamais le crime impuni, a permis que ce scélérat fût assassiné par des voleurs, en allant visiter le nord de l'Angleterre.

Sainville, toujours honnête et sensible, a voulu partager dans un autre genre la piété filiale de sa chère épouse. Il a fait élever à Aline et à sa mère un mausolée superbe dans l'église de Vertfeuille, dont les attributs sont : la Constance, la Piété, la Foi conjugale et l'Amour, plaçant des couronnes de myrtes et de roses sur la tête de ces deux femmes infortunées, qu'on voit serrées dans les bras l'une de l'autre.

Dolbourg, tout à fait revenu de ses travers, habite une petite campagne, loin de Paris, où il mène la vie la plus régulière, avec un bien très médiocre, ayant laissé tout ce qu'il possédait à ses parents et aux pauvres. M. Déterville, sa chère Eugénie, Mme de Senneval et le comte de Beaulé continuent d'aller, comme autrefois, passer une partie de leurs étés à Vertfeuille, contents d'avoir vengé, sans répandre de sang, des personnes qui leur étaient si chères. Ils jouissent avec calme des agréments de la société des nouveaux habitants de Vertfeuille, où ils ne vont jamais sans offrir un tribut de larmes et de prières aux mânes de ces deux femmes vertueuses, qu'ils chérirent et respectèrent autant l'une et l'autre.

Quant à M. de Valcour, après des mouvements de désespoir affreux, après avoir été six semaines entre la vie et la mort, il s'est jeté dans les bras de Dieu et a fini ses jours au bout de deux ans dans l'abbaye de Sept-Fonds, qu'il a édifiée par une résignation, une candeur et les austérités les plus sévères. Ce ne fut que quand il cessa de vivre que l'on découvrit sa retraite : aucun des soins de M. Déterville n'avait pu la trouver jusqu'alors, et peut-être lui eût-elle été toujours inconnue, si M. de Valcour ne lui eût adressé en expirant une lettre, où il le chargeait de quelques dernières dispositions. Cette lettre apprit à Déterville où son ami existait quand il n'était plus temps de le secourir. Ce tendre et délicat amant n'avait jamais cessé de porter sur son cœur le portrait de celle qu'il aimait : il y fut trouvé quand il expira.

Clémentine est toujours en Biscaye, heureuse avec son mari et en commerce avec Léonore, qu'elle vient voir tous les deux ans. Nous ignorons le sort du reste des autres personnages ; excepté Sophie, dont nous sommes fâchés de ne pouvoir rien dire, nous ne croyons pas les autres d'une assez grande importance pour que le lecteur doive regretter de ne pouvoir être instruit de ce qui les concerne, au seul Zamé près, néanmoins, qui, sans doute, après une longue carrière, sera mort au milieu d'un peuple dont il était l'idole, emportant avec lui dans la tombe les regrets, l'estime, l'amour et la reconnaissance de tout ce qui l'entourait ; flatteuses récompenses de la vertu, de l'honnête homme et du législateur.

Sainville, [illegible] [illegible] [illegible] parfaite dans un [illegible] [illegible] [illegible] de sa [illegible] [illegible] [illegible] [illegible] [illegible] de la [illegible] [illegible] dans l'église de Vertfeuille, dont la [illegible] sont [illegible] la Piété, la Foi conjugale et l'Amour, [illegible] des couronnes de myrtes et de roses sur [illegible] de ces deux figures [illegible] on arrivait [illegible] dans les [illegible] [illegible].

Dolbourg, [illegible] [illegible] de [illegible] petite campagne, loin de [illegible] [illegible] avec un bien très médiocre, ayant [illegible] ce qu'il possédait à ses parents et aux pauvres. M. Déterville, sa chère Eugénie, Mme de Senneval et le comte de [illegible] continuent d'aller, comme autrefois, passer une partie de leurs étés à Vertfeuille, contents d'avoir vengé, sans répandre le sang, des personnes qui leur étaient si chères. Ils jouissent avec calme [illegible] [illegible] [illegible] [illegible] des heureux habitants de Vertfeuille, qui [illegible] jamais sans offrir un tribut de larmes et de prières [illegible] des deux femmes vertueuses qu'ils chérirent et respectèrent autant l'une que l'autre.

Quant à M. de Valcour, après des mouvements de désespoir affreux, après avoir été six semaines entre la vie et la mort, il s'est jeté dans les bras de Dieu et a fini ses jours au bout de deux ans dans l'abbaye de la Trappe, qu'il a édifiée par une résignation, une candeur et les abstinences les plus sévères. Ce ne fut que quand il cessa de vivre que l'on découvrit ses [illegible], aucun des amis de M. Déterville n'avait pu le trouver jusqu'alors, et peut-être [illegible] [illegible] [illegible] toujours ignoré, si M. de Valcour ne lui eût adressé, en expirant, une lettre, où il le [illegible] de [illegible] des dernières dispositions. Cette lettre donna à Déterville ce qu'il [illegible] qu'il n'était plus temps de le [illegible] [illegible] [illegible] [illegible] et [illegible] [illegible] [illegible] de porter sur son cœur le portrait de celle qu'il aimait, il y [illegible] quand il expira.

Léonore est toujours en Bretagne, heureuse avec son mari, [illegible] [illegible] avec [illegible], qu'elle vient voir tous les ans. Nous ignorons le sort du reste des [illegible] [illegible] [illegible] excepté Sophie, dont nous sommes fâchés de ne pouvoir rien dire, [illegible] [illegible] [illegible] [illegible] [illegible] [illegible] [illegible] [illegible] importante pour que le lecteur doive regretter de [illegible] pouvoir être instruit de ce qui les concerne, au seul Zamé près, [illegible] qui, sans doute, après une longue carrière, sera [illegible] [illegible] [illegible] [illegible] [illegible] [illegible] [illegible] [illegible] [illegible] [illegible] dans la tombe les regrets, l'estime, l'amour et la reconnaissance de tout ce qui l'entourait ; [illegible] [illegible] [illegible] de la vertu, de l'humanité honnête et du législateur.

Notes

Note sur le titre

Le prénom féminin et le nom qui forment le titre ont acquis une certaine célébrité littéraire au XVIIIe siècle : Boufflers avait publié en 1761 *Aline, reine de Golconde*, et Valcour était apparu dans deux romans : *L'Histoire du comte de Valcourt, écrite par lui-même*, paru en 1739, et *Les Mémoires de Mademoiselle de Valcourt*, de Madame d'Arconville, en 1767.

L'expression « roman philosophique » est d'usage courant : Rétif de la Bretonne sous-titre *La Découverte australe*, « nouvelle très philosophique ».

On verra enfin dans la référence à la Bastille une habileté éditoriale. On s'arrache alors *les Mémoires* de Latude ; on lit *La Bastille dévoilée*. Remarquons aussi que Bastille et Révolution forment un couple au sens clair : la Bastille symbolise l'Ancien Régime dont la Révolution marque la fin.

Note sur l'épigraphe

Lucrèce, *De Rerum natura*, livre IV, v. 11-17. « N'ai-je pas raison d'imiter ces médecins habiles qui, pour engager les enfants à boire l'absinthe salutaire, dorent d'un miel pur les bords de la coupe, afin que leurs lèvres, séduites par cette douceur trompeuse, avalent sans défiance le breuvage amer ? innocente trahison, qui rend à leurs jeunes membres la vigueur de la santé » (trad. Lagrange, Paris, 1795, tome 2, page 9). L'image est chez Platon. Devenue dès l'âge classique d'une grande banalité (on la trouve chez le Tasse, Montaigne, Voltaire, Marmontel, Rousseau, Rétif de la Bretonne), il est évident qu'ici, loin de légitimer une pédagogie à finalité morale (plaire pour mieux moraliser), Sade l'utilise ironiquement comme le prouve son emploi lors de l'empoisonnement de Mme de Blamont (lettre XXVII).

Avis de l'éditeur

1. On notera la contradiction. D'un côté, Sade parle de « notes d'un voyageur exact, instruit », et de l'autre, de « fictions agréables » : l'utopie du mal de Butua existerait réellement, tandis que la république idéale ne serait qu'une chimère.

2. Il s'agit ici du libertinage de mœurs (« débauche outrée »), comme l'on disait alors, autant que de la liberté de penser, au sens d'irréligion.

3. Idée fréquente chez Sade. Dans l'*Idée sur les romans*, il justifie le réalisme d'*Aline et Valcour*, quand il y peint le vice, par un argument semblable : en détourner le lecteur par la noirceur du trait et exalter, par là même, la victoire finale de la vertu. On peut se demander si une telle justification n'est pas très largement ironique. Le plaidoyer est le même dans les premières pages des *Infortunes de la vertu*.

4. Il s'agit de Claude Prosper Jolyot de Crébillon (1707-1777), dit Crébillon fils, auteur d'ouvrages érotiques et galants comme *L'Ecumoire* (1734), *Le Sopha* (1740), *La Nuit et le Moment* (1754), *Le Hasard au coin du feu* (1763). Son thème unique, la séduction, et son écriture firent de lui un modèle de l'écrivain libertin. Malgré la protection de Mme de Pompadour, il fut poursuivi et emprisonné avant de devenir censeur royal.

5. Le fait est vrai, Sade a bien rédigé pour l'essentiel ce roman à la Bastille. Les affirmations qui suivent, sur le caractère prophétique de l'œuvre, sont bien évidemment très largement opportunistes.

6. L'expression appartient au langage des dernières décennies de l'Ancien Régime, et plus particulièrement à la lutte des parlementaires contre le gouvernement. Elle indique qu'on dissocie le roi de ses ministres, et qu'on rend ces derniers seuls responsables de l'oppression politique.

7. L'adjectif « sentimental » a été mis à la mode par la traduction du *Voyage sentimental en France et en Italie* de Sterne (1769). Le terme « érotique », qui a longtemps désigné tout ce qui a trait à l'amour et, en littérature, ne s'appliquait qu'à la poésie anacréontique à la fin du siècle, tend à se limiter au registre sexuel.

8. La seconde édition d'*Aline et Valcour* sera publiée en 1795 chez la veuve Girouard.

Essentiel à lire

1. Il s'agit d'un néologisme politique, venu du langage des assemblées anglaises. Sade, lors de son arrestation de décembre 1793, avait affirmé être venu reprendre son ouvrage chez son imprimeur car « écrit depuis trois ans, [il] n'était plus à l'ordre du jour ». Il est vrai, comme le montre la chronologie sadienne, qu'il y eut un intervalle assez long entre la rédaction d'*Aline et Valcour* et sa publication. Durant la période révolutionnaire se développa bien évidemment une extrême sensibilité à l'actualité politique et sociale. Cette politisation aidant, on passa du goût du jour à l'ordre du jour. Sade, pour répondre à cette nouvelle exigence, a très largement joué des notes pour actualiser son texte et lui prêter une dimension prophético-politique.

2. Sade en appelle à l'admiration historique de son lecteur et plaide pour une lecture globale de son ouvrage, seule capable de fonder un jugement impartial. Ce qui revient à dire que le livre ne peut être réduit à tel ou tel de ses épisodes, ou jugé à partir d'un système isolé défendu par un de ses héros, fût-ce Brigandos. On peut se demander s'il n'exprime pas ici une mise en garde et le refus d'être lui-même, comme auteur, réduit à tel ou tel de ses héros, ou de voir sa philosophie confondue avec une quelconque des positions exprimées au cours de l'ouvrage.

Notes du roman

LETTRE PREMIÈRE

1. Voilà le mot à la mode. Il faut avoir « un cœur sensible » comme dans la comédie sentimentale, le drame larmoyant ou les romans de Baculard d'Arnaud (1718-1805) ou Loaisel de Tréogate (1752-1812), qui permet de sentir et d'émouvoir. On remarquera que les mots « sensible », « sentiment » et « sentir » sont très fréquemment employés par Aline et Valcour dans leurs lettres.

2. M. de Blamont est parlementaire, et rend, de ce fait, la justice. Les sièges des parlements étaient recouverts de fleurs de lis (symbole de la monarchie française), d'où « siéger sur les fleurs de lis » ; c'est-à-dire qu'il se comporte en privé comme s'il rendait la justice avec la même dureté. Ce portrait de M. de Blamont traduit un sentiment violemment antiparlementaire, assez répandu durant la fin de l'Ancien Régime ; mais Sade éprouve une haine toute particulière, à

travers sa belle-famille, pour la caste des parlementaires, pour laquelle, par ailleurs, il n'a cessé d'éprouver le mépris d'un noble d'épée.

3. M. de Blamont rappelle Bartholo dans *Le Barbier de Séville*, qui est violemment opposé aux idées nouvelles, à l'*Encyclopédie*, à l'électricité et au quinquina. Il faut prendre ici « tolérance » au sens de « laxisme » : le parlementaire est partisan d'une stricte application de la loi et d'un pouvoir fort.

4. Dans l'*Esprit des Lois*, Montesquieu avait montré que la crainte est le ressort de la tyrannie. M. de Blamont en fait le ressort de la monarchie elle-même (c'était l'honneur chez Montesquieu). Ce qui revient à dire que M. de Blamont est partisan de l'absolutisme. Sa vision de l'homme reprend l'idée chrétienne d'une méchanceté naturelle, mais en écartant l'idée d'une rédemption.

5. Les hommes des Lumières refusaient les systèmes politiques qui encourageaient la délation ou se fondaient sur elle. Ils ont fréquemment dénoncé la délation instaurée dans la Rome de Néron ou la République de Venise.

6. Voilà M. de Blamont rejeté du côté des féodaux (« sublimité des droits »).

7. La référence à Clovis veut montrer le goût archaïque du personnage et par suite sa proximité morale avec les Barbares.

8. On remarquera la dimension comique de ce portrait qui n'est pas si fréquente, malgré tout, chez Sade.

9. « Nécessaire à » pour « nécessaire pour ».

10. C'est un revenu princier, si on le compare aux 50 000 livres de rente de Valcour, bien vite réduites à peu, et aux 16 000 livres de Mme de Blamont.

11. Hébé est fille de Zeus et d'Héra et personnifie la jeunesse.

LETTRE SECONDE

12. Ce thème est moliéresque à souhait. On le trouve bien évidemment dans *L'Avare*. Le thème de la jeune fille amoureuse d'un bel esprit est tout aussi banal dans la comédie classique ou post-classique. Rappelons qu'Almaviva séduit aussi Rosine, dans le *Barbier*, par ses talents poétiques et musicaux.

13. Le parchemin ici désigne l'arbre généalogique et les lettres royales qui fondent la noblesse de l'individu et de sa lignée. La haine antinobiliaire de Blamont ne correspond guère à la réalité historique. La haute bourgeoisie roturière et la noblesse de robe recherchaient avec passion l'alliance de la

haute noblesse, quel qu'en fût le prix. Le mariage de Sade avec Mlle de Montreuil n'en est-il pas la preuve ? On reconnaîtra donc dans le personnage de Blamont une construction idéologique et romanesque contradictoire, ou pour le moins hétérogène.

LETTRE TROISIÈME

14. Antithèses propres au langage galant et précieux.

15. Tout se traduit chez Aline et Valcour par des sentiments : sentiment de la douleur, de l'amour...

LETTRE QUATRIÈME

16. Ainsi donc, Valcour a été militaire.

17. Christine, reine de Suède (1632-1654), accueillit et protégea Descartes durant son exil.

18. En réalité, en cette fin de siècle, la carrière des lettres est aussi un moyen d'arriver dans le monde. Le « sacre de l'écrivain », qui s'initie au XVIIIe siècle, attire de nombreux jeunes gens. Venus assez souvent de la petite bourgeoisie provinciale, ils veulent par la littérature, à l'exemple de Rousseau lui-même, accéder à la gloire. C'est le cas de Marmontel, de Suard, de Rétif de la Bretonne, de Mercier aussi... et de toute la bohème littéraire qui hante la décennie prérévolutionnaire (cf. Robert Darnton, *Bohème littéraire et Révolution, le monde des livres au* XVIIIe., P., 1983). La noblesse elle-même est attirée par les lettres : le maréchal de Luxembourg, le prince de Conti protègent Jean-Jacques Rousseau et nombre d'écrivains appartiennent à une bonne noblesse, comme Saint-Lambert. Doit-on y voir pour autant la conquête, sur le mode d'une nouvelle pratique sociale et d'un discours imaginaire, d'une autorité largement compromise ?

19. Les italiques veulent rendre le ton employé par Blamont. Il s'agit sans doute ici du mépris. Cette forme de mise en valeur des conversations rapportées se retrouve tout au long d'*Aline et Valcour*.

LETTRE CINQUIÈME

20. Il y a là toute une légitimation psychologique et narrative du retour en arrière.

21. On remarquera que Valcour utilise ici un langage précieux extrêmement banal.

22. La critique sadienne a souligné depuis très longtemps le caractère souvent autobiographique de cette vie de Valcour : milieu d'origine, emplois du père, activités militaires, ruine familiale, allusions au Languedoc...

23. Voilà deux thèmes assez courants dans la littérature de l'époque : la dénonciation du préjugé de la naissance (cf. *Le Mariage de Figaro*) d'autant plus vive que la naissance est le fruit du hasard, la critique d'une éducation aristocratique qui renforce et accentue les préjugés, elle est commune à tous les philosophes et on la trouve parfois chez les représentants les plus lucides de la noblesse comme Boulainvilliers. Quand on sait combien Sade était attaché à ses titres et combien il méprisait la vile canaille, la noblesse de robe et le commerce, une telle lucidité étonne. D'où la nécessité de rappeler sans cesse le caractère fictif d'*Aline et Valcour*. Sade n'est ni Blamont ni Valcour. Il faut prendre garde aux assimilations trop faciles.

24. Le père de Sade était diplomate. Il avait participé à des négociations avec l'Electeur de Cologne.

25. Le terme « employé » signifie « destiné à servir ». Les jeunes nobles obtenaient très tôt un brevet d'officier.

26. Académie militaire, où l'on apprenait l'équitation et le maniement des armes. Le terme est encore employé aujourd'hui en castillan où l'on appelle « *academia militar* » les équivalents de Saint-Cyr.

27. Sade a servi, comme il était de son rang de le faire. Ces considérations sur l'armée ne sont pas courantes dans le discours philosophique volontiers pacifiste et hostile aux militaires, comme dans le *Candide* de Voltaire.

28. Etrange excuse aux amours de Valcour. Adélaïde ne lui plaît que parce que sa beauté est l'ébauche de celle plus accomplie d'Aline.

29. On déployait les drapeaux lorsque le régiment quittait la garnison.

30. Comme dans *La Nouvelle Héloïse* où Julie conseille à Saint-Preux le mariage comme remède à ses amours devenues impossibles. Mais ici Valcour agit avec perversité et tente de se débarrasser d'Adélaïde.

On peut par ailleurs s'étonner de ce mariage inattendu d'Adélaïde quelques mois après la rupture avec Valcour et après qu'elle eut manifesté son désespoir et son désir de vie conventuelle. On verra ce qu'il prépare. Plus qu'une péripétie, il y a là un élément de récit qui participe à la tension dramatique générale du roman.

31. Ce frère qui justement devait protéger les amours d'Adélaïde et de Valcour.

32. Les « derrières de la comédie » désignent une rue ou un espace situé derrière le théâtre et suffisamment retiré pour que le duel, interdit, y ait lieu.

33. Un tel épisode est fréquent dans les romans à la mode d'un Baculard d'Arnaud ou d'un Loaisel de Tréogate.

34. Dans sa correspondance Sade n'a cessé de dénoncer ses geôliers et tout spécialement M. de Rougemont à la Bastille.

35. « Que » a ici valeur de « si ». Il faut donc comprendre : « si je n'y suis contraint ».

36. La Savoie est à l'époque un duché indépendant. Sade le traversa durant son escapade italienne. Voir à ce propos son *Voyage en Italie.*

37. Jean-Jacques Rousseau est devenu, quoi qu'il en ait eu, une figure unanimement reconnue dans les années 1770. On lui rend visite (cf. *Mémoires de Ménétra*, éd. Daniel Roche, Montalba, 1982). De jeunes écrivains comme Bernardin de Saint-Pierre l'accompagnent dans ses dernières années. C'est dire son succès public, mais aussi la formation à travers lui du mythe de l'écrivain conseiller et consolateur (voir Olivier Nora, « La visite au grand écrivain » in *Les Lieux de mémoire*, tome 2, Gallimard, 1986). Certains se moqueront de cette pratique qui ressemble à un pèlerinage, comme Hérault de Séchelles dans son ironique visite à Buffon. Notons enfin qu'en 1770 Rousseau n'est plus à Genève mais à Paris.

38. Sur les rapports de Sade à Rousseau, cf. Michel Delon, « Sade face à Rousseau », in *Europe*, octobre 1972.

39. Il est étrange que Rousseau qui avait dénoncé les lettres et les arts éveille ici une vocation littéraire. Ce fut pourtant le cas pour toute une génération qui, forte de l'exemple de Rousseau et nourrie de son œuvre, a choisi de s'adonner à la littérature.

40. « Compagnie » au sens militaire bien sûr.

LETTRE SIXIÈME

41. Sorte de petit gâteau. Les ruses pour communiquer sont un thème théâtral et romanesque plein de ressources : les objets et les déguisements les plus divers sont ainsi au service de l'amour, comme la harpe dans *Les Liaisons dangereuses*, les partitions musicales et plusieurs déguisements dans *Le Barbier de Séville.*

42. Il faut entendre l'échange de billets entre les amoureux.

LETTRE SEPTIÈME

43. Obstiné, entiché de.

LETTRE HUITIÈME

44. « La devient » pour « le devient ».

45. On remarquera ici toute une théorie des influences que

l'environnement produit sur la beauté et plus généralement sur les corps.

46. On reconnaîtra ici une exaltation de l'écriture inspirée de *La Nouvelle Héloïse*.

LETTRE NEUVIÈME

47. Voilà la première lettre de Blamont. Elle arrive après son portrait dressé par les uns et les autres. Le « monstre » parle enfin. Il se révèle pire que ne le peignaient ses détracteurs.

48. Il s'agit bien sûr des principes libertins et non pas de principes moraux.

49. Utilisation traditionnelle du vocabulaire militaire pour décrire les manœuvres libertines et amoureuses.

50. Qui mériterait le supplice de la roue. Le mot servait sous la Régence pour les compagnons de débauche de Philippe d'Orléans. Il signifie « libertin scélérat ». Mercier remarque dans le *Tableau de Paris* que la noblesse revendique ce titre infamant comme s'il s'agissait d'un titre de gloire.

51. Le métier de parlementaire, donc d'homme qui rend la justice.

52. Tournure au sens de manière artificieuse de présenter les choses.

53. On passe peu à peu à d'autres métaphores qui traduisent avec plus de netteté encore la cruauté du libertin. Refusant les victimes consentantes (comme l'indiquait le terme « agneau »), il les veut prêtes à la défensive (« les amazones ») et aspire à la violence du combat.

LETTRE DIXIÈME

54. Ces adjectifs s'appliquent aux moutons encore que l'alliance « gras et bondissants » soit passablement incongrue. Aline oppose la régularité lassante des jardins des demeures de son père à la variété plus agréable de Vertfeuille. C'est la marque d'un goût nouveau qui fait que l'on préfère en ces années le jardin anglais au jardin à la française. Reconnaissons, par ailleurs, l'extrême banalité de la description.

55. Il y a là des souvenirs de *La Nouvelle Héloïse* (Clarens) et sans aucun doute, même si Sade se refuse à les confesser, de la campagne de Mme de Rosemonde, tante de Valmont, dans *Les Liaisons dangereuses*.

56. Héros des romans de la Table ronde, qui connaissent un grand succès en cette fin du XVIIIe siècle grâce aux adaptations du comte de Tressan pour un public cultivé et aux transcriptions populaires de la Bibliothèque bleue de Troyes. Il est évident que par ailleurs, pour toute une frange

de la noblesse nostalgique, le Moyen Age apparaît comme un paradis perdu, et la chevalerie comme un modèle à imiter pour une aristocratie désemparée.

57. Personnages de l'*Histoire de Valentin et Orson*.

58. Toute cette émotion, ces effusions font ressembler ce passage à une scène d'un drame larmoyant.

LETTRE ONZIÈME

59. Les craintes éprouvées par Valcour accentuent la tension dramatique et prolongent l'effet prémonitoire. L'inquiétude contredit le ton enjoué d'Aline dans la lettre X : « les aventures que nous prétendons chercher... »

LETTRE DOUZIÈME

60. On s'étonnera du badinage de Mme de Blamont : « quelque viol, quelque enlèvement, c'est en vérité tout ce que j'y vois de pis... »

61. « L'antique chevalerie » serait incarnée par les valeurs militaires. Voir note 56.

62. Signifie peut-être, comme dans « filer à l'anglaise », sans y paraître, discrètement, fausse mort presque. Il ne peut s'agir, semble-t-il, d'une mort violente (comme dans les romans frénétiques anglais), quelle que soit par ailleurs l'ironie grinçante du romancier Sade (cf. note de la Pléiade). Ce serait déformer le caractère de Mme de Blamont et de la scène même dont Sade dit qu'elle fut ponctuée de larmes (« On est venu couvrir de larmes le papier sur lequel j'écrivais »).

63. Paris, lieu de perversité, de corruption et de débauche, voilà un lieu commun de la deuxième moitié du XVIIIe siècle. *La Nouvelle Héloïse* montre comment Paris corrompt Saint-Preux et lui fait trahir sa fidélité à Julie. Le Paris corrupteur, qui épuise les forces morales et économiques du pays, est un thème courant chez Mercier et Rétif de la Bretonne.

64. Sur cette idée fondamentale d'énergie, voir Michel Delon, *L'Idée d'énergie au tournant des Lumières*, P.U.F., P., 1988.

LETTRE TREIZIÈME

65. Il faut comprendre : « pourquoi prendre... »

LETTRE QUINZIÈME

66. Curieux euphémisme pour dire qu'aucun des invités n'a été assassiné comme Valcour pouvait le craindre.

67. « *Que* » pour « avant que ».

LETTRE SEIZIÈME

68. Sophie est un prénom qu'affectionne Sade. Il est celui de Justine dans *Les Infortunes de la vertu.*

69. Bartole et non Bertole. Célèbre juriste italien du XIVe siècle.

70. L'art de plumer la poule, au sens de dépouiller et de voler, est celui qu'on attribue le plus fréquemment aux financiers. C'est même le titre d'un pamphlet dirigé contre eux à la fin du XVIIe siècle.

71. Il s'agit, bien sûr, d'une « petite maison », sorte de résidence située à l'écart de la ville et destinée aux plaisirs cachés de son propriétaire. Dans *Les Liaisons dangereuses*, la marquise de Mertreuil en possède bien évidemment une.

72. Se rendre à.

73. La somme est évidemment modeste.

74. La Dubois est une dangereuse entremetteuse qui apparaît dans *Les Infortunes de la vertu.* Prisonnière avec Justine, elle lui permet de s'échapper de la prison à la faveur d'un incendie criminel.

75. Le terme est ici méprisant : il n'est nullement affectueux.

76. Il s'agit de principes moraux.

77. Etrange goût de M. de Mirville qui incite sa « protégée » à la lecture. Croit-il, comme nombre de ses contemporains, que la lecture, et spécialement celle des romans, pervertit les jeunes filles ?

78. Pour entrer plus avant dans la peinture des infamies, Sade utilise ce vertueux désir de savoir de Mme de Blamont.

79. La question portait bien évidemment sur l'inceste, dont les libertins, chez Sade, se font les défenseurs, comme on le verra. Le refus de l'inceste ici ne relève pas d'une règle morale mais de la jalousie, sentiment qui semble, au demeurant, assez éloigné de leurs principes.

80. En vue de.

81. La naïveté des personnages vertueux, chez Sade, étonne toujours. Sophie, comme Justine, ne tire aucune leçon de ses expériences.

82. Les libertins ne sont pas seulement débauchés : ils sont cruels et inflexibles.

83. En poésie classique, « catastrophe » signifie « changement qui marque la fin d'un poème dramatique ».

84. Ce qui signifie que Sophie est enceinte des œuvres de M. de Mirville.

85. L'aider à trouver, lui trouver.

86. A ce moment-là.

87. Voilà Sophie soupçonnée d'être infidèle. Sade prise ses paradoxes moraux. Il est vrai que seule la jalousie des libertins justifie leurs reproches.

88. Même retournement paradoxal : il est étrange que ce soit M. de Mirville, qui l'a débauchée, qui accuse Sophie de prostitution.

89. Le pédantisme est ici étymologiquement l'état d'enseignant. Sophie est fouettée et fessée comme une enfant.

90. Au sens d'« activer ».

91. « Appareilleuse », comme on disait au XVIIIe siècle, tenancière de maison de prostitution, maquerelle, célestine.

92. Ne pouvant résister...

93. Faux dénouement. Il reste à savoir qui sont les infâmes libertins. Au début de la lettre XVI, Déterville a émis des soupçons sur leur identité.

LETTRE DIX-SEPTIÈME

94. Il y a une complaisance bien évidente dans cette description, par ailleurs gazée.

95. Ceci est passablement contradictoire avec ce qu'a dit Isabeau de l'éducation de Sophie.

96. Le curé de campagne vertueux est un personnage romanesque fréquent. Les hommes des Lumières opposent le haut clergé corrompu et le bas clergé dévoué. Michel Delon (Pléiade) cite un texte significatif de Mercier sur le clergé. Chez Rétif, le personnage du bon curé est largement présent comme le prouvent *Monsieur Nicolas*, éd. Pierre Testud, Pléiade, 2 vol., et *Le Curé patriote*, éd. Pierre Testud, Le Castor astral, 1989. Jean Meslier (1664-1729), célèbre curé athée et anticlérical, s'en remet dans son *Mémoire* à ses confrères ruraux pour éclairer le peuple. C'est dire combien est positive la figure du curé de campagne.

97. La mendicité a été une plaie de l'Ancien Régime comme le vagabondage, malgré les efforts des autorités pour les combattre en procédant au « grand renfermement » des pauvres, des malades et des marginaux. Dans la deuxième moitié du XVIIIe siècle se publièrent de nombreux projets philanthropiques pour combattre la mendicité : création de dépôts de mendicité, d'ateliers... Un débat agita alors l'opinion (cf. Jeffry Kaplow, *Le Nom des rois. Les pauvres de Paris à la veille de la Révolution*, P., 1974). Certains condamnèrent les dépôts qu'on assimila à des prisons, d'autres prétendirent au contraire que les effets en étaient bénéfiques.

98. Le bon curé ne croit guère à la philanthropie des riches. Dans nombre des récits de Sade, les libertins riches s'assument

tels qu'ils sont dénoncés ici. La dureté de cœur, l'exploitation des pauvres relèvent chez eux des principes.

99. Habit de portier.

100. Certaines des idées développées ici appartiennent à la physiocratie.

101. Il y a là un écho des thèses populationistes des hommes des Lumières.

102. La Babylone moderne est une expression relativement banale. On la trouve chez Rousseau et chez Fougeret de Montbron.

Le terme « Sodome » accentue le côté prêche de la tirade du curé.

103. Le débat sur le luxe hante toute la philosophie des Lumières : Rousseau lui est hostile et Voltaire lui est favorable (cf. André Morizé, *L'Apologie du luxe au XVIIIe siècle, « Le Mondain » et ses sources*, Paris, 1909).

104. Ce neutre a une valeur sinon méprisante, du moins condescendante.

105. Curieux argument de Déterville, qui accepte comme une fatalité que Sophie soit entretenue.

106. Il s'agit, bien sûr, de sa voix mélodieuse.

107. Voilà un nouvel indice pour maintenir l'intérêt du lecteur et orienter les soupçons.

108. Habile reprise des indices accumulés qui laisse pourtant planer un léger doute.

109. Curieuse duègne, et qui a une bien étrange façon de surveiller la vertu de la jeune fille qui lui est confiée. La duègne, dans le roman picaresque comme dans *Candide* (la vieille qui accompagne Cunégonde), se fait volontiers Célestine.

110. Au sens de « domesticité de la France entière ».

LETTRE DIX-HUITIÈME

111. Belle scène pathétique comme les aiment le roman et le drame sentimental.

112. C'est une naïveté du bon curé, plus au fait de la démographie que des habitudes des libertines.

113. Assaut de bons sentiments qui est lui aussi un poncif du roman sentimental.

114. Voilà un tableau comme Diderot en souhaitait dans le drame bourgeois *(Entretiens sur le Fils naturel)* et comme Greuze en a composé en peinture.

115. De telles vibrations sont produites par les émotions des âmes sensibles et la jouissance des libertins.

116. Forme féminine de « petit-maître » qui désigne, à en

croire les dictionnaires, « les airs et les manières des gens de Cour ».

117. Longue diatribe contre le libertinage et les libertins qui n'est pas sans rappeler les sermons qui les attaquaient. Ce passage ne manque pas d'éloquence.

118. Le terme « huguenot » désigne ici, autant que le protestant, un esprit hostile à la religion catholique.

LETTRE XIX

119. On passe, avec cette lettre, à une numérotation en chiffres romains, ce qui indique une deuxième partie.

120. Théorie de la dynamique des passions mauvaises que Sade illustre dans *Les Cent Vingt Journées de Sodome*.

LETTRE XX

121. Comme Julie dans *La Nouvelle Héloïse*.

122. Comme les auteurs du drame bourgeois et un grand nombre de philosophes des Lumières, Valcour croit à l'exemplarité de la vertu.

LETTRE XXI

123. Encore un tableau pathétique et sensible.

124. Il est pour le moins inattendu que des juges doutent des jugements qu'ils prononcent. C'est un moyen trouvé par Sade pour mettre en question la justice. Sa position est apparemment paradoxale : il approuve la philosophie libertine, on le sait ; il la fait assumer dans *Aline et Valcour*, roman traditionnel sous bien des aspects, par les héros les plus odieux.

125. C'est de l'essence même du roman sadien que ses héros commentent et théorisent leurs comportements.

126. Barrière d'octroi installée aux Gobelins.

127. Nouvelle version de la reconnaissance d'un enfant perdu, thème propre au roman noir, mais qui a ici ses traits propres.

128. Sorte de berline, grise parce que ne portant aucun signe distinctif.

LETTRE XXIII

129. Encore une fois, Sade légitime l'exactitude et le soin portés à la peinture du vice par son désir de tout dire et de mettre en garde la vertu en l'effrayant.

130. Lucrèce est l'héroïne de l'histoire romaine dont le viol entraîna la fin de la royauté et la chute des Tarquins.

131. La forme « préférer de » est tolérée par la langue du XVIIIe siècle.

132. Peuple de l'Europe du Nord.

133. C'est la thèse philosophique de la relativité de la morale, des us et des coutumes, qui est commune aux Lumières, aux sceptiques et à Pascal lui-même, dont on rappellera le célèbre « Vérité en deçà des Pyrénées, erreur au-delà ».

134. Dolbourg apparaît et comme un hypocrite et comme un sot.

135. On appréciera la logique humoristique de la remarque.

136. M. de Blamont, bien que libertin, serait-il sensible ? On en doutera. Il faut prendre « ému » au sens d'« agité ».

137. Le libertinage implique une parfaite maîtrise de soi, qui permet d'avancer masqué et de contrôler ses émotions. A cet égard, on se souviendra de Mme de Merteuil, dans *Les Liaisons dangereuses*, dont la maîtrise de soi est absolue et qui a longuement travaillé à se composer une apparence sociale de veuve réservée et vertueuse.

138. Il faut entendre « j'ai le cœur d'un enfant ».

139. Il n'y aurait aucun reproche de part et d'autre...

140. Sade, en romancier habile, maintient la tension dramatique et laisse attendre à son lecteur un rebondissement.

141. On notera qu'il y a diverses positions des personnages vertueux face aux libertins : pour les uns, les libertins s'endurcissent dans leurs vices ; d'autres, au contraire, croient à l'exemplarité d'une vertu qui les ramènerait dans le chemin du devoir.

LETTRE XXIV

142. Actuellement portion de la rue de Turenne.

143. Le roman contemporain avait mis à la mode ces scènes funèbres, dont *Jacques le Fataliste* se moque avec le corbillard du Capitaine.

144. Il faut comprendre ici : « à partir du moment où... »

145. Ce parler populaire est totalement fabriqué. Il appartient à la tradition molièresque, et il est destiné à faire rire.

146. Femme d'une humeur revêche, criarde, à l'image de l'oiseau lui-même.

147. Qualité de l'air et de sa température.

148. On mesurera la complication de l'affaire de substitution, à laquelle avaient été sensibles les lecteurs du manuscrit de Sade. La substitution d'enfant est un thème à la mode du roman, comme les retrouvailles avec les parents véritables.

Sade a compliqué à souhait le schéma traditionnel et rendu cette sombre affaire particulièrement ambiguë.

LETTRE XXV

149. Métaphore pour désigner une campagne proche de Paris où les libertins possèdent leurs « folies », organisées pour abriter leur libertinage.

LETTRE XXVI

150. Le verbe « échauffer » est à prendre au sens moral et physique. Il s'agit d'amener la jeune fille à transgresser la loi morale par des pensées, des paroles et des actes en allant à chaque fois un peu plus loin. Sade a illustré cette pédagogie perverse dans *La Philosophie dans le boudoir*.

151. Voilà un exposé de la pédagogie qui convient à une éducation libertine, que, dans le passage qui suit, Sade va unir aux pratiques de la Justice.

152. Le mot « touche » montre que le corps, après avoir été comparé à une machine (cf. plus haut « ressorts »), est assimilé à un clavecin comme dans *Le Rêve de d'Alembert* de Diderot.

153. « Captieux » signifie qui « tend à induire en erreur ».

154. Cartouche est un célèbre chef de bande qui fut pris et exécuté en 1721.

155. Ce sont trois célèbres jurisconsultes des XVIe et XVIIe siècles.

156. Il y a là de la part de Blamont un étrange détournement du langage juridique.

157. Linguet (1736-1794) est un libelliste très connu à l'époque qui fut rayé du tableau (liste des avocats, comme aujourd'hui le barreau) en 1774.

158. La considération est purement sociale.

159. L'adverbe « magistralement » permet un jeu de mots.

160. C'est un costume de magistrat.

161. Le mot est pris ici au sens d'« apparence outrée ».

162. Il a toujours été admis une différence entre pays du Nord et pays du Sud, que Montesquieu a théorisée dans l'*Esprit des Lois*. Les philosophes, plus généralement, ont tendance à opposer les pays du Nord plus libres aux pays du Sud soumis à l'oppression religieuse.

LETTRE XXVII

163. Après Jean-Jacques Rousseau, dans *La Nouvelle Héloïse*, qui, par l'intermédiaire de Saint-Preux, exaltait la souffrance comme source de plaisir (« C'est un des miracles

de l'amour de nous faire trouver du plaisir à souffrir... » écrivait-il à Julie), Sade montre que la souffrance peut être voluptueuse. Il l'affirmera dans *Les Crimes de l'amour* (« Eugénie de Franval »). On sait plus généralement quel parti tirera Sade de ce renversement de perspective dans sa définition de la jouissance par la souffrance d'autrui. Par ailleurs, Jean Paulhan a donné, en utilisant ce thème, une analyse paradoxale des *Infortunes de la vertu*.

164. Parce que chauve depuis l'enfance.

165. On opposera cette lettre à la célèbre confession de Mme de Merteuil dans la lettre 81 des *Liaisons dangereuses*, qui évoque son passé et ses résolutions. Elle en est le symétrique inversé.

166. Somme rondelette qui équivaut à 1 000 livres de rente.

167. Rappel du nom de l'héroïne d'un fait divers célèbre qui avait marqué les annales judiciaires : la marquise de Gange avait été assassinée par son mari et son beau-frère. Sade lui consacra son dernier roman : *La Marquise de Gange* (1813).

168. La scène de séparation lorsque l'héroïne entre au couvent est un lieu commun du roman sentimental, qui traduit implicitement un jugement négatif sur la vie conventuelle, considérée par les hommes des Lumières comme contre-nature.

169. Allusion à la somme remise au curé pour la dot de Sophie (lettre XVIII).

170. L'expression signifie « de nouveaux délais ».

LETTRE XXVIII

171. Autre illusion des personnages vertueux qui croient que le libertinage naît du mauvais exemple et que, le mauvais exemple cessant, la vertu peut renaître.

172. Ce trait renvoie au caractère romanesque d'Aline.

173. Il y a là une conception très représentative des hommes des Lumières. Seul le temps qui apporte du plaisir compte ; tout le reste est irréalité. La conscience et le sentiment donnent sa réalité au temps.

LETTRE XXIX

174. Ce nom rappelle, comme le note Michel Delon (édition de la Pléiade), celui du chevalier de Meilcour dans *Les Égarements du cœur et de l'esprit* de Crébillon fils.

LETTRE XXX

175. Le terme « organisé » renvoie à une conception ordonnée du corps et de l'esprit humain. L'*Encyclopédie* parle de « l'arrangement des parties... ». Cette organisation détermine

caractère et comportement. L'idée a été développée sous une forme particulière par Diderot dans la *Lettre sur les aveugles.*

LETTRE XXXI

176. La plainte est commune à toute la littérature sentimentale du temps.

177. Valcour fait entendre à Mme de Blamont la voix de la raison.

LETTRE XXXII

178. C'est là un rêve romanesque de Valcour. On remarquera le ton exalté de la lettre.

LETTRE XXXIII

179. L'amour est conçu comme passion et non point comme folie. On sait, au demeurant, à quelles extrémités l'amour-passion conduit Saint-Preux dans *La Nouvelle Héloïse*, quand il se trouve avec les vêtements de sa bien-aimée dans la chambre de Julie.

LETTRE XXXIV

180. Il y a là une étrange façon de rassurer Valcour en évoquant les malheurs qui ne lui sont pas arrivés.

181. Comme l'indiquent les dictionnaires du temps, « antichambre » peut être masculin.

182. Les vapeurs sont la maladie des femmes du monde. On ne sait pas exactement quelle réalité recouvre ce terme.

183. Ce qui semblait un épisode sans intérêt participe à la tension dramatique : on peut craindre que ces aventuriers soient envoyés par Blamont.

184. Le hâle est la marque du paysan ou du marin. On remarquera ici que Sainville est légèrement hâlé comme il convient à un voyageur.

185. On passe d'une possible tension dramatique à un subterfuge narratif.

186. « Prévenus » au sens de « devancés ».

LETTRE XXXV

187. Le roman traduit une pratique réelle de l'Ancien Régime : les procès interminables comme celui dont souffre Araminte, l'héroïne des *Fausses Confidences* de Marivaux.

188. Le thème du travestissement est courant dans le roman du XVIIIe siècle. Il envahit le roman de Louvet *(Les Aventures du chevalier de Faublas)* et certains moralistes comme Rétif de la Bretonne se plaignent du goût trouble qu'éprouvent

certains hommes à s'habiller en femmes et certaines femmes à se déguiser en hommes. Ce qui est essentiel ici c'est la triple transgression morale à laquelle se livrent Sainville et Léonore : le couvent, l'argent et la différenciation sexuelle.

189. Sainte Ultrogote semble une invention ironique de Sade, sensible aux sonorités barbares et au jeu de mots sur « goth ». Ultrogote était l'épouse de Childéric, fils de Clovis.

190. On entend par « béguine... » une fille qui vit avec d'autres dans la piété, sans faire d'autre vœu. Ce mot se prend ordinairement en mauvaise part, pour dire, une fausse dévote » (Richelet, 1756).

191. Le terme « momerie » vient tout droit du vocabulaire voltairien. Il désigne des « bouffonneries, des railleries », à en croire le *Dictionnaire* de Richelet, mais ici il s'applique aux pratiques religieuses.

192. Il faut comprendre : « je lui facilitai les choses. »

193. Il s'agit d'argent, bien sûr.

194. Grâce à « sanctifiés », il y a tout un jeu de mots sur les miracles qui est de la même veine voltairienne que ce qui précède.

195. Par de telles notations on voit se dessiner le caractère extrêmement fort de Léonore.

196. Ce qui confirme le caractère exagérément naïf des « béguines », déjà évoqué.

197. En utilisant un vocabulaire volontairement ambigu où le sacré voisine avec le profane amoureux, Sainville prouve qu'il est aussi un esprit fort.

198. Cette dernière scène confirme le caractère anticlérical et érotique du passage.

199. C'est le trajet que Sade fit en compagnie de sa belle-sœur Mlle de Launay quand ils s'enfuirent en Italie.

200. Sainville et Léonore demandent que l'on bénisse leur union sans l'autorisation de leurs parents et sans publication des bans.

201. La position est nettement déiste.

202. Sur l'Italie de Sade, on verra l'édition à paraître de son *Journal en Italie*, édition procurée par Georges Festa. Indiquons maintenant que toutes les informations topographiques, ethnologiques, artistiques que Sade note dans son journal proviennent de ses prédécesseurs.

203. Une telle notation veut confirmer la force de caractère de Léonore.

204. « Alguazil » est un terme espagnol qui est inapproprié pour Venise qui, à la différence du royaume de Naples, n'a pas subi l'influence espagnole. Il ne peut s'agir que d'une

volonté de produire un effet d'exotisme, la couleur locale dût-elle en souffrir.

205. Le terme désigne un bâtiment à voiles et à rames très fréquent en Méditerranée.

206. Façon de désigner l'empire turc.

207. Bien évidemment, ce passage n'a pas été écrit à la Bastille dans les années qui précédèrent la Révolution.

208. Il faut distinguer le pirate, qui travaille pour son compte en attaquant les navires de commerce, du corsaire, qui bénéficie de lettres patentes royales l'autorisant, moyennant un pourcentage sur les prises, à combattre en franc-tireur la marine ennemie.

209. Le cercueil dans lequel repose un être vivant est une des péripéties macabres traditionnelles du roman d'horreur inspiré du roman noir anglais.

210. On comprendra plus loin la nécessité d'une telle notation.

211. Cf. « Le Chien qui lâche la proie pour l'ombre » de La Fontaine.

212. Au sens de : « nous ne tardâmes pas... »

213. « Débouquer » signifie « sortir d'un détroit en naviguant ».

214. La Barbarie est une contrée africaine qui comprend, entre autres, les royaumes de Tunis, d'Alger et de Fez.

215. « Couple » est un terme technique de marine qui sert à désigner deux pièces de voilage liées entre elles.

216. Cette formule de Pétrone est un lieu commun de la pensée libertine.

217. Le mot au XVIIIe siècle est masculin ou féminin.

218. Peuple d'Afrique auquel les hommes des Lumières attribuaient une extraordinaire cruauté, comme par exemple chez Raynal dans l'*Histoire des deux Indes*.

219. La Cafrerie est dans la partie méridionale de l'Afrique.

220. Au sens de « demeurer clairement dans la mémoire ».

221. Butua est une ville africaine à la localisation imprécise, et qui relève largement de l'imaginaire des hommes du XVIIIe siècle.

222. A en croire les hommes des Lumières, il y avait dans les parties les plus cruelles de l'Afrique des boucheries de chair humaine.

223. Ce sont donc des anthropophages, mais qui appartiennent à la civilisation du cuit.

224. Les anthropophages ajoutent à leurs crimes le sadisme des bourreaux.

225. Au sens de « par ces fers ».

226. La citation est approximative. Elle est extraite de l'exorde de l'*Histoire des deux Indes* de l'abbé Raynal, ouvrage condamné par le Parlement de Paris en 1781. Raynal dut s'exiler et ne revint en France qu'en 1784.

227. « Gazer » signifie « édulcorer », comme « recouvrir d'une gaze ». Cette censure, au demeurant transparente, peut constituer un ingrédient érotique, une hypocrisie ou une soumission aux pratiques de la censure.

228. Allusion à peu près certaine à la censure à laquelle s'était soumis Bougainville dans sa relation de voyage et à laquelle devait répondre partiellement le *Supplément au voyage de Bougainville* de Diderot.

229. Petite histoire licencieuse faite pour amuser, comme par exemple les historiettes de Tallemant des Réaux.

230. Idée qui est à la base de ce que l'on a pu définir comme l'anthropologie des Lumières ; voir Michèle Duchet, *Anthropologie et histoire au siècle des Lumières*, Maspero, 1971.

231. Vision bien vertueuse et bien optimiste des effets du livre obscène.

232. Livie était l'épouse d'Auguste.

233. Le nègre blanc représente selon Buffon une variété de l'espèce humaine.

234. Selon l'*Encyclopédie*, il existerait un royaume de Macco ou Macoro dans la basse Ethiopie.

235. Sade, comme le remarque Michel Delon (Pléiade), joue sur les deux sens du terme « corruption » : sur le sens physique, « changement dans la substance d'un corps qui se change en une autre substance », mais aussi sur le sens moral « où il signifie dépravation, dérèglement ».

236. « D'où vient... » signifie « pourquoi ».

237. « Réussir à » s'emploie comme « réussir ».

238. « Maroc » désigne la ville et le pays.

239. On remarquera dans ce passage le goût extrêmement classificateur de l'imaginaire sadien (cf. *Les Cent Vingt Journées de Sodome* ou les multiples couvents consacrés à la débauche qui peuplent l'univers romanesque de Sade).

240. Cette hypothèse permet de rattacher la narration à la poursuite de Léonore.

241. Ayant perdu sa nature originelle d'Européen.

242. Au XVIIIe siècle, il existe un débat entre les tenants de la nature et leurs adversaires pour qui tout est produit de l'éducation et de l'habitude sociale. Les matérialistes insistent sur l'habitude qui peut devenir préjugé (d'Holbach et Helvé-

tius). D'autres, comme Rousseau, essaient de concilier nature et histoire pour comprendre l'homme.

243. Leçon de pragmatisme qui n'est pas sans rappeler la règle de conduite d'un Montaigne à l'étranger ou la volonté d'un Montesquieu de se soumettre aux lois du pays où il lui a été échu de naître.

244. Michel Delon (Pléiade) a montré comment Sade utilisait ici des sources qu'il amalgamait pour mieux satisfaire son imaginaire.

245. Démeunier est l'auteur de L'*Esprit des usages et des coutumes de différents peuples* et Cornélius de Paw a écrit les *Recherches philosophiques sur les Américains*. Quant aux académies, elles organisaient des concours. Rousseau participa à ceux organisés par l'Académie de Dijon. Sur les académies, on verra Daniel Roche, *Le Siècle des lumières en province*, Paris, La Haye, 1978.

246. Sade a souvent insisté sur la relativité des catégories de vie et de mort.

247. Tous ces faits sont pris chez les auteurs indiqués par Sade.

248. Sade oppose les intérêts particuliers ou nationaux à ce qu'il appelle le plan général ou le grand dessein de la nature. C'est un point de vue matérialiste que Sade partage avec d'Holbach.

249. Ecole à Athènes, plus largement établissement d'enseignement. On verra, à la fin de l'Ancien Régime, le Lycée dont La Harpe animera l'enseignement.

250. Au sens de « discuter ».

251. Sade ne cesse de s'en prendre à M. de Sartine (1719-1801) qui, comme lieutenant de police, avait dirigé les poursuites engagées contre lui.

252. A l'époque apparaît un mouvement d'opinion dirigé contre l'esclavage. Des esprits éclairés fondent la Société des Amis des Noirs : Brissot et Condorcet en seront membres.

253. Il y a là une vision radicalement pessimiste des rapports humains et de l'organisation sociale.

254. L'afflux d'or comme cause d'appauvrissement a été analysé par Montesquieu dans les *Considérations sur les richesses de l'Espagne*. Toute l'information utilisée ici par Sade provient de l'*Histoire des deux Indes* de l'abbé Raynal.

255. La remarque renvoie ici à une pensée déiste.

256. Le « commettant » est un intermédiaire.

257. La démonstration qui, à l'origine, se voulait strictement économique glisse vers le religieux.

258. Les travaux actuels des historiens de l'Inquisition dans

la péninsule ibérique montrent qu'elle a été très affaiblie dès le début du XVIIIe siècle par le pouvoir monarchique lui-même.

259. Avant de l'être de France, les jésuites furent expulsés du Portugal en 1759.

260. Il y a là bien sûr un souvenir de *Candide*.

261. Cette réflexion sur la grandeur passée du Portugal était celle aussi des élites portugaises qui appuyaient les réformes du marquis de Pombal.

262. La maison de Bragance est la famille qui a régné sur le Portugal jusqu'en 1910.

263. Cette longue dissertation est un lieu commun de l'anticléricalisme des Lumières, qui met en relief le rôle politique du clergé et l'abêtissement du peuple.

264. Au sens de « vérifier ».

265. Vénus callipyge, qu'on honorait dans un temple érigé à Syracuse.

266. L'adjectif est ici substantivé.

267. La citation est approximative, comme souvent chez Sade.

268. On ne trouve pas ce type d'affirmations chez les philosophes que cite Sade.

269. L'incube est un démon masculin qui est censé abuser d'une femme durant son sommeil. Le succube est un démon femelle qui vient s'unir avec un homme durant la nuit.

270. Cette théorie du despotisme naturel à l'homme, inhérent à sa nature, peut venir d'Helvétius (voir Jean Deprun, « Sade et le rationalisme des Lumières », *Raison présente*, mai-juin 1967). Sade est volontiers naturaliste et recherche souvent ses modèles dans le règne animal. On admettra que l'activité érotique est de l'ordre de la culture tout autant que de celui de la nature.

271. L'isolisme est une théorie selon laquelle autrui n'est qu'un moyen dont dispose ma jouissance. On sait que Diderot, dans l'article « Jouissance » de l'*Encyclopédie*, s'est opposé à cette théorie.

272. On en revient à une vision des fins suprêmes de la nature qui rend vaine la distinction entre vice et vertu, bien et mal.

273. Sade change ici de perspective : la conception morale n'est pas dans la nature de l'homme mais dans son environnement. Dans le *Supplément au voyage de Bougainville*, Diderot montre à propos de l'île des Lanciers comment le relief peut déterminer les mœurs et la valeur morale qui leur est attachée.

274. L'« anarchie polonaise » a longtemps intrigué les hommes des Lumières qui comprenaient mal le fonctionnement

de cette monarchie élective. Voir les *Considérations sur le gouvernement de Pologne* de Jean-Jacques Rousseau.

275. Etrange évocation d'une monarchie élective que vient pervertir l'apologie de la cruauté.

276. Sade a crédité ce malheureux peuple de tous les vices et on comprend mal, de ce fait, quel rôle peut jouer la religion dans ses comportements.

277. C'est le principe auquel tend l'éducation en régime despotique, comme l'avait montré Montesquieu dans l'*Esprit des Lois*.

278. On débat au XVIIIe siècle pour savoir si le Coran est ou non favorable aux femmes (voir l'article « Femme » dans l'*Encyclopédie*).

279. Sade est opposé aux théories populationnistes très à la mode au XVIIIe siècle. Certains philosophes avançaient que le dépeuplement de l'Amérique coloniale n'était pas dû au génocide, mais à l'amour antiphysique que pratiquaient majoritairement les Indiens.

L'argument selon lequel une population moindre en France permettrait au gouvernement de lui porter un intérêt supérieur est bien évidemment spécieux. Pour la majorité des philosophes des Lumières, la richesse d'un État se mesure à l'importance de sa population.

280. Ce terme « intention » montre qu'il y a là, latente chez Sade, une personnification de la nature, qui est proche d'une conscience.

281. En affirmant l'étrangeté de l'homme au monde, Sade récuse l'idée religieuse d'une soumission de la nature à l'homme, comme cela avait été la volonté de Dieu en créant le monde végétal, animal, puis l'homme.

282. On appréciera le retournement : l'homosexualité est utile à l'Etat car elle permet de retrouver un équilibre démographique. Elle représente un rempart contre la surpopulation, que Sade dénonce comme un danger.

283. La citation est prise à *La Philosophie de la Nature* de Delisle de Sales (1769).

284. Cette absence de conscience du temps et de la durée vient tout droit du *Discours sur l'inégalité* de Jean-Jacques Rousseau, Ire partie.

285. Outre le fantasme sadien de la victime soumise et consentante, le texte met ici en valeur une représentation du primitivisme et un schéma d'organisation sociale relativement structuré.

286. Cette position n'est pas celle de Rousseau, qui montre dans le *Discours sur l'inégalité* que les passions naissent de la

civilisation (jalousie, amour...) puisque dans l'état de nature, existassent-elles, elles ne peuvent s'exprimer. Comment être jaloux ou envieux quand on vit « isolé » ?

287. « Foulé » est pris au sens de « foulé aux pieds », donc « asservi », « méprisé ». Cette idée d'une union du despotisme et du religieux est un lieu commun de la pensée des Lumières. A l'exception de Bayle qui montre que c'est de la faiblesse du pouvoir politique face à l'Eglise qu'est née la persécution des protestants.

288. Il s'agit sans aucun doute du curare.

289. Sade ignore, ou tient pour nuls, les témoignages ethnologiques qui vont à l'encontre de sa thèse.

290. La restriction laisse entendre qu'on doit bien distinguer interventions de l'auteur et points de vue de ses personnages.

291. On est passé insensiblement d'une présentation des mœurs et des croyances des habitants du royaume butua à une tirade philosophique totalement inspirée du *Bon Sens* ou du *Système de la Nature* de d'Holbach comme l'a montré Jean Deprun, *op. cit.*

292. La philosophie de Sainville est ici imprégnée de déisme.

293. Le mot est pris ici au sens de « guérison morale ».

294. On croirait lire, sur un mode tragique, un passage du *Supplément au voyage de Bougainville*, quand Orou offre sa femme et ses filles à l'Aumônier, respectant ainsi les lois de l'hospitalité tahitienne.

295. Le passage appartient au pathétique du roman sentimental très à la mode au moment où Sade compose *Aline et Valcour*. Elle contredit quelque peu les affirmations tranchées de Sarmiento sur la nature humaine et sur le caractère profond des habitants du royaume butua.

296. Ce qui peut apparaître comme une limitation de l'acte généreux de Sainville. Mais peut-il proposer, dans un tel système, autre chose à cette femme ?

297. La contradiction avec les lois du pays n'est pas si évidente que l'affirme Sarmiento.

298. Il y a une reprise ici schématisée de l'affirmation de La Rochefoucauld selon laquelle c'est par égoïsme et vanité que l'être humain est charitable.

299. Ce qui veut dire que Sarmiento regrette de ne pas avoir profité plus amplement des plaisirs que lui offrait le royaume butua et de ne pas être allé jusqu'au bout du mal en tuant le roi de sa main.

300. C'était déjà la leçon du *Dialogue entre un prêtre et un moribond* de Sade.

301. Sainville se passe ici fort bien d'interprète. Se rendant

compte de l'invraisemblance, il indiquera un peu plus loin la raison d'être de cette facilité dans l'échange linguistique.

302. La Providence ainsi définie est pour le moins ambiguë.

303. Ce qui signifie qu'elle n'est plus vierge.

304. Comme Saint-Preux dans *La Nouvelle Héloïse*, Sainville connaît les « voluptés solitaires ».

305. Raynal, dans l'*Histoire des deux Indes*, a analysé cette dégénérescence des colons soumis à un climat nouveau qui les corrompt.

306. Tahiti, bien sûr, dont Diderot a « décrit » les mœurs dans le *Supplément au voyage de Bougainville.*

307. Signifie qu'on a touché un récif ou un fond.

308. Aventurier anglais qui sillonna les mers (Pléiade).

309. La disposition géométrique de l'habitat est une des caractéristiques de la perfection utopique. La disposition est généralement rectiligne et ses caractères numériques sont très fortement marqués.

310. L'essentiel de ce paragraphe, pour des raisons politiques évidentes, a été supprimé dans l'édition de 1795. Il fallait alors faire résolument républicain.

311. Nom du bon roi peint par Fénelon dans *Les Aventures de Télémaque.*

312. L'édition de 1795 supprime le mot « souverain ».

313. Le mot « juste » est employé ici pour « justaucorps », sorte de vêtement court et très serré.

314. A l'orientale, bien plutôt, et ainsi le comprendra au XVIIIe siècle l'illustrateur d'*Aline et Valcour.*

315. La couleur selon l'âge, la fonction ou la classe sociale, apparaît souvent comme un élément marquant les différences dans la société utopique.

316. Avec des habits garnis de galons dorés, chamarrés.

317. La lieue est une mesure de distance très variable selon les régions. La lieue maritime représente environ 4 500 m.

318. Il s'agit de l'art des fortifications, si développé en France par Vauban.

319. Il faut admettre que ce passage a été remanié en fonction des circonstances politiques.

320. Le discours est ici strictement déiste.

321. Allusion aux voyages européens de Pierre le Grand.

322. Forme chinoise de Bouddha.

323. Thème rousseauiste de l'égalité de l'état de nature, mais aussi laïcisation de l'idée chrétienne d'une égalité entre tous les hommes face à la mort. Le thème est très présent chez More dans la première partie de l'*Utopie.*

324. Idée, selon laquelle les passions sont le produit des

conditions socio-économiques, qui s'éloigne un peu de la thématique rousseauiste du *Discours sur l'inégalité.*

325. En la place de Grève, à Paris, avaient lieu les exécutions capitales.

326. C'est un des hauts lieux du massacre des albigeois.

327. Évocation du massacre d'Amboise durant les guerres de Religion, suite à une conjuration ourdie par les huguenots (1560).

328. Allusion aux guerres hussites qui ravagèrent la Bohême au XVIe siècle.

329. Les « frénétiques » sont ceux qui sont saisis d'un délire continuel et violent.

330. Sade montre ici l'inutilité des parlements et plus généralement de ce que Montesquieu appelait « les corps intermédiaires », à l'exception sans doute des conseils de la noblesse. Montesquieu, dans l'*Esprit des Lois*, affirmait que seuls les corps intermédiaires pouvaient empêcher la monarchie de dégénérer en tyrannie.

331. A lire certains refus de Zamé, on se croirait en présence d'un despote éclairé.

332. C'est dans une perspective totalement nobiliaire qu'une telle question est posée. Ainsi l'était-elle par Boulainvilliers au début du siècle dans l'*Histoire de l'ancien gouvernement de la France avec XIV lettres historiques sur les Parlements* (1727) et dans l'*Essai sur la noblesse de France, contenant une dissertation sur son origine et son abaissement* (1732).

333. La « soutanelle » est une soutane courte.

334. On reconnaîtra à Zamé et à Sade une vision parfaitement idyllique des féodaux et de la féodalité.

335. Ouvrage de Dutertre, *Des conjurations, conspirations et révolutions célèbres tant anciennes que modernes* (1754-1760).

336. Pavie est une célèbre défaite française au cours de laquelle François Ier fut fait prisonnier (1525).

337. On appelle « pragmatique sanction » les mesures prises par les rois de France pour limiter le pouvoir du pape sur l'Eglise de France. Peut-être est-il fait ici une allusion plus précise à la *Pragmatique Sanction* de Bourges de 1438, par laquelle Charles VII posait le principe électif pour les bénéfices et les dignités ecclésiastiques et donnait en ce domaine tout pouvoir au roi. Louis XI l'abrogea et François Ier sur ce point, passa un accord concordataire.

338. Charles IX (1550-1574) est fils d'Henri II et de Catherine de Médicis. Il céda à l'opinion catholique et ordonna le massacre de la Saint-Barthélemy.

L'histoire des guerres de Religion, les massacres qui la jalonnent sont une référence constante chez les hommes des Lumières. Ils y voient un effet funeste du fanatisme.

339. Durant la Ligue, il y avait seize délégués des seize quartiers de Paris qui prirent la tête de l'insurrection catholique, arrêtèrent arbitrairement et exécutèrent des membres du Parlement.

340. En date du 9 mai 1588.

341. Ce sont là des victimes du pouvoir judiciaire dont Voltaire avait entrepris la défense. Marie Salomon était domestique à Caen. Elle fut faussement accusée d'assassinat en 1782. Elle fut reconnue innocente en 1785.

342. Formule déiste pour désigner Dieu.

343. Ton de Voltaire dans sa réfutation de Pascal (cf. XXVe lettre philosophique).

344. Le mot « Dieu » a disparu dans la version que Sade donne de son texte en 1795.

345. Bien évidemment Raynal, dans l'*Histoire des deux Indes.*

346. On trouve cette apologie des richesses de la France chez les tenants du colbertisme et chez certains physiocrates, tout spécialement dans certains articles de leur périodique, *Les Ephémérides du citoyen.*

347. Ce sont deux fabriques de tapisseries en concurrence dès le XVIIe et tout au long du XVIIIe siècle.

348. Le setier est une mesure de 156 litres.

349. Les colonies, après l'expérience américaine toute récente, inquiètent nombre de métropoles. On craint l'indocilité des colons et leur désir d'indépendance, sans songer véritablement à une possible révolte des autochtones.

350. Qui croirait à ce prophétisme de Sade ?

351. Voilà un néologisme créé par Sade lui-même.

352. Le pacifisme n'est pas toujours une marque de l'utopie. La cité idéale est souvent guerrière et impérialiste. Rappelons que l'Utopie de More exporte parfois sa perfection par la violence.

353. Peut-on croire que Sade fait état ici de sa propre expérience militaire quand il évoque les débauches des villes de garnison ?

354. L'idée est fréquente chez les philosophes des Lumières que la vie conventuelle, les vœux de célibat imposés aux prêtres sont non seulement contraires à la nature mais vont à l'encontre des intérêts démographiques de la nation. On en verra la preuve dans le dialogue entre Orou et l'Aumônier dans le *Supplément au voyage de Bougainville* de Diderot.

Rappelons enfin que le clergé parasitaire, inutile à la vie publique, est un des thèmes de la littérature libertine.

355. Il s'agit de la place de Grève.

356. Terme péjoratif pour désigner un prêtre.

357. Cette jouissance des juges est évoquée à propos de la torture qu'ils font infliger aux accusés. On sait que les exécutions étaient prétexte à des orgies comme le raconte Casanova dans ses *Mémoires* à propos du supplice de Damiens. On verra l'article « Torture » du *Dictionnaire philosophique* et les *Observations sur la Torture* de Pietro Verri, P., 1992.

358. En 1750, on a brûlé à Paris deux jeunes ouvriers homosexuels, âgés de 18 et 25 ans, qui avaient été surpris en train de faire l'amour dans la rue.

359. Dénonciation de la colonisation qui est proche de celle des « Adieux du vieillard » dans le *Supplément au voyage de Bougainville* de Diderot.

360. La pudeur et l'impudeur, comme il va être plus loin démontré, sont affaire de coutumes. Diderot démontre dans la *Lettre sur les aveugles* que le sentiment de la pudeur tient à l'organisation. L'aveugle qui ne voit pas ne peut l'éprouver.

361. Au XVIIIe siècle, à la suite de l'expulsion des jésuites, tout un débat a lieu sur l'éducation. Un homme comme Caradeuc de la Chalotais défend l'idée d'une éducation nationale.

362. L'État propriétaire, voilà un des fondements de l'organisation utopique.

363. Autre débat de la deuxième moitié du XVIIIe siècle : la prostitution (voir E. M. Benabou, *La Prostitution à Paris et la police des mœurs au XVIIIe siècle*, P., 1987, tout spécialement les chapitres 9 et 10). On verra bien sûr le texte fondamental de Rétif qui propose une réglementation de la prostitution : *Le Pornographe.*

364. Voir les propos du curé de Berseuil.

365. Curieuse idée que de penser que la famille fomente l'inceste.

366. Il y a une théorie propre à Diderot selon laquelle, dans une vision globale de l'énergie, les grands crimes équilibrent les grandes vertus. Diderot pense aussi qu'on peut être grand dans le crime comme dans la vertu.

367. Cette apologie du travail va à contre-courant d'une idéologie nobiliaire qui le condamne comme avilissant. Tout un mouvement essaie d'opposer aux refus de l'idéologie de la noblesse la valeur ennoblissante du travail. Toute une polémique ayant pour objet le travail des nobles se développe lors

de la publication de l'essai de l'abbé Coyer, *La Noblesse commerçante* (1756).

368. Deux idées sont développées ici : d'une part l'abolition du salariat et de la monnaie au profit du troc comme dans l'Eldorado de *Candide*, où l'or est un vil métal qu'on abandonne le long des rues, et d'autre part la dénonciation de l'oisiveté et l'affirmation d'une idéologie de l'utilité et du mérite.

369. Cette condamnation du meurtre sur laquelle Zamé reviendra plus avant dans le texte est fort éloignée de l'apologie traditionnelle chez Sade au nom d'un droit de la passion et de la jouissance et parce que le meurtre rejoint le mouvement de destruction inhérent à la nature elle-même.

370. L'exclusion par le vestimentaire est une pratique fréquente de la société médiévale et de la société classique : pestiférés, juifs, hérétiques portent un vêtement qui les désigne à l'opprobre. Souvent le texte utopique choisit le vêtement pour marquer la différenciation sociale (cf. les divers vêtements dans la Salente du *Télémaque*) ou même pour exclure ou marginaliser, comme le voile gris des femmes stériles dans le *Supplément au voyage de Bougainville*.

371. L'honneur, selon Montesquieu dans l'*Esprit des Lois*, est le principe de la monarchie.

372. Le « pont-aux-ânes » désigne ici une banalité connue de tous.

373. La hiérarchisation des récompenses est essentielle pour les hommes des Lumières, dans une société qui doit être vertueuse, alors qu'elle ne croit pas aux récompenses ou aux châtiments dans l'au-delà.

374. Encore un débat extrêmement vif dans la deuxième moitié du XVIIIe siècle. On verra sur ce point G. Petit, *La Prison, le bagne et l'histoire*, P., 1986, et bien sûr, Michel Foucault, *Surveiller et punir*, P., 1975.

375. On a l'impression que Sade décrit la psychologie du prisonnier à partir de sa propre expérience, comme le prouvent ses lettres de la Bastille ou de Vincennes.

376. Sade condamne ici les lettres de cachet que ne fonde aucun jugement et qui relèvent du plus complet arbitraire.

377. La condamnation des arts est fréquente en utopie. En ce sens, la société utopique est rousseauiste. On rappellera que dans *L'An 2440* de Mercier on épure les bibliothèques pour les réduire à l'indispensable.

378. En effet, on ne voit guère à qui pense Sade ou même ce qu'il veut très exactement dire.

379. « Découverte » au sens d'« exploration » ; vaisseaux comme ceux de Cook ou de Bougainville.

380. Tout ceci relève bien évidemment plus de la rêverie érotique que de la considération scientifique, même si l'ethnologie naissante des Lumières insiste beaucoup sur les attributs sexuels des peuplades américaines ou africaines. Le testicule manquant des Hottentots est l'objet de longues discussions (voir Michèle Duchet, *Anthropologie et histoire, op. cit.*).

381. Note qui appartient, bien évidemment, à une correction post-thermidorienne.

382. Adaptation du livre I, chapitre 2 de l'*Esprit des Lois.*

383. On se reportera aux références déjà indiquées. Pour éviter un procès, qui serait faux, rappelons que la torture légale (la « question ») fut abolie durant le règne de Louis XVI.

384. Citation du *Bélisaire* de Marmontel (1767), chapitre 12.

385. Il existe un débat sur la peine de mort qui se poursuivra, non sans paradoxe, sous la Révolution. Robespierre y était hostile. Dans leur majorité, les hommes des Lumières sont opposés à la peine de mort et parient pour des châtiments qui aient valeur éducative.

386. L'argumentation rappelle le passage célèbre du *Discours sur les fondements de l'inégalité* de Rousseau où est mis en scène le discours insidieux du riche pour convaincre le pauvre qui n'a rien à perdre d'accepter les lois défendant la propriété (IIe partie).

387. La société d'Ancien Régime a longtemps exalté le souvenir de Saint Louis. Voltaire lui-même lui rendra hommage, mais peu à peu, à cette apologie du roi vertueux, succéda une dénonciation du roi fanatique. Manuel donnera un *Coup d'œil philosophique sur le règne de Saint Louis* extrêmement critique envers la dureté de la justice royale (1786). On lira sur ce point Jean Deprun, « Le Saint-Roi et le Divin Marquis », *Raison présente*, n° 22, avril 1972.

388. Baculard d'Arnaud (1718-1805), romancier prolixe, tenant du sentiment et du pathétique dont il a largement usé dans les *Epreuves du sentiment* (1773), s'était fait aussi le défenseur de la religion et le chantre du Moyen Age au point de réhabiliter les Croisades. On lui reprocha aussi, dans *Coligny ou la Saint-Barthélemy* (1740), d'avoir préféré à la condamnation des crimes du fanatisme les effets dramatiques et pathétiques.

389. Antinoüs était l'amant de l'empereur Hadrien.

390. Trois empereurs romains célèbres pour leurs cruautés. Andronic, le moins connu, est un empereur byzantin. Il fit tuer sa femme et son fils.

391. Dagon est une idole des Philistins, représentée sous la figure d'un homme sans cuisses dont les jambes formaient une queue de poisson couverte d'écailles.

392. Il s'agit d'une anecdote colportée sur Frédéric II roi de Prusse, selon laquelle le roi serait intervenu dans un procès en faveur d'un meunier et au détriment d'un noble (Pléiade).

393. Cette indication « Note ajoutée » est de Sade lui-même.

394. Sade trouve ici des accents nietzschéens pour dénoncer le christianisme.

395. Fondateur de la secte cyrénaïque qui prônait une philosophie de la jouissance des biens de ce monde. On en déduisit que le philosophe avait de mauvaises mœurs.

396. Il s'agit de d'Alembert, comme l'ont montré Jean Deprun et Michel Delon (Pléiade).

397. On notera ici l'importance des images naturalistes dans ce passage.

398. Peut-être s'agit-il, comme le suggère Michel Delon (Pléiade), de Beccarria ?

399. On rapprochera ce passage du discours de Moi dans *Le Neveu de Rameau*, selon lequel il existe un ordre de la Nature qui n'a rien fait d'inutile.

400. *Esprit des Lois*, XIX, 4.

401. Certains philosophes, mais plus spécialement Buffon, s'étaient élevés contre la coutume d'emmailloter les enfants. Le débat rejoint les disputes sur l'allaitement et plus généralement sur l'éducation.

402. La citation est de Platon certes, mais elle clôt l'article « Philosophie » dans l'*Encyclopédie*. Elle est révélatrice d'une aspiration des Lumières à voir les philosophes jouer les conseillers des princes. Voltaire crut jouer ce rôle auprès de Frédéric, et Diderot partit avec le même espoir en Russie pour être le conseiller de Catherine. Il est évident, par ailleurs, que cette phrase est la clef de la politique des philosophes qui appuyèrent le despotisme éclairé.

403. La critique de Zamé est très largement inspirée de Rousseau qui, dans *La Nouvelle Héloïse*, a peint les plaisirs simples d'une société organisée selon ses vœux. On peut trouver de telles évocations dans la peinture de la société des familles du *Discours sur l'inégalité* et dans l'évocation de la fête de *la Lettre à d'Alembert*.

404. Il y a là une critique des théories de Hobbes qui posait que l'homme étant un loup pour l'homme, il ne peut exister de société que répressive.

405. Cet épisode est un souvenir de la *Profession de foi du*

vicaire savoyard, mais aussi du culte solaire de Campanella. Comme dans les utopies, et c'est là une idée proche du *Contrat social* et non de la *Profession de foi*, toute religion est collective et totalement socialisée.

406. Comme dans l'*Histoire des Sévarambes* de Vairasse d'Allais, le fondateur de l'utopie Sévarus instaure un culte qui maintient son peuple dans l'obéissance. Zamé représente un mélange curieux entre le despote éclairé des philosophes et le tyran fondateur de religion que ne cesse de dénoncer Voltaire.

407. Fruit semblable au brugnon ou à la nectarine.

408. A Tamoé le régime est non carné.

409. Il y a là l'idée d'une bibliothèque publique, d'une lecture publique, qui va plus loin que les projets utopiques les plus hardis en prévoyant la dispersion des livres. Rappelons que durant l'Ancien Régime la Bibliothèque du Roi fonctionnait déjà presque comme une bibliothèque publique. Rousseau et Diderot en ont été de fervents lecteurs.

410. Juriste italien. L'allusion aux échafauds est bien évidemment dirigée contre la justice révolutionnaire. C'est là, sans aucun doute, un passage post-thermidorien.

411. L'admiration pour la Chine est un lieu commun des Lumières. On faisait l'éloge de son système de régulation des grains.

412. Le débat sur la fonction morale du théâtre est très actuel au XVIIIe siècle. Rousseau dénonce le théâtre comme totalement immoral dans la *Lettre à d'Alembert*. Diderot, Louis-Sébastien Mercier, Beaumarchais essaient de définir la fonction morale du drame.

413. Il s'agit là d'un théâtre dont la thématique est strictement morale : on est dans un état intermédiaire entre le théâtre classique et le drame bourgeois, car rien ici ne renvoie au théâtre des conditions ni n'indique qu'on fasse rire aux dépens d'un vice. Il s'agit d'émouvoir, de rendre pathétique pour servir une fin morale.

414. L'effet n'est pas la catharsis, mais bien plutôt un effet de reconnaissance dans la représentation publique de la faute.

415. La notion de sensibilité est, une fois encore, essentielle.

416. Voir article « Pudeur » de l'*Encyclopédie* (Pléiade).

417. L'idée d'une prise en charge des enfants par la collectivité est fréquente dans l'utopie.

418. Loi promulguée en 9 ap. J.C. qui rendait le mariage obligatoire pour les hommes entre 25 et 60 ans et pour les femmes entre 20 et 50 ans.

419. L'idée d'une virilité qu'on retrouverait par l'usage du

fouet est développée par François Amédée Doppet, *Aphrodisiaque externe ou traité du fouet et de ses effets sur le physique de l'amour* (1788 ; réédition chez Ducros, 1970). La littérature en ce domaine est très importante : du traité ancien de Meibonnius, traduit par Mercier de Compiègne, *De l'utilité de la flagellation dans la médecine et dans les plaisirs du mariage*, 1795, pour les contemporains de Sade, à l'ouvrage de Jacques Boileau, *Histoire des flagellants* (1701).

420. Saint-Lambert, *Les Saisons*, chapitre 3.

421. Célèbre médecin et philosophe italien du XVIe siècle.

422. Il y a là un souvenir du *Voyage en Hollande* de Sade.

423. L'idée de symétrie est essentielle dans l'urbanisme utopique.

424. L'œil du Maître sans aucun doute, comme dans la fable de La Fontaine, mais aussi l'impossibilité de l'intime et du privé, considérés comme le mal dans l'utopie. Tous y sont observés par tous. L'utopie est un système généralisé de contrôle.

425. Bertin (1719-1792) fut lieutenant de police en 1757. Il développa le contrôle policier sur Paris qu'il peupla d'indicateurs et de « mouches ».

426. Vision, bien évidemment rousseauiste, du bonheur de la société des familles.

427. Astrée est une divinité, mère de l'équité naturelle qui aurait habité la Terre durant l'Age d'or, et qui se retira dans le Ciel quand le crime y apparut.

428. On appréciera comment Sade introduit ici un morceau rajouté après 1789. Le don de prophétie facilite bien les choses.

429. Ce don rappelle la fin de l'épisode de l'Eldorado dans *Candide*. Avec pourtant des différences : Candide et Cacambo abusent de ce qu'ils croient être la naïveté des utopiens quand ils emportent de l'or et des diamants que les habitants de l'Eldorado considèrent comme de viles pierres sans valeur.

430. Il s'agit d'une disposition juridique comme l'indique le contexte.

431. Rappelons qu'une livre vaut vingt sous.

432. Le crispin est un valet de comédie comme dans *Crispin rival de son maître* de Lesage.

433. Ce sont des aides, bénévoles ou non, de l'Inquisition.

434. L'alcaïde est le gouverneur d'une prison, un geôlier en chef.

435. Toutes les informations relatives à l'Inquisition viennent de l'*Abrégé du manuel des inquisiteurs*, traduction de

l'abbé Morellet, Paris, 1762. Une édition récente en a été donnée par Jean-Pierre Guicciardi chez Millon, 1790.

436. Sur l'art de ramper, de « prendre des positions », on verra bien sûr *Le Neveu de Rameau*.

437. Les sources de Sade sont ici : *Histoire des Inquisitions*, Cologne, 1759 ; *Relation de l'Inquisition de Goa*, 1687 ; le *Manuel* déjà cité ; mais très certainement, de Gaudences de Luques, l'*Histoire d'un peuple inconnu à tout l'univers*, publié dans *Les Voyages imaginaires*, tome 6, 1787, qui est une utopie mettant en scène des interrogatoires par l'Inquisition. Le héros, « obligé de rendre un compte sévère de sa conduite, (se) justifie auprès de ce Tribunal sévère ; il s'en acquitte avec une candeur intéressante... » (Préface).

438. Le comte-duc d'Olivares avait été ministre de Philippe IV d'Espagne (1587-1645). Il fut disgracié en 1643.

439. A en croire Sade, l'Inquisition aurait été responsable du soulèvement des Provinces-Unies contre l'Espagne.

440. Comme l'indique Michel Delon (Pléiade), Sade, dans sa correspondance, s'est plaint de ces pratiques policières qui utilisaient les « mouches de prison » et les « moutons ».

441. Il y a là un effet dramatique rétroactif.

442. *Le Père de famille*, de Diderot, date de 1758 et *La Pupille*, de Barthélemy Fagan, de 1734.

443. Dans l'œuvre de Diderot, Saint-Albin est le père de famille.

444. Ce qui signifie : « je la crois sensible ».

Les italiques renvoient comme toujours à une mise en valeur, mais aussi au vocabulaire technique du théâtre.

445. Il y a une idée reçue sur les mauvaises mœurs des comédiens. Diderot et plus encore Rousseau tenteront de comprendre la raison d'être du préjugé ou parfois d'une réalité de l'immoralisme des comédiennes. A la différence des thèses avancées par Diderot dans le *Paradoxe sur le comédien*, Sade croit à un accord entre la vie du comédien et le rôle qu'il joue. Ainsi, à le suivre, seul un comédien vertueux pourrait jouer des rôles de personnages vertueux.

446. *Les Trois Fermiers* sont une œuvre de Boutet de Monvel datant de 1777.

447. Voilà un bien étrange retournement.

LETTRE XXXVI

448. « Nicodème » signifie nigaud, stupide. En 1790, on donne une comédie, *Nicodème dans la lune*, de Beffroy de Reigny, dit Cousin Jacques.

449. Il s'agit de lettres de cachet demandées par leurs

parents contre les enfants dissipés. On verra sur cette pratique Arlette Farge et Michel Foucault, *Le Désordre des familles, lettres de cachet des archives de la Bastille*, Paris, 1982.

450. Mandrin est un célèbre bandit du XVIIIe siècle. Il exerça avec sa bande ses coupables activités en Savoie. Contrebandier, il se rendit populaire du fait que ses victimes se recrutaient parmi les collecteurs d'impôts.

451. « *Alguazil* » est un mot espagnol qui permet de désigner ironiquement l'exempt.

452. Scène de reconnaissance qui est bien sûr un lieu commun du roman et du théâtre de l'époque. Les liens de parenté qui unissent tous ces personnages ne sont pas toujours faciles à saisir.

453. Qui secourir.

454. Sade attire l'attention sur la spécificité du caractère de Léonore qui ne participe pas de la sensiblerie générale, ni même de la vertu un peu fade qui domine dans l'entourage de Mme de Blamont. Voir dans l'introduction ce que signifie le personnage de Léonore.

455. La remarque montre que l'on est ici dans une écriture de la théâtralisation et du pathétique, qui tient à l'influence mêlée du roman sensible et du drame bourgeois qui utilise, comme chez Sedaine et Diderot, le tableau pour prolonger l'effet théâtral et moral.

456. Voilà bien du romanesque. Passer en Russie était le fait de jeunes gens en quête d'inscription sociale comme Bernardin de Saint-Pierre, qui y séjourna, ou d'artistes attirés par Catherine, comme Leprince. C'est aussi un thème romanesque que la fuite vers l'Est, comme on le voit dans les *Aventures du chevalier de Faublas*.

457. « Reddition » au sens de « remise ».

458. « Ne la devienne » pour « ne le devienne ».

459. La délégation est un acte par lequel un débiteur indique son propre débiteur pour effectuer un paiement (Littré).

LETTRE XXXVII

460. Dolbourg apparaît comme le souffre-douleur de Blamont ; même quand il en est le complice, il lui sert de faire-valoir. L'expression de « préjugés de classe » est à prendre ici au sens de « préjugés d'écolier ».

461. Blamont est un libertin méthodique tout à fait selon les vœux de Sade lui-même, toujours à l'affût de nouvelles proies, toujours en train de calculer pour satisfaire ses passions.

462. En langage populaire, les « tignasses » désignent les perruques des parlementaires.

463. On appréciera l'ironie de Blamont qui intervertit les rôles.

LETTRE XXXVIII

464. La « tête » est un terme ambigu. Il peut ici signifier l'intelligence ou même le caractère, mais il est souvent employé par les libertins pour désigner le goût du plaisir, l'irrespect des convenances et des règles morales.

465. Le verbe « dévorer » appelle un commentaire. Il montre le rôle du voyeurisme dans la pratique libertine et plus généralement amoureuse. Il souligne aussi la dimension anthropophagique qui habite les pratiques sexuelles, fût-elle, bien sûr, symbolique.

466. « Grumeler » signifie « grogner » et s'emploie pour le sanglier.

467. Au sens de « vous faire passer pour agonisante ».

468. Cette précision dans l'énumération est surprenante, mais elle appartient aux techniques propres d'écriture du roman d'aventures et à l'imaginaire sadien.

469. Au sens de « sûr que l'on refuserait ».

470. Une scène aussi macabre est tout à fait propre aux romans de la fin du siècle. On en trouve de semblables dans les romans gothiques anglais ou imités de l'anglais comme chez Le Suire (1737-1815).

471. Catane est une ville de Sicile.

472. La succession des péripéties, pour ne pas dire l'accumulation qui les caractérise, rappelle bien sûr, comme l'indique Michel Delon (Pléiade), *Les Aventures de Cleveland* de l'abbé Prévost, dont Diderot, dans *Jacques le Fataliste*, ne cessera de se moquer.

473. Au sens de « pour ».

474. Au sens de « descendit ».

475. Le passage est ironique, puisque Duval, dont les intentions sont loin d'être pures et qui n'a rien obtenu de Léonore, chante ici les vertus et les charmes des plaisirs conjugaux.

476. Il faut comprendre ici que Duval est trahi par son impatience avant même de posséder Léonore, comme le prouve, avec son langage métaphorique, le paragraphe suivant.

477. Nous sommes ici en plein romanesque : après la fausse mort, le changement de race, voici le voyage.

478. Port d'Egypte. Rappelons que depuis les *Voyages* de Savary, l'Egypte est à la mode.

479. Il est sûr que Sade s'inspire ici des récits publiés par les voyageurs.

480. Empereur de Turquie.

481. Etrange détournement de l'idée de la toute-puissance de Dieu pour en faire une suprême indifférence.

482. Au sens de « Je crois à... »

483. Dom Gaspard est l'athée honnête homme tel que le définissait Pierre Bayle, et après lui tout un courant des Lumières.

484. Scène qui relève du drame larmoyant. Dom Gaspard est reconnu comme le détenteur de la vertu. Cette reconnaissance entraîne une effusion, des larmes.

485. Idée tout à fait essentielle des Lumières selon laquelle l'éducation passe fondamentalement par le livre.

486. Sagesse devant la mort qui rappelle celle du philosophe dans *Le Dialogue entre un prêtre et un moribond.* Il y a là toute une perversion dans un sens sceptique des traditionnels « arts de bien mourir » qui étaient une préparation religieuse à la mort.

487. Dans tout ce paragraphe, on notera une accumulation de noms propres qui visent à un effet de couleur locale.

488. Image négative de l'Islam qui vient des voyageurs du XVIIe siècle comme Tavernier ou Chardin, et qui a été très largement amplifiée par les *Lettres persanes* où le harem avec ses contraintes finit par incarner à lui seul tout l'Islam.

On sait avec quelle sévérité l'*Esprit des Lois* a condamné le « despotisme oriental ». Sade reprendra de cette condamnation, comme on le verra plus loin, l'idée de la cruauté des gouvernants.

489. La scène oscille entre le comique, le tragique et le fantasmatique comme le montre un peu plus loin la réaction du comte.

490. Ces produits avaient été présentés par l'*Encyclopédie.* Ils avaient attiré l'attention des naturalistes.

491. Voltaire, dans le *Dictionnaire philosophique*, a défini cette notion d'une manière critique. Il y voit le comble de l'irrationnel et utilise l'argumentation protestante pour mieux attaquer l'Eglise catholique.

492. Sur la critique des miracles, on verra aussi le *Dictionnaire philosophique* de Voltaire, article « Miracles ». C'est là sans doute une des sources de Sade.

493. « Comment peut-il nous donner sa chair à manger ? » (Évangile selon saint-Jean, VI, 52.)

494. Au sens de « consacrer comme le font les Grecs ».

495. Le singe roux d'Europe qui aurait la taille d'un chat et qui symbolise la liberté.

496. Ce caractère est en contradiction avec ce que Sade a dit de dom Gaspard, qui représente l'athée vertueux. Il semble qu'ici le point de vue adopté soit celui de l'orthodoxie catholique.

497. Cette notation, l'ensemble des réflexions de Léonore sur la pudeur montrent combien le personnage inventé par Sade est complexe et distinct autant des vertueux par religion que des libertins comme Blamont ou Dolbourg. Elle appartient à la race des dom Gaspard.

498. Au sens de « disparaissent face à l'organe du devoir ».

499. Vision très pessimiste de la politique : accéder au pouvoir, c'est devenir tyran. L'analyse appliquée à la monarchie vaut pour toute forme de gouvernement. Il y a là un cynisme politique assez fréquent chez les libertins que Sade met en scène.

500. On doit entendre par « facteur » le chargé d'affaires.

501. Par « plat de milieu », il faut entendre « plat de résistance ».

502. Le tableau joue ici de différents registres. On peut se demander si la comparaison avec l'agneau et le tigre correspond à la nature de la violence faite à Clémentine. Il y a souvent chez Sade, et ce même dans des textes d'une langue crue, recours à des images, des comparaisons et des métaphores volontiers traditionnelles et relevant d'autres registres.

503. On peut s'étonner du retournement de l'empereur. Il manque bien évidemment de crédibilité.

504. On peut se demander pourquoi Léonore rit.

505. La porte d'Alcala existe encore à Madrid. Il y avait en ce lieu au XVIIIe siècle, à en croire Sade, des courses de taureaux.

506. Thèmes déjà rencontrés de l'alliance de la délicatesse et de la vertu avec le vice, du rôle de l'organisation physique dans les choix moraux. On sait quelle importance attachera à ces contradictions Diderot.

507. Quelle accumulation de péripéties !

508. En cette fin du XVIIIe siècle, il existe un mouvement que l'on pourrait qualifier de féministe. On y rattachera les revendications de Marceline dans *Le Mariage de Figaro*, certaines des affirmations de la marquise de Merteuil dans *Les Liaisons dangereuses*. Rappelons aussi que Mme Necker écrira à la veille de la Révolution un essai sur le divorce.

509. Il y a là toute la haine de Sade envers les magistrats.

510. On ne peut s'empêcher d'évoquer, devant une telle

hypocrisie et un tel savoir-faire, la figure du père Hudson dans *Jacques le Fataliste*.

511. On revient à l'idée d'un Dieu, sinon cruel, du moins totalement indifférent à ses créatures.

512. Le retournement de l'hôtesse, encore qu'il soit attendu, est d'un bel effet dramatique.

513. Bel effet pathétique.

514. On remarquera que c'est là le discours que les libertins tiennent à Justine dans *Les Infortunes de la vertu*, soit qu'ils en tirent une philosophie vitale qui leur permettra de survivre par le vol et le crime, soit qu'ils justifient, par lui, leur refus de la charité.

515. Pessimisme radical de Sade qui le sépare des Lumières.

516. Ce qui laisserait entendre que le libertin ne peut assouvir sa luxure que dans une société très hiérarchisée.

517. « Sans livrée », donc chargé d'une mission secrète.

518. Sade a beaucoup utilisé ce thème des associations libertines. Ainsi la Société des amis du crime dans l'*Histoire de Juliette* et l'association des libertins dans *Les Cent Vingt Journées de Sodome*.

519. Ruffina est un prénom espagnol dont la graphie exacte est Rufina. Peut-être a-t-il séduit Sade par sa proximité à « ruffian » et « ruffiane ».

520. Il s'agit, bien sûr, de Carlos.

521. Salamanque était réputée pour son université. Etre bachelier de Salamanque fournissait la preuve d'études sérieuses et appliquées. Sade emploie ici l'expression ironiquement. Par ailleurs, il y a un rappel évident du *Bachelier de Salamanque* (1737-1738), roman picaresque de Lesage.

522. On peut se demander quelle est l'utilité de cet épisode.

523. Les Bohémiens, avant de devenir des personnages nécessaires du roman d'aventures (avec comme rôle essentiel d'y enlever les enfants), ont largement hanté l'imaginaire occidental : voir l'article « Bohémiens » dans l'*Encyclopédie*.

524. Le vin de l'île de Madère était très célèbre aux XVIIe et XVIIIe siècles. Il était d'un usage plus courant qu'aujourd'hui.

525. Ce nom vient peut-être de Cervantes qui dans les *Nouvelles exemplaires* a mis en scène des Bohémiens (*gitanos*). Pensons plus précisément à une féminisation de Cortadillo.

526. Il s'agit d'une monnaie comme l'a indiqué une note de Sade lui-même. La portugaise vaut 40 livres.

527. On accusait sans doute, comme on le faisait pour les juifs, les Bohémiens de procéder à des sacrifices humains.

528. Le satanisme prêté aux Bohémiens est du même ordre

que les sacrifices humains dont ils seraient coutumiers. Sade n'en fait pas un préjugé, mais une croyance réelle des Bohémiens, ce qui lui permet d'exposer philosophiquement le manichéisme.

529. Léonore fonde son rejet de Dieu sur les malheurs qu'elle a subis. Sa perspective n'est pas chrétienne si son vocabulaire l'est (cf. « épines »).

530. Tous ces noms appartiennent à un espagnol de fantaisie. Ils sont plus italianisants qu'espagnols.

531. Le portrait physique est ici tout à fait conventionnel, mais un certain nombre de détails concernant les mœurs renvoient à une réalité (imaginaire ou vécue).

532. La morale des athées est un des thèmes récurrents de la philosophie depuis La Bruyère, pour qui l'athéisme se confond avec le libertinage des mœurs. Bayle, au contraire, dissocie morale et croyances religieuses.

533. Les commerçants hollandais qui voulaient pénétrer au Japon devaient piétiner un crucifix.

534. Il s'agit sans doute de souiller une hostie consacrée.

535. Ce que peut la littérature : Léonore trahit le secret auquel elle s'était engagée.

536. Preuve que l'abjuration ne pervertit en rien la morale.

537. « Mer putride », nom archaïque donné à la mer d'Azov.

538. On retrouvera des idées aussi peu conformistes sur l'inceste dans le *Supplément au voyage de Bougainville* de Diderot. Il est évident que l'inceste constitue le fil conducteur d'*Aline et Valcour* et une tentation constante des libertins. Par la bouche de Dolmancé, Sade en fera l'apologie dans *La Philosophie dans le boudoir*.

539. Sur cette utilisation de saint Thomas, voir Michel Delon (Pléiade).

540. Plante narcotique.

541. *Enéide*, IV, v. 490-491 : « Didon évoque les mânes nocturnes ; / Toi, tu verras mugir la terre sous ses pieds. » *Satires*, I, VIII, « Le sang a coulé dans la fosse : les sorcières voulaient évoquer les mânes et les esprits pour en obtenir des réponses. »

542. Voir, pour toutes ces formes de divination, abbé Thiers, *Le Traité des superstitions* (extraits présentés et commentés par Jean M. Goulemot, Sycomore, Paris 1984) mais aussi l'article « Astrologie divinatoire » de l'*Encyclopédie*.

543. La Biscaye est une des provinces du Pays basque espagnol. Ce nom sert aussi pour désigner le Pays basque

entier comme dans le *Don Quichotte*, lors du duel avec le Biscayen.

544. Avec cette référence à la veuve et à l'orphelin, on a l'impression que Sade fait des Bohémiens les chevaliers des temps modernes.

545. Voilà les activités des Bohémiens présentées : la médecine superstitieuse condamnée par l'Eglise, la divination, le chant et la danse, le vol enfin. L'expression « gagner les devants » signifie « prendre de l'avance ».

546. Selon Michel Delon (Pléiade), il s'agirait de la gomme adragante, employée contre les maladies de poitrine.

547. « Argus » est ici à prendre au sens de « surveillant ».

548. On prétendait que de la semence du pendu naissait une plante à forme humaine dont les vertus et les pouvoirs étaient fort nombreux : la mandragore.

549. Par ces jurons qui mettent en jeu le diable, il s'agit de confirmer le satanisme des Bohémiens.

550. On mettra ce passage en parallèle avec celui où Sarmiento fait l'apologie de l'homosexualité.

551. On remarquera que l'intérêt, tout autant que la défense de la vertu, commande le comportement de Léonore. « La zone » : les tropiques.

552. Une telle répression était organisée contre les juifs convertis — marranes — qui conservaient des pratiques de leur religion antérieure. La Santa Hermandad (la Sainte Confrérie), que nous appelons le Saint-Office de l'Inquisition, veillait à ce que les nouveaux convertis n'aient pas de telles pratiques judaïques qui, si elles étaient connues par dénonciation, entraînaient une procédure inquisitoriale.

553. Allusion à un interdit alimentaire du judaïsme.

554. Là encore, Sade suit *Le Traité des superstitions* de Thiers.

555. L'épisode est curieux : généralement, on accusait les chasses seigneuriales de détruire les récoltes. Ici Sade en fait grief à l'Eglise. Faut-il voir dans ce déplacement une des marques de l'attachement du marquis à ses droits féodaux ?

556. Dans une sorte de ciboire de voyage, on portait les hosties consacrées (le viatique) pour donner la communion aux malades et aux mourants.

557. Sade, dans cet épisode, ajoute la péripétie sacrilège à la démonstration philosophique.

558. Ordre de chevalerie.

559. Forteresse de l'île de Minorque qui fut successivement prise par les Français, rendue aux Anglais et conquise par les Espagnols en 1782.

560. Il s'agit de la *Géographie* de Strabon.

561. Le conflit entre les colonies américaines et la métropole avait commencé en 1775. Leur indépendance fut reconnue en 1776.

562. La prophétie fut bien évidemment écrite après la Révolution.

563. L'ordre de la Cruciata n'a jamais existé. *Cruciata* désigne en espagnol une plante proche de la gentiane. Sade a inventé un mot proche de *cruzada* (croisade) qui évoque *cruz* (croix), par allusion sans doute à la croix que portaient sur la poitrine les membres des ordres de chevalerie.

564. La renaissance espagnole est un fait sous le règne de Charles III, roi réformateur gagné au progrès et proche des tenants du despotisme éclairé.

565. La Pologne fut partagée en 1772, 1793 et 1795.

566. Le chevalier d'Alcantara est, à la différence de la plupart des interlocuteurs de Brigandos, loin d'être un sot. Il a lu Montesquieu. Il a une vision pessimiste de l'histoire.

567. L'agnus-Dei est un médaillon bénit portant en effigie l'agneau mystique.

568. Charles-Irénée Castel de Saint-Pierre (1658-1743) est l'auteur d'un *Projet de paix perpétuelle* (1717) dont Jean-Jacques Rousseau s'est inspiré.

569. Saint-Jacques-de-Compostelle est la capitale de la Galice.

570. Mât gréé sur une hune.

571. Moment où il faut payer son dû, en référence à une aventure qui serait survenue à Rabelais (voir Michel Delon, Pléiade).

572. La sarabande, à en croire les dictionnaires, est une danse vive et lascive d'origine espagnole. Le fandango est une danse andalouse accompagnée de castagnettes.

573. Astaroth est le nom d'un des démons.

574. Sade critique ici les taxes imposées aux prostituées ainsi que les protections dont elles profitent parmi les puissants et le respect qui les entoure.

575. Sur les sources de Sade, voir Michel Delon (Pléiade).

576. On connaît la tradition espagnole des statues de la Vierge richement ornées, comme la *Macarena* à Séville.

577. Sade, ici encore, confond italien et espagnol. Il faut lire « Vega del rio ». La *vega* est une plaine richement cultivée en bordure d'un fleuve.

578. On songera aux bruits de l'amour tels que Marcel Proust les décrit dans les pages de *Sodome et Gomorrhe*.

579. On sait l'intérêt du public populaire pour les exécutions

capitales qui étaient alors publiques. Cet intérêt ne devait pas se démentir durant la Révolution, à preuve les célèbres tricoteuses. Les philosophes s'inquiétèrent de cette curiosité qu'ils jugeaient malsaine (cf. Robert Favre, *La Mort au Siècle des lumières*, P.U.L., 1978). Dans *Jacques le Fataliste*, Diderot fait allusion à ce goût populaire pour les exécutions publiques : autant qu'un désir morbide, il y voit le désir d'avoir quelque chose à raconter.

580. Il était traditionnel de donner une origine nationale aux nouvelles.

581. On remarquera la rhétorique moralisante de cette phrase.

582. Il s'agit du cœur.

583. Ce thème de l'amour incestueux est essentiel dans *Aline et Valcour* ; il est présent aussi dans *Les Crimes de l'amour*, que Sade publiera postérieurement.

584. Cette nouvelle est ambiguë car il n'y a pas inceste. Le thème apparent : inceste, force du désir, fût-il opposé aux lois sociales, s'efface avec ce retournement. Le thème est alors le destin et son absurdité. Par suite du remords qui habite don Juan, la nouvelle devient profondément morale.

585. Il faut comprendre : « sans qu'on le soumît à la question ».

586. Voilà le comte de Beaulé devenu bien philosophe.

587. Encore une fois, comme le souligne d'ailleurs Brigandos, Léonore prend une position qui ne correspond pas à ce qu'elle croit. Il y a là une nécessité narrative pour que le dialogue philosophique puisse avoir lieu.

588. Le nom de ce chanoine n'est pas seulement de l'espagnol de fantaisie, mais un jeu de mot érotique sur « flasque ».

589. Comme dans *Les Infortunes de la vertu*, la démonstration est faite que la vertu n'est jamais récompensée.

590. Là encore un nom de fantaisie mais qui dénonce bien la cruauté de l'Inquisition.

591. Affirmation qui contredit les propositions antérieures de Léonore sur l'indifférence de Dieu aux malheurs des hommes.

592. On croyait que les sorcières gardaient de leur accouplement avec le diable ou du pacte qu'elles avaient signé avec lui une marque indélébile comme faite par un fer porté au rouge.

593. Léonore décrit, comme si elle en ignorait la nature, l'orgasme de l'inquisiteur. Or elle est mariée. Elle a, en outre, assisté à de nombreuses scènes de débauche, comme le prouve

le texte. Il s'agit bien évidemment d'une technique narrative qui appelle la participation du lecteur.

594. Dans une note de son édition (Pléiade), Michel Delon explique la raison d'être de cette citation fautive dont la transcription en espagnol est très largement inexacte. Les recopiages en cascade à partir du *Tableau des papes de Rome* de Daniel Desmarets en seraient la cause. Il faut lire « A mas esso mal hecheros como no teneis verguença ni honra, que despues de aver gozado las mujeres y donzellas que entran en vuestro poder, de averlas gozado las entregays al fuego : O impios peores que los viejos de Sussana. » Cet espagnol archaïque et fautif signifie : « Outre cela, méchants que vous êtes, comme vous n'avez ni honte ni sens de l'honneur, après avoir joui des femmes et des pucelles qui sont en votre pouvoir, après en avoir joui, vous les livrez au feu. O impies pires que les vieillards de Suzanne. »

595. Les laïcs.

596. Ce sont ceux qui appliquent la question.

597. Il n'est évidemment pas difficile de répondre à une telle demande.

598. Fils de Philippe II dont on prétend que les scrupules religieux excessifs précipitèrent la mort de son fils Carlos.

599. Soie à gros grain.

600. Léonore emploie la même tactique qu'avec Ben Maâcoro.

601. Léonore invite à boire comme elle est en train de le faire.

602. San Ildefonso ou La Granja est une résidence royale construite par le duc d'Anjou lors de son accession au trône d'Espagne sur le modèle de Versailles, près de Ségovie.

603. L'épisode de « l'auberge sanglante », comme le remarque Michel Delon (Pléiade), va devenir un des thèmes les plus célèbres du roman et du théâtre.

604. Sans en référer ici à d'Holbach, *Le Bon Sens ou idées naturelles opposées aux idées surnaturelles*, 1772, comme le fait Michel Delon (Pléiade), il faut simplement comprendre la phrase, selon moi, de la façon suivante : « Le bon sens n'a plus à choisir qu'entre ce système ou l'athéisme : il n'y a pas de juste milieu. »

605. Même espagnol défectueux de Sade : Il faut lire « el puerto de frente frío ».

606. Le couvent des débauchés apparaît de la même façon que dans les *Infortunes de la vertu* ou dans *Justine*.

607. Ces remarques servent ici à créer la tension dramatique.

608. Le raisonnement de Léonore est étrange qui la conduit à ne pas dénoncer les moines. A bien des égards il est spécieux.

609. Au sens de prendre des chemins de traverse.

610. Même scène dans *Justine*, à cette différence que Justine y est violée.

611. On peut se demander s'il n'y a pas ici le souvenir d'un épisode du *Gil Blas de Santillane* de Lesage au cours duquel le héros est capturé par des brigands.

612. Blanc au sens de but. En espagnol, *el blanco* signifie « la cible ». On remarquera le jeu de mots érotique, bien sûr, avec le terme « noir » qui est employé un peu plus loin.

613. On prendra figures au sens de figures de rhétorique.

614. Terme désignant une partie de fortification.

615. Voilà maintenant le chef des brigands qui parle et raisonne comme Brigandos. Encore un curieux retournement.

616. Ce passage traduit une prise de position contre la mauvaise réputation que l'on prêtait aux acteurs. L'idée d'une moralité des gens de théâtre était à la mode en cette deuxième moitié du XVIIIe siècle et allait contre une opinion reçue que partageait Jean-Jacques Rousseau dans *La Lettre à d'Alembert*, qui critiquait l'exhibition des femmes sur une scène théâtrale. Ce texte est à rapprocher du statut des gens de théâtre à Tamoé.

La rencontre avec les comédiens est un thème romanesque fréquent du *Roman comique* de Scarron au *Capitaine Fracasse* de Gautier.

617. Ce sont trois acteurs célèbres de la Comédie-Française qui avaient tenu des rôles dans les tragédies de Voltaire, *Le Philosophe sans le savoir* de Sedaine et *Le Barbier de Séville* de Beaumarchais.

618. Cette image d'une Espagne presque musulmane est fréquente au XVIIIe siècle. De là dérivaient la brutalité et la sauvagerie prêtées aux Espagnols.

619. *Atrée et Thieste* est une tragédie de Crébillon de 1707 célèbre par ses excès : dans une scène le père y est sur le point de boire une coupe remplie du sang de son fils.

620. Voltaire, *Alzire*, V, 7.

621. *Réflexions et maximes*, XXVII.

622. Les Lumières n'ont cessé de s'interroger sur la parenté et les différences entre la mort donnée au nom de la loi et le crime. On sait que, pour Voltaire, les héros militaires ne sont que des « saccageurs de province ». Par ailleurs, Diderot dans une théorie de l'excès assimile les génies, les saints et les grands criminels. On verra aussi, comme le signale Michel

Delon (Pléiade) dans l'*Histoire de Juliette* le couple Titus-Cartouche.

623. L'idée que le mal est dans la nature ne doit pas conduire au fatalisme. Sur le service rendu à la nature par l'exercice du crime, Sade aura d'autres positions plus hardies comme le prouvent celles que développe Sarmiento.

624. *Tras los montes* : « au-delà des Pyrénées ».

625. Le mauvais état des auberges espagnoles est un thème récurrent des récits de voyages en Espagne.

626. Le roman sentimental met ses reconnaissances multiples à la mode.

627. On passe de la comédie à la tragédie.

628. Ces références sont prises à l'*Esprit des usages et des coutumes des différents peuples* de Démeunier (voir Michel Delon, Pléiade).

629. Il en faudrait peu pour que cette honnête joie le devienne un peu moins comme le prouve le verbe « lorgner ».

630. Comédie de Poullain de Sainte Foix, 1740.

631. *Britannicus* de Racine, 1669 ; *Zénéide* de Cahusac, 1743 ; *Mélanide* de Nivelle de la Chaussée, 1741 ; *La Jeune Indienne* de Chamfort, 1764 ; *Le Père de famille* de 1772.

LETTRE XXXIX

632. « Période » peut être masculin ou féminin.

633. *Bélisaire* de Marmontel. Le passage est librement adapté (voir Michel Delon, Pléiade)

634. Il y a là toute une théorie de l'énergie encore indéterminée comme l'a analysée Michel Delon.

635. C'est la position des libertins peints par Sade, mais aussi des économistes du temps comme Melon et Voltaire lui-même qui s'en est pris à la mendicité dans l'article « Gueux » du *Dictionnaire philosophique*.

636. On remarquera chez Mme de Blamont une défense de la charité qui concilie utilité et plaisir. D'où la dénonciation de l'égoïsme de l'homme charitable qui suivra.

637. L'argumentation brutale de Léonore repose sur une idéologie de la contrainte, source d'énergie, favorisant l'épanouissement, le courage, le développement du savoir-faire des individus.

638. Idée développée par Diderot dans *La Lettre sur les aveugles*, selon laquelle nos sentiments moraux dépendent de l'état de nos sens et de notre physique.

639. Idée selon laquelle les émotions diffèrent selon les individus. Il y a là toute une théorie du choc et de la vibration que Sade développera dans *Les Cent-vingt journées de*

Sodome. Il faut remarquer avec Michel Delon (Pléiade) que le vocabulaire employé par Léonore est proche de celui de Blamont.

LETTRE XL

640. Au sens de chevalier servant.

641. *Lucile* est un opéra-comique de Marmontel, musique de Grétry (1769).

LETTRE XLII

642. Avec habileté, Sade romancier ménage la tension dramatique : l'ingénuité de Mme de Blamont, la lucidité d'Aline malgré un optimisme assez peu fondé surtout quand elle pense que la conduite de Blamont a changé, servent à créer et à soutenir la tension dramatique.

643. On peut indifféremment employer au XVIIIe siècle le ou la.

644. Préjugé de la noblesse d'épée, qui était aussi celui de Sade enragé contre les robins.

LETTRE XLIII

645. Il y a là une curieuse position d'Aline qui la rapproche de sa sœur Léonore et d'un certain aristocratisme de l'énergie.

LETTRE XLIV

646. Les lettres de cachet ont été violemment dénoncées par le mouvement philosophique. Mirabeau qui en a souffert a écrit contre elles. Le Parlement lui-même avait demandé leur suppression en 1788. Elles furent supprimées en 1790.

647. Allusion aux méthodes employées par les muets du sérail pour étrangler ceux qui déplaisent au sultan. Michel Delon (Pléiade) donne une intéressante série de références d'emplois du cordon (Mercier, Diderot...).

648. A en croire Blamont, les femmes seraient plus voluptueuses quand elles éprouveraient un chagrin. Cette idée des rapports étroits entre l'érotisme et le malheur est présente tout au long du roman.

649. La phrase n'est guère compréhensible. Les guillemets dans nombre d'éditions d'*Aline et Valcour* sont placés après « perfidie » et l'on ajoute en fin de phrase un point d'interrogation. La leçon de l'édition du Club du Livre précieux a été choisie ici.

650. Après l'analyse du plaisir libertin, Blamont juge avec mépris l'inconscience des femmes. Le thème est le même dans *Eugénie de Franval*, dans *Les Crimes de l'amour*.

651. Des critiques s'étaient élevées contre le contrôle policier qui s'exerçaient sur les lieux de plaisir. Voir E. M. Benabou, *La Prostitution et les mœurs au* XVIII*e siècle*, *op. cit.*

LETTRE XLV

652. On voit le plan de Blamont : il consiste à utiliser Sophie, à faire que Dolbourg épouse Aline et à menacer Valcour.

653. Mme de Blamont s'adresse à son propre père.

654. Voilà Mme de Blamont confrontée au dilemme si souvent éprouvé par les héros vertueux d'*Aline et Valcour*, quand il leur faut choisir entre deux maux, et donc s'éloigner de la vertu.

655. Peut-on parler de nécrophilie ici ? Le désir de Blamont ne va pas jusque-là, mais il semble tenté par l'expérience quand il se demande si la mort elle-même pourrait détruire l'harmonie physique de sa femme.

656. Se voile de mélancolie.

657. Pour « qu'elle ne coule pas dans... ».

LETTRE XLVI

658. Encore une fois une charge aristocratique contre les robins titulaires de leur charge.

659. « Entours » signifie « milieu, relations, entourage ».

660. On est entré dans la crise, d'où la valeur dramatique des pressentiments de Valcour.

LETTRE XLVIII

661. Peut-être s'agit-il, comme le suggère Michel Delon (Pléiade), des *Noces de Cana* ?

662. On a là un résumé des idées de Léonore : refus de la bienfaisance, définition de la vie comme une lutte. Elle apparaît froide, orgueilleuse et vertueuse tout à la fois.

LETTRE XLIX

663. La curiosité est un des moteurs du libertinage.

664. On s'étonnera de ce style pour une jeune fille élevée à la campagne.

LETTRE L

665. Sade noircit le trait : il souligne la parenté morale entre Blamont et Léonore. Par ailleurs la lucidité de Mme de Blamont, si durement acquise et acceptée, annonce sans aucun doute sa perte.

LETTRE LI

666. Blamont veut être certain de son crime, d'où cette enquête qu'il mène. S'il n'y avait pas eu inceste, son plaisir en eut été amoindri.

667. Je ne crois pas qu'il faille ici faire référence à l'isolisme qui est une volonté de solitude jugée négativement par les Lumières. Valcour veut tout simplement dire qu'il ne verra plus Aline par prudence, qu'il vivra par précaution en solitaire.

668. Il y a là, comme souvent dans les lettres d'Aline ou de Valcour, confusion entre sentiment amoureux et sentiment religieux.

LETTRE LII

669. Curieuse analyse de la fin du libertin qui contredit les fermes résolutions du moribond dans le *Dialogue*. Au-delà de l'ironie qui est présente ici — Blamont, comme il en a coutume, se moque de Dolbourg — il y a une hiérarchie du libertinage qui permet de rendre compte de cette analyse inattendue : les grands libertins obstinés, de tête, fidèles à leurs engagements sont indifférents à la mort ; les subalternes, sans principes, reviennent à leurs préjugés. Malgré cela, on peut admettre qu'il y a en-deça de cette distinction une perception lucide de l'angoisse de mort et du mouvement dialectique du vice.

LETTRE LIII

670. Un associé dans une affaire.

LETTRE LIV

671. On s'étonnera une fois encore du manque de lucidité des héros vertueux. Pas plus que Mme de Blamont, Valcour ne peut admettre l'absolue noirceur de Blamont.

LETTRE LVII

672. L'isolement du monde, qui va jusqu'aux volets fermés, est nécessaire au crime libertin.

673. Au sens de choc et de changement.

LETTRE LVIII

674. Il faut comprendre qui relève du désir ou du plaisir.

675. Il y a là une critique sévère de la morale de la sensibilité et du sentiment si chère aux philosophes et particulièrement à Diderot.

676. S'exprime ici tout un mépris pour les gens pauvres ou inférieurs, comme le prouve l'emploi du mot « malotru ».

LETTRE LXIII

677. Glissement fréquent chez Aline, Valcour ou Mme de Blamont de l'amour à la religion, voir note 668.

678. La réflexion d'Aline ne manque pas d'intérêt. Elle s'oppose très exactement au discours traditionnel des Lumières sur la religion selon lequel elle entraînerait la dictature et l'oppression. Ici au contraire la religion est définie comme le rempart contre « le fer du tyran ». Elle favorise l'aide aux défavorisés. Sans elle, il n'y a que tyrannie et violence des instincts.

679. Nous n'avons à vivre que le temps d'un clin d'œil.

680. Opposition évidente entre l'amour libertin fondé sur le physique et le cérébral et cet amour « des âmes » plus fort que la vie et la mort.

LETTRE LXIV

681. Comme le fait remarquer Michel Delon après Laurent Versini, *Laclos et la tradition*, P., 1968, le roman sentimental avait donné une dimension nouvelle à la psychologie romanesque, à l'analyse du cœur que le roman libertin par la philosophie du héros avait très largement pervertie.

682. « Acreté » : le mot était à la mode depuis *La Nouvelle Héloïse*.

683. On reconnaît là tous les ingrédients du désir libertin et toute la rhétorique pour l'exprimer.

LETTRE LXV

684. Cet épisode a peut-être une valeur symbolique. Aline, devenue la proie de Blamont, Valcour apparaît comme le braconnier qui chasse sur des terres qui lui sont désormais interdites.

685. Scène d'orage qui est à la mode dans le roman noir. On la croirait inspirée d'une marine de Vernet. Sur l'effet que produit l'orage sur l'âme de Valcour, on verra les pages de critiques que consacre Diderot à la peinture de Vernet dans *Les Salons*.

686. On peut considérer que cet épisode constitue un contrepoint narratif. Colette épousera Colas tandis que Valcour n'épousera pas Aline. Tous les épisodes qui suivent avant la crise finale sont à lire comme participant, sur le mode du contre-point, à la tension dramatique.

687. La scène est extraordinairement mélodramatique.

688. Le rêve prémonitoire est fréquent dans les récits sadiens : ainsi dans *La Marquise de Gange* et dans *Les Crimes de l'amour* (« Florville et Couval »). Il renvoie à une tradition proche née avec *La Nouvelle Héloïse* et à la tradition issue de la tragédie grecque du rêve prémonitoire.

LETTRE LXVI

689. Au sens de plénitude ou excès des humeurs.

690. Le débat sur le suicide hante tout le siècle. Il apparaît dans les *Lettres persanes*, dans *La Nouvelle Héloïse* ; on verra sur ce point *Gilbert Romme et son temps*, Université de Clermont-Ferrand, PUF, 1966.

LETTRE LXVII

691. La notation a son importance, comme on le verra par la suite.

692. On retrouve l'érotisme du malheur souvent évoqué par Sade. En décrivant son émotion trouble, Déterville ne rejoint pas pour autant le clan des libertins. Par cette notation Sade veut prouver que ce que l'on appelle vice n'est, au fond, qu'un trait commun à l'humanité entière, superficiel et secondaire ici, accentué et dominateur là.

693. Comme Julie dans *La Nouvelle Héloïse*, Mme de Blamont meurt dans la sérénité, la lucidité, la résignation et l'acceptation.

694. Sur l'esthétique du tableau, voir l'introduction à cette édition.

695. « Vie de Néron » dans *La Vie des douze Césars* de Suétone.

696. Sade rappelle ici le massacre des habitants de Mérindol et Cabrières, en 1545, soupçonnés d'hérésie, et les troubles qui accompagnèrent le rétablissement des anciens États de Provence.

697. C'est largement sa propre histoire que raconte Sade. Il fut effectivement arrêté en 1777 juste après le décès de sa mère.

698. Sur l'emploi du terme « matérialisme », voir Michel Delon (Pléiade).

699. Jean Charles Pierre Le Noir (1732-1807) fut lieutenant général de police à Paris de 1774 à 1775, puis de 1776 à 1785. On lui doit en 1779 un projet pour réglementer le commerce des farines à Paris.

700. L'expression est à la fois sadienne et propre au roman sentimental.

701. Le verbe s'emploie pour le cœur ; ici, employé avec âme, il traduit une recherche stylistique.

702. On a l'impression de lire la conclusion d'une oraison funèbre. Michel Delon signale (Pléiade) le goût de Sade prisonnier pour les oraisons funèbres de Massillon et de Fléchier qui sera cité plus avant dans le texte.

703. Pour citer exactement Fléchier : « Elle n'a été grande que pour servir Dieu noblement, riche que pour assister libéralement les pauvres de Jésus-Christ, vivante que pour se disposer à bien mourir. Voilà le sujet de ce discours. »

LETTRE LXVIII

704. Le château libertin est toujours d'un aspect terrifiant.

705. Par ces lourdes plaisanteries où les mots ont un sens érotique, Blamont se propose d'exercer une sorte de droit de cuissage.

706. Y-a-t-il effectivement viol d'Aline ? On ne sait, le texte demeurant sur ce point extrêmement discret.

707. Comme l'indique Michel Delon (Pléiade), il s'agit du psaume XXVII.

708. Comédie de Marsollier des Vivetières, *Nina ou la folle par amour*, 1786.

709. On est une fois encore surpris du manque de lucidité des héros vertueux de Sade. C'est là une de leurs différences essentielles avec les libertins. Cette naïveté, comme on l'a vu, sert à la tension dramatique.

710. Voilà un tableau pathétique. Tout y est conçu pour être vu et pour émouvoir.

711. Il faut comprendre : « Contraint de ne plus m'accuser du meurtre d'Aline... »

712. Larmes de repentir et de remords. Mais peut-on vraiment croire à ce retournement, semblable à celui de Juliette dans *Les Infortunes de la vertu*, même si Dolbourg est toujours apparu comme moins assuré dans le libertinage que son complice Blamont ?

LETTRE LXIX

713. Il y avait déjà dans *La Nouvelle Héloïse* une lettre posthume de Julie.

LETTRE LXXI

714. Isaïe, XXXVIII, 9-12.

715. Il y a une ébauche de refus chez Aline, un soupçon de révolte face à sa destinée malheureuse, une espèce de mise

en accusation de la Providence qui, bien évidemment, tourne court.

716. Il y a là une vision du devenir (mélange des vices et des vertus) que ne renieraient pas les libertins.

LETTRE LXXII

717. Chacune des trois divinités infernales (Alecto, Mégère, Tisiphone) chargées d'exercer sur les criminels la vengeance divine.

718. On trouve aussi une note de l'éditeur dans *Les Liaisons dangereuses.*

719. On est quand même un peu surpris que la tendresse retrouvée de Léonore s'exerce au bénéfice de M. de Blamont, responsable de la mort de sa mère et de sa sœur. Faut-il y voir une ironie de Sade, qui voudrait montrer par là, tout en obéissant aux lois du genre, qu'il ne faut pas être dupe ?

Glossaire

Ce glossaire, établi à partir des dictionnaires contemporains de Sade : Dictionnaires de l'Académie française, de Richelet, de Furetière et de Trévoux, est une aide modeste à la lecture du texte d'*Aline et Valcour*. Il donne le sens des mots rares et des emplois singuliers de certains vocables ou d'expressions peu courantes.

A

ABSORBER : Employé parfois au sens d'emporter, de faire disparaître.

AIGRI : Au sens d'amer et de révolté ; signifie même en colère.

AIR : Dans l'expression « par air », qui vient sans doute « en l'air », se dit figurément en morale des choses qui n'ont pas de vérité ou de fondement solide. Signifie dans le texte : pour faire comme les autres, pour se donner une attitude, sans y croire.

AISE : Dans l'expression « s'y mettre à son aise » au sens de s'y installer commodément.

AJUSTEMENTS : Au sens d'ornements, de parures, presque de colifichets.

ALENTOURS : Employé parfois au sens de préparatifs.

APANAGE : Terre que les souverains donnent en propre à leurs puînés pour le partage des biens. Dans *Aline et Valcour*, terre possédée en propre par le souverain.

APPRÊT : Se dit chez les artisans, et surtout les chapeliers, de la lie, des gommes et autres drogues qu'ils mettent dans leurs chapeaux. Quand ils veulent vendre un chapeau, ils disent qu'il n'y a guère d'apprêt. Signifie ici manque de naturel, de douceur, fabriqué et faux.

APPROFONDIR : Employé parfois dans le sens de se renseigner pour connaître une identité, une affaire.

APPROPRIER : Rendre une chose propre, nette.

AQUILON : Vent qui souffle du côté nord du point oriental du cercle polaire. En poésie, s'emploie au pluriel et désigne tous les vents orageux et que les marins appréhendent.

ARBITRE : Se dit figurément de celui qui est le maître absolu ; qui est fort puissant.

ARDENT : Au sens de brûlant.

ARRANGER : S'arranger signifie s'accommoder à.

ARRÊT : Au singulier et au pluriel, peut signifier arrestation comme chez les militaires « être mis aux arrêts de rigueur ».

ARTISTE : Celui qui travaille avec grand art ; se dit de l'artisan.

ATTIRAIL : Dans un sens péjoratif, désigne des vêtements.

AVENUE : Pour le château de Vertfeuille, les allées.

B

BALANCE : Doute, hésitation.

BALANCER : Hésiter.

BARBARE : Cruel, impitoyable.

BARCELONNETTE : Sorte de berceau.

BATTERIES : Plans, calculs pour faire aboutir un projet.

BÉLÎTRE : Gros gueux qui mendie par fainéantise et qui pourrait bien gagner sa vie. Il se dit quelquefois par extension des coquins qui n'ont ni biens ni honneur.

BIENS : Au sens de terres que l'on possède.

BOURGEOIS : Habitant d'une ville ; ainsi bourgeois de Paris.

C

CABARET : Lieu où l'on vend du vin au détail. Par extension auberge ou taverne.

CABINET : Peut désigner un meuble qui est une espèce de secrétaire.

CAMPER : Dans l'expression « camper sur un chameau », signifie être monté sur un chameau grâce à un bât.

CERCUEIL : Peut signifier une tombe ou un tombeau.

CHAISE : Voiture pour aller assis et à couvert tant dans la ville que par la campagne.

CHANSONNER : Se moquer de, faire des chansons sur.

CHARMANT : De qui émane un charme, au sens magique, capable de captiver.

CHÉTIF : De peu d'importance.

CIRCULATION : Au sens de mouvement.

CLAIE : Ouvrage de vannier fait d'osier et à divers usages. On met des claies devant les fenêtres, derrière les lits. On appelle claie ce qui sert au berger pour enfermer son troupeau.

COMMERCE : Au sens de correspondance.

COMPONCTION : Douleur qu'on a dans l'âme pour avoir offensé Dieu.

COMPOSÉ : Un visage composé revêt une expression feinte et hypocrite.

CONDESCENDANCE : Complaisance, soumission, déférence aux sentiments et aux volontés d'autrui.

CONFUS : Honteux.

CONTEXTURE : Arrangement des parties.

CONTROUVER : Inventer quelque calomnie, quelque imposture.

COUPÉ (par) : Traversé par.

COURTIÈRE : Au sens de maquerelle.

CROCHETEUR : Portefaix qui transporte des faix avec des crochets. Se dit par extension des gens de basse condition qui font des choses indignes des honnêtes gens.

CRUEL : Se dit des choses douloureuses.

D

DARDER quelqu'un : Lancer (un poignard par exemple) avec une vive force sur quelqu'un.

DÉFILER : Passer par un défilé.

DÉGOÛTANT : Qui fait soulever le cœur.

DESPOTE : D'un emploi rare comme adjectif : tyrannique, exigeant, autoritaire.

DÉTERMINER : Décider quelqu'un, le convaincre.

DILIGENCE : En diligence signifie rapidement.

DÎNER : C'est notre actuel déjeuner.

DISCORD : Terme poétique pour discorde.

DIVINITÉ : En langage amoureux désigne la femme aimée.

DROIT : Au pluriel ce sont les droits seigneuriaux.

E

ÉBLOUIR : Éblouir quelqu'un au sens de le tromper.

ÉCALVENTRER : Éventrer.

ÉGIDE : Celui qui protège des ennemis.

ÉLIXIR : Ce qu'il y a de meilleur dans un discours.

ÉNERVÉ : Sans énergie, sans nerf.

ENGOUER : S'engouer a deux sens, ou s'entêter de quelque chose ou avoir de la peine à avaler.

ÉNIGME : Proposition qu'on donne à deviner, qui est cachée dans des termes obscurs et le plus souvent contradictoires en apparence. C'était un jeu de salon aux XVIIe et XVIIIe siècles.

ENVIEUX de : Désireux de.

ÉPAIS : Lourd et sans finesse, comme par exemple un épais rigoriste.

ÉPURER : Au sens concret de rendre plus pur.

ÉQUIVALOIR : Faire correspondre à.

ESCABELLE : Petit siège de bois semblable à l'escabeau.

ÉTAYER (S') : S'appuyer sur quelque chose.

EXCRESSENCE : Terme de chirurgie qui est synonyme d'excroissance.

EXEMPT : Sorte d'officier de justice.

F

FACULTÉS : Terme dont les anciens philosophes usaient pour expliquer les actions des corps naturels : faculté digestive, faculté motrice...

FAME : Réputation.

FAMÉ : Qui a une réputation.

FATAL : Qui relève du destin : fâcheux, funeste.

FAUSSET : Voix aiguë et d'ordinaire désagréable et discordante.

FER DE BRIQUET : Sans doute un petit couplet de fer servant à joindre des ouvrages de menuiserie qui n'ont pas besoin de s'ouvrir entièrement. Donc espèce de charnière.

FÉTIDITÉ : Odeur extrêmement désagréable.

FREINS : Tout ce qui empêche d'agir. Au XVIIIe siècle s'employait essentiellement pour désigner des obstacles au mal, à la révolte.

FRELUQUET : Homme léger, frivole et sans mérite.

FRISER : Friser une côte : longer une côte.

FUNESTE : Malheureux, qui évoque la mort.

G

GARDE : Au sens de garde-malade.

GOÛTER : Apprécier quelque chose.

GREVER : Dans l'expression grever la nature : tourmenter, faire tort.

GRONDER : Protester. On se quitta en grondant parce qu'on ne souhaitait pas se séparer.

H

HARDES : Tout ce qui est de l'usage ordinaire pour le vêtement.
HISTORIQUEMENT : D'un style historique, sans ornement.
HORRIBLEMENT : Excessivement.

I

ILLUMINÉS : Visionnaires et fanatiques.
IMPOSER (EN) : Mentir.
INFECTANT : Qui dégage une odeur désagréable.
INFORTUNE : Malheur, disgrâce.
INFORTUNÉ : Malheureux.
INQUIET : Qui est chagrin, fâché, qui ne peut s'attacher à un objet.
INSIGNE : Remarquable en bonne et en mauvaise part.
INTERVALLE : Distance ou différence qui est entre certaines choses.
INTIMEMENT : Penser intimement : penser profondément.
ISOLER (S') : Se cacher, éviter rencontres et contacts.

J

JABOTER : Murmurer, babiller.
JASER : Causer, bavarder.
JOURNAL : Relation jour après jour des événements.

L

LACS : Pièges, lacets.
LANCETTE : Instrument de chirurgien pour saigner.
LAVANCHE : Avalanche.
LESTEMENT : Proprement en matière d'habits.
LÉVITE : Long manteau.
LOUCHE : Situation ou individu qui prêtent au soupçon. Peut être employé comme nom au XVIIIe siècle.

M

MAGOT : Gros singe.
MALTÔTIER : Celui qui exige des droits qui ne sont pas dus.

Le peuple appelle abusivement maltôtiers tous ceux qui lèvent des deniers publics.

MANTEAU DE LIT : Dessus-de-lit.

MARÉCHAL DE CAMP : Second officier de l'armée : celui qui ordonne le lieu du campement et du logement de l'armée.

MÉDIOCRITÉ : Qualité de ce qui n'a ni excès ni défaut.

MÉNAGE : Revenus, subsistance de la famille.

MENAGÉ : Préparé.

MERCENAIRE (adjectif) : Qui est facile à corrompre, vénal.

MESQUIN : Avare, ladre, pauvre, réduit, petit.

METTRE EN USAGE : Mettre en œuvre.

MEUBLE : Tout ce qui sert à meubler, même ce que nous appellerions aujourd'hui des ustensiles.

MINISTRE : Serviteur (du culte, du roi, des puissants...).

MISÈRE : Chose insignifiante.

N

NAVRÉ : Blessé.

NUES : Nuages.

O

OBÉRÉ : Qui est endetté, qui a engagé son bien. Un homme obéré est un homme qui s'est ruiné.

OBJET : Au sens de but, de finalité.

OBSÉDER : Se rendre maître de l'esprit, de la maison ou des biens de quelqu'un.

ONDES : En poésie, vagues menaçantes.

P

PERQUISITION : Enquête.

PHAÉTON : Voir CHAISE.

PHOSPHORIQUES : Se dit à propos de vers luisants.

PLUMITIF : Homme de plume, commis de bureau. Adjectif péjoratif.

POLITIQUE : Avoir de la politique au sens d'avoir de la finesse, d'être malin.

PONTIFICAL : Qui appartient à celui qui a l'intendance et la direction des choses sacrées. Emploi ironique pour culotte.

PORTER DES PLAINTES : Porter plainte.

PORTION DE VOYAGEURS : Groupe de voyageurs.

PRÉSUMABLE : Qu'on peut prévoir.
PRÉVENIR : Devancer.
PROCHAIN : Qui n'est pas loin.
PRONONCER : Décider.

Q

QUITTER : Abandonner.

R

RAFRAÎCHIR (SE) : Se reposer.
REDRESSER (quelqu'un) : Remettre dans le bon chemin.
RELIGIONNAIRE : Qui fait profession de la religion réformée.
RENDRE (SE) : Accepter.
RENDU : Épuisé.
RÉPONDRE (DE) : Assurer quelque chose.
RESSORT : Peut désigner les moyens psychologiques ou moraux employés pour parvenir à une fin.
ROBIN : Homme de robe, emploi péjoratif.
RÔTIE : Tranche de pain mouillée de vin et rôtie.

S

SATELLITES : Celui qui accompagne un autre pour sa sûreté ou pour exécuter ses commandements. On le prend d'ordinaire en mauvaise part pour un archer ou quelque mauvais garnement qui sert aux captures ou à faire de mauvais traitements à quelqu'un.
SBIRE : Nom des archers de police. Péjorativement, c'est un homme chargé de l'exécution des sentences judiciaires.
SÉDUCTION : Au sens d'enlèvement, de rapt.
SÉJOUR : Résidence.
SENTENCE : Ce qu'on pense d'un individu, ce qu'on décide le concernant.
SÉPULCRE : Tombeau.
SEQUIN : Pièce de monnaie. Voir le tableau des monnaies, p. 866.
SERRER : Ranger dans un lieu secret.
SERVICE : Au sens de service religieux.
SEXE : Dans l'expression « le sexe », sert à désigner les femmes.
SICLE : Certain poids, certaine monnaie en usage anciennement chez les Juifs.

SIMPLE : Herbe, plante médicinale.

SOUPER : Repas du soir, par opposition au dîner qui correspond à notre déjeuner.

STATION : Au sens de campement, bivouac...

SUBIT : Rapide, urgent.

SULTANE : Maîtresse, prostituée dont on use comme d'une favorite.

SUPPOSITION : Parfois au sens de substitution.

SYSTÉMATIQUE : Qui pense par système, qui est arbitraire dans ses jugements.

T

TOUCHER : Frapper de son fouet.

TRAIN : Dans le sens de l'allure des choses, de leur cours.

TRAITANT : Financier qui spécule sur les avances fiscales consenties à l'État monarchique.

TROUBLÉ : Inquiété, fâché.

U

UNIVERSEL : Général.

V

VEDETTE : Cavalier posé en sentinelle et qui est détaché du corps de garde pour découvrir si l'ennemi se met en état de faire quelque surprise.

VEILLAQUE : Sans honneur, sans foi.

VENIR À BOUT : Parvenir à.

VIS-A-VIS : Voiture à deux places.

VEXER : Tourmenter.

Tableau des monnaies et des mesures de longueur[1]

Tableau des monnaies

1 liard	3 deniers.
1 sou	4 liards.
1 livre	20 sous.
1 écu	3 livres.
1 louis	8 écus.
1 pistole.	20 livres.

Pour les monnaies portugaises :

1 vingtain	2 sous et demi.
1 cruzade d'argent	60 vingtains.
1 doublon	42 livres.
1 piastre	un peu moins de deux livres.
1 portugaise	40 livres.

Tableau des mesures de longueur

1 ligne	0,22 cm.
1 pouce	2,7 cm.
1 pied	32,4 cm.
1 toise	1,94 m.
1 lieue de poste	3,8 km.

1. Tableau établi à partir de Michel Delon, édition de la Pléiade, p. 1355, et des renseignement donnés par le texte de Sade lui-même dans l'épisode portugais.

Document

Il existe dans le « fonds de la Bastille », conservé à la Bibliothèque de l'Arsenal à Paris, un document que nous reproduisons ici. Il s'agit de huit feuillets pliés, de quatre pages chacun, qui représentent une partie des remarques que la marquise de Sade fit parvenir à son mari après avoir lu le manuscrit d'*Aline et Valcour.* Ce document présente des manques et tout particulièrement en son début et dans le deuxième feuillet.

C'est là, bien évidemment, un document exceptionnel qui fournit des renseignements extrêmement divers. Et tout d'abord sur l'état du manuscrit confié à la marquise, qu'on peut comparer à la version publiée d'*Aline et Valcour.* Ensuite sur les relations extrêmement complexes qui unissent la marquise à son époux, et dont nous retrouvons ici la dimension intellectuelle. Ce document témoigne d'un mode de lecture partiellement généralisable. Sans doute Mme de Sade est-elle unie à l'auteur par les liens que l'on sait, mais elle représente une catégorie que l'histoire de la lecture connaît bien : ces lectrices qui sont plus nombreuses à mesure que l'on avance dans le siècle et dont on n'ignore plus le goût pour les émotions, les pleurs, le sentimentalisme qui va de pair avec une grande timidité morale et religieuse. On lira donc avec beaucoup de soin ce témoignage rare sur la réception d'*Aline et Valcour* et sur la volonté du marquis de conquérir un public, en tenant compte des sensibilités esthétiques, psychologiques et religieuses d'une lectrice sans doute privilégiée, mais très largement représentative des nouveaux modes de lecture de la fin de l'Ancien Régime. On regrettera, bien sûr, que les réponses de Sade aux critiques et aux enthousiasmes de son épouse ne nous soient pas parvenues.

Suite de réflexions sur le roman d'Aline et de Valcour

J'en suis à la première aventure de Sophie. Elle m'a fait horreur, en la lisant, j'ai rougi pour l'humanité. Que sera-ce donc de la suite de ce roman ? J'ai deviné que Mirville et Dolbourg étaient le même personnage, par conséquent son ami, le même.

La scène du départ de Sophie pour Paris est naturelle. Les entreprises durant la route de Mirville sont un peu trop vives ; il serait plus naturel qu'il attendît qu'il fût en sûreté.

La surprise avec l'amant de sa compagne est bien amenée pour tout ce qui s'ensuit qui est trop fort pour qu'elle ait eu la force de faire la route.

Le reste est touchant : j'y ai pleuré. Elle raconte bien ses malheurs avec une honnêteté et des sentiments faits pour intéresser à son sort et forcer même ceux à qui elle les conte à prendre ses intérêts avec chaleur. Les soupçons sont justes, leurs démarches sont délicates, et Mme de Blamont ne devait ni faire la plainte ni en être instruite à temps, de l'empêcher. C'était aux amis, au curé de prendre cette sûreté. Elle se doit à sa fille, mais elle doit la soustraire d'une autre manière.

Le curé raisonne bien selon son état qui est d'être un parfait honnête homme.

C'est un grand point dans un roman de faire parler et penser ses acteurs de la manière qui leur convient sans se démentir. Jusqu'à présent vos caractères sont bien suivis.

Il est fâcheux pour l'humanité qu'il y en ait d'un certain genre. Il faut, me direz-vous, les faire connaître pour s'en préserver et les détester. Cela est vrai, mais quand ce n'est que pour cela uniquement que l'on travaille, il y a une certaine touche où il faut s'arrêter afin d'ôter à un esprit dépravé les moyens de se corrompre encore davantage. Ces détails le rendent inlisible pour des gens honnêtes, et cela est dommage. Il me paraît qu'il y a des caractères charmants et vertueux, des réflexions et des maximes superbes, justes, vraies. Il est dommage de ne pouvoir les faire connaître et briller que par des choses trop fortes qui navrent, révoltent et ôtent toute faculté pour sentir la vertu avec cette douce satisfaction que l'on ne peut lui refuser puisqu'elle excite les monstres au crime.

Mme de Blamont noyée dans le malheur est trop crédule, et je prévois que son cœur, le désir de tout concilier, lui feront faire des sottises. Ou il ne fallait pas qu'elle fît d'éclaircissements sur Sophie avec M. de Blamont ou, les faisant, il lui fallait soutenir avec fermeté, c'est-à-dire mettre

Sophie en sûreté avant que de s'expliquer. Malgré toute explication, je la crois sa fille.

Je me suis arrêtée à la lettre essentielle, parce que, obligée d'interrompre cette lecture pour huit jours seulement, il faut mieux le faire avant qu'après, et qu'en avançant je vois, ou plutôt je prévois, que ce n'est nullement un roman ordinaire, et qu'il faut ne pas perdre le fil pour s'y reconnaître et vous en rendre un fidèle compte.

La scène de la fille avec son père et Dolbourg est trop forte. Il n'est pas probable qu'il ne connaisse la vertu de sa femme et de sa fille, et il doit sentir que, se rendant odieux, il lui sera difficile de réussir. Alors je pense qu'il ne la veut pas foncièrement marier et qu'il veut tromper aussi Dolbourg. Ce président, à force d'être forcé dans son caractère, ne trouve pas heureusement d'original [1].

Dans votre feuille, vous me reprochez de m'aveugler par mes principes. Je vais tâcher de vous répondre à cela le mieux que je pourrai.

De quoi voulez-vous que l'on se serve pour juger un ouvrage qui est une production de l'esprit ? L'on ne peut le faire, me direz-vous, que par des raisonnements qui pèsent les raisons de part et d'autre.

Si, en raisonnant, je suis le penchant de la passion qui a dicté les principes, l'usage, mœurs, etc., je dois naturellement m'écarter de la raison et je deviens l'apologiste.

Si je critique d'après des principes opposés, vous direz que c'est prévention.

Il faut donc s'accorder premièrement sur le vrai.

Le vrai est ce qui satisfait le plus le général et qui contribue au bonheur de la masse totale. D'après cela, jugez vous-même et concluez. Le crime a une existence réelle et c'est parce que cette existence est réelle que la loi s'y oppose pour y mettre un frein.

Les lois ne peuvent exister parmi un peuple de sauvages ; elles doivent changer de nom, parce qu'elles n'ont pas les mêmes principes. Le sauvage n'a d'autre loi que ses besoins et ses passions.

La sodomie et le vol étaient autorisés en Grèce. Les lois de ces pays policés devaient être défectueuses, puisque leur culte

---

1. Il y a ici un manque dans le manuscrit.

l'était au point d'adorer des idoles de bois, de pierre et animaux. La passion dominait dans ces gens-là moins fortement que chez les sauvages, mais elle y dominait.

Votre comparaison des États Généraux qui défendraient de porter un chapeau sur sa tête, si on le faisait, ce serait une infraction à la loi et non un crime, comme d'épouser sa sœur serait un crime et non une infraction de la loi, si la loi le permettait. La sodomie est un crime contre la nature, puisqu'elle empêche la production ; le vol est un crime parce qu'il ôte ce qui appartient. Les lois faites en [leur] faveur ne peuvent empêcher ni changer ces principes.

Les constitutions morales et physiques des peuples varient à l'infini. Pourquoi cela ? Parce qu'ils ne partent pas d'un principe vrai, et que le vrai tient à l'unité ; les passions variant et étant le principe des différents peuples qui les suivent brutalement sans raisonner, produisent ces contrastes.

La variété de ces contrastes ne peut être une conclusion en leur faveur.

La nature n'a qu'une voix, dites-vous, qui parle à tous les hommes.

Pourquoi donc que ces hommes pensent différemment ? Tout, d'après cela, devrait être unanime et d'accord, et cet accord ne sera jamais pour l'anthropophagie. Je ne me souviens point de ce curé lyonnais, cela aurait dû me frapper.

Je ne vous passe pas de dire qu'il y a bien du vrai dans les principes philosophiques de Sarmiento. Il les discute avec bien de la force. Vous savez bien que l'on prouve par sophisme ce que l'on veut ; quand l'on n'approfondit pas, que l'on passe lestement d'une branche à une autre, que l'on supprime ce qui convient, que l'on pèse sur un objet, passe légèrement l'autre. Quand vous parlerez religion, vous ferez parler le cœur ; c'est faire l'éloge du sujet comme il le mérite, s'il le mérite pourquoi n'y pas croire ? ou au moins chercher de bonne foi la vérité ? Un homme qui ferme les yeux pour ne pas voir le jour et qui veut marcher droit, vous le regarderiez comme un fou et vous ne l'imiteriez pas.

Le caractère de Sarmiento est toujours soutenu avec bien de la force. Sainville le réfute toujours bien ; ce qui m'étonne, c'est que l'autre ne riposte pas des sottises. Cette phrase : « Mets ta main sur ce cœur... vois comme il est calme », m'a fait frémir. Cette autre : « Ma tête levée vers le ciel attend la foudre », etc. : cette phrase a l'air de quelque chose, et à l'approfondir ne vaut rien. Il faut qu'une porte soit ouverte ou fermée. Il croit ou ne croit pas. Dans le premier cas, il n'est pas naturel de braver sans espérance ce qui est plus fort que soi. Dans le deuxième, l'on ne s'emporte pas sur ce que l'on ne croit pas. Le mouvement de l'âme qui excite la passion qui vous porte à insulter et braver est une preuve de votre foi et de l'inconséquence de votre folie, Sarmiento, vous faites pitié par votre folie mais vous ne persuadez pas, quoique vous souteniez votre cause avec esprit.

Le contraste avec Sainville, toutes ces réflexions quand il est seul, son apostrophe à Éléonore, comme il parle à ce portrait, la délicatesse de ses pensées, cet endroit est charmant, délicat, il est impossible de le mieux rendre.

Les usages, coutumes de ces peuples pour leurs femmes et leurs enfants, le despote[1] des seigneurs, du souverain, ce sont des faits attestés par les auteurs, et ils prouvent que la civilisation est nécessaire à l'homme pour son bonheur.

Il n'est pas possible, même philosophiquement, d'approuver ni de trouver une raison pour autoriser de pareilles mœurs.

L'inauguration de leur roi n'est pas de votre invention ; elle [est] mot à mot, je crois, dans l'abbé Raynal, ou un autre ouvrage qui décrit toutes les mœurs des sauvages. La bravoure et la férocité ne se confondent pas chez les sauvages.

Chez un peuple civilisé, elle provient d'une grandeur d'âme qui la porte à mépriser et à risquer sa vie pour s'immortaliser, ou rendre service en soutenant le faible.

Quand elle étouffe le sentiment naturel qui nous porte à notre conservation, elle devient faiblesse en l'assujettissant à des principes méprisables.

Le culte du serpent est bien plus ancien que le serpent d'airain, puisque c'est le serpent dont le Diable se servit pour séduire Ève.

L'éducation confiée aux prêtres, l'immolation des victimes humaines subsiste encore dans quelques-uns de ces pays-là encore, car dans les gazettes du mois dernier l'on en parle d'une qu'on a pu empêcher. D'ailleurs, vrai ou faux, un roman supporte l'un et l'autre.

Du reste Sarmiento, appuyant avec chaleur sur le défaut de

1. Au sens de « despotisme ».

la trop grande population, prouve son goût et la crainte d'être accablé par un nombre humain et policé. Les sauvages prouvent le défaut de cette dépopulation : ils ne sont jamais tranquilles, errent d'un endroit à un autre, se détruisent au point de devenir la plus petite partie du globe.

Sarmiento se contrarie dans ses principes. Cette note est vraie et cela ne peut être autrement du moment que la base de ses principes sont ses passions. Il se met au niveau des animaux, parce que son intérêt serait que cela fût réel. Ses passions sont un poids énorme qui [entraîne] le ressort de sa raison avec rapidité, et se détraque. À chaque principe qu'il pense comme indubitable, recherchez le motif qui le porte à le former : c'est toujours sa passion qui en est la base ; la preuve, c'est que n'ayant plus cette passion qui l'enveloppe, il verra tout différent.

Ce n'est point parce que je suis femme que je me récrie sur tout cela ; ce serait réservé aux animaux que je me récrierais contre la cruauté.

Je trouve les réfutations de Sainville très bonnes. Les raisonnements de Sarmiento me tendent l'esprit et ne me satisfont nullement.

Le droit de l'homme sur les animaux, à parler philosophiquement, parce que vous ne voulez pas que je parle autrement, vient de la raison qu'il a, de sorte que cela ne peut lui donner droit sur son semblable, qu'il doit aider et secourir.

Le système des habitants de Butua sur le travail est outré, comme tout le reste. « L'homme mort est moins malheureux que l'homme souffrant » : cela est vrai pour son corps, mais cela ne donne pas droit de le tuer.

Le luxe et les arts ne doivent pas aller loin chez un peuple abruti et esclave.

Leur insensibilité sur la mort de leurs proches, etc., est une suite de leurs affaissements, et leur pitié mal entendue ne cadre pas avec leur manière d'être. La dissertation sur l'âme ne vaut rien, quoique philosophiquement elle ait l'air d'être quelque chose. Comment l'amalgamation de la matière et son organisation pour le mouvement peuvent-ils former l'âme, qui pense, raisonne et déraisonne, a des idées si contraires. La nature ne peut produire l'esprit : ce qui est formé est toujours au-dessous de ce qui le forme.

L'homme, par son industrie avec la terre, forme différents

vases pour l'utilité commune et l'agrément. Si cette terre voulait comprendre, expliquer, contrarier celui qui l'a formée, l'homme serait dans le cas de lui répondre très justement : « Contente-toi de l'existence que je te donne ; contente-toi de répondre à mes vues sans vouloir m'expliquer et me comprendre », etc.

Il faudrait, pour comprendre et expliquer, l'âme, le mouvement, créer soi-même un monde, et alors nous serions en état après de discuter juste ; autrement notre sagesse est de nous soumettre à ce qui nous a fait et de ne pas passer les bornes qu'il a données à notre esprit.

Notre esprit est la sève de notre corps. Si cette sève suit mille petites branches, elle s'écarte de son centre, et l'arbre sera défectueux plus ou moins. L'esprit doit tendre à la vérité, et la vérité est une. L'âme est immatérielle et ne meurt pas, pour se séparer du corps : c'est le corps et les organes qui s'affaiblissent. L'âme ne croît point comme le corps, mais renfermée dans ce petit corps, à mesure qu'il grandit, elle se développe, parce que celui qui a formé l'âme ne la laisse se développer qu'au moment qu'il lui a fixé et de la manière qu'il lui plaît : fou, esprit imbécile, plus ou moins éclairé, le tout selon ses vues que nous ne pouvons comprendre, de même que le pot de terre ne peut comprendre son ouvrier, qui existe puisqu'il l'a fait.

L'on affaiblit notre corps par la maladie, etc., mais non l'âme ; mais l'union de l'âme au corps fait qu'elle partage la souffrance et en est affectée sans en partager la destruction. Cela nous entraînerait dans la discussion du chagrin et des peines et mènerait loin.

La comparaison de la flamme qui brûle la matière jettera de la poudre aux yeux à qui ne réfléchit pas.

Premièrement la matière développe la flamme à nos yeux en s'embrasant, parce qu'elle la rend visible à l'organe de la vue et le feu est par lui-même une matière embrasée qu'il faudrait avoir créée pour la connaître. Ses effets, quoique nous ne la connaissions pas, n'en sont pas moins réels. L'âme, quoique nous ne la puissions comprendre et définir, a de même son existence qui ne se peut détruire.

La pensée, le raisonnement, le chagrin, la joie, toutes ces sensations sont distinctes de la matière, et le corps n'y entre pour rien, au lieu que le feu et la matière coopèrent ensemble.

Le mouvement de Sainville pour secourir cette malheureuse qui succombe sur le travail et les coups est naturel et fait plaisir à lire. Sarmiento a blâmé cette action, on ne sait pourquoi : elle devait, d'après ses principes, le laisser dans l'indifférence, à moins que ce ne soit pour ne pas perdre une occasion d'établir ses affreux principes.

Je nie que les deux êtres soient malheureux ; celui qui souffre est malheureux, sans contredit, mais celui qui fait souffrir ne peut l'être. On l'empêche de faire une action qui rend réellement l'autre malheureux, mais cet empêchement n'est qu'une bonne action qui rend au bonheur celui qui était oppressé. Celui qui oppresse ne souffre pas, il est contrarié dans ses idées. Vous me direz qu'une contrariété fait souffrir l'esprit et que ce tourment est un malheur pour celui qui l'éprouve ; j'en conviens, mais cette espèce de souffrance peut cesser à sa volonté, et l'autre ne cesse pas à la volonté de celui qui est maltraité. L'une est souffrance d'esprit, l'autre de corps. Ainsi Sarmiento ne sait ce qu'il dit.

Le faible, dit-il, est fait pour végéter sous la loi du plus fort. Je ne conviens pas de cela, mais en tout cas il n'est pas fait pour souffrir. Il est égal au fort, et celui-ci ne doit employer sa force que pour le diriger au bonheur : si sa faiblesse l'en empêche, il doit le secourir.

Que Sarmiento trouve un autre Sarmiento qui l'assujettisse, le tourmente, le fasse souffrir, vous verrez si dans le moment du revers de la médaille il pensera de même.

Il faut, dit-il, qu'une action, pour être bonne, rende heureuses les deux parties. Cet axiome est juste et séduit, mais [il] est mal dirigé dans le cas dont il s'agit et devient le plus absurde sophisme.

Je retire de l'oppression un être qui souffre des tourments par un autre ; si, après l'avoir tiré, je m'acharne contre l'autre à lui faire souffrir la peine du talion, j'ai tort, mais si je me contente d'empêcher qu'il opprime l'autre, l'action est excellente.

Sainville répond très bien ; son caractère est aussi bien soutenu que l'autre. Ce sont deux caractères suivis, l'un dans le vrai et l'autre dans le faux, et Sarmiento est dans le faux.

L'envie de détrôner le souverain est naturelle, de même que sa mort. Son endurcissement n'est pas trop naturel, parce que les passions qui ont fomenté ses principes s'éteignant au dernier moment, font qu'à cette époque les trois quarts des mourants voient juste.

L'arrivée des femmes blanches, leur examen, tout ce qui se passe dans son âme est naturel. Il y a des gens qui trouveront singulier qu'il ne reconnaisse pas le corps d'Éléonore. Ce qu'il y a à dire, c'est que dans l'impossibilité de la pouvoir ravoir, il ne peut faire autrement.

La situation où il laisse Mâacoro donne de la curiosité pour l'histoire d'Éléonore. Sa fuite est très naturelle ; ce qu'il fait de son esclave est bien. L'exclamation de Mme de Blamont est d'un naturel qui fait rire et renouvelle l'intérêt que l'on prend à cette famille. Cette histoire de Sainville est trop longue : si cela n'est pas lu très vite, l'on perdra le fil. À présent, je vais relire la lettre du Pré-Saint-Gervais pour me remettre au fait.

Le détail de son retour de Butua est intéressant, la curiosité y est excitée. Ce portrait, où l'on reconnaît ou croit reconnaître une femme qui a passé, fait de l'effet. On sent ce qu'il doit éprouver quand on lui assure qu'elle est femme du capitaine de vaisseau.

L'humanité, la bonté et la politesse des habitants de l'île où il arrive mettent un baume et un calme dans le sang et dans les idées. L'on espère être enfin quitte des horreurs que l'on a vues, et l'on en a besoin pour continuer de pouvoir lire le détail de l'arrivée, les ordres qu'il donne, tout cela, quoique simple, cause de l'enthousiasme et de l'admiration. L'on ne craint plus de lire, l'on dévore comme un affamé, voilà l'effet qu'il me fait.

La description de cette île est charmante ; le souverain, si affable, simple dans tout, fait espérer des détails sublimes ; cela promet des choses admirables. Je serais fâchée de trouver un travers à Zamé : un prince parfait comme lui n'aura aucun défaut. Toutes ses réponses sont sublimes ; je ne les rappelle pas ici ; elles causent de l'enthousiasme. La critique d'assommer vingt bêtes pour en nourrir une ; leur nourriture, leur habillement, tout cela est charmant et fait penser que c'est dommage que cela ne soit idéal. Son logement délicieux et commode : il y dort, je le crois, bien, et s'y trouve mieux que chez les sauvages.

Commencement de l'histoire de Zamé

La harangue du jeune Français qui se cache dans l'île pour rester avec sa maîtresse est simple, dès qu'il paraît désirer s'y fixer. « Ils feront pis, peut-être, ils vous convertiront » ne vient à rien, là ; car ce n'est pas de convertir qui nuit et détruit une nation, c'est de la subjuguer pour la rendre esclave et lui ôter ses richesses, etc.

Le mépris qu'il leur inspire de l'or ne peut qu'être très sage : si l'on [n']en faisait que l'usage purement nécessaire, l'on en serait bien plus heureux en diminuant la somme des besoins.

L'adieu du Français à son fils, le précis de ce qu'ils vont trouver dans son voyage, est bien fait. Ses conseils sont bons, et cet endroit est fait pour plaire vivement, surtout à ceux qui ont l'âme sensible. La peinture qu'il fait des différents états, le fruit qu'il en a retiré, tout cela est fait avec soin et décrit agréablement. Je passe sous silence ce qui regarde la religion. Comme nous ne sommes pas d'accord, cela entraînerait dans des discussions que vous n'aimez pas. Mais pour passer cet article sous silence, je ne change pas pour cela de façon de penser.

Le tableau du commencement est vrai et beau. « Le roi seul ne m'apprenait qu'à me désespérer d'être né pour le devenir » : oui, s'il avait eu à régner sur les peuples qu'il parcourait.

« L'opulence augmente ses forces en doublant ses plaisirs si l'autre, victime du sort... » Non, les trois quarts ne peuvent sortir de leur sort, parce qu'ils ne veulent pas faire ce qu'il faudrait pour cela. Si l'homme était sage, il se trouverait content et ferait son bonheur lui-même ; c'est ses idées qui font sa perte.

L'égalité est chimérique, sans contredit, dans un État depuis longtemps créé, et l'y ramener après nombre d'années passées sous différentes formes de gouvernement, [pour] l'y ramener il faudrait des flots de sang et l'on n'en viendrait pas à bout.

Mais créer un monde exprès qui n'ait de commerce avec personne qui puisse le corrompre, alors cela se pourrait et alors il serait heureux.

Je ne suis pas d'avis que le rétablissement de l'égalité soit plus facile que l'établissement d'un impôt.

Zamé met pour deuxième cause des malheurs de l'homme les passions. Il se trompe. Elles doivent être regardées comme les premières et tout le reste en est une suite. Ôtez les passions de l'homme : les lois faites pour y mettre un frein ne choqueront plus, elles lui serviront de garde pour s'en préserver. Ils aimeront ces lois qui les aident à s'en garantir.

La suppression des lois est très bonne, parce que le peu de bien qu'il peut faire dans un État n'est point à comparer avec le mal qu'il produit.

Je suis fâchée de voir Zamé [dire ce] sophisme : « Diminuez les crimes, et vous n'avez plus besoin de lois. » D'accord : est-ce changer le fait en vertu ! Le mal et le bien sont donc dans le mot, et l'action indifférente ; alors l'égalité tombe d'après de tels principes, et Zamé n'a pas plus de droit pour rendre heureux que l'anthropophage pour manger son semblable. Les vertus, les vices, étant au même niveau, le voilà dans la façon de penser du Portugais. Ils ont le même principe, qu'ils dirigent différemment : l'un le porte à la cruauté, l'autre à la bienfaisance, et je n'aime point à voir Zamé d'accord dans le principe avec l'anthropophage.

Je suis curieuse [de] voir comme Zamé diminuera les crimes, et je doute, que s'il soutient son caractère de bonté, il fasse que le crime n'offense pas la loi.

C'est traiter bien légèrement le divorce, l'inceste et la pédérastie, que de n'y voir que de l'inconvénient. Ce n'est point les bourreaux et les prisons qui perpétuent les vices, ce sont les goûts et les penchants qui les y entraînent.

Je ne lui passe pas de dire que « un fonds de nouveaux crimes naisse au sein de la religion ». Je vais m'expliquer en parlant seulement de celle que nous professons. Elle prescrit d'aimer Dieu de tout son cœur et le prochain comme soi-même. Qui remplit bien exactement ces deux préceptes accomplit la loi. Il n'y a rien de contraire à l'humanité.

Les bûchers de Mérindol et de Cabrières, etc., la religion ne les ordonnait pas, car elle ordonne la voie de la douceur. La politique, l'esprit de parti a abusé et a conduit toutes ces horreurs, et d'ailleurs ceux qui professent la religion, étant des hommes, ont des passions qui les dominent quand ils n'ont pas la force de les maîtriser et ne prennent pas les moyens pour cela ; alors ils tombent dans les défauts des autres hommes et sont plus coupables qu'eux. Un fanatique est un homme vicieux, parce qu'il sort du vrai.

Ce n'est que dans le Ciel où le culte rendu à la Divinité sera dépouillé des cérémonies, etc., comme le mal en sera banni, attendu que l'homme y sera abîmé dans la grandeur de Dieu ; le culte que nous lui rendrons sera borné à l'amour et la reconnaissance du bonheur dont on y jouira.

Il est certain que si le peuple de Zamé est parfait, il n'a besoin ni de juges ni de lois. Comme les juges et les prêtres sont des hommes, ils ont des passions, et abusent, mais l'abus d'une chose ne rend pas l'institution mauvaise. Ainsi le mal vient de l'homme qui se livre à ses passions, au lieu de pratiquer les vertus de son état. Zamé devrait avoir cette belle maxime : « Je veux avoir les mains liées pour faire le mal, mais libres pour faire le bien. »

Il est certain qu'il y a des abus dans les parlements, affreux. Réformez ces abus, renfermez-les dans leurs bornes, et alors ils deviendront respectables.

Cette maxime est superbe que le devoir est de mettre tous les moyens en usage pour rendre l'homme bon : « Il n'appartient à personne de régler les actions des autres. » Cela est encore juste ; il y a une infinité de choses vraies dans cette conversation. C'est dommage que cela soit entremêlé d'autres maximes qui en diminuent la bonté. Zamé, vous avez raison, si vous avez des sujets qui n'aient ni passions ni vices, et ce n'est qu'avec des anges et non des hommes que vos vues peuvent s'exécuter. Il n'en est pas moins beau d'en former le projet et de le concevoir et le désirer.

Ce qu'il dit de la position du commerce de France est très bien vu : elle a l'avantage de se suffire à elle-même si elle le voulait.

Le plan de Zamé est superbe et ne peut s'exécuter que dans une île ; un continent est trop grand pour que cela puisse s'exécuter. Mais ce projet est charmant ; il fait plaisir et fait dire : « Voilà comme l'homme devrait penser », à ça près de quelques petits sophismes, mais un homme, tel que Zamé paraît, conviendra facilement de ses torts et les rectifiera sur-le-champ.

Cette contrariété de l'homme puni à la grève et de la fille qui se fait religieuse n'en serait point une, si Zamé avait bien voulu penser et juger d'après les motifs qui font agir, ou s'il s'en était instruit. Je n'approuve pas que l'on brûle un homme, mais d'après la phrase soulignée ci-derrière, il ne doit pas trouver mauvais que cette fille se consacre à Dieu.

La foi ne consiste pas à croire ce que disent les hommes : il y aurait bien à croire !

Mais la foi est nécessaire, parce que la religion nous dit des mystères de notre religion qui ne peuvent varier. Ces mystères regardent directement Dieu qui nous a créés, et que nous ne pouvons comprendre, de même que ses opérations. Nos œuvres seront toujours pures, quand elles agiront d'après cette foi. Cette religion ne prescrit point la force, mais la persuasion, la douceur. « Si l'on ne vous écoute pas, dit Jésus-Christ, secouez la poussière de vos souliers et passez dans un autre pays. »

La critique des jeunes Français est bien faite. Le tableau des cent jolies femmes autour de la reine est bien piquant, leurs jeux, le portrait de Zilia, cette ressemblance avec Aline, amenés agréablement pour rappeler au lecteur cette héroïne du roman ; c'est joliment fait.

Les trois mots français que prononce Zilia, la candeur, la gaieté, tout cela fait désirer au lecteur que cette île charmante soit une réalité.

La digression sur la pudeur ne va pas trop avec la conduite de ce peuple. Je m'explique : la modestie ne va pas avec la nudité. La raison de Zamé est assez bonne : l'on [n']amène un peuple nu à se vêtir que petit à petit : la femme sauvage ne pourrait se remuer dans un corps [1].

L'éducation publique des enfants est amenée adroitement pour donner une lueur de raison au divorce ; la répudiation de part et d'autre, l'on ne peut pas dire que cela ne soit rangé très bien par rapport à la façon de penser de Zamé et pour le bonheur momentané de cette vie. Il serait possible que la population de cette île devînt trop considérable et que les fonds de terre ne pussent suffire. Ce n'est pas un défaut dans un roman : cela ne le devient qu'à l'exécution.

Les causes pour répudier sont justes, d'après la façon de penser ; le mariage, le choix, la direction des voisins pendant deux ans, ou père et mère, tout cela est bien.

Le quartier des célibataires est encore très bien, et il est

---

1. Au sens de « corset ».

certain qu'il y aurait très peu de crimes dans un pareil arrangement, mais cela n'est praticable que dans une île où aucun humain ne puisse aborder.

Les punitions venant de l'État et y retournant, c'est bien vu pour la tranquillité et ôter l'idée d'augmenter ces punitions : la justice n'a que faire là.

Il y a une objection à faire sur les ouvriers, c'est que, le temps du travail de leur bien diminuant celui de leur labour, ou ils ne feront pas grand-chose, ou leur terre restera inculte ; qu'est-ce qui les fera vivre ? Un homme seul à son bien n'a pas de temps de reste pour travailler.

L'émulation nécessaire pour aiguillonner le talent par la récompense et la distinction excitera toujours la jalousie des autres. Zamé ne pare pas à cela et n'y peut parer, à moins que ce peuple ne soit des anges. Son raisonnement sur les punitions est très bien, et celles qu'il emploie sont analogues à la candeur de son peuple.

Les récompenses sont bien aussi, mais si le maçon n'a aucune intelligence pour commander une manœuvre, comment pare-t-il à cela ? Et si un fainéant n'a de l'activité que pour le militaire, que récompensera-t-il en lui ? Ce défaut n'est que dans l'exécution, et, comme dans un roman il n'y en a pas, il cesse d'être défaut. Il a grand-raison de dire qu'il faut connaître les hommes pour les mener : si tous ceux qui mènent avaient cette parfaite connaissance, les choses en iraient mieux. Son raisonnement sur les prisons est très juste mais réformer les abus dans un continent, cela est impossible, et l'entreprendre serait peut-être même dangereux ; il faudrait le faire petit à petit. Un assassin, un fou, quand vous l'arrêtez, qu'en voulez-vous faire ? Si Zamé a un fou, qu'en fera-t-il ?

La conduite des troupes, l'alarme donnée tout à l'instant dans l'ordre de défense est si bien détaillé que l'on le voit, cela fait plaisir à lire. L'éloge des Anglais est bien, s'il n'était pas dans la bouche d'un Français d'origine très récente. Cela amène un éloge du roi bien placé, sans fadeur, et une réminiscence sur son origine française qui répare bien et en rende plus que juste l'éloge des Anglais. N'allez pas croire que je vais prendre le parti des lois en faisant des observations : je dis seulement ce qui se présente à mon esprit d'après ce que je lis. Ce n'est pas pour racheter la vie d'un mort que l'on punit un assassin en le tuant ; c'est pour ôter à la société un homme qui la détruit, puisqu'il en tue un autre. On double le mal, cela est vrai, mais en le laissant vivre on le multipliera à l'infini. Enchaînez-le à des travaux publics, il peut s'en sauver et recommencer à l'infini, au lieu qu'exécuté cela finit et ne fait que doubler.

Réponses à l'observation sur Sarmiento

Vous avez raison, son aversion pour les femmes doit blâmer tout trait d'humanité. Au sujet de la femme délivrée de la charrue, Sarmiento dit que cette action rend malheureux le mari de cette femme qu'il maltraite : voilà ce que j'ai réfuté.

Une bonne action, dites-vous, est de rendre les deux parties contentes ; cela n'est pas possible quand la jouissance de l'un est le malheur de l'autre.

Les peines d'esprit égalent celles du corps et même les passent quelquefois. Je me garderais bien de combattre ce principe. Ce que je combats, c'est les souffrances du corps que l'on procure et la prétendue satisfaction que l'on y trouve, qui n'est rien moins que délicate. L'explication qu'en donne Sarmiento, ses systèmes de vibrations, etc., ne cadreront jamais avec la délicatesse des sentiments, et Zamé, s'il en parle les désapprouvera, fera l'impossible pour qu'un tel être n'entre pas dans son île.

Sarmiento n'est pas heureux. Cela peut être, mais je dis que si Sarmiento souffrait ce qu'il fait souffrir aux autres, il blâmerait et détesterait ceux qui le feraient souffrir. Voilà ce que j'ai voulu dire.

Et votre observation de Thibert ne répond pas, parce que, obligé de se cacher, il veut dans d'autres endroits se venger sur l'innocent, mais n'a pas éprouvé l'action qu'il fait éprouver aux autres : c'est la colère, c'est l'humeur, c'est ses goûts qui l'emportent.

Je n'ai pas besoin d'avoir recours à un casuiste pour cela. Jésus-Christ est dans l'hostie. L'évêque brûlé à l'autel n'est pas une preuve que l'hostie ait été brûlée. Si elle n'est pas restée visible, c'est que Dieu, assez déçu de le tuer, a pu agir comme cause seconde, et bien certainement par sa permission a brûlé l'évêque, mais il n'a pas touché l'hostie et il n'y a pas besoin de nouveau miracle : il y en a assez d'authentiques sans celui-là.

un homme qui a le front [illegible] [illegible] [illegible] [illegible] [illegible] [illegible] [illegible] [illegible] [illegible] [illegible] [illegible] [illegible] [illegible] [illegible] [illegible] ne fait que [illegible].

[illegible] de conscience

Vous avez raison [illegible] [illegible] les femmes qui [illegible] [illegible] [illegible]. Au reste [illegible] [illegible] [illegible] de la [illegible] [illegible] que votre [illegible] [illegible] [illegible] [illegible] [illegible] voilà ce que j'en pense. Une bonne action [illegible] est de rendre les deux parties contentes [illegible] quand la jouissance [illegible] est le malheur de l'autre.

Les [illegible] par [illegible] celles du corps et [illegible] [illegible] [illegible] [illegible] [illegible] (Ce que je connais [illegible] [illegible] [illegible] [illegible] [illegible] [illegible] satisfaction [illegible] [illegible] n'est rien moins [illegible] [illegible] [illegible] [illegible] systèmes de [illegible] [illegible] des sentiments [illegible] [illegible] impossible pour [illegible] [illegible] dans son [illegible]

[illegible] n'est [illegible] [illegible] [illegible] [illegible] [illegible] [illegible] les autres, il [illegible] ceux qui le [illegible]. Voilà ce [illegible] vous dire.

Et votre [illegible] de [illegible] [illegible] part, qui [illegible] [illegible] [illegible] [illegible] [illegible] [illegible] [illegible] [illegible] qu'il [illegible] [illegible] c'est [illegible] [illegible] ses [illegible] [illegible].

Je n'ai pas besoin d'avoir recours à [illegible] [illegible] [illegible] [illegible] [illegible] [illegible] [illegible] [illegible] [illegible] [illegible] [illegible] [illegible] [illegible] [illegible] Dieu [illegible] sans cela.

Chronologie

1740. — *2 juin* : naissance de Donatien Aldonze François de Sade, fils de Jean Baptiste François Joseph, comte de Sade, né en 1702, issu d'une très ancienne famille provençale et d'Éléonore de Maillé de Carman, née en 1712, alliée aux Condé. Mme de Sade est « dame d'accompagnement » de la princesse de Condé, loge dans l'hôtel de Condé à Paris, où naît l'enfant.

1741. — Le comte de Sade est agent plénipotentiaire à Cologne. Il échoue dans sa mission et quitte Cologne en 1743.

1744-1750. — Le jeune Donatien est envoyé en Provence chez ses tantes paternelles en Avignon, puis chez son oncle, l'abbé de Sade, érudit et libertin, à Saumane.

1750-1754. — Le jeune Donatien est élève chez les jésuites, au collège Louis-le-Grand.

1754. — Il est élève à l'école des Chevau-Légers que ne fréquentent que les enfants de la plus ancienne noblesse.

1755. — Sous-lieutenant au régiment du Roi Infanterie.

1757. — Cornette au régiment des carabiniers du comte de Provence, régiment qui participe à la guerre de Sept Ans.

1759. — Sade est capitaine au régiment de Bourgogne Cavalerie.

1763. — Le traité de Paris mettant fin à la guerre, le marquis de Sade est réformé comme capitaine de cavalerie. Pour renflouer la fortune familiale, très fortement compromise, le comte de Sade marie son fils à une riche héritière d'un milieu parlementaire, Renée-Pélagie de Montreuil, fille d'un président à la cour des Aides. Le jeune homme semble avoir été amoureux de Mlle de

Lauris, jeune Provençale. Le mariage a lieu à Saint-Roch le 17 mai. À peine marié, Sade se livre à la débauche au point d'attirer l'attention de la police.
18 octobre : première affaire de violences et d'impiétés sur la personne de Jeanne Testard.
28 octobre : incarcération au château de Vincennes.
13 novembre : Sade, libéré, est assigné à résidence dans le château d'Échauffour qui appartient à sa belle-famille. La police exerce sur lui une surveillance active. Elle interdit qu'on lui fournisse des filles.

1764. — Le marquis de Sade succède à son père dans la charge de Lieutenant général pour le Roi aux provinces de Bresse, Bugey, Valromey et Gex. Il a une liaison avec une actrice, Mlle Colet.

1765. — Liaison avec une autre actrice, Mlle de Beauvoisin. Il se rend avec elle au château familial de Lacoste, en Provence. Il y fait restaurer le théâtre et donne des fêtes où est invitée la noblesse locale. Il rentre en fin d'année à Paris. Les liaisons succèdent aux liaisons, toutes scandaleuses et fort coûteuses.

1767. — Mort du comte de Sade. Son fils lui succède dans ses droits féodaux, et il est nommé capitaine commandant au régiment du Mestre de camp Cavalerie.
Un premier fils, Louis-Marie, lui naît.

1768. — *Avril* : deuxième scandale, plus éclatant que le premier, car il alerte l'opinion publique. Il flagelle, séquestre et contraint à des actes sacrilèges une dénommée Rose Keller, le dimanche de Pâques, à Arcueil. La victime porte plainte ; dédommagée par les Montreuil, elle se désiste. Sade est incarcéré à Saumur, puis à Pierre-Encise. La famille travaille à sa libération qui est obtenue en novembre. Sade est alors assigné à résidence à Lacoste.

1769. — Active et coûteuse vie mondaine à Lacoste. Il rentre à Paris en juin pour la naissance de son deuxième fils, Donatien-Claude-Armand.
Septembre-octobre : voyage en Hollande. Sade rédige un *Voyage en Hollande* en forme de lettres.

1771. — *Avril* : naissance d'une fille, Madeleine-Laure. La situation financière des Sade est si compromise que le marquis est incarcéré pour dettes en août.

Septembre : les Sade partent en famille pour Lacoste. Mlle Anne-Prospère de Launay, chanoinesse, sœur de Renée-Pélagie de Montreuil, les accompagne. Le marquis, avec, semble-t-il, l'assentiment de sa femme, en fait sa maîtresse.

1772. — *12 janvier* : Sade fait jouer en son château une comédie dont il est l'auteur. Ses difficultés financières s'aggravent.

27 juin : en compagnie de son valet Latour, M. de Sade organise à Marseille une partie de débauche avec quatre filles à qui il offre des dragées faites de poudre cantharide et d'anis.

30 juin : une des filles, qui a souffert de malaises, se plaint d'avoir été empoisonnée. Une procédure est engagée qui s'achève par un décret de prise de corps contre Sade, accusé de tentative d'empoisonnement et de sodomie.

3 septembre : Sade et Latour sont condamnés à faire amende honorable devant la cathédrale de Marseille en la place Saint-Louis pour « avoir le Sieur de Sade la tête tranchée et (...) être le dit Latour pendu et étranglé... ».

11 septembre : le parlement d'Aix confirme la sentence de celui de Marseille. Sade et Latour sont brûlés en effigie. Sade gagne l'Italie en compagnie de sa belle-sœur qu'il fait passer pour sa femme.

Début novembre : Mlle de Launay regagne la France.

5 décembre : Sade est arrêté par ordre du ministre des Affaires étrangères du roi de Sardaigne, sous la pression du duc d'Aiguillon cédant aux demandes de Mme la présidente de Montreuil, qui désormais va poursuivre son gendre de sa colère. Sade est interné à Miolans.

1773. — *30 avril* : Sade, en compagnie de Latour, s'évade du fort du château de Miolans.

1774. — *6 janvier* : on perquisitionne au château de Lacoste. Des documents et des objets sont saisis. Sade se cache. Il voyage à Bordeaux pour consulter des avocats. À Paris, Mme de Sade tente de faire casser le procès de son mari. Le marquis vit à Lacoste.

1775. — En janvier, une nouvelle procédure criminelle est ouverte contre Sade, accusé d'avoir enlevé cinq jeunes filles qu'il séquestrerait dans son château. Les jeunes filles sont rendues à leurs parents. La présidente de Montreuil fait jouer ses relations pour étouffer l'affaire. Une des jeunes filles engagées donne naissance à un enfant, peut-être fille du marquis. À la suite d'une querelle avec la marquise, la jeune fille s'enfuit de Lacoste. Pour l'empêcher de parler et de faire scandale, on la fait enfermer, par ordre du roi, dans une maison de force en Arles.

26 juillet : nouvelle fuite de Sade en Italie. Il se rend à Rome.

1776. — Le marquis est à Naples. À son retour en fin d'année, il rapporte dans ses bagages des antiquités, des notes qui vont enrichir son dossier sur la sexualité, un journal de voyage enfin.

En novembre, la situation financière des Sade étant catastrophique, la marquise fait appel à sa mère. Se déroule à Lacoste un incident grave. Le père d'une domestique, venu réclamer sa fille, surnommée Justine, qui refuse de le suivre, finit par tirer des coups de pistolet après une altercation avec le marquis. Une plainte est déposée contre M. de Sade.

1777. — Après la mort de la mère du marquis, en janvier, les Sade regagnent Paris.

13 février : Sade est arrêté et incarcéré à Vincennes. Il se désespère. Mme de Montreuil écrit que « tout cela est dans l'ordre où il doit être ».

Mme de Sade entreprend ses premières démarches pour faire libérer son mari. Sade lui-même présente une requête d'annulation du jugement d'Aix.

1778. — En mai, le roi accorde au marquis les moyens légaux de faire annuler la condamnation à mort d'Aix, qui est commuée en une amende par le parlement d'Aix en juin.

Au regard de la loi, Sade est libre, mais il demeure prisonnier en vertu de la lettre de cachet obtenue contre lui en février 1777.

16 juillet : à son retour d'Aix où il avait été conduit pour assister à la procédure de cassation, sous la garde de l'inspecteur Marais, Sade s'échappe à l'étape de Valence. Il se réfugie à Lacoste. Marie Dorothée de

Rousset y est sa gouvernante.
26 août : Lacoste est investi par la police. Sade est repris et reconduit à Vincennes, où il arrive le 7 septembre.
À partir de décembre, Sade peut se promener, lire et écrire. Nombreux heurts avec le gouverneur du château de Vincennes.

1779. — *Février* : premières « lettres à signaux ». Sade essaie de déchiffrer dans les lettres de sa femme, qu'il croit codées, la date de sa libération.

1780. — *28 juin* : un incident oppose Sade à un autre détenu, Provençal comme lui : Mirabeau.
Sade accumule les lectures : essentiellement, à cette époque, l'abbé Prévost pour les romans et d'Alembert pour la philosophie.
La marquise de Sade poursuit ses démarches pour obtenir la libération de son mari. En vain.

1781. — *Avril* : Sade termine une comédie, *L'Inconstant*.
Juillet : la marquise de Sade est autorisée à lui rendre visite, ce qui provoque en lui une crise de jalousie extrêmement violente.

1782. — Rédaction pour Mlle de Rousset des *Étrennes philosophiques*. Il achève le *Dialogue entre un prêtre et un moribond* et commence *Les Cent Vingt Journées de Sodome*.

1783. — Sa fringale de lecture provoque des troubles oculaires. Rédaction d'une tragédie, *Jeanne Laisné*.

1784. — Décès de Mlle de Rousset.
29 février : Sade est transféré à la Bastille.

1785. — *22 octobre* : achèvement des *Cent Vingt Journées de Sodome*.

1786. — Sade demande à sa femme de lui fournir livres et documents sur le Portugal et l'Espagne. Sans doute commence-t-il à rédiger *Aline et Valcour*.

1787. — *8 juillet* : le marquis met un point final à son conte *Les Infortunes de la vertu*.
Il rédige son poème *La Vérité*.

1788. — *Mars* : rédaction d'*Eugénie de Franval*.
1er octobre : Sade rédige un catalogue raisonné de ses ouvrages.

1789. — Il soumet à sa femme *Aline et Valcour*.
2 juillet : « Le comte de Sade a crié par sa fenêtre (...)

qu'on égorgeait les prisonniers de la Bastille et qu'il fallait venir le délivrer. »
4 juillet : Sade est transféré à Charenton. Il abandonne à la Bastille de très nombreux manuscrits.
8 octobre : Mme de Sade s'enfuit de Paris.

1790. — *2 avril* : en vertu du décret de l'Assemblée nationale sur les lettres de cachet, Sade recouvre sa liberté. Sa femme refuse de le recevoir et demande le divorce. La séparation légale est prononcée le 9 juin.
Libre, Sade tente de faire représenter ses pièces et se lie avec une actrice, Marie-Constance Quesnet, qui sera sa compagne jusqu'à sa mort.
19 mai : dans une lettre à son notaire Gaufridy, Sade dénonce le fanatisme et la cruauté ambiants. Le 1er juin, il se fait délivrer une carte de citoyen actif de la section de la place Vendôme, qui deviendra la célèbre section des Piques.
3 août : le Théâtre-Italien reçoit *Le Suborneur*.

1791. — Sade participe très activement aux réunions de la section des Piques.
Juin : on imprime *Justine ou les Malheurs de la vertu*. Sade compose l'*Adresse d'un citoyen de Paris au roi des Français après la fuite de Varennes*.
Juillet : Sade s'en prend dans ses lettres aux révolutionnaires de Mazan qui ont pillé son château.
Émigration d'un de ses fils.
22 octobre : première représentation du drame *Le Comte Oxtiern, ou les Effets du libertinage*.

1792. — *Mars* : échec de la comédie *Le Suborneur*, que Sade attribue à la cabale jacobine. Après le sac des Tuileries du 10 août, Sade laisse éclater dans ses lettres sa colère et ses craintes. L'espoir d'une solution monarchique constitutionnelle s'évanouit.
Sade devient secrétaire de sa section, puis commissaire pour les hôpitaux. Il propose son *Idée sur le mode de sanction des lois*.
Décembre : il est inscrit par erreur sur la liste des émigrés des Bouches-du-Rhône. Ses difficultés financières s'aggravent.

1793. — Juré pour les affaires de faux assignats. Il dirige les délégations de sa section qui se rendent à la Convention.

Lors de l'assassinat de Marat, Sade rédige un *Discours aux mânes de Marat et de Le Pelletier* et propose un projet pour changer les noms des rues de l'arrondissement.
Décembre : *Aline et Valcour* est composé mais l'imprimeur est arrêté.
8 novembre : un mandat d'arrêt est lancé contre le citoyen Sade, accusé de modérantisme. Internement aux Madelonnettes, puis à la maison des Carmes, enfin à la maison de Saint-Lazare.

1794. — *27 juillet* : Sade est condamné à mort.
15 octobre : il est libéré.

1795. — Publication d'*Aline et Valcour ou le Roman philosophique* sous la signature du citoyen S***.
Sade publie anonymement *La Philosophie dans le boudoir*.

1796. — Le château de Lacoste est vendu.

1797. — Sade éprouve des difficultés à se faire rayer de la liste des émigrés des Bouches-du-Rhône.
Il publie *La Nouvelle Justine, ou les Malheurs de la vertu, suivie de l'histoire de Juliette, sa sœur, ou les prospérités du vice*.

1798. — Sade est dans la misère.

1799. — Il adresse une demande de secours aux autorités. Il est alors employé « au spectacle de Versailles ». Il ne parvient toujours pas à se faire rayer de la liste des émigrés des Bouches-du-Rhône.
On joue à nouveau *Oxtiern*.
Coup d'État de Bonaparte.

1800. — Sade publie *Oxtiern ou les Malheurs du libertinage ; Les Crimes de l'amour, nouvelles héroïques et tragiques, précédées d'une Idée sur les romans*.

1801. — Sade publie *L'Auteur des Crimes de l'amour à Villeterque, folliculaire*, en réponse à un article publié en 1800 qui l'accusait d'être l'auteur de « l'infâme Justine ».
Les dénonciations de Sade comme pornographe se multiplient.
6 mars : Sade est arrêté et incarcéré à Sainte-Pélagie.

1803. — *Mars* : accusé d'avoir cherché à séduire de jeunes

détenus, Sade est transféré de Sainte-Pélagie à Bicêtre. *Avril :* déplacement de Bicêtre à Charenton.

1804. — Sade rédige *Les Journées de Floribelle ou la Nature dévoilée*, dont le manuscrit est saisi par la police et détruit, semble-t-il.

1808. — Il organise des représentations théâtrales à l'intérieur de l'hospice. Les malades y sont acteurs. Y assiste un public en partie étranger à l'institution.

1812. — Rédaction d'*Adélaïde de Brunswick, princesse de Saxe.*

1813. — Rédaction de l'*Histoire secrète d'Isabelle de Bavière* et publication de *La Marquise de Gange.*

1814. — *2 décembre* : mort de Sade. Son testament demandait que « les traces de (sa) tombe disparaissent de dessus la surface de la terre ». Son vœu fut exaucé. Malgré son testament, il fut enterré religieusement.

De nombreuses œuvres de Sade ont connu une publication posthume. Ainsi en 1902, à Berlin, furent publiées *Les Cent Vingt Journées de Sodome* ; en 1926, les *Historiettes, contes et fabliaux* et le *Dialogue entre un prêtre et un moribond* ; en 1929, *Les Infortunes de la Vertu* ; en 1953, l'*Histoire secrète d'Isabelle de Bavière...*

Bibliographie

Il ne peut s'agir de donner ici la liste complète des travaux consacrés à Sade, ni même la totalité de ceux consacrés à *Aline et Valcour.* On trouvera donc ci-dessous un choix d'études accessibles.

FABRE (Jean), Préface dans *Œuvres complètes du marquis de Sade*, Club du Livre précieux, tome IV, pp. XI-XXIII.

FAVRE (Pierre), *Sade utopiste, sexualité, pouvoir et État dans le roman* Aline et Valcour, P.U.F., 1967.

GOULEMOT (Jean M.), « Lecture politique d'*Aline et Valcour* », *Le Marquis de Sade*, colloque tenu à Aix-en-Provence, Colin, 1968, pp. 115-136.

MERCIER (Roger), « Sade et le thème des voyages dans *Aline et Valcour* », *Dix-huitième siècle*, I, 1969, pp. 337-352.

BARBA (Vincenzo), *La Liberazione impossibile*, Florence, La Nuova Italia, 1978, pp. 97-140.

FINCK (B.), « Narrative Techniques and Utopian Structures in Sade's *Aline et Valcour* », in *Science Fiction Studies*, March, 1980, Montreal.

EHRARD (Jean), « Pour une lecture non sadienne de Sade : mariage et démographie dans *Aline et Valcour* », in *Sade, écrire la crise,* colloque tenu à Cerisy, Belfond, 1983, pp. 241-257.

ROGER (Philippe), « La trace de Fénelon », *ibid.*, pp. 149-173.

GARAGNON (Jean), « La sensibilité comme idéologie de substitution de la noblesse dans *Aline et Valcour* », *Études sur le XVIIIe siècle,* Bruxelles, Éditions de l'Université libre, 1984, pp. 65-77.

GIRAUD (Yves), « La ville du bout du monde (Sade, *Aline et*

Valcour) » *Studi di letteratura francese*, XI, Florence, Olschki, 1985, pp. 85-100.

DOLAN (John C.), « Source and Strategy in Sade. Creation of Natural Landscapes in *Aline et Valcour* », *French Forum*, 1986, pp. 301-316.

LE BRUN (Annie), *Soudain un bloc d'abîme*, *Sade*, Pauvert, 1986, pp. 169-189.

JIMENEZ (Dolores) « Sade et le roman épistolaire ; l'exemple d'*Aline et Valcour* », *Narrativa francesa en el siglo XVIII*, Madrid, 1988, pp. 333-342.

Et bien évidemment l'édition, avec son très abondant et indispensable appareil, donnée d'*Aline et Valcour* par Michel DELON, in Marquis de Sade, *Œuvres I*, Bibliothèque de la Pléiade, 1990.

Table

ALINE ET VALCOUR

Composition réalisée par NORDCOMPO

IMPRIMÉ EN FRANCE PAR BRODARD ET TAUPIN
Usine de La Flèche (Sarthe).
LIBRAIRIE GÉNÉRALE FRANÇAISE - 6, rue Pierre-Sarrazin - 75006 Paris.
ISBN : 2 - 253 - 01298 - X   30/4757/8